SUPER INSUPERABILI

11

Di Federica Bosco la Newton Compton ha pubblicato:

Il mio angelo segreto
Un amore di angelo
Cercasi amore disperatamente
Mi piaci da morire
S.O.S. amore
L'amore mi perseguita
L'amore non fa per me
101 modi per riconoscere il tuo principe azzurro (senza dover baciare tutti i rospi)
101 modi per dimenticare il tuo ex e trovarne subito un altro

Prima edizione in questa collana: marzo 2014

Roma, Casella postale 6214

ISBN 978-88-541-6251-8

www.newtoncompton.com

Stampato nel marzo 2014 da Puntoweb s.r.l., Ariccia (Roma)
su carta prodotta con pasta termomeccanica, senza utilizzo di cloro,
proveniente da foreste controllate, nel rispetto delle normative ambientali vigenti.

Federica Bosco

Il mio angelo segreto Trilogy

Innamorata di un angelo

Il mio angelo segreto

Un amore di angelo

Newton Compton Editori

INNAMORATA DI UN ANGELO

A Francesco Scardamaglia
per avermi dato tanto.
Questo libro ti sarebbe piaciuto.

CAPITOLO UNO

Una mattina ti svegli e sei un'adolescente.

Così, senza un avvertimento, dall'oggi al domani, ti svegli nel corpo di una sconosciuta che si vede in sovrappeso, odia tutti, si veste solo di nero e ha pensieri suicidi l'84% del tempo.

E io non facevo eccezione.

Il giorno del loro quattordicesimo compleanno le mie compagne di classe si erano fatte organizzare delle feste pazzesche.

Avevano preteso (e ottenuto) l'affitto di locali esclusivi, vestiti da migliaia di euro, DJ internazionali, catering a base di sushi, open bar, minicar e, addirittura, un cavallo.

Mia madre mi aveva portata al ristorante indiano insieme al suo compagno e mi aveva regalato un libro di poesie di Pessoa, dicendomi che ero abbastanza grande per poterle leggere.

Mio padre invece mi aveva fatto gli auguri con due giorni di ritardo e aveva insistito perché andassi a cena da *loro*.

Loro erano la famiglia perfetta: papà, Libby, Adrian e Seb, la dichiarazione ufficiale del nostro fallimento.

Come se noi fossimo stati la brutta copia.

In fondo eravamo stati bene per qualche anno: avevamo festeggiato compleanni e feste comandate, affrontato partenze intelligenti per le vacanze, condiviso morbillo e varicella e scambiato i miei dentini da latte con un soldino.

Un sacco di fotografie lo provavano!

Certo, è vero che in fotografia finisci sempre per sorridere anche se preferiresti che ti sparassero, ma ero davvero convinta che andasse tutto bene fra loro, perché mi sentivo serena, protetta e sicura anche se, detta così, adesso, sembra quasi la pubblicità di un assorbente.

Il mio non era un padre di quelli che ti portano a pattinare o a mangiare il gelato, e neanche di quelli che al saggio di danza urlano: «Quella è la *mia* bambina!», e non smettono un attimo di filmarti con la telecamera.

Lui ti ascoltava sempre con un solo orecchio, come se stesse pensando all'invenzione del secolo, tipo la formula per staccare il chewing gum dai marciapiedi, e se gli chiedevi di ripeterti cosa gli avevi appena chiesto, ti guardava interrogativo e ti domandava cosa ci fosse per cena.

Sembrava un ospite.

Uno da cui ti aspetti che, da un momento all'altro, ti chieda di fargli il conto della camera.

E infatti un giorno aveva fatto le valigie e ci aveva convocate nel suo studio per dirci addio.

Non dimenticherò mai le sue parole.

Si inginocchiò davanti a me e mi disse, come se fosse la cosa più naturale del mondo: «Anche se non abiterò più qui e sarò il papà di altri due bambini, sarò sempre *anche* il tuo papà».

Era quell'*anche* che mi aveva ferita più di tutto.

Come quando ti dicevano di offrire le caramelle *anche* agli altri bambini.

«Non essere egoista, dài il tuo papà anche agli altri bambini!».

E da quel giorno era diventato il padre e marito dell'anno, ma non per noi.

Quando nacquero i gemelli ci telefonò nel cuore della notte in lacrime, e la mamma diventò la sua migliore amica. Una specie di confidente da chiamare in qualunque momento, per sapere come cuocere un uovo, o per farsi consigliare uno shampoo antiforfora.

E se anche lei cercava di non farmelo pesare, si vedeva lontano un chilometro che ci stava ancora male.

Mentre io continuavo a sentirmi fuori posto.

Del resto avevo ben poca scelta: con una mamma italiana e un papà inglese era facile non sentirsi né carne, né pesce.

I miei si erano conosciuti a Firenze, dove papà frequentava uno di quegli inutili corsi di lingua per stranieri e lei era la sua insegnante.

Fu amore a prima vista e, come accade in questi casi, forse meritava un minimo di prudenza in più.

Per lei papà era stato il primo e unico, lo ripeteva ancora, ma credo che alla base di tutto ci fosse quell'idea, tipicamente italiana, che gli anglosassoni siano dinamici e autosufficienti.

Mio padre era dinamico come un blocco di cemento e autosufficiente come un bambino di tre anni.

L'unica volta che l'aveva portata a cena per San Valentino, dopo che lei lo aveva esasperato per un mese, era stato in una trattoria per turisti vicino al mercato di San Lorenzo, dove aveva ordinato mezzo litro di vino rosso della casa, provocando lo sdegno della mamma.

Da quella volta aveva smesso di sperare in un cambiamento e non aveva più preteso né regali, né fiori, né appuntamenti.

Mi sono sempre chiesta se la loro storia d'amore non fosse stata tutta nella testa di mia madre perché, sinceramente, Jiles non aveva davvero niente di speciale, né di irresistibile.

Quando lei diceva di aver sposato un inglese, tutte le sue amiche se lo immaginavano come Hugh Grant, Colin Firth o anche come Ozzy Osbourne, ma quando mostrava loro le foto, rimanevano così deluse che, per non ferirla, finivano con l'ordinare un giro di prosecco brindando alla simpatia e augurandosi segretamente che fosse *almeno* un animale a letto.

Mio padre non aveva neanche il senso dell'umorismo inglese: era un arido secchione con il cardigan beige, già calvo a vent'anni, con la faccia infilata nel «Guardian».

Quanto all'essere un animale a letto, be', non ci voglio nemmeno pensare.

Dopo nemmeno un anno cominciò a insistere per tornare a vivere in Inghilterra e mandò centinaia di curriculum per farsi assumere in una qualunque banca della City.

Alla mamma invece ne bastò uno solo per vedersi offrire un posto alla University of Leicester, patria dei Kasabian, come insegnante di italiano, e lì si trasferirono sei mesi dopo quando la mamma era già incinta di me.

Leicester non era Firenze, ma nemmeno Londra, e papà non era contento. Non ci volle molto perché si innamorasse di una broker della Barclays Bank.

Così, con la stessa imprevedibilità con cui, quel giorno, mi ero svegliata nel corpo di un'adolescente, un giorno di sei anni prima mio padre era uscito per sempre dalle nostre vite.

Ed è stato in quel momento che ho capito il senso della lezione di chimica sulle “reazioni irreversibili”, come quando bruci qualcosa o cuoci un uovo.

E ti rendi conto che la tua vita (nel bene e nel male) non sarà mai più la stessa e, per quanto ti sforzi di fingere che vada tutto a meraviglia, dentro di te sai perfettamente che il meglio è passato.

E il tempo a venire dovrai impiegarlo a far credere agli altri che stai benissimo, per non farli preoccupare troppo e rischiare che si sentano in obbligo di darti una mano.

Inutilmente.

Fino al giorno della metamorfosi, la mia vita era stata come una lunga e noiosa domenica di pioggia, divisa fra la scuola e le lezioni di danza.

Passavo un sacco di tempo a scrivere brutte poesie e a consumare la videocassetta della *Cenerentola* di Prokofiev danzata da Sylvie Guillem, che mi aveva regalato la mamma e che ormai era introvabile.

E provavo per ore davanti allo specchio sognando anch’io di ballare così.

Per la verità sognavo di essere promossa “Prèmière étoile” la sera della prima del *Lago dei cigni* come Sylvie.

A soli diciannove anni!

Ma per farlo dovevo a tutti i costi entrare alla Royal Ballet School, subito dopo essermi diplomata quell’anno. L’esame era tosto e, sebbene sul loro sito invitassero gli studenti a non scoraggiarsi in caso di difficoltà finanziarie, io ero molto scoraggiata.

Le mie compagne di scuola passavano le giornate alla caffetteria o al centro commerciale a rubare rossetti, mentre io studiavo un modo per andare a vivere a Londra, pagarmi gli studi e diventare una ballerina.

Credo che mia madre, in cuor suo, avrebbe preferito che andassi anch’io al centro commerciale a rubare rossetti e, nonostante ci tenesse forse più di me a vedere realizzato il mio sogno, sapevo che non ce lo potevamo davvero permettere e papà aveva già i due gemelli a cui pensare. Per questo cercavamo di non parlarne.

Non ero il tipo di adolescente che ogni genitore sogna di avere (ammesso che ce ne sia un tipo ideale). Non perché fossi una teppista, ma perché, da quando mio padre se n’era andato, non sorridevo più e non ero certo quella che si definisce una buona compagnia.

La mamma spesso mi ripeteva che la facevo sentire sola, soprattutto quando andavamo in macchina da qualche parte.

Che ci potevo fare se nessuno capiva le mie battute?

Perciò me ne andavo a fare lunghi giri in bici, da sola, ascoltando i Pearl Jam.

Le lezioni che prendevo da anni alla scuola di ballo di Leicester non bastavano più, adesso era giunto il momento di tentare il grande salto o rinunciare per sempre.

E con l'aggravante di un corpo che non sentivo più mio, e che cercava disperatamente di farmi capire qualcosa, il mio malumore era diventato quasi patologico.

L'unica che riusciva a farmi sorridere ancora era Nina, la migliore amica che si potesse desiderare.

Eravamo insieme dall'asilo e ci piaceva raccontare che eravamo sorelle, anche se non potevamo essere più diverse.

Io avevo i capelli corti e scuri, gli occhi nocciola, la pelle bianca costellata di lentiggini e una certa predisposizione all'infelicità, lei invece aveva lunghi capelli biondo miele e gli occhi grigi ed era sempre di buon umore.

Non per niente aveva una famiglia stupenda che le avevo sempre invidiato, un fratello maggiore meraviglioso, ufficiale della Royal Navy, una mamma sempre allegra e ottima cuoca, e un papà che non si sarebbe mai sognato neanche di andare a comprare le sigarette senza avvertire e che ci aveva accompagnate al concerto dei Tokyo Hotel venendoci a prendere lontano dallo stadio, per non farci sentire in imbarazzo.

Mia mamma non sapeva cucinare e mio padre non sapeva chi fossero i Tokyo Hotel.

Quando eravamo piccole, ogni anno, Nina scriveva una lettera a Babbo Natale chiedendogli se i suoi mi potevano adottare e la sua mamma, con grande delicatezza, le spiegava che i miei genitori ci sarebbero rimasti tanto male, ma quando i miei si lasciarono cominciai a scrivere letterine a Babbo Natale di anno in anno più minacciose, fino a che mi arresi.

Nina invece non si arrendeva mai e scrisse di suo pugno una dichiarazione in cui affermava che lei e io, a dispetto di tutti, eravamo (e saremmo sempre state) sorelle e la firmammo solennemente, in una notte di luna piena, con il nostro sangue.

Niente avrebbe potuto dividerci, eravamo invincibili, eravamo inseparabili, eravamo uniche, ma soprattutto, credevamo ancora a Babbo Natale.

Quella notte di luna piena avevamo nove anni. Adesso ne avevamo quasi sedici e niente ci aveva ancora scalfito, né un ragazzo carino, né l'invidia delle compagne, né un brutto voto.

Nina era mia sorella, e io la sua. E questo ci bastava.

Ora, però, quando dormivamo insieme a casa mia o a casa sua, invece di immaginare le avventure di Barbie nel suo ranch, stavamo sveglie fino all'alba a immaginare la nostra prima volta.

Nina sognava di farlo con Robert Pattinson.

Si sarebbero conosciuti all'uscita della prima di *Twilight* e lei, anziché mettersi a urlare come tutte le altre sceme, lo avrebbe guardato intensamente, accennando un timido sorriso. Poi quando si fosse scatenato il deliro, lei lo avrebbe preso per mano, sottraendolo alla stretta anoressica di Kristen Stewart, e sarebbero scappati sul suo motorino.

Lei lo avrebbe portato a mangiare la pizza in un piccolo ristorante al riparo da occhi indiscreti, lui avrebbe strappato un pezzetto di pizza con le mani e l'avrebbe imboccata con tenerezza e avrebbero riso tirando il filo di mozzarella con le labbra. Lui le avrebbe pulito l'angolo della bocca con le dita, e le avrebbe detto, guardandola dritto negli occhi: «Nina, sei *così* bella», con la voce rotta dall'emozione. Poi avrebbe preso le sue mani, le avrebbe baciato i polpastrelli e avrebbe sorriso tristemente sussurrandole: «Resta con me stanotte... ti prego». E lei si sarebbe alzata, gli avrebbe accarezzato la guancia e, senza dire una parola, lo avrebbe portato a casa sua.

I paparazzi li avrebbero seguiti, ma Nina avrebbe guidato velocissima attraverso le vie secondarie, seminandoli, e lui si sarebbe stretto a lei, che avrebbe sorriso complice a quella luna magica, salutando per sempre la piccola Nina.

A casa sarebbero rimasti a lungo abbracciati al buio, lasciando fuori il tempo e la sua follia, esplorandosi disperatamente con le mani e con le labbra per ricordare ogni singolo istante.

Lui l'avrebbe stretta a sé e le avrebbe accarezzato piano il viso seguendo con le dita il contorno della sua fronte, le sopracciglia, gli occhi, gli zigomi e avrebbe baciato le sue labbra come fossero qualcosa di prezioso e dolcissimo.

Nina lo avrebbe preso per mano e lo avrebbe portato in camera sua dove lui l'avrebbe distesa delicatamente sul letto, sostenendole la testa, e affondando la faccia fra i suoi capelli.

Lei gli avrebbe confessato senza timidezza che era la prima volta e lui, abbassando lo sguardo, le avrebbe detto che lo era anche per lui.

Sarebbero rimasti abbracciati accarezzandosi e baciandosi, poi si sarebbero tolti i vestiti lentamente e avrebbero fatto l'amore lasciando che i loro corpi si fondessero con una lunga, lenta, e sensuale passione che li avrebbe legati per sempre.

«Io ti amo Nina», le avrebbe detto all'orecchio bagnandole il viso di lacrime, «ti amo e non posso stare senza di te».

Lei lo avrebbe rassicurato dicendogli: «Ti aspetterò. Noi ci apparteniamo. Io ti aspetterò. Sempre».

E un'alba precoce li avrebbe colti, teneramente abbracciati e nudi, incapaci di dirsi addio.

Se ne sarebbe andato implorandola di partire insieme a lui, ma lei avrebbe risposto che il suo mondo era lì, che per loro ci sarebbe per sempre stata quell'unica, perfetta notte, che non avrebbero dimenticato mai più.

Nina era incredibilmente romantica e aveva ragione a desiderare un amore perfetto.

Del resto lei non aveva conosciuto altro tipo d'amore se non quello leale, giusto e solido della sua famiglia.

Per questo, la mia prima volta, l'avevo sempre immaginata con suo fratello Patrick.

Patrick e Nina erano esseri baciati dalla fortuna e piacevano a tutti. Per loro la vita era un dono bellissimo e prezioso che non andava sprecato e facevano sembrare tutto dannatamente facile: le amicizie, i compiti, le relazioni.

Essere loro amico era un privilegio, e ogni minuto passato con loro una benedizione.

E io, che ero malauguratamente incappata in quell'assurdo triangolo, non potevo far altro che adorarli.

Amavo Patrick da quando avevo tre anni. E non era un modo di dire.

E se avessi dovuto scegliere fra lui e la danza, giuro che avrei preferito gettarmi da un ponte.

Lui aveva quattro anni più di me e mi aveva sempre considerata come l'altra sua sorellina, e io glielo avevo sempre fatto credere.

Anzi, per non destare sospetti avevo sempre fatto finta di non sopportarlo proprio, rispondendogli male o, per lo più, a monosillabi.

Lo avevo amato dal primo momento che lo avevo visto, quando Nina, nel cortile della scuola, mi aveva presa per mano e me lo aveva presentato.

«Lui è mio fratello e tu sei mia sorella», aveva detto in tono solenne.

Ma quando lui aveva replicato che non era possibile, Nina era scoppiata a piangere e, per calmarla, le aveva dato ragione.

Da quel momento avevo capito che Patrick era qualcuno di speciale per me, ma non come mamma o papà e nemmeno come Nina. Sapevo che quando lo vedevo le mie guance andavano in fiamme e sentivo una sensazione strana alla pancia.

E con gli anni la cosa era peggiorata.

Con la consapevolezza dell'amore e delle sue complicazioni, vedere Patrick era diventato fisicamente doloroso e ancora più difficile fingere di detestarlo, soprattutto perché Nina avrebbe dato un braccio pur di far andare d'accordo le due persone che amava di più al mondo.

Se avesse saputo che sognavo da anni di sposarlo e farci sette figli, non sarebbe stata contenta.

C'erano dei limiti oltre i quali non era consentito andare, e mi ero sempre rigorosamente tenuta entro quei confini, per non turbare l'equilibrio del nostro rapporto.

Patrick era suo fratello in senso assoluto e non lo avrebbe diviso con nessuna e tutte le volte che aveva mostrato delle attenzioni per qualche ragazza, Nina aveva sempre fatto di tutto per mettere loro i bastoni fra le ruote.

Sì, forse era un atteggiamento infantile, ma Patrick era talmente straordinario che avevi l'impressione che nessuna sarebbe mai stata alla sua altezza, non su questa terra almeno.

Non solo era bello da togliere il fiato perché, come Nina, aveva quegli occhi grigi come il mare d'inverno e i capelli dorati dal sole, il naso piccolo e dritto e quelle labbra da bacio che incorniciavano dei denti bianchissimi, ma era così incredibilmente generoso e ottimista da farti sentire fortunata solo a stargli vicino.

Si era diplomato da tre anni, ma i professori ne parlavano ancora come il loro studente più brillante e anche se non c'era più, tutti sapevano chi fosse.

Chi lo aveva conosciuto o ne aveva sentito parlare, era rimasto impigliato nella rete del suo fascino disarmante, come in un incantesimo, e non aveva potuto far altro che volergli bene.

Avrebbe potuto viaggiare in autostrada controsenso e farsi togliere la multa, passare con il massimo dei voti senza aprire un libro e sedare una rissa fra ubriachi solo con uno dei suoi sorrisi immensi. Ma, più di ogni altra cosa, avrebbe potuto far innamorare di sé qualsiasi ragazza e invece non se ne era mai approfittato.

Sembrava inconsapevole del potere che aveva sugli altri e si stupiva ogni volta che qualcuno si dimostrava così disponibile nei suoi confronti.

Anch'io avrei fatto qualunque cosa per lui, e con qualunque cosa intendo proprio *qualunque*.

Ma avevo la certezza che Patrick per me non sarebbe stato altro che un sogno a occhi aperti, così avrei continuato ad amarlo in silenzio, da lontano, al riparo da gelosie e delusioni, per sempre.

La scuola stava diventando pesante e, negli ultimi tempi, ero ancora più scorbutica e irritabile.

Ero stata l'ultima della classe ad avere il ciclo e per una che non voleva avere complicazioni quella era stata una complicazione bella grossa.

Sviluppare avrebbe significato seno, ritenzione idrica e cosce grosse e per una ballerina non c'era niente di peggio.

Non poteva rimanere tutto come prima? Ero davvero obbligata a entrare nel mondo dei grandi?

Perché per Nina e le nostre compagne di classe era così naturale abituarsi a un corpo nuovo, farsi nuovi amici e uscire con i ragazzi, mentre io non riuscivo a fare altro che scrivere sul mio diario pagine e pagine di pensieri neri?

I miei voti, di conseguenza, erano in caduta libera ed ero diventata il bersaglio preferito di tutti i professori.

Più cercavo di mimetizzarmi e più mi facevano domande, più tenevo un basso profilo e più mi si accanivano contro e se, fino ad allora, ero stata una studentessa con voti nella media, era come se d'improvviso tutti si fossero messi a parlare un'altra lingua a mia insaputa.

La letteratura era diventata un macigno, la matematica era più contorta del *Codice da Vinci* e il francese un ammasso di accenti e ESSE messe a caso.

Odiavo con tutta me stessa il liceo, i reggiseni e Facebook.

Avevo undici amici, di cui una era mia madre, non aggiornavo il profilo e non avevo messo una foto, ma fra i miei contatti c'era Patrick e questo mi permetteva di torturarmi senza espormi, monitorando la sua bacheca come un agente segreto.

In realtà lui non scriveva mai niente di sé, ma erano i suoi amici e le sue amiche da ogni parte del mondo a taggarlo nelle foto o a invitarlo agli eventi più disparati e io immaginavo che lui rispondesse cose del tipo: «Appena Mia finisce la scuola verremo da voi per fare windsurf a Kawaii», oppure, «Grazie, ma ho promesso a Mia di portarla a vedere la Grande Muraglia».

Sognavo che saremmo stati per sempre insieme, felici e inseparabili, invecchiando nella nostra casa di campagna con i nostri nipoti e i nostri cani.

Non avevo altro a cui attaccarmi se non la fantasia e me la facevo bastare.

Del resto non dovevo fare altro che fingere una vita parallela, per poi rifugiarmi nei miei sogni.

Ed essere *veramente* felice.

Credo che in fondo il mio malessere derivasse dalla consapevolezza che quello stato di grazia stava per finire, che ci saremmo diplomate presto e ognuna sarebbe andata per la sua strada.

E il solo pensiero mi spezzava il cuore.

Nina voleva diventare avvocato per i diritti umani, voleva difendere i più deboli e adottare più bambini possibile, mentre io ero certa che me ne sarei andata, un giorno, a tentare di realizzare il mio sogno.

Non sapevo ancora come, ma dovevo darmi una chance.

E vivevo quel periodo come una fidanzata che sente che è tutto finito, ma non vuole essere la prima a doverlo ammettere.

Era stato l'autunno più rigido che si potesse immaginare.

La caldaia si bloccava in continuazione. Scendevo a prenderla a pugni una mattina sì e una no, uscendo dalla doccia completamente ricoperta di sapone, e rischiando ogni volta la polmonite.

Era questo che faceva sentire me e la mamma sole.

Il non poter contare su qualcuno che ci avrebbe protette e difese e che ci avrebbe reso la vita più semplice.

Paul, il compagno di mamma, aveva un'altra famiglia, anche se «stavano insieme per i figli», e quindi non c'era mai quando ne avevamo veramente bisogno.

La volta che erano entrati i ladri, la mamma aveva gridato dal piano di sopra: «Andatevene o sparo!», anche se aveva in mano l'asciugacapelli, e quando le si era rotta la macchina aveva speso una fortuna dal meccanico, lasciandosi convincere che cambiare il motore era un ottimo investimento per il futuro.

Per questo non mi piaceva l'idea di *aver bisogno* di qualcuno e avrei voluto essere emotivamente autosufficiente pur di non soffrire mai.

Anche se non facevo altro ormai da un pezzo.

«Mia!». La voce di Mrs Bowen risuonò come una fucilata e si fece breccia fra i banchi, fino a colpirmi in pieno.

Percepivo i sospiri di sollievo dei miei compagni di classe che si rilassavano sulla sedia, mentre io appoggiavo la testa sul ceppo di legno.

«Dài, ti suggerisco io», sussurrò Nina.

«Nina non suggerire!», tuonò l'insegnante.

Era comunque tutto inutile, un suggerimento andava bene in un test di «sì» o «no», non quando avevi un buco di 400 anni di storia in testa…

Cominciai a balbettare mozziconi di frasi, per dare l'impressione di sapere qualcosa, che era la peggior tattica in assoluto: oltre che ignorante sembravo autistica.

Il peggio è che avevo studiato per ore, eppure mi sentivo la testa completamente vuota.

Come se le nozioni scivolassero via come l'acqua nel lavandino, senza possibilità di essere trattenute.

«Non lo sa», sentii bisbigliare alle mie spalle.

Non lo sapevo e non me ne importava niente.

Avevo voglia di alzarmi, rovesciare il banco, e correre da Patrick a chiedergli di sposarmi.

Ma invece di starmene zitta e accettare diligentemente la pubblica umiliazione, mi voltai verso la voce e dissi: «Ma perché non te ne vai affanculo? Credi di essere migliore di me perché sai di che anno è la *Magna Charta*? Sai dove te la puoi ficcare la *Magna Charta*?…».

Avrei dovuto lasciarglielo immaginare invece di spiegarglielo, e così, cinque minuti dopo non sarei stata seduta davanti alla preside che telefonava a mia madre (che per fortuna aveva sempre il cellulare staccato) minacciando di farmi perdere l'anno.

Non lo potevo perdere o avrei detto addio alla possibilità di entrare in tempo alla Royal Ballet School, ammesso che mi scegliessero.

Più tardi, in bagno, Nina, preoccupata, mi chiedeva spiegazioni della mia improvvisa uscita di testa.

«Mi spieghi che ti è preso? Sembravi la bambina indemoniata di *The ring*!».

«Niente, mi aveva stufato», risposi grattando un vecchio adesivo dal muro.

«Mia, ma ti rendi conto che ti potevano sospendere? Vuoi perdere l'anno?»

«Nina, dài, sembri mia madre, non ti ci mettere anche tu».

Mi prese le mani. «Tu hai qualcosa che non mi vuoi dire e se non lo dici a me a chi lo dici, a York?».

York era il mio cane.

Il cane più brutto che avessi mai visto.

Mamma mi aveva portata al canile per sceglierne uno, sperando di distrarmi dall'abbandono di papà. Avevamo visto una decina di cuccioli bellissimi che saltavano e davano il meglio di sé per essere presi in braccio, mentre York stava in un angolo e sbatteva la coda fuori tempo, cercando di non farsi notare, proprio come facevo io a scuola. Allora puntai il dito verso quell'ammasso di peli neri e ispidi senza capo né coda e dissi fra lo stupore generale: «Voglio quello!».

«Ma Mia, quello è orrendo! È tutto spelacchiato e gli manca mezzo orecchio… Ti prego scegline un altro!», implorò mia madre.

«Ho detto che voglio quello!».

E fui irremovibile. Mi era bastato uno sguardo per innamorarmi perdutamente di lui, così come era successo con Patrick.

Nina aveva ragione, a York avevo detto che lo amavo.

E a lei, che era la mia migliore amica, non lo potevo dire.

La vita era ingiusta.

«Vieni a casa mia a studiare oggi pomeriggio? C'è il test di matematica domani».

«No, oggi non posso».

Nina mi guardò con sospetto: «E cos'hai da fare?»

«Devo accompagnare mia madre in un posto».

«E dove?», incalzò.

«Mah, non so… una visita», ripetei in tono poco convincente.

Un'altra domanda e le avrei detto la verità.

«Una visita? È successo qualcosa a Elena?»

«No, no niente di che… solo, non posso oggi… ecco».

«Mia, sei strana, ce l'hai con me? Ho fatto qualcosa di male?».

Diventò improvvisamente triste.

«Dài, dimmelo se ho fatto qualcosa di male, dimmelo».

Ecco, questa era Nina, la ragazza più dolce e disarmante della terra.

Quella che da piccola aveva regalato la pelliccia di sua madre al barbone nel parco, che aveva liberato i pappagallini di sua zia e che voleva adottare me.

Come si faceva a non amarli quei due?

E risposi come la fidanzata con la coda di paglia: «Ma no non sei tu, sono io… è un periodo così… mi sento strana!».

«Sarai mica innamorata!», mi chiese a bruciapelo e gli occhi le si illuminarono.

Diventai bordeaux.

«Ma no che dici? Stai scherzando? E di chi poi?», risposi senza guardarla in faccia.

«Guardami negli occhi», disse sollevandomi il mento con le dita.

«Non sei divertente», risposi troppo aggressiva per essere credibile.

«Mia, sei mia sorella, non c'è niente che io non conosca di te… dimmi chi è… dài… io ti ho sempre detto tutto, anche di Thomas».

Considerai rapidamente che non avevo via di scampo.

Lei mi aveva davvero raccontato tutto della sua cotta per Thomas e di come stessero lavorando al "progetto" in origine destinato a Robert Pattinson.

Non c'erano frammenti della mia vita che lei non conoscesse, altri amici, altri luoghi, o altre storie di cui non la rendessi partecipe a parte quella che ricopriva i tre quarti della mia esistenza e che riguardava suo fratello.

Ci vedevamo sempre e dopo scuola stavamo ore e ore al telefono parlando di tutto.

Ero spalle al muro.

Sbuffai sconsolata.

Nina mi appoggiò le mani sulle spalle per incoraggiarmi a proseguire.

«Coraggio, sputa il rospo».

«Hai presente… quel ragazzo della B?».

Aggrottò la fronte.

«Oddio quale? Sono quasi tutti maschi…».

«Quello moro…».

«Quale, quello che somiglia a Charlie Bewley?»

«No… quello che somiglia a Jared Leto, cioè… ha i capelli come Jared Leto».

«Ho capito!!». Si illuminò. «Quello alto, secco secco con gli occhi grandi! Ma è fantastico, e sai come si chiama, dove abita, se ha una ragazza?»

«Nina, quello non sa neanche che esisto, è semplicemente troppo per me!».

«Ehi!». Mi puntò un dito minaccioso contro. «È della mia migliore amica che stai parlando e nessuno è migliore di te! Ricordati che non ci sono uomini realmente irraggiungibili solo perché sono belli o perché vivono a Hollywood! Sono come noi e hanno le nostre stesse insicurezze, mamma lo dice sempre. Vedi, potenzialmente io e te potremmo fidanzarci con Robert Pattinson se lo volessimo, ma forse non lo vogliamo davvero, quindi se vuoi fare breccia nel cuore di Jared, dobbiamo solo studiare un piano per riuscirci!», concluse raggiante.

Era la cazzata più grossa che avessi mai sentito.

Ma se si concentrava su Jared Leto della B potevo stare tranquilla per un po' e avrei potuto parlarle di lui pensando a Patrick e, in fondo, non le avrei proprio mentito.

CAPITOLO DUE

«Eeee… Vai con il *manége* di *piqué…*», mi urlava, «…*piqué, piqué* e doppia… *chainé, chainé, chainé, passé* sostieniii eeee giù!».

L'assolo terminò con me al centro della sala e Claire che mi guardava con le braccia incrociate senza espressione.

Non ricordo mi avesse mai sorriso una sola volta a lezione.

Aveva studiato alla Royal Academy di Londra e per un periodo all'American Ballet Theatre con Diana Adams, ma il fatto che non si fosse mai sposata e che un incidente di sci le avesse compromesso la carriera, sicuramente c'entravano qualcosa col suo carattere ostile.

Era la mia insegnante da quando avevo cinque anni e mi aveva portata ad un livello raggiunto il quale si deve decidere se tentare il tutto per tutto e passare al professionismo o rimanere per sempre a livello amatoriale e magari sperare di insegnare in una scuola di provincia.

E se quello era il mio destino, tanto valeva andare all'università e trovare un lavoro nella City insieme a mio padre.

La preoccupazione maggiore della mamma era che, se mi avessero presa alla Royal e non avessi sfondato, sarei rimasta con un mucchio di mosche in mano e, anche se lo Stato finanziava una cospicua parte della retta, restavano almeno da scucire dodicimila sterline l'anno che non avevamo.

E la faccia inespressiva con cui mi stava guardando Claire non mi faceva presagire nulla di buono.

«Tu, Mia, sei consapevole di quello che stiamo facendo qui oggi, vero?»

«Sì», dissi asciugandomi la fronte con il dorso della mano, con gesto drammatico e un po' strafottente.

«E cosa stiamo facendo?», proseguì disegnando dei cerchi col bastone sul parquet consumato.

Quando faceva così avevo voglia di prenderla a sberle.

Le piaceva recitare la parte dell'eccentrica insegnante russa centenaria, le mancavano solo il turbante e la sigaretta col bocchino.

«Stiamo preparando l'audizione per entrare alla Royal Ballet», risposi cercando di mantenere la calma frugando nella borsa.

Era come una zia, aveva più o meno sessantaquattro anni e la vedevo tre volte a settimana da undici anni, mi faceva il regalo di Natale e cenavo da lei tutti i mercoledì sera, ma quando eravamo in quella sala lei diventava la Pavlova in pieno delirio mistico e mi trattava come una merda.

«NON È SUFFICIENTE!», gridò picchiando il bastone per terra quasi a spezzarlo. «Stiamo preparando il tuo esame di ingresso per una delle più prestigiose scuole di danza del mondo e hai UNA SOLA chance di farcela e NON PUOI permetterti di essere mediocre Mia!».

Disse *mediocre* con la erre moscia.

«Credi di essere l'unica a volerlo? Credi di fargli un favore? Che non aspettino altro che te, il nuovo talento del secolo? EH? RISPONDI!», mi incalzò.

Dio se era stronza.

«No!», risposi a mezza voce, con le mani sui fianchi, piegando il piede da mezza punta a punta.

«Non hanno bisogno di gente che dia l'ottanta per cento come fai tu, a loro non basta nemmeno il cento per cento!».

«Ma Claire...», cercai di protestare.

«MA CLAIRE COSA? Sei stanca? Riposati! Ti fa male il ginocchio? Mettici il ghiaccio! Non ci sono soluzioni né vie di mezzo, in questo mestiere ci si spreme come limoni fino a che si è giovani e poi a trentacinque anni ci buttano via, è triste, ma è così! E qua dentro per te sono *Mrs* Claire! Avanti ricominciamo!».

Ritornai al centro della sala e *Mrs* Claire fece ripartire il CD con la variazione di Odile, *Il Cigno nero*, dal *Lago dei cigni*.

Potenzialmente al limite dell'impossibile soprattutto per la serie di 5 *pirouettes* che pretendeva all'inizio del pezzo.

Dato che non ero forte nell'interpretazione, voleva che li impressionassi con la tecnica.

Questo significava cinque piroette consecutive sulla punta del piede sinistro.

L'apocalisse!

Nessun individuo sano di mente avrebbe assegnato una variazione simile a una ragazzina di sedici anni.

Ma Claire non era del tutto sana di mente.

Svetlana Zakharova era semplicemente divina in quell'assolo, era la personificazione della grazia e della bellezza, così sinuosa ed elegante da sembrare irreale. In una parola, un angelo.

Era in grado di compiere decine e decine di *pirouette* senza mostrare alcuna fatica, e aveva braccia infinitamente lunghe ed eleganti che muoveva come le ali di un uccello in un modo così armonioso che ti ipnotizzava.

Non sapevo se ero un talento straordinario, ma sapevo che, quando danzavo, intorno a me il mondo spariva e cominciavo a volare trasportata da un vortice di suoni. La forza inarrestabile di un fiume in piena mi esplodeva dentro, facendomi sentire invulnerabile.

Non c'erano più limiti e confini, il mio corpo diventava spazio infinito, costellato da note fluttuanti dove mi muovevo senza paura, né dolore, né angoscia.

Il mio corpo di adolescente *diventava* danza e quella danza diventava amore.

Quando danzavo ero l'amore.

E quando pensavo a Patrick riuscivo a volare.

«EEEE... STOP!», gridò Mrs Claire, «non so a cosa o *a chi* tu stessi pensando, ma tienilo a mente per la prossima volta perché andava molto meglio».

Tornai a casa alle otto passate.

La mamma non c'era, e mi aveva lasciato la cena nel microonde: rigatoni al formaggio di Sainsbury's e piselli in scatola.

Avevo voglia di chiamare l'assistente sociale!

York mi corse incontro scodinzolando, lo presi in braccio, mi buttai sul divano ed esausta accesi la televisione.

Mi facevano male i piedi come se me li avessero masticati.

Che vita assurda era quella di una ballerina a pensarci bene.

Forse la mamma aveva ragione, forse dovevo semplicemente mettermi a studiare economia, trovarmi un lavoro normale e appendere le scarpette al chiodo, ma quella sarebbe stata la strada sicura verso l'infelicità.

«Lentamente muore chi non rischia la certezza per l'incertezza per inseguire un sogno», recitavano dei versi che avevo ricopiato sul mio diario. Non mi sarei mai arresa finché non ci avessi provato fino in fondo.

Mi piaceva stare a casa da sola, mi dava la sensazione di essere adulta e mi permetteva di immaginare come sarebbe stato andare a vivere a Londra.

Certo non mi sarei mai potuta permettere un appartamento tutto per me, ma almeno nessuno mi avrebbe detto cosa fare e cosa non fare.

Anche se sapevo che la mamma mi sarebbe mancata da morire.

La adoravo, si era sempre presa cura di me e mi aveva sempre trattata come un'adulta.

Ridevamo molto insieme e, a vederci, sembrava più che altro mia sorella maggiore. Ma da qualche tempo non era più la stessa.

O forse non lo ero io.

Aveva sempre i suoi bei capelli biondi spettinati, la risata contagiosa e il look da hippy "pentita" (come le piaceva definirsi), ma ultimamente aveva cominciato a prendersi meno cura di sé e, a forza di mangiare cibo in scatola, aveva preso almeno cinque chili.

Aveva ereditato da nonna Olga un gusto straordinario in fatto di arredamento, ma nessuno in fatto di uomini e credo che, alla fine, le delusioni sentimentali l'avessero scoraggiata.

E adesso che aveva quarantatré anni e non credeva più nel principe azzurro, aveva deciso di seguire tutti quei corsi pratici per imparare quei "lavoretti" che solitamente penalizzano una donna: riparare la lavatrice, cambiare una gomma o usare un trapano elettrico.

Non parlava più con la nonna da quando aveva voluto sposare papà e, anche se si erano lasciati da anni, per orgoglio non le aveva mai chiesto una mano, nonostante la nonna fosse veramente ricca da fare schifo (aveva un negozio di antiquariato in via Maggio) e non aspettasse altro che tornare in una posizione che l'autorizzasse a criticarla.

L'idea che lei fosse l'ago della bilancia nella realizzazione dei miei sogni mi dava un gran fastidio ed era uno dei più frequenti motivi di litigio con mia madre.

Le sarebbe bastato sollevare la cornetta e io avrei avuto la retta pagata fino all'università anche per i miei figli.

Del resto ero la sua nipote preferita, nonché l'unica, ed era in un certo senso grazie a lei che avevo cominciato a danzare o almeno così lei amava raccontare.

Quando avevo quattro anni portò a casa un quadro antico raffigurante una bambina seduta su una sedia, con un tutù bianco.

Me lo aveva mostrato entusiasta dicendo: «Guarda Mia, sembri proprio tu!».

Per la verità, l'unica somiglianza con quella bambina erano le orecchie a sventola, ma giuro che ero rimasta incantata a guardarla.

O meglio, lei guardava me dritto negli occhi e mi diceva che dovevo cominciare a ballare, che quello era il mio destino, il senso della mia vita, e che solo così sarei stata felice.

Da quel giorno quella bambina era diventata il mio tormento, la mia ossessione, il mio incubo: mi guardava con aria saccente, incurante dei suoi piedi piatti, e nonostante fosse probabilmente morta cadendo dalla sedia prima che il ritratto fosse completato, senza neanche mai aver visto una sbarra, era riuscita a scatenare in me una competizione insana.

Di conseguenza diventai il tormento, l'ossessione e l'incubo di mia madre che un giorno, esasperata, mi accompagnò da Claire.

Il quadro era appeso ancora adesso in camera mia e, dodici anni dopo, guardandolo, riusciva ancora a farmi incazzare.

Verso le undici mia madre rincasò.

Mi svegliai di soprassalto facendo cadere il telecomando che andò in mille pezzi.

«Dormivi sul divano tesoro? Ma così domattina sarai uno straccio! Hai mangiato? Guarda come sei pallida e magra…», mi disse baciandomi la fronte.

Mi stropicciai gli occhi e le sorrisi, intorpidita per il sonno.

Le feci spazio accanto a me e le appoggiai i piedi in grembo per farmeli massaggiare.

Era una tale goduria che, in quel momento, avrebbe potuto chiedermi qualunque cosa.

E infatti…

«Allora, hai deciso dove andare a studiare l'anno prossimo?».

Finsi di essere rapita dalla mousse di mango e cioccolato bianco con granella di nocciole che Nigella preparava in televisione.

«Ehi, mi senti?», disse pizzicandomi l'alluce.

«Ahio! Così mi fai male!».

«E ascoltami quando parlo! Ti interessa la cucina adesso?», chiese alzandosi per riassemblare i pezzi del telecomando e spegnere la tele.

«Potrebbe interessare a te… una volta ogni tanto potresti prepararla anche tu una mousse… di mango…».

«Ti piace… il mango?», chiese perplessa.

«No… era per dire…», dissi torturando la coda di York, acciambellato sulla mia pancia.

«Mia… seriamente… non c'è più molto tempo… devi scegliere le materie da portare all'esame».

«Uff… dài mamma sono stanca…».

«Anch'io sai? E finché non risolviamo questa cosa non riuscirò a dormire tranquilla…», replicò seria. «…allora?». Mi guardò in attesa di una risposta.

«Mamma, lo sai, voglio entrare alla Royal Ballet School…».

«Tesoro… lo sai quanto ci tenga che tu continui a danzare, ma quella è una scuola per…».

«Per chi?», la interruppi bruscamente, «per quelli bravi? Per quelli ricchi? Non per me vero?», risposi aggressiva.

«Per chi ha le spalle protette volevo dire! Per chi può permettersi di spendere più di ventimila sterline l'anno solo per la retta e non è un problema se poi la figlia non diventa Margot Fonteyn!».

«Ecco cos'è mamma, tu non credi in me», le dissi amareggiata, «tu pensi che per me sia tutto un capriccio per evitare di andare all'università, ma non riesci a capire che non c'è nient'altro al mondo che voglia fare a parte ballare e *loro* mi garantiscono un'istruzione anche se non divento... Margot Fonteyn».

«E cosa farai con un diploma di una scuola d'arte?». Mi chiese secca.

«Alla peggio andrò a insegnare italiano in una scuola serale di periferia!».

Avevo esagerato, l'avevo ferita.

«Scusa mamma...», cercai di rimediare, «non volevo», mi avvicinai per abbracciarla.

«Oh sì che volevi!». Si alzò e andò in bagno mentre York la seguiva sperando nella cena.

«Sei tale e quale a tua nonna...», gridò dall'altra stanza, «...e non è un complimento!».

«Mamma!», la seguii, «...per favore, credi che sia facile per me decidere su due piedi il mio futuro con tutta la pressione che mi mettete tu, i professori e pure Claire? Credi che sia facile avere le idee chiare?»

«Tu non ti rendi conto, bambina, che questo non è un gioco», disse mentre si struccava gli occhi. «Hai quindici anni e pensi di sapere tutto, ma non sai ancora niente! Tu ti limiti a esprimere desideri e ti aspetti che io li realizzi con la bacchetta magica». Fece un gesto con lo spazzolino da denti che schizzò lo specchio. «Anche a me sarebbe piaciuto studiare alle Belle Arti o fare l'architetto, ma non ho potuto!».

«Certo che no! Hai voluto a tutti i costi sposare papà e la nonna ti ha dato un ultimatum!».

Avevo esagerato di nuovo. Mi avrebbe strangolata con il filo interdentale e avrebbe fatto bene, ma cosa potevo fare se mi serviva le risposte su un piatto d'argento?

«IO AMAVO TUO PADRE! E a differenza di te non mi aspettavo di essere mantenuta da nessuno, tantomeno da tua nonna Olga che voleva facessi la bella statuina al Circolo Ufficiali o ai balli della Croce Rossa!». Prese a pettinarsi con una tale rabbia che pensai si sarebbe strappata i capelli a ciocche.

«...Invece sono stata così cretina da credere in noi, tanto da volerti a tutti i costi, senza chiedere mai una lira a quella donna arida e impossibile! E tu…», mi puntò la spazzola sotto il naso, «…tu brutta… ingrata… non permetterti di giudicarmi finché sarai sotto questo tetto e non ti sarai fatta il culo che mi sono fatta io per crescere da sola una figlia in un Paese straniero!». Mi spinse fuori e sbatté la porta.

L'avevo fatta arrabbiare di brutto.

Non mi avrebbe parlato per almeno dieci giorni.

«Quindi… è un… no?», le chiesi attraverso la porta.

«VAI A LETTO!».

Non riuscii a dormire.

L'idea che la mia felicità dipendesse dai soldi di qualcun altro mi dava una frustrazione indescrivibile.

Doveva esserci una soluzione, a parte una rapina in banca.

Anche se mi fossi messa a lavorare, non avrei comunque potuto permettermi neanche l'affitto di una stanza in periferia.

E poi cosa avrei potuto fare a quindici anni e mezzo? La cameriera? La dog sitter?

Dovevo guardare in faccia la realtà: ero nella morsa delle decisioni di mia madre e completamente impotente.

L'indomani mattina mi alzai presto per prepararle la colazione e, insieme, aggiunsi un biglietto di scuse.

Con lei come unico alleato, non ero certo nella posizione di scegliere.

Uscii prima che si alzasse.

Era davvero freddo, sembrava volesse nevicare, presi la bicicletta e cominciai a pedalare più forte che potevo.

I polmoni mi scoppiavano per lo sbalzo di temperatura, sembravo un drago che sputava fumo.

Abitavamo in Dale Street, in una delle tante casette in mattone, con il bovindo, tutte uguali a ovest di Leicester, una zona che, per anni, era stata considerata periferica, ma che ultimamente si stava rivalutando.

La mamma l'aveva risistemata tutta con le sue mani.

Quando l'aveva presa in affitto era un rudere di due piani stretto e lungo, con la scala che cadeva a pezzi e il tetto fatiscente, ma piano piano ne aveva fatto un piccolo gioiello.

La padrona di casa, Mrs Fancher, le aveva scalato negli anni il prezzo dell'affitto e ormai ci considerava figlia e nipote.

La mamma sperava che, invecchiando e non avendo altri parenti, l'avrebbe lasciata in eredità a noi e cercava di tenersela buona preparandole marmellate di ribes, facendole la spesa e le iniezioni intramuscolari.

Dal canto suo Mrs Fancher se ne approfittava non poco: nell'ultima settimana l'aveva chiamata tre volte per farle controllare la presa del bollitore, una macchia d'umido e chiederle se aveva preso l'allegato del «Daily Mail».

Per andare a scuola ci voleva una buona mezz'ora, ma pedalare a -5° con la stupida gonna della divisa e i calzettoni era una vera impresa: arrivavo congelata e con la pelle blu.

Quel giorno arrivai a scuola in anticipo e ne approfittai per rileggere gli appunti per il test di matematica. Nina non era ancora arrivata e senza dubbio nessuno mi avrebbe rivolto la parola.

Se ne stavano tutti a gruppetti a chiacchierare, ridere e mostrarsi foto sull'Iphone.

Io non ce l'avevo l'Iphone, avevo un vecchio cellulare scassato di mia madre, ma confesso che mi sarebbe piaciuto averlo, forse così mi avrebbero considerata una di loro.

Mi ero confinata al di là di un'invisibile barriera, nel tentativo di difendermi dall'abbandono, che ora era diventata una gabbia opprimente da cui non sapevo come uscire.

In fondo anch'io avevo voglia di essere invitata alle feste, ridere e divertirmi, ma nessuno sembrava interessato a me, così fingevo superiorità e indifferenza, con il risultato di rimanere sempre da sola.

Credevano che fossi una snob, mentre ero solo disperatamente timida.

E mentre ero lì a ripassare gli appunti, fingendo di capirci qualcosa, sentivo tutti i loro occhi addosso e sapevo che, per quanto potessi provarci, non sarei mai stata una di loro.

Un giorno però avrei calcato i più grandi palcoscenici d'Europa e allora si sarebbero ricordati di me e avrebbero fatto a gara per inventare aneddoti in cui ero improvvisamente la loro migliore amica.

Al momento però quel futuro era molto, molto lontano.

Nina arrivò al solito quando l'insegnante era già entrata, cosa che, fino all'ultimo momento, mi faceva stare sulle spine.

L'accompagnava suo padre in macchina tutte le mattine prima di andare in ufficio, ma a lei nessuno diceva niente se arrivava in ritardo: faceva parte del fascino dei Dewayne.

Chiunque altro avrebbe ricevuto un richiamo.

«Sei pronta?», mi chiese con un grande sorriso sereno che mi fece sentire ancora più impreparata.

Non aspettò la mia risposta e rispose: «Non preoccuparti ci penso io».

Più tardi, nel pomeriggio, eravamo a casa sua a studiare.

«Non ce la posso fare a memorizzare tutto, non ho la testa abbastanza grande!», dissi a Nina sull'orlo delle lacrime.

«Devi! C'è un altro test domani, e non ci alzeremo di qui finché non saprai tutto a memoria».

«Ho un deficit dell'attenzione, non è colpa mia, non ce la faccio», protestai.

«No, tu non hai voglia di studiare e basta!».

«Nina, siamo sedute a questo tavolo dalle tre del pomeriggio e sono quasi le otto, ho il sedere quadrato».

«Lo faccio perché non voglio dividere il banco con nessun'altra, le mie motivazioni sono esclusivamente egoistiche!».

In quel momento la mamma di Nina entrò in camera sua, come sempre sorridente.

«Ragazze, è quasi ora di cena, ho chiamato Elena e le ho detto che saresti rimasta a mangiare da noi, così dopo potete continuare a studiare se non avete finito. Ho preparato il pollo con il purè di patate e torta al cioccolato…».

Forse ero ancora in tempo per farmi adottare.

«Perfetto Laetitia grazie, ho una fame!», esclamai.

«Bene, allora appena arriva Patrick scendete che andiamo a tavola».

Merda…

Mi era passata la fame.

Una cena di famiglia con Patrick in permesso dalla Royal Navy era peggio che camminare scalza sui chiodi.

Non ce la potevo fare.

Dieci minuti dopo suonò il campanello e riconobbi la sua risata squillante, contagiosa, irresistibile. Mi venne la pelle d'oca mista a un senso di nausea.

«Oh è arrivato!», disse Nina elettrizzata, «dài, scendiamo, non vedo Pat da un mese!».

Arrivate a metà della rampa di scale, Nina gli balzò al collo, mentre io rimasi a guardarlo mentre faceva volteggiare la sorella, immaginandomi al suo posto.

Con il sottofondo di *Giselle*.

Mi si era chiuso lo stomaco e stavo sudando freddo.

Lui, l'uomo della mia vita, era lì, a un passo da me, che abbracciava sua sorella completamente ignaro di quello che era in grado di provocare al mio cuore e ai miei ormoni.

Com'era possibile?

Dov'era il bottone *reset* con cui avrei potuto riprendermi la mia vita vuota e inutile, ma senza l'aggravante di un amore impossibile?

Poi mi vide e la sua bocca morbida si aprì in uno splendido sorriso, che mi paralizzò, facendomi sentire ancora più idiota.

«Ehi ma c'è anche *broncio*!», disse salendo le scale verso di me dato che, visibilmente, non ero più in grado di muovermi.

Il motivo per cui mi chiamasse "broncio" era più che evidente: in tredici anni gli avevo sorriso sì e no tre volte e proprio perché non avevo scelta.

Risposi con un «ciao» distratto della mano, come se fossi molto più interessata alla carta da parati dietro di lui.

«E dài musona, fatti abbracciare, lo so che mi odi, ma non sono contagioso!». Mi sollevò di peso appiccicandomi due baci enormi sulle guance.

Rimasi senza fiato, travolta da un'emozione indescrivibile, divisa fra il desiderio di baciarlo sulla bocca davanti a tutti e fuggire per sempre o, più razionalmente, agire in maniera coerente col personaggio che mi ero costruita.

«Bleah… Che schifo Patrick!», urlai disgustata pulendomi le guance con la manica della maglia, come se mi avesse leccato un bulldog, mentre mi maledicevo con tutte le forze per quello che stavo facendo.

«Dài Pat, lasciala stare, a Mia non piacciono le effusioni!», rise suo padre.

Eccome se mi piacevano, da lui poi…

Mi scompigliò i capelli ridendo, poi frugò nella borsa e tirò fuori una maglietta della Royal Navy, che sperai ardentemente si fosse provato prima, e me la diede in regalo.

Non me la sarei tolta mai più.

Ci accomodammo a tavola e cominciai a friggere sulla sedia.

Mi sentivo incapace di articolare un discorso normale, e finivo per balbettare cose stupide e senza senso.

Per fortuna Patrick non smetteva più di parlare della vita da cadetto, della nave, degli ufficiali e di com'era contento della scelta che aveva fatto, così da permettermi di volare con la fantasia al giorno del nostro matrimonio.

Tutti pendevano dalle sue labbra, mentre io pendevo anche dai suoi bicipiti.

Poi d'un tratto mi feci violenza e mi alzai.

«Ma non hai neanche finito di mangiare Mia, c'era il dolce al cioccolato, lo avevo fatto per te!», esclamò Laetitia delusa.

«Mmm… mi sono ricordata che devo portare fuori York, mamma è al corso di autodifesa e lui poverino è in casa da solo ed è un po'… debole di vescica…».

Salutai tutti in fretta, presi il mio zaino e corsi fuori.

Una volta sulla bici cominciai a pedalare a più non posso verso casa, nella nebbia, respirando il vento freddo.

Dovevo stare lontana da lui, lontana da quell'amore impossibile.

Dovevo farmelo passare.

Non avevo scelta.

CAPITOLO TRE

L'indomani mattina mia mamma piombò in camera alle otto.

«Mia!», urlò con la sua consueta grazia. «Sei ancora a letto? È tardissimo!».

«Non mi sento bene», mugolai.

Non ci eravamo ancora chiarite dopo il litigio, ma speravo che avesse accettato le mie scuse scritte.

Di certo, se mi ammalavo, l'istinto materno avrebbe avuto la meglio sulla ragione. Almeno così speravo.

Si avvicinò al letto e fece quella cosa tenerissima che fanno sempre le mamme con i bambini: mi prese la testa fra le mani e appoggiò le labbra sulla fronte.

«Oddio, ma tu scotti! Devi aver preso freddo ieri sera tornando in bici, dovevi chiamarmi, ti sarei venuta a prendere in macchina».

Non avevo la forza di rispondere, talmente mi faceva male la gola, ed ero troppo felice di non dover andare a scuola, né alle prove e godermi il letto caldo.

«Io vado al lavoro, tu chiamami se hai bisogno, dico a Nina che non vai a scuola oggi, e mi faccio dare i compiti».

Sorrisi e mi girai dall'altra parte e per le tre ore successive ripensai ai baci sulle guance che mi aveva dato Patrick.

Ovviamente arricchendo la scena di molti particolari.

Troppi particolari.

Eravamo soli, lui arrivava con una Jeep decapottabile blu e passava a prendermi a casa.

Indossava una maglietta a maniche corte grigia, un paio di jeans consumati e scarpe da ginnastica e, al polso, un braccialetto di cuoio che, nel mio sogno, gli avevo regalato prima di partire.

Sul sedile anteriore della Jeep c'erano un mazzo enorme di rose rosse per me.

Io le prendevo a fatica fra le braccia, emozionata, e lui mi sollevava e mi faceva girare, poi mi liberava dalle rose e mi baciava sulla bocca a lungo, ripetendomi quanto gli ero mancata.

Poi cominciava a baciarmi lungo il collo, baci delicati e leggeri che mi facevano il solletico e ridevamo accarezzandoci il viso e i capelli, e poi…

Poi arrivò Nina.

«Ciao malata, come stai? Ho grandi notizie per te!», disse buttandosi sul letto e togliendosi le scarpe.

«Mrs Southern oggi ha rimandato il test. Probabilmente ha pensato che fossi rimasta a casa apposta, ma col tempo che passerai qui a letto a non fare nulla potrai prepararti e fare un figurone per la prossima volta».

«Questa per te è una grande notizia?»

«No, aspetta, la grande notizia è che Jared non ha una ragazza!».

«Chi?», domandai perplessa.

«Come chi? Jared Leto della B, che in realtà si chiama Carl, quindi è meglio che per noi resti Jared!».

«Oh!», esclamai.

«Tutto qui quello che hai da dire? "Oh"?»

«No, fantastico… cioè fico, davvero». Cercai di mostrare entusiasmo, ma ero partita malissimo.

Mi guardò sospettosa, poi mi mise una mano sulla fronte.

«Ma non avevi detto che ti piaceva?»

«Certo, da morire! Ma credevo che fosse fidanzato!», mentii.

«Si è lasciato da poco, comunque sabato sera anche noi andremo alla festa delle "Merdashian" e te lo presenterò».

Le Merdashian erano Bibi e Dell, le due più stronze della classe, anzi della scuola. No, a essere sinceri, di tutta Leicester e si atteggiavano come fossero Kim e Kourtney Kardashian.

Erano manipolatrici e arriviste, dimostravano venticinque anni e non avevano paura o vergogna di niente.

Girava voce che ci fosse un video porno su YouTube di loro due insieme al prof. di ginnastica.

Portavano la gonna della divisa arrotolata fino all'orlo delle mutande, gli orecchini ad anello e si truccavano pesantemente, ma poiché i loro genitori, degli ebrei russi, erano fra i maggiori finanziatori dell'istituto, a loro era concesso tutto.

Ogni anno davano una festa incredibile e se non eri nella loro lista, per farti invitare dovevi pregarle e umiliarti.

La festa dell'anno precedente era stata ripresa da MTV e lì erano venute fuori in tutta la loro arrogante idiozia, mentre ordinavano alle loro madri di invitare Russell Brand come ospite d'onore.

Un povero sfigato del secondo anno si era fatto portare al guinzaglio per i corridoi per una settimana, ma alla fine non era stato invitato comunque.

Lui si ubriacò e pisciò sulle scarpe degli invitati in fila.

Il suo attimo di gloria terminò nel momento in cui fu trovato nudo, legato a un albero, al limite dell'ipotermia.

Non si scherzava con Bibi e Dell.

«Non ho intenzione di leccare il culo a quelle due cretine, e comunque non rientro nei canoni, non mi inviteranno mai».

«Ma certo che sì, e poi una volta là troveremo il modo di farti conoscere Jared-Carl, che è un amico di Thomas, per cui niente di più facile! Pensa che bello, le migliore amiche fidanzate con i migliori amici, non è romantico?», squittì.

Mi faceva cagare solo l'idea, ma non avevo scelta.

La sera, la mamma salì a vedere come stavo.

Era ancora arrabbiata, ma il fatto che stessi male non le permetteva di infierire.

«Allora, va un po' meglio?», mi chiese sedendosi accanto a me.

«Insomma», risposi con meno voce di quella che avevo.

Si guardò attorno, la mia camera era un porcile, la borsa con gli indumenti di danza sudati era ancora per terra e puzzava di cane bagnato, c'erano scarpe, libri, barattoli di yogurt vuoti, bucce di banana marce, niente che potesse farla sorridere.

«Metto a posto appena sto un po' meglio», dissi cercando di indovinare i suoi pensieri.

«Lascia stare, preferisco che una volta per tutte tu mi dica cosa hai intenzione di fare della tua vita, dopodiché ti garantisco che non dirò più una parola».

«Mamma», sospirai mettendomi a sedere, «vorrei poterti rendere felice, vorrei poterti dire che sogno di lavorare in uno studio commerciale, o aprire una pasticceria, vorrei essere una studentessa brillante come Nina e darti solo soddisfazioni, ma io purtroppo sono solo questo: due piedi che vogliono ballare sulle punte. Lo so che non è niente, che sarei un fallimento per ogni genitore, ma non c'è mai stato un giorno in cui io abbia desiderato diventare qualcos'altro. Potrai mai accettarmi per quello che sono?». Avevo gli occhi lucidi.

«Ma io non vorrei che tu fossi nient'altro Mia, non pensare che io sia la madre che cerca di tarpare le ali alla figlia perché lei stessa non si è realizzata, voglio solo che tu sia preparata perché là fuori la vita è dura e non c'è molto spazio per i sogni».

«Mamma, perché parli come se avessi novantacinque anni e tutti gli ospizi ti rifiutassero perché sei incontinente e giochi d'azzardo? Un sacco di gente importante ha iniziato dal nulla!».

«Sì certo, ma con le spalle protette da un bel conto in banca!».

«Non puoi fare di tutto una questione di soldi, mamma!».

«Credimi, vorrei non farlo, ma la passione da sola non ti fa mangiare tutti i giorni, né ti fa comprare le scarpette nuove!».

«Vuoi dire che peso sul tuo budget? Mangio solo yogurt magro e banane, non sono io che mi strafogo di schifezze di Sainsbury's!».

E mi pentii all'istante di averlo detto.

Mi guardò per un attimo cercando le parole e poi, arresa, se ne uscì con: «Ma lo sai che sei stronza?». E mise automaticamente le mani sulle sue cosce.

Non mi diceva mai parolacce, ma evidentemente non facevo che irritarla.

E poi del resto era vero e l'accondiscendenza non aveva mai fatto bene a nessuno, quella era la prima lezione che Claire mi aveva dato.

«Bene signorina, visto che sei un'anima eterea, frugale e a impatto zero, e io, evidentemente, una fanatica del cibo spazzatura frustrata e in sovrappeso, facciamo che d'ora in poi te la sbrighi da sola okay? Non interferirò più nelle tue scelte scrupolose e mature e se hai dei dubbi chiedi pure a tuo padre… o a Nina, o a chiunque tu reputi alla tua altezza!». E uscì sbattendo la porta.

Ero nella merda.

L'indomani mattina mi sentivo meglio, ma non andai lo stesso a scuola. Aspettai inutilmente che la mamma venisse a salutarmi, ma non lo fece, e quando la sentii chiudere la porta ebbi un tuffo al cuore.

Mi alzai e andai allo specchio.

Osservai quella figura pallida ed esile, e la vidi fare un inchino alla maniera della Zakharova, sorridendo sorpresa e grata a un pubblico immaginario, sentendo il calore degli applausi impazziti del pubblico in piedi.

Riuscivo a percepire l'emozione che avrei provato lassù sul palcoscenico, accecata dai riflettori, mentre fioccavano i fiori e i "brava" e questo mi avrebbe ripagato di ogni fatica e dolore.

Avevo preso la mia decisione: volevo essere una ballerina a tutti i costi, anche se non avevo idea di come avrei potuto fare per frequentare la Royal Ballet School e se mi avrebbero accettato.

Il pomeriggio andai a parlare con Claire.

«Hai delle ottime speranze di essere presa se lavori sodo e se migliori il *port de bras* e gli equilibri, sinceramente, ma devi sputare sangue», disse mentre sbriciolava un pezzo di pece greca nella cassetta.

«Claire se mi prendono, non so come fare a frequentare, mia madre è irremovibile, perché non se lo può permettere», dissi mentre schiacciavo i blocchetti di pece con le punte.

«Mai sentito parlare di borse di studio?»

«Sì, ma non le danno solo ai profughi o ai talenti straordinari?»

«Danno anche sostegno finanziario alle famiglie meno abbienti».

«Ci vorrebbe un sostegno psicologico piuttosto! E poi mia madre è troppo orgogliosa e non accetterebbe mai e comunque non ce la farebbe lo stesso».

«Una soluzione la troveremo, adesso mettiti al centro, cominciamo». Mi diede un colpetto col bastone sul polpaccio, segno che *Mrs* Claire si era impossessata di lei.

Camminai fino al centro della sala e mi preparai in posizione per la variazione.

Respirai, attesi, e quando la prima nota suonò mi sollevai sulle punte.

«Non anticipare la battuta», mi riprese subito.

Sarebbe stata una lunga giornata.

Claire era dura con me, mi faceva tenere un *developé* per minuti infiniti, la gamba tesa in aria vicino all'orecchio, i muscoli che urlavano per la tensione, e il sudore che mi scendeva lungo la schiena, finché cominciavo a tremare per lo sforzo.

E mi faceva ripetere la sequenza fino alla nausea.

I suoi metodi da scuola imperiale zarista erano crudeli, ma così facendo avevo imparato a resistere al dolore dei crampi, delle unghie incarnite e delle vesciche.

Adesso avrei dovuto imparare qualcosa di molto più doloroso: resistere alle frustrazioni e alla competizione con altre ballerine e non ero pronta per quello.

«Dalla paura al dolore e dal dolore alla libertà», mi ripeteva, ma al momento ero bloccata in quella terra di mezzo fra la paura e il dolore.

Dopo la lezione andai a casa sua, non avevo voglia di litigare di nuovo con la mamma e starcene un po' lontane ci avrebbe fatto riflettere.

La casa di Claire era un mausoleo di cimeli e vecchi ricordi.

Fotografie, partiture, premi, CD e vecchie scarpette. Quello che era curioso, però, è che non erano ricordi suoi.

Comprava articoli alle bancarelle e su eBay perché era convinta che la sua carriera non fosse stata sufficientemente lunga e ricca di avvenimenti come avrebbe voluto, così si era costruita una sua storia con i frammenti della vita di qualcun altro.

«Claire, tu sei mai stata innamorata?», le chiesi sorseggiando un tè nero.

Sospirò.

«Si chiamava René, era francese e ballavamo insieme nel *Don Chisciotte* quando lavoravo all'American Ballet. Era un Primo ballerino meraviglioso, era alto, forte, con i riccioli castani e gli occhi neri ed eravamo in sintonia perfetta, non avevamo bisogno di dirci niente: se lui doveva ritardare per farmi prendere più slancio o attendermi una battuta in più per tenere meglio un *arabesque*, sapevo che potevo sempre contare su di lui. Sapevano tutti che stavamo insieme, così le altre gli stavano abbastanza alla larga e per cinque mesi andammo d'amore e d'accordo».

«E poi?»

«Poi gli chiesi di sposarmi».

«Tu?»

«Sì, lui non si decideva e volevo regolarizzare la nostra situazione».

«*Regolarizzare?*»

«Sì, sarei stata più tranquilla, non è un ambiente in cui le cose durino a lungo e ogni nuova ballerina che entrava era una nuova competizione, così almeno potevo avanzare qualche diritto».

«Romantico…».

«No, pratico!», disse tirando una boccata di fumo.

«E poi?»

«Lui all'inizio fu molto lusingato, ma quando gli dissi di scegliere una data diventò nervoso e cominciò ad accampare un sacco di scuse».

«Tipo?»

«Che sua madre non avrebbe accettato un matrimonio celebrato in Comune oltreoceano, che dovevamo aspettare, che c'erano gli spettacoli e bla bla bla».

«C'era un'altra?»

«Sì, un ballerino di fila».

«Ahia!».

«Mi spezzò il cuore, non ebbe il coraggio di dirmelo e si fece beccare nel nostro letto».

«E tu?»

«Ho dovuto stringere i denti, andare avanti e ballare con lui per altri tre spettacoli, con tutta la compagnia che rideva alle mie spalle, poi finalmente lo scritturarono all'Opéra di Parigi e non lo vidi mai più, e da quella volta basta coinvolgimenti sul lavoro».

«Che storia triste!».

«*C'est la vie*. E tu? Di chi sei innamorata?».

Mi sentii punta sul vivo e diventai paonazza.

«Ma cosa dici Claire, io innamorata? No davvero…», risposi guardandomi le unghie.

Soppesai per un istante l'idea di condividere con lei il mio segreto, ma solo per un istante.

«Tu credi che io sia una vecchia scema, di' la verità…», disse Claire strizzandomi l'occhio, «…credi che alla mia età io non sia in grado di accorgermi se una ballerina è innamorata? Cara, è una vita che faccio questo mestiere, e me ne accorgo a occhi chiusi». E si versò un goccio di rum nel tè al latte.

«Una ballerina esprime le proprie emozioni attraverso il suo corpo, le vive intensamente, le subisce e impara a dominarle, ma non può nasconderle. Le assorbe e le trasforma in arte e tu non fai eccezione, senza contare che ti conosco da quando hai cinque anni, e mi basta un'occhiata per capirti».

Abbozzai un sorrisetto di circostanza, mi sentivo nuda in mezzo a una strada.

Non potevo rischiare che lo raccontasse a mia madre o a chiunque altro, la città era troppo piccola perché quel genere di notizie non si diffondesse come il raffreddore.

E in fondo non mi conosceva poi così bene se ci aveva messo tanti anni ad accorgersene.

«Be', c'è questo compagno di scuola…», cominciai attorcigliandomi le dita, «molto carino che…».

«Sono contenta per te Mia», tagliò corto, «ma non lasciare che questo comprometta la tua preparazione per l'audizione».

Carogna, voleva solo assicurarsene allora.

Avevo fatto bene a non dirle niente.

«Non innamorarti *adesso* tesoro, concentrati sul tuo futuro e lotta sodo per realizzare il tuo sogno. L'amore passa, ma una carriera ben strutturata dà delle soddisfazioni inimmaginabili. E se diventerai brava come credo, viaggerai per il mondo e ballerai nei teatri più prestigiosi d'Europa».

«Come la Vishneva?», chiesi speranzosa.

«Oddio tesoro, forse non come la Vishneva, ma anche tu farai la tua bella figura».

«Claire, dimmelo sinceramente, sono una schiappa? Perché ho veramente bisogno di saperlo!».

«Mia, tu hai un grande talento, te l'ho detto, sei forte, intuitiva, armoniosa e hai buona memoria, ma ti manca il confronto con il mondo esterno. È come se tu vivessi intrappolata in un subbuglio di emozioni che non sai come esprimere e questo lo puoi imparare solo sul campo, io purtroppo non posso insegnarti di più».

Confusa e per niente sollevata me ne tornai a casa, per l'ennesima volta al freddo, per constatare che la mamma era già a letto e non mi aveva neanche lasciato la cena nel microonde.

Era cominciata la guerra.

L'indomani a scuola Nina mi corse incontro.

«Ce l'ho fatta, siamo state invitate, è stato molto più facile del previsto», disse mostrandomi due biglietti rosa con le piume.

«Alla festa delle Merdashian?»

«Già! Non hanno opposto resistenza, non credo neanche che sappiano esattamente chi siamo, quindi hanno detto di sì e ho chiesto a Patrick di accompagnarci in macchina. Ci viene a prendere alle otto».

«Patrick ci porta in macchina alla festa?».

Non potevo andare a una festa di cui non mi fregava niente, per conoscere uno di cui non mi fregava niente, solo per far contenta la mia amica e farmi accompagnare dal ragazzo che amavo. Era malsano e insensato.

«Già, non è carino? È in congedo per una settimana e si è offerto di portarci».

«Si è offerto?»

«Proprio offerto no, ma dài, non stiamo a sottilizzare, sarà una serata indimenticabile!».

Sì, "indimenticabile" era l'aggettivo giusto.

La verità è che avrei voluto davvero andare alla festa e divertirmi come tutti gli altri, ma sapevo già che mi sarei sentita fuori posto e a disagio e che non sarei riuscita a spiccicare parola con nessuno, mentre Nina avrebbe fatto amicizia anche coi muri.

«Non so cosa mettermi», piagnucolai.

«Ci penso io».

«Non conosco nessuno», riprovai.

«Conosci me e Thomas e conoscerai Jared».

«Ma tu non starai con me tutta la sera e se poi non gli piaccio?». Ero patetica.

«Gli piacerai e io non ti mollerò un minuto».

«Lasciami a casa ti prego», tentai l'ultima carta.

«Scordatelo! Sei un orso e hai bisogno di uscire e frequentare gente».

Aveva ragione da vendere, ma come tutte le cose che sai di dover cambiare, quando arriva il momento di affrontarle, avresti solo voglia di rimandare a domani.

Tutta la classe era in agitazione, le ragazze si davano consigli su cosa indossare e i ragazzi su cosa avrebbero bevuto.

La prof. di biologia ci aveva fatto uscire prima proprio in vista della festa.

Ero impressionata dal potere di quelle due e confesso che, segretamente, avrei voluto essere un po' come loro.

Solo un po', giusto per cavarmela meglio nelle relazioni sociali e nella vita in generale.

Quando entrai in casa, la mamma era seduta in cucina e stava lavorando al computer, in compagnia di un gigantesco sacchetto di patatine.

Finse di non vedermi.

Era campionessa nel tenere il muso, poteva andare avanti settimane intere senza rivolgerti mai la parola e, alla fine, le chiedevi scusa per sfinimento, anche se avevi ragione; se decideva di punirti non faceva sconti.

La volta che ero andata al concerto dei Groove Armada senza il suo permesso, mi aveva fatto fare tre settimane di lavori "socialmente utili" nel nostro quartiere, portando fuori i cani, consegnando la spesa ai vicini e lavando le macchine.

Non avevo fatto mai più niente senza il suo permesso.

Lei era così e quando decideva di dover fare il padre diventava rigida e severa.

Come se poi mio padre fosse mai stato rigido e severo.

«Che fai, lavori?», le chiesi distrattamente.

«Mmm», rispose senza alzare lo sguardo dallo schermo.

«Senti, stasera ci sarebbe una festa a casa di alcune mie compagne di classe… ti va bene se vado?»

«Perché me lo chiedi? Sei libera di fare quello che vuoi».

«Mamma, ti prego, fine delle ostilità, bandiera bianca, mi arrendo, hai vinto tu!».

Chiuse il laptop e si tolse gli occhiali, come faceva con i suoi studenti quando doveva comunicare loro che non avevano passato l'esame.

«Pensi che mi diverta a punzecchiarti e a starti col fiato sul collo?»

«A volte sì».

«Invece proprio per niente, ma sei il mio pensiero fisso, sei la cosa più importante della mia vita e non voglio che tu commetta gli stessi errori che ho fatto io».

«Mamma, ma noi siamo diverse e i tuoi erano altri tempi».

«È vero, ma il mondo è cambiato solo in peggio, ora è più dura di prima e io sono stanca di far quadrare i conti».

Avevo una voglia matta di dirle che avrebbe risparmiato almeno trecento sterline al mese se avesse smesso di saccheggiare i supermercati, ma me lo tenni per me.

«Va bene, mamma, dimmi cosa vorresti che facessi».

«Sinceramente Mia, vorrei che l'anno prossimo tu studiassi ingegneria, legge o marketing».

«Ma mamma, sono una schiappa in matematica...».

«Se ti applichi puoi riuscire in qualunque cosa tu decida di fare».

«Dài mamma, mi ci vedi a fare l'ingegnere, l'avvocato o il manager?»

«Senti, conosco una quantità di mezze cartucce che ce l'hanno fatta solo perché hanno un cognome importante o buona memoria, e io ti voglio vedere realizzata, ricca e padrona delle tue scelte».

«Sì, ma questo è quello che vorresti tu. Ci sarebbe anche quello che vorrei io».

«È che non voglio che tu ti debba pentire per aver scelto una carriera precaria come quella di una ballerina. E se hai un incidente, per esempio, che fai?»

«Mamma, se facessi l'avvocato e cadessi in bagno e perdessi la memoria? O se diventassi ingegnere e crollasse il ponte che ho progettato? Non sarebbe la stessa cosa? Se pensi alle fatalità non puoi far altro che chiuderti in casa!».

A mangiare patatine, volevo aggiungere, ma non lo feci.

«Senti mamma...», dissi in un impeto di diplomazia, «...prometto di pensarci su e di comunicarti al più presto le mie sagge decisioni, sei d'accordo?».

Mi sembrò che un elefante seduto sopra la sua testa si fosse alzato, perché la vidi finalmente sollevata.

Si aprì in un sorriso e mi abbracciò.

«Così ti voglio Mia, ragionevole e matura», mi disse accarezzandomi una guancia.

«Figurati, per così poco…».

Prese una manciata di patatine e se le mise in bocca.

«Allora, raccontami della festa».

«È una festa di due mie compagne di classe, una cosa in grande… pare».

«Bene, sono contenta, vedrai che ti divertirai».

«Lo spero…».

«Qualche ragazzo in vista?», mi chiese speranzosa.

«Mmm sì, ce n'è uno carino dell'altra sezione, stasera me lo presentano».

«Sono contenta tesoro, devi divertirti alla tua età, stai sempre chiusa a ballare e studiare, è un peccato che tu non esca più spesso».

«Tu invece? Con Paul? Tutto bene?»

«Stasera mi porta a cena da Boboli, mi deve dire qualcosa, speriamo bene», disse stringendosi nelle spalle.

«Tipo che lascia la moglie per te?».

Ma che avevo? Ero posseduta?

«Fingerò di non aver colto il sarcasmo nella tua voce», rispose rabbuiandosi.

Proprio adesso che le cose si stavano aggiustando, arrivavo io con la mia boccaccia a rovinare tutto.

«No, nessun sarcasmo davvero, dico che sarebbe l'ora, insomma, dopo tre anni, *regolarizzare* le cose». Ormai avevo imparato una nuova parola, tanto valeva usarla.

«Sì, ma è davvero difficile e frustrante… prometti di non metterti mai con un uomo sposato?»

«Prometto!».

Tanto, peggio di così.

Andai in camera mia a far finta di prepararmi, York mi guardava dubbioso mentre provavo i quattro vestiti decenti che avevo. Se lo avesse saputo fare, si sarebbe coperto gli occhi con le zampe.

Erano abiti che mi aveva comprato la mamma in vista di qualche avvenimento importante: Natale da mio padre, la festa annuale all'università dove insegnava, Pasqua dalla sua amica Betty e la prima uscita ufficiale con un ragazzo.

Non mi piacevo con la gonna: avevo le gambe troppo magre e i polpacci troppo muscolosi e nessuno mi avrebbe trovata attraente, tantomeno Patrick, con cui sarei stata in macchina per ben dieci minuti. Quindici se il semaforo fosse stato rosso.

Alle otto in punto suonò Nina e la sentii chiacchierare allegramente con mia madre.

In cuor mio sapevo che, se fossi stata come lei, sarebbe stata molto più felice.

Sospirando, scesi le scale.

«Eccoti!», disse Nina, «come sei bella!». Sembrava sincera.

«Sei un amore», fece eco la mamma, «vuoi la mia sciarpa di velluto rosso? Ci sta bene».

La prese dall'armadio e me la avvolse attorno al collo.

Ero contenta di avere qualcosa di suo, mi sarei sentita più protetta in mezzo a quella bolgia, ma adesso non era tanto l'ansia di affrontare la festa a farmi martellare il cuore, bensì il fatto che di lì a due secondi avrei visto Patrick.

Salutammo la mamma e uscimmo nella notte gelida, avvolte nei nostri cappotti.

Mi sentivo lo stomaco annodato.

«Ehi, che belle che siete, farete strage di cuori stasera!», sorrise affacciato al finestrino.

Ecco, esattamente quello che aspettavo di sentirmi dire.

Nina si infilò sul sedile posteriore e io rimasi impalata per cinque secondi con la mano sulla maniglia, poi, finalmente, aprii lo sportello.

Non riuscii a guardarlo in faccia nemmeno una volta, avevo paura di diventare di nuovo bordeaux. Ma mentre lottavo per allacciarmi la cintura, la mia mano sfiorò la sua e il mio stupido cuore innamorato saltò come una palla.

Lui non se ne accorse nemmeno.

«A che ora vengo a riprendervi?», chiese arrivati davanti all'enorme villa vittoriana, con le colonne e il portico che dominavano il prato invaso da macchine di lusso da sembrare un autosalone.

Non volevo scendere, volevo rimanere lì al calduccio, insieme a Patrick che mi sfiorava casualmente la mano.

E volevo che quella scena si ripetesse all'infinito.

Be', anche con qualche dettaglio più audace, per esempio che, sempre casualmente, le nostre bocche si appiccicavano!

«Non ti preoccupare Pat, ci riaccompagna Thomas!», disse Nina mentre scriveva un SMS.

«Thomas? Ma ce l'ha la patente?»

«Certo! Ha diciassette anni», rispose stizzita.

«Ah scusa, addirittura diciassette anni, ma non mi sembra una grande idea che torniate con lui, e se poi si ubriaca?»

«Impossibile, Thomas è astemio!».

«Come vuoi, ma se hai bisogno chiamami okay?».

Ho bisogno, ho bisogno, ho bisogno.

Scendemmo dalla macchina e ci trovammo già in fila.

Patrick ci salutò con la mano, io gli risposi con un sorriso distratto.

L'enorme buttafuori di colore con l'auricolare se ne stava minaccioso davanti alla porta a ritirare gli inviti e cacciare malamente chi non era sulla lista.

La fila era impressionante, tutta la scuola era lì.

Avrei dovuto sentirmi eccitata, invece ero nel panico.

Dalle finestre chiuse provenivano le note di Lady Gaga sparate a tutto volume. Mi chiedevo se ci fosse lei in persona.

Niente di più probabile.

Eravamo intirizzite e cercavamo di scaldarci saltellando da un piede all'altro.

Le ragazze erano quasi tutte seminude con dei microscopici vestitini o delle minigonne bianche, senza calze e con dei sandali da spiaggia ai piedi, e alcune bevevano vino dalla bottiglia aspettando di entrare.

I ragazzi erano vestiti in smoking.

«Scusa Nina, è una serata a tema o casualmente sono tutti vestiti di bianco e nero?».

Mi guardò sconcertata: «Oddio non è che si sono dimenticati di dirci qualcosa?».

Chiedemmo a una ragazza in fila che confermò i nostri sospetti. Il tema era il matrimonio: bianco per le ragazze e smoking per i ragazzi!

«Mmm, perfetto! Sono vestita di verde, non mi faranno mai entrare!».

«Facciamo così: visto che sono vestita di bianco, entro, mi infilo in bagno, mi spoglio e ti faccio portare i vestiti da qualcuno».

«Lascia stare, mi è passata la voglia e non mi va di vedere quelle due stronze! Facciamo che telefoni a Patrick e mi fai venire a prendere?».

Adoravo quell'ipotesi.

«No, no e poi no, è colpa mia dovevo informarmi meglio, troverò una soluzione. Ma come ho fatto a essere così cretina!».

«Sei innamorata, è normale». Le scompigliai i capelli.

Mi prese le mani gelate fra le sue.

«Lo sai che sono innamorata davvero?», mi disse guardandomi seria con i suoi occhioni sgranati.

Sapessi io…

«Siete proprio belli insieme».

«Dici davvero? Sai che… abbiamo deciso di farlo?», mi confessò entusiasta.

«Uh! Davvero? E quando? Dove? Cioè…».

Mi aveva sconvolto.

Sapevo di dover essere contenta per lei, invece ero infastidita e preoccupata per me.

Se lei faceva l'amore col suo ragazzo, avrebbe vissuto l'esperienza più importante della sua vita e sarebbe improvvisamente cambiata e diventata adulta e io mi sarei sentita ancora più esclusa.

«Stanotte!», disse abbracciandomi forte, «per questo non volevo che Patrick ci venisse a prendere!».

«Ma come stanotte? Cos'è tutta questa fretta? Una cartomante vi ha predetto che morirete domani?».

Ero agitata, quella non era una cosa da Nina, lei era equilibrata e tranquilla, era stato sicuramente Thomas a metterle fretta.

Rise nonostante la mia faccia truce.

«Andiamo a casa sua, i suoi non ci sono, poi torniamo qui a prenderti».

«Ma non avevi detto che non mi avresti lasciata un attimo?»

«Ho molta fiducia in te e so che ti divertirai e farai amicizia», disse come se fossi un cane che stava per lasciare a pensione tutta l'estate.

Mentre cercavo ottimi motivi per contestare la sua stupida idea, arrivarono Thomas e Carl.

Carl era abbastanza carino, talmente magro che i jeans scuri gli scivolavano sulle anche. Frangia lunga, occhi nerissimi e un naso importante, aveva quell'aria un po' maledetta che in generale piaceva alle mie compagne. Io invece, proprio perché ero già maledetta, ero sempre attratta dalle cose luminose, come una falena.

Nina gettò le braccia al collo di Thomas e lo baciò sulle labbra con uno schiocco rumoroso che mi infastidì come le unghie sulla lavagna.

Notai che Thomas si passò rapidamente una mano sulla bocca per togliere eventuali tracce di rossetto.

Lo stavo scannerizzando e lo stavo odiando.

Carl, a cui sicuramente era stato fatto il lavaggio del cervello, si presentò stringendomi la mano con entusiasmo.

«Ciao, io sono Carl», disse sorridendo.

«Piacere di conoscerti. Mia».

«Nina mi ha parlato moltissimo di te», aggiunse continuando a sorridere.

«Ti ha detto anche che mi faccio di crack e allevo cavallette?».

Rimase un attimo interdetto, poi scoppiò a ridere. «No, deve essersene dimenticata, ma mi ha detto che hai un senso dell'umorismo notevole!».

Mi strinsi nelle spalle.

«Vedo che non hanno avvertito nemmeno te del tema della serata», dissi indicando la sua felpa viola e le scarpe da ginnastica.

«No, gli è sfuggito il dettaglio».

Sorrisi, in fondo mi era simpatico.

Mentre avanzavamo, vedevo con la coda dell'occhio Nina e Thomas che non la smettevano più di abbracciarsi e parlarsi nell'orecchio.

Ehi, era la mia migliore amica quella che quel cacciatore di vergini stava cercando di circuire!

«Così... studi danza», mi chiese Carl cercando di rompere il ghiaccio.

«Sì», risposi guardandomi i piedi divaricati.

«È vero quello che si dice sulle ballerine?»

«Che sono delle ninfomani?», risposi sulla difensiva.

«Che sono molto attente alla dieta, volevo dire».

Mi stavo comportando malissimo, quella notizia mi aveva davvero infastidita, ma non potevo continuare a trattare Carl come un rappresentante di aspirapolvere molesto e, in fondo, Nina era libera di fare quello che voleva.

Finalmente giungemmo al cospetto dell'enorme buttafuori che ci squadrò dalla testa ai piedi.

«Voi due non siete vestiti a tema», sentenziò.

«Ti sbagli», rispose Carl, «noi siamo vestiti da testimoni della sposa, vedi? Una cosa vecchia, una cosa nuova, una cosa blu e una prestata», disse indicando nell'ordine il buttafuori, me, le sue mani e le chiavi della macchina di suo padre.

L'uomo bofonchiò qualcosa in slang e ci fece il gesto di uscire dalla fila, mentre invitò Nina e Thomas a entrare.

«Non entro se non entra la mia amica», si ribellò Nina.

«No vai, vai, staremo benissimo», la rincuorai con un sorriso indicando Carl.

«Sì, andate pure, divertitevi, noi rimaniamo qua fuori, o al massimo andiamo a farci un hamburger da qualche parte», proseguì Carl.

Nina sembrava smarrita, ma Thomas le mise una mano intorno alle spalle e rivolto a noi due disse: «Dài, non ha senso che rimaniamo tutti fuori no? Facciamo un giro e più tardi ci troviamo qua».

Sì certo, e io sono Harry Potter.

Carl mi prese per la manica e mi fece allontanare dalla fila, Nina mi salutò con la mano e un attimo dopo fu inghiottita dalla bolgia.

Il freddo era insopportabile, non sentivo più i piedi.

Carl mi accompagnò fino alla sua macchina un paio di isolati più in là.

Entrammo nella vecchia Golf scassata e accese il riscaldamento.

Non ero tranquilla, dovevo tenere d'occhio Nina.

«Ti confesso che non mi dispiace non essere entrato», disse.

«Neanche a me, non mi diverto mai alle feste, mi sembra sempre di guardare un acquario di pesci che si divertono tantissimo, ma che non vogliono rendermi partecipe».

«Be', non è tanto difficile divertirsi a queste feste, basta fare il pieno di Red Bull e vodka e calarsi un paio di pasticche e vedrai come entri nel *mood*!».

«Vuoi dire che per socializzare si fanno tutti come tacchini?»

«Non puoi neanche immaginare cosa riescano a infilarsi nel naso!».

«Oh be', sono quasi delusa! Pensavo che fossero tutti estremamente dotati nelle pubbliche relazioni».

«Oh no, si aiutano molto, credimi, ed è proprio perché sono quasi tutti timidi e spaventati».

«E chi non lo è…», sospirai.

«Tu. Non mi sembri spaventata dagli altri».

«Io? Ma se sono terrorizzata! Mi sembra sempre che gli altri facciano tutto meglio di me». Mi chiedevo perché gli stessi raccontando la mia vita.

«Magari è vero, ma sembri una che sa il fatto suo, una tosta insomma».

Era la prima volta che qualcuno mi dava della "tosta" senza mettere nella stessa frase "faccia".

In fondo quel Carl non era poi così male.

Passammo una serata piacevolissima a ridere e scherzare, mangiando patatine e ali di pollo in un *drive in*.

Non mi resi conto che si erano fatte le due passate e, quando me ne accorsi, fui assalita dall'ansia.

Ma non ebbi il tempo di fare niente che il mio cellulare squillò.

Risposi istintivamente aspettandomi di sentire la voce di Nina.

Ma quando sentii che dall'altra parte c'era Patrick, per poco non mi venne un infarto.

«Ciao Mia, scusa il disturbo, ho provato a chiamare Nina, ma il suo telefono è staccato, e siccome è piuttosto tardi, mi stavo preoccupando... state bene? Avete bisogno di un passaggio?», chiese in tono apprensivo.

Non riuscivo a rispondere, il mio amore per lui mi stava letteralmente soffocando.

Non ho bisogno di un fottuto passaggio, ho bisogno di te.

Mi schiarii la voce e risposi quasi scocciata: «Ah sei tu! Sì, il telefono di Nina non prende, ma non ti preoccupare, fra un po' torniamo!».

«Ah bene! Lo immaginavo. Scusa se ti ho disturbato, me la passi per favore?».

Cazzo, non potevo imitare la sua voce e soprattutto: *ti prego, disturbami tutti i giorni della tua vita!*

«È in bagno!», mentii, «appena esce ti faccio chiamare, qui c'è un casino pazzesco!».

«Okay Mia, fammi chiamare però, così vado a letto tranquillo».

Certo, vai a letto tranquillo.

Vorrei esserci anch'io nel tuo letto.

«È strano però...», proseguì, «...per essere una festa, è particolarmente silenziosa!».

Oddio!

«È il mio cellulare, è un modello nuovo sai, ha una funzione… un silenziatore…», balbettai.

Che cazzo stavo dicendo? Stavo parlando con un *marine* che mi avrebbe rintracciato subito con il satellite e mi avrebbe fatto arrestare.

«Funziona molto bene Mia, poi mi dici che modello è così lo compro anch'io! Divertiti e non dimenticarti di farmi chiamare!».

«No, no figurati, ti faccio chiamare subito, tranquillo!».

Volevo morire in quel preciso momento.

Non sapevo dove fosse Nina, avevo mentito all'amore della mia vita nella conversazione più lunga che avessi mai avuto con lui e non sapevo come uscire dal quel casino, senza che lui chiamasse i corpi speciali.

«Scusa se te lo chiedo, ma hai parlato con il presidente degli Stati Uniti?», mi chiese Carl di cui mi ero completamente dimenticata.

«Con chi?»

«No, chiedevo, sei diventata seria e impacciata, come se ti avessero beccato a rubare».

Lo guardai come si guarda un gatto che si accende una sigaretta e poi, con la massima naturalezza dissi: «Era il padre di Nina, non riesce a contattarla e così ha chiamato me».

«Ah scusa, allora immagino l'imbarazzo, vuoi che andiamo a cercarla?»

«Sì, andiamo, sono quasi le tre».

Scendemmo dalla macchina, sembrava che stesse per nevicare, e ci incamminammo verso la villa.

C'erano gruppetti di ragazzi, quasi tutte facce conosciute. Qualcuno era collassato sul prato e alcune ragazze ubriache cantavano a voce alta incuranti del gelo.

Nessuna traccia di Nina là fuori.

«Dobbiamo entrare», disse Carl.

Annuii.

L'enorme buttafuori era sempre davanti all'entrata.

Carl si piazzò davanti a lui.

«Possiamo entrare?», chiese.

«Non siete in tema con la serata», rispose senza guardarlo, più impegnato ad ascoltare quello che gli dicevano all'auricolare.

«Hai ragione amico, ma sai, io sono dell'antidroga e la mia collega è una psicologa di sostegno, libero di non crederci, ma domani sarai sul "Daily Mail"».

Ci scrutò dall'alto in basso, poi diede un'alzata di spalle e ci lasciò entrare.

Dentro era tutto buio se non per la palla stroboscopica e alcune luci al neon.

Bibi e Dell sedevano sulle ginocchia di due tizi che sembravano usciti da «Vogue».

In sottofondo un pezzo di Cheryl Cole.

C'erano coppie che si baciavano furiosamente sui divanetti.

Nessuno di loro era Nina e Thomas.

Provammo a chiamarli al cellulare, ma senza esito.

Temevo che Patrick mi richiamasse e non avrei saputo mentirgli. Spensi il telefono.

Mi sentii morire.

Nessuna traccia di loro due.

Chiesi a Carl di riaccompagnarmi a casa.

«Dove saranno?», si domandò.

«Credo a casa di Thomas, ma cosa facciamo, ci appostiamo fuori? Sono adulti e sanno quello che fanno, almeno spero e non abbiamo nessun diritto di rovinare la loro prima notte».

Mi pentii all'istante di averlo detto.

«Ah… tu dici che loro… stanotte…», chiese sorridendo.

«Non so, dico così, perché no…».

Sorrise malizioso e salì in macchina.

Dovevo rendermi conto che la mia amica aveva il diritto di decidere della sua vita e io non ero nessuno per richiamarla all'ordine o tirarle le orecchie.

Arrivammo davanti a casa mia in silenzio.

Erano le tre e mezza passate.

«Grazie per la serata Mia, non avrei mai pensato di stare così bene».

«Mi stai prendendo in giro?», chiesi interrogativa.

«No, dico sul serio, pensavo di rimanere in un angolo a bere birra calda in un bicchiere di carta, invece mi hai fatto passare davvero una bellissima serata. Posso rivederti? Magari andiamo al cinema insieme», propose pieno di entusiasmo.

Non riuscivo a togliermi dalla testa Patrick che tentava di chiamarmi, e poi allertava Scotland Yard, mentre Nina passava la notte più romantica della sua vita rotolandosi su una pelle d'orso insieme a Thomas.

«Okay chiamami, ci possiamo vedere in settimana, magari per una pizza».

«Voi ballerine mangiate la pizza?», chiese divertito.

«Solo la crosta!», risposi.

Rise e aspettò che entrassi in casa prima di ripartire.

Salii silenziosamente le scale, rivestite di moquette, che scricchiolavano come una vecchia nave e passai davanti alla camera della mamma.

Mi avvicinai alla porta e le sussurrai che ero tornata.

Attesi.

Diede un colpo di tosse e si soffiò il naso.

«Sei tornata Mia? Tutto bene? Vai a letto che è tardissimo».

Ma non riuscì a ingannarmi. Stava piangendo a dirotto e da chissà quante ore. Entrai in camera mia e accesi il cellulare.

C'erano tre chiamate di Patrick e una di Nina.

La richiamai subito.

«Dove sei?».

Cominciò a singhiozzare.

«Vienimi a prendere per piacere», mi supplicò.

«Certo che vengo, cazzo, dove sei?»

«A casa di Thomas, in Hunter's Street».

Non avevo dubbi che vivesse in quella via.

Scesi le scale silenziosamente, andai in garage, inforcai la bicicletta e cominciai a pedalare come se non avessi un domani.

La mia amica stava male, mia madre stava male e io avrei voluto salvarle, ma avevo solo sedici anni e nessun potere.

Arrivai davanti a casa di Thomas in circa dieci minuti e la vidi là fuori, sola, a battere i denti con il trucco scolato e i capelli in disordine.

«Nina. Cos'è successo?», le chiesi in preda al panico.

«Non è andata come speravo...», finse di scherzare, ma si vedeva che soffriva.

«Dài, monta, andiamo a casa mia, tuo fratello mi ha chiamato un sacco di volte, gli ho detto che eravamo insieme, poi ho spento il telefono, avevo paura che ci mandasse la RAF».

«Hai fatto bene, ho visto che mi ha chiamato. Gli ho mandato un messaggio dicendogli che dormivo da te».

Ci guardammo, eravamo talmente amiche che non avevamo bisogno di dirci nient'altro.

Thomas non era stato un gentiluomo, aveva ferito la mia amica, la persona migliore del mondo e anche se lei non lo sapeva ancora, lui l'avrebbe pagata cara.

Pedalai lentamente verso casa mia, con lei seduta sulla canna, senza spiccicare parola.

Una volta a casa ci infilammo nel mio letto e ci rannicchiammo l'una accanto all'altra, protette dal rassicurante tepore del piumone caldo.

«Stai tranquilla», le dissi, «ci penso io».

CAPITOLO QUATTRO

Dormimmo abbracciate senza il coraggio di parlarci.

Come se temessimo di sbriciolare la nostra infanzia, trovandoci ad affrontare, impreparate, un'adolescenza più grande di noi.

La sentivo soffrire fra le mie braccia, ma non potevo fare mio quel dolore, avevo già la mia parte di amore non corrisposto con cui fare i conti.

Mi svegliai alle sette e scavalcai con cautela Nina che dormiva profondamente.

Scesi in cucina e vidi mia madre che litigava col bollitore difettoso.

«Tutto bene mamma? Se vuoi prendo una mazza da baseball e lo finiamo».

Si girò, sorpresa di vedermi, e si mise a ridere suo malgrado.

«Nina è di sopra che dorme».

«Ah non l'ho sentita rientrare. Come è andata la festa?»

«Erano tutti ubriachi o impasticcati».

«Però… che bella gioventù!», commentò. «Io tornerò verso le sei stasera, tu vai a lezione da Claire?»

«Sì…».

Giravamo intorno all'argomento principale: Paul.

Decisi di affrontare la questione.

«Com'è andata la cena ieri sera?».

Si girò verso il bollitore e ricominciò a piangere.

«Mamma… dài…».

«Mi ha detto che voleva separarsi e mettersi con me, ma sua moglie gli ha giurato che non gli farà mai più vedere le figlie».

Prese a singhiozzare senza controllo.

Mi avvicinai per abbracciarla, ma si spostò.

«Sto bene», mi disse, «stai tranquilla, sto bene, non è niente, ora mi passa». Fece un sorriso forzato e si asciugò gli occhi con le mani. «Ci sono dei biscotti e della marmellata in frigo, fatevi anche due uova che siete pelle e ossa!».

Mi si spezzò il cuore.

Avrei voluto prendere a mazzate tutti gli uomini che l'avevano fatta soffrire e l'avevano illusa con delle false promesse, solo per approfittarsi della sua buona fede.

Li odiavo con tutte le mie forze.

Odiavo tutti i Jiles, i Paul e i Thomas di questo mondo.

Si voltò e si asciugò di nuovo gli occhi: «Scusami, non dovresti vedermi in questo stato», disse andando verso l'ingresso.

Si sistemò i capelli allo specchio, indossò il cappotto e uscì.

Rimasi sola in cucina, preoccupata per lei e per quello che Nina mi avrebbe raccontato al suo risveglio.

Accesi la televisione e, seduta sullo sgabello con le gambe sul tavolo, aspettai la mia amica.

Molte tazze di caffè dopo la sentii scendere.

Apparve sulla soglia della cucina come un fantasma, i capelli sciolti, la maglietta troppo lunga e i calzini.

Feci tutto quello che era in mio potere perché si sentisse a suo agio.

«Buongiorno e ben svegliata! Lo chef consiglia: toast alla francese, marmellata di arance e se sei in vena di colesterolo uova e pancetta».

«Non ho fame Mia, grazie, mi basta un tè».

«Un tè al tavolo otto in arrivo!», cercai di sdrammatizzare.

Ma era impossibile sdrammatizzare una tragedia in atto.

Si sedette sullo sgabello e mi sorrise malinconica.

Le accarezzai i capelli e mi avvicinai a lei.

«È andata così male?».

Sorrise e alzò le spalle.

«Non credo potesse andare peggio», rispose girando il cucchiaino nella tazza.

Non potevo darle una pacca sulla spalla e dirle che ci sarebbero state altre prime volte, purtroppo quella era l'unica tappa della vita che non prevedeva repliche.

Ma doveva esserci un modo per tirarla su di morale.

Sospirò.

«Siamo andati a casa sua, lui aveva bevuto un po'».

«Ma non avevi detto che è astemio?», scattai sulla sedia.

«No, non lo è, ho mentito a mio fratello, se è questo che intendevi».

Feci una smorfia di disapprovazione, come una suora che vede passare una ragazza in minigonna.

«Cos'altro devi confessare sorella?», dissi appoggiandole una mano sulla testa.

Le venne da ridere. Era buon segno.

«Ti ricordi come mi immaginavo che fosse, no? Tutto sospiri, candele e petali di rosa».

«Certo».

«Ma lui ultimamente aveva cominciato a insistere che voleva farlo e che non poteva più aspettare».

«Mi ricorda un documentario sui babbuini che ho visto l'altro giorno, appena vedono una femmina la montano subito così com'è, senza nemmeno presentarsi o regalarle dei fiori».

«Mia!».

«Scusa... ma davvero dovresti vederlo quel documentario, è...! Okay sto zitta».

«Siamo entrati in casa e lui mi ha portato al piano di sopra, e fin qui era più o meno come me lo ero immaginato con Robert Pattinson... ma poi una volta entrati in camera dei suoi...».

Stava arrivando alla parte drammatica, lessi nei suoi occhi che le faceva male ricordarlo.

«...mi ha spinta sul letto e mi si è sdraiato sopra».

Una parte di me non voleva più ascoltare, ma un'altra voleva avere una buona ragione per prendere Thomas a calci in culo.

«Vuoi dire che è stato violento?», chiesi allarmata.

«Violento no, però è stato stronzo, questo sì».

«Questa è la prima cosa sensata che ti sento dire da giorni».

«Non si è nemmeno spogliato, ha fatto... insomma, hai capito... quello che doveva fare e poi si è sdraiato accanto a me».

«Ma che stronzo!», esclamai. «Non dirmi che ti ha anche chiesto "ti è piaciuto?"».

«Sì! Ti giuro che me lo ha chiesto!».

«Bastardo! Dimmi che gli hai detto di no!».

«Gli ho detto di sì…».

«Ma Nina! Almeno la soddisfazione di farlo sentire uno sfigato…». Sbattei la tazza con troppa foga e allagai il tavolo.

«Ma lui se lo aspettava», piagnucolò

«"Ma lui se lo aspettava"!», la imitai. «E allora? Si è comportato come una merda e nemmeno glielo fai presente? Sei davvero generosa Nina!».

«Non arrabbiarti anche tu con me».

«Ma figurati se sono arrabbiata con te, sono incazzata nera con quello! E dopo cos'ha fatto, ha aggiornato il suo profilo su Facebook?»

«Siamo scesi in cucina, si è acceso una sigaretta e mi ha chiesto se volevo un panino al formaggio».

«Non si può dire che non si sia preoccupato per te!».

«Allora ho detto che avrei chiamato un taxi e invece ho chiamato te».

«E lui non si è nemmeno offerto di riaccompagnarti?»

«Sembrava che tutto l'interesse che aveva per me fosse svanito nel nulla dopo avermi portata a letto». Le scese una lacrima.

Dio come mi prudevano le mani.

Era assurdo, quella era una cosa che sarebbe potuta accadere a me che avevo una famiglia sgangherata e nessuna fiducia negli uomini, non a lei che aveva vissuto tutta la vita circondata da affetti sani e genuini, insieme ai suoi genitori che si amavano da trent'anni come il primo giorno.

Il mondo era un posto cinico.

«Bene», dissi, «vediamo il lato positivo della cosa…», cercandone disperatamente uno.

«…In primo luogo abbiamo capito perché si dice che *la prima volta non si scorda mai*, in secondo luogo dovresti ritenerti fortunata che non ti abbia sciolto droghe nel bicchiere e, ultimo, siccome peggio di così non poteva andare, la prossima volta sarà una meravigliosa seconda volta!», conclusi orgogliosa delle mie deduzioni.

Nina sorrise meno triste.

Non avevo idea di come affrontasse le difficoltà, dal momento che non ne aveva mai avute.

In questo mi sentivo una privilegiata: da che ero venuta al mondo, avevo collezionato una tale quantità di esperienze negative che non temevo più niente.

Ci alzammo e andammo a sederci sul divano a guardare la televisione avvolte in una coperta, mangiando pan carré e burro d'arachidi, mentre York leccava le briciole che cadevano per terra.

Era bello stare a casa di mattina, come quando eravamo piccole, senza preoccupazioni né responsabilità.

Ancora non sapevo che mi sarei ricordata di quel momento per il resto della mia vita.

Dopo le prove con Claire andai a fare la spesa per cucinare per la mamma.

Presi anche una bottiglia di vino e un dolce.

Volevo che, tornando a casa, sentisse un po' di calore umano e una parvenza di famiglia anche se monca.

Preparai la pappa al pomodoro (che piaceva tanto a mio padre) e che lei ci cucinava spesso i primi tempi che abitavamo a Leicester, poi piano piano aveva smesso di impazzire per trovare i prodotti giusti e si era adattata alla cucina locale.

Così, da un giorno all'altro, i fagioli all'uccelletto erano stati sostituiti da una scatola di fagioli Heinz e il ragù fatto in casa era diventato un sugo alla bolognese Knorr.

Quando rientrò, la sentii salire direttamente le scale verso il piano di sopra.

Corsi subito a fermarla, non avrei sopportato di sentirla piangere in camera un'altra notte.

Quella giornata non finiva mai.

Avrei preferito un compito di chimica a sorpresa e quattro ore di prove con Claire che mi picchiava sulle gambe, alle lacrime di mia madre e della mia migliore amica, tutto per colpa di due idioti egoisti e immaturi.

Almeno il mio amore immaginario mi consentiva di non soffrire e, allo stesso tempo, di godermi tutte le fantasie che volevo, senza essere ferita.

Corsi su per le scale e la superai, poi la presi dolcemente per le mani e l'accompagnai giù.

Si lasciò guidare come una bambina.

«Ti ho cucinato una pappa al pomodoro spettacolosa, vedrai che ti leccherai i baffi…».

Sorrise.

«Non ho fame Mia, ho mal di testa vorrei andare a letto».

«Non si va a letto con lo stomaco vuoto, me lo hai sempre detto», risposi mentre l'aiutavo a togliersi il cappotto, «e poi non mi dirai che rifiuti un ottimo bicchiere di vino rosso no?»

«Hai preso anche il vino?»

«Certo, una cena che si rispetti merita un buon vino».

«E cosa dovremmo festeggiare?», chiese amaramente.

«Abbiamo un milione di cose da festeggiare ma'!», la rimproverai. «Intanto io, te e York siamo insieme e godiamo di ottima salute, cosa da non sottovalutare… poi Mrs Fancher oggi non si è vista, e stasera c'è *X Factor* e ce lo guarderemo sul divano mangiando la torta al cioccolato che ho comprato apposta per te».

Non ne potevo più di quel divano, ci avevo passato la giornata a consolare Nina e ci avrei passato la notte a consolare mia madre.

Considerai l'ipotesi di bruciarlo.

Mia madre finse un minimo di entusiasmo e mi seguì in cucina dove la pappa al pomodoro stava tristemente bruciando.

Mangiammo dalla pentola, grattando il fondo carbonizzato e parlando del più e del meno, evitando con cura l'argomento Paul.

Mia mamma bevve tre quarti della bottiglia, e almeno quello la rilassò un po'.

Ci addormentammo sul divano abbracciate.

Finalmente quella merdosa giornata era finita.

Lunedì mattina, mentre chiudevo la bicicletta con il lucchetto davanti alla scuola, vidi in lontananza una figura fastidiosamente familiare scendere dalla macchina, e la rabbia che si era appena sopita ricominciò a circolarmi nelle vene.

«Ehi tu testa di cazzo!», urlai senza curarmi di chi mi sentiva.

Thomas si girò, quasi consapevole che l'insulto fosse rivolto a lui.

Mi guardò, stranito, cercando di capire se ce l'avessero con lui.

«Sì, dico a te testa di cazzo, ho qualcosa da dirti». E senza riflettere cominciai a correre più forte che potevo fino a che non gli fui abbastanza vicino da placcarlo come un giocatore di rugby.

Vista da fuori, la scena era piuttosto comica: sembravo una formica che cercava di aggredire un elefante.

Cadde per terra e gli rovinai addosso, era così sorpreso che non reagì subito.

Lo afferrai per il colletto della giacca e urlai a un centimetro dalla sua brutta faccia: «Sentimi bene, immenso coglione, quelli come te, che non hanno rispetto per le donne, dovrebbero essere castrati alla nascita».

«Ma che vuoi? Sei impazzita? Mi hai fatto sporcare tutto, brutta cretina!». Mi spinse via con forza e mi fece rotolare per terra. Avevo l'adrenalina alle stelle, non gli avrei permesso di andarsene così.

«Allora non mi sono spiegata bene!», proseguii spingendolo di nuovo per terra e sedendomi sul suo stomaco, «tu non sei neanche degno di allacciare le scarpe a Nina, brutta merda! Hai approfittato di lei per portartela a letto e aggiungere una tacca al tuo minuscolo cazzo e vorrei ucciderti per quello che hai fatto, ma purtroppo c'è una legge che lo vieta, per cui ti giuro che ti farò pentire di averle fatto del male!».

Ero fuori di me dalla rabbia, avrei potuto veramente ucciderlo con le mie mani, e il mondo sarebbe stato un posto migliore.

Il suo istinto di conservazione gli fece capire che facevo sul serio, che ero isterica e fuori controllo e, anche se pesavo poco più di quaranta chili, ero un tale fascio di nervi che avrei potuto sollevare un pick up pieno di mattoni.

Mi fissava con lo sguardo allucinato e in una frazione di secondo mi afferrò per il collo e mi gettò violentemente per terra, lasciandomi senza fiato e con un lungo graffio lungo la gola.

Era proprio un bastardo nato.

Come avesse fatto Nina a innamorarsi proprio di lui, era un mistero.

Si alzò e si spolverò i pantaloni.

«Cazzo mi sono macchiato d'erba! Tu sei malata, sei una puttana malata, fatti curare!», urlò con disprezzo.

Al sentirmi chiamare puttana mi andò il sangue al cervello.

Presi dalla borsa una delle mie scarpette con la punta di gesso e gliela sbattei in faccia con tutta la forza che avevo in corpo.

Il naso cominciò a sanguinargli abbondantemente.

Lo guardavo immobile mentre urlava coprendosi il viso con le mani.

Poteva massacrarmi di botte se voleva, e forse lo avrebbe fatto, non c'erano altri testimoni a parte una signora con il deambulatore

«Ti denuncio! Stronza maledetta, io ti rovino!», gridò venendomi sotto.

Non aveva capito ancora, l'idiota.

Gli restituii uno sguardo carico d'odio, con la scarpetta prudentemente stretta nella mano destra.

«Tu denunciami…», gli dissi con tutta la calma del mondo, «…e ti ritrovi con un'accusa di violenza sessuale nei confronti di una minorenne. Come la vedi adesso, eh bastardo?».

Mi guardò con un lampo feroce negli occhi, girò sui tacchi e se ne andò bestemmiando.

La carica di adrenalina mi abbandonò improvvisamente e cominciai a tremare per lo shock.

Caddi in ginocchio e scoppiai a piangere.

Thomas raccontò di aver sbattuto contro un palo, io finii comunque dalla preside.

Qualcuno aveva raccontato di avermi sentito gridare oscenità.

Sospettai della signora con il deambulatore.

Me la cavai con un altro richiamo scritto. Al successivo avrei perso sicuramente l'anno.

In compenso diventai una specie di celebrità e quando passavo per i corridoi mi guardavano tutti con ammirazione e rinnovato rispetto.

Anche Bibi e Dell cominciarono a salutarmi. Forse volevano assumermi come loro guardia del corpo.

Si erano diffuse varie versioni dell'accaduto: che avevo picchiato Thomas perché mi aveva tagliato la strada, perché aveva parlato male degli italiani e perché diceva che il Mac era meglio del PC.

E in ognuna delle versioni lo avevo colpito con un oggetto diverso.

Quel che mi dava maggior soddisfazione era scoprire che avevo realizzato il desiderio di molti.

Non dissi niente a mia madre per non peggiorare le cose.

Qualche giorno dopo stavo facendo merenda seduta da sola a un banco in fondo alla classe, quando arrivò Carl.

Non lo vedevo dalla sera della festa.

«Ciao Mia», mi salutò un po' impacciato.

Avevo la bocca piena e, alzando la testa di scatto, per poco non mi strozzai.

«Ti faccio quest'effetto adesso?»

«No, no… mi soffoco sempre quando qualcuno mi saluta!».

Rise.

«Adesso che sei una leggenda ci sarà la fila per parlare con te».

«Sì, come vedi ho dovuto usare uno sfollagente per poter mangiare in santa pace, non ne potevo più di firmare autografi!».

Si sedette accanto a me.

«Ma sei sicuro di potermi parlare? Thomas ti toglierà il saluto».

«Non parlo più con Thomas».

«Davvero? Come mai, ha sedotto e abbandonato anche te?»

«Si è comportato come uno stronzo e gliel'ho fatto notare, lui non ha apprezzato e mi ha detto che potevo andare a farmi fottere…».

«È monotematico il tuo amico…».

Rimanemmo in silenzio un attimo e poi scoppiammo a ridere.

Mi faceva piacere parlare con Carl, mi sentivo a mio agio con lui e non dovevo fingere di essere quello che non ero. Era rilassante.

«Senti Mia…», iniziò, «hai ancora voglia di uscire per quella pizza una di queste sere?».

Mi si chiuse lo stomaco involontariamente.

Cos'era quello? Un invito da parte di un amico o ci stava provando?

Andiamo, chi cercavo di prendere in giro? Certo che ci stava provando, anche un cieco se ne sarebbe accorto.

Ma io amavo Patrick e il mio cuore era tutto occupato dalla sua presenza e non c'era (e non ci sarebbe stato mai) posto per nessun altro.

Anche se era assurdo, irrazionale e folle, ero fedele a quel sentimento a senso unico.

Accettare quell'invito quindi, avrebbe significato illudere Carl e tradire Patrick.

«Non so… questa settimana sono molto occupata con le prove…», risposi poco convinta, «…e poi se non studio, con la condotta che ho, posso scordarmi l'esame e… la mia vita sarà una lunga e frustrante coda fra gli uffici di collocamento, dove potrò scegliere fra pulire i cessi alla stazione o distribuire volantini di un fast food».

Mi guardò interrogativo.

«Ti sembro scemo per caso?»

«No, perché?»

«Perché ti sto solo chiedendo se vuoi uscire a mangiare una pizza con me, non voglio mica portarti a letto».

Lo guardai stupita e un po' imbarazzata.

In effetti era solo una pizza, non un matrimonio combinato.

«Sai Carl, sono una ragazza vecchio stampo, chi mi dice che dopo la pizza non mi rapirai e mi porterai al castello?»

«Puoi sempre aggredirmi a colpi di scarpette da ballo…».

Fissammo per l'indomani sera alle sette, sarebbe passato a prendermi a casa in macchina.

Nel frattempo Nina stava recuperando la sua consueta allegria, ma c'era come un'ombra che velava il suo sorriso e, purtroppo, quell'ombra era lo specchio di quello che era accaduto e che l'aveva cambiata, forse per sempre.

Avrei voluto che Patrick sapesse, così lo avrebbe gonfiato di botte.

Ma niente avrebbe impedito a Thomas di continuare a comportarsi da stronzo e, in fondo, l'unico modo di difendersi da tipi come lui era starne alla larga.

Sarebbe stato bello se avessero inventato un antivirus che li metteva in quarantena appena si avvicinavano o un repellente da spalmarsi addosso che ci rendesse immuni alle loro lusinghe.

L'avrei subito regalato a mia madre e alle sue amiche.

Sarebbe stata l'invenzione del secolo.

Arrivai da Claire per la lezione e mi accorsi che la mia scarpetta destra era macchiata di sangue.

Sorrisi con una punta d'orgoglio: l'avrei conservata come trofeo.

Quel giorno mi sentivo ispirata e i miei *fouetté* ne giovarono.

«La grazia, Mia, la grazia! Ricordati che sei un cigno, delicato e vulnerabile. Sii più fluida e termina i movimenti, non accennarli soltanto e Santo Iddio, quelle mani!».

Si lamentava, è vero, ma sentivo che, in fondo, cominciava a essere soddisfatta.

E anch'io sentivo che stavo crescendo: tenevo la testa più alta e danzavo con più intensità e precisione.

Concentrandomi sull'espressione delle emozioni, acquistavo energia e velocità, dimenticandomi della fatica.

Claire sembrava apprezzarlo. A modo suo.

Quella sera in cucina trovai mamma e Paul seduti intorno al tavolo.

Sembrarono colti sul fatto, sebbene stessero solo bevendo un caffè.

Lasciai cadere la sacca per terra e andai al frigo a prendere una Coca, fingendo che non ci fossero.

«Ciao Mia», disse Paul.

«Ciao», risposi senza guardarlo, «sei venuto a riprenderti lo spazzolino da denti?»

«Mia!», intervenne mamma. «Paul è venuto a parlarmi e si ferma a cena da noi».

«Perché, non gli basta casa sua?».

Si alzò innervosita e portò le tazze verso il lavandino.

Passandomi vicino mi lanciò uno sguardo omicida che interpretai come: «Tieni chiusa quella tua boccaccia impertinente e non immischiarti in cose più grandi di te».

Messaggio ricevuto: anche lei era libera di andare incontro a un treno in corsa se voleva.

Mi mancava Patrick, il ricordo dei due baci sulle scale cominciava ad affievolirsi e quel casuale contatto in macchina era stato davvero poca cosa per poterci ricamare ancora sopra.

E poi non volevo ripensare a quella serata per niente al mondo.

Nina mi aveva detto che era ripartito per Portsmouth, per tornare a bordo della nave scuola su cui era imbarcato già da tre mesi.

Ma perché non faceva il panettiere in centro?

La cena trascorse in un silenzio imbarazzato.

E io facevo del mio meglio perché nessuno si rilassasse.

Perché dovevano fare finta che non fosse successo niente, se solo fino a dodici ore prima la mamma era in uno stato pietoso?

Cosa c'era in lei che non andava?

Se uno ti dice che ti lascia perché sua moglie si oppone alla vostra relazione, perché non te lo togli dalla testa e basta invece di riprenderlo appena ti richiama?

Gli adulti, a volte, erano incomprensibili.

Paul cercava di essere simpatico con me, ma non mi era *mai* stato simpatico, per cui era inutile che ci provasse.

Oltretutto non capiva l'ironia, quindi non avevamo speranze.

«Elena, è buonissimo questo pasticcio di agnello», disse.

«Sì, è vero», convenni, «di che marca è?».

Mia madre mi fulminò con un'occhiata.

«In che senso?», chiese lui.

Appunto.

«Lascia perdere», intervenne mia madre. «Mia ha un senso dell'umorismo *borderline* a volte».

«Borderline?».

Vabbè, era impossibile fare un discorso con lui.

«Sì. Come la canzone di Madonna», rispose la mamma.

Ci guardò interrogativo.

«Il pasticcio di agnello è surgelato!», tagliò corto mia madre.

E si alzò sbuffando.

«Okay, grazie della cena, devo studiare biologia, ci vediamo Paul». E salii le scale di corsa.

Mi chiusi in camera, mi buttai sul letto e infilai le cuffie con i Coldplay a tutto volume.

Dieci minuti dopo la porta si spalancò ed entrò la mamma infuriata come una belva.

Mi tolse le cuffie.

«Mi vuoi dire che cosa ti prende? Vuoi insegnarmi anche a stare al mondo adesso?». Aveva le vene del collo gonfie, stavo di nuovo rischiando la vita.

Non risposi e finsi di continuare a studiare.

Chiuse il libro di scatto costringendomi a guardarla.

«Capisco che stai attraversando la fase in assoluto più difficile della tua vita, ma non ti permettere di immischiarti in situazioni che non ti riguardano e di cui non sai niente!».

Mi fece paura, non l'avevo mai vista così arrabbiata.

«Smettila di giudicarmi sempre, sei troppo piccola per sapere come gira il mondo! Non è tutto bianco e nero come credi tu, ci sono una quantità di *grigi compromessi* che neppure ti immagini e che bisogna imparare ad affrontare per andare avanti. E molti li accetto proprio per permetterti di vivere una vita serena, non certo per farmi sfottere da una ragazzina saccente».

Non ebbi il coraggio di rispondere.

«Paul è un uomo buono, e mi vuole bene, e voglio provare ad aggiustare le cose con lui. No! Ferma, so già cosa stai per dirmi: che è sposato e che una donna della mia età dovrebbe sapere che certe cose non funzionano, soprattutto dopo le esperienze negative che ho avuto, ma ti garantisco che quando avrai la mia età, avrai una prospettiva totalmente diversa della vita. Anch'io a sedici anni sognavo l'amore puro e perfetto, qualcuno che vivesse per me e solo per me e che mi amasse in maniera totale, esclusiva, per sempre, ma poi ci si scontra con la realtà, che è molto meno romantica della fantasia, e questa realtà è fatta di esseri umani che hanno delle debolezze, esseri umani che fanno errori, come sposare la persona sbagliata, e non puoi condannarli per questo!».

«Mamma…», risposi mettendomi a sedere, «mi dispiace se ti ho dato l'impressione di giudicarti, non era mia intenzione davvero. Hai ragione, io non so niente della vita e dell'amore, però so che ieri hai pianto e anche l'altro ieri hai pianto e stamattina dimostravi sessant'anni quando sei uscita di casa, e io non voglio che tu soffra ancora, per un Paul… qualunque!». Avevo le lacrime agli occhi.

Lasciai galleggiare le parole.

Mi abbracciò.

Rimanemmo così per minuti e minuti.

«Ti voglio bene mamma», le sussurrai.

«Io invece ti adoro Mia, e farei qualunque cosa per vederti felice, te lo giuro su Dio», mi disse fra le lacrime, «qualunque cosa…».

Pensai automaticamente alla Royal Ballet School, ma sapevo che i miracoli non esistono.

CAPITOLO CINQUE

Carl arrivò puntuale a casa nostra e fece un'ottima impressione a mia madre e York che stavano sulla porta a sorridere e scodinzolare.

Scesi le scale e lo vidi lì, davanti alla porta, con delle rose in mano.

Che c'entravano i fiori se era un appuntamento fra amici?

«Sono per mia madre vero?», lo fulminai.

«Certo, ovviamente, signora… mamma di Mia, questi sono per lei». Le porse i fiori a braccia tese.

«Elena, solo Elena. Scusa, ma mia figlia è convinta che la vita senza sarcasmo non sia degna di essere vissuta. Non riesce proprio a farne a meno… Ti confesso che preferirei che fumasse! Comunque li accetto volentieri», disse prendendo il mazzo.

Uscimmo di casa, guardando per terra, senza parlare.

«Simpatica tua mamma, è giovanissima, mia madre in confronto sembra Miss Marple!».

«Ha quarantatré anni, non è *tanto* giovane!».

«Credimi lo è, mia madre ne ha cinquanta e ne dimostra settanta, per non parlarti di mio padre!».

Mio padre ne dimostrava novanta anche quando ne aveva diciotto.

Salimmo in macchina e ci dirigemmo verso il centro.

«Senti Mia, mi sembrava un po' triste andare da Pizza Hut, allora mi sono permesso di prenotare da Cinnamon. È il mio ristorante indiano preferito, ma se a te non piace… possiamo cambiare».

«No, indiano va bene, tutto fuorché italiano, non ne posso più».

Avevo già voglia di tornare a casa, non perché Carl non fosse piacevole, ma perché non ero abituata a fare tardi e la serata mi sembrava interminabile.

Mi angosciava l'idea di dovermi alzare prestissimo e passare il pomeriggio a fare le prove con Claire.

Avrei fatto tardi e sarei stata a pezzi, desideravo solo stare sotto il mio piumone insieme a York, fantasticando su Patrick che mi salvava da un naufragio.

Ma allo stesso tempo mi sentivo in colpa per Carl che era davvero carino con me.

Giunti davanti al ristorante aprì la porta per farmi entrare.

La cameriera ci accompagnò a un tavolo piuttosto defilato e accese la candela.

Non ero mai stata a cena da sola con un ragazzo in un ristorante e mi sentivo terribilmente imbarazzata.

Dovevamo mangiare una pizza e invece ci trovavamo in un tête-à-tête ufficiale con tanto di suonatore di sitar in costume.

Era una cosa che forse avrei apprezzato a trent'anni, ma non a sedici.

Era tutto troppo "adulto" per i miei gusti.

«Ti consiglio il pollo tandoori o il rogan josh», disse Carl, «e magari un nan al burro, è una focaccia morbida molto buona».

«Non so, penso che prenderò riso e lenticchie».

Da bere ordinammo acqua.

La conversazione stentava a decollare a differenza delle altre volte, forse perché la situazione era ufficiale.

«Allora, dove andrai l'anno prossimo?», gli chiesi.

«Ho scelto economia».

«Oh! Il sogno di mia madre!», non potei evitare di dirgli.

«Tu invece? Studierai danza?».

Era la prima volta che qualcuno dava per scontato che avrei continuato a studiare danza classica.

«Mi piacerebbe, il problema è che mia madre non è d'accordo, e la scuola di danza è davvero molto cara. L'audizione per entrare poi è difficilissima».

«Be', se sei arrivata fino a qui, mi sembra assurdo che tu rinunci, voglio dire, quant'è che balli, dieci anni? E improvvisamente vuoi metterti un tailleur grigio e lavorare in una banca? Credo che impazziresti nel giro di due settimane. Non me ne intendo di danza, sono incapace di muovere due arti insieme, ma sono affascinato da tutti quelli che esprimono la loro creatività in qualche modo. Mi piacerebbe tanto vederti ballare, sono sicuro che sei bravissima».

Era anche la prima volta che qualcuno esprimeva il desiderio di vedermi ballare e che mi dimostrava una tale incondizionata fiducia.

In quel momento desiderai che al suo posto ci fosse Patrick.

E, con l'occasione, che mi desse l'anello di fidanzamento.

Sorrisi e arrossii.

«Non so se sono bravissima, però so con certezza che non c'è cosa al mondo che mi renda altrettanto felice».

«Si vede, ti brillano gli occhi quando ne parli. Sei fortunata. La tua è certo una scelta piena di sacrifici, ma anche la più soddisfacente. Ti ammiro sai? Sei così giovane e così determinata».

Adesso stava esagerando, va bene la lusinga, ma così era anche troppo.

Verso le dieci morivo già dal sonno.

«Dài Mia, ti porto a casa, non voglio che ti addormenti in classe domani», disse a metà fra il deluso e l'affettuoso.

Non smettevo di sbadigliare.

Era come se il fatto di essere usciti insieme ci avesse inibiti.

Arrivammo davanti casa.

«Non posso dire che sia stata una serata indimenticabile, ma sono sicuro che la prossima volta andrà molto meglio».

«Vuoi dire che nonostante ti abbia fatto passare la cena più noiosa della tua vita, hai ancora voglia di uscire con me?»

«Certo che sì, voglio darti ancora una possibilità, mi informerò su quello che mangiano le ballerine e poi ti inviterò di nuovo».

«Cena a base di cracker e acqua?»

«Se è l'unica maniera per rivederti mi adeguerò… adesso vai, è tardi».

Mi accarezzò una guancia con la punta delle dita e con tutta naturalezza avvicinò il mio viso al suo e mi baciò delicatamente le labbra.

Mi affrettai ad aprire lo sportello e uscire.

«Scusa Mia, non… volevo offenderti», mi disse interpretando il mio imbarazzo.

«No… nessuna offesa, davvero… Be'… ciao, buonanotte». E corsi dentro casa.

Una volta dentro rimasi appoggiata contro la porta chiusa senza accendere la luce, a godermi la familiare protezione di casa mia.

Ero al sicuro.

Carl mi aveva baciato, ma non riuscivo a capire se mi fosse piaciuto oppure no. Era la prima volta che qualcuno in carne e ossa mi baciava e non ero preparata.

Fino ad allora avevo solo vissuto di immaginazione, in compagnia del mio pensiero fisso, ma ero io che decidevo la sceneggiatura, e adesso era arrivato qualcuno a modificare il copione e non ero in grado di gestirlo.

Salii le scale lentamente riflettendo su quegli ultimi minuti.

Com'era possibile che Carl si interessasse a me, se avevo fatto di tutto per non piacergli?

Avrei dovuto confessargli il mio amore per Patrick? E come glielo avrei spiegato? «Sai sono innamorata di uno più grande di me che non vive qui e mi considera come una sorella minore, ma credo di avere buone speranze!».

Era un casino.

Eppure con lui stavo bene.

Pochi minuti dopo essermi infilata a letto mi arrivò un SMS.

Era di Carl.

«Mi sa che ho fatto una cazzata, giuro che non era premeditato. Cioè un po' sì. Ma giuro che non si ripeterà più. Anche se mi piacerebbe. Va bene, smetto di giurare. Insomma mi è piaciuto! Buonanotte ballerina. C».

Ehi! Ferma, ferma, ferma!

Che si era messo in testa?

Insomma, prima mi chiede di uscire, poi mi bacia, poi mi dice tra le righe che vuole ribaciarmi!

Non credeva mica che stessimo insieme?

Ma soprattutto: a me era piaciuto?

Se ci ripensavo sentivo una specie di onda anomala allo stomaco ed era il genere di sensazione che avevo provato esclusivamente per Patrick e non mi piaceva provarla per qualcun altro.

Rimasi al buio col telefono in mano, per una decina di minuti, indecisa se rispondere o meno.

Se gli avessi risposto, si sarebbe montato la testa, ma se non lo avessi fatto sarebbe stato maleducato da parte mia.

Ma se "avere una relazione" significava stare sveglia la notte con un telefono in mano senza sapere se, come e cosa rispondere, allora le relazioni non facevano proprio per me.

Spensi il telefono e mi girai dall'altra parte.

Purtroppo non riuscii a non ammettere a me stessa che mi era piaciuto.

La mattina dopo mia mamma mi scrutava da sopra la tazza di caffelatte.

«Be'? Cos'hai da guardare?», le chiesi continuando a spalmare il burro sulla fetta di pane.

«Allora?...»

«Allora cosa?»

«Non mi racconti niente?», canticchiò.

«Non c'è niente da raccontare», canticchiai.

«Mmm, mi nascondi qualcosa...», continuò.

«Dài...», mi sentivo arrossire, «cosa ti devo dire... siamo andati a cena al ristorante indiano e poi siamo tornati a casa».

«È carino Carl!».

«Sì, non è male», risposi distrattamente.

«Ed è innamorato di te!», sorrise.

«Mamma! Che dici?». Mi alzai a riempire il bollitore che era già pieno. Quella conversazione mi stava imbarazzando da morire.

«È cotto! Non hai visto come ti guardava?»

«No! Come mi guardava?»

«Come si guarda la cosa più bella del mondo!».

«Ma figurati! Lui guarda tutti così, guardava così anche York!».

«E a te piace?»

«Ma la smetti di farmi il terzo grado?». Avevo le orecchie in fiamme, ma mi veniva da ridere.

«Sì, sì ti piace, guarda come sei rossa! Tiiii piaace Caarl, tiii piaace Caarl!».

«Mamma, falla finita ti prego! Non mi piace Carl, è... molto simpatico e... carino e... basta!».

Non smetteva di ridere e canticchiare, ma se questo la faceva stare meglio, ero ben contenta di farmi prendere in giro.

Era bellissimo vederla ridere.

Ma l'allegria durò poco, quando entrò in cucina quel panzone di Paul in boxer turchesi.

Cambiai subito espressione.

Anche se avevo promesso alla mamma che avrei smesso di tormentarlo e che avrei provato a dargli una chance, era più facile a dirsi che a farsi.

Prenderlo in giro mi riusciva talmente spontaneo che era un peccato sprecare delle così belle battute.

Giurai comunque a me stessa che non avrei detto niente.

O almeno ci avrei provato.

«Buongiorno!», disse mia madre con il sorriso che le attraversava la faccia, «ti preparo il tè?».

Paul sbadigliò e si grattò la testa.

Se si fosse grattato il culo non avrei risposto delle mie azioni.

Rapidamente mia madre prese dal cassetto una tovaglietta americana a forma di sole e un tovagliolo di stoffa, riempì un bicchiere con del succo d'arancia, e gli mise davanti la marmellata e il burro.

Mi chiedevo se sarebbe corsa al forno a comprare dei croissant.

«Ci sono dei croissant?», chiese l'uomo in mutande.

«No, mi dispiace, se vuoi vado al forno a comprarli», rispose mia madre.

Dovevo andarmene di corsa, non ce l'avrei fatta a resistere.

«No, non importa... hai per caso del dolcificante?».

Stavo per buttarmi per terra a rotolarmi dalle risate.

Quell'uomo era un genio e io lo avevo sottovalutato.

«Ehm no, non lo usiamo...», disse mia madre.

«Ehi, Paul lo sapevi che il dolcificante fa crescere le tette?»

«Davvero?». Si guardò automaticamente il petto, aveva una seconda abbondante! «Allora forse dovrei smettere».

Gesù che babbeo. Era davvero troppo facile.

«Scusa mamma», le sussurrai prendendo la borsa e uscendo dalla cucina, «io ci ho provato! Davvero!».

Mi diede una pacca sul sedere e canticchiò: «Tiii piace Caarl!».

«Uffa mamma, non vale!», dissi tappandomi le orecchie ridendo.

«Tii piace Caaarl!», continuò a cantare finché non uscii di casa.

Okay, me lo ero meritata.

Adesso arrivava la parte difficile: andare a scuola e incrociare *veramente* Carl.

Nina mi sottopose la sua parte di inquisizione.

«Allora? Com'è andata l'uscita con Carl?», mi sussurrò durante la lezione di letteratura.

«Non ti ci mettere anche tu Nina, mia madre mi ha torturata per tutta la colazione».

«Ma io non sono tua madre, sono la tua migliore amica e ho sete di dettagli», insistette.

«Ci siamo baciati… credo».

«COSA?»

«Nina, stavo dicendo?», intervenne Mrs Meyer.

«Che Geoffrey Chaucer con i *Racconti di Canterbury* si ispira al *Decameron* di Boccaccio, e sottolinea ironicamente l'ipocrisia della differenza fra le classi sociali nel Medioevo», concluse impeccabile.

«Bene, bene, Nina», disse Mrs Meyer un po' spiazzata.

«Ma come cavolo fai?», le chiesi sottovoce.

«Non lo so, è un dono di natura, riesco a seguire anche tre conversazioni contemporaneamente», rispose stringendosi nelle spalle. «Allora? Continua a raccontare, sei rimasta alla scena del bacio».

«Non c'è stata nessuna scena del bacio, è stata una cosa velocissima poco prima che scendessi dalla macchina».

«Okay ho capito, lasciami indovinare: siete stati a cena fuori, lui è stato carino con te e ha cercato di fare conversazione, tu gli hai risposto quasi sempre per monosillabi e non hai mangiato quasi niente, poi hai cominciato a sbadigliare e lui ti ha portata a casa, giusto?»

«Sono così prevedibile?», le chiesi aggrottando la fronte.

«Ti conosco troppo bene!», sorrise. «Riusciresti a smontare anche il più motivato dei principi azzurri con le tue battute. Raccontami del bacio dài».

«Niente… Arrivati davanti casa ci siamo salutati, e lui mi ha accarezzato una guancia e poi si è avvicinato e mi ha baciata sulla bocca».

«Con la lingua?»

«Nooooo! Sei pazza?», risposi a voce troppo alta per non essere udita.

«Mia, stavo dicendo?», mi chiese stancamente Mrs Meyer.

Nina si affrettò a suggerirmi: «...Che Chaucer introdusse per la prima volta l'uso dell'inglese popolare...».

«Che... Chaucer... introdusse... per la prima volta l'uso dello *slang*», balbettai.

«Certo Mia, che poi diventò rap e in seguito hip hop...», concluse rassegnata Mrs Meyer.

Tutta la classe cominciò a ridere.

«Mia!», disse Nina crollando con la fronte sul tavolo in segno di sconfitta.

«Ho interpretato...», risposi scoraggiata.

Durante la pausa non vidi Carl, non volevo andarlo a cercare, ma allo stesso tempo volevo vederlo.

Non sapevo decifrare quelle sensazioni contrastanti.

Nina intanto non smetteva di stuzzicarmi.

Non vedevo l'ora di andare da Claire che mi avrebbe strapazzata per due ora senza domandarmi niente.

Sullo sportello del mio armadietto trovai appiccicata una lettera col mio nome.

Mi guardai intorno cercando chi potesse essere l'autore e la staccai rapidamente prima che qualcuno potesse leggerla.

La lettera diceva:

Ho due biglietti in seconda fila per *Sylvia* questo venerdì, ma se non ti interessa ci vado con Thomas... ultimamente ha cominciato ad apprezzare il balletto! C.

Due biglietti per la *Sylvia*?

Nella versione che Ashton aveva creato appositamente per Margot Fonteyn nel '52?

In seconda fila?

Oddio mi girava tutto, dovevo sedermi.

Carl era completamente pazzo, quei biglietti costavano più di cento sterline l'uno.

Non potevo accettare.

Ma volevo accettare!

Corsi da Nina.

«Ma è bellissimo Mia, è uno dei tuoi balletti preferiti, hai sempre voluto andarci, è un regalo strepitoso!», gridò Nina abbracciandomi.

«No, tu non hai capito!». Mi divincolai. «Quei biglietti costano una follia! È una cifra che un ragazzo di diciassette anni non può permettersi a meno che non spacci droga o non sia Zac Efron!».

«Avrà risparmiato, oppure li avrà chiesti a suo padre, non deve per forza averli rubati!».

«Ma è un regalo troppo impegnativo, non so come interpretarlo».

«Pronto? Mia? Sei in casa? Va bene che sei una schiappa in matematica, ma non puoi non saper fare neanche 2+2!». Sospirò. «Se ti ha chiesto di uscire, ti ha baciata e ti ha invitata a teatro significa che è cotto di te, non c'è altro da capire!».

Mi appoggiai sconsolata alla parete.

«E cosa dovrei fare secondo te?»

«Devi accettare! È così romantico, vorrei che fosse…». Un lampo di tristezza le attraversò il sorriso, ma cercò di scacciarlo subito. «… Dammi retta, accetta e non pensare ad altro che alla splendida serata che trascorrerai».

«Ma se accetto, poi significherà che stiamo insieme? Non sono pratica di corteggiamenti e non conosco l'oscuro codice delle relazioni».

«E chi lo conosce? Se questo fosse successo ai tempi di mia mamma, era chiaro che lui avrebbe voluto fidanzarsi con te e che, prima o poi, ti avrebbe chiesto di sposarlo, ma questo un secolo fa, ora, come vedi, non vuol dire niente neanche andare a letto insieme», concluse amaramente.

«Quindi se accetto di andare a teatro non divento automaticamente la sua ragazza».

Nina aggrottò la fronte: «Ma perché non vuoi dargli una chance? È talmente carino, non puoi nascondere tutta la vita la testa sotto la sabbia per evitare le relazioni».

No, non potevo, anche se mi sarebbe piaciuto.

Sentivo che, cominciando a uscire con un ragazzo "vero", sarei entrata ufficialmente nel mondo degli adulti e avrei dovuto avere a che fare con tutti quei *grigi compromessi* di cui parlava mia madre.

Rientrammo in classe e cercai di concentrarmi sulla lezione di chimica, ma non riuscii a smettere di pensare a *Sylvia* e a quello che avrei detto a Carl.

Adoravo quel balletto e sognavo di danzarlo anch'io un giorno con il Royal Ballet.

La mamma, tanti anni prima, mi aveva portata a vedere *Lo schiaccianoci* alla De Montfort Hall, ed ero letteralmente impazzita.

Anche se non c'erano nomi famosi in cartellone, ero rimasta a bocca aperta per più di due ore e mi ero spellata le mani a forza di applaudire.

Da quella volta non mi era più capitato di andare a teatro, costava troppo e così mi accontentavo dei DVD e di quello che potevo vedere su YouTube.

Uno spettacolo alla Royal Opera House a Covent Garden era la cosa più vicina alla felicità che potessi immaginare. Se mi avesse invitato Patrick avrei raggiunto la pace dei sensi.

All'uscita di scuola passai davanti all'armadietto di Carl e appiccicai con il chewing gum un biglietto con la mia risposta che diceva «Okay».

Avevo il dono della sintesi.

Tornata a casa, mi chiusi in camera e mi buttai sul letto.

Fuori aveva cominciato a piovere e mi sentivo strana, malinconica e confusa.

Abbracciai il cuscino e mi raggomitolai.

Mi chiedevo come sarebbe stata la serata con Carl, cosa ci saremmo detti in macchina, e se dopo saremmo andati a cena ma, soprattutto: se avesse tentato di baciarmi di nuovo, glielo avrei lasciato fare?

Chissà cosa stava facendo Patrick.

Non aggiornava più il suo profilo di Facebook, ma c'era qualche foto nuova che lo ritraeva sulla nave insieme ad altri cadetti.

Sorrideva sempre e aveva l'aria orgogliosa e fiera.

Anche se lo avrei preferito meno patriottico, non avrei voluto che fosse diverso da com'era.

L'unica nota positiva della tragica sera della festa era che mi era rimasto il suo numero di telefono in memoria.

Ogni tanto lo selezionavo e lo stavo a guardare per decine di minuti immaginando che squillasse e a volte ero tentata di chiamarlo.

E riattaccare subito.

Era assurdo: Carl avrebbe venduto sua madre per una mia telefonata, mentre io sognavo solo di chiamare qualcuno che non sapeva quasi che esistevo.

Ma accettare la corte di Carl, che era obiettivamente un ragazzo dolce e carino, era l'unico modo per tentare di togliermi Patrick dalla testa una volta per tutte.

Mi tirai su dal letto, appoggiando inavvertitamente il gomito sulla tastiera del telefonino, e mi allungai per prendere il libro di storia sulla scrivania.

Dopo alcuni secondi sentii una lontanissima voce chiamare il mio nome.

Dovevo avere le allucinazioni uditive se mi sembrava di sentire Patrick dire: «Mia, sei tu? Stai bene?». Forse stavo esagerando, dovevo smettere di pensarci troppo.

Mi guardai intorno perplessa cercando di capire da dove provenisse quella voce.

E appena mi resi conto che proveniva dal mio telefonino, mi si fermò il cuore.

Senza riflettere spinsi il bottone rosso e riattaccai.

Osservavo il telefono in preda alla vergogna più totale.

Come avevo potuto essere così stupida?

Non terminai il pensiero che il telefono si mise a vibrare e a squillare.

Istintivamente lo coprii col cuscino.

Cioè: Patrick mi stava richiamando e io avrei dovuto dirgli che era partita la chiamata per sbaglio?

Ma a chi partivano ancora le chiamate per sbaglio nel XXI secolo?

«Coraggio», mi dissi, via il dente, via il dolore.

«Pronto?», risposi distrattamente.

«Mia! Sei tu? Credo che tu mi abbia chiamato per sbaglio!». Lo sentivo sorridere.

«Chi… chi parla?», dissi picchiando la testa sul cuscino.

«Mia! Sono Patrick, non mi riconosci? È incredibile, uno di questi giorni mi spiegherai cosa ti ho fatto di male! Sono davvero così antipatico?».

Mi guardai allo specchio, stavo andando in ebollizione, avrei giurato di vedere del fumo uscirmi dalle orecchie.

«Ah ciao… sei tu? Non avevo riconosciuto il numero… questo telefono è così vecchio, credo che le faccia partire da solo le chiamate!», sentii la mia voce rispondere.

«Vecchio modello? Avevo capito che ne avevi uno modernissimo… col silenziatore addirittura!». Rise.

Deficiente, ero proprio una deficiente.

«Stai bene? Ti prepari per l'esame?», mi chiese.

Lo farei, se non pensassi a te ventiquattro ore al giorno.

«S-sì, studio, cioè studiamo molto io e Nina».

O almeno ci provo quando non sono occupata a picchiare la gente o a coprirmi di ridicolo.

«So che siete in gamba, farete un figurone, hai già deciso che materie portare?»

«No, sono ancora indecisa…».

Fra il farmi fare l'elettroshock e chiudermi in convento.

«Se posso darti un consiglio dovresti provare a pensare a più di una possibilità, così da avere più scelta dopo».

«Okay lo farò. Quando torni?», chiesi in fretta senza pensare e mi pentii subito di averlo fatto: era una domanda troppo personale.

«Ho un altro congedo venerdì, sto facendo dei turni massacranti, ma in questo modo riesco ad accumulare giorni di permesso per tornare più spesso a casa».

Venerdì? Questo venerdì?

Immaginai Carl darmi i biglietti e dirmi: «Tieni, Mia, questi sono per te, portaci chi vuoi io non li merito», voltarmi e darne uno a Patrick.

Tutto al rallentatore naturalmente.

«Venerdì…», ripetei in trance.

Cazzo, ma fra tutti i giorni e i mesi che ci sono in un anno, proprio l'unico in cui ho qualcosa da fare!

«Vieni a cena da noi?»

A CENA DA VOI? Dimmi che ho capito male!

«A ce… ma… io… non… okay d'accordo», risposi.

Deficiente. Una deficiente senza speranza.

«Ottimo! Però questa volta promettimi che ti siedi vicino a me e che farai lo sforzo di parlarmi almeno per dieci minuti».

«Se è solo per dieci minuti forse ce la posso fare, ma non ti prometto niente».

Mi siederei anche sulle tue ginocchia e parlerei solo con te per i prossimi trent'anni.

«Allora ci vediamo venerdì, fai la brava mi raccomando».

Certo tanto non dovrò fare altro che ripensare a questa telefonata per il resto della mia vita.

Riattaccai e mi coprii la faccia con il cuscino.

Che avevo fatto?

Gli avevo detto che sarei andata a cena da loro, mentre dovevo andare a Londra con Carl.

Ma perché non si poteva avere tutto?

Volevo andare sia a cena da lui che a vedere *Sylvia*. Perché invece dovevo scegliere fra i due eventi più importanti della mia inutile vita?

Ero finita.

Non sapevo come uscirne.

La lezione da Claire fu una mezza catastrofe.

«Ma che hai oggi, sei stata punta da una tarantola? Perché sei così agitata? Hai di nuovo bevuto il caffè? Te l'ho detto che non devi berlo, sei troppo giovane! Tè verde, chiedi a Elena di comprarti il tè verde, che è pieno di vitamine! Su ricominciamo!».

Ero in un bagno di sudore come mai prima, il pensiero di Patrick mi rimbalzava fra il cuore e la testa come la pallina impazzita di un flipper.

Facevo di tutto per concentrarmi sulla variazione, ma ero lenta e distratta e non azzeccavo un passo.

Neppure il dolore delle vesciche ai piedi riusciva a riportarmi alla realtà.

Potevo pensare ad altro per non più di tre minuti, poi l'emozione inarrestabile e violenta del ricordo della sua voce mi travolgeva senza preavviso, con la potenza di una valanga, lasciandomi senza forze.

E venivo percorsa da misteriosi e piacevoli brividi freddi lungo tutta la schiena.

Non andava affatto bene, non mi riconoscevo più, ero in preda a un'euforia incontrollabile che mi faceva sorridere senza motivo.

Come se avessero agitato e aperto una bottiglia di Coca tenuta prudentemente in frigo per anni.

Ed ebbi la certezza che i miei sentimenti per Patrick non fossero più gli stessi di quando avevo cinque, dieci o tredici anni. No, quello che sentivo adesso era totalmente diverso e molto, molto pericoloso.

Dovevo trovare un modo per dire a Nina della telefonata e dell'invito a cena, non avrei voluto, ma lui glielo avrebbe raccontato come fosse una cosa buffa, non come un tragico errore e non avrei certo potuto presentarmi a cena da lei all'ultimo minuto dicendo: «Sai, mi ha invitato tuo fratello!».

Non era stupida e avrebbe mangiato la foglia.

Restava da trovare un modo per spiegarle perché non gli avevo risposto quelle semplici parole: «Mi dispiace, ma venerdì ho un impegno».

Mi sarei arrampicata come sempre sugli specchi.

E come la mettevo con Carl?

Potevo chiedergli di cambiare i biglietti?

Sarebbe stato da vera cafona, ma giorno più giorno meno, per lui, non avrebbe fatto quella vitale differenza che avrebbe fatto per me.

Dovevo trovare il modo per riuscire a fare tutte e due le cose, non ero assolutamente in grado di scegliere.

Non potevo scegliere.

CAPITOLO SEI

La mattina dopo ero in palestra, seduta sulla panchina, aspettando il mio turno per giocare la partita di pallavolo, quando Carl si sedette accanto a me.

Sussultai come fanno solo quelli che hanno la coscienza sporca.

«Allora? Tutto a posto per venerdì?», mi chiese speranzoso e un po' emozionato.

Era il momento giusto per chiedergli di rimandare, ma non avevo il coraggio.

«Sì, tutto a posto, anche se…», dissi senza staccare gli occhi dal campo.

«Anche se?»

«Mia mamma mi ha chiesto di stare a casa per aiutarla per una cena… SÌÌÌÌÌ VAI COSÌ!», esultai saltando in piedi per un punto segnato dalla squadra avversaria.

«Ah… ho capito», esitò. «Ed è una cosa molto importante?»

«Abbastanza… è una cena con il gruppo venditrici Avon, credo che le diano una promozione, ci saranno dei pezzi grossi…».

Non so come mi fosse venuta in mente una cazzata del genere.

La sua amica Betty era in fissa con la Avon e cercava sempre di piazzarle dei rossetti rosa ciclamino e degli smalti perlati che lei odiava, ma che comprava per farle piacere.

«Ah capisco… Be', sarà per un'altra volta allora», rispose deluso.

«Puoi spostare la data magari?», buttai là continuando a guardare la partita.

«Purtroppo è l'ultima replica, è stato veramente duro trovare quei due biglietti, erano gli ultimi posti disponibili, ma se proprio non puoi… non preoccuparti…», disse fingendo di non avere subìto la peggior delusione della sua vita.

Mi voltai verso di lui e feci l'errore colossale di guardarlo negli occhi, dove lessi tutta la sua dignitosa tristezza, camuffata da comprensione.

E rimasi fregata.

«No!», mi affrettai a rispondere appoggiando una mano sulla sua. «Ma, ti pare? In qualche modo farò, scherzi? Non me lo voglio perdere per niente al mondo!».

«Ma sei sicura? E tua madre?»

«Lei si arrangerà, tanto io sono solo capace di apparecchiare la tavola e rompere i bicchieri!».

In quel momento Nina arrivò sudata fradicia con la faccia scura e si sedette fra di noi.

«Abbiamo perso, ho fatto schifo, e tu facevi il tifo per le altre! Ciao Carl, hai visto che amica che ho? E tu la inviti ai balletti…».

Carl sorrise.

Mi chiamarono per giocare la partita, e mi alzai riluttante all'idea di lasciarli insieme a parlare: non volevo che Carl le chiedesse se mia madre lavorava davvero per l'Avon e, ancora peggio, non avevo detto a Nina della telefonata di Patrick.

Ed ecco che il solo pensiero mi mandò di nuovo il cuore a mille e il cervello in poltiglia, e non vidi arrivare una palla, comparsa dal nulla, che viaggiava alla velocità della luce, e che mi centrò in piena faccia facendomi volare per terra.

Almeno avevo trovato il modo di separarli.

Sentii chiamare il mio nome più volte, e le mie compagne si strinsero in cerchio intorno a me.

Il naso mi faceva malissimo.

Nina mi fu subito accanto e Carl continuava a ripetere in modo drammatico: «Chiamate un dottore, chiamate un dottore!».

Non mi ero resa conto da dove fosse giunta la pallonata, finché non vidi Thomas farsi sopra di me e dirmi con un ghigno odioso e la palla in mano: «Scusami, ho sbagliato mira, non l'ho fatto apposta!».

Gli lanciai un'occhiata torva e impotente e riappoggiai la testa per terra a godermi lo spettacolo delle facce preoccupate dei miei compagni.

«Che carogna!», disse Nina sconvolta, «non sai come mi vergogno».

«Oh, lascia perdere, chi la fa l'aspetti».

Carl intanto era partito a passo di carica per andare ad affrontare Thomas. Provai ad alzarmi per fermarlo, ma la testa mi girò vorticosamente.

Mr Davies, l'insegnante di ginnastica, arrivò ad assicurarsi che stessi bene e insistette per accompagnarmi in infermeria.

Odiavo l'infermeria e gli infermieri, ma soprattutto, l'odore pungente del disinfettante e finché fossi stata capace di intendere e di volere e avessi avuto tutti gli arti al loro posto, avevo giurato a me stessa che non ci avrei mai messo piede.

«Sto bene, non si preoccupi, nessuno è mai morto per una pallonata che io sappia, no Mr Davies?».

La sua occhiata preoccupata mi confermò il contrario, ma non avevo voglia di farmi snocciolare i nomi degli incidenti sportivi degli ultimi quarant'anni.

Nina mi aiutò ad alzarmi e tornai a prendere posto sulla panchina, con un asciugamano bagnato sul naso, che qualcuno mi aveva portato nel frattempo.

«Si sta gonfiando», disse Nina con aria apprensiva.

«Come, si sta gonfiando? Quanto?», chiesi allarmata.

Non potevo andare a teatro *e* a cena da Patrick con il naso di Shrek!

«Insomma… un po'». Lo toccò con le dita.

«Ahia! Mi fai male!».

«Quello stronzo infame!», disse Nina.

«Eh sì! Uno stronzo da competizione!», fece eco Carl di ritorno dalla sua spedizione punitiva. «Ehi, ma si sta gonfiando!», disse sgranando gli occhi.

«Ho bisogno di uno specchio, presto!». Mi alzai e corsi in bagno.

Il naso era violaceo sulla punta e sotto gli occhi e gli zigomi si erano formate delle borse.

Ero un mostro.

Quando mia madre tornò a casa e mi vide si spaventò.

«Ma che hai fatto! Hai partecipato a una rissa?».

Non era poi così lontana dalla verità.

«Ho fermato una palla con la faccia».

«E ha vinto lei vedo… hai messo il ghiaccio?»

«Ci ho messo un iceberg, ma non ha funzionato».

Quando mi vide, Paul scoppiò a ridere.

Lo fulminai e smise all'istante.

«Che è successo?», chiese.

«È un gioco nuovo che facciamo con i miei compagni di classe: diamo le testate al muro e chi lo butta giù vince. Ho vinto io!».

«Ma davvero?», domandò perplesso.

Chiusi la porta.

La storia della pallonata non mi aveva permesso di risolvere la faccenda di venerdì, e in fondo era stata una buona scusa per non farlo, vigliacca com'ero.

Se avessi detto a Patrick che non andavo a cena da loro, non si sarebbe certo strappato i capelli: sapevo che era stato un invito di cortesia, ma se l'avessi perso, non ci sarebbe stata un'altra occasione per chissà quanto tempo.

Nessuno poteva aiutarmi, nessuno avrebbe capito quanto fosse di fondamentale importanza vederlo quel venerdì.

Il giorno dopo il naso era bluastro, lo zigomo destro era gonfio e dolorante e l'occhio non si apriva bene.

Uno schifo.

La mamma mi vide sulla porta della cucina e strillò.

Aggrottai la fronte e andai a sedermi al mio posto, ma vidi che la tazza era già usata.

La guardai in attesa di una spiegazione che non tardò ad arrivare: «Là c'è Paul», rispose continuando a friggere le uova.

«Ma questo è il mio posto!», protestai.

«Siediti sull'altra sedia», mi rispose dandomi le spalle.

«No, non voglio sedermi sull'altra sedia, io sono sempre stata qui, che ci vada lui là!». Mi stavo irritando.

«Su Mia, non farla lunga, è solo un posto».

«Mamma, guardami un po' in faccia!».

Ci provò, ma non resse a lungo lo sguardo.

«Okay Mia, gli chiedo di spostarsi».

La mia faccia faceva miracoli.

Però mi domandavo: era così difficile chiedere a un ciccione ritardato di lasciare il posto alla propria figlia?

Odiavo quando faceva il tappeto.

In quel momento il genio uscì dal bagno ed entrò in cucina.

«Ah… c'ero seduto io lì», mi disse.

Mi voltai di scatto e lo vidi strizzare gli occhi impressionato.

«Qui a casa vige la regola che, se manchi da più di sette minuti, il tuo posto viene rimesso all'asta».

«Miiiia!», sospirò mia madre.

«Sette minuti? Mi pareva di essere stato via molto meno!».

«Eh no, guarda: il cronometro parla chiaro!». Gli mostrai l'orologio.

Si sedette di fronte a me e si mise a mangiare con aria perplessa.

Poverino, mi faceva tenerezza. Ma non abbastanza da smettere di torturarlo.

La mamma mi accompagnò a scuola in macchina per evitare che prendessi troppo freddo, ma secondo me aveva paura che qualcuno mi vedesse e chiamasse i servizi sociali.

Se fino a un mese prima ero stata totalmente invisibile, adesso anche i banchi sapevano chi ero.

Fra brutti voti, rispostacce, aggressioni e pallonate, ormai tutti si aspettavano che ogni giorno ne combinassi una nuova.

Quando passavo c'era sempre qualcuno che mi diceva cose come: «Ehi Mia, un tizio mi ha rubato il parcheggio, gli ho detto che gli avresti spaccato la faccia!», oppure, «Chiedi alla preside che in mensa ci diano la birra?». E quel giorno era: «Mia, ci fai da canestro per favore?».

La notorietà era stressante.

Ed era venerdì.

Di lì a poche ore Patrick sarebbe arrivato in città.

Il fatto che stesse tornando mi metteva in agitazione.

Il peggio era che non avevo ancora detto niente a Nina e forse lui aveva già avvertito sua madre che sarei stata a cena da loro, ma ancora peggio era che Carl sarebbe passato a prendermi alle cinque a casa, perché servivano più di due ore per arrivare fino a Covent Garden.

Era arrivato il momento di agire e speravo che la mia faccia mi avrebbe aiutato.

Tutti quelli che mi incontravano facevano un'espressione schifata o compassionevole, ma nessuno rimaneva indifferente.

Io cercavo comunque di mantenere una certa dignità e camminavo fra i corridoi a testa alta.

Quando vidi Nina, aggravai un po' la situazione con qualche smorfia di dolore fuori programma, poi cominciai: «Nina, non ti ho detto cosa mi è successo l'altro ieri!». Sorrisi come se fosse una cosa spassosissima. «Mi è partita inavvertitamente una telefonata al cellulare di tuo fratello e lui mi ha richiamata per prendermi in giro, abbiamo chiacchierato un po', ha detto che sarebbe tornato oggi e mi ha chiesto se cenavo da voi».

Nina mi guardò perplessa.

In effetti, raccontata così, sembrava più sospetta di quanto fosse realmente.

Lui era stato solo gentile, ero io quella con i secondi fini.

«Davvero? Non ne sapevo niente, eppure l'ho sentito anche ieri sera, ma non me l'ha detto».

Tentai di nascondere l'enorme delusione, mi sentii sbriciolare il cuore.

Ero stata ingenua a credere che si sarebbe ricordato di quell'invito, sicuramente lo aveva fatto solo per gentilezza, ma sentirselo dire faceva male.

Improvvisamente non avevo neanche più voglia di vedere lo spettacolo.

«Non ti preoccupare», dissi cercando di sorridere, «non sarei potuta venire comunque per via del teatro. Volevo dirtelo ieri, ma poi con il casino della pallonata mi era passato di mente! Non stare nemmeno a dirlo a Patrick, tanto non se ne ricorderà neanche!».

Non so se fui convincente, ricordo solo che lo sforzo per essere naturale fu immenso e terribilmente doloroso.

A quel punto non dovevo più neanche preoccuparmi, la scelta si era compiuta da sola.

E non come avrei voluto io.

Fui triste per tutta la giornata, senza poterlo mai manifestare a nessuno.

Gli altri pensarono che fosse per via del dolore al naso e io glielo feci credere, così professori e compagni mi lasciarono tranquilla.

Nina invece sentiva che c'era qualcos'altro oltre ai lividi.

«Non sei contenta di andare a vedere lo spettacolo stasera?»

«Certo che sì», mentii.

«Non si direbbe, sembra che tu abbia voglia di piangere!». Di nuovo mi puntò addosso quei due fari grigi pieni d'apprensione.

E crollai. «Mi fa male tutto e mi dispiace di essere conciata così per andare alla Royal Opera House, capisci? Mi vergogno! La gente mi prenderà per Elephant Man!».

Scesero lacrime calde, genuine e tristi e anche se non per quel motivo, erano comunque sofferte e sincere.

Nina mi avvolse fra le braccia e mi accarezzò i capelli, appoggiando il mento sulla mia testa.

«Piccola, sei così piccola, e nessuno ti abbraccia mai…».

A sentire quelle parole cominciai a singhiozzare.

Nina riusciva sempre a toccare le mie corde più sensibili.

«Ne hai passate troppe in vita tua e sempre da sola. E ora sei stanca, e avresti bisogno di appoggiarti a qualcuno, di affidarti a qualcuno…», fece una pausa, «…vorrei essere forte e coraggiosa come te».

Alzai il viso dalla sua spalla e la guardai sbalordita: «Tu… vorresti essere come me?»

«Sì, da quando siamo piccole! Tu sei piena di talento e di risorse, hai un senso della giustizia incrollabile, sei ostinata, sincera e leale e mi hai sempre fatto ridere con la tua ironia. Mi dispiace che tu non sia stata sostenuta dalla tua famiglia, ma ricordati che, per quel che vale, io ci sarò sempre per te».

Mi asciugò le lacrime con i polpastrelli e proseguì: «Secondo me… Mia… dovresti frequentare Carl. È dolcissimo, gli piaci, e forse potresti imparare a fidarti di qualcun altro e smettere di fare l'orso!».

«Tu dici che gli piaccio?», le chiesi soffiandomi il naso.

«Ci ho parlato ieri, è innamorato perso, e mi sembra un ragazzo a posto, è vero che io ne capisco poco di ragazzi, ma uno sguardo sincero lo so ancora riconoscere. Mi ha parlato di te come di un gioiello prezioso, ti adora, e non sai com'è contento di portarti a teatro. Dagli una chance, ti prego, fallo per me…», mi supplicò.

Ma sì, aveva ragione lei.

Basta con Patrick, fine dei giochi, tanto valeva concentrarsi su Carl: il leale e reale Carl.

Le promisi che ci avrei pensato.

Alle cinque in punto arrivò a casa mia.

Volevo fare buona impressione e mi ero messa un vestito appartenuto alla mamma che era stato fatto aggiustare da Mrs Fancher. Era nero, lungo, chiuso davanti, con uno scollo profondo sulla schiena, che richiedeva dei tacchi con cui non riuscivo a camminare con la giusta disinvoltura.

Avevo sistemato i capelli dietro le orecchie e i riccioli ribelli creavano delle onde che mi davano l'aria della diva anni '30.

Adesso dovevo cercare di camuffare il naso e i lividi con i cosmetici di mia madre.

Ironia della sorte, erano Avon.

Tamponai con del fondotinta e della cipria i punti più scuri e truccai leggermente gli occhi con matita e mascara, terminando con un filo di lucidalabbra rosso.

Se dirottavo l'attenzione dal centro della mia faccia, forse non sarebbero scappati tutti urlando.

Per ultimo indossai degli orecchini di perle.

Mi venne in mente la storia che le perle portano lacrime, ma scacciai il pensiero.

Indietreggiai per dare un'occhiata d'insieme allo specchio grande e stentai a riconoscermi.

Quella non era certo una ragazzina di quasi sedici anni.

Mi voltai per guardarmi di spalle.

Quella scollatura era decisamente troppo sexy.

Corsi in camera di mamma e rovistai nei cassetti finché trovai una lunga pashmina nera che indossai come uno scialle e presi anche la sua pochette elegante con i lustrini.

Ero pronta.

Scesi le scale lentamente per creare un po' di suspense, ma soprattutto perché me la facevo sotto per l'imbarazzo e avevo paura di inciampare.

Mi sentivo come se avessi dovuto danzare a una prima.

La mamma alzò la testa e rimase a bocca aperta.

Poi mi guardò in faccia e abbassò subito gli occhi.

Carl, me ne accorgevo adesso, era incantato.

Tanto che mi sentii avvampare.

«Sei… un vero *splendore*». Lo disse col cuore.

«Grazie… anche tu non sei male», risposi coprendomi il naso.

Portava uno smoking nero un po' troppo grande e i capelli pettinati con il gel, frutto di una buona mezz'ora passata davanti allo specchio, la barba appena fatta e profumava di fresco.

Era carino, in gamba, piaceva a mia madre e a Nina, ed era innamorato di me, e anche se io non lo ero, me lo sarei fatto andare bene.

Qualunque cosa pur di dimenticare Patrick.

Di nuovo il suo pensiero mi diede una fitta dolorosa che cercai di allontanare.

Carl mi regalò un'orchidea da legare al polso.

Non ero davvero tipo da orchidea, ma finsi di apprezzare.

Mia madre non credeva ai suoi occhi: la sua unica figlia, un maschiaccio nato, usciva vestita in lungo, insieme a un ragazzo delizioso, che l'accompagnava a teatro.

Il sogno di una vita.

Carl mi porse il braccio, vi posai delicatamente la mano sopra e, come due ballerini in un immaginario *pas de deux*, ci dirigemmo verso la macchina.

L'aveva fatta lavare appositamente.

Mi voltai e vidi mia madre salutarci dalla finestra del salotto.

Le feci cenno di andarsene.

Ero già abbastanza in difficoltà per conto mio senza che ci si mettesse anche lei a complicare le cose.

Carl aveva impostato il navigatore.

Ci sarebbero volute due ore e un quarto per arrivare. Mi chiedevo perché non avessimo preso il treno.

«Perché non abbiamo preso il treno?».

Alzò le spalle.

«Non mi sembrava molto romantico, non credi?».

Romantico? E perché avrebbe dovuto essere romantico?

Non c'era molto traffico sulla M1.

Forse saremmo arrivati prima, così avrei avuto il tempo di passare davanti alla Royal Ballet School, giusto per farmi del male.

«Hai freddo? Se vuoi alzo il riscaldamento».

«No, sto bene», dissi aprendo l'aletta parasole per guardarmi allo specchio e richiudendola subito spaventata.

Dovevo lanciarmi in una vera conversazione se volevo conoscerlo meglio, o non avrei fatto altro che pensare che, a quell'ora, in un universo parallelo, io sarei stata a cena a casa di Patrick, seduta sulla sue ginocchia a mangiare zuppa di mais.

«Stai bene in smoking, sembra che tu lo porti tutti i giorni!», buttai là.

«Ah questo? Me lo ha prestato mio fratello maggiore, è la seconda volta che lo indosso».

«Hai due fratelli?», chiesi sorpresa.

«Ne ho quattro: due maschi e due femmine».

«Però!», esclamai. «I tuoi non avevano la televisione?»

«Volevano tanto una femmina, e sono arrivati tre maschi, e quando hanno deciso di fare un ultimo tentativo ne sono nate due!».

«Ma dài! Anche mio padre ha due gemelli!», risposi sollevata dall'aver trovato qualcosa in comune.

«Davvero? Ma non con tua madre…».

«No, mamma ha solo me, sono figli suoi e della sua seconda moglie».

«E dove abitano?»

«A Pimlico. Lavorano tutti e due nella City, sono due borsa-dipendenti, non riescono a vivere senza le quotazioni in tempo reale».

«E tua madre?»

«Oh, lei è un altro pianeta! È creativa, divertente, sensibile. Ha solo un problema: gli uomini sbagliati».

«Non sto a chiederti chi preferisci dei due».

«Non è che la preferisca, è che lei c'è sempre stata, mentre lui mai, e poi non sopporto chi non ha il senso dell'umorismo».

«Non fatico a immaginarlo. Spero di essere all'altezza».

«Sì, tu sei abbastanza simpatico».

«Grazie, lo prendo come un complimento».

«Guarda che farmi ridere è molto difficile!».

«Lo so, per questo mi viene l'ansia ogni volta che sto per dirti qualcosa».

«Sì, Nina mi dice sempre che sono difficile. Io invece credo solo di essere esigente».

«Non credo che ci sia poi molta differenza».

«Lo dice anche lei».

Sorridemmo.

«Voi due sembrate sorelle».

«Dici davvero?». Lo avrei baciato solo per quell'affermazione.

«Siete diverse esteticamente, ma si vede che vi volete un bene pazzesco».

«Mi fai un favore Carl?»

«Tutto quello che vuoi!». Si girò per guardarmi negli occhi e non sembrò sul punto di vomitare.

«Diglielo domani, quando la vedi, è il complimento più bello che qualcuno possa farci».

«Glielo dirò se ti fa piacere». Sorrise.

«Invece mi spieghi com'è che tu e Thomas siete amici?»

«Siamo sempre stati in classe insieme, ormai ci conosciamo da una vita».

«Ed è sempre stato così?»

«Intendi supponente, arrogante e strafottente?»

«No, stronzo!».

«Sì, anche se non si era mai comportato così male come con Nina».

«E tu hai il coraggio di parlarci ancora?»

«Non lo posso ignorare, però non usciamo più insieme».

«Ma perché non lo *puoi* ignorare? Le ragazze sono così brave a tagliare i ponti con la gente, mentre i maschi non lo fanno mai! Escludetelo, almeno capirà di aver fatto una cazzata!».

«Quelli come lui non si escludono», rispose sospirando, «quelli come lui… mi dispiace ammetterlo, hanno sempre successo nella vita e hanno una faccia tosta impressionante».

«Certo, finché non trovano qualcuno che gliela spacca, la faccia tosta».

«Tu ci hai provato!».

«Sì, infatti adesso sembro *The wrestler*!», dissi indicandomi la proboscide che avevo in faccia. «No, dico davvero, ci vorrebbe qualcuno che gli desse una lezione vera».

«Non credo che servirebbe, quello è sensibile come un alligatore, non sa cosa significhi chiedere scusa!».

«Per forza, si sente autorizzato a trattare gli altri come cacca!».

«Indovina che mestiere fa suo padre?»

«Il re?»

«L'avvocato!».

«Ci sono andata vicino!».

Sorrisi e mi rilassai godendomi il panorama.

Chiacchierammo piacevolmente per tutto il viaggio come vecchi amici.

Dovevo evitare ogni momento morto nella conversazione, qualunque cosa che mi riportasse con la mente a Patrick.

Finalmente uscimmo dall'autostrada ed entrammo in Edgware Road.

L'aria di Londra mi elettrizzava sempre.

Mi sentivo meno provinciale, più cittadina del mondo.

Sentivo che era lì che dovevo realizzarmi: lontano da tutto e da tutti, in primo luogo da chi amavo disperatamente.

Il cuore cominciò a battere sempre più forte, man mano che ci avvicinavamo al centro.

Carl sembrò leggermi nel pensiero.

Forse anche perché tenevo la guancia incollata al finestrino.

«Sei emozionata?»

«Da morire».

Era là che volevo vivere.

Anche in un umido sottoscala senza finestre, purché vicino al mio sogno.

Mi sentivo come una calamita attirata dallo sportello del frigo.

Attraversammo i quartieri eleganti di Belgravia e Mayfair, e confesso che non mi sarebbe dispiaciuto vivere in un bell'appartamento vittoriano su Hide Park.

Avrei potuto portarci York a spasso la mattina prima di andare a lezione.

Quando cominci a desiderare non c'è più limite all'immaginazione.

Non smettevo di urlare: «Guarda!», e di indicare fuori.

Carl sorrideva, orgoglioso del regalo che mi aveva fatto.

Questa volta fui io a leggergli nel pensiero. «Non ti ringrazierò mai abbastanza», dissi con gli occhi lucidi.

«È solo un giro a Londra con spettacolo!».

«Ma non sai cosa significhi questo per me».

«Lo so, lo so, il tuo sorriso è il ringraziamento più bello che potessi desiderare. Davvero!».

Giunti in Bow Street, mi fece scendere davanti al teatro e andò a parcheggiare.

Alzai gli occhi e capii che Mrs Patel non scherzava quando ci aveva parlato della Sindrome di Stendhal.

Mi vennero le vertigini e mi mancò il respiro per un attimo.

La cosa più incredibile che avessi mai neanche osato immaginare.

Le foto che avevo visto non gli rendevano giustizia: era il teatro più bello del mondo.

Almeno per me.

Perché non era solo un teatro, rappresentava la realizzazione di tutta la mia vita.

Un edificio imponente, con tanto di architrave e colonne, illuminato come se dentro si festeggiasse il compleanno della regina.

E sulla sinistra una struttura simile a un'enorme voliera, anch'essa illuminata a giorno.

Non sentivo né il freddo, né il dolore, nonostante si gelasse.

Ero quasi felice.

Se solo…

Basta. Non dovevo pensarci più, non potevo rischiare di rovinare quella serata.

Carl mi raggiunse dopo pochi minuti, sentii le sue mani calde appoggiarsi sulle mie spalle mentre guardavo in su, sorridendo come una scema.

«Dài, entriamo, è già tardi».

Il tragitto fino alla platea lo percorsi quasi in sogno, mi sentivo come Cenerentola che entra nel palazzo del principe.

Mentre seguivo la hostess in giacca rossa che ci accompagnava ai nostri posti, immaginavo che un giorno quelle persone sarebbero state lì per me e avrebbero gridato il mio nome in una standing ovation di almeno venti minuti.

Mi guardavo intorno incredula, abbagliata dallo splendore dei broccati color porpora e dallo sfarzo degli stucchi dorati che decoravano le tre file di palchi.

Sprofondata in quell'enorme poltrona di velluto, mi sentivo schiacciare da tutto quel lusso e dall'immensa cupola decorata che ricordava un grande occhio.

«Tutto bene?», mi chiese Carl vedendomi in difficoltà.

«Credo di sì», risposi sistemandomi meglio.

«Devo dire che mi stai dando delle soddisfazioni! Sei talmente sorpresa che non spiccichi parola, non ti sei neanche accorta che ho portato il tuo cappotto al guardaroba!».

In effetti non me ne ero proprio accorta, avrebbero potuto rubarmi anche il vestito e me ne sarei resa conto solo una volta uscita per strada.

Poi le luci si spensero e fui trasportata nel giardino delle ninfee dove Sylvia, innamorata del pastore Aminta, veniva rapita dall'odioso cacciatore Orione, che tentava di ostacolare il loro amore.

Durante tutto lo spettacolo non smisi un minuto di commuovermi, sognare e cercare di memorizzare più che potevo le raffinate movenze della Nuñez.

Quando finì il primo atto, mi sembravano passati solo cinque minuti.

«Andiamo a bere qualcosa?», propose Carl vedendomi scossa.

Risposi di sì con la testa, tanto ero frastornata.

Mi ero dimenticata dello stato pietoso del mio naso, ma gli sguardi curiosi me lo fecero improvvisamente ricordare.

Abbassai la testa e mi lasciai condurre in quello che, più che un bar, sembrava la sala da ballo del *Titanic*.

Era l'interno della voliera che avevo visto da fuori: un immenso salone di vetrate e specchi pavimentato con parquet color miele, al centro del quale c'era un bancone circolare di rame rosso.

C'erano centinaia di persone: ballettomani, coreografi, critici, ballerini e tutti parlavano animatamente bevendo champagne e mangiando tramezzini al salmone.

Avrei voluto tanto, un giorno, riconoscere a colpo d'occhio quella gente, i colleghi, gli avversari, ma più che mai avrei voluto che quella gente riconoscesse me e mi dicesse che l'avevo fatta emozionare, esattamente come stava succedendo a me quella sera.

Raggiungemmo il piano di sopra attraverso la scala mobile e uscimmo sulla terrazza del ristorante da cui si godeva una vista mozzafiato di tutta Covent Garden.

Carl mise un braccio intorno alle mie spalle e mi guardò intensamente negli occhi ed ebbi l'impressione che stesse per dirmi qualcosa, ma l'annuncio dell'inizio del secondo atto ci fece affrettare a raggiungere i nostri posti.

Il secondo e il terzo atto passarono in un baleno e non smisi mai di agitarmi e mangiarmi le unghie.

Quando il sipario si chiuse e ci alzammo tutti ad applaudire, potei finalmente sfogare tutta l'agitazione che avevo incorporato fino a quel momento.

Battei le mani e gridai «bravi» fino a perdere la voce.

Marianela Nuñez e Rupert Pennefather ricevettero otto chiamate quella sera.

Mentalmente mi inchinai a raccogliere i fiori, ringraziando umilmente.

Uscimmo dal teatro alle dieci passate.

Ero agitatissima.

Morivo dalla voglia di ballare e di studiare con dei veri professionisti. Non che Claire non lo fosse, ma era giunto il momento di ampliare i miei orizzonti oltre Leicester.

Girammo l'angolo in Floral Street, la sede della Royal Ballet School, che si poteva raggiungere direttamente dal teatro attraversando un ponte futurista posto al quarto piano.

Avrei voluto passare la vita là dentro fra prove, riscaldamento, lezioni, trucco e spettacolo, senza neanche vedere il cielo.

Volevo vivere di aria e danza, impazzivo dalla voglia di farlo, i miei piedi scalpitavano, dovevo trovare il modo di convincere mia madre.

E dovevo farlo al più presto.

«Guardami Carl!», gli gridai.

Si voltò.

Mi preparai in quarta posizione, e con un leggero slancio eseguii tre piroette *en dehors* terminando con un elegante inchino.

Carl batté le mani più che a teatro.

«Sei bravissima, non vedo l'ora di vedere te su quel palco, già immagino i cartelloni: "Mia Foster e…", con chi ti piacerebbe ballare?»

«Roberto Bolle?»

«Mia Foster e Roberto Bolle ne *Il lago dei cigni*». Mimò una gigante scritta immaginaria.

«Il mio nome completo è Mia Foster Benelli, ci vorrà un cartellone con una prolunga!».

«Miss Foster Benelli, posso avere l'onore di invitarla a cena?», si inchinò facendo roteare la mano.

«Volentieri, muoio di fame».

«C'è un ristorante là in fondo che si chiama Ballerina, credo che ti piacerà!».

«Cucina italiana? Meglio un'altra pallonata in faccia! Ti porto io dal miglior venditore di hot dog radioattivi di Trafalgar Square! Ci andai con mio padre una volta, uscendo dalla National Gallery, dopo la giornata padri e figli. Me lo ricordo come il pomeriggio più noioso della mia vita, ma gli hot dog erano impareggiabili!».

«Allora andiamo, sto morendo di fame anch'io!». Mi prese per mano e cominciammo a camminare velocemente fra la folla.

Mi sentivo la testa leggera come se fossi ubriaca, avevo gli occhi pieni di meraviglia e il cuore che traboccava di gioia.

Mi confortava l'idea di avere un'alternativa a Patrick: non avrei avuto lui, ma avrei comunque fatto il mestiere più bello del mondo e quella passione folle mi sarebbe bastata a sostituire l'amore.

A pensarci bene, era un po' come chiudersi in convento, solo che al posto della chiesa avevo il palcoscenico e al posto di Gesù, Balanchine.

Arrivammo in Trafalgar Square che battevamo i denti.

L'acqua della fontana era gelata e anche le statue dei leoni sembravano morire di freddo.

Mangiammo un hot dog con senape, ketchup e una tonnellata di cipolla fritta, saltellando da un piede all'altro per scaldarci.

Era la conclusione perfetta per una serata perfetta.

Carl era felice di essere lì con me, e io ero felice di essere lì e basta.

Il viaggio di ritorno verso Leicester sarebbe stato lungo, ma avevo abbastanza adrenalina in circolo da stare sveglia per tre giorni.

Carl mi sorrideva mentre guidava.

Non aveva smesso di guardarmi durante tutto lo spettacolo, lo avevo notato con la coda dell'occhio e, a un certo punto, ero stata tentata di chiedergli cosa cavolo avesse da guardare, ma non sarebbe stato carino da parte mia.

Ora però glielo potevo chiedere.

«Perché mi hai fissata per tutto lo spettacolo?».

Parve colto in flagrante.

«Te ne sei accorta?»

«Mi sembrava di essere un vetrino nel microscopio!».

«Ti guardavo perché non ho mai visto nessuno così entusiasta di qualcosa come te stasera. Eri felice, muovevi le mani e la testa come se fossi stata tu a dover ballare, sorridevi, poi piangevi, poi sospiravi, eri stupenda!».

«Anche negli ospedali psichiatrici più o meno si comportano così».

«No, dico davvero, mi hai colpito!».

Ohi. Ohi. Suonava come l'inizio di qualcosa.

Mi affrettai a cambiare argomento, anche se quella sera non riuscivo a parlare di altro che non fosse il balletto.

Gli raccontai di come avevo cominciato, del quadro di mia nonna, di Claire, della Zakharova e del *Lago dei cigni* e lui sembrò non annoiarsi mai o almeno, nel buio, riuscì a non darmelo a vedere.

Arrivammo a casa all'una e mezza passata.

Questa volta mi accompagnò fino alla porta.

«Posso dire di averti fatto passare una bella serata?»

«Una serata indimenticabile Carl».

«Mi piace quando mi chiami per nome, di solito non mi fa impazzire, ma come lo dici tu è speciale». Si avvicinò pericolosamente e capii cosa stava per succedere.

Mi accarezzò la fronte e mi avvolse fra le sue braccia, come se mi volesse cullare, tenendomi stretta a sé, baciandomi i capelli.

Poi si staccò da me, prese delicatamente il mio viso fra le mani e, con cautela, appoggiò le sue labbra sulle mie.

Questa volta lo lasciai fare.

Fu un bacio lungo e intenso.

Il suo respiro era caldo e affannoso e le sue labbra morbide e sottili.

Io lo abbracciavo ai fianchi, senza osare di più, affidandomi a lui, come una ballerina di tango segue il suo compagno.

Rimanemmo con la fronte appoggiata l'una all'altra, con le sue mani sempre fra i miei capelli e scoppiammo a ridere.

«Non è stata una grande idea quella di mangiare le cipolle eh?», disse.

«Pessima!», risposi.

Decisamente non eravamo più soltanto amici.

Ma non ero sicura di volere che fossimo qualcos'altro.

Mi salutò con un altro bacio e un altro ancora, finché lo obbligai a lasciarmi entrare in casa o mia madre si sarebbe svegliata.

«Grazie di tutto Carl, davvero».

«Grazie a te per come sei», rispose offrendomi il suo sorriso più innamorato.

Entrai in casa in preda a sentimenti contrastanti e per niente chiari.

Volevo stare con Carl? O volevo che mi fosse amico e che mi portasse a Londra una volta a settimana?

E ancora: questa volta il bacio mi era piaciuto?

Non avevo risposte.

E di nuovo il pensiero di Patrick mi crollò addosso come un macigno.

Bussai tre volte alla porta di mia madre per avvertire che ero tornata.

Si affacciò imbronciata.

«Ti ho chiamata tre volte e poi mi sono accorta che avevi lasciato il telefono in camera tua, non mi fare angosciare più così, la prossima volta andate in treno per favore». Si era preoccupata a morte, glielo leggevo negli occhi, doveva essere stata sempre sveglia, immaginandomi in coma profondo in un letto d'ospedale, con i medici che le mettevano fretta per procedere all'espianto degli organi, ma nonostante questo, non voleva rovinarmi la serata.

«Scusa mamma, hai ragione, non mi ero accorta di non avere il cellulare, avrei dovuto chiamarti».

Quella mia improvvisa docilità la calmò all'istante.

Mi accarezzò piano la guancia.

«Il naso sta meglio, si sta sgonfiando, ora si vede solo il livido».

Annuii.

«Ti sei divertita?»

«Non ho parole per dirti quanto, è stata l'esperienza più bella della mia vita».

Sorrise.

«E Carl?»

«Lui è...», cercavo le parole, «...a posto», sintetizzai.

«*A posto?*». Aggrottò la fronte

«Nel senso che è forte, sì insomma, carino... simpatico hai capito no?»

«Okay ho capito! Buonanotte!». Mi baciò la fronte e appena mi voltai mi diede la consueta pacca sul sedere.

«Domani parliamo della scuola eh?»

«Sì sì domani».

Entrai in camera e mi spogliai rapidamente lasciando i vestiti per terra e mi infilai nel letto stanca morta.

Stavo scivolando nel sonno cullata dagli avvenimenti di quella lunghissima e incredibile serata, dal balletto al bacio, quando, muovendo il piede, sentii cadere qualcosa sulla moquette.

Accesi la luce e vidi il mio inutile telefonino per terra.

Lo presi per spegnerlo e mi accorsi che c'erano ben sette chiamate senza risposta e due messaggi non letti.

Visualizzai la lista incuriosita.

C'erano tre chiamate di mia madre e quattro... di Patrick.

Aprii i messaggi con il cuore in gola.

Il primo diceva: «Ho trascorso una serata indimenticabile, sei stupenda e io sono innamorato pazzo di te. C».

E il secondo: «Sono mortificato per quello che è successo stasera,

Nina non sapeva che ti avevo invitata a cena, ma tutti gli altri, compresa la cuoca, sì! Spero che tu non ne approfitti per detestarmi ancora di più. Ti aspetto domani sera se puoi. 1 bacio».

CAPITOLO SETTE

Il mattino seguente Nina mi venne incontro con le braccia alzate in segno di resa.

«Perdono! È stata tutta colpa mia!».

«Intendi della pallonata in faccia? Da te non me lo sarei mai aspettato!», scherzai entrando in classe.

«No, dico della cena!», rispose prendendomi lo zaino, «ero l'unica a non saperlo, non mi dicono mai niente! Appena ho visto il tuo posto apparecchiato e le patate al cartoccio ho capito… Mi hanno rimproverata tutti, anche la tata!».

«Non ti preoccupare Nina, tanto non potevo venire, lo sai», finsi indifferenza mentre il mio cuore faceva le capriole dalla gioia.

«Sei ufficialmente invitata stasera, non puoi dire di no». Mi guardò con il musino triste.

«Ma, non saprei, dovrei controllare la mia agenda… così su due piedi…».

«Sette e mezza?»

«Sette e mezza!».

Non potevo crederci, non stava accadendo veramente: il destino mi stava dando una seconda possibilità, proprio quando avevo deciso di arrendermi e dimenticare Patrick una volta per tutte.

D'un tratto mi ricordai di Carl.

E Nina mi prese sotto braccio.

«Su, voglio sapere tutto di ieri sera e intendo *tutto*».

«Tutto eh?», presi tempo mentre tiravo fuori il libro di geografia.

«Dài Mia, non sto più nella pelle! Devo andare in bagno e fra sei minuti comincia la lezione, non posso resistere, sono troppo curiosa!».

Mi divertivo a vederla implorare, ma dovevo ancora chiarirmi le idee.

Avevo dormito pochissimo continuando a rileggere il messaggio di Patrick e a interpretarlo nei modi più creativi e contorti e non smettevo di rivedere la serata, fotogramma dopo fotogramma, come un film in 3D.

Solo che, per quanto mi sforzassi, al posto di Carl non facevo altro che vedere Patrick: che mi toglieva il cappotto, che non smetteva di guardarmi durante tutto lo spettacolo, che mi diceva di volermi vedere ballare un giorno, che mi baciava sulla porta di casa.

Ed era un problema.

Un enorme problema.

Alzai la testa e vidi entrare Carl con il sorriso più raggiante che si potesse immaginare.

Nina mi diede una gomitata.

I miei compagni lo osservarono avvicinarsi al mio banco, lanciandosi occhiate furtive, mentre continuavo a frugare nello zaino, ormai vuoto, fingendo di non averlo visto.

Doveva per forza venire in classe tutti i giorni? Non potevamo incontrarci in bagno o in giardino come tutti?

Odiavo essere ancora al centro dell'attenzione, adesso tutti avrebbero dato per scontato che stavamo insieme, quando non lo sapevo con esattezza neanche io.

In quanto a popolarità avrei potuto candidarmi alle elezioni del consiglio studentesco e vincerle.

«Ciao Mia, tutto bene?». Mi guardò speranzoso.

Nina si allontanò discretamente per permetterci di parlare.

«Direi di sì! E tu?», risposi cercando di mantenere un certo distacco.

Ero sulla difensiva, non molto, ma quanto basta per disorientare un ragazzo innamorato cotto, e il fatto di avere ventidue paia di occhi addosso non facilitava certo le cose.

La delusione gli si dipinse in volto e mi sentii in colpa.

Abbassò la voce: «Volevo solo dirti quanto sono stato bene ieri sera».

Sorrisi.

«Stai bene vestita così».

«Davvero?»

«Davvero!».

Perché eravamo così impacciati?

Non potevamo continuare a scherzare come la sera della festa e fare a gara di rutti?

Adesso Carl era completamente cambiato, era imbarazzato, rigido e per niente spontaneo.

L'amore complicava sempre tutto.

«Bene», disse aspettandosi un mio balzo al collo che non arrivò.

«Bene», risposi.

E fui salvata dalla campanella.

«Allora ci vediamo all'intervallo?»

«Certo! All'intervallo!», dissi fingendo entusiasmo.

Uscì incrociando sulla porta il professore che lo guardò chiedendosi che ci facesse lì.

Per facilitargli le cose alzai la mano e dissi: «È venuto per me Mr Thompson!».

Ero finita, adesso anche il corpo insegnante avrebbe saputo.

«Non riesco a capire», disse Nina scrutandomi, come faceva sempre quando ero evasiva, «non sembri contenta».

«Lo sono credimi, è stata una serata perfetta!».

«Ma?…»

«Ma, dovrei sentirmi emozionata, con il cuore che batte, e dovrei passare la giornata a disegnare cuori con le nostre iniziali e invece non faccio niente di tutto questo».

«Vi siete baciati?»

«Sì».

Sospirò languidamente portandosi le mani al viso.

«Come bacia?»

«Bene, credo, non ho mai baciato nessun altro».

Non nella vita reale almeno.

«Con la lingua questa volta?»

«Con la lingua», ammisi.

«Wow! E ti è piaciuto?». Aveva gli occhi sgranati e il sorriso alle orecchie.

«Sì, mi è piaciuto», risposi dopo un attimo di esitazione.

Evitai di raccontarle il particolare delle cipolle.

La verità è che mi era piaciuto davvero. Era il mio primo bacio ed era stato dolce, tenero, appassionato e romantico, come doveva essere e come avevo sempre sognato che fosse.

Però era successo con la persona sbagliata o almeno non con quella giusta.

Ma poiché soltanto Patrick, nella mia mente malata, era la persona giusta e avevo più probabilità di diventare la futura regina d'Inghilterra che baciare lui, se volevo essere un'adolescente normale, dovevo assolutamente rivedere le mie aspettative.

«E quindi adesso voi due…», proseguì allusiva.

«Noi due che?»

«State insieme!».

Ecco, il mio timore più grande si stava materializzando.

«Ma tu mi avevi detto che non era automatico che se due uscivano insieme fossero una coppia», risposi allarmata.

«Se escono no, ma se si baciano appassionatamente *due volte* di cui una con la *lingua*, dopo una romantica serata a teatro… direi di sì».

Mi coprii la bocca con le mani.

«E adesso?»

«Adesso c'è il test a sorpresa se non è troppo disturbo!», ci interruppe Mr Thompson, alle nostre spalle.

Carl mi aspettava all'uscita seduto sul muretto, Nina me lo fece notare.

Sentii qualcuno dire: «Il suo fidanzato è venuto a prenderla». E la cosa mi infastidì.

Si alzò e mi venne incontro.

«Ciao!», mi disse sporgendosi per darmi un bacio sulla guancia.

Se avesse anche tentato di prendermi la mano l'avrei morso.

«Allora ci vediamo stasera a cena», mi disse Nina avviandosi verso la fermata dell'autobus.

«Alle sette e mezza!», risposi.

«Cenate insieme?», chiese Carl tentando di mascherare il fastidio dovuto all'esclusione.

«Ah sì, è una tradizione, tutti i sabati facciamo un barbecue dai suoi».

«Bene!». Era evidente che moriva dalla voglia di essere invitato. «… Allora ci sentiamo… uno di questi giorni», concluse calmo, stringendomi una spalla.

Avevo tirato troppo la corda.

Non solo era più grande di me e non ero certo la sua prima storia, ma si era esposto, confessandomi i suoi sentimenti, e si era sempre comportato benissimo e da vero amico, mentre io da ragazzina supponente, lo avevo trattato come un ammiratore insistente da scoraggiare.

Carl era un ragazzo in gamba, era carino, rideva alle mie battute, e io lo avevo umiliato.

Questo pensavo, mentre lo vedevo allontanarsi senza voltarsi mai indietro.

Cosa avevo che non andava?

Cosa mi dava il diritto di trattare male le persone che cercavano di avere un rapporto con me?

Ero davvero un orso.

Un orso cattivo.

«Carl!», chiamai correndogli dietro.

Fece finta di non sentire.

Era il minimo.

Lo raggiunsi.

«Scusami», gli dissi tirandolo per la maglia.

«E di cosa?», rispose pacatamente senza fermarsi.

«Scusami se sono stata maleducata prima».

«Ma tu non sei stata maleducata».

«Sì, sono stata orribile».

«No, e non hai bisogno di scusarti...».

«Puoi fermarti un attimo?», gli dissi in preda all'ansia di sentirmi scivolare tutto tra le dita.

«Sono in ritardo», rispose senza guardarmi.

«In ritardo per cosa? Per effettuare il trapianto del secolo? Fare il discorso alla nazione? Lanciare una nave spaziale?».

Rise. Almeno.

«Sono in ritardo per tornare alla mia vita di prima, e preferisco farlo adesso che non sono troppo coinvolto, anche se, in realtà lo sono già...». Allungò il passo.

Era il momento di dire qualcosa di importante.

Capivo perfettamente come si sentiva, conoscevo benissimo la sensazione che si prova a non essere corrisposti.

Lui però si era comportato nel modo più limpido e corretto del mondo: non aveva scheletri nell'armadio, si era innamorato di me e me lo aveva dimostrato.

Io dovevo solo decidere se accettare la sua corte o respingerlo una volta per tutte e, di certo, non avrei potuto tenere i piedi in due staffe.

Solo di una cosa ero sicura: non lo volevo perdere.

Non ero pronta a vivere una storia, preferivo di gran lunga l'amicizia, e non sapevo come avrei fatto, ma non volevo che Carl uscisse dalla mia vita già così priva di relazioni.

«I-io voglio stare con te!», gridai.

Si fermò.

Col senno di poi mi resi conto che, per farlo fermare, avrei anche potuto gridare: «albero!», invece di compromettermi del tutto, ma non ebbi quella prontezza di spirito.

Si voltò a guardarmi.

«Che cosa hai detto scusa?»

«Ho detto che voglio stare con te».

Rise di gusto e venne verso di me.

«Mia, tu devi veramente avere una bassa opinione di me!».

«Cosa intendi?», chiesi perplessa.

«Che so perfettamente che tu non hai nessuna intenzione di stare con me e che mi consideri un ragazzo gentile con cui passare il tempo».

Mi sentii arrossire.

«Ma io non…».

«Non c'è problema, Mia, va tutto bene, sono i rischi del gioco, ci hai provato e non ha funzionato, non puoi sforzarti di infilare il piede in una scarpa stretta».

«Ma io ci *voglio* provare, è che non sono capace».

«Mia», mi guardò con tenerezza, «quando ti innamorerai davvero vedrai che ne sarai capace». Fece scorrere il dito sul mio naso con tenerezza e se ne andò.

Mi stava trattando come una bambina e mi stava abbandonando.

Quella scena somigliava drammaticamente a quella già vissuta con mio padre anni prima, e non mi piacque per niente, ma, questa volta, l'avevo provocata io.

Rimasi lì, pietrificata, indecisa se corrergli dietro e pregarlo di non andarsene e darmi il tempo di imparare ad amarlo o dirgli di Patrick.

Invece lo guardai semplicemente allontanarsi.

Provai una fitta al cuore molto, molto dolorosa.

Non capivo se soffrivo per aver perso un amico, un possibile amore, o qualcuno a cui nonostante il mio carattere impossibile piacevo e che mi aveva trovata bellissima anche col naso pesto.

Mi accorsi che mi stava già mancando da morire e sentii crescere in me un senso di frustrazione e di impotenza.

Lo seguii con lo sguardo finché non voltò l'angolo.

Benissimo. Se non voleva stare con me era liberissimo di andarsene.

Non avevo bisogno di lui, anzi non avevo bisogno di nessuno.

Potevo finalmente ritornare alla mia vita pre-Carl fatta di sogni, studio e prove.

Ero furiosa.

Mi aveva rifiutata e mi aveva fatta sentire una scema.

Esattamente come lo avevo fatto sentire io.

Tornai a casa in preda a una grande tristezza.

Avrei dovuto essere al settimo cielo per la cena, invece mi sentivo colpevole e sola.

Carl mi aveva dato quell'affetto e quella stabilità che nessuno mi dava e lo aveva fatto in modo così naturale e trasparente che, ora che lo avevo perso, sentivo un vuoto enorme.

Ma non dovevo pensarci. Dovevo concentrarmi su quella serata che desideravo con tutte le mie forze, su Patrick che mi aveva invitata personalmente, e sul suo messaggio.

Tornai a casa con una faccia da funerale.

«Ha chiamato tuo padre», gridò la mamma dal salotto.

«Be'?»

«Stasera ti porta fuori a cena, viene con i bambini e la moglie».

Stasera?

Non faceva una piega: avevo appena spezzato il cuore a Carl e venivo punita.

«Ma stasera sono a cena da Nina».

«Ci andrai un'altra sera, lo sai che viene una volta ogni tre mesi, o preferisci andare a casa loro per il fine settimana per caso?».

Andare a Pimlico per il fine settimana significava fingere di essere felice di sopportare quelle due pesti, farsi rimpinzare di *shepherd's pie* dalla suocera di mio padre e dormire nel divano letto in salotto.

Fra le due preferivo decisamente cavarmela con una cena al fast food vicino casa.

Ma non quella sera.

Non quella dannatissima sera, accidenti.

Se non fossi andata da Nina, non avrei più visto Pat per un pezzo e allora non mi avrebbe invitata davvero più.

Ma non potevo scegliere, al massimo avrei potuto litigare a morte con mia madre, col risultato che mi avrebbe obbligata comunque ad andare a cena con mio padre, ma in più gli avrebbe raccontato che non volevo.

Con la morte nel cuore chiamai Nina e glielo dissi.

Rimase un po' delusa, ma niente in confronto a quello che provavo io.

Non mi sentivo così sola da una vita.

Ci si abitua in fretta all'essere amati e si dà per scontata la presenza di chi ci ama, pretendendo sempre di più in termini di tempo e dimostrazioni di affetto.

Fino a che quel qualcuno svanisce e si porta via pezzi di te.

Sarei andata a cena con mio padre e avrei detto addio a tutto quanto.

Da quel momento in poi ci sarebbe stata solo la danza.

Non ero in grado di gestire affetti e persone: chi volevo non voleva me e viceversa.

L'unica certezza incrollabile che avevo erano quelle scarpette da punta, scomode, rigide e dure come la mia vita.

Ventiquattro ore prima ero piena di aspettative e adesso ero delusa e amareggiata.

Respirai forte, come se fossi stata dietro le quinte e dovessi uscire a esibirmi e mi feci coraggio per affrontare quell'orribile serata.

Con un po' di fortuna Adrian avrebbe vomitato o la borsa sarebbe crollata.

Mio padre suonò il campanello alle sette meno un quarto, chiaro segno che volevano far presto.

La mamma aprì la porta e lui era lì, con le mani infilate nelle tasche del cardigan grigio e qualche capello orfano sulla testa.

Un tempo erano sposati, facevano progetti, vivevano insieme e tutto il resto.

Adesso quell'uomo aveva un'altra vita da un'altra parte con un'altra donna e altri figli.

Pensai a Carl.

Era innaturale fingere che niente fosse successo, dopo essere stati così intimi.

Non ero sicura di riuscirci, ma se lo avevano fatto loro dopo un matrimonio e una figlia, ne sarei stata capace anch'io dopo un solo bacio alla cipolla.

Mi infilai il giubbotto e uscii a testa bassa.

La station wagon era parcheggiata nel vialetto, Libby era seduta davanti e le due scimmie urlatrici dietro a strapparsi i capelli.

Sospirai e guardai il cielo pensando di scorgere qualcuno seduto su una nuvola che si sbellicava dalle risate.

Mi sedetti dietro e fui accolta dal lancio di un cartone di succo di frutta che mi colpì in fronte.

«Seb ti prego…», lo implorai, «ho già la faccia gonfia».

«Io sono Adrian! Cosa hai fatto alla faccia?».

Non li riconoscevo mai e nemmeno mi sforzavo, tanto ogni volta erano diversi.

«È stato un dinosauro, ma lui è ridotto molto peggio».

Mi guardarono con curiosità e diffidenza mista a rispetto.

Si misero zitti e buoni.

«Allora come stai Mia?», mi chiese Libby sistemandosi i capelli allo specchietto.

Non avevo niente contro di lei ma, come alleata di mia madre, avevo deciso di non esserle amica.

«Abbastanza bene, grazie».

«La mamma mi ha detto che stai decidendo quali materie portare per l'esame», disse mio padre.

«Sì, non so ancora se diventare un ingegnere nucleare o uno zampognaro».

«Che cos'è uno zampognaro?», chiese uno dei gemelli.

«È uno che suona la zampogna», spiegò Libby.

«E che cos'è una zampogna?», fece eco l'altro.

«Uno strumento musicale», continuò paziente.

«E perché vuole suonare la zampogna?». Caparbio.

«Perché vuole essere originale…», intervenne mio padre ironico.

«E che vuol dire *originale*?», chiese il primo gemello.

«Okay! Okay! Stavo scherzando!», sbottai.

Scese il silenzio per un minuto circa, poi i due demoni cominciarono di nuovo a tirarsi i capelli.

Perché stava succedendo a me?

Dovevo essere da Patrick, intenta a fissarlo così intensamente da vederlo in 3D, invece ero insieme alla famiglia Addams.

«Andiamo da Mac Donald's mamma?»

«No Seb, lo sai che non voglio che mangiate schifezze».

«MAIOCIVOGLIOANDAREEEEEE!!!!!!», mi urlò nei timpani uno.

«ANCHEIOCIVOGLIOANDAREEEE!!!!!!», strillò l'altro.

«Non fate storie!», si voltò Libby minacciosa, «state buoni e non date fastidio a Mia!».

Ripeto, lei era carina con me, ma io non potevo esserlo con lei.

Era contro natura.

Attraversammo il centro e proseguimmo su Hinckley Road fino ad arrivare al Langton Inn, un ristorante per famiglie che accettava mostri urlanti.

Libby aveva l'aria esausta, completamente assorbita da quelle due creature fuori controllo.

Mi chiedevo se ogni tanto mio padre pensava di aver fatto una cazzata sposando Libby, ma di certo era troppo tardi per tornare indietro.

Adrian mi prese la mano e Seb fece altrettanto, ma non per entrare tutti insieme appassionatamente nel ristorante, solo con l'intento di appendersi con tutte le forze e staccarmi le braccia.

«Ehi voi due!», urlò Libby, mentre sollevava un enorme sacco contenente tutto quello di cui avrebbero avuto bisogno durante la cena. «Ecco, prendete i libri da colorare, i pennarelli, Spongebob, e il Criceto Ninja e lasciate stare vostra sorella per l'amor di Dio!».

Le parole "vostra sorella" mi fecero tremare. Sebbene non li considerassi parte della mia famiglia, sarebbero venuti a cercare me per un trapianto di reni.

Trovavo assurdo diventare parente stretta di qualcuno, senza la mia autorizzazione, solo perché mio padre cambiava compagna.

La cameriera ci accolse con un sorriso tirato, come se sapesse quello che l'aspettava.

«Venite qui spesso?», chiesi.

«Quando la casa è totalmente rasa al suolo», rispose Libby, «ma lasciamo buone mance, per questo ci fanno ancora entrare».

Libby e mia madre avevano diverse cose in comune, anche se mi seccava ammetterlo. Erano entrambe bionde, grandi lavoratrici, ottime mamme e con un gran senso dell'umorismo.

Il fatto che, anche lei, avesse scelto mio padre come compagno di vita, infittiva il mistero.

Ci riservarono un tavolo in fondo alla sala dietro un paravento.

Nel frattempo uno dei due gemelli aveva già afferrato una forchetta da un tavolo vicino e tentava di trafiggere il fratello che si mise subito a piangere.

«Bella la paternità eh?», chiesi a mio padre che stava scrutando il menu lasciando a Libby l'onere di separare i due delinquenti.

«Prenderò una bistecca al sangue con pomodori alla griglia e patate», fu la sua risposta.

Finalmente Libby riuscì a sedersi a tavola tenendo fermi i gemelli con la minaccia di chiamare *Jimmy piede di porco* a portarseli via.

«Jimmy piede di porco?», le chiesi perplessa.

Mi guardò scoraggiata e scosse la testa come chi non sa più cosa inventarsi.

«Tu cosa prendi Mia?»

«Penso un hamburger con formaggio, salsa di funghi e anelli di cipolla fritti».

Le cipolle mi fecero pensare a Carl.

«Io sono a dieta», sospirò Libby, «prenderò una Ceasar salad con salmone grigliato senza salsa».

«Anch'io voglio l'hamburger», urlò uno dei due.

«Sì anch'io!».

«Jiles, ti prego», implorò Libby, «intervieni tu?»

«Se vogliono l'hamburger che lo prendano», rispose come se fosse appena atterrato da Marte.

«Lo sai che ci giocano e non lo finiscono mai».

«Fate come dice vostra madre», concluse e tornò a studiare il menu.

«Uffaaaa!», urlarono. «Sempre come dice lei, che schifo!».

Libby, esasperata, diede loro uno schiaffo e immediatamente smisero di piangere.

«Avrete le crocchette di pollo con le patatine e non si discute». Poi aggiunse sottovoce: «Ti prego, se un giorno ti viene un desiderio di maternità chiamami!».

Quando arrivarono le portate, Seb annunciò di dover fare la cacca, seguìto a ruota dal lamento di Adrian.

La povera Libby li afferrò e si alzò.

Avrei giurato che avesse le lacrime agli occhi.

«Allora, come va la borsa?», chiesi a mio padre per fare un po' di conversazione, mentre era intento a spalmare il burro sul pane all'aglio.

«Non c'è male, gli ultimi investimenti mi danno grande soddisfazione».

«Be', c'è chi è soddisfatto per i figli, chi per gli investimenti...», ironizzai non sapendo cos'altro dire.

«In che senso?», mi guardò interrogativo.

Anche mio padre e Paul avevano qualcosa in comune.

«Allora, hai deciso che materie portare all'esame?».

Ma non me lo aveva chiesto venti minuti prima?

«Penso arte o musica, francese e matematica». Che erano le materie della Royal Ballet.

«Ma non è un po' poco? Voglio dire arte e musica... non chiarisce cosa tu voglia fare dopo...».

«Infatti è solo un'idea, magari fisica, chimica e biologia».

Era meglio tagliar corto.

Tornò Libby con la faccia paonazza.

I due avevano in mano dei micro spazzolini da denti presi al distributore.

«Almeno mangiamo in pace...».

Il resto della cena trascorse abbastanza tranquillamente, se si esclude il lancio della saliera di Seb e le patatine nel naso di Adrian.

Tornammo a casa in silenzio, con i gemelli finalmente addormentati nei loro seggiolini.

Mentre guardavo fuori, pensavo a quanto poco avessi in comune con mio padre e mi chiedevo se, certe volte, il desiderio di cambiar vita ci spingesse a fare le scelte peggiori.

Passammo davanti a un pub, non lontano da casa, con le luci accese e un gruppetto di ragazzi fermi a chiacchierare e bere birra sulle loro moto.

Ci misi alcuni secondi a rendermi conto che quello che vedevo, mentre la macchina passava di fronte al pub, non era una visione, ma Patrick in sella alla sua moto con, avvinghiata, una ragazza mora con i capelli lunghi.

Mi tornò su la salsa ai funghi.

Quello era il *mio* Patrick, e quella chi era?

Rimasi incollata al finestrino finché la curva non li inghiottì.

Cercavo di dare un senso a quello che avevo visto, qualcosa di plausibile e sensato come: lei era casualmente caduta da un'astronave dietro di lui.

Arrivati davanti a casa mia, scesi in silenzio per non svegliare i figli di satana.

Baciai rapidamente Libby e mio padre ed entrai in preda al panico più totale.

Dovevo cercare di capire.

Chi era quella? E perché Nina non mi aveva detto niente? Conoscevo tutti i suoi parenti e non era certo la cugina Sofia quella.

Ero stata folle a credere che uno come lui non fosse fidanzato.

Perché l'idea non mi aveva mai neanche minimamente sfiorata?

La mamma era uscita, erano le nove e mezza passate e faceva un freddo cane.

Impiegai un secondo a ideare il piano più idiota nella lista dei piani più idioti.

Infilai guanti, sciarpa e cappello e saltai sulla bici.

Dovevo scoprire la verità.

Pedalavo come una freccia e la rabbia non mi faceva sentire il freddo.

La strada era buia e in giro non c'era quasi nessuno, non era certo l'ora in cui una minorenne poteva star fuori.

Costeggiavo parchi e case illuminate dove la gente normale guardava la televisione al caldo, senza curarmi di nient'altro se non seguire la riga bianca.

Finalmente, dopo una buona mezz'ora, giunsi nelle vicinanze del pub.

Ero congelata e stravolta, ma dovevo sapere.

Senza che lui mi vedesse.

Il Pump & Tap era un grande locale di legno a due piani con i mattoni rossi e i tetti a punta.

Quando arrivai vidi un gruppetto di ragazzi fuori del pub, ma non ero abbastanza vicina per capire se ci fosse anche lui o no.

Ma non vedevo più la moto.

Legai la bicicletta a un palo e mi andai a nascondere dietro una macchina per poter spiare.

Non ho parole per descrivere quanto mi sentissi cretina in quel momento, ma la curiosità mi stava divorando.

Non era più fuori del pub, e non potevo certo entrare "casualmente" col rischio di incontrarlo e dirgli: «Sì… vengo sempre qua a farmi una pinta prima di andare a casa dall'altra parte della città!».

Dio, che freddo che faceva! Mi sembrava di avere degli aghi roventi dentro i guanti.

Cercai di scaldare le mani col fiato, ma facevano ancora più male.

La curiosità e l'ansia cominciavano ad affievolirsi, non mi ricordavo più perché avevo fatto tanta strada. Cosa speravo di fare poi? Affrontarlo?

Adesso mi sentivo davvero fragile e indifesa, oltre che stupida.

Senza contare che se la mamma non mi avesse trovata, al ritorno avrei potuto dire addio ai miei sogni di gloria, semplicemente perché mi avrebbe spezzato gambe e braccia.

Tornai alla bici con il gelo nel cuore e ricominciai a pedalare scoraggiata, chiedendomi cosa stesse facendo Patrick in quel momento e, soprattutto, con chi.

Dopo un paio di chilometri, illuminati da qualche raro lampione avvolto dalla nebbia, mi accorsi che c'era qualcosa che non andava.

Mi sembrava di avere le ruote quadrate.

Mi voltai e vidi che avevo forato.

Il sangue smise di circolare.

Ero finita. Davvero finita.

Casa mia era lontana almeno dieci chilometri, era buio e cominciavo ad avere una gran paura.

Come al solito non avevo il telefono e i miei avrebbero chiamato la polizia.

Speravo solo che lo facessero in tempo.

Non avevo scelta, dovevo scendere e spingere, sperando di non attirare l'attenzione del serial killer di zona.

«Stupida, stupida, stupida», non facevo che ripetere.

Cominciai a piangere dalla paura.

Ogni volta che una macchina mi passava accanto mi veniva la pelle d'oca.

Avevo letto tante storie di ragazze scomparse nel nulla senza lasciare più traccia, fatte a pezzi o rapite, e l'idea che la mia vita sarebbe potuta finire da un momento all'altro per una cazzo di gomma bucata mi mandava in bestia.

Avrei voluto urlare, ma avrebbe attirato troppo l'attenzione: desideravo solo essere invisibile.

Una macchina mi passò vicino suonando, mi spaventai a morte e per poco non caddi.

Udii le risate dall'interno dell'abitacolo mentre mi superava.

Non sarei mai riuscita a tornare a casa.

Avrei voluto che Carl si materializzasse dal nulla con la sua macchina sfasciata e mi aprisse lo sportello con un hot dog alle cipolle in mano.

Cominciai a canticchiare per ingannare la paura del buio.

Odiavo il buio e cominciai a temere che Jimmy piede di porco sarebbe venuto a prendermi per portarmi via con le sue zampe pelose.

Ogni tanto vedevo passare una macchina, ma non si fermava nessuno, e nonostante fosse palese che avessi bisogno di aiuto, continuai a spingere la bici per chilometri e chilometri, nel buio, sola soletta.

Finché vidi una moto superarmi e, dopo alcuni metri, fare inversione.

Ecco, ci siamo, pensai scorgendo i fari che mi puntavano, è davvero la fine, non racconterò mai questa storia.

«Hai bisogno di aiuto?», chiese la voce.

Non avevo il coraggio di rispondere, né di alzare gli occhi e continuai a spingere la bici.

«Dài, lascialo stare, magari è ubriaco!», disse una voce di donna.

Ehi, mi avevano scambiato per un ubriaco?

L'orgoglio mi fece ritrovare il coraggio.

«No grazie», risposi alzando la testa, «fra neanche sei ore sarò arrivata».

«Mia?», sentii urlare.

Mi girai.

«Patrick?», urlai anch'io.

I miracoli esistevano, Babbo Natale anche e la vita era una cosa meravigliosa.

Lasciai cadere la bici e corsi ad abbracciarlo totalmente incurante della sua ragazza.

«Ma che stai facendo a quest'ora, qui e con questo freddo? Non eri a cena con tuo padre?».

La scusa della pinta al pub era decisamente fuori luogo.

«Sì, ma poi sono uscita a prendere un libro da una compagna, ho bucato la gomma e non avevo il cellulare…». Se mi avesse chiesto dove fosse il libro gli avrei confessato la verità.

Patrick si tolse il casco.

Rimasi folgorata vedendolo e mi dimenticai di tutto, compresa me stessa e mi mancarono tutte le risposte.

Era l'anello di congiunzione fra la meraviglia e la bellezza.

Mi guardò preoccupato e in apprensione.

«Ma ti rendi conto di quello che ti poteva succedere?».

No, per favore, tutto, ma non la ramanzina del fratello maggiore. Non era quello che volevo da lui.

La ragazza aveva l'aria seccata, come se avessero già litigato prima.

La invitò a scendere per tirare giù il cavalletto e venne a vedere in che condizioni ero, come se mi avesse ripescata da un lago ghiacciato.

Le sue mani sul mio viso bastarono a farmi circolare di nuovo il sangue, mentre le gambe cominciarono a tremarmi, ma non per il freddo.

«Senti qua, sei gelata». Mi strinse a sé.

La ragazza della moto adesso era passata dall'evidente scocciatura alla rabbia omicida perché se ne uscì con un: «E allora baciala, già che ci sei!».

Finalmente un consiglio sensato!

«Non dire cretinate, Christine, lei è praticamente mia sorella!», le gridò contro.

Era la prima volta che lo vedevo arrabbiato, e io mi stavo sciogliendo, e temevo che staccandosi da me non rimanesse che un mucchio di vestiti per terra.

La serata peggiore della mia vita si stava trasformando in una favola con il lieto fine.

Ero tentata di lasciarmi svenire fra le sue braccia.

«Ti devo portare a casa», dichiarò.

«E la bici?»

«La bici la veniamo a prendere domani».

Veniamo? Chi, io e te?

«Christine, senti, adesso chiamo Michael e gli chiedo di venirti a prendere così posso riaccompagnare Mia a casa sua».

Christine cercò di ribattere, ma Patrick stava già chiamando Michael.

Mi allontanai per lasciarli parlare, ma riuscivo a sentire tutto.

«Sei uno stronzo Patrick, lo fai perché non vuoi stare con me, di' la verità!».

«Christine, ti prego, ne abbiamo parlato centinaia di volte, non funziona più, non ha mai veramente funzionato, ci siamo già lasciati sei mesi fa. Ogni volta che torniamo insieme non funziona. Con tutto l'affetto che ho per te, facciamola finita».

Volevo fare un paio di piroette per la gioia, ma avrebbe dato nell'occhio e continuai a fingermi interessata alla ruota.

Finalmente arrivò Michael.

Christine salì subito in macchina e gli fece cenno di ripartire. Non si voltò nemmeno a salutare.

Adesso io e Patrick eravamo soli, nel buio, e se avessi dovuto scegliere l'ultimo giorno della mia vita, avrei senza dubbio scelto quello.

Tanto, una volta a casa, ci avrebbe pensato la mamma a finirmi.

«Dài, monta!», disse porgendomi il casco.

Non ero pratica di motociclette ed ebbi qualche difficoltà nel salire.

Una volta sopra mi si presentò il dilemma di dove mettere le mani, che Patrick risolse subito con un: «Tieniti forte a me».

Non me lo feci ripetere due volte.

Io e Patrick, insieme nella notte, con me abbracciata stretta a lui.

Ma dài! Doveva essere uno scherzo!

Tenevo la guancia schiacciata forte contro la sua schiena e respiravo il suo profumo.

Ero così felice che, nonostante il freddo, continuavo a sorridere mentre le lacrime mi scendevano lungo le guance.

Lo amavo disperatamente e l'emozione che provavo in quel momento ne era la prova.

Se fossi riuscita a trattenere quella gioia, avrei danzato una splendida Odile.

Un quarto d'ora dopo eravamo davanti a casa mia, le luci erano spente, forse la mamma non era ancora rientrata o forse era andata a letto pensando che fossi già tornata.

«Sei sicura di star bene?», mi chiese aiutandomi a togliere il casco.

Feci sì con la testa.

«Mi prometti che se dovrai ancora uscire la notte a caccia di lucciole porti il cellulare?»

«Okay».

«Vuoi che parli io con Elena?»

«No, meglio di no, magari dorme».

«Allora buonanotte Mia, la bici la prendiamo domani». Si sporse in avanti per darmi un bacio sulla guancia.

«Buonanotte Pat». Ricambiai il bacio e voltandomi mi accarezzai il punto che aveva baciato ed entrai.

Trattenni il respiro finché non lo sentii ripartire, mi appoggiai alla porta e chiusi gli occhi, sperando di non svegliarmi.

Avevo le palpitazioni e, questa volta, non avevo dubbi che mi fosse piaciuto.

CAPITOLO OTTO

Lo schiaffo che mi arrivò in faccia un attimo dopo mi riportò violentemente alla realtà.

«Non ti dico niente adesso perché sono talmente fuori di me dalla rabbia che potrei toglierti dal mondo senza pentirmene!», mi intimò mia madre con un filo di voce.

Era stravolta, aveva gli occhi gonfi e le mani le tremavano.

Dietro di lei, la sua amica Betty mi guardava con disappunto.

La mamma mi fissava, mordendosi il labbro, per impedirsi di parlare, poi respirò come se stesse uscendo da una profonda apnea, si mise le mani fra i capelli e rimase un istante con i gomiti alzati, come per decidere cosa farne di me.

Alla fine emise il verdetto: «Lunedì vai a stare da tuo padre, ne ho abbastanza di te». Girò le spalle e salì in camera.

Sarebbe stato meglio essere abbattuta a fucilate.

«Ma...». Fu tutto quello che mi lasciò dire.

Betty mi fece cenno di non proseguire oltre e di lasciarla stare.

La seguii in cucina.

Betty era la migliore amica di mamma, si erano conosciute appena eravamo arrivate a Leicester. Insegnava anche lei all'Università, filosofia, ed erano inseparabili. Solo che Betty non si era mai sposata e aveva un figlio grande, DJ residente a Berlino.

Era una forza della natura, una bomba inesplosa, tanti ricci crespi e corvini quanti sogni irrealizzati, ma era generosa e leale e, soprattutto, sapeva affrontare le crisi come una portaerei in mezzo a una tempesta.

Oltre a insegnare faceva la dimostratrice per la Avon, teneva corsi di recitazione, adorava fare i tarocchi e, a detta della mamma, ci azzeccava sempre.

Preparò un tè e ci sedemmo attorno al tavolo.

«Hai rischiato di far morire tua madre stasera lo sai?», disse girando il cucchiaino nella tazza.

«Anch'io ho rischiato la pelle, ma a quanto pare non importa a nessuno qui!», risposi stizzita.

«Che è successo?»

«Ho forato la bici, non avevo il cellulare e me la sono fatta quasi tutta a piedi, ecco cos'è successo, ma qui contano solo le crisi isteriche di mia madre!».

«Sì, in effetti abbiamo dato per scontato che tu fossi andata a cercarti della droga…». Sorrise porgendomi dei biscotti.

«Lo so! La mia opinione non è mai importante, lei dà per scontato che io sbagli sempre e che non sappia cosa fare della mia vita!».

«È tua madre, Mia, si preoccuperà sempre per te, e poi sei giovane».

«Giovane? Sai quanti anni ha Justin Bieber? E Miley Cyrus? Pensi che i loro genitori li prendessero a ceffoni perché rincasavano alle undici per aver forato?»

«In effetti non hai tutti i torti…», convenne.

«Ne ho uno solo di torto: quello di non aver detto che uscivo a prendere un libro, pensando di metterci solo dieci minuti. E poi lei non c'era, lei non c'è mai!».

Quella battuta era degna di un applauso: ne stavo uscendo immacolata e le avrei fatte sentire in colpa.

«Povera stella!», mi sorrise dispiaciuta. «Chissà che paura hai avuto lì fuori con questo freddo e noi befane qui a congetturare su di te… Dài, parlo io con Elena». Mi accarezzò la guancia.

La stessa che era stata prima baciata e poi percossa.

«Tu credi che mi manderà davvero da mio padre?». L'idea era talmente agghiacciante che non riuscivo neanche a figurarmela.

«Ma no, ti immagini, dovresti anche cambiare scuola, non lo farebbe mai. Però come minaccia era perfetta, è stata un'idea mia», confessò con un certo orgoglio prendendo un biscotto.

«Ah brava! Anziché stare dalla parte dei più deboli».

«Mia, tu non ti immagini come stava! Mi ha chiamato in preda a un attacco d'ansia, ha telefonato a Nina, a tuo padre, all'ospedale e stava per chiamare la polizia! Mi ha anche chiesto di farti le carte per sapere dov'eri, mi ha preso per una sensitiva!».

«E tu lo sapevi dov'ero?»

«Io *sentivo* che non eri in pericolo». Fece una pausa. «Anzi!».

«Che vuoi dire con *anzi*?». La scrutai sospettosa.

Negli anni aveva *sentito* che Libby aspettava due gemelli maschi, che mia madre si sarebbe messa con un assicuratore con cui non sarebbe durata più di un anno (Anthony), che sarebbe stata corteggiata da un collega vedovo molto più anziano di lei che avrebbe lasciato dopo tre mesi (Williams) e che avrebbe frequentato un altro che non era libero, ma con cui non sarebbe durata più di due anni (Paul).

I due anni stavano per scadere e noi incrociavamo le dita.

«Intendo che… ma che ne so Mia… su, adesso vai a letto che è tardi!», mi esortò prendendo la tazza e portandola al lavandino.

L'orologio a muro ticchettava con quel ritmo ipnotico che si avverte solo quando nell'aria ci sono guai, era mezzanotte e non avevo più sonno, mi sentivo come se mi avessero tirato in faccia un secchio d'acqua gelata mentre ero a letto al calduccio, nel bel mezzo di uno splendido sogno.

Ero arrabbiata e confusa, non riuscivo che a pensare a me e non a quello che mia madre poteva aver provato.

Mi venne un desiderio irresistibile.

«Betty, mi fai le carte?», le chiesi d'un tratto.

«Sei troppo giovane, non posso».

«Ma ho quasi sedici anni!», protestai.

«No, Mia, non insistere, ti ho detto di no».

«Dài, dài, un giretto piccolino…», la implorai come un cucciolo triste.

Sospirò.

«E va bene», rispose alzandosi a prendere i tarocchi nella borsa, «però un giro piccolo e non lo dire a tua madre!».

Mi accomodai sulla sedia in attesa.

Betty diventò improvvisamente molto seria.

Si accese una Pall Mall e, tenendola fra le labbra, si legò con un elastico i ricci crespi e cominciò a mescolare le carte con grande cura.

Mi venne da ridere, ma mi fulminò con lo sguardo.

«Guarda che questo non è un gioco!», sbuffò, «ecco perché non le faccio volentieri ai mocciosi!».

«Scuuuusa!». Alzai le mani. «Okay sto buona buona», risposi appoggiandomi alla sedia con le mani intrecciate sulla pancia.

«Cosa ti interessa sapere in particolare?»

«Un sacco di cose, per esempio…». Morivo dalla voglia di chiederle di Patrick, ma dovevo essere prudente, quindi decisi di rimanere sul vago. «…per esempio la scuola…».

Mi porse il mazzo e me lo fece dividere in due, poi dispose le carte in forma di croce in modo molto solenne.

Appoggiò il mento fra i palmi delle mani.

Quando aveva qualche presentimento le si formava involontariamente una rughetta fra le sopracciglia

«La scuola… Be', c'è una gran confusione, ma è normale alla tua età, confusione su cosa fare, difficoltà con i compagni, insoddisfazione, isolamento… È come se tu volessi essere apprezzata dagli altri, ma senza fare il primo passo… Questa è Nina ci scommetto…», disse puntando il dito sulla carta della Papessa, «…lei ti vuole bene e ti protegge… tienila cara. E poi… be', questa è la Giustizia, è senz'altro tua madre che è incazzata nera, vedi? Con lei ci sono incomprensioni, ribellione da parte tua… però si risolve, è… solo amore mal espresso… e poi l'Imperatrice… potrebbe essere una signora anziana, influente…».

«Mia nonna forse?»

«Potrebbe… mentre questo qui… è chiaramente un ragazzo innamorato!».

Diventai rossa.

«Non… non credo».

«Sì, è un ragazzo carino, ben intenzionato, sì, ma tu non sei innamorata, no, no, no…», parlava come a se stessa, «…però lui ti aiuterà per il *dopo*, è che… non riesco a capire… tu hai già deciso dove andare dopo l'esame?».

Ero tentata di dirle del mio desiderio di provare l'audizione, ma non volevo influenzare il responso.

«Non ancora».

«La danza… forse, perché vedo fatica, tanta fatica, competizione…».

La cosa si faceva interessante.

«Però fra il futuro e il presente, c'è una specie di zona d'ombra che non riesco a interpretare… mi manca… è come se ci fosse un vuoto… un buco… non saprei».

Sfiorò le carte come se potessero parlarle.

Cominciavo ad agitarmi.

«Come se per un periodo non ci fosse niente… a parte…». Si bloccò e arricciò impercettibilmente le labbra, poi sorrise. «…ma cosa ti sto dicendo stella, è chiaro che non vedo niente, hai quindici anni cambierai idea ogni settimana! Quella che conta è questa carta: il sole!».

«Sì, ma queste due? Questa torre, e questo angelo?»

«Cambiamenti, solo cambiamenti», rispose vaga, radunando i tarocchi.

Tentai la carta dell'orgoglio.

«Non mi sai dire di più? Cambiamenti, un ragazzo innamorato, la mamma… credevo tu fossi più brava di così».

«Io sono *molto* brava!», rispose indignata.

Touché!

«E allora fammi un giro serio, dimmi qualcosa che io non so», chiesi incrociando le braccia.

«Bene, l'hai voluto tu», disse con sfida ricominciando a mescolare le carte con maggiore intensità e di nuovo me le porse per farmi tagliare il mazzo.

Formò ancora una volta la croce e di nuovo apparvero la Torre e l'Angelo.

Questa volta la rughetta sulla fronte fu molto più evidente.

Era combattuta fra il dirmi qualcosa e il nascondermela.

«Ti ripeto quello che ti ho detto prima, vedo una carriera… presumibilmente nella danza, ma sarà molto sudata, molto dura e con molti alti e bassi e… e…».

«E…?», stavo tremando.

«E un grande amore!», concluse.

«Oh merda, Betty», ansimai, «mi stavi facendo morire solo per dirmi che troverò il grande amore? E com'è? Chi è? E soprattutto, dov'è?»

«Vedi questa carta? Quella del Papa? È un uomo bello, forte, molto sicuro di sé, molto protettivo, potrebbe essere un ragazzo più grande».

Non credevo alle mie orecchie, non poteva essere vero, quello era il ritratto di Patrick ed era nel mio futuro, lo dicevano i tarocchi!

Mi agitai a tal punto che dovette accorgersene.

«Mia, stai bene? Ti prendo un bicchier d'acqua? Hai gli occhi lucidi!».

«No, sto bene, davvero…».

«Stella! Piccola mia», mi prese le guance, «ma sei innamorata? E si può sapere chi è?».

Se non lo dicevo a qualcuno sarei scoppiata.

«È… Patrick, il fratello di Nina».

«Patrick?», rispose stupefatta e piena di tenerezza.

Annuii.

«Ma è bellissimo! E lui lo sa?»

«Certo che no e non lo deve sapere, non lo sa nessuno, né Nina, né mia madre».

«E… allora cosa intendi fare, per farglielo sapere?», proseguì incerta.

«Non glielo farò sapere, non ora almeno, ma tu non lo dire alla mamma ti prego».

«No, stai tranquilla sarò muta come una tomba, lo sai, non le ho mai detto di quella volta che per farti bionda sei diventata rosso carota e abbiamo dovuto ricolorarti i capelli di nero, non le ho mai detto di quella volta che ti hanno rubato la bici e siamo andate a cercarla per tutto il campus e l'abbiamo dovuta ricomprare dal ricettatore e nemmeno di quando, invece di andare da tuo padre, sei venuta da me per il fine settimana».

Era vero, Betty era un'amica fidata, e averlo detto a qualcuno mi aveva tolto un immenso peso di dosso. E, come diceva Nina, un peso, se lo dividi in due si trasporta meglio.

«Ma non mi hai detto ancora cosa sono le due carte laggiù!», sorrisi sorniona.

«Ah, quelle?». Tornò ad irrigidirsi e sospirò.

«Senti… fai attenzione con quelle maledette punte, okay?».

Le scarpette?

Un infortunio quindi?

Non ci voleva, però se lei vedeva comunque una carriera e soprattutto se vedeva Patrick, si sarebbe risolto tutto in un modo o nell'altro.

Andai a letto con una miriade di pensieri in testa, uno più caotico dell'altro.

L'incontro con Patrick mi sembrava lontano anni luce ormai e tutti gli eventi della serata mi si accavallavano in testa senza un ordine preciso. Era tardi ed ero stanca. Mi buttai sul letto augurandomi di non sognare niente.

Non vidi mia madre fino alla mattina dopo.

Non ero abituata a dormire fino a tardi la domenica, e di solito mi svegliava per fare una passeggiata con York o anche solo per leggere i giornali insieme, ma era ovvio che quella mattina non mi avrebbe cercata.

Dovevo fare io il primo passo.

Almeno non c'era Paul visto che, nel fine settimana, doveva giocare al marito perfetto.

Mi chiedevo se avrei dovuto telefonare a Patrick per andare a prendere la bici o se sarebbe stato meglio dirlo a Nina perché facesse da tramite.

Scesi giù a farmi un tè, mia mamma doveva essere uscita a correre. Aprii la porta per prendere il giornale e ci volle un po' per mettere a fuoco che quella legata al palo, sul marciapiede, era la mia bici con la ruota aggiustata.

Scesi le scale, guardai a destra e a sinistra, ma non c'era nessuno.

Patrick?

Poi sulla porta di casa notai un post-it: «Ciao Mia, sono dovuto partire urgentemente, la bicicletta è a posto, le ho dato una lavata perché era lurida! Ci vediamo presto, stai bene Pat».

Staccai il bigliettino e me lo portai alle labbra come per sentire il suo profumo attraverso le parole.

Non era una lettera d'amore certo, ma era la cosa più vicina a lui che avessi mai immaginato di ottenere.

Mi sentivo in una bolla di sapone.

Volevo farlo plastificare perché resistesse all'usura del tempo e soprattutto alle lacrime che non smettevo di versare.

Stavo diventando una rammollita, non potevo passare il tempo a piangere.

Tornai in camera e mi sedetti sul letto girando fra le mani il post-it che avevo già imparato a memoria e lo chiusi in un libro come un fiore prezioso.

Odiavo la domenica.

Era un giorno perso, un giorno inutile, lungo e malinconico.

Le ore non passavano mai e avevo la sensazione che tutti avessero qualcosa di meglio da fare.

C'erano famiglie che si riunivano attorno al barbecue o padri che portavano i figli allo stadio, mamme che tagliavano il prato o che cucinavano torte di mele.

Da noi non succedeva più niente da un pezzo, e con la tensione continua fra me e la mamma non era certo facile ricreare un "idilliaco e caldo ambiente domestico".

Chiamai Claire che era sempre più che contenta di poter lavorare anche la domenica.

Durante la settimana i suoi corsi erano per lo più frequentati da bambine con madri al seguito e adulti principianti.

Odiava le bambine capricciose e le loro madri accondiscendenti che se ne stavano sedute in sala e poi le chiedevano perché la propria figlia non fosse in prima fila.

Era una perdita di tempo per tutti, non sarebbero mai andate da nessuna parte, ma non poteva dirlo se non voleva chiudere la scuola. In quanto ai corsi per adulti, credo che avrebbe preferito mangiare il sapone!

In fondo, la differenza fra un'insegnante e una ballerina era proprio quella: lei aveva calcato grandi palcoscenici e sapeva cosa significava dedicare tutta la vita alla danza, e quanta fatica, dolore e frustrazione costasse. Per questo non faceva sconti a nessuno, perché non era un mondo che permettesse a qualcuno privo di talento di andare avanti.

Non c'erano amicizie influenti o scorciatoie, potevi avere tutta la passione possibile, ma se non avevi buoni piedi, buone proporzioni o avevi troppo seno non saresti mai stata una ballerina e Claire detestava dare false illusioni.

Ma se trovava un giovane talento dotato e con una marcia in più, vi si dedicava anima e cuore.

Oltre a me seguiva il giovane Chester, un ragazzino di neanche undici anni, nato per danzare anche meglio di Billy Elliot.

Era leggero, agile e forte, e nei giri e nei salti sembrava un russo.

Quel giorno Claire era in vena di torture e io di essere torturata.

La fatica mi permetteva di non pensare e lavorando sodo riuscivo a dimenticare tutto e concentrarmi solo sulle cose veramente essenziali.

Se riuscivo a fare più di trenta *fouetté* in perfetto equilibrio, resistendo al dolore lancinante delle vesciche e dei crampi, gli altri dolori potevano passare in secondo piano.

O almeno mi illudevo che fosse possibile.

La sala era gelida, la domenica la caldaia era spenta.

Infilai doppie calze, scaldamuscoli fino al ginocchio e due maglie per non sbriciolarmi al primo piegamento.

Andai alla sbarra a cominciare il riscaldamento con sequenze infinite di *plié* e *rond de jambe*.

Quella parte poteva essere infinitamente pallosa, o come quel giorno, un dono del cielo, che mi consentiva di continuare a pensare ai fatti miei senza dover essere ripresa o percossa!

«Dài che si comincia!», disse Claire accendendo lo stereo.

Cominciai a danzare il pezzo di Odile.

Mi sentivo davvero come un cigno nero, inquieto, fragile e diverso dagli altri, che nessuno sembrava avere voglia di conoscere a fondo eccetto Nina e, per un attimo Carl, ma come aveva detto Betty non riuscivo a fare il primo passo.

Desideravo che Patrick smettesse di considerarmi l'altra sorella, e si accorgesse che non ero più una ragazzina e forse, se mi avesse vista ballare, mi avrebbe notata.

Fu una prova pesante che durò quasi due ore ininterrotte, ma Claire non disse niente di peggio che un paio di «fai pietà» e «perfetta per *Ballando con le stelle*».

Mentre mi asciugavo e mi rivestivo, Claire si avvicinò con alcuni fogli in mano.

«Senti Mia, ho qui i moduli per la richiesta di audizione per entrare alla Royal Ballet e… dovremmo cominciare a pensare a come comportarci…».

Mi avvolsi un asciugamano intorno alle spalle, il sudore mi si gelava addosso e l'ansia per il discorso che dovevamo affrontare mi faceva sentire ancora più freddo.

Mi tolsi le scarpette e ci sedemmo in un angolo.

Claire sparpagliò per terra i moduli di iscrizione.

Erano sette pagine da compilare, nelle quali si faceva formale richiesta di audizione per entrare alla scuola superiore della Royal Ballet, dove avrei potuto frequentare gli ultimi due anni accademici e diplomarmi studiando danza sei giorni su sette.

Si dovevano indicare la scuola di danza di provenienza, il nome dell'insegnante di riferimento, il liceo frequentato e il nome dei genitori o dell'eventuale tutore con cui la scuola avrebbe comunicato in seguito, in merito al pagamento della retta.

C'era anche il modulo con la richiesta di sovvenzione a cui allegare una dichiarazione dei redditi.

Guardai i fogli scuotendo la testa.

«Come facciamo Claire?», le chiesi scoraggiata.

«Direi di cominciare a compilare i moduli e spedirli e, per il momento, indichiamo il mio nome come tua responsabile e aspettiamo che mi contattino».

«Sì, ma qui dice che devi dichiarare di essere in grado di sostenere il pagamento della retta e se invece vuoi la sovvenzione devi chiederla prima di fare l'audizione!».

«Dobbiamo spedirla al più presto Mia, nel frattempo ci faremo venire un'idea, parlerò io con tua madre e vedremo di trovare una soluzione, sarebbe assurdo che tu non ci andassi per una pura questione di orgoglio».

«Orgoglio e venticinquemila sterline...», commentai laconica.

«Sì, ma sarebbe incredibile che Chester entrasse e tu no!».

«Che vorresti dire che quel...», non trovavo le parole, «quel *nano* farà anche lui l'audizione?»

«Sì, ha fatto richiesta per entrare alla *Lower school*, dove comincerebbero a formarlo subito».

«E i suoi glielo permettono?»

«Altroché, hanno già organizzato tutto, vivrebbe dai suoi zii, quelli hanno un mucchio di soldi!».

Vedevo chiaramente l'immagine della bambina saccente del quadro sbellicarsi dalle risate.

Non potevo permettere che lui entrasse e io no solo per una questione di soldi. Sarei finita in qualche squallido programma pomeridiano ad accusare mia madre di avermi rovinato la vita e avermi spinto nel tunnel della droga e della prostituzione.

«Tu non fare innervosire Elena, io la chiamo in settimana e ci parlerò con calma».

Tornai a casa e decisi di fare il primo passo.

Entrai in salotto dove la vidi sul divano intenta a lavorare a maglia un golf arancione mentre ascoltava Chopin.

Doveva essere malinconica.

«Ciao mamma», dissi buttandomi sul divano accanto a lei.

Non si mosse e continuò a lavorare.

Le appoggiai la testa sulla spalla.

«Scusa mamma, mi dispiace di averti fatto stare in pensiero».

Si tolse gli occhiali e mi diede un bacio.

«Scusami tu per aver pensato male, ma ho avuto tanta paura».

«Anch'io ho avuto paura».

«Ma dove stavi andando?»

«Ma... niente, mi serviva un libro di chimica».

«A quell'ora? E Nina non ce l'aveva?»

«No, non ce l'aveva».

Cominciavo a friggere.

«E poi hai incontrato Patrick?»

«Già, pensa che fortuna, altrimenti chissà se tornavo».

Cercai di rincarare la dose melodrammatica.

«Ma dove abitava questa tua amica esattamente?»

«Verso il centro».

«Ma non potevi prenderlo oggi il libro?»

«Mamma! Ma che è questo terzo grado? Sono andata a prendere un libro, mica una dose di cocaina!».

Strabuzzai gli occhi.

«Vieni qui, dài». Mi mise un braccio attorno alla spalla.

«Come mai litighiamo sempre?», chiesi.

«Perché stai crescendo tesoro».

«E litigheremo sempre di più?»

«Penso proprio di sì».

«Come te e la nonna?»

«Spero di no, Mia».

Mi accoccolai vicino a lei.

«Perché avete litigato tu e la nonna?»

«Perché siamo entrambe cocciute e orgogliose, ecco perché».

«E quant'è che non vi parlate?»

«Ma che è questo terzo grado?», mi rispose ridendo.

«È il mio turno».

In realtà cercavo di sondare il margine di possibilità di una sovvenzione per i miei studi. La faccenda del piccolo Chester mi stava uccidendo.

«Alla nonna non piaceva tuo padre e non voleva che venissimo qui, io sono venuta lo stesso e lei non me lo ha perdonato».

«Ma intendi dire che non vi parlerete mai più per tutta la vita? Non ti sembra assurdo?»

«Aspetto che faccia lei il primo passo».

«Magari anche lei aspetta che lo faccia tu».

«E allora è destino che non ci parliamo!».

«Ma io non sopporterei che tu non mi parlassi più».

«Io non sono tua nonna e fra noi non succederà mai».

«Giura!».

«Giuro!».

Baciò gli indici incrociati.

«Adesso vogliamo parlare un po' di te signorina?», mi chiese rimettendosi gli occhiali.

«Mmh», mugolai poco convinta.

«Hai pensato un po' a quello che vorresti fare?»

«Mah…».

«A parte la danza voglio dire».

«Mamma… ti direi una bugia».

«Mia io non voglio che tu smetta, però puoi continuare a frequentare il Leicester College e finire i tuoi studi lì, poi andare all'università e continuare le tue lezioni di danza, magari troviamo qualcun altro più esperto di Claire che ne dici?»

«Se ti dico di sì, lo faccio per farti contenta, ma rinuncerei a tutti i miei sogni».

Sospirò.

«Non ce lo possiamo proprio permettere tesoro, mi dispiace…».

Era troppo brutto, mi sentivo come in una stanza di vetro e nonostante urlassi a squarciagola nessuno poteva o voleva sentirmi.

Tutto il mio dannato futuro dipendeva dai soldi, non contavano niente i miei desideri, il mio talento e i miei sogni.

L'unica scelta disponibile era studiare economia o legge e fare qualche lezione di danza ogni tanto.

Non c'erano altre opzioni.

«Mamma… c'è la possibilità di un finanziamento, basta che tu gli comunichi la tua dichiarazione dei redditi, e se guadagni davvero poco, lo Stato pagherà tutto, basteranno dodicimila sterline l'anno».

«…Amore mio, non ti rendi conto di quanti soldi sono? Proprio non ti rendi conto». Tornò al suo lavoro a maglia.

«Ma… la nonna… forse».

Lasciò cadere i ferri.

«La nonna toglitela dalla testa», disse in tono che non ammetteva repliche.

«Va bene, mamma, se questa è la tua decisione…».

«Non è la *mia* decisione, è l'unica decisione possibile per noi».

«Non lo è, ci sono sempre altre soluzioni, ma non sei disposta a prendere in considerazione nient'altro che il tuo punto di vista».

Lo dissi in tono davvero triste e amareggiato.

Mi aveva proprio deluso, non riuscivo a credere che fosse così ostinata da mettere il suo orgoglio davanti al mio futuro.

Mi alzai per andare in camera, ma sulla porta mi voltai e le dissi: «Mamma, ma tu mi hai mai vista danzare… intendo recentemente?».

Guardò in basso e scosse la testa.

«Ecco, forse dovresti».

CAPITOLO NOVE

Il lunedì mattina, a scuola, sembravano tutti impazziti.

Almeno quaranta persone si ammassavano davanti alla bacheca in corridoio fra gridolini di sorpresa e risate.

Raggiunsi Nina che stava sgomitando per infilarsi fra due ragazzi molto più alti di lei.

«Che succede?», le chiesi tirandola per la manica.

«È lo spettacolo di Natale, mettiamo su un musical!», rispose senza voltarsi.

«Un musical?»

«Bello no?», rispose eccitatissima.

«E che musical sarebbe?»

«*Mamma Mia!*».

«Fico!», commentai ironica.

«E dài *broncio*! Fingi un minimo di entusiasmo».

Al sentirmi chiamare *broncio* mi venne un tuffo al cuore.

«No sono contenta davvero, guarda». Tirai gli angoli della bocca con le dita. «Hanno già assegnato i ruoli?»

«Non ancora, ma ci hanno convocati tutti in palestra fra dieci minuti».

Mi voltai e vidi Carl dietro di noi che fingeva di guardare la bacheca con le mani in tasca e lo sguardo spento.

Gli sorrisi e abbassai gli occhi, lui fece altrettanto e ci voltammo dandoci le spalle.

Mi avviai verso la palestra strascicando i piedi, seguendo Nina come se dovessi andare alla forca.

Un musical tutti insieme avrebbe significato ore e ore di prove e soprattutto ore e ore di *socializzazione* e io non me la sentivo né di entrare nello spirito natalizio, né in quello goliardico.

Arrivati in palestra ci mettemmo a sedere sulle scalinate aspettando l'arrivo di Mrs Jenkins.

Notai che Carl si era seduto a distanza di sicurezza, cosa che un po' mi dispiaceva.

Perché non potevamo essere nemmeno un po' amici?

Nina non la smetteva più di parlare e io non la smettevo di pensare a una possibile soluzione per frequentare la Royal, ma non ne vedevo.

Non legalmente almeno.

Se Patrick mi avesse lasciato davanti alla porta anche un sacco pieno di soldi, sarebbe stato perfetto.

Entrò Mrs Jenkins, sorridente col suo solito tailleur grigio prossimo all'esplosione, seguita da Mr Davies e Mrs Mills.

Il brusio cresceva contagioso fra le gradinate, Bibi e Dell già pregustavano il loro ruolo da protagoniste, mentre io speravo mi dimenticassero.

«Un attimo di silenzio ragazzi!», cominciò Mrs Jenkins con un colpo di tosse «Quest'anno, insieme ai vostri insegnanti, abbiamo deciso di fare qualcosa di diverso dal solito spettacolo di Natale dove ognuno si esibisce per conto proprio e... non sempre in maniera *decente*», disse lanciando un'occhiata a un gruppo di ragazzi che l'anno prima aveva suonato un pezzo dei Red Hot indossando solo un calzino.

«Sarà una bella occasione, e per alcuni l'ultima, per vivere una bella esperienza tutti insieme, divertirsi e soprattutto mettersi in gioco, siete contenti?».

Si levò un applauso.

«E dài applaudi!», mi disse Nina assestandomi una gomitata.

Finsi entusiasmo lanciando ogni tanto un'occhiata a Carl che, come me, non sembrava impazzire per la gioia.

Se non fosse stato così inflessibile da relegarmi in purgatorio, ne avremmo riso.

Si alzò un coro sempre più incalzante di voci che reclamava: «*I nomi! I nomi!*».

«Va bene, va bene! Calma! Dunque, come sapete non ci sono ruoli principali per tutti quanti, quindi la maggior parte di voi sarà inserita nei balletti e nei cori che saranno curati dal qui presente Mr Davies, il vostro insegnante di ginnastica, e da Mrs Mills, insegnante di musica. Metteremo in scena il celebre *Mamma Mia!* nella versione cinematografica, che è l'unica che io e i vostri insegnanti abbiamo mai visto!».

Ci fu una risata generale.

«Per quanto riguarda i tre protagonisti maschili, nonché i tre ex fidanzati di Donna, cioè Meryl Streep nel film, avremo Virgil Dickinson, Michael Yamashita e Thomas Bronson...».

Si levarono fischi e applausi.

«Ti pareva... quello stronzo di Thomas», dissi nell'orecchio a Nina.

«Hanno scelto i tre più carini, era ovvio...».

«Nella parte di Donna ci sarà Erika Marshall». Altri fischi e applausi. «…Mentre nella parte delle due amiche di Sophie, cioè la figlia di Donna, avremo Belinda Kossovich e Delilah Grabowsky…».

«Bibi e Dell non hanno la parte principale? Ahi Ahi Ahi! Non avremo le tute nuove quest'anno».

«Infine per il ruolo di Sophie e Sky, i due fidanzati…».

Lasciò la frase sospesa per aumentare la suspense.

«…Nina Dewayne e Carlton O'Malley!».

Dopo un attimo di silenzio, partì un fortissimo applauso.

«Coooosa? Io nel ruolo di Sophie?», mi gridò Nina nell'orecchio in un misto di incredulità e panico.

«Per forza, sei uguale all'attrice e poi tutti ti amano. Piuttosto, chi è Carlton O'Malley?».

La risposta non tardò ad arrivare quando mi voltai e vidi il gruppetto capitanato da Thomas battere sulla spalla di Carl che guardò dalla nostra parte aggrottando la fronte.

La mia migliore amica aveva un ruolo principale nel musical di Natale e doveva recitare la parte della fidanzata di Carl, il *mio* Carl.

Okay non era proprio mio come non lo era Patrick, però era di me che era innamorato, cacchio!

Il brusio era diventato un fracasso infernale, tutti parlavano a voce alta, cantavano e fischiavano, Bibi e Dell avevano già lasciato la palestra indignate, Thomas si pavoneggiava insieme agli altri due fortunati eletti, Nina era in stato di shock, quanto a Carl temevo potesse scoppiare a piangere.

«Silenzio, silenzio, per favore!», proseguì Mrs Jenkins, «non ho ancora finito… C'è ancora un ruolo che abbiamo voluto inserire, ed è un assolo sul brano *The Winner Takes it All* degli Abba e sarà danzato dalla nostra Mia Foster Benelli».

Un centinaio di teste si voltarono contemporaneamente verso di me.

Ero così stordita da quell'annuncio che ricordo solo la faccia di Nina che mi guardava a bocca aperta, un centinaio di occhi sgranati e Mrs Jenkins che mi sorrideva annuendo, fiera della sua scelta demente.

Ebbi la certezza che non sarebbe stato un problema scegliere in quale scuola andare l'anno successivo, perché non ci sarei mai arrivata all'anno successivo.

Forse avrebbero messo una targa in mio onore.

Non potevo farlo, dovevo parlare alla preside, non potevo ballare un pezzo degli Abba sulle punte, davanti a tutta la scuola.

Il frastuono assordante rimbombava nella sala, le grida eccitate superavano le nostre voci.

«Nina, ma quella è matta!», le gridai cercando di farmi sentire.

«Sì, è completamente suonata!», rispose. «Che facciamo adesso?»

«Cosa faccio *io* casomai, tu devi solo fare la fidanzata di Carl». Mi resi conto in quell'istante che lei non sapeva che la nostra breve storia era già terminata.

«Oh ma è vero! Non ci avevo pensato, è il tuo ragazzo, dovresti farla tu la parte!».

«No stai tranquilla non è il mio ragazzo». Alzai le spalle.

«Ma voi vi eravate…».

«Sì, ma non era niente di importante, davvero, nessun problema…».

Non era un problema, è vero, ma mi dispiaceva tantissimo averlo perso. Era un ragazzo speciale e avrei voluto continuare a uscire con lui e divertirci senza niente di più, e non nascondo che avrei voluto continuare a essere corteggiata e riempita di attenzioni, ma non era giusto fargli credere qualcosa che non ci sarebbe mai stato.

Forse altre mie compagne lo avrebbero tenuto sulla corda ancora sei mesi e si sarebbero fatte ricoprire di regali, per poi dargli il benservito, ma mi sembrava una carognata incredibile.

Ciò non toglie che una bella fitta di gelosia l'avevo sentita.

«Mia, dimmi la verità, cos'è successo fra voi due?»

«Niente, non me la sento di avere una storia con lui e gliel'ho detto». E questa era la verità.

«Avrei preferito che mi dicessi che vi amavate perdutamente e che volevi tu quella parte!».

«Preferiresti ballare un assolo su musica degli Abba?»

«Ma come le è venuto in mente?»

«Non lo so, ma devo chiederglielo, ho già avuto la mia dose di celebrità per quest'anno».

Fummo circondate da un gruppo di ammiratori. Sembravamo due star assediate dai fan in cerca di autografi.

«Ma davvero balli, Mia?», mi chiese una ragazza che non avevo mai visto prima.

«Così sembra!», risposi cercando di smorzare l'entusiasmo.

«Anch'io ballavo quando ero piccola sai?»

«Ah sì?»

«Quant'è che studi danza?»

«Ma… da sempre credo».

«E studi qui a Leicester?».

Guardai Nina incrociando gli occhi.

«Vieni andiamo a parlare con la preside».

Mi prese per mano e mi trascinò via.

Mrs Jenkins stava avviandosi verso la porta, la raggiungemmo di corsa.

«Oh ragazze, allora, siete contente?», ci chiese con un gran sorriso.

«No, per niente, è una cosa pazzesca!», mi lasciai scappare.

Nina mi diede un calcio.

«Mia intende dire che…», riprese Nina. «Sì, che è pazzesco Mrs Jenkins!», ripeté arresa.

«Perché è pazzesco?», chiese pazientemente la preside continuando a camminare, mentre noi le trotterellavamo dietro come chihuahua isterici.

«Ma perché… non posso ballare davanti a… tutta la scuola!».

«E perché no?». Si fermò di botto.

«Perché non ballo la musica moderna!», risposi con un tono leggermente disgustato.

«Be', Mia, tu sei una ballerina, e le ballerine ballano, no? O temi ritorsioni da parte del sindacato?», sorrise.

«Ma io mi vergogno a ballare davanti a tutti!», protestai.

«E davanti a chi vorresti ballare allora?»

«Ma mi prenderanno tutti in giro e mi rideranno dietro, sono l'unica che non ha mai messo piede in un bowling, che non fuma, non chatta, e non si ubriaca, sono il disonore della categoria, anche mia madre mi detesta, questa per me sarebbe la fine!».

«Mia!», rise Mrs Jenkins, «quest'anno so che stai attraversando una fase piuttosto difficile, hai mandato a quel paese un tuo compagno, hai picchiato Thomas Bronson e i tuoi voti sono imbarazzanti, ma so bene che ti piace ballare e può farti solo bene uscire dal tuo guscio, e sai come si dice? "Il ridicolo non ha mai ucciso nessuno!"».

«Mrs Jenkins…», intervenne Nina, «io… non me la sento di recitare…», piagnucolò.

«Ma sentite un po' voi due!», disse esasperata con le mani sui fianchi, «so per certo che mi bucheranno le gomme della macchina perché non ho assegnato le parti ad altri studenti e voi che avete ottenuto i ruoli principali che fate? "Mi vergogno Mrs Jenkins, non me la sento

Mrs Jenkins". Vi farà soltanto bene e ora andate in classe che siete in ritardo!».

La guardammo allontanarsi.

«E ora che facciamo?», le chiesi abbattuta.

«Scusate…», disse una voce dietro di noi.

Ci girammo di scatto.

Era Carl.

Mi sentii come il terzo incomodo.

Si rivolse esclusivamente a Nina guardandola negli occhi: «Non ho mai recitato in vita mia e se non te la senti lo capisco, io sono terrorizzato». Le sorrise dolcemente.

Il vigliacco stava flirtando con lei. Davanti a me!

«Neanch'io ho mai recitato, mi ci faremo aiutare dall'insegnante di arte, vedrai, sarà divertente».

Come? Nina aveva già cambiato idea?

«Dài, siamo in ritardo, andiamo in classe», la strattonai. «Ciao Carl, è stato un piacere!».

«Tieni Nina, questo è il mio numero, così ci metteremo d'accordo per le prove!».

La trascinai via mentre lei lo salutava da lontano.

Ero inviperita.

«Ma sei impazzita? Prima piangi perché non vuoi recitare e un secondo dopo ti fai dare il numero per le lezioni private? Ehi, ma lo sai che c'è la scena del bacio?». Le puntai il dito davanti al naso.

«Tanto non abbiamo scelta no? E poi quel ragazzo è così gentile, ha la capacità di metterti a tuo agio, è dolce, educato… e… di che scena del bacio parli?»

«Ma non l'hai visto il film? Sophie e Sky si attorcigliano in riva al mare colti da passione selvaggia», dissi con un sopracciglio alzato.

«Ah be'… Tanto è per finta, no? Ma senti… come bacia?»

«Nina! Io ti strangolo! Come puoi chiedermi una cosa del genere!».

«Ma dài, scherzo, e poi lui non ti interessa per niente, te lo leggo negli occhi!».

E neanche quella era esattamente la verità.

Ma tutto mi stava sfuggendo di mano.

Entrai in casa e passai davanti alla porta della cucina per salire in camera mia, e attraverso la porta chiusa sentii le voci di mia mamma e Betty che parlavano sommessamente.

Mi fermai e mi misi in ascolto.

«Non so cosa fare, sono disperata…», diceva mia madre con tono triste.

«Ma non c'è un modo? Un prestito, suo padre? Te li darei io se li avessi te lo giuro».

«Suo padre non può proprio aiutarmi di più e io non posso chiedere un prestito, non mi basterebbero quindici vite per rimborsarlo».

«Ma i sussidi, le borse di studio…».

«È comunque fuori budget capisci? Ci sarebbe il suo mantenimento a Londra e chissà quante altre spese e ti confesso che non mi va che la mia bambina si trasferisca lì da sola».

«Ecco la mamma italiana! La tua bambina è in gamba e ha la testa sulle spalle e tu alla sua età eri sicuramente peggio», la canzonò.

Be', almeno avevo Betty dalla mia parte.

«Erano altri tempi!», sospirò.

«Erano gli stessi tempi, erano gli anni '80, mica il 1800!».

«Io impazzirei a sapere mia figlia lontana».

«Ma se Kevin è a Berlino da due anni!, che dovrei fare io?»

«Io non sono come te, e poi lui è un maschio, è diverso!».

«Tesoro, ti devi abituare, è tua figlia, ma non è *tua* proprietà, i ragazzi devono andare per la loro strada, sbagliare, cadere, rialzarsi, è così che funziona per tutti».

«Sì, sì lo so, hai ragione, ma è così difficile…».

«Ma dimmi un po', tua madre non ti può dare una mano?».

Mi accucciai per terra, dato che la cosa si faceva interessante.

«No, no, Betty, mia madre va lasciata fuori, non la sento da anni ormai. È una donna terribile, autoritaria, invadente, manipolatrice, ti controlla psicologicamente e non ti lascia vivere, mi vengono i brividi solo a ripensare a quando vivevo da lei. Se non facevo quello che voleva era capace di tutto, mi chiudeva in casa per settimane, ascoltava le mie telefonate, non mi faceva uscire con le amiche, mi derideva davanti agli ospiti, pretendeva che le giustificassi ogni spesa, credimi, ci ho messo anni a superare la sensazione della sua presenza ossessiva. A volte ho ancora paura che lei mi controlli il conto in banca. Lo so è ridicolo, ma sono stati anni terribili».

«Capisco Elena. Il problema è che ne va del futuro di tua figlia…».

«Betty lei… quando abbiamo litigato l'ultima volta, per via di Jiles, disse che da quel giorno ero morta e che, non potendomi diseredare, avrebbe dato in beneficenza tutto quello che possiede e questo sotto consiglio dei suoi avvocati…».

«Però! Un bel personaggio tua madre, mi piacerebbe conoscerla!».

«Oh! L'adoreresti! Tutti l'adorano, è bella, elegante, sofisticata, conosce tutti, da Zubin Mehta a Rania di Giordania, passa sei mesi in Kenya e sei a Firenze, è l'idolo dei salotti!».

«Caspita! Ma lei non ci pensa alla nipote?»

«Lei adora Mia, ma non sopporta me e poi immagina cosa significherebbe chiederle un prestito… Sarebbe la fine, trascorrerebbe il tempo a umiliarmi e trattarmi da madre indegna. Credimi, l'idea di essere di nuovo sotto controllo come avessi cinque anni mi distruggerebbe il sistema nervoso… Il mio matrimonio è stato più una fuga da lei che… vero amore».

Decisi di non ascoltare oltre.

Temevo in un trauma che avrebbe ulteriormente aggravato la mia già fragile fiducia nei rapporti umani.

Questo almeno spiegava cosa mai ci avesse trovato mia madre in lui.

Entrai in camera mia di pessimo umore, mi sedetti sulla moquette e presi il libro di chimica infilando i piedi sotto il termosifone per renderli più arcuati, come facevano le grandi ballerine, da quel che mi aveva raccontato la mamma.

Non riuscivo a concentrarmi, ero troppo confusa dalle novità: il musical, l'assolo, Carl, la Royal, i miei, la scuola, le quattro tesine da consegnare, gli esami e soprattutto Patrick che mi mancava come l'aria.

Pensai d'un tratto che non lo avevo ancora ringraziato per la bicicletta.

Cosa dovevo fare, mandargli un messaggio? Ero negata con i messaggi.

Chiamarlo però mi terrorizzava, ma dovevo in qualche modo fargli sapere che gli ero grata per avermi salvato la vita.

Presi il cellulare e deglutii scorrendo la brevissima rubrica.

Appoggiai la sedia davanti alla porta per essere sicura di non essere disturbata – la mamma odiava le porte chiuse a chiave – e respirai a fondo.

Premetti il pulsante di chiamata augurandomi di trovarlo staccato.

Al quinto squillo, non senza un certo sollievo, non rispose, ma mentre riattaccavo sentii la sua splendida voce pronunciare il mio nome.

Disse: «Ciao Mia!».

Non *broncio* o altri nomignoli, solo *Mia.*

Mi sciolsi.

«Patrick, ciao, ti disturbo?»

«No, no, stai tranquilla, in questo momento sono in pausa, come stai? Ti sei ripresa dall'altra sera?»

«Sì, sto bene, me la sono vista davvero brutta, se non c'eri tu, magari adesso c'erano dei volantini attaccati agli alberi con la mia foto!».

«Mi sa che saresti congelata prima! Mi sono preoccupato a morte quando ti ho vista lì tutta sola».

Sentii lo stomaco contrarsi. Volevo riattaccare e ricordare quella come ultima frase, ma azzardai oltre.

«Mi dispiace per… la tua ragazza, sì insomma per Christine».

«Non ti preoccupare, con Christine è stato un tira e molla per mesi, non era la prima volta che litigavamo».

Adesso mi stava facendo una confidenza da adulti, mi sentivo lusingata. Però non era chiaro se dopo la litigata avevano fatto pace.

Dovevo indagare.

«Spero che abbiate fatto pace…».

«Sono certo che mi richiamerà quando tornerò, ma non uscirò più con lei».

Evvai!

Adesso si trattava di trovare un argomento per proseguire la conversazione almeno per un altro minuto.

«Quando torni in città?»

«Per Natale avrò un congedo un po' più lungo, sto facendo dei turni impossibili e mi auguro che i miei superiori mi diano qualche giorno in più».

«Sai… facciamo un musical a scuola, sarebbe bello che venissi a vederci, Nina ha una parte principale e io… un assolo».

Che cacchio stavo dicendo? Mi si era scollegato il cervello? Volevo veramente che oltre a tutta la scuola mi vedesse anche Patrick ballare gli Abba?

Ero cretina o cosa?

«Davvero? Ma è favoloso! Spero proprio di esserci, mi metterò in prima fila ad applaudirvi, non ti ho mai vista ballare, devi essere proprio brava».

Arrossii violentemente.

«Io brava? Non… non saprei».

«Sono sicuro di sì, sei una ragazza così determinata, vedrai che farai strada, non ho dubbi».

Cos'era, uno scherzo? Stava tessendo le mie lodi? Perché non potevo registrare la telefonata e usarla come suoneria?

«Ora esageri Pat, ho sempre e solo fatto questo da quando sono nata, a scuola sono una schiappa!».

«Ehi, non buttarti giù! Tutti gli artisti erano delle schiappe a scuola, a fare i secchioni sono capaci tutti, credimi, i più bravi della mia classe erano dei totali idioti!».

Il classico ottimismo dei Dewayne.

Lo amavo a ogni parola di più.

«Non dovevi disturbarti a lavare la bici però!», risi nervosamente cercando di cambiare argomento.

«Era impresentabile, non potevi andare in giro con una schifezza simile, non sei più un maschiaccio che fa a botte con tutti».

Oddio… non era esattamente così.

«Ti devo un favore!».

«Ballerai per me un giorno, va bene?».

Se andava bene? Era il mio sogno, ballare per lui, con lui, per l'eternità.

«Sì! Io… adesso devo andare ci vediamo a Natale allora», tagliai corto in preda all'agitazione.

Riattaccai con un senso di vertigine.

Non mi stava più considerando una ragazzina, ma un'adulta e… come aveva detto? Piena di volontà e determinazione.

Ero scioccata.

Adesso non mi restava che cercare di concentrarmi sul test di chimica, impresa che risultò una missione impossibile.

La sua voce mi era entrata nelle vene e scorreva in ogni angolo del mio corpo.

Feci qualcosa che non avrei mai pensato di fare, una cosa da femminucce innamorate: presi un quaderno nuovo e trascrissi la nostra conversazione nel modo più fedele che riuscissi a ricordare.

E in fondo appiccicai il post-it che mi aveva lasciato sulla porta.

Se qualcuno lo avesse trovato avrei negato fino alla morte di averlo scritto io.

Non mi accorsi nemmeno che la mamma stava cercando di scardinare la porta per entrare.

Nascosi il quaderno sotto il letto e spostai la sedia.

«Adesso ti chiudi dentro?»

«Non si può avere un po' di privacy in questa casa?», risposi irritata.

«Ti posso parlare un attimo?»

«Certo!».

«Si tratta di Paul».

«Oh, il geniale Paul», mi scappò, «è riuscito ad allacciarsi le scarpe da solo?».

Represse un moto di irritazione.

«Scusa ma'…».

«La moglie lo ha cacciato di casa e…».

«E…?».

Ero sulle spine.

«Si trasferisce qui da noi».

«CHECCOSA?», strillai. «Quel… quel… quell'orso ammaestrato male, qui da noi! No mamma, non puoi farmi questo! Sono nel pieno dell'adolescenza e con gli ormoni impazziti. E tu? Invece di darmi sostegno e appoggio porti qui il tuo fidanzato cacciato di casa? No, mi dispiace, o lui o me!».

Incrociai le braccia e feci il muso.

Mia madre avrebbe voluto rispondermi qualcosa del tipo «lui senza dubbio», ma sapeva che se ne sarebbe pentita e fece appello a tutta la sua pazienza.

«Ma non sarà per sempre, è solo per un periodo».

«E gli alberghi? Non c'è un bed and breakfast in fondo alla strada? Mrs Fancher non ha una stanza in più? Come ti è venuta in mente una cosa simile!».

Si tormentava le mani, forse per tenerle occupate.

Mi sentivo tradita, io e lei eravamo sempre state insieme, solo noi due, adesso l'arrivo di quello scimmione avrebbe rovinato la nostra splendida sintonia.

Addio serate sul divano, addio chiacchierate e passeggiate con York. Non le bastavo più io?

«Mia… lo so che ti sembra strano, ma non cambierà nulla fra noi te lo prometto, noi ci apparterremo sempre, sei la mia bambina, e niente e nessuno ci potrà separare».

Fece per accarezzarmi il viso, ma schivai la sua mano.

Non avevo più voglia di parlarle, aveva preso la sua decisione e non potevo che prenderne atto.

«E come faremo per il bagno?»

«Userà quello di servizio al piano terra».

«E la sua roba? Dove la mettiamo?»

«Nella rimessa in giardino e nel sottoscala».

Stavo sinceramente prendendo in considerazione l'idea di andare a vivere da mio padre e Libby.

Mi chiedevo quali altre complicazioni mi sarebbero capitate.

«Almeno sa cucinare?»

«Sì, sì è molto bravo, fa il cuoco», si animò, felice di aver trovato un punto a suo favore.

«Ma non sarà per sempre vero?»

«No, non sarà per sempre».

Ma non le credetti.

Quello che mi fu chiaro da quel momento in poi era che diventare adulti significava negoziare quotidianamente il male minore e accettare un sacco di compromessi.

E se quello significava davvero diventare grandi, avrei voluto smettere di crescere all'istante.

CAPITOLO DIECI

La scuola era diventata un'interminabile puntata di *Glee*.

Ovunque c'era gente che ballava, cantava o recitava.

Quell'esplosione di creatività avrebbe dovuto farmi piacere, ma in un certo senso non mi sentivo più tanto speciale ora che tutti si esibivano.

Nina e Carl erano diventati fastidiosamente complici.

O meglio, lui era diventato fastidiosamente premuroso e gentile con lei, soprattutto se ero nei paraggi.

Avevo il sospetto che cercasse di farmi ingelosire, ma per carità, era solo un sospetto!

Erano sempre insieme a provare, mentre io, avendo un assolo, non avevo nessuno con cui condividere niente.

Alla fine, nonostante la buona volontà di Mrs Jenkins, ero di nuovo emarginata.

La mia amica faceva ormai coppia fissa con Carl, Paul stava portando decine di scatoloni a casa nostra e all'orizzonte non c'era nessuno spiraglio per la mia iscrizione alla Royal Ballet.

Mi sentivo sola e stavo da schifo.

Peggiorava la situazione un tendine infiammato, che rendeva un inferno stare sulle punte.

Mi chiedevo se lo stato di grazia in cui viveva mia madre col suo neo convivente avrebbe potuto aprire la strada a una qualche soluzione.

Quel mercoledì sera, come di consueto dopo la lezione di danza, andai da Claire.

Ora che la casa era occupata per tre quarti dalla presenza ingombrante di Paul, preferivo starne alla larga.

Fortunatamente era un buon cuoco, almeno mamma avrebbe smesso con le schifezze surgelate.

Claire mi mostrò trionfante la lettera su carta intestata della Royal Ballet School.

La presi in mano come una pergamena antica e ne respirai l'odore.

«Dimmi che c'è scritto Claire, non ho il coraggio di leggerla». Gliela restituii con gli occhi chiusi.

«Dice che prendono in considerazione la tua candidatura e hanno fissato un'audizione per febbraio».

«Cioè fra tre mesi?», chiesi terrorizzata.

«Esatto piccola, devi darci dentro».

Mi accasciai sul divano come un sacco.

«Che c'è, non sei contenta adesso?».

La fifa mi aveva assalito.

Un conto è sognare qualcosa con tutte le forze, un altro è trovarsi a doverlo affrontare.

Non mi sentivo più tanto spavalda e sicura, e il polpaccio aveva ripreso a farmi male.

«Claire… ma se non ce la faccio?».

Spostò i cuscini di velluto e si fece spazio accanto a me.

Le sue mani nodose e forti avvolsero le mie.

Mi sorrise dolcemente.

Il suo sguardo di solito severo si fece comprensivo e disponibile, le rughe agli angoli della bocca si arcuarono in un sorriso materno e le sopracciglia disegnate si alzarono delicate.

«So perfettamente come ti senti tesoro. Non credere che non conosca la confusione e la paura che hai dentro. Ti stai facendo mille domande: ce la farò? sarò all'altezza? e se non mi prendono? e vedi tutto come un'immensa incognita e le incognite fanno paura, specialmente in questo ambiente.

Non posso dirti che sarà una passeggiata, che non avrai difficoltà e che saranno tutti lì a coccolarti, no piccola mia, non sarà così, sarà davvero dura e dovrai guardarti da tutte le altre allieve. Ci saranno competizione, dispetti e cattiverie. Ma ti giuro Mia che non c'è posto più bello al mondo che il palcoscenico e non c'è niente che dia più felicità della danza e questo fa sì che tutto il resto, alla fine, comprese le tendiniti e la fatica, non sia poi così importante. Una compagnia di danza è solo un microcosmo, ci troverai di tutto, e ben presto imparerai a destreggiarti e capire come muoverti e chi evitare. Sei davvero una ballerina di talento e ho piena fiducia in te».

Mi scesero le lacrime.

Era la prima volta che pronunciava parole così belle, era la prima volta che qualcuno diceva di credere in me.

Mi sentivo piena di gratitudine e di speranza e con una voglia sfacciata di farcela.

Mi vedevo già lì, in quell'immensa sala prove a massacrarmi i piedi e sudare per migliorare i miei giri, i *balance*, e i *port de bras*.

Sentivo crescere una passione incontenibile, una specie di fuoco sacro che non aveva altri ostacoli eccetto il non trascurabile prezzo della retta.

Sospirai.

«Come facciamo adesso, parlerai con mia madre?»

«Assolutamente!».

«E quando ti dirà di no?»

«Senti, non mi sono arresa davanti a un tumore, figuriamoci se può farmi paura tua madre!».

Era vero, le era stato asportato un seno a poco più di quarant'anni, ma l'aveva superato coraggiosamente e non ne aveva parlato più.

Claire era una vera roccia.

«Dici che è il caso di fare una colletta a scuola?»

«Dico che non sarai né la prima né l'ultima adolescente per cui i genitori fanno dei sacrifici, tu da parte tua ovviamente dovrai impegnarti e lavorare molto più sodo degli altri».

«Quando hai intenzione di parlarle?»

«Vengo da voi domani, preferirei tu non fossi nei paraggi perché finiresti per dire qualche scemenza che la farebbe innervosire».

Tornai a casa con un misto di speranza e timore.

Non sapevo come avrei fatto, ma era come se la sorte cospirasse in mio favore.

Come se quella difficoltà fosse solo un ostacolo momentaneo, per farmi pregustare ancora meglio il mio futuro.

Arrivata a casa, fui accolta da risate alcoliche provenienti dalla cucina e da una puzzolente nuvola di fumo all'odore di pesce al forno.

Betty, Paul e la mamma stavano finendo di cenare.

Una teglia unta con resti di una testa di pesce e alcune patate al rosmarino giaceva abbandonata nel lavabo insieme a una gran montagna di piatti.

Si erano scolati due bottiglie e stavano fumando e mangiando biscotti.

Si voltarono e mi salutarono calorosamente tutti insieme, invitandomi a sedere con loro.

«Paul ha cucinato una spigola al forno straordinaria», disse Betty un po' brilla.

«Si sente!», commentai addentando un biscotto.

«Straordinaria… adesso non esagerare, ha fatto tutto il forno!», rispose imbarazzato.

La mamma era serena e sorridente, la pace regnava e tutto andava bene.

Bevve un sorso di vino e poi disse: «Dài Betty, ci fai un giro di carte?».

Era veramente di buon umore se voleva sfidare il destino in un momento propizio.

Paul sembrò in difficoltà, non mi pareva il tipo da tarocchi e si offrì di lavare i piatti.

Forse non era una lince, ma in fondo doveva essere un tipo a posto, e se riuscivo a lavorarlo ai fianchi, sarebbe potuto diventare un ottimo alleato.

Betty mi lanciò un'occhiata di sfuggita e presi la palla al balzo.

«Okay ragazzi, buonanotte, vi lascio ai giochi dei grandi!».

Baciai mamma e Betty e salutai Paul con la mano.

Non eravamo certo intimi.

Lui mi guardò con l'aria del cane bastonato.

Se gli avessi proposto di guardarci una televendita avrebbe accettato di certo.

Presi il telefono dal tavolino in corridoio e salii in camera per chiamare Nina, maledicendo il pesce al forno: la casa era appestata, ma fuori la temperatura era in picchiata e non potevo aprire la finestra senza congelarmi.

«Stavate provando?», le domandai senza neanche darle il tempo di dire *pronto*.

«Abbiamo provato tutto il pomeriggio, sta andando alla grande!».

Il suo entusiasmo così genuino e spontaneo non bastò a farmi rimanere indifferente, ma mi sforzai di non pensarci.

In fondo lo avevo rifiutato io e non potevo certo lamentarmi adesso.

«Già provata la scena del bacio?», chiesi mangiandomi le unghie.

«Non ancora, preferisco conoscerlo meglio prima, non sono una facile!».

«Lo so, ricordati le mentine».

«Come stai tu?»

«Qui da me c'è la serata delle streghe, Betty fa i tarocchi a Paul... lascia perdere, domani però Claire vuole parlare alla mamma per la scuola, e non devo essere in giro, ti va di uscire?»

«Mmm... domani pomeriggio veramente ho accettato l'invito di Carl ad andare al centro commerciale per comprare il DVD di *Mamma Mia!*...».

«Tu al... centro commerciale?»

«Sì, lo so, ma ormai gli ho detto di sì e non sarebbe carino disdire... Vieni con noi? Dài ti prego, voglio che vieni anche tu!», mugolò.

«Ma Carl non mi vuole di certo tra i piedi».

«Che? Scherzi? Ci penso io, ci parlerò e se lui non ti vuole non reciterò più con lui, questo è certo!».

«Non so dài, vediamo domani...».

«Ah! Mi ha chiamato Pat, ha detto che vi siete sentiti!».

Fui colta sul vivo.

«Sì, l'ho voluto ringraziare per avermi riportato la bici prima di partire, è stato carinissimo...».

«Sì, Pat è sempre fantastico, meno male che c'era lui altrimenti non voglio immaginare cosa ti sarebbe potuto succedere, è un angelo a volte».

«Già, meno male che c'era lui», risposi senza sbilanciarmi oltre.

Ci salutammo e riattaccai pensierosa.

Era tutto in bilico, la mia intera vita era in bilico: da una parte tutto e dall'altra niente, da una parte la scuola di danza e dall'altra un lavoro squallido, da una parte un amore vero e dall'altra un sogno. E niente dipendeva da me.

Non ero mai stata tanto in balia degli eventi e odiavo sentirmi così, mi faceva crescere dentro una rabbia sorda e dolorosa che sedimentava e mi avvelenava.

Ero in gabbia.

Scesi a rimettere il telefono al suo posto e di nuovo il mio orecchio fu attratto irresistibilmente dalla porta della cucina chiusa, dove mi misi di nuovo a origliare.

Erano tutti in silenzio, non potevo immaginare se fosse un buono o un cattivo segno.

Ecco che Betty parlò.

Doveva essere il secondo giro di carte per la mamma, perché disse: «Vedi El? Ecco la conferma a quello che ti dicevo prima, dovresti riflettere seriamente su quella proposta».

Quale proposta, quale proposta, quale proposta?

«Ma se accetto poi…».

«Se accetti cambieranno un po' di cose, ma è quello che volevi no?»

«Ci penserò allora, e questa cos'è?»

«La Papessa? Se non è il preside della tua Facoltà è di certo tua madre… è curioso, anche Mia aveva una disposizione simile».

«MIA? HAI FATTO LE CARTE A MIA?».

Corsi in camera più veloce di un fulmine e mi infilai a letto vestita fingendo di dormire.

Sentivo Betty giustificarsi dicendo che aveva fatto un giro per gioco perché avevo insistito e si era inventata tutto, che alla mia età le carte non funzionano e comunque non l'avrebbe fatto più.

Poi tornò il silenzio, ma a quel punto non potevo scendere ancora senza essere colta in flagrante e mi addormentai divorata dalla curiosità.

L'indomani, dopo la scuola, aspettavo i piccioncini seduta sul muretto dell'ingresso.

Fui sorpresa dal vedere che erano in tre.

Carl, all'ultimo minuto, aveva pensato bene di trovarmi un accompagnatore.

Lo detestavo con tutta me stessa, ma sorrisi ugualmente a trentadue denti.

«Mia, questo è Alex, viene anche lui con noi».

«Ah! Ma guarda un po', un altro appassionato di musica!».

Mi guardò interrogativo.

«Lascia stare, scherzavo. Piacere, Mia». Gli strinsi la mano.

Con la coda dell'occhio vedevo Carl sorridere.

Nina e Carl si avviarono e io e Alex li seguimmo.

Alex aveva i capelli corti rosso carota, era magrissimo e col viso pieno di lentiggini, ma soprattutto era alto almeno trenta centimetri più di me.

L'effetto comico era assicurato.

Giunti alla fermata dell'autobus Carl si offrì di pagare il biglietto a Nina, così il povero Alex fece altrettanto per me, gesto che ci imbarazzò non poco.

Nina e Carl non perdevano occasione per ripetere qualche battuta del loro repertorio, erano insopportabili, quindi trascinai Alex a sedersi in fondo per lasciarli soli.

«È molto che vi conoscete tu e Carl?»

«Non moltissimo a dire la verità…».

«Tipo?»

«Mah, credo una settimana!».

Uno sfigato. Carl mi aveva presentato appositamente uno sfigato.

Lo credevo più maturo.

Una volta arrivati al centro commerciale Nina si scatenò.

Allegra ed euforica, entrava in tutti i negozi chiamando Carl che la seguiva come un'ombra, anticipando i suoi desideri.

«Provati questo cappellino Nina, scommetto che ti sta una favola».

E lei se lo provava e sorrideva come una bimba bellissima chiedendoci: «Come sto?».

La cosa andò avanti per tutto il pomeriggio.

Nel frattempo a casa si stava probabilmente consumando una tragedia fra Claire e la mamma.

«Ti va un gelato?», dissi ad Alex. «Offro io».

Mi seguì a un tavolo libero e ordinammo due gelati alla panna con granella di cioccolato.

Non era un gran chiacchierone, ma non contava poi molto.

«Ho saputo che balli un assolo nello spettacolo».

«Già», risposi molto più impegnata a leccare la cialda al cioccolato che a partecipare alla conversazione.

«E con chi lo balli?»

«Un assolo si balla da soli», risposi aggrottando la fronte.

«Io sono nel corpo di ballo degli "impediti" invece, quelli che ballano con le pinne e fanno i cretini dietro ai protagonisti, hai presente?»

«Be', sembra divertente...».

«No, non lo è invece! Sono il più alto di tutti e spicco come un lampione fra i nani da giardino!». Poi mi guardò e aggiunse: «Scusa, non intendevo te...».

«Non ti scusare, è la verità». Risi.

«In più non azzecco un passo neanche per sbaglio, eppure la musica è un po' come la matematica no? Sono un genio in matematica, ma con le gambe non so fare altro a parte camminare!».

«Sei bravo in matematica?»

«Fra i più bravi della scuola», disse con un certo orgoglio.

«Allora perché non facciamo così: io ti insegno a muovere i piedi a tempo e tu mi insegni matematica». Gli tesi la mano.

«Ci sto!», rispose convinto.

Nina e Carl ci raggiunsero proprio mentre ci stringevamo la mano.

«Ehi, piano con le effusioni, sono solo le cinque del pomeriggio!», disse Carl.

Lo guardammo male tutti e due.

«Abbiamo fatto un patto», dissi mentre Nina finiva il mio gelato, «lezioni di danza in cambio di lezioni di matematica».

«Fantastico!», disse Nina accalorandosi, «Mia è la più brava ballerina del mondo e diventerà una stella di prima categoria!».

«E le ballerine mangiano chili di gelato?», replicò Carl acido.

Mi limitai a ignorarlo, era l'unica arma contro la provocazione, ma morivo dalla voglia di rovesciargli quello che restava della coppa.

«Carl, non essere scortese! Mia è sempre stata uno scricciolo, se c'è qualcuno che può mangiare quello che vuole è proprio lei, io invece mi sa che sto ingrassando...», disse sfiorandosi i fianchi.

«Tu sei splendida Nina, una modella!», proseguì Carl.

Nel frattempo Alex, totalmente escluso dal fuoco incrociato, si era acceso una sigaretta e aveva raggiunto l'angolo fumatori.

Quel pomeriggio mi sembrava non dovesse finire mai.

Era quella la mia concezione dell'inferno: tutta l'eternità a girare a vuoto in un centro commerciale con le luci al neon e hostess che ti spruzzano profumi orribili addosso.

Fuori era già buio quando finalmente andammo a prendere l'autobus e il vento soffiava forte, così Carl ne approfittò per stringere Nina sotto la sua "ala protettrice".

Arrivai a casa e mia madre mi accolse con un gelido: «Dovevi proprio mandare Claire a cercare di convincermi?».

Era andata male.

«Mamma, non te l'ho *mandata*, è ovvio che è una cosa a cui tiene almeno quanto me e vuole cercare di trovare una soluzione».

«Tesoro mio», disse *tesoro* a denti stretti, «una soluzione non c'è, a meno che non ci mettiamo a giocare alla lotteria e poi credevo che fossimo d'accordo».

«No, mamma non siamo d'accordo, mi hai dato una sola scelta e io non posso fare altro che accettarla, non penserai che mi arrenda così, senza provarci!».

Non aveva voglia di discutere con me, probabilmente Claire c'era andata giù pesante e l'aveva sfinita.

Mi ignorò e andò in cucina ad apparecchiare, mentre Paul, col grembiule in vita, tritava allegramente il prezzemolo sorseggiando un bicchiere di vino.

Sembrava uno di quei cuochi della televisione con le mani grandi e veloci che risolvono tutto con un piatto di pasta al pesto.

Almeno lui era sereno, o se non altro si sforzava di rendere piacevole l'atmosfera.

«Hai fame Mia?», mi chiese sorridente. «C'è l'arrosto stasera!».

«Ho mangiato troppo gelato oggi, scusa, ma non ho fame».

Parve deluso, non volevo che pensasse che rifiutavo la sua cucina.

Squillò il telefono e la mamma andò a rispondere, poi si chiuse in salotto.

Io e Paul rimanemmo soli.

«Mi dispiace di aver invaso il campo, sono… un po' ingombrante», disse impacciato.

«Tranquillo, tanto torno praticamente solo a dormire».

Ci guardammo imbarazzati.

«E così sei una ballerina».

Perché quando qualcuno voleva fare conversazione con me esordiva sempre in quel modo?

«Sì, o meglio, vorrei esserlo, ma *qualcuno* non è d'accordo».

«Intendi tua madre?»

«No, York, è lui che si oppone!». Mi morsi la lingua.

Sorrise.

Si sedette al tavolo davanti a me.

«Ti sembrerà strano, ma capisco cosa provi. Noi adulti facciamo delle scelte e finiamo per coinvolgere tutti quelli che abbiamo intorno, specialmente i figli. Io ne ho due, ho due ragazze a casa che hanno quasi la tua età e che ora mi odiano, pensi che io stia bene? Che sia contento di stare con gli scatoloni nel vostro garage? No, non lo sono, ma in questo momento non ho altra scelta». Bevve un sorso e proseguì. «Non siamo infallibili, anzi, facciamo più che altro degli errori, ma li facciamo sempre pensando al vostro bene».

«Sì, ma qui nessuno pensa al mio bene, se devo scegliere un futuro che non mi rende felice!».

«Sì lo capisco, ma…».

«Capite! Capite! Tutti a dirmi che capite, ma poi alla fine si fa comunque a modo vostro!».

«Non è che tua madre si diverta a non poterti accontentare, ma per il momento non c'è altra alternativa. Però non è detto che le cose non debbano migliorare!».

«Paul, tu non ti rendi conto, non si tratta di diventare un cuoco o uno scrittore, è adesso o mai più! Una ballerina ha solo un numero limitato di anni da sfruttare, adesso il mio corpo è in crescita e può ancora modificarsi e migliorare, ma fra qualche anno non sarà più possibile e non avrò più altre occasioni!». Avevo la voce rotta.

Paul parve disorientato.

«Non immaginavo che fosse così… rigoroso», disse prendendomi un fazzoletto di carta, «credevo che un anno più o un anno meno non avrebbe fatto una gran differenza».

Mi soffiai il naso.

«Fa un'enorme differenza invece e sono sicura che Claire lo ha detto alla mamma».

«Lei soffre molto per non poterti accontentare, ne parliamo tutte le notti, ma comunque la mettiamo, il problema rimane: ci vogliono troppi soldi!».

«Paul», dissi con gli occhi lucidi, «ma se fosse tua figlia a chiederti una cosa del genere cosa faresti?».

Deglutì.

«Per fortuna le mie figlie non sanno ballare...», rispose stringendosi nelle spalle. «Amy suona il pianoforte però».

«Ecco! Immagina che Amy volesse tanto andare a Londra a frequentare la migliore scuola di musica e che le dicessero che è davvero brava, ma sua madre si opponesse. Tu non faresti l'impossibile per lei?».

Vidi il gigante buono vacillare.

«Io... non so cosa farei».

«Non soffriresti sapendo che *tua* figlia Amy piange e si dispera perché vede il suo sogno sfumare?».

D'accordo ero scorretta, ma stavo giocando il tutto per tutto.

«...In più i suoi genitori si separano e magari tua moglie le parla male di te! Hai pensato a una cosa del genere?».

Si passò le mani sulla testa confuso.

«Tu hai fatto la tua scelta e te ne sei andato, ma loro? Le tue figlie? Che ne sarà di loro? Guardami Paul, potrei essere tua figlia e non chiedo altro che studiare danza nella migliore scuola del mondo, è così sbagliato?»

«No, non lo è», rispose asciugandosi una lacrima col dorso della mano, «non è così terribile, ci dovrebbe essere una soluzione...».

«Esatto! E la soluzione è mia nonna Olga, lei può risolvere tutto!», conclusi trionfante.

Mi soppesò un attimo con lo sguardo.

«Mia...», disse schiarendosi la voce, «io so perfettamente che mi consideri un imbecille, ma non è che non mi accorga che stai cercando di corrompermi da quando sei entrata!».

«In effetti ti facevo meno sveglio. Sei forte invece!». Gli assestai un pugno sulla spalla enorme.

«Dài, ti prometto che proverò di nuovo a parlare con lei, d'accordo? Non ti garantisco nulla, ma tentar non nuoce».

La mamma entrò subito dopo, si accorse della nostra aria da cospiratori, ma decise di ignorarci.

«Che ti ha detto Claire?». Non ce la facevo più ad aspettare.

«Che sei bravissima, che saresti un talento sprecato e che ti hanno fissato l'audizione», rispose prendendo i piatti.

«E non sei contenta?», chiesi leggermente irritata.

«Certo che lo sono, ma tutto questo mi fa soltanto sentire la peggiore delle madri! Cosa vuoi che faccia, che vada al monte dei pegni domani prima di passare a rapinare una tabaccheria?».

Mi guardò con aria provocatoria.

Guardai Paul per incitarlo a dire qualcosa, ma annaspò soltanto.

«Be', mamma, sai cosa ti dico? Che sei davvero la peggiore delle madri!».

«Non lo pensi!».

«Sì che lo penso!».

E uscii sbattendo la porta.

Me ne andai in camera a sbollire la rabbia.

Se fosse successo a Nina, i suoi non avrebbero mai ostacolato i suoi desideri, ma a quanto pareva il destino con me era molto più ostile.

Mi venne voglia di chiamare Patrick di nuovo, ma sarebbe stato troppo: non avevo altre scuse pronte.

Di studiare non se ne parlava, non riuscivo a concentrarmi nemmeno quando non avevo niente a cui pensare, e ora, con quello che stava accadendo, era impossibile.

Forse avrei potuto mandargli un messaggio di quelli vaghi, giusto un salutino.

Avevo bisogno di qualcosa di positivo.

Mi concentrai, col cuore in gola, sulle parole da scrivergli.

Poche, magari simpatiche, e soprattutto degne di risposta.

Tentai più volte, ma tutto quello che scrivevo mi sembrava stupido e innaturale.

Finché mi resi conto che tutto quello che potevo fare era essere me stessa:

«Sono incazzata nera Pat, mia madre non può mandarmi alla Royal Ballet School e io mi sento piccola e impotente».

Poi buttai il telefono sul letto e me ne andai in bagno a lavarmi i denti.

Quando tornai in camera il telefono stava squillando un'ultima volta.

Stramaledicendomi presi in mano il cellulare e selezionai la chiamata persa.

Era lui.

Lui!

Gli avevo chiesto aiuto e lui me lo stava dando, e io andavo a lavarmi i denti.

Pessima trama davvero.

Adesso avevo una buona scusa per richiamare però.

Sentivo i brividi dalla testa ai piedi e le farfalle allo stomaco, come accadeva solo con lui.

«Pronto Pat, scusami ho perso la chiamata…».

«Tutto bene *broncio*? Non ti ho mai sentita così arrabbiata, cosa ti hanno fatto?».

Broncio… aveva fatto un passo indietro.

«La mamma non può pagarmi gli studi e io non so come fare, ecco tutto».

«Hai già tentato tutte le strade?»

«Quelle legali sì».

«Vuoi che chieda a mia madre di parlare con la tua?»

«No, ci hanno parlato già tutti, e lei si sta innervosendo».

«C'è sempre una soluzione Mia, ricordatelo, qualunque cosa accada cerca sempre un piano B».

Pat era incredibilmente pratico.

Non si perdeva mai in chiacchiere, se c'era un problema cercava immediatamente la soluzione.

Capivo perché avesse scelto la carriera militare, riusciva a creare spirito di gruppo e faceva sentire tutti importanti, senza prendersi mai il merito dei suoi successi.

«Non c'è un piano B, ho provato tutto, ma non c'è!».

«Hai parlato con tuo padre? Hai prospettato a Elena la possibilità di andare a vivere da lui? Hai pensato a una borsa di studio?»

«Sì, Pat, eccetto mio padre che non ha neanche una camera in più, il resto è già stato scartato».

«Mia, non ti abbattere!», mi esortò. «So che adesso ti senti da schifo, ma non ti arrendere, hai capito? Non ti arrendere mai. Penserò anch'io a qualcosa, ma non voglio che ti butti giù, okay?».

Sembrava che mi tenesse il viso con le mani e mi parlasse guardandomi dritto negli occhi.

E mi mancò in un modo indescrivibile, tutto di lui mi mancava da impazzire.

Volevo abbracciarlo, volevo baciarlo, volevo stare con lui.

E crollai a piangere.

Come una stupida.

«Mia tesoro, calmati. Adesso calmati!», mi disse con voce incoraggiante.

Come se mi accarezzasse la testa.

«Scusa Pat, sono un'idiota, una mocciosa idiota».

«Mia, sei solo stanca e hai i nervi a pezzi, è solo questo. Ma va tutto bene, io ci sono, io sono qui, okay?».

Annuii in silenzio.

«Mi hai sentito Mia? *Io ci sono*».

Non solo lo avevo sentito, ma lo avevo già scritto sul mio quaderno.

Era molto più di quello che mi aspettavo di sentire ed era anche tutto quello che avrei voluto sentire.

E per quella sera il mio futuro poteva attendere.

CAPITOLO UNDICI

Nina si sedette al banco e mi guardò con aria esitante.

Come se morisse dalla voglia di dirmi qualcosa senza sapere da che parte cominciare.

Sapeva che c'eravamo sentiti? Dovevo dirglielo?

Decisi di no. In fondo non ero proprio obbligata a raccontarle tutto.

«Mia», iniziò, «c'è qualcosa che devo dirti».

«Ti ascolto», le risposi cercando di nascondere l'inquietudine.

«Io e Carl… be'…».

Avevo capito benissimo, ma volevo sentirglielo dire.

«Tu e Carl… cosa?»

«Io e Carl… ci siamo messi insieme», disse con un filo di voce.

Lo stomaco si strinse in un nodo.

Volevo dimostrarle gioia o empatia o anche solo entusiasmo, ma mi uscì una specie di suono strozzato.

Poi per compensare le dissi tutto d'un fiato: «Bene! Che bello Nina! Evviva!».

«Non mentire, non sei contenta!», rispose accasciandosi.

«Ma sì che lo sono!». L'abbracciai di slancio. «Sono contenta per te, è vero che è un po' strano, ma sono davvero contenta e lui è un ragazzo fantastico».

«Ma sei sicura che non ti dispiace?», mugugnò con la testa sulla mia spalla.

«Non mi dispiace, te l'ho detto, fra noi non poteva funzionare e infatti non ha funzionato».

«Ho la tua benedizione?»

«Hai la mia benedizione!».

«Giuri?»

«Giuro!».

Entrò l'insegnante di francese, l'unica materia che mi piaceva un po' perché mi aiutava nella pronuncia dei passi di danza, e la lezione passò in fretta, soprattutto perché non facevo altro che ripensare alle parole magiche di Patrick: «*Io ci sono*».

Le aveva pronunciate con una tale intensità e un tale trasporto che ancora mi facevano vibrare l'anima.

Speravo che Nina provasse le stesse cose nei confronti di Carl e che lui la ricambiasse.

Il pomeriggio ci aspettavano in palestra le prove di *Mamma Mia!* e, come avevo promesso ad Alex, dovevo insegnargli a ballare.

Raramente mi era capitato di vedere qualcuno altrettanto goffo.

Sembrava un burattino: se non tiravi i fili non riusciva a coordinare la destra con la sinistra e anche quando camminava tendeva a oscillare da una parte.

L'impresa si faceva molto più ardua del previsto.

Era più facile per me vincere il Nobel per la matematica che per lui girare su un piede.

Dall'altra parte della palestra Carl e Nina amoreggiavano sfacciatamente.

Non si poteva dire che non fossero nella parte, ma tutte quelle effusioni erano fastidiose.

O meglio, lo erano per me.

E ogni volta che li osservavo, notavo che Carl stava già guardando nella mia direzione.

Una coincidenza straordinaria davvero!

Alex, nonostante la buona volontà, continuava a sbagliare il tempo, si innervosiva e faceva innervosire anche me, perciò decisi di portarlo fuori.

Uscimmo dalla palestra e ci dirigemmo verso il parco.

Camminavamo calpestando l'immenso tappeto ocra di foglie secche che scricchiolavano sotto i nostri piedi. Era un autunno particolarmente rigido e cupo, gli alberi con le loro braccia ossute si stagliavano sopra di noi con aria depressa.

Ci sedemmo su due altalene.

«Faccio schifo, sono il peggiore della scuola!», disse arrabbiato.

«Alex, ti risponderò con un proverbio africano che dice: "Se sai parlare sai anche cantare, se sai camminare sai anche ballare"».

«Non sono sicuro neanche di sapere camminare».

«Ho visto di meglio in effetti, ma ci possiamo lavorare», risposi cercando di convincere anche me stessa.

«È frustrante, non ho rivali in matematica e a ballare sono l'ultimo degli ultimi».

«Be', pensa che palle se fossi il primo anche a ballare! Non avresti neanche un amico», dissi spingendomi avanti e indietro.

«Come fai a ballare così bene Mia?»

«Io? Semplice, sono una schiappa in matematica!».

Rise.

«Il problema Alex è che tu ci pensi troppo», dissi dondolandomi, «stai lì a contare i passi invece di lasciarti andare e permettere alla musica di guidarti».

«Sembra facile…».

«E lo è, forse è per questo che non ci riesci! Tu sei uno che ama le cose complicate, che deve pensare, calcolare e trovare soluzioni, ma qui non c'è proprio niente da risolvere, per questo ti inceppi!».

Rallentai e scesi con un balzo dall'altalena.

«Dài alzati!», gli ordinai.

Ci mettemmo uno di fronte all'altra e gli presi le mani.

«Adesso chiudi gli occhi e fai un respiro profondo… un altro… e un altro ancora…».

Quando si fu rilassato cominciai a canticchiare: «*If you change your mind… I'm the first in line…*».

Sorrise e diventò rosso.

«No, dài Mia, mi vergogno!».

«Sono la tua insegnante e ti ordino di non vergognarti! Dài, da capo, canta con me…».

«*If you change your mind… I'm the first in line…*».

«…*honey I'm still free…*».

«*Take a chance on me…*».

Cominciai a guidarlo nei passi.

«*If you need me let me know…*».

«…*gonna be around…*».

Si muoveva! Come un orso ammaestrato, ma si muoveva, senza pensare e senza guardarsi i piedi.

«*If you've got no place to go…*».

«*If you're feeling down…*».

«Mia, sto ballando…».

«Alex, stai ballando alla grande!».

«*If you're all alone…*».

«…*when the pretty birds have flown…*».

«…*Honey I'm still free*».

«…*Take a chance on me*».

«Bravissimo!».

Gli gettai le braccia al collo, mi sollevò come una piuma e mi fece girare continuando a cantare.

«*Gonna do my very best and it ain't no lie*».

«*If you put me to the test, if you let me try!*».

«Hai visto com'è facile?»

«Mia Foster, sei un fottuto genio!».

«Aspetta a dirlo quando avrai tentato inutilmente di spiegarmi le equazioni!».

«Sarà il mio obiettivo per il prossimo mese, se non ci riuscirò farò l'assolo al posto tuo!».

«Occhio, che se perdi devi metterti un tutù rosa!».

«Sarà perfetto con i miei capelli».

Rientrammo in palestra.

Alex aveva un'aria molto più coraggiosa di quando eravamo usciti, camminava a testa alta e andò a raggiungere i suoi compagni per provare il numero.

Mi sedetti a guardarli insieme a Nina e Carl.

Alex non aveva più paura, sbagliava e ricominciava cantando a squarciagola e divertendosi come un matto.

Nina si girò verso di me sbalordita e mi chiese: «Ma che gli hai fatto?».

Mi strinsi nelle spalle.

«Gli avrà dato delle false speranze!», bisbigliò malignamente Carl.

Se le prove a scuola non erano andate così male, quelle con Claire furono un vero disastro.

Aveva un diavolo per capello per come erano andate le cose con mia madre e tutto il resto franava di conseguenza.

In più, il fatto che avessi accettato di fare l'assolo a scuola, togliendo tempo alle prove dell'audizione, la mandava in bestia.

Mentre mi riscaldavo alla sbarra, mi ripeteva che ero stata superficiale e che non mi rendevo conto, che neanche mia madre si rendeva conto e che lei non aveva tempo da perdere.

«Tu credi che io mi diverta a passare ore e ore a insegnarti? Se hai voglia di giocare questo non è il posto giusto: qui si lavora e non si ballano gli Abba! Se credi di essere così avanti da poterti permettere il lusso di sacrificare ore di studio per un saggio, fai pure, poi non venire a piangere da me!».

Cercavo di ignorarla, ma il suo atteggiamento mi innervosiva: come se fosse colpa mia, come se non lo volessi abbastanza.

Se mi fossi incatenata davanti alla Royal Ballet sarebbe cambiato qualcosa?

Fu quando mi bacchettò il polpaccio dolente durante un *grand battement* che persi definitivamente la pazienza.

«Adesso Claire finiscila!», sbottai.

Mi guardò sorpresa.

Era la prima volta che mi ribellavo a lezione.

«Sto vivendo un inferno da quando mia madre si è opposta all'idea della scuola di danza e non faccio altro che parlare con persone che potrebbero in qualche modo aiutarmi e tu, invece di essere dalla mia parte, mi complichi le cose! Credi che io non lo voglia veramente? Che non pianga tutte le notti perché non trovo soluzioni? E tu cosa mi dici? Che sono una presuntuosa perché a scuola devo fare un balletto di tre minuti che mi ha imposto la preside? Ma chi ti credi di essere? La Pavlova solo perché hai ballato a New York prima della guerra? Sei solo una…». Non volevo dirlo, giuro che non volevo, ma ero così ferita, arrabbiata e fuori di me che vomitai fuori la maledetta parola di sette lettere.

Il silenzio che seguì l'eco di *fallita!* fu quanto di più gelido ci potesse essere.

Mi voltai e corsi a prendere la mia roba in un angolo per terra e lasciai la sala senza voltarmi dalla vergogna che provavo per aver detto una cosa tanto brutta e crudele e che ormai non potevo rimangiarmi.

Uscendo incrociai il giovane Chester.

«Stronzetto!», gli ringhiai a denti stretti mentre guadagnavo l'uscita a lunghe falcate.

A casa mi aspettavano altre discussioni.

Non ne potevo più, cominciavo a desiderare l'apatia di mio padre.

Stavolta i protagonisti erano mia madre e Paul e sempre, inevitabilmente, per colpa mia.

Adesso lei ce l'aveva con lui perché aveva preso le mie difese.

La sentii urlare da fuori dalla porta: «Domani anche il panettiere mi dirà "lei è quella stronza che non vuole che sua figlia diventi una ballerina!"».

Stavo per infilare la chiave nella serratura quando squillò il mio cellulare.

Era Alex.

«Ciao Mia, sono insieme a Carl e Nina e mi stavano dicendo se, *per caso*, ti andrebbe di passare il prossimo fine settimana a casa di Nina a Bath».

La sentivo ridere in sottofondo.

«Perché non me lo chiede lei?»

«Perché mi ha detto che avresti detto di no».

«Infatti è no!», risposi secca.

Che cosa intendevano fare quei due adesso? Cercare di farci mettere insieme?

Questa mania di accoppiarsi per forza stava diventando irritante.

«Passamela!», ordinai.

Nina prese il telefono.

«Scusami, è stata un'idea mia».

«È un'idea stupida!».

«Hai ragione, ma vorrei che venissi, mia mamma non mi manda da sola con Carl e ci potremmo divertire tutti e quattro».

«Scusa Nina, forse non ho capito, stai invitando anche noi due solo perché non ti mandano da sola con Carl? Almeno il buon gusto di non dirlo...».

«No, no, no! Non è così Mia, mi sono spiegata male. Non ti avrei invitata perché non avrebbe avuto senso andare in tre e non voglio metterti in difficoltà per via di Carl, ma sei anche la mia unica possibilità per passare un fine settimana da soli... Sai che ti dico sempre la verità, allora ho pensato che, visto che vai d'accordo con Alex, avremmo potuto andare tutti insieme, senza secondi fini né niente».

Non sapevo cosa rispondere.

«Dài ti prego, ti ricordi quanto ci divertivamo quando eravamo bambine?»

«Mi ricordo che ci annoiavamo a morte, che i nostri genitori erano sempre alle terme e noi passavamo le giornate a casa tua a fingere di essere prigioniere del castello! Non ci siamo mai divertite Nina, odiavamo andare a Bath e lo sai!».

«Ma ora è diverso, siamo grandi, staremo tutti insieme, sarà divertente!».

«Nina, tu vuoi solo passare la notte con Carl, e non hai bisogno di me per questo!».

Mi stava mettendo in difficoltà.

Non avevo nessuna voglia di passare un fine settimana con Carl che non perdeva occasione per tirarmi frecciatine velenose.

Certo, se ci fosse stato Patrick la cosa sarebbe stata diversa, ma non era quello il caso.

«Mia, davvero è un no?». Me lo chiese con la voce delusa e triste e io quel giorno avevo già ferito abbastanza persone.

Sospirai.

«Nina... uff... d'accordo».

«Sìììììì!», mi urlò nell'orecchio. «Sei stupenda, ti voglio troppo bene Mia, farò tutto per te, tutto, chiedimi qualunque cosa!».

A tempo debito, pensai.

«Ripassami Alex adesso».

«Certo! Tutto quello che vuoi!».

«Ehi Alex, non metterti strane idee in testa, vengo con voi per fare un piacere a Nina e non voglio pentirmene, hai capito bene?»

«S-sì!», balbettò.

«Bene! È tutto quello che volevo sapere. Ci vediamo a scuola».

Riattaccai ed entrai in casa.

«Zitto è arrivata!», sentii dire bruscamente.

«Il panettiere dice che sei una stronza perché preferisci che io mi droghi al farmi diventare una ballerina!», le dissi cercando di sdrammatizzare.

Paul comparve sulla porta mostrandomi i palmi delle mani in segno di resa.

Scossi la testa delusa e salii in camera.

«A proposito», aggiunsi salendo, «sabato prossimo vado a Bath con Nina, Carl e un ragazzo che non conosci, e non puoi dirmi di no perché non mi mandi alla Royal!».

«Senti un po' signorina!». Si affacciò alla porta della cucina col dito alzato cercando le parole, ma non ne trovò.

Adesso non poteva impedirmi di fare niente.

Ma a me non importavano le altre cose.

Avevo un sacco di compiti da fare, fra cui tre tesine importantissime per la mia ammissione all'esame finale e non avevo idea da che parte cominciare.

Per entrare alla Royal avrei dovuto scegliere materie artistiche come musica, storia della danza, o del teatro, ma se invece volevo entrare in una scuola tecnica, come desiderava la mamma, dovevo scegliere matematica, o fisica, diritto o scienze e solo l'idea mi dava la nausea.

Avrei fatto credere a mia madre di scegliere materie scientifiche, mentre mi sarei preparata in quelle artistiche.

Non mi sarei arresa, semplicemente non potevo…

Era follia pura, ma mai come in quel momento mi sentivo lucida e padrona delle mie azioni.

Speravo che un giorno ci avrei riso su, rilasciando un'intervista a «Dance today» nel mio camerino, ma per il momento era la cosa più rischiosa e assurda che avessi mai deciso di fare.

Dovevo darci dentro, dovevo essere promossa.

Il problema è che la mia testa e il mio cuore erano da tutt'altra parte.

Mi misi a lavorare al computer: una vecchio PC che era appartenuto a mio padre, lento e con i tasti che saltavano e cominciai a scrivere una tesina su Shakespeare.

Dopo un'oretta bussarono alla mia porta.

Era Paul.

Era la prima volta che entrava in camera mia, ma apprezzai il tentativo di avvicinamento nonostante non gli avessi reso la vita facile.

«Disturbo?», chiese.

«No, entra, tanto so già cosa vuoi dirmi», risposi senza alzare la testa.

«Tua mamma è un osso durissimo», disse sedendosi in un angolo della sedia sommersa dai vestiti.

«Lo so».

«Adesso lei pensa che stia prendendo le tue difese e non vuole più rivolgermi la parola».

«Oh vedrai, durerà settimane, è imbattibile in questo».

«Davvero?», chiese allarmato.

«Certo, una volta non mi parlò per quasi un mese, comunicava con i bigliettini».

«E quando smise?»

«Quando le diedi ragione e lei rispose: "Ce ne hai messo di tempo!"».

«E aveva ragione?»

«No, ma non ne potevo più di parlare col cane».

Parve pensieroso.

«Oh, ma non ti preoccupare», aggiunsi, «per tutto il resto è fantastica! Eccetto per quel suo piccolo vizietto…».

«Quale vizietto?».

Feci il gesto di alzare il gomito.

«Beve?»

«Sì, ma solo grappa e non più tanto spesso, ogni tanto la nasconde nella bottiglia dello shampoo…».

«Ma… non me lo aveva detto», rispose disorientato.

Dio come mi divertivo!

«E ogni tanto ruba, ma solo nei mercatini… dopo quella volta che ha fatto tre notti alla centrale di Leicester sta alla larga dalle profumerie».

Paul era sconvolto, mi guardava allibito con una mano sulla fronte.

Gli scoppiai a ridere in faccia.

«E dài Paul, ma guardati! È possibile che non capisci mai quando uno scherza?!».

Gli lanciai un peluche che lo colpì in piena faccia.

«È… è uno scherzo?», ripeté non del tutto convinto.

«No, è agli arresti domiciliari, in realtà ha ucciso mio padre con un osso di prosciutto e ci ha fatto il sapone».

La sua faccia era qualcosa di indescrivibile, mentre io ridevo a crepapelle tenendomi la pancia.

«Paul, ascolta, se vuoi che diventiamo amici, devi cominciare a capire le battute, okay? Mia madre è la cosa più bella che poteva capitarti, mettitelo bene in testa e questo non è uno scherzo!».

«Uff… tu sei matta, non farmi mai più uno scherzo simile!».

«Oh sì invece, sei diventato il mio bersaglio preferito!».

Sorrise, poi si rabbuiò.

«Mi dispiace tanto Mia, avrei voluto aiutarti».

«Non preoccuparti, sapevo che non ci saresti riuscito, ma mi ha fatto piacere che tu ci abbia provato».

«Non sono tanto bravo a convincere la gente, sono un pessimo parlatore, per questo adesso la mia ex moglie si porta via la casa e metà del mio stipendio».

«Gesù, ma è orribile, che le hai fatto?»

«Niente», rispose sconsolato.

«Niente?… Sputa il rospo! L'hai tradita con la sua migliore amica?»

«No, no, lei mi ha tradito con il mio migliore amico!».

«Che sfiga Paul! E non l'hai lasciata?»

«C'erano le bambine piccole e non le volevo perdere, così ho sopportato pazientemente per tutti questi anni, ora loro sono abbastanza grandi per capire…».

«E capiscono?»

«Mica tanto, perché vivono con la madre e non mi vogliono parlare, pensano che sia un mostro».

«Più che un mostro mi sembri un gigante buono, hai l'aria di qualcuno che non farebbe del male a una mosca».

«A quanto pare sì, sono maldestro e quando devo dire qualcosa di importante mi blocco e lascio che gli altri parlino per me, la mia ex moglie è bravissima a farmi passare per un deficiente».

Non era proprio così difficile, pensai, ma cominciava a farmi una gran tenerezza.

«Che lavoro fa tua moglie?»

«È un avvocato…».

«Hahahahahaha! Bella battuta Paul! Stai imparando in fretta!».

«No, non è uno scherzo, è un avvocato divorzista».

«Allora Paul te le cerchi! Ma come ti è venuta in mente una cosa simile?»

«Andavamo allo stesso liceo, poi ci siamo incontrati anni dopo da Boboli, dove faccio il cuoco, e le piaceva così tanto che cominciò a portarci i clienti, veniva quasi tutti i giorni e ogni volta mi riempiva di complimenti, diceva che la mia carbonara era imbattibile, finché mi chiese di uscire… non lo so, credo che abbia fatto sempre tutto lei, ma non dovrei parlare di queste cose con te… credo».

«Ho sentito di peggio. Ma toglimi una curiosità: quella volta che hai portato mamma fuori per poi lasciarla, l'hai invitata nel *tuo* ristorante?»

«Magari fosse mio! Era il posto meno romantico possibile, visto quello che dovevo dirle. È stata la serata più brutta della mia vita».

«Pensa che lei credeva che tu le dessi un anello di fidanzamento».

«Sono stato proprio un cretino…».

«La mamma è stata malissimo… e io ho pensato che fossi un vero stronzo», buttai là per infierire ancora un po'.

«Non me lo ricordare ti prego, io in tutta la mia vita non avevo mai fatto piangere nessuno, se ripenso a come l'ho fatta soffrire…».

Scosse le testa sinceramente mortificato, ripiegato su se stesso come un bambino smarrito, incredulo delle conseguenze delle proprie azioni.

«La amo così tanto la tua mamma…», disse scuotendo la testa.

Mi venne quasi voglia di abbracciarlo e, per la prima volta, capivo la sua scelta: un uomo semplice, un po' impacciato e maldestro, ma innamorato e gentile.

E col mio aiuto, non avevo dubbi, si sarebbe svegliato.

Una volta uscito dalla camera però, la mia attenzione si diresse da Shakespeare verso il quaderno di Patrick.

Rilessi la trascrizione delle nostre conversazioni e ogni volta che rievocavo il suono della sua voce e della sua risata mi sentivo inondare dall'emozione e dal desiderio di stringerlo come la sera del mio salvataggio.

Se fino ad allora la mia fantasia si era limitata a una passeggiata mano nella mano, adesso mi spingevo decisamente oltre e cominciavo a immaginare cose davvero poco innocenti su noi due.

Pensavo al profumo della sua pelle contro la mia, alle sue mani lungo la mia schiena, le sue labbra che accarezzavano i miei seni e le sue dita che esploravano il mio corpo.

Lo desideravo così tanto da star male.

Non immaginavo che esistesse una passione così intensa da assomigliare al dolore.

Mi mancava da togliermi il respiro e non sapevo come sarei riuscita a sopportare quella frustrazione che, per quanto ne sapevo, sarebbe potuta durare tutta la vita.

Ero come una fan innamorata del suo cantante preferito che parla col poster e gli scrive lunghe mail convinta che sia lui a rispondere invece di un'assistente di novant'anni.

Che palle l'amore.

Dovevo ancora affrontare la faccenda di Claire.

Ora che l'arrabbiatura era sbollita, mi sentivo in colpa per quello che le avevo detto.

Sgattaiolai fuori della camera per prendere il telefono, non avevo voglia di parlare con la mamma, avevo già avuto troppe emozioni quel giorno.

Scesi silenziosamente le scale e, affacciandomi al salotto, vidi lei e Paul abbracciati sul divano con le teste appoggiate l'una contro l'altra, circondati dalla luce azzurrognola del televisore.

Lui le teneva il braccio attorno alle spalle e le accarezzava i capelli e lei si lasciava coccolare.

Mi sentii felice per lei.

Finalmente aveva trovato un po' di pace, qualcuno che la proteggeva e la metteva sul piedistallo come meritava.

Mi scaldai un bicchiere di latte nel microonde e salii in camera per telefonare.

Rispose al terzo squillo con una voce un po' impastata.

O si era addormentata, o aveva bevuto troppo.

«Claire… sono Mia».

Non rispose.

«Mi volevo scusare per quello che ti ho detto prima».

Ancora nessuna risposta.

Immaginavo che sarebbe stata dura ottenere il suo perdono.

«Sono stata impulsiva e maleducata, sono in un momento di stress e ho reagito in modo aggressivo. Non pensavo una sola parola di quello che ti ho detto».

Sentii la brace della sigaretta crepitare, seguìta dallo sbuffo del fumo.

Dopo un'altra lunga pausa a effetto, finalmente rispose.

«Mia, da questo momento non considerarmi più la tua insegnante».

La sua voce calma e tagliente fu come uno squarcio nel buio.

Non avevo pensato a un'eventualità simile.

«Dài Claire, non puoi dire sul serio! Ti chiedo scusa dal profondo del cuore, non so cos'altro fare. Vorrei tornare indietro nel tempo e cancellare tutto, ma non posso, puoi perdonarmi?»

«No Mia, prendila come una lezione di vita. Imparerai a riflettere prima di parlare, e a rispettare un adulto con più esperienza di te. Non credo che non pensassi quello che hai detto, credo invece che tu mi consideri davvero una vecchia patetica e frustrata che non ha di meglio da fare che insegnare a danzare a delle giovani presuntuose come te. E forse hai anche ragione tu. Anzi hai *sicuramente* ragione tu perché, sì, avrei voluto ballare tutta la vita e, no, non avrei voluto finire così, ma quello che faccio lo faccio bene e mai in vita mia ho preso lezioni da qualcuno che non stimavo, quindi non voglio in nessun modo essere l'insegnante di qualcuno che pensa di farmi un favore a venire alle mie lezioni! Leicester è piena di maestri molto più giovani e qualificati di me, per non parlare di Londra, dove ti auguro di andare a studiare, ma a questo punto non è più un problema mio, quindi ti auguro tanta buona fortuna!».

E riattaccò.

Fui travolta dalla paura.

«No, no aspetta», gridai.

La richiamai subito, ma il telefono squillò e lei non mi rispose.

Il mio unico vero alleato mi aveva piantato in asso e adesso vedevo sfumare il mio sogno.

Grosse lacrime cominciarono a scendermi sulle guance inzuppandomi il maglione.

Ero sola e disperata e non potevo chiedere consiglio a nessuno.

Dovevo per forza fare pace con Claire, era il mio biglietto da visita, colei che conosceva i miei limiti e i miei punti di forza, e che mi aveva insegnato tutto quello che sapevo e, nonostante la mia linguaccia impertinente, la stimavo.

Non poteva mollarmi così. Se voleva darmi una lezione, giuro, l'avevo capita.

Credevo di riuscire a fare tutto da sola e invece avevo bisogno del massimo sostegno possibile.

Mi ero fissata sul problema del finanziamento, ma senza un tutore che mi appoggiasse, come pretendevo di riuscire a superare l'audizione?

Ero stata una stupida e non avevo alcuna chance senza di lei.

L'indomani pomeriggio mi presentai lo stesso a lezione, ma con mia grande sorpresa e irritazione vidi che il mio posto era già stato preso.

Il piccolo Chester se ne stava impettito nel centro della sala con la sua maglietta bianca, la calzamaglia nera e un enorme ruffiano sorriso stampato in faccia, mentre si esibiva in salti e piroette come un cane ammaestrato.

Lo detestavo e non potevo dire niente, se non subire l'umiliazione in silenzio con la cenere sul capo.

Entrai e mi sedetti in un angolo con un macigno al posto dello stomaco, mentre Claire lodava la piccola serpe con dei «*Bravo mon enfant*... tu sì che andrai lontano».

Come un monaco tibetano cercavo di rimanere calma fuori, mentre dentro di me immaginavo di usare Chester come una mazza chiodata.

Aspettai pazientemente la fine della lezione e, quando il ragno si fu congedato, cercai di prenderla da parte prima dell'arrivo delle ragazze del corso serale.

Ma Claire faceva finta che non esistessi e, d'improvviso, provai la cocente umiliazione del non essere più la favorita, quella che tutti guardano con ammirazione e invidia.

Adesso ero una reietta che doveva elemosinare ogni briciolo di attenzione.

«Claire ti prego parlami!», la scongiuravo seguendola mentre preparava i CD. «Ci conosciamo da sempre, sei come una seconda madre, mi hai vista crescere, non puoi mollarmi così!».

«Non sono tua madre Mia, non ho obblighi nei tuoi confronti», rispose secca.

«Lo so che non ne hai, ma non puoi cancellare il nostro rapporto e il lavoro che abbiamo fatto in tutti questi anni! Non contano niente per te?»

«Non ho detto che non sia un dispiacere perderti», rispose guardandomi in faccia, «ma la delusione che mi hai dato è stata troppo grande e non voglio più continuare con te. Tutte le cose terminano prima o poi, nessuno lo sa meglio di me, e probabilmente era arrivato il momento». E tornò a riordinare i suoi CD.

«No che non è arrivato il momento Claire», le dissi afferrandola per le spalle, «tu non puoi scaricarmi così, come un pacco, solo perché ho detto una cazzata! Claire ti prego, non lasciarmi sola, non smettere di insegnarmi, tu sei l'unica che voglio, te lo chiedo in ginocchio se serve, perdonami!». L'abbracciai forte.

«Su su…», mi diede una leggera pacca sulla schiena, «*allez*… non fare così…».

«Non mi abbandonare, Claire, sei la sola che crede veramente in me…».

«Dài su…», disse, «adesso calmati».

Nel frattempo le allieve del corso seguente erano già entrate in sala e stavano osservando la scena incuriosite.

«Vedete ragazze?», intervenne Claire prendendomi per mano e mostrandomi come un trofeo. «Questo è quello che succede quando si diventa presuntuose e si crede di non aver più niente da imparare dalla propria insegnante. Ricordatevi di non fare *mai* così!».

Che vigliacca!

Le ragazze annuirono guardandomi con un certo disprezzo.

Fortuna che il piccolo Chester se n'era già andato.

Poi mi disse di togliere le scarpette da punta e di indossare quelle da mezza punta e andare alla sbarra a fare gli esercizi insieme alle altre.

Cercai di protestare, ma non ero nella posizione di negoziare: aveva il coltello dalla parte del manico e dovevo essere punita in modo esemplare.

Mi avrebbe fatto pentire di averle dato della fallita punendomi così duramente che lo avrei raccontato ai miei nipoti!

Durante tutta la lezione non fece che riprendermi e criticarmi a voce alta.

Non corresse nessuna di quelle bambocce incapaci e piagnone, ma si concentrò esclusivamente sui miei *grand plié* che non erano abbastanza aperti, sui miei *relevé* che non erano abbastanza alti e sui miei *tendu* che non erano abbastanza tesi.

Mi fece ripetere l'esercizio così tante volte che i polpacci iniziarono a bruciarmi, finché non sentii i crampi, ma continuavo stoica e impassibile a tenere la posizione come se ne andasse della mia stessa vita, grondante di sudore, senza fiatare.

Finita la lezione, mi avviai all'uscita cercando di non zoppicare per non mostrare il dolore che provavo fisicamente e, soprattutto, moralmente, ma Claire mi richiamò indietro e, con un lampo di sfida negli occhi, disse: «Avanti, indossa le punte, adesso cominciamo!».

Fu la lezione più dura di tutta la mia vita.

Mi fece provare il pezzo per l'audizione fino a farmi sanguinare letteralmente i piedi, obbligandomi a ripetere i salti e i giri fino allo stremo, continuando a bacchettarmi le gambe, finché non vide le lacrime scendermi lungo le guance.

Allora si fermò, dichiarò conclusa la seduta e mi lanciò un asciugamano.

Mi aveva massacrata, ma avevo imparato la lezione.

Ero stata arrogante oltre ogni limite e nonostante lei mi avesse esasperato, c'erano cose che non andavano mai dette, nemmeno in uno scatto di nervi, cose che ferivano e che rischiavano di compromettere per sempre un rapporto.

L'umiliazione che mi aveva inflitto bruciava ancora forte, ma le ero grata per non avermi mollato e sentivo che mi sarebbe servito in futuro.

«Se ti è sembrata dura stasera, sappi che non è niente in confronto alle prove che farai per la prima di uno spettacolo. Lì si va avanti fino a notte fonda finché non è tutto perfetto, con il ciclo, le unghie incarnite e i crampi e nessuno si lamenta, perché fuori c'è una fila di sostituti che non aspettano altro che un posto si liberi per fiondarcisi sopra come falchi».

Annuii umilmente asciugandomi la fronte.

«Sei stata molto brava stasera, ma devi imparare ad ascoltare con attenzione le correzioni e non a fare sempre e solo di testa tua, altrimenti nessuno vorrà lavorare con te. Potrai fare la difficile quando sarai prima ballerina, a quel punto nessuno oserà contraddirti, ma fino ad allora, bambina mia, taci e ascolta».

«Sì Claire».

«Sì *Mrs* Claire», rispose per ristabilire i ranghi.

Una volta a casa, con i piedi immersi nella bacinella dell'acqua calda e uno yogurt in mano, decisi che meritavo una telefonata a Patrick.

«Pronto Pat?»

«Ehi Mia, che bello sentirti, come stai?».

D'improvviso il dolore ai piedi passò come se la sua voce riuscisse ad alleviare ogni male.

«Alla grande...», mentii spudoratamente.

Mi resi conto che non avevo nessun motivo per chiamarlo, a parte la mia cotta colossale e dovevo inventarmi al volo una scusa.

«...volevo aggiornarti sugli ultimi sviluppi...».

«Infatti ti avrei chiamata io, dopo l'altra sera ero preoccupato».

Preoccupato per me?? Mi avrebbe chiamata??

«Ecco... Diciamo che tutti stanno cercando di convincere mia madre a iscrivermi alla Royal Ballet, anche il postino e il lattaio! Ma lei è irremovibile!».

Rise.

«Direi che è un buon inizio! Sfinire l'avversario per stanchezza è un'ottima tattica. Se vuoi posso suggerirtene alcune che usiamo in caso di attacco, ma sono sicuro che lei cederà molto prima di arrivare alla tortura psicologica!».

«Non la conosci».

«Sì che la conosco, Elena è la più dolce e comprensiva fra le mamme. Quando ero piccolo mi ha difeso una sacco di volte quando rompevo una finestra o un vaso a pallonate!».

«È un angelo con tutti tranne con me, a quanto pare!».

«Quando torno ci parlo io, dicono che sia un grande persuasore, mandano sempre me a perorare le cause disperate dei miei compagni in punizione!».

«E ci riesci?»

«Mmm... mica sempre, ma ci provo e se lo faccio per degli sconosciuti, figurati se non lo faccio per te».

Mentre parlava scrivevo fedelmente tutto quello che diceva e, sovrappensiero, mi lasciai scappare: «Non vedo l'ora che torni».

Ci fu un attimo di silenzio.

Lo avevo imbarazzato.

«...Sì, insomma, per parlare con la mamma, è ovvio», cercai di recuperare.

«Anch'io non vedo l'ora di tornare», disse inaspettatamente.

CAPITOLO DODICI

«Stai tranquilla mamma, appena arrivo ti chiamo!», le gridai dal finestrino posteriore salutandola con la mano.

Per una volta avrei preferito rimanere a casa a fare le pulizie.

Ero di umore nero, tanto per cambiare: non volevo andare a Bath ed ero sempre più convinta che accettare l'invito fosse stata una pessima idea, ma Nina era così felice e io mi sentivo davvero in colpa per non averle raccontato niente delle telefonate con Patrick.

L'amicizia, come l'amore, evidentemente prevedeva un gran numero di compromessi.

Carl guidava in silenzio, come se aspettasse solo una mia mossa per poter dire qualcosa di sgradevole.

Nina invece non smetteva più di parlare e ridere.

Era la personificazione della gioia, un'insopportabile esplosione di entusiasmo e positività.

Se non fosse stata la mia migliore amica l'avrei buttata giù dalla macchina.

Anch'io avrei voluto davvero sapere cosa si provava a vivere in quello stato di grazia tipico di un amore ricambiato, mentre, come al solito, ero solo la testimone di qualcosa che sembrava non dovermi accadere mai e tutta quell'agitazione mi innervosiva.

Alex cercava di mettermi a mio agio offrendomi dei biscotti, ma era come voler rabbonire un pitbull.

Saremmo stati chiusi in macchina per almeno tre ore, mentre avrei solo voluto mettermi l'iPod nelle orecchie e dormire.

«Allora Mia», disse Carl, «che hai deciso di fare da grande?»

«Tu che mi consigli?»

«Be', se non diventi un'*étoile* puoi sempre ballare ai compleanni a sorpresa, hai presente? Saltare fuori dalla torta e cantare *tanti auguri*».

«Sì, bella idea, lo terrò presente», risposi lottando contro la voglia di strangolarlo.

«Oppure potresti fare il mimo in piazza, magari travestita da statua a Covent Garden, si guadagna bene e saresti vicina alla Royal Opera House, oppure l'incantatrice di serpenti, saresti perfetta…», insistette creando un palpabile imbarazzo. «…Oppure…».

«Oppure potresti chiudere il becco e lasciarla stare!», intervenne Alex.

«Ma lei sa che scherzo, vero Mia? Mica te la prendi no?», rispose per niente arreso e con tutta l'intenzione di continuare a seccarmi per altri trecento chilometri.

«No che non me la prendo Carl, se mai avrò bisogno di un serpente da incantare saprò dove trovarti!».

Non volevo ferire i sentimenti di Nina, ma non potevo permettergli di provocarmi gratuitamente o non saremmo arrivati vivi a domenica sera.

Nina accese la radio per smorzare la tensione e si voltò a guardarmi per un attimo, offrendomi un sorriso imbarazzato e supplichevole al quale risposi con una strizzata d'occhio in segno di tregua.

Mi voltai a guardare fuori, decisa a ignorarlo fino a destinazione.

Anch'io non vedo l'ora di tornare, aveva detto Patrick.

Quella frase mi stava ossessionando e ogni volta che la rievocavo, il cuore mi sussultava nel petto e cominciavo a sentirmi stranamente euforica.

L'avrei usata come scudo per difendermi dalle battute odiose di Carl e sarei sopravvissuta al tranquillo week end di paura.

Nina gli tenne la mano sulla gamba per tutto il viaggio e ogni tanto appoggiava la testa sulla sua spalla.

Sapevo che Alex avrebbe voluto fare lo stesso, ma era consapevole dei rischi che correva, per cui si limitò a spiegarmi le equazioni sul suo portatile.

Arrivammo a Bath nel tardo pomeriggio e Nina insistette per visitare il mercatino di Natale in centro.

Faceva un freddo cane e non ero dell'umore adatto, ma del resto, quando mai?

Ma poteva essere l'occasione per comprare qualche regalo di Natale a mamma e Paul e, ovviamente, a Patrick.

Grazie all'atmosfera contagiosa e suggestiva in poco tempo mi trovai a fare incetta di guantini e cappelli fatti a mano, mele caramellate e palle di vetro con la neve che cade sull'abbazia.

Carl e Alex comprarono delle corna di renna con i campanellini e ci obbligarono a fare delle foto stupide che misero subito su Facebook. Per festeggiare l'evento ed evitare il congelamento ci offrirono due enormi bicchieri di vin brulé.

«No Alex, io non bevo!», dissi.

«E dài è festa, perché non ti lasci un po' andare?», mi incoraggiò Nina.

«Già, perché non ti lasci un po' andare», le fece eco Carl.

Assaggiai un sorso di vino caldo e poi restituii il bicchiere ad Alex.

«Voi lasciatevi pure andare, io sarò il vostro angelo custode, sì insomma… l'amico sobrio!». Sorrisi un po' in ansia: non avevo ancora la patente e al massimo avrei potuto chiamare un taxi.

Nina e Carl camminavano abbracciati e si fermavano a ogni bancarella comprando di tutto, io e Alex li seguivamo a distanza mangiando patatine fritte e salsicce arrosto.

Se il Natale non mi era mai piaciuto perché mi ricordava la famiglia che non avevo più, là, sotto la cattedrale, con la musica, le luci e i giocolieri, non potevo non essere contagiata dallo spirito della festa.

Cantammo le canzoni di Natale, in giro per il centro, camminando tutti e quattro per mano, con il naso rosso per il freddo e per il vino, e Carl smise di tormentarmi per un po', salvo dirmi che avrei potuto imparare a fare roteare le *bolas* infuocate ed esibirmi lì l'anno successivo.

Sorvolai con classe continuando a godermi la serata.

Poi Nina mi prese sottobraccio e mi chiese in un orecchio: «Sei contenta Mia?»

«Io? Sì, perché?», risposi un po' sorpresa.

«Perché non mi piace essere felice se tu non lo sei!».

Era un po' ubriaca e ancora più tenera.

«Io sono felice se lo sei tu», risposi.

«Ma tu sei felice solo quando balli, invece vorrei che fossi felice anche insieme a qualcun altro. Insomma io vorrei vederti innamorata».

Oh Nina, come vorrei dirti la verità.

«Quando lo sarò te lo dirò».

«Ma Alex non ti piace proprio per niente?»

«No, nemmeno un po', ma è molto simpatico».

«E Carl?», mi chiese esitante.

«Su di lui puoi stare più che tranquilla», la rassicurai, «ci odiamo e se per caso rimanessimo da soli, uno dei due non ne uscirebbe vivo».

«Mi piace tanto Mia…».

«Lo vedo e anche tu gli piaci».

«Lo pensi davvero?»

«Nina, tu piaci a tutti, che domande fai?»

«Non so più di chi fidarmi, dopo la storia con Thomas ho paura di sbagliare di nuovo. Credevo che le persone fossero più corrette, credevo che quando uno ti dice che ti ama non lo fa solo per portarti a letto», disse tristemente.

Anch'io credevo che a lei non sarebbe mai potuto succedere.

«Ma Carl è diverso, vedrai, ti rispetterà e se non lo farà se ne pentirà amaramente», risposi con un lampo omicida negli occhi.

«Sei la migliore sorella del mondo!», disse abbracciandomi.

La migliore no, ma giurai a me stessa che avrei fatto del mio meglio per diventarlo.

Guidammo lentamente verso casa. Nina aveva bevuto troppo vin brulé e ora teneva la testa fuori del finestrino per calmare la nausea.

Una volta arrivati l'accompagnai in bagno e le tenni la fronte mentre vomitava anche l'anima.

Intanto i ragazzi cercavano di accendere il camino.

La casa era gelida e umida e l'idea romantica di Nina di passare la notte con Carl per recuperare la drammatica prima volta era andata a rotoli.

Scaldai l'acqua e le preparai un tè con una vecchia bustina che trovai in una scatola di latta e lasciai che Carl glielo portasse.

Alex e io ci sedemmo in salotto sui vecchi divani di velluto color senape.

La casa era rimasta agli anni '70: cuscini ricamati, bambole antiche e un orologio a pendolo fermo alle sei di chissà quale anno.

Avremmo dovuto vendere tutto al mercatino di Natale.

«Bella serata eh?», disse Alex accendendosi una sigaretta.

«Ed è solo l'inizio, vedrai quando stanotte sentirai rumore di catene!».

«Odio le case estive in inverno! Mi mettono tristezza, sembra che il tempo si sia fermato».

«Allora perché sei voluto venire? Io avevo detto di no fin dall'inizio, sapevo che sarebbe stato così».

«Vuoi la verità?»

«Certo».

«Te lo dico perché ho bevuto…». Sorrise. «Sono venuto perché c'eri tu».

«Alex, io te lo avevo detto però…».

«Lo so, ma mi piace stare con te, anche solo come amico».

Era proprio vero: la tattica vincente per piacere ai ragazzi era quella di ignorarli, ma ignorare Patrick per tutta la mia vita non era servito a molto.

Scese Carl dal piano di sopra.

«Nina ha chiesto di te», mi disse, «noi intanto andiamo a comprare qualcosa da mangiare».

Prese le chiavi della macchina e uscì seguito da Alex.

Corsi su da Nina.

Era sommersa dalle coperte nell'enorme letto dei suoi. Ci saranno stati tre gradi in quella stanza.

«Come stai?», le chiesi sedendomi accanto a lei.

«Meglio...».

Era bianca come un fantasma e aveva l'alito acido.

«Nina... non vorrai baciare Carl senza lavarti i denti vero?»

«Puzzo?», mi chiese preoccupata alitando nella mano.

«Come un topo morto».

«Dio che figura... Non ne faccio una giusta!». Rise.

«Hai bevuto a stomaco vuoto, che ti aspettavi?»

«Sono una frana e io che volevo passare una notte romantica con Carl! Avevo anche portato il completino sexy...».

Mi tolsi le scarpe e mi infilai sotto le coperte.

Il freddo delle lenzuola umide mi diede i brividi e mi rannicchiai stretta a lei.

«Ti ricordi quando ci siamo nascoste là dentro e tutti ci cercavano?», mi chiese indicandomi una vecchia e pesante cassapanca di legno in un angolo della camera.

«Ci eravamo addormentate. I tuoi erano disperati!».

«E quando vedemmo *Nightmare* di nascosto?»

«Dio che paura! E Patrick la notte venne a grattare alla porta con le unghie, credo di essere svenuta!».

«Niente televisione per una settimana!».

«Non è passato poi tanto tempo, ma sembra un eternità», sospirai.

«Tu come credi che saremo da grandi?»

«Vorrei che non diventassimo mai grandi, questa cosa delle responsabilità e delle scelte è un vero schifo», risposi pensierosa.

«Io invece non vedo l'ora di avere una famiglia come quella dei miei... E poi vorrei tanti bambini».

Questo era il grande limite di chi era cresciuto con dei genitori che si amavano: credere di ereditare l'anima gemella come il colore degli occhi.

«Io invece voglio solo ballare, non mi ci vedo a fare la mamma».

Era vero solo a metà.

Avrei ballato fino a trentacinque anni e poi avrei avuto tutto il tempo per fare figli.

Sempre che il padre fosse stato suo fratello.

«E se invece non ce la faccio?», disse.

«A fare cosa?»

«Se non incontro l'uomo giusto?»

«Chi ti dice che non lo incontrerai?»

«Un sacco di gente non lo incontra mai, mia zia Nora per esempio, ha già quasi quarant'anni ed è sempre single».

«Tua zia Nora esce tutte le sere e ha un sacco di amici».

«Sì, ma alla fine quando torna a casa è sola».

«E chi ti dice che stia male? Ha un mucchio di interessi, viaggia, lavora, fa yoga e quando sente bisogno di famiglia viene da voi».

«Sì, ma non puoi essere veramente felice senza una famiglia che ti ama e ti protegge, dove puoi rifugiarti in qualunque momento!».

Capivo perfettamente dove voleva andare a parare e per questo mi preoccupavo per lei.

Dal canto mio, non avendo mai conosciuto quel calore, ma solo la consapevolezza di dovermela cavare da sola, da tempo ero preparata al peggio.

Chi delle due aveva ragione?

Nina con la sua idea romantica di famiglia felice o io, quella eternamente disillusa?

«Lo troverai l'uomo giusto, vedrai, basta che smetti di cercarlo!».

«Dici?»

«Se non lo trovi tu che sei perfetta, cosa dovremmo dire tutte noi comuni mortali?»

«Non sono perfetta, sono a malapena passabile».

«Che fai, ti scoraggi adesso? Non eri tu quella positiva tra noi due?».

L'alcol l'aveva resa triste e non mi piaceva.

Forse, dietro a quel sorriso e quel suo apparente ottimismo, doveva esserci un vuoto che anch'io ignoravo.

Sentimmo i ragazzi rientrare ridendo e scherzando.

Forse potevamo ancora sperare in un fine settimana decente.

Scesi giù e lasciai Nina a riposare per riprendersi dalla sbronza.

«Spaghetti cinesi con gamberi e involtini primavera», annunciò trionfante Alex.

«Take away?», chiesi.

«Volevi cucinare tu?», rispose Carl cinico.

«Mi dispiace, ma non so cucinare».

«Ah già... banane e yogurt...», commentò mentre svuotava le buste della spesa.

Che palle. Cominciavo ad averne abbastanza.

Carl salì in camera da Nina, mentre io cercai una tovaglia e cominciai ad apparecchiare, poi uscii a sedermi sulle scale della veranda.

L'aria gelida mi schiariva i pensieri.

Se bere significava diventare depressi e pessimisti non avrei mai bevuto in vita mia, a meno che non fossi diventata povera, zitella e zoppa.

Il pensiero corse automaticamente a Claire, ma cercai di allontanarlo.

In che misura eravamo padroni del nostro destino? Aveva un senso lottare tanto per qualcosa che poteva sfuggirti di mano in un soffio?

Carl si affacciò per avvertirmi che la cena era pronta.

Stranamente si sedette accanto a me.

«Vuoi uccidermi? Fai pure, non ci sono testimoni».

«No... no stai tranquilla. Mi volevo scusare per essere stato così stronzo con te ultimamente».

«Ti ha mandato Alex, vero?», gli chiesi a bruciapelo.

«Un po' sì, ma sarei venuto lo stesso».

«Grazie della sincerità».

Ci fu una lunga pausa.

Tutti e due stavamo seduti con le mani in tasca e il cappuccio della felpa tirato su.

Il freddo era micidiale, saremmo morti assiderati e addio palcoscenico.

«Ci sono rimasto proprio male...».

«Me ne sono accorta».

«Credevo stessimo bene insieme, credevo di piacerti un po'».

«Carl noi stavamo bene insieme, ma...».

«Non ti piaccio».

«Al contrario mi piaci molto, ma non nel senso che intendevi tu».

«Grazie della sincerità».

«Preferivi che ti prendessi in giro? Che mi facessi regalare l'abbonamento al teatro? Carl, sono fatta così, ho un pessimo carattere, ma sono sincera».

«Lo so, ed è quello che mi piace di più in te, però fa male».

«Anche a me è dispiaciuto perdere il nostro rapporto, eri il mio unico amico!».

Sorrise. «Adesso c'è anche Alex».

«Sì è vero, ben due amici! Mi cacceranno da Facebook perché non mi impegno abbastanza!».

«Mi dici la verità fino in fondo?», mi chiese diventando improvvisamente serio.

«Riguardo a cosa?»

«C'è qualcun altro vero?»

«No, no, certo che no!», risposi troppo in fretta per risultare credibile.

«Lo sapevo! Lo sapevo Mia Foster! Tu sei innamorata di qualcuno!».

Diventai color porpora.

«Ma che dici Carl? Io penso solo alla danza, non sono innamorata proprio di nessuno, non ne avrei il tempo!».

Più cercavo di giustificarmi più diventavo rossa e imbarazzata.

Carl prese a darmi delle gomitate.

«Avanti, confessa, chi è? Non smetterò di tormentarti finché non me lo dirai!».

«Non c'è nessuno, te l'ho detto. Proprio nessuno», risposi guardando da un'altra parte.

«Credo di sapere chi è», dichiarò.

Mi sentii improvvisamente a disagio.

«Ah sì? E chi sarebbe?», risposi ridendo nervosamente.

«Per come ti conosco io, tu non sei certo il tipo di ragazza che può essere attratta da uno della nostra scuola. Ti ho osservata a lungo, e ho osservato anche Nina e l'ho sentita parlare spessissimo del fratello maggiore, con un entusiasmo e un affetto quasi fastidiosi da farlo sembrare l'incarnazione dell'uomo perfetto. E per come siete unite e simili nei sentimenti, mi sono fatto l'idea che tu sia innamorata cotta di Patrick».

Un tuono squarciò il silenzio. O almeno così sembrò a me.

«Pa… Patrick?», risposi in un rantolo strozzato.

«Ho indovinato vero? Lo sapevo. Dovrei fare il criminologo o il consulente per *Lie to me*», sospirò passandosi le mani fra i capelli.

Esitai così a lungo in cerca di una scusa, che gli offrii una confessione in piena regola.

Respirai a fondo prima di rispondere.

Se Carl se ne era accorto, probabilmente lo sapeva anche Nina chissà da quanto tempo e, se aveva ancora voglia di vendicarsi per non essere stato corrisposto, poteva anche appendere dei manifesti a scuola.

«Carl, io…». Cercai una scusa, ma improvvisamente mi sentii stanca. Ma sì, che lo sapesse, che lo sapessero tutti, non ce la facevo più a vivere così. «…Chi altro lo sa?»

«Nessuno. È solo una mia supposizione».

«Vuoi dire che non lo hai detto a Nina?»

«Certo che no! Perché dovrei?»

«Perché non dovresti?»

«Perché anche se mi sono comportato da stronzo, non sono uno stronzo. Thomas, lui l'avrebbe fatto».

Giocherellavo con le mani, imbarazzata.

«Sei nervosa! Vedi come attorcigli le dita? E come ti tocchi le orecchie?»

«Carl! È una perizia psichiatrica o cosa? Non ho detto proprio niente!», sbottai spazientita.

«Non ne hai bisogno, il tuo corpo lo fa da solo. Allora dimmi, da quanto tempo sei innamorata di lui?»

«Perché dovrei dirtelo?»

«Perché non lo sa nessuno. Vero?»

«Solo un'amica della mamma».

«Ti farà bene parlarne con un maschio. Magari posso anche aiutarti…».

«Come faccio a sapere che sei sincero e che non andrai a sputtanarmi subito dopo?»

«Perché non ne ho intenzione. Preferisco esserti amico che non starti vicino affatto. Sono stato scortese e idiota e non è da me. E poi guardami in faccia, se mentissi avrei dei tic o muoverei le spalle!».

«E dài, falla finita o ti chiamerò *Carl* Lightman!».

Alex si affacciò per vedere che fine avessimo fatto.

«Ne riparliamo dopo. Vado a vedere come sta Nina, è meglio che mangi qualcosa».

«Carl», lo trattenni per un braccio, «a te piace davvero Nina, non la stai prendendo in giro vero?»

«Non si può prendere in giro qualcuno come Nina. È una ragazza straordinaria, è unica. Il suo unico problema è che… rasenta la perfezione. Ma questo lei non lo sa».

«So cosa vuoi dire…».

«Se hai paura che mi sia messo con lei perché non ho potuto avere te e per poterti fare un dispetto, all'inizio è probabile che fosse così. Ma ora che la conosco meglio non la lascio più. Anche se con te stavo bene, mi avresti reso la vita impossibile e poi sei una ballerina e tutti sanno come sono le ballerine!».

Rise scompigliandomi i capelli.

«E come sono le ballerine?», risposi indignata.

«Le ballerine amano la danza più di ogni altra cosa al mondo, e per loro non esiste nient'altro ed è il peggiore dei rivali. Non c'è partita!».

Entrò in casa lasciando quella frase galleggiare nell'aria.

Aveva torto.

Amavo Patrick quanto la danza.

Solo che non potevo scegliere.

L'indomani mattina fui svegliata dalla mano di Nina che mi faceva il solletico sotto un piede.

Avevo dormito sul divano con il giubbotto e le calze. Non avevo avuto il coraggio di salire nella camera gelida al piano di sopra, anche se era quella di Pat.

Mugugnai rannicchiandomi sotto la coperta, ma lei continuò a infastidirmi con dei pizzicotti.

«Dài dormigliona, ti ho fatto il tè e ho trovato anche un paio di biscotti dell'anno scorso!».

«Mmm… Nina, lasciami dormire ti prego, sono stata sveglia fino alle due a vedere Alex che provava il balletto di *Mamma Mia!*. Se ascolto un'altra volta quella canzone vomito!».

Mi scostò la coperta dalla faccia e si sedette vicino a me.

Era ancora un po' provata dalla nottata precedente, ma aveva ripreso colore.

«Hai dormito sul divano?»

«Sì, è l'unica stanza della casa in cui la temperatura supera i tre gradi».

Cercai di mettermi a sedere, ma sentii un dolore penetrante partire dal collo, scendere lungo la schiena, attraversare la gamba destra e andarsi a incuneare come una lancia nel piede sinistro.

Urlai.

«Che succede?»

«Mi fa male tutto! Non riesco a muovere né il collo né la schiena!».

«Hai dormito sul "divano maledetto". A mio padre succedeva sempre quando si addormentava qui. Una volta ci rimase una settimana!».

Ero completamente bloccata e in preda a fitte lancinanti.

Avevo fatto l'abitudine ai dolori, agli strappi e agli stiramenti, non c'era giorno che non mi facesse male qualcosa, ma mai avevo sofferto tanto da non potermi muovere.

Fui sopraffatta dal panico, non avevo mai preso in considerazione l'idea che il mio corpo potesse smettere di funzionare.

Lo avevo sempre considerato come un fedele alleato da spingere oltre ogni limite, non un vigliacco traditore che si faceva annientare da un divano!

Nina chiamò a raccolta Alex e Carl che arrivarono sbadigliando in mutande.

Li guardavo angosciata e impotente, immobile dal collo in giù, e li imploravo con gli occhi come una bambina smarrita.

«Piccola, dài, ti aiutiamo noi, vero?», chiese Nina ai ragazzi ancora addormentati.

Fece loro segno di dire qualcosa.

«Hai preso freddo ieri sera stando seduta fuori», disse Carl.

«Dev'essere il nervo sciatico, anche mia madre ne soffre e ogni volta fa un sacco di punture!», proseguì Alex.

Cominciai a piangere a dirotto.

«Ma sua madre è una vecchia!», intervenne Carl. «A te basterà stare ferma una settimana a letto con qualche antidolorifico e passerà tutto!».

Mi misi a piangere ancora più forte.

Nina li mandò via e mi aiutò ad alzarmi.

Sembravo anch'io una vecchia, e il pensiero corse a mia nonna Olga che, a settantuno anni, faceva ancora sci nautico a Cancun.

Camminavo a piccolissimi passi, piegata in avanti.

Non potevo girare la testa da nessuna parte ed ero sicura che qualcuno mi avesse piantato un lungo coltello in mezzo alla schiena.

Magari era stato Carl.

«Portiamola alle terme!», propose Nina.

«Alle terme?», risposi, come se avesse detto "alla forca".

«È vero, ti farà bene stare al caldo».

«No, no le terme no! Mi ricordano di quando eravamo bambine, odiavo quell'acqua schifosa piena di cose che galleggiano, avevo paura che ci fossero i coccodrilli. E poi puzza...».

«Invece ha ragione Nina, ti farà benissimo, andiamo!».

Li guardai con il terrore dipinto in faccia.

«Voi mi odiate vero?», dissi ad Alex e Carl con occhi supplicanti. «Vi state vendicando di me non è così? Volete farmi fuori...».

«Ma no, ti vogliamo tutti bene!», rispose Alex.

«Nonostante tutto!», fece eco Carl.

Nina mi infilò le scarpe e me le allacciò.

Per una che non voleva avere bisogno di nessuno, ero nella peggiore delle situazioni.

Sapevo che Claire me ne avrebbe dette di tutti i colori: che non ero attenta alla mia salute, che una vera ballerina protegge sempre i suoi muscoli dal freddo e che considera il suo corpo come un tempio da venerare e poi, a rincarare la dose, ci si sarebbe messa anche mia madre, che non aveva potuto impedirmi di andare, ma avrebbe tanto voluto farlo.

Erano tutti eccitati e allegri come se l'Inghilterra avesse vinto i mondiali, mentre la sottoscritta si trascinava lentamente dietro di loro imprecando a denti stretti.

Nessuno aveva il costume con sé e dovemmo immergerci in mutande e reggiseno.

Nina civettava con Carl riempiendolo di baci e carezze, mentre Alex doveva occuparsi di me che non riuscivo neanche a sedermi sul bordo della vasca.

Era tutto esattamente come lo ricordavo, una piscina di epoca romana, circondata da cascate e fontane, che emanava un odore di zolfo stomachevole.

Roba da vecchi, non da adolescenti, ma in quel momento mi sentivo una novantenne.

Alex improvvisò un rudimentale massaggio alle spalle, ma anziché rilassarmi, mi irrigidii ancora di più. Non amavo molto il contatto fisico con gli estranei e dovette capirlo, perché si limitò a starmi vicino fingendo di non guardare Nina mezza nuda.

Era bella da ipnotizzare.

Aveva una grazia e una naturalezza tali da fare apparire tutto il resto del mondo artificiale e cupo.

Era a proprio agio con il suo corpo che diventava di giorno in giorno più femminile e sensuale senza però essere mai provocante.

Aveva un seno alto e sodo, l'invidia di tutte le nostre compagne di classe, e un sedere perfetto a forma di cuore che era il sogno di tutti i nostri compagni, e di fronte a quella cascata di capelli biondi, occhi grigi e labbra carnose, solo un morto sarebbe rimasto insensibile.

Il suo grosso guaio era la fiducia incrollabile che riponeva nel prossimo.

Dovevo tenere gli occhi ben aperti e vegliare su di lei.

Carl al momento sembrava sincero, ma l'esperienza mi aveva insegnato che le cose potevano cambiare improvvisamente.

Passammo il pomeriggio a mollo come ippopotami e quando si furono stancati di baciarsi, toccarsi e parlarsi nelle orecchie, finalmente tornammo verso casa.

Più tardi, in macchina, con mia somma gioia, cantarono tutti i pezzi degli Abba.

Avrei preferito scrivere due tesine di centocinquanta pagine su Enrico VIII, piuttosto che passare un'altra giornata come quella.

Arrivammo a casa alle nove passate.

Mia madre era preoccupata e nervosa e io ero fortemente bisognosa di coccole e volevo che mi abbracciasse e si occupasse di me.

Ero triste e vulnerabile e lo percepì subito, perché corse a prepararmi una borsa dell'acqua calda e mi accompagnò in camera.

Mi aiutò a mettere il pigiama e a sdraiarmi sul letto a pancia in giù.

Da tempo non le permettevo più di trattarmi come una bambina, ma il vedermi così indifesa l'autorizzò a recuperare il suo ruolo.

«Il mio cerbiatto ferito…», disse massaggiandomi piano la schiena, «…è bello potermi occupare un po' di te. Anche se sei diventata grande, sarai sempre la mia bambina…».

Era vero.

Per quanto avessi eretto una barriera impenetrabile fra me e il resto del mondo, non c'era cosa che mi rendesse più felice di una carezza della mamma, anche se, allo stesso tempo, non c'era cosa che mi rendesse più triste della consapevolezza di non essere più una bambina.

Tenevo i pugni sotto il mento e guardavo nel vuoto.

Cosa avrei fatto se mi fosse successo qualcosa di così grave da obbligarmi ad avere bisogno degli altri anche per andare in bagno?

«Mamma… ho paura».

Rimase un attimo in silenzio.

«Lo so, piccola, lo so… La vita è sempre diversa da come ce la immaginiamo e quando cominciamo a capire che non possiamo controllare niente subentra la paura. Di non farcela, di non essere all'altezza, di non dire le cose giuste e non poter tornare indietro».

«Anche tu hai paura?», dissi con le lacrime che scendevano lungo il naso, un po' per il dolore un po' per la tristezza.

«Tutto il tempo e soprattutto per te. Vorrei che tu fossi felice, che non soffrissi mai e che la tua vita fosse perfetta».

«La mia vita non è per niente perfetta».

«Lo sarà Mia, lo sarà un giorno».

Bussarono alla porta.

«È possibile far visita alla piccola inferma?».

Era Betty.

«Paul non trova il *wok*, puoi scendere ad aiutarlo?».

La mamma alzò gli occhi al cielo e uscì dalla stanza, mentre Betty prese il suo posto.

«Ti faccio un massaggio shiatsu, e vedrai che domani starai molto meglio, rilassati e lasciami fare».

Ma sì, ormai ci avevano provato tutti, mancava l'agopuntura e un rito magico.

Chiusi gli occhi e cercai di rilassarmi, anche se ero un fascio di nervi contratti.

«Ci sono novità con Patrick?», mi chiese.

Ecco, forse quello era l'unico modo per distrarmi dal dolore.

«Ci sentiamo un po' più spesso, ma non so… a volte mi sembra quasi che… ma sicuramente mi sbaglio».

«Mi sembra quasi… cosa?»

«…Di piacergli, ma lui è sempre così disponibile con tutti che magari mi illudo», risposi con la bocca schiacciata contro il cuscino non riuscendo a girare di più il collo.

Abbassò la voce: «Vuoi che ti faccia un giro di carte?»

«Sì dài!».

«Però non dirlo a tua madre, sennò mi ammazza».

«Croce sul cuore possa morire!», dissi disegnando una croce sommaria sulla spalla.

Tirò fuori le carte dalla tasca della giacca.

«Le avevo portate, non si sa mai…».

Le mescolai con difficoltà e quando gliele restituii le dispose sulla moquette, ma dalla mia posizione non riuscivo a vederle tutte.

Soltanto una mi risultò familiare.

«Che casino tesoro mio…», esordì.

«Lo so…».

«Tensione, litigi, rabbia e attriti praticamente con tutti… Non sei un tipo facile tu!».

«Ti sbagli, io sono facilissima, sono gli altri a essere impossibili… dài, sbrigati che torna mia madre».

«Qui c'è sempre quell'uomo che è interessato a te, anzi a dire la verità ce ne sono due, ma uno più come un fratello, e l'altro come un innamorato».

«Sono sicura che il fratello è Patrick e l'innamorato è Carl, oppure Alex».

«Probabile, ma è il più vecchio a essere innamorato, uno forte, coraggioso, sicuro di sé…».

La guardai con un misto di speranza e incredulità.

«E quella torre? Cos'è?», le chiesi indicando le carte.

«Oh, la Torre è…», annaspò, «difficoltà in genere, sai… gli esami di sicuro».

«E lì cosa c'è che non riesco a vedere?».

Radunò le carte rapidamente e me le restituì perché le mescolassi di nuovo.

«Dài, un giro di conferma poi me ne vado».

«Sì, ma almeno dimmi qualcosa di bello, questo me lo devi!».

«Senti tesoro… Io l'amore lo vedo».

CAPITOLO TREDICI

Alcuni giorni e molte punture dopo ricominciai a camminare. Il dottore disse che avrei dovuto stare ancora a riposo senza fare sforzi, ma lui non conosceva le ballerine e soprattutto non conosceva Claire, che mi aveva fatto capire senza mezzi termini che non potevo permettermelo perché non avevo più tempo, che mi fosse servito di lezione, che il corpo è sacro e non ci sono pezzi di ricambio.

Avevo provato, anche se in forma ridotta, cosa voleva dire non essere autosufficiente, non potersi piegare, sedere, camminare e quella sensazione di impotenza, mi aveva resa più consapevole dei miei limiti.

Avevo capito che dovevo prendermi molta più cura di me e di più agli altri.

Ma una cosa per volta.

Avevo subito approfittato del mal di schiena per chiamare Patrick (con un filo di voce) e informarlo delle mie "drammatiche" condizioni di salute e lui si era subito preoccupato di darmi l'indirizzo di un chiropratico di sua fiducia che aveva chiamato personalmente.

Ero, al solito, divisa fra il lasciarmi andare a fantasie indescrivibili su noi due che rotolavamo nudi su una spiaggia e il ricordarmi semplicemente chi era: un ragazzo fantastico che aveva giurato di dedicare la sua vita al servizio della patria e del prossimo.

Le settimane passavano, lo spettacolo si stava avvicinando e così il mio assolo, insieme a una montagna di compiti che dovevo ancora consegnare, ma la cosa peggiore era che si avvicinava il momento in cui avrei dovuto comunicare a scuola le materie che avevo scelto per l'esame.

La tesina su Shakespeare era andata bene e Mrs Meyer aveva appoggiato la mia scelta di portare materie artistiche. Il vero problema sarebbe stato farlo all'insaputa di mia madre.

Le prove di *Mamma Mia!* occupavano ogni momento libero e chi, come me, non doveva partecipare alle generali, doveva aiutare i "piedi sinistri" come Alex ad azzeccare almeno la propria entrata in scena.

L'assolo sul pezzo di *The Winner Takes it All* lo avevo preparato da sola senza mostrarlo a nessuno, nemmeno a Claire. In quel modo mi ero sentita libera di esprimermi senza essere giudicata e avevo potuto inserire qualche passo di danza contemporanea che Claire avrebbe senz'altro criticato.

Lo provavo in palestra all'ora di pranzo e nel tardo pomeriggio quando non c'era nessuno. Per essere la prima coreografia ufficiale che creavo ero piuttosto soddisfatta.

Patrick sarebbe venuto a Natale e io non stavo più nella pelle: avrebbe assistito allo spettacolo e, con un po' di fortuna, sarei riuscita a stare da sola con lui.

Claire, nel frattempo, aveva deciso di complicare ulteriormente il pezzo della mia audizione, che adesso rasentava la follia.

Il vero problema era che stavamo facendo i conti senza l'oste.

Davamo per scontato che, se mi avessero accettata, in un modo o nell'altro avrei frequentato la Royal Ballet, ma non avevamo idea di come, e soprattutto di chi avrebbe pagato la retta.

Era come se aspettassimo fiduciose l'arrivo di Babbo Natale.

Quella mattina Nina arrivò in classe con l'aria abbattuta.

«Patrick non può venire per Natale», annunciò funerea.

Fu come un pugno allo stomaco.

«Ah davvero? E come mai?», chiesi fingendo di essere meno sconvolta di quello che ero.

«Perché hanno revocato tutti i permessi, devono salpare per non so dove con la massima urgenza, mi dimentico sempre che non è al college, ma nella Royal Navy».

«Ma pensi che sia… pericoloso?»

«Non ci voglio pensare. Lui dice di no, ma lo fa per non farci preoccupare, in realtà si sta preparando per la guerra e non per salvare i gattini rimasti sugli alberi», disse con rabbia.

Cercavo anch'io di non pensarci mai, ma il motivo per cui si era arruolato nella Royal Navy non era certo per stare in un ufficio a navigare su internet di nascosto!

«Se non viene a Natale verrà subito dopo vedrai», dicevo più a me stessa che a lei.

«Non lo sa neanche lui quando lo lasceranno tornare».

Il fatto che non me lo avesse detto era la cosa che mi disturbava più di tutte.

Va bene, non potevo pretendere di essere il suo primo pensiero, ma eravamo rimasti d'accordo che sarebbe venuto allo spettacolo e poteva almeno degnarsi di mandarmi un messaggio.

O Jack Sparrow lo teneva in ostaggio, minacciando di buttarlo in pasto agli squali?

Decisi di non dire niente e di aspettare.

In fondo mancavano ancora dieci giorni.

«Possiamo andare al centro commerciale più tardi se vuoi», le proposi, «ti aiuto a scegliere il regalo per Carl».

«Ma tu odi comprare i regali di Natale».

«Odio di più vederti triste».

«Sei la migliore amica che si possa desiderare», rispose abbracciandomi.

Dopo la lezione di francese prendemmo l'autobus per andare verso il centro.

Natale era alle porte, le strade erano illuminate a giorno con cascate di luci d'argento che incorniciavano le vetrine ed enormi pacchi regalo sospesi in aria.

Le canzoni natalizie risuonavano dagli altoparlanti, gli ambulanti vendevano caldarroste e vin brulé e la gente si ammassava nei negozi con aria ansiosa e braccia piene di pacchi.

Era una bolgia infernale, ma l'idea di essere lì, con o per qualcuno che ti amava, rendeva tutto molto più romantico e sopportabile.

Decisi che avrei comprato anch'io qualcosa per Patrick.

«Hai qualche idea?», le chiesi guardando scoraggiata la fila davanti al negozio di computer.

«Sciarpa e guanti?», rispose stringendosi nelle spalle.

«Che fantasia! Perché non pantofole e pigiama?»

«Dici?»

«Certo che no! È il vostro primo Natale, deve essere speciale, possibile che debba dirtelo io che sono la persona meno romantica del mondo?»

«Ma tu sei quella creativa però».

«A te piacerebbe ricevere sciarpa e guanti?»

«Rimarrei malissimo».

«Be', anche lui, andiamo!».

La presi per la manica e insieme entrammo spintonando fra la folla da Primark.

Avevo adocchiato un bel maglione blu a collo alto per Patrick, che avrebbe messo in risalto i suoi occhi e soprattutto le sue spalle.

«Che ne dici?», disse sollevando una felpa rossa.

Mi infilai due dita in gola e la rimise a posto.

Sollevai una maglia nera: «Questa?».

Lei fece pollice verso.

Sventolò un cappello di pelo e scossi la testa, finché non trovò il maglione blu che avevo scelto per Patrick ed esclamò: «Ecco, questo è perfetto!».

Cercai di dire qualcosa, ma era già corsa alla cassa.

Afferrai una sciarpa e un paio di guanti e la seguii.

Era anche troppo.

La sera ricevetti un messaggio di Carl che mi chiedeva se potevo accompagnarlo a comprare il regalo per Nina l'indomani.

Non potevo sopportare un altro pomeriggio di guerriglia, ma lui insistette moltissimo, così ci incontrammo in uno Starbucks non lontano dal centro.

Mi salutò con un cenno della mano fuori dalla vetrina e mi invitò a uscire e seguirlo.

Lasciai controvoglia sul tavolo la mia tazza fumante di caffè al caramello e uscii nel freddo della sera.

Carl aveva le guance e le mani paonazze e indossava un ridicolo cappello con le orecchie lunghe fino alle spalle.

«Devi venire con me in un posto prima che chiuda», mi disse incamminandosi a passo svelto.

Lo seguivo quasi correndo cercando di non perderlo di vista, ma era troppo veloce.

«Dài muoviti!», mi gridò attraversando di corsa la strada.

Lo vidi svoltare l'angolo ed entrare in un negozietto nascosto.

Il proprietario stava chiudendo, ma riuscì a convincerlo a farci entrare.

Capii subito di cosa si trattava.

«Vuoi regalarle un anello?», chiesi perplessa.

Fece sì con la testa.

«Pensi che questo potrebbe piacerle?». Mi indicò un anello d'argento con una pietra viola al centro.

«È un'ametista, starebbe bene con i suoi colori», disse il negoziante rivolto a me.

«Ah non è per me», lo rassicurai prendendo da parte Carl.

«Ma sei sicuro di quello che stai facendo? Un anello? Non ti sembra troppo?»

«No, non mi sembra troppo», rispose stizzito.

«Sì, ma… perché?»

«Che domanda è *perché*? Perché mi va di farlo, è ovvio! Dovresti essere contenta, è il regalo per la tua migliore amica no?»

«Sono molto contenta, idiota! È che non sono troppo convinta, ecco tutto!».

Il proprietario cominciava a spazientirsi vedendoci discutere e continuava a guardare l'orologio.

«Che intendi con "non sono troppo convinta"?», chiese sospettoso.

«State insieme da troppo poco tempo».

«E allora?»

«Allora non capisco perché hai così fretta di metterle un anello al dito».

«Perché sì, ecco perché!».

«La ami?», gli chiesi a bruciapelo.

«Certo che la amo!», rispose strafottente.

Lo guardai con aria dubbiosa.

«Non ti sembra una prova sufficiente questa?», disse mettendomi l'anello sotto il naso.

«Proprio no, più che un anello al dito mi sembra tu le voglia mettere una catena al collo!».

«Ah, ecco cos'è, sei gelosa!».

«Non dire stronzate, io la proteggo!».

«E da cosa?»

«Dalle delusioni ecco da cosa! Fino a un mese fa eri innamorato di me e ora compri un anello da quattrocento sterline a Nina? Sei uno dall'innamoramento facile!».

Sembrò punto sul vivo.

«Mi piace, sto bene con lei e voglio fare sul serio, non ti basta?»

«Non mi convinci, secondo me vuoi solo che lei sia tua per poter far rodere i tuoi amici sfigati tipo Thomas».

«Io sono meglio di così Mia, credevo lo sapessi», rispose duro.

«Dimostramelo!».

«Te lo dimostrerò, ora dimmi solo se ti piace l'anello», tagliò corto.

Lo guardai appena: «Mmh, sì, mi pare che possa andare».

Pagò e uscimmo nervosi e di cattivo umore.

Avevo la sensazione che fosse una cosa stupida e avventata e, soprattutto, incredibilmente antica.

Anche se Nina lo avesse apprezzato, non voleva dire che fosse una cosa intelligente da fare.

Perché doveva legarla a sé? Voleva mostrarla come un trofeo?

Ero furiosa: tutto stava cambiando in maniera troppo rapida e convulsa e non potevo fare niente per impedirlo, ma soprattutto ero delusa da Patrick. Ma forse mi ero solo illusa che fra noi stesse nascendo qualcosa.

Una settimana prima dello spettacolo cominciammo le prove generali.

Il più immane casino mai visto in quella scuola.

La tensione e l'eccitazione erano alle stelle e tutti cantavano e ballavano in ogni angolo disponibile.

Persino Mrs Jenkins accennava dei passi di danza mentre camminava nei corridoi.

La coppia Carl-Nina era perfetta, provavano in privato da un mese ed erano così innamorati da sembrare finti.

Anche se questa era più una mia interpretazione dettata dall'invidia.

Tutto il resto invece stava andando a rotoli.

Se fossimo andati in scena in un'altra epoca, ci avrebbero senz'altro lanciato dei pomodori marci.

Non c'era niente che funzionasse, nessuno che indovinasse un'entrata, e i ragazzi non smettevano mai di ridere.

Mr Davies, l'insegnante di ginnastica, nonostante la buona volontà, non era riuscito a farsi rispettare da nessuno e così urlava inutili ordini nel megafono a un gruppo di scalmanati fuori controllo.

Si affannava per attirare la loro attenzione, ma tutti lo ignoravano o fingevano di non capire.

Se ne fregavano della disciplina e del rispetto, non avevano idea di cosa volesse dire "onorare un palcoscenico".

Li odiavo per essere così ignoranti e, allo stesso tempo, odiavo sentirmi così diversa da tutti i normali teenager.

Mi avvicinai a Mr Davies che era così preso a leggere i suoi appunti che non mi notò nemmeno.

«Le posso dare una mano?».

Scosse la testa sconsolato.

«Non ci capisco più niente, è tutto diverso da come glielo avevo spiegato! Loro fanno quello che vogliono, nemmeno mi ascoltano, mi ridono in faccia e lo spettacolo è fra una settimana, non ce la posso fare!», rispose con la disperazione negli occhi.

«Forse se desse ai soggetti più difficili un ruolo importante si sentirebbero più responsabilizzati. Se sceglie un capogruppo che sa farsi rispettare e gli promette che farà bella figura, ci penserà lui a mettere gli altri in riga, in fondo a nessuno piace essere fischiato».

Mi guardò con rinnovato interesse e mi rivolse un sorriso impacciato e riconoscente, poi fece cenno a Peter Burke, il peggiore teppista della scuola, di avvicinarsi.

Quando tutti se ne furono andati e la palestra piombò nel silenzio e nella penombra, infilai un paio di vecchi pantaloni della tuta, una maglietta sformata e le scarpette da punta e misi su il pezzo degli Abba.

Non danzavo mai da sola, se non in camera mia fra la scrivania e il letto (se quello si chiamava danzare!) ed era una sensazione indescrivibile di libertà, leggerezza e armonia.

Io e il mio corpo formavamo una cosa sola con la musica, in un'unione perfetta fra passione ed equilibrio, fuori dallo spazio e dal tempo, in una dimensione irreale in cui non esistevano regole e ostacoli.

Ballai fino ad annullare ogni pensiero, fino a sentirmi completamente soddisfatta e appagata.

Se tutta la mia vita avesse funzionato come quando danzavo, non avrei avuto nessun problema.

Quando terminai la prova e andai nello spogliatoio a cambiarmi, notai un mazzo di fiori e una lettera appoggiati accanto alla mia borsa.

Erano gerbere arancioni insieme a piccole rose rosse e bianche.

Aprii la lettera:

Ciao Mia,

non potrò essere presente alla prima dello spettacolo, ma ci tenevo così tanto a vederti ballare che mi sono fatto dare un permesso di qualche ora e sono venuto qui apposta da Portsmouth.

Ti ho vista mentre provavi e non ho voluto disturbarti, ma voglio che tu sappia che ti ho trovata fantastica.

Non avevo idea che fossi così brava, ti ho sempre considerata come un'altra mia sorellina, ma mi rendo conto che sei diventata una splendida donna e che hai un talento straordinario.

Non mi sono potuto fermare di più perché la strada è lunga e comincia a nevicare, ma quando torno in permesso dopo Natale, vorrei che cenassimo insieme (non dai miei naturalmente!).

Ti abbraccio forte e sono sicuro che li stenderai a quell'audizione.

Pat

Mi mancò il respiro.

Era come se fosse passato un fantasma.

Patrick si era fatto più di tre ore di macchina per venire a scuola ed era rimasto a vedermi provare seduto nell'ombra per ripartire subito dopo.

Uscii a cercarlo con lo sguardo fra le sedie vuote, ma non c'era nessuno.

Immaginai di vederlo seduto in fondo mentre mi sorrideva e applaudiva.

Presi i fiori fra le braccia con la grazia con cui si tiene un neonato, estrassi dal mazzo una rosa rossa, e la lanciai verso di lui che la prendeva e se la portava alle labbra.

Mi inchinai profondamente tenendo una mano sul cuore e alzandomi gli gettai un bacio con la mano.

Non ero mai stata più felice in vita mia.

Non potevo desiderare altro.

Da quel momento in poi non fui più la stessa.

Quel 12 dicembre rappresentò il confine ufficiale fra la mia infanzia e la mia adolescenza e da quel giorno in poi cominciai a provare sentimenti completamente nuovi e sconosciuti. Tutto ciò mi spaventava e mi eccitava come se mi stessi addentrando in un territorio magico e inesplorato.

Patrick non mi considerava più come sua sorella, ma come una donna, e aveva voglia di conoscermi e trascorrere del tempo da solo con me.

E questa era una cosa da grandi, sebbene, in fin dei conti, Patrick avesse solo quattro anni più di me.

Non potevo fare a meno di sentirmi lusingata e speciale per essere stata invitata dal ragazzo più desiderato di tutta Leicester.

Avrei voluto scriverlo sui muri e urlarlo ai quattro venti, e soprattutto avrei voluto dirlo a Nina, ma quello era diventato il più grande dei segreti fra noi, e non potevo, davvero non potevo parlargliene. Sapevo che non avrebbe capito e si sarebbe sentita tradita.

Avrei aspettato il momento giusto e, con calma e tatto, le avrei spiegato quello che provavo da sempre per suo fratello e forse Patrick mi avrebbe aiutata.

Per il momento mi sarei goduta quell'emozione sconosciuta, assaporandola goccia a goccia.

Tutti si accorsero che ero diversa: la mamma, Nina e persino Claire, che nonostante il consueto pessimismo si disse molto fiduciosa riguardo all'audizione.

Lo spettacolo fu un successo.

Tutti erano tesi e concentrati e per niente propensi a fare brutta figura.

Peter Burke aveva messo in riga tutto il suo gruppo di scagnozzi, minacciandoli se non avessero eseguito gli ordini di Mr Davies, e loro si erano ben guardati dallo sbagliare anche un solo passo, per evitare di dover fare i conti con lui.

Mr Davies era venuto dietro le quinte a ringraziarmi personalmente.

Fare leva sull'ego di Peter Burke era l'unica cosa che potesse funzionare con uno il cui unico sogno era quello di entrare nel cast di *Jackass.*

Gli applausi erano durati quasi mezz'ora, i genitori e il corpo insegnante si erano sgolati a forza di gridare "*Bravi*" e già si parlava dello spettacolo dell'anno successivo.

L'entusiasmo era alle stelle, tutti avevano dato il meglio di sé, Carl e Nina erano sulla copertina del giornale scolastico come la coppia più *glamour* dell'istituto, i balletti erano stati impeccabili, così come i *playback* e le entrate.

Il mio assolo aveva ricevuto una marea di applausi, soprattutto da parte di Paul che si era spellato le mani, urlando in piedi, finché la mamma gli aveva fatto cenno di smettere.

Ero contenta che fosse venuto, mio padre non lo avrebbe mai fatto, e cominciai a pensare che fosse finalmente arrivato l'uomo giusto per noi.

Anche la mamma era emozionata e orgogliosa, ma faceva fatica ad ammetterlo, specialmente con tutti quelli che si congratulavano con lei, dando per scontato che quella sarebbe stata la mia carriera, obbligandola a sorrisi tirati e frasi di circostanza.

Poco prima dell'inizio dello spettacolo, Patrick mi aveva mandato un messaggio dicendomi di stare tranquilla perché sapeva che sarebbe stato un trionfo e che lui sarebbe stato lì con me anche se non mi vedeva.

Quando le luci si erano spente e i riflettori accesi, avevo ballato solo per lui e avevo dato il meglio.

E quando più tardi ero tornata negli spogliatoi, avevo trovato ancora fiori ad attendermi, anche se, questa volta, erano stati portati dal fioraio di Belvoir Street.

Nina, che fino ad allora era stata impegnata a farsi fotografare più di una stella del cinema sul *red carpet*, mi prese da parte con aria seria.

Automaticamente buttai il giubbotto sopra i fiori.

«Mia, devo parlarti seriamente!», mi disse accompagnandomi in bagno.

Ero pronta a raccontarle un numero infinito di balle e già maledicevo il momento in cui mi ero confidata con Carl.

«Non ti avevo mai vista ballare su un palco, mi hai fatto piangere».

«Davvero? Era così tremendo?», risposi con un misto di sollievo e incredulità.

«Scema! Ho pianto per l'emozione, sei bravissima, sei un angelo, sei nata per ballare, non puoi e non devi fare altro nella tua vita, magari fossi io così brava!!».

Arrossii e abbassai lo sguardo. «Dài, non era niente di che… un assolo sugli Abba…», minimizzai.

«Appunto, immagina quando sarai su un vero palcoscenico, con un vero costume e una vera orchestra!».

Solo l'idea mi emozionava da star male.

Io prima ballerina…

Ma sarebbe già stato un sogno entrare nel corpo di ballo.

«Mia… la soluzione è una sola, lo sappiamo tutte e due».

«La rapina?»

«Tua nonna».

«Non posso chiedere a mia nonna di pagarmi la retta».

«Non hai altra scelta se ci vuoi andare, è l'unica chance che hai».

Sospirai.

Aveva ragione e lo sapevo, anche se continuavo a tergiversare affidandomi alle fatalistiche speranze di Claire.

Solo mia nonna Olga aveva la possibilità di farmi realizzare quel sogno ed era arrivato il momento che avevo sempre temuto più di tutti: quello di chiamarla di nascosto da mia madre.

Era la cosa più meschina che potessi farle, ma era anche l'unica speranza per il mio futuro e non avrei mai permesso che il loro orgoglio si mettesse di mezzo.

Se anche mia nonna si fosse rifiutata, allora mi sarei messa l'anima in pace e lo avrei considerato un segno del destino, ma se avesse accettato di aiutarmi, allora avrei trovato il modo di parlarne alla mamma che, col tempo, avrebbe capito.

«Mia, dobbiamo farlo domani, vieni a casa mia dopo la scuola e faremo quella telefonata insieme».

«Domani?… Non so se…».

«Domani da me!», dichiarò.

Più tardi in macchina, con mamma e Paul, l'atmosfera si era fatta molto pesante.

Paul era entusiasta e non smetteva più di complimentarsi e farmi domande, e parlava a ruota libera con la consueta grazia da elefante, senza considerare la suscettibilità della mamma che se ne stava chiusa in un silenzio ostinato.

«Mia, non avevo mai visto niente del genere, sei bravissima! Quando hai fatto quella cosa alzando la gamba fino all'orecchio ho creduto si staccasse! E poi tutti quei giri e i salti, sembrava che volassi! Ma come fai a stare sulle punte, non ti fanno male i piedi? Devono essere scomodissime quelle scarpe! Sai che alle donne cinesi mettevano delle scarpette minuscole per non far crescere i piedi? Era una cosa da nobili o qualcosa del genere. Sembra così facile a vederti, ma chissà che razza di fatica deve essere. È veramente nata per la danza, vero Elena? Questa ragazza diventerà una stella! Di' un po' Mia, ci saluterai ancora quando sarai famosa?».

La mamma sospirò guardando fuori dal finestrino.

«Eh Elena?», incalzò Paul, convinto che non avesse sentito. «Vero che è proprio una ballerina nata?»

«Certo!», rispose sbottando, «certo che Mia è nata per la danza, è quello che mi hanno ripetuto tutti stasera, dal primo all'ultimo: "Signora chissà com'è orgogliosa di sua figlia, anch'io avrei voluto che la mia ballasse, ma è la negazione completa, da chi l'ha mandata? Dove studierà l'anno prossimo?". Sembravo l'unica a non rendersi conto delle capacità straordinarie di mia figlia! Ma chi la paga quella scuola eh? Loro? Avrei voluto rispondere alla preside: "Non ha mica trentamila sterline in tasca per caso? Perché io non le ho e mia figlia non si accontenta di una scuola qualunque! Vorrei vedere che farebbero al mio posto!».

Parlava come se non ci fossi.

«Magari qualcosa farebbero!».

«Non credo proprio, non quelli che contano su un solo reddito e pagano l'affitto. Non tutte le famiglie sono come quella di Nina, anzi ti garantisco che la maggior parte sono come la nostra, o anche peggio perché hanno in media tre figli e un anziano a carico! E lì i ragazzi vanno a lavorare a diciotto anni!».

«Forse ai tempi tuoi… nel dopoguerra!».

«Io sono andata a lavorare a diciotto anni perché volevo essere libera e non dipendere da tua nonna e credimi, se avessi fatto le scelte che voleva lei, avrei ottenuto *qualunque* cosa, ma non rimpiango assolutamente niente!».

«Io dico che se tornassi indietro faresti altre scelte», incalzai.

«Per esempio?»

«Per esempio non sposare mio padre e rimanertene in Italia… magari la Scala costava meno!».

«Tutto si riduce a un problema di soldi, eh Mia? Mai sentito parlare di sentimenti per caso? Amore, amicizia, attaccamento, sacrificio per qualcun altro oltre che per se stessi…».

«Non dirmi che la tua vita di adesso ti dà grandi soddisfazioni mamma».

Paul diede un forte colpo di tosse per cercare di troncare la conversazione che stava scivolando lungo una pericolosissima china.

Ma non servì.

«Sai che ti dico Mia? Credo proprio che tu abbia ragione. Tornassi indietro non farei le stesse scelte. Ti avrei mollata a una tata e me ne sarei andata in giro per il mondo e ogni tanto ti avrei dato un colpo di telefono, quando me ne fossi ricordata. Sono proprio un'idiota ad aver rinunciato alla mia vita per pensare a te».

Paul a forza di tossire stava per strangolarsi.

«Nessuno te l'ha chiesto. Un figlio non dovrebbe significare annullarsi».

Si girò verso di me con gli occhi fuori dalle orbite.

«E questa dove l'hai sentita? Cosa ne sai tu di cosa significhi un figlio? E soprattutto come ti permetti di parlarmi così?»

«Non capite, nessuno di voi capisce, a voi non importa niente del mio futuro, tutto quello che riuscite a ripetere è che non ho altra scelta a parte quella di *accontentarmi*, proprio come avete fatto voi con le vostre vite mediocri».

«Adesso basta!», intervenne Paul frenando bruscamente. «Non permetterti mai più di parlare così né a tua madre né a me. Se fossi figlia mia ti avrei già dato un ceffone! Non ti azzardare a giudicare la vita di nessuno finché non avrai fatto la metà delle cose che ha fatto tua madre per te o per chiunque altro! Sono stato sufficientemente chiaro? Non sei più furba di noi solo perché sputi sentenze dall'alto dei tuoi sedici anni! E non rivolgerti a noi come se fossimo dei poveri deficienti che non hanno capito come si sta al mondo e aspettano solo di essere illuminati da te! Nessuno ti impedisce di fare quello che vuoi, ma questa cosa è materialmente impossibile, ficcatelo bene in testa!».

Ero pietrificata e rossa per la vergogna.

Un silenzio imbarazzante scese nell'abitacolo.

Grande e grosso com'era, quando si arrabbiava faceva davvero paura e io non ero abituata a provare timore di una figura maschile. Ma Paul mi aveva parlato come un padre e mi aveva rimessa al mio posto.

E aveva fatto bene.

Mise in moto e ripartì.

Nessuno dei due mi parlò più fino a casa.

Appena arrivati, scesi dalla macchina entrai di corsa e mi precipitai verso la mia camera, ma Paul mi richiamò a metà rampa di scale.

«Che c'è!», risposi controvoglia girandomi.

Mi rivolse un grande sorriso.

«Abbiamo avuto uno scambio di opinioni, e mi dispiace di avere alzato la voce, ma non si va mai a letto tenendosi il muso okay?».

Lo guardavo cercando di rimanere indifferente, ma sentivo le lacrime bruciarmi gli occhi.

«Dài, vieni qui ballerina e dammi un abbraccio forte!».

Scesi le scale lentamente con le mani in tasca come se mi stessero spingendo e mi lasciai abbracciare.

Non ero abituata a essere trattata come una figlia e quasi provai gratitudine per essere stata rimproverata in modo così duro.

Non volevo piangere, ma le lacrime scesero giù da sole, e fu quasi un sollievo.

Poi si rivolse a mia madre che era già andata in salotto.

«Elena vale anche per te!».

Mi prese per la mano e mi portò da lei.

«Su, adesso voi due fate pace», ci esortò.

Se era stato facile convincere me, non aveva ancora idea di che osso duro fosse mia madre.

«Paul, non sono una bambina io, e so bene come gestire mia figlia».

Certo che lo sapeva, non mi avrebbe parlato per un anno!

«So che sai *gestire* tua figlia, e nessuno meglio di te sa come farlo, ti chiedo solo di non tenere la rabbia dentro perché non ti fa bene e non ti aiuta a trovare delle soluzioni».

Però! Il vecchio Paul ci sapeva davvero fare quando voleva.

«Dài mamma», dissi, «mi dispiace di avere esagerato».

«Va bene, va bene, porta fuori York adesso, sta scoppiando».

Era il massimo che ci si potesse aspettare da lei, ma era la prima volta che facevamo la pace venti minuti dopo aver litigato.

Paul stava decisamente portando un cambiamento favorevole alle nostre vite.

Il pomeriggio seguente, a casa di Nina, non ero più tanto convinta di voler fare quella telefonata.

Mi sentivo in colpa e avevo perso la spavalderia provocata dall'adrenalina dello spettacolo e dai complimenti.

«Mia, prendi il telefono e chiama», mi pregò per la sesta volta.

«Non posso Nina, non posso fare questo alla mamma».

«Allora non vuoi veramente andare alla Royal Ballet», rispose incrociando le braccia.

«Certo che lo voglio, è la cosa che desidero di più, lo sai perfettamente!».

«Secondo me non lo vuoi abbastanza».

«Sì che voglio!», protestai.

«Allora dimmi, come farai a frequentarla?»

«Non lo so».

Si alzò dal letto e mi voltò le spalle.

«Ma sì, in fondo hai ragione, magari non ti prendono nemmeno, perché complicarsi la vita? Sarai un perfetto agente di borsa, come tuo padre… o un commercialista… ci sono un sacco di lavori "normali" che ti aspettano».

«Come non mi prendono?», risposi punta sul vivo. «Perché non dovrei passare l'audizione? Secondo te non sono abbastanza brava?»

«Secondo me sei la migliore! Stupida!», rispose voltandosi di scatto. «Se potessi userei il mio conto vincolato per gli studi al college pur di renderti felice».

«Vuoi dire che al posto mio la chiameresti?»

«L'avrei già chiamata da un secolo», rispose porgendomi il telefono. «Forza, chiama!».

Deglutii.

Se avevo avuto paura mentre chiamavo Patrick la prima volta, adesso sentivo di farmela letteralmente sotto.

Non chiamavo mia nonna Olga da almeno sei mesi.

Mi telefonava a Natale e Pasqua e mi mandava il regalo di compleanno, ma non la vedevo da quando ero davvero piccola.

Mi aveva sempre ripetuto che potevo contare su di lei per qualsiasi cosa, ma poiché non avevo mai veramente avuto bisogno di niente, mi chiedevo fino a che punto si trattasse di una frase di circostanza.

Era venuto il momento di verificarlo.

Quando mi rispose al secondo squillo, fui tentata di riattaccare, ma Nina me lo impedì e schiacciò il tasto del vivavoce.

«Pronto nonna, sono Mia».

Tacque per un attimo.

Ebbi paura che non si ricordasse più di me.

«Mia! Amore bello della nonna, ma che sorpresa!».

Ero invecchiata di venti anni per la tensione.

«Come stai? Era tanto che volevo chiamarti!».

«Ti pensavo in questi giorni, mi chiedevo cosa facesse la mia piccina, chissà come sei diventata bella, studi sempre danza vero?»

«Sì nonna, ed è proprio per questo che volevo parlarti».

Ecco: in quei tre minuti mi stavo giocando tutta la vita. Non potevo sbagliare una mossa.

Avrei voluto che ci parlasse Nina che era così brava a convincere le persone, ma quella cosa ormai riguardava soltanto me.

«Ti ascolto».

Nina mi fece segno di essere drammatica mimando di strapparsi i capelli.

«Nonna, non avrei mai voluto disturbarti e sono in grande imbarazzo per quello che sto per dirti, ma sei la mia unica speranza».

«Si tratta di tua madre? Ha bisogno di soldi vero?»

«I soldi c'entrano e anche la mamma, ma non si tratta di lei, si tratta di me, veramente, e della danza».

«Vuoi frequentare una scuola costosa e non ve lo potete permettere?».

Mia nonna era davvero la vecchia volpe di cui parlava mamma: scaltra, astuta, calcolatrice, ma assolutamente geniale e io l'adoravo.

«La Royal Ballet nonna, vorrei tentare l'audizione, ma non mi lasceranno nemmeno provare se non dimostro di potermi permettere di frequentarla in caso fossi scelta».

«La Royal?». Rise. «Ma senti! Conosco tutti alla Royal, quando ero giovane non mi perdevo una prima, non tanto per il balletto quanto per lo champagne, conoscevo benissimo Ninette de Valois».

«La fondatrice?»

«Sicuro! Mia nipote alla Royal Ballet sarebbe la più grande soddisfazione della mia vita, non finirei più di raccontarlo in giro».

«Sì nonna, ma il problema è proprio questo, la mamma non vuole perché non può permettersi la retta, mi hanno fissato l'audizione fra due mesi e nel frattempo devo fornire tutta la documentazione. Claire, la mia insegnante, ha chiesto tempo, ma non so per quanto ancora potrò andare avanti, in più ci sono gli esami a scuola, insomma nonna, un disastro, sei l'unica che mi può aiutare».

«Di quanti soldi stiamo parlando?»

«Un sacco!», dissi, ma Nina mi fece cenno di sembrare meno catastrofica, dopotutto era lei che studiava comunicazione.

«Insomma… un po' di soldi, ma capisci che è la scuola più prestigiosa al mondo…».

«Certo amore, e fai bene a voler desiderare il meglio, anch'io lo desideravo per tua madre, ma lei ha voluto fare di testa sua e mi ha diffidato dall'immischiarmi nella sua vita privata, come se un genitore si *immischiasse* e non si preoccupasse a morte… Comunque, non mi riguarda più adesso. Senti piccolina, fammi fare qualche telefonata a Londra e lasciami vedere cosa posso fare, appena sapranno che sei mia nipote non saranno più così fiscali e poi parlerò col mio commercialista per capire come posso fare ad aiutarti, ma tu devi fare qualcosa per me».

Un brivido mi percorse la schiena.

«Sì nonna, dimmi pure».

«Devi essere la più brava di tutte o sospendo la sponsorizzazione!».

«Te lo giuro nonna».

CAPITOLO QUATTORDICI

Avevo fatto un salto nel vuoto.

Dovevo solo sperare che il paracadute si aprisse.

Se con Nina mi ero convinta di aver preso l'unica decisione giusta, adesso non ne ero più tanto sicura e cominciavo a temere che non sarebbe stato tutto così facile.

Se la mamma aveva rotto con mia nonna perché la riteneva manipolatrice e oppressiva, forse aveva le sue buone ragioni e mi chiedevo se anch'io avrei fatto la stessa fine.

Il fatto di sborsare tutti quei soldi le avrebbe dato il diritto di interferire totalmente nella mia vita e non avrei certo potuto impedirglielo.

In quanto a parlargliene, non so cosa mi aveva fatto credere che avrebbe capito.

Si sarebbe incazzata a morte e avrebbe tagliato i ponti con me.

E avrebbe avuto ragione.

Quella sensazione di disagio cominciò a tormentarmi giorno e notte, facendomi sentire ipocrita e disonesta e questo influiva notevolmente sul mio andamento scolastico e sulla preparazione dell'audizione che, nel frattempo, grazie all'intercessione della nonna, era stata confermata per metà febbraio.

L'unica a essere del tutto soddisfatta era Claire, che aveva avuto ragione nell'attendere il suo Babbo Natale.

«Mia, non ci sei, non sei a tempo, sei moscia e distratta, avanti, manca poco più di un mese e mezzo, non vorrai vanificare tutto il lavoro fatto fin qui no? Guarda che non hai nessuna garanzia di essere presa!».

Lo sapevo bene e forse in cuor mio non volevo neanche più essere presa, mi sembrava di essere raccomandata e non di avanzare per i miei meriti.

Ma ormai era tardi per tornare indietro.

Cercavo di non pensarci e così riuscivo a mettere una certa distanza fra me e le conseguenze della mia scelta.

La vigilia di Natale la trascorremmo a casa insieme a Paul e Betty.

Era bello stare tutti insieme a tavola, Paul aveva cucinato per un reggimento: dal tacchino arrosto ripieno di castagne al salmone all'aneto, dal burro al brandy, alla salsa di pane, e per finire il *Christmas pudding*.

Betty continuava a dire di non poterne più, ma non smetteva di riempirsi il piatto e il bicchiere e ogni scusa era buona per brindare.

Avevo regalato a tutti i guanti e i cappelli che avevo preso a Bath e a York avevo comprato un bell'osso avvolto in un fiocco argentato.

Quando fu il mio turno di scartare i regali, mi sentii morire quando vidi che la mamma mi aveva regalato un paio di scarpette da punta nuove.

Avevo le lacrime agli occhi per quanto stavo male.

«Dài, non c'è mica bisogno di piangere», mi disse, «le tue erano da buttare, almeno comincerai l'anno con le scarpe nuove e Claire smetterà di lamentarsi!».

Mi guardava felice e orgogliosa mentre io le stavo mentendo in maniera spudorata e vigliacca.

Mi odiavo per quello che le stavo facendo. Nessun fine poteva giustificare un'azione così miserabile nei suoi confronti.

Ma ormai l'avevo fatto e dovevo convivere con quel senso di colpa.

Patrick lo sapeva, gliene aveva parlato anche Nina.

Non era stato d'accordo fin dall'inizio, ma si rendeva conto che era l'unica cosa da fare, anche se, secondo lui, avremmo dovuto dirlo subito a mia madre e non dopo l'eventuale ammissione.

Ci sentivamo ormai tutti i giorni, molto tardi la sera, a seconda dei suoi turni e cominciavo seriamente a credere di interessargli, nonostante avessi sempre paura di fraintendere la sua gentilezza innata.

Continuavo a trascrivere le nostre telefonate come per avere la prova di non essermi inventata tutto.

La mattina di Natale mio padre venne a prendermi a casa per portarmi a pranzo da loro.

Tre ore di macchina sola con lui erano una punizione sufficiente per chiunque.

Mi chiese della scuola un paio di volte, poi sintonizzò la radio su un canale di finanza e la nostra conversazione terminò lì.

Indossai le cuffie e ascoltai i Bloc Party fino a destinazione.

A casa ci aspettava Libby.

Quella che ci aprì la porta però era una donna distrutta!

Stava cucinando dalla sera prima per sedici persone, era in ritardo e i gemelli erano fuori controllo.

Mi accolse con un abbraccio e l'aria esausta e sopraffatta.

«Potresti apparecchiare tesoro?», mi chiese mentre i gemelli mi si erano attaccati alle gambe urlando. «Sono contro la violenza, ma credo che si parlerà di me nell'edizione della sera!».

La giornata si prospettava infinita.

Il pranzo con i genitori e i fratelli di Libby, con i loro figli e la bisnonna fu devastante.

Non finivano mai di parlare di cibo, politica e soldi, mentre i bambini urlavano e si litigavano i giocattoli nuovi finendo per picchiarsi e mordersi, finché un adulto a turno si alzava e rifilava loro uno sculaccione.

La televisione accesa a un volume insopportabile, fuori la pioggia, e nessuno che fosse interessato ad altro a parte mangiare e lamentarsi.

Alle sette di sera se ne andarono tutti, i gemelli esausti andarono a letto portando con sé i loro monopattini nuovi e mio padre si mise in poltrona a leggere il giornale, mentre la povera Libby sistemava nella lavastoviglie dozzine di piatti e bicchieri.

Nonostante la stanchezza, era sempre sorridente e conservava dosi di pazienza incredibili.

Le volevo bene e un po' mi dispiaceva per lei. Con un compagno più presente avrebbe avuto una vita più facile e realizzata.

Mi preparò il divano letto e mi diede il bacio della buonanotte per poi ritirarsi, sfinita, in camera sua.

Mi addormentai cullata dalla pioggia, dal russare di mio padre e dal pianto sommesso di Libby.

Alcuni giorni dopo giunse la notizia dell'arrivo di Patrick.

Lo avevo saputo da lui prima di Nina, ma finsi la sorpresa.

Sarebbe passato a casa sua a salutare la famiglia e poi sarebbe venuto a prendermi per cenare fuori.

Non so descrivere l'emozione di quell'attesa.

Dopo mesi di telefonate e messaggi, dopo una vita passata a sognare che si accorgesse di me fra sospiri e batticuori, dopo tredici anni di attesa, il mio secondo sogno stava per realizzarsi.

Quella sera sarei uscita a cena con Patrick Dewayne.

Da sola.

E fra una cena con lui e la Royal Ballet non sapevo quale delle due mi sembrasse la cosa più assurda.

Mamma e Paul erano fuori, e questo mi evitò di fornire spiegazioni che non avevo voglia di dare.

Dal canto suo Patrick, che conosceva perfettamente sua sorella, sapeva che avrebbe dovuto dirglielo con estrema delicatezza e, per quella sera, anche lui evitò accuratamente di farlo.

A volte dobbiamo proteggerci dall'amore degli altri.

Lo aspettavo, guardando dalla finestra della mia camera, seduta sul letto, con York sulle gambe e gli parlavo come se potesse capirmi.

Era la nostra prima uscita ufficiale e, anche se lo conoscevo da sempre, mi rendevo conto di non sapere quasi nulla di lui.

Avevo il terrore di rimanere delusa, che il ragazzo che avevo idealizzato in realtà non esistesse, che fosse frutto della mia immaginazione, come il principe di Cenerentola o della Bella Addormentata e che avrebbe infranto il mio sogno con una parola o un gesto sbagliato.

E non avevo nessuno con cui condividere l'ansia per quell'appuntamento.

Quando sentii arrivare la moto sotto casa ebbi l'istinto di infilarmi sotto il letto e non aprire la porta fino all'anno successivo.

Come dovevo comportarmi? Cosa dovevo dire? Andava bene come mi ero vestita?

Non eravamo io e Patrick "fratello e sorella", ma "noi due" a un appuntamento ufficiale.

Mi chiedevo se si sentisse così anche lui.

Aprii la porta e fui investita da una violenta raffica di vento che quasi mi spostò di peso.

Patrick mi guardò e sorrise.

Si tolse il casco, scese dalla moto e venne verso di me.

Rimasi a guardarlo come si guarda la propria rock star preferita mentre ti pettina i capelli con le mani perché sembri uscita dall'asciugatrice.

«Ecco, così sei perfetta», disse sistemandomi un ricciolo dietro l'orecchio.

Non avevo ancora detto una parola, nemmeno *ciao*.

«Hai fame?», mi chiese.

Risposi di sì con la testa.

«Allora mettiti la giacca e andiamo».

Rientrai a casa ubbidiente, indossai sciarpa e giubbotto e ritornai da lui come se fossi telecomandata.

Mi mise il casco e me lo allacciò sotto il mento.

Tirò giù le pedane per farmi appoggiare i piedi e si raccomandò di tenermi stretta.

Come se ci fosse bisogno di dirlo.

Ero morta ed ero in paradiso.

Lo stavo abbracciando mentre viaggiavamo veloci nella notte, spinti dal vento e da tutto quello che di buono il futuro ci riservava.

Avevo la certezza che non mi avrebbe delusa né con un gesto, né con una parola.

Non lui, non il mio Patrick.

Mi portò in un bistrot francese dove mangiammo pane e burro con zuppa di cipolle.

Lo guardavo e vedevo solo la sua bocca e le sue mani affusolate muoversi senza riuscire ad ascoltarlo, totalmente ipnotizzata dal suo viso e da tutti i dettagli che non volevo dimenticare: la leggera ricrescita della barba chiara, una cicatrice sul sopracciglio, i morbidi peli biondi sulle braccia, e quel modo sensuale di schiarirsi la voce.

Parlò lui per tutta la sera, forse per togliermi dall'imbarazzo, raccontandomi della Royal Navy, dei suoi colleghi, del mare e una quantità di aneddoti sui professori del nostro liceo.

Ero stordita dalla felicità, stava andando tutto come avevo sempre desiderato, lui era perfetto, ero io a essere completamente disconnessa dalla realtà.

Se fosse uscito con una mia foto non avrebbe fatto alcuna differenza.

Una volta fuori dal ristorante mi propose di fare due passi.

Volevo che mi prendesse per mano, ma non sapevo come farglielo capire, così misi le mani in tasca per evitare imbarazzi.

«Mi è piaciuto moltissimo vederti ballare».

«Davvero?»

«Non avrei fatto altro che stare a guardarti».

Anch'io non farei altro che guardarti, nient'altro per tutto il giorno, tutti i giorni del resto della mia vita.

«Be', sai, lo faccio da sempre, non ci faccio neanche tanto caso».

«Sei talmente brava che neanche ti rendi conto».

E tu sei talmente bello che neanche ti rendi conto.

«Dico davvero, sarai una splendida prima ballerina», disse fermandosi e appoggiandomi le mani sulle spalle.

Chiusi gli occhi.

Il cuore cominciò a battermi forte.

Ero pronta, prontissima a lasciarmi baciare, aspettavo quel momento da una vita.

L'emozione mi stava travolgendo, lo desideravo con tutta me stessa, avevo lo stomaco annodato e le gambe molli.

Baciami, ti prego baciami, fai presto… non posso aspettare un secondo di più…

«Dài, ti porto a casa, sta per cominciare a piovere».

Riaprii gli occhi come se stessi aspettando lo scoppio di una bomba che non aveva funzionato.

Non mi aveva baciata!

Perché?

Per via della zuppa di cipolle?

Ma l'aveva mangiata anche lui!

Perché non avevo parlato quasi per niente?

Aveva sempre parlato lui!

Allora non gli piacevo! Mi aveva portato a cena perché me lo aveva promesso, perché era gentile e disponibile con tutti e, senza dubbio, aveva una fidanzata bellissima che stava per sposare e me lo avrebbe detto sulla porta di casa.

Dio che rabbia!

Per ripicca, nel tragitto di ritorno, non mi strinsi a lui neanche una volta, ma alle maniglie sotto il sedile, rischiando di farmi disarcionare a ogni curva, nonostante lui mi pregasse di tenermi stretta.

Una volta arrivati a casa mi baciò sulle guance e aspettò che entrassi.

Mi voltai, gli rivolsi un sorrisetto tirato e sbattei la porta con tutta la forza.

Si sentiva così speciale da potersi permettere di illudere una ragazzina innamorata?

Era questa la sua idea di appuntamento? Una cena, una passeggiata e poi a casa?

Ma il peggio doveva ancora venire.

Come al solito, avevo dimenticato il cellulare sul letto e le chiamate di Nina non si contavano più.

Aveva un sesto senso per riuscire a cogliermi in fallo.

Mi aveva scritto un messaggio che diceva: «Quando ho qualcosa di importante da annunciare alle persone che amo di più queste spariscono! Volevo solo farti vedere l'anello che mi ha regalato Carl, ma evidentemente hai di meglio da fare. Chiamami».

L'anello.

Proprio quella sera aveva deciso di dichiararsi quel deficiente?

Stavo per richiamarla, ma ebbi paura che la mia telefonata coincidesse con il rientro di Patrick.

Allo stesso tempo era proprio il genere di cose che avrebbe evitato di fare chi voleva nascondere qualcosa.

Quindi le telefonai.

«Anello?»

«Dov'eri, ti ho chiamata cento volte!».

«Alle prove come al solito, potevi cercarmi là!», risposi pregando che non lo avesse fatto.

«Stavo per venire, poi mi sono messa a chiamare mio fratello e neanche lui mi rispondeva, allora, visto che a nessuno importa niente di me stavo andando a letto!».

«Ma come facevo a immaginare che Carl ti desse l'anello di mercoledì sera, pensavo che te l'avrebbe dato la notte di Natale!». E mi morsi la lingua.

«Cosa vuoi dire con "pensavo che te l'avrebbe dato la notte di Natale"? Tu sapevi che mi avrebbe regalato un anello?»

«No, no! Era per dire che se avessi voluto regalare un anello a qualcuno, lo avrei fatto la notte di Natale e non… un mercoledì sera qualunque».

Silenzio.

«Mia, non mi prendere per il culo».

«Non ti prendo per il culo», piagnucolai.

«Tu lo sapevi!».

«Giuro di no».

«Non giurare!».

«Oddio Nina, aveva bisogno di un consiglio, sono la tua migliore amica, voleva solo essere sicuro che ti sarebbe piaciuto».

«Quindi l'hai scelto tu?»

«No, ha fatto tutto lui».

Evitai di aggiungere che mi era sembrata un'idea cretina per non peggiorare le cose.

La sentii sospirare di delusione.

«Nina… non è niente, anch'io avrei chiesto consiglio al migliore amico del mio ragazzo se avessi voluto fare un regalo così importante».

Stavo per dire "e così esageratamente caro".

«Ma ormai l'hai già visto…».

«Non l'ho visto su di te, ma solo nella scatola, quindi è come se non lo avessi mai visto».

«Allora domattina, quando lo vedrai, fingi di essere sorpresa!».

«Okay te lo giuro, posso anche svenire se vuoi».

«Oh, è rientrato Patrick, vado a farglielo vedere, speriamo che almeno lui non lo sappia!».

Patrick...

Per cinque minuti non avevo pensato a lui e alla sua faccia tosta.

Io lì in attesa come una scema con gli occhi chiusi, ad aspettare il bacio del principe e lui a ridere di me.

Gliel'avrei fatta pagare, non sapevo ancora come, ma avrei trovato il modo di vendicarmi.

A scuola, l'indomani, le sorprese non erano finite, e soprattutto erano lungi dall'essere positive.

Mrs Patel, l'insegnante di arte, e Mrs Meyer, di letteratura, mi chiesero le tesine per l'ammissione all'esame.

Oltre a quelle di storia, di biologia e drammaturgia.

Avevo sottovalutato tutto quanto, in vista dell'audizione ed ero fuori tempo massimo.

Nina era ipnotizzata a guardare il suo anulare e non si rendeva conto del dramma che stavo vivendo io.

Cosa che, unendosi al fatto che non ero stata baciata, rendeva la mia vita uno schifo.

«Ehi Nina, terra chiama luna, rispondi passo!».

«È bellissimo vero?», rispose mostrandomi la mano per la quindicesima volta.

«Se me lo mostri ancora ti tolgo il saluto».

«È così romantico».

«Sì, tantissimo, ma come faccio a essere ammessa all'esame senza quelle tesine? Le fai tu? Devo consegnarle la prossima settimana, non ce la farò mai».

«Devo già consegnare le mie, però qualcuno che può aiutarti c'è».

«Chi, Carl?»

«No, Patrick!».

A sentire pronunciare il suo nome sudai freddo.

«Che c'entra Patrick adesso?»

«È a casa tutta la settimana e queste cose le ha già fatte, magari ha ancora qualcosa sul computer».

Quel presuntuoso sarebbe stato felicissimo di potermi fare da insegnante, ma avrei preferito farmi bocciare all'umiliazione di chiedere a lui. Una parte di me però voleva a tutti i costi domandargli perché non gli piacevo.

«Tu dici che potrei...».

«Certo! Glielo chiedo io, sono certa che non ti dirà di no!».

Non ne ero poi così sicura.

Il pomeriggio stesso suonai al campanello di casa loro.

Mi sentivo come una scolaretta che vende dolci porta a porta.

Nina era a studiare da Carl e probabilmente saremmo stati soli e la cosa mi sconvolgeva.

Aprì sua madre.

Nonostante fossi stata ospite fissa di quella casa per quasi tutta la vita, tanto da considerarla mia, quando mi sorrise e mi invitò a entrare, del tutto ignara di quello che avrei voluto fare con suo figlio in camera sua, non potei evitare di sentirmi a disagio.

«Mia, tesoro, entra, sei venuta per Patrick vero? Nina mi ha detto! Quanti compiti vi danno, non si rendono proprio conto, eh? Dammi la giacca. Ti preparo un tè? Ho fatto anche i biscotti!».

Laetitia era più italiana di mia madre in quanto a premure e protezione.

Suo marito era uno stimato cardiochirurgo, un pioniere nella ricerca sui trapianti e questo le aveva permesso di smettere di lavorare una volta nati i figli e di dedicarsi completamente alla casa e alla loro intensa vita sociale.

Ma questo non li aveva resi né meno umili né meno disponibili.

Patrick comparve in cima alle scale e mi invitò a salire.

Era così bello che mi venne una voglia incontrollabile di baciarlo e spaccargli la faccia.

«Nina mi ha detto che sei incasinata con i compiti, cosa posso fare per te?».

Incasinata con i compiti... nemmeno avessi avuto sei anni e dovessi imparare le sottrazioni.

Cosa posso fare per te?... Cos'era, un operatore di call center?

Lo detestavo ogni minuto di più e lo desideravo ogni secondo di più.

«Sono indietro con le tesine e ho solo il fine settimana per lavorarci. Se non le consegno rischio l'ammissione all'esame e questo comprometterà anche l'eventuale entrata alla Royal».

«Ho tirato fuori i miei vecchi appunti e i test già consegnati, potremmo partire da lì, in due ce la faremo, stai tranquilla».

Guardavo le sue labbra muoversi al rallentatore e immaginavo che dicesse: «Ti amo Mia, non sai quanto mi sei mancata e quanto ho voglia di te», e poi mi buttasse sul letto baciandomi e infilando le mani sotto il maglione scendendo fino a sbottonarmi i jeans e…

«Mia, mi stai ascoltando?»

«Certo!», risposi arrossendo violentemente.

«Allora facciamo come ho detto, ci divideremo i compiti, tu farai la ricerca e io l'assemblaggio».

«Agli ordini capitano!», dissi mettendomi sull'attenti. «Poi spazzerò il ponte e ammainerò le vele!».

Rise.

«Ho esagerato vero?»

«Un po'…».

«È la Royal Navy, ti insegnano a trovare soluzioni in un nanosecondo! Dimmelo quando esagero!».

Ti prego esagera…

Ci mettemmo seduti al suo tavolo, una lunghissima scrivania appoggiata su due cavalletti e ricoperta di libri e appunti.

«Sai, devo dare anch'io un esame davvero tosto fra un mese e ne approfitto per studiare anche se sarei in congedo».

E stai aiutando me?

Era la prima volta che entravo in camera sua ufficialmente. Le mensole strabordavano di coppe e premi di ogni tipo e le pareti erano tappezzate con le foto di lui il giorno del diploma, del giuramento, con gli amici in Spagna, con (argh) altre ragazze, con la sua moto, e una con un enorme pesce in mano.

Mancava solo la sua foto in tenuta da pompiere e il calendario era completo.

C'erano ragazze che avrebbero ucciso per essere al mio posto.

Una volta che ebbe distribuito i compiti, mi diede il suo computer e si sdraiò sul letto per consultare il materiale.

Mi sentivo nell'imbarazzo più assoluto, non avrei dovuto accettare l'idea di Nina, insomma avrei potuto studiare con Carl, con Alex e persino con Paul, ma mai con il ragazzo che sconvolgeva il ritmo del mio sonno e che mandava in tilt tutti i miei pensieri solo a guardarlo.

Dovevo andarmene con una scusa qualunque, ma appena mi alzai in piedi sua madre bussò alla porta.

«Ho portato il tè a Mia», disse quasi scusandosi. Poi rivolta a me: «Nina mi ha impedito categoricamente di entrare in camera sua, ha detto che ha bisogno della sua privacy».

Pensavo a mia madre che avrebbe tolto anche le porte pur di impedirmi di chiudermi dentro.

«Adesso che è fidanzata poi...», fece eco Pat malizioso.

«Avete visto l'anello?», chiese ansiosa Laetitia che evidentemente aveva voglia di sapere cosa ne pensavamo.

«Sì, bello», risposi prudente.

Pat storse il naso. «Troppo presto», aggiunse scuotendo la testa, «mia sorella è troppo giovane e lui è stato troppo avventato, ma appena ho cercato di dirglielo si è subito arrabbiata».

«Ha fatto lo stesso con me», disse Laetitia, «dice che sono antica e che non capisco... ma a me quella antica sembra lei. Tu che ne pensi Mia?»

«Io ho accompagnato Carl a sceglierlo...». Si voltarono a guardarmi interdetti. «E gli ho detto che era un'idiozia, ma si è subito arrabbiato anche lui!», conclusi per confortarli.

«Speriamo bene», sospirò, «non si finisce mai di preoccuparsi per i figli, anche quando sono grandi eh?», disse accarezzando il viso di Pat con un gesto malinconico.

Poi Laetitia scese e rimanemmo di nuovo soli.

Sentivo che era preoccupato per Nina e aveva voglia di parlarmi di lei, ma conoscendo il nostro legame di certo temeva di mettermi in difficoltà.

«Stai tranquillo Pat», lo rassicurai, «Carl è un ragazzo in gamba ed è sinceramente innamorato di Nina, e forse dovremmo smettere tutti di rovinarle la festa con i nostri dubbi e le nostre paranoie ed essere soltanto felici per lei perché è questo che vuole».

«Sì hai perfettamente ragione, ma trattandosi di mia sorella ho una paura fottuta che le possa succedere qualcosa di brutto».

«Sì, ma non sei Superman e non puoi impedire che le cose brutte accadano. Devi anche dare fiducia a chi ami!».

Stavo parlando proprio come un'adulta.

«È vero, vorrei poter essere sempre accanto alle persone che amo, vorrei proteggerle e intervenire quando hanno bisogno di me, ma non posso e, come dici tu, dovrei fidarmi e lasciare che facciano i propri errori, ma è una cosa che non sono mai riuscito a fare, perché sto troppo male quando vedo soffrire quelli che amo».

«Saresti un perfetto angelo custode».

«Sarei impegnatissimo con voi due!». Poi aggiunse tristemente: «Ma purtroppo non ci sono mai quando serve».

«Tu sei già impegnato a difendere una nazione, non è cosa da poco e poi ci sono io qui a proteggerla quando non ci sei, è sempre stato così e sarà così per sempre», dissi come un bravo soldatino.

Mi accarezzò una guancia.

«Ma io parlavo di te… vorrei poterci essere per te».

Fece scivolare la mano fra i miei capelli e mi strinse delicatamente a sé.

Mi guardò negli occhi per un lungo istante prima di appoggiare la sua bocca sulla mia e baciarmi con una passione così intensa e profonda da farmi capire che non aspettava altro neanche lui.

Scivolammo dal letto alla moquette, continuando a baciarci avvinghiati l'uno all'altra.

Sentivo il mio corpo esplodere dal desiderio di fare l'amore con lui, lo volevo con tutto il cuore e con tutta l'anima.

Volevo danzare con lui.

Mangiavo le sue labbra e le sue mani e respiravo i suoi capelli mentre mi accarezzava la pelle e mi copriva di baci, riprendendo fiato di tanto in tanto per guardarci negli occhi, eccitati e increduli, come due sconosciuti che si scoprono per la prima volta.

«Mia! Resti a cena da noi vero?», urlò la voce di Laetitia, dieci secondi prima di entrare in camera. Il tempo necessario a buttarci uno sul letto e l'altra al computer, come se non ci fossimo mai mossi di lì.

«Certo che deve rimanere, come minimo dobbiamo continuare anche dopo cena o non ce la faremo mai!», intervenne Patrick con aria perentoria e quasi scocciata.

Mi strinsi nelle spalle come per dire che il capo era lui.

«Non studiate troppo però, ogni tanto fate anche una pausa!».

«Pausa? Escluso, qui siamo in alto mare». Poi ci guardò e aggiunse: «Scusate è la deformazione professionale».

Laetitia chiuse la porta e scoppiammo a ridere.

«Dio che paura, è mancato poco che ci beccasse», dissi.

Lui mi tirò a sé sul letto.

«Dài, dobbiamo studiare!», protestai debolmente.

«Ha detto che dobbiamo fare una pausa...», disse ricominciando a baciarmi.

Stavo impazzendo dalla gioia o stavo impazzendo e basta.

Io e Patrick che ci baciavamo in camera sua era una cosa talmente assurda che stentavo a crederci!

Mi sembrava di essere sempre stata fra le sue braccia e di conoscere quelle labbra e quel corpo da sempre.

Come se fossimo stati insieme in un'altra vita, in un'altra epoca, in un altro tempo.

«Pat», gli dissi prendendogli il viso fra le mani, «perché non mi hai baciata ieri sera?»

«Perché tu non sei una ragazza da baciare la prima sera!», disse intrufolandosi fra il mio collo e la spalla.

«Pat». Gli presi di nuovo il viso fra le mani. «Non riesco a credere a quello che sta succedendo», continuai emozionata, «sarà stupido dirtelo, e forse riderai di me, ma ho aspettato tutta la vita questo momento. Io sono cotta di te...».

Sorrise con tenerezza, mi abbracciò forte e mi baciò i capelli.

«È la cosa più bella che mi abbiano mai detto e non riderei mai di te».

«Ma tu sei più grande e piaci a tutte le ragazze».

«Intanto ho solo tre anni e cinque mesi più di te, e poi non piaccio a *tutte* le ragazze, e l'unica a cui mi interessa piacere sei tu», rispose guardandomi negli occhi.

«Ma da quanto tempo ti piaccio, Pat?»

«Da quando ho cominciato a capire, parlandoti al telefono, che non eri più una bambina, ma che stavi diventando una splendida, straordinaria, incantevole promessa della danza a cui non riuscivo a smettere di pensare nemmeno un minuto».

«Devo confessarti una cosa», dissi ridendo, «ti ricordi quella volta che mi hai salvato la vita, quando avevo forato la bici di notte in strada?... Ecco, io ero venuta fin là solo per vedere te».

«Non eri andata a prendere un libro?»

«No, volevo vedere chi fosse la tua ragazza!».

«Christine? Non era la mia ragazza!».

«E io come facevo a saperlo?»

«Ma tu sei pazza! Potevi finire male, potevano metterti sotto, aggredirti, portarti via, e tutto per venire a vedere con chi ero?»

«Avrei fatto di tutto per vederti!».

«Piccola, vieni qui», mi strinse di nuovo a sé, «sei così dolce, delicata e tenera, fai venire voglia di proteggerti. Mi spieghi adesso come faccio a ripartire? Diventerò pazzo».

«Abbracciami allora. Stiamo così, non desidero altro, per favore».

Rimanemmo abbracciati ascoltando il ritmo calmo dei nostri respiri, senza bisogno di dirci niente che non sapessimo già.

Quando scendemmo a cena mi sentivo diversa.

Avevo l'impressione che Patrick avvolgesse costantemente le mie spalle come in un abbraccio immaginario.

Se lui mi stava vicino mi sentivo protetta e sicura e non avevo più paura di nulla, ed ero certa che, con lui accanto, tutto sarebbe andato bene: la scuola, l'audizione, il rapporto con la mamma.

E quella sensazione aveva l'effetto di una droga, non volevo più smettere di provare il benessere che mi dava la sua presenza e il suo contatto fisico e l'idea che partisse mi stava già angosciando.

La cena trascorse piacevolmente, solo l'arrivo di Nina ci mise in apprensione.

Lei era l'unica che avrebbe potuto capire che le cose erano cambiate nonostante ci comportassimo come sempre.

Per nostra fortuna Nina era ancora sotto l'incantesimo dell'anello e non badò molto a noi.

Chiesi a Patrick di riaccompagnarmi a casa subito dopo il dolce.

Avevo bisogno di stare sola e rimettere insieme le idee.

Quel pomeriggio avrebbe cambiato l'intero corso della mia vita ed ero frastornata come se fossi stata investita da un uragano.

Pat mi accompagnò in macchina per non farmi prendere freddo e una volta arrivati davanti alla porta di casa mi prese il mento fra le dita e mi diede un bacio vellutato sulle labbra.

Mi ero già abituata alla sua bocca e alle sue mani e sentivo di volerne ancora di più, come se avessi dovuto recuperare il tempo perduto.

Separarmi da lui quella sera fu doloroso.

Le priorità della mia vita si erano d'un tratto capovolte e adesso tutto girava intorno a lui e l'idea di andare alle prove con Claire e sottrarre tempo a noi due mi sembrava impensabile.

Non ero più io.
Anch'io ero sotto un incantesimo.
«Dormi bene piccola mia», mi sussurrò, «ci vediamo domani».
Domani mi sembrava un'eternità.
Mi baciò ancora e quando stavo uscendo mi trattenne per la tasca dei jeans.
Lo baciai di nuovo e mi imposi di saltare fuori da quella macchina.
Volevo già dirgli che lo amavo.
Perché era vero.
Io lo amavo.

CAPITOLO QUINDICI

Mia madre era seduta al tavolo in cucina e teneva una busta in mano.

Entrai per salutarla e mi rivolse uno sguardo che non le avevo mai visto prima.

Mi fece paura.

«Ciao mamma!», le dissi sorridendo e attesi una risposta.

«Stamattina...», iniziò con voce grave, «ho ricevuto questa».

Sollevò la busta.

Riconobbi subito la carta intestata con impresse le tre righe di colore rosso.

«La Royal Ballet School ti convoca ufficialmente all'audizione del 14 febbraio. Peccato che ti fossi dimenticata di dirmelo».

«Io te lo avrei detto mamma...», risposi con un filo di voce abbassando gli occhi.

«Non ho dubbi. Ma ti sei anche *casualmente* dimenticata di dirmi che tua nonna ha garantito per il pagamento della retta. Non dirmi che non lo sapevi».

«Io... ti avrei detto anche questo mamma».

Mi rivolse uno sguardo carico di risentimento.

«Tu non hai idea della gravità di quello che hai fatto, della delusione che mi hai dato e del dolore che sto provando».

Non riconoscevo più la sua voce.

Era un sibilo, un rantolo, il lamento di un animale ferito.

«Mamma io non volevo...».

«Zitta! Non parlare!», mi ordinò. «È la cosa più cattiva che potessi farmi. Sei una bambina, egoista e crudele. Pensavi che non volessi accontentarti solo per farti un dispetto, perché non volevo che avessi una carriera nella danza! Non hai mai pensato neanche per un momento che per un genitore single con un lavoro da dipendente è praticamente impossibile mandare un figlio all'università? Con l'affitto da pagare, le spese, e i conti! E tu sapevi quali fossero i rapporti fra me e tua nonna, quanto mi fosse costato liberarmi dal suo controllo, dalle sue manipolazioni, e dai suoi giudizi devastanti! E tu hai avuto il coraggio di andare da lei a piangere miseria, "nonnina, la mamma è cattiva e non mi vuole mandare a scuola di danza, pensaci tu", e lei deve aver goduto come una matta nel sapere che ho fallito su tutta la linea, che l'uomo per cui avevo rinunciato a tutto se n'è andato con un'altra donna, che ho un lavoro mediocre e non posso mandare mia figlia alla Royal Ballet dei miei coglioni!».

«Ma...», tentai di intervenire con le lacrime che scendevano giù e il cuore a pezzi.

«Tu non hai la più pallida idea di quello che hai fatto Mia! Tu mi hai pugnalato alle spalle, la persona di cui mi fidavo di più al mondo e per cui avrei dato la vita mi ha tradito in un modo infame e meschino! Proprio adesso che avevo accettato un lavoro nuovo che neanche mi piaceva, ma era pagato meglio, per riuscire con qualche sforzo a farti andare l'anno prossimo a quella dannata scuola!».

Mi sentii mancare il terreno sotto i piedi.

L'avevo ferita a morte con il mio egoismo e la mia superficialità.

Mia madre, la donna che adoravo, che stimavo e che non avrei mai voluto deludere, adesso non voleva più parlarmi e aveva ragione.

Il dolore la stava trasfigurando, era fuori di sé e non c'era niente che potessi fare per rimediare.

«Mamma. Non ci vado all'audizione, ci parlo io con la nonna, le dico che ho sbagliato e che...».

«No Mia! Tu ci andrai eccome a quell'audizione e sei tu che, d'ora in poi, renderai conto a tua nonna e capirai cosa intendevo dire con *pressione psicologica*. Io mi chiamo fuori dai giochi, non ne voglio sapere più niente di te. Non cercarmi più, non chiamarmi più. Hai fatto la tua scelta da adulta responsabile e pagherai le conseguenze delle tue azioni».

Si alzò barcollando e si appoggiò alla porta con una mano sul petto.

«Mamma!». Le corsi incontro per sorreggerla.

«Non mi toccare. Non-mi-toccare!».

CAPITOLO SEDICI

Ero sconvolta.

Sopraffatta da una sensazione orribile di soffocamento e impotenza.

Terrorizzata come un animale al macello.

Mi sentivo persa senza mia madre e fino a quel momento avevo sopravvalutato le mie capacità, pensando di potercela fare da sola.

Ora che anche Patrick sarebbe partito, cosa avrei fatto?

Avrei chiamato mia nonna che avevo visto tre volte in vita mia e con cui non avevo un vero rapporto? Per dirle cosa poi? Che la mamma si era arrabbiata, peggiorando ulteriormente le cose?

Chiamai mio padre.

Dopotutto era l'uomo che la conosceva meglio o che, almeno, avrebbe dovuto sapere come prenderla, ma tutto quello che ne ricavai fu un laconico: «L'hai fatta grossa questa volta, eh Mia?».

Paul era fuori, ma sapevo che non sarebbe stato dalla mia parte, così chiamai Betty che era già al corrente di tutto e mi promise di parlarci l'indomani, "a palle ferme", come disse parafrasando.

Patrick aveva detto che era stata un'idea stupida, e se solo avessi seguito il mio istinto e non l'impulsività di Nina adesso sarei stata nel mio letto a ripensare a lui e ai suoi baci.

Lo chiamai lo stesso anche se era quasi mezzanotte.

Se voleva davvero esserci per me, quella era la situazione di emergenza peggiore in cui mi fossi mai trovata e avrebbe potuto dar prova di tutta la sua diplomazia.

«Tesoro, lo sentivo che era un pessimo piano. Mia sorella a volte vive in un film della Pixar, ma lasciami dire che è stata davvero un'idea del cazzo!».

«Adesso lo so anch'io, ma se avessi anche solo immaginato una cosa del genere ti giuro che mi sarei tagliata la lingua piuttosto. Credevo di aver trovato la soluzione, vedevo solo il risultato finale e non ho pensato neanche per un attimo alle conseguenze. Volevo raggiungere il mio scopo, ma mai e poi mai avrei voluto ridurre la mamma in quello stato. L'ho fatta ammalare...».

E ricominciai a piangere.

«Piccola, calmati, adesso calmati, lo so che sei sconvolta, ma solo alla morte non c'è rimedio, tutto il resto si risolve e te lo dico con certezza. Ci vuole tempo e soprattutto molto tatto, ma si sistemerà. Adesso cerca di dormire. Domani pomeriggio ci occuperemo delle altre e poi penserò a come affrontare Elena, dopotutto ci conosciamo da una vita, non si rifiuterà di parlare anche con me».

«Non la conosci quando è arrabbiata».

«Conosco il mio comandante, non è possibile che sia peggio di lui».

«Buonanotte Pat e grazie».

«Buonanotte piccola, stai tranquilla, ci sono io adesso».

Di nuovo mi sentii circondata da quella nuvola d'affetto calda e sicura, avvolta dalle sue grandi ali.

Se lui era con me, non ero più perduta.

La mattina seguente mi alzai che la mamma era già uscita.

L'idea che avesse accettato un lavoro che non le piaceva, per farmi studiare, mi provocava una pena infinita.

Lei sapeva dipingere e sarebbe diventata davvero brava se avesse continuato a studiare, invece aveva deciso di occuparsi di me e di mio padre col risultato che entrambi le avevamo spezzato il cuore.

Avrei fatto di tutto per tornare indietro.

Ma era una frase che cominciavo a ripetere troppo spesso.

Quando avrei smesso di ferire gli altri con tanta facilità?

Nina arrivò in classe come al solito in ritardo e prese a scusarsi con me senza sosta.

Non potevo fare altro che dirle di lasciar perdere perché era stata comunque colpa mia, ma lei continuava a chiedermi di perdonarla, col risultato di farmi innervosire ancora di più.

Certo, parlava bene lei che aveva avuto sempre la vita facile... Cercai di scacciare quell'ultimo pensiero, ma per quel giorno preferii evitarla e concentrarmi sulla lezione.

Mia nonna mi chiamò il pomeriggio stesso.

«Bambina, ho saputo che quegli imbecilli hanno mandato la lettera di convocazione a casa di tua madre come avevo espressamente chiesto di non fare! Salteranno delle teste, stanne certa! Sei contenta? Tutto bene laggiù?»

«Felicissima nonna, sì tutto bene, anche la mamma… è contenta».

«Contenta? Sarà fuori di sé come minimo. Ma quello che non ho potuto fare per mia figlia nessuno mi impedirà di farlo per mia nipote. Che tenga pure per sé le sue elucubrazioni freudiane che fanno solo la fortuna degli psicologi. Se vuoi una cosa te la devi prendere! Questa è l'unica lezione che ho imparato dalla vita e francamente sono fiera che mia nipote mi somigli».

Non so se le somigliavo davvero, ma di certo non avrei subìto la pressione psicologica che aveva subìto mia madre, perché io e lei avevamo da sempre avuto un vero rapporto madre-figlia, mentre la nonna per me era in fondo solo un immenso portafoglio pieno, e questo mi rendeva impermeabile a qualunque tipo di ricatto morale.

Preferii non tornare a casa dopo la scuola e fermarmi da Patrick con la scusa ufficiale delle tesine da scrivere e quella ufficiosa di passare un altro pomeriggio fra le sue braccia.

Fu di nuovo Laetitia che venne ad aprirmi la porta.

«Oh Mia, ho saputo, come mi dispiace, Nina mi ha detto…».

Il fatto che Nina non tenesse niente per sé cominciava sinceramente a farmi incazzare.

«Ti ha detto anche che è stata una sua idea?», risposi con un sorriso tirato.

«Un'idea idiota su tutta la linea se posso permettermi, ma mia figlia negli ultimi tempi non si sa dove abbia la testa. C'è qualcosa che posso fare? Vuoi che parli io con Elena?»

«No, meglio di no, se ci parlano in troppi alla fine si irrigidirà ancora di più, è orgogliosa e testarda e in più adesso mi odia».

«Ma no che non ti odia! Vieni qui *broncio*!». Mi abbracciò forte, ne avevo davvero bisogno, ma mi fece sentire ancora più sola e vulnerabile.

La mamma mi mancava tantissimo e sapere di non poterle parlare e stare accoccolata insieme a lei a guardare la tele con York sulle gambe mi annientava.

Salii da Patrick che mi abbracciò anche lui con uno slancio incredibile, come se non mi vedesse da mesi.

«Come stai tesoro?».

Feci spallucce.

«Risolviamo tutto vedrai, promesso, non ti posso vedere così, mi fai star male», disse prendendomi le spalle, «dài, fammi un sorriso… anche finto».

Era impossibile fargli un sorriso finto.

Era talmente bello, dolce, solare e così preoccupato che mi faceva venire voglia di fuggire con lui su un'isola deserta.

Dopo aver terminato le ultime due tesine in un'ora scarsa ed essere rimasti sdraiati sulla moquette a baciarci e accarezzarci per altre tre, con l'orecchio teso ai movimenti di Laetitia per evitare di essere colti sul fatto, fu tempo per me di ritornare a casa e, per Pat, di tentare di aprire i negoziati con mia madre.

Si preannunciava la trattativa più ardua di tutti i tempi, ma se non risolvevamo presto la questione, le nostre esistenze sarebbero piombate in una spirale irreversibile di malintesi e dolore che avrebbe trascinato con sé tutta la nostra vita.

Aprii la porta e Pat mi seguì in casa.

Mamma e Paul erano in salotto, la televisione insolitamente spenta e loro seduti uno di fronte all'altra, ognuno sulla propria poltrona.

Paul ci salutò, ma la mamma non fece caso a noi.

Fu Patrick a prendere la parola.

«Ciao Elena, ho riaccompagnato Mia a casa e volevo salutarti, riparto sabato».

Le ultime due parole mi fecero stringere il cuore.

La mamma si alzò e gli andò incontro ignorandomi.

«Ti trovo benissimo Patrick, come sta andando, è duro l'addestramento?»

«Non c'è male, ma mi piace molto, sono motivato, e quando è veramente dura penso alla mia famiglia e questo mi dà coraggio».

«È bello sapere che ci sono ancora figli che pensano ai genitori», aggiunse sarcastica.

«Tu stai bene Elena?», le chiese con quegli occhi grigi a cui non si poteva resistere.

«No. Non sto bene. Sto vivendo uno dei peggiori momenti della mia vita».

Me ne stavo appoggiata al muro e guardavo per terra, lanciando ogni tanto un'occhiata a Paul, che sedeva impassibile, senza raccogliere la mia richiesta d'aiuto.

Patrick fece sedere mia madre accanto a sé e la guardò negli occhi con comprensione e dolcezza, come se non ci fosse nessuno di più importante al mondo.

«Ho saputo cos'è successo e voglio che tu sappia che è stata un'idea di Nina, non di Mia, e non si è resa conto del disastro che avrebbe provocato».

«Mia sapeva perfettamente a cosa andava incontro».

«È vero, ma se ti metti nei loro panni, alla loro età non sanno calcolare veramente le conseguenze di quel che fanno, sono ancora immature, ingenue ed egocentriche e pensano solo a ottenere quello che vogliono. Non lo fanno con l'intenzione di ferire, ma solo con l'idea di realizzare quello che si sono messe in testa».

Lo guardai sbigottita facendogli segno di smettere di darmi contro, ma lui per tutta risposta mi fece cenno di andarmene.

Girai l'angolo e rimasi a origliare attraverso la parete di cartongesso.

«Se ci rifletti un momento, Mia e sua nonna non hanno neanche un vero rapporto, ma per Mia in quel momento lei rappresentava la soluzione ai suoi problemi, e non avrebbe fatto proprio niente se mia sorella non le avesse messo in testa l'idea di chiamarla. Immagina come deve essersi sentita la sera dello spettacolo, a scuola, quando tutti le facevano un mucchio di complimenti. Mia è ossessionata dalla Royal, è la sua ragione di vita. Le ragazze sono mortificate, Nina non fa che piangere e Mia dice di non voler mai più ballare se non fa pace con te. Capisco come ti senti, ma tu che sei una donna sensibile e hai un gran cuore, non potresti provare a darle un'altra possibilità? Hanno fatto una cazzata è vero, ma è finita lì, e tu sei più forte di tua madre. Puoi semplicemente chiamarla e dirle di annullare il pagamento oppure puoi lasciare che Mia se la sbrighi da sola. A te non cambia niente: sei e rimarrai la donna forte e coraggiosa che sei sempre stata e che tutti noi amiamo e apprezziamo».

Ero indecisa se applaudire o lanciargli una scarpa.

Paul si alzò chiedendo se qualcuno voleva il tè e mi trovò con l'orecchio incollato al muro.

Mi afferrò per il colletto e mi trascinò in cucina.

«Lo sai che non si origlia, spia? E chi è quella specie di fotomodello che parla come un *life coach*? Sono due giorni che cerco di dirle esattamente la stessa cosa, ma ho ottenuto solo pianti e recriminazioni infarciti di "tu non puoi capire!". Io non ci so proprio fare con le parole vedi? È quello che ti dicevo e tua madre da me accetta solo consigli di cucina, per il resto non mi considera proprio».

«E allora io cosa dovrei dire? Non mi rivolge più la parola e se potesse mi cancellerebbe anche dal suo passaporto! Dobbiamo prendere atto che Patrick ci sa fare ed è solo riuscito a toccare i tasti giusti».

«Sì, però che la smetta di toccare tasti, perché altrimenti mi iscrivo in palestra e mi faccio fare un trapianto di capelli».

Anche se mi aveva dipinta come una ragazzina cretina e immatura che passava il tempo a televotare i cantanti di *X Factor*, era riuscito a minimizzare l'accaduto con classe e diplomazia ripristinando il giusto equilibrio delle cose e facendo sentire la mamma di nuovo importante e sicura di sé.

Ero ammirata.

Patrick era veramente un mediatore nato.

Ma con lui avrei fatto i conti più tardi.

Mi salutò dopo il tè, con un bacetto rapido sulla guancia al quale risposi con un pizzicotto discreto su quel sedere d'acciaio.

Più tardi andai a parlare con mia madre.

Il trattamento Dewayne aveva funzionato e lei aveva un viso più disteso e presentabile.

Sembrava anche più giovane.

Non mi aspettavo baci e abbracci, ma almeno un punto da cui ripartire senza che dovessi trovarmi una casa dove stare.

«Mamma», le dissi, «so di aver sbagliato, ma sono perduta senza di te».

Mi guardò con uno sguardo severo, ma più propenso alla trattativa.

«Spero che tu abbia capito la gravità di quello che hai fatto Mia e che ti serva da lezione per tutta la vita, perché le persone che si amano non si tradiscono e se lo fai le metti in condizioni di dubitare di tutto quello che c'è stato prima. Ferire qualcuno che ti vuole bene come un genitore è come uccidere una parte di te stessa».

Mi stava parlando di nuovo e questo era già un successo, ma adesso temevo la lunga lista delle punizioni.

Mi sedetti sulla sedia e aspettai che arrivasse al dunque.

Detestavo la suspense, era come, dopo un'esibizione, aspettare applausi o fischi.

«Ho riflettuto molto attentamente e ho deciso che tua nonna in fondo ha tutto il diritto di regalarti quello che vuole e io non mi opporrò, ma in caso tu fossi ammessa sarà lei a occuparsi di te in tutto e per tutto finché non raggiungerai la maggiore età. E con *tutto* intendo ogni tuo bisogno economico e materiale. È questo che volevi no? E nessuno meglio di lei potrà assecondare i tuoi desideri. Ciò significa che dovrai giustificare a lei tutte le tue spese in maniera *dettagliata*, perché se non ricordo male la Royal Ballet è a Londra e vivere là costa, e ti garantisco che tua nonna è peggio di un esattore delle tasse quando ci sono in ballo i suoi soldi.

Lei al contrario di me è un'imprenditrice nata e verifica i suoi investimenti con la minuziosità di un ragioniere, e vedrai come ti marcherà stretta!». Rise sarcasticamente. «In questo modo io potrò tornare di nuovo a occuparmi di me e con i soldi che risparmierò, forse potrò anche tornare a iscrivermi alla scuola d'arte e smettere di avere una vita… come avevi detto? Ah sì, *mediocre*».

Sì, me la stava facendo pagare decisamente cara.

Mi stava dando in custodia alla perfida strega di Hänsel e Gretel.

«Dài, mamma, che cos'è, un affido congiunto? Adesso per ricaricare il cellulare devo chiedere alla nonna?»

«Pensavi di cavartela con meno per caso? Pensavi che avrebbe aperto la borsa e arrivederci? Un po' troppo facile non credi? A questo punto la scelta è solo tua: prendere o lasciare. O stai alle sue condizioni o niente».

«Mamma, questo è un ricatto!».

«No, questa è una negoziazione fra adulti. Ti lascio la notte per rifletterci e domattina mi farai sapere».

Ritornai in camera e chiamai Patrick.

«Cos'hai fatto Pat?», gli domandai disperata. «Le hai suggerito di farmi tenere in ostaggio dalla malvagia nonna che d'ora in poi mi controllerà con un collare elettronico?»

«Ma no, vedrai che non sarà così. Il mio piano è fare in modo che tua madre e tua nonna si riparlino e questo sarà un vantaggio per tutti. È chiaro che tu servivi da esca, ma una volta abboccato all'amo si dimenticheranno di te e riprenderanno in mano il loro rapporto».

«Riesci ogni tanto a non pensare in termini di strategia bellica?»

«Pensa invece che otterrai tutto quello che volevi: la scuola e la tua famiglia di nuovo riunita».

«Io vedo solo raddoppiare le grane che avevo prima!».

«Questo perché ti sei fissata sul problema e non sull'intero disegno:

devi guardare all'obiettivo finale, senza farti distrarre da dettagli senza importanza».

«Mia nonna è un dettaglio senza importanza secondo te?»

«È il mezzo attraverso il quale raggiungerai il tuo scopo, almeno per il momento, e non durerà per sempre; una volta uscita dalla scuola sarai una ballerina professionista, e non avrai più bisogno di tutori. In fondo sono soltanto due anni no?»

«Soltanto?», risposi scoraggiata.

«Ci sarò io a sostenerti».

«Davvero ci sarai?»

«Ci sarò, anche se fisicamente sarà complicato esserti vicino, potrai sempre contare su di me per ogni cosa. Questi due anni saranno molto difficili anche per me, devo fare una gavetta dura e pesante e mi manderanno in missione, ma ci sarò, in un modo o nell'altro ci sarò, e ci incoraggeremo a vicenda».

Sentirlo parlare così mi sembrava un sogno.

O un film.

Era tutto quello che avevo sempre desiderato dalla vita e adesso ce l'avevo: Patrick si era innamorato di me e non avevo fatto niente perché accadesse.

Ero stata solo me stessa e lo avevo aspettato.

Ma tutti e due stavamo per partire per un lungo e impegnativo viaggio che ci avrebbe tenuti lontani per troppo tempo.

Che razza di piani aveva in serbo il destino per me?

Realizzava i miei sogni, ma li complicava talmente tanto da farmi quasi desiderare di tornare indietro a quando erano solo fantasie?

Quello era diventare grandi. Adesso ne avevo la certezza.

Significava continuare a negoziare, rinunciare a qualcosa per ottenerne un'altra e fare costantemente delle scelte di cui prendersi le responsabilità.

«Quando parti?»

«Domani sera».

Tuffo al cuore.

«E sai già quando tornerai?»

«Non lo so ancora, purtroppo».

«Settimane?»

«Forse un mese e mezzo. Vorrei esserci per la tua audizione di febbraio, e cercherò di accumulare permessi».

«Vorrei tanto che ci fossi Pat».

E di nuovo avrei voluto aggiungere *amore mio*.

«Ti prometto che farò l'impossibile per esserci, amore mio», disse.

Non ci potevo credere, aveva detto *amore mio* per primo.

Brividi piccolissimi e veloci cominciarono a corrermi incontrollati lungo la schiena e senza pensare risposi: «Pat… io ti…».

Glielo volevo dire, volevo dirgli che lo amavo, che lo avevo sempre amato e che avevo un disperato bisogno di lui, che l'idea di non vederlo mi faceva star male, che avevo troppe cose da raccontargli, che volevo fare l'amore con lui e volevo fosse speciale, che non potevo immaginare che non mi toccasse e non mi baciasse per un mese e mezzo, che volevo conoscere tutto di lui, le sue abitudini e le sue manie, che volevo vederlo appena sveglio, che volevo vederlo ridere, cucinare, arrabbiarsi, sbadigliare, ballare, riparare la moto, che volevo passare la mia intera vita insieme a lui perché, ne ero certa, eravamo fatti l'uno per l'altra.

Ma avevo paura che fosse ancora troppo presto.

Quindi dissi solo: «Pat io ti… ti ringrazio tanto per quello che stai facendo per me. Non dovresti, davvero, non dovresti, mi sento così in imbarazzo».

«Lo sai che mi piace risolvere i problemi! Specialmente quelli che non esistono davvero. Se tutti rispettassimo di più gli altri, sarebbe un mondo perfetto».

«Sì, ma allora non ci sarebbe bisogno della Royal Navy!».

«Esatto! E noi due potremmo partire per un'isola del Sudamerica dove c'è sempre il sole e apriremmo un bar sulla spiaggia. Verresti?»

«Via da questo freddo polare e da questo grigio? Anche domani! Io cosa farei, pulirei il pesce che hai pescato?»

«Faresti quello che sai fare meglio: ballare nei migliori teatri! Tu sei nata per questo e chiunque volesse impedirtelo non avrebbe capito niente di te!».

Il suo ottimismo mi faceva sentire protetta e amata, mi ero talmente abituata a Patrick e alle sue attenzioni in così poco tempo che non riuscivo a ricordarmi una vita senza di lui ed ero terrorizzata dall'idea di perderlo.

E questa sensazione di vuoto mi fece cominciare a capire il dolore di mia madre.

Un dolore sordo, spossante e infinitamente triste.

Non potevo fare altro che attaccarmi alle sue parole e fidarmi di lui come se ci buttassimo col paracadute.

«Ci vediamo domani pomeriggio. Passo a casa tua per salutarti».

Mi sdraiai sul letto per riflettere, come avevo fatto milioni di volte, ma non riuscivo più a riconoscermi.

Avevo perso qualcosa che non sapevo definire.

Non ero più spensierata come un tempo, quando mi bastava salire in bici e andare da Claire per sentirmi bene, e provavo in continuazione sentimenti contrastanti di euforia e paura, accompagnati da un'angoscia che mi stringeva lo stomaco quasi giorno e notte.

Mi preoccupavo per cose a cui prima non facevo caso (come per esempio i sentimenti degli altri!), vedevo il mio corpo trasformarsi giorno dopo giorno in quello di una donna, provavo emozioni nuove, avevo voglia di condividere i miei pensieri con Patrick e tutto ciò mi faceva capire che non ero più una ragazzina e che non lo sarei più stata, e soprattutto che avevo una paura folle di perdere le persone che amavo.

La telefonata di mia nonna Olga non tardò ad arrivare.

«Bambina mia», esordì tutta elettrizzata, «sei contenta? È tutto sistemato allora, non vedono l'ora di averti per l'audizione di febbraio».

«Di avermi… chi?», chiesi dubbiosa.

«Ho scoperto di avere un'amica nel consiglio di amministrazione e vedrò di farle mettere una buona parola».

«Nonna, la Royal Ballet è famosa per essere una scuola dove entra solo chi lo merita veramente e non chi è raccomandato».

Strano che non lo sapesse.

«Chi ha parlato di raccomandazioni? Sto solo dicendo che nessuno disdegna una donazione e quindi vedrò di provvedere, se saranno gentili con te».

Se saranno gentili con me?

Quella era davvero l'ultima cosa di cui avevo bisogno, mia nonna che interferiva nelle decisioni del comitato: mi avrebbero odiata già prima di vedermi.

Adesso capivo perché mia madre era così fuori di sé, sapeva a cosa stavo andando incontro, non mi conosceva nemmeno e già pretendeva di decidere della mia vita.

Mi chiedevo se Patrick avesse considerato quell'imprevisto, ma allo stesso tempo, come aveva detto lui, era fondamentale che la tenessi buona e mi facessi coraggio tenendo a mente soltanto l'obiettivo finale.

«Ma nonna, dài, non so nemmeno se mi prenderanno…», tentai la carta della modestia.

«Scherzi? Tu sei mia nipote, sei sangue del mio sangue, li straccerai, non ho nessun dubbio!».

Quella donna era un vero concentrato di megalomania e, visto che la mamma le era sfuggita di mano, adesso considerava me un'estensione del proprio ego.

Mi sentivo in ostaggio.

«Devo darmi davvero da fare, su novecento candidati ne prendono a malapena trenta ogni anno, non vorrei fallire l'audizione».

«Fallire? Mai sentita questa parola!».

Cominciai a sospettare che mia madre fosse stata adottata.

«E… a proposito, ti ho fissato delle lezioni private con una delle migliori ballerine della Scuola d'Arte di Leicester, ci andrai dopo la scuola, così non toglierai tempo allo studio».

«Ma nonna, non posso! È con Claire che studio da quando sono piccola, non posso proprio fare a meno di lei».

«Senti Mia, questa Claire è la migliore?»

«Per me lo è nonna!», protestai.

«Non basta! Tu hai bisogno del top se vuoi essere preparata adeguatamente e io ti darò il top».

«Ma ho già preparato il mio pezzo, non ho più tempo».

«Non sarà poi così difficile cambiare no? Sei una professionista e devi essere pronta a tutto, pensa se un giorno dovessi sostituire qualcuno all'ultimo momento!».

Dio, come la odiavo, volevo riattaccare e andare a piangere dalla mamma.

"Stai calma", mi dissi, "pensa a quello che ti ha detto Patrick, fai quello che dice la nonna, è solo per adesso".

«Nonna, capisco che vuoi il meglio per me, ma credimi, Claire è la persona più qualificata per prepararmi, mi conosce come nessun'altra, e sa quali sono i miei punti di forza. Sicuramente tu avrai scelto la migliore insegnante, ma come ti dicevo il tempo è poco per costruire una ehm… buona sintonia».

«Bene, allora le parlerò io e se non avrà una buona sintonia con me da dopodomani pomeriggio alle quattro ti aspettano alla Sinclaire».

«Dopodomani alle quattro ho la scuola».

«Ho chiamato Mrs Jenkins, la tua preside, e mi ha detto che esci alle due e mezza».

«Hai chiamato la mia preside? E che altro hai fatto nonna?», chiesi disperata.

«Solo quello che è giusto per il tuo bene, bambina della nonna», concluse soddisfatta.

Ero finita, legata mani e piedi, e tutto per colpa mia.

Scesi per sfogarmi con la mamma, ma appena mi guardò in faccia e lesse il mio scoraggiamento scoppiò a ridere e aggiunse, stringendosi nelle spalle: «Non chiedere aiuto a me, io te l'avevo detto!». E se ne andò in camera sghignazzando.

Ero sola, adesso non potevo contare neanche sul conforto di Nina.

Nemmeno lei era più la stessa.

Stava vivendo la mia stessa trasformazione, ma lei adesso aveva Carl, mentre io dovevo tenere tutto nascosto.

Cominciavano a esserci troppi segreti nel nostro rapporto, che sicuramente avremmo evitato se io fossi stata più sincera dall'inizio. Ma l'entrata a gamba tesa di Carl fra di noi aveva comunque portato uno squilibrio notevole che ora non poteva essere colmato.

Lei e Carl erano in simbiosi, dove c'era lei, c'era anche lui – in cortile, a mensa, in biblioteca –, sempre lì, mano nella mano e se solo fossero stati in classe insieme, avrebbero diviso lo stesso banco e lo stesso armadietto.

Non potevo evitare di dispiacermi per la mia amica.

Stava trascurando tutti i suoi progetti per paura di perdere Carl.

E questo era totalmente sbagliato.

Dopo la telefonata a mia nonna, era diventata molto cauta con me, non si lasciava più andare come prima ed era convinta che, in fondo, non l'avessi perdonata e, per come erano andate le cose, aveva ragione.

Ce ne stavamo sedute una accanto all'altra, chiedendoci educatamente ora la penna ora un libro, parlando del tempo, come due estranee in metropolitana.

Poco prima della fine della lezione Mrs Jenkins mi fece chiamare nel suo ufficio.

E, chissà perché, me lo aspettavo.

Nina mi guardò interrogativa mentre mi alzavo indirizzandole uno sguardo carico di “è tutta colpa tua”.

La preside mi mise al corrente della telefonata di mia nonna Olga, con un sorriso entusiasta.

«Che fortuna hai ad avere qualcuno così sinceramente interessato alla tua carriera e alla tua crescita. Tua nonna mi ha detto meraviglie del vostro rapporto, di come sia contenta di potersi occupare di te, che le manchi tanto, e che ti ha sempre incoraggiata fin da quando eri piccola. E quante conoscenze ha la nonna, tutte persone che contano, strano che tua madre non me ne abbia mai parlato».

«La mamma è timida, le piace farsi i fatti suoi in generale».

«Sì, ma insomma, chi se l’aspettava! La nonna è stata anche consulente per le stime di alcuni quadri della Tate Gallery e ha conosciuto la principessa Diana».

«Sì, la nonna conosce un sacco di gente, posso andare ora? Devo attraversare la città per andare a lezione di danza», risposi seccata.

Sospettavo che le avesse proposto una donazione.

«Mia, non è un peccato avere qualcuno che si occupa di noi».

«Io ho già chi si occupa di me Mrs Jenkins, mia madre lo ha sempre fatto alla perfezione, anche senza conoscere Lady Diana, ora se mi vuole scusare…».

Mi alzai e me ne andai lasciando Mrs Jenkins alle sue conclusioni, verde di rabbia, senza potermela prendere con nessuno a parte me stessa.

Squillò il mio telefono.

Era la nonna, forse informata da Mrs Jenkins del mio atteggiamento poco collaborativo.

Non risposi, sapevo che si sarebbe arrabbiata a morte, ma non volevo fare altro che vedere Patrick.

Arrivai a casa mia in ritardo e lui era già sulla porta ad aspettarmi.

Ero così furiosa e scossa che tremavo.

«Ehi, cos’è successo piccola mia?», mi chiese venendomi incontro e abbracciandomi.

«Mia nonna è una donna impossibile, sta smuovendo tutte le sue conoscenze dicendo che sono sua nipote e adesso sono circondata da gente a cui promette finanziamenti e donazioni. Improvvisamente sono diventata “lo scapolo” più appetibile d’Inghilterra!».

Pat rise e mi guardò con tanta tenerezza che tutta la rabbia perse d'intensità fino a sparire.

Non avevo più voglia di raccontargli della nuova insegnante e del consiglio di amministrazione, delle litigate con la mamma o della scuola, niente aveva più importanza quando mi stringeva e mi guardava con quegli occhi che mi comunicavano *stai tranquilla non avere paura, ci sono qua io.*

Ma lui era lì per salutarmi.

«Ti ho portato una cosa», disse estraendo dalla tasca un cellulare. «È il mio, vorrei che lo tenessi tu, è più nuovo del tuo e visto che sarà l'unico modo per tenerci in contatto, almeno sono sicuro che funziona bene!».

«Ma Pat…».

«Tienilo tu, ti prego e non lasciarlo sotto il cuscino o nella borsa insieme alla calzamaglia sudata».

Mi appoggiai al suo petto.

Pat, io ti amo, ma come faccio a dirtelo? È presto lo so, ma è così, ti amo e se te ne vai impazzisco, se te ne vai io muoio.

«Lo so piccola», sussurrò.

Alzai la testa di scatto e lo guardai interrogativa.

«So che è molto difficile, ma insieme ce la faremo».

Mi strinse ancora più forte a sé, cullandomi in silenzio, mentre la neve cominciava a cadere, lenta e leggera su di noi.

Non osai chiedergli se mi aveva letto nel pensiero, ma ebbi anch'io la sensazione di sentirlo parlare.

O forse era il vento.

CAPITOLO DICIASSETTE

Arrivai da Claire con un ritardo spaventoso, ma non era quello ad averla fatta arrabbiare di più.

Fu il piccolo Chester a farmelo sapere.

«Ho saputo che cambi insegnante», disse col solito tono saccente, incrociandomi mentre camminavo come una papera a passo spedito, con le scarpette slacciate, l'asciugamano al collo, la bottiglia d'acqua sotto il braccio, la borsa in una mano, e il prezioso cellulare di Pat nell'altra.

Mi fermai di botto.

«Come hai detto piccolo…». Volevo dire *stronzo*, ma dissi: «… Chester».

«Me lo ha detto Claire, ha detto che siccome tu vai alla Scuola d'Arte avrà molto più tempo da dedicare a me, sai sto lavorando sui salti».

Sai che salti ti farei fare a forza di prenderti a calci in culo?, pensai sorridendogli dolcemente.

Entrai in sala come una furia, inciampando nei nastri delle scarpette, e andai dritta da Claire che stava contando le battute di uno spartito, mentre si tormentava i ricci visibilmente innervosita.

«Oh la divina!», mi disse con un tono sprezzante nella voce.

«Che succede questa volta Claire? Io non ho fatto niente!», dissi alzando le mani.

«Tu no questa volta, ma ci ha pensato tua nonna a sistemarti!».

«Che intendi dire?», chiesi con la fronte aggrottata.

«Mi ha telefonato per comunicarmi che, data la tua prossima ammissione alla Royal, è tempo che tu studi con un'insegnante più qualificata!».

«Ha detto così?»

«Questo era il succo, lei ha detto qualcosa del tipo "in linea con lo spirito aziendale"».

«Ma… io non voglio!».

«Nemmeno io, ma questi sono gli ordini *dall'alto* a quanto pare!».

«E ti arrendi così?», dissi cercando di non farmi sentire da Chester, appostato strategicamente vicino al vetro, fingendo di provare i salti, mentre in realtà era intento a leggere il labiale.

«Cosa dovrei fare? Sono fuori di me, se penso ai sacrifici e al tempo che ti ho dedicato e di cui potrà godere l'altra!».

«Ma chi è l'altra? La conosci?»

«Se la conosco? Mary Sinclaire? Eravamo nella stessa compagnia nel '69, prima che io partissi per New York. Un'incompetente che non ha mai saputo ballare, ma ha avuto la fortuna di sposare un coreografo di grido che l'ha finanziata per fondare la Scuola d'Arte, ed è solo grazie alle sue conoscenze che è arrivata dov'è. Se anch'io avessi avuto i suoi contatti farebbero la fila per iscriversi qui invece che da lei!».

«E adesso che dovrei fare?»

«A quanto mi ha detto tua nonna, le lezioni sono già pagate. Pensa, si è offerta anche di darmi una liquidazione! Che generosa!».

«Cazzo, Claire sono fottuta!», gridai mettendomi le mani nei capelli.

«Mia», mi disse con tono più comprensivo, meravigliata dalla mia reazione, «stai calma adesso. È probabile che abbia ragione lei, forse è davvero meglio così, in ogni caso se vai alla Royal, ci dovremmo comunque lasciare, questo era inevitabile...».

«Ma io non voglio, voglio che tu mi prepari per l'audizione, non ci voglio andare dalla Sinclaire!».

«Posso dirti, anche se mi mortifica, che il suo nome è molto più quotato del mio e credo che sarebbe un vantaggio per te che ti preparasse lei».

«Ma Claire...», mi buttai a sedere su una sedia come un sacco, «non volevo che andasse così...».

«Lo so Mia, nemmeno io, ma spesso le cose non vanno come le immaginiamo...».

«Lo dice anche mia madre, ma ti rendi conto che non ho voce in capitolo? Che sta decidendo tutto lei? Mi sta facendo rimpiangere ogni minuto di averla coinvolta».

«Se penso che è anche colpa mia, mi farei in ginocchio il pellegrinaggio di San Patrizio pur di trovare un'altra soluzione, ma non ce n'erano altre, lo sai...».

Sospirai guardando con la coda dell'occhio quel nano da giardino che saltava come una molla impazzita pur di farsi notare.

«Claire... io non ti voglio lasciare».

«Ma non ci lasceremo, ci saranno sempre i nostri mercoledì, ma vedrai che sarai così impegnata che non avrai più tempo né voglia di venire a trovarmi».

«Questo non è vero», le dissi commossa prendendole le mani.

«Ma quando sarai una grande ballerina potrò sempre vantarmi raccontando a tutti che sono io che ti ho scoperta e non la Sinclaire!».

«Questo è poco ma sicuro».

Ci abbracciammo.

Non smettevo di dire addio alle persone che amavo, era un susseguirsi di capitoli della mia vita che si chiudevano uno dopo l'altro senza che lo avessi voluto.

Mi sentivo derubata dei miei affetti più importanti che sfuggivano dalle mani come acqua di mare.

Claire, Nina, Patrick, mia madre: uno dopo l'altro si stavano allontanando da me e per quanto fosse un distacco prevedibile o inevitabile, stava succedendo tutto troppo in fretta e troppo dolorosamente e a un prezzo che non ero pronta a pagare.

Se mai si è pronti a pagare il prezzo di un addio.

Tornai a casa stanca e affranta e Patrick, in missione in qualche sottomarino di merda, neanche mi rispose.

In compenso ci pensò mia nonna a distrarmi.

«Come mai non mi hai risposto oggi?»

«Ero in classe nonna», risposi sfinita.

«Ti ho chiamata anche quando eri uscita, e non hai risposto lo stesso. Se hai un cellulare hai il *dovere* di rispondere, altrimenti non comprarlo proprio, vai a vivere in una caverna e comunica con i segnali di fumo!», disse stizzita.

Se avesse saputo quanto avrei voluto vivere in una caverna piuttosto che con lei.

«Sì nonna, ci starò più attenta», sospirai.

«Ho parlato con Claire, bravissima persona per carità, ma dai miei informatori ho capito che non era all'altezza della situazione e non ci possiamo permettere il lusso di non essere al cento per cento, vero bambina? La Sinclaire è la migliore sulla piazza e ti darà delle lezioni private e credimi, è raro che si dedichi soltanto a un'allieva».

Cominciavo a rimpiangere il desiderio di mia madre di vedermi diventare avvocato, commercialista, o dentista.

Mi chiedevo se fossi ancora in tempo…

La Scuola d'Arte era in pieno centro.

Era un edificio di mattoni su due piani, con delle grandi finestre da cui si intravedevano sale immense e luminose.

Rimasi fuori almeno venti minuti, indecisa sul da farsi, osservando i ballerini che uscivano ed entravano chiacchierando e ridendo fra loro, vestiti in quel tipico modo *accuratamente trasandato* che li rendeva ancora più affascinanti.

Pensai che non avevo amici ballerini e che mi sarebbe piaciuto condividere le mie emozioni con qualcuno che parlasse la mia stessa lingua.

Ma il confronto era anche la cosa che mi faceva più paura.

Strinsi nella tasca il cellulare di Patrick per farmi coraggio ed entrai.

Alla reception una ragazza sorridente dall'aria molto indaffarata mi fece compilare un modulo e mi chiese di attendere seduta su un divanetto.

Mentre guardavo le foto appese alle pareti di Margot Fonteyn con Nureyev, Baryshnikov e Roberto Bolle, mi venne incontro una signora bionda e ingioiellata, di circa sessant'anni, vestita di nero, con i capelli raccolti in uno chignon stretto e truccata pesantemente.

Era poco più alta di me e molto in sovrappeso, una matrona dall'aria autoritaria che ricordava più una cuoca di un ristorante che una ballerina.

Mi strinse la mano come se sapesse già tutto e mi chiese di seguirla nel suo ufficio dove si sedette alla scrivania e inforcò gli occhiali da cui penzolava una fila di perle.

Mi fece segno di accomodarmi su una sedia di fronte a lei, prese il modulo che avevo appena compilato e cominciò a scrutarlo attentamente, poi passò a scrutare me come fossi un pesce al mercato.

«Hai studiato con la Gilbert vedo…», disse in un tono che non lasciava trapelare emozioni.

«Sì, ho studiato solo con lei…». Senza sapere se fosse un bene o un male.

Seguì un lungo silenzio carico di aspettativa che non riuscii a interpretare, ma che doveva essere un tentativo di intimidazione, dato che sul modulo c'erano non più di quindici righe da leggere.

Dopodiché mi chiese di alzarmi in piedi e di andare alla sbarra posta in un angolo del suo ufficio.

«Preparazione… *plié*, *grand plié* in prima, seconda, quarta e quinta, prosegui con i *tendu* e poi fai tutto dall'altra parte».

Era giusto qualche esercizio per controllare l'arcuatura del piede, l'apertura delle anche, l'equilibrio, l'armonia delle braccia e i vari allineamenti, ma non riuscivo a smettere di sentirmi esaminata come un cane a una mostra.

Mi osservava senza dire niente, e correggeva la posizione delle spalle e del bacino in maniera piuttosto energica e fastidiosa, commentando che non era possibile che la Gilbert non si fosse resa conto che ero "tutta storta".

Tutta storta?

La sua testa era tutta storta!

Cercai di non pensarci e mi concentrai il più possibile sui passi, muovendomi nel modo più preciso e armonioso possibile, ma sembrava non bastare mai.

«Noooo, cos'è quella testa e quelle mani? Su, apri il ginocchio... di più, avanti». Sbuffava. «Ma cosa ti ha insegnato quella? A bere vodka tonic? È l'unica cosa che ha imparato dai russi. Su, ricomincia, più alta quella gamba... e la testa, tirala su, ho detto! Tragedia, è una TRA-GEDIA!», urlò in maniera teatrale coprendosi gli occhi.

Non sarei rimasta un minuto di più a farmi trattare come una novellina alle prime armi che non sapeva distinguere fra piede destro e piede sinistro.

Ero offesa e ferita e volevo uscire subito di lì.

Infilai le scarpe, presi la borsa con rabbia e mi avviai verso la porta senza guardarla in faccia, ero furiosa e umiliata e non volevo che vedesse che avevo gli occhi lucidi.

«Dove stai andando?», mi chiese severa.

«A casa», risposi aprendo la porta, «non credo sia il posto per me questo».

«Ah no? E come mai? Sei troppo brava?», disse senza ironia.

«No, ma non mi piace essere trattata così».

«Così come? Credi che debba chiederti il permesso per correggerti? Sei piena di difetti che non sai neanche di avere e per quanto mi riguarda puoi anche tenerli, ma faresti bene a mettere l'orgoglio da parte se vuoi fare questo mestiere, e posso dirti che non entrerai mai alla Royal con quella preparazione e io non ti correrò certo dietro. Chiamerò tua nonna e le dirò che non hai intenzione di seguire le mie lezioni... *Au revoir!*».

La guardai a bocca aperta cercando le parole giuste per risponderle, per dirle che avevo lavorato sodo, che non meritavo quel trattamento, che c'è modo e modo per spiegare le cose e che Claire era una persona stupenda, ma le uniche parole che mi vennero fuori furono: «Brutta culona!».

E uscii sbattendo la porta.

Solo in fondo alle scale mi resi conto che non avevo più nessuna insegnante di danza e l'idea di non avere una preparazione adatta per affrontare l'audizione mi fece tremare.

Il mio cellulare squillò, ero pronta a lanciarlo sotto l'autobus se fosse stata mia nonna, ma fortunatamente era Patrick, l'unico che avessi vicino e che potesse capirmi e aiutarmi.

«Pronto tesoro? È un grosso casino chiamarti. Siamo impegnati in una serie di simulazioni di guerra ed è davvero tosta».

Anch'io ero in guerra con il mondo e non era una simulazione.

Gli raccontai cos'era successo, che ero stata umiliata da quella vacca, che mia nonna si era intromessa e che adesso non avevo nessuno che mi potesse preparare e rischiavo di mandare tutto all'aria.

«Dove sei adesso Mia?»

«Sotto la scuola».

«Gira i tacchi e rientra subito!», mi ordinò in tono per niente gentile.

«Come hai detto scusa?», balbettai.

«Ti ho detto di tornare immediatamente in quella scuola, e di andare a scusarti con la tua insegnante!».

«Non ci penso nemmeno Pat! Quella è una stronza che si crede chissà chi, io lì dentro non ci torno neanche morta!».

«Tu lì dentro ci torni, a costo di venire a prenderti a calci nel sedere!».

Non mi aveva mai parlato così, ero spiazzata.

«Tu non capisci, non hai idea di come mi abbia trattato, sembrava che non avessi mai ballato in vita mia!».

«Non ti ha trattato di certo peggio di come mi trattano qui e se lo ha fatto è per una ragione, e se tu vuoi avere qualche chance di entrare in quella scuola, devi imparare a essere umile e ascoltare i consigli di chi è più esperto di te, anche se sono sgradevoli e dati in maniera scorretta! Pensi che mi chiedano *per favore* prima di farmi un culo grosso così a pulire il ponte o a farmi fare cinque turni di notte consecutivi o a salire sull'albero? Mia, non è più un gioco, è il tuo futuro e se è quello che vuoi davvero, devi ingoiare l'orgoglio, salire le scale e tornare da quella tizia e lasciare che ti aiuti!».

«Ma...», cercai di obiettare

«Amore mio, vorrei essere lì, vorrei poterti abbracciare, consolare e farti ridere prima di prenderti di peso e portartici di persona, invece di urlare al telefono, ma questo è quello che devi fare e che farai appena avremo riattaccato. Sei una tosta, sei una che non si arrende, per cui vai su e dimostrale che si è sbagliata!».

Aveva ragione, se mi arrendevo alla prima critica non ce l'avrei mai fatta a diventare una ballerina.

«Pat... mi manchi», sussurrai.

«Mi manchi anche tu amore mio e non sai quanto, mi manchi da farmi venire voglia di mollare tutto ogni giorno pur di stare con te, ma non dobbiamo mollare perché questo è quello che vogliamo fare da quando siamo nati, per cui ci staremo vicini e ci incoraggeremo nei momenti come questo. E io voglio poter contare su di te quando non ce la farò più, capito? Voglio essere orgoglioso di te, voglio poterti seguire a Parigi e a Mosca e stare lì in prima fila ad applaudirti e ammirare quanto sei brava!».

«Lo voglio anch'io Pat, tanto, lo voglio davvero», risposi lottando con tutta me stessa contro l'istinto di chiedergli di tornare.

«E allora vai, vai, non pensarci, non permettere che le parole ti trafiggano, sono solo parole, la gente ne dice milioni tutti i giorni e quasi sempre senza neanche pensare. Fai in modo che ti scivolino addosso, nessun giudizio è insindacabile e definitivo, l'unico che conta è il tuo!».

E travolta dalla malinconia, anch'io parlai senza riflettere.

«Ti amo Pat!».

E quello era insindacabile.

Non mi interessava più che fosse presto o tardi, che fosse poco romantico o ridicolo o che avrei dovuto aspettare il momento giusto.

Quello era il momento giusto per me.

«Anch'io ti amo Mia».

Restammo in silenzio per un minuto intero.

Abbracciati a quasi cinquecento chilometri di distanza.

CAPITOLO DICIOTTO

Salendo le scale della Scuola d'Arte, mi sentivo così felice e sicura di me che avrei potuto affrontare tutte le Mary Sinclaire di questo mondo.

Bussai ed entrai nel suo ufficio a testa bassa, pronta a scusarmi.

«Mi volevo scusare, non volevo darle della "culona", cioè volevo, ma non volevo, ero arrabbiata, vorrei che lei mi insegnasse… se non ha ancora parlato con mia nonna».

Mary Sinclaire alzò lo sguardo dalla sua torta di mirtilli con la crema, si pulì la bocca con un tovagliolo di lino e dopo essersi schiarita la voce mi disse: «Va' a cambiarti e aspettami in sala due».

Se avessi saputo cosa mi aspettava a lezione, non le avrei mai dato della culona, perché – di certo – era quello ad averle dato maggior fastidio.

Forse, se le avessi detto "stronza" o anche un semplice "vaffanculo", se la sarebbe presa meno, ma così dovevo aver ferito il suo orgoglio personale.

Mi chiese di mostrarle la variazione per l'audizione che avevo preparato con Claire e la demolì letteralmente pezzo per pezzo.

A volte ridendo.

Fu orribile, ma non ero in condizione di dire niente.

«Cos'è questo incredibile pasticcio senza capo né coda? Cosa voleva fare un *best of*? Solo perché sai fare trentadue *fouetté*, non significa che tu sia pronta per affrontare Odile: ti manca la preparazione e la maturità, saresti ridicola!».

Ringraziavo che i piedi mi facessero così male quel giorno da distrarmi dalle sue parole.

Lottavo con tutta me stessa per rimanere lì, al centro della sala, sotto lo sguardo indagatore di quindici paia di occhi fra allievi e insegnanti.

Se prima mi ero sentita umiliata adesso ero stata messa alla pubblica gogna.

Mi vergognavo da morire, ma fingevo che andasse tutto bene continuando a sorridere alla giuria più spietata che avessi mai avuto, facendomi coraggio pensando alle parole di Pat.

Quando si fu divertita abbastanza, ordinò a tutti di uscire e rimase sola con me.

«Dunque Mia, come avrai capito qui non si scherza e io non scherzo mai. Non hai mai frequentato una scuola e non conosci la disciplina, né l'umiltà, né tantomeno il rispetto, ma questo non è un gran problema, si imparano col tempo. Quello che non si impara è il talento e se non ce l'hai non ti basteranno tutte le lezioni di questa terra con i migliori insegnanti mai esistiti».

Mi venne un groppo alla gola.

Stava per pronunciare il verdetto.

«Ti dico la verità, avrei preferito che tu fossi un'incapace per avere la soddisfazione di rimandarti a piangere dalla Gilbert, ma devo dire che la stoffa ce l'hai e sei una che impara in fretta e se riusciamo a domare questo caratterino insolente, potremmo fare di te un'ottima ballerina».

Non riuscivo a credere alle mie orecchie.

Ce la potevo fare, avevo buone possibilità di entrare alla Royal.

«Grazie», le dissi accennando un inchino, «grazie Mrs Sinclaire, sono davvero felice di poter studiare con lei, e mi scusi ancora per quello che le ho detto prima, lei non è per niente culona, proprio per niente anzi, ha un culo pic...».

«Lascia perdere, vedi di non peggiorare la situazione», mi rispose secca. «Il lavoro che dobbiamo fare è davvero tanto e per cominciare ci vuole un'altra variazione, qualcosa che tiri fuori la tua personalità e non un numero da circo. A nessuno interessano più di tanto i virtuosismi, quella è roba da scuola russa. È il carattere, lo sguardo, la passione che comunichi al pubblico che conta. E per quel poco che ho visto, con la tua statura piccola, i capelli scuri, e lo sguardo furbetto che hai negli occhi saresti una perfetta Esmeralda».

Esmeralda era una variazione che adoravo, presumeva molta grazia e passionalità e si ballava con un tamburello che accompagnava i passi e la musica.

Tamara Rojo la interpretava straordinariamente con tutta la carica sensuale che il pezzo richiedeva, muovendo la testa e il tamburello in maniera civettuola e maliziosa.

Era un pezzo che sentivo molto più della variazione di Odile, perché era pieno di vita e amore e sapevo di poterlo eseguire al meglio pensando a Patrick.

Se non fosse stato per lui sarei stata a casa a disperarmi.

Era la seconda volta che mi salvava la vita, metaforicamente parlando, se non si contava quella in cui lo aveva fatto davvero.

Stava diventando davvero il mio angelo custode che si materializzava quando ne avevo più bisogno, quando non ragionavo lucidamente o stavo per fare la cazzata del secolo: il tempo di darmi la dritta giusta e rimettermi in carreggiata.

Grazie a lui cominciavo a capire l'importanza di fare un passo indietro per poterne fare uno avanti e che non c'era niente di assoluto e definitivo, che le cose potevano cambiare, le persone potevano cambiare e anche il destino, volendo, prevedeva un certo margine di trattativa.

Cominciammo subito le prove e, dallo sguardo di Mrs Sinclaire, capii che le stavo dando soddisfazione.

Almeno non mi bastonava.

Correggeva la parte tecnica in maniera scrupolosissima e quasi assillante, ma mi lasciava libertà d'interpretazione.

L'esatto contrario di Claire.

Esprimevo il personaggio di Esmeralda attraverso la passione incontenibile che avevo nel cuore e lo vivevo così a fondo da trasformarmi in lei e comunicare gioia e leggerezza a chi mi guardava.

Ballavo davanti a Mrs Sinclaire con lo stesso impegno e la stessa energia che se fossi stata davanti a mille persone.

Non mi sentivo più la ragazzina che studia i passi per il saggio di fine anno, ma una vera ballerina che mette a frutto quello che ha imparato per diventare unica e speciale.

Avevo la certezza che quello fosse il mio futuro e per realizzarlo ero disposta a sopportare ben altro che le pressioni di mia nonna.

«Bene Mia, abbiamo cominciato con il piede giusto mi pare. All'inizio pensavo che fossi la classica ragazzetta viziata e capricciosa, pupilla della nonna ricca, ma vedo invece che ci stai dando dentro.

Peccato avere buttato via tutti quegli anni dalla Gilbert, qui ti avremmo seguita senz'altro meglio. Dovrai lavorare moltissimo per liberarti di quelle cattive abitudini che hai preso, ma ce la dovremmo fare a prepararti per una buona audizione».

Volevo rispondere qualcosa in difesa di Claire, ma capii che non era il caso di sciupare un così bel discorso e farmela di nuovo nemica.

Dopotutto stavo cominciando a imparare sul serio e questo mi dava una carica che non avevo mai sperimentato prima, tanto che non avrei voluto più muovermi di lì.

Uscii e chiamai Nina.

Quella era una cosa che le avrebbe fatto piacere sapere e che avrebbe allentato le nostre tensioni.

Ci volevamo troppo bene per mandare tutto all'aria per così poco.

«Pronto Nina? Ho voglia di vederti, non sto più nella pelle. Vieni da me stasera? Voglio raccontarti tutto della nuova scuola!».

«Io…», esitò un attimo, «veramente dovevo vedermi con…».

«Carl?»

«Sì», disse piano.

Ci fu un momento di silenzio.

Poi riattaccai.

Presi la bici e cominciai a pedalare come una pazza, incurante della pioggia e della poltiglia di neve sciolta sulla strada che mi faceva scivolare.

Se pensava di cavarsela con così poco si sbagliava di grosso.

Suonai il campanello come un ufficiale giudiziario venuto a pignorare i mobili.

Nina aprì la porta e rimase sorpresa e imbarazzata nel vedermi.

«Ti rendi conto che stai rovinando la nostra amicizia e che stai mandando tutto a puttane da quando ti sei messa con quello là? Fuori c'è ancora un mondo nel caso non te ne fossi accorta e io ne faccio sempre parte, ma a quanto pare non ti interessa più, a te interessa soltanto stare incollata al culo secco di Carl, che non si sa cos'abbia di speciale poi! Lo sai cosa mi sembrate? Due detenuti nella stessa cella che non escono neanche per l'ora d'aria!». Gridavo, completamente bagnata e rossa in faccia.

«Mia, non ti arrabbiare dài, entra, Carl sta per arrivare».

«Ecco, lo vedi? E se avessi bisogno io di te? Se volessi vederti da sola e parlarti? Devo prendere appuntamento con la tua segretaria? Rivoglio la mia amica capito??? RIVOGLIO LA MIA AMICA!!». Ero isterica e la sua esitazione mi dava ancora più sui nervi.

Presi a scuoterla per le spalle come un pupazzo.

«La vuoi smettere di comportarti così, cazzo? Mi manchi, ho bisogno di te, lo capisci?».

Le lacrime si mischiavano con la pioggia.

Guardavo la mia amica che se ne stava lì, ferma senza sapere cosa fare e che, a differenza di suo fratello, non muoveva un dito per salvare la nostra amicizia.

Avevo voglia di dirglielo, solo per scuoterla dal torpore, dall'incantesimo che l'aveva trasformata in una bambola di zucchero.

«Mia, io ti voglio bene come sempre, è solo che tutto cambia, si cresce, non si fanno più le stesse cose di prima».

«Tipo stare al telefono per delle ore, passare le serate a parlare di sesso e guardare MTV? Questo si fa alla nostra età, tu sembri una casalinga frustrata! Mi fai tristezza!».

«Non dovresti parlarmi così, sei scorretta!».

«Sono arrabbiata perché vedo che rinunci ai tuoi sogni per stare con lui e non è giusto! Tu sei la ragazza più bella e intelligente della scuola, tutti ti invidiano, i professori hanno una quantità di aspettative su di te e tu trascuri qualunque attività extra scolastica pur di non togliere del tempo a Carl! Non sei più nella direzione del giornale scolastico, non fai più la cheerleader, non fai più parte del consiglio studentesco e non studi più recitazione, si può sapere che hai in testa?»

«Sono innamorata Mia, lo sono con tutta l'anima, vorrei potessi capirmi, ma non puoi!».

«Sì che posso, ti capisco benissimo, ma non faccio come te, non smetto di vivere, seguire i miei sogni e divertirmi. Ti stai facendo impagliare come la testa di alce nel tuo salotto!», urlai senza più ritegno.

Mi guardò interrogativa.

«L'alce?», disse cercando di rimanere seria.

«Sì l'alce o la renna o quello che è...». Veniva da ridere anche a me e mi grattai la fronte per non guardarla.

Cominciammo a sghignazzare sempre più forte, finché scoppiammo a ridere come matte senza riuscire a smettere.

La presi per mano e la trascinai fuori sotto la pioggia e rimanemmo lì, a ridere a crepapelle, come due sceme.

Eravamo ancora noi.

Ancora per poco.

A casa, più tardi, mia madre voleva continuare a ignorarmi, ma si rendeva conto che c'erano troppe novità per poter far finta di niente.

Ma l'orgoglio fu ancora una volta più forte e le fece mandare avanti Paul a sondare il terreno.

Bussò alla mia porta mentre stavo provando davanti allo specchio un passo che mi aveva dato parecchio filo da torcere.

«Tutto bene?», chiese come sempre un po' impacciato.

«Sì, a parte che sono incinta!», gli dissi voltandomi e facendo una faccia disperata.

«COSA?», urlò diventando bianco come un cadavere.

Esplosi a ridere.

«Scherzo! È sempre troppo facile con te!».

«No! È che ho due figlie femmine e questa è una delle cose che temo di più!».

«Stai tranquillo, nessuna pagnotta in forno», lo rassicurai.

«Sei sicura vero?»

«Certo, altrimenti sarei la Madonna».

Tirò un sospiro di sollievo.

«Senti, non voglio girarci troppo attorno, ma è tua madre che mi manda a investigare, io vorrei evitarlo, ma sai com'è fatta…».

«Sì che lo so, cosa vuole sapere?»

«Come va con tua nonna, soprattutto», chiese ansioso.

«Dille che è terribile, che è oppressiva e prepotente, e mi comanda a bacchetta».

Tirò un altro sospiro di sollievo.

«Dio ti ringrazio! Credevo che con te fosse tutto rose e fiori, non l'avrebbe mai sopportato!».

«Fidati. Dille che è una punizione divina e che vorrei poter tornare indietro, ma che ormai è tardi», risposi sorridendo.

«Perfetto, questa era la versione per la stampa, adesso dimmi come sta andando veramente».

«È terribile, oppressiva, prepotente e mi comanda a bacchetta…».

«Ma?…»

«Ma grazie a lei mi sto divertendo da pazzi!».

«Davvero? Era la scelta giusta?»

«Sì, al cento per cento. È difficile stare alle sue condizioni perché non ti lascia respirare e vuole avere sempre ragione lei, ma sa quello che fa e in fondo l'adoro per questo».

«Questa parte non la ripeterò neanche sotto tortura».

«Tanto non ti crederebbe!».

Il telefono vibrò sul letto.

Ci guardammo esitanti, poi Paul si alzò e se ne andò come un papà imbarazzato.

«Pat?»

«Amore! Com'è andata?»

«Alla grande! Se non mi obbligavi a ritornare in quella scuola avrei fatto il più grande errore della mia vita. Le sono piaciuta, mi ha dato una variazione perfetta per me, mi sta insegnando tantissimo, dice che sto facendo un buon lavoro…», sparai a raffica senza neanche riprendere fiato.

«Sono contentissimo, sapevo che avresti fatto un figurone!».

«Ho ballato per te! Ho immaginato che fossi seduto al posto di quella culona della mia insegnante e ho tirato fuori una forza che non sapevo neanche di avere, era come… oddio non so spiegarlo a parole, ma era come se tutta la passione che provo quando sono con te esplodesse, capisci? Sentivo il fuoco scorrermi nelle vene, il cuore che mi batteva forte e un nodo allo stomaco che… Pat muoio dalla voglia di fare l'amore con te!».

«Anch'io Mia, da impazzire!».

«Vorrei farlo quando tornerai, lo voglio con tutto il cuore e so che sarà speciale».

«Sì», disse un po' emozionato, «ti prometto che sarà speciale».

Da quel momento in poi niente poteva farmi più paura.

Le telefonate di mia nonna si susseguivano sempre più numerose e incalzanti, ma non smettevo di puntare dritta verso il mio obiettivo e tutto il resto perdeva di importanza.

Studiavo tutti pomeriggi per quattro ore dalla Sinclaire, e la sera stavo al telefono con Pat, quando poteva. Il resto del tempo era dedicato alla scuola e a qualche ora stiracchiata con Nina quando Carl non era nei paraggi.

Una sera in cui mia madre era fuori con Paul per festeggiare il suo nuovo lavoro, la invitai a dormire a casa.

Carl era con Alex a una conferenza sui social networks.

Da quando avevano deciso di fondare insieme una società di informatica si sentivano i nuovi Mark Zuckerberg.

Nina era felice di essere lì, ma allo stesso tempo non smetteva di guardare l'orologio.

«Stai bene Nina? Vuoi che ti prenda dell'acqua o un asciugamano bagnato? Lo fanno sempre nei film in cui c'è qualcuno in crisi d'astinenza».

«Scema! Vorrei vedere te».

Se solo sapessi.

Uscimmo per portare a spasso York e passammo al supermercato all'angolo a prendere un secchio di pop corn al caramello, degli M&M's, un Toblerone, una scatola di tortine ripiene di marmellata e una copia di «Star».

Eravamo cambiate è vero, ma era tutto più divertente adesso che cominciavamo a comportarci come delle adulte.

Ed era arrivato il momento di affrontare seriamente l'argomento sesso, anche perché Nina era l'unica fra le mie conoscenze strette con meno di quarant'anni.

«Ma tu e Carl l'avete fatto poi?», chiesi con nonchalance.

Diede un colpo di tosse con la bocca piena di pop corn.

«Insomma…».

«Che vuoi dire con "insomma"?», chiesi perplessa.

«La settimana dopo che siamo stati a Bath abbiamo deciso di farlo in camera mia, quando i miei erano fuori. Avevo acceso le candele alla vaniglia, c'era la musica giusta, e mi ero messa il completino nuovo, quello super sexy blu elettrico…».

«E?…»

«E lui quando è entrato in camera e mi ha vista così era davvero emozionato, non smetteva di dirmi quanto ero bella, che sembravo un quadro, che avrebbe voluto farmi delle foto, insomma ha continuato per dieci minuti a farmi i complimenti invece di arrivare al sodo. Allora ho pensato di prendere io l'iniziativa e ho cominciato a sbottonargli la camicia, e i pantaloni. Tu immaginami sdraiata sul mio letto con un microperizoma e un reggiseno a balconcino, mentre lui lotta con le scarpe impigliate nei jeans. Romantico eh?»

«Non posso crederci, e poi?»

«Poi, quando è rimasto in boxer e calzini, che ho fatto finta di non vedere, ho sperato che finalmente fosse arrivato il momento che aspettavo, ma…».

«Ma?»

«Ma niente! Ha detto che forse era la troppa emozione e che ero troppo bella, per cui ha avuto una… crisi da prestazione!».

«Ma non avete nemmeno…».

«Niente! Niente in assoluto! Si è depresso e non ha più voluto provare. È colpa mia, metto in imbarazzo gli uomini», sospirò.

«Questa l'hai sentita in qualche telefilm o è frutto della tua immaginazione malata?», dissi staccando un enorme pezzo di Toblerone coi denti.

«Non c'è altra spiegazione, Thomas mi ha usata come una puttanella, mentre Carl mi tratta come una bambolina di porcellana e non riesce quasi a toccarmi! Li odio gli uomini!».

«Tieni, mangia!», le dissi allungandole il cioccolato.

«Diventerò una balena, così nessuno mi guarderà più…», concluse. «…Tu invece? Chi è l'uomo del mistero? Guarda che lo so che ti vedi con qualcuno, sei troppo bella e luminosa per non essere innamorata».

In una dimensione parallela avrei detto la verità a Nina, lei mi avrebbe abbracciata e avrebbe iniziato a scrivere la lista degli invitati alle nozze.

Ma quando inizi a mentire a qualcuno, anche solo per il suo bene, credi a tal punto a quella versione dei fatti da esserne quasi convinta tu stessa.

«Io sono innamorata solo della danza e mai come adesso mi sono sentita ricambiata», conclusi aprendo la porta di casa con un gesto teatrale.

Il suono del suo telefono ci svegliò di soprassalto.

Era Carl che era uscito dalla riunione e voleva passarla a prendere.

«Oh, accidenti com'è tardi!», esclamò alzandosi di scatto e facendo rovesciare a terra tutte le M&M's.

«Ma non rimani a dormire qui?»

«No, preferisco di no, domani c'è scuola», rispose piegando la coperta e rimettendo a posto i cuscini sul divano.

Era come se la festa fosse finita e aspettassimo suo padre che venisse a prenderla, ma questa volta era una scelta volontaria.

Ci sedemmo in silenzio fingendo di guardare un documentario sulle farfalle monarca, aspettando l'arrivo di Carl, quando il mio telefono, su cui ero seduta, squillò.

Era Patrick.

Guardavamo lampeggiare la scritta *Angel* sul display senza che mi decidessi a rispondere.

«Chi è Angel?», chiese Nina.

«Nessuno… non lo conosci, è per un compito a scuola…», risposi annaspando.

«Un compito a scuola? Allora lo conosco per forza, aspetta che indovino».

Prese il cellulare in mano e rispose.

Furono i secondi più lunghi e angoscianti della mia vita.

Cominciai a sudare freddo mentre gridavo a voce abbastanza alta per farmi sentire da lui: «Dài Nina ridammi il cellulare!».

«Pronto? Sei tu Angel? Dài dimmi chi sei, tanto lo scopro!», cantilenava al telefono.

«E dài molla, io non ti farei mai una cosa del genere!».

«E va bene te lo passo». Mi porse il telefono per un istante, prima di rimetterselo all'orecchio e gridare: «…ho capito chi sei! Riconoscerei quel respiro ovunque, Virgil Dickinson! Dài, ma non c'è mica niente di male sai? Mia è come mia sorella!». E mi riconsegnò il telefono mentre la guardavo ammutolita.

Mi schiarii la voce e dissi solo: «Ti richiamo più tardi!».

L'avrei ammazzata.

Mi aveva fatto prendere un accidente e per un pelo non ci scopriva.

Mentre cercavo ancora di far rallentare il battito del cuore, Nina continuava a tormentarmi.

«È carino Virgil! Quanto è che va avanti? E perché lo chiami Angel? Possiamo uscire tutti insieme una di queste sere!».

«Nina non ho nessuna storia con Virgil Dickinson, te lo giuro su quello che vuoi, è un ragazzo che viene a danza con me ed è gay e si fa chiamare Angel e si è appena lasciato col suo ragazzo, ecco perché mi chiamava!», conclusi leggermente seccata.

Fui così convincente che ci credetti anch'io.

Sembrò delusa.

«Oh, allora scusati con lui quando lo vedi, pensavo… non so, mi sembrava familiare».

«La prossima volta fidati di me, magari».

Stavo decisamente esagerando.

Carl arrivò dopo pochi minuti.

Ci salutammo sulla porta e li guardai allontanarsi mano nella mano.

Un attimo prima di entrare nella macchina Nina si girò e disse: «Lo sai che tu e Patrick avete lo stesso modello di cellulare?».

Il tempo di chiudere la porta e avevo già fatto le scale di corsa, mi ero buttata sul letto e lo stavo chiamando.

«Glielo dobbiamo dire!», gridammo in coro.

«Assolutamente».

«Ho temuto il peggio».

«E io allora? Ero a un passo dalla tragedia!».

«Quando torno ci parliamo insieme, non mi piace fare le cose di nascosto, dalla mia famiglia poi… vedrai che dopo lo shock iniziale sarà contentissima, e il fatto che stia con Carl ci sarà d'aiuto».

«Sì, le terrà il coltello prima che mi tagli la gola».

«Non andrà così male, fidati, la conosco, so come prenderla».

«Spero che tu sappia quello che fai, perché stavo per morire sul colpo quando mi ha strappato il telefono di mano».

«A proposito, grande l'idea di darmi un altro nome, è da servizi segreti! Sono fiero di te, ma come ti è venuto *Angel*?»

«Perché sei il mio angelo custode, ogni volta che ho un problema arrivi tu e lo risolvi».

«Figurati, per così poco… si può sapere invece chi è Virgil Dickinson? Mi interessa!».

«Un ragazzo, a scuola…».

«Un ragazzo a scuola… che ti viene dietro?», chiese sospettoso.

«Non che io sappia», risposi evasiva.

«Me lo diresti?», incalzò.

«Non sarai mica geloso», lo stuzzicai.

«Sì, molto!».

«Nessuno, non è nessuno stai tranquillo, ci sei sempre stato solo tu per me».

Mi inteneriva l'idea che anche uno come Patrick avesse delle insicurezze ed ero più che lusingata di esserne io la causa.

Lui che, come sua sorella, suscitava adorazione al primo sguardo, che ispirava una totale e incondizionata fiducia e a cui avresti dato in mano la tua vita senza esitazione, vacillava sentendo nominare un bamboccio come Virgil Dickinson.

«Ti amo Mia».

Non mi sarei mai abituata a sentirglielo dire, ogni volta era una fitta al cuore, un misto di stupore e incredulità, unito al dolore di non poterlo avere con me.

«Mi manchi troppo Pat».

«Quando torno ti porto a Skegness. È un posto sul mare, bellissimo, dove si mangia il migliore *fish and chips* del mondo e sono sicuro che ti piacerà. Il mare d'inverno è quasi più bello che d'estate, a parte il freddo, e in paese c'è un alberghetto molto carino, dove… se vuoi potremmo dormire».

Esitai un attimo prima di rispondere.

Stavamo parlando della mia prima volta e fui assalita da un'ondata di angoscia.

Era vero che glielo avevo chiesto io e che lo volevo tanto, ma l'idea che sarebbe successo di lì a poco mi spaventava a morte.

E se non avessi saputo cosa fare? Se fossi stata impacciata e goffa? Se all'ultimo momento mi fossi tirata indietro?

Allo stesso tempo solo il pensiero di fare l'amore con lui mi lasciava senza fiato e avevo la certezza che sarebbe stato semplicemente fantastico, che avrebbe avuto pazienza, che mi avrebbe baciata, accarezzata e tenuta tra le braccia finché non fossi stata pronta.

E soprattutto l'avremmo fatto in un posto nostro, senza letti a una piazza e genitori che entravano all'improvviso, con le luci soffuse, un posto in cui saremmo ritornati ogni anno per festeggiare il nostro anniversario per il resto della nostra vita.

«Non vedo l'ora di andarci, sarà stupendo».

Più tardi sentii rientrare Paul e mia madre e scesi a salutarli.

Lei, un po' brilla, mi sorrise istintivamente, ma tornò subito cupa. «Ti abbiamo portato il dolce», disse.

«Grazie, ho già fatto il pieno stasera, è venuta Nina».

«E non è rimasta a dormire?»

«No, è venuto Carl a prenderla, la sua guardia del corpo».

«Carl era cotto di te se non sbaglio», chiese aggrottando la fronte.

«Era…», dissi con un'alzata di spalle, «ma gli uomini sono… come dici sempre tu? *…volubili*».

Moriva dalla voglia di saperne di più e questo la obbligava a parlarmi, mentre Paul sogghignava soddisfatto, alle sue spalle, facendomi cenno di andare avanti.

«Oh sì, terribilmente volubili… presenti esclusi, s'intende», si corresse.

«S'intende», fece eco Paul.

«E… la danza? Sta andando bene?»

«Sì, anche se non studio più con Claire».

«Lo so, mi ha chiamata, era dispiaciuta, ma è quello che può succedere quando si chiede aiuto a tua nonna, si perde ogni diritto… però magari ti farà bene, chissà… non è detto che quello che è capitato a me debba accadere a te… non siamo uguali».

Paul faceva di sì con la testa, orgoglioso dei nostri progressi.

Sapevo che soffriva per non aver avuto un vero rapporto con sua madre, ma aveva fatto di tutto perché io stessi bene e fossi felice e non volevo che mi prendesse per un'ingrata o un'ipocrita.

«È solo per un periodo, mamma, spero di smettere di essere un peso per tutti voi e cominciare a darvi delle soddisfazioni».

«Tu non sei un peso», rispose prendendomi una mano, «hai solo dei desideri particolarmente ambiziosi, ma non è detto che sia un male.

Se avessi giocato meglio le mie carte, se fossi stata meno impulsiva e cocciuta… o diplomatica… io…».

«Non avresti avuto me», le dissi abbracciandola di slancio.

«E non avresti conosciuto me», intervenne Paul circondandoci tutte e due con le sue grandi braccia.

Eravamo di nuovo una famiglia, o forse cominciavamo a esserlo per la prima volta.

CAPITOLO DICIANNOVE

Le lezioni alla nuova scuola di danza mi entusiasmavano.

Avevo conosciuto Bryan e Corinne che studiavano privatamente alla Sinclaire e spesso mi trattenevo insieme a loro dopo la lezione per assistere alle prove dei professionisti.

Era bello poter finalmente parlare di danza, di passi e di variazioni senza dover essere guardati come alieni.

In effetti parlavamo solo di danza, ma era inevitabile per delle persone che avevano deciso di dedicare tutta la loro vita a perfezionare instancabilmente il proprio corpo, in vista del debutto su un grande palcoscenico.

Ce ne stavamo in sala prove per ore a riscaldare i muscoli, facendo spaccate, esercitandoci alla sbarra o dandoci consigli l'un l'altro. Vista da fuori, poteva sembrare una vita claustrofobica, ma per me, per noi, non c'era cosa più elettrizzante che poter passare la giornata immersi nel nostro habitat naturale.

Bryan aveva due anni più di me, aveva studiato alla Royal Academy e si stava perfezionando, mentre Corinne aveva la mia età e si era trasferita da poco da Bordeaux.

In tre ci sostenevamo a vicenda per sopravvivere agli sguardi torvi e ai pettegolezzi rivolti immancabilmente agli ultimi arrivati.

La variazione di *Esmeralda* andava davvero bene, lo capivo dallo sguardo di Mrs Sinclaire che commentava di meno e sorrideva di più.

Adesso riuscivo a padroneggiare il pezzo e a sostenerlo fino alla fine e morivo dalla voglia di mostrarlo a Patrick e, più che mai, alla giuria.

Mi sentivo sicura di me e pronta e, con tutto quel lavoro e un po' di fortuna, ce l'avrei fatta.

Mancavano ventidue giorni all'audizione e diciassette al ritorno di

Patrick e impazzivo di felicità all'idea di affrontare le due prime volte più importanti della mia vita a distanza così ravvicinata.

Non mi avrebbero certo fermata altre stupide tesine da consegnare o qualche test inutile, ma Mrs Meyer non era dello stesso avviso.

L'intervento di mia nonna con la preside della scuola aveva fatto sì che gli insegnanti mi lasciassero in pace in vista dell'audizione come se, non sapendo ballare, avessero preferito disinteressarsi a me, ma la prof. di letteratura non accettava il fatto che fossi io a disinteressarmi degli esami.

Il fatto è che mi sentivo già proiettata nel futuro e mi vedevo con la mia bella uniforme blu a studiare con i migliori insegnanti del mondo nelle splendide sale della Royal, accompagnata dal pianista. Tutto quello che si frapponeva fra me e quell'obiettivo sembrava avere poca importanza.

Possibile che lei non lo capisse?

«Non credere che ti permetta di trascurare gli esami», mi disse con tono seccato, incrociandomi in corridoio, «se io non ti ammetto, non ci andrai alla scuola di danza! Quando hai deciso di portare materie artistiche ti ho appoggiata, ma adesso te ne stai fregando e la scuola non finisce a febbraio. So che arranchi sia in storia che in francese, e ti conviene recuperare se non vuoi che tutta questa fatica sia stata inutile».

Mia nonna non avrebbe mai permesso a qualche lacuna di compromettere la mia ammissione, ma certo non potevo tirarla in ballo ogni volta che mi faceva comodo.

«Studierò di più Mrs Meyer, glielo prometto, mi impegnerò a fondo e darò un buon esame».

«Ti conviene...», disse girando i tacchi ed entrando in classe.

Dovevo chiedere aiuto a Nina e studiare insieme era l'unico modo di averla per me senza che Carl si intromettesse.

Dopo quella sera a casa mia non eravamo più state sole e, nonostante la mia drammatica scenata sotto la pioggia, non mi sembrava che avesse intenzione di cambiare le cose, anzi, Carl cominciava a prendere decisioni anche per lei.

Ma non potevo rischiare di farmelo nemico o avrebbe spifferato di me e Patrick e non avrei mai voluto che Nina lo sapesse da lui.

E dopo la storia dell'anello i nostri rapporti si erano notevolmente raffreddati.

«Nina, la Meyer mi sta col fiato sul collo e se non passo il test di giovedì si metterà contro di me nel consiglio di classe».

«È così arrabbiata?»

«Peggio! Mi odia e pensa che me ne freghi della sua materia perché mi sento già con un piede alla Royal».

«E non è vero?», chiese ironica.

«Certo che lo è, ma non credevo che se ne accorgesse, mi aiuti allora?»

«Oggi devo accompagnare Carl a vedere un ufficio che vuole affittare insieme ad Alex, perché non vieni con noi? Poi ci fermiamo a casa mia e andiamo avanti a studiare anche tutta la notte».

«Insieme a lui? Cos'è l'uomo ombra?»

«Miaaaa!», mi rimproverò.

«Se non ho scelta...».

Dopo la lezione di danza, mentre aspettavo i due fidanzati perennemente in ritardo, vidi arrivare Carl di corsa.

«Nina non può venire, doveva accompagnare sua madre in un posto. Ho comunque bisogno di un'opinione femminile, perciò se non ti dispiace accompagnarmi...».

«Credi che ne sappia qualcosa di uffici?»

«Mi serve solo il tuo senso estetico, alla parte tecnica penso io».

Ci incamminammo per le strade della vecchia Leicester. Carl, come al solito, camminava spedito davanti a me, che gli trotterellavo dietro cercando di non perderlo di vista.

Giungemmo davanti a un vecchio caseggiato di mattoni rossi, un'ex distilleria ristrutturata suddivisa in ampi spazi per uffici.

Carl entrò a mostrarmi la stanza che aveva intenzione di affittare.

Un loft luminosissimo con grandi finestre ad arco e muri di pietra con i mattoni a vista.

Sarebbe stata una perfetta scuola di danza.

«Qui metteremo i computer e lì lo spazio consulenze, mi piacerebbe anche un angolo bar, sai, per rilassarsi a fine giornata...».

«Bello! Ma perché tutta questa fretta? Non hai ancora finito la scuola, pensavo ti volessi laureare».

«La laurea è inutile, perdi solo tempo a studiare cose che imparerai sul campo o che non ti serviranno mai, ho voglia di fare soldi in fretta».

«Be', ti capisco, anch'io peso parecchio sui miei», dissi amaramente, «però se non ti stanno buttando fuori casa, puoi anche aspettare un paio di anni».

«Voglio sposare Nina appena possibile».

Esplose un tuono.

«Spo?». La parola mi si fermò in gola.

«Sì, glielo voglio chiedere appena sistemato qui, con Alex abbiamo progetti ambiziosi, vedrai che nel giro di sei mesi riusciremo ad avere una buona clientela».

Non capivo se anche quella volta volesse mettermi alla prova, per provocarmi, sfidarmi o farmi capire che mi stava portando via la mia amica.

Come fosse una gara a chi riusciva a farsi volere più bene da lei.

«Hai già preso la tua decisione immagino, non penso che tu abbia bisogno di me».

«Ti sbagli Mia, so come la pensi e vorrei la tua approvazione».

«Anche tu?», sbuffai.

«Nina non è felice se tu non sei felice e sappiamo tutti e due, anzi tutti e tre, che non sei mai stata contenta di noi fin dall'inizio quindi, per il bene di Nina, farò di tutto per conquistare la tua fiducia».

«Ehi! Non sono mica la regina Elisabetta! La mia opinione non è poi così importante, secondo me è tutto troppo precipitoso, lo sai, l'anello, il matrimonio, ma se voi siete felici fate pure… perché… voi siete felici vero?»

«Sì… credo di sì», rispose un po' in ansia torturandosi le dita.

«E allora qual è il problema? Io mi intendo solo di danza, sul resto non sono in grado di formulare giudizi attendibili, per cui prenditi la mia benedizione e usciamo di qui».

Chiuse la porta e ci incamminammo verso il centro.

«E con Patrick… c'è stato qualche sviluppo?»

«Qualcuno…», dissi guardando altrove.

«Dài che facciamo un matrimonio doppio!».

«No grazie, per ora mi godo i miei quindici anni».

«Cos'hai contro il matrimonio?»

«Niente! Lo trovo sopravvalutato».

«Vuoi dire che a te non piacerebbe ricevere un anello?», disse indicando una piccola gioielleria.

«Dico che non credo ci sia bisogno di un anello per dimostrare l'amore a una persona o per legarla a sé».

«Però ti piacerebbe…», incalzò trascinandomi davanti alla vetrina indicando gli anelli come fossero neonati. «…Guarda che belli…».

«Secondo me basta un elastico al polso per ricordarci che siamo una cosa sola…».

«Cosa intendi?»

«Intendo che, quando trovi la tua anima gemella, senti dentro di te una sensazione di pace e di benessere talmente intensa, da avere l'impressione di essere finalmente arrivato a casa. Ti sembra di conoscere quella persona da sempre, da un'altra vita magari, e ti rendi conto che prima di lei non c'era niente, solo l'attesa di ritrovarla. E dopo che vi siete rincontrati, potresti non vederla per un anno e non cambierebbe niente fra voi due, perché sai di poterti fidare completamente e anche senza anello e senza matrimonio sai che quella è la *tua* persona ed è solo tua. Per sempre».

Non stavo parlando più di loro, ma di me e Pat.

Carl diventò improvvisamente pensieroso.

«Per questo fra noi…», disse.

«Non poteva funzionare perché ho sempre saputo chi era la mia persona».

«E tu credi che Nina non sia la mia persona?»

«E come faccio a saperlo io? Mica sono nella tua testa! Senti le farfalle nello stomaco quando pensi a lei? Ti manca come l'aria se non la vedi mezza giornata? Ti diverti, ridete insieme? Hai voglia di raccontarle tutto, anche la più piccola stupidaggine che ti è successa? O hai solo voglia che lei sia tua perché sei geloso? Secondo me dovresti riflettere bene prima di incasinare tutto il vostro futuro… ecco, questo è quello che penso!».

«Scusa, non ho mezze misure, lo so, ma Nina è come mia sorella, mi preoccupo per lei».

Forse avevo colto nel segno.

Tornai a voltarmi verso la vetrina.

No, non volevo un anello, ma volevo che Pat avesse qualcosa di mio da tenere vicino in quelle lunghe, interminabili ore di pericolose esercitazioni e nelle notti di guardia e mi si strinse il cuore all'idea di lui da solo.

Improvvisamente la mia attenzione fu attratta da un bracciale di cuoio.

Un semplice laccetto nero con una piccola placca metallica con un'incisione che non sapevo tradurre.

Serva me. Servabo te.

Entrai, seguìta da un rattristato Carl.

Salvami. Ti salverò, mi informò il gioielliere.

Era perfetto, lo presi.

Ci incamminammo verso casa di Nina in silenzio e una volta arrivati Carl mi salutò.

«Ma come, non sali?»

«No, vi lascio sole, è meglio così, sarei solo d'intralcio».

«È per qualcosa che ho detto?», domandai dispiaciuta.

«Credo che tu abbia ragione, forse sto esagerando con lei, è meglio che allenti la presa», continuò allontanandosi.

«Ma… ehi Carl, che vuoi dire con *allentare la presa*, che la vuoi lasciare? Perché ho detto quelle cose sul matrimonio? Ma guarda che neanche le pensavo! Te l'ho detto, non ne so niente di relazioni, solo di calzamaglie e strappi muscolari!», risi nervosamente.

«No, hai ragione, siamo troppo giovani e dovremmo goderci la nostra gioventù prima di metterci degli anelli al dito o dei cappi al collo no?»

«No, no fermo». Mi spaventai. «Stai travisando, io non ho mai detto questo! Voi dovete incidere i vostri nomi sugli alberi, farvi fare delle magliette con la vostra foto, mangiare delle torte a forma di cuore, andare a Parigi, ma non tutto subito! Cercate di diluire le romanticherie da ora ai prossimi cinquant'anni, altrimenti non avrete più niente da dirvi!».

«Mi hai fatto riflettere Mia, dobbiamo prenderci una pausa di riflessione, ho paura che forse non è quello che voglio davvero».

«Ma certo che lo vuoi! Nina è la cosa più bella che ti sia mai capitata l'hai detto tu, è perfetta, sembra un quadro e il fatto che non riesci ad avere un'erezione con lei… è sicuramente colpa dell'ansia da prestazione, passerà vedrai!».

Oddio che avevo detto.

«Ti ha detto che ho fatto cilecca?», chiese inorridito.

«No! Insomma non in questi termini», cercai di rimediare inutilmente «Ha solo detto che non eravate riusciti ad andare… in fondo alla cosa, ma per colpa sua, non tua! Dice che ti ha messo troppa pressione addosso e che…».

«Sarà meglio che me ne vada adesso», concluse offeso.

«Ma Carl, queste sono confidenze che le ragazze si fanno, come voi che fate i commenti negli spogliatoi tipo: "Hei hai visto le tette di Sandy Robinson?"». Imitai la voce grossa, ma non rise.

«Io non avrei mai detto a nessuno della tua cotta per Patrick», rispose amaramente.

«E… continuerai a non dirlo vero?», chiesi cauta.

«Ma per chi mi hai preso Mia?», rispose con rabbia prima di girarsi e andarsene.

Avevo fatto un casino incredibile.

Sempre per colpa della mia maledetta boccaccia.

Cosa avrei dovuto fare adesso? Che cosa avrei detto a Nina?

Deglutii e suonai il campanello.

Nina aprì la porta sorridente: «Ehi, ci avete messo un sacco! È quasi ora di cena… Ma dov'è Carl?»

«È dovuto tornare a casa, l'hanno chiamato…», mentii.

«Senza salutarmi? Dev'essere successo qualcosa, vieni dentro che lo chiamo».

Aveva già staccato il telefono quell'idiota.

E mi aveva lasciata lì, da sola, a gestire quella terribile patata bollente, perché non aveva le palle di dire alla mia migliore amica che aveva avuto un ripensamento e aveva cercato di dare la colpa a me.

Senza contare che essere in casa di Patrick senza di lui mi sconvolgeva al punto da farmi tremare le gambe, e mi faceva desiderare solo di entrare in camera sua e stringermi al suo cuscino.

Fu una serata orrenda, Nina si disperava e non capiva perché lui non rispondesse e io continuavo a dirle di stare calma e che di certo non era successo niente.

Per la seconda volta nel giro di pochi mesi, la mia migliore amica, la persona "più fantastica" del mondo, veniva usata e respinta in modo meschino e immotivato da due miserabili che le avevano detto di amarla.

E questa volta a scatenare il crollo delle deboli certezze di quel verme ero stata proprio io.

«Devo andare a casa sua. Dài accompagnami!», mi disse improvvisamente lanciandomi il giubbotto.

«Ma sei sicura? È tardi e fa freddo, lo vedrai domani a scuola».

«No, sono sicura che è successo qualcosa, lui risponde sempre, ho paura che abbia avuto un incidente, è l'unica spiegazione!».

No, quella era la spiegazione per un'anima innocente e pura come lei che, nonostante fosse circondata da persone che le mentivano di continuo, compresa la sottoscritta, continuava a fidarsi di loro.

Ma la cosa peggiore era che, a mentirle, erano le persone che lei amava di più.

Laetitia stava cucinando e canticchiava allegramente e fu sorpresa di vederci pronte per uscire.

Nina le disse che mi accompagnava a casa per risolvere un problema col mio computer, che avremmo cenato da me e che l'avrebbe riaccompagnata Carl.

La velocità con cui inanellò una balla dietro l'altra mi sbalordì.

Arrivate in cima alla strada fermò un taxi che ci depositò davanti a casa di Carl.

A quell'ora doveva senz'altro essere a tavola coi suoi, incurante di aver appena lasciato nell'angoscia una persona che non più di un'ora prima diceva di voler sposare.

Suonò il campanello.

Ci volle un po' perché sua madre aprisse, visibilmente imbarazzata, tenendo la porta socchiusa come se fossimo venditori porta a porta.

«Carl non è in casa», disse stringendosi la vestaglia attorno al collo.

«E dov'è andato signora?», chiese Nina con quegli occhi da cucciolo smarrito che avrebbero sciolto un iceberg, ma non il cuore di pietra della signora O'Malley.

«Non me l'ha detto… con gli amici», tagliò corto.

«Ma… non capisco, dovevamo vederci, è successo qualcosa? Me lo dica per piacere…». Sentirla implorare quella strega insensibile mi fece incazzare di brutto e, come sempre, davanti alle ingiustizie perdevo la testa.

«Signora, suo figlio ha messo incinta la mia amica e adesso suo padre lo sta cercando, sarà meglio che lo troviamo noi prima di lui non crede?».

Mrs O'Malley cambiò colore.

Allora non era solo l'incubo di Paul.

Ci disse che era andato da Thomas per una partita a poker.

Nina sgranò gli occhi.

Non solo non si vedeva con Thomas da un pezzo, ma che si fosse improvvisamente messo a giocare a poker era davvero incredibile.

Nina stava perdendo la ragione, non capiva cosa stesse succedendo e l'idea che lui non la volesse più cominciava a insinuarsi dentro di lei come una scheggia di vetro sottopelle.

Fermammo un altro taxi.

Mi stringeva la mano, guardando fisso davanti a sé, mentre la macchina sfrecciava nella notte accompagnata dal sottofondo di una nenia indiana proveniente dalla radio.

Era tutto assurdo.

Non aveva senso che attraversassimo la città in lungo e in largo per farci sbattere la porta in faccia da degli idioti cacasotto.

Non volevo che la mia amica subisse altre umiliazioni.

Che fossero loro a venire a piangere alla sua porta.

A quell'ora dovevamo essere in camera nostra ad ascoltare musica, scambiarci i vestiti, e imparare a fumare, non certo a elemosinare spiegazioni inconsistenti.

Era una cosa che avevo visto fare troppe volte a mia madre per permettere che succedesse ancora.

«Senti Nina, torniamocene a casa ti prego».

«No. Voglio sapere cosa cazzo sta succedendo».

«Sono sicura che se ci dormiamo sopra domani tutto sarà più chiaro».

Lo speravo veramente.

Speravo che Nina gli sarebbe mancata così tanto da tornare sui suoi passi, inventando l'ennesima scusa per la sua fuga di mezzanotte.

Arrivammo davanti alla porta della casa di Thomas.

Nina chiese al tassista di aspettarci.

Non saprò mai se fu buon senso o solo *sesto* senso.

Dalla tenda scostata della finestra a bovindo del salotto, vedemmo chiaramente Carl e Thomas circondati da lattine di birra, che si davano da fare con Bibi e Dell.

E non erano le prove di un nuovo spettacolo.

Thomas aveva le mani nelle mutande di Bibi e Carl la faccia fra le tette di Dell.

Nina rimase pietrificata.

Incapace di muoversi e di chiudere gli occhi, con le lacrime che le scendevano lungo le guance, incredula, ferita, e disgustata.

Prese il cellulare e lo scagliò con violenza contro la finestra che andò in frantumi.

Thomas si voltò di scatto e corse ad affacciarsi.

«Stronzi! Siete tutti una massa di stronzi bastardi!», urlò con tutto il fiato che aveva in gola, «vi odio tutti!».

Vidi Carl allacciarsi i pantaloni e alzarsi di scatto.

In un attimo furono sulla porta di casa, chiaramente ubriachi da non reggersi in piedi.

«Nina», disse Carl senza riuscire a trovare nient'altro da aggiungere.

«Allora era solo con me che non riuscivi a scopare, eh? Con le troie ci riesci invece!», gli urlò trasfigurata dalla rabbia aprendosi il cappotto e sbottonandosi la camicetta. «Se fossi una troia ci riusciresti vero? Ma se vuoi posso fare la troia anch'io! Ecco guarda! Adesso ci riesci a scoparmi?», disse mostrandogli i seni mentre piangeva a dirotto.

«Nina, no!», gridai correndo a chiuderle il cappotto e accompagnandola verso la macchina. «Andiamo via dài, non si merita niente quello stronzo».

Nel frattempo anche Bibi e Dell si erano affacciate alla porta e Carl, per non fare la figura dell'idiota anche con loro, gridò: «Sì brava, fatti fare il lavaggio del cervello dalla tua amichetta! È stata lei a consigliarmi di lasciarti! Io ti volevo sposare!».

Mi voltai e a grandi passi gli fui sotto il naso.

«Io ti ho solo detto di non correre troppo, idiota, non di scoparti Dell!». E rivolta a lei: «Che è veramente una troia!».

Salii sul taxi dove Nina, stravolta dall'umiliazione, non smetteva più di piangere.

Il tassista partì di nuovo a tutta velocità, stavolta a radio spenta.

«Bastardo, bastardo, non ci posso credere, mi fidavo di lui, non è possibile che sia successo, è un incubo».

Non avevo una risposta perché non ce n'erano, e se da Thomas me lo sarei aspettato, non potevo immaginare che anche Carl, il gentile, premuroso e innamorato Carl, fosse fatto della stessa pasta.

Ma erano state davvero le mie parole a fargli fare marcia indietro?

Era bastato così poco a fargli rivoluzionare il suo futuro in pochi minuti?

«Davvero mi voleva sposare e tu gli hai detto di non farlo?», mi domandò asciugandosi gli occhi.

«Gli ho detto che per farlo doveva essere assolutamente sicuro di quello che sentiva e che un anello non è sufficiente a dimostrare l'amore per una persona, e che siete troppo giovani. Questo gli ho detto. Avevo torto? Non gli ho mai detto di scoparsi Dell Grabowsky».

«Che stronzo! Dare la colpa a te… dammi il tuo telefono voglio chiamare mio fratello», mi chiese tirando su col naso.

Glielo consegnai.

Sapevo come si sarebbe sentito, di nuovo si ripeteva quello che più temeva: il non poter intervenire per aiutare le persone che amava.

Anche prendendo a calci in culo quell'idiota di Carl.

Digitò il numero a memoria e attese.

Ma nell'agitazione non avevo pensato che sarebbe successo l'inevitabile.

«Amore ho smontato adesso e stavo per chiamarti. Com'è andata la lezione di danza? Mi stai mancando da morire…».

Nina mi guardò interrogativa, poi guardò il display e lesse *Angel* e le fu facile fare due più due.

«Il tuo amico gay che viene alla tua scuola?…», urlò con disprezzo, «…quello che si è lasciato col suo ragazzo? Fidati di me non ti mentirei mai? Brutta… brutta… non so come devo chiamarti! Mi fai schifo, anche più di Carl!».

«Nina, io… noi… te lo avremmo detto… appena…», balbettai sinceramente mortificata.

«Da quanto tempo va avanti questa storia, eh?», urlò al telefono, «dimmelo Patrick, da quanto ve la facevate sotto il mio naso, eh?».

Non riuscivo a sentire la risposta di Pat ma, incrociando lo sguardo severo del tassista riflesso nello specchietto retrovisore, mi sentii morire.

«Mi faccia scendere, non voglio stare un minuto di più qui con te», strillò aprendo lo sportello.

Il tassista inchiodò bruscamente e, voltandosi, impose a Nina, in un inglese stentato, di andare a sedersi davanti, che l'avrebbe riportata a casa e che dopo avrebbe riportato me.

Nina obbedì e andò a sedersi davanti chiudendosi in un silenzio impenetrabile.

Quando arrivammo, le misi una mano sulla spalla, ma lei si girò e mi fulminò con uno sguardo che non le avevo mai visto.

«Ti odio Mia, ti odio e spero ti succeda qualcosa di orribile perché tu capisca quello che sto provando io».

Scese.

Il tassista mi portò a casa e anziché farsi pagare mi fece dono di una perla di saggezza: «Stai tranquilla bambina, domani troverai il modo di fare pace con lei, ora tutto è rabbia e dolore, ma come ha detto un grande saggio indiano "Siediti ai bordi del silenzio. Dio ti parlerà"».

Scesi dalla macchina in un mare di confusione e paura.

Se da una parte mi sentivo sollevata perché almeno avevamo finito di nasconderci, non avrei mai voluto che lo scoprisse in quel modo e non mi spiegavo come potessi essere stata tanto incauta.

Pat mi richiamò sconvolto.

«Ho chiamato Nina, ma non mi risponde, che sta succedendo? Dove siete?».

Gli spiegai cos'era successo, scoppiando in singhiozzi per quanto soffrivo all'idea di aver ferito Nina. Percepivo tutta la frustrazione e l'impotenza di Pat che avrebbe voluto essere lì a parlare con lei e cercare di aggiustare le cose, ma avevo sempre saputo che non sarebbe stato così facile farglielo accettare.

Neanche lui immaginava l'intensità del legame che lo vincolava a Nina, che lo pretendeva per sé in esclusiva.

«Pat, tu non puoi immaginare lo sguardo che aveva negli occhi. Mi ha detto delle cose terribili, mi odia. La nostra amicizia è finita, lei crede che io l'abbia tradita da sempre, e non è vero, tu lo sai che non è vero».

«Lo so tesoro, lo so benissimo, ora chiamo a casa e cerco di calmarla. Non ci voleva, ma forse era destino».

«Pat… Anche tu mi lascerai e andrai con la prima che capita?»

«No, no, piccola no. Non ti lascio, io non ti lascerò mai. Mai».

Aveva la voce incrinata, ma non voleva comunicarmi il suo sconforto e aggiunse nel tono più disteso che poté: «Adesso concentrati esclusivamente sulla tua audizione, e su quello che ti dice la tua insegnante, e poi pensa che fra pochi giorni sarò lì da te e staremo insieme, io non vedo l'ora».

«Sì, fai presto Pat, non ce la faccio più a stare senza di te».

La mattina dopo, Nina non si presentò a scuola, in compenso Carl aveva un occhio nero, omaggio del padre irlandese con mani grandi come pale.

Un po' di giustizia almeno era stata fatta.

Thomas mi diede il cellulare da restituire a Nina.

Evitai di dargli soddisfazione facendogli sapere che avevamo litigato e mi diressi in classe per il test di letteratura che, senza Nina a darmi una mano, si rivelò un fiasco completo.

All'uscita mi chiamò mia nonna.

Era l'ultima persona che avrei voluto sentire, ma nella mia posizione non potevo permettermi di ignorare le sue chiamate.

«Dimmi», risposi leggermente scocciata.

«*Dimmi* lo vai a dire a tua nonna! L'altra! Se è ancora viva. D'accordo bambina?», mi gelò.

«Scusa nonna, ho avuto una giornataccia».

«Problemi con la danza?»

«No, a scuola ho fatto schifo e ho litigato con la mia migliore amica».

«Oh, si risolverà, vedrai, alla tua età tutto sembra una montagna, ma alla fine non sono altro che bolle di sapone che esplodono in un attimo. Puf!».

«Sì nonna…», risposi abbattuta.

«Su con la vita eh, bella mia! Ricordati che hai un'audizione a cui pensare, e quella è l'unica cosa che conta in questo momento, al resto penseremo poi. La Sinclaire è contentissima di te, non dovrei dirtelo, ma visto che ti sento così a terra… Oggi hai lezione alle cinque se non erro, mi raccomando la puntualità. Ciao bambina».

Era uno schiacciasassi. Capivo perché aveva seppellito tutti i suoi mariti.

E capivo tanto mia madre.

Prima di andare a lezione passai a casa di Nina per restituirle il telefono e sperare in un chiarimento.

Laetitia mi sorrise impacciata, evidentemente tutti adesso sapevano del nostro litigio e faceva fatica a trattarmi come prima.

«Vuoi entrare un attimo?», mi chiese imbarazzata sperando in un mio rifiuto.

«No, grazie, meglio di no, se puoi, dalle questo e dille che, se ha voglia di parlarmi… io ci sono», aggiunsi consegnandole il telefono.

Fece sì con la testa sorridendo educatamente e richiuse piano la porta.

Mi sentii morire nel vedere la porta della casa di Patrick chiudersi a causa mia.

Era come essere cacciati dal paradiso.

Mi sarei messa a implorarla in ginocchio, ma ero convinta di non aver fatto niente di così grave.

Non avevo fratelli maggiori da adorare e non potevo capire la profondità di quel legame, è vero, ma quando lei si era messa con Carl (che era *mio* amico ed era innamorato di *me*, prima che di lei!) non avevo fatto una piega, perché, se era felice lei, lo ero anch'io.

Almeno, questo era sempre stato il nostro motto e mi chiedevo che significato avesse per lei.

Patrick non era di sua proprietà e io ero la persona che Nina amava di più, almeno a detta sua, quindi, chi meglio di me come candidata ideale per essere la sua ragazza?

Oddio, ero la sua ragazza?

Non ci avevo ancora mai pensato.

Mia Foster Benelli *la ragazza* di Patrick Dewayne.

Dio, se suonava bene.

A lezione, quel pomeriggio, per quanto mi sforzassi, non riuscivo a concentrarmi.

Ripensavo in continuazione a quella scena in taxi, a Carl e Thomas con quelle due, a Nina disperata che si apriva la camicetta, al tassista che mi diceva di aver fede, a Nina che mi augurava che mi succedesse qualcosa di orribile…

Io non sarei mai arrivata a tanto, davvero non avrei mai potuto augurarle il male.

«Ma sei ubriaca oggi?», strillò Mrs Sinclaire. «Che stai facendo? Dove sei con la testa? Ci fai l'onore di stare con noi?»

«Sì… sì, io… mi scusi», balbettai.

Mi preparai nell'angolo della sala, in quinta posizione, e appena la musica partì, effettuai una serie di *tombé*, *pas de bourrée*, *glissade*, seguiti da un *grand jeté*, un lungo e spettacolare salto in spaccata, ma appena appoggiai il piede per terra, scivolai e caddi rovinosamente.

«Lo vedi cosa succede a non usare la testa? Presto, chiamate il fisioterapista», disse a Bryan e Corinne che erano seduti in un angolo ad assistere.

Cadere era la cosa più umiliante e imbarazzante che potesse succedere a una ballerina, che era, per antonomasia, la personificazione della grazia e dell'eleganza.

La caviglia si stava gonfiando a vista d'occhio e dalla faccia impressionata di quanti si erano raccolti intorno a me doveva essere grave.

Guardavo Mrs Sinclaire con il terrore negli occhi, incapace di muovere il piede.

Il fisioterapista, un cinese mingherlino, arrivò di corsa e mi esaminò la caviglia.

«Non è rotta, ma è una brutta slogatura, per il momento non la puoi sforzare, fai subito un impacco col ghiaccio e prendi degli antidolorifici».

«Cosa? No, non è possibile, ho un'audizione importantissima, ci andrei anche senza le gambe, devo resistere qualche settimana poi mi riposerò, lo giuro».

Il fisioterapista guardò il cielo, e sospirò: «Tutte uguali voi ballerine, non vi rendete conto di quanto dovete prendervi cura dei vostri *pezzi*. Questa scena l'ho vista centinaia di volte e mai nessuno mi ha dato retta, vero Mrs Sinclaire?».

Lei annuì.

«Dài, ti porto in infermeria e ti metto un po' di ghiaccio. Per oggi almeno la lezione è finita».

Mi crollò il mondo addosso.

Mentre mi prendeva in braccio e mi portava fuori lanciai un'occhiata angosciata a Mrs Sinclaire, che scuoteva la testa.

La maledizione di Nina aveva funzionato.

CAPITOLO VENTI

Appena tornata a casa chiamai Claire.

Non l'avevo più cercata da quando frequentavo la Sinclaire, ma adesso mi sembrava l'unica che mi potesse capire.

«Finalmente ti degni di farti viva Mia!», esordì. «Sono rimasta malissimo, ho persino chiamato tua madre. Dopo tutti questi anni! Aspettavo di rivederti, ma adesso che sei alla scuola dei VIP, chi te lo fa fare di frequentare una povera vecchia che si è spaccata la schiena per portarti al livello in cui sei?».

Non era il tipo di telefonata di cui avevo bisogno, ma non aveva tutti i torti. Però, come avrei fatto a dirle che mi trovavo benissimo con la sua peggior nemica? Invece di mentirle o ferirla avevo preferito evitarla.

«Claire sono caduta…».

Ci fu un silenzio dall'altra parte.

«E… ti sei fatta male?», chiese cercando di non sembrare allarmata.

«La caviglia… me la sono slogata, è tutta gonfia e mi fa un male cane».

«Ho ballato *Lo Schiaccianoci* per un'intera stagione con due dita rotte. Fasciature strette, antidolorifici e ghiaccio, questa è l'unica ricetta quando non si può fare altrimenti e non si vuol essere rimpiazzati. A tutti i ballerini è stato detto almeno una volta nella vita di stare in assoluto riposo per almeno sei mesi e non ne ho mai conosciuto uno che lo abbia fatto. Per cui non sforzarla, ma non smettere di ballare, non adesso che sei in piena preparazione. E ricordati che l'adrenalina fa miracoli».

«Grazie Claire».

«Prego Mia, ma vorrei che non mi chiamassi solo quando ti rompi una gamba e non sai dove sbattere la testa!».

Mi sdraiai sul divano con un sacchetto per il ghiaccio appoggiato alla caviglia e la testa che scoppiava.

Non sapevo da che parte cominciare per rimettere a posto le cose ed era tutto così gravemente compromesso che non vedevo nessuna via d'uscita.

Che cosa avrei fatto senza Nina?

Il suo rifiuto verso la storia mia e di Patrick mi aveva fatto perdere in un attimo tutto l'entusiasmo con cui la stavo vivendo, perché le aveva proiettato contro una luce impura e sgradevole, come se fossimo davvero fratello e sorella!

Provai comunque a chiamarla, ma il telefono squillò a vuoto per nove interminabili volte.

Aspettai che tornasse mia madre.

Avevo bisogno di conforto e consigli, ma in cuor mio non me la sentivo di raccontarle di me e Pat.

Ci stavamo riavvicinando molto lentamente e non era tempo per confidenze così importanti.

Il nostro equilibrio era ancora così precario che qualunque disaccordo sarebbe bastato a farlo di nuovo precipitare.

Quando arrivò e mi vide sul divano immaginò il peggio.

«Te la sei rotta?»

«No, no, solo slogata...», dissi sollevandomi sui gomiti, «avrei bisogno di parlarti, hai cinque minuti?»

«Cinque minuti? Certo!», disse consegnando le buste della spesa a Paul.

«Ho litigato con Nina».

«Davvero? Perché?», chiese stupita.

«Per via di Carl. Lui mi ha chiesto cosa ne pensassi dell'idea del matrimonio e io gli ho detto che era un'idea cretina».

«Certo che è un'idea cretina! E lei se l'è presa con te?»

«Dopo. Prima lui l'ha lasciata, poi lo abbiamo beccato con Dell Grabowsky e per giustificarsi le ha detto che l'avevo spinto io a lasciarla».

«Ma che stronzo!», sbottò mia madre.

«Sì, ma lei ora non mi risponde neanche al telefono».

«Le passerà Mia, vedrai, noi donne... sai come siamo fatte, non diamo mai la colpa a un uomo per essere andato con un'altra, ma a lei, come se ci fosse caduto sopra per sbaglio!».

«Mamma, Nina mi odia sul serio».

«Non posso crederci, siete amiche da sempre, tu sei come sua sorella! Il vero problema è che state crescendo ed è un periodo difficile... state cambiando, diventate delle donne e nessuno vi sa spiegare come affrontare questa trasformazione. E quando ci sono dei ragazzi di mezzo è sempre un problema... chi è Dell Grabowsky?»

«Una di scuola, una che scopa in giro».

«Che scopa in giro a sedici anni?»

«Sì ma'. E non è neanche la più giovane».

«Mia, guardami un po'», disse prendendomi il mento con la mano. «Anche tu hai...», mi chiese con apprensione.

«Come no, sono una leggenda a scuola, lo sanno tutti!».

«Scherzi vero?»

«Mammaaa!». Le rivolsi un'occhiataccia.

No, non eravamo pronte per affrontare una moderna conversazione madre-figlia sul tema della contraccezione e non era davvero il caso che le parlassi del nostro romantico programma di Skegness.

Ci saremmo arrivate poco per volta.

«Sai che dovresti fare? Dovresti scriverle una bella lettera!».

«Una lettera?»

«Sì, sai, con la carta e la penna. Non un'email o un SMS, proprio una lettera vera in cui le dici tutto quello che provi in questo momento e le spieghi il perché di quello che hai detto a Carl. Così lei potrà ascoltare le tue ragioni con i suoi tempi».

Sì, dopotutto non era una cattiva idea. Almeno non mi avrebbe sbattuto la porta in faccia.

Mi feci accompagnare in camera e mi buttai sul letto.

Misi l'Ipod nelle orecchie e cominciai a scrivere.

Cominciai ben diciassette volte prima di riuscire a scrivere quella definitiva:

Ciao Nina,

non so neanche da che parte cominciare.

Ma voglio che tu ascolti quello che ho da dirti perché sei la mia migliore amica e questo, per me, significa che sei la persona a cui tengo di più, che difenderei e proteggerei anche a costo della vita.

Quando dico che ti considero mia sorella, non lo dico perché ci scambiamo i vestiti o andiamo al centro commerciale insieme, ma intendo che se tu avessi bisogno di un trapianto di un rene non ci penserei due volte a darti il mio, anche se dovessi smettere di ballare per salvare te.

Il bene che ti voglio è enorme e, quando ti ho vista stare male per Thomas, ho giurato a me stessa che avrei fatto di tutto per evitarti altre delusioni, per questo ho detto a Carl che se ti avesse fatto soffrire avrebbe fatto i conti con me.

Poi ha deciso di regalarti l'anello e mi ha chiesto cosa ne pensavo e, come sai, gli ho risposto che non mi piaceva l'idea che volesse legarti a sé, ma se lui era sicuro dei suoi sentimenti e tu eri felice, allora lo ero anch'io.

Ma quando mi ha fatto vedere l'ufficio che vuole aprire con Alex per poterti sposare senza neanche laurearsi, non me la sono sentita di dargli la mia benedizione e gli ho detto che lo trovavo assurdo e affrettato e secondo me tu meriti molto di più.

Ho visto mia mamma rinunciare a tutto per un matrimonio affrettato e pentirsene tutta la vita e non lo augurerei certo a te.

Non gli ho detto di lasciarti o roba del genere, ho detto solo di rifletterci bene, e se è bastato questo a fargli cambiare idea, ho paura che Carl sia un tipo parecchio volubile.

Il resto lo sai e dell'averti voluto proteggere non mi pento affatto.

Ma parliamo del vero motivo che ti ha fatto decidere di tagliare i ponti con me.

E ti chiedo, se non di perdonarmi, almeno di provare a capire.

Sono innamorata di Patrick dal primo giorno dell'asilo e quando ti dico che lo amo, lo dico con tutta l'intensità di cui il mio cuore è capace, e non te l'ho mai confidato perché non aveva senso farlo, dato che era una cosa mia che non avrebbe avuto sviluppi, almeno così credevo.

Ti ricordi quando mi dicevi che speravi che mi innamorassi anch'io per sapere cosa si prova?

Io lo sapevo, lo sapevo da sempre.

Questo sentimento l'ho tenuto nascosto dentro di me per tutti questi anni, e l'ho visto trasformarsi giorno dopo giorno in qualcosa di immenso, tanto da diventare talmente ingombrante da occupare tutto lo spazio dei miei pensieri.

Ma anche se stavo male come un cane, prima di tutto veniva la nostra amicizia che era più importante di un amore non ricambiato.

Sapevo quanto eri legata a Patrick e non avrei avuto problemi a rimanere nell'ombra e aspettare che passasse.

Ho provato a farmi piacere qualcun altro, ma nessuno era alla sua altezza e così mi sono dedicata anima e corpo alla danza per riuscire a dimenticarlo e avevo intenzione di continuare così, finché quella notte, per poco, non finisco in un fosso per seguirlo. Lo so non avrei dovuto, ma volevo vedere chi c'era in moto con lui (era Christine!).

E da quella notte l'ho cercato ogni tanto e abbiamo finito per telefonarci sempre più spesso e mandarci messaggi e inaspettatamente ha cominciato a nascere qualcosa anche da parte sua.

Sembra incredibile anche a me Nina, ma questa è la cosa più bella che potesse accadermi e non riesco a vivere col pensiero che per te sia la peggiore.

Pat *non* è mio fratello, e vorrei che ci riflettessi con calma e a mente fredda, e poi quando vorrai ne parleremo.

Solo sappi che mi manchi tantissimo e che ti voglio davvero tantissimo bene…

Tua Mia

La chiusi in una busta e la infilai nel libro di storia.

Gliel'avrei lasciata sul banco l'indomani.

Pat mi chiamò molto tardi.

Era stravolto dalla stanchezza e dalla preoccupazione. Aveva tentato di parlare più volte con Nina, ma senza esito, così era stato costretto a chiedere a sua madre di fare da tramite, sentendosi molto in difficoltà.

Lui che riusciva a far rappacificare anche *hooligan* di squadre diverse, non si spiegava come non riuscisse a parlare con sua sorella.

Per Patrick non esisteva il concetto di "litigare e offendersi", ma solo di chiarire e prendere delle posizioni.

Era così facile a sentire lui.

Non gli dissi della caviglia per non peggiorare le cose, ma mi faceva così male che dall'angoscia quella notte non dormii.

In compenso presi troppi antidolorifici e la mattina dopo, a scuola, sembravo drogata.

E per colpa di quello stato di torpore euforico in cui mi trovavo, chiesi alla nuova ragazza biondissima, seduta al banco davanti al mio, se si fosse dimenticata la gonna a casa.

Pentendomene poi amaramente, quando mi accorsi che era Nina.

Non potevo sperare che volesse ancora sedersi vicino a me, ma nemmeno avrei mai immaginato che si sarebbe conciata come Reese Witherspoon ne *La rivincita delle bionde.*

Si era schiarita i capelli di almeno tre tonalità, si era truccata gli occhi e le labbra di rosa, aveva messo lo smalto rosso alle unghie ed era strizzata in un miniabito fucsia con un bottone aperto che lasciava intravedere il reggiseno di pizzo.

No, quella non poteva essere Nina, non la *mia* Nina.

I ragazzi si giravano a guardarla come se la vedessero per la prima volta, mentre le ragazze parlottavano fra loro lanciandole occhiate perfide, dandosi di gomito.

Approfittai dell'intervallo per mettere la lettera sopra il suo diario, mentre lei era in corridoio circondata dai maschi, che non smettevano di ronzarle intorno, invitandola al cinema, a cena e soprattutto al dopocena.

Lei rideva come una scema, flirtando con questo e con quello, continuando a distribuire speranze e bacetti a tutti.

Quanto si sarebbe arrabbiato Patrick?

Non mi degnò mai di uno sguardo, ma quando tornammo in classe, sopra la mia lettera c'era una rosa rossa, portata da Carl, che era rimasto sulla soglia in attesa che se ne accorgesse e corresse a buttargli le braccia al collo.

Nina guardò la rosa e la lettera, poi alzò la testa e vide Carl che aspettava solo un suo cenno, come un cane bastonato.

Lei gli sorrise e lo guardò intensamente, poi prese la lettera, la sollevò e la strappò in mille pezzi.

Fantastico.

Non era certo il caso di raccoglierla e incollarla con lo scotch.

Come avrei voluto fare con la nostra amicizia.

La mia ultima speranza era una chiacchierata con Betty.

E i suoi tarocchi.

La raggiunsi a casa sua in autobus, zoppicando e fermandomi ogni cinque minuti per non affaticare la gamba.

Ogni volta che appoggiavo il piede sentivo una fitta acuta, avrei dovuto stringere i denti anche solo per indossare le scarpette.

Ero spaventata a morte.

Betty viveva in una casa che lei definiva "creativa" e che in realtà era solo un incredibile casino senza capo né coda, con una voliera in giardino che aveva fabbricato lei.

Quando arrivai, stava dando da mangiare a un grosso pappagallo bianco dall'aria minacciosa, indossava dei pantaloni africani coloratissimi e portava una fascia in testa.

Sembrava un ananas.

Andammo in quello che lei chiamava il suo studio dove accumulava ogni cosa che potesse servirle un giorno: un busto di manichino, una fisarmonica, una cyclette, una serie di quadri dipinti a metà e una macchina da cucire.

«Mia, non ti voglio fare le carte oggi, voglio solo parlare un po' con te».

«Ma io volevo le carte!», protestai delusa.

«Lo so, ma non abusiamone, è meglio non essere troppo curiosi o rischiamo di crearci troppe aspettative, quello che volevamo sapere lo sappiamo, ora concentriamoci sul presente. Che mi dici di Patrick».

«Patrick e io stiamo insieme», risposi timidamente.

«Come? Il più grande dei due? Quello innamorato?».

Annuii.

«Ma è splendido!», rispose entusiasta. «Ci ho preso! E la danza? Ho saputo che tua nonna finanzierà i tuoi studi alla Royal».

«Se mi ammettono…».

«Ti ammetteranno, lo sappiamo! Ho fatto di nuovo centro!!». Batté le mani eccitata. «E la scuola?»

«La scuola va così così».

«E anche quello lo sapevamo. Grande! Sono una grande! Poi?»

«Mi sono fatta male cadendo mentre danzavo».

«L'infortunio?». Si alzò in piedi di scatto con le braccia al cielo. «È ufficiale: sono una strega!».

«E ho litigato a morte con Nina che non mi parla più».

Si sedette di nuovo «Be', questo non lo avevamo previsto, ma fa parte del gioco della crescita, farete pace vedrai. Anch'io ho litigato con la mia migliore amica una volta, ma poi siamo tornate più unite che mai».

«Davvero? E chi era?»

«Tua madre».

«E per colpa di un uomo?»

«In un certo senso. Voleva cercare di recuperare tuo padre che l'aveva già lasciata per Libby e si stava umiliando in un modo che non potevo accettare, così glielo dissi e lei non mi parlò più, mi accusò di non volere la sua felicità e di essere gelosa perché io ero sola».

Sbarrai gli occhi.

«Davvero la mamma ti ha detto questo?»

«Anche di peggio, ma è acqua passata».

«E quanto ci avete messo a fare pace?»

«Quasi un anno, sai com'è fatta».

«Ma qui è diverso, Nina non mi parla perché non le ho detto di Patrick, e adesso non parla neanche a lui».

«Le passerà, sono sicura che le passerà, il tempo aggiusta tutto».

«Come mai voi adulti ne siete così sicuri? Chi vi dà la certezza che le cose si aggiusteranno?»

«Solo perché ci siamo già passati, e non una, ma tante volte».

Uscii da casa di Betty ancora più dubbiosa.

Avrei dovuto aspettare che Nina si calmasse, ma non ero mai stata un tipo paziente e, per come l'avevo vista conciata la mattina, c'era qualcosa che le stava passando per la testa che non mi piaceva proprio per niente.

Andai comunque a scuola di danza per assistere alle prove e far vedere che non ero una che si arrendeva facilmente.

Mary Sinclaire volle farmi di nuovo controllare la caviglia dal fisioterapista, il quale confermò la diagnosi del giorno precedente: riposo e antidolorifici.

Ci accordammo solo sul secondo.

Bryan e Corinne ballavano in coppia e stavano preparando il passo a due del *Don Chisciotte*.

Erano bellissimi insieme, eleganti e armoniosi, comunicavano leggerezza e grazia.

Sarebbero stati ottimi partner anche nella vita.

Anch'io avrei voluto ballare in coppia.

Doveva essere una sensazione indescrivibile trasferire anche sul palco i sentimenti e le emozioni che si provavano nella vita privata, il trionfo assoluto dell'amore.

Se solo Pat avesse saputo ballare…

La sera lo chiamai.

Era più tranquillo o almeno cercava di esserlo con me.

«Sto contando i giorni Mia, sono stufo, ho voglia di vederti, e anche se preferirei non dover discutere con quella testona di mia sorella, so che quando ti vedrò tutta questa tensione sparirà. Posso accompagnarti io all'audizione? Non mi va che tu vada fino a Londra da sola, è un viaggio lungo, e voglio poterti stare vicino».

«Magari! Non potrei sperare in meglio, pensavo di andarci in treno…».

«In treno fino a Londra? E aspettare lì tutto il giorno senza nessuno che ti incoraggia e ti sostiene? Non lo permetterei mai, tesoro mio».

Scrissi anche quella frase sul nostro diario.

Mi illudevo che scriverle avrebbe reso più vere le sue parole, come se si fosse trattato di un contratto, e che questo avrebbe impedito che un giorno, anche Patrick, si fosse potuto comportare come mio padre, Thomas, o Carl.

Nei giorni successivi Nina sfoggiò dei completini sconcertanti, ma che non sembravano imbarazzarla affatto.

Cappottini di finto leopardo, borsette a forma di cuore, minigonne inguinali e tacchi vertiginosi.

Con la pioggia o con la neve lei arrivava, accompagnata da suo padre, entrava in classe, si sedeva al banco e mi voltava le spalle per tutta la giornata.

Morivo dalla voglia di sapere cosa ne pensassero i suoi.

Carl le girava intorno sperando in un suo cenno che lo avrebbe fatto rientrare nelle sue grazie e, nel frattempo, fingeva di divertirsi a intrattenerla insieme agli altri cortigiani.

Io invece me ne stavo in disparte, sperando in un suo ritorno.

Mrs Meyer mi chiamò subito dopo la lezione per dirmi che il test era stata una tragedia e che avevo aggravato ulteriormente la mia posizione.

Senza contare che aveva notato che l'assenza di Nina quel giorno coincideva proprio con il fallimento del mio test.

Le promisi più impegno e delle tesine supplementari, ma lei fu irremovibile, voleva assolutamente parlare con mia madre e quella sarebbe stata una tragedia di proporzioni colossali.

Se mia madre avesse saputo che andavo male in alcune materie, perché trascuravo gli studi in favore della danza, non le sarebbe mancato il coraggio di chiamare mia nonna per intimarle di sparire per sempre dalle nostre vite e poi iscrivermi al primo ufficio di collocamento.

Dovevo impedire che accadesse e le assicurai che ci avrei parlato e che l'avrei fatta venire a scuola.

Solo Paul poteva salvarmi.

«Io fingere di essere tuo padre!?», esclamò atterrito.

«Non hanno mai visto il mio e non ti chiederanno certo un documento!».

«Ma non ci somigliamo nemmeno, e poi sarei così imbarazzato che finirei per dire qualcosa di stupido. Anche con le mie figlie mi imbarazzavo così tanto che hanno smesso di dirmi quando c'erano i colloqui!».

«Ma no invece, sarai bravissimo! Lei ti dirà che vado male in storia, in letteratura e matematica e tu risponderai che lo sai, ma che sto attraversando una fase difficile e che lei dovrebbe capire i giovani in crescita, insomma le solite cose. Tutto chiaro?»

«No Mia, non chiedermi questo, mi viene il panico quando entro in una scuola, e poi lo sai che mi impappino con le parole, farei sicuramente un pasticcio».

«Bene», risposi tagliando corto, «allora sarò costretta a dirlo a mia madre, che stava cominciando proprio adesso a rilassarsi e ricominceremo a litigare. Lei si sfogherà con te e ti terrà sveglio la notte e tu non riuscirai a dirle niente perché lei non ti starà ad ascoltare e, di nuovo, dovrò fare intervenire Patrick!».

Paul si sedette pesantemente sulla sedia.

«Non so cos'è peggio».

«Sì che lo sai! La terribile vendetta di Elena Benelli! Dài, che ti costa? Ti giuro che recupererò tutte le materie in cui sono indietro, lei non lo saprà mai e nessuno si farà del male». Tesi la mano verso di lui che la strinse senza convinzione.

«Mi metterai nei guai, lo so».

«Ti assicuro di no, ci vorrà una mezz'ora, dovrai solo ascoltare, sospirare e scuotere la testa ogni tanto, è facilissimo, più del tuo soufflé con mousse di salmone, pinoli e mele caramellate!».

«Quando devo andare?»

«Domani mattina alle nove e mezza, ti aspetta nel suo ufficio».

Alle nove e venti lo vidi dalla finestra dell'aula entrare dal cancello della scuola. Si era messo in giacca e cravatta ed era impacciato come fosse stato il giorno del suo matrimonio.

Mi faceva tenerezza.

Si guardava intorno senza sapere dove andare e aveva l'aria oppressa.

Mi misi l'animo in pace e attesi la fine della lezione per uscire a incontrarlo.

Lo trovai all'ingresso che fingeva di leggere gli annunci in bacheca.

Chiamai a gran voce – «Ciao papà!» – giusto per salvare le apparenze e creare un minimo di credibilità.

Lui si voltò per riflesso condizionato.

Il completo buono lo rendeva ancora più goffo, ma mi faceva venire voglia di abbracciarlo.

«Ti sei messo in tiro? Non ce n'era bisogno!».

«Volevo farti fare bella figura».

«Com'è andata?»

«Bene! Spero almeno. Le ho promesso che ti sarei stato addosso e che avresti recuperato e bla bla bla. Tu però mi giuri che ti impegnerai, vero Mia?»

«Certo che sì *papà*», dissi a voce più alta schioccandogli un bacio sulla guancia che lo imbarazzò ancora di più.

Era la prima volta che mi mostravo affettuosa nei suoi confronti.

Ma Paul mi piaceva davvero.

Lo accompagnai all'uscita e voltandomi per salire le scale mi scontrai con Carl.

«Era tuo padre quello?»

«Sì, perché è un reato?»

«Non mi avevi detto che era un grigio impiegato, magro e calvo?»

«E allora? Si è iscritto in palestra», risposi con una scrollata di spalle continuando a salire.

«Non me la racconti giusta», disse afferrandomi per un braccio, «secondo me quello è il fidanzato di tua madre e l'hai mandato a parlare con la Meyer».

Mi bloccai.

«Ma che ti dice la testa? Troppe birre di mattina Carl? Lasciami, sono in ritardo!».

«Ti lascio se mi prometti di aiutarmi a rimettermi con Nina».

«Che? Dopo quello che le hai fatto? Poi lei non mi parla più, non potrei aiutarti neanche se lo volessi».

«Okay». Mollò il braccio. «Allora dirò a Mrs Meyer che quello non era tuo padre».

«Certo che lo è!».

«E allora non dovresti preoccuparti invece di sudare così».

«Sei veramente un verme, e io che mi fidavo di te!».

«Senti Mia», disse prendendomi da parte, «ho fatto una cazzata è vero, ma mi è preso il panico con tutto quel discorso che mi hai fatto sull'anima gemella e la predestinazione e ho cominciato a pensare che magari mi sbagliavo, che forse ero io che la volevo tutta per me, e che in fondo non ne ero davvero innamorato. E sono andato nel pallone! Ma adesso mi manca un casino e lei non mi vuole più vedere».

«Cazzo Carl! Ti ha beccato con un'altra!».

«Non era niente Mia! Quello non era niente, ero sbronzo e poi è stato Thomas a invitarle, io volevo solo passare una serata a giocare con la Wii e bere birra».

«E io cosa dovrei fare?»

«Parlale, ti chiedo solo questo».

«Carl, è impossibile».

«Allora mi sa che Mrs Meyer…».

«Stronzo», dissi a denti stretti rientrando in aula.

Le prove del pomeriggio andarono meglio.

Con un massaggio e una fascia elastica stretta riuscivo ad arrivare in fondo alla variazione senza apparenti problemi.

Anche questo faceva parte dell'essere una ballerina: fingere gioia e leggerezza anche quando ti sembrava di camminare sui vetri.

Il traguardo era sempre più vicino.

Mi guardavo allo specchio e mi immaginavo con il costume da Esmeralda, il corpetto stretto e la gonna al ginocchio con sotto tanti strati di tulle rigido che davano ancora più risalto ai movimenti delle gambe.

Avevo lavorato davvero sodo, avevo dato il massimo e non potevo fare di più, e quindi, se le massime autorità della danza non mi avessero trovata all'altezza, avrei definitivamente preso in considerazione qualunque altra strada.

CAPITOLO VENTUNO

Mancava poco più di una settimana all'audizione e cinque giorni all'arrivo di Patrick e quelle, al momento, erano le uniche cose che contavano nella mia vita.

Subito dopo veniva Nina, che non mi aveva più rivolto la parola, se si escludeva la volta in cui, sovrappensiero, mi aveva chiesto un fazzoletto di carta, per poi rifiutarlo, quando glielo avevo offerto.

Laetitia mi aveva chiamata una volta, di nascosto da Nina, triste e preoccupata perché non sapeva più cosa fare con lei: era cambiata, le rispondeva male e passava le giornate al telefono.

Mi disse anche che sapeva di me e Patrick e che, effettivamente, doveva ancora abituarsi all'idea, ma si rendeva conto che averci visto crescere insieme non significava che fossimo fratelli e che, col tempo, le sarebbe sembrato normale.

Mi infastidì molto quella parola: *normale*, come se fosse strano che stessimo insieme, come se, per Patrick, ci fossero state aspettative migliori.

Forse desideravano per lui una scienziata o una portavoce del primo ministro, non certo con un'aspirante ballerina… ma che ne sapevano loro di noi?

Chi dava loro il diritto di giudicare sulla base di ciò che reputavano alla loro altezza?

Cominciavo a vedere i Dewayne sotto una nuova luce.

Fino ad allora li avevo idealizzati troppo, considerandoli la famiglia perfetta, in confronto alla mia che era un totale sfacelo, ma dietro a quella facciata di assoluta perfezione, fatta di diplomi, onorificenze e riconoscimenti, cominciavo ad accorgermi che qualcosa scricchiolava. Sotto quel quadretto apparentemente impeccabile si nascondevano anche fragilità e paura di fallire. In fondo erano soltanto delle persone *normali*.

Laetitia mi pregò di parlare con Nina o, almeno, di tenerla d'occhio, ma erano cose lontane dalla mia portata, almeno per il momento, avendo già il mio bel da fare per evitare Carl, che tutte le mattine veniva a chiedermi se c'erano novità.

Ero stufa e arcistufa che mi imponessero di fare da tramite. Se volevano parlarle, potevano farlo senza ricorrere a me: io avevo fatto il possibile, o almeno mi sembrava, e non ero né la sua guardia del corpo, né la sua confidente e adesso avevo altro a cui pensare.

L'audizione si sarebbe tenuta alla Royal Ballet School di Londra, in Floral Street alle undici del mattino.

La lettera questa volta era arrivata direttamente a mia nonna Olga che, nel frattempo, li aveva già chiamati tre volte per avere la conferma della conferma.

Non le avevo detto che mi avrebbe accompagnata Patrick, ma mio padre, sicura che non lo avrebbe chiamato per verificare!

La nostra prima notte insieme si avvicinava e non stavo più nella pelle.

Avremmo fatto l'amore e ci saremmo addormentati abbracciati stretti, poi avremmo fatto colazione insieme e passeggiato sulla spiaggia mano nella mano e non ci saremmo lasciati più fino al momento della sua partenza.

Solo l'idea di averlo per un pugno di giorni e poi vederlo ripartire mi faceva star male, ma decisi che non glielo avrei fatto pesare e che mi sarei tenuta nel cuore quei ricordi, da usare nei momenti difficili come una coperta calda.

La sera, come sempre, mi chiamò per augurarmi la buonanotte.

«Ci siamo Mia, manca poco, non ho mai desiderato tanto tornare a casa».

«Non sembra vero neanche a me Pat, sembra passato un anno, e mi manchi da far schifo!».

«Non dirlo a me, ti penso in continuazione, però questa volta staremo insieme per quasi dieci giorni».

«Dieci giorni?», risposi a metà fra la gioia e la delusione.

«Lo so Mia, è ridicolo, neanche fossi un assistente di volo, ma farò in modo di regalarti i più bei dieci giorni della tua vita e poi ti prometto che un modo per stare insieme lo troveremo».

«Pat, non hai bisogno di inventarti chissà cosa per sorprendermi, mi basta sapere che ci sei. Tu sei molto più presente di un sacco di ragazzi che passano il loro tempo al pub o a pettinarsi, invece di stare con le loro fidanzate, e anzi, se ti vedessi più spesso magari dopo un po' mi annoierei!». Risi.

«Se ti parlassi solo di Royal Navy e di battaglie navali, di sicuro mi molleresti dopo tre giorni, ma ti assicuro che dopo il week end che passeremo insieme sarà veramente dura separarci».

«Questo lo so, ho paura che starò troppo bene e che impazzirò a vederti andar via».

«Non pensiamo al dopo, pensa che trascorreremo due giorni indimenticabili, che staremo bene e ci divertiremo e soprattutto non staremo al telefono».

«Lo lascerò a casa, giuro».

«Adesso devo andare. Ti amo piccola mia».

«Ti amo tanto anch'io Pat».

Dovevo trovare il modo di dire a mia madre che avrei passato il week end fuori casa senza che sapesse che ero con lui.

Non sapeva nemmeno che stavamo insieme, figuriamoci se le avessi detto che avevamo intenzione di fare sesso!

Ero ancora la sua bambina e quell'argomento sarebbe rimasto un tabù ancora per qualche anno!

Non potendo usare Nina come scusa e senza nessun altro amico all'orizzonte, l'organizzazione si presentava molto più complicata del previsto.

E non potevo chiedere consiglio a Pat che, da buon paladino della sincerità, avrebbe preteso che glielo dicessi chiaramente.

Era facile parlare per lui, mica era una femmina!

Betty era l'unica che potesse venirmi incontro, magari mi avrebbe coperto o mi avrebbe dato un'idea, dopotutto era quella che a diciassette anni era andata in vacanza in Giamaica ed era tornata incinta.

Ma la soluzione, se così la vogliamo chiamare, arrivò due giorni dopo, sotto forma di lettera.

Gentile Mrs Benelli,

in seguito alla conversazione con il padre di Sua figlia, di cui Lei è certamente a conoscenza, le riassumo le decisioni in merito alle quali abbiamo discusso la settimana scorsa nel mio ufficio, al fine di migliorare lo scarso rendimento di Mia.

Come ben sappiamo, nonostante la scelta della ragazza sia ricaduta su materie artistiche, in vista di una sua eventuale ammissione alla Royal Ballet School, la preparazione di un alunno non può e non deve essere esclusivamente di natura artistica, bensì spaziare fra materie umanistiche, filosofiche e scientifiche.

Mi aspetto perciò, come concordato con suo padre, un maggiore impegno nello studio e la consegna di tesine extra, al fine di colmare le lacune nella sua preparazione.

Resto a Sua disposizione per ogni ulteriore chiarimento.

Mrs Abigail Meyer

Mia madre era talmente incredula e allibita che non riuscì nemmeno ad arrabbiarsi.

Era andata oltre la collera, oltre l'umiliazione, oltre il rancore, adesso sapeva di avere a che fare con "una criminale" e come tale decise di trattarmi.

Basta musi lunghi, lacrime e bei discorsi sull'affetto e la fiducia, dovevo essere punita in modo esemplare e cominciò nel minuto stesso in cui terminò di leggere la lettera a voce alta.

Poi sarebbe stato il turno di Paul.

«Non uscirai più di casa fino a che non avrai tutte A, scordati la danza e scordati l'audizione, e in quanto a te Paul, andrai a prenderla e la riporterai da scuola tutti i giorni perché non voglio che prenda fiato nemmeno per un secondo. È tutto. Per adesso». E se ne andò.

Fu un fulmine a ciel sereno.

Mi sarei aspettata anche uno schiaffo, una scenata o anche di stare chiusa in camera una settimana, ma non quello, non che mi impedisse di fare l'audizione.

Non poteva farmi questo, adesso che ero a un passo dalla fine.

Guardai Paul che aggrottò la fronte e si diede un pugno in testa. «Sono un idiota», disse, «un perfetto idiota, lo sapevo che era un'idea stupida, mi faccio sempre fregare io! Idiota, idiota, idiota», ripeté uscendo dalla cucina.

Non potevo smettere di andare a danza, non potevo *non* fare l'audizione e non potevo *non* andare via con Patrick.

Ma, al momento, era lei che aveva il potere di decidere della mia vita e nemmeno mia nonna avrebbe potuto aiutarmi.

Ero finita.

A forza di tirare, la corda si era spezzata.

Decisi di tenere un basso profilo e aspettare che le passasse, facendo poi pubblica ammenda anche nei confronti di Paul, ricordandole che era mia nonna che pagava le lezioni, che non potevo buttare via tutto quel tempo e quella fatica, che mancavano mesi alla fine della scuola e che, dopo l'audizione, mi sarei messa sotto e non avrei fatto altro che studiare.

Sì, in fin dei conti poteva andare, se ci riflettevo lucidamente, era ovvio che stava solo cercando di intimorirmi e che mai avrebbe permesso che la mia vita andasse a rotoli.

O invece sì?

Almeno adesso Carl mi avrebbe lasciato in pace. Non potevo nemmeno prendermela con lui, che non aveva fatto la spia, ma solo con le scarse capacità interpretative di Paul.

L'ansia cominciava a farmi ribollire il sangue.

Pat sarebbe arrivato fra poco e io dovevo dirgli che ero in punizione a tempo indeterminato.

No, non era possibile, avrei trovato un modo per andare a Skegness con lui, lo desideravamo troppo, non sapevo ancora come, ma in qualche modo avrei fatto, anche a costo di scappare di casa.

Pregavo che arrivasse una soluzione dal cielo, ripromettendomi che sarei stata buona per i successivi sei mesi.

E qualcuno lassù mi ascoltò.

«Ho un corso di formazione per agenti immobiliari a Brighton questo fine settimana», urlò mia madre sulla porta, «e Paul viene con me, perché se lo lasciassi qui lo convinceresti a farti dare il numero della sua carta di credito per comprare delle armi su internet. Non puoi uscire di casa e ho chiesto a Mrs Fancher di chiamarmi se vede entrare qualcuno. Il frigo è pieno. Per le emergenze usa il tuo cellulare e se andasse a fuoco la casa di nuovo, rivolgiti alla vicina, noi ci vediamo domenica sera».

E uscì sbattendo la porta, lasciando me e York a guardarci interrogativi.

Ero sola.

Completamente sola in casa per due giorni interi!

Un miracolo.

E anche se non potevo fare entrare nessuno e io non potevo uscire, domenica sarei rientrata molto prima di lei, facendomi trovare in camera a studiare.

Andai subito a suonare alla porta di Mrs Fancher, da brava ruffiana, per salutarla e dirle che avevo taaanto da studiare e che non mi sarei mossa dalla mia camera.

Quella vecchia guardona passava le giornata a spiare dietro le tende e se avesse visto la macchina di Patrick avrebbe subito avvertito mia madre.

Sarei uscita dal giardino sul retro e lo avrei raggiunto in cima alla strada.

L'unico problema era York.

Non potevo lasciarlo solo in casa, avrebbe pianto e fatto la pipì in giro o, come l'ultima volta, graffiato i divani in pelle, mangiato le pantofole e fatto la cacca sui letti.

Dovevamo portarlo con noi.

Patrick non avrebbe avuto niente in contrario: adorava gli animali e il cane si sarebbe divertito a rincorrere i gabbiani sulla spiaggia. Ma il vero problema era affrontare sua madre e sua sorella e mi chiedevo se questo avrebbe avuto delle ripercussioni su di noi.

Mi chiamò poco prima di arrivare a Leicester.

«Fra quarantacinque minuti sarò a casa, cercherò di dare una raddrizzata a mia sorella e poi ti richiamo per dirti se l'ho strangolata o no! E domattina alle dieci sarò da te. Sono l'uomo più felice della terra!».

Anch'io ero felicissima da sentirmi il cuore scoppiare, ma lo sarei stata senz'altro di più senza gli avvenimenti di quegli ultimi due giorni.

Passai la serata a guardarmi al computer i video della Semionova che ballava *Lo schiaccianoci* e *Giselle* per cercare di non perdere la testa pensando al giorno dopo.

Patrick era vicino, a pochi chilometri da me e il giorno dopo l'avrei riabbracciato e saremmo stati insieme. Cercavo di immaginare come sarebbe stato fare l'amore con lui, ora che i suoi baci e le sue carezze erano un lontano ricordo.

Sarebbe stato dolce e lento e mi sarei lasciata guidare dalle sue mani esperte che mi avrebbero sfiorata ed esplorata mentre affondavo il viso nel profumo dei suoi capelli.

Mi avrebbe accarezzato la pelle e baciato i capezzoli scendendo giù fino all'ombelico e quando mi fossi sentita pronta, sussurrandomi «ti amo» all'orecchio, sarebbe entrato dentro di me, stando attento a non farmi male, e io lo avrei stretto forte, rassicurandolo, e avremmo cominciato a muoverci lentamente, danzando al ritmo del nostro respiro, baciandoci ed emozionandoci senza smettere di guardarci negli occhi.

Pat mi avrebbe tenuta fra le sue braccia forti e un'ondata di piacere ci avrebbe travolti, facendoci urlare i nostri nomi, per poi cadere sfiniti l'uno accanto all'altra e addormentarci, teneramente rannicchiati, fino al mattino.

Sarei andata al mare con lui a qualsiasi costo.

Niente me lo avrebbe impedito.

Mi esaminai scrupolosamente allo specchio del bagno per verificare che non ci fossero brufoli spuntati a tradimento sulla fronte o sul naso.

I capelli potevano andare, non li pettinavo mai, ma mi piacevano così, corti e mossi con la frangetta.

C'era qualcosa, però, che stonava ed era la prima volta che me ne accorgevo: una leggera peluria sul labbro superiore.

Si vedeva solo se mi sparavo in faccia un faro da 9000 watt, ma adesso che me ne ero accorta, non vedevo altro che un folto, peloso e ispido baffo.

Non potevo presentarmi così per la nostra prima notte, avrebbe raccontato ai nostri figli che la mamma sembrava Charles Dickens.

Presi a rovistare fra le creme di mia madre finché trovai delle strisce depilatorie.

Non trovando le istruzioni decisi di improvvisare scollando le due lunghe strisce fra loro e appiccicandone una sul labbro superiore, stando ben attenta a non incollarla sul resto del viso.

In quel momento mi chiamò Patrick.

Risposi sovrappensiero e la striscia si appiccicò su tutta la bocca fino all'orecchio.

Pat mi raccontava agitato che aveva visto sua sorella conciata come se fosse uscita da un video di Jay Z sbattere la porta in faccia a sua madre, che aveva cercato inutilmente di parlarle attraverso la porta della camera mentre lei teneva lo stereo a tutto volume, che suo padre come al solito era a un convegno, che sua madre piangeva, ma che, a parte quello, andava tutto bene e mi chiedeva se poteva passare a salutarmi per uscire da quella casa di matti.

«No!», dissi precipitosamente, «non puoi venire adesso, sto facendo il bagno e ne avrò ancora per almeno due ore».

«Accidenti», esclamò deluso, «così tanto?»

«Sì è per i muscoli, devo tenerli in acqua il più possibile», risposi mentre sbattevo la testa al muro.

«Capisco, allora non mi resta che aspettare domani. Peccato, ci tenevo a darti il bacio della buonanotte».

Se mi avesse dato un bacio, saremmo rimasti incollati per l'eternità…

«Anch'io avrei voluto, ma è meglio così, ti aspetto domattina alle dieci, ma non suonare alla porta! Il campanello non funziona, ci troviamo in cima alla strada».

«In cima alla strada? Ma sei sicura di star bene? Forse non ti va di andare, se è così non c'è problema, possiamo prendere un caffè o fare un giro in centro, quello che vuoi tu».

«No, no, no va benissimo, tutto confermato, è solo la mia vicina, è una pettegola e parla in giro, non voglio che ci veda, per questo ti aspetto in cima alla strada».

Che era già una buona parte della verità.

«Sei contenta di vedermi… vero?», chiese un po' sconsolato.

«Amore mio! Non ho smesso mai di pensare a te e di contare i giorni da più di un mese, quasi non ci credo che sei qui e voglio solo che tutto sia speciale e perfetto».

«Tu sei speciale e perfetta!».

Se solo mi avesse vista con la striscia incollata alla faccia non lo avrebbe detto.

Tirai con cautela, ma la cera si era ormai ben appiccicata ai peli, dal labbro fino allo zigomo.

Respirai profondamente e strappai forte, urlando quando sentii la bocca staccarsi insieme alla carta.

Il labbro superiore era irritato e gonfio e attraversato da una striscia rossa molto più visibile dei baffetti che, non solo non si erano staccati, ma erano pieni di grumi di cera.

Ero inguardabile.

Patrick avrebbe raccontato ai nostri figli che la mamma aveva tentato di farsi la barba con la fiamma ossidrica…

Andai a letto con un impacco di crema sul labbro.

Passai una notte agitatissima girandomi in continuazione.

Ero emozionata al pensiero di noi due insieme e preoccupata all'idea di essere scoperta da mia madre, anche se, al momento, non c'era niente che potesse peggiorare la mia situazione: poteva solo chiudermi in una torre.

Al mattino, oltre al labbro gonfio, avevo anche le occhiaie.

Preparai lo zaino dove misi un vestito per la sera e le scarpe col tacco (gli stessi che avevo indossato con Carl), una borsetta con il trucco, un pigiama che speravo non mi sarebbe servito, un reggiseno imbottito (mai messo) e il braccialetto.

Scesi di sotto, presi York e in silenzio uscimmo di casa chiudendo piano la porta.

Corsi fino all'angolo della strada e mandai un messaggio a Patrick dicendogli che lo aspettavo.

Cinque minuti dopo era lì, davanti a me, bello come neanche ricordavo più.

Abbronzato e sorridente, con la sua adorabile fossetta, che mi prendeva fra le braccia e mi faceva volteggiare.

«Dio quanto mi sei mancata», mi disse stringendomi forte.

Non riuscivo a parlare dalla felicità, mentre il piccolo York abbaiava saltandoci intorno.

«Sei bellissima», aggiunse prima che mi coprissi il labbro con la mano.

Era un sogno.

Finalmente era tornato, era lì in carne e ossa ed era venuto per me, per portarmi al mare, in un posto che amava, dove avremmo potuto cominciare a conoscerci davvero e stare insieme, solo noi due.

«Volevo salutare Elena», disse prima di salire in macchina.

«Purtroppo non c'è, è via per un convegno, ma ti saluta tanto», risposi distratta.

«La vedrò al ritorno allora», rispose prendendo in braccio York. «E lui? Viene con noi?»

«Se sta solo in casa piange, mia madre ha chiesto se lo potevamo portare».

«Non c'è problema, lo faremo correre, si stancherà e dormirà come un angelo».

La giornata era fredda, ma il cielo era limpido e il sole invernale splendeva pigro.

In macchina non spiccicai quasi parola, ma rimasi incantata a guardarlo guidare.

Aspetti tutta la vita che un desiderio si realizzi e quando succede sei incapace di esprimere la tua gioia a parole.

Perché non c'è una sola parola che possa descriverla.

Come se una cascata di fuochi d'artificio si sprigionasse dal tuo cuore rendendoti euforico e incredulo e così maledettamente felice da chiederti se quello non sia veramente il paradiso.

Non parlammo né della Royal Navy, né di Nina, né della scuola e né dell'audizione; volevamo lasciarci tutto alle spalle almeno per quel fine settimana.

Era un regalo per noi, eravamo l'uno per l'altra un'oasi di pace e, solo stringendoci la mano ogni tanto, sentivamo il cuore riempirsi di emozione.

Viaggiammo per circa due ore fermandoci ogni tanto per far scendere York e approfittare per stringerci e baciarci e verso l'ora di pranzo vedemmo il mare grigio aprirsi infinito davanti a noi.

Skegness era un paese delizioso dove Patrick andava qualche volta da bambino. Se lo ricordava per la spiaggia, il pontile e per aver fatto volare gli aquiloni.

Passammo prima all'albergo per registrarci e lasciare i bagagli e poi saremmo andati a pranzo.

Non avevo visto molti altri alberghi in vita mia, ma ero sicura che quello fosse il più bello del mondo.

Una locanda accogliente e calda, pervasa da uno stupendo profumo di torta.

York cominciò a ispezionare il territorio annusando tutti gli angoli disponibili.

Salimmo in camera in silenzio. Era semplice ma ben arredata: un letto matrimoniale con una trapunta rossa, una grande finestra che guardava il mare, tende pesanti color porpora, una poltrona e la moquette.

E per la prima volta cominciai a realizzare che stava per accadere, che il momento era arrivato, che di lì a poco l'avremmo fatto e sentii l'ansia stringermi lo stomaco.

«C'è anche la tele», dissi per spezzare la tensione.

«Vieni qui», mi disse prendendomi fra le braccia e cullandomi, «non faremo niente che non ti senti di fare, capito?».

Annuii.

«Anzi, sai cosa facciamo adesso? Ti porto a mangiare il miglior *fish and chips* del mondo».

Mi prese per mano e mi portò fuori.

Uscimmo e ci dirigemmo a piedi verso un pub minuscolo e seminascosto, all'apparenza deserto, dove invece c'erano almeno una cinquantina di persone stipate che bevevano birra e parlavano animatamente.

Pat prese due enormi cartocci di pesce fritto e patate e andammo a mangiarceli sulla spiaggia seduti accanto a una barca per ripararci dal vento.

York cominciò a correre come un pazzo in lungo e in largo.

Un cespuglio isterico di peli neri con in mezzo una coda che correva incontro alle onde cercando di non bagnarsi le zampe.

Il mare era mosso dal vento e i gabbiani faticavano ad atterrare a riva.

Pat guardava l'orizzonte con uno sguardo intenso e nostalgico.

«Non potresti vivere senza il mare vero?», gli chiesi.

«Potrei, ma mi mancherebbe una parte di me, come se tu dovessi vivere senza la danza».

«Non potrei mai. Ma se dovessi scegliere fra vivere senza la danza e senza di te, non ne sarei capace».

«Non devi scegliere Mia, ci saremo sempre tutti e due nella tua vita, come tu sarai sempre nella mia. Una passione, per quanto intensa, non basterebbe mai a riempire lo spazio destinato solo a chi ci può completare. Sono sicuro che c'è un grande futuro scritto per noi, perché tu sei quella persona che cercavo senza accorgermi di averla avuta sempre sotto il naso». Sorrise e mi baciò sulle labbra salate.

«Tu cercavi me e io aspettavo te».

«E ci siamo trovati grazie alla tua fuga di mezzanotte».

Ci mettemmo a ridere.

Sembrava tutto così lontano adesso: io che attraversavo Leicester in bici di notte per seguirlo, che mi inventavo delle scuse per poterlo chiamare, che trascrivevo le sue parole sul diario.

Mise un braccio attorno alle mie spalle e mi strinse a sé.

Mi sentivo adulta. Se Patrick mi aveva scelta era perché sapeva di potersi fidare di me, che sarei stata la compagna giusta per lui, leale e paziente e che l'avrei sostenuto nei momenti difficili.

Il mio pensiero corse a mia madre che mi credeva segregata in casa, a Mrs Fancher che faceva la ronda davanti a casa, a Mrs Meyer che aspettava le tesine, a Paul che si dava colpi in testa, e a Nina che non mi rivolgeva più la parola.

Ci avrei pensato lunedì.

York era un missile lanciato a tutta velocità contro qualunque cosa si muovesse.

In lontananza un bambino che trotterellava malfermo sulle gambe cercava di avvicinarlo.

«Pat, ho una cosa per te, volevo che avessi qualcosa di mio», dissi tirando fuori il braccialetto dalla tasca.

Lo prese fra le mani e gli si illuminò il viso: «È bellissimo Mia, grazie, grazie tesoro, grazie di cuore».

«C'è scritto *Serva me. Servabo te*, vuol dire…».

«Salvami. Ti salverò».

Ero impressionata.

«Come lo sai?»

«Ho studiato latino tanto tempo fa».

Mi abbracciò.

«Così adesso lo guarderò e ti sentirò più vicina».

Appoggiai la testa sulla sua spalla e mi lasciai cullare.

Il sole era sparito dietro le nuvole e cominciava a fare molto freddo, ma ero così felice da non accorgermene.

Ero in pace col mondo, con il mio amore vicino che mi faceva sentire protetta e al sicuro e più tardi in camera gli avrei dimostrato quanto lo amavo.

Il bambino aveva raggiunto York che abbaiava gironzolandogli intorno per giocare.

Il piccolo si attaccava alla sua coda e si faceva trascinare ridendo.

York era l'immagine della gioia.

Non aveva mai visto una spiaggia, ma solo marciapiedi e aiuole e in casa lo consideravamo poco più che un pezzo d'arredamento.

Lo adoravamo, ma come spesso succede quando sei abituato a vedere qualcuno tutti i giorni, lo dai per scontato e ti dimentichi di dimostrargli il tuo affetto, finché non lo vedi più.

In una frazione di secondo un'onda li travolse entrambi trascinandoli a largo.

La mamma del bambino cominciò a urlare chiamando aiuto.

Patrick si tolse il pesante giubbotto di pelle e me lo diede.

Si voltò a guardarmi con un lampo di angoscia negli occhi, come se l'istinto e il senso del dovere fossero più forti della ragione.

«Stai tranquilla amore», disse sorridendo e cominciò a correre veloce verso la riva.

I piedi affondavano nella sabbia mentre cercava di raggiungere il mare più in fretta possibile.

Io rimasi a guardarlo impietrita mentre le parole «Patrick non andare» mi morivano sulle labbra.

Lo vidi tuffarsi fra le onde gelide e nuotare a grandi bracciate verso il fagottino rosso che riemergeva e scompariva fra le grida disperate e convulse della madre.

Mi misi a correre anch'io stringendo il suo giubbotto fra le braccia e raggiunsi la riva senza perderlo di vista un attimo.

Il panico non mi faceva sentire il freddo.

Patrick nuotava senza fermarsi, ma per ogni metro guadagnato, la corrente impietosa lo ingoiava trascinandolo sempre più lontano.

D'un tratto lo vidi afferrare il bambino per il cappuccio del giubbotto e cominciare faticosamente a riportarlo verso la riva, nuotando fra le onde alte e minacciose.

Mi coprivo la bocca con le mani ripetendo: «Dio aiutalo. Ti prego aiutalo. Non ti chiedo mai niente, ma se lo aiuti farò quello che vuoi, rinuncio anche alla danza, ma ti prego aiutalo».

E Dio mi ascoltò.

Approfittando di una corrente favorevole, Patrick diede alcune bracciate potenti e superò il punto critico in cui le onde formavano una specie di mulinello.

Lo vidi riemergere stravolto e boccheggiante, con il bambino fra le braccia che tossiva e strillava in preda allo spavento.

La madre gli corse incontro e lo abbracciò piangendo a dirotto, ringraziando Patrick e baciando ora lui ora il bambino, continuando a ripetere: «Che Dio ti benedica, grazie».

Anch'io ripetevo "grazie Dio" fra me e me, mentre lo shock lasciava posto al sollievo e il cuore ritrovava il battito.

Corsi verso di lui per coprirlo con il suo giubbotto.

Pat ansimava, ma sorrideva riprendendo fiato, tenendo le mani sulle ginocchia.

«C'è una corrente pazzesca là in mezzo», disse indicando un punto indefinito nel mare, «ho creduto di non farcela», mi disse baciandomi.

Il freddo delle sue labbra sulle mie mi fece scorrere un brivido sinistro lungo la schiena.

«Dov'è York?», chiese voltandosi di scatto.

Una macchia nera in balìa delle onde stava annaspando nel disperato tentativo di rimanere a galla.

Patrick corse a tuffarsi di nuovo in direzione del cane, nuotando più veloce di prima, sotto l'effetto dell'adrenalina che non doveva fargli sentire né la fatica né il freddo.

Io e la madre del bambino guardavamo la scena mute e impotenti, senza osare nemmeno respirare; anche il bimbo aveva smesso di piangere e si era unito alla nostra apprensione.

Tutto era accaduto troppo in fretta per essere vero, un minuto prima eravamo seduti sulla spiaggia a parlare di noi e un minuto dopo stava rischiando la vita per un bambino e un cane non suoi.

Volevo svegliarmi da quell'incubo, volevo essere nel mio letto e alzarmi per andare a scuola, non assistere impotente a un salvataggio degno di un film d'azione.

Dio ti prego ascoltami ancora. Dio se lo salvi ti giuro che non ballo più. Tu salvalo e io non ballo mai più, ma ti prego, riportamelo vivo.

Avevo scelto alla fine. Messa alle strette avevo scelto lui.

E Dio mi ascoltò ancora.

Mi avvicinai a riva sorridendo di gratitudine al cielo, mentre vedevo York nuotare lentamente, ma tenacemente, con Patrick che gli teneva dietro.

Cominciai a chiamarlo forte, battendo le mani per incoraggiarlo ad affrontare lo scatto finale.

Aveva la lingua penzoloni e gli occhi fuori dalle orbite, ma quel piccolo ostinato mucchio di peli ce l'aveva fatta, aveva vinto la furia del Mare del Nord.

Mi corse incontro con la coda fra le zampe, saltandomi addosso e guaendo pazzo di gioia.

Mi alzai per sorridere al suo salvatore di cui avrebbero parlato al telegiornale della sera, ma il mio sorriso si spense quando mi accorsi che non c'era nessuno.

I miei occhi si spostavano frenetici da una parte all'altra di quella massa scura, mentre un sapore acido mi saliva in gola.

Oddio dov'è? Dov'è? Dove cazzo è? Dove sei Pat?

Cominciai a camminare su e giù chiamandolo con tutto il fiato che avevo in gola. «Patrick!», urlai entrando in acqua fino alla vita, «Patrick dove sei? Non ti vedo! Patrick!».

Ero sicura che gli occhi mi stessero giocando un brutto tiro, che lui era lì davanti a me, mimetizzato nel grigio del mare, e che sarebbe corso fuori dall'acqua da un momento all'altro battendo i denti e io avrei tirato un sospiro di sollievo cadendo in ginocchio sulla sabbia.

Ma non lo vedevo.

I minuti passavano e non lo vedevo.

Mi voltai, stordita e impotente, verso la folla che si era radunata sulla riva e mormorai: «Chiamate qualcuno per piacere, chiamate aiuto, non lo vedo più».

CAPITOLO VENTIDUE

Il resto lo ricordo al rallentatore.

Come se accanto a me fosse scoppiata una bomba.

Suoni ovattati, voci lontane, la vista annebbiata, curiosi che indicavano il nulla, l'ambulanza, il buio che scendeva, domande, domande e ancora domande e il dolore che mi spezzava le gambe e mi faceva crollare sulla sabbia fredda.

Mi riportarono a casa a notte fonda, avvolta in una coperta, con il giubbotto di Pat stretto ancora fra le braccia.

La polizia aveva avvertito mia madre che era tornata di corsa da Brighton e mi aspettava in lacrime davanti alla porta di casa.

Ricordo di averla guardata e di non averla riconosciuta, poi le grandi mani del gigante buono mi presero in braccio e mi portarono in camera mia.

CAPITOLO VENTITRÉ

Smisi di parlare, di dormire e di lavarmi.

Trascorrevo le giornate in camera guardando la parete bianca, senza versare una lacrima.

Con la cenere al posto del cuore.

Avevo perso quello che avevo di più caro, la cosa più bella che questo mondo orrendo avesse mai conosciuto, che quell'acqua maledetta aveva afferrato con le sue dita gelide e trascinato via.

Una ferita mi squarciava da parte a parte, un taglio che sanguinava e non si sarebbe mai richiuso.

Dio si era preso gioco di me.

Sii molto specifico quando preghi, perché Dio sa esattamente quello che vuoi, ma ti dà soltanto quello che chiedi.

Mia nonna, preoccupata per l'audizione e offesa perché non le avevo più risposto, arrivò a chiamare mia madre per sapere "che intenzioni avevo".

Mia madre la mise al corrente dei fatti e poi riattaccò. Lei continuò a chiamarmi con insistenza finché non spensi definitivamente il telefono.

Ero io che sognavo tanto di ballare? Ero io che mi ero tanto preparata per quell'audizione?

Non lo ricordavo più, sembrava la vita di qualcun altro, qualcuno pieno di sogni e di speranze, che era morto insieme a Pat.

Mia madre era disperata, entrava in camera a sostituire un vassoio pieno con un altro, cercando di scuotermi ora con dolcezza ora con rabbia, ma tutto quello che riuscivo a restituirle era il fondo nero dei miei occhi vuoti.

«Vuoi mangiare Mia, per favore? Ti prego, fallo per me, fallo per la mamma».

Ma era una voce lontana che rimbalzava sullo spazio vuoto lasciato dalla mia anima.

York non mi abbandonava un istante.

Vegliava su di me giorno e notte come su un moribondo.

Da quel giorno nemmeno lui era più lo stesso. Non era più uscito di casa e faceva la pipì davanti alla porta.

Eravamo insieme all'inferno.

La notte rimanevo con gli occhi sgranati nel buio, terrorizzata all'idea di addormentarmi e smettere di respirare.

Sempre più spesso sognavo di essere chiusa in una cassa sott'acqua e mi svegliavo di soprassalto fradicia di sudore.

E per quanto ci provassi non riuscivo più a ricordarmi la faccia di Patrick.

Al suo posto c'era un buco nero che riuscivo a riempire solo con altra acqua torbida.

Stavo impazzendo.

L'idea che non lo avrei visto mai più era semplicemente inaccettabile per il mio cervello che continuava a concentrarsi su dettagli senza importanza pur di non affrontare la realtà.

Potevo stare anche dieci ore a fissare un filo tirato del maglione, ma se, per un attimo, mi ricordavo che lui non c'era più, e che non l'avrei più visto, venivo assalita da un dolore così atroce che mi inghiottiva e mi schiacciava tanto da paralizzarmi.

Paul saliva a trovarmi tutte le sere dopo il lavoro.

Si sedeva in fondo al letto e mi aggiornava su quello che era successo nel mondo, sulla regina, sul principe William o su Lady Gaga e poi passava a raccontarmi della sua giornata al lavoro, cosa aveva cucinato, quali erano stati i clienti peggiori e se aveva trovato traffico.

Mi parlava per una mezz'ora con tono calmo e tranquillo e poi mi dava un bacio sulla fronte e andava via.

E mi lasciava a combattere i miei fantasmi per un'altra interminabile notte.

Diventai rapidamente l'ombra di me stessa.

Le orbite stavano inghiottendo gli occhi, il viso si era ingiallito, le mani tremavano e quella costante, subdola, viscida sensazione di essere bagnata non mi abbandonava mai.

«Faranno una funzione per Patrick stamattina alla St Nicholas Church», mi informò mia madre, «io e Paul stiamo andando, non so se te la senti...».

Non mi mossi, né le diedi una risposta.

Il funerale lo stesso giorno dell'audizione.

Poi, improvvisamente, mi ricordai di Nina.

Nina stava soffrendo come me, Nina poteva capire, doveva capire, quella *cosa* adesso ci univa.

Mi alzai in piedi e tutto cominciò a girare vorticosamente, tanto che dovetti appoggiarmi alla spalliera per non cadere.

Avevo le gambe deboli e intorpidite e un sapore amaro in bocca.

Scesi le scale lentamente, imbacuccata nel giubbotto enorme, infilai le scarpe e uscii.

Aveva nevicato e l'aria era pungente e ostile e respirare faceva male al naso.

Infilai la faccia nella sciarpa e mi incamminai, seguita da York, verso la fermata dell'autobus.

Mrs Fancher uscì di casa per dirmi qualcosa, ma passai oltre senza degnarla nemmeno di uno sguardo.

Camminavo come un vecchio stanco, fermandomi ogni tanto per riprendere fiato.

Salii sull'autobus e scesi dopo una decina di fermate.

Il cane mi seguiva come un'ombra.

Fuori della chiesa, in piccoli gruppi c'erano molti dei suoi ex compagni di classe, alcuni professori, la preside, e due ufficiali della Royal Navy.

Gente incredula che scuoteva la testa fumando o che piangeva cercando di consolarsi a vicenda.

Riconobbi anche la mamma del bambino e Carl che mi salutò con un cenno da lontano.

Al mio passaggio sentii scendere il silenzio.

Nessuno ebbe il coraggio di salutarmi, come se la portata della tragedia fosse smisurata in confronto all'inconsistente sollievo delle parole di circostanza, e attraversai la folla silenziosa come fossi stata chiusa in una bara di vetro.

La preside, Mrs Jenkins, mi venne incontro preoccupata chiedendomi come stavo, ma guardandomi meglio si limitò a stringermi forte a sé senza aggiungere altro.

Ero stordita e spaventata.

Quella cosa era più grande di me. Troppo.

Non era stato trovato il corpo e la famiglia aveva chiesto una funzione commemorativa al sacerdote che lo aveva visto nascere.

Perché tanta fretta? Magari è vivo, magari è in missione segreta nascosto da qualche parte. Aspettate un po', cercate ancora. Vi prego.

Poi vidi la famiglia di Nina in prima fila.

Nina, Laetitia e suo padre, in piedi, stretti in un dignitoso silenzio.

Laetitia era annientata, sembrava piccolissima fra il marito e la figlia, e si sforzava di non piangere, coprendosi la bocca con un fazzoletto.

Nina e suo padre, con sguardo severo, si stringevano intorno a lei e la sostenevano come due guardie del corpo.

Mia madre e Paul erano seduti in fondo e mi fecero cenno di unirmi a loro.

Fu una cerimonia bella, ma inutile.

Tutti sapevano che Patrick era buono e generoso, sempre pronto a sacrificarsi per il prossimo, sorridente, ottimista, solare, amico, figlio e fratello amatissimo.

Ma questi erano aggettivi buoni per tutti, in un qualunque funerale.

Quando muore qualcuno lo si ricorda solo per i suoi pregi, mentre lui aveva *veramente* tutte quelle qualità, e anche moltissime altre che loro ignoravano.

Era un essere che irradiava luce, capace di infondere energia e coraggio solo guardandoti negli occhi, sapeva farti ridere come nessun altro, profumava di vento e gelsomini, era sempre a suo agio con tutti, non giudicava mai le persone, voleva bene a tutti, era un puro, aveva un gusto schifoso in fatto di musica e non sapeva ballare, ma amava la vita e le cose belle e soprattutto sapeva far sentire importanti gli altri.

Questo era Patrick, non un mazzo di elogi intercambiabili.

L'odore di incenso mi faceva mancare l'aria, volevo solo tornare in camera mia al sicuro, ma prima volevo vedere Nina, volevo abbracciarla, stare con lei, rivedere Patrick attraverso i suoi occhi, farle sentire il mio affetto e insieme provare ad affrontare tutto quel dolore assurdo.

Aspettammo in un angolo che la folla raggruppata intorno alla famiglia si allontanasse.

Laetitia ringraziava tutti gentilmente, tentando di sorridere come se temesse di risultare scortese.

Quando l'ultima mano fu stretta e fu il nostro turno, Laetitia, che fino ad allora aveva resistito, alla vista del giubbotto di Patrick perse quasi i sensi, accasciandosi contro il marito.

E quando Nina si accorse di me, un lampo di puro odio le attraversò lo sguardo e una maschera di disprezzo le si dipinse sul volto.

«E hai anche il coraggio di farti vedere in chiesa, brutta carogna?», gridò, e in una frazione di secondo mi spinse a terra e cominciò a colpirmi con una violenza inaudita con pugni e schiaffi. «Mio fratello è morto per colpa tua, maledetta stronza, se non era per te sarebbe ancora vivo, è morto per colpa tua e per salvare il tuo lurido cane di merda!». Si alzò e assestò un calcio in piena pancia a York che rimase tramortito.

Paul afferrò Nina da sotto le braccia e la sollevò allontanandola da me, mentre Laetitia, ormai esplosa in lacrime, cercava di calmare la figlia insieme al marito.

Piangevano tutti e tre, abbracciati, per cercare di non perdere il controllo e far fronte comune contro quel dolore lacerante e intollerabile.

Mia madre mi aiutò ad alzarmi.

Mi accarezzava la fronte piangendo, anche lei disperata, sforzandosi di dare un senso a tutta quella follia.

Ero frastornata e mi usciva il sangue dal naso, ma non faceva male. Non so come, ma mentre mi picchiava non faceva male.

Una signora aveva preso York in braccio e me lo aveva riportato. Quando lo mise a terra zoppicava.

Paul mi accompagnò alla macchina, mi fece sedere dietro, e mi diede il suo fazzoletto per tamponare il naso.

Lo vidi andare dal padre di Nina e dirgli qualcosa puntandogli il dito contro, indicando ogni tanto verso di me.

Era grande Paul e faceva paura quando si arrabbiava, me ne ricordavo bene.

«Gli ho detto che non deve mai più permettere che sua figlia tratti Mia in questo modo, stava per ammazzarla, hai visto cosa ha fatto a York?», disse.

«È distrutta, è una famiglia distrutta», commentò mia madre tristemente.

Io sono distrutta, mamma, sono finita, non lo vedi? Non mi vedi? Sono morta anch'io.

Il dottore venne a casa nel pomeriggio.

Non capivo perché. Non ero malata, volevo solo essere lasciata sola, non era così difficile da comprendere.

Mi esaminò ponendo delle domande a mia madre e a Paul che se ne stavano in piedi sulla porta.

Disse qualcosa del tipo "disturbo post traumatico da stress" e mi diede un sacco di pillole.

Le pillole mi facevano dormire interminabili ore senza sogni e senza apnee e mi regalavano uno stato di intorpidimento ovattato, quasi piacevole.

Non provavo nulla, non riuscivo quasi a ricordare il motivo per cui stavo sempre a letto, ma la cosa più curiosa è che non mi interessava più.

Paul non era d'accordo nel farmi prendere tutta quella "roba", come la definiva lui, ma mia madre rispondeva sfinita che rivoleva sua figlia e al più presto, perché stava diventando pazza.

Mia nonna la chiamò altre volte dicendo che avrebbe fatto in modo di farmi avere un'altra audizione, ma lei tagliava corto rispondendole che c'erano cose ben più importanti del suo egocentrismo a cui pensare, e la mia salute era una di quelle.

Ballare? Non sapevo più cosa volesse dire.

Dormire, sì dormire per sempre, quella era una soluzione.

CAPITOLO VENTIQUATTRO

Betty sgattaiolò silenziosamente in camera mia un pomeriggio. Dal suo sguardo sgomento capii che ero messa male.

«Ma che hai fatto amore mio? Come ti sei ridotta…».

Prese ad accarezzarmi i capelli che mi cadevano a ciocche.

Avvolta nel piumone, cercavo invano di combattere il freddo dell'acqua che mi faceva marcire le ossa, con lo sguardo perso nel nulla.

«Mia, sei pelle e ossa, da quant'è che non mangi?».

Perché si interessavano tutti al cibo, perché doveva essere così importante? Se avessi mangiato avrei sofferto di meno o si sarebbero sentiti tutti meno in colpa?

Mangiava chi voleva vivere e io non volevo vivere.

D'un tratto mi ricordai una cosa.

«Tu l'hai sempre saputo vero Betty?», sussurrai.

Non parlavo da settimane e la voce suonò rauca e sinistra, come dall'oltretomba.

«Cosa ho sempre saputo, tesoro, cosa?», chiese spaventata avvicinando il viso alla mia bocca.

«Che sarebbe morto, tu lo sapevi da sempre… la Torre, usciva sempre la Torre e tu dicevi che non era niente…».

«Mia, sono solo carte, non diamogli peso, è solo un gioco…».

«Tu lo sapevi Betty, sapevi che sarebbe morto e non me l'hai detto…».

«No, no, ti giuro che non sapevo niente, e poi come avrei mai potuto dirti che secondo me sarebbe morto? Nessuno farebbe mai una cosa del genere, cucciola, ti prego di credermi».

«Tu lo sapevi e non mi hai avvertita, magari avrei potuto salvarlo, tenerlo lontano dall'acqua».

«No Mia, no, quando una cosa è scritta è scritta, tu non avresti potuto fare niente, non contro il destino».

«Vai via Betty, vattene a casa, non ti voglio più vedere».

«Mia…».

«Vattene», mormorai.

La sera mia madre salì in camera.

Non era più lei, era un fantasma.

Magra, spettinata, col viso incavato e gli occhi di chi non smette di piangere un minuto.

«Se non vuoi farlo per te stessa, ti prego, fallo per me, se non vuoi vivere per te, vivi per tua madre». Cominciò a urlare e a scuotermi: «Parlami almeno, Mia, parlami, io ci sono ancora, io sono viva, noi siamo vivi. Io, Paul, York, tuo padre, la danza! La danza ti aspetta, puoi ancora fare l'audizione, tua nonna mi ha detto che può fartela avere! Non è incredibile? Io che parlo con tua nonna Olga di danza! È un miracolo no?». Cercò di ridere, ma i suoi occhi tradivano tutta la sua amarezza.

No, mamma non c'è più niente, niente che mi interessi. Mi dispiace, mi faccio schifo, sono una figlia orribile, ti meritavi molto meglio, ma io non ho la forza, scusami mamma, ma non ce l'ho. Ti voglio bene, un bene dell'anima ma non ce la faccio più, sto tanto male, non posso più vivere così.

Passarono altre settimane in cui non successe niente.

Era sempre freddo anche se Paul mi aveva detto che stava arrivando la primavera.

Mamma mi aveva raccontato che era passato Carl e che Mrs Jenkins telefonava regolarmente.

Ma più il tempo passava, più facevo fatica a ricordarmi di chi stesse parlando.

Mi sembrava impossibile aver avuto una vita prima di quella che vivevo in quella camera, delle amicizie, delle passioni, un cuore.

Ero pelle e ossa, bevevo un paio di bicchieri di latte per buttare giù i farmaci e questo era più o meno tutto, per il resto dormivo o fluttuavo in una dimensione pastosa e confusa.

Solo Betty un giorno sentì il bisogno di tornare a parlarmi.

So con certezza che le sembrò di entrare in una camera mortuaria.

L'odore acre, il freddo, la penombra e il mio respiro ridotto a poco più di un rantolo erano tutto quello che rimaneva di me.

«Mia, Mia tesoro». Cercò di scuotermi per strapparmi al torpore. «Mia, ascoltami, lo so che non mi vuoi vedere, ma devo raccontarti assolutamente una cosa, non so perché, ma credo che sia importante».

Non la vedevo, ma la sentivo, sentivo una voce familiare e lontana che spezzava il rumore bianco che avevo nella testa, nel luogo irreale in cui vivevo, senza angoli né curve.

«Ho sognato una cosa strana Mia, magari non è niente, ma sei l'unica che me lo possa dire, mi ascolti?».

Non risposi.

«Te lo dico lo stesso Mia, ho sognato Patrick, o almeno credo, io non l'ho più visto da quando aveva la tua età, e non so come sia adesso, a parte la foto sui giornali, ma era vecchia anche quella... Dio non dovrei essere qui, lo so, è una cazzata, ma *sento* che lo devo fare, cioè dirti la verità... me lo ha chiesto lui, ha insistito così tanto ed era talmente reale che credevo di essere sveglia».

Le mie pupille si contrassero impercettibilmente.

Betty continuò.

«Pat aveva... i capelli lunghi, senza un taglio e la barba incolta, un golf verde scuro e dei jeans, ma non so se questo è importante, quello che conta è che lui mi ha detto di dirti questo: "Balla Mia, balla per me, se balli io vivrò ancora attraverso di te e saremo ancora insieme"».

Non mi mossi.

Sembravano frasi tirate fuori da un brutto telefilm della domenica pomeriggio.

Lui, che per far tornare a vivere la protagonista depressa, le parla dall'aldilà.

Peccato, volevo bene a Betty, ma quelle idee cretine erano un insulto alla mia intelligenza.

O magari era stata un'idea ingenua della mamma.

«Mia», proseguì, «nel sogno mi ha detto una cosa che non ho capito, me la sono dovuta scrivere perché non conosco lo spagnolo, mi ha detto di dirti questo: *Serva me. Servabo te*. Non so cosa voglia dire, ma sapeva che avresti capito».

Le pupille mi si dilatarono come a un gatto nel buio.

«Latino».

«Latino?»

«Salvami. Ti salverò».

Non lo sapeva nessun altro a parte Carl, che non conosceva Betty.

«Chi te l'ha detto?»

«Cosa?»

«Il braccialetto, quella scritta, chi te l'ha detto?»

«Non so di nessun braccialetto, nel sogno lui mi ha detto di riferirti queste parole. Che vuol dire Mia, hanno un significato?»

«No, Betty, nessun significato».

Betty sembrò delusa, mi passò una mano sulla fronte.

«Scusami allora se ti ho disturbata con i miei deliri, non so come, ma era così reale che ho creduto quasi… scusami ancora piccola, non avevi bisogno di altre emozioni, o altre illusioni, scusami ancora. Dio, sei gelata tesoro». Mi coprì meglio con il piumone e uscì piangendo.

Serva me. Servabo te.

Il cuore cominciò a battermi all'impazzata, troppo forte perché il mio fragile corpo potesse reggere.

Avevo aspettato tutto quel tempo un segno e sapevo che sarebbe arrivato prima o poi.

Ma l'attesa mi aveva sfinita ormai.

Mi alzai e mi guardai allo specchio.

Ero cadaverica, uno scheletro con la pelle trasparente e le vene blu sulla fronte e le mani.

Uno spettro.

Un cigno morente.

Alla fine ero riuscita a interpretarlo.

Il vuoto che avevo dentro mi aveva mangiata viva giorno per giorno come un tumore maligno.

E lentamente mi ero consumata come una candela.

Svuotata, spenta.

Il momento era arrivato.

«Pat ti prego…», dissi a voce alta, «…Pat ti prego, vienimi a prendere».

Toccai la mia immagine riflessa e cominciai a singhiozzare, un pianto liberatorio, disperato, straziante, scivolando lentamente in ginocchio.

«Ti prego, vienimi a prendere… non ce la faccio più a stare senza di te, non voglio più stare senza di te, portami via da qui, portami via con te, ovunque tu sia…».

Mi raggomitolai per terra continuando a piangere senza più forze, scossa da singhiozzi convulsi.

Avrei aspettato e prima o poi la morte sarebbe venuta per portarmi da Pat.

Dovevo solo aspettare, era questione di poco tempo. Sarei rimasta lì ferma e sarei sparita: facile e indolore.

Così avrei smesso di soffrire.

Salvami. Ti salverò.

Ci sarebbe voluto del tempo o forse…

Forse avrei potuto accelerare le cose.

CAPITOLO VENTICINQUE

Presi il pullman per Skegness.

Pioveva, ma non sentivo freddo, né debolezza, né la tachicardia che ultimamente non mi dava tregua.

L'adrenalina ancora una volta mi stava aiutando.

Il controllore mi guardò sconcertato e mi chiese se avessi bisogno di aiuto, come fossi una malata fuggita dall'ospedale, e aveva ragione.

Ero malata.

Molto malata.

Ma sarei guarita presto.

Era questione di un paio d'ore.

Mi sentivo euforica come non era più successo da quel maledetto giorno di febbraio.

E più il pullman si avvicinava, più mi sentivo pervadere da una gioia incontenibile, attratta da qualcosa, da qualcuno che mi chiamava. Sapevo che Pat era lì ad aspettarmi e sapevo che stavo facendo la cosa giusta.

Sorrisi per la prima volta dopo mesi.

Sorrisi al mare che stava per riportarmi da lui.

Sorrisi ai gabbiani che volavano alti.

Sorrisi al dolore che era diventato un amico fedele.

Scesi e respirai forte.

Il sole stava tramontando, faceva freddo, e il mare era agitato, ma mi sentivo serena e calma.

Non c'era niente di cui avere paura.

Il vento mi faceva perdere l'equilibrio mentre avanzavo a fatica per raggiungere la spiaggia.

Rividi il pub dove avevamo comprato il pesce fritto, la locanda dove avremmo dovuto dormire, il pontile, la barca rovesciata accanto a cui ci eravamo sdraiati.

E come in un sogno rividi noi due che ridevamo rubandoci le patatine fritte, che giocavamo con York, che ci baciavamo e ci tenevamo stretti immaginando il nostro futuro.

Mi sentivo stanca, come se avessi camminato per centinaia di chilometri senza mai fermarmi.

Era finalmente arrivato il momento di riposare.

Quell'immensa massa torbida e burrascosa mi aspettava con le braccia spalancate, invitante, accogliente, sicura.

E non vedevo l'ora di potermi lasciare travolgere da quell'abbraccio gigante e abbandonarmi al silenzio e alla pace delle sue segrete profondità.

Scendere giù, dolcemente, dove la luce filtra a fatica, dove tutto è rallentato e paziente e dove il tempo non esiste.

Laggiù dove da qualche parte mi aspettava Pat.

CAPITOLO VENTISEI

«È in coma dottore, non sappiamo per quanto tempo sia rimasta senza ossigeno… potrebbe avere riportato dei danni permanenti…».

«Segni vitali?»

«Stabili… stiamo cercando di contattare la famiglia, ma non aveva documenti con sé, solo un cellulare inutilizzabile e quel braccialetto con la scritta… in latino o spagnolo…».

«Come hanno fatta a recuperarla?»

«È un mistero, in quel punto la corrente è così forte che nemmeno i pescatori si avvicinano… l'hanno trovata sulla spiaggia».

«Un angelo custode».

«Già».

«Guardi, sembra che sorrida…».

«È solo un riflesso».

«Mia… Mia… sono Patrick, mi senti?»

«Sì».

RINGRAZIAMENTI

Ringrazio di cuore il mio editore e amico Raffaello Avanzini e tutta la Newton Compton per il supporto e la disponibilità.

La mia agente (ma più spesso mia sorella maggiore) Maria Paola Romeo.

Mia madre per avermi portato a vedere il balletto di Louis Falco quando avevo cinque anni e avermi insegnato l'amore per le cose belle, mio fratello Daniel, luce dei miei occhi e Attilio il miglior compagno di vita che si possa desiderare.

Maria Falcao e Jim Fletcher della Royal Ballet School di Londra per la disponibilità e i preziosi consigli, Alessandro di Marco per la consulenza tecnica, Rosie Williams e Dallas Kidman per avermi ospitato nella loro deliziosa casa (con il bovindo!), e Marika Pasut per l'indimenticabile avventura londinese.

E in ultimo, ma non per importanza, la mia famiglia, gli amici, le persone che ho avuto vicino, i ragazzi del blog, lo yoga, la danza, Londra, tutti e tutto quello che amo. A loro e a voi, grazie.

IL MIO ANGELO SEGRETO

A tutti gli angeli della mia vita

CAPITOLO UNO

Il giorno che a scuola ci avevano fatto vedere quel filmato sui casi di morte apparente, in cui tutti i testimoni parlavano del «tunnel di luce bianca», della «fluttuazione» e della sensazione di pace e benessere, non avevo fatto altro che sbadigliare e guardare fuori della finestra sperando che qualche cretino dei miei compagni telefonasse annunciando un allarme bomba.

Ma adesso le cose erano un po' diverse.

Non solo avevo visto quella rassicurante e attraente luce bianca che sembrava chiamarmi, ma per la prima volta dopo mesi dalla morte di Patrick, stavo finalmente sperimentando la pace e la serenità.

Avevo attraversato il tunnel ed ero tornata indietro.

Da sola.

E adesso mi trovavo in un luogo senza tempo né sogni, dove non avevo più paura e dove non provavo più alcun dolore.

E sinceramente non avevo nessunissima intenzione di svegliarmi.

C'erano momenti in cui provavo quel piacevole senso di torpore in cui ti crogioli la mattina presto, pensando a una buona scusa per non andare a scuola, altre volte, invece, avevo la sensazione di uscire letteralmente dal mio corpo e galleggiare nella stanza.

Non che avessi il potere di far niente, né di intervenire (altrimenti avrei chiesto a mia mamma di smettere di farmi ascoltare gli Oasis!), ma questo mi dava una prospettiva del tutto nuova a cui non avevo mai riflettuto prima: potevo vedere com'era la vita senza di me.

Ed era straziante osservare mia mamma e Paul piangere sul mio corpicino esile e impotente, alternandosi giorno e notte per non lasciarmi mai sola, senza poter fare nulla per loro.

La mamma mi accarezzava i capelli e mi stringeva la mano sinistra, la mano del cuore, e mi raccontava per ore di quando ero piccola e, per farmi mangiare, metteva la videocassetta dei balletti e mi imboccava velocemente mentre guardavo incantata le ballerine. Oppure di quella volta che avevo disegnato sul muro col pennarello indelebile i miei amici immaginari o ancora quando, all'uscita del supermercato, ero entrata nella macchina di un'altra mamma perché lei non voleva comprarmi la cioccolata.

Sembrava passata un'eternità, invece erano trascorsi poco più di dieci anni ed era incredibile come, in così poco tempo dal mio arrivo nel mondo, io avessi già sperimentato sulla mia pelle il significato della parola morte.

A volte passavano a trovarmi i miei compagni di classe che rimanevano in piedi vicino al letto, con le facce smarrite e imbarazzate, incitandomi a non mollare.

Era tutto assurdo e incredibilmente triste e, fosse stato per non vederli più così infelici, giuro che avrei fatto l'impossibile per svegliarmi, ma la paura di sentire di nuovo il morso del dolore affondare lentamente i denti nel mio cuore come un cane affamato mi terrorizzava a tal punto da farmi preferire una *non*-vita in un letto d'ospedale, piuttosto che una sofferenza senza fine.

È schifoso lo so, egoista e tutto il resto, ma è la verità e l'idea di passare ancora un solo giorno a guardare nel vuoto pensando a Patrick con lo strazio che mi squarciava il petto era semplicemente insopportabile.

Adesso poi che Nina mi odiava e mi ero giocata l'audizione alla Royal Ballet School non avevo grandi motivi per tornare a vivere.

La cosa più curiosa del mio stato vegetativo era che tutti quelli che mi conoscevano, nessuno escluso, provavano l'impulso irresistibile a scusarsi per qualcosa che avevano fatto o non fatto per me.

Paul, il compagno di mamma, la cosa migliore che ci fosse mai capitata, e l'ultimo che potesse colpevolizzarsi di qualcosa, mi chiedeva scusa per aver invaso il mio territorio venendo a vivere da noi, per avermi sgridato quella volta in macchina, quando avevo risposto male a mia mamma, e per non essermi stato abbastanza vicino nel momento in cui ne avevo più bisogno.

Anche la mamma si disperava per non aver fatto abbastanza per mandarmi alla Royal Ballet, rimproverandosi che avrebbe potuto lavorare di più per pagarmi la retta o seppellire l'orgoglio e chiedere i soldi a nonna Olga, mentre Betty, la sua migliore amica, non si dava pace per avermi raccontato quel sogno in cui Patrick le diceva la frase incisa sul braccialetto.

Avrei voluto stringerli fra le mie braccia e dire loro che non avevano proprio niente da rimproverarsi, che erano le persone migliori del mondo e che li amavo come più non avrei potuto e se c'era qualcuno che si era comportato in maniera cocciuta ed egoista ero io, che non avevo fatto altro che pensare a me stessa e a quell'audizione, come se non ci fosse stato niente di più importante al mondo.

Dio sa se mi dispiaceva vederli soffrire così per colpa mia e questo mi commuoveva a tal punto da farmi scendere grosse lacrime lungo le guance, che qualche medico insensibile catalogava inevitabilmente come "riflesso incondizionato".

Avrei voluto alzarmi di scatto e urlare: «Riflesso incondizionato un corno!», e poi ripiombare nel mio sonno profondo.

Chi invece non mi conosceva si sentiva autorizzato a raccontarmi gli affari propri, fregandosene se quello che diceva poteva interessarmi o meno, quando c'era sempre stato ben poco a parte la danza classica a interessarmi veramente, almeno prima della tragedia.

E la cosa peggiore è che mi raccontavano cose che non avrei mai e poi mai *voluto* sentire. Era una tortura gratuita contro cui non potevo ribellarmi.

Comodo parlare a qualcuno che se ne sta lì indifeso e immobile e non può risponderti né darti torto come hanno già fatto tutti i tuoi amici!

La più insopportabile era Ellie, una giovane infermiera che una volta al giorno veniva a lavarmi e cambiare le lenzuola.

In quella mezz'ora, che nella mia concezione dilatata del tempo equivaleva a un'eternità, mi aggiornava sugli sviluppi della sua cotta per un infermiere dell'altro reparto, tale Robert, che credeva fosse innamorato di lei solo perché le portava i cornetti caldi a inizio turno, cosa che le stava facendo considerare l'idea di mollare marito e figli.

Anche senza sapere che il suddetto infermiere andava a letto anche con Nancy del turno di notte, era chiaro come il sole che Ellie avrebbe fatto la cazzata del secolo lasciando il marito e non capivo come potesse essere più incosciente di me che ero in coma.

D'altro canto, secondo Janine, la fisioterapista, lui non provava per nessun'altra donna quello che provava con lei, ma glielo diceva sempre dopo che si era fatto massaggiare la schiena.

Seguire tutti gli sviluppi stava diventando più complicato di una puntata di *Beautiful*.

In realtà credo che l'unica ragione per cui si esca dal coma sia lo sfinimento.

Quando veniva a trovarmi Carl, invece, tutto tornava ad essere spaventosamente triste e reale.

L'ultima volta che ci eravamo visti era stato al funerale di Patrick, mi ricordo che ci eravamo appena guardati da lontano, ma lui non si era nemmeno avvicinato, forse per paura di sconvolgere ulteriormente Nina, forse perché tutto quel dolore era troppo grande per noi.

A sedici anni non dovrebbero capitarti cose del genere, a sedici anni dovresti solo pensare a essere felice e realizzare tutti i tuoi sogni e non essere testimone della morte del tuo ragazzo, la persona più dolce, più buona e generosa del mondo, che annega per salvare il tuo cane.

Una morte così stupida per qualcuno che amava il mare e il suo Paese così tanto da imbarcarsi nella Marina Militare Britannica a neanche vent'anni.

Nina mi riteneva responsabile, e come potevo darle torto?

Anch'io mi ritenevo responsabile della sua morte, per quello avevo voluto farla finita buttandomi nelle stesse acque gelide che avevano inghiottito lui, ma evidentemente non ci ero riuscita, ed ero sempre lì, o almeno c'era il mio spirito intrappolato in un corpo immobile che si consumava giorno dopo giorno.

Carl mi diceva che lui e Nina si erano rimessi insieme, ma che la famiglia di lei era distrutta, ed erano stretti in un dolore indescrivibile: Nina si vestiva solo con i maglioni del fratello e la mamma non usciva più dalla sua stanza dove passava giornate intere a piangere.

Il padre invece beveva di nascosto e la sera, quando Carl tornava a casa sua, lo vedeva seduto sul divano a fissare la televisione spenta. Poi si alzava barcollando per accompagnarlo alla porta.

Era questa la realtà che non avevo più voluto affrontare.

Avrei voluto dirgli di smettere di parlare e di non tornare mai più, che c'ero io quel maledetto giorno di febbraio su quella maledetta spiaggia, impotente e incredula a fissare le onde nere, pregando di vederlo riemergere da un secondo all'altro, mentre i minuti passavano e lui non tornava più, che ero io a urlare il suo nome a squarciagola entrando in acqua vestita, mentre i curiosi si avvicinavano per vedere cosa fosse successo.

Io che, pur di non turbare l'equilibrio di Nina che amava suo fratello più di qualunque altra cosa al mondo, le avevo tenuto nascosto l'amore sconfinato che provavo per lui da tutta la vita, io che mi ero giocata per sempre la possibilità di entrare alla Royal Ballet perché ero troppo devastata dal dolore per affrontare l'audizione, e che ero sempre io quella che Nina, accecata dallo strazio, aveva preso a pugni il giorno del funerale.

Tutto questo solo perché Patrick voleva farmi provare «il miglior fish and chips del mondo» sulla spiaggia di Skegness prima della nostra prima notte insieme.

No.

Carl non aveva il diritto di parlarmi del dolore di Nina e della sua famiglia.

Non lui che per primo le aveva spezzato il cuore tradendola con la più zoccola della scuola perché aveva avuto un ripensamento.

Nina era, e sarebbe sempre stata, la mia migliore amica, anzi, come avevamo detto fino a solo pochi mesi prima, mia sorella.

Ma le nostre vite adesso erano cambiate in modo irreversibile e non avevo idea di che cosa sarebbero potute diventare.

Non era mai venuta a trovarmi ed ero certa che non lo avrebbe mai fatto.

Per lei ero morta prima che ci provassi veramente, ero morta quando le avevo nascosto che io e Patrick stavamo insieme.

Era tutto così stupido.

Tutta l'intera storia vista dalla mia prospettiva era talmente ridicola che non riuscivo a capire come avessimo fatto ad arrivare a quel punto.

Se avessi detto la verità dall'inizio e cioè che amavo Patrick da quando avevo tre anni e che negli ultimi mesi ci sentivamo sempre più spesso e che, alla fine, anche lui si era innamorato di me, non avremmo dovuto nasconderci, e quel giorno non avrei dovuto portare York con noi per non lasciarlo solo a casa ad abbaiare e Patrick non sarebbe morto per salvarlo e adesso saremmo insieme da qualche parte più innamorati che mai.

E avremmo avuto il nostro lieto fine.

Tutto si poteva risolvere.

Tutto.

Tranne la nostra morte.

Ancora non sapevo come ero stata riportata a riva e da chi.

Alcuni passanti mi avevano trovata mezzo assiderata sulla spiaggia, mentre per mia madre, tornare a casa dove mi aveva lasciata in punizione e non trovarmi più aveva significato contare fino a tre e poi chiamare polizia e ospedali, certa che l'avrebbero rassicurata dicendole che sarei tornata di lì a poco.

E mai avrebbe potuto immaginare che la sua descrizione corrispondesse esattamente a quella di una ragazzina in fin di vita in un ospedale a più di due ore di macchina da casa.

Lei e Paul si erano precipitati da me guidando come matti sull'autostrada e si erano subito fatti fermare da una pattuglia di poliziotti che, minacciati da mia mamma, si erano offerti di scortarli per arrivare prima.

Mai sottovalutare la capacità di persuasione di una madre italiana in preda al panico.

La mamma mi aveva presa fra le braccia come una bambola fragilissima e mi aveva cullato tutta la notte cantandomi le filastrocche toscane che mi piacevano tanto.

Finché Paul le aveva dato il cambio per lasciarla riposare un momento sulla poltrona vicino al mio letto, annientata e immensamente triste, mentre ripeteva in continuazione «la mia bambina, la mia bambina».

E lui mi aveva preso fra le sue braccia forti, con cautela e tenerezza, tenendomi la testa contro la sua spalla come fossi sua figlia.

Il mio gigante buono, che avrei tanto voluto chiamare *papà* un giorno.

Rimaneva il mistero del braccialetto.

Lo avevo regalato a Patrick proprio il giorno dell'incidente, mentre eravamo lì sulla spiaggia a guardare l'orizzonte e fare progetti per il nostro futuro, e non riuscivo a capire come mai adesso si trovasse al mio polso destro.

E poi perché nessuno conosceva il latino?

C'era inciso «Serva me. Servabo te»: *Salvami. Ti salverò*, non era tanto difficile!

Al prossimo che diceva «dev'essere spagnolo» avrei risposto: «È latino cazzo!».

L'avevo scelto con Carl, e lui lo aveva riconosciuto subito quando era venuto a trovarmi, ma non poteva sapere che lo avevo dato a Patrick.

Solo Betty, l'amica di mamma che mi aveva fatto le carte un paio di volte (e sono convinta avesse previsto tutto), aveva sognato Patrick che le diceva quella frase, e lei non poteva proprio saperlo.

È stato dopo che mi aveva raccontato quel sogno che ho deciso di andarmene da questo mondo a cercare Pat che, ne ero certa, mi stava aspettando da qualche parte. Per rimanere con lui per sempre, lontano da quel pozzo infinito di dolore nero e soffocante in cui ero caduta.

Anche mio padre era venuto a trovarmi insieme a sua moglie Libby e ai gemelli.

Mi piaceva Libby, e somigliava molto a mia mamma e, per quanto tragica, quella era un'occasione buona per loro per provare a seppellire i vecchi rancori.

Mio padre, che nella vita non aveva mai avuto idea di cosa parlarmi a parte degli sviluppi del mercato azionario, era curiosamente loquace e, forse, il fatto che non potessi confermargli di continuo con la mia linguaccia il suo fallimento come padre gli dava il coraggio di dirmi quello che probabilmente avrebbe voluto da una vita.

E cioè che anche se era distante, impacciato e maldestro mi voleva bene.

Se avessi saputo che bastava essere in fin di vita per sentirglielo dire, avrei simulato un incidente molto prima.

Quando fu il turno di Libby e i gemelli mi resi subito conto, dal tono della sua voce, che le cose fra lei e mio padre non andavano poi così bene.

Intanto perché lui era fuori a parlare con mia mamma, anziché tenere fermi quei due delinquenti di Seb e Adrian che cercavano di chiudermi il rubinetto della flebo e mi davano pizzicotti sugli alluci con tutta la forza per farmi reagire e poi, perché la povera Libby mi aveva detto, tirando su col naso, che «l'amore non è mai come te lo aspetti, anche quando fai l'impossibile per far funzionare le cose».

Se avessi potuto risponderle le avrei chiesto se il giorno in cui aveva conosciuto mio padre avesse bevuto o indossasse un paio di occhiali con le lenti di salame, perché se c'era una persona che non era mai cambiata per un minuto in tutta la sua vita era proprio mio padre, il cui massimo della stravaganza era stato indossare un cardigan color caffè con le toppe ai gomiti per Capodanno.

A quanto pare aveva un fascino misterioso a me incomprensibile, un po' come il Principe Carlo.

Mi auguravo solo che non divorziasse anche da lei, le volevo bene e non volevo che soffrisse.

Anche la mia preside, Mrs Jenkins, era venuta a trovarmi, ci teneva che tornassi a scuola in tempo per dare l'esame.

Ma forse Mrs Jenkins non si rendeva bene conto della situazione.

O era il suo modo per sdrammatizzare.

Claire invece, la mia ex insegnante di danza, era arrivata una mattina con il CD della variazione che avevamo studiato per mesi certa che, avendomelo fatto ascoltare milioni di volte, mi avrebbe fatta svegliare di sicuro.

Erano tutti convinti che la chiave del mio risveglio stesse nel trovare la parola giusta, quella che avrebbe rotto l'incantesimo della strega malvagia riportandomi in vita, come fossi stata *La Bella addormentata nel bosco*.

Si era scatenata una specie di gara a chi fosse riuscito a farmi svegliare prima.

Con la musica, le storie, le parole, ognuno di loro *sentiva* che sarebbe riuscito a toccare quel tasto che avrebbe riacceso l'interruttore della mia mente, tirandomi fuori dalle sabbie mobili.

In realtà non bastava solo quello, ci voleva anche la mia collaborazione che mi rifiutavo di dare.

Non *volevo* svegliarmi ed ero terrorizzata all'idea di non sapere quali potessero essere le condizioni del mio corpo.

Potevo essere paralizzata, incapace di parlare, di muovermi, o non essere più autosufficiente.

E questo avrebbe significato non poter ballare mai più.

E una vita senza danza e senza amore non era degna di essere vissuta.

Quindi no.

Non mi sarei più svegliata.

Sarei rimasta lì, nascosta nel mio stesso corpo, a tempo indeterminato.

Se non fosse stato per quell'*altra* voce.

L'unica che non poteva essere reale e che non riuscivo a localizzare.

Quella che non smetteva di frullarmi in testa da quando ero entrata in coma e che si manifestava soltanto quando non c'era nessuno con me.

Quella di Patrick.

Il *mio* Patrick.

E questo poteva voler dire una cosa sola: che ero grave.

Pat era morto e lo sapevo bene, ma lo sentivo a intermittenza, come se stesse cercando la frequenza giusta per comunicare con me e non faceva che ripetermi: «Mia, sono Patrick mi senti?».

Certo che lo sentivo, forte e chiaro!

Ma evidentemente lui non sentiva me e non sapevo proprio come farglielo capire e stava diventando sempre più fastidioso sentirgli fare le prove tecniche nel mio cervello.

E convinto com'era che non lo sentissi, diceva qualunque cosa gli venisse in mente e spesso, preso dallo sconforto, cominciava a cantare e, chiunque avesse conosciuto Patrick sapeva quanto fosse stonato.

Una sera, dopo il consueto aggiornamento di Ellie sugli sviluppi con Robert (le aveva chiesto che shampoo usasse per avere dei capelli così morbidi e setosi e questa secondo lei era una prova inconfutabile del suo amore), rimasta finalmente sola, sentii la voce di Patrick cantare dolcemente:

«*You're beautiful... you're beautiful... you're beautiful it's true...*».

E nonostante sembrasse un gatto a cui avevano schiacciato la coda in una porta, mi sembrò talmente reale e bello che il mio cuore dovette sussultare o qualcosa del genere perché una macchina a cui ero attaccata si mise a suonare ed Ellie corse a chiamare Nancy perché venisse a vedere cosa stava succedendo.

Nancy spense l'allarme, premette qualche bottone, mi auscultò e diede il suo responso: «Dev'essere stato un calo di tensione».

Calo di tensione un tubo!

Ero al colmo dell'emozione e dava la colpa al generatore di corrente?

Speravo davvero che Robert la lasciasse.

«Ma sei sicura che non sia successo qualcos'altro?», chiese Ellie.

«No, non credo proprio, a volte capita, ma non è niente, quella dorme come un sasso!».

«Ma forse no, magari stava sognando qualcosa di bello, magari il suo ragazzo! Non credi sia possibile?».

Stavo cominciando a voler bene a Ellie.

«Figurati! Quelli non sognano nemmeno, sarebbe più facile rianimare un cetriolo», disse con sarcasmo.

«Sono sicura che lei ci ascolta, io le parlo di continuo e a volte mi sembra che mi capisca. Sai che lei era una grande ballerina? E si è lasciata morire per amore, è una storia così triste, come Romeo e Giulietta…».

«Be' adesso non credo che ballerà più conciata com'è, non ha più muscoli, anche il braccialetto le va così largo che quando le sollevo il braccio scivola via».

COSA? Che stava dicendo quella stronza? Che non avevo più muscoli? Quanto avrei voluto prenderla a schiaffi, così vedeva se avevo i muscoli!

«Già, il braccialetto», proseguì Ellie, «io dico che gliel'ha regalato lui, c'è quella scritta in spagnolo, chissà cosa vuol dire?».

È latino cazzo!

«Com'è che sei così romantica? Non sarai mica innamorata eh Ellie?», incalzò Nancy acida.

Oddio non glielo avrebbe mica detto, vero?

«Io innamorata? Non scherzare Nancy…», rispose imbarazzata.

«Eddai Ellie, dimmi chi è? Sarà mica il nuovo portantino?».

No Ellie non glielo dire!

«No», rise, «non è lui».

«Il ragazzo della mensa! Quello addetto alle patatine fritte?»

«No, nemmeno lui». Rise ancora.

«Ellie sai perfettamente che di me ti puoi fidare no?».

Ellie no zitta ti prego stai zitta non ti fidare! Gridavo nella mia testa con tutte le forze.

«È…».

Ellie no, no, no!!

«È… Robert, l'infermiere del reparto uomini», concluse trionfante con una punta di orgoglio.

Ecco fatto…

«CHIIIII?», urlò stridula Nancy.

«Robert! So di piacergli, me lo ha fatto capire…».

«E come te lo avrebbe fatto capire?», incalzò Nancy in un tono per niente amichevole, «col linguaggio dei segni?»

«Oh in molti modi, mi fa dei regali, un sacco di complimenti, ed è sempre adorabile con me».

«Adorabile eh? Sentiamo, e da quanto va avanti questa storia?»

«Un paio di mesi!».

«Un paio di mesi? E ci sei andata a letto?».

Lalalalalalalala basta basta non voglio più sentire niente!

«A letto? Ancora no, ma è… questione di poco».

«Che intendi con questione di poco? Robert sta con me da due mesi, ed è solo con me che va a letto!».

Yu-huuu! Ehi c'è una minorenne qui non ve ne siete accorte?

«Co… con te? Cosa vorresti dire con sta "con te"?», chiese Ellie incredula.

«Che noi due stiamo insieme, punto, cosa non ti è chiaro nella frase?»

«Ma io non lo sapevo, non mi aveva detto niente, altrimenti io non avrei mai…».

«Non ti ha detto niente perché lo sanno tutti no? Tranne te che passi le giornate a leggere gossip su "The Sun" e quei cazzo di libri inutili! Forse dovresti smettere e cominciare a guardarti un po' intorno, mi sa che cominci a confondere la realtà con la fantasia!», concluse sprezzante.

«Ma ti giuro che non ne avevo idea, io ho solo creduto che…», rispose Ellie mortificata.

«Tutto quello che hai creduto nella tua testolina bacata era frutto della tua immaginazione e quindi non esiste, come la storia del braccialetto spagnolo».

È latino cazzooooo!

«Ma io pensavo che lui cioè… che noi…», balbettò.

«Guardami bene in faccia Ellie! Robert con una come te ci uscirebbe solo per scommessa, quindi toglitelo dalla testa!», e si allontanò lasciando Ellie sola e confusa.

Che stronza quella Nancy, nemmeno in *Eastenders* i cattivi erano così cattivi!

Ellie singhiozzava seduta sul mio letto.

Avrei tanto voluto abbracciarla e dirle che era meglio così, che non aveva perso niente, e che il marito e i figli avrebbero sofferto troppo se se ne fosse andata.

E lei intuì i miei pensieri.

«Mio marito mi tradisce da anni Mia. Torna a casa, mangia guardando la televisione e va al pub, poi rientra alle tre di notte ubriaco fradicio e si addormenta vestito. I miei figli invece non vogliono lavorare e mi trattano come la cameriera. Capisci perché sogno a occhi aperti e leggo tutti quei libri d'amore? Perché almeno i sogni nessuno me li può toccare, e mi posso immaginare la vita che voglio e fingere di essere bella, amata e felice… poi quando Robert si è accorto di me, proprio lui che piace a tutte, mi è sembrato che la mia vita all'improvviso potesse cambiare. Che magari lui mi avrebbe portata via da qui, e saremmo stati felici… ma sono stata solo un'illusa. Cosa credevo, che lui si sarebbe innamorato veramente di una come me? Che sono grassa, insignificante e sciocca? Ha ragione Nancy, solo per scommessa si può uscire con una come me», e ricominciò a piangere ancora più forte.

Ero tristissima. Mi si spezzava il cuore e non potevo far niente per lei.

E a dire la verità non ero certo nella posizione per convincere qualcuno che la vita era bella e che valeva la pena di essere vissuta.

«Piccola, questa vita fa schifo sai? Forse stai meglio tu in quel posto lontano in cui ti trovi. E forse quella scritta in spagnolo non vuol dire proprio niente…».

È lat… vabbè, ci rinuncio.

Fu quando se ne andò e rimasi completamente sola che cominciai a sentirlo ridere…

Rideva come un matto, sempre più forte, come non lo avevo mai sentito ridere prima, e dentro di me cominciai a ridere anch'io.

«Mia, mi senti vero?»

«Sì… ti sento Pat», risposi commossa dalla gioia.

«Finalmente amore mio, finalmente, ci sono volute quelle due pazze a farti provare le emozioni giuste, la giusta dose di rabbia che ci voleva per reagire, io non sapevo più come fare».

«Pat ti sentivo anche prima, solo che non sapevo come fare a risponderti!».

«Mi hai sentito cantare?»

«Ti ho sentito cantare, elencare i nomi dei nodi, dei venti, dei sette nani e fare il verso a Dewey dei Griffin!».

«Sapevo che lo detestavi! Mia, non riesco a dirti quanto ti amo e quanto mi sei mancata, credevo di diventare pazzo!».

«Tu diventare pazzo? Io sono impazzita giorno dopo giorno a fissare un muro bianco con il tuo giubbotto addosso. Non posso vivere senza di te Patrick, ci ho provato, mi devi credere, ma questo mondo senza di te non ha senso, la mia vita non ha senso, io volevo raggiungerti… è per questo che sono qui adesso».

«Lo so piccola mia, lo so, e il tuo richiamo è stato così forte che adesso sono qui con te».

«Pat, che sta succedendo. Dimmi la verità sto sognando o… sono morta?»

«No tesoro, tu non sei morta, anche se sei al confine».

«Al confine? Ma e tu… tu sei morto?».

Ci fu un lungo silenzio.

«Sì, Mia. Io sono morto».

Fu come se un lampo squarciasse il buio e l'esplosione mi facesse a brandelli l'anima.

Un'altra volta.

«No Pat… non può essere vero, non sei morto, io ti sento!».

«Amore mio, non ce l'ho fatta, ci ho provato con tutto me stesso, ma la corrente era troppo forte, e faceva troppo freddo, ma tu… tu ce la puoi ancora fare, tu ce la *devi* fare!».

«No, Pat io non voglio, a che servirebbe vivere senza di te? Ci ho già provato e non mi interessa».

«*Deve* interessarti Mia, *devi* tornare a vivere e io ti aiuterò a uscire da quella palude e farò l'impossibile per convincerti a farlo. E sai bene che ne sono capace!».

«Pat… io ti sento, *sento* ancora la tua voce dopo non so più quanto tempo, e anche se è la mia immaginazione o se il mio cervello ha le allucinazioni, mi va bene così, anzi, è un motivo in più per non svegliarmi».

Cominciavo a sentire di nuovo crescere l'ansia che scombinava un equilibrio da poco raggiunto.

«Mia tu hai tutta la vita davanti, devi godertela, devi ballare, devi tornare dalle persone che ti amano!».

«No! Io ho smesso di vivere quel giorno sulla spiaggia, non mi interessa più ballare e non mi interessa tornare alla vita di prima, ho perso tutto: te, l'audizione, Nina, e… no Patrick, non ci torno lassù in superficie, voglio stare qui con te, adesso che ti ho ritrovato. Vedi che avevo ragione a volerti raggiungere?»

«No Mia, non va bene e non è così che funziona, anzi a dirla tutta non so neanch'io esattamente come funzioni, so solo che *sentivo* che avevi bisogno di me e ho fatto l'impossibile per tornare a salvarti».

«Serva me. Servabo te».

«Sì amore mio, salvami. Ti salverò».

«Il braccialetto che ti avevo dato… ma perché ce l'ho io adesso?»

«Perché era più importante che lo avessi tu».

Feci una pausa.

«Pat… tu mi vedi?»

«Sì piccola io ti vedo».

«E come… sono messa?».

Sospirò.

«È arrivato il momento di reagire tesoro mio, non puoi più stare a letto come un cadavere, perché non lo sei, non tu almeno», scherzò.

«Pat, non dire così!», mi arrabbiai.

«Scusa, hai ragione, una battuta cretina, ma vera purtroppo».

«Vuoi dire che tu sei morto, ma io posso sentirti?»

«Sì è così».

«Non è possibile, sono diventata completamente pazza».

«Non sai quante cose sono possibili qui, più di quelle che immagini».

«E dove sei adesso?»

«Sono qui accanto a te, in ginocchio vicino al letto, con il mento appoggiato sulla tua spalla destra».

«Scherzi? Dài non ci credo!».

«Ti descriverei come sei vestita, ma non lo puoi sapere, ti posso dire solo che sei bellissima, anche con i capelli arruffati, le occhiaie blu, le labbra secche e la pelle trasparente».

«Faccio schifo…», risposi tristemente.

«No invece, ma ogni giorno che passa starai sempre peggio, e tu sei una ballerina, il tuo corpo è sacro, è quello che ti fa volare, e io che ti ho vista ballare lo so!». Si stava innervosendo.

«Basta Pat, non voglio parlarne più», tagliai corto.

Era una situazione surreale: io in coma che litigavo con lui in versione fantasma o spirito o non so cos'altro. Certo che questo era tipico di Patrick.

Stavo esplodendo di felicità, e anche se era totalmente incompatibile col mio stato catatonico e non sapevo se crederci o no, il fatto che Patrick fosse di nuovo con me era il dono più grande che potessi aspettarmi.

E che fosse vero o meno, in fondo non era proprio un problema.

«Okay, per ora non parliamone più… per ora!», disse.

Passammo ore a scherzare e ridere, a ricordarci di noi, della scuola, e dei momenti incredibili che avevamo passato insieme, di quella volta che mi aveva trovata mentre spingevo la bicicletta bucata, di notte e lontanissima da casa, perché lo avevo seguito, o quando mi aveva vista provare il mio assolo nascosto nell'ombra in palestra, le nostre prime telefonate impacciate, il giorno in cui mi aveva regalato il suo cellulare, e di come mi ero offesa la sera del nostro primo appuntamento perché non mi aveva baciata.

Parlavamo di tutto quello che riuscivamo a ricordare girando intorno alla tragedia.

Poi mi lasciò *riposare*.

Già… come se ne avessi avuto bisogno.

La mattina dopo arrivò mia mamma.

L'ospedale era troppo lontano da casa nostra e per stare con me doveva concentrare tutti gli appuntamenti di una settimana in un paio di giorni.

Mi parlava come se la potessi sentire e si inventava la risposta.

Lei, più di tutti, era convinta che la sentissi e aveva ragione.

Mi inumidì le labbra con un fazzoletto e mi pettinò i capelli con la spazzola, poi cominciò a raccontarmi la sua giornata.

«…forse sono riuscita a vendere quella casa fuori Leicester sai? Sì, quella tutta da ristrutturare. Hanno detto che ci pensavano, ma sembravano abbastanza convinti! Sai, hanno più di settant'anni e si sono sposati due settimane fa, incredibile eh? Sono appena tornati da una crociera alle Canarie, dovresti vederli, sono deliziosi! Il problema è che devono fare istallare il montascale per andare al piano di sopra, hai presente? Quella sedia che si applica al corrimano per salire su… Sì lo so che sai cos'è un montascale… Tua nonna Olga diceva sempre che il giorno che le fosse servito un aggeggio di quelli potevamo tranquillamente spararle!

Io certe volte lo avrei fatto anche senza montascale! No dài, sto scherzando…

Tesoro mio quanto mi manchi… sai cosa dicevo a Paul stamattina? Che sarebbe bello andare tutti al mare quest'estate. Potremmo tornare in Italia, quello sì che è mare vero, mica questi posti gelidi tipo Bath o Brighton! Da piccola ti portavo a Forte dei Marmi, ti ricordi? È lì che hai imparato a nuotare… domani ti porto le foto, quelle con il costumino giallo che ti piaceva tanto. Sì che l'ho conservato, ti pare che lo buttavo? Avevi due anni ed eri una peste, non bastavano tre paia di occhi per controllarti. Sì, c'erano anche papà e la nonna. Se litigavano? Sempre, litigavano sempre! Infatti fu l'ultima estate che io e tuo padre siamo stati insieme. Sono sicura che l'aria di mare e il sole ti farebbero tanto bene… Tu pensaci, poi mi dici».

Si alzò a prendere qualcosa in borsa.

«Senti tesoro, io non so se questa sia una cosa giusta da fare, ma ne ho parlato con Betty, anzi a dire la verità è un'idea sua, e abbiamo deciso di provare. Lo sai com'è fatta no? Stravagante e tutto il resto, ma ti vuole un bene dell'anima ed è disperata per quella faccenda del sogno in cui ha visto Patrick. Ha fatto una cazzata enorme a dirtelo e se non interveniva Paul l'ammazzavo di botte, ma ho capito che tu l'avresti fatto comunque. Che tu volevi rivedere Patrick e niente e nessuno ti avrebbe fermata. Sei sempre stata cocciuta e testarda e sei la mia bambina che amo sopra ogni cosa al mondo…… sì scusa, scusa Mia lo so, ti avevo promesso che non avrei più pianto, ma a volte è così difficile… vederti qui, ridotta a un lumicino…».

Cominciò a piangere e le ci volle uno sforzo enorme per smettere. Si soffiò il naso e proseguì.

«Allora tesoro, ti stavo dicendo che l'idea di Betty era che ti portassi le tue scarpette da danza e te le infilassi… aspetta, fammi finire! Anche quella degli Oasis è stata un'idea sua e non ha funzionato, è vero, ma a sedici anni nessuno ascolterebbe gli Oasis no? Infatti ho chiesto a Carl di caricarti un po' di musica nell'*Ipod*! Ridi eh? La tua mamma che ascolta ancora le cassette dei Dire Straits che ti parla di "caricare la musica nell'Ipod" che non so neanche cosa voglia dire! Ma pensavamo che se *senti* le scarpette ai piedi magari ti torna la voglia di ballare, sì, come in quel film orrendo delle scarpette rosse. Hai ragione, finiva malissimo e non è il miglior esempio, ma l'idea non è male, che ne dici eh amore? Proviamo?».

Sciolse i nastri delicatamente, alzò il lenzuolo e me le infilò ai piedi come il principe a Cenerentola.

Non me ne accorsi, ma apprezzai moltissimo quel gesto.

Si sedette e aspettò una mia reazione.

Che non ci fu.

«Vabbè amore mio, non ti devi sentire obbligata… Prendi il tuo tempo e se ti torna la voglia me lo dici eh cucciola?…».

Scoppiò a piangere e corse fuori.

Mi sentivo una merda.

Come si poteva fare una cosa simile alla propria madre?

Ma come potevo vivere per qualcun altro se non volevo vivere per me stessa?

Non passò un minuto che sentii la voce di Patrick.

Incazzato nero.

«Mia, ma ti rendi conto di quello che stai facendo a tua madre???». Era fuori di sé.

«Pat, avevi detto che non ne avremmo più parlato», protestai.

«Come faccio a non parlare di una cosa del genere? Forse non ti rendi conto che ne va della tua vita, del futuro tuo e di tutti quelli che ti amano? Elena diventerà pazza te lo garantisco, perderà il lavoro, la casa e prima o poi anche Paul che non riuscirà più ad aiutarla, i tuoi fratelli cresceranno nella tristezza di avere una sorella morta e ogni Natale ti faranno il regalo e lo porteranno sulla tua tomba! Mia sorella Nina, dopo aver perso me, perderà anche te e allora andrà a fare compagnia a tua mamma nell'ospedale psichiatrico e, per finire, il mondo della danza avrà perso per sempre una stella e tu non saprai mai se avresti potuto passarla o no quella stramaledetta audizione per cui ti sei preparata per tutta la vita!». Stava urlando.

«Basta Patrick, ho detto basta! Smettila, non puoi parlarmi così!», urlai anch'io.

«Io ti parlerò così giorno e notte e se non mi darai ascolto sai cosa farò? Semplice, sparirò, non mi sentirai più e allora rimarrai lì a vegetare fino alla fine dei tuoi giorni nel silenzio e non credo che saranno molti!».

«No, non puoi farmi questo Pat, proprio ora che ti ho ritrovato».

Panico, ero nel panico.

«Certo che posso, non ha senso che io stia qui al capezzale di una suicida! Io avrei voluto vivere Mia, lo sai quanto avrei voluto, volevo servire il mio Paese, girare il mondo con te, avere dei bambini, diventare nonno, tutte quelle cose banali e meravigliose che non potrò mai più fare, ma che a te non importano un fico secco! Tu osi sputare sul dono più bello che ti sia mai stato fatto, l'unico dono a cui nessuno dovrebbe rinunciare mai, perché c'è sempre un motivo per vivere, *almeno* uno! E tu ne hai una quantità di motivi, anche se ti rifiuti di vederli. Ma è mai possibile che tu riesca a farmi arrabbiare in questo modo? Dovrei riposare per l'eternità, infestare castelli o partecipare alle sedute spiritiche, invece sono qui a perdere tempo con la più grande egoista che abbia mai conosciuto!».

«Non stai perdendo tempo con me, e non sono egoista, ti ho già spiegato che non ho motivi per tornare a vivere e…».

«CAZZATE! Stai dicendo GIGANTESCHE CAZZATE! Tu hai solo buoni motivi per tornare a vivere e se potessi ti prenderei a calci in culo come quella volta che non volevi più tornare a lezione di danza dalla Sinclaire perché ti trattava troppo male!».

«Non posso Pat, non posso, ho troppa paura».

«Ah ecco… allora oltre che egoista sei pure vigliacca! Sai una cosa? Comincio a dubitare di te, non eri la persona che credevo, la Mia che conoscevo io era una ragazza cocciuta e determinata che non si perdeva in idiozie e aveva grandi progetti per il suo e per il nostro futuro. Se avessi voluto stare con una scemetta tutta discoteche e chat ne avrei trovate a centinaia. Sai che sei una grande delusione Mia? E con questo direi che ci siamo detti tutto, no? Tolgo il disturbo!».

«NO!», gridai furiosamente nella mia testa. «No, ti prego no, non te ne andare, ti amo e sei tutta la mia vita, non te ne andare un'altra volta, per favore…». Ero disperata.

«Se me ne vado cosa fai… ti lasci morire? Non è quello che faresti comunque?».

Non risposi.

«Mia, sai come mai sei qui? Lo sai come mai non sei morta affogata quel giorno in cui hai deciso di farla finita? Perché sono arrivato in tempo, perché sentivo che mi chiamavi e ti ho presa fra le mie braccia mentre stavi colando a picco, scendendo giù, senza neanche *provare* a nuotare, senza la minima reazione. E sono corso subito da te, perché non avrei mai voluto che facessi la mia stessa fine, perché io ti amo troppo e ti amerò per sempre piccola mia, lo capisci?».

Piangevo a dirotto.

«Pat… io non…».

«Mia, cerca di ricordarti, eri sott'acqua, la temperatura era sotto zero, la corrente ti trascinava via e le onde ti hanno travolta. Sei andata sotto e hai cominciato a bere e a scendere sempre di più, fino a dove non c'era più luce, fino a toccare quasi il fondo e lì ti ho vista sorridere alla morte, nell'acqua gelida, come se non aspettassi altro, come se non ti importasse più di niente e di nessuno, solo di morire…».

Cominciavo a ricordare, cominciavo a sentire di nuovo freddo, ancora la sensazione dell'acqua che mi faceva marcire le ossa.

Mi rivedevo camminare faticosamente sulla spiaggia, stretta nel giubbotto di Patrick, con il vento contrario che soffiava gelido e i piedi che affondavano nella sabbia.

Sentivo l'acqua salirmi lentamente lungo le gambe mentre entravo in mare come fossi entrata in palcoscenico per una prima, con grazia e determinazione, sentendomi quasi eccitata all'idea di morire.

Accarezzavo l'acqua, come per calmarla, e venivo subito afferrata dalle sue braccia liquide e trascinata via, lontano, nel posto della pace e del silenzio, ai confini del mondo.

Scendevo giù, senza paura, né fretta, pensando a Pat, solo a Pat, così intensamente e ferocemente da non accorgermi di non respirare più…

«Pat, non farmi ricordare, non voglio».

«…e quando hai cominciato ad annaspare con i polmoni che esplodevano, quando tutto il tuo corpo si contorceva opponendosi alla tua volontà, lì ti ho abbracciata stretta e tu mi hai guardato, ti ricordi? Mi hai guardato negli occhi e non ti sei sorpresa…».

Non mi ero sorpresa, sapevo che era lì, doveva essere lì.

E il tempo si era fermato quando lo avevo visto attraverso un raggio di luce bluastra che filtrava dalla superficie con i capelli che ondeggiavano morbidi e quegli splendidi occhi grandi e grigi come il mare, anche se ora odiavo quel paragone.

«…ti ho preso il viso fra le mani, ti ricordi? Ho appoggiato la bocca sulla tua per farti respirare e ho cominciato a nuotare per riportarti a galla…».

Avevo sentito di nuovo il contatto delle sue labbra sulle mie, anche se era freddo, innaturale e assurdo, avevo sentito di nuovo il soffio della vita, ma non abbastanza da volerle appartenere di nuovo e, senza potermi opporre, lui aveva cominciato a nuotare nel tunnel di luce, verso la superficie, sempre più velocemente e sempre più su.

«…e tu non reagivi, tu non nuotavi, te ne stavi lì abbandonata fra le mie braccia, come un cucciolo spaventato senza osare un movimento e ti ricordi cosa ti dicevo, Mia? Ti ricordi?».

Lo abbracciavo forte, con il viso contro il suo petto e gli occhi chiusi, col terrore di perderlo di nuovo, sconvolta dalla paura e convinta di essere già morta. Senza provare a fare niente, abbandonata al destino che mi ero scelta con estrema determinazione.

«...ti dicevo: "Nuota Mia, nuota! Tu *devi* vivere, devi vivere per me, per noi, devi tornare nel tuo mondo, non puoi arrenderti, non devi arrenderti! Anche se ora è difficile, questo non è il tuo momento, sei solo all'inizio della tua avventura che sarà lunga e bellissima. E io ci sarò, il mio amore veglierà su di te per sempre te lo prometto..."».

Cominciavo a ricordare, adesso.

«...balla Mia, balla per me, se balli io vivrò ancora attraverso di te e saremo ancora insieme».

Era tutto chiaro ora.

Lui che mi riportava velocemente in superficie ripetendomi di non mollare, di reagire, perché non avevo il diritto di lasciarmi morire così, che non lo avrebbe permesso mai, che mi amava e che non potevo fargli una cosa del genere. Così avevo cominciato a battere i piedi e a nuotare con lui, sempre più in fretta, come se lo stessi salvando io, come se fossimo tornati indietro a quel giorno maledetto e stessi cercando di strapparlo con le unghie alla morte.

«...brava tesoro, nuota con me, come se stessimo ballando, ancora un piccolo sforzo ed è fatta, lo sapevo che ce l'avresti fatta. Mia, io ti amerò sempre, non dimenticarlo mai».

E un attimo prima di restituirmi alla vita, si era tolto il braccialetto e lo aveva legato al mio polso destro.

«Così ti ricorderai di me», aveva detto sorridendo.

E con un ultimo guizzo disperato, avevo raggiunto da sola la superficie del mare, spalancando la bocca in uno spasmo assurdo, come fossi stata sepolta viva.

Boccheggiai violentemente nel letto, con gli occhi sbarrati.

Mia mamma, dallo spavento, si rovesciò addosso una tazza di caffè bollente misura extralarge.

CAPITOLO DUE

Ero sveglia.

Aveva vinto l'istinto di sopravvivenza.

Aveva vinto Pat.

E adesso ero completamente sola.

Sola e terrorizzata, come una tartaruga senza guscio pronta per la vivisezione.

In una frazione di secondo spuntarono dal nulla cinque paia di mani che cominciarono a trafficare sul mio corpo per auscultarmi e verificare i miei riflessi, schiacciandomi le unghie e picchiettandomi insistentemente fra le sopracciglia, misurarmi pressione e funzioni vitali, urlando forte il mio nome, mentre mia madre, dietro di loro, gridava fra le lacrime di gioia: «Lo sapevo! Lo sapevo che le scarpette avrebbero funzionato!».

Fu traumatico e umiliante: non mi piaceva essere toccata dai miei familiari, figuriamoci da estranei in camice e mascherina che mi trattavano come una neonata.

Le voci concitate dei medici si accavallavano, il mio corpo veniva maneggiato come se non mi appartenesse, la luce della lampada al neon mi feriva gli occhi, l'impotenza, l'angoscia, la paura e il freddo.

Un freddo subdolo e invadente che mi impediva anche di pensare, e pensare era l'unica cosa che mi fosse riuscita fino ad allora.

Non sapevo dov'ero né perché.

I miei occhi vagavano smarriti e ansiosi da un viso all'altro in cerca di conforto e risposte che non arrivavano e sembrava che tutti sapessero esattamente cosa fare tranne la sottoscritta.

Tutta quella gente che mi fissava, chiamava forte il mio nome, e mi faceva domande, mi provocava una voglia irresistibile di piangere, ma nonostante ci provassi con tutta me stessa non riuscivo a emettere un suono.

Mi prese il panico.

La voce non usciva più, nessun muscolo collaborava, il mio corpo era diventato la mia bara.

Volevo urlare a tutti di lasciarmi stare, di uscire e di smettere di toccarmi, perché non ne avevano il diritto, solo mia mamma poteva farlo, lei sola, ma nonostante cercassi disperatamente di comunicarlo, nessuno mi ascoltava più.

Doveva esserci una parola magica per farmi ritornare dov'ero, Patrick non poteva essere scomparso così, doveva essere da qualche parte, non poteva avermi abbandonata un'altra volta.

Stavo urlando, ogni mia cellula urlava disperazione, paura, confusione, ribellione e caos.

Inutilmente.

Fui trasportata in un'altra stanza dove proseguirono con i loro umilianti controlli.

Riconobbi fra tutte la voce di Ellie e mi accorsi che corrispondeva esattamente all'immagine che mi ero fatta di lei: una donna sulla quarantina semplice e trasandata dall'aria ingenua, ma molto dolce che, in effetti, aveva dei bei capelli morbidi e setosi, ma mi bastò dare una sola occhiata alla sua collega, conciata come una *lap dancer* di un locale di periferia, per capire che si trattava dell'odiosa Nancy.

Nancy mi parlava come se fossi una straniera completamente idiota e dura d'orecchio, usando il «noi» e sorridendo come un'ebete, come se stesse parlando a un pesce rosso dentro il vaso.

«Ci siamo svegliate finalmente eh? Siamo delle dormiglione vero?».

Dormiglione?

Ma mi stava prendendo in giro o cosa?

Per tutta risposta purtroppo non riuscii a fare altro che fissarla intensamente, confermando la sua idea che fossi del tutto andata.

«Come stiamo? Ci sappiamo ancora muovere? Dài che dobbiamo tornare a ballare, eh?».

Se credeva che mi fossi dimenticata di quello che aveva detto a proposito dei miei muscoli mentre ero incosciente si sbagliava di grosso, e mi stava dando talmente sui nervi che l'avrei presa a testate, lei con le sue unghie rosa, il suo profumo stomachevole e il suo camice sbottonato.

E la rabbia che quella cretina mi provocò fu sufficiente a farmi emettere uno strozzato: «Mmmmuuaa…».

«HA DETTO MAMMA!» urlò mia madre tenuta a distanza di sicurezza dai medici che temevano mi soffocasse di baci. «Ha detto mamma! Fuori tutti adesso, mia figlia vuole me!».

Sentenziò in un tono che non ammetteva repliche.

«Ma veramente…», tentò di protestare Nancy.

«Veramente è *mia* figlia e l'avete toccata abbastanza per oggi. Adesso tutti fuori!», concluse accompagnandola bruscamente alla porta e chiudendo dietro di sé.

Tornò a sedersi sul letto e mi prese le mani.

«Amore mio… vita mia», disse scuotendo la testa, ancora completamente incredula, mentre le lacrime le scendevano giù macchiando le lenzuola di trucco.

«Tesoro mio infinito, luce mia… sei tornata… sei tornata dalla tua mamma…».

Cominciò a piangere disperatamente senza riuscire a fermarsi, per il sollievo e la paura di non sapere cosa fosse rimasto di me, e mi abbracciò così stretta che il freddo piano piano allentò la presa e si dissolse in un leggero tepore fatto di capelli, lacrime e abbracci.

Era la mia mamma quella, riconoscevo il suo odore, il suo modo di annusarmi, accarezzarmi, guardarmi e tenermi stretta come una leonessa col suo cucciolo.

Ero tornata a casa, ero tornata da lei ed ero così felice di rivederla che provai un'emozione infinita, che mi impediva quasi di respirare, ma invece di piangere, tutto quel che ottenni furono delle smorfie accompagnate da un lamento rauco.

Era l'inferno.

Non avevo più nessun controllo.

E lei dovette intuirlo.

«Stai tranquilla tesoro, tranquilla, va tutto bene, ci sono qua io adesso, c'è la mamma qui con te, va tutto bene…», disse continuando ad accarezzarmi i capelli e a tenermi stretta come se temesse che qualcuno mi potesse portare via di nuovo.

Rimanemmo abbracciate a lungo, per ore credo, finché arrivò Paul di ritorno dal lavoro a darle il cambio.

Abbracciò mamma e me con le sue braccia immense e tutti e tre cominciammo a singhiozzare.

Sembravamo dei sopravvissuti a un terremoto o a un naufragio.

Ed era vero, non me ne rendevo ancora perfettamente conto, ma ero io che avevo scatenato tutto quel dolore, ero io che li avevo messi in quello stato.

Non avevo mai pensato neanche per un minuto alla sofferenza che avrei provocato a chi rimaneva, tutto quello che mi interessava era porre fine alla *mia* sofferenza. E basta.

Provavo un senso di schifo per quello che avevo fatto, mi sentivo terribilmente in colpa, ma la paura delle ore che mi aspettavano da trascorrere sveglia mi terrorizzava ancora di più.

E peggio ancora la notte.

Ero in trappola e consapevole di doverci rimanere.

Quella era la punizione per il male che avevo fatto alla mia famiglia: condannata a vivere senza potermi muovere né parlare, ma con il cervello lucido che mi avrebbe ricordato per il resto dei miei giorni la morte di Patrick e le nostre vite rovinate per sempre a causa mia.

Se ne avessi avuto la capacità mi sarei buttata dalla finestra senza rimpianti, ma il destino non si fa fregare due volte per una sua distrazione e ti mette in condizioni di non giocargli più brutti scherzi.

Semplicemente non era arrivata la mia ora e non avrei mai più potuto anticiparla in nessun modo a meno che non mi fossi messa a trattenere il fiato.

Verso sera arrivò mio padre con un mazzo di fiori e un disegno fatto dai gemelli, che raffigurava me in piedi sul letto con le scarpette da danza e due flebo attaccate alle braccia che sparavano raggi di fuoco uccidendo le infermiere.

Sembravo più un Transformer che la loro sorella.

Forse era il loro modo per dirmi che adesso mi consideravano il loro supereroe.

Paul ci lasciò soli e uscì a prendere un caffè.

Era curioso vedere i miei seduti insieme sul mio letto, ora che non avevo più i denti da latte.

La mamma gli spiegava per filo e per segno quello che era successo, la storia delle scarpette, il caffè sulla camicetta, la rispostaccia a Nancy, e mentre parlava includeva me nella conversazione come se potessi darle ragione, visto che ero presente.

In realtà non ero più presente del vaso di fiori sul comodino, ma lei sembrava non accorgersene o meglio, si rifiutava di credere che della sua bambina non fosse rimasto altro che un ricordo lontano e mi stimolava continuamente toccandomi e facendomi domande di ogni tipo.

Mentre io rimanevo chiusa nel mio ostinato silenzio, terrorizzata all'idea di non essere più capace di parlare e di muovermi guardando fuori della finestra in cerca di Patrick.

Incavolata nera per il tiro che mi aveva giocato.

Le nostre conversazioni erano state troppo reali per non essere vere, avevamo riso e scherzato, mi aveva obbligato a reagire e mi aveva fatto tornare in superficie per la seconda volta minacciandomi di sparire, ma poi era sparito lo stesso.

Potevo essermi immaginata tutto?

Probabilmente sì, non mi rendevo ancora conto che avevo attraversato quel sottile velo che separa la realtà da tutto il resto e non potevo esserne uscita indenne.

E mai come adesso cominciavo a desiderare di riavere indietro tutto quello che avevo prima e che non ero riuscita ad apprezzare, credendo che mi fosse dovuto.

Rivolevo la mia vita, la scuola, gli amici e la danza, non volevo più deludere mia madre, desideravo non aver mai litigato con Nina e che Patrick fosse ancora vivo.

Forse stavo ancora sognando, ero ancora in coma e quello era solo il peggior scenario che mi si prospettava davanti se avessi continuato a comportarmi male. Ma mi sarei svegliata *veramente* e mi sarei accorta che era tutto un incubo, come nel *Canto di Natale* di Dickens, e da lì in avanti avrei fatto la brava.

Bene, ora che avevo imparato la lezione, ed ero pronta per svegliarmi davvero, a chi dovevo dirlo?

Una dottoressa dai capelli ricci e rossi comparve sulla porta.

Forse era una fata, era lei che mi avrebbe riportato alla mia vita vera, dovevo solo seguirla e avrebbe aperto le ali e insieme saremmo volate fino a casa.

I miei si alzarono e le andarono incontro, mia mamma bisbigliò qualcosa nel suo orecchio lanciandomi delle occhiate, la dottoressa annuì e poi si avvicinò a me.

Mi puntò la pila dritta nella pupilla, picchiettò le mie unghie con una penna, fece qualche test alle mani e ai piedi e poi si sedette vicino a me rivolgendomi un sorriso dolcissimo.

«Ciao Mia, sono la dottoressa Rosie Anne Flynn, sono una neurologa, mi prenderò cura di te e vedrai che andrà tutto bene».

Le sorridevo anch'io con una totale fiducia, senza sapere nemmeno perché, aspettandomi di vedere una bacchetta magica uscirle da una manica.

«Lo sai dove sei?».

Sì che lo so, in un ospedale orrendo che non somiglia per niente a quello di Dr. House e dove le infermiere mi trattano come una perfetta idiota!

«Sai da quanto tempo sei qui?».

O be' questa è difficile, potrebbero essere mesi o anche anni, non mi hanno dato uno specchio e per quanto mi riguarda potrei già essere nonna e non saperlo.

«Hai rischiato di annegare e sei rimasta in coma per tredici giorni».

Solo tredici giorni? Avrei giurato mesi almeno! Fantastico! Quindi adesso dovrebbero arrivare le buone notizie no? Dovrebbe arrivare la parte in cui mi danno il budino al cioccolato e mi dicono «c'è una sorpresa per te», e Patrick e Nina entrano e mi abbracciano, poi lui mi prende fra le braccia mi sistema sul suo cavallo bianco e mi porta al castello.

«Adesso non sappiamo esattamente come reagirà il tuo corpo, ma voglio che tu sappia che anche se ora non riesci a fare alcune cose che prima potevi fare facilmente, è tutto normale, ci vorrà tempo e noi siamo qui per questo, per aiutarti a recuperare».

Quali cose non so fare normalmente? Il mio cervello funziona alla grande, mi chieda qualunque cosa, letteratura, equazioni, anche il francese...

«Adesso è ancora presto per dire, ci vorrà tempo e molta pazienza, ma noi saremo sempre qui con te okay piccola?».

Ma come, non mi porti via con te bella fatina dai capelli rossi? Devo rimanere in questo stupido letto a guardare nel vuoto? No Rosie, non mi puoi fare questo, non puoi lasciarmi qui, è quasi notte, io non voglio che spegniate le luci, non voglio rivivere tutto attimo per attimo, non voglio più... per piacere...

Tutto dentro di me urlava, ma niente sulla mia faccia riusciva a mostrarlo a parte le lacrime che scendevano giù lungo il naso andando a incastrarsi nell'angolo della bocca.

«Non piangere Mia», mi disse prendendomi il mento fra le mani, «non piangere perché lo so, *io lo so* okay?».

Si alzò e tornò a parlare con i miei e poi se ne andò lasciando solo quel trio imbarazzato formato da mia madre, mio padre e Paul, a guardare per terra con le mani in tasca.

Cavolo Paul, un po' di coraggio no? Non mi dirai che ti senti inferiore a mio padre adesso? È matematicamente impossibile esserlo! E guardati! Sei alto due metri, hai delle mani che sembrano pale, sei sorridente, gioviale e sensibile, sei un bravo cuoco e hai più capelli di lui, mio padre è un grigio agente di borsa che era vecchio anche a diciotto anni e conosce solo una barzelletta che racconta a Natale dopo aver fatto il pieno di eggnog! E dài Paul su con quelle spalle, fallo per me.

Ma non ci fu niente da fare, si arrese e uscì a prendersi, credo, il decimo caffè della giornata, lasciandoli soli.

Mia mamma parlava e lui teneva le braccia incrociate dondolandosi sui tacchi. Era il massimo dell'empatia.

Ben presto spensero le luci e io fui di nuovo sola con l'unica compagnia del mio cervello iperattivo e tutti i miei fantasmi.

Rimasi tutta la notte a fissare la luce violacea del corridoio, ascoltando il battito del mio cuore, mordendomi l'interno delle guance se sentivo il sonno scendere.

La mamma dormiva nel letto accanto al mio, per la prima volta, per alcune ore di seguito.

Osservavo il suo respiro calmo e profondo e il suo viso finalmente rilassato.

Chissà quante notti doveva aver passato a vegliarmi e a controllare il mio respiro, e adesso era il mio turno di vegliare su di lei.

Nella penombra riuscivo a scorgere i miei polsi scheletrici.

Nancy aveva ragione a dire che non avevo più muscoli, in effetti il braccialetto al mio polso sembrava una cintura.

Lo avvicinai al viso e lo annusai.

Sapeva di vaniglia e cuoio. Mi si strinse il cuore.

Era il profumo della pelle di Pat, lo avrei riconosciuto ovunque, anche bendata.

Lo cercavo nel buio, lo chiamavo mentalmente, ma lui non rispondeva più.

E quello era solo il primo di un lungo fiume di giorni che avrei vissuto con quel dolore piantato nel petto.

Non potevo più sfuggire al morso del cane affamato, tanto valeva arrendersi.

Guardavo le mie gambe attraverso le onde della coperta, sembravano due scope, non mi avrebbero mai sorretta, non servivano più a nulla.

Ripensavo con dolore a quella Mia che voleva danzare come la Zacharova, che sognava le sale immense della Royal Ballet, che si torturava i piedi e la schiena in ore di prove per riuscire a fare un passo perfetto, giorno dopo giorno, mese dopo mese, anno dopo anno per più di dieci anni.

E adesso era tutto perduto.

Anche volendo ormai era tutto irrecuperabile e comunque io non lo volevo più.

La mia anima era troppo pesante per tornare a volare e l'idea di calzare di nuovo le scarpette mi ripugnava.

Quella Mia non esisteva più, era morta insieme a Patrick.

La Mia di adesso si sarebbe accontentata di sopravvivere per far piacere ai suoi, di essere punita per le sue colpe, ma niente più.

Era il massimo che potessi fare.

Il sonno cominciava ad avere la meglio e le palpebre pesavano come macigni.

Per rimanere sveglia mi conficcavo l'ago della flebo più in profondità nelle vene della mano.

Dio se ero cambiata, sembravo davvero la bambina di *The ring*.

Il mio corpo, che avevo sempre amato e rispettato come un tempio sacro, senza mai bere né fumare, era diventato una specie di immobile fardello che avevo voglia di torturare.

Passi anni a lavorare sul tuo corpo per renderlo più elastico, flessibile e aggraziato e appena ti distrai un attimo lui si vendica e smette totalmente di collaborare diventando una specie di inutile sacco vuoto?

Lo detestavo, e avrei detestato tutti quelli che avessero tentato di ricordarmi quanto ero brava e dotata.

Avrei rimosso ogni ricordo legato alla danza e se mia madre avesse tentato di rimettermi le scarpette gliele avrei lanciate in testa, non so come, ma in qualche modo lo avrei fatto.

All'alba, mentre il mio nuovo passatempo era appena diventato quello di dare nomi agli uccelli che vedevo appollaiati su una magnolia fuori della finestra, la mamma si svegliò e, vedendomi con la fronte aggrottata e gli occhi iniettati di sangue per la notte passata in bianco, corse a chiamare qualcuno temendo che fossi ripiombata in coma vigile.

La dottoressa Rosie Anne corse subito da me e, di nuovo, fece quella cosa odiosa di picchiettarmi sulle unghie con la penna, che mi fece ritrarre rapidamente la mano e mugugnare dal dolore. Sembrava ci provasse gusto.

«Sta bene Elena, non si preoccupi, è normale che abbia delle reazioni diverse da quella che era abituata a conoscere… gliel'ho detto, ci vorrà tempo…», disse mettendo la mano su quella di mia madre e sorridendole.

Mia mamma cercò di rispondere al suo sorriso, ma lasciò trasparire la sua delusione.

Non voleva una figlia che le ricordasse una bacchetta da sushi, rivoleva la sua Mia e subito e mia mamma non era mai stata una tipa paziente.

Quando Rosie Anne se ne fu andata, raccomandandosi di cercare di farmi bere con una cannuccia, mi guardò dritto negli occhi.

«Guarda che lo so che ci sei, Mia, ti conosco troppo bene, ti ho fatta io e so perfettamente come funziona quella testolina dura, e ti tengo d'occhio!», mi disse puntandomi l'indice contro.

Mi stava minacciando o sbaglio?

Non doveva essere dolce, comprensiva e sensibile? O aveva già esaurito le scorte di pazienza dopo neanche ventiquattr'ore?

Uscì a prendere un caffè e sulla porta comparve Ellie pronta per lavarmi e accompagnarmi in bagno.

Sempre col suo fastidiosissimo buonumore.

«Che bello vederti sveglia Mia», disse togliendo delicatamente le lenzuola e scoprendo l'orrendo catetere destinato a chi non è in grado di controllare la propria vescica.

Indovinando il mio imbarazzo proseguì dicendo: «Questo adesso lo togliamo perché non ne hai più bisogno», e con una manovra rapidissima lo sfilò e lo gettò nel bidone della spazzatura. Poi, come un mago che fa apparire le colombe dal nulla, prese la sedia a rotelle dal corridoio e mi disse: «Hai voglia di fare un giro su questa bellissima spider?».

Ellie, ti prego, non sono cretina anche se le apparenze ingannano…

Mi prese in braccio e mi adagiò sulla sedia a rotelle, il freddo del cuoio contro le gambe mi fece rabbrividire.

«Ero certa che avessi gli occhi scuri sai? Lo sentivo… Anche se, a dirti la verità, a me sembra di conoscerti da un pezzo, ti parlavo sempre quando dormivi, chissà che noia, eh?».

Non me lo ricordare…

«Io parlo sempre alle persone addormentate, mi immagino che siano in una specie di anticamera fra questo mondo e l'altro dove dormono su dei grandi letti morbidi e pieni di cuscini, ma finché non sono pronte non possono tornare. Però se parli con loro e li fai sentire desiderati, tornano prima…».

Non è esattamente una questione di sentirsi desiderati…

«…chissà cosa c'è di là, nessuno lo sa spiegare veramente, alcuni parlano di luce, altri dicono che sentono tutto quello che succede intorno a loro, altri invece non si ricordano proprio niente… ma comunque poco importa tanto, prima o poi, lo sapremo tutti, no? Il primario dice sempre che quella cosa della luce bianca è una strategia del cervello, una reazione chimica data dalla mancanza di ossigeno o un meccanismo della retina che non ricordo mai, adesso non saprei dirti, comunque non ci crede per niente. Io invece ci credo».

Il primario? Quel deficiente che diceva che le mie lacrime erano un riflesso incondizionato? Aspetta che lo incontri e glielo spiego io il riflesso incondizionato!

Mi portò in bagno e mi sollevò di nuovo per farmi sedere sul water dove aspettò che facessi pipì da sola continuando a parlare come se niente fosse.

Non ci riuscii e fu maledettamente frustrante.

«Stai tranquilla, non hai bevuto ancora niente, vedrai che più tardi ci riuscirai, ci riproviamo fra un'oretta».

Mi prese di nuovo in braccio come fossi la sua bambola preferita e mi fece sedere sulla «spider» imitando il rumore del motore.

Non ricordo di essermi mai sentita più umiliata di così.

Cambiò le lenzuola del letto, sistemò i cuscini e mi mise seduta.

«Sai… mia sorella, è stata in questo ospedale, quando aveva più o meno la tua età. Fu investita da un'auto mentre tornava da scuola, ma non si è più svegliata. Io ho sempre pensato di non averle parlato abbastanza, di non essere stata abbastanza convincente, e di non aver trovato le parole giuste. Avevamo litigato per una gonna, l'avevo presa senza il suo permesso e l'avevo macchiata. Non mi sono mai tolta dalla testa che Susan sia morta arrabbiata con me…». Si asciugò una lacrima. «Scusa, non avrei dovuto… sono così stupida… è che tu me la ricordi un po'…», mi prese le mani fra le sue. «…Guarda qua che manine magre che hai…».

Prese un po' di vasellina da un barattolino e mi massaggiò le mani.

«Ecco, così va meglio no?… domani ti porto anche il burro di cacao».

Mi venne da piangere.

Sorrise e, appena vide mia madre sulla porta, se ne andò.

Avrei voluto abbracciare forte Ellie.

Mi dispiaceva averla giudicata male, faceva del suo meglio per andare avanti, sopportando una vita insoddisfacente e piena di umiliazioni, come per espiare una colpa, sempre col sorriso sulle labbra.

Non si giudicano mai le persone senza conoscerle, mi ripeteva sempre Patrick, e anche quando le conosci non hai mai il diritto di imporre loro le tue scelte sulla base della tua esperienza.

Avrei dovuto ricordarlo.

E avrei voluto ricordarlo anche a mia madre che mi fissava, in piedi accanto alla porta.

Avevo la sensazione che spiasse le mie mosse (come se ne avessi avute!) e mi faceva sentire sulle spine.

Sembrava che aspettasse di cogliermi in fallo, come se, in sua assenza, mi fossi alzata e avessi cominciato a saltare sul letto.

Come il paralitico dello sketch di *Little Britain*!

Si rifiutava di accettare quella realtà e non mi avrebbe dato pace finché non avessi reagito come lei voleva.

Sarebbe stata una dura lotta.

A salvarmi dallo sguardo inquisitore della mamma fu Janine, la fisioterapista che veniva a farmi fare gli esercizi.

Morivo dalla voglia di sapere dei suoi sviluppi con Robert, ma dubitavo che me ne avrebbe parlato ora che la guardavo fissa.

Prese a piegare e stendere più volte la mia gamba destra, lentamente.

Se mi avesse vista alla sbarra mentre mi riscaldavo solo qualche mese prima, sarebbe rimasta impressionata: riuscivo a fare la spaccata al muro come avevo visto fare alla Vishneva, arcuavo i piedi come le ali di un uccello, per non parlare della schiena che riuscivo a flettere come un giunco.

E adesso ero lì in balìa di una seduta di ginnastica passiva sotto gli occhi di mia madre che sembrava dicesse: «Be'? Che aspetti ad alzarti e farle vedere chi sei?».

Mamma non è così semplice.

Era la mia prima giornata da sveglia, e non sapevo cosa mi avrebbe riservato il programma.

Mi sembrava di aspettare gli animatori di un villaggio turistico che vengono per convincerti a fare il gioco in piscina.

Solo che non era divertente.

«Tesoro, guarda chi c'è...», disse mia madre facendo entrare Carl con l'aria di chi spera in un miracolo.

Carl entrò impacciato in camera tenendo un enorme mazzo di fiori in mano e il mio Ipod nell'altra.

Se mi avessero portato altri fiori avrei vomitato.

«Ti sei svegliata», mi disse senza guardarmi in faccia.

Già…

«Questo allora non serve più», disse mostrando l'Ipod a mia mamma.

«Certo che serve, le farà bene ascoltare un po' di musica», intervenne per spezzare l'imbarazzo. «Per il momento non parla, ma presto ricomincerà… vero tesoro?», mi chiese in un tono che interpretai come velata minaccia.

«Vi lascio soli, così le racconti un po' di scuola, eh?».

Uscì e lasciò me e Carl a fissarci.

«È bello vederti sveglia», disse continuando a guardare un punto indefinito sulla coperta.

Cominciavo a desiderare fortemente uno specchio.

«Eravamo tutti preoccupati per te… a scuola non si parla d'altro, aspettati di vedere arrivare tutti quanti un giorno di questi!».

Non vedo l'ora…

Sospirò e si sedette sulla poltrona.

«La preside sta organizzando una gita a Londra fra un mese… tre giorni, sarà divertente, magari potresti…».

Si fermò e si passò le mani tra i capelli.

«…cazzo Mia è difficile parlarti conciata così… eri, sei… la mia migliore amica e guarda che sei diventata adesso, un… un…».

Un che cosa Carl? Avanti dillo!

«…un cazzo di vegetale…», farfugliò tra i singhiozzi, «…che mi guarda inebetito… io rivoglio la mia amica, quella di cui sono stato innamorato perso, quella che mi faceva incazzare di brutto, ma che era anche piena di grinta. Non posso credere di averla persa per sempre, non ci riesco… scusami…».

Ti scuso Carl, ti scuso.

«Sono stato un amico di merda, non ho saputo starti vicino quando ne avevi più bisogno… è anche colpa mia se sei conciata così».

No, Carl, non c'è niente che avresti potuto fare, avevo già preso la mia decisione.

«È che pensavo che Nina avesse più bisogno di me di quanto non ne avessi tu, credevo che tu fossi più forte e ti ho lasciata sola. Lei adesso finge di star bene, fa come se niente fosse, come se non ti avesse mai conosciuta e non avesse mai avuto un fratello. Secondo me è assurdo, ma non ci ragiono più con lei, è come se avesse rimosso… ora poi che sua mamma è in clinica, è lei che si occupa di tutto, della casa e di suo padre… sono sicuro che tu sapresti come farla ragionare».

Nina finge di non avermi mai conosciuta e che Patrick non sia mai esistito? Non è possibile, non è di Nina che sta parlando, non della mia Nina, la ragazza più dolce e sensibile del mondo…

«Fa la dura, non piange mai e se trova suo padre ubriaco in poltrona lo riempie di insulti. La situazione è disperata Mia, e pensa quanto lo sono io se sono qui a parlare con te che mi guardi con quegli occhi vuoti e nemmeno mi vedi».

Ti vedo Carl, ti vedo e ti sento… purtroppo.

«Ti ricordi come eravamo felici quel fine settimana che siamo andati a Bath, a Natale?».

Certo che mi ricordo mi venne la sciatica peggiore della mia vita per aver dormito sul divano.

«Io, tu, Nina e Alex… te lo ricordi Alex? Gli hai insegnato a ballare per lo spettacolo a scuola, *Mamma Mia*… ne parla ancora, dice che solo un mago poteva riuscire a far muovere un impedito come lui… mi chiede sempre come stai… io gli dico che ti stai riprendendo e lui mi dice che sei tosta e che gli piacevi un sacco».

Certo che mi ricordo di Alex, anche se sembra passata una vita… mi ricordo di quanto eravamo spensierati e allegri… Non avremmo mai pensato di dover fare i conti con la morte…

«…magari la prossima volta vengo con lui, chissà che una faccia nuova ti aiuti a ricordare qualcosa».

Fammi un favore Carl, vattene via e non tornare mai più, mi stai torturando e non me lo merito, sto già pagando un prezzo abbastanza alto, non ti pare?

«…Anche se il mio sogno è riuscire a portarci Nina, qui da te… sono certo che lei riuscirebbe a smuovere qualcosa in te…».

Si alzò, mi venne vicino e mi appoggiò una mano sulla spalla: «… coraggio Mia, io non posso credere che ti sia spenta, io ci credo ancora in te… io… ti voglio troppo bene…», disse asciugandosi una lacrima.

Poi mi diede un bacio rapido sulla fronte, prese il suo giubbotto e mi consegnò l'Ipod.

«Ti ho caricato i Gossip e i Crystal Castles… mi sembravano un po' più… *vivaci* dei Pink Floyd…».

Mi sorrise e uscì di corsa.

Se facevo quell'effetto, allora era meglio non fosse venuto più nessuno a trovarmi.

Rimasi sola per gran parte della mattinata, segno che forse non ero poi così importante, ma il non dovermi specchiare nella tristezza degli occhi altrui mi fu di un certo conforto, anche se dovevo lottare costantemente con i colpi di sonno che mi coglievano alla sprovvista facendomi cadere in un subdolo dormiveglia che non sapevo dove mi avrebbe portata.

Avevo paura di sprofondare di nuovo nelle sabbie melmose del coma e di non riuscire più a uscirne, ora poi che anche la voce di Patrick era svanita nel nulla ed ero sempre più convinta di essermi sognata tutto.

Forse il primario aveva ragione, forse era un qualcosa di chimico che scattava nel cervello, niente di romantico o di magico, solo stronzissimi neuroni impazziti.

Avrei dovuto stare più attenta alle lezioni di biologia.

Mia mamma tornò accompagnata da Nancy, truccata per l'occasione come per un provino di Burlesque: rossetto rosa tonalità Hello Kitty, due etti di mascara grumoso sugli occhi e i capelli corvini tirati in una coda di cavallo.

Per quella settimana si sarebbe occupata lei di me e voleva farla passare per una buona notizia.

«Eccola la nostra piccola ballerina, allora, quand'è che torniamo a ballare?».

Mia mamma la fulminò con lo sguardo, ma Nancy parve non farci caso e venne a regolarmi la flebo.

«La dottoressa ha detto che dovremo cominciare a farla mangiare, è troppo magra…». Poi, rivolta a me: «Chissà che fame che abbiamo vero? Ci andrebbe un bel purè di mele eh? Yummi, yummi!!».

Yummi, yummi?

Mamma uccidi questa donna ti prego, non sa quello che dice!

«Mia figlia odia il purè di mele, potrebbe sputarglielo in faccia».

«Allora un bel pudding eh? Ti piace il pudding? Scommetto di sì, il pudding piace a tutti i bambini».

Mammaaaaaaa!!

«Senta, a parte il fatto che mia figlia ha passato i tre anni da un pezzo, le garantisco che anche a quell'età non ha mai mangiato zuppa d'avena e mele cotte, e se potesse glielo direbbe lei…».

«...signora, non può certo mangiare uova e bacon», rispose stizzita e andò a prendere il vassoio della colazione.

Uova e bacon in effetti le avrei gradite molto di più.

Si sedette accanto a me, immerse il cucchiaino nella crema di mele e me lo infilò in bocca.

«Vede? Faccia così... un bel cucchiaio pieno, poi aspetta che inghiotta, non deve sputare però...».

«Guardi che so come fare a imboccarla...», rispose mia mamma acida. «Se vuole faccio anche il rumore dell'aeroplanino...».

«Se serve... perché no?», rispose stizzita.

La consistenza viscida e insapore della mela calda mi scese in gola e mi tornò su con la stessa rapidità con cui ci era andata, e approfittando del mio stato di povera demente, piazzai uno sputo in piena regola nella scollatura sbottonata di Nancy.

«Glielo avevo detto», commentò mia madre sarcastica.

«È uno spasmo», tagliò corto lei pulendosi con il tovagliolo, «è segno che non è ancora pronta... le inseriranno un sondino naso-gastrico se non riprende a mangiare».

Sai dove te lo puoi cacciare il tuo sondino, cara Nancy? Dammi un hamburger e vedrai se lo mangio!

«Dovrò informare la dottoressa...».

«Lasci stare, dia a me quel cucchiaio, vedrà se sono in grado o meno di far mangiare mia figlia, su... si sposti», disse mia madre, mentre Nancy si alzava, riluttante.

Riempì un cucchiaio di pappa con una smorfia e prima di portarmelo alla bocca mi sussurrò nell'orecchio: «Cerca di non farmi fare una figura di merda tesoro! Mangia un po' di questa roba o questa stronza ti farà mettere un tubo nel naso che scende giù nello stomaco e credimi se ti dico che non lo sopporteresti, okay?».

E mi fece l'occhiolino.

Respirai a fondo e mi preparai alla tortura.

Non tossii nemmeno una volta e finii quasi metà tazza sotto lo sguardo vigile e irritato di Nancy.

«Visto?», le disse mia madre, «conosco mia figlia! Io!».

Nancy prese il vassoio e lo portò fuori.

Mia mamma rise per la soddisfazione, una bella risata liberatoria e complice, poi, presa dall'entusiasmo alzò la mano destra e mi disse: «Dammi il cinque!».

Rimase con la mano sospesa a mezz'aria per qualche secondo, poi la riabbassò e guardò altrove.

«Vabbè, ci lavoreremo…».

CAPITOLO TRE

Dopo tre giorni passati a non chiudere occhio cominciavo ad avere le allucinazioni.

Mi avevano portato la televisione in camera e questo rendeva il mio sguardo catatonico un po' più sopportabile per gli altri.

Per il resto nessun miglioramento apparente a parte le mie funzioni vitali stabili.

Rosie Anne veniva a farmi visita due volte al giorno per assicurarsi delle mie condizioni e parlottare con la mamma a voce bassa, come se non volessero farsi sentire da me.

La sensazione che quelle due stessero tramando qualcosa si faceva sempre più forte.

Sembrava che si fossero coalizzate per farmi tornare a muovermi e parlare.

Credevano che mi divertissi a stare a letto tutto il giorno a guardare programmi di giardinaggio e cucina?

Non avrei forse preferito ritornare a un qualunque altro tipo di vita degno di quel nome?

La verità era che non potevo, non ci riuscivo, qualcosa dentro di me doveva essersi spezzato e non si poteva più riparare.

Aveva ragione Nina ad aver rimosso tutto, se avessi saputo come fare lo avrei fatto anch'io: dimenticare e ricominciare da zero.

Se non ricordi la ragione del tuo dolore, niente ti impedisce di tornare a vivere.

Ma il ricordo era talmente vivo e presente in me da non abbandonarmi un minuto e se, per caso, riuscivo a non pensarci per qualche istante, quando lo facevo di nuovo, l'ondata di realtà mi travolgeva in maniera così violenta da lasciarmi tramortita e incredula.

Era più sopportabile imparare a convivere col dolore: se ne avessi assunto dosi quotidiane questo mi avrebbe resa più resistente alla solitudine, alla tristezza e all'abbandono.

Patrick mi mancava da morire.

Mi sforzavo di pensarlo in paradiso o in un qualunque altro bel posto circondato da luce bianca, fiori e agnellini, ma non ci riuscivo.

Era più forte di me, non avevo mai creduto in una vita oltre la morte e non avevo mai avuto ragione di pensarci più di tanto e adesso mi sembrava chiarissimo che dopo non ci fosse nient'altro e che la vita, a seconda delle carte che ti uscivano, potesse diventare, in un attimo, un vero schifo.

Uno schifo assoluto senza via d'uscita.

La mamma aveva bandito i fiori dalla mia stanza, mettendo un cartello fuori della porta che diffidava chiunque dal regalarmene altri, anche se in effetti, a una nel mio stato, c'era poco altro da regalare.

L'odore dolciastro dei fiori appassiti stava diventando nauseabondo e la stanza somigliava sempre più al mausoleo di Lady D, fra pupazzetti e cartoline.

Ma il profumo di Nancy riusciva a essere il più stomachevole in assoluto.

Ellie faceva di tutto per non incrociarla, in cuor mio invece speravo che capitasse, solo per avere qualche diversivo più interessante della televisione.

Nancy invece sembrava godere letteralmente nel provocarla e veniva a tormentarla di proposito.

«Ieri sera io e Robert siamo andati a cena fuori», disse sistemandomi la flebo nella mano facendomi male.

«Ah sì?», rispose Ellie fingendo indifferenza.

«Sì, in un locale carinissimo e molto romantico dove non ero mai stata...».

Nancy questo è un fallo da cartellino giallo!

«Sono contenta per voi...», rispose Ellie con voce tremolante.

«E tu invece cosa hai fatto? Il maritino ti ha portato al pub e vi siete sbronzati giocando a freccette?».

Nancy...

«No... ci è andato da solo...», disse continuando ad annotare numeri su una scheda.

«Che allegria! Ma non ti porta mai da nessuna parte?», continuò Nancy con quella voce stridula.

«Lavora sempre fino a tardi e anch'io, con i miei orari...», rispose Ellie prendendomi in braccio per cambiare il letto.

«Dovresti chiederglielo, anzi, una volta potremmo uscire tutti e quattro insieme, no? Sarebbe divertente!».

Sì come versarsi addosso l'olio bollente…

«Dunque, ti dicevo, l'altra sera siamo andati in questo ristorante molto carino e romantico, dove c'è un tizio che legge i tarocchi e ci ha detto che vede molte cose per noi, matrimonio, figli…».

«Bene, sono… contenta», rispose Ellie visibilmente abbattuta.

«È un ristorante che ha anche delle camere sai?».

Nancy sei una vera stronza, ti meriti un altro cartellino giallo, un altro ancora e sei espulsa…

«…non ti dico che imbarazzo la mattina a colazione…», fece una risatina stupida.

«Bene, se mi dici come si chiama, la prossima volta ci andrò anch'io…», rispose Ellie tentando di essere disinvolta.

«Si chiama Queen Victoria», lasciò cadere.

Quel nome mi fece rabbrividire.

«Sì ne ho sentito parlare», rispose Ellie riportandomi a letto.

Quel nome continuava risuonarmi dentro come una campana a morto, ma non riuscivo a ricordare perché.

«È vicino alla spiaggia… dove hanno trovato la ballerina…», rispose Nancy indicandomi.

Vaffanculo Nancy, vaffanculo maledetta stronza, era la locanda dove io e Pat dovevamo passare la nostra prima notte!

Mi irrigidii come un pezzo di legno fra le braccia di Ellie e cominciai ad emettere un suono rabbioso e feroce.

«Ma cos'hai Mia, ti ho fatto male?», mi chiese riappoggiandomi delicatamente sulla sedia.

Nancy mi fissava con le mani sui fianchi e un sorrisino stampato in faccia come se fossi pazza.

«Le avrai fatto male prendendola in braccio», disse.

«Ma no, sono stata attentissima, la prendo sempre così».

«Non sai fare niente Ellie, guarda come si fa», mi sollevò di peso, ma opposi così tanta resistenza da diventare pesante come un macigno, tanto che dovette rimettermi giù.

«Forse non vuole venire con te!», sorrise Ellie.

«Figurati se questa capisce qualcosa…», ribatté Nancy al secondo tentativo.

Stavo esplodendo dalla rabbia, odiavo Nancy con tutta me stessa, avrei voluto prenderla a calci, e non volevo che mi toccasse, ma nonostante ci provassi c'era una specie di corto circuito che impediva alle informazioni del cervello di raggiungere i destinatari.

Chiamai a raccolta tutte le mie forze e quando le fui abbastanza vicina all'orecchio (che avrei voluto mordere) le bisbigliai nel modo più chiaro possibile: «Stupida stronza puttana!».

Mi mollò sul letto come una patata bollente.

«Hai sentito cosa mi ha detto?», disse indignata.

«No!», rispose Ellie.

«Mi ha dato della stronza puttana!», disse sbalordita.

Ellie rise di gusto e uscendo la sentii rispondere: «Magari lo avesse fatto davvero!».

Da quel momento in poi, anche Nancy prese a guardarmi a vista.

Ero riuscita a parlare sotto l'effetto della rabbia, anche se la mia voce sembrava quella dell'esorcista, ma ora che l'adrenalina era calata, ero di nuovo muta come un pesce e adesso, ogni volta che si avvicinava, mi sussurrava qualcosa di odioso del tipo: «Tanto lo so che puoi parlare, puoi prendere in giro tutti, ma non la sottoscritta sai?», e mi allungava un pizzicotto nel braccio per vedere se reagivo.

Quanto la odiavo!

Prima o poi l'avrebbe pagata.

Intanto la mia lotta contro il sonno stava diventando impossibile, mi sembrava di vedere ondeggiare le tende e oscillare il pavimento.

Anche se il mio corpo era stato in stand-by per quasi due settimane, avevo un enorme bisogno di riposare e quella violenza che mi stavo infliggendo non faceva che peggiorare il mio stato.

Rosie Anne era molto preoccupata per me, lo capivo dal numero di volte che veniva a visitarmi e non per commentare l'ultima puntata del *Grande Fratello*.

Era una donna molto bella, che sembrava uscita dalla pubblicità di uno shampoo riflessante o di uno yogurt per il sistema immunitario, e il suo aspetto contrastava un po' con la grigia normalità di tutto il resto, come un'immagine a colori in un film in bianco e nero.

Al solito mi incenerì le pupille con la sua pila, mi sentivo come un gatto caduto dalla finestra, tenuto sotto osservazione da un veterinario sadico.

Ma prima che potesse picchiarmi di nuovo sulle unghie chiusi i pugni e la guardai fissa e, quando se ne rese conto sorrise.

Si sedette accanto a me.

«Ti senti meglio Mia? So che non mi puoi rispondere, ma guardandoti ho come la sensazione che sia la paura a tenerti prigioniera là dentro e non un problema neurologico. I tuoi esami vanno bene, la TAC non ha evidenziato niente, ma so che in questi casi non si può mai dire. C'è una zona nella mente umana che nessuno può conoscere ed è quella che io definisco "la scatola magica", quella parte impenetrabile che contiene ricordi, emozioni, amore, paure, sentimenti, sogni… e di quella scatola solo tu possiedi la chiave… solo tu puoi decidere quando aprirla di nuovo. Noi medici possiamo aggiustare tutto il resto, ma senza la *tua* parola magica, quella scatola non si aprirà mai, e per aprirla ci vuole la forza di volontà, la stessa che usavi per ballare».

Avvicinò la sedia al letto e proseguì.

«…la mamma mi ha raccontato tante cose di te che mi sembra di conoscerti da sempre… mi ha detto di quanto tu sia ironica, forte e testarda, della tua passione incredibile per la danza, di quanto si fosse arrabbiata quella volta che sei tornata tardi senza che lei sapesse che avevi bucato la gomma della bici, di quando le hai mentito sulle materie da portare per l'esame a scuola, di quando hai chiesto di nascosto a tua nonna di pagarti la retta della Royal Ballet, e di quando…».

Ooookay ti ha detto altro mia mamma??? Preferivo quando mi schiacciavi le unghie!

C'è niente di peggio della sosia di Nicole Kidman che snocciola i fatti tuoi, riferiti incautamente da tua madre in un momento di debolezza, senza che tu possa rispondere?

Le aveva fatto leggere anche il mio diario?

«…mi ha raccontato anche della tua amicizia con Nina e… di Patrick…».

Questo è scorretto, non aveva il diritto di farlo.

«Immagino che tu lo amassi tantissimo…».

Sì cara Rosie, lo amavo come di più non credo si possa amare, ma questo non ti riguarda, non riguarda né te né mia madre e se l'ho sempre tenuto segreto c'era un motivo e ora vorrei tanto che mi lasciassi sola, questa conversazione non mi diverte più.

Serrai i pugni impercettibilmente e questo attirò la sua attenzione.

«Scusa… non avrei dovuto intromettermi nella tua vita, ma voglio che tu sappia che la rabbia che senti dentro per quello che è successo è la stessa che ti farà sopravvivere, è una rabbia sana che ti aiuterà a superare questa fase di blocco, e ti darà il tormento finché non le cederai e la butterai fuori. Come e quando non lo sappiamo ancora, ma è l'unico modo per tornare a vivere, Mia...».

Che ne sai tu di come sto io, eh? Che ne sai! Hai l'aria di una che non ha mai avuto una difficoltà nella vita, che fa la neurologa, ma potrebbe tranquillamente aver fatto la modella o l'attrice.

Che ne sai del mio "blocco" o come lo chiami tu? Che ne sai di dove mi trovo adesso e dell'inferno che sto vivendo senza riuscire a muovermi o a parlare? Lasciami in pace Rosie Anne, vai a tormentare qualcun altro, grazie.

«Mia... io lo so cosa si prova, lo so benissimo...».

Sì certo, l'averlo studiato non significa capire cosa si provi.

«...Quando avevo ventuno anni, tornavamo in macchina da una festa con degli amici... avevamo bevuto un po' troppo come sempre alle feste, ma il mio ragazzo reggeva bene l'alcol e poi era solo una mezz'ora di macchina... eravamo felici e innamorati, ridevamo e cantavamo a squarciagola... era estate e avevamo tutta la vita davanti... nessuno si aspettava di finire fuori strada per un colpo di sonno... Un momento la tua vita è meravigliosa e perfetta e il momento dopo il tuo ragazzo è morto, tu hai sfondato il parabrezza con la testa e alla tua migliore amica hanno amputato una gamba perché è rimasta incastrata fra le lamiere... Capisci perché ti dico che *io lo so* Mia?».

Mi afferrò le spalle con uno sguardo che mi spaventò.

«Ero sfigurata e piena di emorragie interne... sentivo le voci dei medici dire a mia madre che solo un miracolo poteva salvarmi... e per come ero ridotta forse sarebbe stato meglio che non ce l'avessi fatta...

Ma io *non volevo* morire e non potevo credere che fosse arrivato il mio momento. Solo questo. Continuavo a pregare e ripetere che non volevo morire e non potevo morire, perché avevo troppe cose da fare e i miei non ce l'avrebbero fatta a sopportare la mia morte e non mi importava se fossi rimasta paralizzata, pur di sopravvivere... e in quel momento ebbi la certezza che se ce l'avessi fatta la mia vita sarebbe stata totalmente diversa...».

Aggrottò la fronte e mi accorsi dei segni sulla sua faccia coperti da uno spesso strato di fondotinta: una miriade di cicatrici più o meno profonde lasciate dalle schegge di vetro, che correvano come una fitta ragnatela intorno agli occhi, le guance, il naso e le labbra.

«Capisci cosa intendo per forza di volontà Mia? Ero sola contro tutti, in coma e data per spacciata, ma *nuotavo* per tornare in superficie, perché lo volevo troppo…».

La guardavo incantata, stava parlando la mia lingua, lei sapeva dov'ero stata, conosceva quel posto senza colori e suoni, lei poteva capire… anche lei aveva perso il suo ragazzo…

«Ho subito ben sedici interventi di chirurgia plastica, se mi vedessi senza questo chilo di cerone in faccia ti sembrerei Frankenstein…», sorrise amaramente. «…Sono cieca da un occhio, mi hanno asportato la milza e a causa dell'emorragia al pancreas, col tempo, sono diventata diabetica, ma per fortuna ho un sacco di capelli che coprono le cicatrici in testa, e un mio amico parrucchiere mi ha consigliato di tingerli di rosso fuoco, così che l'attenzione si concentri su quelli e non sulla faccia!».

Ero in totale ammirazione, cominciavo a provare una vera venerazione per Rosie Anne, stava diventando il mio idolo.

«Non ti dico tutto questo perché tu mi compatisca, ma solo per farti capire che si può attraversare l'inferno e uscirne anche piuttosto bene… All'epoca dell'incidente ero una promessa del tennis… capirai che con le vertebre del collo incrinate ho dovuto abbandonare e mi è dispiaciuto da morire, ma almeno ero viva e dopo un anno e mezzo di riabilitazione ho deciso di ricominciare a studiare. Mi sono iscritta a medicina e sono diventata neurologa, e più tardi mi sono sposata e ho avuto due bambini, guarda, ti faccio vedere le foto». Tirò fuori il cellulare dalla tasca del camice e mi mostrò due adolescenti. «…Li chiamo bambini, ma sono grandi ormai», sorrise di nuovo e mi accarezzò la fronte alzandosi.

La seguii con lo sguardo.

«…qualunque sia la tua situazione adesso, la puoi superare con la forza di volontà e non voglio dirti che sarà facile, ma ne potrai uscire e io sarò qui ad aspettarti quando sarai pronta okay?».

Okay Rosie, grazie…

«…e un'ultima cosa Mia…», mi guardò seria, «…non dormire, non ti servirà a niente. Solo affrontando le tue paure dimostrerai a te stessa che non sono reali e non possono farti del male…».

Rimasi sola a riflettere sulle sue parole.

La sua storia era atroce, sicuramente peggiore della mia, ma c'era una differenza fondamentale: lei avrebbe *voluto* continuare a vivere, io avevo cercato di smettere di farlo.

Chiusi gli occhi un istante e tutto cominciò a girare vorticosamente, come il gorgo dell'acqua nel lavandino, trascinandomi giù.

Li riaprii immediatamente e cercai di respirare.

Ero spaventata a morte e non potevo spiegarlo a nessuno.

Nessuno poteva entrare nella mia mente e nessuno mi avrebbe capita.

Avrebbero solo detto: è normale che sia così, ci vorrà tempo.

Ma non c'era più niente di *normale* ormai.

Come quel forte profumo di fragole che invase la stanza un minuto prima che entrasse Betty, l'amica di mamma.

Rimase a guardarmi per una decina di secondi indecisa se urlare o correre ad abbracciarmi.

E com'era tipico di Betty, prima urlò, poi corse ad abbracciarmi.

Mi strinse forte a sé.

I suoi capelli crespi, legati con una sciarpa africana, mi facevano il solletico.

Ero felice di vederla, anche se per me il nostro ultimo incontro aveva significato abbandonare la nave una volta per tutte.

Betty era sempre stata brava a fare le carte (aveva previsto tutte le storie catastrofiche di mamma prima dell'arrivo di Paul) e quando le avevo chiesto di leggermele, tutto quello che aveva previsto si era poi avverato: la cotta di Carl per me, la storia con Patrick prima ancora che potessi anche solo sognarla, i casini a scuola, le litigate con la mamma e la nonna e infine, anche se me lo aveva sempre nascosto, la morte di Patrick.

Lei lo aveva sempre saputo, ogni volta che girava le carte uscivano l'Angelo e la Torre, ogni dannata volta, e lei puntualmente le radunava e mi rispondeva che non era nulla di importante e che non dovevo preoccuparmi.

Se me lo avesse detto forse avrei potuto fare qualcosa. Ma in fondo, lei poteva solo prevedere quello che il destino aveva in serbo, e nessuno aveva la possibilità di intervenire.

Non ce l'avevo con lei. Non più.

Non ce l'avevo più con nessuno, ce l'avevo solo con me, per essere ancora lì.

Betty mi sorrise a lungo, e mi guardò intensamente negli occhi, mentre mi sistemava i capelli e mi accarezzava il viso.

«La mamma mi ha detto che non parli ancora, ma a me non importa, a me basta guardarti negli occhi per sapere come stai, e sapere che ci sei… e io lo vedo che ci sei», disse aprendosi in un sorriso, «vedo tutta la tua intelligenza brillante, il tuo cuore e il tuo senso dell'umorismo… io lo so che ci sei ancora e non ti devi preoccupare di quello che pensano gli altri… devi prendere il tuo tempo e fare solo quello che ti senti di fare».

Mi prese le mani fra le sue, le baciò e se le appoggiò sulle guance.

«Hai le mani calde Mia, non come l'ultima volta che sono venuta da te… ora sei viva, sei viva dentro… sono così felice che non so spiegartelo a parole… ma sono sicura che lo senti».

Sì, lo sentivo.

Sentivo un'energia incredibile scaturire dalle sue mani bollenti, come una scossa elettrica che scorreva lungo tutto il mio corpo.

«…la mamma è fuori di sé, puoi immaginarlo, e anche il tuo papà si sta preoccupando moltissimo, ma tu pensa solo a guarire e a recuperare le forze, e non fare niente solo perché gli altri ti mettono sotto pressione».

Parole sante Betty, se vuoi essere la mia portavoce te ne sarei grata, qui sembra una processione!

«Mia, mi sento ancora una merda per averti fatto le carte e per averti detto di aver sognato Patrick dopo che era morto, vorrei essermi tagliata la lingua, ma mai e poi mai avrei creduto che tu facessi… quello che hai fatto… credevo di fare la cosa giusta, io ci credo nell'aldilà, ci ho sempre creduto e quando mi è apparso Patrick in sogno era così reale…».

Lo so, peccato che non lo sia…

«Ci ho pensato a lungo prima di venire qui a dirtelo, ma so che questa volta non farai pazzie», si voltò verso la finestra, «…e comunque ci sono le sbarre per fortuna…».

Rise.

«Mia, ho sognato Patrick quattro volte questa settimana ed è lui che mi ha chiesto di venire qui da te…», mi disse seria.

Sentii i brividi salirmi lungo la nuca e il cuore battere più forte.

«Mi ha detto di averti salvato dall'acqua, e che da quel giorno lui ti è sempre vicino e mi prega di dirti che non se n'è andato, ma che sta cercando disperatamente di riuscire a comunicare con te come prima, ma non può farlo se non dormi!».

Pat sta cercando di comunicare con me?

«Ha un senso quello che ti dico?... l'importante è che lo sappia tu, non devi cercare di dirmi niente, solo di rifletterci... lui dice che da quando ti sei svegliata sono... cambiate le frequenze, ma che lui è sempre qui vicino a te. Sempre».

Okay Betty, raccontalo a qualcun altro.

«Mi ha detto di dirti che lui c'era quando Carl è venuto a trovarti e ha pianto, c'era quando ti sei incazzata con quell'infermiera... Nancy e quando la dottoressa ti picchiettava le unghie. Questo mi ha detto di dirti. Io non so se questo abbia un senso per te, di certo non ce l'ha per me, ma sento di non sbagliarmi e... a quanto vedo...», prese il mio polso e vide il braccialetto con la scritta, «...non mi sbagliavo neanche prima».

Non ti sbagli Betty, non potevi sapere tutto questo, io non ne ho certo parlato con qualcuno!

Ero sconvolta.

Allora non era solo la mia immaginazione, lui c'era davvero. Pat era ancora con me.

Sentii le lacrime bruciarmi gli occhi.

«Adesso tutto quello che devi fare è provare a rilassarti, e lasciare che lui cerchi di mettersi in contatto con te. Non potrai rimanere insonne per tutta la vita no? Vogliamo fare una prova? Io starò qui, seduta accanto a te, e tu chiuderai gli occhi e proverai a dormire. Io sarò la custode del tuo sonno e non mi muoverò di qui e se avrai paura mi stringerai la mano così io scaccerò tutti i brutti sogni, vogliamo provare?».

La guardai ansiosa.

«Chiudi gli occhi e respira profondamente adesso...». Appoggiò una mano sulla mia fronte e mi chiuse delicatamente gli occhi, poi cominciò a cantarmi dolcemente la ninna nanna di *Gartan mother*, una vecchia ninna nanna irlandese che parlava di grilli, fate e folletti.

E appena lasciai andare la tensione, sprofondai in un sonno pesantissimo e irresistibile, trascinata per i capelli dalle mie paure, in un pozzo di angoscia e confusione.

Sembrava una versione di *Alice nel paese delle meraviglie* sotto acido.

Rivedevo cose che avevo dimenticato: un coniglio nano che mi avevano regalato da piccola per convincermi ad abbandonare il ciuccio, i dischi di Patty Smith che ascoltava mia madre e quelli di musica celtica che ascoltava mio padre, libri da colorare, marshmallow rosa, il quadro della bambina col tutù che mi aveva regalato mia nonna, la nostra prima casa a Leicester quella con la carta da parati gialla, Nina che cerca di forarmi le orecchie con uno spillo, la mia bicicletta arancione, Patrick che ci bagna con il tubo dell'acqua, io che faccio un *fouetté* dietro l'altro a lezione da Claire la mia prima insegnante di danza, e gli specchi, tantissimi specchi che rimandavano un'immagine di me che non riconoscevo.

Una me scheletrica, con le occhiaie, la pelle grigia, e gli occhi fuori delle orbite.

Mi facevo paura, non potevo credere di essere io.

Improvvisamente mi ritrovai in camera mia, riconobbi il letto, la scrivania, l'armadio e il poster di Sylvie Guillem in *développé* appeso al muro.

Guardai in basso e vidi che avevo le scarpette ai piedi, ma non riuscivo ad alzarmi sulle punte: era come se al posto del gesso ci fosse piombo.

L'acqua cominciava a infiltrarsi da sotto la porta salendomi rapidamente su per le caviglie.

La camicia da notte si stava inzuppando e non potevo muovermi, avevo freddo, era buio e, per la prima volta dopo tanto tempo, avevo paura di morire.

L'acqua nera e gelida aveva già raggiunto la vita, il petto, e le spalle e io, inchiodata al pavimento, annaspavo senza riuscire a liberarmi né a chiamare aiuto.

Tutto quello che riuscivo a pensare insistentemente era "*Serva me* Patrick. *Serva me*", mentre mi rassegnavo ad abbandonarmi al mio destino.

Finché una voce cominciò a chiamare forte il mio nome, la sentivo in lontananza, rassicurante, familiare.

Era la voce di Patrick.

L'emozione si mescolava alla paura e al sollievo e sorridevo e piangevo, cercandolo a tentoni nel buio, senza trovarlo.

Adesso non ero più in camera mia, ma in fondo a un pozzo pieno d'acqua.

La voce di Patrick si faceva sempre più vicina, mentre risalivo il pozzo, disperata, conficcando le unghie fra le pietre viscide. «Prendi la mia mano Mia, prendila!», mi gridava sempre più forte incitandomi a continuare.

E mi arrampicavo terrorizzata scivolando e ricadendo in basso, con le mani che sanguinavano in preda a una paura folle.

Ma più mi avvicinavo alla luce, più la voce si faceva distorta e alterata.

Vedevo la mano tesa verso di me da dentro il pozzo, ma non era più la mano di Pat e nemmeno la voce era più la sua.

Aprii gli occhi e Betty mi teneva la mano scuotendomi per svegliarmi.

«Tesoro, svegliati! Tremi e digrigni i denti… stai calma, adesso è passata, qualunque cosa fosse è finita, ci sono qua io adesso, stai tranquilla…».

Mi asciugò la fronte.

«Sembri un cerbiatto spaventato, vieni su…». Mi abbracciò forte.

Non potevo più andare avanti così.

Era diventata una tortura: non potevo più stare sveglia e non potevo provare a dormire senza ritrovarmi in un film di Tim Burton.

Il mio cervello, o quello che ne restava, stava andando in frantumi.

«Ma allora l'hai visto? Hai visto Patrick?», mi chiese ansiosa come un mago alle prime armi che ipnotizza il proprio cane facendo oscillare un biscotto.

La guardai scoraggiata e stanca.

Come facevo a spiegarle quello che avevo visto?

Come facevo, io per prima, a credere a quello che mi faceva vedere la mia testa?

Ma soprattutto: cosa diavolo mi stava succedendo?

Ero fuori di me dalla rabbia e dalla frustrazione.

Era diventato impossibile adattarsi a quella nuova vita (se così si poteva chiamare) fatta di silenzio, visioni assurde, malinconia e paura.

«Ascolta Mia, non so cosa tu abbia visto o provato, ma qualunque cosa sia non può farti male in nessun modo. Hai avuto un trauma spaventoso e la tua mente sta cercando una spiegazione a tutto questo, una spiegazione logica e razionale. Lo sai che ho preso una laurea breve in psicologia, no? Quindi fidati di me! Stai solo *elaborando* e per quanto riguarda i messaggi di Patrick, accettali semplicemente, apri il tuo cuore e fidati di lui e ascolta quello che ha da dirti. Non devi fare altro, solo rilassarti… Patrick ti ama e non vuole certo farti del male».

Sembrava molto sicura di quello che diceva, ma la conoscevo troppo bene per non accorgermi che stava fingendo di sapere dove andare a parare: oltre al diploma di psicanalista ne aveva anche uno di recitazione!

La sua interpretazione in ogni caso mi confortava, mi faceva sentire meno squilibrata e sola.

Betty era l'unica che cercasse davvero di capirmi, perché si rifiutava di credere alle spiegazioni razionali di tutti coloro che credevano che *dopo* non ci fosse più niente.

Accettava la possibilità di una vita oltre la vita perché dava all'amore un potere talmente assoluto da non poter svanire con la semplice fine del proprio corpo.

Per Betty l'amore riusciva a smuovere le montagne ed era in funzione di quel sentimento magico e invisibile che gli esseri umani, da sempre, agivano nel bene e nel male trasformando radicalmente le proprie esistenze, facendo scelte impensabili, dichiarandosi guerra e sottoponendosi a qualunque sacrificio, ed era assurdo che tutta quella energia vitale non potesse sopravvivere a un semplice passaggio fra due realtà.

E solo perché non eravamo capaci di vedere oltre, non significava che non ci fosse nient'altro.

E il nostro amore era stato troppo forte per essersi arreso così facilmente a qualcosa di così banale come la morte.

Forse aggrapparmi alle sue teorie folli era l'unica strada verso l'uscita da quell'incubo, e io avevo un bisogno disperato di credere in qualcosa che avesse un senso.

La mia vita di prima non c'era più e quello che stavo affrontando adesso era una seconda possibilità, una rinascita senza libretto delle istruzioni, che tutti consideravano miracolosa, ma che nessuno sapeva spiegarmi, per il semplice fatto che nessuno ne sapeva più di me.

Le loro teorie si basavano su statistiche nate dall'osservazione di migliaia di casi, uno diverso dall'altro, i cui sintomi erano stati classificati in qualche lista (come ci insegnava sempre la prof di biologia) con la speranza di capire qualcosa di più sui misteri del coma, ma alla fine era più un conforto per i familiari disperati che per noi sopravvissuti.

Non potevo che fidarmi del mio istinto e del mio cuore.

Più tardi ci raggiunse mia madre, per il consueto rito del pasto.

Mi sembrava di avere ancora due anni, seduta sul seggiolone, con il bavaglio di Winny the Pooh mentre mi imboccava con un cucchiaino rosa.

Mi guardava con gli occhi pieni d'amore e gratitudine per essermi svegliata e avevo la sensazione che stesse cominciando a convincersi che le sarei bastata così: viva.

Betty non le raccontò del suo esperimento, ma ero certa che avrebbe escogitato qualcos'altro, non mi sarei stupita se fosse tornata a casa a cercare su internet riti e parole magiche per comunicare con l'aldilà.

Betty e mamma erano due donne straordinarie, così diverse, ma determinate, forti e incasinate esattamente nello stesso modo.

Una, italiana, testarda e orgogliosa, che per amore aveva rinunciato a tutti i vantaggi che avrebbe ottenuto stando in Italia alle regole della nonna Olga e l'altra, originaria della Nuova Guinea, passionale e sognatrice, che per amore aveva avuto un figlio a diciassette anni "disonorando" la sua famiglia che l'aveva poi *pregata* di non tornare più.

Non avevano avuto fortuna con le loro madri, e avevano giurato di non fare gli stessi errori con noi figli, lo ripetevano sempre quando erano un po' brille, poi però quando facevo qualcosa di grosso (e ultimamente mi ero data parecchio da fare), mia mamma minacciava subito di mandarmi a vivere da mio padre o da mia nonna.

Dopo "pranzo" mamma e Betty uscirono a fumare una sigaretta.

La mamma non fumava da quando era rimasta incinta di me, ma quell'occasione aveva messo a dura prova la sua forza di volontà.

Più tardi arrivò Nancy a controllarmi.

«La dottoressa Flynn dice che non stai dormendo, e mi ha detto di darti un tranquillante perché hai bisogno assoluto di sonno».

Un tranquillante? E perché mai? Sono tranquillissima!

«Metto una dose nella flebo così ti rilassi e ti fai una bella dormitina…».

No no, cazzo Nancy, chiama Rosie Anne, ci parlo io con lei, non può averti autorizzato a fare una cosa così. Lei mi capisce.

Inserì le gocce nella sacca della flebo.

Il primo pensiero fu quello di sfilarmi l'ago, ma era coperto da strati di cerotto ed era una cosa troppo difficile da fare per la mia ridottissima capacità di movimento che mi permetteva solo di sbattere gli occhi e poco più.

Non facevo che mugolare dentro di me: *ti prego Nancy, non farmi questo, non sono pronta per affrontare questo viaggio da sola, non senza Betty che mi protegge, non mi lasciare sola in balia dei mostri, ho paura, ho troppa paura non voglio finire di nuovo in fondo… al… poz….*

Fu l'ultimo pensiero che riuscii a formulare prima di piombare in un sonno profondissimo.

Un sonno di cui avevo effettivamente troppo bisogno per continuare a fingere il contrario.

Ma quello che successe poi non l'avrei mai più dimenticato, perché fu l'inizio di un viaggio che mi avrebbe cambiata per sempre.

Appena chiusi gli occhi sentii di nuovo il profumo intenso delle fragole, ma non capivo da dove potesse venire dato che, ovunque mi trovassi, non c'era niente attorno a me a parte il bianco.

Ricordo che era tutto *totalmente* bianco, poteva essere una stanza di ospedale, l'interno di un'astronave, o un video dei Funeral for a Friend, qualunque cosa fosse quel posto, era stato progettato in modo da non poter ricordare nessun dettaglio per potersi concentrare solo sul messaggio.

Una specie di anticamera dove mi trovai ad aspettare qualcosa o qualcuno.

Ricordo molto bene che non avevo né paura, né freddo e soprattutto, con grande sollievo, mi accorsi che non c'era acqua da nessuna parte, solo quel profumo di fragole mature che metteva l'acquolina in bocca e, dopo qualche istante, la sua splendida voce che mi chiamava.

«Mia, tesoro…».

«Pat?»

«Sì amore mio, sono qui, mi vedi?».

Mi voltai di scatto e lo vidi lì, in contrasto con quel nulla angosciante come un petalo di rosa su una pagina bianca.

Il mio Patrick, bello come non lo ricordavo più, con il suo sorriso incantevole e gli occhi grigi, profondi, intensi, vivi.

Patrick era lì davanti a me, vestito come quel giorno, e mi sorrideva, incredulo, quasi quanto me.

Ero paralizzata dalla sorpresa, incapace di muovermi o di farmi domande, ero senza fiato, sciocc ata, abbagliata, confusa, con le mani davanti alla bocca per soffocare un urlo di gioia.

Non poteva essere vero, ma non mi importava più niente.

Poteva essere l'effetto del sonnifero, della stanchezza, o uno scherzo della mia mente malata, ma non era affar mio: quello davanti a me *era* Patrick.

«Sei proprio… tu?», dissi con la voce tremante.

Fece sì con la testa muovendosi verso di me, sorridendo impaziente.

«No, non ti avvicinare Pat!», gridai.

Si fermò confuso.

«Ho paura che tu svanisca nel nulla come l'arcobaleno, che tu sia una specie di ologramma… hai presente? Allungo la mano e non c'è niente, solo un'illusione ottica!».

«Non sparisco Mia, te lo prometto, dopo quello che ho fatto per riuscire a tornare da te, non ci penso proprio a sparire!».

Cominciai a correre verso di lui, ridendo e gridando per la felicità con tutta l'aria che avevo nei polmoni.

Quei metri che ci separavano adesso sembravano infiniti, come se tutto il tempo in cui eravamo stati lontani si fosse cancellato nell'attimo in cui lui era apparso davanti a me.

Gli saltai al collo attorcigliando le gambe attorno ai suoi fianchi e lui non scomparve come un miraggio, ma mi fece girare tenendomi stretta quasi fino a farmi soffocare.

Piangevamo a dirotto, e ci abbracciavamo disperatamente con le unghie nella pelle per paura di essere di nuovo separati.

«Tiamotiamotiamotiamotiamo…», non facevo che ripetergli con un filo di voce, mentre, con le lacrime che scendevano, Pat non smetteva di accarezzarmi il viso come un cieco che ha appena riacquistato la vista.

Mi abbracciava e mi stringeva a sé senza riuscire a smettere di piangere.

Eravamo pazzi di felicità, due anime separate dal destino sadico per il puro gusto di sperimentare il livello di sopportazione del cuore.

«Mia, Mia, Mia, amore mio immenso. Ho attraversato l'infinito per tornare da te, non chiedermi nemmeno come, so solo che non mi sarei mai dato pace per averti abbandonato così, da sola…».

«Pat…», gli dissi guardandolo negli occhi, «io… senza di te non ce la facevo, senza di te non ce la faccio».

«Lo so, tesoro, lo so, noi due siamo fatti per stare insieme, non c'è niente che ci possa separare. Non ti lascio più, te lo giuro».

Mi prese il viso fra le mani e mi baciò le labbra.

Il cuore mi stava esplodendo.

Non mi sarei svegliata mai più e andava bene così, forse avevo avuto un attacco cardiaco e Pat era venuto a prendermi, e allora, quale miglior modo di morire?

Il sapore delle lacrime si confondeva con quello dei nostri respiri, riconoscevo il profumo della sua pelle, il calore delle sue mani e la dolcezza della sua bocca morbida.

Pat era reale, Pat era vivo e quello che c'era stato in mezzo era solo un brutto sogno.

L'amore che provavamo era talmente forte da non poterlo descrivere, ci toglieva le parole, e ci lasciava solo i gesti.

Ci baciavamo, ci accarezzavamo e ci stringevamo senza riuscire a staccarci, continuando a sorridere e piangere.

Era questo l'amore *assoluto*, qualcosa che non puoi toccare, vedere o descrivere, ma in funzione del quale ti butteresti fra le fiamme senza pensarci due volte.

Qualcosa di così forte, potente e magico che era riuscito a farci tornare alla vita.

Avrei passato l'eternità insieme a lui.

«Mia, devo spiegarti alcune cose», disse facendosi serio.

Lo guardai allarmata.

«Cosa intendi?»

«Tu hai capito che sono morto vero Mia?»

«Patrick ti prego non voglio parlarne!».

«Dobbiamo parlarne Mia, tu *devi* capire... io ho salvato York quel giorno e poi non ce l'ho fatta più, la corrente era troppo forte, l'acqua gelida, le gambe mi si sono paralizzate per i crampi, ho perso il controllo e il mare mi ha trascinato via...».

«No Pat!», urlai tappandogli la bocca, «non voglio sentirti dire che hai sofferto, e che sei morto per salvare il mio cane, smetti!».

«No, no Mia, ascoltami, lo rifarei mille volte, perché sono fatto così, è il mio istinto e quando vedo qualcuno, anche un animale, in difficoltà corro ad aiutarlo e non penso a nient'altro... non ho sentito niente, non me ne sono nemmeno accorto, è stato come addormentarmi e prima di andare giù l'ultimo pensiero è stato per te... ero nero all'idea di abbandonarti, nero! Era troppo presto, non abbiamo avuto il tempo di fare niente e non era giusto... avevamo una vita intera davanti...».

Ricominciai a singhiozzare.

«Pat, io senza di te... non...».

«Mia, ascoltami, quello era *solo* il mio corpo, mentre il mio cuore è ancora qui, qui con te, lo senti?...», mi prese la testa fra le mani e appoggiò il mio orecchio al suo petto, il suo cuore batteva in maniera forte e rassicurante.

«...il mio amore... quello è sempre vivo e continuerà a vegliare su di te finché anche tu mi amerai».

«Ma io ti amerò sempre Pat...».

«*Io* ti amerò sempre Mia, perché sono morto amando te, e continuerò a farlo per l'eternità, e tu continuerai a vedermi in sogno finché... sarai innamorata di me».

«Pat, perché parli così?»

«Perché devi saperlo, potrebbe succedere un giorno, la tua vita sarà lunga e meravigliosa e dovrai fare un milione di cose, tutte quelle che io non sono riuscito a compiere, e io ti aiuterò a realizzarle. Dovrai tornare a ballare e fare il culo a tutti quelli della Royal Ballet, dovrai viaggiare, studiare, divertirti e poi un giorno... spero tanto lontano, troverai un ragazzo migliore di me... e ti innamorerai ancora».

«È impossibile...».

«Lo credo anch'io!», rise, «ma prima o poi potrebbe succedere... ed era giusto che te lo dicessi, ma non pensiamoci adesso, ora che io e te siamo di nuovo una cosa sola».

Mi abbandonai fra le sue braccia, incantata dal suo sguardo, e continuammo a sorriderci e guardarci negli occhi, abbracciarci e baciarci, in quel posto senza tempo né colori che improvvisamente era diventato il luogo più accogliente del mondo, il luogo dove ci saremmo incontrati per sempre nei miei sogni.

«Pat... che posto è questo?»

«Una terra di mezzo, un posto che entrambi possiamo raggiungere senza farci male, è sicuro ed è solo nostro».

Lo guardai con tenerezza e gli accarezzai una guancia.

Appoggiò la sua mano sulla mia e se la tenne stretta contro il viso.

«Sì, è vero, anche se non era così che avevamo progettato...».

«Lo so tesoro... lo so».

Rimanemmo abbracciati come nella locandina di un film, lo sguardo perso l'uno nell'altra, il soffio del nostro respiro come colonna sonora e il raggio di luce bianca che dominava quella irreale scenografia.

«Ricordati di salutarmi Betty, lei capirà e ti crederà, l'ho davvero esasperata in questi giorni, ma era l'unica che potesse aiutarmi. Lei ha dei poteri che neanche sa di avere...».

«Ma adesso io... noi... come funziona?», gli chiesi smarrita.

«Mi vedrai quando dormi e mi sentirai quando sei sveglia. Io sarò sempre con te... come un angelo custode».

«Un angelo custode? Con le ali e tutto il resto?»

«Le ali non ci sono più, quello è il modello *vintage*!», rise. «Ah, ovviamente se mi vorrai... se tu non mi vuoi intorno io non posso imporre la mia presenza!».

«Se ti vorrò?», gli diedi un pizzicotto, «ma sei impazzito?»

«Ahia!», si lamentò massaggiandosi il braccio. «Ora dici così, ma quando sarò *tutto* il tempo lì con te, non credo che sarai felicissima!».

«Stupido angelo custode alle prime armi! Tu sei la ragione della mia vita, l'unico che mi renda felice e non ne avrò mai abbastanza di te! Vorrei che ti ricordassi che IO ti amo da quando ti ho conosciuto esattamente all'età di tre anni, mentre TU ci hai messo qualcosa come diciannove anni per accorgerti di me, e poi che hai fatto? Hai pensato bene di morire e lasciarmi da sola!».

Suonava sinistro e assurdo, ma era vero.

«Farò di tutto per farmi perdonare, te lo giuro».

«Sarà meglio!», lo minacciai.

Quando la mamma e Betty entrarono in camera mia e mi videro in piedi davanti alla finestra, rimasero a bocca aperta.

Mi voltai sorridente verso di loro.

«Mamma... Lo sai che posso parlare con Patrick? E quando dormo riesco addirittura a vederlo... Non è una figata?». Poi rivolta a Betty: «Ah! Ha detto che ti saluta tanto!».

CAPITOLO QUATTRO

La "chiacchierata" con la psichiatra, sollecitata da Rosie Anne, non tardò ad arrivare.

In effetti ero stata ingenua a raccontare loro quello che mi era successo, ma la mia felicità era tale che non ero riuscita a resistere alla tentazione di condividerla con tutti.

Sarei stata capacissima di aggiornare il mio profilo di Facebook scrivendoci: «Appena svegliata dal coma e parlato con Patrick».

E sotto: «Mi piace».

Il dolore e la tristezza erano spariti dalla mia vita così come c'erano entrati.

Spazzati via dal vento delle ali di un angelo, il più bell'angelo custode che si potesse immaginare e adesso non desideravo altro che passare la giornata a parlare con lui, sia da sveglia che da addormentata.

Ma né i medici, né mia madre erano della mia stessa opinione.

Per loro ero ufficialmente diventata pazza.

Per tutti tranne che per Betty che, per salvare le apparenze, fingeva in pubblico di non credermi, mentre in privato si faceva raccontare tutto per filo e per segno riempiendomi di domande da fare a Patrick che, nel frattempo, si divertiva come un matto.

Non eravamo sincronizzati e non avevo ancora imparato a rispondergli discretamente, così, tutte le volte che mi diceva qualcosa, rispondevo subito a tono anche se stavo parlando con qualcun altro e lui, per rendere la cosa più spassosa, mi faceva domande stupide soprattutto davanti alla psichiatra che era sempre più convinta che non dovessi uscire da lì per nessuna ragione.

«Tu *vedi*... Patrick», mi chiese la dottoressa Radcliff per la settima volta in mezz'ora, continuando ad aggrottare la fronte e a prendere appunti.

Era troppo tardi per dirle che avevo scherzato e Patrick non mi rendeva le cose facili.

«Io... ehm non lo vedo... non da sveglia... però lo sento», dissi in tono leggermente strafottente, mentre giocherellavo con un lembo di plastica del bracciolo della sedia a rotelle su cui mi avevano sistemata.

«Lo senti?»

«Sì».

«E cosa ti dice?»

«Dipende».

«Dipende...», ripeté guardandomi senza espressione.

Pat rideva.

E faceva ridere anche me.

«Ti faccio ridere?», chiese irritata.

«No, non lei...». Continuai a guardare in basso.

«E allora chi? Lui?».

Non ti sembra che somigli un po' a Elton John?

Scoppiai a riderle in faccia.

«Che c'è di così comico Mia!», chiese spazientita.

«No niente, giuro niente, mi ha detto una cosa buffa».

«Una cosa buffa?»

«Sì…».

«Posso saperlo?»

«Meglio di no».

Davvero guardala! Ha fatto un trapianto di capelli secondo te?

«Pat ti prego smetti!», dissi a bassa voce.

«Pat?», disse sgranando gli occhi.

«Lo scusi, cioè mi scusi, ora sarò seria… giuro», mi schiarii la voce, «stava dicendo?».

Chiedile se ti canta qualcosa…

«E dài Pat!», sussurrai coprendomi la bocca

«Mia, smettila adesso!».

«Sì, mi scusi», dissi cercando con tutte le forze di rimanere seria.

Annotò qualcos'altro sul suo taccuino.

Nikita! Chiedile che ti canti Nikita, la canzone più pallosa dell'universo!

«Oddio è vero, non la sopporto quella canzone!», esclamai ricominciando a ridere.

«Quale canzone?», chiese la Radcliff.

«Quale canzone?», ripetei cercando una scusa plausibile, ma ormai non riuscivo più a fermarmi, e ridevo a crepapelle.

«Okay, per oggi mi sembra inutile continuare, evidentemente queste dosi non funzionano!».

Nikittaaaaaaaaa!

«Basta Patrick, non ti mettere a cantare sei troppo stonato!», dissi asciugandomi le lacrime, mentre me la stavo facendo quasi sotto.

Non ridevo da mesi, tutta la tristezza stava uscendo da me.

Quella poltiglia ripugnante fatta di dolore, sofferenza e morte stava abbandonando la mia anima, lasciando spazio alla speranza.

Mi avessero presa pure per matta!

Se quello era il prezzo da pagare, mi andava benissimo e tutte le pillole del mondo non avrebbero allontanato Patrick da me.

Mi lasciò sola così potei continuare la mia conversazione indisturbata.

Dobbiamo stare più attenti Mia, o Elton ti fa rinchiudere!

«Ma è colpa tua se rido, io cercavo di star seria e tu cantavi!».

È troppo bello vederti ridere di nuovo amore mio, sapessi che dolore vederti soffrire.

«È bello ricominciare a ridere, dopo aver pianto così tanto...».

Parlavo gesticolando tranquillamente, e chiunque mi avesse vista da fuori avrebbe pensato che stessi parlando ancora con i miei amici immaginari.

Il ricordo del dolore adesso sembrava così lontano, come una brutta malattia che una volta passata è meglio dimenticare.

Non sembrava nemmeno che mi fosse mai appartenuto, forse avevo davvero sognato tutto.

O forse stavo sognando adesso, ma che importava, in fondo l'unica cosa veramente fondamentale era godere di quella incredibile possibilità che ci era stata data.

Mia mamma non la pensava esattamente così.

«Come... ti senti tesoro?», mi chiedeva guardandomi come fossi un quadro astratto, «sei sicura di stare bene?»

«Certo che mi sento bene mamma, starei meglio se potessi uscire e se potessi mangiare dei biscotti al cioccolato o delle patatine, ma davvero, sto bene», le rispondevo sorridendo.

Lei mi guardava come se non mi riconoscesse, come se qualcun altro avesse preso il posto di sua figlia. Chi era questa visionaria che parlava con il suo ragazzo morto, come se lui fosse lì accanto a lei?

E quale delle due preferiva, la paranoica fuori di testa o il vegetale senz'anima di cui occuparsi?

«Mia... io sono così confusa... è così strano risentire la tua voce, da un momento all'altro, come se non fosse successo niente...», mi appoggiò le mani sulle ginocchia, «ho passato dei momenti atroci, fra la tua depressione, e... e quello che è successo dopo. Ho creduto di impazzire dal dolore, avrei fatto qualunque cosa per farti tornare, ho pregato, acceso candele in chiesa, ho fatto dei riti con Betty, ho cercato specialisti, mi sono stramaledetta per non esserti stata più vicina, e ho stramaledetto tuo padre per essere... quello che è. Sono scesa all'inferno insieme a te Mia e mi sono adattata a una realtà orrenda dopo l'altra: prima il tuo dolore insopportabile, poi la scelta di morire, il coma, il tuo risveglio in quelle condizioni...», le lacrime le caddero sul maglione, «...per una madre l'idea che la propria bambina abbia cercato di togliersi la vita è la cosa più straziante che ci possa essere… tu, tu non lo puoi capire… non lo puoi neanche immaginare…», cercò un fazzoletto nella borsa e si soffiò il naso, «…non mi sono mai rassegnata all'idea di perderti, sono passata dal vederti viva e ribelle al vederti malata di dolore, poi in un coma di cui nessuno sapeva dire quanto profondo fosse, e… tu non sai cosa significhi stare a fissare un figlio giorno e notte e parlargli fino allo sfinimento senza sapere se e quando si sveglierà, e soprattutto come! Ho incontrato genitori di ragazzi in coma e tutti, *tutti*, mi hanno ripetuto di non arrendermi mai e di provare qualunque cosa, *qualunque*, per comunicare con te, perché mi avresti sentita… e così ho pensato di infilarti le scarpette…».

«Mamma… io…».

«…no aspetta, fammi finire…», proseguì cercando di calmarsi, «… quando ti sei svegliata, ho pianto di gioia fino a non poterne più! Hai spalancato la bocca e gli occhi come quando da piccola volevi battere il record di apnea nella vasca da bagno! Eri tornata da me, le scarpette avevano funzionato… e poi, un'altra doccia fredda: invece di sorridermi e parlarmi eri diventata una specie di bambola immobile che non reagiva e non si muoveva. Allora mi sono fatta coraggio… un'altra volta… e mi sono detta che almeno eri viva, e che dovevo essere grata perché altri genitori non hanno la fortuna di vedere i propri figli svegliarsi e quindi dovevo accettare anche quella situazione… con tutto il dolore che poteva significare. Ce l'avrei fatta, avrei finto che non ci fosse stato un prima e mi sarei concentrata su quello che restava di te. Imparando di nuovo a fare la mamma, chiedendo aiuto, dedicandomi solo ed esclusivamente a te, prendendo un'aspettativa dal lavoro, anche da sola… stavo cercando di accettare questa prospettiva agghiacciante e poi… improvvisamente, ti alzi come se nulla fosse e mi racconti tutta tranquilla che parli con Patrick…». Cominciò a singhiozzare a dirotto. «…Scusami scusami… è che io… io sono sconvolta… fino a ieri eri lì in quel letto, non riuscivi neanche a mangiare da sola, guardavi nel vuoto e sembravi non riconoscere nessuno e ora… parli, ridi, ti alzi… e io ho i nervi a pezzi…». Si prese il viso fra le mani.

«Mamma… mamma, guardami…».

Alzò gli occhi gonfi su di me.

Aveva davvero l'aria distrutta e smarrita.

Intrecciai le dita delle mani con le sue.

«...mamma... vorrei davvero poter tornare indietro nel tempo e cambiare tutto quanto. Vorrei tanto cancellare gli ultimi mesi, anzi... gli ultimi anni, ed essere una ragazzina come tutte le altre, brava a scuola, che si accontenta di andare alla caffetteria con le amiche il sabato pomeriggio, senza quell'ossessione assurda per la danza. Anzi, se potessi, cancellerei i tre quarti della mia vita pur di non farti passare quello che hai passato. Mi sento un mostro per averti fatto così male, nessun genitore si merita una figlia così...».

«Mia...».

«È vero mamma, faccio schifo, non ti ho mai dato una sola soddisfazione e ora ti ho fatto anche questo, ma ti prego di credere che l'unico desiderio che avevo era smettere di sentire la mancanza di Patrick. Anche se non ho ancora sedici anni e non ho visto ancora niente del mondo, so una cosa che tu non sai: so cosa significhi vedere sparire improvvisamente la persona che ami più di ogni altra cosa, senza poter fare niente a parte gridare il suo nome a squarciagola e gettarti in acqua per cercarlo, finché qualcuno ti afferra e ti porta via di peso. Non sai cos'è quella sensazione di orrore che ti gela il sangue appena ti rendi conto che non stai sognando, mentre la tua mente fa di tutto per cercare una spiegazione logica che non c'è. Poi, quando tutto è finito e rimani sola, devi cominciare a fare i conti con tutto quel vuoto, e anche se ti sforzi di andare avanti non puoi smettere di pensare che, in fondo, lui non sarebbe morto se tu fossi rimasta a casa in punizione. Mamma... Nina ha ragione, Patrick è morto per colpa mia!».

«Mia... no, non dire così, è stata una fatalità... tesoro, non sei sola, io capisco esattamente cosa provi, io stavo per perdere te!».

«Mamma, tu non mi hai persa, io sono ancora qui, mentre Pat non c'è più. E adesso prova a spiegarlo a sua madre o a Nina!».

Non rispose.

Non c'era molto da dire.

Era la brutale verità, io c'ero e Patrick no.

Mia, non parlare mai più così a tua madre!

Tuonò Patrick facendomi sobbalzare.

È stata malissimo, non puoi neanche immaginare quanto! È rimasta con te giorno e notte pregando perché ti svegliassi e adesso è ancora sconvolta! Immagini cosa vuol dire correre in ospedale e trovare la propria bambina in coma senza sapere se si sveglierà mai?

«Lei non capisce Pat!», risposi al cielo.

Sì che capisce, e devi rispettare il suo dolore!

«È lei che non rispetta il mio!», sbottai.

«Mia, con chi stai parlando?», chiese mia madre perplessa.

«Niente… con Patrick, mi irrita!».

«Con… Patrick?».

Ti irrito perché dico le cose come stanno!

«Non sei obbiettivo, sono due cose completamente diverse!», protestai.

«Stai parlando con… Patrick?», balbettò confusa.

«Sì mamma, prende le tue difese, ma non capisce!».

Mia mamma deglutì.

Sei tu che non capisci, è normale che lei sia ancora sotto shock!

«E io allora? Scusami sai, ma ero solo impegnata a fluttuare sopra il mio corpo! Forse per te sarà normale viaggiare nel tempo ed entrare nei sogni della gente, ma per me non lo è!», risposi stizzita.

Mia mamma nel frattempo si guardava intorno cercando di capire con chi stessi parlando.

Io non entro nei sogni "della gente" Mia, entro solo nei tuoi!

«A maggior ragione non dovresti essere così polemico!».

Polemico io? Non credo alle mie orecchie!

«Mia, vado a chiamare la dottoressa, intanto… tu… stai calma, okay? La mamma torna subito!», si alzò, ma non la notai neanche, talmente ero presa dalla discussione.

«Scusa, vuoi dire che secondo te mia madre dovrebbe aver sofferto più di me?».

Ma certo che no, ti ho detto solo che dovresti cercare di capirla e comunque non dovresti risponderle così male, non dopo quello che ha passato…

«Stiamo litigando?», chiesi.

Discutendo!

Scoppiammo a ridere.

«Dio, come ti amo!».

Non dirlo a me, muoio dalla voglia di abbracciarti e non posso farlo!

«Dobbiamo avere solo un po' di pazienza».

«Pazienza per cosa?», chiese la dottoressa Radcliff entrando come una furia nella stanza seguita da mia madre.

Occhio, c'è Elton…

«Pazienza… per guarire, dottoressa…», sospirai.

Brava Mia!

«Grazie Pat!».

«Come?»

«Niente!», mi affrettai a rispondere.

«Hai detto "*grazie* Pat"?».

Scossi la testa energicamente.

La mamma mi guardava preoccupata.

«La tenga d'occhio», disse la Radcliff a bassa voce senza togliermi lo sguardo di dosso, «lo ha fatto anche con me, sembra che sia impegnata in una conversazione con qualcuno e ne è così convinta da farlo sembrare reale, ma è solo nella sua testa».

«Crede che continuerà per molto?»

«Difficile a dirsi, aumenterò ancora le dosi di antipsicotici e sicuramente vedremo un miglioramento dei sintomi, ma solo il tempo ci farà capire in che condizioni sia la sua testa».

La mia testa stava benissimo, e nessun farmaco avrebbe fatto effetto, di questo ero assolutamente certa.

Mi lasciarono riposare, ma solo per poco.

Da quando ero uscita dal coma, camera mia era un vero e proprio via vai di gente, sia perché si era sparsa la voce del mio risveglio miracoloso, sia perché tutti volevano assistere alle mie conversazioni con Pat.

Il primo che passò *casualmente* a ficcare il naso fu Robert, il principe azzurro di Nancy, Ellie e Janine.

Me lo ero immaginato un po' più adulto, non la versione brutta di Jacob Black in camice verde, e lo trovai immediatamente insopportabile.

«Ciao, io sono Robert, tu devi essere Mia, giusto?».

Come se non lo sapesse perfettamente.

Alzai un sopracciglio in segno di assenso e tornai a fingere di guardare un programma sul bullismo alla televisione.

Si appoggiò alla spalliera del letto con le braccia incrociate e cercò di fare conversazione.

«Cosa guardi?».

Odiavo le domande idiote.

«Una partita a scacchi...».

«Scherzi vero?».

Il sarcasmo in un reparto psichiatrico era sempre male interpretato.

«Certo che scherzo, stai tranquillo».

Idiota.

«Sei diventata l'attrazione del reparto, sai?»

«Ah sì?», risposi senza entusiasmo.

«Certo! Insomma non capita spesso che qualcuno si alzi improvvisamente e si rimetta a parlare dopo aver passato due settimane in coma».

«Vuoi farmi un video da mettere su *Youtube*?»

«Ma lo sai che sei davvero simpatica?», rise sedendosi sul bordo del letto.

«Lo ero anche prima dell'incidente e mi stai schiacciando il piede!».

Si spostò sedendosi più vicino.

«Non ti avvicinare troppo, non vorrei che la tua fidanzata Nancy mi uccidesse nel sonno con un cuscino!».

«Nancy non è la mia fidanzata!».

«Lei non è della stessa opinione, da quanto ha raccontato a tutto l'ospedale».

«Io non ho una ragazza, e Nancy è troppo vecchia per me!».

«E lei lo sa?»

«Certo che lo sa, sono stato molto chiaro con lei sin dall'inizio».

«Sarai stato chiaro anche con Ellie e Janine allora!».

«Come sai queste cose? Chi te le ha dette?», chiese allarmato.

Feci spallucce.

Si avvicinò ancora.

«Ti assicuro che non sto con nessuna di loro», continuò in tono sdolcinato, «io sono solo gentile con tutte loro, ma sto ancora diciamo… cercando la persona giusta…».

Sentii di nuovo profumo di fragole.

Ci sta provando con te o sbaglio?

«Ah, finalmente Pat, pensavo che non saresti mai arrivato». Sorrisi parlando al soffitto.

Non avrei mai pensato che un infermiere ci provasse con una paziente in modo così sfacciato, volevo vedere fin dove arrivava, è proprio un imbecille!

«Adesso puoi spaccargli la faccia per favore?».

Non posso purtroppo, ma non sai quanto mi piacerebbe!

«Ma allora è vero che parli col tuo ragazzo?», esclamò Robert soddisfatto.

«Certo, e faccio anche altre cose strane come appiccare il fuoco agli ospedali».

Aggrottò la fronte.

«Scherzo...».

«Dài Mia, non ti credo, mi stai prendendo in giro, lo fai solo perché vuoi che me ne vada, ma sono abituato alle cose strane e tu sei troppo carina per essere matta!».

Mi sfiorò il braccio.

Ehi, testa di cazzo, giù le mani!

«Tranquillo Pat, ci penserà Nancy a staccargli la testa!».

«Ancora con questa Nancy, ti giuro che...».

Nancy entrò in quell'istante come un segugio che ha appena fiutato la lepre.

«Robert! Ti stavo cercando e invece sei qui a fare il cascamorto con... le pazienti...», disse acida.

«Sono passato a incontrare la celebrità del reparto, conosci Mia vero?».

Arricciai il naso come se avessi annusato delle scarpe da tennis sudate.

«Se la conosco? Si parla solo di lei qui dentro».

«Sono contenta di conoscere finalmente il tuo ragazzo Nancy. Ne parli da così tanto tempo...», buttai là.

Nancy arrossì violentemente.

«Nancy non è la mia...», intervenne Robert, ma la frase gli morì sulle labbra vedendo entrare Ellie.

«O era Ellie la tua ragazza, non mi ricordo mai!».

«No, veramente...», tentò di giustificarsi.

Janine arrivò per la fisioterapia.

Non poteva scegliere momento migliore.

«Oh ciao Rob tesoro», disse buttandogli un bacio attraverso la stanza, «ceniamo insieme a fine turno?».

«Allora è Janine la tua ragazza!» esclamai come se avessi risolto un'equazione di secondo grado.

I quattro si guardarono interrogativi.

Pat rideva nella mia testa.

Ben fatto Mia!

«Robert mi stava dicendo un minuto fa che sta ancora cercando la donna della sua vita, ma ero sicura di aver sentito almeno due di voi dire di essere la sua ragazza, o mi sbaglio? Comunque non fate troppo caso a quello che dico, sono ancora confusa», ammisi stringendomi nelle spalle.

Nancy si voltò verso Janine e poi verso Robert.

«Cosa sarebbe questa storia Robert?».

Robert indietreggiò.

«Io e Robert stiamo insieme, lo sanno tutti!», disse Janine.

«IO e Robert stiamo insieme da due mesi e lo sanno tutti!», ribatté Nancy.

«Veramente…», intervenne timidamente Ellie, «io e Robert stiamo insieme da cinque giorni… o almeno così mi aveva detto lui…».

«CHECCOSA?!», urlò Nancy afferrando i capelli di Janine che si voltò e le assestò una gigantesca gomitata fra le costole.

Tutte e due rotolarono sul mio letto strillando e graffiandosi come gatti.

Ellie ne approfittò per sbattere con tutta la forza lo schedario sul sedere di Nancy gridando: «Che soddisfazione, lo volevo fare da una vita! Prendi, brutta stronza!».

Vidi Robert strisciare lungo il muro per raggiungere la porta e urlai: «Guardate sta scappando!».

Nancy lo trattenne per il camice. «Dove pensi di andare brutto bastardo?», e tutte e tre lo riempirono di schiaffi e calci.

Io e Pat ridevamo come matti.

Una piccola folla di curiosi si era affacciata per vedere cosa stesse succedendo.

Rosie Anne e mia madre arrivarono di corsa per sedare la rissa.

La mamma si precipitò ad assicurarsi che non mi fosse successo niente, ma vedendomi ridere cominciò a ridere insieme a me.

Io, lei e Patrick ridevamo senza riuscire a fermarci.

La vita forse stava ricominciando.

In un modo o nell'altro.

Più tardi fu il turno di Paul.

Il meraviglioso Paul, il compagno di mamma, mi era mancato tantissimo. Lo accolsi spalancando le braccia con un sorriso enorme, ma la mamma anziché rimanere con noi uscì con la solita scusa del caffè.

«Mamma, è il nono che ti fai oggi, non saranno un po' troppi!», esclamai.

«Che fai, mi controlli, adesso?», rispose senza voltarsi.

«Ce l'ha con me, Mia...», confessò Paul tristemente appena uscì.

«Racconta, dài!», risposi facendogli cenno di sedersi accanto a me.

La sua mole fece sbilanciare il letto verso destra.

«Ma... non so Mia, è così strano vederti sveglia, non penso proprio che questo sia il genere di cose che dovresti sentire».

«E perché no? Devo solo sentire parlare di medicine e ospedali? Ho sedici anni sono grande!», protestai.

«Lo so che sei grande, ma hai sofferto tanto e non me la sento di parlarti dei miei problemi con tua madre!».

«E con chi vorresti parlarne? Con la tua ex moglie? Con le tue figlie che non ti vogliono più vedere? Credimi, sono la tua migliore opzione al momento!», sorrisi incrociando le braccia.

«È incredibile Mia», mi disse guardandomi dritto negli occhi, «a parte che sei troppo magra e che avresti bisogno di prendere un po' di sole, sembra che non ti sia successo niente! È un miracolo...».

È tutto merito mio...

«Merito tuo??», dissi sgranando gli occhi.

«No, non ho detto che è merito mio!», rispose Paul confuso.

«No, non dicevo a te Paul, ma...».

«...a... Patrick?... mamma mi ha detto... ma non dirò niente, stai tranquilla».

«Sì credo sia meglio, non ha preso molto bene questa faccenda».

«Ma... davvero lo senti?»

«Sì», risposi serenamente.

«Ah...».

«Non mi credi?»

«Certo che ti credo Mia, ci sono cose ben più strane di questa nella vita, sai? Ci sono persone che vedono gli alieni, altre che parlano con gli alberi, l'altra sera in TV c'era un tizio che si faceva impiantare un paio di corna sulla fronte. Ecco, quello mi farebbe impressione, ma se tu parli con Patrick e questa cosa ti fa sorridere così, ecco, io posso solo essere contento!».

«Ma tu mi credi davvero o pensi che io sia pazza?».

Sospirò.

«Mia, senti, io sono solo un cuoco e non è compito mio decidere se qualcuno è pazzo o meno, ma ti dico una cosa, secondo me è peggio qualcuno che giura di amarti tutta la vita e poi ti tradisce, ti toglie le figlie e ti riduce sul lastrico, di qualcuno che parla ancora con la persona che amava e per questo hai tutto il mio rispetto», concluse.

«Bene, adesso dimmi cosa non va fra te e la mamma», chiesi sorridendo, soddisfatta di avere la conferma che Paul fosse un uomo formidabile.

«Mia, davvero non penso che sia una buona idea parlarne con te…».

Ha ragione Paul, non penso siano affari tuoi Mia!

«Ma la smetti di impicciarti? Avrò diritto di sapere cosa succede nella mia famiglia?»

«Certo che ne hai il diritto, ma… ah! Dicevi a Patrick vero?», chiese cauto.

«Sì, ti stava dando ragione, non fa che essere dalla vostra parte, è snervante!».

Sorrise.

«Mi è sempre piaciuto Patrick! Dài, adesso ti lascio, dovrebbe essere arrivato… tuo padre», disse avvilito.

«Allora è per questo che litigate tu e la mamma? Per mio padre?», ricordavo il suo imbarazzo mentre si allontanava per lasciarli soli.

Mia basta, sei tremenda!

Paul guardò in basso.

«Ho la sensazione che lei lo ami ancora…», confessò impacciato passandosi la mano sulla fronte.

«MA DÀI, Paul!», risposi assestandogli una pacca sulla coscia enorme, «tu e mio padre non avete assolutamente niente in comune!».

«Appunto! Mi sento così a disagio quando lui fa tutti quei discorsi sulla finanza e sulla politica… mi fa sentire un povero ignorante».

«Ma lui non sa parlare d'altro Paul, legge il giornale e basta, non sarebbe in grado di pelare una carota! Non puoi sentirti umiliato solo perché gli hai sentito snocciolare il nome di qualche operazione di borsa, se voi due naufragaste su un'isola deserta, lui morirebbe di fame nel giro di due ore!».

«Davvero?»

«Certo! Sa cucinare solo le uova sode, e solo perché mentre le fa lessare può tornare a sedersi in poltrona a leggere il giornale!».

«Ma tua madre sembra pendere dalle sue labbra».

«È solo un'illusione ottica, la mamma è miope e non vuole mettere gli occhiali, e quando è concentrata stringe gli occhi, così sembra molto interessata a quello che le stanno dicendo, lo fa anche con te».

«Dici?»

«Sicuro! Ma tu non ci fai neanche caso. La mamma è super innamorata di te!».

«Non mi devo preoccupare allora?»

«Certo che no! Anzi, vai di là e stringila forte!».

Si alzò visibilmente rincuorato e mi abbracciò.

«La prossima volta ti porto un bel roastbeef con tanto purè di piselli come piace a te!».

«E la torta di ciliegie con la panna!».

«Promesso!», si alzò. «Ah e… salutami Patrick», disse guardandosi intorno e muovendo la mano.

Ciao Paul!

«Ti saluta anche lui!».

Paul si grattò di nuovo la testa e fece per uscire, ma sulla porta incrociò mio padre e rimasero per un attimo in piedi muovendosi contemporaneamente verso destra e verso sinistra senza riuscire a entrare e uscire.

Sarebbero stati una perfetta coppia di comici.

Mio padre entrò con le mani nelle tasche del cardigan.

«Come ti senti Mia?»

«Ho avuto momenti migliori, ma non mi lamento».

«Mi ha detto la mamma di quel problemino…». Fece roteare l'indice intorno alla sua tempia.

La boccaccia di mia mamma aveva colpito ancora.

«Che problemino?»

«Quelle voci… che senti».

«Io non sento nessuna voce!», risposi indignata.

«Ah… avevo capito di sì».

«Ti hanno informato male».

«Be'. Meglio così allora».

«Già».

La conversazione era finita lì, lui giocherellava con la fede e io cambiavo canale alla televisione muta, senza che avessimo nient'altro da dirci.

Era incredibile che non fosse incuriosito neanche da due settimane di coma della figlia, ma ero certa che morisse dalla voglia di chiedermi se Patrick potesse predire l'apertura della borsa.

La pubblicità del nuovo Nintendo mi fece prendere la palla al balzo.

«Come stanno i gemelli?»

«Bene, hanno avuto la rosolia, ma ora stanno bene».

«E Libby?»

«Anche Libby sta bene. Ti saluta!».

Mia mamma arrivò con il vassoio della cena.

Ebbi come l'impressione che fosse agitata, quasi in imbarazzo.

«O Jiles, ci sei anche tu? Vuoi fermarti un po' con noi? Mia non mangia ancora bene da sola, potresti darmi una mano», disse sistemando il vassoio sul tavolino accanto al letto.

«Ma io mangio ben...».

Non feci in tempo a terminare la frase che mi aveva già legato un tovagliolo intorno al collo e mi stava imboccando con un cucchiaio pieno di purè.

Mi ribellai.

«Mamma! Ce la faccio da sola, non ho più due anni!», risposi strappandole il cucchiaio di mano e infilandomi un'enorme cucchiaiata di patate in bocca.

«Visto?», farfugliai sputacchiando accidentalmente il purè sul cardigan di mio padre.

«Oddio, che hai fatto?», prese un tovagliolo e pulì rapidamente il maglione. «Lo sapevo che ancora non era capace, scusa Jiles».

Scusa Jiles?? Era impazzita? E perché Patrick non interveniva mai quando ne avevo bisogno?

«Non è niente, ci sono abituato... sai, i gemelli».

«Già, i gemelli», commentò mia mamma come se improvvisamente si fosse ricordata che mio padre aveva un'altra famiglia da anni ormai.

«E... stanno bene?»

«Sì, mamma, hanno avuto la rosolia, ma ora stanno benissimo, vero papà? Anche Libby sta benissimo», e sottolineai *benissimo*.

Poteva anche avere i nervi a pezzi o essere sotto shock come diceva Patrick, ma non le avrei mai permesso di flirtare con mio padre, quella era una storia morta e sepolta.

E perché Paul non tornava a riprendere quello che era suo?

Giuro che non lo capivo, non era così complicato, no?

Ami qualcuno? Stai con lui! Non lo ami più? Lo lasci!

Lo sapevo anche prima di andare in coma, non ci voleva certo una laurea o due matrimoni falliti per capirlo.

Ero seccata e volevo stare con Patrick, avevamo un sacco di cose da dirci.

«Mamma, papà, sono un po' stanca, vorrei riposare adesso».

«Certo piccola, prima però prendi le pillole, così dormi meglio».

«Che roba è?»

«Non lo so, me le ha date la psichiatra, per quella faccenda… delle voci».

«Allora è vero che senti le voci!», esclamò mio padre.

«Non le sento più, sparite, da un momento all'altro, contenti?».

I miei si guardarono interdetti.

«Tu però prendile lo stesso, credo che sia meglio».

«Lasciale lì, le prendo dopo».

«No, adesso!», intervenne la Radcliff che sembrava passasse le giornate a origliare dietro le porte.

Cazzo, Elton!

«Cazzo Elton!», esclamai.

«Elton?», chiese aggrottando la fronte.

Dovevo ancora perfezionarmi…

«Dài, butta giù, così dormi, è stata una giornata pesante, da quando ti sei svegliata questa camera sembra Buckingam Palace, mancano solo i cavalli e le cornamuse…».

Mi diede un bicchierino d'acqua e due pillole bianche che finsi di buttare giù, ma che tenni sotto la lingua pronta a sputarle appena possibile.

Ero terrorizzata che potessero davvero fare sparire la presenza di Patrick dentro di me e a quello non avrei saputo resistere.

«Va bene, non prenderle, vorrà dire che faremo un'iniezione».

La guardai con profondo odio e disprezzo.

Non so perché fosse così prepotente, forse i troppi anni con pazienti davvero fuori di testa l'avevano fatta diventare dura e insensibile, ma questo non l'autorizzava a trattare tutti nella stessa maniera.

Cercai di resistere alla sonnolenza con tutta me stessa, ma nonostante ci provassi, non riuscii a oppormi e sprofondai rapidamente in un sonno chimico dove, per fortuna, Patrick non tardò a raggiungermi.

Il luogo del nostro appuntamento adesso cominciava a essermi familiare.

Quel bianco era meno asettico e anonimo e, tutto sommato, protettivo, come un nido di panna.

Lo abbracciai strettissimo.

«Pat, tu non mi lascerai mai vero?», mormorai.

No tesoro mio stai tranquilla, io non mi muovo di qui nemmeno con tutte le pillole del mondo.

CAPITOLO CINQUE

Carl apparve sulla porta con un mazzo di fiori rosa e bianchi e rimase sorpreso nel vedermi sorridente e di buon umore.

Tanto che uscì e rientrò per verificare di non aver sbagliato stanza.

«Mia, sei davvero tu?»

«In pelle e ossa!», scherzai.

Corse ad abbracciarmi.

«Tua mamma mi ha chiamato per dirmi del… miracolo, ma non avevo idea di trovarti… così…».

«Così…?»

«Così viva! Hai recuperato alla grande, hai ripreso colore, sorridi, e ti sono anche cresciuti i capelli».

«Ho solo fatto una doccia tutto qui», risposi annusando il bouquet.

«Puoi alzarti… insomma lo puoi fare?», chiese prudentemente.

«Faccio ancora fatica e mi stanco subito, ma puoi farmi fare un giro su quella se hai voglia di spingere», dissi indicando la sedia a rotelle.

Mi aiutò a salirci sopra.

Le mie gambe erano fastidiosamente deboli, non avevano quasi più muscoli e soffrivo di costanti crampi.

Janine, che non era stata sospesa solo perché non erano riusciti a trovare una sostituta, mi raccontava con una certa soddisfazione che adesso aveva campo libero con Robert.

Non l'aveva sfiorata neanche per un attimo l'idea che un uomo che riusciva a stare contemporaneamente con tre donne fosse un completo idiota da evitare.

Mi dispiaceva molto per Ellie, lei era buona, un po' troppo ingenua forse, ma non certo da meritarsi di perdere il posto per colpa di un cretino che aveva avuto la faccia tosta di presentare una denuncia per lesioni.

Carl mi accompagnò in giardino.

La primavera era ufficialmente cominciata e il freddo insopportabile dell'inverno stava lasciando posto a un tiepido sole.

Carl sistemò la sedia sotto una splendida magnolia accanto a una panchina e si sedette vicino a me.

«Stai bene? Non hai freddo?», mi chiese sistemandomi la coperta sulle gambe.

Non avevo più freddo. Non più adesso.

Il gelo spaventoso che avevo conosciuto era stato così intenso e disumano che, ne ero certa, non l'avrei provato mai più e mi sorpresi nel sentirmi avvolta come da una vaga sensazione di benessere, che mi dava la certezza di aver attraversato il peggio che la vita potesse offrirmi.

E questa certezza mi rendeva più consapevole e più forte.

«Sai già quando ti faranno uscire?»

«No, non lo so, in realtà... dipende dalle *voci*», sorrisi.

«Sì, tua mamma mi ha detto...».

Ancora! C'era qualcuno in tutta Leicester e dintorni a cui non lo aveva ancora detto o mi avrebbe regalato una maglietta con scritto: *Non parlo da sola, sento le voci!*

Era davvero *così* grave?

«Non mi sembra un grosso problema, no?», risposi con un'alzata di spalle strafottente.

«Non lo so, a me non dà fastidio... però non sono uno psichiatra», disse prendendo il pacchetto di sigarette dalla tasca interna del giubbotto.

«Già...».

Rimanemmo in silenzio, cercando di evitare l'argomento principale che aleggiava su di noi come una nube cupa e carica di dolore.

Nina.

Mi feci coraggio.

«Come sta?».

Sospirò.

«Ognuno reagisce al dolore a modo suo e non c'è un modo giusto e uno sbagliato, ma di sicuro avete scelto due metodi abbastanza estremi: tu che ci parli ancora e lei che non ne vuole parlare mai...».

«Ma io ci parlo ancora perché *esiste*», mi indignai.

«Sì certo, come vuoi, anche a me piacerebbe sentire la voce della mia fidanzata o di mia sorella se non ci fosse più...».

«Allora non mi credi».

«Cosa ti devo dire Mia… che ti credo? Sarebbe una bugia, ma non è un problema, non potevi uscire indenne dopo tutto quello che hai passato».

Mi sentii offesa da quelle parole, non era bello non essere creduta, ma in effetti cosa potevo aspettarmi?

Cosa avrei pensato io di qualcuno che, candidamente, ammetteva di parlare con un morto?

In effetti era assurdo l'aver pensato che gli altri avrebbero potuto credermi e, adesso, cominciavo a rendermene conto.

In fondo, quella era una cosa mia e mia soltanto.

Anzi nostra.

Il nostro amore si era rifiutato di lasciarsi inghiottire dalla morte e questo non era un problema degli *altri*, era una cosa che riguardava solo noi.

Avevamo avuto la fortuna di conoscere l'amore perfetto, unico e totale e, forse, eravamo stati puniti per questo.

Nessun altro, a partire dai miei genitori, aveva mai vissuto un amore immenso e meraviglioso come il nostro, ma si erano accontentati di qualcosa di imperfetto e difettoso fin dall'inizio che, col tempo, si era poi definitivamente e irreparabilmente rotto.

Noi invece, che avevamo avuto la fortuna di riconoscerci fra miliardi di persone, avevamo avuto solo un assaggio di quello che poteva essere la nostra vita futura, e quella visione era poi svanita in un millesimo di secondo.

«Okay Carl», risposi guardando altrove, «allora se ti fa star meglio dammi pure della pazza».

«Non mi fa star meglio Mia, non c'è un cazzo di niente che mi faccia star meglio in questa storia!», disse spegnendo la sigaretta con rabbia. «Non è giusto che le cose siano andate così, non doveva succedere a noi, non una tragedia simile, avevamo il mondo in tasca, tu con la danza, io e Nina, il futuro, Patrick… e adesso cosa c'è rimasto? Tu che sembri la perfetta candidata per la lobotomia e Nina si comporta come il Gladiatore! Bella coppia di svitate siete!».

«Ehi Carl, nessuno ti ha chiesto di essere coinvolto in prima persona! Puoi uscire dai giochi quando vuoi, non ho bisogno che tu venga a vomitarmi la tua rabbia addosso ogni volta che mi vedi! Prima ce l'avevi con me perché ero un vegetale, ora ce l'hai con me perché reagisco! Prova a deciderti, forse il problema è più tuo che nostro!».

Si accese un'altra sigaretta.

Aveva l'aria sfinita, la barba incolta e i capelli fuori taglio, quando lo avevamo conosciuto io e Nina lo chiamavamo Ben, per la sua somiglianza con Ben Barnes, ma adesso ricordava piuttosto un detenuto durante l'ora d'aria.

«Fumi troppo Carl... il fumo uccide, poi finirei per sentire anche la tua di voce».

Ci guardammo e scoppiamo in una risata fragorosa, scaricando rabbia e frustrazione.

Mise il braccio intorno alla mia spalla e rimanemmo così per un po', osservando gli altri malati coi familiari.

Chissà se mi avrebbero mai fatta uscire.

Una parte di me sperava di no.

«Ma tu la ami veramente Nina?», chiesi d'un tratto guardandolo negli occhi.

«Sì, la amo tanto, ma non ero preparato a tutto questo».

«Nessuno lo era Carl...».

«Ma io lo ero ancora meno, e ora non so...», esitò.

«...come tirartene fuori?»

«Non è questo, anche se egoisticamente a volte penso che vorrei non averla mai conosciuta, così da non trovarmi incastrato in questa situazione. Quando ami qualcuno pensi che tutto sarà sempre meraviglioso, che non ci saranno dolore e sofferenza, altrimenti nessuno metterebbe più su famiglia... e poi ti ritrovi nel bel mezzo di una tempesta che sembra non finire mai... ma quello che mi fa star peggio è il non riuscire a fare assolutamente niente per aiutarvi, né te, né lei, né i suoi».

Sospirai.

«Erano la famiglia più bella che esistesse, erano perfetti, avevano quella casa stupenda sempre aperta a tutti, il sorriso, il buon umore... non li ho mai sentiti litigare una volta e se avevi un problema si facevano in quattro per riuscire a risolverlo. Quando mi invitavano a cena, rimanevo incantata a osservare il loro modo di scherzare e discutere pacatamente, senza mai alzare la voce... mentre quando guardavo i miei, così incasinati e sempre al verde, sognavo che i Dewayne un giorno mi adottassero, anche se poi questo avrebbe significato diventare la sorella di Patrick!».

«Non erano perfetti Mia, l'ho creduto anch'io all'inizio. Li vedessi adesso non li riconosceresti più».

«Pensi che mi verranno mai a trovare?»

«Laetitia non sta bene, non parla e non esce di casa quasi mai se non per andare al cimitero, Clark ci va giù pesante con l'alcol e Nina… Nina… è cambiata».

«Cambiata come?»

«Non è più lei, è diventata dura, non ride mai e ha bandito il nome *Patrick* dal suo vocabolario. Non ne parla più. Quando le ho detto che ero venuto a trovarti e le ho raccontato come stavi, ha semplicemente commentato che per lei era un capitolo chiuso, e che non ne voleva parlare più. Così, come se si trattasse di una vecchia storia sentita troppe volte. Mi ha proprio detto: "Non voglio mai più sentirti nominare né Patrick né Mia, mai più, non sono mai esistiti", e me l'ha detto con uno sguardo glaciale».

Non credevo alle mie orecchie, Nina non poteva voler dimenticare Patrick, doveva essere il suo modo per difendersi.

Speravo che Patrick non stesse ascoltando quella conversazione.

«Vedrai che col tempo cambierà…», dissi poco convinta.

«Certo, così come tu smetterai di parlare con Patrick vero?»

«Ti dà così tanto fastidio questa cosa?»

«Sì, non mi piacciono le storie di fantasmi, vorrei che almeno tu fossi normale!».

«Carl, cazzo, la vuoi finire?», sbottai.

«Scusa, okay, scusa, sono un idiota a parlarti così, ma sei tutto quello che mi è rimasto a ricordarmi quello che eravamo prima, capisci cosa intendo?».

Se capivo? Avrei dato un braccio per tornare indietro nel tempo, a prima che le nostre vite precipitassero nel caos totale.

La scomparsa di Patrick ci aveva letteralmente demoliti.

Le lacrime gli rigarono le guance: «Non so più se c'è mai stato un *prima* a tutto questo! Arrivo a sentirmi in colpa se rido! Ci sono giorni in cui lo odio Patrick, sai? Avrei preferito fosse stato un *fattone* del cazzo, un perdente, uno stronzo di cui nessuno avrebbe veramente sentito la mancanza, invece era perfetto, inarrivabile, unico, e chiunque ne parli sembra che parli di Gesù Cristo in persona! Nessuno può reggere il confronto! È semplicemente impossibile! Nessuno!», disse alzando le braccia al cielo.

«Lo so Carl, lo so che era perfetto, forse per questo… è rimasto con me».

«Certo Mia!», gridò esasperato. «Perché è diventato un angelo, vero? Un angelo custode con le lunghe ali bianche! Mia, ti prego!».

«Non ha le ali, ma è vero, è diventato il mio angelo custode!», proseguii ostinata.

Mi guardò carico di rabbia.

Alzai le sopracciglia.

«Mettimi alla prova, su!», lo sfidai.

«Va bene, dimmi cosa ti sta dicendo adesso!».

«Adesso non c'è!».

«Eh certo, guarda caso…».

«Non c'è quando non lo voglio con me al cento per cento ed era meglio che non assistesse alla nostra conversazione trattandosi della sua famiglia!».

«Mia, ti rendi conto che è tutto nella tua testa, e che puoi raccontarmi quello che vuoi?»

«Allora come lo spieghi questo?», gli mostrai il braccialetto. «Te lo ricordi no? L'ho comprato con te, era un regalo per lui!».

«Non glielo hai mai dato tutto qui!».

«Ti sbagli, io gliel'ho dato proprio il giorno dell'incidente, l'ho agganciato al suo polso e quando mi sono svegliata qui all'ospedale lo avevo io, questo non ti sembra un po' strano?», incalzai.

«Lo avranno trovato sulla sabbia e qualcuno te lo avrà riportato».

«Ma sì, avanti, trova una spiegazione logica a tutto, vedo che la razionalità ti è di grande conforto!».

«Va bene, allora il braccialetto te lo ha riportato lui, sei contenta?».

Incrociai le braccia mettendo il muso.

«Sai qual è la differenza fra me e te Carl? Che io ti crederei se tu mi raccontassi una storia del genere!».

«Mia, guardami in faccia, io ho assoluto *bisogno* di un minimo di normalità, e tu sei il massimo che sono riuscito a trovare! Ti prego in ginocchio di non parlarmi più delle voci, né di Patrick, né degli angeli, non me ne parlare e basta, così non devo preoccuparmi di mettere in dubbio la tua sanità mentale e nemmeno la mia! In cambio io farò tutto quello che vuoi. Tutto! Tanto, peggio di così non potrebbe andare!», rise istericamente.

«Mi sembra un accordo fattibile, al momento sei l'unico amico che mi rimane, ti farò sapere cosa puoi fare per me».

Mi appoggiò una mano sul ginocchio.

«Quand'è che hai intenzione di tornare a ballare?».

Mi rabbuiai.

«Che c'entra la danza adesso?»

«Che se le voci non ti impediscono di sentire la musica non vedo perché tu debba perdere altro tempo!».

«Carl, io ho chiuso con la danza e questo è un argomento che non voglio toccare più! Come tu non vuoi che io ti parli di Patrick!».

«Mia, cosa c'entra la danza con gli angeli? Tu sei una ballerina spettacolare e lo sai bene, lo sappiamo tutti, tutti ti abbiamo vista danzare, e quella è la tua vita, il tuo futuro, e non ci sono scuse! Hai bisogno di tempo? Okay, ma non te ne prendere troppo o potresti pentirtene!».

«Riportami in camera adesso, ho freddo!», gli dissi in tono brusco.

«Come vuoi, ma ti dico una cosa, visto che non ho assolutamente niente da perdere ti starò addosso, finché non la smetterai di fare la pazza! Perché sentire le voci non è grave, ma rinunciare a una carriera da prima ballerina è proprio da malati di mente!». Stava urlando.

Mi riportò in camera senza dirmi più una parola.

Avevo urgente bisogno di parlare con Patrick, ma non lo avrei più fatto se non quando fossi stata completamente sola.

Non volevo peggiorare la mia situazione.

«Adesso devo andare, ma ricordati bene quello che ti ho detto, e se il tuo angelo ti sta vicino, sappi che io ti starò appiccicato!».

Uscì lasciandomi finalmente sola.

Accesi la tele e chiamai Patrick.

Sentii subito profumo di fragole.

Mia non sono riuscito a parlarti per tutta la mattina cos'è successo?

«Non potevi perché non te l'ho permesso!».

Davvero? E perché? Ti sei già stufata?

«No, ero con Carl e non volevo che ti preoccupassi per la tua famiglia».

È successo qualcosa?

«Pat...», cercai di trovare le parole, «...è dura per tutti loro, ma stanno cercando di reagire». Mentii.

Come stanno? Ti ha dato notizie di mia mamma e di Nina?

«Stanno benino...».

Mia, mi stai mentendo? Guarda che me ne accorgerei!

«Pat, ti prego di credermi non c'è altro da dire se non che stanno cercando di farsi forza a vicenda e... ovviamente Nina non vuole vedermi».

Ma perché, perché non vuole vederti? Sei la migliore amica che potrebbe avere!

«Perché mi ritiene responsabile Pat».

Ma non è vero! Tu non c'entri niente, mi sono buttato da solo!

«Conosci la storia Pat...», risposi amaramente. «Se non fossimo andati, se non avessimo portato il cane, se...».

Non si avanza con i rimpianti, vorrei poterglielo dire.

«Ma tu non sai cosa vuol dire stare senza di te, Pat. Sopravvivere a un figlio, o a un fratello, tu non lo sai perché sei tu quello che si trova dall'altra parte e non puoi capire che cosa sia l'assenza di chi non c'è più... non sai cosa vuol dire provare a comporre il numero di cellulare sperando che tu risponda, scoppiare a piangere dalla disperazione mentre il dolore ti fa a pezzi, sperare di morire tutti i giorni perché non c'è più una vera ragione per vivere, leggere la pietà negli occhi di quelli che credevi tuoi amici e che adesso ti lasciano sola perché non sanno cosa dire, e l'impazienza di quelli che vorrebbero tu tornassi in fretta alla vita di prima. Senza rendersi conto che non puoi più farlo... Tutto questo Pat tu non lo capisci, per te le cose sono cambiate, tu adesso non soffri più, mentre noi non facciamo altro...».

Mia, ascoltami, è vero che le cose per me sono cambiate, è vero che non so neanche come ci sono arrivato qui, ma non è vero che non soffro più. Soffro perché sono io la causa del vostro dolore ed è la condanna peggiore che mi potesse capitare.

«Il nostro dolore è proporzionato all'amore che avevamo per te Pat. Ha ragione Carl a dire che sarebbe stato più facile vivere senza di te, se tu fossi stato un delinquente, invece eri... perfetto...».

Mia, cosa dici, io perfetto? Non mi avvicino nemmeno alla decenza...

«Pat, non ti rendi ancora conto forse».

Quel mio parlare rivolta al nulla mi rendeva dolorosamente consapevole della sua assenza fisica.

La sua voce cominciava già a non bastarmi più, invece dovevo considerarmi fortunata a essere l'unica che poteva sentirlo e vederlo ancora.

Io sentivo la sua voce, mentre Nina e i suoi genitori potevano solo *sentire* il vuoto spaventoso che aveva lasciato.

Quel vuoto irrazionale fatto di flashback, sensazioni e immagini così tenacemente presenti da lasciarti senza forze e renderti impossibile immaginare il resto della tua vita senza di lui.

E impossibile era tornare alla normalità quando tutta la nostra vita era impregnata della sua presenza.

Ogni luogo, oggetto, canzone, profumo, portava con sé qualcosa di lui da cui era impossibile separarlo.

Non c'era via di scampo.

Eravamo tutti condannati a rimanere bloccati in quel limbo, oscillando perennemente fra l'angoscia e la rassegnazione.

Forse se dicessi a Nina che mi puoi parlare, e che sono ancora qui, starebbe meglio.

«Nina mi prenderebbe a schiaffi se facessi una cosa del genere, Nina non vuole nemmeno nominarti!».

E mi pentii immediatamente di averlo detto.

Cosa intendi con "non vuol nemmeno nominarti"?

«Che per il momento si rifiuta di parlare di te, almeno così mi ha detto Carl».

Allora vedi che mi stavi nascondendo qualcosa?

«Pat, al mio posto faresti lo stesso, anch'io ti voglio proteggere. Ognuno reagisce a modo suo… e anche Nina».

Ma questo no…

Sentii la sua voce incrinarsi, era scoraggiato e abbattuto e d'un tratto mi resi conto di una cosa: che lui era più solo di noi che insieme potevamo unirci e far fronte comune contro il dolore, mentre Pat, dall'altra parte, non aveva nessuno che potesse spiegargli come gestire le cose.

«Pat, ti prometto che in qualche modo cercherò di parlarci, non so come né quando, ma in qualche modo faremo».

Era incredibile che lo stessi consolando io, che fosse lui adesso ad avere bisogno di me.

«Mia!».

La voce di Rosie Anne mi fece sussultare.

«Tutto bene?»

«Sì, benissimo», risposi imbarazzata, infilando le mani in tasca e guardandomi le scarpe.

Se almeno Patrick mi avesse avvertita ogni volta che qualcuno mi vedeva parlare da sola, avrei evitato tutte quelle figuracce.

Venne verso di me, e automaticamente nascosi le mani dietro la schiena. Avevo paura che le venisse in mente di schiacciarmi le unghie di nuovo.

«Come sta Patrick?», domandò sorridente.

«Bene, cioè insomma… è un po' scoraggiato in questo momento, vorrebbe essere vicino alla sua famiglia, ma non può».

«Quindi lo senti ancora?», chiese aggrottando la fronte

«Cert… sì… no…», balbettai.

Stava bluffando e mi aveva fregata!

«Mia… sediamoci, dài», mi disse prendendo la sedia.

Ecco… un'altra chiacchierata.

«Il tuo attaccamento a Patrick è assolutamente normale, ed è normale volerlo sentire e continuare a credere che sia ancora vivo. Chi di noi non lo vorrebbe? Saremmo tutti più felici se sapessimo che la morte non esiste e che i nostri cari sono ancora accanto a noi per aiutarci e sostenerci come angeli invisibili, ma vedi, tesoro, l'importante è che tu non dimentichi che la tua vita è appena iniziata, che ci sono i tuoi genitori, i tuoi amici, la scuola, la danza e tutta una quantità di cose che devi ancora scoprire. Non trascurare tutto il resto va bene?».

Mi accarezzò i capelli.

«La dottoressa Radcliff vorrebbe aumentarti la dose dei farmaci, ma io credo che tu abbia bisogno solo di un po' di tempo».

«Intendi dire che Patrick è solo nella mia testa?».

Si strinse nelle spalle e sorrise continuando ad accarezzarmi i capelli.

Mi sentivo come un alieno che racconta di venire da un altro pianeta e tutti lo assecondano per non farlo agitare e poi lo imbottiscono di farmaci per fargli dimenticare tutto.

Peccato, credevo che Rosie Anne fosse più sensibile di così, pensavo che l'aver passato quell'inferno l'avesse resa più aperta ad altre possibilità.

Ero sicura che mi avrebbe creduto e che mi avrebbe capita, invece era tornata a essere razionale e rigida come tutti gli altri.

Non aveva colto qualcosa di fondamentale: non si era resa conto che era tornata a vivere solo grazie a qualcuno o qualcosa che l'aveva aiutata a riemergere dall'abisso, qualcosa o qualcuno che aveva ascoltato la sua disperata richiesta d'aiuto e aveva fatto in modo che lei non lasciasse il mondo così presto.

Qualcosa che lei chiamava forza di volontà e che io adesso chiamavo angelo.

Annuii sicura che d'ora in poi non le avrei parlato mai più di Patrick né di nient'altro che avesse a che fare con lui.

Avrei finto con tutti quelli che mi volevano di nuovo "normale", avrei finto con Carl, con i miei, e soprattutto con la dottoressa Radcliff.

A Betty forse avrei potuto raccontare la verità, sempre che, dopo il terzo bicchiere di vino, non si fosse lasciata sfuggire qualcosa con mia mamma.

Rosie Anne se ne andò a visitare altri pazienti lasciandomi sola.

Cominciavo ad annoiarmi a morte e non sapevo quando mi avrebbero dimessa.

Il loro piano era quello di farmi ingrassare qualche chilo e assicurarsi che non sentissi più le voci per poi rispedirmi a casa. Non sapevano invece che la mia paura era proprio tornare a casa.

Il solo pensiero di rivedere camera mia mi gettava nel panico.

Avrei preferito che mia madre avesse traslocato nel frattempo, o che un incendio avesse distrutto la mia casa, non potevo neanche immaginarmi di nuovo lì.

Quel divano dove io e Nina avevamo passato serate intere a guardare film e mangiare pop corn e burro di noccioline, la cucina dove con la mamma leggevamo il giornale la domenica mattina, lo specchio davanti al quale provavo i passi di danza per ore e la mia camera dove avevo fantasticato per secoli di fare l'amore con Patrick.

Era fuori discussione, preferivo l'anonimato dell'ospedale con i suoi ritmi monotoni e rassicuranti all'incognita di una realtà che volevo dimenticare a tutti i costi.

Uscii a fare un giro.

Camminavo piano appoggiandomi spesso al muro.

Se anche la mia testa aveva cominciato a reagire, il mio corpo non la pensava allo stesso modo e faticava a seguirmi.

Scesi le scale a una a una, incrociando infermiere indaffarate e pazienti in pigiama.

Passai davanti alla macchinetta del caffè che doveva contenere almeno duecento sterline di mia madre e il distributore di merendine che doveva contenerne almeno trecento, superai il corridoio principale e mi trovai davanti al reparto di terapia intensiva.

Spinsi le porte lentamente ed entrai in quello che mi sembrò un vecchio film di fantascienza, dove il silenzio irreale era scandito solo dal ritmo dei respiratori artificiali.

Era come se tutte quelle persone sdraiate nei loro letti con i tubi attaccati alla gola e al naso non fossero veramente lì, ma da qualche altra parte in attesa che il loro corpo fosse sistemato e pronto per essere recuperato.

Come quando ti aggiustano la macchina.

C'erano pazienti di tutte le età, giovani, vecchi, qualcuno solo, altri con un parente o un amico che leggeva un libro, o gli parlava o pregava.

Mi fermai ad osservare una giovane mamma che cantava una canzoncina all'orecchio di un bambino con la testa completamente fasciata.

Pensai a mia mamma e a come doveva essersi sentita perduta nel vedermi lì, immobile, cercando disperatamente un modo, un qualunque modo, per riportarmi in vita, senza perdere mai la speranza nemmeno per un minuto.

Alzò gli occhi su di me e mi sorrise.

Mi avvicinai al suo letto.

«Come si chiama?»

«Kevin», rispose la mamma senza staccargli gli occhi di dosso, come se temesse di perdersi il suo risveglio.

«Cosa gli è successo?»

«L'ha investito una macchina», disse scuotendo la testa come se non riuscisse ancora a crederci, «dovevo andare a prenderlo a scuola, invece ho fatto tardi e lui si è messo a giocare a palla con gli altri bambini, e poi la palla è finita in strada...», cominciò a piangere.

Le accarezzai la spalla.

«Lui ti sente, sai?», dissi. «Lui ti ascolta, lo sa che sei qui e che non lo lasci mai solo, e soprattutto vuole che tu sappia che non sta soffrendo».

«Sei sicura?», chiese asciugandosi gli occhi con un fazzoletto e guardandomi piena di fiducia.

«Sì, sono sicura», risposi con un sorriso, «lui è sereno e non soffre, sta solo aspettando il momento giusto per tornare indietro, credimi».

Era la prima volta che parlavo in quel tono solenne e autorevole a un adulto, non ero il tipo che avvicinava un estraneo, tantomeno per parlargli del figlio in coma, ma era stato più forte di me, senza nemmeno pensarci le avevo parlato di quel posto che conoscevo bene e non l'avrei mai fatto se non avessi avuto l'assoluta certezza di quello che dicevo.

Mi abbracciò di slancio, riconoscente del fatto che qualcuno le stesse dando un minimo conforto invece di parlarle di statistiche e probabilità.

Paradossalmente mi sentivo molto più a mio agio là sotto insieme a quelle anime in transito che non al primo piano, con tutti quei sapientoni che pretendevano di sapere come funzionava la mia testa.

Hai fatto bene a parlarle, le hai dato esattamente quello di cui aveva bisogno.

Così disse Patrick mentre uscivo.

«Era quello di cui aveva bisogno mia mamma e che nessuno le ha dato».

Nessuno ha la benché minima certezza di quello che succeda in quei periodi di incoscienza, e non si può far altro che aspettare e sperare.

«Sì, ma tu lo sai cosa succede Pat, lo hai provato, allora perché non si può gridare ai quattro venti che non siamo soli e che l'anima viaggia da un mondo all'altro? Se io non sono pazza e tu esisti perché non lo devono sapere tutti?».

Perché se lo dicessi in giro non usciresti più di qui, tesoro mio.

«Be' è una cazzata! Una cazzata enorme!», gridai girando l'angolo e andando a sbattere contro Robert.

«Ehi! Con chi ce l'hai?», mi disse fermandomi.

Ecco l'imbecille!

«Con nessuno!», risposi tirando dritto.

«Quanta fretta, dài, dove te ne vai di bello, posso accompagnarti?».

Io questo lo strozzo, se insiste!

«A una festa, non si vede? Ho messo il pigiama buono per l'occasione!», risposi sarcastica.

«Recuperi alla grande vedo», mi disse gettandomi un'occhiata per niente professionale. «Oltre al senso dell'umorismo stai riprendendo centimetri nei punti giusti…».

Lo ammazzo, lo ammazzo, toglietemelo dalla vista o lo ammazzo!

«A te invece il cervello si restringe a ogni lavaggio vedo…».

«E dài, non essere così cattiva con me, cosa ti ho fatto di male? Sono così antipatico?».

Sì! Sì! Sì! Sì!

«Non mi piaci, tutto qua, non ti basta?»

«Sei la prima che mi dice una cosa del genere!», rispose sorpreso.

«Sarò la prima che te lo dice, ma non la prima che lo pensa! Non hai nessun'altra da tormentare ora che Ellie e Nancy se ne sono andate per colpa tua?»

«Chi?»

«Lascia perdere, ma non ce l'hai un lavoro? Non devi fare delle fasciature, cambiare qualche flebo?».

Sciacquare le padelle?

«No, ho giusto una mezz'ora libera tutta per te!».

Oddio non rispondo delle mie azioni!

«E perché non la impieghi facendo qualcosa di buono per il mondo tipo impiccarti?»

«Non essere così aggressiva, sai come si dice? Chi disprezza compra…», continuò bloccandomi la strada.

Picchialo Mia ti prego, fallo per me, ti autorizzo io, rompigli il naso con lo schedario te ne prego!

«Ti hanno mai spaccato il naso con lo schedario?»

«No perché?»

«Perché c'è sempre una prima volta!», dissi strappandogli la cartella dalle mani e sbattendogliela in faccia con tutta la forza.

«Denunciami, adesso!», conclusi allontanandomi con il dito medio alzato.

Robert rimase senza parole, Patrick invece non smetteva più di gridare: «Sei un mito!».

Ero tornata ad essere la Mia di un tempo, quella che non sopportava i soprusi e gli idioti come Robert che non rispettavano le donne e pensavano di potersi permettere qualunque cosa.

Io ti amo Mia, TI A-MO, sei fantastica, sei la migliore, gliele hai suonate, sei…

«Basta Pat, mi fai venire il mal di testa!», mi lamentai uscendo in giardino e andandomi a sedere su una panchina.

La mia vita non era per niente facile, davvero per niente facile.

Mi chiedevo se quel viaggio non avesse cambiato anche me, improvvisamente non avevo più paura delle conseguenze delle mie azioni, avrei camminato sulle rotaie, mi sarei buttata col paracadute e avrei insultato chiunque avesse tentato di fare il furbo con me.

Il vantaggio di essere "quasi" morta era che non avevo più paura di morire.

Mi sentivo come un supereroe che sta ancora scoprendo i suoi poteri, come i disadattati di *Misfits* e forse adesso avevo uno scopo importante nella vita, dovevo solo scoprire quale.

Una ragazza con i capelli lunghi e neri si sedette accanto a me, era magra da far paura, con il viso scavato, gli occhi fuori delle orbite e le vene azzurre sotto la pelle sottilissima e pallida, che le correvano come un reticolato intorno alle tempie e gli zigomi.

Si accese una sigaretta e me ne offrì una.

Rifiutai.

«Sei nuova? Non ti ho mai vista prima», mi chiese.

«Non proprio… ma non sono uscita molto spesso ultimamente».

«Ah… certo, ricovero coatto!».

«Se vogliamo chiamarlo così…».

«Io sono qui da due mesi, è il mio terzo ricovero, però non è così male, ci si abitua, prima o poi».

«Sì, adesso che comincio ad abituarmi, non ho molta voglia di tornare a casa», confessai.

«Ti capisco, meglio qui che con i genitori che stressano tutto il tempo».

«Già, e poi tutti che ti trattano come una svitata… almeno qui sei uno dei tanti e nessuno fa caso a te».

«Il mondo fuori è orribile, odio andare a scuola, odio le mie compagne, mi sento sempre così a disagio. Sono diversa da tutte, loro si divertono, escono con i ragazzi, vanno in giro, mentre io sono sempre sola e nessuno vuole stare con me, nessuno mi cerca o mi invita. Qui almeno qualche amica ce l'ho».

«Sì, anch'io a scuola ero sempre esclusa dal giro, però avevo un'amica del cuore, eravamo come sorelle… poi abbiamo litigato e non ci siamo parlate più».

«Per un ragazzo?»

«Sì… per un ragazzo, in un certo senso».

«E poi ti sei ammalata?»

«Sì… diciamo che poi mi sono ammalata».

«Anch'io mi sono ammalata per cercare di piacere a un ragazzo, poi ci ho preso gusto però!», rise in maniera sinistra, «a proposito, io sono Veronika», disse tendendomi la mano ossuta.

«Mia».

«Senti, io ora devo tornare in camera… ma se hai bisogno di lassativi ho un amico che me li procura, se vuoi te ne posso fare avere».

«Lassativi? No, grazie non ne ho bisogno».

«E come fai se qui non ti lasciano vomitare! Ah ho capito, sei di quelle che camminano notte e giorno per bruciare… be' comunque se ti serve fai un fischio, sono alla camera 511… se non ci si aiuta fra noi», mi strizzò l'occhio e sorrise mostrando i denti macchiati, poi si alzò lentamente e se ne andò stretta nel giubbotto.

Rimasi a riflettere su quella conversazione assurda.

«Pat, sbaglio o mi ha preso per un'anoressica?».

Mi sa di sì.

«Sono così magra?», chiesi perplessa.

Eh, insomma, non è che tu sia proprio in formissima tesoro, sei stata a letto per così tanto tempo.

«Ma sono brutta?».

Sei splendida.

Risi.

«Non potresti dire il contrario o non ti parlerei più!».

Lo so "broncio"!

Era un'eternità che non mi chiamava più *broncio*, mi scesero le lacrime per la nostalgia.

«Pat, che razza di vita mi aspetta adesso? Non voglio tornare a casa, non ho idea di cosa fare, non so più neanche chi sono e cosa voglio!», dissi rivolta al cielo.

Ci verrà in mente qualcosa, stai tranquilla. Io sono qui.

Ritornai in camera triste e abbattuta.

Ora che era passato il periodo di riabilitazione e tutto il caos conseguente al mio risveglio, c'era un nuovo equilibrio da ricostruire e non riguardava soltanto me, ma tutti quelli che mi erano intorno.

Tutti dovevamo trovare una dimensione nuova in cui vivere, nuovi ricordi che sostituissero quelli di cui non potevamo parlare più, nuove persone che non sapessero niente di quello che eravamo stati, e possibilmente una vita in un posto nuovo che non ci ricordasse niente.

Mi sdraiai a letto con la testa che mi scoppiava.

Fra la gente che mi riempiva di domande e la voce di Patrick non avevo avuto più un minuto di riposo.

La Radcliff, come al solito, ne approfittò per venire a drogarmi.

Sicuramente provava soddisfazione nel condizionare le vite degli altri, decidendo della loro lucidità mentale e dei loro pensieri, mescolando sostanze chimiche come se fossimo cavie.

Di fatto tutta quella roba mi faceva sentire confusa, separata da me stessa, distante, ma soprattutto mi faceva sentire come se non me ne fregasse niente di nessuno.

A parte di Patrick.

«Tieni, prendi queste», mi disse porgendomi due pillole rosa.

«Dottoressa, per favore, può aspettare almeno che venga mia madre? Non ho mai preso neanche un antidolorifico per il ciclo prima d'ora, comincio a sentirmi strana, stordita, non sarà troppo forte la roba che mi dà?»

«È leggerissimo, su non fare storie!», tagliò corto.

«Ma non le sento più le voci!», piagnucolai.

«Sì che le senti, me l'ha detto la Flynn!».

«La dottoressa Flynn è una bugiarda!», protestai.

«Dài, avanti, butta giù!», insistette.

«Non le sento, giuro, non sento nessuno! E poi anche se le sentissi che fastidio le dà? Parlerò pianissimo, lei neanche se ne accorgerà, mica vado in giro vestita da Napoleone o ad aprirmi l'impermeabile davanti alla gente nei parchi pubblici, no?».

Saltai giù dal letto per sfuggirle.

«Le devi prendere e basta Mia, smettila di fare storie!», cercava di raggiungermi, ma ero più veloce di lei.

La Radcliff era piuttosto grassa e faceva una fatica incredibile a muoversi, come un elefante stanco, tanto che prendeva l'ascensore per salire al primo piano.

Stava sudando come una matta e il fondotinta le colava sul colletto del camice.

«La prego, mi porti invece un bel pacchetto di biscotti Oreo, oppure dei Twix!».

«Prendile e starai meglio!».

«Sto già meglio!».

Patrick non smetteva di ridere e neanch'io, sembrava una puntata di *Glee* con Elton John nella parte della psichiatra cattiva.

«Ma la smetti di ridere Pat? Questa mi fa mettere la camicia di forza!».

«Con chi stai parlando Mia?»

«Con nessuno glielo giuro Mrs Radcliff, con nessuno!», avevo le lacrime agli occhi dal ridere.

«Lo vedi che senti le voci eh? Lo vedi?», ansimò paonazza.

Una bella signora alta e abbronzata con un elegante impermeabile Burberry apparve sulla porta:

«Mia nipote sente le voci? E allora? Io le sento da una vita!».

CAPITOLO SEI

L'apparizione di nonna Olga sulla soglia provocò una specie di vortice, come se un tornado si fosse materializzato proprio lì in camera mia, lasciando me e Elton impietrite. Non la vedevo da almeno dieci anni, ma l'avrei riconosciuta fra un milione.

Mi ricordava Jadis, la strega bianca delle *Cronache di Narnia*: statuaria, raffinata, sicura di sé, e completamente fuori di testa.

«Ma lei… lei chi è», balbettò la Radcliff che sembrava si fosse ritirata come un golf di lana lavato a 90 gradi.

«Io sono sua nonna, lei invece dove ha imparato il suo mestiere, da un tosatore di pecore?».

Tua nonna è uno spettacolo!, disse Patrick.

Risposi sì con la testa, completamente sbalordita.

«Mia, raduna le tue cose che il taxi ci aspetta, mentre io vado a firmare un po' di fogli inutili!».

«Ma… dove andiamo?»

«A Firenze, ovvio!».

«E la mamma lo sa?», chiesi perplessa.

«Certo che lo sa, l'ho appena chiamata!».

«E cos'ha detto?»

«Non ne ho idea, ho riattaccato prima che potesse rispondere!».

E uscì di scena lasciandomi a bocca aperta, mentre la Radcliff correva goffamente a chiamare Rosie Anne.

Mi sa che questa è la soluzione che aspettavamo… ma da dove salta fuori?

«Da un film… credo».

Andai ad aprire l'armadio e mi resi conto di non avere più vestiti, dato che i miei li avevano buttati e, comunque, adesso mi sarebbero andati troppo larghi.

La vista del giubbotto di Patrick con cui mi avevano ripescata, lì appeso e così tristemente immobile, mi strinse lo stomaco.

Un semplice oggetto che fino a qualche mese prima non avrei neanche notato adesso mi provocava un dolore immenso.

Lo tirai delicatamente giù dalla gruccia e me lo strinsi al viso, sforzandomi di non piangere, mentre cercavo disperatamente l'odore di Patrick nel collo della giacca, nei polsini, nella fodera, dove lo sentivo ancora vivo e così presente, al punto che la sofferenza mi piegò le gambe facendomi scivolare a terra, senza fiato, e con il cuore contratto dal dolore.

Tesoro ti prego non fare così, non posso sopportarlo.

«Pat... non sopporto che tu non ci sia più, non lo sopporto, non ce la faccio», dicevo fra i singhiozzi.

Amore mio lo so, lo so neanch'io lo sopporto, e tutte le volte che ti vedo in questo stato mi sento travolgere dalla rabbia di non poter tornare, e non poterti stringere e proteggere, ma ti prego Mia, fallo per me, reagisci, c'è qualcosa di bello nel mondo e posso ancora vederlo attraverso i tuoi occhi. Fingi che il giubbotto sia me che ti abbraccio e ti tengo al caldo, così avrai l'impressione di sentirmi più vicino.

Aveva la voce ridotta a un sibilo, mentre cercava di farmi coraggio.

Dovevo riprendermi, non avevo scelta, glielo dovevo.

Era tornato per me, per non lasciarmi sola, attraversando universi e oceani infiniti solo con la forza della disperazione per salvarmi.

Serva me. Servabo te Mia.

«Serva me. Servabo te Patrick».

Era un giuramento.

Erano i nostri voti.

Mi alzai, infilai il giubbotto sopra il pigiama, misi in una borsa la biancheria e qualche rivista e uscii.

Mia, non guardi nel cassetto per vedere se dimentichi qualcosa?

Tornai indietro e, aprendolo, vidi le scarpette da danza che la mamma aveva lasciato lì dopo il mio risveglio.

Le presi in mano esitante, accarezzai i nastri e le rimisi giù.

«Queste le lascio qua».

No, Mia, sono un regalo di tua mamma, devi prenderle.

«Le prenderà lei».

No, le prendi tu, ADESSO!, ordinò Patrick.

«Okay! Ma non alzare la voce!», protestai prendendo le scarpette e buttandole riluttante nella borsa.

Sei davvero incredibilmente cocciuta amore mio, vuoi sempre e solo fare di testa tua! Vuoi provare a darmi ascolto qualche volta?

«Ma se non faccio altro!».

Voglio dire ascoltare un mio consiglio almeno per darmi soddisfazione, disse scoraggiato.

Feci una smorfia al soffitto e sorrisi.

Poi spensi la luce, e uscendo mi voltai a guardare la mia stanza, per l'ultima volta.

Mi sarebbe mancata.

Ero confusa e per niente preparata ad andarmene da lì, ma la nonna non mi dava scelta e, a dire la verità, stava già esercitando un irresistibile fascino magnetico su di me, attraendomi come una calamita.

E del resto, da qualche parte, dovevo pur ricominciare.

Mentre aspettavo l'ascensore, sentii Rosie Anne chiamare il mio nome dal fondo del corridoio.

Mi voltai e la vidi correre verso di me.

«Tua nonna sta facendo il diavolo a quattro pur di portarti via di qui», disse raggiungendomi col fiatone». Ha minacciato di chiamare il ministro della Sanità che, a quanto pare, è un suo grande amico, insieme a un'altra dozzina di nomi che non conosco! Non sono d'accordo che tu vada via, ma non posso impedirlo se la tua famiglia firma per la tua dimissione».

«E mia mamma?...».

«Sta arrivando di corsa, è meglio che tu l'aspetti».

Mi sedetti su una sedia nel corridoio, dove la nonna mi raggiunse dopo qualche minuto, col cellulare attaccato all'orecchio.

«Devo andare a parlare con tua madre, sta facendo una delle sue scenate isteriche, arriverà a minuti. Tieni, prenditi una cioccolata al distributore e un panino. Sei troppo magra, con me saranno bistecche, prosciutto e vino rosso tutti i giorni!».

Mi diede un biglietto da venti sterline che arrotolai e preferii mettere in tasca.

Giuro che non riuscivo a capire più niente, era come se qualcuno con un telecomando continuasse a fare *zapping* nella mia testa, fra *Grey's Anatomy*, il *Grande Fratello*, *Cold Case* e *Harry Potter*.

Mentre aspettavo seduta, facendo dondolare le gambe, vidi Ellie uscire da uno degli uffici, indossava un cappotto color ruggine e una borsa a tracolla con una gonna e i mocassini, sembrava incredibilmente triste e malinconica e dimostrava molto più della sua età.

La chiamai.

Si voltò sorpresa di vedermi.

«Mia! Sei in piedi, cosa fai qui, te ne stai andando?»

«Mia nonna è venuta a prendermi, dovrei uscire tra poco».

«Sono contenta, vuol dire che stai meglio», mi disse accarezzandomi il viso con una dolcezza che mi fece emozionare.

Abbassai lo sguardo sulla busta che teneva in mano.

«Sono venuta a ritirare la liquidazione», disse girando la busta tra le mani, «dovrò cercarmi un nuovo lavoro, ma sai una cosa Mia? Non mi dispiace, perché forse quello che è successo è il segnale che mi indica di voltare pagina una volta per tutte, e cosa c'è di meglio che cominciare dal lavoro?»

«Sono contenta che tu stia bene, credevo che avresti lasciato davvero tuo marito per Robert».

«Ho deciso che lascerò mio marito comunque, ma non per Robert. No. Ho capito che devo imparare a volermi più bene», disse sorridendo amaramente, «se non ci vogliamo bene nessuno ci rispetterà, non è vero?».

Annuii.

«Allora… buona fortuna», le dissi abbracciandola.

«Buona fortuna a te, piccola Mia», rispose stringendomi forte.

Rimanemmo un momento abbracciate.

«Ellie…», le dissi guardandola negli occhi, «volevo dirti che tua sorella Susan non è arrabbiata con te, non lo è mai stata, e che quella gonna non le è mai piaciuta veramente!».

Mi guardò confusa mettendosi una mano sulla bocca.

«Tu… tu hai…».

«No. Non io… Patrick», risposi indicando il soffitto.

Lacrime di sollievo le scesero silenziose lungo le guance paffute.

«Grazie Mia», disse abbracciandomi ancora una volta, «che Dio ti benedica», mi baciò sulla fronte sistemandomi le ciocche dietro le orecchie, teneramente, tirando su col naso, mentre continuava a piangere e sorridere.

«Adesso è meglio che vada o farò tardi… i ragazzi mi aspettano per pranzo».

Si allontanò voltandosi più volte a salutarmi con la mano.

«Abbi cura di te, mi raccomando», mi gridò da lontano.

Mia, mi sa che stai diventando anche tu un angelo.

«Ho un buon maestro!», risposi guardandola allontanarsi.

Pochi minuti dopo due sagome controluce si stagliarono in fondo al corridoio: una marciava a passo di carica scandendo il ritmo con i tacchi e l'altra arrancava faticando a starle dietro.

Mia nonna sembrava la moglie del presidente degli Stati Uniti in visita ufficiale, magrissima, con i capelli biondo cenere impeccabilmente pettinati e una borsa dall'aria molto costosa appesa al braccio, mentre mia mamma, che si affannava dietro di lei con la tuta da ginnastica sformata e i capelli arruffati, sembrava l'assistente imbranata.

Si fermarono a debita distanza per non farsi sentire da me.

Da lontano, l'ombra della nonna sovrastava quella della mamma di trenta centimetri buoni.

Sembrava che la sgridasse per non aver fatto i compiti o perché era uscita di nascosto.

«Pat… che faccio? Non voglio lasciare la mamma da sola, ma non voglio neanche tornare a Leicester».

Io dico che dovresti andare, non cambierebbe niente se rimanessi qui, e hai assoluto bisogno di una vacanza.

Arrivarono davanti a me tutte e due con le mani sui fianchi.

Per quanto fossero totalmente diverse nell'aspetto, si vedeva benissimo che erano madre e figlia.

«Vuoi davvero andare da tua nonna?», chiese la mamma a metà fra la crisi isterica e la follia omicida.

«Certo che vuole venire, che domande!».

«Lo sto chiedendo a lei!», tuonò mia mamma.

«Io non lo so mamma, penso che mi farebbe bene, ma se tu non vuoi…», risposi facendo spallucce.

«Non provare a farmi passare per la madre egoista e cattiva! Vorrei ricordarti quello che hai passato e quello che stai passando, e non credo sia una buona idea allontanarti così tanto da casa *tua*!».

E sottolineò tua.

«Perché, Firenze non è casa *sua*?», rispose mia nonna mimando le virgolette con le dita, «non mi fai vedere la bambina da dieci anni e ora lei ha bisogno della sua nonna!».

«Che ne sai tu di cosa ha bisogno Mia?»

«Chi le avrebbe pagato la retta della Royal Ballet, eh Elena? Tu? E con quali soldi? Quelli del corso di italiano per stranieri?».

Mia mamma cambiò colore e la palpebra dell'occhio destro cominciò a tremarle, segno che era arrivata al limite della sopportazione legale.

Strinse i pugni con un gesto di stizza.

«Tanto per la cronaca, adesso lavoro in un'agenzia immobiliare e sono molto, ma molto brava, anche se a te sembrerà impossibile, e avrei potuto tranquillamente pagargliela io la retta, magari fra un anno o due!».

«Fra un anno o due non l'avrebbero neanche presa in considerazione è già troppo grande e quel tirchio del padre scommetto non avrebbe scucito un quattrino».

«Quel *tirchio* del padre ha altri due figli a cui pensare!».

«Quello pensa solo agli altri due figli, Mia non l'ha mai neanche considerata e non dire di no!».

«Non ti immischiare in cose che non ti riguardano mamma! Non te lo permetto!».

«Elena, non mi interessa minimamente immischiarmi nella tua vita da anni e mi sembra di avertelo dimostrato a sufficienza, ora quello che mi interessa è che la bambina non debba pagare per colpe che non ha!».

«Guarda che a Mia non manca proprio niente, siamo sempre state benissimo noi due!».

«L'ho visto! Così bene che si è buttata in mare!».

Questo era davvero troppo, aveva esagerato.

La mamma sgranò gli occhi incredula e le puntò l'indice contro, livida di rabbia: «Ascoltami bene brutta s…».

Le enormi mani di Paul le tapparono la bocca giusto in tempo, sollevandola di peso e portandola via mentre scalciava urlando insulti in italiano.

Prima di girare l'angolo, aggrappandosi al muro con le unghie mi gridò: «Fa' come vuoi Mia, ma non dire che non ti avevo avvertito!».

Rimanemmo sole.

«Nonna, non dovevi parlarle in quel modo, la mamma non c'entra niente con quello che ho fatto, proprio niente».

«Se ti fosse stata più vicina anziché lavorare dalla mattina alla sera per pagare l'affitto, di sicuro non saresti arrivata a questo», commentò amaramente.

«No nonna, tu non conosci la situazione, non sai proprio niente di niente e non hai diritto di parlare così a mia madre, e soprattutto a tua figlia», le dissi guardandola dritto negli occhi senza alcuna esitazione.

Non mi faceva paura e non mi sarei lasciata intimidire.

Rimase in silenzio, rendendosi conto, forse, di aver esagerato.

«Allora nipote, ti va di venire con me o no?», chiese guardandosi le unghie.

Paragonai l'immagine di me chiusa in camera a piangere a Leicester, avvolta nel giubbotto, e quella in casa della nonna a Firenze e non ebbi alcun dubbio.

«Quando partiamo?»

«Subito! Abbiamo il volo stasera da Londra e la strada è lunga».

«Ma non ho niente da mettermi a parte questo pigiama».

«Ci pensiamo dopo, intanto andiamo via di qui, gli ospedali non li sopporto!».

Prese la mia borsa e s'incamminò verso l'ascensore.

Poi si voltò.

«Io intanto comincio ad avviarmi, tu vai a salutare tua madre, mi troverai al parcheggio».

Sparì dietro le porte che si chiudevano.

Mi affacciai alla finestra del corridoio e vidi la mamma che sbraitava fumando e gesticolando all'impazzata, mentre Paul cercava di calmarla inutilmente, passandosi le mani sulla testa scoraggiato.

Scesi giù in cortile.

La mamma era fuori di sé dalla rabbia e quando mi vide dovette trattenersi dall'insultare anche me.

Respirò forte e cercò di ritrovare l'autocontrollo.

«Mia, ascolta, io sinceramente non so cosa dirti, non lo so, non posso proibirti di andare con lei, ma se lo vuoi sapere, mi fa male, un male cane che tu te ne vada!».

«Mamma, non voglio che tu ti riduca in questo stato per causa mia, se è così grave preferisco non andare».

«Non è affatto per causa tua!», rispose dura, «sarei più che contenta che tu andassi a stare un po' da tua nonna se non fosse una maledetta stronza! Hai sentito cosa è capace di dire dopo dieci anni che non mi vede? Ti ho ripetuto per anni che è dura, egocentrica, manipolatrice, presuntuosa ed egoista, e questi sono solo alcuni dei motivi per cui non volevo chiederle il prestito per la retta alla Royal, che hai pensato bene di chiederle tu di nascosto! Tua nonna mi ha rovinato la vita continuando a giudicarmi, a denigrarmi e a umiliarmi da quando sono nata, perché non ero come lei, alta, bella, elegante e di successo. E adesso che fa? Mi porta via l'unica cosa giusta che abbia fatto in vita mia…!».

Paul cercò di abbracciarla, ma lei si divincolò.

«Fai quello che vuoi, Mia, non te lo posso e non te lo voglio proibire. Di sicuro ti tratterà bene, non bada a spese quando si tratta di impressionare gli altri, lo avrai capito immagino».

La guardai cercando di comunicarle tutto l'affetto che potevo.

Mamma, le dicevo mentalmente, la verità è che io ho una paura folle di tornare in quella casa, ho paura di tutto, non voglio dormire nel mio letto, non voglio ricordare il passato, mi viene la nausea solo all'idea, sarebbe come tornare in una casa infestata dagli spettri.

Diglielo Mia, adesso.

«Ti voglio bene mamma, da morire», l'abbracciai forte.

Rimase spiazzata. Non glielo dicevo mai e non era abituata alle mie dimostrazioni d'affetto.

«Tesoro, anch'io, anch'io», mi disse stringendomi e baciandomi i capelli, «senti, non ti preoccupare per me, hai ragione tu, è meglio che cambi aria, ne hai bisogno… ora mi passa, mi è sempre passata!».

«Davvero mamma, se non vuoi non vado da nessuna parte».

Mi prese il viso tra le mani.

«Ma no piccola, ne hai già passate così tante, che vuoi che sia una vacanza dalla nonna? E poi mi dimentico sempre che tu non sei me. La mamma adesso sta passando un brutto periodo, ma quando tornerai sarò come nuova, te lo prometto, non pensare a me. Pensa solo a divertirti, adorerai Firenze. E falle spendere un sacco di soldi!».

«Lo farò!», sorrisi.

Abbracciai Paul.

«Ciao Mia», mi disse stringendomi forte, «ci penso io a proteggere la mamma, non ti preoccupare per lei, le starò vicino».

«Grazie Paul, se non ci fossi tu non partirei…».

«Ti chiedo solo un favore».

«Dimmi!».

«Portami un bel pezzo di parmigiano, di quello buono!».

«Te ne porterò una forma intera, promesso!».

Mi voltai a salutare la mamma, ma era già al telefono a parlare con mio padre.

Lo lessi nel lampo di delusione negli occhi buoni di Paul.

Mi incamminai silenziosamente attraversando il cortile, verso la mia nuova vita che non sapevo dove mi avrebbe portata, incrociando medici, pazienti e parenti che non facevano caso a me, piccola e invisibile, infagottata nel giubbotto enorme che mi proteggeva come un paio di ali.

«Pat, ho paura… mi sembra di dover imparare di nuovo a camminare, non so se ce la faccio», dissi fermandomi improvvisamente nel cortile, esattamente a metà fra il passato e il futuro.

Lo so amore mio, lo so, ma ce la faremo insieme, ce la faremo, te lo giuro, io sarò sempre qui accanto a te.

La nonna mi aspettava seduta in taxi facendomi segno di affrettarmi.

Aprii lo sportello e mi sistemai dietro, accanto a lei.

Ma appena messo in moto sentii una voce chiamarmi.

La nonna sbuffò impaziente, vedendo Rosie Anne correre verso la macchina.

Stava diventando un addio un po' troppo strappalacrime per i miei gusti.

«Partivi senza salutarmi?», chiese infilando la testa di riccioli rossi nel finestrino.

«Sono stata rapita!», sorrisi.

«Prenditi una bella vacanza e quando torni, passa di qui per gli esami, ti aspetto!».

«Che esami? Mia nipote ha solo bisogno di dimenticare tutti voi, ridicoli e inutili indovini! Ne capite di mente umana quanto questo portachiavi!», disse facendo tintinnare le chiavi.

Rosie Anne sorrise.

«Tieni questo è tuo, non credo funzioni, ma era giusto che lo avessi».

Mi consegnò il cellulare di Pat, quello che mi aveva regalato perché potessimo chiamarci tutte le sere quando lui era imbarcato sulla base navale di Portsmouth.

Quel pezzo di plastica nero e inerme mi provocò un'altra fitta al cuore.

Rividi Pat, quella sera, scendere dalla moto, passarsi la mano fra i capelli sorridendo un po' imbarazzato, e venire verso di me per regalarmi il suo cellulare prima di partire, pregandomi di non dimenticarlo nella borsa con la calzamaglia sudata, come facevo sempre. Poi rividi noi due abbracciati sotto la neve che cadeva leggera, mentre impazzivo d'amore per lui senza avere il coraggio di dirglielo ancora.

Forse non dovresti tenerlo Mia.

«Grazie Rosie Anne», le dissi, mentre la nonna spazientita faceva cenno al tassista di partire.

Mi girai il cellulare fra le mani, tenendolo delicatamente come una reliquia preziosa.

Non si accendeva più, nonostante ci provassi in continuazione, mentre le lacrime mi riempivano gli occhi.

La nonna se ne accorse e si voltò dicendomi: «Domani lo portiamo da Franco, è un mio amico, un genio del computer che fa funzionare qualunque cosa, anche il mio vecchio televisore Brionvega!».

Lo misi in tasca e cercai di non pensarci più, anche se ogni tanto avevo la sensazione di sentirlo vibrare.

Osservavo la nonna che guardava fuori, sembrava Jane Fonda nella pubblicità della crema antirughe.

La prima parola che veniva in mente osservandola era: *determinata* e la seconda *caterpillar*.

Sembrava non avere paura di nulla e quando decideva una cosa doveva realizzarla immediatamente e guai se qualcuno si metteva sulla sua strada.

Non aveva l'aria particolarmente affettuosa, né di una che si perdesse in complimenti a differenza di mia mamma che non avrebbe smesso un minuto di coccolarmi se un giorno, a tredici anni, non glielo avessi ufficialmente impedito.

Capivo che doveva avere sofferto molto con una madre così rigida, ma come aveva sottolineato lei stessa, lei non era me e io avevo sempre apprezzato le persone forti che sapessero lasciarmi in pace.

Ma la cosa fondamentale è che la nonna non era mia madre e non avrebbe mai potuto ferirmi come aveva fatto con lei.

Durante il viaggio continuò a lavorare telefonando alle case d'asta di mezzo mondo e contrattando per vasi, quadri e putti del Cinquecento.

Io continuavo a guardare fuori trattenendo le lacrime mentre passavamo vicino al mare.

Arrivammo a Heathrow nel tardo pomeriggio.

Non so quanti soldi diede al tassista per tre ore di viaggio, ma non osai chiederglielo, anche se ero certa che avesse contrattato sul prezzo per giorni, sbandierando amicizie decennali con il ministro dei Trasporti!

Il volo in prima classe mi sembrò un sogno, fui trattata come una principessa grazie anche al numero impressionante delle miglia accumulate dalla nonna, che avrebbe potuto permettersi di noleggiare l'intero aereo solo per noi.

La hostess (che la nonna chiamava per nome) portò un bicchiere di champagne a lei e uno di succo d'arancia per me che mi sembrò buonissimo rispetto a quello dell'ospedale.

Io dico che abbiamo fatto bene a venire qui!

«Abbiamo?», dissi sorridendo.

«Dicevi?», chiese la nonna senza voltarsi.

«Dicevo *partiamo*?»

«Sì, fra un attimo», rispose continuando a prendere appunti.

Guardai fuori e mi rilassai sulla poltrona enorme e morbidissima, mentre decollavamo nel tramonto rossastro, chiedendomi dove fosse seduto Patrick.

CAPITOLO SETTE

Arrivammo in tarda serata all'aeroporto di Firenze, dove ci venne a prendere il suo domestico indiano.

«Lui è Sunil, è con me da vent'anni, la migliore eredità che potesse lasciarmi tuo nonno Osvaldo. È più che di famiglia, e se non sei brava lascio tutto a lui».

«Lo dice sempre, ma non è vero, lascerà Sunil esattamente come lo ha trovato: in mutande!».

Rise mentre prendeva la mia borsa e mi stringeva la mano.

Un signore dall'aria estremamente calma e serena, e così doveva essere se sopportava mia nonna da un ventennio.

Salimmo in macchina e la nonna cominciò a dettare ordini al povero Sunil che annuiva pazientemente.

Attraversammo la città e cominciammo a salire sulle colline verdi di

Fiesole dove la nonna aveva una villa enorme e di cui la mamma mi aveva parlato un sacco di volte mostrandomi le sue foto da bambina.

Lei diceva di essersi sentita sempre a disagio là dentro, come se fosse troppo per lei, io invece ebbi la netta sensazione che mi sarei trovata benissimo.

Era un casolare in pietra di due piani con un immenso prato sul davanti e una veranda con tavolini tondi e sedie di ferro battuto.

Rimasi a bocca aperta, non ero abituata a tutto quel lusso, i soffitti con le travi di legno, le sale enormi con gli archi, il camino in pietra, i divani di pelle bianca, sedie antiche e quadri dall'aria preziosissima.

Era fuori discussione entrare e buttare le scarpe fangose in salotto come facevo a casa.

E forse era questo che la mamma aveva sempre detestato, la mancanza di semplicità che invece faceva totalmente parte di lei ed era una delle cose che amavo di più.

Sunil mi accompagnò in camera mia dove rimasi ancora più sorpresa nel vedere che non era una cameretta rosa come quella che avevo avuto fino ad allora, ma una camera da adulti con tanto di letto a baldacchino in legno e copriletto rosso con un bellissimo bagno privato e un'enorme doccia.

E un Mac sullo scrittoio.

Un pigiama nuovo era steso sul mio letto con le ciabattine di spugna coordinate, sembrava di essere in un albergo.

Mi chiedevo se Sunil si aspettasse la mancia.

«Le piace signorina Mia?».

È una figata!, disse Patrick.

«È davvero una figata!... cioè... bellissimo!», risposi sovrappensiero.

«Se ha fame giù in cucina c'è spuntino pronto, vista l'ora tardi pensavo che preferiva stare leggera».

«Ma mi devi per forza dare del lei?»

«Sì, o sua nonna mi licenzia!».

«Ma almeno quando siamo soli, mi sento in imbarazzo, io ho solo quindici anni!».

«No, no, meglio di no, per favore!», mi pregò uscendo e chiudendo la porta alle sue spalle.

Mi affacciai alla finestra dove rimasi abbagliata dallo spettacolo di quel giardino illuminato a giorno, pieno di olivi e cipressi come solo nei libri di favole.

E tua mamma ha lasciato tutto questo per andare a vivere con tuo padre a Leicester?

«Non me lo dire Pat, non riesco a spiegarmelo! Mia mamma è matta da legare! Questo posto è la fine del mondo!».

E senti che silenzio!

«Sì, è pazzesco, nemmeno un'ambulanza, una rissa, la televisione della vicina».

Potrei abituarmi a vivere qui!

«Anch'io!».

Scesi in cucina dove la nonna, in vestaglia color crema, sorseggiava un bicchiere di vino rosso mangiando una fetta di formaggio con dei cetrioli.

La tavola era apparecchiata in modo molto raffinato anche se si trattava di uno spuntino notturno: posate d'argento e tovaglioli di stoffa.

Per un attimo pensai a me e alla mamma in cucina mentre mangiavamo gli hot dog alle cipolle sporcandoci di senape e ketchup.

Il mio spuntino consisteva in un triplo sandwich con pollo, pomodori secchi, avocado, spinaci e maionese e un piatto enorme di patatine fritte con un bicchiere di Coca e una fetta di torta al cioccolato.

«Non so se ho fatto bene signorina, se non piace Sunil cambia».

«È perfetto! Non potevo sperare di meglio, panini e pizza sono la cosa che amo di più».

«L'unica cosa che è capace di cucinarle sua madre!».

«Ultimamente però ha provato qualche piatto pronto da scaldare nel microonde che non è male», sorrisi per spezzare la tensione, «... ma da quando c'è Paul è tutta un'altra vita».

«Già, chi è quel Paul? Uno fisso o uno di passaggio?».

Mi stava dando sui nervi, poteva dire che mio padre era un tirchio e un palloso egoista o qualunque altra cose le fosse venuta in mente, ma Paul non lo poteva toccare o l'avrei morsa.

«Paul è straordinario nonna, non lo conosci e non hai idea della sua gentilezza e della sua bontà e se ti stai chiedendo perché abbia scelto una come mia madre, è perché lei è ancora più straordinaria di lui!».

Le risposi d'un fiato senza neanche sbattere gli occhi una volta.

Calma amore...

«Calma un cazzo!», mormorai sorridendole.

Avevo voglia di alzarmi e lasciarla lì, ma avevo come la sensazione che stesse cercando di provocarmi per vedere fin dove potesse spingersi.

«Buon per lei allora, sarebbe anche il momento che si sistemasse».

«Tu invece, nonna? Dopo i tuoi due martiri… opss *mariti*, non hai più pensato di sistemarti?»

«Sei furbetta, eh nipote? Mi piace chi mi tiene testa, del resto l'ho capito quella volta che mi hai chiamato di nascosto da tua madre per chiedermi di pagarti la retta!».

«Non avevo scelta nonna, dovevo dimostrare di poterla frequentare prima di fare l'audizione e tu eri l'unica che mi potesse aiutare!».

«Lo so, lo so, e quando pensi di rifarla quell'audizione? Io li ho già chiamati almeno tre volte per confermare che appena ti rimetterai sarai pronta a ripeterla».

«Allora richiamali una quarta volta per dirgli che lascino pure il posto a qualcun'altra perché a me non interessa più».

«Ah no? E perché?»

«Perché no, punto».

«Bella risposta, e quindi cosa avresti intenzione di fare, hai perso l'anno scolastico e vuoi giocarti anche la carriera?!».

Questo me lo stavo chiedendo anch'io veramente…

«Tu chiudi il becco», risposi irritata.

«Come hai detto scusa?», chiese la nonna incredula.

«No, non tu nonna… parlavo con… Patrick».

«Ah già poi mi racconterai meglio anche questa storia che mi interessa molto, per il resto, credo che dovresti cominciare a pensarci, non hai moltissimo tempo», disse addentando un toast.

Era di nuovo la solita storia: non avevo mai tempo per niente, prima dovevo decidere quali materie portare all'esame (compatibili con il futuro che mia madre sperava per me, ben lontano dal palcoscenico) e ora, nonostante avessi deciso di non fare assolutamente niente, mi mettevano ancora fretta.

Tornare a scuola mi spaventava quasi più che tornare a casa, lì c'erano persone che avrebbero fatto domande e che mi avrebbero guardata nel modo in cui si guardano i matti, con pietà e compassione.

«Se entri alla Royal dovrai comunque dare gli esami alla tua scuola e anche se non ci vai, non puoi mollare così a quindici anni, qualcosa devi fare, è in ballo il tuo futuro».

«Nonna... non me la sento proprio di tornare a scuola, né di ballare, è un trauma troppo grande e troppo fresco, non puoi capirlo...».

«No, hai ragione Mia, non ho neanche dovuto vivere la guerra io... avevo poco più della tua età quando gli americani bombardarono casa mia sterminando tutta la mia famiglia in uno schiocco di dita», si alzò per mettere i piatti in lavastoviglie.

«Scusa, non ci avevo pensato».

«No! Fai bene a non pensarci, non ci penso più nemmeno io altrimenti sarei morta da un pezzo in qualche ospizio!».

Guardai in basso mortificata.

«Mia! La vita è durissima e spesso ingiusta e avrei preferito che la tragedia che ho vissuto io non colpisse nessun altro e tantomeno mia nipote, ma il destino lancia i dadi e noi non possiamo fare altro che accettare il responso! Lo so che da quel giorno sei una persona diversa, non potrebbe essere altrimenti, chiunque incontri la morte sul proprio cammino a quell'età e in un modo così violento non può essere mai più lo stesso, ma ti voglio insegnare il modo per uscirne vincenti!».

«Posso andare a letto adesso?», risposi seccata.

«Certo! Sveglia alle otto. Sunil ti porta a comprare dei vestiti nuovi».

«Sì comandante», risposi sull'attenti.

Salii in camera nervosa e infuriata, chi si credeva di essere per pensare di decidere tutto?

Certo, come no, la guerra! Non l'avevano forse fatta tutti i grandi? Mentre la mia non era certo una guerra, no, era stato un tranquillo pomeriggio al mare trasformatosi nella peggiore tragedia possibile.

Che c'entrava la storia dei bombardamenti?

Mia, scusa se mi permetto, lo so che quando sei così è meglio starti lontano, ma devo dirti che sono assolutamente d'accordo con quello che dice tua nonna Olga!

«E ti pareva? Non avevo dubbi Patrick! Sei sempre d'accordo con qualcun altro, sembra che tu lo faccia apposta!».

No che non lo faccio apposta Mia! Ma se trovo che tua nonna abbia ragione, non posso negarlo!

«Quindi, cosa suggerisci? Che me ne torni a scuola e riprenda la mia vita di sempre come se non fosse successo niente! Ma bravo!», dissi battendo le mani.

È quello che vorrei più di ogni altra cosa al mondo, sinceramente.

«Patrick io sono sotto un treno, non so nemmeno perché sono qui, sto male, sono all'inferno, possibile che tu non lo capisca? Io ho bisogno di te, mi manchi e sto cercando disperatamente di sopravvivere giorno dopo giorno e a peggiorare le cose tutti mi prendono per pazza perché parlo con te!».

Bussarono alla porta.

«Signorina tutto bene?»

«Sì Sunil grazie, parlavo al telefono!».

«Lo vedi che mi tocca fare? Lo immagini che cosa ho passato in quell'ospedale del cazzo? Fra medici, infermiere stronze, mia mamma e Carl fuori di testa, e Paul che pensa che mia madre lo tradisca con mio padre? Pensi che sia stata una vacanza? Pat, non è la stessa cosa, lo capisci vero?».

Certo che lo capisco non sono un idiota, ma è la cosa migliore che potesse capitarci in questa tragedia! Pensi che non sia preoccupato a morte per i miei? Cioè... volevo dire terribilmente preoccupato? Non credi che sarebbe stato meglio per me se tu fossi rimasta là, almeno sarei potuto star loro più vicino? Invece sono qui a fare il tifo per te perché so che è meglio così!

«Stiamo litigando?», dissi prendendo il pigiama.

Io no, tu sì!

«Mi dai sui nervi Pat!», dissi cominciando a spogliarmi. «E voltati, mi vergogno!».

C... certo figurati, scusa, rispose imbarazzato.

Ma stanotte ci vediamo al solito posto?, chiese sconsolato.

«Non lo so, vedremo!».

E mi voltai dall'altra parte.

Non riuscivo a prendere sonno, mi giravo e rigiravo continuamente. Di certo il fatto che avessi smesso di prendere le medicine da un giorno all'altro doveva entrarci qualcosa, ma credo che il motivo fondamentale fosse tutto quel silenzio che avvolgeva ogni cosa come un mantello ovattato.

Sentivo gli uccelli notturni cantare, i cani abbaiare in lontananza e le campane suonare ogni ora.

Non mi sarei mai abituata a tutta quella campagna.

Quando finalmente mi addormentai e riuscii a sognare Pat, era già l'ora di alzarsi e il nostro fu un incontro brevissimo.

Sei sempre arrabbiata con me?, mi disse abbracciandomi.

«Io ci provo, ma tu non me lo permetti, anche se mi arrabbio, quando ti vedo mi sciolgo!».

Anch'io mi sciolgo quando vedo te.

Mi baciò delicatamente, trasportandomi quasi in volo, sulle ali della nostra passione e del nostro amore immenso.

Sentire il contatto con la sua bocca morbida mi dava le vertigini e mi faceva dimenticare anche me stessa.

Il mio corpo sentiva un disperato bisogno di essere spogliato, baciato, accarezzato, e cullato tutta la notte.

E il desiderio di fare l'amore con lui stava diventando quasi doloroso.

«Pat, ma noi possiamo...?»

Non lo so Mia, ma lo vorrei da impazzire...

Fu l'ultima cosa che mi disse prima che Sunil bussasse energicamente alla mia porta.

La nonna era già uscita quando scesi in cucina.

Un suo biglietto accanto alla mia tazza mi ricordava che ci saremmo viste a cena e che, se avessi avuto bisogno di qualsiasi cosa, avrei potuto tranquillamente chiedere a Sunil.

Uscii sulla veranda pavimentata in cotto e mi sedetti su una sdraio, sorseggiando il mio caffè.

Era una giornata di sole che mi sembrò caldissima in confronto alle temperature di Leicester, anche se Sunil indossava un pesante pile e non smetteva di raccomandarmi di non prendere freddo.

Respiravo profondamente quell'aria inebriante osservando le nuvole nel cielo azzurro che correvano veloci.

Il giardino era immenso, pieno di piante, vasi di limoni e fiori rosa.

Mi tolsi le pantofole per camminare scalza nell'erba umida.

Fu una sensazione straordinaria di libertà e rilassamento, come se il mio corpo fosse rigenerato dall'energia della terra.

Passeggiai intorno alla casa a piedi nudi nel prato verde pieno di margherite, scoprendo sul retro una bella piscina ancora coperta con un telo pieno di foglie e la dependance dove viveva Sunil.

La nonna se la passava davvero bene.

Era sì ricca, si circondava di cose belle, ma non si fermava più di un attimo a godersele, perché stava già pensando al progetto successivo.

Aveva fame di vita e di opportunità.

Tutto quello che al momento mi mancava.

Sunil mi accompagnò in centro, nei negozi che la nonna aveva annotato su una lista, quasi tutti costosissimi e troppo "precisini" per i miei gusti.

«Non c'è un mercatino dove fare un po' di shopping… da persone normali?»

«Mercatino? Signorina, sua nonna odia mercatino e mi spella vivo se non porto dove ha deciso lei».

«Ma io non mi posso vestire da Prada e nemmeno da Armani, ma mi hai visto? Io vado in giro in tuta da dieci anni e quando andavo a scuola avevo la divisa. Mi guarderebbero male e mi caccerebbero fuori pensando che chiedo la carità!».

«Sì è vero, ma loro sanno chi è lei, nonna ha chiamato, la tratteranno bene!».

«Sunil, non mi metterò mai dei jeans bianchi con i mocassini di camoscio gialli per far piacere alla nonna!», risposi scoraggiata.

«Allora facciamo patto: lei compra vestiti carini e fa contenta sua nonna, io poi accompagno a San Lorenzo dove, con suo accento e mia faccia, ci fregheranno in un quarto d'ora».

«Affare fatto allora!».

Alla fine della mattinata avevo comprato due paia di pantaloni "seri" e una gonna da abbinare con alcune camicie a prova di nonna e un paio di "vestiti carini" per non farla sfigurare a cena fuori.

In compenso, al mercato di San Lorenzo, riempii sacchi di magliette terribili con la scritta "I love Florence", jeans, felpe, occhiali colorati e tre paia di infradito e, alla fine, per coronare il successo della spedizione, Sunil mi comprò un gelato enorme con quattro gusti e una montagna di panna.

Mi sentivo bene, anche se era tutto nuovo e quasi irreale.

Sunil mi consegnò un cellulare nuovo, dono della nonna, che squillò un minuto dopo averlo acceso.

«Allora bambina, ti stai divertendo?»

«Sì nonna, Sunil è fantastico!».

«Sì lo so, ma digli che se ti porta a San Lorenzo gli tolgo la paga!».

Risi.

«Hai chiamato tua madre?»

«Non ancora».

«Chiamala subito allora o penserà che ti impedisco di parlarci e che ti ho fatto il lavaggio del cervello!».

La chiamai subito.

Rispose dopo alcuni squilli in modo così allegro e vivace che capii all'istante che stava malissimo.

«Allora, com'è Firenze?»

«È bellissima!».

«Lo sapevo che ti sarebbe piaciuta, sei già andata a fare un po' di spese con Sunil? Scommetto di sì, quell'uomo è così paziente che a volte credo che sia sordo! Fatti portare anche agli Uffizi e a Ponte Vecchio. Com'è il tempo? C'è il sole? Occhio a non scottarti, hai la pelle così chiara…».

Mi tempestò di domande, come per evitare che gliene facessi io, finché la interruppi.

«Mi passi Paul? Lo volevo salutare!».

Fece una pausa.

«Paul non c'è in questo momento, puoi chiamarlo al suo cellulare».

A quell'ora Paul era sempre a casa, era la sua "ora del silenzio" come la chiamava, quella in cui si rilassava bevendo una birra e leggendo il giornale prima di andare a lavorare al ristorante.

Non sarebbe uscito da casa nemmeno con i lacrimogeni e, se lo aveva fatto, significava una sola cosa: che mia mamma aveva colpito ancora!

Ritornammo verso casa carichi di pacchi delle commissioni di cui la nonna aveva incaricato il povero Sunil: stampe da ritirare, gastronomia e macelleria di fiducia, tintoria e banca solo per citarne qualcuna.

La vicinanza costante di Sunil però mi aveva impedito di comunicare con Pat.

Appena la nonna si fosse fidata di me sarei andata in città da sola.

«Sono davvero vent'anni che lavori per la nonna?», chiesi per fare un po' di conversazione.

«Ventidue ormai».

«E torni mai al tuo Paese?»

«Una volta l'anno, ma ormai mia vita è qui».

«E hai conosciuto i miei nonni?»

«Signor Osvaldo, papà di sua mamma, era brava persona, tranquillo, allegro, le somigliava molto, il secondo marito di signora Olga, signor Piero, era anche lui molto molto gentile, ero molto affezionato a tutti e due».

«Nessuno sopravvive alla nonna Olga eh?».

Si lasciò scappare una risata.

«Sunil non può dire niente di sua nonna».

«Dài, ma almeno dimmi se frequenta qualcuno adesso!», lo incalzai incuriosita.

«Sunil non sa e non parla!».

«E dài, non lo dico a nessuno giuro!», dissi con la mano sul cuore.

«Sua nonna ogni tanto vede qualcuno, ma io non ho detto niente sennò mi stacca la testa».

«Lo sapevo! Chissà se me lo presenta!».

«Mmm, nonna non porta amanti in casa. Albergo!».

Però… hai capito la nonnina?

«Zitto!», sorrisi.

«Sì, Sunil, zitto, anche signorina zitta però!».

«Non dicevo a… vabbè lascia perdere».

L'idea che mia nonna a settantuno anni e due mariti avesse ancora delle relazioni segrete mi faceva davvero ridere e l'adoravo per questo.

Me la immaginavo a bordo di un jet privato insieme a un signore brizzolato con lo smoking e la sciarpa, a sorseggiare champagne e fumare come in quei vecchi telefilm degli anni '80.

Nonna Olga mi intrigava sempre di più e non potevo farci niente.

Tornata a casa andai subito ad aprire il mio computer.

Non ne avevo mai avuto uno nuovo e tantomeno uno così bello, al punto che mi sentivo in soggezione a usarlo.

Non avevo salutato Carl e nemmeno Betty, e mi dispiaceva moltissimo.

Per Carl ero l'unica con cui poter condividere il passato e con cui parlare liberamente di Nina e adesso era solo a scavare fra le macerie di quella famiglia bombardata dal dolore.

Aprii Facebook per scrivergli un messaggio e la pagina del mio profilo con la foto delle mie scarpette mi gettò di nuovo nello sconforto.

C'era un qualcosa di sadico nella comparsa improvvisa degli oggetti e delle immagini che tornavano a tormentarti ogni volta che tiravi il fiato per un attimo, come se non ti potessi permettere di rilassarti o trovare un momento di pace.

I ricordi ti tendevano trappole e agguati continui e mi sembrava di sentirli ridere ogni volta che riuscivano nel loro scopo.

Scorsi l'elenco dei pochissimi amici che avevo fra la scuola e la danza e fra loro c'era ancora Patrick Dewayne.

Cliccai sulla sua bacheca; i messaggi di condoglianze da ogni parte del mondo non si contavano nemmeno più.

«Ciao Patrick, se n'è andata un'anima splendida». «Non riesco ancora a crederci». «Pat dovevamo andare in Messico insieme». «Sono senza parole». «Buon viaggio amico mio». «Mi hai sempre aiutato quando ne avevo bisogno». «Con te se ne va l'ultimo dei gentiluomini». «Mi mancherai immensamente». «Non riesco a farmene una ragione, hai lasciato un vuoto immenso». «Al paradiso mancava un angelo!». «Pat, il tuo sorriso, la tua gentilezza, la tua dolcezza, sempre». «Perché non ci sei più?».

Erano centinaia: i suoi amici, i suoi compagni di scuola e della Marina, e tutti coloro che avevano avuto la fortuna di incontrarlo, anche per poco, erano rimasti folgorati dalla sua personalità e scioccati dalla sua scomparsa.

Mi resi conto con immensa tristezza che se l'avessi eliminato dai miei contatti sarebbe stata una cosa definitiva.

Cancellami Mia, è una sofferenza gratuita.

«Non voglio Pat, quando vedo la tua foto mi sembra che tu ci sia ancora, ti immagino sulla nave, che viaggi verso qualche paese lontano oltre l'orizzonte e il fatto che io non ti veda non significa che tu non ci sia più».

Tesoro mio…

Fra i contatti non compariva più Nina.

Aveva ufficializzato la sua decisione togliendomi l'amicizia da uno stupido *social network*, per gridare al mondo il suo odio, cancellandomi definitivamente dalla sua vita con un click.

Mia sorella è impazzita…

«Pat, tua sorella soffre in un modo assurdo, dalle tempo».

Se potessi parlarle…

«E come? In seduta spiritica?»

Spiritosa…

«Scusa, battuta cretina».

Scrissi una lunga mail a Carl, in cui mi scusavo per non averlo chiamato prima di andarmene, ma gli dicevo che era meglio prendersi una pausa da noi e dal passato, per cercare tutti un modo di stare meglio e provare ad andare avanti un passo alla volta.

Temevo che non avrebbe capito e che mi avrebbe accusata di essere una vigliacca che fuggiva lasciandolo solo, e forse era vero, ma cosa dovevo ancora affrontare oltre a tutto quello che avevo già passato?

Chiamai Betty che fu felicissima di sentirmi.

«Allora passerotto, com'è la nonna? È veramente quel drago che dice tua mamma?»

«È tosta e non ti fa rilassare un attimo, ma per ora diciamo che sopravvivo».

«E con Patrick come va? È sempre lì?»

«Lui è peggio della nonna, non mi molla un minuto!».

Ehi, porta rispetto ai defunti!

«Infatti non l'ho più sognato, segno che deve essere da qualche parte lì con te».

«È sempre nella mia testa Betty, è una cosa da non credere, non siamo mai stati così vicini come adesso!».

«Sai Mia, ho avuto un sacco di esperienze strane nella vita, ma ti assicuro che questa le supera tutte!».

«Mi piacerebbe sapere cosa devo fare. Ora che ho superato l'incredulità e la paura di essere pazza mi chiedo se c'è un motivo per cui tutto questo stia accadendo proprio a noi».

«Io penso che ci sia sempre un motivo se alcune cose accadono a certe persone e ad altre no, ma per capirle devi escludere la razionalità e affidarti agli occhi dell'anima, che non ha mai bisogno di una spiegazione logica per tutto quello che succede».

«Sì, ma in pratica...?», chiesi perplessa.

«Vuoi che ti faccia le carte per telefono?»

«Puoi?»

«Certo che posso!».

La sentii alzarsi, parlare ad alta voce con i cani, inciampare in una sedia, dire un paio di parolacce, e finalmente sedersi e mescolare le carte.

«È incredibile...».

«Cosa è incredibile?», chiesi allarmata.

«È incredibile che le carte sappiano sempre tutto!».

«Cosa vedi?»

«Be' intanto Papessa e Imperatrice».

«Mia mamma e mia nonna?»

«Esattamente, che vegliano su di te convinte di sapere cosa sia meglio per la tua vita, una più emotiva e impulsiva, l'altra più determinata ed energica, ma tutte e due dominate dall'orgoglio e dall'amore per te».

«Mi stanno strattonando come due cani con l'osso!».

«Ti adorano Mia, Elena senza di te è persa e la nonna vuole recuperare il vostro rapporto».

«Vai avanti Betty, ma non nascondermi niente questa volta, non ce n'è bisogno».

«No tesoro, infatti ci sono di nuovo la Torre e l'Angelo, ma stavolta ci sono anche la Morte e la Luna e peggio di così non potrebbe andare. Sono cambiamenti improvvisi, periodi difficili, conflitti, lutti, crolli dolorosi, trasformazioni, confusione… mi sembra che il quadro sia completo…».

Sospirai.

«…ma dobbiamo leggere le carte nel loro senso più ampio e sempre positivo, infatti qui vedo anche il Sole e le Stelle che indicano successo, speranza e ottimismo».

«Non me lo dici per tirarmi su di morale?»

«Vuoi chiamarmi con Skype per vedere se mento?»

«No, mi fido… e di Patrick vedi niente?»

«…c'è questo Eremita e il Carro che mi fanno pensare a qualcuno in transito per raggiungere una dimensione… forse spirituale, qualcuno che cerca ostinatamente… che non si dà pace, che insiste…».

«C'è anche la carta della polemica? Perché stai facendo l'esatto ritratto di Patrick!».

Ehi!!!, s'indignò lui.

«Scherzo!».

«Ci sono gli Amanti che rappresentano l'attrazione, la passione e l'amore che va oltre la vita e la morte… è chiarissimo Mia, sono sempre la migliore non c'è niente da fare!», concluse soddisfatta.

«Quindi noi continueremo a stare insieme così, fra due realtà…».

«Sai tesoro, io credo fortemente negli angeli, Pat è il tuo angelo che ti protegge e ti ama sopra ogni cosa. Il tuo amore lo tiene in vita e gli dà l'energia necessaria a rimanere qui accanto a te, ed è la prova d'amore più immensa che esista, devi esserne contenta».

«Avrei preferito che mi amasse di meno, ma rimanesse qui in carne e ossa».

«Evidentemente c'è un disegno superiore che non ci è dato conoscere al momento».

«Tu ce l'hai un angelo custode, Bet?»

«Sì ce l'ho, è mia madre. È mancata improvvisamente quando avevo vent'anni».

«E ci parli?»

«Ci parlo tutti i giorni, continuamente».

«E lei ti risponde?»

«Sempre! Lo fa a modo suo, con segnali, stralci di conversazioni che colgo per caso in giro o alla televisione... io le faccio una domanda e lei trova sempre il modo di darmi la soluzione!».

«Quindi a te non sembra tanto strano che io senta la voce di Patrick».

«Per niente, vorrei averla io la tua fortuna, non sai cosa non darei per sentire la voce della mamma ancora una volta!».

Invece, la voce della nonna che mi chiamava dal piano di sotto fu forte e chiara.

«Ti lascio Betty, è arrivato il Comandante, se mi becca mi manda a pulire le latrine con lo spazzolino!».

«Ciao tesoro, saluta Pat».

Scesi le scale di corsa sentendomi già in colpa per qualcosa che non avevo fatto, ripassando mentalmente le mie eventuali mancanze tipo disordine, shopping deludente, o chissà, magari era semplicemente una sua overdose da teenager.

«Che succede nonna?», domandai trafelata.

Si voltò radiosa ed elegantissima come sempre, indossava una camicia di seta col secondo bottone aperto e pantaloni bianchi, un foulard annodato al collo e una sottilissima cintura dorata in vita.

Non poteva essere mia nonna quella. C'era senz'altro stato uno sbaglio all'anagrafe.

«È l'ora dell'aperitivo bambina», disse andando verso il carrello degli alcolici. «Cosa prendi?»

«Una Coca»

«Liscia?»

«Direi di sì nonna».

Chiamò a gran voce Sunil che si materializzò all'istante con un vassoio di stuzzichini e il bicchiere pronto per la nonna.

Lo prese e lo appoggiò sul tavolino di cristallo tenuto su da un complicato intreccio di zanne di animali certamente estinti e mi fece cenno di sedermi sul divano accanto a lei.

«*Screwdriver* lo chiamano questo, a casa tua: vodka e succo d'arancia, un tempo bevevo solo vodka, ma quelli erano davvero altri tempi… le feste al Bagno Annetta a Forte dei Marmi, le nottate alla Capannina a giocare a carte, la Costa Azzurra…».

Rigiravo il mio bicchiere tra le mani senza sapere cosa dire; se stava cercando di impressionarmi c'era riuscita di sicuro, non conoscevo niente di tutti quei posti e non mi interessava neanche conoscerli.

«Tua madre te ne avrà parlato, oppure no, lei è diversa non ama le *frivolezze*». Rise sarcasticamente infilzando un'oliva con una forchettina d'argento.

«La mamma è una persona semplice», risposi sapendo di innervosirla.

«Tua mamma è testarda, orgogliosa e ha sempre ragione lei, ecco cosa».

«Un po' come te no?». Risi.

«Ma con la differenza che io ho ragione davvero, mentre lei invece crede di averla e finisce per fregarsi sempre con le sue mani!».

«Nonna, non ho voglia di parlare male di mia madre con te, sono problemi vostri, io voglio bene a tutte e due».

Sorrise compiaciuta della risposta ruffiana.

«Diplomatica ragazzina, mi somigli più di quanto immagini!».

Svuotò il bicchiere e si sporse per prendere il secondo che, nel frattempo, Sunil le aveva silenziosamente appoggiato sul tavolino.

«Tu pensi che io sia una signora stravagante che ha avuto una vita facile e piena di soddisfazioni, ma vedi, spesso ci si sbaglia a giudicare e questo è il vero motivo per cui ti ho voluta qui da me, perché tu mi potessi conoscere personalmente. Dopo potrai anche decidere che non ti piaccio e non farti più viva, ma almeno voglio che sia una tua scelta e non di tua madre».

Feci sì con la testa.

«E poi credo di sapere meglio di chiunque altro come ci si senta a perdere le persone che si amano».

«Davvero hai perso tutta la famiglia?»

«Tutta. Tranne una sorella. Il 25 settembre del '43, sotto le bombe. Eravamo rimaste sole al mondo, da un momento all'altro. Mi tirò fuori tuo nonno Osvaldo dalle macerie, tre giorni dopo. Credevo di morirci anch'io lì sotto e quante volte ho pensato che sarebbe stato meglio quando sono uscita e ho visto che al posto della nostra casa c'erano un cumulo di rovine e la gente che urlava e si strappava i capelli, rovistando con le mani nude per cercare di salvare qualcuno che chiedeva aiuto. L'odore dei corpi bruciati ce l'ho ancora nel naso... ma mi sono dovuta fare coraggio, tutti ci siamo fatti coraggio, lo dovevamo a chi era morto, e a chi aveva combattuto per liberarci. E dopo un anno ho sposato tuo nonno che era un gran lavoratore e aveva perso tutti anche lui, e ci siamo dati da fare per dare ai nostri figli la sicurezza che non avevamo avuto. Aprì un piccolo negozio di antiquariato e poi, siccome lui era uno che aveva il fiuto per gli affari, cominciò a viaggiare per il mondo per trovare pezzi rari, e mi portava con sé per spiegarmi il lavoro. È da lui che ho imparato tutto. Così abbiamo cominciato a conoscere le famiglie fiorentine che contavano e piano piano ci siamo creati il nostro giro di amicizie facoltose, ma il passato ce lo siamo tenuto nel cuore tutta la vita. Non c'è stata una notte in cui siamo andati a letto senza pensare a quel giorno infame e tutti gli anni il 25 settembre tornavamo lì a portare un fiore.

Quando le cose negli anni hanno cominciato ad andare bene, siamo venuti qua. Questa casa l'ha costruita lui con i primi soldi, senza chiedere niente a nessuno, anche lui era un orgoglioso. E poi è nata tua mamma e il resto più o meno lo sai.

Osvaldo è morto quindici anni fa, e qualche anno dopo ho sposato Piero, che non hai conosciuto perché tua madre non è voluta venire al matrimonio. Poi è morto anche Piero e ora me ne sto qui sola, tranquilla e beata. Lavoro, viaggio e non rendo conto a nessuno».

La nonna mi stava affascinando sempre di più, era ammirevole e coraggiosa e, forse, mia mamma si sbagliava sul suo conto.

Terminò il secondo vodka orange e passò al terzo accendendosi una sigaretta.

«Su, adesso è il tuo turno di confessarti, ma ti prego non bevendo quella robaccia gassata e calda». Chiamò Sunil perché mi portasse un prosecco.

«Nonna, io non bevo», protestai.

«Lo so nipote, tu non fai niente, non bevi, non fumi, non mangi, non balli, non ti diverti, ma sei sicura di avere quindici anni? Sembri più vecchia di me!».

«Io ho sempre e solo ballato e non ho pensato molto al resto sinceramente, e ora che non ho più la danza, non c'è altro che mi interessi fare».

«Uuuuhhhh gioia mia, che noia! L'hai deciso tu di smettere di ballare, mica ti hanno costretta, tieni, bevi, così sarai meno rigida!».

Mi diede il bicchiere di prosecco e lo fece tintinnare contro il suo.

Le bollicine fresche mi fecero tossire, ma il sapore amarognolo era gradevole e, per dimostrare alla nonna che non ero una bacchettona rammollita, vuotai il bicchiere tutto d'un fiato.

La nonna scoppiò a ridere.

«Benvenuta nel mio mondo! Vedrai che non ti uccide, Dio sa se hai bisogno di rilassarti un po' bambina mia».

Mi sentivo piacevolmente brilla e in vena di confidenze e cominciai a raccontarle a ruota libera tutto quello che era stata la mia vita fino ad allora, della danza, della scuola e di Patrick.

La nonna mi guardava affascinata, l'idea del nostro amore così romantico e così infelice la appassionava come se le stessi raccontando la trama di un film, anche se purtroppo non c'era lieto fine.

«E così ora tu lo senti?», chiese per niente sorpresa.

«Sì, lo sento».

«Tutto il tempo?»

«In realtà solo quando lo voglio io, se non voglio che lui ascolti non può farlo».

«E ora è qui?», chiese sempre più incuriosita.

Inspirai profondamente.

«Quando è in giro, sento profumo di fragole, non so se è un caso però».

«E ora lo senti?»

«A dirti la verità no».

Sembrò delusa.

«Pat?».

Il profumo invase subito le mie narici.

La nonna era totalmente in estasi davanti a quell'esperimento da Discovery Channel, ormai l'avevo in pugno, c'era qualcosa che lei non poteva avere.

Amore, sono qui accanto a te, stai bene?

«Benissimo, Pat ti presento mia nonna».

Salve signora Olga.

«Ti saluta».

La nonna sorrideva divertita.

«Lo sai che il fantasma di nonno Osvaldo è qui in casa?», mi disse sottovoce. «Ogni tanto sentiamo sbattere le porte anche quando non c'è vento e Sunil una volta l'ha visto attraversare camera sua in pigiama, non è vero Sunil?»

«Sì signorina, Sunil ha visto nonno Osvaldo, Sunil preso grande spavento!».

«Magari si conoscono, chiedigli se lo ha visto di recente».

«Lui ti sente, puoi parlargli anche tu!».

Nel frattempo Sunil aveva riempito di nuovo il mio bicchiere.

Mia, che stai facendo, sei impazzita? Come ti è venuto in mente di raccontare a tua nonna tutto quanto?

Mi misi a ridere e presi il secondo calice brindando al cielo.

Mia, sei ubriaca!

«Penso di sì», risi di nuovo.

Stai parlando con lui?

«Sì!».

«Ma è fantastico, pensi che potrebbe aiutarmi con la stima di un arazzo? L'ho preso a un'asta giudiziaria, ma non sono troppo convinta».

Mia, non so chi di noi tre è più matto!

Cominciai a ridere sempre più forte e la nonna insieme a me.

«Oddio, se ti vedesse tua madre!».

«Nonna sono ubriaca!».

«Nipote, ti giuro che sei un milione di volte più simpatica».

Mia, fila a letto adesso!

«Ma mi sto divertendo!».

Ho detto adesso!

«No dài, aspetta un attimo!».

Fila!

«Uffa...», dissi alzandomi controvoglia.

«Ma dove vai?»

«A letto, Patrick si è arrabbiato!».

La nonna scoppiò a ridere di nuovo.

«Buonanotte Patrick, piacere di averti conosciuto», disse tornando al suo bicchiere.

Salii faticosamente le scale scortata da Sunil che stava attento che non rotolassi giù, mentre Patrick continuava a farmi la predica.

A metà rampa mi voltai e gridai alla nonna: «A proposito, chi è quel tizio con cui ti vedi in albergo?»

«SUNIIIIIIL!», gridò la nonna. «Io t'ammazzo!».

Entrai in camera ridendo e caddi a faccia in giù sul letto.

Non hai mai bevuto in vita tua, cosa pensavi di fare con due bicchieri di vino a stomaco vuoto?

«Che palle che sei Pat, dovresti bere anche tu ogni tanto, sai?», risposi con la voce impastata. «Sempre se lassù ve lo permettono…».

Due bicchieri? Hai visto la dimensione dei bicchieri di tua nonna? Sembrano vasi da fiori!

Mi addormentai di botto completamente vestita e un attimo dopo Pat era già entrato nel mio sogno per continuare il discorso.

Anche là nel nostro posto non riuscivo a stare in piedi e tutto quel bianco girava vorticosamente intorno a me.

«Pat, smetti di muoverti, mi fai venire la nausea», piagnucolai.

Non sono io che giro, è la tua testa, scema!

«Pat, lasciami dormire ti prego, esci dal mio sogno».

Non prima di averti detto ancora due paroline… Mia… Mia! Ma… mi ascolti?

CAPITOLO OTTO

Mi svegliai in preda al mal di testa del secolo.

Mi sembrava che tutte le campane della St Paul's Cathedral suonassero a festa nel mio cervello.

E la voce di Patrick le superava tutte.

Ah finalmente! È questa l'ora di svegliarsi? Sono le dieci passate!

«Pat, ti prego, parla più piano, sei peggio di un martello pneumatico!».

Ti sta bene, così impari a bere!

«Pat… pietà… vai a tormentare qualcun altro almeno fino a dopo colazione…».

Mi alzai lentamente e andai ad aprire la finestra.

Di nuovo la vista di quel bel sole e quel giardino immenso mi sorpresero come la prima volta, ma più di tutto mi sorprese la vista della nonna in *leggings* e body nero impegnata in una lezione di pilates con un istruttore privato, tutto bicipiti e riccioli neri.

Era decisamente più in forma di me!

Tua nonna è una forza della natura.

«Mia nonna ci seppellirà tutti… ops… scusa!».

Fa niente, mi sto abituando al tuo umorismo macabro…

Scesi in giardino a salutarla.

Appena mi vide balzò in piedi con uno slancio da atleta.

Sembrava la madre di Madonna!

«Eccola la mia bimba! Hai dormito bene?», mi chiese passandosi l'asciugamano sul viso e bevendo un sorso di Gatorade blu.

«Come un sasso…».

«Ti presento Massimo, è il mio *personal trainer*, anzi, per rimanere in tema, è il mio angelo custode! Lei è mia nipote Mia, è una ballerina».

«Nonna…».

«Tua nonna mi ha parlato molto di te», disse stringendomi la mano.

Guardai la nonna aggrottando la fronte.

Lei scosse la testa per tranquillizzarmi.

«Perché non la porti fuori stasera? Magari a prendere un gelato o una pizza», gli domandò senza la minima esitazione rimettendosi a fare gli addominali.

FUORI?! E perché dovreste andare fuori? E poi, passi per il gelato, ma la cena è fuori discussione!

«Con piacere», rispose Massimo un po' imbarazzato.

«Massimo, perdonala, ma mia nonna non conosce le mezze misure».

«E cosa ho detto di strano? La vita è breve, c'è poco da aspettare», rispose girandosi per fare delle flessioni.

Parole sante Olga, peccato che stiamo parlando della mia ragazza!

«Grazie, ma non ce n'è bisogno davvero, posso uscire da sola o con Sunil».

«Tieni Massimo, questo è il numero di Mia, così la smettete di fare queste scene pietose! Ma da dove uscite, da un romanzo di Jane Austen? E voi sareste il futuro? Poveri noi!», disse mentre gli mandava un SMS col mio numero.

«Nonna, ti posso parlare un momento?», le mormorai prendendola per un gomito e trascinandola in casa.

«Io ce l'ho già un ragazzo!», dissi come fosse la cosa più ovvia del mondo.

«Ma è morto!», rispose la nonna alzando gli occhi al cielo.

«Lo so nonna, ma te l'ho spiegato, lui è morto solo *fisicamente*, ma la sua voce è ancora qui con me!».

«Mia, amore della nonna, io ti crederei anche se tu mi dicessi che sei un extraterrestre in gita sulla Terra, ma tu non puoi mica rinunciare a divertirti per il resto dei tuoi giorni! Altrimenti bisogna che tu ti chiuda in un convento e diventi una suora di clausura!».

Ecco un'idea sensata, finalmente!

«Nonna, non posso e non *voglio* uscire con nessun altro!», le dissi seria.

Brava Mia, così si fa!

«Ma non è "uscire uscire", è solo... *uscire*», disse facendo oscillare la testa. «Hai presente? Ci si veste bene, ci si trucca, si va a cena fuori e si fanno due chiacchiere davanti a una pizza, tutto qui!».

«Ma non me la sento, lo vuoi capire? Non ho voglia di andare a cena né con lui, né con nessun altro!».

«Allora cosa, Mia, cosa? Vuoi portare il lutto tutta la vita come facevano in Sicilia? Vuoi metterti un velo nero in testa e murarti viva in casa? Fai pure, se vuoi! Ma per me è uno spreco immenso. Immenso!», urlò uscendo e sbattendo la porta.

Mi lasciai cadere su uno sgabello.

«Nessuno mi capisce!», sospirai infinitamente stanca.

Io ti capisco Mia, ma capisco anche me, insomma... sono d'accordo con tua nonna nel dire che dovresti ricominciare a uscire, ma... non con i ragazzi!

«Cosa devo fare secondo te? Lei non mi darà tregua finché non farò come dice!».

Usciamo in tre! Per me non c'è nessun problema!, rispose soddisfatto.

Lo immaginavo appoggiato alla sua moto con le braccia incrociate e quello splendido magico sorriso.

Come facevo a spiegare al mondo che la mia felicità era già lì con me, senza che dovessi uscire né incontrare nessun altro, che avevo il cuore e l'anima pieni d'amore e che non mi mancava niente?

Non era vero naturalmente.

Mi mancavano fin troppe cose, ma considerando che dovevo essere morta anch'io, mi sembrava di aver fatto dei notevoli progressi...

Passai il resto della mattinata in camera mia sdraiata sul letto a guardare il soffitto pensierosa e confusa, chiedendomi se avessi fatto bene ad andare lì.

Era stato tutto troppo rapido, il mio umore non mi permetteva di godermi niente, e cominciavo a sentirmi in colpa per essere in convalescenza in una villa sulle colline toscane.

Avrei dovuto essere in una casa di cura o in un posto anonimo con le luci al neon, dove l'unica distrazione erano i colloqui giornalieri con gli psichiatri e l'ora di *Eastenders*.

Che ci facevo io lì? Ostaggio di mia nonna che sembrava costantemente sotto l'effetto della Redbull e che cercava di farmi divertire per forza come fossi la nipotina timida e introversa a cui si cerca di far fare nuove amicizie con gli altri bambini?

Era stata un'idea stupida, dovevo parlarle e tornarmene a casa al più presto possibile.

Cominciavo a sentirmi stanca e scoraggiata, come se avessi cercato di correre con le gambe fratturate convincendomi che non lo fossero. Le mie ferite erano aperte ed esposte e, nonostante i cerotti colorati, continuavano a sanguinare abbondantemente.

Non ero affatto pronta e mi mancava mia madre da pazzi.

Avevo bisogno di un suo abbraccio, avevo bisogno di coccole, tenerezza e protezione, volevo lei, e Betty e Paul che cucinava i cannelloni, e volevo poter scoppiare a piangere improvvisamente senza che nessuno mi chiedesse perché.

La nonna era sicuramente una donna straordinaria e il successo che aveva ottenuto nella vita ne era la prova, ma in quando a sensibilità, aveva tutto da imparare dalla mamma e mai come in quel momento sarei voluta tornare a casa.

Glielo avrei detto appena fosse tornata dal lavoro.

Aprii il computer e trovai la risposta di Carl.

Ciao Mia,
sono contento che tu mi abbia scritto.

Tua madre mi ha detto che sei partita per Firenze e credo che tu abbia fatto bene, qui non c'è molto per te, non per il momento.

Tutto è rimasto immobile e la nostra apparente ripresa è solo un'illusione.

Ho mandato a monte tutti i progetti di aprire l'ufficio di consulenza informatica con Alex, non ne ho il tempo, né la testa: Nina e la sua famiglia sono un lavoro a tempo pieno.

Laetitia sta andando in chiesa tutti i giorni, ha trovato una specie di gruppo di sostegno e passa le giornate a pregare insieme a loro. Clark si è ributtato nel lavoro, non fa che viaggiare e non lo vediamo da due settimane, dovrebbe essere in Francia per un congresso, ma non lo sappiamo con esattezza.

L'altra notte Nina si è alzata ed è andata a bruciare tutte le cose di Patrick.

Laetitia si è svegliata di soprassalto ed è scesa a vedere cosa stesse succedendo e quando ha visto quel falò in giardino con tutti i vestiti, i libri e le foto del figlio ridotti in cenere ha cominciato a correre urlando per salvarli dalle fiamme. Non ho fatto in tempo a fermarla e si è ustionata le mani.

È stata una scena straziante, lei che singhiozzava disperatamente con le mani coperte di piaghe e Nina che le dava della stupida dicendo che erano solo oggetti inutili che non avrebbero fatto altro che ricordarglielo per sempre e l'unico modo per andare avanti era sbarazzarsi di tutto…

Si è procurata delle ustioni di secondo grado, io e Nina, a turno, stiamo a casa con lei, perché non vuole nessun altro e abbiamo paura che commetta qualche gesto sconsiderato.

Nina ha deciso che dopo l'esame smetterà di studiare. Le ho detto che è una cazzata, che ha solo sedici anni e che col suo curriculum impeccabile deve assolutamente frequentare il prossimo biennio, diplomarsi e andare all'università come aveva sempre voluto, ma è irremovibile e io non ci ragiono più.

Ti ricordi quel giorno in cui ti dissi che la volevo sposare? E tu ti arrabbiasti dicendomi che il matrimonio ti sembrava stupido e sopravvalutato? Ora capisco cosa intendevi quando mi hai chiesto se credevo che Nina fosse la "mia" persona, perché l'amore che provi per la persona giusta è unico e speciale e ti avvolge come una coperta calda. Adesso so che avrei fatto una gran cazzata a sposarla così in fretta.

Se supereremo tutto questo, allora magari ci potremmo anche sposare, o magari no.

Questa cosa ci ha legati abbastanza senza dover firmare anche un contratto.

Sono cinico è vero, ma sono mesi che non rido, che non mi rilasso, e che non mi alzo aspettandomi qualcosa di bello dalla vita e continuo a pensare che non me lo merito.

Lo so che non ti dovrei dire queste cose, ma mi hai chiesto come sto e siccome siamo amici, ti dico la verità e questa verità la posso dire solo a te.

Se vuoi continuo ad aggiornarti su Nina, se non vuoi non lo faccio, ma vorrei che facessi tu una cosa per me invece: scrivile, scrivile anche se non ti risponde e scrivile lettere vere che potrà bruciare se vuole, ma che non potrà ignorare cliccando su spam.

Ti voglio bene amica mia.

Carl

P.S. Salutami Patrick. ☺

L'immagine di Laetitia che si gettava sul rogo per recuperare lo cose di Patrick era intollerabile e lui non doveva saperlo in nessun modo.

Era assurdo, era tutto assurdo e soprattutto Nina era assurda. Immaginarla mentre bruciava tutta la vita di Patrick mi faceva montare una rabbia omicida.

Stronza. Era una grandissima stronza! Altro che lettere, se l'avessi avuta sotto mano l'avrei presa a schiaffi.

Come si era permessa di compiere un gesto così definitivo e irrispettoso? Non ne aveva il diritto, era lei che doveva farsi curare, non io o sua madre che ci struggevamo in un dolore immenso, assoluto, che ci aveva condizionato l'intera esistenza.

Era a Laetitia che avrei voluto scrivere, non a Nina.

Mi sentii opprimere dall'angoscia, mentre l'impotenza e il rancore facevano il resto.

Avrei potuto fare qualcosa di più se fossi stata là?

La risposta era no, non potevo venirmene fuori con i discorsi sulle mie chiacchierate con Patrick senza creare reazioni di imbarazzo, sofferenza e incredulità. Era meglio che me ne fossi stata lontana per un po' o la tentazione di andare a casa loro sarebbe stata troppo forte.

Risposi a Carl informandolo che, per il momento, non avrei scritto a Nina, non dopo quello che aveva fatto perché ero troppo arrabbiata con lei, e adesso avevo una buona ragione per odiarla anch'io.

Chiamai mia mamma.

«Ciao stellina, come stai?»

«Bene mamma, tu piuttosto?»

«Bene tesoro, mi manchi tanto».

«Anche tu mi manchi e mi manca tanto anche Paul».

«Manchi anche a lui…».

«È a casa adesso? Lo vorrei salutare».

«Senti amore, adesso sono nel bel mezzo di una vendita importante, ci sentiamo con calma va bene? Tu stai bene vero?»

«Sì, mamma… diciamo di sì».

Riattaccò.

Lo stava facendo di nuovo, glielo avevo visto fare già troppe volte: quando trovava qualcuno con cui valeva la pena stare insieme, faceva qualche casino e lo lasciava, o si faceva lasciare.

Chiamai Paul.

«Principessa! Che bello sentirti!», mi disse rispondendo al primo squillo con una voce solare.

«Che stai facendo?»

«Sono al ristorante, preparo la zuppa di patate per stasera!».

«Come va con la mamma?», chiesi nello stile *treno in corsa* della nonna.

Ci fu silenzio.

«Paul? Ci sei ancora?»

«Sì, ci sono…».

«E?…».

«Mi ha detto che vuole prendersi una pausa».

Mi drizzai a sedere sul letto.

«Una pausa da cosa?»

«Da me Mia…», disse in tono grave.

«E quando te lo avrebbe detto? E soprattutto perché?»

«Dice che è un momento difficile per lei, ora che sei partita, e preferisce stare sola».

«Ma è un controsenso ridicolo!».

«Lo so, ma così ha voluto lei».

«E dove vivi adesso?»

«Da un amico».

«Ha aspettato che me ne andassi perché sapeva che glielo avrei impedito».

«Te l'ho detto che era strana, tutte quelle chiamate a tuo padre…».

«Paul, non è possibile che lei si sia presa una pausa per provarci di nuovo con mio padre, per due semplici ragioni: non si amano più e lui è sposato!».

«Non so se sono due ragioni abbastanza valide…».

Il tono della sua voce scivolava sempre più giù in un pozzo di delusione e dubbi.

«Paul, stai tranquillo, ti garantisco io che non sta succedendo niente!».

«Mia, me l'hai detto anche l'altra volta, ma comincio a sospettare che tu ti stia sbagliando!».

«Non mi posso sbagliare su questa cosa, a costo di dirlo a mia nonna e farla andare a Leicester a sculacciarla, e mia nonna odia mio padre almeno quanto odia gli astemi!».

«Mia senza Elena sono finito…», sospirò.

«Su Paul, non posso sentirti così depresso, ricordati che sono io quella che deve essere tirata su di morale!».

«Hai ragione, scusami, sono proprio uno stupido, mi dimentico ogni volta che non dovrei parlarti di queste cose, ma alla fine mi freghi sempre!».

«È una battaglia Paul e se lei è in crisi tu devi essere più forte e la devi conquistare, ricordati che devi cambiare strategia finché le cose non vanno come vuoi tu!».

«È tua questa?»

«L'ho letta su una maglietta».

Riattaccai e mi ributtai sul letto con la testa che martellava.

Tornare a casa d'un tratto non mi sembrò più una buona idea.

Mi ero rivista precipitare nell'apatia e nella solitudine, dopo il breve momento di felicità per aver rivisto i miei, e vagare per la casa nel silenzio spettrale, con la tristezza nel cuore, cercando inutilmente di risolvere situazioni più grandi di me.

«Pat?».

Profumo di fragole.

Dimmi amore…

«Mia mamma sta meditando di lasciare Paul».

Ma come, Paul è fantastico!

«Lo so, ma lei è la campionessa della "fuga dalla stabilità". Appena incontra qualcuno che la fa stare tranquilla si fa venire una crisi. Non mi chiedere perché!».

Spero che in questo tu non le somigli, e… a questo proposito, ti dispiace se parliamo di quello là?

«Quello là chi?».

Massimo!

«Ah, Massimo. Be'?», buttai là con sufficienza.

Pensi di uscirci a cena?

«Se sei così geloso, sì!», lo provocai.

Non sono geloso, ma mettiti nei miei panni!

«Pat!».

Okay, esempio idiota, ma vedere la mia ragazza a cena con un manzo con i bicipiti grandi come noci di cocco e non poter fare niente mi fa diventare matto!

«Non ti fidi di me per caso?».

Non mi fido di lui! Per niente! Ho visto come ti guardava!

«E come mi guardava?».

Come un… marpione ecco, come un marpione italiano!

Scoppiai a ridere.

«E da cosa te ne saresti accorto, mi ha detto quattro parole in tutto!».

Sono un uomo, o comunque lo ero e queste cose, se permetti, le conosco!

«Pat, se dovessi uscire a cena con lui, sarebbe solo per non rimanere in camera a rimuginare su tutte le tragedie che affliggono le nostre famiglie».

Ma non puoi uscire con delle ragazze per esempio?

«E dove le trovo? Non conosco nessuno qui!».

Nello stesso istante arrivò un SMS al mio cellulare.

È lui, lo sento.

Aprii il messaggio.

“Ciao Mia, se hai voglia ti passo a prendere stasera e ti porto a mangiare una pizza eccezionale”.

Mi morsi un labbro.

«Dimmi la verità, tu prevedi il futuro per caso?».

Mia, sono un uomo, te l’ho detto!

«Cosa gli dico?».

Quello che vuoi tu, rispose scocciato.

«Mi stai mettendo il muso o sbaglio?».

No figurati, vai pure, non posso impedirtelo!

«Ma tu verrai con noi quindi non vedo dove sia il problema», continuai a punzecchiarlo.

Grazie, sai che soddisfazione! Comunque se farà troppo il cascamorto interverrò.

«Va bene, e come avresti intenzione di intervenire?».

Canterò!

«Pat, lo sai che ti amo più della mia vita e te l’ho dimostrato come più non potevo, vuoi spiegarmi perché adesso sei così preoccupato se mangio una pizza con un tizio?».

Perché il mio unico desiderio è quello di essere al posto suo e non posso!, gridò.

Rimanemmo in silenzio.

Era vero, per quanto mostrassimo disinvoltura nel cercare di accettare una situazione così inspiegabile ed estrema, non potevamo fingere con noi stessi. Quella voce era tutto quello che mi restava di lui e niente sarebbe più stato come prima.

«Pat, abbracciami».

Lo sto facendo.

Più tardi sentii mia nonna gridare dal piano di sotto.

«Ciao Mia! Ciao Patrick! Io esco, divertitevi a cena!».

Tua nonna è incredibile, sussurrò.

«Incredibile», ripetei scuotendo la testa.

Cominciai a prepararmi, ma Patrick non mi rendeva le cose semplici.

Quel vestito non è troppo corto?

«No Pat!».

Devi per forza truccarti?

«Sì Pat!».

E se si mette in testa idee strane?

«Gliele farò passare!», risposi stancamente.

Alle sette in punto suonarono il campanello.

Sentii Sunil salutare Massimo, correre su per le scale e venire a bussare come un forsennato alla porta.

Aprii prima che potesse fracassarsi le nocche contro il legno.

«Il signor Massimo è venuto a prenderla signorina», disse concitato.

Seguii Sunil di sotto e vidi Massimo nell'ingresso che mi sorrideva impacciato con un mazzo di fiori in mano.

Non gli sorridere troppo o si monterà la testa.

«Patrick…», sussurrai a mezza bocca.

Si era messo un completo classico giacca e pantaloni, un po' troppo impegnativo per una pizza, e mi venne il dubbio che Patrick avesse ragione.

Hai visto? Che ti avevo detto? Ti sembra una tenuta da pizzeria quella?

«Smettila».

«Sei bellissima!», disse Massimo sorridendo.

Sei bellissima, ripeté Patrick facendogli il verso.

Gestire Patrick con un attacco d'ansia e cercare di non sembrare una svitata era difficilissimo.

Massimo mi baciò sulle guance e mi porse il braccio.

Per un attimo mi fece venire in mente la sera in cui ero uscita con Carl per andare a teatro. Quando eravamo andati a Londra a vedere *La Sylvia* alla Royal Opera House. Era stata una serata indimenticabile.

Una vita fa.

Sunil rimase sulla porta guardandoci allontanare, salutandoci con la mano con un sorrisetto ebete che fece sparire non appena mi voltai a fulminarlo con lo sguardo.

«Ho pensato che per la tua prima uscita a Firenze una pizzeria alla buona fosse un po' troppo semplice, così ho pensato di portarti in un bel ristorante di pesce».

Odiavo il pesce dal giorno dell'incidente, specialmente quello fritto.

«Pesce?», chiesi perplessa.

«Non ti piace?»

«Sono allergica… ai crostacei», mentii.

«Oh mi dispiace, tua nonna non me l'aveva detto!».

Tua nonna non gliel'ha detto??

«Accidenti questa non ci voleva», disse mortificato, «ma posso prenotare da qualche altra parte, dimmi cosa preferisci mangiare».

«La pizza va benissimo, davvero».

Sembrò deluso, ma non volle contraddirmi.

Salimmo in macchina e partimmo alla volta di una pizzeria che chiamò subito per assicurarsi un tavolo.

La sua entrata in abito quasi matrimoniale in un ristorante semplicissimo con panche di legno e tovagliette gialle fu piuttosto comica, e nonostante fingesse disinvoltura sembrava un manichino finito nella vetrina sbagliata.

Il proprietario scambiò qualche battuta con lui sul calcio, poi inscenò un teatrino per impressionarmi, assicurandomi che avrei mangiato la migliore pizza del mondo.

L'ultima volta che qualcuno mi aveva offerto il miglior "qualche cosa" del mondo era finita molto male.

Massimo era totalmente a disagio in quel vestito che tirava da tutte le parti, mi fece tenerezza.

«Non è troppo comodo eh?», chiesi indicando la giacca.

«Il vestito? Mi sta uccidendo a dire la verità!», confessò allentandosi la cravatta, «vivo tutto l'anno in pantaloncini corti e maglietta e non sono abituato».

«So cosa vuol dire stare tutto il giorno in tuta, io non sopporto i tacchi!».

Non essere troppo amichevole, se gli dai un dito…

Mi schiarii la voce per farlo smettere.

«Facciamo un brindisi?», disse versando del vino della casa nei bicchieri.

«Per me è meglio di no, andrà benissimo una Coca!».

Sembrò ancora più deluso.

Sperava davvero in una serata diversa.

«Mia nonna mi ha fatto ubriacare ieri sera, ho passato la giornata intera a letto!».

Rise.

«Una volta ha fatto ubriacare anche me con la scusa dell'aperitivo! Io ho preso un paio di cocktail, ma lei si è bevuta quasi due bottiglie di bianco e la mattina dopo alle sette era fresca come una rosa, mentre io ero uno straccio! Mi prende ancora in giro».

«Forse è Sunil che trucca i cocktail!».

«Sunil non ha idea delle dosi. Una volta, alla sua festa di compleanno, gli ho visto riempire i bicchieri con qualunque liquido trasparente completamente a caso! Si ubriacarono tutti e il giorno dopo ritrovarono il conte Landucci addormentato nel capanno degli attrezzi!».

Ma non può parlare senza muovere così tanto le mani? Mi dà sui nervi!

«Mia nonna dice che sono troppo rigida per i suoi gusti», confessai giocherellando con un grissino.

«Ed è così?»

«Siamo diverse…».

Ci fu, di nuovo, un attimo di silenzio.

«Tua nonna mi ha detto che studi danza».

«Studiavo. Adesso non più», risposi guardando altrove.

«E perché?»

«È una lunga storia».

«Che non hai voglia di raccontarmi, vero?»

«Preferirei di no».

La conversazione non decollava e io, di certo, non la facilitavo.

Fortunatamente arrivarono le bruschette a salvarci.

«È molto che conosci la nonna?», chiesi addentando il pane.

Non incentivare la conversazione Mia, lascialo mangiare così finite presto e lui ti riaccompagna a casa.

«Un paio d'anni. È una donna incredibile».

«Incredibile è poco!».

«Lo sai perché mi ha assunto? Per fare un dispetto a una sua amica con cui aveva litigato. Mi ha pagato una cifra spropositata pur di farmi andare da lei tutte le mattine all'ora in cui andavo dall'altra!».

«E tu hai accettato?»

«Conosci tua nonna, ha minacciato di farmi il vuoto intorno e lo avrebbe fatto di sicuro, la città è talmente piccola… così ho dovuto rompere anch'io con la sua amica, altrimenti non era contenta! In effetti adesso lavoro tre volte di più di quanto non facessi prima, soprattutto da quando mi presenta come l'ex personal trainer di Kylie Minogue, ma non ti dico lo stress! Le amiche di tua nonna sono tutte come lei, iperattive e con l'energia di venticinquenni!».

«Questa è la cosa che più mi affascina e mi irrita di lei, non si ferma finché non ha ottenuto quello che vuole, non ha paura di nulla e non si preoccupa minimamente dei sentimenti degli altri».

«Sì, è una donna molto forte e mi ha insegnato molto», disse con entusiasmo, «il problema è che se non stai alle sue regole sei finito, e a dirti la verità preferisco essere un suo dipendente che un suo parente!».

«Infatti lei e mia mamma si parlano solo se sono costrette a farlo».

«Che peccato però, sarebbe forte anche se non cercasse continuamente di tenere tutto e tutti sotto controllo, a volte sembra che anche la rotazione della Terra dipenda da lei! Pensa che fa lezione con il *bluetooth* all'orecchio e parla anche continuando a fare le flessioni, non si rilassa un attimo. Una volta ho provato a dirglielo e mi ha trattato come l'ultimo dei pezzenti, non mi sono mai sentito così umiliato in vita mia».

«E tu cos'hai fatto?».

Duecento addominali?

«Ho dato le dimissioni e me ne sono andato. Lei mi ha fatto chiamare da Sunil, dalla sua segretaria e anche dal suo avvocato, ma io sono rimasto irremovibile e ho rifiutato tutte le sue proposte d'aumento finché non mi ha chiesto scusa. Da quella volta mi rispetta un po' di più».

Però l'aumento l'hai accettato eh?

«Provoca le persone finché non reagiscono, e se si accorge di un punto debole, non esita a usarlo. Con lei o ti fai scivolare le cose addosso o soccombi, non ci sono vie di mezzo!».

«Tu non sei certo il tipo che soccombe, si vede che sei una ragazza determinata e che sa quello che vuole».

E da cosa te ne sei accorto, dalla pizza che ha scelto? Coglione!

«La vuoi finire? Adesso esageri, sparisci!», sbottai improvvisamente.

Massimo sobbalzò sulla sedia.

«Oddio, ti sei offesa? Perché ho detto che sei determinata? Voleva essere un complimento veramente…», disse allibito.

«No, no non ce l'avevo con te Massimo, te lo giuro…», dissi mortificata.

Se non smettevo di parlare a voce alta con Patrick non avrei mai più avuto nemmeno un amico e mi avrebbero additata come la scema del villaggio.

Mi guardò confuso.

«Sei sicura di star bene?»

«Sì, sì scusa, è che in Inghilterra quando uno ha mal di testa diciamo che è colpa di un folletto dispettoso che con un martello ti picchia sulle tempie e per farlo passare lo devi scacciare bruscamente!», dissi con una faccia impassibile.

Dio che cazzata!

Se ci credeva o io ero un genio o lui l'ultimo degli ingenui.

«Ma tu pensa che strane le leggende, eh? Eppure c'è sempre un fondo di verità nei detti popolari, pensa che mio nonno raccontava sempre…».

Due pizze giganti arrivarono a salvarmi dagli aneddoti sul nonno di Massimo, che era sì un bravo ragazzo, ma davvero speravo che Patrick non avesse ragione e che non volesse provarci con me.

Notai con mia grande sorpresa che la mia pizza era a forma di cuore.

Lo guardai con le sopracciglia alzate.

«Mia, io non c'entro nulla te lo giuro!», disse alzando le mani. «È il mio amico cuoco che fa lo spiritoso, credimi!», disse diventando rosso fino alla punta delle orecchie, mentre il suo amico pizzaiolo rideva davanti al forno.

«Non ti preoccupare, è molto bella invece».

La pizza era, in effetti, la fine del mondo, e in fondo era stata una buona idea accettare di uscire.

Un passo alla volta, come quando entri in scena e non sai quello che ti aspetta, ma ti lasci guidare dall'istinto.

Strano che avessi pensato alla danza.

Un'immagine rapidissima di me in costume di *Giselle* che avanzo, sulle punte, verso il centro del palco con i riflettori puntati, si era affacciata alla mia mente per una frazione di secondo.

Giusto il tempo di riconoscerla e scacciarla concentrandomi su qualcos'altro.

Come una maxi porzione di tiramisù.

Il resto della serata passò giocando a chi trovava più episodi imbarazzanti sulla vita di mia nonna.

«Una volta parlava al telefono con un gallerista con cui doveva chiudere un affare enorme, e credendo di aver riattaccato, lo insultò in un modo irripetibile», disse Massimo.

«Mia mamma mi ha raccontato di quando, a una festa ufficiale, scambiò la moglie di un ambasciatore coreano per una cameriera in divisa».

«Una volta inviò per sbaglio una mail in cui dava del cretino a un tizio da cui stava per comprare un quadro preziosissimo per pochi soldi, esattamente a lui!».

«Una volta un colpo di vento le sollevò la gonna e non aveva le mutande!», dissi.

«Dài, questa te la sei inventata!».

«Magari! E ti assicuro che non si è mai né vergognata, né scusata: lei è così, o la ami o la odi!».

«Tu la ami, si vede».

«Certo che la amo, e in questo momento vorrei somigliarle un po' di più».

«Le somigli, non temere, ma sono sicuro che somigli molto anche a tua madre, non la conosco, ma ho assistito mio malgrado a decine di telefonate e ringraziavo di non essere nei suoi panni, stavo male per lei! Dev'essere molto dolce...».

«Sì, lo è, forse troppo, e ha sempre agito in funzione dell'amore, per questo ha sbagliato così spesso».

«Secondo me non si sbaglia mai quando si ama sinceramente qualcun altro, se poi non funziona almeno uno può dire di averci provato».

«E poi raccogliere i pezzi del proprio cuore ogni volta? Non credi che a una certa età sia ora di imparare la lezione e cominciare a proteggersi?».

Non volevo sembrare aggressiva, ma per avere venticinque anni, Massimo mi sembrava di un'ingenuità imbarazzante.

Fortunatamente avevo "spento" Patrick o avrebbe continuato a fare battute cretine tutta la sera.

«L'amore però è sempre un'incognita, non credi? Se non ti lasci andare e non lo vivi fino in fondo, come fai a sapere se quella è la persona giusta o no?»

«Perché se è quella giusta lo senti subito, non hai bisogno di vedere com'è. È qualcosa di… soprannaturale, di magico, lo sai e basta, perché ti sembra di conoscere quella persona da sempre, è come se improvvisamente la riconoscessi fra la folla!».

«Sembra che tu parli per esperienza».

«È così», risposi giocherellando col cucchiaino.

«Scusa, non volevo sembrare inopportuno».

«No, scusami tu, sono io che sono, diciamo… sensibile all'argomento», conclusi malinconicamente.

Il viaggio di ritorno fu silenzioso.

Guardavo fuori del finestrino respirando l'aria estiva.

Mi rendevo conto che stavo vivendo attimo per attimo, senza preoccuparmi dei progetti, del domani, o dell'aver ragione a tutti i costi.

Ma l'incidente mi aveva resa più coraggiosa, e quando qualcuno mi parlava della morte e dell'amore per luoghi comuni, senza aver vissuto né l'uno né l'altra, non riuscivo a non ribellarmi.

«Se non ti dispiace, prima di riaccompagnarti a casa vorrei farti vedere un posto».

Massimo era stato gentile anche se non ero stata una gran compagnia per la maggior parte della serata, e accettai di buon grado, sempre pronta a chiamare Pat in soccorso.

Arrivammo nella splendida piazza di Fiesole e parcheggiammo.

«Se hai voglia di fare due passi ti porto a vedere il più bel panorama del mondo».

Ci incamminammo per una salita così lunga e ripida da farmi pentire di avergli dato retta.

La strada si inerpicava attraverso le antiche case gialle protette dai muri di epoca romana, i lampioni proiettavano l'ombra dei cipressi sul selciato e tutto era incredibilmente suggestivo e misterioso come fossimo stati sul set di un film.

Camminavamo in silenzio, lentamente, con la testa bassa.

Cominciavo a sentirmi vulnerabile, troppo lontana dalla mia zona di sicurezza.

«È ancora molto lontano?», chiesi. «Ricordati che sono convalescente!».

«Siamo quasi arrivati, ma se vuoi ti prendo in braccio!».

L'orgoglio mi impedì di accettare la sua offerta, ma la fatica fu ripagata da un panorama di Firenze letteralmente mozzafiato.

Tutta la città si apriva sotto i nostri occhi, con una miriade di luci scintillanti.

Un paio di coppie si baciavano sedute sul muretto e altre contemplavano la vista abbracciate con le teste appoggiate l'una contro l'altra.

Era tutto così romantico e struggente ed essere lì con Massimo mi fece sentire fuori posto e in colpa.

Avevo bisogno di parlare con Pat.

Subito.

«Ti piace?», chiese speranzoso sedendosi sul muretto.

«Sì, è davvero splendido, ma sono stanca e vorrei tornare a casa».

«D'accordo, non avevo pensato che la passeggiata ti avrebbe distrutta fino a questo punto!», rispose con una punta di astio.

Me lo meritavo, avevo ferito il suo orgoglio.

Scendemmo giù senza dirci una parola e guidò fino a casa a 120 all'ora per sottolineare il suo disappunto.

Quando vidi il cancello di casa della nonna tirai un sospiro di sollievo.

«Be', grazie della serata Massimo… sono stata molto bene».

«Grazie a te», rispose secco, ingranando la prima e ripartendo a tutta velocità non appena chiusi lo sportello.

Salii in camera completamente esausta e mi sdraiai sul letto.

Dopo nemmeno un minuto bussò mia nonna.

«Allora, com'è andata la serata?», chiese curiosa.

Non le risposi nemmeno.

«Be'? Non mi racconti niente?»

«Non c'è nulla da raccontare, nonna».

«Ma Massimo è carino no?»

«Sì nonna molto carino!», risposi intendendo l'esatto contrario.

«Vuoi dire che è stato scortese?»

«No, nonna, ma un ragazzo che porta fuori una ragazza a cena spera sempre nel dopocena, come tu m'insegni!».

«Ma che problema c'è Mia, tu sei già fidanzata no?», rispose sarcastica.

«Appunto!».

«Quindi?»

«Quindi non cercare di combinarmi appuntamenti al buio prossimamente, vuoi?»

«Che palle di nipote sei! Tale e quale a tua madre», disse chiudendo la porta alle sue spalle.

«Lo prendo come un complimento!», le gridai di rimando.

Sospirai profondamente.

Vivere con la nonna era una guerra continua, non potevi rilassarti o ti avrebbe aggredita nel sonno come un guerriero Ninja.

Speravo nel conforto di Patrick.

«Pat?».

Silenzio.

«Pat?».

Di nuovo silenzio.

Il cuore prese a battermi forte.

Perché non mi rispondeva? Dov'era?

Se n'era andato?

«Pat? Per favore rispondimi dove sei?», chiamai allarmata.

Sono qui, rispose con una voce incolore.

«Mi hai fatto morire di paura, non lo fare mai più!».

Mia, io allora cosa dovrei dire? Sono qui che vago nel nulla senza poterti sentire né vedere, quando l'unica ragione per cui sono rimasto qui sei tu, disse tristemente.

«Pat io… hai ragione, scusami, ma non potevo stare lì seduta a cercare di ascoltare lui mentre tu mi parlavi senza fermarti un attimo».

Mia, sei uscita con un altro!

«Pat, non sono *uscita* con un altro, ho mangiato una pizza con il *personal trainer* di mia nonna, che lo ha praticamente obbligato a invitarmi!».

E immagino… tu ti sia divertita molto!

«Moltissimo!», dissi incrociando le braccia.

Davvero?, chiese impensierito. *E cosa avete fatto?*

«Prima mi ha portata a mangiare la pizza, poi mi ha proposto una passeggiata romantica!».

Alt non voglio sapere più niente lalalalalalalalalalala, cominciò a cantare.

«…siamo arrivati in cima alla salita per ammirare il panorama di Fiesole e…».

Basta, basta non posso sopportarlo, smettiiii!

«E…».

Lalalalalallllalalala!

«...e dài, scemo, mi sono fatta riaccompagnare subito a casa!».

E non ci ha provato nemmeno un po'? Non ci credo!, chiese scettico.

«Diciamo che sperava che, impressionata dal panorama, gli sarei caduta fra le braccia!».

Allora vedi che avevo ragione? E tu che hai fatto, gli hai detto che hai un ragazzo fantasma? Rise.

«Avrei dovuto dirglielo!».

Mia, davvero non ti ha baciato o roba del genere? Me lo diresti, no?

«Pat?».

Sì?

«Chiudi il becco!».

CAPITOLO NOVE

Cara Nina,
ho ricominciato a scrivere questa lettera almeno dieci volte, ci ho provato e riprovato, e il risultato è che adesso camera mia è un tappeto di fogli appallottolati!

Un tempo non avrei avuto nessun problema a parlarti di qualunque cosa, perché mi avresti incoraggiata, spronata e anche rimproverata, se fosse stato necessario, e poi alla fine mi avresti detto: «Stai tranquilla Mia, ci penso io!».

E io mi sarei sentita al sicuro, come quella volta che a dieci anni volevo scappare di casa e mi hai nascosta sotto il tuo letto per due giorni, venendomi a portare gli avanzi della cena.

Quando penso a tutte le cose che abbiamo fatto insieme, e a quello che siamo diventate oggi, è come vedere una vecchia foto di noi due sorridenti che brucia lentamente.

Allora mi viene un groppo in gola terribile e mi devo sforzare di pensare ad altro per non piangere.

Io e te eravamo sorelle e ci volevamo più bene di due sorelle di sangue, non avrei esitato a fare qualunque sacrificio per te e so che anche tu avresti fatto lo stesso.

Ti ricordi quella volta in cui mi chiedesti di farmi punire al posto tuo per aver fatto scappare il cane in cambio dei compiti di matematica?

E quella volta che ti nascondesti nella casa sull'albero perché non volevi andare a Bath coi tuoi per passare l'estate con me?

Quelle erano Nina e Mia, le inseparabili, quelle che avrebbero cambiato il mondo, la prima ballerina e l'avvocato per i diritti umani.

E mi mancano da star male.

Mi mancano le nostre risate, i nostri sogni e la nostra complicità. Lo so che mi odi con tutta te stessa, e che preferiresti che fossi morta io al posto di tuo fratello, ma credimi Nina, ti posso assicurare che lo avrei voluto anch'io, e ci ho anche provato, ma non ci sono riuscita.

Porterò nel cuore per tutta la vita il senso di colpa per non averti detto quanto fossi innamorata di lui e se adesso dovessi ammettere perché te l'ho nascosto, non lo ricordo più, è solo che aspettavo il momento giusto per dirtelo, non volevo ferirti, non sapevo come l'avresti presa, e in fondo, non avrei mai pensato che un giorno Patrick mi avrebbe ricambiata.

Nina, io vivrò con quella scena negli occhi fino all'ultimo dei miei giorni, di Patrick che scompare tra le onde di quel mare gelido e grigio e io non lo vedo più.

Sono morta anch'io in quel momento, e chi ti scrive è qualcuno che convive giorno dopo giorno con un dolore devastante e incolmabile e ti prega, se non di perdonarla, almeno di cercare di comprenderla.

Non saremo mai più Nina e Mia le sorelle inseparabili, quello che ci è successo ci ha cambiate per sempre, ma vorrei che tu non cancellassi quello che siamo state, perché sono i ricordi a cui sono più legata e perdere te dopo aver perso Patrick è una condanna troppo difficile da sopportare.

Forse non sarai neanche arrivata fin qui a leggere e avrai già stracciato questa pagina, ma sappi che mi manchi tantissimo e che ti vorrò sempre bene, anche se sarà a senso unico per il resto della mia vita.

Mia

Scesi a piedi in paese per imbucare la lettera.

Ero malinconica e di cattivo umore, e non avevo nessuna voglia di assistere alle follie di mia nonna.

Chiamai la mamma.

«Allora, com'è andata la grossa vendita?»

«Quale… grossa vendita tesoro?», chiese interrogativa.

«Quella… vabbè lascia perdere».

Mia mamma era veramente una pessima bugiarda.

«Tutto bene con Paul?»

«Che vuoi dire?», era sulla difensiva.

«Niente, chiedevo soltanto!».

«Ci hai parlato?»

«No!».

«Dimmi la verità!».

«L'ho solo salutato e mi sembrava triste».

«Ma no che non è triste, sarà stato preoccupato per il lavoro!», tagliò corto, «piuttosto c'è qualcosa di molto serio a cui dovremmo pensare al più presto ed è la tua situazione a scuola Mia».

Fu come un pugno allo stomaco.

«No mamma, la scuola no, ti prego!».

«Mia capisco perfettamente che tu ti senta sotto pressione e che non stai bene, ma la preside mi sta martellando di telefonate per capire come deve comportarsi con te, se farti dare l'esame con gli altri o farti ripetere l'anno, e questo… dipende solo da te».

«Dille che non mi importa!».

«Mia, ti *deve* importare, è il tuo futuro!».

«Il mio futuro, il mio futuro, non mi importa niente del futuro mamma, mi state sempre tutti addosso per farmi scegliere qualcosa, perché invece non pensate alle vostre di scelte? Credi di aver fatto delle scelte giuste finora, eh mamma? Oppure mia nonna, la donna di mondo che si rifiuta di invecchiare, ha fatto scelte giuste? Perché non ve ne andate a quel paese invece di torturarmi? Sai che cosa mamma? Io non VOGLIO scegliere e dillo pure alla Jenkins!».

Riattaccai.

Mi tremavano le mani.

Non ne potevo più di quella pressione assurda.

Il fatto che avessi reagito all'apatia non significava che tutto fosse tornato come prima. C'era qualcuno che se ne rendeva minimamente conto, o tutti speravano che dimenticassi al più presto il passato in modo da ritornare alle loro vite?

Salii su un autobus diretto verso il centro e scesi a una fermata qualunque.

Non avevo voglia di vedere nessuna faccia conosciuta, volevo solo perdermi fra le stradine strette e farmi contagiare da quell'atmosfera fuori dal tempo, come una turista fra le tante.

Mi fermai sul Ponte Vecchio a guardare passare le canoe sul fiume.

Mia, niente pazzie per favore, eh?

«Dài Pat, non scherzare, l'ultima cosa di cui ho voglia è un tuffo in quest'acqua lurida!».

Un mesetto fa non l'avresti pensata così!

«Sono cambiate un sacco di cose in un mese!».

È vero Mia, stai tornando a vivere.

«Sì, ma mi sembra di non farne una giusta, un tempo credevo di avere un'idea di cosa fosse giusto e cosa no, e adesso sto solo cercando di farmi notare il meno possibile, ma nonostante questo, sembra che qualunque cosa faccia dia fastidio a qualcuno: se non esco non va bene, se esco non va bene, se non vado a scuola nemmeno, se ballo, se non ballo e se non mi lascio baciare… e vaffanculo ecco!».

Mi scesero le lacrime.

Mia, tesoro, solo quello che vuoi tu è importante!

«No che non lo è, non lo è per nessuno e io non so più chi sono».

Cominciai a piangere scoraggiata e triste.

Un'anziana signora americana si avvicinò per darmi un fazzoletto di carta e mi chiese cosa fosse successo.

«Niente», risposi soffiandomi il naso, «il mio ragazzo mi ha lasciato… per un'altra».

«Che mascalzone! Hai sentito Rupert? Una ragazzina così carina! Non ti preoccupare tesoro, è successo anche a me, il mio fidanzato mi lasciò per Debbie Dupree e se non fosse stato per lui non avrei mai incontrato Rupert, sai stiamo festeggiando le nozze d'oro!», sorrise accarezzandogli il viso.

Rupert la guardava con occhi innamorati come se vedesse in lei ancora quella ragazzina di vent'anni.

Anch'io volevo che Pat mi guardasse così, ma non in sogno, adesso, lì, su quel ponte meraviglioso, dove avremmo attaccato anche noi un lucchetto per celebrare il nostro amore eterno, mentre temevo che a settant'anni sarei stata una signora eccentrica che parla da sola mentre dà da mangiare ai gatti.

Li guardai allontanarsi, appoggiati l'uno all'altra, e mi sentii ancora più triste e malinconica di prima.

«Ecco, lo vedi Pat? Anche le coppie di anziani stanno meglio di me!».

Andiamo tesoro, ti offro un gelato!

Nonostante cercassi di essere triste, Pat non smetteva un minuto di farmi ridere, con le sue battute cretine sulla gente che passava, e se era facile deprimersi in ospedale, era veramente difficile farlo in giro per Firenze.

Passeggiammo per il centro col naso in su per non perderci nessun palazzo, nessuno scorcio e nessuna statua e tutte le volte che vedevo qualcosa di bello lo indicavo a Patrick come se fosse stato lì con me.

Camminammo in lungo e in largo finché, stanchissima, mi misi a sedere su una panchina in una piazza piena di alberi.

Avrei tanto voluto avere le infradito anch'io.

Mi andai a bagnare il viso.

Senti questa musica?

«Veramente non sento nessuna musica Pat», risposi senza neanche aprire gli occhi, bagnandomi il collo.

Sì dài, il pianoforte! Non lo senti?

Mi guardai intorno e mi misi in ascolto.

Erano effettivamente le note di un pianoforte, ma non era qualcuno che suonava, sembrava piuttosto un CD, qualcosa che avevo già sentito chissà dove.

Mi alzai e mi diressi verso quelle note, come il topolino attirato dal pifferaio magico, quella vecchia storia che mi raccontava mia mamma per farmi dormire.

Attraversai la piazza ed entrai in un vicolo strettissimo e senza marciapiedi, dove la luce filtrava appena, talmente i palazzi erano vicini, oscurata dai panni stesi.

«Viene da qui», dissi fermandomi davanti a un portoncino semiaperto con una targa dorata che diceva "Aurel Ionescu" scuola di danza classica.

Dài entra!

«Ma sei scemo? Non ci penso neanche!», risposi indietreggiando.

Ti spingerei se potessi! Dài muoviti!, mi ordinò.

Entrai titubante, senza nemmeno sapere perché, e attraversai il lungo corridoio in penombra che mi portò alla sala da dove proveniva la musica.

Il maestro era nel mezzo di una lezione alla sbarra con un gruppo di allieve e allievi di livello avanzato.

L'odore della pece greca, del parquet e della fatica mi fecero girare la testa.

Tutti i ricordi tornarono alla mente come fuochi d'artificio e mi rividi insieme a Claire mentre provavo i *fouetté* dell'assolo del Cigno nero e con la Sinclaire nel pezzo di *Esmeralda*, sudata fradicia, stanca morta, ma incredibilmente felice.

Mi appoggiai al muro per non perdere l'equilibrio in preda alle vertigini e mi voltai cominciando a correre rapidamente verso l'uscita e inciampando in quello che trovavo.

«Chi c'è?», sentii gridare.

Non risposi.

«Se è un ladro qui non c'è niente da rubare, solo scarpe vecchie!».

I ragazzi risero mentre il maestro usciva dalla sala per vedere chi fosse.

«Mi scusi, ho visto la porta aperta e sono entrata, non volevo disturbare, adesso vado via!», dissi cercando inutilmente di aprire il portone.

Mi sentivo davvero stupida e volevo solo fuggire di lì il più velocemente possibile e litigare con Patrick per il brutto scherzo che mi aveva fatto.

«Puoi restare se vuoi, io per oggi ho già mangiato e tu sei troppo secca!», disse dando due sonore pacche sulla sua pancia enorme e dura come un tamburo.

«No, no davvero, me ne vado!», continuai tirando il portone con tutte le mie forze.

«Vuoi portare via la porta? Non è in vendita, ma se proprio insisti!».

Gli allievi incuriositi erano usciti a vedere cosa fosse successo, e ridacchiavano dandosi di gomito, mentre io mi sentivo avvampare fino alla punta delle orecchie dalla vergogna.

Mia, perché non rimani? Solo dieci minuti…

«Tu stai zitto che appena ti becco…», mormorai.

«E che ti ho fatto io? Non ci siamo ancora fidanzati che già mi tratti male?», scherzò con il suo forte accento rumeno.

«Scusi, non dicevo a lei, è che ho avuto una giornata pesante…».

«E vieni a farti passare il nervoso un po' con noi, vedrai come sono bravi questi! Il Bolshoj in confronto è il circo!», disse battendo le mani per far rientrare tutti in sala.

Era un uomo autorevole e sicuro di sé, che non incuteva timore, ma moltissimo rispetto.

I ragazzi e le ragazze tornarono ai propri posti appoggiando delicatamente la mano sinistra alla sbarra.

Mi sedetti in angolo della sala.

«Cosa stavamo facendo?», chiese a una ragazza alta con una maglietta a righe.

«*Jeté* maestro», rispose.

«Brava Nikita! Allora fatemi due *battement tendu* in avanti…», disse mentre marcava rapidamente la sequenza dell'esercizio, «tre *battement tendu* alla seconda… ripeto da dietro poi ancora alla seconda… *soutenu en tournant* e stessa cosa dall'altra parte, fai vedere Boris!», chiese a una ragazza minuta con i capelli cortissimi.

La ragazza rise e cercò di concentrarsi, ma dopo i primi due *tendu* si confuse.

«Licenziata! Dài fai vedere tu *Occhi di gatto*! Ti sei truccata così per lui?», disse indicando un ragazzo.

Occhi di gatto diventò rossa e si mise a ridere, poi eseguì l'esercizio alla perfezione.

«Meno male che ogni tanto ce n'è una che ascolta...», poi rivolto a me, «...questi me lo fanno apposta, con gli altri maestri sono bravissimi, poi vengono da me e si dimenticano tutto! Dài, su cominciamo!».

Accese lo stereo e fece partire il brano.

Era lo stesso CD di Claire, quello con cui avevo ripetuto le infinite sequenze di riscaldamento per dieci anni.

E una valanga di ricordi mi travolse.

La musica era più potente di tutto e non mi permetteva di ignorarla, e mi trascinò via con la potenza irrefrenabile di un fiume in piena che abbatte una diga.

Ogni singola immagine, ogni fotogramma mi giravano in testa come una giostra impazzita, e nonostante cercassi di pensare ad altro, tutto il mio passato stava ritornando prepotentemente.

Non vedevo più i ragazzi in sala, rivedevo solo me stessa che, cocciuta e testarda, ripetevo *grand jeté*, *attitude* e *pirouette* fino allo sfinimento.

La parte più istintiva di me voleva essere al centro della sala e ballare, ma quella ferita, legata al passato, al dolore e ai ricordi, collegava immediatamente la danza alla paura e alla morte.

Non avrei ballato più, anche se ne avessi avuto voglia.

Ballare era una perdita di tempo inutile, il mio futuro di ballerina si era chiuso con la morte di Patrick, e con il mio desiderio di seguirlo.

Ballava solo chi aveva una speranza per il futuro e voglia di farcela e io non ne avevo più alcuna.

Mentre ero assorta nei miei pensieri, il maestro Aurel chiese quale esercizio ci fosse dopo quello che stavano eseguendo gli allievi. Senza quasi accorgermene risposi: «*Petit battement sur le cou-de-pied*», risposi senza nemmeno pensare.

«Ma tu sei una spia che è venuta a controllare se faccio bene il mio lavoro? Chi ti ha mandato qui, mia moglie?».

I ragazzi risero e risi anch'io.

«Ah, allora ogni tanto sorridi eh *Scricciolo*? Credevo non ne fossi capace! Meno male, qui si lavora, ma si ride anche un po', altrimenti ci spariamo, vero *Rosso*?», disse rivolto a un ragazzo con i riccioli ramati.

«Sì», rispose timidamente.

«Sì cosa?»

«Sì maestro!», si corresse.

«Ecco! Così va meglio! Questi non mi portano mai rispetto...», sospirò melodrammaticamente, «...allora *plié*, *envelopé*, *développé*, *porté*, *tendu*, *jeté*...».

Di nuovo ricominciai a rivedere il mio passato, attimo per attimo.

Claire che mi aveva seguita fin da quando ero piccola e che mi aveva insegnato la vera passione per la danza, senza farmi mai sconti finché eravamo in sala, ma trattandomi come una figlia quando andavo a trovarla tutti i mercoledì sera.

Era lei che mi aveva fatto conoscere le grandi ballerine russe come la Zacharova, la Semionova e la Cojocaru e che aveva dato per scontato che anch'io avrei seguito quella strada senza dubitarne nemmeno per un secondo.

E quella culona della Sinclaire, che mi aveva preparato all'audizone della Royal e che avevo odiato perché non faceva che criticarmi e umiliarmi, era riuscita comunque a tirare fuori il meglio di me.

Sentivo una specie di onda crescermi dentro, un'urgenza che reclamava la mia attenzione e che non riuscivo a ignorare nonostante ci provassi.

La lezione volò via in un soffio, e i ragazzi, pur lavorando sodo, non perdevano mai il sorriso e il buon umore, spronati dal maestro che seguiva tutti dal primo all'ultimo con la stessa attenzione e la stessa cura, qualunque fosse il loro livello.

Non avrei mai creduto che le parole *danza classica* e *allegria* potessero esistere nella stessa frase.

Mi alzai prima dell'inchino finale per evitare di dare spiegazioni, ma il maestro mi bloccò sulla porta.

«Stai scappando? Sei ricercata? Io non ho chiamato la polizia!».

«No... è che sono in ritardo e devo tornare a casa da mia nonna».

«Ma allora tu sei Cappuccetto rosso! Ti chiamerò così d'ora in poi. Ci vediamo giovedì alle tre, la lezione costa poco, sono comunista, prezzi convenienti per tutti!».

Gli allievi si misero a ridere fissandomi incuriositi.

Mi sentii mancare l'aria.

«Mi dispiace, ma… non posso venire perché… parto», balbettai.

«Ah peccato!», disse radunando i CD, «per una volta che ce n'era una che prometteva bene… allora buon viaggio!», disse stringendomi la mano vigorosamente.

Mia…

Sorrisi abbassando lo sguardo e uscii rapidamente dalla scuola.

Una volta fuori cominciai a correre come se fossi in pericolo di vita.

Mia, perché stai scappando?

«Zitto Patrick, stai zitto non ti voglio sentire!», gridai tappandomi le orecchie.

Mi devi ascoltare invece, devi farlo, non puoi fuggire il tuo passato e nemmeno la tua vera natura! Quella è la tua vita Mia, è la danza che ti chiama, che parla alla tua anima… la danza è nella tua carne, nel tuo cuore, nella tua pelle e nel tuo respiro, anche se tenti di negarlo!

«Basta Pat, ti prego! Basta!», lo implorai fermandomi improvvisamente in mezzo alla strada.

Mia, potrai negarlo con tutti, ma mai con te stessa. E l'emozione che hai provato là dentro, quella, è reale.

Tornai a casa stravolta, tanto che Sunil pensò che avessero tentato di derubarmi.

Patrick aveva smesso di parlarmi, io mi sentivo quasi sotto shock.

Era vero: il primo desiderio di tutta la mia vita era stato quello di ballare su un palcoscenico con un tutù bianco e le scarpette da punta.

Volevo che la gente si commuovesse guardandomi e mi applaudisse in piedi fino a spellarsi le mani gridandomi *brava*.

Avevo sempre e solo puntato a quello, alla perfezione, al massimo, non avevo mai preso in considerazione altre vie di mezzo.

Solo l'eccellenza.

Adesso sentivo di non provare altro, nessun desiderio e nessun'altra passione, eccetto quella che non potevo più avere e mi sentivo inutile e vuota.

Salii in camera e chiusi la porta.

Mi tolsi le scarpe, mi misi davanti allo specchio, appoggiai una mano alla sedia e accennai un *plié*.

Le ginocchia, anziché seguire la direzione delle punte dei piedi, tendevano a chiudersi verso l'interno e le caviglie non erano forti come un tempo.

Era bastato qualche mese di inattività per mandare a monte il lavoro di una vita.

L'apertura delle anche, la rotazione del femore, il collo del piede… tutto era sparito e io ero folle di rabbia.

Una rabbia feroce e sconfinata contro il maledetto destino che mi aveva giocato uno scherzo del genere.

E cominciai a urlare con tutto il fiato che avevo in gola, sconvolta dal dolore che provavo per aver perso tutte le cose a cui tenevo di più.

Era troppo ingiusto: un attore, uno scrittore, un pittore o un musicista potevano considerarsi tali tutta la vita, anche non facendo più niente, mentre un ballerino appena smetteva di ballare diventava subito e per sempre "ex" ed era guardato con pietà e compassione da tutti.

Sollevai la sedia e la scaraventai con tutta la forza contro lo specchio che andò in frantumi, gettai il computer per terra, i libri, la tazza, l'asciugacapelli e tutto quello che mi capitava sotto mano.

Più rompevo oggetti e meglio mi sentivo.

Finché, sfinita, crollai per terra in un pianto irrefrenabile, dal quale mia nonna mi risollevò delicatamente, come se anch'io fossi un vaso rotto.

«Non ti preoccupare bambina mia, anche la nonna quando si arrabbia spacca tutto, chiedilo a Sunil», mi disse abbracciandomi e asciugandomi le lacrime con il palmo della mano, «sono solo oggetti, sono fatti apposta per essere rotti e ricomprati».

Mi cullò fra le sue braccia cantandomi una canzone che parlava di un pescatore con una cicatrice sul viso, finché mi addormentai.

Pat arrivò dopo poco e ci trovammo faccia a faccia nel nostro posto.

Ciao amore mio, scusami se sono stato così assillante, sembra che io non riesca a fare nient'altro che farti arrabbiare.

«Sono io che me la prendo per qualsiasi cosa Pat», gli dissi correndo ad abbracciarlo.

La sua pelle, il suo profumo, il suo abbraccio sicuro e forte mi fecero desiderare come sempre di non svegliarmi più.

Quell'altalena di sentimenti mi faceva ogni giorno più male.

Mia, io sono qui per te e solo per te e anche se i miei metodi sono sempre quelli della Marina Militare, è davvero soltanto per il tuo bene che vivo.

«Lo so Pat, ma credo di essere arrivata al limite della sopportazione».

Mi prese il viso fra le mani e mi guardò con dolorosa tristezza.

Scosse la testa e mi abbracciò di nuovo.

Sapevo a cosa stava pensando.

Si stava chiedendo la stessa cosa che mi chiedevo anch'io ogni minuto della giornata e che si chiedevano tutti quelli a cui mancava disperatamente: perché sei morto? Perché fra tutti i criminali, gli assassini, le persone malvagie, perché proprio tu, splendido angelo?

«Pat, tu sei in Paradiso?»

Io… non lo so tesoro, non vedo angeli bianchi con le ali, non ci sono nuvole, né cancelli dorati, ti posso solo dire che non soffro.

«Ma sei solo?»

Ho te.

«Ma non ci sono altri… come te?»

Non ne ho ancora incontrati.

«Be', meglio così, potresti incontrare un bell'angelo femmina con gli occhi azzurri e i capelli biondi, poi sarei io a essere gelosa».

Non corri nessun rischio, io credo di amarti di più di quanto non abbia fatto quando ero vivo. È come se il mio amore per te continuasse a crescere. Ora che vivo attraverso di te e conosco i tuoi pensieri e i tuoi sentimenti, sento sempre di più che eri la mia anima gemella e non sai quanto mi faccia incazzare il fatto di non esserci più.

Stringeva la mascella per impedirsi di piangere, ma non ci riuscì.

Lo abbracciai forte.

È ingiusto Mia, ingiusto…

«Lo so Pat, lo so bene…».

Gli accarezzavo i capelli piano.

Io e lui persi in quel bianco anonimo senza inizio né fine.

Tenuti insieme da un amore senza più confini.

«Supereremo tutto questo insieme Pat. Abbiamo bisogno di tempo per abituarci e per poter capire. Se tu sei qua e io là ci dev'essere senz'altro un motivo».

Si asciugò gli occhi.

Mi chiedo quale possa essere il mio ruolo qui, non posso aiutare nessuno, sono bloccato, non posso far altro che cercare di impedirti di rovinarti la vita e nemmeno tu mi ascolti. Sarei stato molto più utile da vivo.

«Magari saremo i primi a cui è capitato, e faranno un film su di noi!», cercai di sdrammatizzare.

Non so cosa devo fare Mia, mi disse appoggiando la testa sulla mia spalla, *nessuno mi ha spiegato nulla e non lo so.*

«Pat, forse dobbiamo solo aspettare e vedere. Quello che è certo è che non abbiamo nessun potere sulle scelte degli altri. Anche quando vorremmo consigliarli per il meglio».

E il mio pensiero corse alla mamma e a Nina.

Morivo dalla voglia di raccontargli del gesto di Nina, ma la situazione a casa sua era troppo delicata e drammatica per poterne accennare anche solo vagamente.

Mia….

«Dimmi Pat».

Ho paura.

«Lo so Pat, lo so».

Lo tenni abbracciato stretto a me, cantandogli dolcemente la canzone del pescatore.

CAPITOLO DIECI

La mattina dopo la nonna entrò in camera con il vassoio della colazione.

Aprì in silenzio le tende e venne verso di me con una tazza di latte e una brioche.

«Buongiorno dormigliona, ieri sera non hai cenato, chissà che fame t'è venuta!», disse appoggiando la tazza sul comodino e accarezzandomi la fronte.

Mi misi a sedere, lentamente.

«Come ti senti passerotto?».

Sorrisi.

«Meglio nonna, meglio. Scusami tanto per ieri».

«Non fa niente bambina, la rabbia va tirata fuori, perché se rimane dentro ci uccide, perché credi che mi spacchi la schiena con la ginnastica alla mia età?»

«Perché sei vanitosa e vuoi sempre essere più bella delle tue amiche!», risposi addentando la brioche.

«Senti un po' che lingua lunga, questa qui!», rispose infilando una mano sotto le coperte e facendomi il solletico a un piede. «Guarda che ti rimando indietro sai? Ti impacchetto e ti rispedisco al mittente!».

«No, nonna basta, basta, il solletico no!». Ridevo sputacchiando pezzetti di brioche ovunque.

«Ecco come si fa a farti ridere!», disse continuando a farmi il solletico sul collo, i fianchi, e sotto le ascelle.

Non riuscivo a smettere di ridere.

«Basta nonna, pietàaaaa!», urlai prendendo il cuscino e lanciandoglielo contro.

«Allora è guerra!», disse la nonna colta di sorpresa, sistemandosi i capelli arruffati.

Prese l'altro cuscino e me lo sbatté sul sedere.

«Ahi, così non vale nonna, sei più forte!».

«Ci puoi scommettere che sono più forte! Io mangio carne, bevo vino e faccio pilates!», rise sculacciandomi.

«Okay, mi arrendo, mi arrendo», dissi con le lacrime agli occhi per le risate, «farò tutto quello che vuoi se la smetti!».

«Tutto?»

«Tutto nonna, te lo giuro!», dissi baciandomi gli indici incrociati, «tranne… uscire di nuovo con Massimo!».

«Uh poverino, e che ti ha fatto di male?»

«Niente nonna! È noioso e vecchio!».

«Ma come vecchio! Ha venticinque anni».

«Appunto!», risi.

«Screanzata!», disse pizzicandomi il sedere.

«Non ti ha detto niente della nostra serata romantica?», dissi arricciando il naso.

«No davvero, è tutta la mattina che è di cattivo umore! L'ho capito subito che ti ha portata a vedere il panorama e non è andata come sperava lui!».

«Nonna! Cosa doveva succedere! Ricordati che sono minorenne!».

«Stai tranquilla che se ti toccava anche solo con un dito a quest'ora era già a Sollicciano con la sua nuova tuta a righe a fare sollevamento pesi con la palla al piede!».

«Poverino, è stato gentile, ma è troppo pesante!».

«Senti nipote, ti cercherò dei nuovi amici da invitare per la tua festa di compleanno, ma tu mi devi promettere di essere un po' meno rigida».

«Quale festa di compleanno?», chiesi interrogativa.

«Quella che faremo qui la settimana prossima, è il tuo compleanno, no?»

«Sì».

«Sedici anni vanno festeggiati!».

«Ma io…».

«Ma tu devi portare il lutto, lo so benissimo! Infatti ti comprerò un vestito nero e prometto che saranno tutti tristi e non si divertirà nessuno!».

Risi.

«No davvero! Non ci sarà musica, né regali, né torta, solo gente che sta seduta da sola e guarda per terra!».

«Ma che schifo di festa nonna!», risi.

«Non voglio che tu ti diverta troppo, potrebbe farti male!».

«Okay… allora», risposi fingendo indifferenza.

«Okay cosa?»

«Okay per… questa festa», proseguii giocherellando con un filo della coperta.

«Sei sicura?»

«Mmh».

«Non ti entusiasmare troppo però, Lady Gaga ha già un impegno!».

«Mi accontento di Jamie Collum».

«Vedrò cosa posso fare, adesso vestiti, il mondo si è già alzato da un pezzo e da' una sistemata a questa camera che sembra ci sia scoppiata una bomba!».

«Sì capitano!», dissi scattando sull'attenti.

Uscendo vide i resti del Mac che giacevano scomposti sul pavimento di cotto.

«Questo non lo ripara nemmeno Franco», disse scuotendo la testa.

Forse era meglio così, avrei evitato di avere altri aggiornamenti da parte di Carl e non avrei atteso invano una risposta di Nina che, sapevo benissimo, non sarebbe mai arrivata.

Forse il mio inconscio mi stava invitando a staccare.

Nonostante stessi ancora vagando in un territorio del tutto nuovo e sconosciuto, senza il minimo appiglio o aiuto da parte di nessuno, mi sentivo curiosamente carica di energia, come se aver respirato di nuovo l'odore della danza, essermi sfogata e aver sostenuto Patrick mi avesse fatto sentire più viva e consapevole delle mie possibilità. Forse, in fondo, non ero poi così inutile come credevo.

In giardino, Massimo stava mostrando gli *squat* a mia nonna e appena mi vide mi rivolse un sorriso tirato, proseguendo con ancora più enfasi nella spiegazione.

Lo ignorai e tirai dritto andandomi a sedere sulla sdraio con una rivista di giardinaggio e un succo d'arancia che mi aveva preparato Sunil.

Massimo parlava a voce ancora più alta con tono estremamente competente e formale, non perdendo occasione per incoraggiarla e lodare la sua ottima forma.

«Bravissima Olga, tu sì che mi dài delle vere soddisfazioni! Ce ne fossero di donne come te, oggi!», diceva fingendo di ignorarmi.

Patrick sarebbe stato contento.

Non riuscivo a smettere di pensare alla mamma.

Stava fuggendo e mi stava nascondendo la verità, e se io stavo attraversando un brutto periodo non voleva dire che dovesse per forza attraversarlo anche lei.

Lasciai Massimo e mia nonna al loro stretching e andai a chiamare Betty.

«Cosa sta combinando la mamma?», chiesi senza dire "pronto?".

«Niente… credo», esitò.

«Bet, sai mentire come io so tagliare una siepe a forma di coniglio!».

Rise.

«Dimmi cosa sta succedendo fra lei e Paul per favore!».

«Paul non è più a casa vostra, e lei… sta cercando di riprendersi tuo padre».

La notizia deflagrò come una bomba.

«CHECCOSA?!», urlai.

«Cosa devo dirti Mia? Ha detto che non ha mai smesso di amarlo e vuole tentare il tutto per tutto».

«Tu non puoi dire sul serio vero Betty?».

L'immagine dei miei che sfasciavano due famiglie per tentare di riaggiustare qualcosa che non aveva mai avuto una forma mi fece venire i brividi.

Ma ancora peggio era rivedere l'immagine di mio padre nascosto dietro il «Financial Times» seduto sulla poltrona del salotto, al tavolo di cucina e sul water.

Non poteva essere vero.

Dovevo impedirglielo, dovevo parlare con Libby o con un esorcista e scongiurare la catastrofe.

Ma non potevo chiamare la moglie di mio padre e dirle di tenerlo lontano da mia madre.

«Pat come faccio?».

Chiedi aiuto a tua nonna se non ci riesce lei non ci riesce nessuno!

Scesi di corsa e la vidi seduta a gambe incrociate insieme a Massimo con gli occhi chiusi e le mani sulle ginocchia mentre ripetevano «Om».

«Nonna, la mamma vuole rimettersi con papà!», gridai tutto d'un fiato.

«Om… madonna!», esclamò spalancando gli occhi e alzandosi di scatto.

«Ma Olga non abbiamo ancora finito», protestò Massimo, «c'è ancora il rilassamento!».

«Il rilassamento fattelo tu! Io ho un'emergenza adesso!», disse afferrandomi per la manica e trascinandomi in cucina.

«Dimmi tutto quello che sai, avanti!», incalzò.

«Era strana da un po' di tempo… già all'ospedale diventava particolarmente euforica quando c'era lui, ma credevo che fosse per non farlo preoccupare troppo», dissi.

«Figurati, quello si preoccupa solo dell'andamento della borsa…».

«Un paio di volte ho sentito piangere Libby, ma non sapevo esattamente per cosa».

«Con due gemelli isterici da crescere non c'è da stare allegri, e se ci aggiungi pure tuo padre!», commentò.

«E l'altro giorno Paul mi ha detto che lei si vuol prendere una pausa di riflessione. Lui se lo sentiva che la mamma stava ricominciando a pensare a mio padre, ma io non credevo fosse possibile e l'ho anche preso in giro, invece Betty mi ha appena confermato che lei sta facendo di tutto per riprenderselo!».

«Ed è così cretina che ci riuscirà anche!», tuonò mia nonna.

«Che facciamo?»

«Dobbiamo impedirle di fare un altro errore! Ma è possibile mai? È fessa come tuo nonno Osvaldo: il romanticone!».

«Ma non era tanto in gamba mio nonno?», chiesi aggrottando la fronte.

«Negli affari sì, ma per tutto il resto era troppo sentimentale, infatti è morto giovane!», mi guardò dritta negli occhi e mi prese per le spalle. «Nipote non fare mai lo stesso errore di tua madre, intesi? Non mettere mai nessuno al centro della tua vita, mi hai capito bene? Non sono le persone che possono renderci felici! Siamo noi che ci creiamo le basi per star bene. E una volta che il nostro centro è solido, allora possiamo amare qualcun altro in maniera equilibrata, ma finché non sei forte e ti aggrappi a lui non farai che portarlo giù…». Poi si schiarì la voce: «…ma tu questo lo sai già».

«E ora?»

«Fammi parlare con Paul. Adesso!».

Salimmo in camera mia.

«Ciao Principessa come stai?», rispose Paul tirando su col naso.

«Paul, ma che fai, stai piangendo?»

«No… sto pelando le cipolle…», mentì.

«Dài qua!», fece mia nonna strappandomi il telefono di mano.

«Insomma si può sapere che stai facendo? …come non lo so mica? Ti vorrai arrendere così? Come non la conosco mia figlia? È roba mia! L'ho messa io al mondo Elena!… ma quale finita… e smettila di piangere, mi dài sui nervi! Grande grosso e coglione! Certo che tornerà… È ovvio… ma certo che ho un piano!», mi guardò stringendosi nelle spalle. «Sì ti richiamo io, tu intanto riprendi il controllo di te stesso per favore!».

Riattaccò.

«Hai veramente un piano nonna?»

«No, ma dobbiamo inventarcene uno al più presto o tua mamma farà la cazzata del secolo!».

«Nonna…».

«Scusa nipote, mi è scappata…».

«Che si fa adesso?», le chiesi.

«Bisogna fare in modo che non si frequentino e se lo fanno che le cose vadano a rotoli».

«Nonna, ti ricordo che siamo a tre ore di volo da lì».

«Ma noi abbiamo degli alleati no? C'è Paul, Libby e la sua amica Betty e lei ci può far sapere in anticipo le sue mosse, così noi le saboteremo», disse strizzando gli occhi con fare subdolo man mano che il suo piano prendeva forma nella sua testa.

«Nonna, sei diabolica!».

«E non hai ancora visto niente!», rispose guardandosi le unghie, «…

a proposito, adesso ti prendo un appuntamento dalla mia estetista: hai dei capelli che sembrano nidi di rondine, le unghie mangiate e se non ti fai la ceretta alle gambe ti scambieranno per una bertuccia!».

Due ore dopo ero sdraiata su un lettino e guardavo il soffitto con addosso un perizoma di carta, mentre Luisa mi spalmava i polpacci di cera al miele.

E con un nuovo taglio di capelli, una manicure e un massaggio con l'olio caldo ero decisamente rinata.

Questo era il genere di cose che mia mamma non faceva mai, lei era tipo da rasoio e crema del supermercato. Io ero felicissima che non fosse una di quelle donne fissate con i trattamenti estetici e roba del genere, però se non avesse evitato volontariamente di fare tutto quello che faceva mia nonna, si sarebbe resa conto che era bello farsi coccolare un po'.

Amore mio sei uno schianto, disse Patrick una volta fuori dal centro estetico con voce a metà fra l'entusiasta e il preoccupato.

«Ti piacciono i miei nuovi capelli?», gli chiesi scompigliandomi i ricci con le mani.

Li amo, così come amo il tuo naso, la tua bocca e i tuoi occhi e le tue gambe pelose!

«Allora anche per te sembravo una scimmia e non me lo dicevi!».

Se te lo avessi detto non mi avresti più parlato, ma speravo che Massimo ti stesse lontano!

«È vero, lui è un fan della depilazione, non ha un pelo in tutto il corpo!».

E tu come lo sai?

«Me l'ha detto la nonna!».

Ma secondo te… lui e tua nonna…

«Oddio non ci voglio pensare, perché, tu dici che…».

Io dico di sì e lo sai che non mi sbaglio facilmente.

«Bleah! Che schifo!», dissi aprendo la portiera e entrando in macchina di Sunil.

«Signorina molto bella», disse sorridendo e mostrando la fessura fra i denti bianchissimi.

«Grazie Sunil!».

«Deve piacere molto anche al signor Patrick!», disse con aria molto seria.

«Ah… certo! Gli piace molto», risposi un po' imbarazzata.

Ormai tutti consideravano Pat come uno di famiglia.

Digli che anche lui mi è molto simpatico.

Glielo riferii.

«Oh grazie!», sorrise Sunil arrossendo.

A casa la nonna mi aspettava nel salone per il rito dell'aperitivo, che per me era diventato un succo alla pesca con una goccia di prosecco.

«Non mi fido di chi non beve!», era un altro dei suoi detti preferiti.

Indossava un abito verde bottiglia lungo fino al ginocchio con scarpe col tacco e una pashmina color crema.

Seduta sul divano di pelle bianca, sotto il quadro che la ritraeva insieme al nonno Osvaldo, sembrava davvero una di quelle foto sui giornali fatte nelle case della gente famosa, che finge di vestirsi tutti i giorni come se andasse a una partita di caccia alla volpe.

Mi fece cenno di sedermi accanto a lei.

«Ho parlato con Betty mentre eri fuori, e già che c'ero mi sono fatta fare anche un giro di carte, niente che non sapessi già! A quanto pare Paul è fuori di casa da una settimana, Elena ha ricominciato a chiamare tuo padre da quando eri in ospedale e per l'amor di Dio, non ho niente da ridire su quello, il problema è che ha continuato a chiamarlo anche quando sei uscita dall'ospedale e su quello ho moltissimo da obiettare!», disse servendosi delle noccioline con un cucchiaino d'argento.

«Omega 3!», spiegò mettendosene una manciata in bocca.

«Sì, ma... lui?»

«Lui è uno che pur di non scegliere compra solo camicie bianche tesoro, e ti assicuro che qualsiasi uomo se lo marchi stretto prima o poi cede, ma questo lo capirai quando avrai più o meno la mia età, ora non te ne preoccupare».

«E la povera Libby?»

«Libby non può dire niente perché sei la loro figlia, ma io credo che abbia capito benissimo dove voglia andare a parare tua madre».

«Tu credi che la dovremmo avvertire?»

«A tempo debito, intanto ho istruito Betty su quello che deve fare a cominciare dalla lettura delle carte in cui dovrà avvertirla che ogni ritorno al passato è sinonimo di sventura e più cercherà di avvicinarsi a lui più succederanno catastrofi. In poche parole ogni volta che cercherà di uscire con lui faremo in modo che capiti una sfiga!».

«Racconta», incalzai incuriosita.

«Domani sera i tuoi usciranno a cena, lei ha detto che vuole parlargli, lui non sospetta niente, pensa che gli parlerà di te, invece gli farà il *discorsetto*...».

«Che discorsetto?»

«Lo sai no? Non ho mai smesso di amarti, abbiamo una figlia, perché non riproviamo...».

Mi tappai le orecchie.

«Nonna ti prego, dobbiamo impedirlo!».

«E infatti glielo impediremo», disse prendendo il telefono e chiamando la sua segretaria.

«Clara, scusa l'ora, ma ho bisogno di un favore urgente. Dovresti cercare un ristorante di Leicester, si chiama Babilonia, e dovresti prenotare un tavolo per due, domani sera alle otto».

Sgranai gli occhi.

«E chi ci andrà?»

«Paul e la figlia di una mia amica, giovane e molto bella!», sorrise perfidamente bevendo un sorso di screwdriver.

«Ha! Ha! Sei grande nonna! Batti il cinque!», alzai la mano e prontamente la nonna colpì il mio palmo.

«Ma non è finita qui, amore della nonna! Tornando alla macchina, purtroppo, troveranno una gomma bucata. Sai, sono cose che succedono, da quelle parti è pieno di balordi, così il tuo povero padre andrà nel pallone e chiamerà Libby per dirgli che farà tardi perché deve tornare in treno e la serata sarà rovinata!».

«E Paul?»

«Paul passerà casualmente di là e chiederà loro se hanno bisogno di un passaggio, tua madre dirà di no mentre Jiles dirà di sì, così lo accompagnerà alla stazione insieme a tua madre e alla fotomodella», concluse accendendosi una sigaretta e tirando una boccata soddisfatta.

Ero in totale ammirazione.

«E chi bucherà la gomma?»

«Un amico di Betty che li seguirà appena lui passerà a prenderla!».

«Nonna sono senza parole, sei peggio di un agente dei servizi segreti».

«Il tuo secondo nonno era un generale dei Carabinieri e anche lui mi ha insegnato un bel po' di cose!».

«Nonna, ma secondo te perché la mamma non riesce mai a essere felice?»

«Tua mamma è convinta che la causa dei suoi problemi sia io. Ha sempre fatto il contrario di quello che le dicevo, anche quando era d'accordo con me. Mi fa così rabbia…».

«A te non è mai piaciuto mio padre, vero?»

«Povero Jiles, non è che ce l'avessi con lui, ma insomma, per la mia unica figlia mi aspettavo un uomo con un po' più di carattere. Elena usciva con un Corsini quando conobbe tuo padre, lo sai?»

«Mi ha sempre raccontato che eri tu che volevi che sposasse il Corsini, mentre lei voleva girare il mondo con il sacco a pelo!».

«Tua mamma è sempre stata una gran romantica, ma non è mai stata molto lungimirante! Non sarebbe andata lontano vendendo collanine e cappellini all'uncinetto».

«Ma forse era quello che lei desiderava veramente e se tu l'avessi lasciata libera di fare le sue scelte, poi magari sarebbe tornata qui e avrebbe sposato il conte Corsini!».

«Non ha mai, dico mai, avuto le idee minimamente chiare sul suo futuro. Voleva studiare all'accademia delle Belle Arti, ma si è ritirata dopo due mesi, si è iscritta a Scienze politiche e ha smesso dopo un anno, poi si è messa in testa di aprire un bar, ma alla fine non era sicura nemmeno di quello, finché ha cominciato a insegnare italiano agli stranieri e lì ha conosciuto tuo padre».

«Sì, ma tu intervenivi in ogni sua scelta mettendo sempre in mezzo le tue conoscenze, e anche se cercava di accontentarti alla fine sentiva che non eri mai soddisfatta di lei».

«Io volevo solo il suo bene, e cercavo di renderle le cose più facili. I genitori cercano sempre di proteggere i figli dai loro stessi errori, ma non vogliono capire e alla fine sono gli unici a pagare. La vita è una sola e il tempo non torna più indietro».

«Almeno di papà era innamorata».

«Non sono sicura nemmeno di questo Mia. Io credo che lei si sia convinta di amarlo solo per fare un dispetto a me. Ti giuro che quando l'ha portato a casa la prima volta mi sono cadute le braccia. Mi dispiace dirtelo, ma tuo padre sinceramente era già vecchio a trent'anni, vestito come un ragioniere, sempre serio, mentre Elena era così bellina, con quei riccioli biondi e gli occhi verdi, sempre allegra e solare. Ho sperato di sbagliarmi, mi sono detta che magari era un uomo riservato, il tipico inglese delle barzellette con la bombetta e l'ombrello, che però l'avrebbe fatta felice, invece è sempre stato un pezzo di legno, mai un sorriso, mai un complimento, niente, nemmeno con te…».

«È fatto così nonna, non è cattivo, è solo…».

«Anaffettivo!».

«Distratto», ammisi, «ma quando è venuto all'ospedale a trovarmi è stato tenero».

«Con una figlia in fin di vita lui è *tenero*? Guarda… mi tremano le mani!».

«Non so cosa dirti nonna, non è mai stato un granché come padre, ma è comunque mio padre e gli voglio bene lo stesso e la mamma anche se non è perfetta vuole bene a te».

«Te l'ha detto lei?»

«La mamma ha sofferto molto la tua mancanza, ma è troppo orgogliosa per dirtelo!».

«In questo ha preso da me!».

«Farete la pace prima o poi?»

«Io non sono arrabbiata!».

«Nonna…».

«Nipote, non cercare di fare la furba con me, piuttosto parliamo del tuo futuro ora che ti si è sciolta la lingua. Cosa hai intenzione di fare con la scuola e con la danza?», disse prendendo il secondo bicchiere già pronto.

Mi rabbuiai all'istante.

«Non lo so nonna, non ho voglia di pensarci adesso».

«E quando ci vorresti pensare?».

Non risposi.

«Mia, lasciati dire che a volte sei incredibilmente matura per la tua età, tanto che mi dimentico che hai sedici anni, ma altre volte sei peggio di una bambina di cinque».

Sbuffai e mi alzai per andare alla finestra.

Stava scendendo la sera e il cielo era striato di pennellate rosa e grigie.

«Lo sai che io posso farti avere una seconda audizione?»

«Lo so nonna e ti ringrazio, ma non mi interessa», risposi senza voltarmi.

«E cosa ti interessa?»

«Niente, per il momento, niente».

«Hai idea di quanto tempo vorrai rimanere in *stand by*? Un mese, un anno, due… no, sai, solo per regolarmi».

Odiavo il suo sarcasmo.

«Ha importanza nonna?», le domandai guardandola dritto negli occhi.

«No, no, nessuna mia cara, solo che quando la smetterai di fare la vittima rimpiangerai ogni giorno che hai perduto lì a commiserarti invece di studiare in una scuola di danza. In questo momento stai dando la chance ad altri di andare avanti al posto tuo!».

«Secondo te mi importa qualcosa degli altri? E non credi che possa anche fare qualcos'altro?», risposi acida.

«Vuoi venire a lavorare da me? Puoi cominciare anche domani, ti metto a fare l'inventario e a sistemare l'amministrazione, ma continuo a credere che saresti più adatta per la Royal Ballet. Comunque, se questo è quello che vuoi non insisto. Lascia pure la scuola, torna a casa e vai a lavorare in un centro commerciale, non c'è assolutamente nulla di male se questo è *veramente* quello che vuoi».

Mi sentivo punta nell'orgoglio, e non volevo darle ragione in nessun modo, anche se sapevo, in cuor mio, che aveva ragione lei.

«Per curiosità Mia, ma Patrick cosa ne pensa di questa tua scelta?».

Sono assolutamente d'accordo con lei Olga, ma questa testona non mi vuole dare ascolto!

«Patrick!».

«Come sospettavo, la pensa come me! Bravo Patrick, alla tua!», disse rivolta al soffitto sollevando il bicchiere.

Salute!

«Nonna sei insopportabile, ha ragione la mamma!».

«Certo! Quando ti dimostro che stai sbagliando sono una vecchia strega insopportabile, quando invece si tratta di scucire i soldi per la retta sono la nonnina adorata! Almeno cerca di essere un po' più furba di così. Vuoi stare a casa a bighellonare per sempre? Prego, accomodati, ma lo farai a casa tua, se tua madre te lo permette!».

«Mi stai cacciando?», chiesi sbalordita.

«No davvero! Qui sei in vacanza e voglio che ti rilassi e ti riprenda dal brutto trauma che hai avuto, ma è fondamentale che tu abbia delle idee per il tuo futuro e che tu faccia dei progetti concreti così che quando tornerai a casa potrai cominciare una nuova vita!».

«È una minaccia nonna?», chiesi sorridendo.

«Certo! O lascio che i tuoi si rimettano insieme!».

«Nonna, questo è un ricatto!».

«Assolutamente e ora tesoro mio, se non ti dispiace, la tua super nonna ha un appuntamento galante e deve proprio lasciarti».

«Con chi esci?», le chiesi strabuzzando gli occhi.

«He he!... la curiosità uccise il gatto...», rispose alzandosi e dandomi un bacio sulla guancia con lo schiocco.

Sunil le porse la borsa, le chiavi della macchina e il rossetto.

La osservai mentre si truccava allo specchio.

Mi strizzò l'occhio e uscì.

La vidi salire in macchina dalla finestra, intenta già a parlare con l'auricolare, così bella e sicura di sé, come un'attrice di altri tempi.

Attese che il cancello elettrico si aprisse e sparì lungo il vialetto alberato al tramonto.

«Pat, credi veramente che abbia ragione lei?».

Te lo ripeto da mesi ormai. Io sono ancora qui con te e non c'è ragione che tu rinunci a tutto.

«La cena è pronta signorina, se vuole faccio compagnia», annunciò Sunil.

«Se per te non è un disturbo, sarei felice che tu restassi con me».

«Nessun disturbo, anzi!».

Apparecchiò per due in cucina e accese la televisione su *Un posto al sole*, che trovai molto più appassionante di *Eastenders*.

«Sua nonna ha detto che deve mangiare nutriente. Allora ho cucinato pasta, arrosto, patate e torta».

«Sunil scusa, ma quanti siamo?», chiesi aspettandomi di vedere comparire tutta la sua famiglia da un momento all'altro.

«Io lei e suo ragazzo!», rispose mettendosi a ridere come se avesse fatto la battuta del secolo. «Mi scusi...», disse abbassando gli occhi, servendomi gli spaghetti.

«Sunil, tu lo sai dov'è andata la nonna?»

«Sunil muto come tomba».

«E dài, non lo dico a nessuno, lo giuro», lo implorai.

Per tutta risposta alzò il volume della televisione.

«Va bene, se non me lo dici racconto alla nonna che scommetti sui cavalli e che invece di fare le pulizie passi ore al telefono!».

«Chi gliel'ha detto signorina?», mi chiese inorridito.

«Patrick!», risposi facendo spallucce e strizzando l'occhio.

«Signorina, questo è ricatto!».

«Lo so», dissi versandomi una generosa dose di parmigiano sulla pasta.

«Deve giurare che non dirà mai niente a sua nonna!».

«Giuro!».

«Si vede con un… ragazzo giovane», disse timidamente.

«Un ragazzo giovane? E chi è?»

«Questo non glielo posso dire davvero!».

È Massimo ci scommetto!

«Massimo?»

«Non so niente di niente signorina!».

«Fantastico! Lo sapevo!».

«Signorina lei ha giurato però!», mi implorò con aria afflitta.

«Stai tranquillo, da questa bocca non uscirà mai niente, puoi fidarti di me!».

«Speriamo…», disse affettando l'arrosto.

Mangiai di gusto, mi era tornato l'appetito di un tempo e stavo rimettendomi in forze e più tardi in camera mia constatai con soddisfazione che non sembravo più un'anoressica con la faccia verde.

Presi carta e penna e mi buttai sul letto per scrivere di nuovo a Nina.

Cara Nina,

sono a casa di mia nonna a Firenze.

È un posto pazzesco, con un sacco di verde e la piscina e so che ti piacerebbe tantissimo.

Ti ricordi quando mi dicevi che avresti voluto che ci venissimo insieme, dopo l'esame? Io ti avrei insegnato l'italiano e tu mi avresti fatto da guida nei musei, avremmo passato un'estate indimenticabile.

Spero che un giorno lo faremo lo stesso, anche da vecchie! ☺

Mia nonna è okay, pensa che esce con il suo insegnante di pilates che ha venticinque anni! Ti giuro non sto scherzando, si chiama Massimo è simpatico, ma un po' una palla.

Una sera mi ha portato a mangiare una pizza (perché mia nonna ha insistito) e si era messo un completo da matrimonio che tirava da tutte le parti. Credo che volesse fare colpo su di me. Sai… la straniera in vacanza, infatti dopo mi ha portata a vedere il panorama e quando gli ho chiesto di riportarmi a casa si è offeso e sono giorni che non mi parla.

Chi li capisce gli uomini? Se sta con mia nonna poi, cosa vuole da me?

~~Pat dice che~~

A proposito di casini, tieniti forte perché ho la notizia più assurda dell'anno:

mia mamma ci sta riprovando con mio padre! Lo so che è incredibile, ma è la verità, me lo ha detto Betty, sai che mia mamma le racconta tutto.

Mia nonna adesso ha preparato un piano per non farli rimettere insieme, una cosa alla 007. È pazzesca, l'adoreresti e lei adorerebbe te, non sta ferma un minuto ha sempre un piano B pronto, infatti adesso mi sa che mi odia perché non ho nessun progetto per il futuro.

C'è anche un domestico che vive qui con lei, si chiama Sunil, è indiano, e cucina benissimo.

La sera mia nonna si fa un aperitivo in salotto, e beve almeno tre bicchieri di vodka e succo d'arancia e vuole che le tenga compagnia mentre mi racconta della sua vita. Ha fatto un miliardo di cose, ha viaggiato, frequenta un sacco di gente importante, conosce i nobili, le basta prendere il telefono per ottenere sempre quello che vuole.

Vorrei somigliarle almeno un po'…

Ora mi sento un po' meglio, anche se mi manchi da morire e ti penso sempre.

Le nostre vite nel bene e nel male saranno sempre unite o almeno così sarà per me, perché una sorella non smette di essere una sorella neanche litigando.

Ti abbraccio fortissimo e ti voglio bene.

P.S. Quando torno ti porto un formaggio buonissimo!

Piegai la lettera e la misi in una busta.

Carl aveva ragione, scrivere a Nina mi faceva bene.

Mi sembrava di parlare di nuovo con lei e, chiudendo gli occhi, riuscivo a immaginare le sue risposte.

E se, per un attimo, facevo finta che non fosse successo niente, dimenticandomi del passato e sforzandomi di lasciare tutto il dolore fuori della porta del mio cervello, la rivedevo davanti a me, felice e sorridente, che mi diceva: «E dài Mia, smettila di fare l'orso!», ed eravamo di nuovo noi, allegre e spensierate, con tutta la vita davanti.

Quando più tardi mi addormentai, arrivò Pat.

«Stai meglio amore mio?», gli dissi gettandogli le braccia al collo.

Sì piccola, è stato un momento di smarrimento, ma adesso va meglio. Non vedo l'ora di vedere cosa combinerà tua nonna con Elena e tuo padre!

«Sì, anche se ti confesso che quella donna a volte mi spaventa!».

Ti riferisci a Massimo?

«Ma ti rendi conto? Potrebbe essere suo figlio! È agghiacciante!».

È più agghiacciante per lui non trovi?… brrrr, non ci voglio nemmeno pensare!, rise chiudendosi nelle spalle con una smorfia.

«Le nonne non dovrebbero fare sesso, dovrebbero preparare torte di mele e portare i nipoti al parco!».

Il mondo sta cambiando amore mio, guarda noi…

Mi prese il viso fra le mani e mi baciò sulla bocca.

Era troppo bello ed era troppo reale.

Chiusi gli occhi e mi abbandonai fra le sue braccia.

Mi sollevò facendomi sedere sopra di lui.

Cominciammo a baciarci e accarezzarci cercando percorsi nuovi con le mani e con la bocca, mordicchiandoci le labbra, le orecchie e il collo, ed esplorando ogni angolo di noi, mentre ci toglievamo i vestiti.

Il sapore della sua pelle mi dava alla testa, desideravo Patrick in un modo pazzesco e totale.

Mia, voglio fare l'amore con te, mi disse guardandomi negli occhi.

«Anch'io Pat», sussurrai, «lo voglio tantissimo».

Mi strinse a sé.

I nostri corpi si chiamavano, si desideravano, si cercavano e si aspettavano da troppo tempo ormai.

Pat fece scivolare delicatamente le mani sotto la maglietta accarezzandomi i seni e baciandomi intensamente.

Il cuore mi batteva forte, provavo delle emozioni nuove che mi spaventavano e mi eccitavano.

Stare nuda fra le braccia di Patrick era la cosa più dolce e fantastica che potesse esserci, e la mia prima volta sarebbe stata veramente da sogno.

Patrick mi spogliava guardandomi come si guarda la cosa più bella del mondo, sempre accarezzandomi con una dolcezza infinita.

Si sdraiò sopra di me, impaziente ed emozionato, e mi sorrise complice mentre seguiva con i polpastrelli il contorno del mio viso.

Chiusi gli occhi e lo abbracciai forte, aspettandolo.

Ma c'era qualcosa di più forte di noi e del nostro desiderio con cui dovevamo fare i conti, che si manifestò sotto forma di vento spaventoso, e ci strappò letteralmente l'uno dalle braccia dell'altro.

CAPITOLO UNDICI

Il giorno dopo ero di pessimo umore.

Non capivo perché fossimo stati separati in un modo così improvviso e brusco.

Di certo non era stato un mio desiderio e, se non era nemmeno il suo, allora di chi era?

La nonna invece era di ottimo umore, canticchiava allegramente fra una telefonata e l'altra, potando le sue piantine in giardino.

Scesi a raggiungerla con le mani in tasca e l'aria decisamente scazzata.

Com'era possibile che mia nonna (mia nonna!) avesse una vita sessuale iperattiva e io non ci riuscissi nemmeno in sogno?

E se era proibito, perché allora nessuno ce l'aveva ancora detto?

Più tardi arrivò Massimo, anche lui di ottimo umore, tanto che salutò anche me con un bacetto sulla guancia dopo aver bisbigliato qualcosa all'orecchio di mia nonna che, evidentemente, lei trovò spassosissimo.

«Ti unisci a noi Mia? Un po' di pilates ti farebbe bene!», disse Massimo togliendosi i pantaloni della tuta e rimanendo in shorts rossi.

«No grazie, stamattina ho voglia di fare un giro agli Uffizi, dicono che siano bellissimi».

«Aspetta che chiamo il direttore così ti faccio prenotare un biglietto, altrimenti starai una giornata in coda!», intervenne mia nonna con il cellulare già in mano.

«No, grazie nonna, non ho fretta, aspetterò come tutti gli altri!», risposi in un tono che non ammetteva repliche.

Dovevo stare sola con Pat e capire se il destino si era accanito di nuovo contro di noi e dopo averci negato una vita insieme in una maniera così crudele e malvagia, non ci permetteva di viverla neanche in sogno.

Presi l'autobus e mi sedetti in fondo.

Stavo cominciando a diventare più discreta, e con l'auricolare all'orecchio potevo persino permettermi di parlare a voce alta senza destare sospetti.

«Pat, secondo te cos'è successo?».

Non lo so amore, è stato come se ci strappassero via l'uno dall'altra. Mi sono sentito risucchiare in un vortice, è stato spaventoso, era come se continuassi a precipitare nel buio. Ti chiamavo, ma non mi rispondevi.

«La nostra prima notte… non ci riusciremo mai», mormorai sconsolata, «siamo stati ingenui a credere che fosse così facile, tu sei morto e i morti non fanno l'amore», dissi con amarezza.

Se è per questo i morti non parlano, non ridono, non danno consigli saggi e non si manifestano tutte le notti nei sogni di chi amano perdutamente.

«Cosa vorresti dire?».

Che lo risolveremo, che forse non siamo ancora pronti, ma troveremo una soluzione.

«O forse gli angeli non fanno sesso!».

E perché allora ti desidererei così tanto?

«Già, perché?».

Pazienza Mia, non è un problema, almeno non lo è per me.

Sospirai guardando fuori dal finestrino.

I viali alberati si snodavano armoniosamente sotto di noi mentre scendevamo verso la città.

Mi sentivo malinconica e sola nonostante tutto, e non riuscivo ad abituarmi ai miei sbalzi d'umore.

Un momento mi sentivo bene e il momento dopo avevo voglia di mettermi a letto e non alzarmi più.

Ero così stanca di dover combattere contro quel male oscuro, quel dolore sordo che mi aveva infettato l'anima.

Dopo aver respirato l'odore della morte non si guariva più.

Al massimo ci si conviveva, si negoziava e si scendeva a patti sperando, nella migliore delle ipotesi, di avere un po' di sollievo dal tempo.

Mi chiamò Betty.

«Tua nonna ti ha raccontato i dettagli del piano di stasera? Io mi sento una vera merda, ma tua mamma ultimamente non ragiona più e forse ha bisogno di essere spronata. Tu non le dirai niente vero? Se sapesse che ho fatto un patto con il diavolo mi ucciderebbe».

«Non sono mica matta! Desidero quanto te che si rimetta con Paul o comunque che non si rimetta con mio padre. Un giorno ci ringrazierà!».

«Speriamo, ti confesso che me la faccio sotto, se qualcosa dovesse andare storto…».

«Ma no, mia nonna ha tutto sotto controllo, non lascia mai niente al caso, se potesse metterebbe delle microspie… anzi strano che non abbia chiesto a qualche suo amico di Scotland Yard di provvedere!».

«Stai un po' meglio bambina?»

«A momenti mi sembra di sì, ma poi tutto si spegne di nuovo».

Fece una pausa.

«Volevo dirti che ho sognato Patrick stanotte», disse cauta.

«Davvero?»

«Lo vedevo precipitare nel vuoto, e ti chiamava, ti chiamava… aveva l'aria terrorizzata e mi ha fatto una gran pena, ma non sapevo come aiutarlo».

Mi vennero i brividi.

«Bet, ci è successa una cosa così strana stanotte… noi insomma… stavamo per farlo… lo volevamo tanto, e poi sul più bello, lui è sparito improvvisamente».

«Ecco perché…».

«Perché Bet? Non possiamo? Noi… cioè, è… peccato o cosa?»

«Non credo che sia questo, credo che sia una questione di energie che non sono compatibili al momento».

«Che dici Betty? Che significa energie incompatibili?», chiesi confusa.

«Che vi trovate in due dimensioni diverse e finché non sarete su uno stesso piano energetico non credo che riuscirete a farlo, capisci lui… non ha più un corpo fisico, mentre tu sì…».

«Ma vuoi dire che ci riuniremo solo quando morirò anch'io?», chiesi con un filo di voce.

«Io questo non lo so Mia, spero di no, magari mi sbaglio, anzi sicuramente mi sbaglio… cristo santo, sono stufa di essere sempre quella che dà le cattive notizie! Mia, dimentica quello che ti ho detto, come al solito non penso mai prima di parlare, mi informerò, leggerò dei testi, chiederò a un prete, qualcosa mi invento te lo assicuro, per il momento concentriamoci su stasera e incrociamo le dita perché vada tutto per il verso giusto».

Riattaccai.

«Hai sentito Pat? Non siamo sullo stesso livello energetico…», ironizzai.

Mia, amore mio, adoro Betty, ma di aldilà non ne capisce davvero un accidente!

Scesi in centro e camminai senza meta, perduta fra i miei pensieri neri.

Dov'era la mia casa? Dov'era il mio cuore? E perché la mia vita non aveva più un significato o uno scopo, ma era diventata una serie di giorni appiccicati l'uno all'altro che cercavo di riempire come meglio potevo?

La sensazione angosciante che quella fosse diventata ormai la mia realtà e che il mio passato fosse sepolto per sempre mi stava stringendo la gola.

Non potevo pensare di dover ricominciare tutto da capo fingendo di non aver vissuto quei sedici anni, e non potevo credere che tutti quei ricordi un giorno avrebbero trovato collocazione in un cassetto nella mia anima, dove sarebbero rimasti chiusi per sempre.

Pensavo a mia nonna che aveva perso tutto e tutti in un colpo solo e ne era uscita ancora più forte, ma io non ero lei né ambivo a esserlo.

Io non vivevo in un Paese in guerra e non era giusto che fosse successo proprio a me. Non me lo meritavo, avevo una vita meravigliosa davanti e adesso ero una specie di relitto alla deriva.

Ed ero sola ad affrontare tutto.

Perché alla fine non c'è nessuno che possa farsi carico dei nostri dolori e dei nostri problemi al nostro posto.

Non mi accorsi che le mie gambe (o forse Patrick) mi avevano riportato davanti alla scuola del maestro Aurel.

Erano quasi le tre, il portone era già aperto e probabilmente lui si stava preparando per la lezione.

Brava tesoro, entra, male non ti fa, anzi, forse è l'unica cura per la tua anima.

Entrai come se fossi stata una sonnambula.

Percorsi il corridoio male illuminato ed entrai in sala.

Appena il maestro mi vide mi rivolse un grande sorriso.

«Oh, Cappuccetto Rosso, come sta la nonna?»

«La nonna sta bene».

«Ma tu non eri partita? Hai perso l'aereo?», chiese infilandosi le scarpe da danza.

«Sì... in un certo senso».

«Allora sei venuta a ballare oggi?»

«No maestro, se non le dispiace vorrei sedermi e guardare anche oggi».

«Ma perché? Non hai otto euro? Facciamo una colletta se vuoi!», rise.

«Non ho neanche le scarpette, e poi davvero... non importa».

«Come vuoi», disse voltandomi le spalle e cercando di accendere lo stereo che non ne voleva saperne di partire. «*Cazzerole*!», esclamò picchiando con il grosso pugno sul lettore CD, «non funziona mai niente qui!».

«Permette maestro?», dissi timidamente, «forse se... ecco, se preme questo bottone...».

Lo stereo sparò a tutto volume la suite di Montecchi e Capuleti dal *Romeo e Giulietta* di Prokofiev.

Tremavano anche i muri dal rumore, sembrava di essere a un *rave* appiccicati alle casse.

Mi tappai le orecchie e il maestro sradicò la spina con tutta la forza.

«Porca miseria! Succede tutte le volte!».

Gli allievi cominciarono a entrare alla spicciolata ridendo e scherzando fra di loro.

«Buonasera maestro! Problemi con lo stereo?», scherzò il ragazzo rosso di capelli.

«Fai lo spiritoso adesso? Tanto ora ti sistemo io!».

Riconobbi le ragazze che aveva soprannominato Boris e Occhi di gatto, e altre tre che non avevo ancora visto.

Qualcuna indossava le punte, altre semplicemente calzini di spugna.

Presero tutti posto alla sbarra e cominciarono a scaldarsi i muscoli allungandosi in avanti e flettendo le punte dei piedi.

«Tu, *Coda di cavallo,* presta un paio di pantaloni a questa *Piccola fiammiferaia*».

La Piccola fiammiferaia in questione ero io e Coda di cavallo era Occhi di gatto, ribattezzata per l'occasione.

«Subito maestro!», disse con entusiasmo, e corse alla sua borsa per prendere un paio di pantaloni di una tuta.

«No, davvero, non ce n'è bisogno», intervenni.

«Nella mia classe sta a guardare solo chi ha una gamba rotta e tu non hai niente di rotto a quanto vedo! Dài, siamo in ritardo e questi poi mi fanno fare gli straordinari e mia moglie chi la sente!».

Ero braccata, spalle al muro, tutti mi guardavano e aspettavano me per cominciare la lezione. Volevo scappare, ma mi sembrava di avere i piedi inchiodati al pavimento.

Mia, resta, è solo una semplice lezione, per rimetterti in forma, fai finta che sia ginnastica e niente di più, fallo solo per il tuo corpo.

Riluttante andai verso lo spogliatoio a cambiarmi.

«Questa me la paghi Patrick, non voglio, lo sai che non voglio, cazzo!», dissi fra i denti.

Non è vero che non vuoi Mia, tu lo vuoi con tutta te stessa, hai solo paura di non esserne più capace e l'unico modo per saperlo è riprovarci!

«Chiudi il becco Pat!», risposi a muso duro.

«Allora… cominciamo. Verso la sbarra, *tendu*, mezzapunta, punta, fletto, stendo, porto alla seconda, chiudo *plié*, stessa cosa a sinistra e dietro, *soutenu* alla seconda *temps lié*, *cambré* destra e sinistra e da capo. Rosso fai vedere!».

Il ragazzo coi riccioli rossi mostrò l'esercizio.

Pur essendo una sequenza semplicissima mi sembrò più difficile che scalare una montagna e mentre gli altri si preparavano in prima posizione, io rimanevo lì ferma con le mani sulla sbarra, a guardare nello specchio la mia immagine, confusa e smarrita, senza sapere cosa fare.

La musica partì e le lacrime cominciarono a scendermi lungo le guance.

Il maestro mi venne vicino.

«Forse non sono bello e giovane come il Rosso, ma non c'è mica bisogno di piangere! Non ci crederai, ma sono stato un grande ballerino anch'io!».

Sorrisi per educazione, continuando a guardare davanti a me, stringendo la sbarra con tutte le forze fino ad avere le dita bianche.

Il maestro staccò le mie mani dalla sbarra con una certa difficoltà.

«Ecco… brava, tanto sta su da sola anche se non la stritoli!», disse continuando a sorridere con occhi gentili e pazienti. «Lo so che è un esercizio noioso, ma fallo per un insegnante preistorico».

Tenevo strette le sue mani grandi, come se lui stesse cercando di farmi scendere dal cornicione di un palazzo, facendomi avanzare a piccoli passi impedendomi di guardare giù.

«Dài che ci sei… *soutenu* alla seconda, con la gamba destra, *grand plié, temps lié*… hai visto che è una sciocchezza? È come andare in bicicletta, una volta che hai imparato non te lo dimentichi più!».

Sorrisi guardando in basso e la vista della sua pancia enorme fra di noi mi fece venire da ridere.

«Ti fa ridere la mia pancia?», disse facendosi più vicino e fingendosi minaccioso.

«No, no maestro, per niente!».

«Ah ecco, guarda che ti mangio, eh? L'ultima ballerina che faceva la cattiva l'ho mangiata a pranzo!».

Mi riaccompagnò alla sbarra come se stesse aiutando una vecchietta ad attraversare la strada e si assicurò che mi fossi tranquillizzata.

«Vuoi un bicchier d'acqua? O magari qualcosa di più forte?»

«No, grazie, sto meglio».

«Io sono qui, non vado da nessuna parte, se hai bisogno mi chiami».

Poi si voltò verso una ragazza: «Non sei mica gelosa, vero?»

«No, maestro, sono già fidanzata!», rise.

«Ah meno male! Prossimo esercizio?», le chiese a bruciapelo.

«*Fondu plié*, chiudo *relevé*, doppio *fondu* dietro, *tombé*, mezzo giro e ricomincio», rispose senza esitazione.

«Questa è una secchiona!», mi disse strizzando l'occhio.

Mi sembrava di dovere imparare di nuovo a camminare, il mio corpo sapeva esattamente cosa fare, ma la mia mente si opponeva e la lotta fra i due era estenuante.

Non riuscivo a credere che quella ragazza nello specchio, con i pantaloni in prestito e i capelli tenuti fermi da una matita, che fino a poche settimane prima era in coma in un letto di ospedale, adesso stesse cercando di eseguire un *rond de jambe* in una sconosciuta scuola di danza di Firenze.

Era assurdo.

Semplicemente assurdo.

Le mie gambe rispondevano come a un istinto primordiale, ed eseguivano l'esercizio da sole senza che dovessi nemmeno riflettere e così facevano le braccia, che si muovevano armoniosamente come mosse da fili invisibili.

Ma il severo giudice che era in me mi fece saltare subito agli occhi tutte le imperfezioni, frutto di mesi di immobilità e depressione.

E la rabbia prese di nuovo il sopravvento.

Quando fu il momento di eseguire gli esercizi al centro, la situazione peggiorò.

Mi sentivo come se mi avessero buttato nell'acqua alta, e senza la sbarra come salvagente ero perduta.

Annaspavo cercando di memorizzare la sequenza, ma inutilmente.

E di nuovo il maestro venne in mio soccorso.

«Voi due vi mettete qui davanti», disse alle due ragazze più brave, «e fate l'esercizio alla perfezione così Scricciolo vi può guardare e se sbaglia è colpa vostra, quindi… mi raccomando!», disse cercando di far partire la musica con un paio di maledizioni e cazzotti.

Le ragazze mi sorrisero facendomi cenno di stare tranquilla e insieme cominciammo con due *tendu*, *coupé*, *pas de bourrée*, *glissade*, preparazione in quarta e *pirouette*.

Respirai a fondo, strinsi i denti e cominciai la sequenza.

Non è difficile, non è difficile, continuavo a ripetermi concentrandomi come per disinnescare una bomba, strizzando gli occhi e aggrottando la fronte.

Il maestro mi guardava annuendo senza intervenire troppo, se non in qualche dettaglio, essendo la mia prima lezione.

Protetta dalle due ragazze davanti, cominciavo a sentirmi più sicura e a ogni passo tenevo la testa più alta e la schiena dritta, i piedi ritrovavano il loro arco naturale e le gambe ruotavano in fuori con maggiore facilità.

Forse era vero, ero solo arrugginita, ma col tempo, magari, ce l'avrei fatta.

«Okay, però adesso lo rifacciamo con più allegria nelle caviglie!».

Ricominciammo da capo, questa volta mi sentivo molto più rilassata e sicura di me.

Ripetei la variazione senza incertezze e terminai l'esercizio con due *pirouette*, preparandomi in *relevé*, e girando con uno scatto verso destra, ma persi l'equilibrio e caddi a terra come un sacco di patate.

Fu orribilmente umiliante.

Mi guardavano tutti.

Ero stata punita per la mia presunzione, per aver tentato di volare alto con le mie piccole ali lacerate.

Quello che mi era sempre riuscito con la stessa facilità con cui bevevo un bicchiere d'acqua adesso mi sembrava impossibile.

Avevo sbattuto il ginocchio che cominciava a farmi male, ma più di tutto bruciava l'umiliazione.

«Ma vuoi rompermi il pavimento?», chiese il maestro aiutandomi ad alzarmi. «Le donne delle pulizie credono che questa sia una pista da bowling! Se non smettono di dare la cera, finiremo tutti giù come birilli!».

I ragazzi annuirono andando a schiacciare coi piedi qualche pezzo di pece.

«Maestro, lei è gentile, ma il pavimento non c'entra niente, ho fatto tutto da sola», risposi guardando per terra, mentre stringevo la sua mano per rialzarmi.

«Chi ti ha detto di rispondere?»

«Nessuno!».

«Chi ha ragione qui?»

«Lei maestro!».

«Ah, così va meglio».

Mi prese di nuovo per mano e mi condusse al centro.

«Guarda, quando giri *en dehors* è il braccio sinistro che ti spinge, non il destro, così…». Accennò il movimento per mostrarmi dove sbagliavo. «…e la testa deve guardare verso l'angolo ed è sempre l'ultima a partire», mi disse prendendomi la nuca fra le dita forti.

Provai una volta, ma la paura mi bloccò subito e non feci più di mezzo giro.

«Di che hai paura, eh?», disse seriamente.

«Non lo so, non lo so di cosa ho paura!», risposi bruscamente, mentre gli occhi si riempivano di lacrime.

«Coraggio, è come andare a cavallo, quando cadi devi risalirci subito. Ti fa male il ginocchio?»

«No».

«Peccato, così te ne saresti ricordata meglio, dài, riprova e ricordati: il braccio sinistro spinge».

Riprovai un paio di volte sempre fermandomi a metà.

«Dài, ti prendo io se perdi l'equilibrio, e se non ci riesci mi devi venti euro!».

Risi e la tensione si sciolse.

Le sue mani forti mi diedero il coraggio necessario per provare a girare di nuovo. E girai due volte e mezza.

«Hai visto, testona?», mi disse scompigliandomi i capelli.

Sorrisi piena di imbarazzo e gratitudine.

La strada era lunga, troppo lunga per non scoraggiarsi.

«Avanti, tutti al centro per l'inchino al maestro. Bravi, un bel sorriso falso… e a giovedì!», disse battendo le mani.

Nello spogliatoio le due ragazze si presentarono.

«Ciao io sono Laura, cioè Boris».

«E io, Occhi di gatto, Coda di cavallo e l'altra settimana cos'ero? Ah già, Fernando!».

«Piacere Mia, Cappuccetto, Scricciolo e Piccola fiammiferaia».

Ridemmo.

«È molto che studiate col maestro?»

«Un paio d'anni, appena ho tempo vengo da lui, è un fenomeno!», disse Serena.

«Io ho fatto due volte di fila l'esame per entrare alla Scala, speriamo mi prendano altrimenti mi sparo! E tu? È molto che balli?»

«Ballavo, poi ho smesso», risposi vaga.

«Ma sei bravissima ho visto i tuoi *developpé* e gli *arabesque*, si vede che hai studiato tanto».

«Faccio schifo, sono anche caduta», risposi imbarazzata.

«Su quel parquet cadono tutti prima o poi, è peggio di una lastra di ghiaccio».

«Allora uscite, sì o no, sennò vi lascio a fare le pulizie», urlò il maestro dall'altra stanza.

Ci affrettammo a cambiarci e uscimmo in strada per salutarci.

Il maestro cercò di chiudere il portone a chiave, ma la serratura sembrava difettosa.

«*Cazzerole*! Non ci riesco mai!».

«Aspetti l'aiuto», dissi tirando il portone verso di me.

La serratura scattò.

«Ah, ma tu sei una piccola maga?»

«Anche la porta di casa mia non si chiude mai!», dissi allontanandomi.

«Senti», mi gridò da lontano, «sei una cometa o pensi di tornare?».

Mi fermai pensandoci un attimo.

«Penso di tornare!», risposi correndo via.

Non riuscivo a credere di averlo fatto.

Avevo seguito una lezione di danza.

E anche se mi sentivo abbattuta, frustrata e scoraggiata, provavo una fortissima sensazione di fiducia nei confronti del maestro e sentivo che forse avrebbe potuto aiutarmi.

Brava amore mio, brava, non ce la facevo più a starmene zitto!

«Brava un accidente, sono caduta come una scema, che figura di merda».

E allora? Lo sai che l'importante è rialzarsi, no? Mia Foster Bonelli sei stata formidabile, sei stata coraggiosa ed eri bellissima!

«Tu sei sempre troppo buono».

Ti ho mai detto di lasciar perdere quando ero convinto che non dovessi farlo?

«No!».

Ti ricordi quella volta che ti ho urlato di tornare su dalla Sinclaire mentre tu volevi mollare?

«Sì!».

E quella volta che siamo rimasti in piedi fino alle tre per preparare le tesine di letteratura?

«Con tua mamma che entrava con i biscotti?».

E quando ho convinto Elena a non metterti in punizione per aver chiamato tua nonna di nascosto insieme a Nina?

«Anche», ammisi.

Allora vedi? Non dico le cose solo per farti piacere.

«Pat», dissi con amarezza, «tu ci sei sempre stato quando ne ho avuto bisogno, senza di te sarei perduta».

È per questo che non potevo allontanarmi troppo da te, si vede che qualcuno ha raccolto il mio appello.

Sapevo che se avessi smesso di sentirlo da un momento all'altro, sarei impazzita e cercavo di non pensarci, ma di fatto era il mio terrore più grande.

«Cosa non darei perché tu potessi essere qui al mio fianco».

Ci sono amore mio, ci sono.

A casa la nonna mi aspettava in tenuta da agente segreto.

Armata di tre cellulari tutti impostati con il viva voce, stava tenendo una specie di audioconferenza con Paul e Betty per perfezionare gli ultimi dettagli.

Erano quasi le sette e mio padre non avrebbe tardato a passare a prendere la mamma e, da quel momento in poi, il piano sarebbe ufficialmente partito.

«Vieni qui nipote, ho bisogno di te, tu parla con Betty e io mi occupo di Paul, per le emergenze c'è anche questo cellulare, nel caso dovessimo chiamare che ne so, un carro attrezzi o un'ambulanza!».

«Nonna, tu sei sicura che funzionerà vero?»

«Deve funzionare!», disse prendendo il suo bicchiere, poi mi guardò più attentamente.

«Sei diversa nipote, che hai fatto?»

«Niente, sono stata in giro, mi sono rilassata».

«E basta? Ti brillano gli occhi, di solito sei truce e cupa come un corvo».

«Ho fatto una lezione di danza», dissi con una punta di orgoglio.

«Davvero?», gridò mia nonna con gli occhi sgranati.

Annuii.

«E dove?»

«In una scuola in centro, c'è un maestro in gamba, è rumeno, mi sono divertita».

La nonna non credeva alle sue orecchie.

«Bambina mia, sono così orgogliosa di te!», disse sottolineando *orgogliosa*, «mi hai fatto felice, amore della nonna», continuò con gli occhi lucidi.

Uno dei suoi cellulari squillò interrompendo il momento magico.

Era Betty che annunciava che mio padre era arrivato davanti a casa nostra e il suo amico, appostato lì davanti dietro una macchina, l'aveva appena chiamata per avvertirla che era pronto a seguirli.

Paul nel frattempo era già arrivato al ristorante, nervoso come non mai, in compagnia di Nicole, la figlia dell'amica della nonna, modella e aspirante attrice.

Squillò anche l'altro telefono.

«Olga non so se riesco a farlo», piagnucolò Paul.

«Certo che ce la puoi fare Paul, è solo una cena!», disse la nonna.

«Ma io non sono tagliato per le tattiche, sono un uomo semplice, non so dire le bugie, mi beccano subito».

La nonna sospirò scuotendo la testa.

«Hai già ordinato il vino?»

«Non ancora!».

«Ecco, ordina il più caro che c'è, tanto offro io e per l'amor di Dio, rilassati un attimo e passami Nicole!».

Nicole rispose.

«Ciao cara, avrai capito che è un caso disperato, vero? Fai finta che sia un casting e ti prego di avere molta pazienza! Devi fingere di essere innamorata di lui, okay? E quando vedi Elena entrare accarezzagli la guancia e prendigli le mani fra le tue, guardandolo *intensamente* negli occhi, hai capito bene? Fammi questo favore e ti faccio fare il prossimo film di Woody Allen! Ripassami Paul adesso!», ordinò.

«Pronto!», disse Paul.

«Stai bevendo?»

«Sì!».

«Ottimo, respira e ricordati che quando vedrai entrare Elena non devi fare come se la stessi aspettando, ma devi sembrare sorpreso, hai capito? Devi guardarla come se volessi dire "ma guarda che combinazione, anche tu qui!", ma non ti fermare a parlare con lei, non ti alzare o cose del genere, guardala, falle un cenno con la mano e rimettiti a parlare con Nicole!».

«E se non ci riesco?»

«Se non ci riesci, Elena stanotte andrà a letto col suo ex marito e addio Paul, sei contento?», gridò.

«Oddio no!».

«Ecco, allora svegliati un po'!».

Era troppo divertente.

«Che rincoglionito», mimò mia nonna con la bocca. «Betty ci sono novità?», disse all'altro telefono.

«Il mio amico è proprio dietro di loro, stanno cercando un parcheggio».

«Ottimo, non ci resta che aspettare», disse la nonna accendendosi una sigaretta.

«Nonna, ma ti costerà un patrimonio», dissi.

«Scarico tutto come spese dell'azienda, non c'è problema».

Dieci minuti dopo mamma e papà entrarono al Babilonia, ristorante che doveva aver scelto mia madre in qualche guida famosa, dato che mio padre si entusiasmava soltanto al momento dell'apertura del menù.

In effetti lui stava bene solo quando poteva nascondersi dietro a qualcosa con cui non dovesse interagire, come giornali, menù e computer.

Se ci si aspettava di fare una bella chiacchierata era sicuramente meglio rivolgersi al microonde.

«Stanno entrando», disse Betty.

Paul aveva ricevuto la consegna di lasciare il cellulare sul tavolo, in modo che potessimo seguire la conversazione, mi sembrava di vederlo seduto al tavolo a mangiarsi le unghie, coperto di sudore mentre Nicole fingeva di trovarlo irresistibile.

«Elena, che coincidenza, anche tu qui?», lo sentimmo dire.

Io e la nonna ascoltavamo con le dita incrociate e gli occhi stretti.

«Sì», rispose mia mamma senza enfasi.

«Ah ehm… lei è Nicole, una mia amica… volete sedervi con noi?», balbettò impacciato.

«Pezzo di cretino!», sbottò mia nonna, «cretino senza speranza!».

«No, grazie abbiamo il nostro tavolo».

«Insisto, ho anche preso il vino è uno… Chateau Lafitte, è un'ottima annata, a te piacerebbe Elena, aspetta te ne verso un po'».

«Oddio no, ma che fai Paul, mi hai macchiato la gonna!», disse mia mamma esasperata.

La nonna alzò le braccia al cielo: «Vabbè, è un imbecille!», sentenziò.

Si udirono un rumore di sedia che cadeva a terra e Paul che si profondeva nelle più umili scuse.

«No, lascia stare, non è il caso che tu pulisca, faccio io. Molla, ho detto molla il tovagliolo!», continuava la mamma, che immaginavo mentre tentava di smacchiare la sua gonna preferita color carta zucchero.

Si allontanarono e Paul prese il telefono.

«Olga, mi perdoni, ma non ho resistito!».

«Sei un deficiente senza speranza Paul, ti meriti che se ne torni con quell'ameba di mio ex genero, sei un pasticcione, sei l'Orso Yoghi, sei Mr Bean, sei una frana totale!», ruggì mia nonna nel cellulare.

Io e Betty ridevamo come matte.

«Che facciamo adesso?», si lamentò scoraggiato.

«Adesso tu non fare nient'altro, perché hai già fatto abbastanza, non credi? Passami di nuovo Nicole e dille di allontanarsi, devo parlarle in privato».

«Nicole, hai visto che è un caso disperato, vero? Bene, conto su di te adesso per fare ingelosire mia figlia, anche se essere gelose di quel pagliaccio è dura. Accarezzagli la guancia, sorridi sempre e fallo bere, okay cara?».

La nonna si girò verso di me sospirando arresa.

«Tutti lei se li trova, che ti devo dire?», sospirò rassegnata.

«Olga, Mia», intervenne Betty, «Elena mi ha appena inviato un SMS, dice: "Ho appena incontrato Paul qui al ristorante con una bionda. E diceva che senza di me non poteva vivere… ha fatto presto a consolarsi. Che bastardi gli uomini!"».

«Colpito e affondato!», esultò la nonna versandosi altro vino.

Adesso bisogna solo lasciar fare Nicole.

«Che si stanno dicendo secondo te?», chiedeva Paul a Nicole.

«Se mangiare carne o pesce come tutti Paul, stai tranquillo e bevi…», rispondeva Nicole con fare materno.

«Che dici, vado in bagno, magari l'aiuto a smacchiarsi la gonna».

«Lasciala stare, dammi retta e poi le donne in bagno se la cavano benissimo da sole».

«Che stupido sono stato, adesso penserà che sono un cretino».

«Lo pensava anche prima, non ho dubbi!», sentenziò la nonna.

«Signora Olga, la prego, non infierisca», disperò Paul.

Mentre il cameriere li serviva, chiamò di nuovo Betty.

«Il mio amico ha appena bucato le due gomme posteriori», piagnucolò, «mi sento orribile!».

«Mi sento orribile», le fece il verso mia nonna. «Smettetela di sentirvi tutti in colpa adesso, dovevate pensarci prima, ora è troppo tardi e poi è al risultato che bisogna puntare, capito?», disse per richiamare all'ordine le truppe.

«Lascia che tagli io la tua bistecca», disse Nicole con voce suadente.

«Quella ragazza farà strada», disse la nonna soddisfatta, «qualunque strada!».

«Mi è arrivato un altro SMS ragazze», intervenne Betty. «Dice: "Non ci posso credere la bionda lo sta imboccando, patetico!"».

La nonna batté le mani.

«Dio, come conosco le donne, potrei aprire un'agenzia matrimoniale, anzi, quasi quasi la apro!», esclamò compiaciuta.

Più tardi i miei si alzarono e Paul andò di nuovo nel panico.

«Mi raccomando Paul, adesso non fare niente, sorridi, saluta e non ti muovere o vengo lì a prenderti a calci in culo, sono stata chiara?»

«Sì signora Olga!», rispose mesto.

«Appena escono dal locale aspettate cinque minuti esatti, poi uscite anche voi e andate verso destra, la loro macchina è parcheggiata lì a pochi metri dal ristorante, non potete mancarli. Voi passeggiate mano nella mano facendo finta di niente. Lui starà sbraitando per la gomma bucata, tu ti avvicini e gli chiedi se puoi fare qualcosa, hai capito bene? Chiedilo a lui! E vedrai che ti dirà di accompagnare Elena a casa e lui alla stazione. Hai capito? È facilissimo, anche un bambino di quattro anni ci riuscirebbe».

Disse la nonna aggrottando la fronte, dubitando che il paragone fosse troppo azzardato.

Lo immaginavo completamente sudato e nel pallone, nella peggiore delle situazioni in cui avesse mai sognato di trovarsi, anche nei suoi incubi.

«Allora ciao, Elena», lo sentimmo dire alzandosi di scatto e mollando il telefono sul tavolo.

«Io lo ammazzo!», fece la nonna esasperata, con le mani nei capelli, «lo ammazzo con le mie mani».

Sentimmo Nicole chiedergli di aiutarla ad allacciare la collana.

«Quale collana?», chiese lui.

«Ma quella che mi hai appena regalato, sciocchino», rispose.

«*Oscar*! Nicole è da Oscar!», esultò mia nonna.

«Ma io non ti ho regalato nessuna collana», rispose Paul affranto.

«Sì che lo hai fatto, non ti ricordi?», disse lei a denti stretti.

«Be', ciao Paul!», tagliò corto mia mamma.

«Ma…», esitò.

«Vieni qui Paul!», tuonò Nicole, «è un ordine!».

Lo sentimmo sedersi pesantemente sulla sedia.

«Paul, sono Mia, mi senti?»

«Mia, mi dispiace, ma io non sono tagliato per queste cose, io sto malissimo, non puoi neanche immaginare come sto».

«Io credo di immaginarlo invece!».

«Oddio scusa, che idiota che sono, non intendevo… cioè… io».

«Paul! Paul! Stai calmo, non è niente, va tutto bene», risposi cercando di tranquillizzarlo, «siamo tutti con te, la nonna sa quello che fa, adesso aspetta qualche minuto e poi esci, il peggio è passato!».

«Va bene Mia, adesso mi calmo».

«Bevi Paul, per l'amor di Dio bevi!», supplicò mia nonna.

Qualche minuto dopo li sentimmo alzarsi per andare a pagare e, finalmente, uscire.

Io, la nonna e Sunil col vassoio in mano ci guardavamo interrogativi.

«Signora Olga», disse Paul dopo un po', «io non so come dirglielo, ma qui fuori non c'è nessuno».

«Come non c'è nessuno? Dove siete?»

«Dove ha detto lei, qui fuori del ristorante, c'è una macchina con le gomme bucate, ma loro non ci sono».

La nonna mi guardò senza parole.

«Un altro idiota…», mormorò, «siamo circondati!».

Un attimo dopo sentimmo Betty imprecare contro il suo amico: «Che vuol dire li ho persi di vista solo per un attimo? Deficiente, a chi hai bucato le gomme adesso?».

La risposta arrivò immediata.

«Brutti stronzi, è la terza volta questo mese che mi fanno la macchina, sono quelli del ristorante all'angolo, ma io questa volta gli mando la finanza e l'ufficio d'igiene!».

«Ha bisogno di un passaggio?», disse Paul.

La nonna riattaccò sconsolata.

«Non ho parole, poi si lamentano che le donne sono troppo aggressive. In confronto a questi rammolliti ci vuole poco!».

Chiamò Betty.

«Sono mortificata Olga».

«Non lo dire a me».

«Vi leggo l'ultimo SMS di Elena: "Stiamo andando a casa, augurami buona fortuna!"».

«Oddio! Questa non ci voleva adesso!», si disperò mia nonna, «dobbiamo cavarcela da sole».

Si alzò e si accese una sigaretta.

«Okay, a mali estremi... Betty dì al tuo amico rincoglionito di chiamare i pompieri e dire che ha visto del fumo provenire da casa di Elena e poi chiama Pizza Express e falle recapitare una pizza gigante con doppia mozzarella e peperoni e un barattolo di gelato al cioccolato e panna».

«La pizza, nonna?»

«Elena mangia sempre quando è nervosa, almeno si consolerà della serata andata a rotoli, mentre noi ci facciamo venire in mente la prossima mossa. Ma il tuo fidanzato fantasma non potrebbe aiutarci in qualche modo? Non so, non potrebbe sbattere qualche porta o far muovere le tende?».

Olga lei è terribile!

«Nonna sei terribile!».

«Me lo diceva sempre anche tua madre!».

Mi addormentai sulle sue gambe mentre sognavo di fare quattro *pirouette*.

CAPITOLO DODICI

Mi svegliai sul divano cullata dal canto degli uccellini, avvolta in una morbida coperta.

L'ultima volta che avevo dormito su un divano era stato a casa di Nina a Bath, ed ero rimasta bloccata per una settimana.

Ma questa era la casa della nonna Olga e non avrebbe mai ammesso la presenza di un divano senza molle nel suo splendido salotto.

La casa era avvolta in un pigro silenzio.

La luce filtrava appena attraverso le persiane, rimbalzando sulle cornici d'argento delle foto in bianco e nero che ritraevano la nonna il giorno della sua prima comunione, sulla bicicletta insieme al nonno, sulla spider rossa, al mare, sorridente col pancione, mentre fa il bagnetto alla mamma piccola, alle feste in Versilia, in montagna, in Kenya.

Una vita pazzesca, da diva di Hollywood, sempre sorridente e padrona della scena.

Forse era lei che mi aveva trasmesso l'ossessione per il palcoscenico, in fondo aveva passato la vita recitando una parte sotto i riflettori, e piangendo in silenzio tutte le sue lacrime, senza dare mai al destino la soddisfazione di vederla sconfitta.

Non si era mai voltata indietro e aveva proseguito per la sua strada con la stessa determinazione di un rinoceronte alla carica e, alla fine, forse era riuscita a ripagare la sorte con la stessa moneta.

Era questa la lezione che stava cercando di impartirmi dal primo giorno che avevo messo piede in casa: dovevo sforzarmi di andare avanti stringendo i denti giorno dopo giorno, e ogni ora che fossi riuscita a strappare al dolore e al ricordo, sarebbe stata una vittoria che avrei portato a casa segnando un punto a favore della vita.

Il computer della nonna era rimasto acceso sul tavolino.

Ne approfittai per controllare la mia posta.

Come immaginavo, Carl mi aveva scritto un'altra mail.

Sapevo che mi avrebbe fatto male e per un attimo fui tentata di cancellarla senza nemmeno aprirla, ma non avrei mai potuto voltargli le spalle.

Volevo troppo bene a lui e a Nina e non li avrei mai abbandonati anche se stare con loro avrebbe significato guarire molto più lentamente.

O non guarire affatto.

Cara Mia,
eccomi di nuovo qui ad aggiornarti.

Sembra che le catastrofi di questa famiglia non abbiano fine. L'ultima novità è che il padre di Nina ha detto a Laetitia che vuole prendersi un periodo di pausa.

Ti rendi conto? Come se non bastasse la tragedia che ha passato quella povera donna, adesso anche il marito se ne va.

Lei sembra non essersene neanche accorta, o forse non gliene importa un granché perché gli ha risposto «fai pure come vuoi io devo andare in chiesa».

Così adesso lui si è trasferito in albergo e noi viviamo intrappolati nella morsa del dolore senza che nessuno voglia veramente uscirne.

Nina, come ti ho detto, finge di essere sempre stata figlia unica e Laetitia invece parla come se lui fosse ancora in Marina e lei lo aspettasse.

Lava e stira le sue camicie ogni tre giorni, prepara i suoi piatti e registra i suoi programmi preferiti tutte le sere.

Non è vita.

Se ti dovessi dire come sto in questo momento, non saprei davvero darti una risposta.

Non so nemmeno io cosa ci faccio qui, ma sento di non potermene andare, non adesso almeno, non anch'io.

Ogni giorno che passa mi sento sempre più in trappola e subito dopo mi sento in colpa per averlo pensato.

Lo so che nessuno mi obbliga a rimanere qui, ma non posso lasciare Nina.

Io amo ancora la Nina che conoscevamo io e te, ma non quella che è diventata adesso: quella la odio e non ho niente in comune con lei, ma continuo a sperare che un giorno, improvvisamente, ricominci a guardarmi come faceva un tempo, con quegli occhi profondi e buoni, e quel sorriso fiducioso ed entusiasta.

Questo è il motivo fondamentale per cui resisto qui. Da qualche parte so che lei c'è ancora e il giorno che abbatterà il muro di difesa, dovrò essere pronto a raccogliere i suoi pezzi.

Ti abbraccio forte e ti prego di scriverle, anche se ti sembra un'idea stupida.

Carl

Evidentemente le mie lettere erano già state bruciate e lei non gliene aveva neanche parlato.

Ma non me ne importava, avrei continuato a farlo. A me faceva bene.

Mi stiracchiai pigramente godendomi il silenzio della mattina, chiedendomi se sbirciare o meno nella posta della nonna, almeno per scoprire qualcosa in più sul suo amante segreto.

Lei senza dubbio lo avrebbe fatto, ma non appena mi avvicinai alla finestra di Outlook, il fischiettare di Sunil mi fece rinunciare al mio piano.

«Buongiorno signorina, è molto presto, già sveglia? Preparo colazione!».

Avrei preferito prepararmela da sola, ma Sunil proteggeva la sua cucina come un cane il suo osso.

La serata era stata talmente incredibile che non avrei saputo raccontarla.

Ed era il genere di cose che Patrick detestava, motivo per cui l'avevo lasciato quasi totalmente al di fuori.

Morivo dalla voglia di sentire mia mamma e la sua versione dei fatti, ma più di tutto morivo dalla voglia di sentire la versione di Betty.

E la mia curiosità fu soddisfatta appena accesi il mio telefonino.

«Missione compiuta tuo padre è tornato a casa da Libby e tua mamma mi ha invitato a mangiare la pizza da lei all'una di notte. Ci siamo finite mezzo chilo di gelato L Bet».

Avevamo vinto quel round per pura fortuna, ma non avremmo potuto impedirle di incontrarlo all'infinito e speravo che la nonna avesse altri piani in mente, migliori di quello della sera prima.

Ma io avevo un problema ben più grave, trovare un modo di parlare a Pat della sua famiglia.

È vero, avrei potuto nasconderglielo, ma non aveva senso, se eravamo una cosa unica, se lui era parte di me e dei miei pensieri, non potevo mentirgli su una cosa così importante e forse lui, con la sua delicatezza e la sua comprensione, avrebbe potuto trovare la chiave giusta per far uscire Nina e la madre dall'isolamento ottuso in cui si erano rifugiate.

Aspettai che Sunil pulisse accuratamente il fornello e il tavolo e si congedasse per andare a tagliare l'erba e poi lo chiamai.

«Pat?».

Dimmi amore.

«Sei molto arrabbiato per il casino che abbiamo combinato ieri sera?».

Non sono arrabbiato, diciamo che non capisco questo dispiegamento di forze per evitare di fare incontrare due persone che sono state sposate anni e hanno una figlia in comune.

«Sì, ma dimentichi che lui se n'è andato perché era innamorato di un'altra donna, che poi ha sposato, e con cui ha fatto altri due figli. Scusami se sottolineo l'ovvio», risposi spalmando di burro una fetta biscottata.

Okay, ma non è detto che debbano tornare insieme, stanno semplicemente ricominciando a parlare e mi sembra una cosa molto bella invece!

«Certo, per te che hai una prospettiva della realtà romantica e incorruttibile! Qui invece è rimasto tutto uguale: nessuno fa mai niente senza un tornaconto!», dissi gesticolando con il coltello.

Ma stiamo parlando dei tuoi genitori!

«Lo so! E sono quanto di peggio assortito possa esserci al mondo, come… la pizza all'ananas e il vino e la gazzosa. E lo sanno benissimo, per questo cerco di evitare a loro e a me inutili perdite di tempo!», dissi addentando la fetta biscottata troppo energicamente e facendone cadere un pezzo imburrato sulla maglietta.

Mia, l'amore ha tante sfaccettature, non si cancellano le persone importanti, specialmente se ci si è fatto un figlio insieme!

«Non dico cancellare, ma nemmeno riaprire porte chiuse! Ma si può sapere da che parte stai?», risposi mentre cercavo di pulire la macchia.

Sempre dalla parte del buon senso!

«E basta?».

E dalla tua!

«Vuoi dire che sei sempre rimasto in buoni rapporti con le tue ex?».

Certo!

«Come *certo*, e quante ex hai avuto?», chiesi incredula.

Mah… qualcuna…, rispose tenendosi sul vago.

«Qualcuna *quante* Patrick!», lo incalzai puntando il coltello verso il vuoto.

Un paio…

«Un paio?».

Forse tre…

«Forse tre?», ripetei stridula.

Amore, ma devi per forza ripetere tutto quello che dico?

«Vuoi dire che nemmeno ti ricordi quante erano?».

Quattro?

«QUATTRO? Pat! Ringrazia di essere morto, altrimenti ci avrei pensato io!», risposi incavolata ricominciando a spalmare le fette biscottate con tanta di quella rabbia che le disintegrai.

Mia, tesoro, così saranno buone per gli uccellini.

«Pensa agli affari tuoi tu! Non parlo con i traditori!».

Traditore io? Ma stai scherzando?

Quattro ragazze? Hai avuto QUATTRO RAGAZZE, ti rendi conto? E a soli diciannove anni! Vuoi dirmi quando hai trovato il tempo?

Mia, sono uscito con quattro ragazze nel giro di tre anni e per un paio di mesi al massimo, non mi sembra di essere un… play boy!

«Questo lascialo decidere a me!».

Mia, ma davvero sei arrabbiata con me?

«E me lo chiedi? E scommetto che sei andato a letto con tutte e quattro!».

Con tutte e quattro no…

«Allora lo ammetti?», stavo urlando con le mani sui fianchi parlando al frigo.

Ammettere cosa?!

«Che non ero la prima! Perché pensavo che fosse la prima volta anche per te!», protestai irritata.

Be' no, pensavo che lo sapessi, ma con te sarebbe stato come la prima volta, io non ero innamorato di nessuna di loro come lo sono di te.

«Non cercare di fare il ruffiano con me adesso, è troppo tardi!».

Ti sto solo dicendo la verità tesoro.

«E non chiamarmi tesoro! Non voglio più sentirti! Anzi sai una cosa? Ti lascio!».

Ma non puoi lasciarmi Mia, tu mi ami!

«Non più, adesso è finita!».

Mia… cerca di ragionare, sono un ragazzo e sono più grande di te è normale che io abbia avuto qualche… esperienza.

«E tu cosa penseresti se fossi stata io a letto con altri ragazzi!».

Non è successo vero?, chiese preoccupato.

«Certo che no! Ma lo vedi che ti dà fastidio?».

Certo che mi dà fastidio… Insomma, Mia, mi stai mettendo in imbarazzo, non voglio parlare di questo con te!

«E allora con chi ne vorresti parlare e quand'è che pensavi di dirmelo?».

Te lo avrei detto se non fossi morto, adesso non avrebbe avuto senso!

«Certo, adesso che sai di non poter più avere altre avventure, ti accontenti di me!».

Ma sei impazzita? Io accontentarmi di te? Io non volevo nessun'altra! Possibile che tu non mi creda?

«No che non ti credo, non dopo avermi detto che sei stato a letto con quattro ragazze!».

Mia non sono stato a letto con quattro ragazze.

«E con quante sei stato?».

Con due Mia, sono stato a letto con due ragazze!

«E chi sono?».

AAARGHHH! Mi stai facendo diventare pazzo! Una era Christine, che hai conosciuto la sera che ti ho soccorso con la moto e se ti ricordi l'ho fatta tornare a casa col mio amico per accompagnare te, e l'altra era molto tempo prima, una mia compagna di classe, una certa Mary qualcosa... neanche mi ricordo.

«Ah bene non ti ricordi neanche più il cognome adesso! Ti ricordi almeno come mi chiamo io?».

MIA, SMETTILA!

«E non alzare la voce con me adesso!».

«Ma si può sapere cos'hai da urlare a quest'ora?», intervenne la nonna entrando in cucina in vestaglia.

«Niente nonna, ho appena scoperto che il mio ragazzo era uno che scopava in giro!».

Mia!

«Be', beato lui!».

«Nonna!».

«Nipote! Che devo dirti?», disse versandosi il caffè in una tazza. «Era giovane e bello, che avrebbe dovuto fare?»

«Essermi fedele!».

Ma Mia, io ti sono stato fedele!

«Zitto tu!».

La nonna mi guardava esterrefatta.

«Mia, sei sicura di sentirti bene?»

«No! Dopo che ho scoperto che è andato a letto con due ragazze!», dissi puntando le due dita sul naso della nonna.

«Mentre stava con te?»

«Certo che no, prima!».

«E allora di che ti lamenti!», rispose girando il caffè.

Oh! Grazie nonna Olga, finalmente qualcuno che prende le mie difese!

«Che doveva fare? Stare chiuso in una teca di vetro in attesa dell'arrivo della principessa rosa?»

«Io non sono mai andata a letto con nessuno anche quando ne ho avuto l'occasione».

«Lo spero bene, sei una bambina!», disse aprendo il frigorifero.

Brava nonna!

«Cosa c'entra, non dovrebbe darmi fastidio secondo te?»

«Mia ascoltami bene», disse gettando il cucchiaino sporco nel lavandino, «fra... diciamo cinque anni, quando cioè avrai avuto un assaggio vero di quello che significano le relazioni fra adulti, ne riparleremo, e ti garantisco che riderai di questa conversazione!».

«No, nonna io non cambierò mai idea, io sono irremovibile!».

«Ah! Bambina», rise, «quando avrai tradito e sarai stata tradita, avrai lasciato e sarai stata lasciata, ti sarai sposata un paio di volte, e avrai avuto dei figli, non immagini neanche quanto elastiche saranno diventate le tue vedute!».

«Non ci credo», dissi incrociando le braccia e mettendo il muso.

Dai retta a tua nonna Mia, e fidati di me.

«Con te non ci parlo più!».

Ci parlerò io con te allora e ti dirò che il mio più grande dolore è essermene andato senza aver potuto fare l'amore con te, perché sapevo che eri la donna della mia vita e con te sarebbe stato talmente speciale che avrebbe annullato tutto il resto...

«E con Christine allora? Con lei ci sei stato per un pezzo!».

Nemmeno Christine era la persona giusta per me e infatti l'ho lasciata, più onesto di così!

«Ma state litigando?», chiese la nonna lavando le tazze.

No!

«Sì!».

Rispondemmo in coro.

«Siete matti!», disse scuotendo la testa e uscendo dalla cucina.

Poco dopo mi chiamò mia mamma.

Sentivo che era nervosa e che aveva voglia di sfogarsi e non ci volle molto perché trovasse il pretesto giusto per litigare.

«Allora, hai riflettuto sulla scuola?»

«Veramente no mamma».

«E cosa aspetti, che l'anno finisca?»

«Forse».

«Mia, smetti di essere insolente, ne abbiamo già parlato un sacco di volte, non voglio che tu debba ripetere l'anno e la preside mi ha detto che sono disposti a venirti incontro».

«Mamma, ho perso più di due mesi di scuola, e l'idea di rimettermi a studiare biologia, storia e tutte quelle idiozie inutili non mi va».

«Mia, occhio a come parli, cosa intendi fare allora, hai qualche idea migliore? Preferisci farti bocciare? Accomodati pure, poi non dirmi che non ti avevo avvertito!».

«Non me ne importa mamma».

«Di cosa non ti importa?»

«Di quello che farò!», risposi strafottente.

«Benissimo, allora dirò alla Jenkins che siccome sei confusa hai deciso di ripetere l'anno».

«Fai come vuoi, non mi interessa, in quanto a confusione non sei messa meglio di me», e mi morsi la lingua.

Ci fu un silenzio tagliente.

«Come hai detto Mia?», sibilò lei.

«Niente, non ho detto niente, scusa».

«Mia, vedo che stare da tua nonna non ti sta facendo per niente bene, sei ancora più arrogante di prima e non ti permetto di parlarmi così, mi hai capito?».

Era davvero arrabbiata e io, come al solito, avevo esagerato.

«Sì mamma, scusa, ho dormito male».

«Allora vai a farti una passeggiata così ti calmi, ti do ventiquattro ore per decidere poi saranno affari tuoi, io me ne lavo le mani».

Riattaccò.

Ero stata odiosa, ma la mamma non doveva passare un bel momento se reagiva così.

Sapeva bene quello che avevo passato e non poteva fingere che non fosse successo niente.

Non ero più la stessa persona di prima e meritavo anch'io un po' di comprensione e dolcezza in più.

La nonna scese di nuovo con le novità che Betty le aveva appena raccontato.

Mamma era sicura che i pompieri e la pizza fossero stati un'idea di Paul e poiché non era un uomo che brillava in quanto a iniziativa, si era sentita segretamente lusingata, anche se questo non le aveva fatto cambiare idea sul voler tornare insieme al suo ex marito.

«Adesso aspettiamo la prossima mossa e poi dovremo agire di conseguenza. Hai fatto pace col tuo ragazzo?»

«No!».

Sì!

Rispondemmo di nuovo in coro e scoppiammo a ridere.

«Ottimo!», disse sorridendo, «perché adesso io e te dobbiamo occuparci del catering per la tua festa di domani».

«Del cosa?»

«Il catering e tutta l'organizzazione, voglio fare le cose in grande, voglio la musica, da bere, e da mangiare e una bellissima torta! Sedici anni arrivano una volta sola e finora non hai avuto una vita proprio divertente, nipote mia».

Su questo aveva ragioni da vendere, ma era altrettanto vero che non ero una tipa da feste e non sapevo proprio come dirglielo.

Al massimo per il mio compleanno eravamo andate in pizzeria con la mamma e Betty e poi avevamo mangiato la torta a casa, ma una festa vera era davvero troppo per le mie scarse doti di intrattenitrice, e poi non conoscevo nessuno a Firenze, a meno che la nonna non avesse intenzione di noleggiare anche degli amici.

Passai la mattinata a correrle dietro come un cagnolino, mentre chiamava i servizi di organizzazione eventi e sceglieva le tovaglie, i coprisedie, il gruppo musicale e il DJ.

E nel frattempo io non facevo molto altro che dire sì con la testa dato che non avrei mai saputo scegliere fra tovaglioli color lavanda e malva.

Le lasciai carta bianca anche sulla scelta della torta dato che, comunque, non amavo i dolci, e convenni che il millefoglie alla crema chantilly del suo amico pluripremiato pasticcere fosse perfetto.

Tornai in camera, frastornata, e ancora irritatissima nei confronti di Patrick.

Mi rendevo certo conto che tenergli il muso era una cosa ridicola da fare, ma se era vero che stavamo insieme, quella era la nostra prima vera litigata da innamorati.

Anche se virtuali.

Mi feci una doccia e mi buttai sul letto, poi chiamai Paul.

«Come stai vecchio?»

«A pezzi Mia, mi sento un totale deficiente con l'autostima sotto i piedi, ho fatto la peggiore figuraccia di tutta la mia vita, mi merito di perdere Elena!».

«Ehi, vacci piano, che stai dicendo? Diciamo che sei uno che sotto stress non dà proprio il meglio di sé, ma da qui a dire che ti meriti di perdere mia madre ce ne corre!».

«Sono un fesso!», mugolò.

«Sei solo troppo buono e poi è dura farsi telecomandare da mia nonna! Secondo me sei stato bravo, non tutti avrebbero resistito fino alla fine!».

«Le ho rovinato la gonna col vino e adesso lei pensa che io esca con Nicole».

«Meglio, così crederà che sei un grande seduttore!».

«Ma quale grande seduttore, pagherei per una serata a guardare un film abbracciato sul divano con lei».

«Allora lascia fare alla nonna e vedrai».

«Ne sei convinta?»

«Certo!», risposi con un po' troppo entusiasmo.

«Secondo te dovrei chiamarla?»

«Mmm, che dice la nonna?»

«Dice di no».

«Allora non chiamarla, aspetta che faccia lei la prima mossa».

«Ma tu che ne sai di strategie amorose?»

«Diciamo che sto cominciando a capirne qualcosa anch'io», dissi rivolgendomi a un ipotetico Patrick.

Avrei chiuso le comunicazioni con lui per un po', giusto il tempo di fargli capire che con me non si scherzava e che non poteva *dimenticarsi* di dirmi qualcosa di così importante come l'essere andato già a letto con due (DUE!) ragazze.

Sentivo i morsi della gelosia punzecchiarmi come mai era accaduto prima, esattamente come se Pat fosse stato lì ancora vivo davanti a me.

Ero furibonda e desideravo fargliela pagare.

Avevo già una mezza idea di come fare.

Aprii il cassetto per prendere la biancheria pulita e vidi le mie scarpette da danza che sembravano aspettarmi.

Le presi e le appoggiai sul letto.

Per quanto volessi rifiutarle, non potevo fare a meno di trovarle bellissime.

Consumate sulla punta e morbide al punto giusto, con i lunghi nastri che mi aveva cucito la mamma.

Provai un impulso irresistibile e le infilai.

I piedi fecero un po' fatica ad adattarsi, ero fuori allenamento e le dita compresse contro la punta rigida sembravano voler esplodere.

Era un dolore familiare però, che mi fece ricordare con affetto pediluvi con il bicarbonato, vesciche e unghie ammaccate.

Legai i nastri attorno alle caviglie e mi alzai in piedi.

Piegai le punte più volte e ruotai le caviglie per ritrovare il giusto assetto e quando fui pronta mi sollevai.

Le dita facevano un male cane, ma riuscivo a stare in equilibrio.

Provai dei *passé*, dei *relevé* e provai una *pirouette* come mi aveva insegnato il maestro.

E funzionò. Ero ancora un po' incerta, ma sembrava che i miei piedi sapessero cosa fare, come accadeva nel film delle scarpette stregate.

Le sfilai e le misi nella borsa, forse prima o poi le avrei usate a lezione.

Forse.

Ignorai deliberatamente Patrick, finché non sentii la voce di Massimo che parlava con la nonna.

Allora pensai di ripagarlo con la stessa moneta.

«Pat?».

Finalmente, mi sembra di essere il genio della lampada che non esce se non la strofini, sei insopportabile quando mi fai stare nell'angolo!

Scesi di sotto e, appena lo vidi, allargai le braccia.

«Ciao Massimo, come stai?», gridai correndogli intorno.

Massimo rimase stupito e si accertò che stessi parlando proprio a lui.

«Ciao Mia! Grandi preparativi vero?»

«La nonna sta preparando una festa pazzesca, del genere Super Sweet Sixteen di MTV, tu ci verrai vero?».

Mia stai cercando di farmi ingelosire?

«Se mi inviti, certo che ci vengo!».

«Certo che ti invito, sarai il mio cavaliere!», risposi stringendogli il braccio.

Mia, sei scorretta e anche un po' stronza!

«Così impari!», dissi fra i denti.

La nonna uscì sulla veranda e venne verso di me sorridente.

«Nipote, è giunto il momento che tu venga a vedere dove lavora tua nonna, avanti, ti porto in negozio!».

«Allora ci vediamo dopodomani sera, eh Max?», gli gridai salutandolo con la mano mentre mi allontanavo.

«Max?», disse mia nonna.

Max?, ripeté Patrick.

«Max... e allora?», risposi facendo spallucce.

La nonna rise.

«Nipote, sei unica, sei tutta tua nonna!».

Sunil ci portò la macchina e insieme andammo a Firenze.

La galleria d'arte si trovava in via Maggio, il vero regno della nonna.

Un negozio pieno zeppo di oggetti meravigliosi, sedie, broccati, putti, lampade, oggetti di marmo, quadri, tavoli, scacchiere, orologi a pendolo, argenti, cornici, statue, bambole. Un'infinità di cose pregiate ed eleganti disposte con gusto e impreziosite da giochi di luce creati ad arte che davano all'ambiente un sapore intimo e accogliente.

Un'estensione del suo salotto, semplicemente più in penombra.

L'ufficio si trovava in fondo al corridoio, e si affacciava su una corte interna, un'esplosione di raccoglitori, fogli, appunti, giornali, libri, documenti, fotografie e portacenere pieni.

Là dentro c'entrava soltanto lei ed era un privilegio poter essere ammessi.

Si sedette sulla sua poltrona: una sedia di pelle consumata e si versò un bicchiere di liquore che teneva in un mobiletto sotto il tavolo.

«Vedi Mia, tutto questo lo abbiamo creato io e tuo nonno, c'è voluto un sacco di lavoro e adesso con la concorrenza dei cinesi ce ne vuole ancora di più, ma la nonna è tosta, sai?»

«Sì nonna».

«E tu mi somigli molto piccola, e questo significa che anche tu sei una tosta e sono sicura che supererai ogni ostacolo».

«Spero...», risposi guardando per terra.

«Certo che ce la farai, se ce l'ho fatta io ce la farai anche tu. Andrai avanti e avrai una vita bella e piena di successi. Io e te siamo due sopravvissute e niente ci può sconfiggere adesso».

Me lo disse guardandomi negli occhi, anzi, guardandomi nell'anima.

Sapeva esattamente cosa avevo visto e quanto dolore avessi provato e lo rispettava, ma voleva che cominciassi a reagire ed era arrivato il momento di riprendere in mano la mia vita.

Dovevo prendere una decisione.

Una qualunque decisione che mi avrebbe spinta alla rinascita.

Quella notte stessa vidi Patrick.

Ero furiosa e ne avevo tutte le ragioni.

Mia, sei sempre arrabbiata? Per favore parliamone!

«Non c'è molto da dire mi sembra, quel che fatto è fatto, no?», risposi seccata.

Ma io non ti ho fatto niente di male, non ti ho parlato di quelle storie perché non mi sembrava nemmeno carino nei tuoi confronti raccontar-

telo e poi la verità è che con te io ho azzerato tutto il resto e se non mi credi non so proprio cosa inventarmi!

«Se io ti avessi nascosto due storie, vuoi farmi credere che non ti sarebbe importato?».

Fece un verso di fastidio.

Be'... certo che sì, ma non è la stessa cosa.

«A me sembra la stessissima cosa».

No Mia, tu sei...

«Bla bla bla», dissi tappandomi le orecchie.

...impossibile. Come posso farti capire che non ero innamorato di quelle ragazze, come lo sono di te?

«Come puoi essere andato a letto con due ragazze senza esserne innamorato? Io non potrei mai!».

Ma io non sapevo nemmeno cosa volesse dire essere innamorato, per quanto abbiamo intenzione di ripetere la stessa cosa?

«Finché non mi sarà passata e non mi è ancora passata! E adesso esci dal mio sogno, devo riposarmi perché domani mi aspetta una giornata lunga ed estenuante!» protestai.

Certo, con Massimo!

«Sì esatto, con Massimo!», risposi facendogli una linguaccia.

Non ti lascerò un attimo da sola con lui.

«È una minaccia?»

Te lo giuro su di me!

CAPITOLO TREDICI

Patrick mi svegliò cantando *Tanti auguri principessa*, una canzone composta da lui appositamente per l'occasione.

Non potei fare a meno di scoppiare a ridere, non ero mai stata capace di tenergli il muso, anche se, ripensando a quella storia, mi sentivo ancora rodere dalla gelosia.

Buongiorno amore mio, vorrei poterti fare un regalo, ma non ho potuto trovare di meglio che questa canzone.

«Va bene così Pat, adesso basta però non cantare più ti prego».

Sbadigliai e mi stropicciai gli occhi, pensando che avevo sedici anni.

Non mi era mai importato dei compleanni, volevo solo sbrigarmi a crescere per poter essere più indipendente, però sedici anni, improvvisamente, mi sembravano una bella cosa.

Non erano quindici, quando eri considerata a tutti gli effetti una mocciosa. A sedici eri grande, eri una persona che poteva decidere del suo futuro e le cui idee dovevano essere tenute in maggiore considerazione.

Alla domanda «quanti anni hai?», rispondere quindici suonava come cinque, mentre dire *sedici* somigliava già a diciotto.

Mi guardai allo specchio e dissi alla mia immagine riflessa: «Ciao, sono Mia e ho sedici anni!».

Dio se suonava bene.

Mi affacciai e vidi la nonna che dirigeva i preparativi per la serata facendo spostare a Sunil lunghi tavoli da una parte all'altra del giardino, impartendo ordini ai camerieri che si occupavano dell'allestimento, correndo come matti per sistemare argenteria, bicchieri e sedie.

Avrei fatto meglio a sparire fino all'ora della festa, così da darle modo di tormentare il personale.

Scesi a salutarla, ma mi notò appena, tanto era impegnata a insultare il responsabile del catering al cellulare per aver sbagliato la forma delle tovaglie.

Scesi in città per andare a lezione dal maestro, mi sentivo più fiduciosa e sicura del solito e, forse, era anche l'influsso delle scarpette magiche che avevo con me.

Strada facendo mi chiamò la mamma.

«Tesoro, tanti auguri!», mi disse con un fondo di nostalgia nella voce.

«Grazie mamma, è la prima volta che lo passiamo lontane!».

«Lo so, infatti mi dispiace tanto e mi dispiace anche di aver alzato la voce ieri, sono un po' stanca e mi innervosisco facilmente».

«Non fa niente mamma».

Improvvisamente mi mancò moltissimo e mi passò tutta la voglia di essere adulta, desideravo solo essere con lei a farmi coccolare e proteggere.

«Stai bene piccola? La nonna ti vizia abbastanza?»

«Anche troppo, ha organizzato una festa per me stasera».

«Lo immaginavo! Ogni scusa è buona per fare baldoria! Nonna Olga è la regina delle feste, vedrai che ti divertirai tantissimo».

«Mamma, mi manchi, vorrei che fossi qui».

«Lo so passerotto della mamma, lo vorrei anch'io, ma ci vedremo presto vedrai, e festeggeremo con Betty e York qui a casa, come facciamo sempre».

«Come sta York?»

«Bene! York, saluta Mia», lo sentii abbaiare.

«Verrà anche Paul?»

«No tesoro, Paul non verrà».

Rimasi un attimo in silenzio.

«Vi siete lasciati?».

Fece una pausa.

«Sì amore, ci siamo lasciati».

Sentii una fitta al cuore.

Gli abbandoni, le morti e le separazioni erano diventati il mio pane quotidiano.

Era questo il vero significato della parola *crescere*: quando cominciavi a capire che le persone che pensavi ti sarebbero rimaste per sempre accanto se ne andavano una dopo l'altra lasciandoti sola.

Mi morsi l'interno della guancia per non piangere.

«Ma… perché?»

«Perché tra noi non funzionava più».

Non era vero, sapevo che mentiva, non funzionava più per lei, ma non aveva il coraggio di ammetterlo neanche a se stessa.

«Ma Paul ti amava tanto», mormorai.

«Lo so Mia, ma forse ero io che non lo amavo più».

Ecco, lo aveva confessato, e con una cosa così non c'era da discutere ulteriormente.

Smettere di amare qualcuno era come cancellare una parte della propria vita e lo sapevo anch'io che avevo amato soltanto Patrick.

Ma non avevo idea di come si potesse smettere di amare qualcuno da un giorno all'altro, non era come smettere di fumare o di mangiare la cioccolata, significava smettere di vivere per qualcun altro, smettere di vedere la luce brillare nei suoi occhi, smettere di sentire il cuore battere come un pazzo, smettere di avere i brividi lungo la schiena, e lo stomaco che si annoda, smettere di emozionarsi e di sognare di passare il resto della vita abbracciata a lui.

Era impossibile *smettere* di amare qualcuno a cui si era donato il proprio cuore, non si poteva deciderlo a tavolino, a meno che non facesse parte di quella "elasticità di vedute" di cui parlava la nonna.

«Ma lo potrò ancora vedere?»

«Certo, perché non dovresti, è una cosa fra noi due, tu non c'entri niente, lui ti vuole molto bene».

Anche di mio padre aveva detto la stessa cosa, ma poi lui non mi aveva mai cercata e, alla fine, anch'io avevo smesso di farlo.

Non avrei mai pensato che mi sarebbe dispiaciuto così tanto che Paul e mamma si lasciassero. Era il primo a cui mi ero veramente affezionata e che credevo sarebbe riuscito a farla felice.

Ma evidentemente non capivo niente di relazioni fra gli adulti.

E anche questa era una cosa che avrei voluto scoprire il più tardi possibile.

Ovviamente non mi disse niente dell'uscita con mio padre, né se avesse pianificato di vederlo di nuovo e, segretamente, sperai che avesse rinunciato, ma Betty più tardi mi confermò il contrario.

«Ciao bellissima, come sta la mia *little sweet sixteen* preferita?»

«Bene Betty, anche se ho appena sentito la mamma e mi ha detto che con Paul è finita definitivamente».

«Io non credo che sia finita definitivamente, di certo non per rimettersi con tuo padre, per quello dovrà passare sul mio cadavere e su quello di tua nonna!».

«Pensi che si rivedranno?»

«So che vuole fargli un'improvvisata in ufficio fra qualche giorno, dato che Libby sarà fuori città per un convegno, una specie di pic nic sull'erba».

«Un pic nic? E lo hai detto alla nonna?»

«Glielo dico appena ho maggiori dettagli. A proposito, che mi dici di Patrick? L'avete fatto»

«No e non lo faremo chissà per quanto tempo, ho appena scoperto che aveva già *consumato* in due occasioni precedenti».

«Be', un figo del genere è difficile che rimanga single!».

«Betty! Come parli, ha la stessa età di tuo figlio!».

«E allora? Sono una *cougar* lo ammetto, mi piacciono giovani e belli!».

«Vergognati vecchia sporcacciona!», risi.

Forse c'era ancora qualche barlume di speranza.

Così come a mia madre era tornata la voglia di rimettersi con mio padre, probabilmente le sarebbe passata non appena si fosse ricordata com'era vivere con lui.

Cominciavo a conoscere Firenze e l'idea di muovermi da sola in una città straniera mi faceva sentire speciale e in gamba.

Sapevo che momenti così positivi sarebbero stati sostituiti da altrettanti periodi bui, ma avevo cominciato a convivere con i miei stati d'animo altalenanti e cercavo di godermi ogni attimo.

Arrivai a lezione e il maestro mi accolse con un grande sorriso.

Non tirai fuori le scarpette dalla borsa, ma sapere che erano lì mi dava una sensazione di sicurezza.

Arrivarono Laura e Serena seguite dal Rosso che scoprii chiamarsi Duccio.

Cominciammo con la sequenza di riscaldamento alla sbarra e poi proseguimmo con gli esercizi al centro.

Ero di buon umore e il maestro se ne accorse.

«Scricciolo che sorride, allora ti sei innamorata! Senti la primavera? Chi è il fortunato, il Rosso?»

«No Maestro!», risposi arrossendo.

«Non ti piace? È un bel ragazzo!».

«Sì certo, ma giuro che non sono innamorata di lui!».

«Peccato, almeno avrebbe ballato meglio anche lui, vero?», disse assestandogli una pacca sulla spalla da frantumargli la scapola. «Tu devi essere forte, maestoso, imponente come uno dei 300, hai presente il film? Un guerriero che avanza a testa alta per difendere la sua patria! Che succede se un guerriero guarda per terra, eh?»

«Non saprei maestro… cade?»

«No, trova la lente a contatto che aveva perso! Rosso!! Sveglia, se guarda per terra lo fanno fuori hai capito? E ce ne sono altri 299 pronti a prendere il suo posto è chiaro?»

«Sì», disse abbassando gli occhi.

«Sì cosa?»

«Sì Maestro!».

«Ecco, così va meglio!».

«Questo mestiere è così, non si può essere *bravini*, per sfondare bisogna essere bravissimi! Come lo ero io», mi disse strizzandomi l'occhio.

Risi.

«Perché ridi, non credi che fossi bravissimo?»

«Sì maestro!».

«Neanche mi rispetta, questa!», disse alzando le braccia al cielo con gesto drammatico.

«Su, facciamo fruttare questi otto euro… *saut de basque en dehor*, *sissonne*, *fondu*, *chassé*, *chaîné*, *chaîné*, *chaîné* e vi fermate all'angolo».

Batté le mani e fece partire la musica che, al solito, era a un volume insopportabile.

Ero carica e sentivo crescere la sicurezza a ogni passo e più mi mostravo sicura più il maestro mi spronava a fare meglio.

Ma anziché sentirmi scoraggiata lo seguivo e cercavo di dargli ascolto.

Brava Mia, così ti voglio, questa è la mia ragazza!

Sorrisi nella parte più complicata della variazione terminando in quarta posizione, senza vacillare nemmeno un secondo, con un braccio sollevato.

Patrick batteva le mani e le ragazze sorridevano dandosi di gomito.

«Ecco, adesso vieni a prendere il mio posto già che ci sei», disse il maestro.

«No, no maestro, mi sono lasciata trascinare dalla musica», tentai di giustificarmi per aver cambiato i passi.

«E che fai, ti scusi adesso? Stai solo attenta alle braccia quando giri, ancora ti spingi troppo con il destro!», mi disse mimando la piroetta, «…e carica di più sulle gambe quando fai *plié* alla seconda e sali in *relevé*».

Non mi sembrava vero di stare ballando di nuovo e non credevo certo che lo avrei proprio fatto il giorno del mio sedicesimo compleanno.

Fino a qualche mese prima non avevo neanche previsto di arrivarci a sedici anni.

Finita la lezione, nello spogliatoio, chiesi alle ragazze se volevano venire alla mia festa.

«Con molto piacere», disse Serena, «posso portare il mio ragazzo?»

«Certo, più siamo meglio stiamo, mia nonna farà le cose in grande e io non conosco nessuno a Firenze a parte voi».

«Dov'è che abiti?», chiese Laura slacciandosi le scarpette.

«A Fiesole».

«Però!», disse in tono che mi sembrò leggermente strafottente. «Un posticino niente male…».

«Non è casa mia, magari lo fosse, io vivo a due ore da Londra in un appartamento minuscolo con mia madre», mi stavo giustificando di nuovo e non capivo perché, che colpa ne avevo io se mia nonna era straricca?

Uscendo estesi l'invito anche al maestro e a Duccio.

«*La multi ani*, cara!», disse il maestro. «Auguri! Porto anche la mia vecchia moglie allora».

«Io invece vengo da solo», disse Duccio un po' imbarazzato.

Lasciai loro l'indirizzo e mi avviai alla fermata dell'autobus di corsa.

Ero felice di aver trovato dei nuovi amici, e la nonna sarebbe stata fiera di me.

Mentre aspettavo l'autobus mi chiamò Libby, la moglie di papà.

Provai un tuffo al cuore e fui tentata di non rispondere, ma dovevo farlo.

«Auguri Mia!», disse in una voce forzatamente allegra.

«Grazie Libby, che bello sentirti, come stai?»

«Bene, abbastanza bene, tu piuttosto, so che hai fatto progressi, sono così contenta, come ti trovi a Firenze?»

«Benissimo, è una città incredibilmente bella e la nonna mi sta viziando!».

«Sono stata a Firenze con tuo padre in luna di miele… è proprio una città magica e la cucina poi… ingrassai tre chili».

Con tutti i posti che c'erano, mio padre l'aveva portata proprio a Firenze in luna di miele?

Che signore!

«E i gemelli stanno bene?»

«Sì, fra un'otite, una varicella e un braccio rotto crescono… non vedo l'ora che abbiano la tua età. Per fortuna ho un congresso a Glasgow fra due giorni, farò finta che siano le mie ferie!».

Volevo dirle di non partire, di restare a difendere la sua famiglia dalle idee cretine e stupidamente romantiche di mia madre, ma sapevo che non era compito mio.

Così la salutai augurandomi uno sciopero degli aerei.

«Pat, tu che faresti?».

Sospirò.

Purtroppo non si può fare niente, e anche i piani di tua nonna sono destinati a fallire. Se i tuoi decidono di rimettersi insieme lo faranno.

«Ma è una cosa stupida e io non voglio!».

Lo so, ma si chiama libero arbitrio e io da questa parte adesso lo capisco molto bene.

«Cosa intendi?»

Che non c'è niente che possiamo fare quando qualcuno ha preso la sua decisione, eccetto aspettare.

«Ma sta sbagliando!».

Questo lo dici tu, lo diciamo noi, ma lei ha le sue ragioni per fare quello che sta facendo e sono sicuro che dal suo punto di vista sono tutte ottime.

«Adesso stai dalla sua parte?».

No, te l'ho detto, cerco di stare dalla parte del buon senso e se conosco bene Elena, avrà riflettuto molto bene prima di imbarcarsi in una missione suicida come questa. Almeno spero. E se non lo ha fatto ne pagherà le conseguenze. Tuo padre deve essere davvero un tipo irresistibile!

«Sì, come i saldi da Harrod's…», commentai sconsolata.

A casa fervevano i preparativi e regnava il caos più totale, ma mia nonna pareva trovarsi completamente a suo agio.

Era stato allestito un piccolo palco per il gruppo che suonava e numerosi gazebo sotto cui erano disposti i tavoli per le bevande e gli stuzzichini a tema.

C'era un angolo dove un cuoco giapponese preparava sushi espresso, un altro dove si cuocevano i fritti, uno dedicato esclusivamente alle mozzarelle e uno agli affettati fatti recapitare per l'occasione da un suo amico calabrese.

C'erano almeno una decina di camerieri che correvano indaffarati per definire gli ultimi preparativi coordinati da mia nonna che non smetteva di dettare ordini.

La piscina era stata scoperta e pulita ed erano state disposte delle candele lungo il bordo.

Alcune luci erano state sistemate dietro gli ulivi e una musica di sottofondo si spandeva tutt'intorno.

La nonna indossava un completo grigio perla con un top di seta senza maniche e pantaloni palazzo con una leggerissima sciarpa di organza sulle spalle.

Era bellissima.

La personificazione della donna di successo.

Esasperante finché non otteneva ciò che voleva, ma mai arrogante e sempre con il totale controllo su tutto.

Sai che le somigli?

«E in che cosa Pat? Abbiamo lo stesso gusto in fatto di gelati?».

Sei forte e cocciuta come lei e questo è un complimento.

Appena mi vide mi venne incontro a braccia aperte.

«La mia nipotina adorata! Vieni dalla tua nonna!», disse abbracciandomi forte «dài, vai a cambiarti che fra un po' arrivano gli invitati!».

«Ehm nonna, io non ho nulla da mettermi di molto elegante», esitai.

«C'è una scatola sul tuo letto», sorrise la nonna, «vedrai che ti piacerà, è il mio regalo di compleanno».

Corsi su in camera mia e sul letto trovai una grande scatola nera.

La aprii, scostando delicatamente la carta velina bianca e dentro vidi il più bell'abito che si potesse desiderare.

Un abito corto di un certo Emilio Pucci con disegni color crema e turchese e delle scarpe abbinate: dei sandali argento col tacco tempestati di brillantini e pietre colorate.

Fino a qualche mese prima non avrei mai neanche apprezzato un vestito del genere, ma anche questo era segno che le cose stavano cambiando.

Lo indossai e mi guardai allo specchio.

Sei... da togliere il fiato, disse Patrick con voce emozionata.

«Devo ancora fare la doccia Pat, guarda in che condizioni ho i capelli!», dissi cercando di pettinarmi con le mani.

Sembri... una donna.

«Sembro?», sorrisi.

No... intendevo dire che... sei una splendida donna!

Mi guardai allo specchio.

Non vedevo più la Mia adolescente maschiaccio sempre imbronciato, ma Mia la ragazza, il cigno che prendeva il posto dell'anatroccolo.

E per una frazione di secondo, la mia immagine riflessa cominciò a muoversi e deformarsi come se mi stessi specchiando nell'acqua, e dietro le mie spalle vidi Patrick che mi sorrideva con quel suo viso dolce e infinitamente innamorato.

Mi voltai di scatto.

Ma non c'era nessuno.

«Pat...», chiamai sottovoce mentre le lacrime rotolavano lungo le guance, «Pat... dio mio quanto mi manchi», dissi toccando il vetro dello specchio sperando quasi di riuscire a passarci attraverso.

Mi sedetti sul letto e mi presi il viso fra le mani cominciando a singhiozzare.

Avrei voluto che fosse lì, avrei voluto scendere mano nella mano con lui e presentarlo a tutti, avrei voluto festeggiare il mio compleanno ballando abbracciati, e avrei voluto che la nonna lo conoscesse e lo trovasse fantastico anche lei.

Invece, ogni mio progresso era solo un passo su una corda sospesa nel vuoto, nel tentativo di strappare un giorno alla disperazione di averlo perso per sempre.

Bussarono piano alla porta.

«Signorina, scusi il disturbo».

«Niente Sunil, dimmi», risposi asciugandomi le lacrime.

«Questo è arrivato oggi, lo può accettare come mio regalo di compleanno, spero tanto che le faccia piacere», disse con dolcezza.

Mi porse il cellulare di Patrick.

«È stato difficile aggiustarlo, ma ora funziona come nuovo!», disse oscillando la testa.

Lo presi fra le mani incredula e cominciai subito a scorrere la lista dei messaggi.

C'erano tutti.

Tutto quello che ci eravamo scritti dall'inizio della nostra storia, quando avevo memorizzato il suo nome come *Angel* in modo che nessuno potesse sospettare di noi.

Era stato premonitore.

Adesso che ti ho trovata non ti lascerò più scappare!

Possibile che sia pazzo della piccola Broncio?

Il mare stanotte mi sembra ancora più sconfinato e freddo senza di te a fianco.

Sono talmente innamorato che vorrei urlarlo dalla torretta della nave!

Appena torno ti porto a mangiare il miglior fish and chips del mondo.

Era come aver ritrovato un tesoro, erano le sue parole, l'ultima cosa che mi rimaneva di lui in vita e l'emozione fu fortissima.

Un semplice oggetto che conteneva le nostre parole d'amore con una data e un orario precisi.

L'equivalente delle lettere che adesso avrei tanto voluto avergli scritto.

Buttai le braccia al collo di Sunil che rimase pietrificato dall'imbarazzo e non riuscì a ricambiare il mio abbraccio.

«Grazie Sunil, è davvero un regalo bellissimo, grazie davvero».

Giunse le mani davanti alla bocca e fece un piccolo inchino con la testa, poi si girò verso la porta.

Ma prima di uscire mi guardò e mi disse: «È bellissima signorina!».

Rilessi tutti i messaggi dal primo all'ultimo, continuando a piangere e a ridere.

«Pat, Pat, hai visto? È il tuo telefono», balbettai fra le lacrime.

Lo so amore, lo so, ma sei… sicura… insomma tu credi che ti faccia bene?

«Tutto quello che ti riguarda mi fa bene, ormai le uniche cose che mi rimangono di te sono il giubbotto, e questo braccialetto», dissi muovendo il polso, «non ho neanche una tua foto e ora che Nina ha bruciato tutto non…», e mi pentii subito di averlo detto.

Cosa vuol dire che Nina ha bruciato tutto?

«Nulla Pat, scusami non volevo dire questo».

Mia, c'è qualcosa che non mi hai detto?

«No, Pat niente di importante davvero».

Mia, per favore, non tenermi all'oscuro, lo so che mi vuoi proteggere, ma non serve più… lo capisci vero?

Respirai per farmi coraggio.

«Carl mi ha detto che Nina ha bruciato le tue cose in giardino».

Ma… perché…

Non potevo dirgli che sua sorella fingeva che lui non fosse mai esistito, perché per quanto lui affermasse di non soffrire più, ero più che certa che si riferisse solo al suo corpo e che il suo animo fosse ancora ipersensibile come quando era in vita.

«Perché dice che tu vivrai per sempre nel suo cuore e non negli oggetti e che circondarsi delle tue cose la faceva stare troppo male».

Capisco… e mia mamma…

«Anche lei è stata d'accordo, hanno fatto una specie di *rito* in cui hanno acceso un falò pregando per te e spargendo le ceneri in giardino».

Era una bugia pessima, ma speravo mi credesse.

Mi mancano così tanto, vorrei che non soffrissero per me.

«Soffrono, ma vanno avanti, sai che sono forti».

Sì è vero. Sono molto forti e molto unite…

Niente era più lontano dalla verità. La sua famiglia, che era sempre stata l'esempio del coraggio, dell'amore e dell'unione, era crollata come un castello di carte.

E non glielo potevo dire.

Tornerai a trovarli quando andrai a casa?

«Sì Pat, te lo prometto».

E questa non era una bugia.

Mi preparai e scesi per raggiungere la nonna che già intratteneva gli invitati con in mano un bicchiere di champagne.

Mi fece un sorriso immenso e mise un braccio attorno alla mia spalla stringendomi al suo fianco e mi presentò ai suoi amici piena d'orgoglio.

«Ragazzi questa è mia nipote Mia!».

Tutti proruppero in un applauso facendomi gli auguri.

Diventai blu dall'imbarazzo e cercai di sussurrare un «Ti prego nonna» al suo orecchio, ma per tutta risposta continuò a presentarmi gli ospiti, uno dopo l'altro.

Dopo una sfilza di Frescobaldi, Antinori e Corsini, finalmente cessò l'attenzione verso di me e potei ritirarmi in un angolo a osservare gli altri, evitando così di rispondere a domande banali come «che classe fai» e «ce l'hai il ragazzo».

Vidi mia nonna sottobraccio a un ometto con un abito grigio con qualche macchia, che già barcollava con in mano un bicchiere di vino.

È già ubriaco dopo neanche mezz'ora, se c'è Sunil ai cocktail stasera ci sarà da ridere!

«Mia, lui è il mio grandissimo amico il conte Landucci, ci conosciamo da una vita, l'ho battuto a poker la prima volta trent'anni fa e da quel momento siamo diventati inseparabili».

«La nonna è una forza della natura e vinceva sempre!».

«Vinco ancora, se è per questo. Guarda Mia, c'è Massimo», disse facendogli un cenno con la mano.

Massimo indossava lo stesso completo della sera in cui eravamo usciti insieme.

Sembrava che tirasse ancora di più lungo le cuciture.

Forse faceva troppi pesi.

«Ciao Mia», disse porgendomi un pacchettino avvolto in una carta rossa, «questo è per te!».

Questo è per te, scimmiottò Patrick, *cosa sono, steroidi?*

Lo aprii. Dentro c'era una catenina con appesa una pallina d'argento.

«Mi hanno detto che è un chiama angeli, se la scuoti suona e il tuo angelo custode arriva a proteggerti».

Lo guardai sorpresa e contai mentalmente fino a tre e poi…

HAHAHAHAHA! *Che cazzata gigantesca, non ci posso credere! Dài, fallo suonare Mia, così arrivano anche altri angeli e possiamo giocare anche noi a poker!*

«Scuotilo, daài, vediamo che succede», disse Massimo.

Feci tintinnare la pallina immaginando Pat che si contorceva dalle risate sulla sua nuvola.

Eccomi, eccomi, arrivo!, continuava quello scemo, *il tempo di aprire le ali e sono lì!*

«Chissà, magari è arrivato davvero», disse Massimo.

«Già, probabile».

«E come sarà? Alto, biondo e con gli occhi azzurri?»

«Biondo sì, ma alto no!», mi lasciai scappare.

Sono sicuramente più alto di lui!, ribatté Pat indignato.

«Vieni Massimo, andiamo a brindare alla salute dell'angelo!», dissi strizzando l'occhio al cielo.

Più tardi arrivarono Serena e Laura con i rispettivi fidanzati e il maestro Aurel con la moglie, una signora minuta con i capelli tirati indietro in uno chignon e il viso di porcellana, sicuramente anche lei una ex ballerina.

Serena mi abbracciò e mi riempì di complimenti per la festa, il vestito e la casa, Laura invece si guardava intorno con sguardo sospettoso come se stesse scannerizzando tutto e tutti in cerca di qualcosa da criticare.

Duccio arrivò da solo con un mazzo di fiori in mano.

Il mio piccolo gruppo di nuovi amici era al completo, ed ero orgogliosa che fossero lì per me.

Ma soprattutto ero felice che ci fosse il maestro Aurel.

Avevo sempre avuto rapporti difficili con le mie insegnanti di danza, perché nessuna di loro contemplava altro tipo di insegnamento se non quello basato sulla severità e i modi bruschi. Finalmente avevo trovato qualcuno che sapeva insegnare con passione e attenzione senza essere arrogante e offensivo.

Lo presentai subito alla nonna e dopo essersi scambiati due parole sembravano due vecchi amici.

Parlarono della vecchia scuola russa e di come il *Lago dei cigni* fosse sopravvalutato, scoprirono di avere degli amici in comune a Londra e di aver conosciuto Balanchine e Nureyev.

Poi si allontanarono chiacchierando come vecchi amici.

Io rimasi con Duccio cercando di rompere il ghiaccio.

«È molto che balli?», gli chiesi.

«Non molto, ho scoperto tardi questa passione, è per questo che il maestro mi bacchetta, perché vuole che recuperi, tu invece devi aver cominciato prestissimo».

«A quattro anni», ammisi.

«Si vede, hai il corpo flessuoso come quello di un gatto».

Ehi vacci piano amico e stai lontano da quel corpo!

«Ho avuto dei buoni maestri».

«Ma studi in qualche scuola importante a Londra? Immagino che col tuo livello potrai andare dove vuoi».

«No, in realtà non ci ho mai pensato, preferisco concentrami sulla scuola».

Come no, sulla bocciatura!

Sospirai spazientita, volevo cambiare discorso a tutti i costi, ma né Duccio né Patrick sembravano voler mollare l'osso.

«Perché non fai domanda alla Royal? Io vorrei chiederlo al maestro, ma non credo che mi ritenga all'altezza, Laura ha già provato alla Scala una volta, ma non l'hanno presa».

«È difficile essere presi in queste scuole e poi sono così costose…».

«Ma ci sono le borse di studio, e tu sei troppo brava, dài perché non provi?».

Già, perché non provi?

Stavo perdendo la pazienza e odiavo sentirmi messa in un angolo specialmente se uno dei due interlocutori era invisibile.

«Che ne dici se andiamo a mangiare qualcosa?», proposi per cambiare argomento.

Cercammo di avvicinarci al buffet, ma l'impresa si fece davvero ardua, dato che tutti sgomitavano per accaparrarsi salvia fritta e mozzarelle di bufala, come se non mangiassero da settimane.

Presi Duccio per il gomito e lo trascinai con me in cucina dove ci riempimmo il piatto di prosciutto, parmigiano e focaccia e poi andammo a sederci sulle sdraio intorno alla piscina.

Poi non ti lamentare se ci prova anche lui, eh?

Strabuzzai gli occhi e sbuffai riempiendomi la bocca di pane.

«È molto che vivi qui?», mi chiese.

«Solo qualche settimana».

«E quando partirai?»

«Veramente non lo so ancora».

«Ma non vai a scuola?».

Dio quante domande, invece del ballerino doveva fare il poliziotto!

«Ci sono le vacanze».

«In aprile?»

«Sì, in aprile».

La vista di Laura e Serena mi fece intravedere la salvezza, allora feci loro cenno di raggiungerci, ma neanche quella, mi resi subito conto, fu una grande idea.

«Disturbiamo un momento magico?», chiese Laura maliziosa.

«No, anzi, ci chiedevamo dove foste!», risposi prontamente.

«Ci siamo battuti per avere un po' di sushi, ma niente da fare per le lasagne al pesto, sembrano cavallette», disse Serena.

«Complimenti per l'appetito Mia, si vede che non hai problemi di linea!», disse Laura guardando il mio piatto strapieno.

Non mi sembrava il caso di raccontarle del mio soggiorno in ospedale e della fatica che avevo fatto per ricominciare a camminare e rimettermi in sesto, e preferii lasciarle credere che fossi particolarmente fortunata.

«Be', ne approfitto, a casa mia mangio soprattutto roba surgelata».

«Già, voi inglesi mangiate solo fish and chips».

Esattamente… il mio piatto preferito.

Ma quant'è stronza questa da uno a dieci?

«Undici» sussurrai a denti stretti.

Continuammo a mangiare in silenzio, finché Duccio se ne uscì con una domanda inaspettata: «Voi dove vi vedete fra cinque anni?».

Serena si strinse nelle spalle: «Che domanda difficile», disse.

«Io nel corpo di ballo della Scala, in attesa di diventare prima ballerina», rispose Laura con una sicurezza che rasentava l'arroganza.

«Io, sinceramente, mi vedo anche a fare la mamma», sorrise Serena stringendo la mano del suo ragazzo, «se non sfondo come ballerina ci sono un sacco di altre cose da fare nella vita vero?», chiese cercando una conferma nei nostri occhi.

«E tu, Mia?»

«Uff… io… non…», esitai.

«Lei sarà l'étoile dell'Opéra di Parigi oppure della RAD», rispose Laura.

«Non ho ancora deciso, davvero non ho idea», risposi sulla difensiva.

«Non ci credo che tu non abbia un'idea, sarebbe come dire che sei inconsapevole del tuo talento e da quello che ho visto mi sembra che tu ne sia più che conscia».

Non mi piaceva quel tono e detestavo che qualcuno credesse di sapere quello che pensavo io.

Per di più non capivo perché Laura ce l'avesse tanto con me, quando ci eravamo scambiate a malapena quattro parole.

Per fortuna vidi Massimo al tavolo degli alcolici e andai a raggiungerlo con una scusa.

Per questa volta sei giustificata se parli con Massimo, non ne potevo più di tutta quell'acidità!

Massimo stava cercando di spiegare a Sunil le dosi del cocktail Americano, ma lui si ostinava a dire che la sua regola era "due dita di tutto", così non si poteva sbagliare.

Ora capivo perché la nonna non assumesse un barman professionista, aveva la certezza di bere sempre roba forte.

«Allora, sono arrivati gli angeli?», mi chiese Massimo.

«Per il momento no, ma non perdo le speranze».

Occhio che io sono sempre qui e non vi mollo un istante.

«Senti, c'è un concerto a piazza Santa Croce dopodomani, ti andrebbe di venire con me?».

No che non ti andrebbe!

«Sì, mi andrebbe!», risposi, solo per fare un dispetto a Patrick, ripensando improvvisamente a Christine e a Mery non so cosa.

La musica cessò di punto bianco e il conte Landucci, sudaticcio e visibilmente brillo, prese il microfono per annunciare mia nonna.

Lei finse di essere sorpresa e declinò platealmente l'invito a cantare mentre tutti gli invitati battevano le mani e la incitavano a salire sul palco.

Dopo essersi fatta pregare a sufficienza e scusandosi per non avere voce, si voltò verso l'orchestra e chiese di suonare *Parole parole* in la minore, poi indicò Massimo e lo fece sedere su una sedia al centro del palco.

Tutti la guardavamo ammirati, mentre cantava come se non avesse fatto altro in vita sua, tenendo Massimo per la cravatta mentre girava intorno a lui.

Era una diva nata, nessuno poteva eguagliarla.

Nessuno.

Ma capivo profondamente mia mamma e la sua difficoltà di avere vicino un genitore così ingombrante ed egocentrico.

Finita la performance ringraziò umilmente inchinandosi al suo pubblico, applaudendo Massimo che per tutta risposta le porse una rosa presa da un tavolo.

Lei l'annusò, gli diede un bacio su una guancia e gli bisbigliò qualcosa all'orecchio.

Dopodiché chiamò il maestro Aurel che salì sul palco e prese a sua volta il microfono.

«Buonasera amici, forse non ci crederete, ma un tempo sono stato un grande ballerino... perché ride signora? Come dice? La pancia? Le piace la mia pancia? Lo so, piace a tutte le donne!».

Risero tutti. «...Come dicevo, prima della pancia ero un grande ballerino, ho ballato in Russia, in Romania, in America, in Francia e poi ho cominciato a insegnare, e ovviamente ho anche un sito internet! Stasera ci sono qui alcuni dei miei pupilli che non vedono l'ora di darvi un assaggio della loro bravura, e soprattutto della mia pazienza!».

Mi sentii salire i brividi lungo la nuca, era stata senz'altro un'idea di mia nonna, un'idea totalmente stupida e fuori luogo.

«Avanti Boris, Lolita, Gladiatore salite sul palco... e voi coraggio, un bell'applauso!».

Tutti cominciarono a battere le mani.

Mi girai e vidi Laura, Serena e Duccio sconvolti, che si avvicinavano con le teste basse.

«Ma è impazzito il maestro? Non abbiamo neanche le scarpette e io sono in jeans!», disse Duccio.

«Di chi è stata questa idea geniale, di tua nonna?», chiese Laura.

Mi strinsi nelle spalle perplessa.

«Vabbè, dài ragazzi, facciamo finta di essere a lezione, non ci ucciderà di certo una figuraccia no?», disse Serena prendendomi per mano.

«No, io no!», protestai divincolandomi.

«Perché no?», mi chiese sorpresa dalla mia reazione, «sei la più brava».

«No, io non voglio ballare davanti a tutti».

«E perché balli, allora?», chiese Laura sprezzante salendo sul palco fra gli applausi del conte Landucci, ormai totalmente fuori controllo.

«Dài, facciamo la variazione dell'altro giorno *chassé, assemblé, sissonne ouvert e arabesque*, ve la ricordate?».

Laura fece sì con la testa e si mise subito in prima fila in quinta *croisé*, seguita da Serena che, al solito, mi rassicurava con lo sguardo. Io presi posto in fondo profondamente angosciata e innervosita.

La musica partì e mi sforzai di pensare di essere sola.

Era una violenza gratuita che non volevo subire e il fatto che fosse mia nonna a infliggermela in maniera così subdola mi faceva crescere dentro una rabbia folle.

Mia nonna Olga era una fottuta stronza, altroché se mi avrebbe sentita.

Immaginai di ballare da sola come quella volta nella palestra della scuola, quando mi vide Patrick, e non pensai a nient'altro che a lasciarmi guidare dalle note. I passi vennero da soli.

Il corpo sapeva dove andare, nonostante lo scomodissimo abito, e il sorriso sbocciò spontaneamente nonostante il desiderio di strangolare mia nonna.

Forse fu proprio quella a farmi reagire.

Non ero più su un microscopico palco nel giardino di mia nonna, ma alla Royal Opera House, al Mariinsky, al Metropolitan.

E Laura se ne accorse.

Mi lanciò un'occhiata micidiale e si posizionò al centro della scena in modo da coprirmi del tutto.

Non ero abituata a dovermi battere per un posto, raramente avevo ballato con qualcun altro e tutti rispettavamo il nostro spazio, ma mi sembrava che per Laura fosse diventata una questione di vita o di morte.

"Accomodati!", pensai, "prenditi tutto il posto che vuoi a me non interessa". Ma sentivo che non era vero, che mi interessava eccome.

Una parte di me non voleva assolutamente dargliela vinta.

E una volta finita la variazione, senza nemmeno riflettere, mi preparai in quarta posizione ed eseguii uno, due, tre, quattro, cinque, diciotto, venticinque, trentuno, trentadue *fouetté en tournant*, provocando uno scroscio di applausi.

Serena applaudì e Duccio mi mostrò il pollice alto, mentre Laura, livida di rabbia, fingeva indifferenza.

Brava amore mio, gliel'hai fatta vedere a quella vipera!

Scesi dal palco e andai a cercare mia nonna, evitando educatamente tutti quelli che si volevano complimentare con me.

Una cosa era stare sul palco nel mio mondo parallelo, irraggiungibile e protetta dalla luce dei riflettori, un'altra era scendere fra la folla che ti riempiva di domande e ti toccava come per verificare se fossi fatta di carne.

Non trovavo mia nonna da nessuna parte, nemmeno il conte sapeva dove fosse, si era dileguata perché sapeva di avere esagerato.

Non era in cucina, nel suo studio, in piscina, in camera sua e nemmeno in bagno.

E in quel momento mi accorsi che mancava anche Massimo.

Fui tentata di chiamare mia mamma e gridarle tutta la mia solidarietà, giurandole che da quel momento in poi non avrei mai più avuto niente a che fare con mia nonna.

Vidi la luce accesa nella dependance di Sunil ed entrai come una furia per sapere in quale albergo fosse finita, e giuro che se avessi anche solo lontanamente immaginato di vedere mia nonna nuda a letto con lui, giuro che non solo avrei bussato, ma avrei anche telefonato prima!

Questa poi…

Ci guardammo tutti e tre sprofondando nell'imbarazzo più nero.

Mi coprii gli occhi con le mani e urlai, ma ormai era troppo tardi, avrei ricordato quella scena agghiacciante per tutto il resto della vita.

Sunil si nascose sotto le lenzuola snocciolando una litania in hindi che immaginai fosse una specie di rosario, mia nonna per tutta risposta allungò una mano verso il comodino, prese le sigarette e me ne offrì una.

«Nonna, non fumo…».

«Lo so nipote, lo so, non fumi, non bevi… non…».

«Non vado a letto con i domestici… io!», sbottai.

«Signorina, attenta a come parli con me e se lo vuoi sapere, cara la mia bacchettona dalla morale immacolata, sappi che il nostro è un grande amore!».

Di tutte le uscite questa era decisamente la più pazzesca.

Li lasciai a ricomporsi e tornai in giardino più traumatizzata che se avessi visto il fantasma di nonno Osvaldo in pigiama.

«Pat, c'è un modo di dimenticare quello che ho visto?».

Se lo trovi dimmi qual è perché io sono sotto shock!

La nonna uscì dieci minuti dopo cambiata di abito, fresca come una rosa e ancora più bella di prima.

«Allora, la tagliamo o no questa torta?», disse battendo le mani.

Sunil arrivò spingendo il carrello, seguito da un codazzo di camerieri.

Appena incrociò il mio sguardo abbassò gli occhi.

Tutti gli invitati intonarono *Tanti auguri a te* e la nonna venne al mio fianco e accese tutte le candeline.

«Allora, è passato lo shock di sapere che tua nonna fa ancora sesso alla sua età?».

Risi.

«Dài, esprimi un desiderio tesoro, e che sia grande, immenso, infinito, non aver paura di desiderare!».

Mi sembrò di nuovo di vedere Pat fra la folla che mi sorrideva, mi stropicciai gli occhi e guardai meglio, ma non lo vidi più.

Desiderai che tornasse da me, desiderai di aver sognato tutto e di svegliarmi la mattina al nostro alberghetto di Skegness, abbracciati e follemente innamorati.

E desiderai di ballare.

Inspirai forte e soffiai con tutto il fiato che avevo nei polmoni.

Tutte e sedici le candeline si spensero all'istante e l'orchestra intonò *Happy birthday to you*.

«Brava Mia», mi sussurrò la nonna abbracciandomi forte, «brava!», e cominciò a tagliare la torta e distribuire le fette insieme a Sunil.

Il maestro Aurel mi raggiunse per salutarmi.

«Scricciolo, stasera hai steso tutti eh?»

«Scusi maestro, ho un po' esagerato, non so perché, non avrei dovuto lo so».

«Perché ti scusi sempre per essere brava? Non devi essere arrogante, ma non ti devi scusare per il talento che hai, quello è un dono che tutti vorrebbero, e qualcuno sarebbe disposto ad ammazzare pur di averlo», e mi strizzò l'occhio. «Vieni domani pomeriggio, hai bisogno di essere frustata un po'!».

«Ma domani pomeriggio non c'è lezione!».

«Lezione privata, dieci euro! Ce li hai? Sennò te li fai dare da tua nonna!», disse allontanandosi.

«Non resta per il dolce?»

«Meglio di no», disse la moglie picchiettandogli la pancia.

«Ah moglie! Meno male che ci sei tu! Bastone della mia vecchiaia!».

Sorrisero e se ne andarono sottobraccio.

Serena mi abbracciò ringraziandomi di cuore, Laura mi salutò con la mano con un sorrisetto tirato e Duccio mi chiese di nuovo di pensare a entrare in qualche scuola prestigiosa.

Cominciavo a essere stanca morta per tutte quelle emozioni e quelle domande, le immagini mi si affollavano nella mente, ma una su tutte era quella di mia nonna che scopava Sunil.

Massimo ricomparve dal nulla insieme alla cantante del gruppo a cui evidentemente aveva dato delle lezioni di pilates in notturna.

Io desideravo solo togliermi le scarpe e andare a letto, ma il conte Landucci, ancora su di giri, gridò agli ultimi invitati: «La seduta spiritica! Facciamo la seduta spiritica! Dài, chiamate Olga che facciamo la seduta spiritica!».

Perfetto! Non poteva esserci conclusione migliore per una serata totalmente surreale.

Non ci posso credere, pure la seduta spiritica?

«Te la senti di metterti un lenzuolo?».

Se potessi farei volare il tavolo!

Si sistemarono a un tavolino del salotto insieme al conte e altri tre centenari formando una catena con le mani.

«Ti vuoi unire a noi Mia?», mi chiese il conte.

«No grazie, ho avuto abbastanza emozioni per quest'anno!».

Mi sedetti su una poltrona in un angolo, chiedendomi se sarebbe successo qualcosa.

La nonna cominciò a fare le domande: «Se c'è uno spirito presente in questa stanza ti prego di manifestarti».

Di "spirito" è pieno il conte!

Risi e venni fulminata dallo sguardo di tutti i presenti.

«Scusate!».

«Se ci sei batti due volte per il sì e una per il no».

Si udirono due colpi lontani.

«Eccolo! Eccolo!», si eccitò il conte.

«Sei tu Osvaldo?».

Di nuovo un colpo.

Osvaldo?? Ma se non lo vedo!

«Sei proprio tu?», insistette la nonna.

Due colpi.

Si guardarono sgranando gli occhi.

Io mi feci piccolissima e mi rannicchiai nella poltrona.

Gli adulti sapevano essere decisamente stupidi a volte.

«Sei qui fra noi?».

Due colpi.

Pat scoppiò in una risata irrefrenabile.

Avrei giusto un centinaio di domande da fargli.

«Stai bene, sei in pace?».

Due colpi.

Lo credo bene, senza tua nonna, sai che pace?

«C'è qualcuno con cui vorresti comunicare?».

Due colpi.

«Con me?».

Un colpo.

«Con il conte?».

Un colpo.

«Con la Marchesa Ferri?».

Un colpo.

«Vuoi parlare con me?», intervenni.

Due colpi.

Il colpo venne a me.

Tutti mi guardarono e cominciarono a bisbigliare.

«È a proposito di… Patrick?», osai.

Due colpi.

Un gelo sinistro mi si insinuò dentro le ossa.

Patrick smise di ridere.

Era sicuramente uno scherzo idiota, era Sunil che bussava da qualche parte, ma la mia abitudine a parlare con Patrick e a credere in una vita nell'aldilà rendeva plausibile anche quella bizzarra situazione.

E se il nonno Osvaldo avesse voluto dire qualcosa a Patrick?

Mi schiarii la voce cercando le domande giuste che avrebbero potuto prevedere un sì o un no come risposta.

«Nonno, Patrick è morto?».

Due colpi.

«È in un luogo di passaggio?».

Due colpi.

Mia, ti prego…

«Raggiungerà la pace un giorno?».

Due colpi.

«Quando… io smetterò di amarlo?».

Due colpi.

Era una dolorosa consapevolezza a cui non volevo credere, ma con cui un giorno avrei dovuto fare i conti. Anche Betty me lo aveva detto, sebbene non ne avesse prove certe: Pat sarebbe stato con me finché fossi stata innamorata di lui, e ora era incastrato in un luogo di passaggio fra due realtà sconosciute.

E se Pat non aveva raggiunto ancora la sua destinazione finale era in parte per colpa mia, ma a me non importava, mi era impensabile smettere di amarlo e lo avrei fatto fino alla fine dei miei giorni e questa era la mia unica certezza.

Il silenzio si era fatto totale.

Il conte era pallido e la nonna si stava agitando.

L'unico rumore era il tintinnio dei bracciali della marchesa.

Mia, smetti non voglio sentire altro.

«Credo che sia ora di andare a letto vero?», intervenne la nonna, «il bicchiere della staffa conte?»

«Sai che non dico mai di no!».

Si accesero le luci e gli ultimi ospiti ancora frastornati si alzarono per salutare me e mia nonna.

Un velo di tristezza mi era calato sul cuore, e forse, chissà, era la chiusura inevitabile di quella serata folle.

Mi fecero ancora i complimenti per la performance a cui risposi con un sorriso imbarazzato e finalmente potei congedarmi e salire in camera mia.

Pat si era fatto taciturno.

«Secondo me era tutto uno scherzo».

Sì, ma che scherzo idiota.

«Lo sai che non succederà mai, di che ci preoccupiamo? Eri tu che mi tranquillizzavi all'inizio ricordi?».

Sì è vero, ma adesso che ti stai riprendendo la tua vita, ho paura che un giorno mi lascerai.

«Non accadrà mai Pat, te lo giuro su mia madre! Io ti amo oltre ogni cosa e tu lo sai».

Lo so Mia, ma da quando siamo così vicini e ti conosco ogni giorno di più, mi rendo conto che stai diventando una donna splendida e so che non rimarrai sola per sempre.

«Pat, noi eravamo predestinati, e al mondo non ci sono altre due anime gemelle e se io ho perso la mia vuol dire che il destino ha altri piani per me».

È incredibile che sia tu a incoraggiarmi adesso.

«Pat, abbiamo avuto una serata impegnativa… è normale che siamo confusi».

Buttai le scarpe in un angolo, mi sfilai il vestito, misi il pigiama e andai a lavarmi i denti.

Uscendo dal bagno notai sul mio tavolo una busta bianca con scritto: «Un regalo per il tuo futuro. La nonna».

La presi e la soppesai immaginando la cifra dell'assegno.

«Tu quanto pensi che sia?».

Io dico che sono mille, o forse duemila sterline.

«Magari tremila, sono la sua unica nipote!», dissi aprendo la busta.

Allora cinquemila facciamo cifra tonda!

Nemmeno un assegno di diecimila sterline mi avrebbe tanto sconvolta come la lettera di convocazione per una seconda audizione alla Royal Ballet School che trovai nella busta.

CAPITOLO QUATTORDICI

«Sei vestita nonna?», gridai con tutto il fiato che avevo in gola, bussando come un'indemoniata alla porta della sua camera.

«Sì, nipote, entra pure!».

Entrai come un cowboy nel saloon, guardandomi intorno nel timore di vedere spuntare le scarpe di Sunil da dietro la tenda.

«Sono sola, stai tranquilla», disse continuando a spalmarsi la crema sulle mani in tutta calma, «cosa mi volevi dire?»

«Secondo te cosa ti voglio dire, eh nonna? Non ti viene in mente?», ruggii con le vene del collo gonfie.

«Mia, è questo il ringraziamento per la festa di compleanno?»

«Non mi riferisco alla festa di compleanno, sto parlando di questa!», dissi sventolando la lettera.

«Be'?», proseguì infilandosi gli occhiali e prendendo il telecomando.

«Nonna, possibile che non capisci? Come ti è venuta in mente una cosa del genere?».

La nonna si massaggiò le tempie e sospirò.

«Tu proprio non riesci a non fare una tragedia per qualunque cosa, eh Mia? Vuoi dirmi qual è il problema? Perché io proprio non riesco a capire».

«Il problema è che io non *voglio* fare l'audizione e tu non hai il diritto di immischiarti nella mia vita!».

«Infatti io non mi immischio, io ti impedisco di buttare al vento il tuo futuro e siccome tu credi di sapere sempre tutto, ma sei ancora una bambina, c'è bisogno dell'intervento di un adulto per evitare che tu commetta l'errore più grande della tua vita! E smettila di parlare come tua madre, non ti si addice!».

«Non hai il diritto di decidere per me nonna, e non hai il diritto di decidere per mia madre, non devi permetterti mai più di intrometterti nelle nostre vite, tu non sai cosa è giusto per noi!». Ero fuori di me dalla rabbia e gli occhi mi si riempirono di lacrime.

Non volevo piangere davanti a lei e uscii lasciando la porta spalancata.

Mi buttai sul letto piangendo per la frustrazione e la rabbia.

Non volevo fare l'audizione, non volevo più andare alla Royal e detestavo mia nonna per avermi giocato quel tiro senza nemmeno avvertirmi.

Comprendevo mia madre con tutta me stessa, capivo perché era fuggita lontano sposando l'uomo che a mia nonna non piaceva, forse soltanto per farle un dispetto e dimostrarle che si sbagliava sul suo conto. Anche se poi il tempo le aveva dato ragione.

Capivo cosa voleva dire essere controllati, pilotati e manipolati, ma soprattutto capivo cosa significava non essere né ascoltati né presi in considerazione. Era come gridare dietro a un vetro in una stanza insonorizzata.

E per la mamma quella sensazione doveva essere stata la fedele compagna di tutta l'adolescenza.

Giorno dopo giorno, si era vista rimpicciolire dietro quella figura ingombrante ed eccessiva fino a scomparire completamente, e non le era rimasto altro da fare che dileguarsi davvero, per riappropriarsi di se stessa e della sua vita.

E nonostante avesse lottato e lavorato sodo per farcela da sola, dimostrando una forza e una determinazione fuori del comune, per mia nonna lei rimaneva sempre una ragazzina confusa e maldestra che sbagliava qualunque cosa facesse.

Ma io non ero mia madre e non mi sarei fatta mettere i piedi in testa da una vecchia megalomane con la mania del controllo.

Mia nonna entrò in camera senza bussare.

Non la volevo vedere e né tantomeno volevo che mi vedesse in quello stato.

Mi diede il suo fazzoletto.

«Su, smetti di piangere adesso».

«Non piango per te, non ti preoccupare!».

«Lo spero bene, piangerai solo al mio funerale perché ti accorgerai che avevo sempre ragione e ti mancherò tantissimo».

«Farò una seduta spiritica con il conte Landucci allora».

Rise.

«Ascoltami bene, e dài retta a qualcuno che ha vissuto molto più a lungo di te», disse sedendosi accanto a me sul letto. «Sai qual è il detto? È meglio un rimorso di un rimpianto! Lo sai cosa vuol dire?»

«No», risposi soffiandomi il naso.

«Vuol dire che è meglio fare qualcosa e sbagliare che non farla per niente e pentirsi tutta la vita di non averla fatta e non potere mai più tornare indietro, capisci cosa voglio dire?»

«Sì, ma tu non puoi scegliere per me nonna!».

«Mia, in questo caso devo scegliere per te perché tu non hai idea del torto che stai facendo a te stessa, tentando di convincerti di non volere più ballare».

«Non cerco di convincermi, non mi interessa più!».

«Falla finita Mia, non ci crede nessuno! Ti ho vista stasera insieme agli altri allievi, sono tutti carini e graziosi, ma tu sei una spanna sopra di loro e il maestro Aurel me l'ha confermato!».

«Sei andata a chiedere anche al maestro? Come hai potuto?», le domandai con tutta l'irritazione di cui ero capace.

«Il maestro la pensa esattamente come me, dice che hai talento e che hai il dono, ma che bisogna lavorare sodo su di te perché sei in un'età delicata e se molli adesso hai chiuso con le scuole importanti».

«Ma cos'è questa tua ossessione per le scuole importanti! Sembra un problema più tuo che mio che io entri in una scuola prestigiosa! Che te ne importa nonna se ballo alla Royal o davanti alla metropolitana, eh? Non tutti vogliono essere come te, mettitelo in testa!».

«Lo so bene che non tutti vogliono essere come me, ma ti assicuro che quelli che non lo sono mi invidiano a morte e so perfettamente che tu vuoi entrare in quella scuola proprio quanto lo voglio io, ma ti fa comodo fingere di non desiderarlo più, così potrai rimpiangerlo tutta la vita guardando le mezze cartucce come quella Laura andare avanti al posto tuo».

L'idea di Laura che entrava alla Royal al posto mio mi trafisse come una freccia.

«Mi ricordo benissimo di quando mi telefonavi emozionata mentre stavi preparando l'audizione con la Sinclaire, dove ti avevo mandato a forza, e mi ringraziavi perché era la cosa più bella che ti fosse capitata. E non era altro che una semplice scuola di periferia! Ti conosco meglio di quello che credi, bambina, e non mi fanno impressione le tue alzate di testa. Tu hai paura e lo posso anche capire, ma la paura si supera con la forza di volontà e un bel calcio nel sedere, perché se non la superi adesso, smetterai di vivere e comincerai a sopravvivere e credimi… sarà una lunga e lenta morte quotidiana, esattamente come è capitato a tua madre!».

Le sue parole mi colpirono come una fucilata in pieno petto.

Era vero che fino al giorno dell'incidente desideravo fare quell'audizione più di ogni altra cosa al mondo, ma la morte di Pat due giorni prima aveva spazzato via tutto.

Da quel momento in poi le mie priorità erano cambiate e non riuscivo a considerare niente altro veramente importante.

«Vuoi dirmi cosa ci perdi a provare quell'audizione? La peggior cosa che ti potrà capitare è che non ti prendano, ma io so che ti prenderanno perché tu sei *mia* nipote e sei tosta come me!».

Lo disse con un lampo di lucida follia negli occhi.

La nonna ha ragione Mia, che ti costa provare? Prima non desideravi nient'altro e adesso fai come se la danza non ti appartenesse più, ma tu sai che non è così, è come se cercassi di smettere di respirare trattenendo il fiato, a un certo punto scoppieresti!

«È per questo che il maestro mi vuole a lezione domani?»

«Certo, gli ho parlato e lui è stato d'accordo con me, si è accorto subito che eri speciale e che doveva esserti successo qualcosa di davvero grave per rinunciare a una carriera come quella che potresti avere. Forse non te ne rendi conto, ma il tuo corpo parla per te, si vede da come ti muovi, da come tieni la schiena dritta, da come cammini. Tu hai cominciato a ballare prima di cominciare a camminare e non puoi decidere di non essere più una ballerina, è come se tu volessi smettere di essere inglese. È impossibile!».

Aggrottai la fronte e serrai le labbra stizzita.

Odiavo che agisse sempre di testa sua, giustificandosi con la scusa di averlo fatto per il tuo bene, aspettandosi che tu le dessi ragione.

Lei non avrebbe permesso a nessuno di sceglierle nemmeno il colore dello smalto per le unghie.

«Nonna, lasciami dormire adesso, sono stanca in un modo che neanche immagini».

«La notte porta consiglio nipote, vedrai che domani ti sembrerà tutto molto più roseo».

Uscì lasciandomi sola.

Presi in mano la lettera della Royal Ballet School.

Era la seconda volta che ne ricevevo una da parte loro e sicuramente la nonna aveva smosso mari e monti per farmi avere un'altra chance.

La data era al solito esageratamente vicina, avevo pochi mesi per preparare l'audizione, senza contare che sarebbe stata la terza volta che ricominciavo tutto da capo.

Prima Claire, poi la Sinclaire, e ora il maestro Aurel, che avrebbe scelto probabilmente qualcos'altro da farmi preparare.

La verità, che non volevo ammettere a me stessa, era che prima dell'incidente avevo vissuto con una sola immagine di me in testa: il palcoscenico della Royal con i riflettori puntati su di me che ballavo, e non mi ero mai preoccupata di altro se non dei soldi di cui avevo bisogno per frequentarla.

Per me non esistevano altri ostacoli, era come se quel posto mi spettasse di diritto e non attendesse altro che spalancarmi le sue porte dorate. E finalmente avrei vissuto di aria e danza tutta la vita.

Adesso invece mi sentivo vulnerabile e consapevole delle difficoltà che mi aspettavano: la competizione, i sacrifici e le frustrazioni.

E quella era la voce della paura.

Patrick mi prese per mano e mi strinse a sé.

Appoggiai la testa sulla sua spalla e ballammo un lento, io e lui soli nell'universo, al ritmo del nostro cuore, il giorno del mio sedicesimo compleanno.

La mattina dopo Sunil fece scivolare un biglietto sotto la mia porta, per avvertirmi che il vassoio della colazione era lì fuori.

Anch'io ero imbarazzatissima all'idea di incontrarlo, mentre l'unica che si sentiva a proprio agio era naturalmente la *diva* a cui però, avevo deciso di tenere ancora il muso.

Chiamai Paul, ma non rispose e il fatto che non mi avesse chiamato per il mio compleanno mi mise in ansia.

Temevo che quella brutta figura al ristorante lo avesse traumatizzato a tal punto da fare qualche sciocchezza tipo chiudersi in convento.

Telefonai a Betty per chiederle notizie.

«No, non so dov'è, ma lo cercherò senz'altro, piuttosto, tua mamma è già partita per Londra, direzione ufficio di tuo padre con cestino del pic nic al seguito e bottiglia di vino per fargli un'improvvisata!».

«Che stai dicendo, mia mamma odia i pic nic!».

«Dice che lui li adorava».

«Mio padre non adora altro che il suo Blackberry!».

«A quanto pare…».

«Bene, ti passo mia nonna, stavolta non voglio sapere niente!».

Scesi giù e la vidi di nuovo alle prese con gli *squat*.

Feci una smorfia e le passai il telefono.

Intanto Massimo mi si era avvicinato per ricordarmi il nostro appuntamento per l'indomani.

Me ne ero completamente dimenticata e ne approfittai per sottolineare di averlo visto uscire dai cespugli insieme alla cantante.

«Ti sbagli, stavamo solo parlando», rispose sulla difensiva.

«Di solfeggio immagino!», ribattei acida.

«No, di diete iperproteiche ed esercizi mirati al rassodamento di zone specifiche del corpo».

Mia se gli fai credere che sei gelosa questo non ti molla più, ma è possibile che tu non conosca neanche le regole fondamentali del corteggiamento?

«Quelle tu le conosci fin troppo bene!», risposi a Patrick.

Mia, noi uomini siamo fatti così…

«Be' sono un istruttore di ginnastica, è il mio lavoro!», ribatté Massimo.

«E quindi? Per questo credi di poterti permettere qualunque cosa?»

Non vorrai ricominciare con quella storia! Ti ho detto che era molto prima di mettermi con te.

«No, ma mi pagano per dare consigli».

«E allora? Non volevo che tu andassi con altre, volevo essere l'unica».

Ma tu sei l'unica per me lo sai e lo sarai sempre, il resto non è così importante.

«Be' Mia, mi lusinga l'idea di interessarti fino a questo punto, ma insomma ecco, io non me la sento di impegnarmi, così tanto cioè... siamo solo andati a mangiare una pizza!», rispose confuso.

«Per me era molto importante invece!».

Finiamola qui Mia ti prego non ho voglia di ricominciare.

«Oddio Mia, credo che ci sia stato un malinteso, non pensavo che tu la prendessi così seriamente, forse è perché sei così giovane, ma è meglio finirla e rimanere amici sei d'accordo?»

«Okay finiamola qui, e non parliamone più!», ribattei mentre la nonna mi afferrava e mi portava dentro con le sue solite maniere da ufficiale dei Marines.

«Libby è a Glasgow e starà fuori tre giorni, mentre tua madre sta andando a portarlo fuori per un pic nic al Barbican Center».

«Nonna, non voglio entrarci».

«Ci entrerai quando ti chiederanno di ballare un assolo al loro secondo matrimonio».

L'immagine di loro che si scambiavano gli anelli mi fece subito cambiare idea.

«Che devo fare?»

«Betty chiederà al suo amico idiota di chiamare l'asilo dei gemelli e dire che c'è una bomba».

«Ma siete matte? Lo arresteranno per una cosa del genere!».

«Ma figurati, una telefonata di due secondi da una cabina, cosa vuoi che succeda!».

«Nonna, mi meraviglio di te, è finita l'epoca del telefono a gettoni da cui chiamava il rapitore per chiedere il riscatto, adesso ti trovano in un attimo, non guardi mai CSI?»

«Il tempo di dire "c'è una bomba" e riattaccare e lui sarà già al pub a festeggiare con gli amici! E nel dubbio faranno evacuare la scuola».

«Nonna, lasciami devo andare a lezione non voglio essere arrestata per complicità».

«Vai vai cara, ti aggiorno dopo».

In autobus ne approfittai per finire il discorsetto che avevo cominciato con Pat.

Non parlerò mai più con te di quella storia quindi non provarci neanche.

«Come sarebbe non provarci, non ho ancora finito!».

Io sì invece e sono anche molto contento che tu sia riuscita a toglierti dai piedi quello scimmione di Massimo.

«Che figura mi hai fatto fare, ora pensa che sia cotta di lui!».

Era spassoso, hai visto la sua faccia quando hai detto «volevo essere l'unica per te?

«Sei un cretino!», dissi scoppiando a ridere.

Il conducente mi guardava storto dallo specchietto retrovisore.

Gli feci un cenno di scuse e mi appoggiai allo schienale concentrandomi mentalmente sulla lezione.

Ero preoccupata all'idea di una lezione privata col maestro, non lo conoscevo ancora molto e non sapevo cosa gli avesse raccontato mia nonna, e speravo tanto non mi avesse dipinta come un caso umano.

Appena scesa cominciò a piovere, per la prima volta da quando ero lì, e quando arrivai a lezione ero zuppa fino alle ossa.

«Sei venuta in canoa attraversando l'Arno?», mi chiese il maestro lanciandomi un asciugamano, «sembri più il brutto anatroccolo che il cigno nero!», scherzò.

«Grazie maestro», risposi sconsolata togliendomi le scarpe e andandomi a cambiare nello spogliatoio.

Il fatto di essere lì da sola mi creava una certa inquietudine.

Avrei fatto volentieri due chiacchiere con gli altri ragazzi, se non altro per spezzare la tensione, ma ormai era fatta e il volere di mia nonna si era compiuto.

«Allora anatroccolo, per diventare un cigno bisogna lavorare sodo, lo sai vero?»

«Sì».

«Sì cosa?»

«Sì maestro!».

«Mmm, così va bene. E abbiamo pochissimo tempo, quindi dobbiamo darci dentro con tutte le forze, capito?».

Annuii e andai alla sbarra per cominciare il riscaldamento.

Capii subito che non sarebbe stato gentile con me come le altre volte e che sarebbe stata veramente dura, ma, strano a dirsi, davo il meglio di me proprio quando ero messa sotto pressione e, comunque, non poteva essere peggio di Claire o della Sinclaire nelle loro giornate no.

Non mi lasciò respirare nemmeno un attimo e continuò a correggere ogni singolo dettaglio: braccia, piedi, apertura delle ginocchia, testa ed equilibrio e questo solo nel riscaldamento. Quando mi diressi al centro per cominciare la variazione fu talmente odioso e insopportabile che fui più volte sul punto di andarmene.

Ma sapevo bene che non c'era nessuno che mi avrebbe consolata, così decisi di ingoiare orgoglio e lacrime e continuare a farmi massacrare per un'ora e mezzo.

Alla fine della lezione ero stravolta, paonazza, sudata e bisognosa di un bagno caldo, un massaggio e un gelato al cioccolato.

Il maestro parve leggermi nel pensiero.

«Lo so che mi odi adesso, ma non c'è altro modo per rimetterti in forma in così poco tempo, fai finta di essere a *Ballando con le stelle*, ci vediamo domani alla stessa ora».

E non era una domanda.

Uscii camminando a fatica per i crampi ai polpacci e alle dita dei piedi.

Sulla porta incrociai Laura, Serena e Duccio che entravano a lezione.

Furono tutti piuttosto stupiti di vedermi uscire e io stessa mi sentii colta sul fatto.

«Hai sbagliato orario?», chiese Serena.

«No, ho fatto una lezione col maestro… non potevo venire dopo», mentii sentendomi in colpa.

«Ah, facciamo già le lezioni private, non ti basta più l'intermedio vero?», fece eco Laura.

«Ma no davvero io… insomma avete visto mia nonna, è lei che ci tiene tanto».

«Ma sì, fai bene, te l'ho detto che devi entrare in qualche scuola importante tu», disse Duccio.

«Perché, noi invece facciamo schifo?», si schernì Laura.

«No, che c'entra, ma se ha le possibilità è giusto che le sfrutti no? Dài andiamo, che il maestro s'incazza!».

«Sono già incazzato!», tuonò il maestro da dentro.

I ragazzi corsero nello spogliatoio e io mi incamminai lentamente verso la fermata, ma dopo pochi metri mi accorsi di aver dimenticato le scarpette nello spogliatoio.

Sgattaiolai dentro per evitare di salutare di nuovo tutti, le presi e le infilai nella sacca, ma uscendo non potei fare a meno di sentire Laura e Serena parlare di me in bagno.

«Non puoi capire quanto mi stia sulle scatole quella lì, ma chi si crede di essere?», disse Laura.

«Ma dài è una bambina, che ti importa!».

«Una bambina? L'hai vista l'altra sera? Quella lì ucciderebbe pur di stare al centro dell'attenzione, è una stronzetta viziata, ricca da fare schifo! Trentadue *fouetté* e faceva finta di non ballare da una vita. Che puttana!».

«Laura stai esagerando, e comunque sei più brava tu!».

«Ci puoi scommettere, ma adesso è lei il nuovo giochino del maestro, l'*enfant prodige* da esibire alle feste».

«Non credo che tu debba temere niente, è un po' come un cane ammaestrato, dopo un po' ci si stufa di vederlo saltare!».

Risero.

Rimasi impietrita dietro la porta ad ascoltare tutte quelle cattiverie.

Non mi era mai capitato di essere pugnalata così gratuitamente alle spalle da due perfette sconosciute e se sentirlo dire da Laura non mi aveva sorpresa, Serena mi aveva davvero ferito a morte.

Che cosa avevo fatto di strano? Avevo tenuto un basso profilo, non avevo raccontato niente del mio passato e le avevo anche invitate alla festa.

Mi sembrava di essere tornata a scuola dove nessuno, a parte Nina, era interessato a fare amicizia con me.

Dovevo essere davvero una pessima persona.

Uscii senza farmi vedere con le lacrime che scendevano lungo le guance e mi incamminai lentamente con il cuore spezzato.

Amore… lascia perdere, non farti il sangue amaro per quelle due.

«Facile parlare per te, non sai cosa vuol dire essere umiliato, tu piacevi a tutti, la tua bacheca di Facebook è ancora piena di messaggi».

Tesoro, sei una ragazza, per voi parlare male l'una dell'altra è uno sport nazionale!

«Anche tua sorella piaceva a tutti ed è una ragazza, una bellissima ragazza!».

Mia, tu sei brava da morire e le tue colleghe non te lo perdoneranno mai!

«Ma io credevo di essermi fatta delle amiche», risposi sconsolata.

È impossibile farsi delle amiche nel bel mezzo di una competizione, ti ucciderebbero anche se tu portassi loro il pranzo tutti i giorni!

«Pat… credi che sarà sempre così?».

Se vorrai fare la ballerina penso proprio di sì. Ambite tutte a una perfezione irraggiungibile e appena vedete qualcuna che ha qualcosa in più la odiate.

«Ma io non odio nessuno!», protestai.

Per adesso no, ma se tu fossi stata la favorita del maestro per due anni e improvvisamente fosse arrivata un'altra a soffiarti il posto e attirare tutta la sua attenzione, non dirmi che non ti sarebbe importato!

Ci riflettei un attimo.

«Mmm, credo che mi darebbe molto fastidio!».

Appunto, quindi le soluzioni sono due: o ti trovi delle amiche al di fuori della danza o cominci a giocare a calcio!

Tornata a casa, la nonna mi raccontò che lei e Betty avevano deciso all'ultimo momento che lanciare un allarme bomba in un asilo non era carino, mentre nella finanziaria dove lavorava mio padre era più plausibile e, per come erano andati gli investimenti in quell'ultimo anno, quasi meritato.

Così mia mamma era salita al quinto piano col suo cestino da pic nic e, appena si erano aperte le porte dell'ascensore, era stata travolta da una cinquantina di impiegati che si davano alla fuga e si era ritrovata fuori del grattacielo nel giro di pochi secondi, spinta dai poliziotti e i granatieri.

La mamma, in preda a una crisi di nervi, era andata allora a casa di Betty che le aveva fatto un giro di carte finto in cui le sconsigliava di riprendere in considerazione storie morte e sepolte.

Ma poiché mia madre era una testona, aveva deciso di darsi un'ultima chance prima che Libby tornasse da Glasgow e lo aveva invitato a casa nostra per cena e, di nuovo, Betty aveva avuto un mezzo attacco d'ansia all'idea di dover ricominciare a fare l'ispettore dell'FBI.

Ma, soprattutto, credo che tremasse all'idea di dover ancora avere a che fare con mia nonna.

Salii in camera a fare una doccia e mettere i piedi in una tinozza di acqua calda e bicarbonato, erano già distrutti e non avevo ancora indossato le punte.

Sentii bussare piano e vidi un biglietto scivolare sotto la porta.

«Signorina, la cena è qui fuori».

Chissà per quanto tempo Sunil avrebbe continuato a ignorarmi.

Mangiai il mio sandwich al formaggio e poi cercai di dormire, ma le parole di Laura e Serena continuavano a ronzarmi in testa tenendomi sveglia, così accesi la luce e mi misi a scrivere.

Cara Nina,

ho ricominciato ad andare a lezione di danza.

Ho trovato un maestro fortissimo qui a Firenze, è rumeno e ha una pancia enorme, ma è il più bravo che abbia mai avuto, pensa che a lezione ridiamo, ci crederesti?

La nonna ha dato una festa per me ieri sera, ha invitato un sacco di amici suoi, gente pallosissima che si è buttata sul buffet come se dovessero chiudere tutti i supermercati.

Ho invitato anche due ragazze che vengono a danza con me, una in particolare non smetteva di fare la stronza e continuava a fare battutine, poi però quando il maestro ci ha chiamati sul palco per fare un'esibizione (idea di mia nonna ovviamente) l'ho stesa.

Sì, okay, non volevo farlo, mi conosci non sono il tipo, ma mi ha provocato!

No, non intendo dire che l'ho picchiata o cose del genere, ho solo fatto qualche *pirouette* e oggi le ho sentite che parlavano male di me in bagno e ci sono rimasta veramente di merda.

Hanno detto che sono una stronzetta viziata e un cane ammaestrato, ma ti rendi conto?

E io che le credevo amiche!

Tu sicuramente te ne saresti accorta prima di me, io invece sulle persone mi sbaglio sempre ☹

Comunque non credo che ci parlerò mai più.

Ma questa non è la notizia bomba, quindi siediti perché questa merita tutta la tua attenzione: mentre cercavo mia nonna, che credevo si fosse imboscata col personal trainer, ho aperto la porta della dependance di Sunil e indovina cosa ho visto?????

Mia nonna a letto con lui!!!!!!!!!!

Sìììì ti giuro, una cosa da vomito, non riesco a togliermelo dalla testa, vorrei farmi fare l'elettrochoc ~~anche Patrick è rim~~

L'altra notizia pazzesca è che la nonna mi ha fatto avere un'altra audizione per la Royal, ma invece di essere contenta ti confesso che ho una paura matta.

Non sono pronta fisicamente, è una follia, un suicidio.

Vorrei tanto che tu mi dessi un consiglio, ho tanto bisogno di te.

Ti voglio bene

Mi manchi

Mia

Bussarono alla porta.

«Stai dormendo?», disse mia nonna entrando.

«Vorrei, ma sono troppo nervosa».

«È stanchezza sana, ti fa solo bene».

«Volevi dirmi questo?», dissi sbadigliando.

«No, volevo parlarti di ieri sera».

«Nonna, non parliamone mai più, farò finta di non aver visto niente e comunque anche se lo raccontassi non mi crederebbe nessuno, quindi stai tranquilla la mia bocca è cucita!».

«Invece volevo dirti che sono contenta che tu ci abbia beccati perché è una storia che va avanti da più di dieci anni e ci tenevo a dirti che ci amiamo molto».

«E allora perché non uscite allo scoperto?»

«Perché lui non vuole, la sua famiglia non glielo perdonerebbe e quindi facciamo i clandestini, non è incredibile? Alla nostra età!».

«Nonna, dovresti scrivere un'autobiografia».

«Ci sto già lavorando, si chiamerà *I miei primi settant'anni*!», disse uscendo e lanciandomi un bacio con la mano.

CAPITOLO QUINDICI

«Pronto Paul, ma si può sapere che fine hai fatto? Mi sto preoccupando!».

«Mia, scusami mi sono dimenticato del tuo compleanno ieri sono davvero senza speranza!» piagnucolò.

«Ma che ti succede, sei ancora tanto giù di morale?»

«Sì Mia, sono finito, passo le giornate a guardare le sue foto, a rileggere i suoi messaggi e ascoltare i Depeche Mode, neanche avessi la tua età!».

«Paul io non ascolto i Depeche Mode».

«Ecco appunto… sono proprio uno sfigato!».

«Se pensi che sia finita con mia mamma perché sei sfigato, allora perché non vai da un mago a farti esorcizzare?»

«Dici che dovrei?»

«Dico che dovresti reagire!».

«Non ce la faccio, sono sotto un treno».

«Ecco una buona idea, buttati sotto la metropolitana nell'ora di punta, almeno farai un gesto eclatante e lei si ricorderà di te per sempre e anche i passeggeri che arriveranno tardi al lavoro per colpa tua».

«Non sei carina, io non ti ho mai detto queste cose quando stavi male».

«Ci dovevi solo provare, scemo, la mamma non è morta!», risposi con amarezza.

«Scusa Mia, non ne faccio una giusta».

«Ti perdono perché sei depresso e non sai quello che dici».

«Tu stai bene, almeno?»

«Io sono qui con mia nonna, e non ho il tempo di deprimermi! Ci penserò quando tornerò a casa e troverò mio padre in poltrona».

«Mia, così mi uccidi!».

«Scusa Paul, ma se ti può consolare siamo in due a essere disperati».

«Sai quando si rivedranno?»

«Ho sentito parlare di una cena stasera a casa nostra, ma io non ti ho detto niente».

«E io non ho sentito niente».

Anch'io nel mio piccolo stavo diventando perfida.

Posso dire la mia?

«Spara!».

Non vi sembra di stare esagerando con questa storia dei tuoi? Sembrate in preda a un'isteria collettiva, perché non cerchi di restarne fuori?

«Perché ci sono dentro fino al collo ormai!».

Perché non pensi a studiare per l'esame invece?

«Mi stai facendo la predica per caso?».

Sì, dato che credo di essere rimasto l'unico con un minimo di buon senso che pensa che tu stia perdendo tempo prezioso dietro a delle cazzate!

Mi sentii punta sul vivo.

Se avevo accettato, mio malgrado, di tentare di nuovo l'audizione, non avevo più scuse per non dare l'esame di fine anno a scuola e improvvisamente mi sentii crollare addosso una gran paura e un enorme senso di colpa.

«Oddio Pat, se non do l'esame dovrò ripetere l'anno...».

Ovvio...

«E se non do l'esame...».

Non potrai accedere alla Royal nemmeno se ti prendono.

Era una cosa che sapevo da sempre, e che avevo finto non mi importasse più, ma dal momento che avevo ricominciato a vivere, le mie responsabilità erano ritornate a farsi sentire tutte insieme. Mi sentii piccola e infinitamente spaventata.

Stavo perdendo tempo dietro ai giochi di mia nonna e Betty e tralasciavo qualcosa di fondamentale come l'esame di ammissione al livello superiore, senza il quale non avrei mai trovato nessun lavoro!

Ma dove avevo avuto la testa fino ad allora?

Perché nessuno aveva insistito?

Chiamai mia mamma.

«Amore mio, finalmente ti degni di prendere in considerazione le parole inutili della tua mamma!».

«Mamma, cosa dici, perché non mi hai obbligato?»

«Mia, è più facile convincere un mulo a giocare a pallavolo che te a fare qualcosa!».

«Mamma, sono terrorizzata non ce la farò mai e non voglio ripetere l'anno, non conosco nessuno… sarà un inferno!», mugolai.

«Io te l'avevo detto però, la preside mi ha chiamata decine di volte per sapere cosa avevi intenzione di fare, io ho cercato di temporeggiare, ma a questo punto credo che abbiano già preso la loro decisione!».

Mi veniva da piangere, la realtà mi era crollata addosso con la stessa pesantezza di un sipario.

Era inutile che tentassi l'audizione se non passavo l'esame, e non sarei potuta entrare alla Royal l'anno dopo perché sarei stata troppo grande.

Ero arrabbiata con me stessa in un modo che non avrei saputo descrivere.

Vedevo tutte quelle giornate perse a guardare il vuoto, giorni buttati che non sarebbero tornati mai più indietro ed ero tristemente consapevole di essere l'unica responsabile del mio fallimento.

Ora che mi sentivo meglio, grazie alla costante presenza di Patrick accanto a me, l'aver perso una possibilità così unica mi gettava nel panico.

Il dolore non si sarebbe offeso se lo avessi trascurato per un po' in favore del mio futuro.

E adesso che mi ero resa davvero conto di che cosa stavo rischiando, sentivo le voci di mia mamma, mia nonna, Patrick e Carl ripetermi quanto fosse importante tornare a scuola, mentre io ero troppo occupata ad autocommiserarmi.

«Mamma, devo parlare con Mrs Jenkins! Ora!», dichiarai con lo stesso piglio di mia nonna.

«Finalmente bambina mia!», sospirò.

Chiamai Mrs Jenkins con la coda fra le gambe.

Mi aveva sempre messo in soggezione e non le avevo mai parlato al telefono, ma sapevo che quella era una cosa che avrei potuto risolvere io e solo io.

Rispose al terzo squillo.

Deglutii.

«Mrs Jenkins sono Mia Foster…».

«Cara, che sorpresa sentirti! Come stai?»

«Meglio, davvero meglio, io… non pensavo neanche di rimettermi in piedi».

«Sono proprio contenta, proprio ieri parlavamo di te con Mrs Meyer e ci chiedevamo cosa facessi».

«Sono a Firenze da mia nonna, mi ha fatto bene stare un po' lontano da Leicester!».

«Lo immagino, ma a questo punto penso che potrai prendertela comoda e studiare con tranquillità per passare l'esame l'anno prossimo!».

Ecco la frase che avevo temuto più di tutte.

«Veramente io… speravo di dare l'esame quest'anno…».

«Ma tesoro, è tardi e sei rimasta indietro su tutto il programma… io lo avevo detto a tua madre, ma ora non saprei proprio come aiutarti».

«Posso recuperare, in fondo porterei solo materie artistiche, e in letteratura e francese non andavo così male».

Ci fu silenzio dall'altra parte.

«Mia, credo che ripetere l'anno a questo punto non possa farti che bene!».

«Ma Mrs Jenkins, mia nonna mi ha procurato un'altra audizione per la Royal e se non mi diplomo non potrò entrare nemmeno se mi accettano!», dissi trasmettendole tutta la mia agitazione.

Mrs Jenkins sospirò di nuovo.

«…ascolta… Mia, oggi pomeriggio c'è il consiglio di classe e proverò a parlare con gli altri insegnanti ed esamineremo il tuo caso… particolare. Non ti prometto niente… ma ti chiamerò più tardi per darti notizie».

«La prego, la prego, la prego Mrs Jenkins, le giuro che non la deluderò!».

«Ci sentiamo più tardi, e salutami tua nonna».

Anche la Jenkins aveva subìto il fascino travolgente della nonna quando si era autoproclamata mia tutrice e aveva cominciato a chiamarla per informarsi su di me sciorinandole i nomi delle sue conoscenze celebri.

Speravo tanto che sarebbe servito per ammorbidire il consiglio scolastico, specialmente Mrs Meyer, l'insegnante di letteratura che mi odiava e che notoriamente non faceva mai sconti a nessuno. Tantomeno a un'aspirante suicida.

Scesi in cucina e mi imbattei in Sunil che aprì il frigorifero e infilò la testa dentro, fingendo di cercare qualcosa.

«Sunil, per quanto tempo ancora eviterai di parlare con me?»

«Per molto signorina, molto!».

«Sunil, credimi, io non ho visto niente!».

«Sunil morto di vergogna, Sunil non può guardare lei in faccia!».

«Ma così è ridicolo! Mi dispiace, è colpa mia, dovevo bussare, ma anche voi, potevate chiudervi a chiave dentro!».

«Il dio Shiva mi ha punito!».

«Ma no che non ti ha punito… sono cose che succedono, davvero, io sono contenta se tu e la nonna vi volete bene e dài, esci di lì che prendi freddo!».

Sunil chiuse lo sportello del frigorifero e si girò a testa bassa.

Scoppiai a ridere e lui lo riaprì per nascondersi di nuovo.

«Scusa, scusa, è che mi fai ridere, non sono abituata a vederti triste, io ti prometto che non ne parleremo mai più e faremo come se non fosse mai successo niente, cancelliamo quel giorno, va bene?».

Non avendo altra scelta se non quella di non parlarmi per il resto della vita, mi strinse la mano e tornò ad affettare le sue carote sospirando.

La giornata sarebbe stata mortalmente lunga e l'idea che il mio futuro adesso fosse nelle mani di Mrs Meyer non migliorava certo le cose.

La nonna scese a salutarci per andare a lavorare e mi vide abbattuta.

Le spiegai cosa fosse successo.

«Se ti impegni ce la farai, non ho dubbi, vuoi che chiami io la Jenkins?»

«No, nonna grazie, hai già fatto abbastanza, adesso tocca a me!», le dissi come un bravo soldatino sull'attenti.

«Brava piccola mia, così ti voglio, combattiva e grintosa».

Ma la grinta si dissipava col passare delle ore.

Dovevo prendere in considerazione un piano B, ma era impossibile pensare all'alternativa dell'unico desiderio che avessi mai avuto dalla nascita.

Se mi avessero fatto ripetere l'anno e non mi avessero accettata alla Royal, avrei dovuto cercarmi un'altra scuola di danza dove studiare, ma nessuna era alla sua altezza e avrei finito per deprimermi diventando un'adolescente obesa e dipendente da internet…

Mi preparai per la lezione.

L'idea di incontrare di nuovo Serena e Laura mi nauseava.

Avrei dovuto fingere di non averle ascoltate, ma la rabbia e la delusione mi ribollivano dentro.

Invece, *casualmente*, trovai Duccio ad aspettarmi davanti alla porta.

«Ti dispiace se assisto?»

«Non chiederlo a me, chiedilo al maestro», risposi sulle spine.

Era sicuramente in combutta con quelle due e probabilmente aveva solo intenzione di spiarmi per poi poter sparlare di me insieme a loro.

Ero disgustata.

La rabbia del giorno prima e l'ansia dell'attesa della telefonata di Mrs Jenkins fecero sì che la lezione fosse catastrofica.

«Ma dove hai la testa? A casa? Cosa ti ho detto un miliardo di volte? Quelle braccia così fanno schifo! Cosa sei un pipistrello? No! No! No! E NO! Basta, facciamo una pausa!».

Il maestro non scherzava più, segno che le cose si erano fatte serie e che, se non riuscivo a concentrarmi, mi giocavo tutto quanto.

Avrei pagato per avere la forma di qualche mese prima, ma il mio corpo se ne infischiava dei miei desideri e pretendeva che rispettassi i suoi tempi, e questo per me era fuori discussione.

Ed essere sgridata davanti a Duccio era ancora più umiliante.

Già lo immaginavo correre a raccontare a Laura e Serena che ero stata pessima e che il maestro era scontento, così avrebbero potuto ridere di me e avere la loro stupida rivincita.

«Domani proviamo con le punte, ma se mi fai una lezione così te le do in testa *ai priceput?*».

Feci sì con la testa, avvilita e scoraggiata, ma il maestro se ne accorse e mi consolò a modo suo.

«Sai che i bravi non vanno mai trattati bene? Anzi più uno è bravo e più lo maltratto, vero Rosso?», disse assestandogli uno scappellotto dietro la nuca.

«Dài, ora vai a casa e rifletti su tutto quello che abbiamo fatto e domani ci vediamo ancora».

«Ancora?»

«Ti sono antipatico?»

«No maestro».

«Hai il fidanzato?»

«No maestro».

«E allora alle due qui! Ti riposerai quando avrai fatto l'audizione e mi manderai una cartolina dal mare con scritto "grazie maestro se non era per lei non sarei mai entrata alla Royal Ballet!"».

«Alla Royal Ballet?», strillò Laura sulla porta come se avesse visto un elefante rosa in sala.

Dio, non ci voleva, adesso mi avrebbe reso la vita impossibile, potevo aspettarmi di tutto da lei, anche che infilasse le lamette nelle scarpe.

«Brava Mia!», disse Duccio battendo le mani, «ti ricorderai di noi quando sarai famosa?».

Era una frase cretina che avevo sempre detestato, ma devo ammettere che non la disse con malizia.

Almeno credo.

Laura invece mi incenerì con lo sguardo, motivo per cui mi sbrigai a prendere la mia roba e uscire di corsa.

Nell'aria c'era odore di tempesta.

Nubi minacciose oscuravano il cielo, e il vento soffiava furioso scuotendo gli alberi.

Quello che poteva sembrare un temporale primaverile in realtà era un segno premonitore.

Arrivai a casa un minuto prima che si scatenasse il finimondo.

Tuoni e fulmini illuminavano la casa a giorno, e la pioggia martellava contro i vetri del salotto con enorme disappunto di Sunil che li aveva appena puliti.

La nonna e io ci rintanammo in cucina a mangiare una pizza surgelata, aspettando la telefonata di Betty, che ci avrebbe aggiornato sugli sviluppi.

Mrs Jenkins non si era ancora fatta sentire e lo stomaco mi si era chiuso.

Piluccavo la pizza con poco entusiasmo fissando il mio cellulare muto.

Finché un tuono assordante ci fece sobbalzare sugli sgabelli e la luce andò via.

La nonna si allungò per aprire un cassetto e prendere due candele, le accese, fece colare la cera nel portacenere e le fissò saldamente alla base.

Una luce calda e tremolante illuminò i nostri visi e mi fece ripensare con nostalgia a quando mia mamma, durante un temporale, veniva in camera per tranquillizzarmi, raccontandomi che i tuoni erano solo il rumore delle nuvole che giocavano a scontrarsi e che non c'era da aver paura.

La telefonata di Betty arrivò proprio in quel momento.

Vidi la nonna risponderle allegramente, chiedendole quale fosse il nuovo piano d'azione, per poi farsi sempre più seria.

La mamma aveva invitato papà a cena a casa nostra come da copione e lui ci era andato.

Ma Libby, che era lontana dall'essere stupida, era tornata da Glasgow un giorno prima e aveva trovato sua suocera in casa con i gemelli.

Alla domanda su dove fosse Jiles, la povera donna si era stretta nelle spalle, così Libby aveva chiamato immediatamente mio padre, trovando il telefono spento, e poi mia madre, che non aveva risposto.

A quel punto, guidata dal sesto senso, era partita come un razzo alla volta di Leicester dove aveva trovato Paul seduto sulle scale di casa in compagnia di una birra.

Aveva scavalcato Paul, suonato il campanello e, nonostante fosse sempre stata una persona calma e ragionevole, la vista di mia madre pettinata e truccata le aveva fatto saltare i nervi: le aveva assestato un ceffone così forte che si era sentito l'eco.

Mio padre allora era apparso sulla porta e Libby, senza discutere ulteriormente e con grande dignità, l'aveva afferrato per il colletto della giacca e lo aveva trascinato in macchina, lasciando mia mamma e Paul impietriti.

La mamma, ferita nell'orgoglio, si era vendicata su Paul dicendogli di andarsene e che non voleva più vederlo e lui, per ripicca, gli aveva confessato la verità, e cioè che Betty e la nonna avevano organizzato tutto il casino del ristorante, compresi i pompieri e la pizza, perché non volevano che lei e mio padre tornassero insieme.

La mamma gli aveva sbattuto la porta in faccia ed era corsa a chiamare Betty e, com'era da lei, le aveva urlato contro di tutto prima ancora di chiederle delle spiegazioni, dicendole che non era un'amica, che era una stronza traditrice e che non doveva mai più farsi vedere.

Betty aveva poi chiamato Paul per sbranarlo, ma lo aveva trovato in condizioni disperate, una volta ripresosi dalla sbronza. Non la smetteva più di piangere e le aveva raccontato tutta la scena per filo e per segno almeno quindici volte.

Betty non si spiegava come Paul avesse saputo della cena dei miei, dato che lei non gliel'aveva detto ed era stata loro intenzione tenerlo fuori dopo la scena imbarazzante del ristorante.

La nonna mi guardò e mimò con le labbra un minaccioso: «sei stata tu per caso?», puntandomi il dito contro.

Io scossi la testa troppo energicamente per sembrare sincera e quando la nonna riattaccò sapevamo di avere un problema.

La nonna chiamò Paul che, nel frattempo, era tornato a casa.

«Caro Paul, ti offendi se ti dico che sei un imbecille? E smettila di piangere, sei tu che hai combinato questo casino mostruoso! Certo che lo so che volevi ferirla, ma non hai pensato che stavi mettendo in mezzo anche noi? Era per questo che dopo il pasticcio dell'altra sera non volevamo coinvolgerti: tu non resisti alla pressione! Se tu te ne fossi rimasto a casa, al pub o ai giardinetti, Libby si sarebbe ripresa il marito, io e Betty ne saremmo uscite immacolate, Elena avrebbe avuto un'ordinanza restrittiva e non avrebbe fatto la cazzata dell'anno e chissà, magari non vedendoti più le saresti anche mancato, mentre adesso tu, pezzo di deficiente, non ti immagini neanche la portata del casino in cui ci hai infilato!».

Ragazze ve lo avevo detto che stavate esagerando…

«Pat, ti prego non adesso».

A peggiorare la mia ansia, Mrs Jenkins non mi aveva più richiamata e questo voleva dire solo una cosa: che il consiglio aveva rifiutato che facessi l'esame.

Andai a letto afflitta e amareggiata: in un quarto d'ora si erano sfasciate l'amicizia fra mia mamma, Betty, Libby, mio padre e Paul, e io avevo perso la possibilità di entrare alla Royal Ballet School. Immaginavo che la mamma stesse malissimo ed era tutta colpa mia, ero io che avevo detto a Paul della cena, ma l'avevo fatto così, senza pensare. Non avrei mai creduto che avrebbe fatto una cosa così stupida, al massimo poteva suonare il campanello e scappare o fare un paio di telefonate anonime spacciandosi per un maniaco, ma non accusare la nonna e Betty come un bambino arrabbiato che vuol fare un dispetto bucando il pallone, perché nessuno giochi più.

Non mi restava che chiedere la cittadinanza italiana, perché non sarei mai più potuta tornare a casa.

Magari avrei potuto provare a fare l'audizione alla Scala anch'io.

Il temporale imperversò per tutta la notte e non riuscii a chiudere occhio.

Pensavo all'audizione, alla Jenkins che non aveva richiamato, alla mamma incazzata come una iena, a Paul in lacrime, e a Betty che appendeva mio padre per le palle. Non ci voleva proprio: ora che le cose avevano trovato un minimo di equilibrio, scoppiava una bomba.

Non poteva funzionare Mia, il piano di tua nonna era folle, te lo avevo detto.

«Te l'avevo detto, te l'avevo detto! Puoi evitare di dirmi che me lo avevi detto? Non mi serve a niente adesso, dovresti tirarmi su di morale non affondarmi ulteriormente, proprio oggi che avevo deciso di riprendere gli studi!».

Mia, non è un problema tuo, concentrati sull'obbiettivo.

«Pat, vuoi finirla di parlare come ai cadetti del tuo reparto?».

È la forza dell'abitudine!

«Non so neanch'io come mi sono trovata in tutto questo e sai bene che mia mamma quando è arrabbiata è capace di non parlare per settimane e per quello che è successo ho idea che non sentirò mai più la sua voce!».

Siete delle vere italiane voi, così magnificamente drammatiche!

«Sì, tre generazioni di donne isteriche che non riescono a tenersi un uomo perché o lo fanno scappare o muore… scusa Pat».

Di niente amore.

Mia mamma non mi aveva chiamata, doveva essere totalmente fuori di sé e certamente mi riteneva complice di quel piano idiota, ma dovevo assolutamente scoprirlo, perciò, anche se erano le due passate, chiamai Betty.

«Quanto è arrabbiata la mamma?»

«Non ci sono unità di misura tesoro, è ancora peggio dell'altra volta. Non credo proprio che riallacceremo i rapporti, mi ha detto delle cose irripetibili», disse tristemente.

«Anche l'altra volta avevate litigato per lo stesso motivo».

«Sì e in quel caso mi ero limitata a solo a sconsigliarle di riprovarci con Jiles, immagina questa volta che mi sono alleata con la sua peggior nemica…».

«Lei sa che anch'io ero al corrente di tutto?»

«Non me l'ha chiesto, era troppo impegnata nel suo monologo sulle amiche vigliacche. Io l'ho lasciata parlare e alla fine mi sono arresa e le ho detto di pensare quello che voleva e poi, come al solito, per avere l'ultima parola ha riattaccato».

«Tipico di mamma».

«E Paul?»

«Lui sembra un cane abbandonato e non se ne fa una ragione, ma la cosa peggiore è che l'amico che lo ospita non lo sopporta più, perché non fa che piangere e girare in pigiama e gli ha chiesto gentilmente di trovarsi un'altra sistemazione».

«Oddio, e anche la nonna lo ha trattato malissimo! Dev'essere in uno stato pietoso, non pensi che potrebbe fare qualcosa di terribilmente idiota?»

«Tipo bere lo shampoo? Non finché è qui, lo controllo a vista e ho tolto tutti i medicinali dal bagno compreso il collutorio».

«Paul è da te?»

«O da me o sotto un ponte Mia, sai che io raccolgo sempre i randagi!».

«Appena lo saprà la mamma!».

«Penserà che è un complotto, e che ha ragione a dire che sono una stronza ingrata arrivista e approfittatrice… ma se questa volta non si scusa, con me ha chiuso sul serio!».

Pensai a Nina e alla reazione piena di rabbia che aveva avuto con me, senza pensare per un attimo alle conseguenze.

Possibile che le cose per alcune persone potessero essere solo bianche o nere? E chi non la pensava come loro veniva cancellato dalla lista?

Possibile che la colpa fosse solo degli altri? Né Nina né mia madre si erano mai preoccupate di vedere anche l'altro lato della medaglia o avevano mai provato a mettersi nei panni di qualcun altro, per capirne le ragioni.

In fondo mia mamma non aveva agito per una nobile causa e se tutta la sua famiglia era contraria, forse, avrebbe potuto chiedersi il perché.

Ma no, quando lei decideva una cosa, nel bene e nel male doveva portarla in fondo e chi si opponeva diventava il suo nemico giurato.

«E adesso?»

«Aspettiamo e vediamo, potrebbe succedere di tutto».

Presi sonno verso le quattro e Sunil venne a bussare alle sette.

«Signorina c'è una telefonata per lei urgente gliela passo?».

Mi alzai di scatto e aprii la porta. Sunil mi passò il telefono.

«Mia sono Mrs Jenkins, ieri ho provato a chiamare tua madre, ma aveva il telefono staccato e non avevo il tuo numero, però mi era rimasto quello della nonna…».

Mi appoggiai alla porta.

«Mi dica Mrs Jenkins…».

«Ho parlato per due ore con i tuoi professori. La tua situazione è difficile e delicata e non ci sono precedenti. Mrs Patel di arte non ha nessun problema a farti fare l'esame e così Mr Davies di ginnastica, e la Mills, ma la Southern e la Meyer sono tuttora dubbiose».

«Be è pur sempre un tre contro due…», azzardai.

«Mia, ginnastica e musica non hanno lo stesso peso di letteratura e matematica».

«Mrs Jenkins, però, detto fra noi, se studierò danza ecco… anche se non dovessi essere un genio in matematica…».

«Mia, questa non è una giustificazione e tu non dovresti essere così sfacciata da suggerire una soluzione del genere proprio a me, ma di fatto è quello che ho detto loro, e cioè di considerarti come una privatista e di non essere esageratamente pignoli, anche tenendo conto di tutto quello che ti è successo».

«Quindi è un no…».

«Diciamo che è un ni… l'unica che si oppone ancora è la Meyer a cui devi consegnare otto tesine e che è convinta che non ce la farai mai, ma se ce tu la facessi…».

«Ce la farò Mrs Jenkins, glielo giuro su quello che ho di più caro, studierò giorno e notte e sarà orgogliosa di me».

«No tesoro, non giurare, e poi io sono già orgogliosa di te! Ti faccio mandare il programma delle materie da studiare dalla mia segretaria domani e… ecco, se tu riuscissi a studiare con qualcuno sarebbe meglio. Nina per esempio…».

«Mrs Jenkins, Nina è l'ultima persona che ha voglia di studiare con me», conclusi tristemente.

La mia vita, da piatta e inutile, era diventata in poche ore convulsa e piena di scadenze.

Non so se era fame di vita la mia o una reazione alla morte, so solo che non mi rendevo veramente conto della portata del lavoro e dell'impegno che mi aspettavano di lì a poche settimane.

Io ci sono, disse Patrick di punto in bianco.

Mi vennero i brividi.

Sembrava che Pat mi fosse accanto.

Stavo facendo tutto quello perché c'era lui ad appoggiarmi, quella voce che mi invadeva l'anima e la mente giorno e notte.

Quella voce che non sapevo da dove venisse e di cui, a volte, mi chiedevo se fosse reale o solo un mio delirio, che mi aiutava a sopportare la sua scomparsa.

Era quella voce che mi sorreggeva e mi teneva in piedi, che mi incoraggiava e mi consigliava, che mi obbligava a vivere nonostante tutto.

Senza quella voce non sarei mai uscita da quel letto d'ospedale.

Non ne avrei avuto motivo.

Avevo bisogno di lui come l'aria e ormai davo per scontato che sarebbe stato per sempre accanto a me e, se mi soffermavo a pensare che ero l'unica che poteva ancora comunicare con lui e che non potevo parlarne con nessuno a parte con Betty, che aveva una concezione della realtà tutta sua, mi sentivo travolgere dalla paura.

«Pat, se non mi aiuti tu non vale neanche la pena provare».

Ci sarò tesoro, ti suggerirò tutto, ci prepareremo insieme come facevamo a casa mia ti ricordi?

Il ricordo di noi due che ci baciavamo sul suo letto facendo attenzione a non farci sentire da Laetitia mi colse di sorpresa.

Chiusi gli occhi e mi sentii di nuovo fra le sue braccia, mentre lottavamo coi jeans per poterci sfiorare la pelle e ci stringevamo e ci baciavamo fino a farci mancare il respiro.

«Pat, giurami che starai sempre con me».

Te lo giuro amore mio.

L'indomani io e la nonna non riuscimmo a parlare di quello che era successo.

La mamma non si era fatta viva e, anche se non avevamo il coraggio di confessarcelo, ci sentivamo piuttosto stupide.

«Hai dormito bene?», mi chiese sorseggiando il suo cappuccino.

Feci spallucce.

«Anch'io non ho chiuso occhio, non dormo mai bene con la pioggia, troppi ricordi».

«Che facciamo adesso nonna?».

Sospirò.

«Aspettiamo. Di certo siamo riuscite a separarli, ma adesso tua madre ci odia. Intendo me, Betty e Paul, le uniche persone che la amano sinceramente, oltre a te ovviamente».

«Pensi davvero che la mamma faccia di tutto per non essere felice?»

«Elena cerca di punirmi. Tutta la sua vita è un tentativo di dimostrare che sono una madre indegna, egoista e prepotente. Se solo avesse capito che mi interessava solo il suo bene...».

«Forse avresti dovuto dimostrarglielo diversamente...».

«Qualunque cosa io abbia fatto non è mai andata bene, e sono giunta alla conclusione che lei abbia deliberatamente deciso di essere infelice per farmi sentire in colpa, per farmi sentire sbagliata, snaturata, cattiva... avrei voluto averla io una madre come me...», disse amaramente.

«Nonna», risposi prendendole la mano e facendo ben attenzione a cercare le parole giuste, «io credo che forse la mamma avrebbe voluto avere meno vantaggi economici, ma più te accanto. Io sono qui solo da poco tempo e mi diverto tantissimo e adoro questo posto, ma ti confesso che sono contenta che la mia mamma non faccia pilates con un istruttore di venticinque anni, non sia la regina delle feste e non sia neanche ricca sfondata, perché così può essere solo mia e non devo dividerla con nessun altro».

La nonna parve colpita. Per la prima volta.

Non mi sembrava di averle detto niente di straordinario, ma mi pareva così ovvio che la mamma si sentisse estranea a tutto quel mondo e che ogni suo gesto di ribellione fosse semplicemente un tentativo per farglielo capire.

«Mia, se solo avessi avuto io le possibilità che ha avuto lei, sai dove sarei adesso? Forse sul trono d'Inghilterra! Tu sei troppo piccola per capire e sei nata in un'altra epoca, ma ti garantisco che ho fatto di tutto perché lei non dovesse mai affrontare i sacrifici che ho sopportato io. Lei non si ricorda che io e suo padre abbiamo patito la fame e abbiamo lavorato come muli per tutta la vita, proprio perché lei non dovesse rinunciare a niente! Tua madre ha potuto frequentare le migliori scuole, ha avuto la possibilità di scegliere qualunque carriera scolastica, ha fatto quello che voleva e nessuno le ha mai chiesto niente, eccetto un po' di gratitudine», disse con risentimento.

«Sì, ma…», osai.

«Sembrava sempre che le facessimo un torto, aveva sempre l'aria contrariata, lo puoi vedere anche nelle foto delle vacanze, lei non sorrideva mai!».

«Forse…», tentai di nuovo.

«Elena, perché non studi lingue, così potrai viaggiare? A me sarebbe piaciuto tanto, ma c'era la guerra. Elena, perché non vai a scuola di tennis così possiamo giocare insieme? Elena perché non studi legge? Ti aiuto io ad avviare lo studio con tutti gli amici che ho! Elena, perché per una volta non esci con qualcuno un po' più facoltoso invece che con i soliti disoccupati? Non ho fatto altro che darle consigli per il suo bene, ma lei li ha ignorati tutti, uno per uno. Poi però la cattiva sono io!», le tremava l'occhio destro dalla rabbia, come alla mamma.

«La mamma però mi ha raccontato che le dicevi cose del tipo: Elena perché ti vesti come una sciattona? Guarda le tue amiche come sono raffinate, Elena perché mangi così tanta cioccolata? Guarda le tue amiche come sono magre, Elena perché non studi di più? Guarda le tue amiche…».

«Erano critiche costruttive Mia!», tuonò la nonna.

«No nonna! Erano critiche e basta e anche piuttosto stronze, se permetti!».

La nonna vacillò impercettibilmente cercando una risposta sensata.

Ebbi l'impressione che il cappuccino le andasse di traverso.

«Non puoi parlare finché non avrai figli tuoi!».

«Troppo facile, è la solita tiritera che mi rifila mia mamma quando non ha risposte! Ci sono milioni di modi di educare un figlio, non pensi? Quando provo un passo e non ci riesco cerco un'alternativa io!».

«E tutta questa arroganza da dove esce, signorina?»

«Ho avuto ottimi maestri!», proseguii versandomi del succo d'arancia, «e non dimenticare che anche chi non ha fatto la fame e la guerra si merita amore, rispetto e tenerezza e quando io avrò dei figli starò ben attenta a non farglieli mancare mai!», conclusi sbattendo il bicchiere sul tavolo.

Rimase a bocca aperta con la tazza a mezz'aria senza trovare una battuta per ribattere, forse per la prima volta in settant'anni.

CAPITOLO SEDICI

La lezione del pomeriggio fu piena di sorprese.

Laura, Serena e Duccio si sedettero in un angolo della sala intenzionati a seguire tutta la mia lezione, cosa che mi infastidiva e mi distraeva.

«Come mai state tutti qui oggi? Non avete niente di meglio da fare?», chiese il maestro.

«Volevamo vedere come si prepara una grande ballerina!», disse Laura acida.

«Per ora è piccola, ma se si impegna potrà diventare veramente grande», rispose convinto.

Finsi che non parlassero di me, mentre pestavo con le scarpette la pece nella cassetta di legno.

Non avevo nessuna intenzione di cadere di nuovo, specialmente il primo giorno che indossavo di nuovo le punte.

Era come imparare a camminare una seconda volta, ma non sarebbe stato facile abituarsi di nuovo a quel supplizio. Il dolore era a tratti insopportabile e facevo di tutto per non pensarci, era incredibile il livello di masochismo a cui ci sottoponevamo per raggiungere l'immagine di perfezione nella nostra testa.

Mi alzai in *relevé* due o tre volte per provare la stabilità e quando fui abbastanza soddisfatta mi diressi verso il centro della sala per mostrare al maestro la suite di *Esmeralda*, preparata con la Sinclaire.

Avevo guardato il video di Natalia Osipova e Tamara Rojo almeno seicento volte per riuscire ad aggiungere all'assolo un tocco di malizia e femminilità in più.

Pur essendo completamente diverse, più delicata ed eterea l'una, più passionale e intensa l'altra, il modo in cui maneggiavano il tamburello e il loro talento innato facevano sembrare il pezzo facilissimo e avevano un'aria molto più femminile di me che ancora cercavo di uscire fuori dal mio guscio di adolescente arrabbiata.

Era un pezzo difficile, ma pieno di passione, e la musica incalzante ti entrava nelle vene.

«Se dovete stare lì come al cinema allora dovete pagare il biglietto!», disse il maestro e mi sembrò che non scherzasse.

Laura non mi staccava gli occhi di dosso, e cercava di memorizzare ogni correzione e ogni suggerimento come fossero dati a lei, Serena mandava SMS col suo cellulare, mentre Duccio aveva un'espressione incantata, quasi sognante.

Con un pubblico del genere era impossibile riuscire a concentrarsi, ma il maestro sembrava non accorgersene.

Forse stavo solo diventando paranoica.

«Occhio al *piqué*, *soutenu*, *passé* e il gesto del braccio dev'essere più ampio è come se tu ti stessi donando capito? Ci vuole più passione più trasporto! Pensa al tuo ragazzo!».

Certo, non facevo altro! Ma come potevo spiegargli che lui appariva solo nei miei sogni?

Finita la mia lezione privata, presi parte anche a quella con gli altri.

Avevo bisogno di lavorare moltissimo e neanche ventiquattro ore al giorno mi sarebbero bastate.

Entrarono altri allievi che il maestro salutò calorosamente, non li avevo mai visti prima, ma dal loro portamento elegante e sicuro capii che erano *veri* ballerini.

Fra tutti, mi incantai a osservare una ragazza con i capelli castani, la pelle diafana e grandi occhi nocciola.

Era sinuosa e aggraziata e ogni suo gesto era armonioso e curato nei minimi dettagli, come se avesse il controllo assoluto dello spazio e del corpo, senza che trasparisse la minima fatica. Non sudava neanche, mentre io sembravo caduta in piscina vestita.

Il maestro scherzava con lei, ma in maniera diversa, come da pari a pari, e si vedeva che la stimava molto.

«Voi tre schiappe e anche tu Esmeralda, prendete esempio da una che sa cosa vuol dire ballare!».

La ragazza sorrise appena, senza imbarazzo né strafottenza, solo consapevole di essere brava.

Adesso ero io ad avere l'aria sognante. Fino a quel momento ero rimasta a bocca aperta solo quando guardavo la Zacharova e la Semionova e be', ovviamente Roberto Bolle, ma nessuno di loro mi era mai stato vicino a meno di un metro.

Adesso volevo essere come lei.

Avrei voluto schioccare le dita e avere la sua età e tutta la sua esperienza, ed essermi già guadagnata i riconoscimenti e il rispetto del mio insegnante e di tutti i miei colleghi e non la squallida invidia di una compagna di corso.

Ma quanto tempo ci sarebbe voluto?

Non le staccai gli occhi di dosso nemmeno per un minuto tanto che il maestro mi chiese se volessi anche un binocolo per guardarla meglio.

Mi impressi nella mente i suoi *jeté entrelacé*, i suoi *port de bras* e i suoi *attitude* e avrei voluto poterle fare un milione di domande, ma in sala non ci era permesso parlare.

Dopo la lezione la ragazza si intrattenne a chiacchierare col maestro, dandomi il tempo di cambiarmi e aspettarla come una *stalker* appostata fuori del portone.

La vidi andare nell'angolo a recuperare la sua borsa piegandosi in avanti con le gambe tese per sistemare le sue cose, prendere la bottiglia d'acqua, l'asciugamano, le scarpette e camminare verso l'uscita con passo leggermente strascicato e i piedi in fuori come chi danzava da una vita.

Mi immaginavo come lei, un giorno, con i capelli legati indietro, una ciocca ribelle che usciva dalla coda, una vecchia maglietta legata al collo per non raffreddarmi, una calzamaglia consumata che sottolineava le gambe sottili e muscolose, e quell'aria apparentemente fragile che nasconde una forza e una tenacia straordinarie.

Laura e Serena mi videro aspettare fuori e si fermarono per chiedermi cosa stessi facendo.

Serena continuava a parlarmi in modo gentile, come se niente fosse successo, mentre Laura si comportava come se temesse che le rubassi qualcosa o che avessi in mente chissà quale diabolico piano e ogni domanda che mi faceva era interessata e subdola.

«Devo chiedere qualcosa al maestro».

«Ancora?»

«Sì, ancora». Stavo fremendo, non volevo che rimanessero lì mentre parlavo col mio idolo.

«Vuoi conoscere Lia? Sembrava che la stessi scannerizzando».

«Perché, non posso? C'è una legge che lo vieta?», risposi innervosita.

«No, ma non credo che abbia tempo da perdere con te, lei balla a Parigi, viene qui solo perché sono grandi amici, lei e il maestro».

Lia.

Era un segno del destino, anche i nostri nomi quasi uguali.

Anche Duccio apparve sulla porta, e quella che per me doveva essere una normale chiacchierata rischiava di diventare una specie di comizio pubblico. Ci mancava che si fermassero dei turisti giapponesi a fare delle foto…

«Posso parlarti un attimo?», mi chiese Duccio.

«Proprio adesso?», risposi continuando a lanciare occhiate dentro, nel timore che fossero usciti da una porta secondaria.

«Be', noi andiamo allora», disse Serena finalmente, mentre Duccio non accennava a muoversi.

Lia e il maestro uscirono ridendo e io sentii le parole morirmi in bocca. Avrei fatto più bella figura se fossi arrivata con un blocchetto e una penna per gli autografi.

«Siete ancora qui, voi? Cosa siete, orfani? Non avete una casa?»

«No, è che io…», mormorai.

«Che c'è, non hai avuto abbastanza attenzioni oggi? Devo pure accompagnarti a casa?»

«No, veramente maestro, ero qui per lei…», dissi indicando Lia.

«Ah be'. Allora, se non servo più a niente dimmelo, così mi faccio chiudere in un ospizio».

Lia mi sorrise.

Le tesi la mano per presentarmi.

«Sono Mia».

«Io Lia».

«E io vostra zia… fatemi andare a casa che mia moglie mi aspetta!».

Duccio era rimasto a distanza di sicurezza, ma non sembrava avesse intenzione di andarsene.

Così, mi feci coraggio.

«Volevo farti i miei complimenti, sei veramente bravissima».

«Grazie Mia, anche tu sei molto brava, è molto che studi con il maestro?»

«No, da pochissimo, sono qui solo di passaggio, abito vicino Londra e… ecco dovrei tentare l'audizione alla Royal».

«Alla Royal? Che bello, ho studiato anch'io per un periodo alla Royal, poi ho lavorato per molti anni all'Opera Garnier, ma adesso ballo con la mia compagnia. Mi piace poter essere libera di creare nuove cose, dopo un po' di anni in cui interpreti sempre gli stessi ruoli hai voglia di esplorare altri mondi».

Libera.

Non avevo mai pensato all'idea di essere libera nella danza classica.

Danzare aveva sempre significato, per me, interpretare un giorno i ruoli più importanti nei teatri più celebri del mondo, ma non avevo mai pensato a regole e schemi.

Se fossi entrata alla Royal avrei ballato alla maniera della Royal e non avrei fatto altro, forse per tutta la vita. Mi avrebbero insegnato come pensare, muovermi, respirare e un giorno magari sarei riuscita a ritagliarmi un ruolo d'onore, ma sempre all'interno della stessa gabbia dorata.

Quel pensiero mi confuse.

«Quanti anni hai, Lia?»

«Ventiquattro».

Ecco, fra otto anni avrei voluto essere esattamene così.

Aveva una dolcezza molto profonda nello sguardo, con un velo di tristezza sullo sfondo che mi sembrava familiare.

Era come se avesse lottato a lungo e alla fine fosse uscita vincente e la danza per lei adesso fosse la *vita*, nel senso non ossessivo del termine: non aveva bisogno di esibirsi su palchi importanti per esistere, le bastava potersi esprimere.

L'adoravo già a un livello imbarazzante.

«Domani riparto per Parigi, ma se vuoi ti lascio il mio numero, così se hai bisogno di chiedermi qualcosa, un consiglio, un suggerimento, puoi chiamarmi quando vuoi».

Musica per le mie orecchie, non potevo volere di meglio.

Ci salutammo e la guardai allontanarsi come un innamorato al primo appuntamento, finché non girò l'angolo e sparì.

Voltandomi però, vidi lo stesso sguardo negli occhi di Duccio, ma rivolto a me.

«Sei ancora qui?», chiesi imbarazzata e un po' infastidita. Rapita dalla mia nuova musa mi ero completamente dimenticata di lui.

«Sì, se non ti dà fastidio ti accompagno alla fermata».

«Non mi dà fastidio».

A me sì invece…

«Mi volevi dire qualcosa?»

«Sì, a dire la verità sì, anche se adesso non so più da dove cominciare».

Eccoci...

«Sei davvero brava sai? Ti guardavo prima e mi dicevo che hai davvero un talento innato».

«Grazie... è gentile da parte tua», risposi continuando a camminare con la testa ancora assorta dall'incontro con Lia.

«No, davvero, sono sincero, non lo faccio solo per farti dei complimenti».

«Be'... grazie».

«Senti, volevo dirti che Laura sta dicendo cose poco carine sul tuo conto».

«Ah, lo so bene, ne ho avuto un assaggio proprio ieri negli spogliatoi», risposi con una smorfia eloquente.

«Davvero?»

«Sì, ma loro non mi hanno vista».

Il ricordo di quelle parole mi bruciava ancora, specialmente la parte del cane ammaestrato.

«Serena non è cattiva, si lascia solo trascinare, mentre Laura è davvero una merda».

«Me ne sono accorta, era questo che volevi dirmi?»

«Volevo dirti che io non c'entro niente in quello che dicono loro, anche se cercano di mettermi in mezzo. Io ti trovo veramente brava... e poi sei bella», disse fermandosi all'improvviso.

Mia io mi tappo le orecchie, chiamami quando ha finito!

Capii che quello non era solo un complimento, era *il* complimento, e capitava nel momento più inopportuno di tutta la mia vita.

«Sei troppo gentile dài, non me lo merito».

«Te lo meriti eccome, mi sembri davvero una persona speciale, e volevo lo sapessi».

Bene, ora che lo sa, arrivederci e grazie.

Sorrisi, gli occhi bassi, speravo che la confessione fosse finita.

«Volevo sapere se ti va di uscire con me una sera».

Non è libera per nessuna sera, mi dispiace, ripassa in un'altra vita.

«Duccio, io ti ringrazio tanto, ma...».

«Sei già impegnata», concluse laconico.

«Ecco, sì...».

«Lo immaginavo, ma mi sono detto... tentar non nuoce...».

Se io avessi ancora un corpo lo vedresti come nuoce, Rosso!

Mi venne da ridere.

«Lo so, sto facendo una figura da stupido».

«No, niente affatto, anzi, sei stato carino».

«Ma… niente da fare».

«Niente da fare».

«Il tuo ragazzo è a Londra?»

«Sì», mentii.

«Dovrai mancargli molto».

«Sì, mi manca molto anche lui»

Per un attimo immaginai che fosse veramente a casa ad aspettarmi mentre ero venuta a trovare mia nonna.

Perché non poteva veramente essere così?

«È un ragazzo fortunato».

Sì è vero, sono stato molto fortunato.

«Io sono stata fortunata», risposi commossa.

Tornai a casa malinconica e triste.

Sentivo troppo la mancanza fisica di Patrick e doverne parlare come se fosse vivo, usandolo come pretesto per non dover dare una delusione a un ragazzo che mi chiedeva di uscire, era cinico e poco rispettoso.

Ma non avevo scelta.

Cosa avrei dovuto fare, fingere di essere fidanzata o confessare che il mio cuore era sepolto in quel gelido angolo di mare?

A casa tutto taceva e ne approfittai per aprire il computer della nonna e controllare la mia posta.

La mail della segretaria di Mrs Jenkins lampeggiava in primo piano con ben sette allegati: tutti i programmi delle materie da portare inclusi i test mancanti.

Un miracolo non sarebbe bastato.

C'era anche una mail di Carl.

Cara Mia,

ieri ho incontrato tua mamma. O meglio, lei mi ha quasi messo sotto in bicicletta.

Sembrava in trance, non si è nemmeno accorta di essere passata col rosso.

Poi mi ha riconosciuto, si è scusata ed è ripartita come se nulla fosse.

Sei sicura che vada tutto bene?

Sai, ormai di follia comincio a intendermene, tra un po' potrò diventare assistente sociale… di certo il lavoro non mi mancherebbe.

Sia io che Nina stiamo studiando per gli esami, lei non ha cambiato idea e ha deciso di smettere, io invece ho cominciato a pensare di iscrivermi all'università e studiare economia.

Non so se è una reazione alla sua scelta, sono troppo coinvolto per capirci qualcosa. So solo che avrei bisogno di stare con i miei amici e cazzeggiare invece di fare da baby sitter a loro due.

Ho esagerato, eh?

Scusa, ma con te mi sento libero di esprimermi senza essere giudicato.

Tu che fai? Hai intenzione di dare l'esame o ripeti l'anno?

Se hai bisogno di una mano fammi sapere, sono tutte cose che ho già fatto e la Meyer mi adorava perché prendevo sempre un sacco di appunti e intervenivo di continuo come un secchione.

Sono un ruffiano, ma alla fine mi ha dato A+!

Torna presto, cominci a mancarmi un po' troppo e quando torni ti porto a vedere Romeo e Giulietta alla Royal (sono iscritto alla Newsletter!), ma questa volta andiamo in treno!

P.S. Sarà il nostro segreto ovviamente.

C

Piccolo Carl, io e lui eravamo veramente legati da qualcosa di indissolubile che andava oltre la nostra amicizia.

Carl era il fratello che non avevo mai avuto e lo avevo capito subito dopo il nostro primo bacio: era stato bello e prezioso, ma non avevo sentito le campane, né la terra mancarmi sotto i piedi, come era successo con Pat.

Ci aveva messo un sacco di tempo a capire che non eravamo fatti l'uno per l'altra e non escludo che si fosse messo con Nina per ripicca nei miei confronti, ma alla fine si era reso conto che era stata la scelta giusta ed eravamo diventati veri e buoni amici.

E la tragedia ci aveva ulteriormente uniti.

Stampai tutti gli allegati e li allineai sul tavolo.

Adesso che li potevo tenere in mano erano diventati improvvisamente reali.

«Non ce la farò mai», sospirai scuotendo la testa.

Certo che ce la farai, si tratta solo di mettersi sotto per qualche settimana concentrandosi sulle cose più importanti. È ovvio che non riuscirai a sapere tutto, ma basterà studiare le cose indispensabili e consegnare le tesine e poi vedrai che i tuoi insegnanti chiuderanno un occhio.

«La Meyer non chiuderà proprio niente».

Mia, è una contro tutti, anche se si impunta non potrà mai farti ripetere l'anno se gli altri non sono d'accordo.

«Pat, perché a te sembra sempre tutto facile?».

Perché a volte le cose sembrano insormontabili, ma quando le osservi da vicino sono così semplici che ti chiedi come hai fatto a perderci così tanto sonno, tempo ed energie. Adesso che non ci sono più, e vedo la vita per quello che è, mi dispiace di non aver passato più tempo con le persone che amavo ed essere stato loro più vicino. Ho passato mesi in mare invece che con te, o i miei genitori, preparandomi per le esercitazioni, studiando tutte le notti e cercando di essere sempre il primo perché questo ci si aspettava da me. Adesso mi chiedo se fosse un desiderio mio o di mio padre quello di entrare nella Marina Militare. Per quanto ci provi, io non me lo ricordo più.

«Pat, tu sei sempre stato pronto ad aiutare gli altri, non ti fermavi un attimo a pensare quando si trattava di difendere qualcuno. Anche quel giorno, se ti fossi fermato un momento a riflettere, invece di gettarti nell'acqua gelata…».

Mia, la verità è che se tornassi indietro lo rifarei, quello che non mi spiego è perché…

«Già, perché».

Mi chiedo se io tenessi abbastanza alla mia vita. Se fossi stato solo un po' più egoista, adesso non sarei incastrato fra due mondi che non mi appartengono e potrei vivere felice con te, e magari morire nel mio letto fra sessant'anni, circondato dai miei nipoti.

Stava succedendo l'inevitabile: Pat cominciava a deprimersi e soffrire. Mi ero sempre chiesta quando sarebbe successo.

Non eravamo gli unici a disperarci per la sua perdita, anche lui aveva perso noi ed era solo e pieno di domande a cui nessuno poteva rispondere.

«Pat, tu eri speciale, nessuno era come te e forse è per questo che adesso ti trovi dove sei».

Se ci fosse stato un motivo adesso saprei qual è, la verità è che per alcune cose non c'è una ragione, accadono e basta.

«Vuoi dire che sei qui con me perché si è liberato un posto di angelo custode all'ultimo momento?», risposi seccata.

No tesoro, ma non capisco perché dobbiamo vivere così! Io volevo vivere con te e non riesco a smettere di pensare che avrei dovuto fare scelte diverse nella vita, essere un po' più ribelle e meno ligio alle regole. Ho sempre e solo fatto quello che mi hanno detto di fare, senza mai chiedermi cosa mi sarebbe piaciuto davvero. Mio padre era sempre in sala operatoria o in giro per congressi, mio nonno era capitano dell'Aeronautica e tutti e due avevano stanze piene di targhe, onorificenze e premi. Da quando sono nato mi sono sempre sentito ripetere che dovevo fare carriera nella Marina e il primo giocattolo che mi regalarono fu il modellino di una portaerei!

«Vuoi dire che ripensandoci non sei così sicuro che fosse un desiderio tuo?».

Non riesco a ricordarmi il momento in cui io l'ho desiderato. Volevo fare contenti tutti e che i miei fossero fieri di me, non ho mai pensato a cosa potesse fare felice me, finché non ti ho conosciuta.

«Pat…».

È vero Mia, sono arrabbiato da pazzi perché non ho avuto l'opportunità di capire chi ero e cosa volevo fare nella vita! Magari l'ingegnere, il meccanico o magari l'attivista di Greenpeace, di certo non avrei voluto morire a vent'anni senza vedere neanche uno spicchio di mondo!

«Pat, tu eri bravo in tutto quello che facevi, non lasciavi mai le cose a metà e incoraggiavi sempre gli altri senza un momento di esitazione, eri nato vincente!».

Mia, io facevo tutto in modo perfetto per un senso del dovere innato, più che per passione. In casa mia non sono mai esistite le vie di mezzo: se arrivavo secondo a una gara di nuoto, mio padre mi rispondeva: «E perché? Il primo posto non c'era?». Non mi sono mai fermato a riflettere, ho solo pensato a correre per fare sempre qualcosa di più e di meglio, e poi? E poi ho voluto esagerare ed eccomi qua…

«Pat, voglio credere che tu non sia morto inutilmente, ma perché hai una missione importante e fondamentale da svolgere di là».

Tipo cosa? Il formatore di angeli? Mia io qui sono solo e non posso fare nient'altro che seguirti quando me lo permetti!

Era arrabbiato, deluso e frustrato e lo capivo.

Io ero felice e grata di poter sentire la sua voce tutti i giorni, ma continuavo a vivere e incontrare anche le altre persone che amavo, ma per lui, che vita era? O meglio che *non* vita era?

Era davvero destinato a vagare nei miei sogni per l'eternità?

Sempre che non fosse successo nient'altro di imprevedibile.

Egoisticamente, non avrei mai voluto che se ne andasse da quell'angolo della mia testa, ma la sua improvvisa presa di coscienza mi aveva turbato.

Non lo avevo mai sentito parlare in maniera così determinata e lucida, lui era sempre stato positivo e ottimista e non si era mai perso d'animo.

Se avevi un problema era ovvio che Patrick l'avrebbe risolto in qualche modo.

Già, ma i suoi problemi… chi li risolveva?

Pat (e di conseguenza Nina) si era sentito per tutta la vita in dovere di dimostrare di essere il più bravo di tutti per tenere alto l'onore della famiglia e non deludere nessuno, ma alla fine quell'esagerato altruismo lo aveva spinto nelle braccia della morte.

Era veramente morto da eroe?

Ci si può considerare eroi se si muore per salvare un cane?

Avevo sempre evitato di chiedermelo, ma adesso la risposta lampeggiava davanti ai miei occhi come un'insegna sull'autostrada: NO.

Era morto da stupido e adesso se ne stava rendendo conto anche lui e la rabbia lo stava consumando.

E alla base di tutto c'era quella domanda che non smettevo di farmi: possibile che accontentare o deludere deliberatamente i propri genitori non aiutasse comunque per realizzare la propria vita?

Qual era la cosa giusta da fare? Andarsene per sempre o adattarsi totalmente? Avevo l'impressione che qualunque cosa si tentasse di fare come genitore o come figlio fosse fatalmente destinata a fallire: ci si sarebbe sentiti comunque in colpa.

E le urla che sentii provenire dal piano di sotto me ne diedero l'assoluta conferma.

«Venga signorina, venga di sotto, sta succedendo il finimondo!», disse Sunil spalancando la mia porta senza bussare, cosa che di solito non avrebbe fatto nemmeno se fosse scoppiato un incendio.

Corsi in salotto richiamata dal rumore di piatti e bicchieri che si fracassavano per terra e contro il muro e vidi mia madre che stava letteralmente distruggendo il salone della nonna, che si riparava dietro una poltrona urlandole che erano tutti pezzi unici.

Mia mamma era irriconoscibile, paonazza, spettinata, con gli occhi fuori delle orbite e le vene del collo gonfie, sembrava stesse dando la caccia a un topo più che cercare di "comunicare civilmente" con sua madre.

«Esci fuori di lì vigliacca! O ti demolisco la casa!», disse fracassando un abat-jour Luigi XIV.

«Fermati o chiamo la polizia!», rispose la nonna.

«La chiamo io la polizia e daranno ragione a me! Sei una delinquente, una disonesta, una bugiarda patologica, una carogna megalomane, una vipera! Mi hai rovinato la vita e ti odio!», le urlò afferrando un pesante vaso di cristallo.

«No il Rosenthal no!», implorò la nonna.

«Il Rosenthal sì!», rispose la mamma scagliandolo contro il muro.

«Disgraziata! L'ho pagato un patrimonio! Tu non sai quello che stai facendo!».

«Certo che lo so! Tieni, prenditi anche le uova Fabergé!», disse scagliandogliele contro una a una.

«Noo!! Le uova!», piagnucolò la nonna. «La collezione di tuo nonno, sei una pazza! Chiamo la neuro e ti metteranno la camicia di forza!».

«Chiamali! Sono sicura che hanno un reparto di donne come me rovinate da madri come te! Ma tu sarai sola anche lì perché sei unica al mondo!».

«Sei cattiva! Una figlia ingrata e perfida che non ha mai voluto bene a nessuno!».

«Soltanto gli adoratori di Satana potrebbero volerti bene! Sei un mostro, faresti qualunque cosa per essere al centro dell'attenzione!», gridò la mamma soppesando un portacenere enorme e sbattendolo per terra.

A ogni pezzo che mandava in frantumi sembrava più soddisfatta e leggera.

«Mamma!», chiamai.

«Mia! Tesoro, vieni ad aiutare la tua mamma a sbriciolare l'ego di tua nonna Olga!», disse fra i denti con una luce di follia negli occhi.

«Mia, amore della nonna, tieni ferma tua madre o mi uccide!».

Guardai Sunil che si strinse nelle spalle.

«Mamma, nonna, perché non ne parliamo davanti a un bicchiere di vino, uno screwdriver e un pacchetto gigante di patatine?»

«Preferisco bere acqua e cianuro piuttosto!», tuonò mia madre.

«Mi ha sempre voluto male, non si ricorda di tutti i sacrifici che ho fatto quando era piccola!».

«Certo! Si è sacrificata per essere venuta una volta a vedermi alla recita di fine anno per dirmi alla fine che la mia compagna di banco era stata più brava perché aveva più personalità scenica!».

«Era una critica costruttiva Elena!», squittì la nonna.

«Costruttiva un accidente mamma! Avevo sette anni!».

«Ti ho sempre incoraggiata a trovare la tua strada! Prova a negarlo!».

«Incoraggiata eh? Pregando i tuoi amici di assumere una mentecatta come me tanto per tenermi occupata in cambio di inviti alle feste e ai concerti? AAAHHHHH!!!!!!!», ringhiò la mamma facendo volare una sedia contro il muro.

«Era un modo come un altro per fare un po' di esperienza in attesa di trovare qualcosa che ti piacesse davvero, del resto non ti piaceva mai niente!».

«Non mi piaceva niente che piaceva a te mamma! Possibile che non hai mai capito che delle tue amicizie finto altolocate con cui spettegolavi per serate intere non me ne fregava niente? Che non volevo andare a Forte dei Marmi perché erano tutti belli e magri tranne me? Che odiavo giocare a tennis, a bridge, a golf e che odiavo andare a scuola dalle suore?»

«Elena che colpa ne avevo se eri difficile?»

«DIFFICILE MAMMA? IO DIFFICILE?».

Ebbi la certezza che le sarebbe venuto un infarto.

«Non c'era adolescente più facile di me!», gridò. «Non volevo fare altro che giocare in cortile, andare in bicicletta, sporcarmi i pantaloni di erba e imbrattarmi la bocca e le mani di Nutella come tutti gli altri bambini, ma tu non hai mai voluto perché dovevo essere impeccabile come le figlie imbalsamate delle tue amiche contesse dei miei coglioni e dicevi in giro di non offrirmi niente perché ero troppo grassa, così quegli stronzi degli altri bambini mi torturavano leccando cornetti al cioccolato sotto il mio naso canticchiando "la cicciona non può mangiare!". E questo era solo l'inizio!», disse dando un calcio a un puff di pelle di zebra.

«Elena sei sempre stata tendente a prendere peso, per questo volevo facessi dello sport, del resto hai visto la figlia della Barbieri, è allenatrice di una squadra di pallacanestro e la Rosanna con cui eravate insieme al ginnasio adesso ha una sua casa di produzione, insomma un genitore sogna sempre il meglio per un figlio e lo incoraggia verso le scelte migliori!».

«Lo incoraggia, non lo UMILIA! E quando ti leggevo un tema dove avevo preso un bel voto mi dicevi *carino* hai capito? CARINO!», gridò prendendo un piatto con tutte e due le mani e scaraventandolo per terra sul tavolino di cristallo.

«Era inutile darti delle false speranze Elena, la vita è già abbastanza dura per conto suo, crearti delle illusioni non ti avrebbe fatto che male!».

«Lo vedi Mia cos'è questa donna? Eh? Lo VEDI?», mi disse con uno sguardo esasperato. «Io ti chiedo solo un favore bambina mia. Uno solo!», continuò respirando affannosamente, «il giorno in cui io dovessi diventare come lei per qualche assurda congiunzione astrale, ecco, quel giorno, ti prego, uccidimi Mia! Siamo intesi? Sparami alla nuca!».

Mia nonna tirò fuori la testa, assicurandosi che non volasse nessun oggetto contundente.

«Elena non esagerare adesso, non ho fatto niente che qualunque altra madre non avrebbe fatto per la propria bambina».

La mamma si voltò verso la nonna con uno sguardo omicida che la fece ritornare velocemente dietro il suo nascondiglio.

«Tu non hai idea di cosa significhi essere una madre e non ti azzardare ad avvicinarti mai più a mia figlia, o ti giuro che ti stacco la testa!».

La mamma mi prese per mano e mi ordinò di andare a fare la valigia.

Ero frastornata e confusa.

Non volevo finisse così, dovevo fare ancora un mucchio di cose, salutare tante persone e non ero pronta a tornare a Leicester, ma la mamma fu irremovibile, così, a testa bassa, salii le scale.

La valigia fu presto fatta: il giubbotto di Patrick, qualche vestito, qualche libro e le cose che usavo per la danza.

La mamma mi aspettava fuori sotto la veranda fumando una sigaretta, mentre Sunil radunava i cocci con una scopa.

Salutai la nonna con le lacrime agli occhi.

«Nipote, mi dispiace che tu abbia dovuto assistere a tutto questo», disse cercando di rimettersi in sesto, «ricordati che la nonna ti adora e di qualunque cosa tu abbia bisogno devi solo chiedere va bene? E ti auguro di aver maggior fortuna con i tuoi figli!».

Non sapevo cosa rispondere, ma non credevo che fosse una questione di fortuna.

La mamma mi prese per mano e insieme ci incamminammo verso l'uscita.

Il cancello era chiuso e questo la fece innervosire ulteriormente, era come dover rientrare dopo l'uscita di scena.

Mi chiese di andare ad aprire e, quando tornai in casa, sorpresi Sunil che abbracciava la nonna che piangeva.

Non mi feci vedere e sgattaiolai fuori.

Camminammo fino in piazza per aspettare l'autobus che passò dopo più di un'ora.

La mamma non aveva gli stessi standard della nonna, non c'era un taxi ad aspettarci per portarci all'aeroporto e un autista per accompagnarci a casa.

Alloggiammo in una pensione a due stelle con la televisione senza telecomando e il bagno che perdeva e mangiammo un pezzo di pizza in una tavola calda.

Sarebbe stato stupendo se la mamma mi avesse rivolto parola almeno una volta, ma era talmente triste e amareggiata che non mi parlò che a monosillabi.

Pat era preoccupato per me.

Sapeva che non ero pronta e che il rientro a Leicester sarebbe stato difficile.

Ci addormentammo abbracciate nel lettone con la televisione accesa su una televendita.

La mattina a colazione le chiesi se potevo andare a salutare degli amici.

Il nostro aereo partiva nel tardo pomeriggio e volevo vedere il maestro a tutti i costi.

La mamma non ebbe niente in contrario e ne approfittò anche lei per farsi un giro nell'album dei ricordi.

Chiamai il maestro e gli chiesi di anticipare la nostra lezione.

«Ma per chi mi hai preso, per un Pizza Express? Che lo chiami e arriva?»

«Maestro la prego, è un'emergenza!».

«Se mi preghi allora va bene, ci vediamo fra mezz'ora alla sala».

Mi trovò seduta sulle scale.

«Sei scappata di casa?», mi chiese.

«In un certo senso…».

Entrai e andai a cambiarmi nello spogliatoio, mentre il maestro prendeva a pugni lo stereo imprecando in rumeno.

Mi impegnai a fondo in tutti gli esercizi alla sbarra e quando fu il momento di andare al centro e provare la variazione il maestro notò i miei progressi.

«Allora mi hai ascoltato, eh Esmeralda?», disse con un tono di soddisfazione.

«Maestro, è la mia ultima lezione purtroppo».

«Davvero?», mi chiese sinceramente sorpreso. «I servizi segreti ti hanno rintracciato?»

«Mia mamma mi riporta a casa stasera e ci tenevo a un'ultima lezione con lei».

«Eh, ma mica muoio io!», esclamò facendo gli scongiuri.

Sorrisi.

«Mi saluta i ragazzi?»

«Certo! E tu mandami i biglietti della tua prima okay?».

Presi le mie cose nello spogliatoio e scrissi un biglietto di saluto che appiccicai allo specchio sicura che Laura lo avrebbe stracciato.

Quando abbracciai il maestro per l'ultima volta mi scesero le lacrime.

«Non piangere o ti do una panzata, eh?», mi disse con gli occhi lucidi.

Mi asciugai gli occhi col dorso della mano e gli diedi i soldi.

«Questa la offre la casa! Ma non lo dire in giro o mi rovini la piazza!».

Percorsi per l'ultima volta la piccola strada con la consapevolezza improvvisa che non ci sarebbe mai più stata un'altra lezione.

Un addio dietro l'altro, un altro capitolo che si chiudeva.

Ogni volta che mi abituavo a una nuova situazione e a nuove persone venivo strappata via da loro o loro da me.

Forse dovevo smettere di affezionarmi agli altri.

«Mi mancherà maestro», dissi voltandomi un'ultima volta.

Gli mancherai anche tu.

Raggiunsi mia mamma in albergo.

La vidi seduta sul divano vicino alla reception che leggeva una rivista. Mi rivolse un sorriso triste.

Mi resi conto che era sola, aveva chiuso con tutti: papà, Libby, Betty, Paul e adesso anche la nonna.

E io dovevo affrontare il mio passato.

Dovevamo ricominciare tutto da capo. Insieme.

«Allora, tesoro, hai salutato i tuoi amici?».

Feci sì con la testa.

«Sei pronta a partire?»

«Sì mamma, adesso è ora di andare».

CAPITOLO DICIASSETTE

Arrivammo a Leicester a notte fonda.

Il viaggio era stato lungo e scomodo, con un sacco di cambi fra treni e autobus.

Pioveva quando il taxi si fermò davanti a casa.

Mentre la mamma pagava il tassista, uscii e rimasi in piedi sotto la pioggia a guardare la casa con un groppo in gola.

Era arrivato il momento che non potevo più rimandare: quello di fare i conti con la vita reale.

Respira tesoro, respira a fondo, i ricordi sono solo immagini, non possono farti niente di male.

«Dài Mia, è tardi e sono stanca morta», disse la mamma salutando la finestra della vicina con le tendine tirate. «Mrs Fancher è sempre lì a spiare, crede che non lo sappia!».

Un attimo dopo infatti uscì casualmente a buttare la spazzatura.

«Ah che bella sorpresa, è tornata anche la piccola Mia, come sei stata dalla nonna?»

«Benissimo, buonanotte!», riuscii a malapena a dire mentre la mamma mi spingeva dentro.

In quei brevissimi istanti in cui rimasi al buio nell'ingresso, fui assalita dagli odori familiari di sempre, un misto di umido, toast bruciati e pelo di York e fui risucchiata indietro nel tempo.

Per un millesimo di secondo mi sentii di nuovo felice, trasportata nel passato e mi rividi scendere le scale di corsa, spensierata e sorridente, con la divisa, la borsa di danza e York che cercava di seguirmi, mentre la mamma ridendo lo bloccava e mi dava il sacchetto del pranzo baciandomi al volo.

Durò un battito di ciglia e, quando la luce si accese, si accese anche la realtà.

Ero tornata a casa.

A Leicester.

La mamma sembrò o finse di non far caso al mio smarrimento e andò ad aprire la porta sul retro per far entrare York.

Sentii il ticchettio delle sue unghie correre sul pavimento e lo vidi impazzire di gioia, abbaiare, piangere, guaire, rotolarsi e fare pipì per terra dall'emozione.

Il mio piccolo, peloso, arruffato, buffo York che non vedevo dal giorno del mio incidente.

Cominciò a leccarmi la faccia, infilare il muso sotto il collo e le ascelle, in preda all'eccitazione più totale.

Lo abbracciavo stretto parlandogli come a un bambino e dicendogli quanto mi fosse mancato e quanto gli volevo bene, mentre la mamma faceva il conto dei danni che aveva provocato in sua assenza: un cuscino sbranato, la porta graffiata e il tappeto ridotto a brandelli.

Preparò un paio di tazze di caffellatte e biscotti per addolcire il rientro, dato che non c'era nessuno ad accoglierci a parte il cane.

Questa almeno era la sua giustificazione da quando aveva scoperto circa trent'anni prima che il cibo le dava molto più conforto della nonna.

Cercai di ritardare il più possibile il momento di tornare in camera, ma un altro biscotto e sarei esplosa, e poi la mamma mi sorrise e mi strinse la mano.

Salimmo su in camera come in processione io, lei e York.

Non entravo in camera mia da quel giorno e non avrei voluto entrarci mai più.

Tutta quella stanza era impregnata del mio dolore: i muri, le finestre, la moquette avevano assorbito le mie urla, le mie lacrime, i miei silenzi disperati, i miei sguardi vuoti e tutto vibrava ancora intorno a me come una cupa nota stonata.

Guardai la mamma con un'espressione smarrita e spaventata e lei mi abbracciò di slancio.

«Amore mio, domani buttiamo via tutto te lo prometto, e facciamo una camera nuova, tutto quello che vuoi, tutto quello che vuoi…».

Mi mise a letto, mi baciò la fronte e rimase con me fino a quando mi addormentai.

La stanchezza servì in parte da anestetico, e non appena chiusi gli occhi caddi in un sonno profondo e agitato, dove non riuscivo a vedere più niente, non vedevo Pat, e nemmeno il nostro posto, era tutto nero. Ero cieca.

Avanzavo a tentoni con le mani avanti, nel panico, chiamando Pat a squarciagola.

Sono qui tesoro mio, sono qui davanti a te, vieni, vieni avanti!, mi incoraggiava.

«Pat, non ti vedo, non vedo niente, ho paura!», piangevo.

Prendi le mie mani, prendile amore mio, le vedi? Sono qui.

«Dove sei Pat?», continuavo ad avanzare con le braccia stese e gli occhi sgranati in quel nero assoluto e assurdo, paralizzata dal terrore. «Aiutami Pat aiuto, ti prego!».

Mia, Mia... stai tranquilla, va tutto bene..., mi ripeteva Pat. *Sono qua, ci sono qua io adesso... è stato solo un sogno*, la sua voce si sovrappose a quella della mamma.

«Mia, tesoro, svegliati, era solo un brutto sogno, vero York?», mi disse accarezzandomi i capelli.

Il musetto di York spuntò accanto a me dandomi una leccata fetida sul naso.

Quel cane aveva bisogno urgente di un bagno.

«Dài, vieni a dormire nel lettone con me, anch'io continuo a fare brutti sogni ultimamente».

E di nuovo il passato, quello piacevole, quello nostalgico, quello che avevo dato per scontato finché non era sparito e allora avevo cominciato a rimpiangerlo, tornava a cullarmi ancora una volta fra le sue braccia fino a farmi addormentare con le lacrime agli occhi.

La mattina dopo mi svegliai da sola.

La mamma era andata a lavorare e mi aveva lasciata dormire.

Il silenzio era assordante e cercai di annullarlo subito accendendo la televisione, la radio e la doccia.

Ritrovai i gesti automatici e gli oggetti di sempre: l'accappatoio dietro la porta del bagno, la maniglia che si staccava, la doccia intasata dai capelli.

Mi sembrava di non essere mai partita di lì, forse era stato tutto un sogno: Firenze, la nonna, la festa, il maestro Aurel, Lia, Massimo, forse avevo sognato tutto. Così come la morte di Patrick, io che volevo morire e mia mamma che cercava di riprendersi mio padre, litigava con il mondo e noi che rimanevamo sole.

Adesso che la vacanza era terminata ed erano finite le novità che mi avevano distratta, ero piombata nuovamente nell'angoscia e nella paura.

Nonostante avessi deciso di riprendere a studiare e ballare, ora che ero lì a casa mia, la voglia e l'entusiasmo mi avevano di nuovo abbandonata.

E non poteva essere diversamente: ogni angolo di quella casa e di quella città mi avrebbero ricordato per sempre qualcosa del nostro passato, riaprendo ogni volta tutte le ferite e facendole sanguinare.

Rimanere avrebbe significato resistere fino alla fine dei miei giorni.

Ma per il momento non avevo scelta.

«Pat».

Silenzio.

«Pat».

Mi guardai intorno, già in preda all'ansia.

«Patrick ci sei?».

Avvertivo ancora un leggero profumo di fragole quando lo chiamavo, ma adesso non sentivo niente.

York sembrava nervoso, uggiolava e, tremava nascosto dietro il divano.

Lo presi in braccio, ma si rivoltò cercando di mordermi e corse a rintanarsi nella sua cuccia.

Mia, il cane mi sente…

«Pat! Ho avuto paura che…».

York percepisce la mia presenza e ha paura.

«Ma è impossibile!», dissi andando a cercarlo.

York era mimetizzato fra cuscini e vecchie coperte e non si muoveva.

«Dài, sacco di pulci, vieni fuori di lì!», esclamai tirandolo per la coda.

York si rivoltò di nuovo contro di me e si mise a ringhiare verso il cielo scoprendo i denti.

Vedi?

«Ma… ma tu gli hai salvato la vita a questo cane, tu… tu sei morto per lui, non può reagire così!», dissi con un nodo in gola «è assurdo…».

Non lo riconoscevo più, da dolce e tenero bastardino che era sembrava un cane ammalato di rabbia, di quelli legati alla catena nei cantieri.

«York, basta! Falla finita!», urlai violentemente.

Mia… lui non può sapere…

Il cane abbaiava sempre più forte, sembrava impazzito, mi tappavo le orecchie continuando a gridargli di smettere, ma lui continuava a urlare come un isterico.

Per la prima volta, la primissima volta in vita mia, desiderai ardentemente che York fosse morto al posto di Patrick.

Lo odiavo con tutte le mie forze, non sopportavo di sentirlo abbaiare, era un fottuto ingrato che continuava a pisciare per terra e a mangiare le poltrone anche se lo avevamo salvato dal canile e adesso ringhiava contro chi gli aveva salvato la vita per la seconda volta sacrificando la sua.

«BASTA YORK, DEVI SMETTERLA!», gli urlai fino a sgolarmi, inginocchiata a terra fra le lacrime, mentre lui andava avanti come spiritato, con gli occhi fissi nel nulla e la bava alla bocca.

Sconvolta dalla rabbia presi un giornale, lo arrotolai e cominciai a picchiarlo con tutte le mie forze.

«Cattivo! Sei un cane cattivo… Dovevi morire tu, non lui! Capito? Tu dovevi morire…», urlavo fra i singhiozzi, annientata e senza più forze, «tu dovevi affogare, non Patrick… perché… perché… perché…?». Piangevo disperatamente, rannicchiata sul pavimento freddo del ripostiglio in preda a un dolore allucinante che mi lacerava l'anima. «Non è giusto… non è giusto… non è giusto…», ripetevo senza fiato con la guancia schiacciata per terra e i polmoni che mi scoppiavano.

Mia… no, Mia non fare così ti prego…

Il campanello prese a suonare senza sosta e York corse a nascondersi sotto il letto.

Sentii la voce di Mrs Fancher chiamarmi.

Ebbi paura che telefonasse a mia madre, che aveva già i suoi problemi, e mi feci forza camminando carponi fino alla porta d'ingresso dove le dissi di non preoccuparsi, che avrei abbassato il volume della televisione, che avevo il raffreddore e che non volevo contagiarla.

Le bastò come scusa o almeno finse di crederci.

Tornò il silenzio.

Mi tremavano le mani e mi sentivo come se mi avessero investito.

Mi alzai per guardarmi allo specchio dell'ingresso.

Ero tornata a essere la stessa di prima della partenza: il morso del dolore aveva ricominciato ad affondare i denti nel mio cuore, la sofferenza e il vuoto non mi avevano mai abbandonata, si erano solo fatti da parte fino al momento propizio e ora avevano ripreso a scavare con i loro artigli sempre più in profondità.

Mia, non possiamo andare avanti così, tu diventi pazza qui dentro.

«Non ho scelta, questa è casa mia».

Allora adesso usciamo, devi andare a trovare un sacco di gente, quindi via di qua, subito, è un ordine! O finirai come Sonny di Amityville Possession*!*

Sorrisi involontariamente.

Pat adorava quel film e mi aveva promesso che lo avremmo visto insieme e che sarei morta di paura.

Non avrei mai più visto un film su una casa stregata. Mi bastava la mia.

Chiamai York per cercare di fare la pace con lui, ma ovviamente non mi rispose.

Non lo avevo mai picchiato prima e mi sentivo orribile per averlo fatto.

Dovevo uscire di lì e subito.

Mi vestii in fretta e scesi a prendere la mia bici.

La trovai in garage sgonfia e coperta da un telo.

Gonfiare le ruote e pulirla per renderla presentabile mi rilassò un po', anche se rivedere improvvisamente tutto il mio mondo e sentire la voce costante di Pat rendevano ancora più inverosimile la sua perdita.

Mi feci coraggio e uscii in strada.

Erano mesi che non salivo sulla mia bici e mi fece un effetto strano, come se non sapessi esattamente dove andare e non avessi più una meta precisa.

La mia vita di prima era scandita dalla scuola, le lezioni di danza, i pomeriggi a studiare da Nina e il tempo che mi restava a pensare a Patrick.

Mentre adesso nessuno mi cercava o pareva sentire la mia mancanza o erano tutti troppo cauti e rispettosi per farmi una telefonata.

Non appena formulai questo pensiero ricevetti un SMS da Carl: «Appena torni devo parlarti. Urgente!».

Respirai.

Vedere Carl avrebbe significato affrontare anche Nina e non ero ancora pronta.

Sarebbe stata troppa realtà tutta insieme.

Gli avrei parlato dopo qualche giorno, quando le mie ossa fossero state più solide.

Pedalai piano, guardandomi intorno, ricominciando a riconoscere le strade, i colori, i suoni, le facce.

Molte di quelle immagini facevano parte del quadro della mia esistenza, ma non me ne accorgevo che in quel momento: un negozio di fiori con i tulipani gialli e rossi, la vetrina di un fornaio piena di dolci, il fruttivendolo che accatastava le zucche, il postino che si accendeva una sigaretta, una ragazza che spingeva il passeggino, un signore anziano che faceva jogging, gli autobus, i ragazzi dentro Starbucks, era tutto come prima.

Anch'io facevo parte di quel quadro. Che mi piacesse o no, facevo ancora parte del flusso.

Parcheggiai la bici nel cortile della scuola di danza di Claire e sbirciai alla finestra.

Stava tenendo una lezione privata con una ragazza più giovane di me. Era molto dotata e piena di grinta e Claire, al solito, le bacchettava le gambe e la faceva ricominciare da capo decine di volte.

Sentii una punta di gelosia trafiggermi, ma non potevo sperare che lei non trovasse nessun altro dopo che l'avevo lasciata, anche se mi feriva non essere più la sua preferita.

Aspettai rispettosamente la fine della lezione e quando la ragazza entrò nello spogliatoio andai a salutarla.

Rimase interdetta per alcuni istanti senza sorridere o altro, come se non mi avesse riconosciuta o avesse visto un fantasma.

«Claire… sono io Mia», sorrisi.

Claire non era una tipa che si lasciava andare facilmente alle smancerie, mi aveva dato un bacio forse una volta o due e quando l'avevo davvero stupita, ma quella volta gli occhi le si riempirono di lacrime così pesanti che le caddero giù lungo il viso e la maglietta, mentre correva verso di me ad abbracciarmi come una figlia.

«Mia… non ci posso credere, fatti vedere… ma è un miracolo, sei ancora più bella di prima», mi disse stringendomi forte e me lo disse con un tale slancio affettuoso che rimasi a godermi tutta la sua tenerezza e la sua dolcezza, mai conosciute prima.

«Ho chiesto tante volte alla mamma tue notizie, sapevo che eri dalla nonna».

«Sì, mi ha fatto bene cambiare un po' aria… sai qui è… difficile…».

«Brava Mia, non sai quanto ti ho pensata, lo sapevo che ti saresti ripresa, tu sei una dura, una lottatrice, io ti conosco bene, lo dicevo a Elena: vedrai devi avere pazienza, ma ce la farà!».

Sorrisi con gratitudine.

La ragazza venne a salutare Claire con un rapido inchino e Claire ne approfittò per presentarci.

«Lei è Mia, ti ho parlato di lei, la migliore che abbia mai avuto».

Arrossii.

«Sì madame, me lo dice sempre, per me è un onore conoscerla Miss Mia».

Madame? Miss Mia? Che stava dicendo?

«Chiamami pure Mia e basta, e non darle retta, abbaia, ma non morde!».

La ragazza si inchinò di nuovo e uscì.

«Ti fai chiamare *Madame* adesso? Non ti basta più *Mrs* Claire?», le dissi prendendola in giro.

«Ho compiuto sessantacinque anni e mi sono data una promozione! Ma dimmi un po'… e la Royal?».

Sospirai.

«Ci riprovo fra un mesetto».

«Be' è una buona notizia no?»

«Sì, anche se me la faccio addosso!».

«Buon segno! E chi ti prepara?»

«Bo!», dissi facendo spallucce, «forse la Sinclaire, forse nessuno, sai, quando si mette in mezzo mia nonna».

«Se hai bisogno di una mano tu chiamami, eh? Non farti scrupoli! Sai, dopo che hanno preso il piccolo Chester alla Royal mi tengono in una certa considerazione…».

«Hanno preso il piccolo Chester? Quel… ragno? Quel saltimbanco insopportabile?», mi sentii rodere dall'invidia.

«Dài che non era così antipatico, un po' saccente magari, ma… che soddisfazione!», disse lucidandosi le unghie.

«*Madame!* Mi meraviglio di lei!», dissi, «credevo che non le piacessero i mocciosi!».

«I mocciosi no, ma i padri dei mocciosi…!», rise.

Era cambiata, non era più così rigida e disfattista, era sorridente e rilassata e sembrava anche più giovane.

«Claire! Sono senza parole!».

«Ha quarantasette anni ed è molto carino!».

Decisamente quella era la prova che la vita andava avanti sempre e comunque malgrado le tue decisioni.

Di tutte le persone che conoscevo da sempre, Claire era quella su cui avrei scommesso che sarebbe rimasta sola, circondata dai suoi oggetti e i suoi rimpianti.

Invece l'amore aveva bussato anche alla sua porta.

Andai in giro in bicicletta fino all'ora di cena, godendomi l'aria di primavera, pensando che avrei dovuto chiamare Carl al più presto, senza veramente l'intenzione di farlo.

La mamma aveva preparato, o meglio riscaldato, *enchiladas* di pollo e formaggio con riso messicano di Sainsbury's e aveva apparecchiato con delle nuove tovagliette colorate, chiaro segno che la serata sarebbe stata lunga e piena di parole.

Quando entrai e sentii il profumo di pollo e la sua voce chiamarmi dalla cucina, dovetti appoggiarmi al muro per l'emozione.

Quella parte della mia vita, almeno, era rimasta intatta.

Pensai a come sarebbe stato perdere anche lei e l'immagine della casa immersa nel silenzio senza nessuno ad aspettarmi mi spaventò a morte.

Corsi in cucina ad abbracciarla, scoppiando in lacrime.

Lei rimase con il cucchiaio di legno in una mano e la teglia del riso nell'altra, confusa per la sorpresa.

Avevo capito.

Improvvisamente avevo capito il dolore che le avevo provocato, e paradossalmente capivo anche perché aveva voluto riprovarci con mio padre.

Il ricordo della felicità è la peggiore delle trappole, ti impedisce di accettare i cambiamenti e provare ad andare avanti.

Ed era quello che dovevamo provare a fare a tutti i costi, io e lei.

Il passato non c'era più, Pat non c'era più, quello che ero prima, con i miei sogni e le mie speranze, non c'era più, ma io c'ero ancora, e anche lei, e avevamo il *dovere* di cercare di essere felici.

Io lo dovevo a Pat e lei lo doveva a se stessa.

«Vieni stellina che si fredda», mi disse asciugandosi gli occhi con la manica del maglione, «stasera Gran Gourmet!», sorrise versandosi del vino.

Non era facile cominciare a parlare, ma ero certa che una volta iniziato non avremmo più finito.

«Mamma...», le dissi prendendole la mano, «scusami per quello che ti ho fatto, ti voglio un bene infinito».

«Lo so tesoro», rispose senza guardarmi negli occhi, «lo so benissimo e so che il dolore fa fare cose terribili. Hai vissuto l'esperienza più devastante della tua vita e io non sono stata in grado di starti abbastanza vicina e non me lo perdonerò mai, e credimi, rivederti qui a casa mi sembra un sogno».

Era vero, sembrava un sogno.

Purtroppo però, se per lei poteva tornare tutto più o meno come prima, per me non lo sarebbe stato mai.

«Ti devo spiegare molte cose che sicuramente ti sembreranno stupide, Mia», disse.

«No, mamma, se c'è una cosa su cui puoi star certa è che niente mi stupisce più ormai».

«Io volevo molto bene a Paul, gliene voglio ancora, e le cose stavano andando bene negli ultimi tempi, insomma prima che... succedesse quello che è successo. Paul è un brav'uomo, è gentile, disponibile, generoso, tutto quello che non è tuo padre, è vero, però nel momento preciso in cui ci siamo trovati tutti lì intorno a te, nel letto intubata, senza nessuno che sapesse dirci niente, ecco... in quel preciso momento è tuo padre che rivolevo con me, l'uomo con cui ti ho messa al mondo, con pregi e difetti. E non è stato un capriccio o un dispetto nei confronti di Libby, lo sa Dio quanto ho sofferto quando lui se n'è andato a vivere da lei e quando sono nati i gemelli, ma ero riuscita a superarlo, me n'ero fatta una ragione.

Non ho mai odiato veramente Libby, sì, magari i primi tempi, ma poi sono passati così tanti anni... ho voltato pagina, sono andata avanti... ma in quel momento è scattato qualcosa, mi sono resa conto che la mia famiglia, quella che mi ero scelta andandomene di casa, eravate tu e lui, e dammi pure della pazza, ma non sono più riuscita a pensare ad altro che tornare qui con voi e ricominciare a essere quello che eravamo i primi anni, senza un soldo, ma felici. Ero disposta a dimenticare tutto, cancellare il passato, pur di riavervi con me.

Non riuscivo più a vedere la mia vita insieme a Paul, era come se tutti quegli anni del divorzio fossero un errore che potevamo correggere ed ero certa che potesse funzionare. Così come me n'ero fatta una ragione io, se la sarebbero fatta Libby e Paul. Non so se mi sarei sentita così se non ti fosse successo niente, magari no, magari adesso saremmo qui a cena con Paul e non penserei neanche a Jiles, ma credo davvero che in quel momento sia successo qualcosa, che si sia riaperta una vecchia scatola, e non ho potuto far altro che guardarci dentro e desiderare disperatamente di tornare lì, perché in quel momento ero felice e dopo non lo sono più stata».

Capivo perfettamente cosa intendeva la mamma, ci facevo i conti ogni minuto della mia giornata, ma andare avanti era fondamentale e l'unico modo per riuscirci era non voltarsi mai indietro e non guardare dentro a nessuna scatola.

«E adesso… che ne sarà di Paul?»

«Oh non lo so, da quando sono tutti complici di tua nonna non riesco a non diventare verde di rabbia se penso a lui o a Betty. Come si fa a essere così meschini e arrivare a fare tutto alle mie spalle? Vorrei vedere loro al mio posto».

«Ti vogliono bene mamma, loro hanno solo voluto evitare che soffrissi. Credi che papà sarebbe tornato da noi? Rispondimi sinceramente, ti pare il tipo che molla tutto?»

«Una volta l'ha fatto…».

«L'ha fatto perché Libby era incinta e lei l'ha marcato stretto dal primo giorno che si sono incontrati e poi ci ha pensato il suocero a incastrarlo definitivamente trovandogli lavoro nella stessa compagnia. E sai che lui voleva tanto lavorare nel "favoloso mondo dei fondi di investimento", no?»

«Be', ma adesso forse avrebbe potuto scegliere».

«Mamma, lo sai che l'unica cosa che papà sa scegliere è il ristorante!».

Sorrise.

«Sì, credo di essermi fatta un bel film tutto da sola».

«I film fanno bene proprio perché non sono reali, e poi pensa, davvero avresti voluto che lui adesso fosse qui con noi, senza spiccicare parola se non per chiederti se hai cambiato marca di surgelati, per poi alzarsi e andare a leggere il giornale in poltrona? Senza portarci mai da nessuna parte, animandosi solo quando c'è il telegiornale e guardando fuori dalla finestra per prevedere la pioggia? Dài mamma non ci credo!».

Scoppiò a ridere.

«Oddio no, Mia, era così terribile?»

«Sì, mamma, è sempre stato così e lo sai benissimo e adesso che invecchia è anche peggio, si addormenta in poltrona mentre Libby passa l'aspirapolvere!».

«Stavo per fare una cazzata incredibile, eh?»

«Incredibile mamma, ma mai quanto la mia che potevo non essere qui stasera a mangiare questi splendidi surgelati!», dissi riempiendomi la bocca di riso.

La mamma mi rivolse uno sguardo quasi estatico.

«Sei tutta la mia vita amore mio, non te lo dimenticare mai!».

«No, mamma, te lo prometto».

«E dimmi una cosa… senti ancora la voce di Patrick?».

Ero tentata di dirle di no, ma perché mentirle? Di fatto faceva parte della mia nuova vita ed era grazie a lui se riuscivo ad alzarmi dal letto, danzare, studiare e sostenere conversazioni come quelle.

«Sì, mamma, lo sento ancora».

«Bene, allora ringrazialo da parte mia, perché devo a lui se ho ritrovato la mia splendida figlia».

Mi alzai per aiutarla a lavare i piatti e questa fu la cosa che la sorprese di più.

«Mia, sei sicura di star bene? In sedici anni non hai mai lavato un piatto!».

«Mamma, sono una donna ormai!», dissi schizzandola con le dita.

Ridemmo bagnandoci con l'acqua come non avevamo fatto mai.

Era vero, non ero più una bambina e la mamma aveva potuto parlarmi da donna a donna per la prima volta, e quello era uno dei momenti da mettere nella scatola da riaprire un giorno d'inverno.

L'indomani mi svegliò per portarmi in un negozio di mobili.

«Sarà il mio regalo di compleanno, adesso portiamo questa roba giù in giardino e diamo fuoco a tutto!».

«Mamma, sei impazzita?». Era un'uscita degna di mia nonna, ma evitai di farglielo notare.

«Sì, tesoro, non dobbiamo circondarci di brutti ricordi e poi non posso vederti in questo lettino rosa, la carta da parati lilla e la scrivania delle elementari!».

Aveva ragione, era diventato ridicolo e da qualche parte dovevamo pur cominciare.

Portammo subito giù il materasso, il letto, la scrivania, l'armadio e il comodino e li accatastammo nel giardino sul retro.

York non si era più fatto vedere da me, e di certo non sarebbe uscito proprio adesso.

Mrs Fancher invece suonò per sapere cosa stesse succedendo.

«Niente, stia tranquilla, pulizie di primavera!», la rincuorò mia madre.

«E Mia? È guarita? Ieri mi ha detto di avere l'influenza!».

«Sì, guaritissima, grazie!», intervenni per tranquillizzarla.

La vecchia padrona di casa era capace di mandare la polizia prima ancora di suonare il campanello.

Togliere la moquette e la carta da parati si rivelò l'apocalisse.

Ma la mamma sembrava totalmente assorta nel suo lavoro di demolizione.

Da quando aveva scoperto il piacere liberatorio di distruggere la casa della nonna Olga, ogni volta che poteva spaccare qualcosa le si dipingeva in viso un'aria entusiasmata.

Una volta che tutta la mia camera, eccetto lo specchio, fu radunata in giardino, mi diede i fiammiferi.

«A te l'onore Mia!».

Presi la scatola, sfregai un fiammifero, ma poi mi rivolsi a lei: «Ma non pensi che la moquette sia troppo infiammabile??».

La mamma mi guardò con la fronte aggrottata. «Forse hai ragione, è meglio che domani chiami qualcuno che porti via tutto. Dài, andiamo a comprare dei mobili nuovi», disse soffiando sul fiammifero.

Brave ragazze, così si fa…

E partimmo per la nostra spedizione.

Comprare mobili mi dava molta più soddisfazione che comprare vestiti, e il fatto che mia madre avesse avuto quest'idea fu, senza dubbio, il regalo migliore che potesse farmi.

Passammo un pomeriggio indimenticabile provando materassi e scegliendo lenzuola e cuscini.

Era finita l'epoca del copriletto con la foto dei delfini, adesso avevo diritto a un'adulta e dignitosa tinta unita.

Nel budget riuscimmo a far entrare una poltroncina, un tavolo di legno scuro, un cassettone, e un meraviglioso letto a una piazza e mezza che la mamma si fece recapitare a casa in serata per buona pace di Mrs Fancher e della sua curiosità morbosa.

«Quella ci caccerà, prima o poi!», disse la mamma mangiando un gelato alla vaniglia con un bastoncino di cioccolata.

«E se ci caccia ce ne andremo da un'altra parte», le risposi brindando con la mia coppetta di gelato.

L'ultima volta che ero stata in quel centro commerciale era stato con Carl, Nina e Alex e mi ero annoiata a morte mentre lei entrava in ogni negozio a provarsi vestiti.

Ora invece non avrei fatto altro che guardare vetrine insieme a mia mamma.

Dovevano essere gli effetti collaterali dei sedici anni.

«Possiamo affrontare l'argomento scuola adesso?», chiese mia mamma con un pizzico d'ironia.

«Certo mamma, chiedimi quello che vuoi, sono matura e responsabile!».

«Ho parlato con la preside e mi ha detto che cercherai di dare l'esame».

«Esatto».

«Sono talmente fiera di te che non ho neanche le parole per dirtelo».

«Aspetta il momento in cui la Meyer si incatenerà davanti alla scuola per boicottare la mia promozione!».

«La Meyer farà i conti con me, te lo garantisco. Ne abbiamo passate talmente tante che nessuno si deve mettere sulla nostra strada adesso, tantomeno una zitella incallita come la Meyer!».

«Mamma, la Meyer ha cinque figli!».

«Ah, non vuol dire niente, non si diventa genitori perché si *fanno* i figli, si diventa genitori quando si è consapevoli dell'immenso amore che abbiamo nei loro confronti e lottiamo per renderli felici».

Le misi un braccio attorno alle spalle.

«Sono fiera di te mamma!».

«Anch'io di te… figlia!».

Scoppiammo a ridere.

Mi sembrava che fossimo amiche, mi sentivo in perfetta sintonia con lei, la stavo riscoprendo, o forse la stavo conoscendo per la prima volta.

Mentre scendevamo nel parcheggio con la scala mobile, vidi Carl salire dal lato opposto.

Feci appena in tempo ad afferrare mia madre per una manica e farla accucciare giù insieme a me.

Non mi vide, ma io vidi lui e le sue occhiaie parlavano chiaro.

CAPITOLO DICIOTTO

Betty mi aspettava sulla soglia di casa con un sorriso stampato e gli occhi che brillavano.

L'avevo chiamata non appena la mamma era uscita per andare al lavoro.

Mi era mancata come una sorella ed ero felice di constatare che almeno lei non era cambiata.

La stessa cosa però non potevo dire di Paul che mi accolse in vestaglia e pantofole seduto sul divano del salotto.

Betty socchiuse appena la porta e la luce azzurrognola della televisione, nel buio della stanza, colpì il suo viso emaciato e triste.

«Ciao Mia!», mi disse facendomi un cenno con la mano.

Le scatole vuote di pizza e di cereali non si contavano più e l'odore di chiuso e di depressione rendeva la stanza ancora più angosciante.

«Ma che…?», chiesi sottovoce a Betty.

«È un relitto, non si muove più di lì, non so più cosa fare!», rispose arresa.

«Hai chiamato un dottore?»

«E per cosa? Per imbottirlo di Valium, così non si alza nemmeno per andare in bagno?».

Era da non credere.

Paul non aveva certo passato quello che avevamo passato io, Nina o a mia madre, ma aveva deciso che la vita senza di lei non meritava più di essere vissuta e si era messo in pensione anticipata, con la differenza che la mamma era a pochi isolati di distanza e se non fosse stato così idiota e mollaccione da incollarsi a un divano, lei avrebbe anche deciso di riprenderselo.

Mi faceva una gran rabbia, ma il suo atteggiamento negativo non mi aiutava certo a convincerlo a riprendersi e combattere.

In quel preciso momento capii che non tutti sono capaci di risorgere dalle proprie ceneri e chi non ci riesce non è da biasimare.

Facile per chi è forte parlare di reazione: una come la nonna Olga avrebbe reagito anche se non avesse avuto più gambe e braccia, ma la nonna era sensibile come una iena, mentre Paul era quanto di più dolce ed emotivo ci fosse al mondo.

Per questo la mamma stava con lui e per questo gli volevamo tutti bene, ma se ti mancava quel tanto di sano egoismo e senso di conservazione, finivi per rimanere preda delle scelte altrui e non alzarti mai più da un divano.

Entrai e mi sedetti accanto a lui.

Mi guardava di tre quarti senza smettere di seguire un programma di Gordon Ramsey che cercava di risollevare le sorti di un ristorante mandato in malora dal suo proprietario.

«È forte sai? Lo chiamano a un passo dal fallimento e lui va lì a dirgli cosa sbagliano nel cucinare e poi ristruttura tutto il locale in una notte».

«A te non succederebbe, tu cucini da Dio e non hai gli scarafaggi in cucina», dissi schifata mentre mostravano un frigorifero pieno di vaschette di cibo avariato.

«Quant'è che manchi dal ristorante?»

«Una decina di giorni».

«E quanto pensi di rimanere qui seduto? Finché non spunteranno i funghi?».

Sorrise.

«Non lo so Mia, finché Betty mi lascia stare qua».

«Fossi in Betty avrei chiamato dei facchini e ti avrei fatto spostare con tutto il divano in mezzo alla strada».

«Non mi sento bene Mia, vorrei tanto, ma non posso e mi vergogno di dirlo a te, che ne hai passate di tutti i colori e sei qui sorridente a cercare di tirarmi su di morale, ma io sono diverso, sono un fallimento totale».

«Paul…». Gli presi la mano. «Non c'è niente di male nel soffrire per essere stati lasciati, ognuno di noi soffre in un modo diverso e tu la mamma la ami davvero, però non puoi andare avanti a commiserarti per sempre, non è così che puoi sperare di tornare con lei o con chiunque altra, a un certo punto ti devi fare coraggio e alzarti di lì, oppure il divano ti inghiottirà come in *Nightmare*!».

«Mia, io non ce la faccio proprio», mi disse come se fosse paralizzato.

«Sai Paul, anch'io credevo di non farcela, e tutti mi dicevano delle belle frasi sulla vita, la giovinezza e su cosa mi stessi perdendo a stare a letto fissando la parete. E come se non bastasse, tutti si sentivano in dovere di raccontarmi le proprie esperienze più atroci, incidenti, gambe amputate, bombardamenti… mentre io non riuscivo a fare nient'altro che pensare che Patrick non c'era più e non lo avrei mai più rivisto…».

Paul mi guardava con gli occhi pieni di comprensione e tristezza.

«…ma la sai una cosa Paul? Se c'è una certezza nella vita è proprio la morte e visto che lui ha salvato me, perché non era il mio momento, io ho il *dovere* di vivere per lui e per gli altri che mi amano, anche in quei giorni in cui il dolore è così forte che mi spezza le gambe!».

«Mia…».

«Lasciami finire Paul», gli dissi risoluta, «non è che tu stai peggio o io sto peggio o stia peggio la mamma, ognuno sta peggio a modo suo, ma vivere è un dono pazzesco, e non possiamo buttarlo così. Ogni giornata che perdi non tornerà mai più, ma mentre Mr Ramsey fa i miliardi insultando degli incapaci che non puliscono il frigorifero, tu butti al cesso il tuo talento stando qui chiuso in questa stanza, esattamente come stavo facendo io con la danza. E se io ho il coraggio di tentare questa cazzo di audizione, dove probabilmente mi daranno un gigantesco calcio nel sedere, tu hai il dovere, per te stesso, per me, per mamma e soprattutto per le tue figlie, di alzarti e andare da Boboli a cucinare la tua carbonara spettacolare per cui c'è una fila fuori dal ristorante!».

Pat stava battendo le mani, o forse era Betty che certamente ascoltava con un bicchiere incollato alla porta.

Quando lo lasciai sembrava più leggero.

Il bello di aver attraversato l'inferno ed esserne uscita era che tutti mi prendevano molto più sul serio e davanti a me non potevano compiangersi più di tanto.

Uscii da casa di Betty sperando in un miracolo e andai in bici alla scuola della Sinclaire.

Non avevo bei ricordi legati a quel posto e a lei, ed entrai un po' come si entra dal dentista.

La sua accoglienza non fu neanche lontanamente vicina a quella di Claire.

Ci eravamo frequentate pochissimo, per lei ero certamente una delle tante, e comunque i nostri rapporti non erano mai stati buoni.

Mi feci annunciare alla reception e aspettai che mi ricevesse.

Attesi più di mezz'ora, seduta sul divanetto, sfogliando vecchissime riviste di danza, finché finalmente si degnò di ricevermi.

Era ancora più grassa dell'ultima volta che l'avevo vista e la tunica viola che indossava con una fascia fucsia in vita non la snelliva certo.

In ufficio c'era odore di muffin, segno che l'avevo disturbata all'ora della merenda e questa non era mai una buona idea.

«Chi non muore si rivede!», fu la sua prima e infelice uscita.

«Già, c'è mancato poco in effetti…».

Mi fece cenno di sedermi sulla sedia e fece spazio fra le pile di giornali, fogli, libri e riviste, spostando la tazza di cappuccino e il piattino vuoto pieno di briciole.

«Allora, qual buon vento ti porta? Già stanca della Royal?».

Mi resi conto che non sapeva niente, ma non avevo voglia di raccontarle tutta la storia.

Non era una mia amica, e non volevo neanche che fosse più generosa con me per quello che avevo passato.

«Sono stata in Italia per un periodo… per certi problemi di famiglia… e non ho potuto fare l'audizione. Ma mia nonna, di cui certo si ricorderà, ha smosso mezzo mondo ed è riuscita a inserirmi nella prossima data».

«Mi ricordo benissimo di tua nonna Olga, mi chiamava di continuo per sapere dei tuoi progressi, poi un giorno mi ha telefonato e ha detto che non saresti più venuta. Mi sembrò molto triste, ma pensai non fosse il caso di fare altre domande», disse accendendosi una sigaretta.

«Sì, abbiamo passato un periodo difficile, ma ora va meglio e se lei me lo permette, mi piacerebbe che mi potesse preparare ancora».

Mi studiò con lo sguardo, come era solita fare.

Doveva sempre dare a ogni gesto un che di drammatico e lasciarti sulle spine per un tempo indeterminato, salvo alla fine accettare quello che le proponevi, ma facendola sembrare un'idea sua.

Era sadica e per niente simpatica, ma era brava, e molto più di Claire, anche se mi seccava ammetterlo.

«Non lo so Mia, non ho tempo al momento, ci sono gli esami di fine corso e il saggio da preparare… è un problema».

Sapevo di doverla pregare anche se tutto in me desiderava solo alzarsi e andarsene sbattendo la porta.

Avevi ragione è proprio una grassa culona…

«Mrs Sinclaire, non glielo chiederei se non fossi assolutamente certa che lei è l'unica in grado di aiutarmi», dissi leggendo un bagliore di compiacimento dietro gli occhiali. «Sono stata ferma un bel po' di tempo e il mio corpo ne ha risentito, ma quando ero a Firenze ho ripreso a studiare e insomma… l'insegnante diceva che secondo lui potrei avere una chance».

«Avere una chance? E chi te l'avrebbe detto, eh? Uno che scommette sui cavalli e che per arrotondare insegna danza?»

«Si chiamava Aurel Ionescu, ed era molto bravo», risposi fredda.

La Sinclaire alzò la testa di scatto.

«Aurel Ionescu? Sei stata a lezione da Aurel?»

«Sì».

Mi guardò sbalordita.

«Ma lo sai che è stato uno dei più bravi ballerini degli anni '70? E che abbiamo fatto anche una tournée insieme? Dovrei avere delle foto qui da qualche parte!».

Si alzò e si mise a rovistare fra vecchi album e ritagli di giornale, finché non trovò una foto di lei e il maestro che danzavano ne *La bella addormentata nel bosco* e a un galà internazionale insieme a Margot Fonteyn.

Erano così giovani, belli e magri che stentavo a riconoscerli, anche se il portamento e la fierezza dello sguardo erano rimasti assolutamente intatti.

La fine della carriera di un ballerino doveva essere sempre dolorosissima.

Sapere che quello sarebbe stato l'ultimo giorno in cui ti truccavi per andare in scena, quelli gli ultimi fiori che avresti ricevuto e, una volta terminato lo spettacolo, non ti restava che staccare le tue foto dallo specchio del camerino, prendere dal cassetto il tuo portafortuna, abbracciare la costumista per l'ultima volta e andartene, accompagnato dal fruscio delle ali degli avvoltoi che volteggiano sopra di te pronti a piombare sul tuo posto.

La Sinclaire era rapita da quelle foto, tanto che non faceva più neanche caso a me.

Sospettai che avessero avuto una storia.

Mi schiarii la voce per riportarla alla realtà e quando mi guardò aveva gli occhi che le brillavano.

«Mi può consigliare qualcun altro, forse, per darmi una mano, magari un suo assistente…».

«No! Che assistente! Ti preparo io, se Aurel dice che ce la puoi fare, ce la farai!».

Uscii da lì rincuorata e con un appuntamento per l'indomani pomeriggio.

Non mi restava che andare a casa e mettermi a studiare nella mia nuova camera da adulta, in attesa di trovare il coraggio per ripresentarmi a scuola.

York appena mi vide entrare scappò a nascondersi di nuovo.

Presi un pezzo di salame dal frigo e andai a cercarlo per tentare di scusarmi.

Gli parlai per un quarto d'ora a voce bassa spiegandogli che ero tanto triste e fuori di me, ma non mi guardò nemmeno una volta, sembrava che lui avesse capito perfettamente il senso delle mie parole e lo avessero ferito più delle botte.

Se me le avesse dette mia madre non l'avrei più perdonata, nemmeno per tutto l'oro del mondo, figuriamoci per del salame.

Salii in camera sentendomi un vero mostro e sperando che prima o poi sarei riuscita a farmi capire.

La mia camera era bellissima e quasi non mi ricordavo più dell'altra.

Era moderna, accogliente e decisamente più spaziosa, era una camera da grandi.

Presi il vecchio computer e mi collegai a internet per controllare la mia posta e passare dalla bacheca di Pat, cosa che gli avevo promesso di non fare più, ma che mi riusciva ancora difficile.

C'erano altre due mail della segretaria di Mrs Jenkins contenenti altri allegati in aggiunta (sicuramente voluti da quella sadica della Meyer) e una mail di Carl.

Mia, perché non mi rispondi?
Ho bisogno urgente di parlarti, e devo farlo a voce.
Che palle fatti viva, non sei l'unica ad avere dei problemi.

C.

Quell'ultima frase mi infastidì.

Certo che non ero l'ultima ad avere dei problemi, ma non mi sembrava neanche di averli mai rovesciati su di lui, dato che le sue mail erano dei lunghi monologhi su quanto fosse diventata soffocante la sua vita con Nina.

Forse non aveva capito che nessuno lo avrebbe punito se l'avesse lasciata, a parte il suo senso di colpa e, probabilmente, anche Nina ne aveva abbastanza di lui e si sentiva altrettanto in difficoltà all'idea di lasciarlo.

Per come la vedevo io, quelli non erano veri problemi.

Ma era solo il mio punto di vista.

Entrai sul mio profilo, ma fra i miei pochissimi amici non vidi più Patrick.

Scorsi più volte l'elenco, digitai il suo nome nella casella della ricerca, ma non risultava più da nessuna parte.

Il suo profilo era stato cancellato e poteva averlo fatto solo Nina.

«Cazzo Pat! Non è giusto!», imprecai.

Mia... non serviva più, ne abbiamo parlato tante volte.

«A me serviva, invece, era un modo di averti lì, saperti ancora da qualche parte e mi faceva bene leggere i messaggi delle persone che ti amano! La odio! Odio tua sorella! È una stronza insensibile», urlai mettendomi a piangere.

Amore, prima o poi doveva succedere, è morboso tenere aperto il profilo di chi non c'è più!

«Parla per te! Cosa ne sai? Hai mai pensato che se volessi richiederti l'amicizia tu non potresti più darmela? Lo so che è stupido, ma questa è un'altra dimensione della morte nel ventunesimo secolo!».

Mia se è per questo non ti risponderei nemmeno se tu mi mandassi un SMS o una mail...

«Non c'entra niente, quello era un modo per tenere vivo il tuo ricordo, pubblicare dei pensieri, delle tue foto, è così che funziona adesso e lei non ne aveva il diritto!».

Mi emoziona vedere ogni volta la dimostrazione del tuo amore per me, non credo di meritarlo, non più, adesso che non servo a niente.

Mi voltai verso di lui, sicura di guardarlo negli occhi.

«*Serva me. Servabo te.* Questo è il nostro patto, non dimenticarlo mai. Tu mi hai salvato la vita e questo ci ha legati in maniera indissolubile e tu vivrai attraverso di me per continuare in quello che ti riusciva meglio: aiutare quelli che amavi. La tua missione è questa. E gli angeli questo fanno, rendono migliore la vita delle persone in difficoltà».

Ebbi un brivido.

«Fa freddo improvvisamente», dissi guardando la finestra chiusa.

Ti vengono sempre i brividi quando ti sorrido!

«Non ci avevo mai fatto caso».

Come non fai più caso al profumo di fragole, ma c'è sempre quando mi chiami.

«Perché le fragole?».

Perché adoravo le fragole, tutto qui!

«E io adoro te, ma domani andrò a parlare con tua sorella».

Sei sicura? Non pensi che sia troppo presto?

«No, e tu verrai con me».

Passai l'intero pomeriggio a studiare.

Avevo perso l'abitudine e mi sembrava impossibile riuscire a memorizzare tutto.

Leggevo, sottolineavo, ripetevo, leggevo di nuovo, ma era una lotta impari.

Era stato meno faticoso recuperare la danza che letteratura, storia, matematica, francese, chimica e biologia!

Mi presi la testa fra le mani, consapevole che non ce l'avrei mai fatta.

Ci voleva un miracolo oltre alla generosità di tutta la commissione d'esame.

Chiamai mia nonna.

«Finalmente ti degni di fare una telefonata alla tua vecchia nonna, ti sei già dimenticata di me?»

«No nonna, ma capirai che non è stato un bel rientro».

«Lo immagino piccola, qui sembra sia passato l'uragano, è tutto da buttare, danni per milioni... li farei ripagare a tua madre se non sapessi che non ha un lira!».

«Spero tanto che un giorno vi riparlerete, siete le persone che amo di più al mondo e mi fa soffrire sapere che vi detestate».

«Che ti devo dire Mia, lo imparerai un giorno con i tuoi figli, qualunque cosa tu faccia per evitare loro di fare sbagli, è quasi sempre un fallimento!».

«Forse perché bisogna lasciarli sbagliare?»

«Se li fai sbagliare ti odieranno per non averli fermati, non c'è soluzione, è una battaglia persa!».

«Ti voglio bene nonna, e salutami tanto Sunil e Massimo».

«Ti aspettiamo a braccia aperte bambina».

Mi mancavano Firenze e la nonna, era stata una parentesi che si era conclusa in un modo troppo brusco e improvviso, ma non l'avrei dimenticata per tutta la vita.

La festa, i pomeriggi in centro con Sunil, gli aperitivi ad ascoltare i racconti della vita della nonna, le mattinate pigre sotto la veranda, i suoi amici strampalati, tutti questi ricordi erano impressi nella mia memoria e li avrei recuperati nei momenti più difficili.

Sapere che c'era un posto nel mondo dove ero amata e coccolata come una principessa mi consolava.

Specie adesso che le cose si facevano tremendamente difficili.

Quando la testa stava davvero per scoppiarmi, mi alzavo e facevo un po' di riscaldamento: *plié*, *gran plié*, *rond de jambe*, *grand battement*, qualunque cosa pur di tenermi attiva.

Le gambe avevano recuperato abbastanza bene, ma ero ben lontana dal ritenermi idonea e la Sinclaire sicuramente me lo avrebbe fatto notare fino alla nausea.

Mi consolava solo sapere che sarebbe stato per un periodo, poi sarei tornata di nuovo libera.

Libera.

Di nuovo quella parola si insinuava fra i miei pensieri e l'associai immediatamente a Lia.

Bella, sicura di sé, ma umile e rispettosa, qualcuno che ti giravi a guardare, qualcuno che ti ispirava sicurezza, fiducia ed equilibrio.

Avevo una voglia matta di chiamarla, ma mi sentivo in imbarazzo, non avrei voluto disturbarla e probabilmente non si ricordava nemmeno di me.

Un SMS, mandale un SMS.

Le scrissi che ero arrivata, che mi mancava Firenze e che la Sinclaire mi avrebbe preparata per l'audizione.

Non passarono neanche tre minuti che subito mi richiamò.

Mi sentii in imbarazzo, ma anche incredibilmente lusingata.

«Ciao Mia, stavo giusto pensando a te, come stai?»

«Bene, sì insomma, sono tornata a casa, devo studiare per l'esame e per l'audizione, sono un po' sotto pressione al momento».

«Lo immagino, deve essere così stressante, sei davvero una ragazza ammirevole».

Arrossii.

Io ammirevole?

Se avesse saputo che razza di folle incosciente ero stata e che per di più parlavo con gli spiriti!

«Sei a Parigi?»

«Sì, mi sto preparando per uno spettacolo che debutterà la settimana prossima, faccio un passo a due piuttosto complicato, ci stiamo lavorando giorno e notte, ma c'è una bella armonia».

«Lia, ti volevo chiedere… come ti trovavi alla Royal?»

«Alla Royal? Be'… ho provato a fare l'audizione due volte, ma non mi hanno presa, sai hanno dei canoni molto precisi e io non rientravo nei loro, ma non ho mai saputo veramente la ragione. Ho frequentato i loro corsi estivi e poi ho cominciato a viaggiare. Credo che la danza la si impari vivendo, non stando chiusi in una sala per nove ore al giorno», rise, «ma sono sicura che ti prenderanno, sei veramente dotata e hai quel *je ne sais quoi* che loro certamente noteranno».

Lia era decisamente la mia preferita.

«Conosci Mary Sinclaire?»

«Mmm, ne ho sentito parlare, ma ora non ricordo da chi».

«Potrebbe aver avuto una storia col maestro Aurel?»

«Ah certo! Una storia incasinatissima piena di litigate, corna e riappacificazioni! Lui ai suoi tempi era un vero *tombeur de femmes*! Sai, mi è stato molto vicino quando mi sono ammalata, gli devo davvero tanto».

«Mi dispiace, non sapevo…».

«No, non ti preoccupare adesso sto bene, davvero, finché tengo il mostro sotto controllo lui non può farmi nulla e poi sono una combattente io!», rise coraggiosamente.

Ecco cos'era quel velo di dolore in fondo agli occhi. Ecco perché ci eravamo riconosciute.

«Sei mai stata a Parigi?», mi chiese.

«No, non ho girato molto».

«Devi venire assolutamente, te ne innamorerai, tu sei tipo da Parigi: sei passionale, forte e determinata, sono certa che farai una bellissima carriera».

«Magari… mi piacerebbe ballare come te un giorno».

«Devi ballare come sai fare tu, Mia, solo come sai fare tu. Ognuno danza attraverso il proprio vissuto e le proprie esperienze, per questo non si può veramente *insegnare* a qualcuno a ballare, si può insegnare la tecnica, ma il resto lo fanno il cuore, il dolore, le emozioni. Non si può ballare due volte lo stesso pezzo nello stesso modo».

Stavo imparando più da lei in cinque minuti di telefonata che in mesi di scuola!

«Credi che l'audizione sarà difficile? Me la faccio sotto al solo pensiero!».

«Non più di una lezione col maestro, più il pezzo che porti, il resto lo faranno loro, non hai di che preoccuparti, basta che tu sia te stessa e li stenderai!».

Quella telefonata mi aveva ridato fiducia e buonumore, Lia era l'unica ballerina che conoscevo che non si credeva migliore degli altri e che non cercava di insegnarti per forza qualcosa. Era concreta, saggia e incredibilmente umana e questo la metteva una spanna al di sopra di tutte le sue colleghe, più e meno famose.

Ripresi a scrivere la tesina su *Il buio oltre la siepe* contemporaneamente a quella sul *Il signore delle mosche* senza neanche aver letto i libri.

Più tardi mi arrivò un SMS di Betty.

«Non so cosa tu gli abbia detto, ma sta preparando gli spaghetti alla carbonara!».

CAPITOLO DICIANNOVE

A*vanti, suona!*

«Non ce la faccio!», mi lamentai.

È solo un campanello, Mia.

«Non è un normale campanello lo sai benissimo, è il campanello di casa tua!», dissi indietreggiando come un gatto che ha annusato l'acqua.

Prima o poi lo dovrai fare, coraggio!

«Preferisco poi!».

Mia…

Respirai.

Di cosa avevo paura, che Nina mi prendesse a schiaffi? Non lo avrebbe fatto, al massimo mi avrebbe sbattuto la porta in faccia ed era arrivato il momento di affrontarci.

Suonai e attesi.

Quei secondi mi sembrarono secoli.

Suona ancora.

Riprovai.

Attesi e non aprì nessuno, allora mi voltai e scesi le scale, ma al terzo gradino sentii il rumore della porta che si apriva.

Nina…

Ricordo di essere rimasta imbambolata quando la vidi apparire sulla soglia.

Aveva smesso di vestirsi come una *drag queen* e aveva ricominciato a indossare i suoi abiti sobri e semplici che le stavano così bene.

Feci scivolare lo sguardo dal basso verso l'alto, lentamente, come temessi di scoprire che il dolore l'aveva cambiata per sempre.

Indossava dei pantaloni di lino beige, con una maglietta rosa e un cardigan lungo che le copriva le unghie corte e rosicchiate.

I capelli erano tornati del suo biondo naturale ed erano lunghi fino alle spalle. La pelle trasparente, il collo lungo così raffinato erano sempre gli stessi e quando arrivai a guardarla negli occhi, mi accorsi che era diventata bella da togliere il fiato, ma c'era qualcosa di duro nel suo aspetto: aveva perso tutta la sua dolcezza.

Il viso era scavato e gli zigomi le sporgevano rendendola spigolosa e severa.

Dimostrava vent'anni.

Le parole mi morirono in bocca.

Mi sentii come un venditore porta a porta che suona nel momento sbagliato.

Il primo istinto fu quello di fuggire, ma Pat mi fece ritrovare il coraggio di affrontarla.

Ricordati perché sei venuta… non pensare a niente, parlale…

«Perché l'hai fatto Nina? Perché hai cancellato Patrick dalla faccia della Terra? Il tuo dolore è il mio dolore… e tu sai che sono l'unica che possa veramente capirti. Ho passato mesi indescrivibili lottando contro il desiderio di morire, ho mandato al diavolo la scuola, la danza, il mio futuro, la mia famiglia, perché vivere senza Patrick non era vivere e ho sperato ogni giorno che ti facessi viva anche con un messaggio o una telefonata per riuscire a dividere questo peso. Ricordi? Me lo dicevi sempre: un peso si trasporta meglio se lo dividi in due. Ho pensato a te ogni singolo istante, alla mia amica che soffriva da sola, a quanto devi ritenermi colpevole per la morte di tuo fratello, a quanto mi sento fottutamente in colpa ogni mattina quando mi alzo e ogni sera quando vado a letto. Ho avuto un disperato bisogno di te, ho imparato a capirti e rispettarti e anche a interpretare i tuoi silenzi. Ma io non ce la faccio senza il tuo affetto. Non voglio perdere anche te dopo aver perso lui!», dissi tutto d'un fiato con le lacrime che cominciavano a scendere giù. «Credimi, è troppo brutto stare qui, in piedi, davanti a te con la sensazione che tu non ricordi nemmeno chi sono e che tu abbia cancellato anche la nostra amicizia. Mi manchi troppo Nina», dissi tirando su col naso sperando in un abbraccio.

Mi guardò a lungo, mentre la luce del sole le trafiggeva gli occhi ridotti a una fessura.

Ero pronta a tutto, tranne a quello che successe poi.

«Sono incinta», disse e chiuse la porta.

CHECAZZOHADETTOMIASORELLA?

«Stai calmo Pat, stai calmo, non ti agitare», ripetevo pedalando come una scheggia.

NON TI AGITARE? NON TI AGITARE? QUELLA CRETINA DI MIA SORELLA È INCINTA E IO NON MI DEVO AGITARE? MA IO L'AMMAZZO!

«Ma forse non è vero, magari l'ha detto per provocarmi, lo sai com'è fatta no?».

No che non lo so, non lo so più chi è! Nina, la mia sorellina, una bambina stupenda, sempre la prima della classe, un modello di educazione e gentilezza CHE RIMANE INCINTA A SEDICI ANNI? CAZZO!

«Pat, ti prego, fammi chiamare Carl, lui… ne sa certamente qualcosa».

CARL?

«Sì, mi sta cercando da giorni e ora so perché!».

Lo chiamai.

«Cristo Mia, se ero in una prigione nel Bangladesh con una sola telefonata a disposizione sai che sarei già morto? Dove sei!».

«Carl, sono tornata, mi dispiace se non ti ho chiamato prima, ho appena saputo…».

Silenzio.

«Chi… te l'ha detto?».

Passamelo passamelo!

«Zitto Pat, non puoi!», bisbigliai.

«Chi te l'ha detto Mia, non dirmi che è stato Patrick perché non sono in vena di scherzi!».

Fa anche lo spiritoso, oddio quanto lo vorrei prendere a calci!

«Me l'ha detto Nina dieci minuti fa».

«Nina ti ha detto che è incinta?»

«Sì, mi ha detto solo quelle due parole, un po' forte come inizio…».

«Questa poi…», sospirò.

«E da quando lo sapete?»

«Da stamani. Ieri sono andato al centro commerciale a comprarle un test di gravidanza e stamattina il verdetto».

Fatene un altro! Digli di farne un altro, anzi altri dieci!

«Ne avete fatti altri?»

«Due. Tutti positivi e lei è precisa come un orologio».

Che ne sa questo del ciclo di mia sorella?

«È già stata dal ginecologo?»

«Ci andiamo domani pomeriggio».

«E… cosa intendete fare?», chiesi cauta.

«Mi ha già detto che lo tiene».

La nostra adolescenza, già duramente messa alla prova, si esaurì nel momento in cui Nina decise di portare a termine la gravidanza.

Ora capivo lo sguardo determinato, adulto e severo: aveva preso la sua decisione e non sarebbe più tornata indietro, in quel momento si era sentita madre.

Quella notizia mi colpì come una fucilata.

Nina aveva solo sedici anni e mai avrei pensato per lei un futuro da ragazza madre.

La sua vita, dopo la morte di Patrick, aveva subìto dei drammatici cambiamenti, ma molte delle scelte che aveva fatto come lo smettere di studiare potevano essere riconsiderate. Questa però l'avrebbe cambiata irreversibilmente.

«Cosa posso fare Carl?»

«Non mi lasciare solo Mia, ho paura».

Il pomeriggio non riuscii a combinare molto.

Quella notizia mi aveva sconvolto.

A sedici anni non puoi pensare di avere un bambino, hai appena imparato a camminare da sola e non capisci un accidente del mondo, la natura non dovrebbe permetterlo!

Provavo a immaginarmi con il pancione, a scuola, mentre tutti andavano in gita e alle feste e io dovevo tornare a casa ad allattare, o peggio all'audizione della Royal con mia madre fuori ad aspettarmi con il bambino in braccio che piange perché vuol essere cambiato.

No, era una follia, dovevano essersi sbagliati e il ginecologo lo avrebbe confermato.

Pat non mi parlava da ore e non avevo il coraggio di chiedergli come stesse.

Adesso la sua sensazione di impotenza doveva aver raggiunto i massimi livelli.

Mi domandavo perché Nina me lo avesse detto.

In fondo lo sapeva solo da poche ore e poteva semplicemente sbattermi la porta in faccia senza mettermi al corrente della novità.

Mi chiedevo se nelle sue parole ci fosse stata una velata richiesta d'aiuto o era stato solo per vedere che effetto faceva pronunciare quella frase, quasi per esorcizzarla.

Si rendeva conto a cosa stava andando incontro? Lo aveva fatto apposta in qualche modo? Lei che era la persona più coscienziosa e precisa del mondo e che metteva due sveglie per non dimenticarsi di prendere la pillola?

Giocherellavo con la penna fra un test di matematica e uno di francese, senza riuscire a concentrarmi, preoccupata per la lezione con la Sinclaire che non mi avrebbe perdonato nemmeno un errore.

Non potevo fare a meno di sentirmi coinvolta, ormai era un problema anche mio e forse, in qualche modo contorto, ci avrebbe unite.

Come previsto, la Sinclaire non mi fece nessuno sconto, anzi cercò di provocarmi con frasi del tipo: «Aurel si dev'essere proprio rincoglionito per credere che tu ce la potessi fare».

Mi ero dimenticata dei modi odiosi degli insegnanti che avevo avuto e purtroppo non c'era niente che potessi fare fino al giorno in cui sarei magicamente diventata come Lia, quando tutti mi avrebbero rispettata e ammirata. Per il momento potevo solo subire in silenzio le angherie di quella vecchia strega obesa e insofferente.

Sapevo che non era andata così male, ma dovevo fingere massima frustrazione, solo così si sarebbe sentita magnanima e in vena di condividere con me i suoi preziosi insegnamenti.

Era davvero una stronza.

Non smetteva di correggere ogni singolo passo impedendomi di finire la variazione, in quel modo perdevo la concentrazione e non riuscivo a immaginare il disegno d'insieme.

Dovevo rappresentare una zingara furbetta e sensuale capace di far perdere la testa a qualunque uomo, ma in quel modo avanzavo a scatti e non riuscivo mai a entrare nel ruolo.

Ero certa che lo facesse solo per farmi innervosire.

Attraverso la finestra della sala vidi due facce familiari che mi salutavano sorridendo.

Erano Bryan e Corinne, che avevo conosciuto alla prima lezione lì, una coppia deliziosa di ottimi ballerini con cui avevo subito legato.

Bryan faceva segno di tagliarsi la gola con un dito, quando la Sinclaire era di spalle, e Corinne fingeva di impiccarsi.

Non riuscivo a star seria nonostante le punte mi massacrassero.

«Non so cos'hai da ridere, la situazione è disperata, non so neanche se fai bene a presentarti e comunque non a nome mio!».

«Lei è talmente brava che riuscirà là dove gli altri hanno fallito!», le dissi con un sorriso falso e una voce melliflua di cui sembrò non accorgersi.

Finito il supplizio corsi fuori ad abbracciarli.

«Quanto ci sei mancata Mia, ci siamo chiesti spessissimo che fine avessi fatto!».

«Sei entrata alla Royal?»

«No, magari, sto ancora tentando l'audizione, o la va o la spacca!».

«Sei dimagrita molto», notò Bryan, «sei stata poco bene?»

«Purtroppo sì, ho avuto… la mononucleosi e quindi…», mentii.

«Aaaah! La malattia del bacio», disse Bryan dandomi di gomito.

«E voi due che mi dite? Ormai fate coppia fissa!», esclamai per cambiare argomento.

«Ta-daa!», disse Corinne sollevando l'anulare sinistro e indicando un anello.

«Fidanzati da due mesi!», disse Bryan con orgoglio, «gliel'ho chiesto durante il passo a due de *La fille mal gardée,* per l'emozione si è intrecciata col nastro ed è successo il finimondo!».

«La Sinclaire stava per esplodere!».

«Che bello vedere almeno una coppia felice!», esclamai senza riflettere.

«Perché? Tu non avevi un ragazzo mi pare di ricordare?», chiese Bryan.

«Oh è finita, non era niente di importante», risposi, sicura di sentire una delle solite battute di Patrick offeso, che invece non arrivò.

Dopo la doccia tornai a casa pensierosa.

Anche Corinne e Bryan erano giovanissimi, e anche loro si erano fidanzati e probabilmente si sarebbero sposati appena maggiorenni.

C'era qualcosa che sfuggiva solo a me?

Di nuovo quel bisogno di incatenarsi per appartenersi?

Pat mi sarebbe appartenuto per sempre e non c'era anello al mondo che avrebbe potuto fare di più, di questo avevo un'assoluta certezza.

Carl mi aveva richiamato per vedermi dopo cena.

Non potei rifiutarmi, anche se avrei dovuto studiare come una pazza.

La mamma era di nuovo di buon umore e, quando arrivai, la trovai in cucina che canticchiava preparando le patate in camicia, che adoravo.

Non so se mi sorprese di più il fatto che stesse cantando o cucinando, ma ero così contenta di vederla sorridere che per un attimo dimenticai la tegola che era appena caduta.

La mia faccia però dovette parlare chiaro perché appena mi guardò mi chiese subito cosa fosse successo.

Fui combattuta fra il dirglielo o meno, ma tanto prima o poi lo avrebbe scoperto e ormai ne avevamo passate abbastanza da non temere rivali.

Mi assicurai che Pat fosse fuori portata e le raccontai della mia conversazione a tratti surreale con Nina.

La mamma deglutì.

«Incinta?».

Si sedette con le mani sulla bocca.

«E… lei… Laetitia… suo padre… oddio con tutto quello che è successo…».

«Io ho solo parlato con Carl, e a quanto ho capito lei lo vuole tenere».

«È così giovane…».

«Non lo so mamma, avresti dovuto guardarla negli occhi oggi, è davvero cambiata. Siamo tutti cambiati», commentai gravemente.

«Certo però…», esclamò amareggiata, «non è che non vi abbiamo spiegato come evitare certe cose! Con internet e tutto il resto sapete molte più cose voi di noi alla vostra età! Tua nonna mi fece prendere la pillola a quattordici anni per evitare di dovermi fare il "famoso discorso da madre a figlia!"».

«Tu non mi hai mai fatto il famoso discorso da madre a figlia!», sdrammatizzai.

«Perché eri tutta presa dalla danza e pensavo non ne avessi bisogno, ma ti prego, dimmi che sai come proteggerti o ti compro il libro con i disegni dei cani e delle api!».

«Mamma… che faresti se fossi incinta io?»

«Tu giurami che non lo sei!», rispose minacciosa.

«Te lo giuro, che io possa non mangiare mai più queste patate!».

Spense il fuoco, andò a prendere le sigarette nella borsa e tornò.

«Se tu rimanessi incinta Mia, mi dispiacerebbe molto per te, perché ti troveresti a diventare responsabile di qualcun altro, quando ancora non sei capace di esserlo per te stessa. Sarei addolorata perché non potresti più goderti la gioia e la spensieratezza della tua età e diventeresti adulta senza esserlo ancora. Mi si spezzerebbe il cuore perché non potresti più danzare né studiare, perché il bambino ti assorbirebbe totalmente, togliendoti il sonno e il tempo per te.

Dovresti imparare un sacco di cose sgradevoli come cambiare pannolini, pulire vomitate, alzarti la notte, correre dal pediatra a ogni colica, non avresti più la libertà di prima e i tuoi amici dopo un po' si stuferebbero di sentirti parlare solo del bambino e questa è solo la parte pratica. Poi dovresti imparare ad allattare, vedere il tuo seno triplicare, ingrassare almeno una decina di chili e soffrire di emorroidi, a me è successo… Per non parlare poi di quando ti accorgeresti che nella tua beata incoscienza hai messo al mondo un esserino indifeso, che dipende totalmente da te e che, anche se ti toglie il sonno e l'ossigeno, non riesci a non amare più della tua stessa vita. E questo ti farà sentire in colpa per il resto dei tuoi giorni ogni volta che lo lascerai solo. Detto questo, che è solo una piccola, piccolissima parte della faccenda, io sarei lì ad aiutarti, arrabbiata, delusa e amareggiata, ma non ti lascerei sola un momento e poi un giorno, fra circa una quindicina d'anni, ti guarderesti indietro e ti renderesti conto che rifaresti tutto quanto perché un figlio è la cosa più bella che si possa fare nella vita».

Le sorrisi.

«Grazie mamma per essere così».

«Guardami bene Mia, ho parlato al condizionale, non costringermi a scioglierti la pillola nel caffellatte, se mi fai uno scherzo del genere ti ammazzo, sono troppo giovane per essere nonna!».

Più tardi Carl suonò alla porta.

Erano passati secoli da quando era venuto a prendermi a casa tutto elegante e ben pettinato per portarmi a vedere il balletto alla Royal Opera House.

Quel Carl non c'era più, al suo posto un ragazzo stanco, con la barba di tre giorni, e un herpes enorme sul labbro inferiore.

Salutò la mamma chiamandola per nome come se ormai avesse abbattuto ogni barriera del rispetto genitoriale, considerandosi ormai un collega.

Andammo in salotto e lei ci raggiunse con un succo d'arancia per me e due bicchieri di vino per loro, per lo stesso motivo di cui sopra.

Ero stata costretta a escludere Pat per evitare di immaginarlo camminare avanti e indietro per tutta la stanza.

«Come sta Nina?», chiese la mamma.

Carl si strinse nelle spalle.

«Speravo tu mi chiedessi come sto io!».

«Evviva la cavalleria!», rispose mamma.

«Guarda la televisione e non mi parla».

«Sua madre lo sa?»

«Non ancora, non so come la potrebbe prendere».

«E tu come stai?», gli chiesi appoggiandogli una mano sul ginocchio.

Mi rivolse uno sguardo smarrito e scosse la testa.

«Sono disperato, davvero disperato, non ci voleva, proprio adesso...».

«Proprio adesso cosa?»

«Che avevo deciso di lasciarla».

Qualcosa mi diceva che aveva di nuovo riflettuto troppo tardi sulle mie parole.

La vita era così, una questione di tempi: mamma e papà, io e Patrick, Nina e Carl, un minuto più o un minuto meno avevano fatto la differenza fra amore e guerra, vita e morte, piacere e catastrofe.

Lo guardammo come si guarderebbe qualcuno a cui è appena caduto un pianoforte sulla macchina nuova.

«Carl, un bambino è una cosa splendida», disse mia madre che fulminai all'istante. «Okay, magari non te ne accorgerai subito, ma poi vedrai che sarà bellissimo, quando sarà grande e avrete così poca differenza di età».

«Elena, io ho diciotto anni e l'ultimo mio pensiero è quello di giocare con un bambino sul prato dietro casa, avrei voluto che succedesse almeno fra una quindicina d'anni!».

Non c'erano parole che avrebbero potuto tirarlo su.

Era solo una questione di tempo: prima o poi quella realtà si sarebbe manifestata sotto forma di pianti e strilli e sarebbe stato costretto ad accettarla.

Gli proposi di salire su in camera con me.

La vista di mia madre gli avrebbe comunque ricordato le sue imminenti responsabilità e credo che avesse bisogno ancora di un momento di incoscienza.

Rimase sorpreso nel vedere la mia nuova camera e si complimentò per la scelta dei colori.

Parlammo della scuola, gli mostrai il programma e le tesine che dovevo consegnare, gli parlai della danza e di tutto quello che non aveva a che fare con dei neonati, ma qualunque cosa ci potessimo dire, ruotava inevitabilmente attorno a quella novità che io stessa faticavo ad accettare.

«Mia, io non voglio diventare padre, non voglio, proprio adesso che volevo parlarle e farle capire che la nostra storia è finita, volevo riprendere l'università e fare un master in economia negli Stati Uniti, cazzo, sono in trappola!», lo disse con le lacrime agli occhi.

Lo abbracciai come si fa con un fratello, e lo era in un certo senso.

Cos'altro potevo dirgli se non che aveva ragione? Che la scelta di Nina avrebbe condizionato per sempre la sua vita? E che non sarebbe stato più libero di partire per sei mesi o un anno? E che avrebbe dovuto lavorare per mantenerla? Era tutto vero, ma non glielo potevo dire. Non adesso.

«Carl, non pensarci ora, vedrai che sarà bellissimo, e Nina capirà, magari lei ha voluto un bambino perché ha sentito il bisogno di colmare il vuoto lasciato da Patrick, ma questo non vuol dire che la tua vita è finita qui e che non potrai mai più partire. Lei ti capirà, è forte e poi ha una famiglia accanto...».

«Quale famiglia! Laetitia non ci sta più con la testa e suo padre se n'è andato, l'unica cosa positiva sono i soldi, quelli non mancano e spero che possano in parte sostituire l'amore che manca».

«Ma tu hai una bella famiglia numerosa, con fratelli e sorelle, ti daranno una mano».

«Non capisci Mia? Non voglio che mi diano una mano, perché non è giusto che io arrivi a scombinare le loro vite di pensionati con un marmocchio che non so neanche tenere in braccio! E che non voglio nemmeno tenere in braccio!», urlò. «…Scusa, non volevo alterarmi così e non ce l'ho con te, ma è la verità e mi sento in colpa in un modo orrendo, perché so che è spaventoso pensare una cosa del genere, ma non posso mentire a me stesso. Non sono pronto Mia, non adesso».

Lo guardai seria, senza l'ombra di giudizio nei miei occhi.

«Non ti riconosco più Carl. Ti ricordi quanto eri innamorato di lei? E adesso che le cose sono difficili sei il primo a scappare. Be', sai cosa ti dico? Mi madre mi ha tirata su benissimo da sola, e Nina può farlo senza di te».

L'idea di venire escluso improvvisamente non gli sembrò più così allettante.

«Sì, però, è pur sempre mio figlio… non vorrei che non me lo facesse più vedere».

«Questo dipenderà da te, non è neanche giusto sparire per dieci anni e ritornare quando ti sentirai pronto, tuo figlio potrebbe non essere d'accordo».

«Lo vedi? Comunque lo guardi è un problema senza soluzione».

«Non c'è soluzione perché è una cosa che affronterete giorno dopo giorno e non puoi sapere se ti piace o no e se ne sei capace o meno, finché non la provi».

«Come fai a essere così saggia Mia?»

«Ho visto la morte in faccia!», risposi ironica.

Carl mi guardò, mi mise le mani sulle spalle e disse scuotendo la testa: «Ho sbagliato tutto il giorno in cui mi sono messo con lei», disse amaramente.

«No, hai sbagliato tutto quando hai capito di non amarla e sei comunque andato a letto con lei, quello è stato disonesto».

«Perché, tu credi che lei mi ami?»

«Che ne so? Un tempo credevo che fosse mia sorella».

Lo accompagnai alla porta a notte fonda.

Mia madre era già a letto e io dovevo ancora finire il capitolo di storia, e mi addormentai con il libro aperto sulla rivoluzione russa.

Pat era già lì ad aspettarmi, incazzato come una iena, col fumo che usciva dalle narici e la vena blu sulla fronte.

È tutto il giorno che ci penso e non me ne faccio una ragione, possibile che si sia rincretinita? Ha solo sedici anni che cosa le è venuto in mente?

«Pat, come ho detto a Carl», tentai con cautela, «forse è stato per colmare il vuoto che hai lasciato tu».

Bellissima immagine a parole, perfetta per un film, ma nella realtà è tutta un'altra cosa. Aveva tutto il tempo per fare dei bambini dopo essersi laureata e aver trovato un buon lavoro, invece se ne pentirà quando si renderà conto che non potrà più fare la vita che voleva. Dovrà fare la mamma a tempo pieno e poi, un giorno, si sveglierà delusa e frustrata e ricomincerà a studiare in qualche corso serale. Vuoi dirmi perché?

«Io non lo so perché, so solo che ho avuto il dubbio che fosse premeditato, che lei volesse veramente rimanere incinta!».

Ma allora è proprio cretina!, sbottò.

«Magari lei è felice così!».

Ma come fai a dire una cosa del genere! Non sa nemmeno cosa voglia dire essere felici, l'ha fatto sicuramente per non pensare più alla mia morte e a tutto il resto, questo lo capisco, ma perché non si è fatta un viaggio in India, o ha aperto una fondazione per bambini poveri con i miei soldi, ma un figlio con un altro minorenne è da deficienti lasciamelo dire!

«Allora ritiro tutto, è stato uno sbaglio, sono cose che succedono no?».

No! Mi viene subito voglia di spaccare la faccia a Carl che non è mai stato il tipo giusto per lei, e so benissimo che era innamorato cotto di te prima di mettersi con mia sorella. E non ci sono due persone più diverse di voi!

«Sì ma poi le cose sono cambiate e si sono innamorati veramente!».

Sei troppo romantica Mia, ricordati che un figlio è per sempre e la legherà a Carl tutta la vita, anche quando le sarà passata l'infatuazione!

«Perché pensi che sia un'infatuazione, la sua?», chiesi seria.

Perché è troppo giovane!

«Pat, abbiamo la stessa età io e lei».

Non è la stessa cosa, rispose guardando altrove.

«Vuol dire che pensi che anche a me potrebbe passare l'infatuazione?».

Mi guardò con aria apprensiva e abbassò la testa.

Non lo so, potrebbe.

«Potrebbe succedere qualunque cosa Pat», gli dissi prendendogli il viso fra le mani, «guarda cos'è successo a noi, che nonostante tutto ci amiamo ancora oltre ogni logica immaginabile. Non ti sembra un miracolo questo?».

Non ci voleva questa, Mia, mi chiedo cosa diranno i miei adesso.

«I tuoi sbraiteranno come farebbero tutti i genitori e poi lo accetterebbero come tutti i genitori».

Mio padre la prenderà malissimo, aveva grandi progetti per i suoi figli e guarda adesso: uno è morto e l'altra è diventata una ragazza madre!

«E se invece provassimo a sederci e cercare di capirla?», dissi dolcemente.

Mi guardò con la fronte aggrottata.

«In fondo, dovremo essere contenti per qualcuno che nasce, dopo aver pianto tanto per qualcuno che è morto».

Sì, ma…

«Pat, immaginiamo che fosse successo a noi, che io fossi rimasta incinta e poi tu fossi morto. Cosa credi che avrei fatto?».

Avresti tenuto il bambino?

«Certo! E senza pensarci due volte, e non me ne sarei pentita un attimo, anche se fossi stata sola contro il mondo. E poi un giorno, fra diciamo una quindicina d'anni, mi sarei resa conto che avrei rifatto esattamente tutto quanto, perché un figlio è la cosa più bella che si possa fare nella vita».

CAPITOLO VENTI

Non avevo più nessuna ragione per non tornare a scuola.

Anche se ormai i corsi erano quasi tutti terminati, se volevo avere qualche speranza di essere promossa dovevo avere almeno il buon gusto di farmi vedere dai professori.

Rientrare al Leicester College fu pesante.

Varcare quella soglia dopo così tanto tempo mi dava veramente la sensazione di essere un'aliena, come se il mondo fosse andato avanti e io mi fossi persa scherzi, battute, episodi memorabili e tutti si fossero dimenticati di me.

Non che prima fossi una celebrità, ma da totale sconosciuta che ero, in pochi mesi mi ero fatta conoscere per aver spaccato il naso a Thomas con la scarpetta da punta (per aver portato a letto Nina e non averla più neanche guardata) e aver ballato l'assolo di *The winner takes it all* allo spettacolo di fine anno.

Di certo il colmo della popolarità lo avevo raggiunto a mia insaputa con tutto quello che era successo dopo, ma probabilmente nessuno avrebbe avuto voglia di fare quattro chiacchiere con me circa l'accaduto, se non per morbosa curiosità.

Legai la bicicletta al solito palo ed entrai a testa bassa nel corridoio principale.

Avevo la netta impressione che tutti mi guardassero dandosi di gomito e dicendo: «Ehi hai visto chi c'è?».

Mi sentivo nuda e indifesa e avevo una tremenda voglia di scappare.

Ma non avevo scelta: dovevo stringere i denti e andare avanti.

E Pat era talmente di cattivo umore che non mi era di nessun aiuto.

Andai a bussare all'ufficio della preside Jenkins.

Mi accolse sorridente con il solito tailleur grigio con i bottoni al limite della sopportazione e mi abbracciò forte.

Era una donna gioviale e ottimista e non potevo dire che non avesse fatto di tutto per aiutarmi.

«Allora Mia, sei pronta per buttarti nella fossa dei leoni?», disse ridendo della sua battuta.

Il paragone non mi sembrò il massimo data la situazione, ma sorrisi lo stesso.

«Sinceramente non troppo Mrs Jenkins…».

«Non vorrai mica mollare adesso che sei in dirittura d'arrivo vero?»

«No, ma sono molto consapevole delle mie scarse capacità purtroppo».

«Be' cara, la consapevolezza è sempre un punto di partenza importante nella vita. Tu cerca di fare del tuo meglio e al resto penseremo noi. Sei sempre stata brava e non vorrei che tu fossi penalizzata ulteriormente».

Uscii un po' rincuorata e andai in bagno a prendere fiato e sciacquarmi la faccia.

Non è andata troppo male, no?

«No, ma sarei stata meglio se ti fossi degnato di farti *vivo* quando ti ho chiamato… cioè, insomma, hai capito».

Non ti volevo disturbare, ma soprattutto non volevo incontrare mia sorella.

«Non credo che ci sia e poi non cambierebbe molto, lei non ti vede».

Sì ma sono ancora così arrabbiato che preferisco non incrociarla.

«Parli da sola adesso?», disse una voce dietro di me.

Mi voltai di scatto e vidi quelle che abitualmente chiamavamo le Merdashian: Bibi e Dell, le più zoccole della scuola, ma anche le più ricche e odiose, che potevano permettersi di insultare la preside e passarla liscia.

In passato avevano fatto un sacco di dispetti a me e Nina, tipo invitarci alla loro festa senza dirci che era a tema e quindi lasciandoci fuori, ma la cosa più fastidiosa è che erano andate a letto con Thomas e Carl la sera stessa in cui lui, terrorizzato all'idea di sposare Nina, l'aveva lasciata.

«Sì, mi succede qualche volta», cercai di giustificarmi, ma quelle due mi facevano paura, erano capaci di ficcarti la testa nel cesso e tirare l'acqua minacciandoti di morte se raccontavi qualcosa.

L'avevano fatto più di una volta.

«Ma non sei tu quella… che usciva con quel figo pazzesco, quello che è morto?», disse Dell dando un'occhiata complice a Bibi.

«Sì non mi ricordo se l'hanno investito con una macchina o se è caduto da una finestra», rispose Bibi.

«No, forse stava facendo *cosacce* con una sulla spiaggia e un'onda li ha travolti!», rise Dell.

«È morto annegato», dissi afferrando Bibi per il giubbotto e sbattendola contro il muro lasciandola senza fiato, «è morto annegato per salvare un bambino e il mio cane. Sei contenta brutta stronza testa di cazzo? E se ti sento pronunciare ancora il suo nome con quella bocca da succhiacazzi, ti giuro che ti faccio saltare tutti i denti!».

Me ne andai lasciando la porta aperta, furiosa e con le lacrime agli occhi.

Mia, lasciale stare, sono due stronze, lo sai.

«Non hanno nessun diritto, capito? Nessun diritto di nominarti! Non lo permetterò mai!».

Andai ad aprire il mio armadietto, sperando che non lo avessero dato a qualcun altro, e ci infilai la testa per poter piangere in santa pace.

Mi sentivo tutti gli occhi addosso, sicuramente pensavano che fossi una pazza squilibrata e sicuramente era così, ma tutto quello che avevo passato, e stavo ancora passando, era troppo da affrontare da sola.

Non sarei dovuta tornare, era meglio perdere l'anno e ricominciare in una classe di perfetti sconosciuti che non avrebbero saputo niente di me e di Pat.

Qualcuno mi toccò la spalla ed ebbi un sussulto.

Mi voltai e vidi Alex, l'amico di Carl a cui avevo insegnato a ballare per lo spettacolo.

Mi abbracciò stretta, sollevandomi di una spanna da terra.

«Sei tornata! Che bello rivederti, ci sei mancata!».

Era una bugia, ma finsi di crederci.

«Ti prepari per l'esame?»

«Ci provo, anche se sono molto scoraggiata».

«Lo sai che sono il genio della matematica, ti ricordi il nostro accordo? Lezioni di matematica in cambio di lezioni di danza!».

«Eri un ballerino bravissimo!».

«Sì, perfetto per il circo! Dài ti accompagno in classe, voglio farmi vedere con te!».

Camminare con Alex accanto, che era alto più di un metro e ottanta, mi diede la protezione di cui avevo bisogno.

Era come se tenesse un'ala protettrice sulla mia spalla e comunicasse agli altri: «Occhio a come vi comportate con lei, perché è una mia amica!».

Entrai in classe a testa bassa sperando che non mi notassero, avrei voluto essere invisibile. Non volevo dare spiegazioni e chissà quali storie erano girate su me e Patrick in quei mesi.

Attorno a me, Nina e Carl si era formato un alone di nebbia, come se fossimo gli intoccabili. O forse è meglio dire i *contaminati*, quelli che erano stati infettati da un dolore così devastante che gli altri ne temevano il contagio.

Dovevo tenere duro, dare l'esame e poi andarmene da lì.

In quel momento non desideravo nemmeno trovarmi in un posto migliore, soltanto essere lontana e rifarmi una vita.

Non mi interessava nemmeno la danza, avrei distribuito volentieri volantini fuori di un parrucchiere, purché a mille miglia da lì.

Sarei andata a Londra e nessuno avrebbe saputo di noi, della nostra triste storia e di quanto fosse difficile affrontare ogni giorno quel vuoto divorante.

Andai a sedermi in un banco in fondo, ricambiai educatamente i sorrisi e risposi in maniera vaga alle domande che mi facevano per lo più con dei «meglio grazie», «storia, letteratura e francese» e «li sto facendo crescere».

Mrs Bowen mi salutò calorosamente e chiese agli altri di darmi i loro appunti, che io finsi di accettare con entusiasmo.

Ero una frana nel prendere appunti e decifrare quelli degli altri era totalmente inutile, ma mai come in quel momento avevo la necessità di supporto morale.

La mia scialuppa stava andando alla deriva e avevo un enorme bisogno di un salvagente.

La giornata fu lunga ed estenuante.

Cercavo di trattenere gli sbadigli obbligando il mio cervello a rimanere concentrato, ma c'erano talmente tante cose che non sapevo che appena riuscivo ad afferrare un concetto subito ce n'erano altri tre che mi sfuggivano.

Mrs Patel e Mrs Mills vennero a salutarmi mentre mangiavo un panino da sola seduta sul muretto del cortile.

Erano sinceramente preoccupate per me e si dissero disponibili a darmi delle ripetizioni.

Quel calore e quell'affetto mi scaldarono il cuore, forse non ero così sola come credevo di essere.

Prova a chiedere aiuto Mia, non aspettano altro che tu faccia loro un cenno. Tutti rispettano il tuo dolore e non vogliono essere invadenti. Non ti stanno evitando, ti stanno proteggendo.

«Non l'avevo mai pensata così Pat», gli dissi mentre aprivo il lucchetto della bici.

All'improvviso mi sembrò che la realtà dipendesse soltanto dagli occhi di chi la guardava.

Le cose potevano essere percepite in un modo o anche nell'esatto opposto a seconda di un'interpretazione positiva o negativa.

La mia vita poteva essere uno schifo assoluto, segnata per sempre da quella disgrazia di cui non avrei mai smesso di parlare, o potevo diventare una persona forte e positiva che non si arrendeva di fronte a niente e riusciva a portare conforto agli altri.

Forse, se mi fossi aperta un po' e avessi chiesto sostegno, me lo avrebbero dato più che volentieri e le cose sarebbero diventate più facili.

Tornai a casa stordita come dopo una maratona di *Lost*.

E fra una lezione con la Sinclaire e tutti i compiti che dovevo recuperare per mettermi in pari prima di dare l'esame, avrei preferito addormentarmi e svegliarmi in un'altra epoca.

Il pomeriggio Carl mi avrebbe fatto sapere i risultati definitivi della visita dal ginecologo, anche se ero certa che non ce ne fosse bisogno.

Chiamai mio padre giusto per assicurarmi che non fosse segregato in una torre o legato a una sedia con del nastro adesivo sulla bocca.

«Non ti ha chiesto Elena di chiamarmi, vero Mia?», chiese allarmato.

«No, papà, sono autonoma già da alcuni anni».

«Sai, Libby non ha piacere che io parli con lei...», si giustificò.

«Chissà come mai».

«E adesso è molto sospettosa, mi controlla il cellulare e mi svuota le tasche».

«Be', ma tu non hai niente da temere, no? Oppure nascondi un'altra famiglia nel Dorset?», cercai di ironizzare.

«No, no mi basta questa, non sono proprio il tipo da sotterfugi».

«Posso farti una domanda?»

«Prego».

«Non hai mai pensato di ritornare con la mamma?»

«Te l'ha detto lei di chiedermelo?»

«No», sospirai, «te lo chiedo io».

«No, non ci ho mai pensato», rispose come se gli avessi chiesto se volesse cambiare macchina.

Avvertii una fitta di delusione alla bocca dello stomaco che mi sforzai di tramutare in sollievo.

Quella risposta ovviamente includeva me e non potei fare a meno di sentirmi rifiutata, ma ormai ci avevo fatto una certa abitudine.

«Perché me lo chiedi?», fu la sua incredibile domanda.

«Mi sembrava che ci fosse stato un riavvicinamento fra voi, insomma siete stati a cena insieme, sei venuto a casa nostra... diciamo che poteva prestarsi a un fraintendimento».

«Tua madre non mi ha mai fatto capire niente del genere, né me lo ha chiesto apertamente, altrimenti glielo avrei detto chiaro e tondo».

«Vuoi dire che non hai notato come si era vestita e pettinata, che il ristorante dove siete andati era uno dei tuoi preferiti e che aveva approfittato dell'assenza di Libby per invitarti a casa?»

«Be', io credevo che mi volesse parlare di te, ci siamo riavvicinati dopo quello che è successo, non pensavo davvero ci fosse altro, anche se Libby dice la stessa cosa».

Povera mamma, di tutte le cose più frustranti che le potevano capitare, credo che la peggiore fosse quella di non essere nemmeno presa in considerazione dal proprio ex marito, che non si era neanche accorto di lei, come se fosse una parente lontana, una zia, una collega.

E lei si era fatta un film in cui il suo primo amore tornava per restare.

Effettivamente mia madre aveva fantasia da vendere, non avrebbe dovuto rinunciare a frequentare la scuola d'arte.

Arrivai a scuola di danza e mi informarono che Mrs Sinclaire non si era sentita bene ed era tornata a casa.

Forse lassù qualcuno mi amava davvero, oltre a Pat, e con grandissimo piacere presi parte a una lezione insieme a Corinne e Bryan. Una lezione normale dove nessuno ti diceva che non avevi speranze, che eri tutta da rifare e che era una perdita di tempo.

Più tardi uscimmo a prenderci un gelato e a far riposare i piedi.

«Secondo voi cos'ha la Sinclaire?», chiese Bryan.

«Avrà fatto indigestione», rispose Corinne affondando il cucchiaino nella panna.

«Sbaglio o è ancora più grassa di tre mesi fa?»

«Io credo che abbia preso altri dieci chili, non fa che mangiare, ogni volta che entro nel suo ufficio sta masticando qualcosa!».

«Pensare che mi ha fatto vedere delle foto di uno spettacolo ed era un grissino», dissi.

«Succede a tutte quando smettete di ballare!», sentenziò Bryan.

«Non è vero! Basta stare un po' attenti, chiunque diventerebbe una balena a forza di mangiare torte e pasticcini», ribatté Corinne guardando il suo gelato con diffidenza.

«Quando avrete quarant'anni e smetterete di ballare e farete figli lieviterete come mongolfiere ve lo assicuro, a meno che non vi mettiate a vivere come Gandhi con un pugno di riso scondito e una manciata di lenticchie!».

«Invece voi maschi non ingrassate?», chiesi indispettita.

«Certo, ma con molta più dignità, e poi ci restano sempre muscoli e portamento anche sotto la pancia, a voi solo il grasso!».

«Sapete che facciamo?», dissi guardando Corinne, «diamoci appuntamento qui fra trent'anni, e vediamo chi è da buttare e chi no!».

«Affare fatto!», disse Corinne, «anzi, lo scriviamo su questo tovagliolino di carta». *Fra trent'anni non sarò come Mery Sinclaire o mi butto in mare!*, scrisse.

«Toglierei la parte del mare se non ti dispiace, basta dire che non saremo come lei!», precisai.

Ero sempre molto sensibile quando gli altri facevano battute su presunti suicidi.

Trent'anni improvvisamente non mi sembrarono moltissimi, riflettevo tornando verso casa.

Un giorno potevi svegliarti e avere le rughe e un sacco di rabbia e rimpianti dentro, come mia mamma o Betty o Paul, e potevi trovarti a cercare di recuperare il tuo ex marito o tutte le calorie di cui ti eri privata per rimanere una silfide.

Avrei fatto anch'io così?

Al momento non vedevo vie d'uscita se non quella di mettermi sotto a studiare e affidarmi alla clemenza dei professori, per poi concentrare le mie ultime energie sull'audizione e sperare in un miracolo.

Non potevo fingere che fosse tutto come prima, avrei mentito a me stessa.

Malinconia e tristezza convivevano in me come dei fedeli compagni di viaggio che non avrei mai più potuto lasciare a casa.

Certi giorni erano seduti sui sedili accanto al mio, altri in un altro vagone, ma comunque sempre sullo stesso treno.

A casa andai ad accoccolarmi sul vecchio divano accanto alla mamma che guardava la televisione.

Ero in vena di coccole e tenerezza.

Prese i miei piedi e se li appoggiò sulla pancia per massaggiarli come faceva sempre quando tornavo da una lezione.

Un gesto che prima davo per scontato e che adesso mi commuoveva fino alle lacrime.

Immaginai per un attimo mia madre sola in quel salotto, nei giorni successivi al mio incidente, a guardare nel vuoto con il dolore che le afferrava la nuca, con la stessa violenza di un leone che fa a pezzi una gazzella, senza riuscire neanche più a piangere.

Immaginai per un attimo che io fossi morta e lei non si fosse più alzata da lì, e piano piano si fosse lasciata consumare, come la mamma di Patrick, chiedendosi perché ogni singolo giorno, senza ottenere mai una risposta.

L'abbracciai facendo cadere il telecomando, per l'ennesima volta.

Rimase sorpresa dal mio slancio.

«Tesoro, quanti abbracci! Non ci sono abituata, mi girerà la testa!».

«Ti giuro che non farò mai più un'idiozia simile mamma, te lo giuro!».

«Lo so piccola, lo so».

Cazzo se ero felice di essere viva.

Carl chiamò poco dopo e il suo silenzio confermò la mia certezza.

Nina era al secondo mese, l'ecografia parlava chiaro e Carl non era riuscito a provare amore, tenerezza e neanche curiosità per quel puntino grigio.

«Sono una merda Mia, dimmelo!».

«Carl non sei una merda, non ti colpevolizzare, mia mamma dice sempre che gli uomini diventano padri quando vedono il bambino per la prima volta, e a volte nemmeno sedici anni dopo, quindi… hai tutto il tempo!», sdrammatizzai.

«L'ho portata in macchina fino allo studio, non ci siamo rivolti parola nemmeno una volta, lei è scesa, io sono andato a parcheggiare, poi l'ho raggiunta in sala d'aspetto. Lei si è messa a leggere una rivista, dopo un po' l'assistente è venuta a chiamarla, è entrata, e dopo una mezz'ora è uscita con il referto, degli opuscoli sull'adozione e delle foto in bianco e nero del suo utero. Niente di romantico, nessuno sguardo, mani intrecciate, sospiri o altre cazzate da film. Siamo risaliti in macchina, le ho chiesto cosa le avessero detto e lei mi ha risposto che non era un problema mio».

«Intende dire che non vuole che te ne occupi?»

«Se non voglio non sono obbligato, si arrangerà da sola».

«Ma come? Voglio dire, non ce la farà mai!».

«È quello che le ho detto, specialmente con sua madre in quelle condizioni, ma lei è entrata in casa e non mi ha più parlato, credo che glielo dirà stasera a cena».

«E tu l'hai detto ai tuoi?»

«Non ancora, non riesco a crederci, e poi… ho letto che prima del terzo mese molte gravidanze terminano spontaneamente, anche se con la fortuna che ho… saranno due gemelli».

«Già, come le tue sorelle!».

«E come a tuo padre!».

«Carl, io sono sicura che le cose prima o poi si sistemeranno anche se adesso ti sembra impossibile».

«Mia, la mia vita è cambiata per sempre, avrò una responsabilità che non ho scelto di avere per il resto dei miei giorni! Mentre i miei amici cazzeggeranno ubriacandosi dopo gli esami e andranno in vacanza a Ibiza io dovrò stare a casa con un neonato e una ragazza che non amo più e peggio ancora dovrò per forza chiedere aiuto a mia madre, ti sembra giusto?».

Non mi sembrava giusto, ma non mi sembrava neanche ci fosse una soluzione.

«Che ha detto dell'adozione?»

«Neanche a parlarne, ha nominato certi suoi parenti a Londra e poi il fondo destinato ai suoi studi che il padre le ha aperto quando è nata».

«Chissà come la prenderà suo padre, Patrick dice che…», mi fermai, «…diceva che aveva dei grandi progetti per lei…».

«Già, chissà come l'ha presa Patrick invece», disse a metà fra lo scherzo e la provocazione.

«È fuori di sé».

«Davvero?»

«La strozzerebbe con le sue mani!».

«Mi stai prendendo in giro?»

«No!», dissi seria.

«L'unico sano di mente sono io qua dentro!».

La mamma mi chiamò per cena.

Non vedevo l'ora di parlare con lei, adesso era diventato tutto più facile: aveva smesso di criticarmi apertamente e se non era d'accordo con me non mi metteva il muso per giorni.

«Com'è andato il primo giorno di scuola?», disse servendomi i piselli.

«Non hai una domanda di riserva mamma?»

«È andata così male?»

«Mi sono sentita come un vetrino nel microscopio».

«Lasciali perdere, concentrati sui tuoi progetti, vedrai che se li ignori e sei gentile ed educata con tutti, fra poco tempo le cose torneranno alla normalità. Una volta mancai per un mese intero da scuola dopo essermi rotta la clavicola andando sul motorino di una mia amica, dato che tua nonna non me lo voleva comprare perché diceva che non me lo meritavo. Mi ricordo che tornare in classe dopo così tanto tempo mi fece sentire ancora più esclusa di quanto mi sentissi prima», disse versandosi del vino.

«È vero, non fai più parte di niente, non t'invitano, stanno tutti chiusi nei loro gruppetti e solo i *nerd* sono disposti ad accoglierti!».

«Io ho solo frequentato scuole private gestite dalle suore ed eravamo sempre tutte femmine. Nelle foto di classe mi mettevano sempre di lato perché al centro c'era il gruppetto di quelle fighe e popolari che uscivano con i ragazzi, organizzavano le feste e si chiudevano in bagno a fumare durante l'intervallo. Inutile dirti che io non sono mai stata invitata e tua nonna non mi ha mai perdonato di non essermi integrata nell'élite fiorentina facendola sfigurare!».

«Io le ho viste le sue amiche, mamma, e francamente sei troppo meglio tu!».

«Sarà, ma all'epoca mi sentivo una vera sfigata!», esclamò scuotendo la testa.

«Mi sono resa conto che la nonna è simpatica solo se non sei sua figlia. Lei crede di possedere tutto e tutti e non ti lascia respirare un attimo», dissi.

La mamma mi guardò stupita.

«Finalmente te ne sei accorta», disse appoggiandosi alla spalliera, «ci ho messo anni a farti capire che stare con lei voleva dire fare un patto col diavolo!».

«Adesso l'ho capito. Ha la mania del controllo e quando decide che tu devi fare una cosa, trova il modo di fartela fare per sentirsi dire che aveva ragione lei. E poi sa sempre tutto, sembra di avere il braccialetto elettronico!», dissi servendomi l'insalata di pollo.

«Non solo, quando si fa un'opinione di te non cambia mai più idea! Lei è convinta che io non sia ancora capace di rifarmi il letto, che non sappia firmare un assegno o che non riesca a trovare un uomo decente!».

«Questo un po' è vero», dissi prendendola in giro.

«No, se consideriamo Paul!».

«Ma l'hai lasciato!».

«Che c'entra? Stiamo parlando di *trovare* un uomo, non di tenerselo!».

«Lei invece i suoi li uccide!», sentenziai facendo scarpetta con la salsa.

«Povero babbo e povero Piero, li ha sfiancati! Una volta il babbo mi disse: spero di morire prima io, almeno sto qualche anno tranquillo, poi quando arriverà lei finirà la pace anche di là!».

«Adesso invece c'è Sunil», buttai là.

«Sunil?», esclamò con la bocca piena.

«Una storia che va avanti da anni!».

«Ma scherzi vero?»

«Vorrei, ma li ho colti in flagrante, e se ci penso mi viene la nausea!».

«Ma… alla loro età! E lui continua a fare il domestico per lei!».

«Dice che è un discorso di casta…».

«Ma quale casta, lei gode a sottomettere gli uomini e ha trovato la soluzione perfetta: sotto lo stesso tetto, lo paga, ma senza vincoli, anzi secondo me non gli paga nemmeno i contributi!».

«Mamma, non essere cattiva, quando sono tornata in casa ad aprire il cancello la nonna stava piangendo».

Increspò le labbra per un secondo.

«Lo credo, adorava quel Rosenthal!».

«Io dico che sotto quella scorza dura c'è un cuore che batte!».

«Non dopo quello che mi ha fatto, Mia. È riuscita a manovrare la mia vita a distanza manipolando i miei amici per dimostrare che stavo sbagliando!», disse alzandosi per prendere le sigarette.

«Mamma è vero, è stata scorretta, ma non era l'unica a essere convinta che ti stavi sbagliando, lo ero anch'io, e Betty e ovviamente Paul che già all'ospedale annusava qualcosa».

«Dici?»

«Certo, me ne accorsi subito e non perché avessi sviluppato dei poteri speciali».

Lo sguardo le si velò di nostalgia.

Si accese una sigaretta.

«Era forte Paul».

«Lo è ancora e, anche se apprezzo moltissimo i tuoi sforzi culinari, fra te e lui non c'è partita!».

«Per forza, lui è un cuoco vero!».

«Non è solo un cuoco, è anche un uomo sensibile, disponibile, affettuoso…», dissi con un sorriso furbetto, «da lui non ti devi certo aspettare brutte sorprese, è superaffidabile!».

«Cosa sei, il suo sponsor?»

«Io gli voglio bene e mi manca, si è comportato molto più da padre lui che il tuo ex marito!».

«Ti ricordi quando lo hai mandato a parlare con i professori fingendo che fosse tuo padre?»

«Poverino! Lui non voleva però l'ha fatto per me!».

«E quando lo prendevi in giro perché non capiva le battute?»

«Non le capisce nemmeno adesso se è per quello!».

«E poi non portava mai rancore, detestava che mettessi il muso e mi obbligava a parlare finché non mi passava».

«E la vigilia di Natale con Betty? Ti ricordi quanto aveva cucinato? La sua Shepherd's pie era fenomenale».

Il pensiero di Betty la irrigidì.

«Betty non la voglio neanche sentire nominare».

«Perché Paul sì e Betty no?»

«Perché lei mi conosce da una vita e sapeva del mio rapporto con tua nonna, è stato un colpo basso, un tradimento orribile», e sottolineò orribile.

«Mamma sono stata io a dire alla nonna che volevi riprenderti mio padre!».

Mi guardò aggrottando la fronte.

«Tu?»

«Sì, Betty me lo aveva confidato perché era preoccupata per te e io non sapendo a chi altro rivolgermi ne ho parlato con lei, anzi a dire la verità è stata un'idea di Pat…».

Aspirò una boccata di fumo.

«Avanti, toglimi l'amicizia, arrestami, cacciami di casa, divorzia da me!», le dissi mostrandole i polsi.

Sorrise involontariamente

«È così, ti dico, la nonna ha contattato Betty e loro hanno ordito questo piano idiota per non farvi uscire insieme, tutto qua, e pensa che si è mossa una task force degna dei servizi segreti americani!», dissi alzandomi per sparecchiare.

«Non ti andava proprio giù che io lo rivedessi eh?»

«A quanto pare non andava giù proprio a nessuno!».

«Ho trattato Betty a pesci in faccia!», disse gravemente.

«Lo immagino».

«Quando perdo la testa non mi ferma più nessuno».

«Eh sì… immagino anche questo», risposi aprendo il rubinetto dell'acqua.

«Devo proprio andare da Betty a scusarmi, chissà se mi aprirà la porta».

«Hai demolito la casa anche a lei?»

«No, ho fatto tutto per telefono!».

«Allora forse una chance ce l'hai».

Rise e spense la sigaretta nel piatto.

«Paul odiava quando vedeva spegnere le cicche nei piatti».

«È vero… mi sa che dovrò scusarmi anche con lui».

CAPITOLO VENTUNO

D*evi parlare con mia madre Mia, sono preoccupato per lei, voglio vedere come sta*, mi disse Patrick mentre mi lavavo i denti.

«Tesoro, non so se è una grande idea andarci adesso, hai visto Nina com'è ostile nei miei confronti? Non vorrei peggiorare le cose».

Pensi davvero che ci sia un modo di peggiorarle?

«No, oddio forse peggiorarle non è possibile», riconobbi.

Allora ti prego, dopo la scuola, passiamo da lei? Ho tanto bisogno di vederla.

Lo disse con un tono così tenero e dolce che mi fece sciogliere.

«Okay, andremo da lei».

Durante tutta la mattinata rimasi sulle spine all'idea di affrontare Laetitia.

Se incontrare Nina era stato difficile, vedere la mamma di Pat era una prova ancor più dolorosa che richiedeva una calma e una maturità che ero certa di non avere.

Mandai un SMS a Carl informandolo delle mie intenzioni e chiedendogli a che ora l'avrei trovata da sola.

Mi disse che di solito era a casa fra le due e le quattro, prima di andare in parrocchia o al gruppo di sostegno.

Se fossi andata e non l'avessi trovata non credo che sarei tornata di nuovo.

Pioveva e il vento era forte, ma ormai avevo dato la mia parola.

Si ripeté la scena della volta precedente, con me sulle scale che tenevo le dita incrociate perché non mi aprisse nessuno, bagnata fradicia, invece Laetitia aprì.

O meglio, quello che restava di lei.

Sulle prime pensai che fosse la nonna di Nina, poi mi resi conto che era lei e mi sembrò piccolissima e spaventosamente vecchia.

Era diventata curva, le dita delle mani le si erano deformate, aveva i capelli bianchi e lo sguardo spento e stringeva un maglione sulle spalle dall'aria consunta che riconobbi subito essere di Patrick. Non volevo che la vedesse così.

Era stata una donna piena di vita, sempre in prima linea, che adorava la sua famiglia ed era un punto di riferimento e un esempio per tutta la comunità.

O almeno, questo avevo creduto.

Quella che era davanti a me adesso era una donna consumata dal dolore per la perdita del figlio e che, forse, si aspettava di raggiungerlo presto.

Mamma…

«Ciao Laetitia», le dissi senza sapere come proseguire.

«Mia?», disse come risvegliandosi dal torpore.

Feci sì con la testa.

«Mia», ripeté con le mani giunte. «Dio ti ringrazio, Dio ti ringrazio, prego tutti i santi giorni per te, tutti i giorni. Vieni entra ti prego, sei tutta bagnata», mi prese per la mano e mi tirò dentro.

Indietreggiai.

Non volevo entrare in quella casa, era lì che avevo passato la maggior parte della mia infanzia giocando con Nina, fantasticando sul nostro futuro, fingendo che Pat non mi interessasse ed entrando in camera sua di nascosto quando non c'era. Era in quella famiglia che avrei voluto vivere quando vedevo la tristezza della mia, era lì che mi rifugiavo quando litigavo con mia madre, era Laetitia che mi consolava quando facevo un brutto sogno portandomi un bicchiere di latte, era lì che avevo fatto il patto di sangue con Nina ed era in quel giardino pieno di rose, sul retro, che avrei voluto sposarmi con Pat.

Mamma…

«Ti prego Mia, entra, solo un minuto».

Entrai.

L'odore di chiuso era asfissiante.

La casa era stata trascurata, la polvere ricopriva i mobili e molte finestre erano chiuse.

C'erano santini e immagini della Madonna sul caminetto e su ogni mobile, ma nessuna foto di Patrick.

«Prego, siediti ti porto un bicchiere d'acqua».

«No, grazie Laetitia, sto andando a lezione di danza, posso trattenermi solo per poco».

Parve delusa, ma finse di niente.

«Come stai Mia, ti sei ripresa? So che sei stata tanto male», mi disse accarezzandomi il viso.

«Sto meglio, ma è molto dura».

Leggevo il dolore nell'azzurro sbiadito dei suoi occhi e lo riconoscevo, ma non volevo soffermarmi a osservarlo troppo a lungo o sarei ricaduta nella trappola.

Come la storia di Medusa che avevo letto a scuola.

Era come nuotare disperatamente per raggiungere la superficie e quando stavo per raggiungerla una mano mi tratteneva per la caviglia.

Mamma ti prego, non fare così, io sono ancora qui.

Rimanemmo in silenzio comunicando attraverso un canale speciale riservato ai sopravvissuti.

«Vuoi venire un attimo di sopra?», mi chiese.

Non risposi e mi limitai a seguirla in silenzio un gradino dopo l'altro come una sonnambula.

Aprì la porta chiusa a chiave.

«Nina non vuole che ci entri, ma io ho la copia della chiave», disse mostrandomela come fosse un tesoro prezioso.

Mi dovetti appoggiare al muro per non cadere quando venni investita dal vortice dei ricordi e dal profumo di Patrick che si sprigionò fortissimo.

Tutto era rimasto fermo come lo ricordavo, e a differenza del resto della casa, quella camera era immacolata.

«Sai Mia», disse avvicinandosi al mio orecchio «lui è qui dentro, io ci parlo sempre».

Rimasi sconcertata.

Mamma non è vero, non è vero…

«Ci… parli?»

«Sì tutti i giorni, parliamo a lungo, mi racconta di quello che fa in cielo, dei suoi amici, è molto impegnato adesso con la guerra in Iraq, lui è un angelo in missione di pace», mi disse in tono solenne.

Mia dille che io sono qui con te adesso, dille che voglio, anzi che le ordino di tornare in sé e la smetta di fare la pazza, che ha una figlia che aspetta un bambino che ha bisogno di lei e che non può buttarsi giù!

Volevo scappare, avevo la nausea e mi pentivo ogni minuto di essere andata lì, ma mi rendevo conto che Pat aveva ragione e io ero il suo unico mezzo per raggiungere il suo scopo.

«Laetitia devo dirti una cosa».

«Sì lo so!».

«Lo sai?»

«Sì, so che hai un messaggio per me».

«E come lo sai?»

«Non è importante», mi sorrise prendendomi le mani con una pace profonda sul viso, come un angelo o una Madonna.

Mi sentii invasa da una sensazione di pace e benessere straordinaria che mi fece commuovere, come un'ondata di felicità improvvisa che non avevo mai sperimentato prima.

«Laetitia, Pat è con me e mi parla. Lo sento come i pensieri nella mia testa e lui vuole che tu stia bene, vuole che tutti stiate bene, è in un posto sereno, è felice, ma quando vede la sua famiglia ridotta così soffre troppo. È lui che ha voluto che venissi qui da te oggi, voleva vederti…».

Non parve sorpresa.

«Lo aspettavo da tanto tempo, sai Mia? Ho pregato fino a consumarmi per avere un segno, una risposta. Perché non poteva essere sparito così. Un ragazzo così meraviglioso… che bisogno c'era che Dio se lo prendesse?»

«Io non so se c'entri Dio, ma credo che in un certo senso lui sia un angelo davvero. Lui è con me e mi aiuta ad andare avanti, ma cerca di aiutare anche tutti voi e soffre molto quando non ci riesce. Non vuole vederti così triste e poi è arrabbiato con Nina…».

«Oh, hai saputo?», disse con un velo di apprensione sul viso.

«Sì».

«E Patrick si è arrabbiato?»

«Sì, ha detto che aveva tutto il tempo per fare figli e che prima doveva occuparsi dei suoi studi, e poi che Carl non è il tipo giusto per lei e che tu dovresti tornare a vivere e anche se lui non c'è più la tua vita, la nostra vita non deve finire qui».

«Questo è tipico di Patrick…».

«Laetitia, ti prego, fallo almeno per Nina, lei ha bisogno di te, Pat te lo sta chiedendo!».

«Davvero lo senti?»

«Sì, lo sento sempre e lo vedo in sogno, stiamo insieme in un posto strano, bianco, surreale. Ha cominciato a parlarmi quando ero in coma e non ha più smesso».

«Allora lui c'è ancora…».

«C'è il suo spirito, c'è il suo grande cuore, il suo senso dell'umorismo, il suo tentare di risolvere i problemi, la sua testardaggine, la sua generosità. Spesso si rammarica di non poterci aiutare come faceva prima, e si sente impotente, per questo abbiamo il dovere di non lasciarci andare ed è solo così che lo facciamo felice».

«Sembra tutto così reale Mia…», disse mentre le lacrime le scendevano da quegli occhi che imploravano una consolazione.

Mi abbracciò e cominciò a singhiozzare, e io insieme a lei.

Ci abbracciammo strette, in piedi, in mezzo alla camera di Pat che ci stringeva e piangeva con noi.

«Mi manchi figlio mio».

Lo so mamma, anche tu mi manchi.

«La vita senza di te non ha più senso».

Ti sbagli mamma, ce l'ha, e anche più forte di prima. Ho fatto quello in cui credevo e che mi avete sempre insegnato e per questo non sono morto per niente. Mi sono sacrificato per salvare un'altra vita e adesso veglio su di voi, ma non posso sopportare di vedervi così: consumati dalla tristezza e dai ricordi. Non è questo ciò che voglio e devi capirlo mamma, devi sforzarti di reagire, tutti dovete sforzarvi. Se mi amate veramente dovete vivere e dovete cominciare oggi. Nina ha bisogno di te ora più che mai, c'è una nuova vita che deve nascere e non merita di essere accolta così!

«Tu stai bene? Non soffri vero?».

No, non soffro più, sono in pace.

«Se è maschio lo chiameremo Patrick».

Toglitelo dalla testa mamma!

«Che freddo fa qui dentro», disse, «ci deve essere uno spiffero, ho i brividi».

«No, è Pat che ti sorride!».

Scendemmo giù e Laetitia andò alla finestra e spalancò le tende.

«Forse è il caso di far entrare un po' di luce non credi?».

Arrivai a lezione di danza in ritardo di mezz'ora e la Sinclaire mi aggredì furibonda.

«Ma cosa credi che io non abbia nient'altro da fare che stare dietro ai tuoi comodi?», strillò.

«Mi creda, c'è stato un contrattempo, lo sa che sono sempre puntuale!».

«Adesso ho altro da fare, torna domani o vai a fare lezione con gli altri!».

Il suo tono m'infastidì.

«No, *voglio* che sia lei a farmi lezione!», risposi duramente.

«Come hai detto scusa?», mi chiese come se non avesse capito bene.

«Ho detto che è lei che mi deve preparare e la smetta con questi capricci da primadonna!»

«Com'è che mi stai parlando ragazzina?», chiese avvicinandosi pericolosamente.

«Molto meglio di come mi parla lei, da quando mi conosce! Lei dice di stimare il maestro Aurel, ma le assicuro che se la vedesse insegnare le toglierebbe il saluto! Lui odia le persone come lei che solo perché hanno ballato in qualche teatro importante nel Medioevo si comportano come se avessero salvato il mondo!», le urlai tutto d'un fiato.

Un gruppetto si era radunato fuori della sala e ci guardava attraverso il vetro.

«Non ti permettere di parlarmi così!», mi intimò.

«Se lei non rispetta me, si scordi che lo faccia io! Lei non è certo l'unica insegnante al mondo, anche se si comporta come se lo fosse. Tornerò da Claire Gilbert, è molto stimata da quelli della Royal, e molto più simpatica di lei!».

Stavo bluffando platealmente e speravo tanto che ci sarebbe caduta.

Presi la mia borsa e mi voltai per andarmene contando lentamente.

«Mia…».

Tirai un sospiro di sollievo.

«Sì Mrs Sinclaire?», risposi voltandomi un po' troppo in fretta.

«Mia… torna qui», mi disse con un tono a metà fra il magnanimo e il permaloso, «ho avuto una giornata pesante, ho scoperto di avere il diabete e ora devo mettermi a dieta, mia figlia mi ha già svuotato la dispensa e sono un po' nervosa».

Sorrisi.

«Allora, se lei aiuterà me, io aiuterò lei a stare lontana dagli zuccheri, ci sta?».

Le tesi la mano.

«Ci sto!», rispose stringendola con decisione mentre i ragazzi applaudivano dal vetro.

Ballai bene, con sicurezza, grazia e fiducia nelle mie capacità.

La Sinclaire riconobbe i trucchi che mi aveva insegnato il maestro e ovviamente ne rivendicò la paternità.

Bryan e Corinne dopo la lezione si congratularono con me: ora che le avevo cantate alla Sinclaire ero diventata il loro idolo.

Stavo tirando fuori il caratteraccio di sempre, ma del resto se non mi difendevo da sola nessuno lo avrebbe fatto al posto mio, e quella lezione mi era chiara da tempo.

Passai al take away indiano tornando a casa, per fare una sorpresa alla mamma che aveva "scongelato" per ben due giorni consecutivi.

Sapevo che avrebbe parlato con Betty e avrebbero fatto la pace, ma orgogliose com'erano ce ne avrebbero messo di tempo.

Quando entrai in casa, lei non era ancora arrivata e ne approfittai per apparecchiare bene la tavola e fare un altro tentativo con York.

Questa volta ci provai con dei biscotti per cani che avevo comprato per l'occasione.

Andai a cercarlo nello sgabuzzino dove si era rintanato, sotto uno scaffale, e mi sedetti per terra vicino a lui.

«Sai York, noi esseri umani abbiamo un grosso problema chiamato cervello. Pensiamo di essere i padroni del mondo, manipoliamo la natura, vi torturiamo, ce ne freghiamo dell'ambiente e siamo convinti di avere inventato tutto. Viviamo la vita sempre proiettati nel futuro, sempre a dire farò, sarò, diventerò. Fingiamo di essere immortali e poi un giorno incontriamo la morte e diventiamo pazzi e il resto dei nostri giorni lo impieghiamo per trovare una spiegazione che non c'è. Pensa che ci sono persone che come lavoro pensano ai perché della vita, si chiamano filosofi!

Voi invece vivete la vita adesso, amate sinceramente senza secondi fini, senza aspettarvi nemmeno di essere ricambiati, non avete bisogno di diventare qualcuno, non siete ossessionati dal successo, vi basta una carezza, una cuccia, un po' di pappa e di compagnia e poi quando sentite che il vostro momento si avvicina, ve ne andate a morire dignitosamente da soli, lontano da sguardi indiscreti. E noi vi chiamiamo animali! Lo so che non è una giustificazione per quello che ti ho fatto, e non potrò mai scusarmi abbastanza, però forse puoi provare a capire che siamo molto fragili e piccoli e confusi e abbiamo un sacco da imparare dai tipi come te».

York non si mosse di lì e si limitò a sbuffare.

Lasciai qualche biscotto davanti allo scaffale e salii in camera a studiare.

Carl mi chiamò per dirmi che Laetitia sembrava diversa e io finsi di non saperlo.

«Sono andato a trovare Nina e le finestre erano tutte aperte. È incredibile, Laetitia non le apriva da mesi e lei aveva un'aria serena, un mezzo sorriso, non ti saprei spiegare, anche Nina l'ha notato».

«Sarà contenta per il bambino».

«Sì, ha detto che è un dono del Signore e che una nuova vita che nasce va accolta con tutti gli onori».

Sorrisi.

«Ha detto anche che Patrick avrebbe pensato la stessa cosa».

«Sì, è vero, lo avrebbe detto».

Ma come sempre nella mia vita, se una cosa si sistemava, un'altra doveva immediatamente andare a rotoli e me ne accorsi da come la mamma sbatté la porta facendo tremare la casa.

Mi affacciai alle scale sperando che fosse stato un colpo di vento, ma la sua faccia confermò tutti i miei sospetti.

La sua spedizione da Betty non doveva essere andata secondo i piani.

«Indovina un po' chi vive da Betty e mi ha aperto in canottiera e mutande?».

Oddio, certo che lo sapevo.

Scossi la testa energicamente con un'espressione ansiosa.

«L'uomo generoso e *superaffidabile*, così affidabile che adesso va a letto con lei!».

«Ma mamma, che ne sai tu, non trarre subito conclusioni affrettate!».

«Secondo te un uomo che apre la porta conciato così alle sette di sera, con Betty che arriva alle sue spalle in accappatoio, cosa può voler dire?», strillò allargando le braccia.

«Un milione di cose mamma, per esempio che lui adesso vive da lei e siccome ha sempre caldo, specialmente quando cucina, gira in mutande, e lei è semplicemente tornata a casa dal lavoro e si è fatta una doccia… per esempio!».

«Ti adoro perché sei ingenua e ti fidi ancora del prossimo e soprattutto ti fidi degli uomini, ma ti ricordo che l'ultima volta che l'ho visto era in un ristorante con una bionda pazzesca con delle gambe lunghe così!», disse indicandosi le costole.

«Mamma, la bionda pazzesca era la figlia di un'amica della nonna, ingaggiata per l'occasione, si chiamava Nicole».

La mamma parve colpita.

«E quel pasticcione non è stato in grado di reggere la parte, nonostante la nonna lo telecomandasse con il vivavoce dicendogli di ignorarti, mentre lui ti macchiava la gonna cercando di versarti il vino. Te lo ricordi o eri troppo presa da mio padre?»

«Certo che me lo ricordo, la mia gonna preferita è da buttare, ma io li ho visti tenersi per mano e lei gli ha accarezzato la guancia più di una volta».

«Ordini della nonna».

«Ah!! Se potessi le caverei gli occhi!! E diceva di essere mia amica! L'ha invitato a vivere da lei, pur sapendo quello che stavo passando e dopo avermi tradita!».

«Forse è proprio perché non ti ha tradita e non si sente in colpa che ha fatto così, e poi ti ricordo che Paul l'hai lasciato tu!».

«Gli ex delle amiche sono sacri, lo imparerai anche tu un giorno!», tuonò accendendosi una sigaretta.

«Mamma, smetti di fumare!», la implorai.

«Se non fumo mangio e se non mangio bevo, scelgo il male minore! E non ti ci mettere anche tu adesso!».

Mangiammo in silenzio, mentre la mamma spostava le cose rumorosamente per sottolineare il suo nervosismo.

Cominciò a sorgermi il dubbio che Paul e Betty, trovandosi sotto lo stesso tetto, per combattere la solitudine, e magari dopo un bicchiere di troppo, fossero veramente finiti a letto insieme.

Possibile che fossi davvero così ingenua e fiduciosa come diceva la mamma e che le relazioni fra gli adulti si riducessero tutte a quello? Fare sesso e pentirsene?

Decisi di non occuparmene e di tornare in camera a parlare con Patrick, ma siccome ero figlia di mia madre e soprattutto nipote di mia nonna, non resistetti alla tentazione di chiamarla.

«La mamma è gelosa marcia di Betty e crede che loro abbiano una relazione!».

«Ed è vero?»

«Non lo so».

«Sinceramente non penso proprio che quel polentone sia capace di combinare qualcosa con Betty, ma quel che conta più di tutto è che tua madre ci creda e che si faccia l'idea che lui sia uno a cui le donne cadono ai piedi appena schiocca le dita».

Scoppiai a ridere.

«Ma nonna, sono stata a trovarlo l'altro giorno ed era tutt'uno con il divano, disperato perché non ce la fa a vivere senza la mamma!».

«Ricordati che le vittime non piacciono a nessuno e sarà molto più rispettato in versione sciupafemmine, almeno per gli uomini ha sempre funzionato così, eccetto che per Woody Allen!».

«Allora cosa consigli?»

«Che lui le dimostri che ce la fa benissimo senza di lei, è un'arma infallibile!».

«Nonna, sono sempre più confusa, sembrano tattiche di guerra, non so come facciate a vivere così voi grandi. Non sarebbe meglio, non so, dire la verità?»

«Imparerai anche tu le strategie quando sarà il momento».

Speravo tanto di no, speravo che non avrei mai avuto bisogno di fingere di ignorare qualcuno quando provavo l'esatto contrario e di dire di no quando volevo dire di sì.

C'era qualcosa di profondamente sbagliato all'origine dei rapporti umani e in tutto quello che la mia famiglia mi aveva dimostrato da sempre.

Doveva esserci un modo più spontaneo e sereno di confrontarsi con gli altri: se Patrick avesse finto di ignorarmi uscendo con un'altra per farmi capire che mi amava non solo non mi sarei sentita più attratta da lui, ma solo più arrabbiata e delusa e avrei capito solo una cosa con assoluta certezza: che non era la persona con cui avrei voluto trascorrere il resto della vita.

Ma tutta la realtà che mi circondava mi dimostrava il contrario.

Forse ero stata più fortunata di tutti loro: io avevo conosciuto il vero amore fin dal primo momento nel cortile della scuola, mentre loro avevano finto di averlo trovato e si erano convinti che valesse la pena sopportare qualunque umiliazione spingendo sempre più in là il loro livello di tolleranza, fino a perdonare cose che un tempo non si sarebbero neppure sognati di accettare: il tradimento, l'indifferenza, l'umiliazione, e il non essere amati.

Sarei diventata anch'io così un giorno?

Cinica e disillusa come tutti loro?

Non finché ci sarò io, Mia.

E anche se un giorno non dovessi esserci più, ti lascerò nelle mani di qualcuno che bacerà la terra su cui cammini.

CAPITOLO VENTIDUE

«Vuoi per piacere dire a tua madre che io non ho fatto niente con Paul a parte concedergli di dormire in salotto?», fu l'esordio della telefonata di Betty.

«Betty, non ci voglio più entrare in questa storia!», risposi infilando la tazza di latte nel microonde.

«Lei come al solito non risponde alle mie telefonate, sembra una bambina delle elementari, che palle!».

«Senti, ho di nuovo parlato con mia nonna».

«E tu eri quella che non ci voleva entrare?»

«Voglio solo stare tranquilla, ho un sacco di compiti e l'audizione da preparare, ho bisogno di calma, serenità e pace».

«Avanti, spara!».

«Secondo lei è meglio così, dice che se la mamma crede che tu e Paul avete una relazione, lo stimerà di più. Non chiedermi il perché dato che io sono troppo piccola per capirlo, ma secondo lei è una tattica infallibile».

«La conosco, ma non funziona quasi mai! Preferisco le litigate folli che finiscono a letto, ma anche per questo sei troppo piccola!».

«Sì, esatto, e risparmiami i dettagli grazie!», risposi prendendo i cereali dal mobile.

«Quindi non la devo chiamare più?»

«No, o sembrerà che tu ti senta in colpa. Lei sa che la stai cercando e quando penserà di averti punito a sufficienza tornerà a parlarti».

«E Paul? Che ne faccio di lui? Si è di nuovo chiuso in salotto a piangere sul divano!».

«Tienitelo tu Betty, qui siamo al completo!».

Almeno la mamma e Betty, dopo aver litigato a morte, erano sempre tornate a parlarsi, mentre Nina, dopo quelle due uniche parole che mi avevano tolto il sonno, non mi aveva più cercata.

Mi aveva lanciato in faccia quel fardello e ora toccava a me decidere se volevo condividerlo con lei o meno, sempre che volesse condividerlo e non punirmi in qualche modo contorto.

L'idea di lei con il passeggino continuava a sembrarmi irreale.

Ed ero sicura che, per quanto volesse fingere di poter fare tutto da sola, dentro di sé moriva di paura e avrebbe voluto avere un'amica accanto.

Le mandai un SMS.

Io ci sono. Mia.

Dopo un'altra estenuante giornata di scuola e di danza, trovai Carl davanti a casa mia con le pizze.

«Non ce la faccio a stare solo e non ho voglia di andare da Nina, che non mi parla e passa le serate su internet. Ho preso le pizze per noi e tua mamma e poi un DVD».

«Ottimo, cosa guardiamo?»

«*Juno*!», disse con un sopracciglio alzato.

Passammo la serata tutti e tre a mangiare pop corn sul divano, immedesimandoci totalmente nella storia dell'ironica quindicenne che rimaneva incinta, ma era circondata dall'affetto e dalla protezione di un padre e una madre stupendi, e un'amica eccezionale anche se, alla fine, decideva di dare in adozione il bambino.

«Carl, diciamoci la verità», dissi durante i titoli di coda, «non abbiamo nemmeno un punto in comune con questa storia, a parte l'amica stupenda che sarei io!».

«E il ragazzo dolce e impacciato che adora le tic tac? Non sono io?»

«Tu non sei dolce e impacciato Carl!».

«L'attrice che interpreta la mamma invece è perfetta, anch'io reagirei così!», disse mia madre alzandosi e piegando la coperta.

«Quella era la matrigna, e non fare troppo "una mamma per amica", perché non sei credibile!».

«Di sicuro il padre di Nina non la porterà all'ospedale appena avrà le doglie», concluse Carl.

«Gliel'ha detto?», chiesi sgranando gli occhi.

«Non ancora, è in Messico e tornerà alla fine della settimana. Credo che sarà un altro momento durissimo per Nina».

«Ma tu le starai accanto, vero?», gli dissi in un tono che somigliava più a una minaccia.

«Certo, dove vuoi che vada», rispose rassegnato.

«Che entusiasmo Carl!».

«Vorrei vedere te! Ci hai mai pensato? Vorresti andare alla Royal, è tutto deciso e ops! Improvvisamente non puoi perché ti nasce un figlio e che ti piaccia o no devi stare lì con lui!».

Non ci avevo mai pensato in quei termini, e in effetti, visto dall'altra parte non doveva essere piacevole essere chiamati dalla regina di tutte le responsabilità senza averlo mai ancora desiderato e dover rinunciare a tutti i propri sogni così giovane. Ma quello che continuavo a chiedermi era: lui dov'era, mentre Nina rimaneva incinta?

«Carl, non puoi continuare a deprimerti così», intervenne mia madre, «devi cominciare a vedere questa cosa in termini positivi o impazzirai. Sono certa che tua madre ti aiuterà», disse in tono ottimista poi, vedendolo farsi sempre più piccolo, domandò: «Lo hai detto ai tuoi vero?»

«No, glielo dirò domani sera, e vorrei che tu, Mia, venissi con me, ho bisogno di una spalla».

«Carl, ma non hai degli amici maschi? Non credi che abbia fatto abbastanza per te?», mi lamentai.

«Se vieni con me ti faccio le tesine per l'esame».

«È un vile ricatto».

«Prendere o lasciare, non sono nella posizione di negoziare!».

«Certo che prendo, non ho scelta...», conclusi mettendogli il muso.

Suonarono il campanello.

Ci guardammo tutti e tre interrogativi: chiunque avesse suonato a quell'ora era portatore di guai.

La mamma andò ad aprire e, infatti, si trovò Betty davanti.

«Adesso io e te facciamo un bel discorsetto!», disse Betty prendendola per la manica e irrompendo in casa.

«Ma...», riuscì solo a dire mia mamma vedendosela passare davanti come una furia.

«Pensi davvero tutte le cose che mi hai detto?», le disse puntandole il dito sotto il naso.

«A quali ti riferisci?», rispose lei sulla difensiva.

«Alle due volte che mi hai trattata a pesci in faccia! La prima per la storia di tua madre, quando mi hai detto che ero una stronza, una vigliacca, una falsa e che avevo giocato coi tuoi sentimenti per ridere alle tue spalle. E queste sono le cose più delicate che hai pronunciato, e la seconda per Paul, quando sei stata più sintetica con "meschina puttana invidiosa"!».

«Sono sicura di non averti mai dato della puttana!».

«È vero, hai detto troia!», tuonò al culmine della rabbia.

Io e Carl le osservavamo esterrefatti, appoggiati al muro con le braccia incrociate come se assistessimo a una finale di tennis.

La mamma era livida, ma l'orgoglio le impediva di scusarsi, così continuò a tenere un atteggiamento di sufficienza.

«Se ho detto così, un motivo ci deve essere stato».

«E quale? A parte che sei la donna più infantile e insicura che conosca? Sai da quanto tempo ci conosciamo? Da quando Mia aveva quattro anni, appena sei arrivata qui a Leicester ed eri sola e senza un soldo, con il tuo fantastico marito Jiles che non vedeva l'ora di andare a Londra e mollarvi qui. Ti ricordi su quale divano hai dormito per tre mesi, quando lui se n'è andato ed eravate senza una casa? Non te lo ricordi? Eppure dovresti saperlo perché è lo stesso su cui ora sta dormendo il povero Paul. E ti ricordi da chi sei venuta a piangere quando ti sei lasciata con… come si chiamava? Anthony? E quell'altro aspetta… il vecchio… William, e per quante nottate sono stata sveglia a farti le carte dicendoti tutto quello che volevi sentirti dire perché eri già così amareggiata e delusa che non volevo aggiungere un carico gratuito?».

La mamma non rispondeva e guardava da un'altra parte.

«Hai finito?»

«Ho appena cominciato! E ti ricordi quante volte mi hai parlato di quanto tua madre fosse stata stronza con te e io ti dicevo che eri fortunata perché almeno una mamma ce l'avevi? Ma no, tu eri quella che soffriva di più e io ti ho sempre assecondata, aspettando che un giorno saresti cresciuta e avresti smesso di lamentarti per niente!».

«Scusami se ti ho fatto perdere così tanto tempo, allora», commentò sarcastica, «credevo che fossimo amiche!».

«Il tuo concetto di amicizia è trattare gli altri come *punching ball* su cui scaricare tutti i tuoi problemi, ma se sono gli altri a stare male, tu nemmeno te ne accorgi!».

«Non è vero, io ti ho sempre ascoltata!».

«Ah sì? E quando dimmi? Lo sai che ho avuto un sacco di problemi al lavoro? Che stanno licenziando personale e forse la prossima sarò io? Lo sai che mio figlio è stato coinvolto in una rissa a Berlino e stava per rimetterci un occhio? Lo sai che ho rinunciato alle ferie per starti vicina per tutto il tempo in cui Mia è stata in ospedale? Vuoi che continui? Ne ho una lista di cose che ho fatto per te!».

«Se sei venuta qui a umiliarmi davanti a mia figlia, ci sei riuscita benissimo!».

«Lo vedi Elena quanto sei immatura? Secondo te io potrei venire qui a umiliarti davanti a Mia? Pensi davvero che sia così stupida? O magari da qualche parte dentro di te ti rendi conto di quanto riesci a renderti ridicola da sola? Credi davvero che io passi la vita a tramare contro di te, soffiarti il fidanzato, e cercare di danneggiarti solo perché non ho altro da fare? Elena, tu sei una bambina viziata ed egoista e i tuoi problemi sono totalmente immaginari! Hai quarantaquattro anni e ancora stai a lamentarti di tua madre per l'infanzia che ti ha dato, che a dirti la verità io avrei preso volentieri.

Hai divorziato da Jiles senza complicazioni e hai avuto la possibilità di rifarti una vita con chi volevi, ma ti faceva più comodo recitare la parte della sedotta e abbandonata e hai continuato a sospirare come se avessi perso George Clooney! E quando finalmente trovi una bella persona che ti ama e ti tratta come una regina, fai di tutto per incasinare le cose e poi dai la colpa a me! Adesso che Mia grazie al cielo sta abbastanza bene, invece di proteggere lei e starle vicina, ti metti a fare i capricci perché la mamma è cattiva e nessuno ti vuole bene? Svegliati Elena, svegliati e cresci. L'amicizia è uno scambio e non una mucca da mungere in cambio di niente! E ti dico la verità, se io avessi trovato uno come Paul, adesso me lo terrei ben stretto perché quella è merce rara bella mia, e ho talmente imparato ad apprezzarlo che spero gli passi presto questa scuffia per te e trovi qualcuno che gli rompa meno i coglioni!».

Eravamo tutti a bocca aperta.

Non avevo mai visto Betty così fuori di sé, aveva tirato fuori la rabbia che si teneva dentro da anni, e le aveva cantate alla mamma, come nessuno faceva da tempo.

Appena si riebbe dallo shock tentò di controbattere.

«Tu sei sempre stata gelosa di me e hai fatto sempre di tutto per scoraggiarmi a realizzare i miei sogni!».

«I tuoi sogni? Riprenderti Jiles era un sogno? Era un incubo! E io ti scoraggerò finché vivrò anche a costo di noleggiare un aereo con la scritta "Ripensaci cretina"!».

«Ti sei messa d'accordo con mia madre quando sapevi che tipo di rapporto avevo con lei!».

«Mi sarei alleata anche con un *hooligan* se fosse servito a farti cambiare idea e poi basta continuare a parlare di tua madre, lei la vita se l'è goduta fino all'ultima goccia, mentre tu sei ancora lì a fare storie perché non ti hanno comprato la roulotte di Barbie!».

La mamma cercò di trattenere una risata.

«Come fai a sapere che non mi hanno mai comprato la roulotte di Barbie?», le disse cercando di stare seria.

«Chi l'ha mai avuta?», rispose Betty guardando per terra per non ridere.

«Però ho avuto il cavallo…».

«Lo sapevo che eri una snob del cazzo!».

Si guardarono per un lungo attimo, poi Betty andò ad abbracciarla.

Io e Carl esplodemmo in un applauso gridando: «Brave!».

«Scusami Betty, scusami sono una vera merda», mormorò la mamma credendo di non essere sentita.

«È vero, ma ti voglio troppo bene», rispose Betty un po' commossa.

Come avrei voluto che potesse finire così anche fra me e Nina, con un enorme abbraccio con cui ricucivamo ogni stupido malinteso.

«Vuoi che facciamo un giro di carte El?», chiese Betty.

«No, Bet, meglio di no!».

L'indomani a scuola intravidi Nina che entrava a parlare da Mrs Jenkins.

Sapevo che era andata a dirle ciò che era successo e sapevo anche che non sarebbe stato facile.

Mi venne il sospetto che la preside dopo quell'anno di emozioni avrebbe chiesto il prepensionamento.

L'aspettai fuori della porta ripensando alla scena di mamma e Betty che si abbracciavano e riappianavano tutte le loro incomprensioni.

Le avrei offerto il mio appoggio incondizionato e non avrebbe potuto dirmi di no.

Non mi aspettavo certo uno slancio fraterno, ma era importante che sapesse che c'ero e ci sarei sempre stata come dal nostro patto di sangue.

Aspettai fuori per tutto l'intervallo, poi la campanella che avvertiva di rientrare in classe suonò.

Mi diressi verso l'aula, ma sentii la porta aprirsi e Nina salutare la preside.

«Nina, va tutto bene?», le dissi correndole dietro.

Non mi rispose.

«Ti prego parlami, non mi ignorare, io ci sono se hai bisogno, ci sono davvero e voglio darti una mano».

Si fermò di botto.

Aggrottò la fronte e indurì lo sguardo.

«Stai lontana da mia madre e non metterle idee idiote in testa!», disse a muso duro.

E uscì da scuola lasciandomi sola nell'atrio.

Mi sentivo esattamente come Betty e decisi che, come lei, avrei dovuto resistere fino a quando non fosse tornata in sé.

Non dovevo dimenticare mai quanto il trauma per la morte del fratello fosse stato grave per lei. Pat era tutto per Nina, il suo idolo, il suo eroe, il suo amico, e aveva perso tutto in un colpo solo.

E non aveva neanche il privilegio di sentirlo come succedeva a me.

Le volevo talmente bene che mi sarei sacrificata per lei e le avrei *restituito* Pat anche a costo di non sentirlo mai più.

O per lo meno sarei stata disposta a prestarglielo.

Tornai a casa e mentre aprivo la porta Mrs Fancher venne a dirmi che avevano consegnato dei fiori.

Mi diede il mazzo e il bigliettino.

«È da parte di Paul», dichiarò con la massima naturalezza, «è un bravo ragazzo, spero si rimettano insieme lui e tua madre».

Chiusi la porta e appoggiai i fiori sul tavolo.

York corse verso di me e appena mi riconobbe fece marcia indietro nello sgabuzzino.

Avrei tentato ancora con un hamburger.

Il bigliettino diceva: «Alle donne della mia vita. Mi mancate tantissimo. Paul».

Sorrisi compiaciuta, l'essere stata inclusa nel gesto significava che Paul teneva a noi come famiglia.

Speravo che la mamma non ci mettesse anni a capirlo.

Il tempo volava e non si poteva perderlo in cazzate.

Era una massima semplice, ma che rendeva l'idea.

Mi misi sotto a studiare e poi andai di nuovo a danza.

Quelle giornate mi stavano uccidendo: non avevo tempo di pensare a nient'altro che agli esami, ai test e alla danza. Non avevo amici con cui uscire e gli unici diversivi erano le litigate in cui venivo coinvolta.

Quel pomeriggio la Sinclaire decise di fare una simulazione dell'audizione.

Chiamò i suoi due assistenti e mi portò in una stanza dove mi sottopose a una estenuante lezione in cui mi chiedeva di mostrarle la routine alla sbarra in maniera meticolosa, e la variazione al centro come l'avrei fatta davanti la commissione.

Di colpo mi spaventai a morte.

Non avevo ancora visualizzato l'immagine dell'audizione che si sarebbe tenuta di lì a pochissime settimane, avevo sempre immaginato che avrei fatto una normale lezione in cui avrebbero giudicato il mio livello, ma adesso mi rendevo conto che se quel giorno avessi trascurato qualcosa o la commissione fosse stata particolarmente severa, non avrei avuto un'altra chance.

Mi batteva forte il cuore, anche se sapevo che si trattava solo di una simulazione.

La Sinclaire parlottò a voce bassa con gli altri due e poi mi chiese di mostrarle una sequenza classica di *plié grand plié*, *rond de jambe*, *soutenu*, *relevé*, *grand jeté* e *grand battement*, senza commentare mai se non scrivendo appunti su un foglio.

I loro sguardi non comunicavano niente, erano come giocatori di poker.

Mi invitarono poi a prendere posto al centro e mi domandarono cosa avrei eseguito.

«La suite di *Esmeralda*», risposi, e mi chiesero il CD.

Non ce l'avevo ovviamente, davo per scontato che fosse in loro possesso e la Sinclaire non perse l'occasione per farmi notare che dimenticare il CD a casa il giorno dell'audizione più importante della mia vita era veramente un pessimo segno.

Mi scusai e mi giustificai ma lei mi suggerì di evitare giustificazioni e di assumermi invece le mie responsabilità.

Odiavo che mi trattasse così, ma nel suo sguardo non c'era il solito desiderio malcelato di prevaricazione, solo un consiglio spassionato di cui far tesoro in futuro.

Misero il CD e mi osservarono durante il pezzo senza la minima espressione sul viso.

Dopodiché mi ringraziarono e mi fecero uscire.

Aspettai un quarto d'ora fuori, poi mi chiesero di rientrare.

Tutta quella segretezza mi dava un'ansia indescrivibile, cominciavo davvero a temere quel momento.

«Prego, vieni avanti», mi esortò la Sinclaire.

Mi avvicinai timidamente.

Si infilò gli occhiali e diede un'occhiata al foglio che aveva davanti.

«Da quello che hai scritto qui, non hai frequentato scuole molto importanti, chi è questa Claire Gilbert?», disse godendo del gioco di ruolo per umiliarmi un po'.

«È la mia prima insegnante di danza, ho lavorato per anni con lei, ha danzato con l'ABT e molte altre compagnie newyorkesi prima di cominciare a insegnare qui a Leicester. Poi ho studiato con… Mary Sinclaire», e lì mi fermai chiedendomi se avrei dovuto platealmente lodare le sue doti di insegnante, ma fortunatamente mi incitò, con un gesto, a proseguire oltre. «…e con il maestro Aurel Ionescu».

«Capisco… dunque Mia», proseguì togliendosi gli occhiali, «la tua tecnica è buona, non eccelsa, ma buona, mentre l'interpretazione è molto intensa. Certo, necessita di molto, moltissimo lavoro, ma traspaiono una forte personalità e una buona preparazione».

Sorrisi sorpresa.

«Quindi Mia, non ci siamo ancora, ma diciamo che nutro buone speranze. Il resto lo faranno la fortuna, l'oroscopo della commissione d'esame e chissà quante altre circostanze, ma tu devi mettercela davvero tutta», disse con quello che interpretai come un sorriso.

«Grazie Mrs Sinclaire!», dissi facendo l'inchino, «vuol dire moltissimo per me, le giuro che lavorerò ancora più sodo, e ce la farò!».

Mi inchinai anche agli assistenti e corsi fuori, ma appena raggiunsi la porta sentii la Sinclaire urlare: «MIAAA!».

«Sì?», dissi voltandomi di scatto.

«Il CD!».

Più tardi mi telefonò Carl.

«Sei pronta allora? Ti passo a prendere, ho già detto ai miei che devo parlare con loro!».

«No Carl, devo studiare!».

«Mia, hai promesso e se vuoi quelle tesine…».

«Carl, ho già avuto un incontro del genere con tua madre la sera che tu e Thomas ve la stavate spassando con Bibi e Dell. Per farmi dire dov'eri le raccontai che ti cercavamo perché avevi messo incinta Nina. All'epoca mi aveva fatto ridere, ma adesso per niente!».

«Quando mio padre mi prese a schiaffi prima ancora di dirmi perché? Non sapevo fossi stata tu!».

«È stata una profezia...», commentai amaramente constatando quanto le mie profezie si fossero avverate...

«Be' comunque da solo non me la sento, mio padre è un energumeno e mia mamma non apre bocca se non glielo dice lui, quindi ti prego di sostenermi».

Ringraziavo il cielo che quella volta non fossi io la protagonista di un problema irrisolvibile e accettai di fargli da spalla.

Parcheggiammo davanti a casa sua. La tensione era palpabile perciò mi venne in mente che, forse, il gioco di ruolo della Sinclaire poteva essergli d'aiuto.

Almeno non si sarebbe divertita solo lei.

«Dài, fai finta che io sia tuo padre», lo esortai.

«Mia, è impossibile!».

«Provaci, non puoi andare lì e improvvisare!».

«Ma io mi vergogno...», si lamentò.

«Carl... avanti!», lo obbligai.

Sbuffò.

Si voltò a guardarmi e si mise a ridere.

«CARL! Sii serio!».

«Okay okay non ti incazzare!», si schiarì la voce e disse: «Senti papà...», guardando il sedile.

«Guardami in faccia».

«Non posso!».

«Devi sforzarti!».

Ci riprovò.

«Senti papà... c'è una cosa che devo dirti ed è molto importante...».

Pochi minuti dopo stava ripetendo la stessa cosa davanti a un enorme irlandese con mani gigantesche e nessuna propensione all'ironia.

«Tu sai che esco con Nina Dewayne da un bel po' ed ecco...», abbassò di nuovo lo sguardo e gli diedi un calcio sotto il tavolo, «noi...».

«Vi volete sposare?», chiese suo padre bruscamente.

«No, non per il momento almeno, ma...».

«Non dirmi che ti sei fatto incastrare!», esclamò.

Era il peggiore dei modi con cui definire una gravidanza!

Chi usava ancora quelle espressioni nel ventunesimo secolo?

Certo non si poteva dire che il vecchio Mr O'Malley non fosse stato perspicace.

Sua mamma si coprì gli occhi con le mani.

Carl annuì.

Suo padre gli rivolse uno sguardo glaciale e sono convinta che, se non ci fossi stata io, lo avrebbe afferrato per il collo e fatto volare dalla finestra.

«E cosa avresti intenzione di fare adesso?»

«Niente pa', staremo a vedere...».

«Starete a vedere in che senso? Chi se ne occuperà e con quali soldi?», tuonò come l'orco di Pollicino.

«Se ne occuperà Nina, ma ovviamente io devo fare la mia parte, speravo che almeno per i primi tempi potevate darmi una mano...».

«Sì, giusto i primi tempi...», intervenni solo per giustificare la mia presenza.

«Tu chi saresti? La ex fidanzata, il sostegno, l'avvocato? Il commercialista, no, spiegami!».

Guardò anche me con disprezzo e mi ritirai in buon ordine per evitare di essere mangiata!

«Credevo che sapessi come funzionano certe cose! E soprattutto credevo sapessi come la penso in proposito! Niente figli fuori del matrimonio e lasciami dire che farli a diciotto anni è da perfetti idioti!», gli disse con rabbia.

«Sì papà», rispose Carl mortificato, «lo so bene, non faccio che ripetermelo ogni giorno, ma è stato un incidente, avevo ben altri progetti prima di quello di metter su famiglia».

«Un *incidente* che parla, cammina, mangia e piscia, caro Carl, e soprattutto costa, e io con la pensione mi dispiace, ma non posso proprio fare niente per te!».

«Ah capisco!», rispose Carl fingendosi tranquillo. «Be'... comunque lavorerò sodo e non peserò mai su di voi, ve lo giuro», disse sperando almeno in una pacca sulla spalla.

«Su quello non avevo dubbi, sei nel mondo degli adulti adesso, la festa è finita!».

Sua madre era rimasta con la mano sulla bocca, stretta nella sua vestaglia, trasandata e dimessa.

Sicuramente non era una famiglia benestante, ma avevano comunque avuto quattro figli e mi sarei aspettata più calore almeno da parte della madre.

Carl, imbarazzato e pieno di vergogna, sorrise con gli occhi lucidi sperando in un piccolo incoraggiamento da parte dei suoi, ma il padre profondamente amareggiato fissava un angolo della tovaglia di plastica e la madre scuoteva la testa serrando le labbra.

«Allora noi andiamo papà», disse Carl appoggiandogli una mano sulla spalla.

Lui non si mosse né lo guardò in faccia.

Entrammo in macchina senza parlare.

«Non è andata così male, no?», rise nervosamente.

Non risposi e mi limitai ad accarezzargli il braccio.

«Carl, troveremo una soluzione, prima o poi tutto si aggiusterà, ne sono sicura, e tutti ameremo questo bambino più che mai!».

«Certo Mia, andrà tutto bene», disse prima di buttarsi a piangere sulle mie gambe.

«No Carl… no ti prego…», dissi senza sapere come proseguire.

Sussurrai il nome di Pat per chiedergli aiuto e lui non lesinò rimproveri.

Cosa pensava di ricevere quest'imbecille, un applauso a scena aperta? E deve ringraziare di non essere stato preso a schiaffi, io lo avrei fatto, giuro che lo avrei fatto!

«Ti prego…», dissi a tutti e due.

Digli che ci saremo, che non lo lasciamo solo, che non sarà il primo né l'ultimo ad aver avuto un figlio a diciotto anni e non andrà così male.

«Carl… su… non è così brutta anche se ora sembra così, tuo padre è sotto shock, ma non ti ha picchiato come l'altra volta che era uno scherzo…».

«Avrei preferito lo facesse, invece!».

Anch'io, non sai quanto…

«Adesso vai a dormire e poi quando ti sarai calmato ne riparliamo, e poi pensa… potrete sempre partecipare a *Sixteen and pregnant*!».

Mi lanciò un'occhiata torva e mi accompagnò a casa.

Prima di scendere mi strinse forte la mano e mi disse: «Grazie Mia, tu sei il mio angelo».

Sorrisi, pronta a sorbirmi le ire di Patrick che non avevano niente da invidiare all'enorme Mr O'Malley.

CAPITOLO VENTITRÉ

Passarono alcune settimane tutte uguali.

Mi alzavo, andavo a scuola e il resto del tempo lo passavo dalla Sinclaire, per poi tornare a casa e rimettermi a studiare.

Quando dicevo di aver attraversato l'inferno, non avevo ancora provato cosa volesse dire dare un esame intermedio.

Paul aveva preso a farci delle piccole sorprese con la complicità di Mrs Fancher.

Una volta ci aveva spedito i biglietti per vedere *Sogno di una notte di mezza estate* alla De Monfort Hall, un'altra volta per una degustazione di cioccolata per due, e un'altra per una gita a Melton dove facemmo incetta di formaggio Stilton.

Lui non veniva mai con noi né ci chiamava, si limitava a organizzare ogni nostro itinerario e a spedircelo o farlo recapitare nella buca delle lettere della porta da Mrs Fancher.

A noi non restava che scoprire quale fosse la nuova sorpresa ed eravamo ogni volta elettrizzate.

La mamma fingeva di non essere particolarmente interessata, ma in realtà aspettava il giorno della busta come il giorno di Natale.

Paul stava dimostrando di essere un uomo capace di stupire, che non amava essere telecomandato e che solo quando era messo sotto pressione da altri diventava insicuro e ansioso, ma che aveva idee chiare e princìpi solidi e che con noi voleva fare sul serio.

Ovviamente non occupava più il divano di Betty, ma aveva affittato un monolocale dove, per la prima volta in vita sua, stava sperimentando la vita da single e questo lo aveva fatto diventare più sicuro di sé.

Mamma e Betty avevano ricominciato a parlarsi e sembravano tornate due teenager.

La mamma si era resa conto di non essere stata un'amica particolarmente presente e si stava impegnando a recuperare il tempo perduto incontrandola spessissimo e passando ore al telefono con lei.

Cosa che mi faceva sentire sempre di più la mancanza di Nina, che non mi aveva mai più cercato.

Su quel fronte infatti le cose si erano ulteriormente complicate e Carl stava dando evidenti segni di squilibrio.

Il padre di Nina era tornato una settimana per parlare con Laetitia e definire *legalmente* il periodo di pausa, ma quando Nina gli diede la notizia, la sua reazione non fu molto dissimile da quella del padre di Carl.

La delusione gli si era dipinta sul viso, come se anche l'ultimo baluardo di certezza su cui contava fosse crollato miseramente: non solo un figlio deceduto, ma la sua bambina, la luce dei suoi occhi, il brillante avvocato per i diritti umani, la battagliera ambasciatrice delle Nazioni Unite, il diplomatico portavoce del primo ministro, avrebbe passato il resto dell'adolescenza fra pannolini e corsi serali. E lo sdegno che quell'immagine gli provocò fu tale che le disse semplicemente di andarsene il prima possibile da quella casa e non rimetterci più piede.

Nina, che era orgogliosa e testarda esattamente come suo padre, gli rispose che sarebbe stato un piacere abbandonare quel mausoleo e rincarò la dose dicendogli che Patrick l'aveva ammazzato lui, incoraggiandolo continuamente a essere il migliore di tutti per non deluderlo, e prima di andarsene aveva citato le sue parole: «un Dewayne non fallisce mai!».

Fortunatamente i soldi erano l'ultimo problema di quella famiglia. Con quello che possedevano, il futuro del bambino sarebbe stato assicurato fino alla pensione dei suoi stessi figli, ma il dolore che Nina aveva provato davanti al rifiuto di suo padre era stato tale che era rimasta stordita per un paio di giorni per poi, come per suo fratello, fingere che non fosse mai esistito.

Il rapporto tra lei e Carl, oltre la scuola, si era ridotto a qualche telefonata e un incontro serale. Lui si chiedeva (o meglio mi chiedeva) che senso avesse portare avanti quella relazione, ma suo padre, da buon cattolico, spingeva perché si sposassero e da quando lei era stata cacciata di casa, Carl si era sentito ulteriormente in colpa e incapace di abbandonarla.

Arrivò a dirmi che sarebbe stato meglio che l'avesse lasciata prima di dare la notizia al padre.

Mi sentivo morire all'idea di non poterle stare accanto e di non poterne parlare con Pat che, di nuovo, si sarebbe disperato inutilmente.

Odiavo il fatto che fosse circondata da indifferenza e freddezza, proprio da parte di chi si vantava di essere l'esempio dell'unione, della solidarietà e dell'amore incondizionato.

Adesso li vedevo per quello che erano, solamente degli impostori, e sapevo che Nina, ora più che mai, aveva bisogno della nostra amicizia. Non appena lo avesse capito, fra un giorno o sessant'anni, io sarei stata pronta a correre da lei.

In quanto a Carl, non lo giustificavo, ma lo capivo: se non ami più qualcuno, è difficile rimanergli accanto.

Con me però era stato un buon amico e mi aveva aiutato a consegnare tutte le tesine e i compiti che mi mancavano per essere ammessa all'esame che avrei affrontato il giorno dopo.

La mamma non faceva che cucinare pesce, dicendo che mi avrebbe fatto bene alla memoria, la casa però puzzava sempre come una pescheria e chiunque entrasse si copriva il naso e correva ad aprire la finestra.

Lei era molto più preoccupata di me e non perdeva occasione per interrogarmi a bruciapelo e anche Patrick passava le notti a chiedermi date, nozioni e formule.

Ero tenuta sotto scacco come un carcerato e cominciavo a odiare visceralmente la scuola.

Tutto quello che avevo passato mi aveva insegnato che ci sono cose per cui non vale davvero la pena preoccuparsi. Per questo vivevo quell'attesa abbastanza serenamente sperando che i test non fossero troppo difficili, e confidando nella clemenza della commissione.

Ciò che invece continuava a tenermi sveglia la notte era l'audizione.

In un'ora e mezza mi sarei giocata tutti gli anni di costante e ossessiva preparazione, le infinite ore sacrificate alla sbarra, la ripetizione dei passi, la tortura dei piedi infilati sotto il termosifone per arcuarli di più, gli elenchi del telefono sulle ginocchia per aprire le anche, i *port de bras* allo specchio finché non erano perfetti, le decine di paia di scarpette da punta consumate, tutte le volte in cui avevo accettato di farmi umiliare, riprendere, correggere e bacchettare senza sosta per poi ricominciare tutto il giorno dopo.

Era masochismo puro, adesso ne ero certa.

La sera precedente all'esame, mentre ripassavo con Pat che mi trattava come un subalterno a cui far fare un percorso di guerra, arrivò Carl in preda all'agitazione più totale.

«È successo qualcosa a Nina?», gli chiesi senza nemmeno pensare, vedendolo sulla porta bianco come uno spettro.

«No, è successo qualcosa a me! Mi ha lasciato!», disse incredulo.

«Il giorno prima dell'esame?».

Fece sì con la testa.

Ignorai l'applauso di Pat.

Ci dirigemmo in cucina, mentre lui si passava le mani fra i capelli e mi ripeteva che non capiva cosa fosse successo.

«Carl, tu la volevi lasciare, ti ricordi?»

«Sì, ma così è diverso, così non capisco».

«Che cosa non capisci, credi che lei non *sentisse* che non l'amavi più? Non sottovalutare la sensibilità di noi donne e nemmeno la nostra intelligenza», dissi con una smorfia.

«Ma, non capisco, io non le ho mai parlato dei miei dubbi sulla nostra storia, sono sempre stato lì insieme a lei, non vedo cosa le sia preso!», chiese rivolto a me come se fossi l'oracolo.

«Davvero non ci arrivi? Davvero credi che lei non si sia accorta che eri come un animale in gabbia? Nina sta affrontando la prova più dura della sua vita tutta da sola e pensi che si possa preoccupare anche delle tue insicurezze? Ti ha fatto un favore, ti ha lasciato libero, dovresti esserne contento. Anzi, perché non vai a cazzeggiare con i tuoi amici? Non era quello che volevi?»

«Adesso non ne sono più così sicuro…».

«Carl, una volta l'hai lasciata tu perché all'improvviso avevi dei dubbi, poi sei tornato sui tuoi passi dicendo che senza di lei non potevi stare, adesso stai facendo esattamente la stessa cosa! Perché non provi a fare pace col tuo cervello? Sei veramente un immaturo e io devo tornare a studiare!», dissi seriamente arrabbiata.

«Mia, Nina ha bisogno di me anche se non lo dice».

«Io dico che un bambino solo le basta!».

Brava tesoro, questo si chiama parlare!

Sorrisi compiacendomi della mia uscita.

«Ma quel bambino è anche mio!», si lamentò.

«ALT! L'hai chiamato un marmocchio che non volevi neanche tenere in braccio e poi vorrei ricordarti che hai aggiunto che molte gravidanze non oltrepassano il terzo mese, e qualcosa mi dice che Nina abbia percepito il tuo… *entusiasmo*!».

«Mia, sono talmente confuso che dico stronzate senza senso e poi me ne pento un minuto dopo, mio padre mi sta addosso e continua a chiedermi cosa ho intenzione di fare, Nina mi lascia, e io mi sento uno stupido qualunque cosa faccia!».

«Provare a non cambiare idea? Sarebbe una novità per te».

«Non c'è tua madre? Vorrei parlare con lei».

«Cos'è, non ti piacciono i miei consigli?»

«Non è questo, è che ho bisogno di parlarne con una madre».

Lo lasciai in cucina a lambiccarsi il cervello insieme a York che avevo tentato di fare "ragionare" con petti di pollo, polpette e salsicce, ma inutilmente.

Era l'equivalente canino di Nina, o la reincarnazione di qualcuno estremamente suscettibile e permaloso.

Più tardi arrivarono mamma e Betty con la cena, le sentivo ridere e scherzare dalla strada.

Era bellissimo sentirle di nuovo felici e la loro allegria era contagiosa.

Invitarono Carl a rimanere a cena e lei non se lo fece ripetere due volte.

Betty e la mamma rimasero a parlare con lui fino a tarda notte, fumando, bevendo vino e caffè, come se ormai fosse ufficialmente entrato a far parte dell'esclusivo Club dei genitori e dovesse essere messo al corrente delle mille situazioni impossibili in cui si sarebbe imbattuto per il resto della vita.

Betty gli fece una specie di cerimonia dell'investitura facendolo inginocchiare per terra e toccandogli le spalle con un mestolo come un cavaliere della Tavola rotonda e la mamma gli mise in testa una corona fatta con la carta stagnola.

Alla fine della serata era piuttosto sollevato e aveva trovato due amiche su cui contare in caso di bisogno.

Io invece non chiusi occhio.

Avevo avuto una scarica d'ansia a scoppio ritardato.

Arrivai a scuola assonnata e di malumore, sicura che il test di letteratura sarebbe stato sugli argomenti che non avevo studiato.

Tutti i miei compagni si scambiavano dritte per passarsi il compito e avevano nascosto bigliettini ovunque, nelle scarpe, in bagno, perfino nelle mutande, senza pensare che Mrs Jenkins avrebbe requisito e perquisito ogni telefonino, zaino e dizionario.

Ero sempre stata una schiappa a copiare quindi sperai in un colpo di fortuna e nell'aiuto di Pat.

I banchi erano spaventosamente lontani l'uno dall'altro e questo mi fece rassegnare ancora di più.

Vidi entrare Nina, con quell'aria triste e severa che ormai la seguiva come un'ombra.

Sembrava un'universitaria, un'adulta, non aveva più niente della ragazza spensierata e allegra che conoscevo.

Neanch'io avevo più niente della leggerezza di un tempo, e mi chiedevo se gli altri percepivano in me quella malinconia da animale allo zoo, quell'istintiva rassegnazione a non poter mai più uscire da lì.

Nina non salutò nessuno e si sedette ai primi banchi, io invece mi sistemai in fondo e aspettai che mi venisse consegnato il test di letteratura.

I miei sospetti si materializzarono tristemente, sapevo rispondere a dieci domande su trenta e neanche Patrick si ricordava più niente ormai.

Feci del mio meglio per rispondere a più domande che potevo, ma ero assalita dai dubbi ed era impossibile copiare o anche solo chiedere un suggerimento.

Le matite degli altri volavano sui fogli, mentre io ero apparentemente l'unica che non avesse più niente da scrivere.

La prof camminava su e giù come una sentinella, i minuti passavano e i primi secchioni cominciavano a consegnare il compito e a uscire.

Mia mi dispiace, ma non mi ricordo più nulla, è passato un sacco di tempo e poi ero molto più forte nelle materie scientifiche, non potevi portare matematica o chimica?

«Ti sembra il momento di discutere? Non puoi sforzarti un po'?», bisbigliai.

La prof si voltò in direzione della mia voce.

Abbassai la testa sul foglio.

Scrissi tutto quello che sapevo su *Uomini e topi* cercando di sviluppare il più possibile ogni concetto per allungare il compito e creare l'illusione di aver avuto molto da dire.

Nina si alzò e consegnò, ma prima di uscire mi lanciò un'occhiata che mi sembrò durasse un'eternità.

O forse fu solo la mia impressione.

Fui l'ultima a consegnare.

Quando uscii, gli altri si attardavano nel corridoio, confrontando le domande e scherzando fra di loro visibilmente sollevati.

La Jenkins mi vide provata e mi chiese come fosse andato il test.

Feci spallucce e sorrisi.

«Ho fatto del mio meglio», le dissi con sincerità.

«Ne sono certa Mia», mi sorrise mettendomi una mano sulla spalla e raggiunse il gruppo di ragazzi che l'accolsero riempiendola di domande.

Non potevo sentirmi più esclusa di così.

Aprii l'armadietto e trovai un bigliettino che era stato infilato a forza nella fessura.

Per il test di storia studiati bene la seconda guerra mondiale e la guerra fredda, le chiedono di sicuro

Mi venne un colpo.

Era la calligrafia di Nina, l'avrei riconosciuta fra mille.

Misi il biglietto in tasca e corsi a casa in bicicletta.

Ero senza fiato, mi sentivo come se avessi trovato l'anello di Gollum.

Ero felicissima.

Non voleva dire molto, ma era già qualcosa, un piccolissimo qualcosa da cui forse potevamo ricominciare.

Pat si scusò in ogni modo possibile, ma ero troppo arrabbiata con lui per parlarci.

«Ti rendi conto che mi hai tenuta sveglia tutte queste notti e poi non sapevi niente? Ma non hai modo di accedere a qualche libro magico, che ne so, non potevi chiedere direttamente a Shakespeare? È stato orribile, ed era il test più importante di tutti, la Meyer ballerà sulla mia tomba… cioè… scusa!».

Sono più ferrato sul vero e falso tesoro!

«E adesso me lo dici?».

Mia mamma era sulla porta da circa cinque minuti quando si decise a dare un colpo di tosse per annunciarsi.

«Tutto bene fra voi?», mi chiese perplessa.

«No mamma, non mi ha suggerito niente, lui, il primo della classe, è stato incapace di darmi un unico suggerimento!».

«Oddio tesoro, neanch'io sarei più capace di dare l'esame della patente adesso».

«Mamma, qui stiamo parlando del mio esame intermedio, se non lo passo s'incasinerà tutto, tu alla peggio puoi sempre prendere un taxi, ma io che faccio? Ripeto l'anno? No, preferisco morire… in senso metaforico, ovviamente».

Passai la notte sui libri, bevendo litri di caffè e Redbull, la mattina ero più a pezzi di quando ero uscita dall'ospedale.

Non smettevo di rileggere il biglietto di Nina, mi sembrava la cosa più preziosa che avessi, insieme al braccialetto e al cellulare di Pat.

Sono così felice che abbia fatto uno sforzo, io so che ti adora quanto ti adoro io, ma è un momento terribile per lei. Non aspetto altro che assistere al vostro abbraccio, perché so che avete un disperato bisogno l'una dell'altra.

«Lo spero tanto Pat, ogni mio tentativo è stato inutile finora, ma non smetterò mai di sperare».

Non smettere mai ti prego. Non smettere.

L'indomani il pronostico di Nina si rivelò esatto, non so se avesse indovinato o lo avesse saputo da qualcuno, ma questo mi permise di consegnare un compito di gran lunga migliore del primo.

Uscii dall'aula dopo di lei e la vidi allontanarsi con i libri in mano e i capelli al vento, osservandola attraversare la folla nell'atrio.

Nina, la mia amica, unica, irripetibile, forte come una roccia. Sussurrai il suo nome piano piano.

Lei si voltò come se fosse stata chiamata dal vento.

Le sorrisi e la salutai con la mano.

Lei si limitò a fare un cenno del capo.

Per me fu come nascere una seconda volta.

Furono i giorni più sfiancanti della mia vita.

Era stato impossibile recuperare tutto e anche gli orali lasciarono a desiderare.

Quando andai a ritirare i risultati, avanzai verso la presidenza come se fossi stata sul trampolino del galeone dei pirati e Capitan Uncino mi punzecchiasse con la spada per buttarmi di sotto. Ma quando aprii la busta e vidi che ero stata promossa, sebbene con il minimo dei voti, corsi alla macchina ad abbracciare Paul e la mamma e scoppiai a piangere.

«Brava Mia, sei il mio mito», disse Paul tirando fuori dal bagagliaio un enorme mazzo di fiori nascosto per l'occasione.

«E se non mi avessero promossa?»

«Te li avrei dati lo stesso perché te li saresti meritati!», disse abbracciandomi forte.

Anche Mrs Jenkins venne a congratularsi con me.

«È stata davvero dura convincere la Meyer, ti voleva bocciare a tutti i costi, mi sono imposta come avrei fatto solo per mia figlia!».

«Non saprò mai come ringraziarla Mrs Jenkins».

«Vedi di entrare alla Royal, allora! Altrimenti chi la sente quella rompiballe!», sorrise strizzandomi l'occhio.

Paul ci portò in Abbey Park per un pic nic.

Era una giornata stupenda, decisamente estiva, il parco era pieno di fiori, alberi e piante profumati e colorati.

Ci sistemammo vicino al laghetto con i cigni e Paul tirò fuori da un cestone una bella tovaglia e una quantità di contenitori pieni di cose da mangiare.

Io, lui e la mamma sulla tovaglia a quadri.

Mancava solo Patrick.

E mi assalì un po' di tristezza.

Lui e Paul sarebbero andati d'accordissimo, li immaginavo mentre ci preparavano i panini e decidevano di andare a pesca e allo stadio insieme.

«Stai bene tesoro?», mi chiese la mamma indovinando i miei pensieri e accarezzandomi la testa che tenevo appoggiata sulla sua pancia.

«A momenti mi sembra che sia tutto come prima, tu, noi, la nostra vita, poi mi ricordo che non sarò mai più la stessa e mi sforzo di andare avanti».

«Lo sai Mia, hai una forza che mi intimidisce».

«L'ho ereditata da te mamma».

«No tesoro, dalla nonna».

«Sorridete!», disse Paul puntandoci la macchina fotografica.

«Sorridi Pat», sussurai.

Ed ebbi un brivido.

CAPITOLO VENTIQUATTRO

Avevo chiuso un capitolo della mia vita e adesso ne dovevo chiudere un altro molto più importante e doloroso.

Ne avevo parlato tutta la notte con Pat e lui era d'accordo con me.

Eravamo pronti.

Ero pronta.

Indossai il giubbotto di Patrick e presi il pullman per Skegness.

Questa volta però mi sentivo tranquilla e in pace, come quando sai di fare esattamente la cosa giusta.

Mi sedetti nello stesso posto che avevo occupato la volta precedente e rividi me stessa imbacuccata nella stessa giacca, con la testa appoggiata al finestrino, impaziente di arrivare per porre fine a tutta quella sofferenza.

Come avevo potuto fare una cosa del genere? Come avevo anche solo pensato di dare un calcio alla vita e abbandonare tutti, mia mamma, mia nonna, Paul, Carl, Betty e anche Nina?

Adesso non riuscivo più a ricordare perché, ma quello che era ancora chiaro era la sofferenza mostruosa che mi aveva impedito di respirare, pensare lucidamente e vivere, come un virus che mi aveva infettato il sangue e che mi uccideva lentamente.

Adesso sapevo che lasciarmi morire era la più grossa cazzata che avrei potuto fare e che avevo il dovere di onorare Patrick e mantenere vivo il suo ricordo, perché il suo sacrificio non fosse stato vano.

Sapevo che Pat era morto, sapevo che presto o tardi anche la sua voce sarebbe sbiadita, ma almeno avevo avuto la possibilità di conoscerlo più a fondo e amarlo ancora di più.

Pat mi aveva salvato la vita e nessuno sapeva come, ma dovevo tutto a lui e mi sarei impegnata con tutta me stessa per rendere il mio futuro importante e prezioso, come era giusto che fosse.

Scesi alla stazione dei pullman e andai a piedi fino all'ospedale.

Ero tornata da rediviva e da vincitrice ed era giusto che tornassi a ringraziare quanti si erano presi cura di me con tanta devozione.

Rivedere l'ospedale e respirare quell'odore mi riportò a quei giorni terribili e dovetti fare uno sforzo per non fare dietrofront.

Chiesi all'accoglienza della dottoressa Rosie Anne Flynn e andarono a chiamarla.

La riconobbi subito da lontano, con la chioma rosso fuoco che contrastava con il camice bianco e il resto dell'ambiente impersonale.

Mi sorrise e mi chiese come potesse aiutarmi.

«Sono Mia, non mi riconosci? Mia Foster Bonelli… salvata dalle acque!», sorrisi.

«Mia?», mi chiese sbalordita. «Non ci posso credere sei davvero tu?»

«In carne e ossa!».

«Fatti abbracciare, non è possibile!», mi strinse forte. Il profumo di cui era impregnato il camice mi risvegliò tanti ricordi, lontani, dolorosi, ma anche pieni di umanità e dolcezza.

Tutti si erano adoperati per aiutarmi e starmi vicino, e mi sentivo in debito con loro.

«Questo è un miracolo! Cos'hai fatto? Sei un fiore, sei bellissima, abbronzata, hai ripreso colore e peso, mi viene da piangere!».

«No, ti prego, sono solo venuta a salutarti, non voglio che tu pianga!».

«Vederti così è una vittoria per tutti, vieni, voglio farti fare il giro d'onore!».

Mi prese per mano e mi accompagnò per i reparti e ogni volta che entravamo in una stanza ripeteva la stessa cosa: «Questa è Mia, una nostra ex paziente, il nostro miracolo, fatele un applauso per favore!».

E tutti applaudivano come se avessi fatto qualcosa di straordinario, a parte sopravvivere.

Il vero successo era tutto loro, che mi avevano obbligata a reagire con ogni mezzo, dal picchiettarmi sulle unghie al tormentarmi con i loro metodi.

Tutti avevano contribuito alla mia rinascita, anche Ellie, Nancy e Janine con le loro telenovele, l'odiosa Radcliff che faceva la spia, e Robert che si credeva il bello del reparto.

La dottoressa Radcliff si materializzò appena pensai a lei.

Stessa faccia da Elton John, ma dimagrita di almeno venti chili.

«Come sta bene dottoressa!», le dissi entusiasta.

«Ci credo, ho fatto il by pass gastrico!», rispose con la consueta grazia, «tu piuttosto le senti ancora le voci?»

«Voci? Quali voci?».

Mi rivolse uno sguardo sospettoso e poi scoppiò in una gran risata.

Forse non era poi così male.

Finito il giro, Rosie Anne mi riaccompagnò alla reception.

«Ti prego, torna a trovarci, è stato così bello vederti. Sai, da noi le persone passano e se ne vanno e chi guarisce raramente torna a trovarci, è un po' come se noi avessimo fatto il nostro dovere e basta, ma credimi, fa bene al cuore sapere di aver fatto bene il proprio lavoro!».

Ci abbracciammo ancora e poi tornò ai suoi pazienti.

Prima di andarmene chiesi in accettazione notizie della ragazza che avevo incontrato quel giorno sulla panchina.

«Non ti ricordi il cognome?»

«No, mi ricordo solo che si chiamava Veronika, era anoressica penso, capelli lunghi neri…».

«Ah sì, certo», rispose la receptionist, «se n'è andata…».

«Be', meglio così allora», sorrisi.

«No, intendo dire che è morta, il mese scorso».

Sentii una fitta al petto.

Povera Veronika, alla fine era riuscita a lasciarsi morire di fame.

Chissà se avrei potuto aiutarla.

No Mia, non avresti potuto far niente per lei, aveva già deciso…

Me ne andai pensando che forse neanche lei avrebbe voluto morire veramente, solo minacciare di farlo nella speranza di una dimostrazione d'affetto, ma poi il gioco le aveva preso la mano.

Uscendo incrociai Robert che non mi riconobbe e mi chiese subito come potesse aiutarmi.

«Sì», risposi, «cerco un infermiere a cui sbattere uno schedario in faccia».

A quel punto mi riconobbe e scoppiò in una risata coprendosi il naso.

«Sei venuta per suonarmele ancora?»

«No, sono disarmata», risposi mostrando le mani.

«Ti offro un caffè?»

«No grazie, il mio ragazzo immaginario non vuole!».

Sorrise.

E uscii per sempre dalle loro vite.

Presi un taxi per farmi portare alla spiaggia.

C'era il sole, era caldo e qualcuno faceva già il bagno.

Tornai al pub dove facevano fish and chips e ne presi una porzione da portare nel punto esatto dove ci eravamo seduti quel giorno di febbraio.

La barca dietro la quale ci proteggevamo dal vento non c'era più, forse era in mare.

Stesi il giubbotto sulla sabbia e mi sedetti a osservare le onde, il rumore della risacca, i gabbiani che sembravano sghignazzare, i bambini che scavavano buche con la riva, i cani che correvano.

E quel mare innocuo che adesso ci sorrideva inconsapevole del suo crimine.

La vita aveva continuato a scorrere anche senza Pat e sarebbe andata avanti anche senza di me.

«È davvero il miglior fish and chips del mondo Pat».

Valeva la pena morire, vero?

«Stai diventando cinico?».

Comincio ad adeguarmi!

«Mi manchi Pat».

Anche tu Mia.

«Sei pronto?».

Sì.

Mi alzai, raccolsi il giubbotto e mi diressi verso la riva.

Il punto dove Pat si era tuffato era insolitamente calmo, mosso solo da un'onda lunga e morbida.

Mi sfilai il braccialetto e me lo portai alle labbra.

«Serva me. Servabo te Pat».

Serva me. Servabo te Mia.

«Per sempre».

Per sempre amore mio. Ti amerò per sempre.

Respirai, chiusi il braccialetto nella mano destra e lo lanciai con tutta la forza verso quel punto.

Il braccialetto descrisse una lunga parabola e cadde esattamente lì, come se avesse saputo da solo dove andare.

Atterrò con un leggero *pluf* e si inabissò quasi istantaneamente come se fosse attirato verso il fondo.

Mi girai e ripresi a camminare con le lacrime che scendevano, senza voltarmi mai indietro.

Suonai alla porta di Nina, certa che lei non ci fosse.

Aprì Laetitia.

Aveva sempre l'aspetto di un esserino fragile, ma aveva tentato di ingannare la tristezza con un po' di rossetto sulle labbra.

«Ciao Mia!», mi disse con entusiasmo, come una bambina che non vede l'ora di andare a giocare, «vieni entra, ti preparo qualcosa».

«No, Laetitia, ti ringrazio, è già tardi e la mamma mi aspetta a casa, sono solo venuta a darti questo, sono sicura che ti farà piacere», dissi porgendole il giubbotto di Pat.

Lo prese fra le mani come un neonato.

«È il giubbotto di Patrick», sussurrò.

«Sì Laetitia, voglio che lo tenga tu adesso, è quello che vuole lui».

«Ma dici davvero? Se lo vede Nina, lo farà a brandelli!».

«Non lo farà, e poi è un mio regalo per te, non si distruggono i regali degli altri!», dissi sorridendo.

«Io non so come ringraziarti, non so cosa posso fare per te».

«Hai già fatto abbastanza Laetitia, hai messo al mondo Patrick, era il più bel regalo che potessi fare a me e all'umanità».

Mi guardò piena di riconoscenza e dolcezza.

«Che strano», disse d'un tratto, «mi sembra di sentire profumo di fragole».

Quella notte Patrick mi corse incontro e mi abbracciò stretta.

«Grazie, grazie per come sei e per tutto quello che hai fatto, però… questo… non dovevi», disse mostrandomi il polso.

«Era giusto che lo avessi tu amore mio».

Mi prese il viso fra le mani e mi baciò con passione le labbra, il collo, la fronte.

I suoi capelli biondi odoravano ancora di salsedine e la sua pelle morbida era profumata e calda.

Intorno a noi non c'era più il bianco anonimo di sempre, ma erba verde, prati e colline, fiori, cielo, cascate e vento.

Eravamo in cima a una montagna, sulle rive di un lago, nel deserto, su un ghiacciaio, sul mare, su un altro pianeta, ovunque il nostro amore e la nostra fantasia ci portassero.

Ci stendemmo su un grande letto bianco di legno, in mezzo a un'isola deserta, dove il sole al tramonto colorava il cielo immenso di viola e arancio.

Ci togliemmo i vestiti lentamente e rimanemmo nudi e abbracciati a dirci quelle parole che non ci eravamo mai detti, a raccontarci tutto l'amore, il desiderio, la tristezza, il tormento, il dolore, la mancanza che provavamo l'uno per l'altra.

Aspettavamo quel momento da troppo e adesso avevamo tutto il tempo del mondo.

Pat mi accarezzava il viso guardandomi negli occhi con un'intensità commovente. «Sei tutta la mia vita amore mio. Lo eri e lo sarai», sussurrava, mentre le mie mani scorrevano lungo le sue spalle, la sua schiena, memorizzando ogni angolo del suo corpo per fissarlo nella mente per sempre.

Chiusi gli occhi e mi lasciai trasportare dal desiderio, felice come non ero mai stata, libera, innamorata e pronta più che mai ad accoglierlo dentro di me.

Baciò e accarezzò ogni angolo del mio corpo come se fosse qualcosa di sacro, la bocca, i seni, l'ombelico, e ogni volta che le sue labbra mi sfioravano la pelle credevo di impazzire dal desiderio.

Provavo sensazioni così intense e forti che credevo mi si sarebbe fermato il cuore.

Eravamo uniti in una danza lenta e struggente il cui ritmo era scandito dal nostro respiro, dal nostro cuore, e dalla nostra passione.

La bocca sulla bocca, gli occhi dentro gli occhi, le dita fra le dita, le unghie sulla pelle, il cuore contro il cuore, le mani fra le mani, lui dentro di me e io dentro di lui.

E tutto il piacere del mondo che ci riempiva l'anima fino al paradiso.

CAPITOLO VENTICINQUE

«Hai preso tutto Mia? Il body, la calzamaglia, le scarpette, il tamburello?»

«Sì mamma, me lo hai già chiesto tre volte, ho preso tutto!», dissi scendendo le scale di corsa.

«Paul ti aspetta fuori in macchina! Hai fatto colazione?»

«No, mamma la farò strada facendo, forse non lo sai ma anche a Londra mangiano!».

«Allora prendi almeno una banana e un succo di frutta da portare via», mi disse correndomi dietro come stessi andando all'asilo.

«Mamma», le dissi sorridendole e prendendole le mani, «respira, okay? È solo un'audizione... un'audizione in cui mi gioco tutta la vita, ma pur sempre un'audizione!», risposi cercando di sdrammatizzare.

«Come fai a essere così calma, me lo spieghi? Io sono in un bagno di sudore e ho le palpitazioni, guarda!», mi disse agitando le braccia.

«Perché sei la mia mamma e ti adoro», le dissi stringendola forte.

Uscii di casa e salutai verso la finestra di Mrs Fancher, che scostò la tendina e mi fece ciao con la mano.

Aprii lo sportello e mi sedetti accanto a Paul sorridente.

«Aspetta! Aspetta! Aspetta!», gridò mia mamma correndo fuori e bussando al vetro. «Era arrivata questa per te ieri, mi ero dimenticata di dartela!», disse porgendomi una busta bianca col mio nome, quando un cespuglio impazzito di peli neri e puzzolenti infilò il muso nel finestrino dandomi una solenne leccata sulla guancia e un abbaio di buona fortuna.

York finalmente mi aveva perdonato o tutti quei biscotti alla fine erano serviti a qualcosa.

«Sicura che non vuoi che ti accompagniamo fino a Londra?», chiese Paul.

«Sicurissima, ce la faccio da sola!».

Mi portò alla stazione.

Camminava accanto a me in silenzio, con le mani in tasca, cercando di nascondere la sua apprensione, parlando dei ritardi delle ferrovie e del prezzo dei biglietti.

Arrivammo al mio treno.

Ci guardammo.

Eravamo una coppia davvero buffa e non ci somigliavamo per niente, ma a vederci da fuori nessuno avrebbe dubitato che non fossimo padre e figlia.

«Cosa si dice in questi casi?», mi chiese.

«Si dice merda!», risposi dandogli un leggero pugno sulla spalla.

«Allora un sacco di merda, okay piccola?».

Ci abbracciammo mentre il capostazione fischiava.

«Grazie Paul!», sussurrai.

«E di che? Vedi di stracciarli come sai fare tu!», rispose nascondendo la commozione.

Salii sopra e presi posto in un sedile accanto al finestrino.

Il treno si allontanò lentamente mentre Paul teneva la mano appoggiata al vetro contro la mia.

«Ti voglio bene Mia», mi disse mimando con le labbra.

«Anch'io Paul», risposi.

Stava succedendo veramente.

Il sogno di tutta la mia vita si stava realizzando: stavo per sostenere l'audizione per entrare alla Royal Ballet.

E non riuscivo a rendermene conto.

Tutte quelle notti a immaginare quel giorno, vedendomi entrare in quella sala, sorridere alla commissione, posizionarmi al centro e dimostrare loro che *dovevano* prendermi.

Avrei ballato in maniera straordinaria, lasciandoli a bocca aperta, in piedi, ad applaudirmi e gridare: «Brava!».

Era una fantasia che avevo cullato per così tanto tempo che quasi avevo la sensazione che fosse un film già visto.

Ma più il treno si avvicinava a Londra, più avvertivo una grande agitazione e fitte dolorose alla bocca dello stomaco.

Sei nervosa?

«Non molto. Non se ci sei tu a sostenermi», mentii per farmi coraggio.

La conosci a memoria quella coreografia, la Sinclaire te l'ha fatta ripetere fino alla nausea! Potresti danzarla bendata.

Era vero, nelle ultime settimane non avevo fatto altro che provare la variazione in maniera maniacale, e non avrei potuto avere altri dubbi, ma la paura vera era sempre quella di non essere perfetta abbastanza, perché c'era sempre qualcosa da migliorare, e se la natura non ti aveva dotato di certe qualità non ci sarebbe mai stato niente da fare.

Era la dura legge della danza classica: o sei perfetta o sei fuori.

E il timore che cominciava a invadere la mia mente e minare le mie certezze era proprio quello: che non mi ritenessero idonea perché non corrispondevo ai loro canoni.

Avevo sentito di ragazze bravissime scartate per i motivi più disparati, dopo appena un'occhiata, e detestavo l'idea di potere esser vittima della notte bianca di un esaminatore.

Non succederà, sei splendida, hai un talento pazzesco, non aspettano altri che te.

Sorrisi.

«Sei sempre il solito ottimista».

È quello che mi riesce meglio.

Scesi a Charing Cross e presi la metropolitana fino a Covent Garden.

Il mal di stomaco non accennava a diminuire, nonostante cercassi di respirare lentamente e, a peggiorare le cose, cominciò a cadere una pioggia fitta e fastidiosa.

Ero in tremendo anticipo, dato che mia mamma aveva insistito perché arrivassi due ore prima e Paul l'aveva presa in giro dicendo che non era un aeroporto.

L'armonia regnava di nuovo in casa, almeno per il momento, c'era solo da sperare che durasse il più a lungo possibile. Ma l'esperienza mi aveva insegnato che era importante gustarsi quello che la vita poteva offrire di bello senza chiedersi niente di più o si rischiava di essere puniti.

Entrai in uno Starbucks e presi un tè sperando che mi alleviasse il dolore che era diventato sempre più martellante e acuto.

Mi sedetti su una vecchia poltrona di pelle e osservai dalla grande finestra la pioggia cadere e la gente passare di corsa, riparandosi sotto ombrelli e giornali, pensando che mi sarebbe piaciuto vivere lì.

Una grande città dove c'era posto per tutti e dove nessuno sapeva che ti era morto il ragazzo e tu avevi provato a seguirlo.

Tirai fuori dalla borsa il cellulare e mi accorsi che c'erano una quantità di messaggi di auguri.

Prima di tutti la nonna

Nipote! Metticela tutta e non deludermi o farai i conti con me. In bocca al lupo nonna e Sunil. P.S. ti saluta Massimo.

Il maestro Aurel,

Scricciolo, ricordati le braccia quando giri! Merda, merda, merda!!!

Claire,

Mia, la tecnica s'impara, ma l'interpretazione è tutto! Merda piccola mia.

E infine Mary Sinclaire.

Occhio alla tecnica! Per l'interpretazione c'è tempo!

Sospirai scoraggiata.

Se prima ero un po' nervosa, adesso avevo tutte le ragioni per farmi venire una crisi di panico.

Chiamai Lia, l'unica, forse che mi avrebbe capito.

«Ciao bellezza, come ti senti?»

«Uno straccio, ho mal di pancia e tutti mi danno consigli opposti e non so a chi dare retta!», piagnucolai.

«Vuoi un vero consiglio, Mia? Segui l'istinto e non ti sbaglierai, almeno in questo mestiere funziona. Per tutto il resto ne parleremo quando sarai più grande, ma ricordati sempre: quando balli devi sentirti libera come il vento!».

Libera. Dovevo sentirmi libera.

Uscii e mi buttai in strada insieme a decine di persone, tutte più o meno di corsa, turisti, impiegati, artisti, giovani, anziani.

Quel fiume di folla mi riempiva di energia. Mi sentivo nel centro del mondo e nella terra delle opportunità più disparate.

Potevo decidere di diventare quello che volevo e quella città generosa e materna mi avrebbe aiutata a realizzarlo.

Sì, poteva essere una buona opportunità per ricominciare tutto da capo. Chiusi gli occhi ed espressi il mio desiderio.

Entrai in Floral Street passando sotto il ponte attorcigliato posto al quarto piano fra i due edifici.

Il ponte delle aspirazioni che collegava il teatro alla scuola, per permettere ai ballerini di passare da una parte all'altra senza scendere in strada.

Lo avrei varcato tutti i giorni per i prossimi anni, fino a quando non fossi diventata prima ballerina.

Il cuore mi si riempì di emozione e impazienza, immaginandomi con la divisa blu e i capelli raccolti, mentre andavo a seguire le lezioni tenute dai migliori ballerini del mondo.

Le fitte alla bocca dello stomaco non accennavano a diminuire, anzi, alla vista della maestosità del teatro, che si aprì immenso davanti a me, si accentuarono.

Ero senza fiato: ricordavo ogni attimo della sera in cui ero venuta con Carl a vedere il balletto.

Come Cenerentola ero rimasta incantata davanti a tanta meraviglia, a bocca aperta nel freddo pungente, incredula davanti a quell'incredibile e gigantesca struttura a forma di voliera, con le colonne di un bianco immacolato, finché Carl aveva dovuto trascinarmi dentro quasi di peso.

Ma allora ero una spettatrice fra le tante, mentre questa volta ero io la protagonista e sarei stata giudicata senz'appello.

L'immensa voliera bianca era pronta ad accogliere un nuovo uccellino.

Entrai dall'ingresso laterale, dove una gentilissima signora mi diede un modulo da compilare.

C'era un via vai incredibile di ragazze in fibrillazione, moltissime delle quali accompagnate dalle loro madri che le aiutavano a vestirsi e a pettinarsi.

Perché non hai voluto che Elena e Paul ti accompagnassero?

«Perché non ce n'è più bisogno, devo imparare a camminare da sola. E poi ci sei tu con me e questo mi basta».

Entrai nello spogliatoio e mi sistemai in un angolo per cambiarmi.

Molte delle ragazze che avevano già frequentato corsi estivi della Royal conoscevano gli insegnanti e facevano pronostici sulla commissione.

La consueta sensazione di esclusione si fece strada dentro di me.

Piccola, concentrati e non farti scoraggiare, tu sei tu e loro sono loro, quando avrai preso anche tu un paio di lezioni qui, vedrai che ne saprai quanto e più di loro! Dài retta a un vecchio marinaio!

Sorrisi.

Le ragazze dovettero pensare che le stessi ascoltando e tacquero sospettose.

Si respirava un'atmosfera da occhio del ciclone: quella calma innaturale che precede la tempesta.

Dietro ai sorrisi tirati delle candidate e delle loro madri si nascondeva la determinazione assoluta a voler entrare a ogni costo e con qualsiasi mezzo.

È davvero questo che vuoi?

«Sì, da sempre», dissi a denti stretti.

Cominciai a vestirmi rivolta verso il muro per non lasciarmi distrarre dai loro discorsi.

Sembravano tutte maledettamente informate su chi avrebbe ballato cosa e dove, ed erano al corrente degli ultimi pettegolezzi sui ballerini della compagnia, chi era gay o presunto tale, chi era stato a letto con chi, chi era una schiappa, chi era ingrassato, chi sarebbe stato rimpiazzato e ogni volta che entrava qualcuno veniva squadrato furtivamente da capo a piedi.

La sicurezza stava lasciando il posto a un senso di strisciante sconforto.

Infilai le calze rosa, il body nero, le scarpette e andai allo specchio per cercare di domare i miei riccioli ribelli che non ne volevano sapere di stare dietro le orecchie.

«Vuoi una molletta?», mi chiese una ragazza bionda, dall'aria sorridente.

«Sì grazie, non so più come fare! Sembrano spaghetti», risi per smorzare la tensione.

«È la prima volta che fai l'audizione?»

«Sì», risposi combattuta fra il lasciarmi andare a qualche confidenza.

«Io ho provato anche l'anno scorso, ma non mi hanno preso, c'è mancato un pelo, ma Davies mi ha respinta. Ha detto che era per colpa delle braccia, ti tolgono anche cinquanta punti se non le tieni bene in posizione».

«E c'è anche oggi questo Davies?»

«Purtroppo sì, speriamo non si ricordi di me, è tremendo».

Ci vennero a chiamare invitandoci a prendere posto.

Entrammo in una grande sala con il parquet consumato dall'usura di infinite ore di prove, i soffitti alti e le finestre immense e luminose.

Diverse sbarre erano state poste al centro per poter permettere alla commissione, seduta dietro un lungo tavolo davanti a noi, di esaminarci meglio.

Ognuna si sistemò nella zona che più rispecchiava la propria personalità: le più coraggiose e sfrontate davanti, le più caute e timorose in fondo.

Io preferii scegliermi una postazione solitaria e centrale.

L'insegnante ci diede alcune indicazioni e poi il pianista attaccò un brano per accompagnare il riscaldamento.

Riconobbi quello che doveva essere il temuto Mr Davies: un signore con occhiali scuri dall'aria autorevole e minacciosa che non sorrideva mai e a cui, a turno, i suoi vicini bisbigliavano all'orecchio commenti su di noi.

Cercai di concentrarmi pensando solo alla musica, ma l'idea di essere giudicata su ogni singolo movimento non mi rendeva le cose facili.

Continuavo a chiedermi se i miei piedi erano abbastanza aperti, se la curvatura della schiena era giusta, e le braccia armoniose, ma la vista della commissione così severa e rigorosa che prendeva appunti e dava voti cominciava a intimidirmi e irritarmi.

Mi sentivo come a una mostra di cani.

Le altre sembravano molto più a loro agio, ma speravo fosse solo la mia impressione e che dentro si sentissero morire esattamente come me.

Non riuscivo a non guardare le mie colleghe con la coda dell'occhio e a domandarmi cos'altro sapessero che io avrei dovuto sapere.

Finito il riscaldamento, ci fecero uscire per poi chiamarci in ordine alfabetico per il nostro assolo.

Tutte le mamme si alzarono contemporaneamente venendo incontro alle figlie per chiedere come fosse andata e facendo loro mille domande e chiamando i mariti al cellulare.

Mia madre non aveva idea di cosa fosse un *rond de jambe*, e gliene ero grata.

Le ragazze erano eccitatissime e non smettevano di parlare, la tensione si era allentata e una leggera isteria collettiva aleggiava fra di noi.

Il gruppetto di pettegole circondato dalle loro mamme era estremamente sicuro di sé.

Io mi limitai a rimanere in un angolo in osservazione.

Sei stata bravissima.

«Non è vero, me lo dici sempre».

Credimi, sono un intenditore!

Risi e un paio di ragazze si voltarono a guardarmi pensando, forse, che ridessi di loro.

Non mi sarei fatta molte amiche se non avessi imparato a moderarmi.

Tornai nello spogliatoio, infilai dei vecchi pantaloni sformati, degli scaldamuscoli e una maglietta attorno al collo per non raffreddarmi e cercai il CD, ma non riuscii a trovarlo.

Svuotai la borsa per terra per cercarlo meglio sparpagliando le mie cose per terra: asciugamani, acqua, scarpette, calze, magliette di ricambio, fazzoletti, mele, quaderni di appunti, fogli, l'Ipod, ma del CD nemmeno l'ombra.

Sentii la voce della Sinclaire urlarmi nella testa «MIA, IL CD!» e visualizzai il disco nel mio stereo in camera.

Perfetto, non poteva andarmi peggio.

Adesso il mal di stomaco era diventato insopportabile, su una scala da uno a dieci avrei detto ottanta e tutta la mia ironia era andata a farsi benedire: ero letteralmente terrorizzata.

«Cazzo Patrick sono fottuta, fottuta, fottuta!», mormoravo a denti stretti buttando all'aria per la settima volta tutta la mia roba.

Ma no che non lo sei, avranno di sicuro quel pezzo, siamo alla Royal Ballet, se non ce l'hanno qui possono chiudere!! Sai cosa devi fare?

Entrerai sorridendo con quel faccino adorabile e le lentiggini e chiederai gentilmente al pianista di suonarti il pezzo e non raccontare cazzate del tipo che ti hanno scippato!

Mi sedetti rassegnata e buttai tutto in borsa alla rinfusa, incavolata come una iena.

Ma i miei problemi erano appena cominciati: mi rendevo conto che l'ansia non mi faceva ricordare più nemmeno un passo.

Provai a ripassare mentalmente la variazione, ma avevo dei vuoti di memoria tali che la commissione avrebbe potuto alzarsi a prendere un caffè senza che io mi fossi ricordata cosa venisse prima e cosa poi.

Respira Mia, respira, è solo la paura che ti confonde le idee, il tuo corpo conosce tutto dall'inizio alla fine e vedrai quando sarai là sopra ti ricorderai tutto quanto.

«Questa è una leggenda metropolitana messa in giro da chi si ricordava benissimo tutto anche prima, ma voleva darsi delle arie! Se non mi ricordo niente adesso, dopo sarà anche peggio», dissi a voce un po' troppo alta.

Una ragazza si voltò a guardarmi.

«Ripassavo i passi a voce alta», mi giustificai.

Mi sorrise e tornò al suo riscaldamento.

Mia, anche a me sembrava di non ricordare niente prima delle esercitazioni in mare, ma poi quando ero lì sapevo tutto, nodi, venti, posizione…

«Certo, come per il mio esame vero?».

Mia, te l'ho detto è passato troppo tempo… sono arrugginito.

«Per via dell'acqua certo… oddio scusa…».

Non sapevo se scoppiare a ridere, a piangere o andarmene via.

Se ti muovi di lì ti giuro che te ne dico di tutti i colori.

«Ormai ci sono Pat, o la va o la spacca».

Passò un'oretta buona prima che chiamassero il mio nome.

Sentii lo stomaco fare un salto e contorcersi dal dolore mentre mi alzavo, mi toglievo i pantaloni e prendevo il tamburello.

Sorrisi educatamente ed entrai nella sala cercando di intercettare una faccia comprensiva, ma lo sguardo severo e per niente incline alla condiscendenza di Mr Davies mi fece venire i brividi.

E con il tamburello che tentennava in mano mi sentivo ancora più stupida.

«Che pezzo ci ha portato Mrs Foster Bonelli?», mi chiese una signora con gli occhiali e i capelli neri.

«Ho portato l'assolo di Esmeralda, ma…».

Mi guardarono senza espressione.

«Ma… non ho con me la musica, mi dispiace, se il pianista fosse così cortese da accompagnarmi gliene sarei davvero grata».

Il vicino di Mr Davies mormorò qualcosa nel suo orecchio e lui annuì.

Okay, ero ufficialmente fottuta, tanto valeva farlo per il divertimento.

Il pianista strimpellò le prime note per farmi sentire la tonalità.

Mi sarebbe andato bene anche se si fosse messo a suonare "tanti auguri a te".

Andai al centro della sala e mi misi in posizione immaginandomi con un corpetto nero intrecciato sul davanti e coperto di perline, una gonna di tulle nero e arancio appena sopra il ginocchio, i capelli perfettamente intrecciati con un piccolo fiore appuntato, il trucco di scena e un fiume di persone in platea ad aspettare me.

Sorrisi, respirai e diedi un impercettibile segno con il capo al pianista che attaccò subito con il pezzo.

Immediatamente le note mi invasero l'anima con una forza inarrestabile che mi trasformò in un fiume in piena.

Il cuore, la testa, tutto il mio corpo non avevano più confini e mentre i muri della sala crollavano intorno a me, io volavo via trasportata dal vento e dalla passione, come quando avevo fatto l'amore con Patrick.

Libera, ero libera, ed esplodevo di una gioia sconfinata irradiando luce e gioia.

La danza era la celebrazione della vita e dell'amore e danzare, adesso ne ero certa più che mai, era la mia vita.

Sentivo di interpretare il brano con una passione nuova, che non avevo mai provato prima, era la passione di una giovane donna che si affacciava al mondo, una giovane donna che aveva conosciuto la morte, ma che aveva scelto la vita e non avrebbe mai più smesso di farlo.

Una felicità interiore mi esplose nel petto e ogni passo che facevo aveva un'energia speciale. Non mi preoccupavo più delle braccia o dell'apertura delle anche o dei piedi, perché era l'amore che danzava e l'amore non conosceva limiti, imposizioni o regole, l'amore era perfetto, inarrestabile e contagioso.

«Mi raccomando, fai solo due *pirouette* se non sei più che sicura, la tecnica dev'essere pulita, loro guardano moltissimo la tecnica», mi aveva ripetuto allo sfinimento la Sinclaire, ma io non l'ascoltavo più, non avevo più paura e non volevo impressionare nessuno, volevo solo ballare, ballare per me.

Mi preparai in quarta posizione e senza nemmeno pensare girai una, due, tre, quattro volte *en dehors*.

Un mormorio di approvazione corse rapidamente da un capo all'altro del tavolo, ma non me ne curai, ero nel mio elemento, stavo volando.

Il pianista sottolineava ogni mio passo rallentando o accelerando il tempo per accompagnare ancora di più i miei movimenti, che interpretavo come se fossi stata veramente una passionale e bellissima zingara ribelle.

Colpivo il tamburello ora con la punta, ora col gomito, sollevando la gamba fino quasi all'orecchio, in perfetto equilibrio, con grazia e decisione, mentre le note incalzavano avviandosi verso il finale.

Respirai sorridendo e saltai con un *grand jeté* attraverso la sala ed ebbi la sensazione di planare sopra di loro, che mi guardavano increduli col naso all'insù.

Terminai il mio assolo in ginocchio con una mano tesa verso la commissione che mi guardava entusiasmata, cercando di non mostrare troppa soddisfazione.

Anche Mr Davies si tolse gli occhiali per osservarmi meglio.

«Bene, grazie Mrs Foster», mi disse, «si accomodi pure fuori».

Uscii con la sensazione di camminare a un metro da terra.

A testa alta, sudata, con l'adrenalina a mille e pronta a spaccare il mondo.

Avevo vinto, ero sopravvissuta e niente mi poteva più fermare.

Amore mio, se fossi vivo ti chiederei di sposarmi! Sei stata spettacolare!

Mi resi conto che quella scuola non mi metteva più in soggezione. Certo, era bella, la più bella in assoluto e certamente la migliore del mondo, ma era pur sempre una scuola, fatta di persone, e nessuno avrebbe potuto insegnarmi l'amore per la vita.

Andai nello spogliatoio a cambiarmi e riposarmi per qualche istante.

Pensai a quei mesi allucinanti passati in ospedale, a tutto il periodo in cui mi rifiutavo di ballare, a mia nonna che mi aveva obbligato a reagire, al maestro Aurel che mi aveva ridato fiducia nelle mie possibilità, alla Sinclaire che mi aveva marcato stretta, ai professori che mi avevano aiutata, alla mamma e Paul che mi amavano così tanto, a Patrick che mi incoraggiava ogni istante della mia vita e provai un sentimento di tale gratitudine che mi scesero le lacrime.

Cercai nella borsa un fazzoletto e vidi la busta che la mamma mi aveva consegnato prima di partire.

La aprii.

Cara Mia,

lo so che sarai stupita, lo sono anch'io.

Ho ricominciato anch'io questa lettera almeno una decina di volte. Non sono più molto brava ad aprire il cuore, ma ci proverò.

Ti ho odiata come più non avrei potuto.

Quando Patrick è morto, e tu e il tuo cane eravate ancora vivi, ti giuro che se avessi avuto la possibilità di riaverlo in vita in cambio della tua morte, avrei accettato.

So che sto dicendo cose orribili, ma mi sono sentita così per tutto questo tempo.

Consumata dall'odio e continuando a considerarti una bugiarda che aveva approfittato della mia amicizia e della mia buona fede per mettersi con mio fratello.

Lo amavo sopra ogni cosa e la mia vita si è fermata quando lui se n'è andato.

Pat era tutta la mia vita, il mio orgoglio, il mio migliore amico, il mio esempio.

Arrivavo a odiare anche le sue ragazze perché non erano mai abbastanza per lui e poi c'eri tu, la mia migliore amica, mia sorella.

Per me eravate le persone più importanti del mondo e avrei fatto qualunque cosa per voi, ma voi avete tradito la mia fiducia nascondendomi che stavate insieme non so per quale motivo, quando io ti ho raccontato sempre qualunque dettaglio della mia vita.

È stato un colpo basso che non sono riuscita ad accettare e mentre cercavo di capire cosa avessi fatto per meritarmi i vostri sotterfugi e le vostre bugie, l'incidente me l'ha portato via per sempre, prima ancora che potessimo chiarire, prima che gli potessi chiedere scusa per essermi offesa e non avergli più parlato.

Non c'è stato un giorno in cui mi sia svegliata senza sentirmi soffocare dalla rabbia e dal senso di colpa, per dovere affrontare un nuovo interminabile giorno, combattendo con la sua assenza in quella casa che respirava ancora la presenza di Patrick, con le grida atroci di mia madre che non smetteva di piangere e chiamare il suo nome chiusa in camera sua, e mio padre che non riusciva nemmeno a parlare e si barricava nel suo studio a bere. Mentre io lì, da sola, sconvolta e disperata, cercavo di dare un senso a tutta quella tragedia, mentre vedevo sgretolarsi la nostra bella famiglia, i nostri sogni, le nostre risate.

È finito tutto da un giorno all'altro, esploso come una bolla di sapone.

Carl, poveretto, stava con me perché non se la sentiva di lasciarmi sola, ma non sapeva cosa dire, perché non c'era niente da dire e così passavamo le serate in camera mia, io a letto e lui seduto su una sedia senza parlarci, solo aspettando.

Mia madre continuava a disperarsi e a circondarsi degli oggetti di Patrick, parlando alle foto, ai maglioni, alla stanza e così una sera non ci ho visto più e sono scesa in giardino per bruciare tutto.

Posso assicurarti che avrei sofferto meno se mi avessero bruciata viva.

Ma se non l'avessi fatto, non ne saremmo più usciti.

Ho respirato morte notte e giorno come fosse stata fuliggine che mi riempiva il cuore, gli occhi, il cervello e i polmoni e poi tu hai deciso di ammazzarti e a quel punto ho detto basta, basta morte, avevo bisogno di vita, perché da sola non ce l'avrei fatta.

Ho buttato le pillole e sono rimasta incinta di Carl.

Penserai che sono una stupida, una cretina incosciente e che sono troppo giovane, e sicuramente è vero, ma da quando aspetto questo bambino Mia, io sono piena d'amore, io amo incondizionatamente e voglio vivere.

Voglio vivere per lui, per me, lontano da tutto questo dolore.

So che Pat avrebbe voluto così.

Forse ti chiederai se sono innamorata di Carl.

Non lo sono, non lo sono da un sacco di tempo, ma non è importante, è un bravo ragazzo, ma non gli chiedo niente, non ho bisogno di niente e non ho bisogno di lui, adesso sono completa.

Quasi.

Perché mi manca l'unica con cui condividevo tutto, l'unica persona che ha saputo reagire al dolore e che ha ancora voglia di andare avanti, quella che mi è stata vicina nonostante tutte le cattiverie che le ho augurato.

In fondo non potevi non amare Patrick, perché era il migliore del mondo.

Non voglio che il mio bambino nasca in questa casa di spettri e mio padre non mi vuole più fra i piedi, per questo me ne vado a Londra, mia mamma ha una vecchia casa a Brixton, vicino a quella delle mie zie e vorrei che tu venissi con me.

Io e te ce la possiamo fare, siamo forti e non abbiamo bisogno di nessuno.

Sei sempre mia sorella nonostante tutto.

Nina.

P.S.

Ho conservato tutte le tue lettere, tua nonna mi fa spisciare!

PP.SS.

Grazie per il giubbotto che hai dato a mia madre.

Mi asciugai gli occhi e mi soffiai il naso.

«Amore, hai visto?».

Ho visto… non potrei essere più felice.

«È il giorno più felice della mia seconda vita».

Mi alzai presi la borsa e attraversai la stanza dove tutte le ragazze chiacchieravano sedute per terra o sui divanetti, aspettando di sapere qualcosa.

Andai a bussare alla porta dove era riunita la commissione ed entrai senza aspettare che mi dicessero avanti.

Mi guardarono tutti con aria sorpresa e interrogativa, quella era una grave infrazione del protocollo.

Prima che potessero dirmi qualunque cosa offrii loro, e soprattutto all'arcigno Mr Davies, uno dei miei più radiosi e sereni sorrisi.

«Signori, non so come ringraziarvi per la straordinaria opportunità che mi avete dato oggi. Entrare alla Royal Ballet School è stato il primo e unico sogno che ho avuto nella vita. Studiare qui, in questo posto magico e straordinario, dove si respira la danza e si vive per la danza, è la cosa più bella che ci possa essere per una ballerina. Ma questo era l'unico sogno della mia *prima* vita, quella in cui non sapevo cosa ci fosse oltre quello che vediamo e non conoscevo il potere infinito dell'amore. Adesso so che questo non è più il posto giusto per me, e che la mia vita è là fuori, da qualche parte, dove sarò libera di volare e ricominciare a vivere.

Non so se avevate intenzione di sceglermi, ma non voglio aspettare, preferisco cedere il mio posto a chi lo desidera davvero, dal profondo del cuore, perché è giusto che sia così!».

Mi inchinai in una profonda riverenza, consapevole che non avrei mai più avuto la possibilità di accedere a quella scuola, ma con una sensazione di leggerezza e di felicità infinita.

Sapevo di aver fatto la scelta giusta, il mio futuro era appena cominciato.

Uscii senza mai voltarmi indietro, sorridendo di gioia, e cominciando a correre sotto la pioggia senza mai fermarmi, lontano dai brutti ricordi, dal dolore, le lacrime e i rimpianti.

L'inferno era finito.

Il purgatorio anche.

Ci meritavamo tutti un po' di paradiso.

Continuai a correre finché i polmoni mi scoppiarono e mi fermai senza fiato appoggiandomi al muro, ridendo, mentre la pioggia mi bagnava il viso e i capelli.

Mi guardai intorno, i palazzi, i bus rossi, il Tamigi, i taxi, adesso ne ero certa, avrei ricominciato da lì.

«Ti andrebbe di fare lo zio?».

Da morire!

«Patrick…».

Scusa…

RINGRAZIAMENTI

Desidero ringraziare tutte le persone che sono presenti nella mia vita e che la rendono migliore con il loro affetto, la loro allegria e la loro positività.

La mia famiglia, Attilio, Mariapaola, e quanti mi ispirano e mi motivano quotidianamente ad andare avanti.

Il dottor Fabrizio La Mura per le informazioni tecniche relative al risveglio.

Il mio editore e tutto l'ufficio stampa per il grande lavoro svolto.

E un ringraziamento particolare al maestro Radu Ciucà per la sua straordinaria e rara sensibilità.

Questo libro è dedicato a tutte le fan che mi hanno inviato centinaia di mail dicendomi che «Mia e Patrick non potevano morire così».

Spero di aver reso loro giustizia.

Con affetto.

UN AMORE DI ANGELO

A Mia e Patrick

CAPITOLO UNO

L'unico sogno della mia vita, fino a quella mattina, era sempre e unicamente stato quello di diventare una grande ballerina.

D'accordo, sedici anni non sono poi così tanti per fare dei progetti a lungo termine, ma da quando avevo cominciato a camminare non avevo desiderato altro se non danzare nei più grandi teatri del mondo ed essere applaudita e acclamata come la Zakharova e la Guillem.

Soltanto questo.

E per sedici anni avevo fatto di tutto per riuscire a realizzare quel sogno, dividendomi fra lezioni di ballo massacranti e la scuola, andando avanti a testa bassa senza pensare quasi a nient'altro, eccetto a Patrick.

Avevo sacrificato amicizie e divertimenti per dedicarmi totalmente all'obiettivo di entrare alla Royal Ballet School di Londra, esasperando mia mamma per convincerla a farmela frequentare, anche se sapevo che, col suo stipendio da impiegata, non avrebbe mai potuto permetterselo.

E adesso che ce l'avevo fatta, ora che il dolore atroce per la perdita di Patrick stava allentando leggermente la presa, ora che avevo superato il desiderio di raggiungerlo, e avevo ricominciato a lottare per ritornare a vivere, affrontando quell'audizione che preparavo da sempre, ora che ero a *tanto così* da realizzare il mio sogno, avevo capito che quella non era più la mia strada e che il mio unico *vero* desiderio era essere libera.

Libera di danzare senza schemi e regole ferree, libera di studiare con chi volevo senza più obbedire ai canoni rigidissimi delle scuole prestigiose o ai capricci di insegnanti frustrati, libera di esprimere me stessa.

Il problema adesso era spiegarlo a mia madre, che mi aspettava agitatissima sulla porta di casa e che moriva dalla voglia di sapere come fosse andata quella dannata audizione per cui anche lei, suo malgrado, si era preparata per una vita.

«Allora???», esordì buttandomi le braccia al collo, mentre York saltellava intorno a noi eccitato come se aspettasse anche lui di conoscere il verdetto.

«Evviva la nostra *étoile*!», fece eco Paul dietro di lei tenendo fra le mani un'enorme teglia di pasta fumante. «Ho preparato dei cannelloni *strepitosi* per festeggiare l'evento!», annunciò col suo solito sorriso allegro.

Vederli così entusiasti e fiduciosi mi fece desiderare ardentemente di non essere lì.

Ma ormai li avevo abituati fin troppo bene alle brutte sorprese e, in fondo, dopo tutto quello che avevamo passato, l'aver chiesto alla commissione di scegliere qualcun altro al posto mio, dopo aver danzato magnificamente, non avrebbe stupito la mamma più di tanto.

Almeno era quello che speravo.

Il difficile adesso era trovare il modo di spiegarglielo.

«Dài Mia, non farci stare sulle spine! Li hai stracciati? Si sono alzati tutti in piedi per applaudirti?», incalzava lei.

«Sei già entrata nella compagnia? Ti vedremo in televisione?», fece eco Paul

«Cannelloni????», esclamai come se non avessi sentito nient'altro, sgattaiolando rapidamente fra la mamma e la pancia di Paul.

«Mi lavo le mani e arrivo, ho una fame da lupi!», gridai correndo su per le scale.

Si guardarono interdetti.

Entrai in camera mia, chiusi la porta a chiave e mi buttai sul letto.

Mia mamma detestava che mi chiudessi dentro, ma avevo assolutamente bisogno di restare sola per un attimo e parlare con Patrick.

Patrick, che solo io riuscivo a sentire da quando mi ero svegliata dal coma, ma che era così reale e presente da darmi la certezza che fosse diventato il mio angelo custode.

«Come faccio a dirglielo adesso? Mia madre mi ammazza!», piagnucolai.

Tesoro! Se hai avuto il coraggio di dire all'intera commissione che preferisci lasciare il tuo posto a qualcun altro, non vedo perché tu ti debba preoccupare della reazione di Elena ….Fossi in te mi preoccuperei piuttosto della reazione di tua nonna!

«Oddio la nonna, non ci avevo pensato!», esclamai mettendomi a sedere di scatto. «Prenderà il primo volo da Firenze per venire qui a Leicester a demolirmi! Mi farà a fette, mi umilierà pubblicamente e mi rinfaccerà tutto quello che ha fatto per permettermi di frequentare quella scuola, dal pagamento della retta, ai migliori insegnanti, allo smuovere mari e monti per farmi ripetere l'audizione che ho perso quando tu sei...».

Morto Mia... morto.

«Sì, lo so, Pat, lo so bene senza che lo sottolinei *ogni volta*», risposi acida.

Bussarono energicamente alla porta.

«Mia, aprimi! Perché ti sei chiusa dentro? Lo sai che non mi piace!», protestò mia mamma.

«Mi sono chiusa dentro? Strano, dovevo essere sovrappensiero, sarà la stanchezza!», risposi aprendo la porta e abbozzando un sorriso tirato.

«Allora?», chiese lei confusa.

«È andato tutto bene mamma...», mentii.

Mia...

«Davvero? Va tutto bene? Sei sicura?», insistette apprensiva.

«Sì, benissimo, è solo... sai... il calo della tensione».

«Allora vieni giù a mangiare qualcosa, così ci racconti tutto, siamo in fibrillazione da stamattina, Paul si è messo a cucinare alle sette! E poi corri a chiamare tua nonna prima che le venga un infarto!».

Non finì la frase che il telefono squillò.

«Dev'essere lei, vai tu a risponderle che io non ci parlo, lo sai...», gridò scendendo le scale.

Mia nonna era la cosa peggiore che potesse capitare in quel momento.

Sapevo che nessuno avrebbe capito le mie motivazioni profonde, ma dopo la morte di Patrick, il mio rifiuto di vivere, il mio gesto estremo e la lunga e lenta riabilitazione, i miei desideri e le mie priorità erano cambiati totalmente.

E la verità è che non ero più la stessa.

Ma mi rendevo conto che tutti speravano, in cuor loro, che una volta superato il dolore del lutto sarei tornata a essere l'adolescente serena e spensierata di prima, la cui vita era divisa fra la sbarra, e le giornate passate al telefono con Nina, ancora, e nonostante tutto, la mia migliore amica.

Ma noi sopravvissute sapevamo che, quando hai conosciuto la morte da vicino, è impossibile tornare indietro, e il meglio che potevamo fare, adesso, era tentare di adattarci a una nuova realtà con molti meno sogni e fantasie, andando avanti giorno per giorno, attimo per attimo, senza osare fare progetti.

E la mia realtà immediata prevedeva di scendere e dire a mia madre e mia nonna che, non solo avevo mandato in fumo l'audizione più importante della storia, ma avevo anche intenzione di andare a vivere a Londra con Nina.

Nina, che era rimasta volontariamente incinta di Carl, per riempire quel vuoto siderale lasciato dalla morte del fratello e tentare di arginare un po' tutta quella disperazione.

Inspirai profondamente, come se avessi dovuto tuffarmi, e scesi a rispondere al telefono.

Ma, come sospettavo, mia nonna Olga non mi lasciò neanche dire "pronto".

«Sciagurata! Criminale! Pazza!», urlò a un volume che fece tremare i muri.

«Nonna…».

«Nonna un corno! Li ho appena chiamati e mi hanno raccontato della tua *fenomenale* uscita di scena! Ma si può sapere cos'hai in testa? Lo capisci che ti sei giocata la Royal una volta per tutte? Io non posso fare più niente per te adesso, non ci sono più santi da smuovere, nemmeno se lo volessi e…».

«Non lo voglio nonna!», la interruppi bruscamente. «Io… non lo voglio più!».

Rimase in silenzio.

«Puoi… gentilmente spiegarmi almeno perché?», rispose cercando di dominare la rabbia.

«Perché è così nonna, perché non è più il *mio* desiderio e non potevo prendere in giro nessuno, né loro, né me stessa».

«Benissimo e cosa succederà quando fra un paio di mesi avrai cambiato di nuovo idea? Tornerai da loro in ginocchio supplicandoli di riprenderti?»

«Non succederà perché non cambierò idea. Voglio ancora ballare nonna, più di ogni altra cosa al mondo, e lo farò per tutta la vita, ma voglio farlo solo per me. E non mi interessa più entrare in una scuola importante piena di regole rigide e gente che non sorride mai! Voglio solo avere la possibilità di esprimere quello che ho dentro», risposi tutto d'un fiato.

Mia mamma e Paul mi guardavano ammutoliti con le forchette a mezz'aria e il boccone in bocca.

«Certo! Poi ti farai fare un paio di tatuaggi e andrai a disegnare graffiti sulle metropolitane! La mela non cade mai troppo lontano dall'albero, eh?», rispose sarcastica. «Del resto, cosa mi dovevo aspettare con l'esempio di tua madre che ha sempre mollato tutto a un passo dal traguardo… Peccato, ero convinta che mi somigliassi di più!».

«Non riesci proprio a non essere odiosa, eh nonna? Se gli altri non fanno quello che vuoi tu diventano automaticamente dei perdenti! Che ti importa se siamo felici o no? A te interessa solo avere qualcosa di cui vantarti con quei leccapiedi dei tuoi amici nobili alle tue feste pallose, e se tua nipote frequenta la Royal Ballet è fico, mentre se frequenta una scuola di periferia è una vergogna!».

In cucina, sembrava che qualcuno avesse premuto il tasto "pausa": la mamma era rimasta immobile con le sopracciglia alzate e un'espressione a metà fra il disperato e l'interdetto, Paul se ne stava allibito col boccone in bocca e Pat, nella mia testa, ripeteva *Mia stai zitta ti pregooo!!*

Ma era troppo tardi.

Stavo già maledicendo la mia boccaccia che non riuscivo mai a controllare, specialmente quando qualcuno mi provocava offrendomi le risposte su un piatto d'argento.

E ogni volta ci cascavo in pieno!

Seguì un silenzio lunghissimo.

Non sentivo più nemmeno il suo respiro, e per un attimo sperai che avesse riattaccato e, forse, sarebbe stato meglio così.

Invece ebbe l'ultima parola, come sempre.

«Benissimo Mia», rispose dopo una pausa interminabile, «direi che ci siamo dette tutto. Personalmente non ho niente da rimproverarmi. Ho fatto tutto quello che potevo per te, mi sono offerta di pagarti la retta quando me l'hai chiesto, ho provveduto a farti ottenere ben *due* volte l'audizione, ti ho fatta uscire dall'ospedale e ti ho portata qui da me perché dopo quello che ti era successo sapevo che cambiare aria ti avrebbe fatto bene, ti ho organizzato una festa di compleanno che non avresti mai nemmeno potuto sognare, e ti sono stata vicino come non credo di aver fatto con la mia stessa figlia. Per cui, se questo è il ringraziamento, non pensare che starò qui a elemosinare il tuo affetto. Quello non mi interessa, da te pretendo solo il rispetto. Per il futuro se avrai di nuovo bisogno di soldi, non perdere tempo a cercarmi perché la risposta fin da ora è no!». E riattaccò.

La mamma e Paul finsero di non aver ascoltato tutta la conversazione e cominciarono a parlare insieme del più e del meno passandosi il pane, la pasta e il sale contemporaneamente.

Mi sedetti a tavola con un immenso senso di sconfitta addosso.

Fino a mezz'ora prima mi sentivo il cuore scoppiare di gioia all'idea di trasferirmi a Londra e avevo provato una forza nuova e potente spingermi a ricominciare tutto da capo senza neanche un briciolo di esitazione o di rimpianto.

Ma adesso che l'adrenalina era scesa, sentivo vacillare tutto il coraggio.

Le mie dita nella tasca stringevano la lettera in cui Nina mi spiegava, dopo mesi di silenzio, cosa l'aveva spinta a odiarmi in quel modo, ritenendomi responsabile della morte di Pat, e mi chiedeva di andare a vivere con lei per ricostruire una nuova vita sopra le macerie della vecchia.

Solo noi due e il bambino.

E continuava a sembrarmi l'idea più sensata e logica che qualcuno avrebbe potuto suggerirmi: avrei trovato una nuova scuola di danza, e mi sarei diplomata.

Potevamo farcela, io ci credevo.

Ma adesso la realtà mi stava di nuovo mettendo i bastoni fra le ruote e sapevo che non sarebbe stato facile trovare una soluzione.

E perdere la complicità della nonna era stata la mossa più stupida che avessi potuto fare.

«Ci vuoi spiegare cosa è successo?», chiese mia mamma impaziente.

«Niente», risposi sospirando.

«Come *niente*? Tua nonna è fuori dalla grazia di Dio e non mi stupirebbe se si trattasse di me, ma qui si parla della *sua nipote preferita*!».

«Adesso non sono più la sua preferita, stai tranquilla», dissi versandomi un bicchiere d'acqua.

«Mia, ti prego, non tenerci più sulle spine», intervenne Paul. «Non è un problema se è andata male l'audizione, vero Elena? Chi se ne frega, ce ne saranno altre!», disse cercando di spezzare la tensione.

«No, Paul, non è andata male anzi, è andata benissimo e sono quasi sicura che mi avrebbero presa, ma…».

«Ma?», fecero eco in coro.

«Ma… sono rientrata in sala e ho detto alla commissione che non voglio frequentare la Royal!».

«Che non *vuoi*?», ripeté Paul sempre più perplesso. «Ma tu lo volevi, no? Lo hai *sempre* voluto! Hai fatto di tutto, compreso mentire a tua madre e cospirare con tua nonna per poterci andare! Tutti quei sacrifici, quelle ore di prova, tutti i soldi spesi… vuoi davvero buttare tutto così?».

Ci voltammo a guardare Paul che si scaldava come se io fossi davvero sua figlia, cosa che, in effetti, mi riempì di orgoglio.

«E… esatto», balbettò mia mamma per riprendere il controllo della situazione. «Mi hai mentito e mi hai fatto spendere un sacco di soldi e tempo in lezioni di danza, convincendomi che fosse il sogno di tutta la tua vita e adesso che ce l'hai fatta molli tutto? Lo credo che tua nonna non vuole più sentirti! Ti vorrà strangolare! Lo farei anch'io!», disse agitando le mani.

«Meno male che non avevi ascoltato la conversazione eh?», ironizzai.

«Stava urlando, non ci voleva molto…».

«Non ho mai detto che voglio smettere di ballare, mamma, quello mai, ma non mi interessa più entrare alla Royal e tu dovresti esserne contenta, visto che non hai mai voluto che ci andassi veramente!».

«Non cercare di girare la frittata adesso! Sai bene che non mi potevo permettere più di ventimila sterline l'anno per mandarti a quella scuola, e il fatto che tu abbia tramato alle mie spalle chiedendo i soldi a tua nonna, senza avvertirmi, permettendole così di umiliarmi e mantenere il controllo sulle nostre vite, non potrò mai perdonartelo. Ma poi, dopo tutto quello che è successo, è chiaro che per me l'importante è che tu stia bene!». Poi fece una pausa. «Devi ammettere però che tua nonna che mi telefona per inveire contro di te è la novità del secolo e, se permetti, è una piccola soddisfazione!», concluse sedendosi con un sorriso sarcastico.

«Mamma! Sei orribile!», le dissi fingendomi indignata.

«Non sono orribile, sono onesta. Per una volta che mia madre detesta qualcun altro, è come andare in vacanza al Club Med!».

«E adesso? Che farai?», mi chiese Paul come se fossi stata la piccola fiammiferaia seduta al freddo sui gradini della chiesa.

Presi il coraggio a due mani, sapevo che stava arrivando la parte difficile.

«Nina e io vogliamo andare a vivere a Londra», sparai.

«Dove???», strillò Paul strabuzzando gli occhi.

«Paul ti prego!», lo zittì bruscamente mia mamma, poi rivolta di nuovo a me: «Dove hai detto che vuoi andare???», strillò.

«A Londra mamma, esattamente come avrei fatto se avessi frequentato la Royal, non cambia niente!».

«Certo che cambia! Alla Royal non avresti attraversato neanche la strada per andare dalla scuola alla tua camera, ti avrebbero tenuta segregata tutto il giorno fra lezioni, fisioterapia e scuola, e la sera saresti stata talmente a pezzi che avresti avuto solo l'energia per mangiare uno yogurt e mandarmi un SMS! Figurati se ti mando a Londra insieme a Nina che aspetta un bambino! Ma tu sei matta!», disse mettendosi a sparecchiare spostando rumorosamente le sedie.

Ecco cosa intendevo per "parte difficile".

Mi rivolsi a Paul in cerca di aiuto, ma era più imbarazzato che mai e mi guardava confuso e interdetto.

Mi voleva bene come a una figlia, ma, di fatto, non lo ero e non osava intromettersi fra me e mia madre, anche se cercavo di approfittare di ogni suo momento di debolezza per portarlo dalla mia parte.

«Mamma ti prego, adesso che sono riuscita a litigare con la nonna, non sei un po' contenta?», tentai di ironizzare.

«Contentissima! Non lo vedi? Sprizzo gioia da tutti i pori! Con tutta la fatica che hai fatto per dare l'esame a scuola e prepararti per quell'audizione! Vuoi dirmi perché adesso butti tutto al vento? Almeno prima avevi uno scopo o mi avevi fatto credere di averlo, ora invece non sai più quello che vuoi!».

«Ma te l'ho detto, so ancora quello che voglio, ma non è più *quello*! Possibile che per te sia impossibile cambiare idea?»

«Allora vedi che avevo ragione a insistere perché tu facessi la dentista o l'avvocato? Quelli sono mestieri veri che ti garantiscono la cena anche se ti rompi un menisco!».

«Ehm Elena», la interruppe Paul, «forse Mia intende dire che…».

La mamma lo fulminò con uno sguardo che significava: "Non provare a insegnarmi a educare mia figlia o ti mordo!".

Il povero Paul mi guardò come per dirmi "ci ho provato", e tornò ad asciugare i piatti.

Si erano rimessi insieme da troppo poco tempo perché lui tentasse di imporsi, ma quello che mi stupiva di più era che lei fosse tornata a reagire come faceva un tempo, con il suo schema abituale del "so io quello che è meglio per te e non si discute", che era proprio quello che aveva sempre detestato nella nonna Olga.

Ma non poteva essersi dimenticata di quello che avevo passato per la morte di Patrick e soprattutto non poteva non capirmi.

«Mamma…».

«Vai in camera tua Mia!», mi ordinò. «Vai a riflettere sul tuo futuro! E quando scendi voglio un piano dettagliato sulle tue intenzioni!».

«Sissignora!», risposi uscendo dalla cucina facendole il saluto militare.

Almeno in camera avrei potuto parlare con Patrick, anche se sapevo già quello che mi aspettava.

Salii su e mi buttai sul letto.

Mi faceva male la testa, e c'erano troppe emozioni da far sedimentare.

Avevo affrontato l'audizione ballando come mai prima, avevo dato il meglio di me davanti a una commissione severissima e avevo *sentito* in cuor mio che mi avrebbero presa.

Ma quando mi ero guardata intorno negli spogliatoi, e mi ero resa conto di come sarebbe stata la mia vita negli anni a venire, chiusa in una gabbia dorata con poche amiche e troppa competizione, il velo dell'illusione si era squarciato improvvisamente e non mi era più sembrato così allettante diventare una prima ballerina, se il prezzo da pagare era la rinuncia alla libertà.

Così non avevo avuto più alcun dubbio: avrei cercato la mia strada altrove.

E perché non a Londra, con la mia migliore amica, con cui avevo condiviso la più grande delle tragedie e che più di tutti mi avrebbe per sempre ricordato Patrick.

Il mio adorato Patrick che non perdeva l'occasione di farmi la predica ogni volta gli si presentasse l'opportunità.

Mia! Cosa ti aspettavi che ti dicesse tua madre: «Che brava la mia bambina»?

«Non adesso Pat ti prego!», mi lamentai coprendomi la faccia con il cuscino. «Mi scoppia la testa!».

E allora quando?

«Quando sarai dalla mia parte!».

Io sono dalla tua parte!

«Non direi!».

Certo che sì, ma capisco anche lei! Mettiti nei suoi panni.

«Non ci penso nemmeno!».

Invece dovresti farlo più spesso, sai? Cambierebbe la tua prospettiva sul mondo! Come pensavi che avrebbe reagito all'idea che tu vada a vivere a Londra senza soldi, senza un progetto di studio, e insieme a quella matta di mia sorella che aspetta un bambino? Avete sedici anni, devi rendertene conto, questa cosa è più grande di voi! Non ce la potete fare!

«Vuoi dire che è un'idea stupida?», dissi togliendomi il cuscino dalla faccia e guardando il soffitto.

No che non lo è, ma dovete progettarla meglio, e tu e Nina dovete parlare seriamente, fare un piano e ricostruire la vostra amicizia, altrimenti sarà un disastro e perderete ancora più tempo. E dopo sarà un casino trovare una scuola che accetti due ragazze che non sanno cosa fare della loro vita e per di più devono occuparsi di un neonato!

«È questo il tuo modo di aiutarmi Pat? Mi sembrava di aver capito che eri d'accordo con la mia scelta! Prego! Prendete il bigliettino e quando è il vostro turno venite pure a sbattermi in faccia le vostre critiche "costruttive"! Avanti un altro!».

Amore mio, sto solo cercando di essere realista…

«Pat, non sei nella posizione giusta per essere realista!».

Be', è il massimo che posso fare date le circostanze.

«Pat!».

Eh?

«Che palle anche tu!».

Ho capito, passo e chiudo, ci vediamo stanotte nel nostro posto così potremo continuare la conversazione!

«Non vedo l'ora!».

Mia!

«Eh?».

Ti amo.

Risi.

Amavo Patrick ogni minuto di più.

Era assurdo, totalmente assurdo e inspiegabile e nemmeno Harry Potter ci avrebbe creduto, ma lui ormai faceva parte di me e della mia vita.

Io e Pat ci parlavamo dal giorno del mio *incidente.*

Quando ero entrata volontariamente in quell'angolo di mare gelido e nero, lo stesso che se lo era portato via, nel tentativo insensato di salvare York.

E ci era riuscito: si era buttato in mare per la seconda volta dopo aver tratto in salvo un bambino un minuto prima, senza riflettere neanche un istante, e quel mucchio di peli neri e arruffati era corso verso di me semicongelato e con gli occhi fuori dalle orbite per il terrore.

Ma quando avevo alzato la testa per sorridere a Patrick, ringraziarlo per avermelo riportato e dargli dell'incosciente, lui non c'era più.

Era annegato per salvare il mio cane.

E quella è stata l'ultima volta che l'ho visto vivo.

E il suo corpo non era più stato ritrovato.

Il dolore atroce che ne era seguito mi aveva straziata, lasciandomi agonizzante come un pesce sulla riva, che si contorce soffocando lentamente.

E il mio cuore dilaniato non aveva retto il colpo, rendendomi insopportabile la sua assenza, giorno dopo giorno.

Per questo avevo deciso di raggiungerlo.

Non riuscivo più a vivere senza di lui e l'orrore di vederlo sparire sotto i miei occhi era stato così forte che non ero stata più in grado di dare un senso alla mia vita.

Avevo perso tutto, Pat, Nina, la danza, e per quanto egoistico potesse sembrarmi adesso, in quel momento il dolore era così intollerabile che non vedevo nessun'altra via d'uscita.

Se non la mia stessa *uscita* di scena.

Volevo smettere di soffrire, volevo che fosse tutto un brutto sogno e non accettavo l'idea che fosse finita così.

Io e lui non eravamo due semplici adolescenti innamorati, ma due anime gemelle, due predestinati.

E la mia non era stata la banale cotta di una quindicenne per il fratello maggiore della sua migliore amica, perché quando avevo visto Patrick per la prima volta avevo capito, con una certezza inequivocabile, che era lui il mio grande amore e non avevo mai smesso di amarlo, ogni giorno della mia vita, anche se in totale segreto.

Certa che non ci sarebbe mai stato nessun altro nel mio cuore che avrebbe potuto rimpiazzarlo, né Carl, né Alex, né qualunque altro ragazzo della mia classe.

E soprattutto strasicura che lui, così bello, così meraviglioso e così desiderato, non mi avrebbe mai degnata di uno sguardo.

Ma mi andava bene così. Lo avevo sempre e soltanto osservato da lontano facendomi bastare quelle rare volte che tornava a casa sua in congedo dalla Marina e mi abbracciava forte chiamandomi *broncio*.

Poi un giorno, chissà come, le cose erano cambiate, e Pat mi aveva "vista" e aveva smesso di considerarmi la sua seconda scorbutica sorellina, così la nostra storia era sbocciata nel più dolce e naturale dei modi.

E mentre ci accingevamo a trascorrere il più bel fine settimana della nostra vita, in cui avremmo fatto l'amore per la prima volta, ridendo e facendo progetti, innamorati come non mai, mangiando fish and chips sulla spiaggia d'inverno, proprio quando la vita ci stava spalancando tutte le sue porte, la crudeltà del destino si era abbattuta su di noi con una violenza inaudita, spezzandoci le ali per sempre.

Ecco perché dopo la tragedia ero entrata in acqua e in pochi attimi ero sprofondata in quel mare gelato oltre ogni umana sopportazione, perforata da milioni di aghi di ghiaccio che mi paralizzavano le gambe. E mi ero svegliata dopo due settimane di coma in ospedale, dove avevo cominciato a sentire la voce di Patrick.

Una voce nella mia testa, troppo reale per essere un'allucinazione, come tutti i medici sostenevano.

E quella voce, piano piano, mi aveva riportata in superficie, nuotando attraverso la nebbia lattiginosa del sonno artificiale, salvandomi ancora una volta, insistendo perché reagissi, camminassi e tornassi a vivere, con i suoi metodi drastici da ufficiale della Marina.

E alla fine ci era riuscito.

Ero tornata a scuola, avevo dato l'esame e mi ero preparata per l'audizione.

E tutto grazie a lui che mi aveva sostenuta, incoraggiata e protetta ogni giorno e soprattutto ogni notte, quando mi addormentavo e lo incontravo in una specie di luogo senza tempo dove potevamo stare insieme come prima.

Be', non proprio come prima, ma era meglio di niente.

Ovviamente nessuno ci credeva e pensavano tutti che fosse una conseguenza del trauma, tranne mia nonna Olga, che non si stupiva mai di niente, e Betty, l'amica di mamma, che aveva sognato spesso Patrick prima che cominciassi a sentirlo e diceva che era rimasto in bilico fra due mondi, legato a me dal nostro amore fortissimo e dal suo bisogno disperato di proteggere le persone che amava.

Ma a me non importava essere considerata stravagante o eccentrica, il dolore per la sua perdita era stato così devastante da farmi quasi diventare pazza, e sapere che lui era con me ogni minuto della giornata mi aveva dato la forza di reagire.

Ed era tutto quello che mi interessava sapere, i come e i perché erano dettagli.

CAPITOLO DUE

Presi la bicicletta e pedalai fino a casa di Nina.

Una cosa così banale, che avevo fatto quasi tutti i giorni da quando avevo cinque anni, adesso mi sembrava terribilmente importante.

Non stavo andando da lei a fare i compiti nella speranza di incontrare Pat o ad ascoltare le sue fantasie su Robert Pattinson o su qualcuno della nostra classe, andavo a ricucire mesi di silenzio, odio, dolore, e solitudine, accompagnati da abbandono, pianti, urla e decisioni estreme.

Avrei tanto voluto avere la bacchetta magica e cancellare tutti quei mesi disperati, suonare il campanello, e vedere sua madre Laetitia aprirmi la porta sorridente, e poi entrare in quella casa bellissima e piena di luce, che profumava di famiglia e torta di mele, dove tutti ti capivano e ti volevano bene, e dove regnavano amore e comprensione: la famiglia felice che le avevo sempre un po' invidiato e dove avrei voluto trasferirmi ogni volta che litigavo con mia madre.

Ma quell'immagine era ormai un lontano ricordo, una foto sbiadita in un album dimenticato alla polvere e, al suo posto, erano rimaste anime tormentate che tentavano giorno dopo giorno di ricostruire un equilibrio, un equilibrio fragile come le ali di una farfalla.

Salii le scale del patio e rimasi ferma davanti alla porta.

L'ultima volta che le avevo parlato, nella speranza di riallacciare i nostri rapporti, mi aveva risposto con un sintetico «Sono incinta!», e mi aveva sbattuto la porta in faccia.

Certo, rispetto a quando mi aveva preso a pugni in chiesa era stato già un miglioramento, ma avevo comunque paura di sentirle dire qualcosa del tipo: "...di due gemelli!", e mi sentivo terribilmente sulle spine.

«Pat, che mi devo aspettare?», sospirai.

Non potrai saperlo finché non suoni.

«Ma c'è qualcosa che sai, una volta tanto?», risposi sbuffando.

E suona, su!

Suonai, e un attimo dopo sentii un rumore familiare di rapidi passi scendere le scale di corsa e Nina comparve sulla porta.

Quell'istante in cui ci guardammo negli occhi dopo tanto tempo mi sembrò durare un'eternità, e fu così intenso ed emozionante che lo avrei ricordato per sempre.

I sottili capelli biondi, ancora più lunghi dell'ultima volta, le incorniciavano il viso magrissimo e pallido dove quegli occhi trasparenti e grandi come il cielo risaltavano come fiori blu sulla neve.

Ci fissammo per lunghi secondi senza dirci niente, finché il sorriso di Nina si aprì immenso e mi fece saltare il cuore nel petto.

Per un attimo mi sembrò di essere tornata indietro nel tempo e pensai che si sarebbe voltata gridando: «Mamma io esco, è arrivata Mia!», e subito dopo mi avrebbe presa per mano e mi avrebbe trascinata a provare rossetti e cappelli al centro commerciale.

Ero stordita dalla valanga di ricordi e dalla sua somiglianza sempre più evidente con Patrick.

E l'emozione mi tolse il respiro inondandomi gli occhi di lacrime.

Nina se ne accorse e mi abbracciò stretta come fossi stata un uccellino caduto dal nido.

Mi lasciai avvolgere dalle sue braccia, così materne e protettive, e prese a cullarmi in un modo nuovo e allo stesso tempo talmente naturale che mi fece sentire ancora più sola.

«Va tutto bene Mia, tutto bene...», mi sussurrò accarezzandomi i capelli come solo mia madre faceva.

E capii che al posto della Nina che conoscevo, la ragazzina eternamente innamorata e piena di sogni per il suo futuro, adesso c'era una donna, un'adulta, una futura mamma.

Mi guardò con tenerezza, senza parlare.

Non ne avevamo bisogno, sapevamo già quello che c'era da sapere: era cambiato tutto e tutto era rimasto uguale.

E adesso avremmo affrontato il resto del mondo insieme.

Si sbottonò il lungo cardigan e mi mostrò orgogliosa la pancia.

«Hai visto?», disse accarezzandola.

Feci sì con la testa sicura di indovinare i pensieri di Pat.

Ma che è saltato in mente a mia sorella? Giuro che se fossi lì mi sentirebbe!

Sorrisi non sapendo bene cosa dire.

Capivo la sua decisione, ma nonostante tutto continuava a sembrarmi una pazzia.

Aveva sedici anni e di lì a qualche mese avrebbe avuto un bambino.

Il figlio di Carl, a cui volevo bene come a un fratello, ma che lei aveva completamente tagliato fuori dalla sua vita perché non lo amava.

Voleva un bambino, ma non voleva un uomo accanto a lei e niente le avrebbe fatto cambiare idea.

«Wow!», dissi alla fine.

Rise.

«Dài entra!», rispose facendosi da parte.

Mi feci coraggio ed entrai.

Ma qui dentro è tutto diverso!, esclamò Patrick irritato.

Aveva ragione, era cambiato tutto: la disposizione dei mobili, le tende, la carta da parati, anche l'odore era diverso.

Al posto del confortante profumo di famiglia e di cucina, c'era un odore sintetico di vaniglia e cannella che proveniva da un diffusore elettrico.

Ma nonostante tutti quei tentativi di camuffamento, nell'aria continuava ad aleggiare la sottile presenza dell'assenza, come l'impronta di un quadro tolto da una parete dopo tanto tempo.

E non c'era fragranza o candela profumata che potessero coprirla.

«Visto?», mi disse con un sorriso fiero indicandosi intorno. «Ho cambiato tutto qui dentro, non sopportavo più niente di quello che mi ricordava il passato».

«E funziona?», le chiesi guardandola negli occhi.

«Neanche un po'!», mi rispose facendosi strada verso la cucina. «Al momento ti sembra che una mano di vernice possa coprire la storia di tutta la tua vita, ma la verità è che i ricordi si alimentano da soli e più cerchi di cancellarli più tornano di prepotenza. Un po' come la storia del *Fantasma di Canterville* che macchiava il tappeto di notte dopo che i proprietari avevano passato il giorno a pulire con la candeggina, te la ricordi? Ci piaceva tanto da bambine».

«Sì che me lo ricordo, l'ho portato all'esame!».

«È esattamente così che funziona, se non decidono loro di smettere di tormentarti è inutile provare a mandarli via. Vuoi un tè?».

Annuii.

Nina stava dimostrando uno spirito e un senso pratico che mi lasciavano senza parole.

Aveva davvero voltato pagina ed era fortemente determinata a non permettere al dolore di dominare la sua vita come stava accadendo a sua madre.

Ma questa nuova Nina mi sembrava troppo iperattiva e adulta per i miei gusti e temevo che non sarei riuscita ad abituarmi.

Mi sentivo piccola e immatura davanti a lei.

Non ti sembra che dimostri trent'anni? Sembra mia sorella maggiore! Chiedile se ha già pensato a un piano pensionistico!

Risi e per poco non mi andò di traverso il tè.

«È troppo caldo?», chiese preoccupata.

«No, no è perfetto così!», la rassicurai.

Si sedette sullo sgabello di fronte al mio e appoggiò le mani sulle mie gambe.

«Dài, parlami di te adesso, voglio che mi racconti tutto di Firenze, di tua nonna e dell'esame alla Royal! Sono certa che sei stata grande!».

Sospirai.

«Ecco, diciamo che c'è stato un cambiamento di programma…».

«Cioè?»

«Non andrò più alla Royal».

«Che??? Non ti hanno presa? Non posso crederci! Vuol dire che hanno favorito qualcun altro che sicuramente non lo meritava! Gli scrivo subito una mail, bisogna fargli causa, non credevo che la Royal fosse una scuola corrotta e…».

«Ferma Nina!», la interruppi. «Loro non c'entrano niente, sono io che non sono voluta andarci!».

«E perché?», mi chiese perplessa. «Io speravo di trasferirmi a Londra con te e studiare per diventare giornalista, mentre tu diventavi prima ballerina. E adesso che fai, mi lasci da sola?», disse mettendo il muso.

«Ma no, che dici, non voglio lasciarti sola, ma non voglio nemmeno studiare lì. Sono cambiate un sacco di cose, lo sai bene, e non siamo più le stesse di prima. E anche i miei sogni… sono cambiati».

«Quindi sei sempre dell'idea di trasferirti a Londra?», chiese speranzosa.

«Nina, non è così facile, né così automatico. Mia madre mi odia e mia nonna mi vuole uccidere! Adesso devo trovare un'altra scuola e fare un'altra audizione, e al momento non ho affatto le idee chiare e neanche voglia di ricominciare tutto un'altra volta. E poi chi ci accompagnerebbe? Non possiamo vivere da sole, non con te in queste condizioni!».

«C'è mia zia a Londra e comunque un sacco di ragazze della nostra età si trasferiscono in città per studiare!».

Sì ma non sono incinte! Scusa se sottolineo l'ovvio!, sbottò Patrick.

«Sì ma non sono incinte, scusa se sottolineo l'ovvio!», ripetei.

«Ma che differenza fa, Mia? Certo, sarà difficile per i primi mesi, ma poi vedrai che tutto si sistemerà!», disse con uno spiazzante lampo di ingenuità negli occhi.

In quel momento esatto capii che la mia amica non aveva la benché minima idea di quello che sarebbe successo da lì a pochi mesi e per il resto di tutta la sua vita.

Aveva agito con una motivazione sicuramente legittima e profonda, ma credeva che sarebbe stato come giocare con le bambole.

«Nina, ma tu lo guardi mai *Teen Mom*?»

«Certo che sì!».

«E *Juno*? Hai visto *Juno*?»

«Mia!», mi disse sorridendomi come se fossi una mezza scema. «Andrà tutto bene, stai tranquilla! Quella è *solo* televisione, fanno sembrare tutto molto peggio di quello che è, altrimenti nessuno guarderebbe quei programmi».

«Nina, mi fai paura!», mugolai.

«Vieni qui fifona!», esclamò scendendo dallo sgabello e trascinandomi per mano in salotto. «Chi dovrebbe avere più paura, io o te?», disse sedendosi sul divano.

«Tu, che c'entra, ma…».

«Appunto! E se io non ho paura perché dovresti avercela tu?»

«Perché non ti rendi conto di quello che sta per succedere e hai perso il contatto con la realtà!».

Rise.

«Non mi sono mai sentita così viva come adesso e sento che la nostra vita sarà bellissima, saremo una famiglia, noi tre», disse prendendomi le mani fra le sue.

Quattro! Vi state dimenticando di quel poveraccio del padre, e cinque se vi degnate di contare anche me!

«Nina, ma Carl dove lo metti? Non penserai che lui se ne disinteressi! Farà di tutto per trattenerti qui a Leicester».

«Non ho mai impedito a Carl di occuparsi del bambino, solo che non gli ho mai imposto di fargli da padre. So di non avergli chiesto se era d'accordo, so di averlo ingannato smettendo di prendere la pillola, so di essermi comportata in un modo deplorevole, lo capisco perfettamente, ma avevo il diritto di salvarmi la vita non credi?», mi disse con sguardo severo e disperato insieme, che non aveva niente di adolescente.

Annuii di nuovo come avevo fatto già troppe volte quel pomeriggio.

Quello che diceva non faceva una grinza, ma era tutta teoria, la pratica sarebbe arrivata presto sotto forma di neonato.

Un neonato vero.

«Non c'è più niente per noi qui, Mia, questo posto appartiene al passato, quando eravamo spensierate, fiduciose e piccole, e ora è arrivato il momento di lasciare il nido e andarcene via in un posto dove nessuno ci conosce e potrà guardarci con pietà: me come la sorella del morto e te come la ragazza del morto che ha pure tentato il suicidio!», disse duramente.

Un po' di rispetto ragazze!

«Mia, è la verità!», proseguì senza esitazione. «Comunque la metti non cambia, dobbiamo andarcene da qui e il prima possibile. I corsi cominceranno presto e non voglio perderne più dello stretto necessario e tu… be'… tu che vuoi fare della tua vita? La cassiera da Sainsbury's? Mi pare di ricordare che sei una ballerina no? Allora troviamo un'altra scuola, Londra è piena di scuole di danza, praticamente una in ogni strada, non è forse così?».

Mia, occhio a come rispondi adesso, lei è matta da legare e tu cerca di non assecondarla!

«Nina, non cominciare anche tu a chiedermi cosa voglio fare della mia vita, ho già metà della mia famiglia sul piede di guerra!», risposi disperata con le mani nei capelli.

«Senti, non è così difficile no? Prima troviamo una scuola, poi io parlo con tua mamma e infine prepariamo il trasloco. Vedrai che entro un mese saremo già sistemate, in tempo per cominciare l'anno scolastico… a meno che…».

«A meno che?», chiesi avvilita.

«A meno che tu non preferisca diplomarti nella vecchia scuola con tutti che ti guardano con pietà come la…».

«…la ragazza del morto che ha pure tentato il suicidio! Ho capito basta!», sbottai.

«Brava, tienilo bene a mente e vedi di non scordarlo!».

Ero in trappola, prigioniera del folle piano di Nina, che si mostrava sempre più assurdo, anche se, in situazioni normali, sarebbe stato quello che avevo sempre desiderato.

«Dài, vieni che ti faccio vedere una cosa», mi disse prendendomi di nuovo per mano e portandomi in camera sua.

Salii le scale dietro di lei e appena arrivate al piano di sopra mi bloccai come un gatto davanti all'acqua.

Vedere le porte chiuse delle stanze nella penombra mi provocò angoscia.

Tutto era immobile, sospeso nel tempo, come paralizzato: il parquet lucidissimo, i quadri alle pareti, anche i soprammobili sui tavolini erano esattamente nello stesso punto.

«Questo è il piano di mia madre», disse Nina intuendo i miei pensieri, «non mi ha permesso di toccare niente».

Ero entrata nella stanza di Patrick proprio insieme a sua madre una volta, e il suo odore mi aveva colpita come uno schiaffo.

Guardavo la porta della camera, con una voglia pazzesca di entrarci di nuovo, immaginando di vederlo lì, in piedi, sorridente che mi diceva *Ciao broncio* e io che gli saltavo al collo soffocandolo di baci.

Ma sapevo che non sarebbe mai più stato così.

«Vuoi… entrare in camera di Patrick?», esitò Nina.

Ti prego Mia non farlo…

Avanzai lentamente verso la porta, appoggiai la mano sulla maniglia, respirai e mi voltai verso Nina.

«Meglio di no…», risposi rimettendomi le mani in tasca, «…credo che sia meglio di no».

Nina fece di sì con la testa e mi sorrise mentre entravamo in camera sua.

Non ci mettevo più piede da un'eternità.

E, come sospettavo, non c'era più niente di quello che ricordavo, nemmeno il poster gigantesco di Robert Pattinson che occupava mezza parete. Era una camera molto più sobria ed essenziale di quella che aveva quando ancora eravamo "normali", quando entravamo di corsa buttando gli zaini per terra, mettevamo a tutto volume i Black Eyed Peas e cantavamo *Let's Get It Started* a squarciagola, saltando sul letto.

Dov'erano finite quelle due matte?

Dov'eravamo finite?

Se chiudevo gli occhi potevo ancora sentire le nostre risate.

Un'eco che si faceva sempre più lontana.

«Avevo bisogno di ordine», rispose interpretando di nuovo il mio sguardo smarrito.

Era più accogliente la camerata dove dormivo in Marina! Perché non le consigli di mettere anche il materasso per terra? Dico così, sai, per semplificare…

Aprì un cassetto e tirò fuori delle tutine da neonato azzurre e verdi, delle scarpine minuscole e dei bavaglini colorati e li dispose sul letto con aria sognante.

«Guarda! Non sono un amore?», sorrise tenendo in mano una maglietta microscopica con una mela disegnata sopra.

La guardai perplessa.

Se c'era una cosa che proprio non mi emozionava minimamente erano i bambini e ancora meno i vestitini dei bambini.

Avevo sempre odiato giocare con le bambole, figuriamoci con un bambolotto vero!

«Dài non fare quella faccia! Sono adorabili!».

«Adorabili…», ripetei arricciando il naso.

«Vedrai che sarai una zia bravissima e le insegnerai a ballare, non vedo l'ora di comprarle un tutù rosa!».

«Ehi ehi, frena! Io non sono brava a insegnare e poi *zia Mia* suona malissimo!».

L'idea di andare a vivere con lei mi convinceva sempre meno.

Avevo immaginato noi due insieme in una casa tutta nostra, in cui ci saremmo comportate come delle adulte, andando a scuola, studiando insieme e uscendo con i nostri nuovi amici, ma non avevo mai veramente preso in considerazione l'idea che ci sarebbe stato anche un neonato di mezzo.

Avevo bisogno di parlare di noi due e di quello che ci era successo, non di scegliere il colore della cameretta, possibile che non se ne rendesse conto?

«Zia Mia! Zia Mia!», cominciò a sfottermi. «Zia Mia, insegnami le *pirouette*, i *port de bras* e gli *erabesque*», rise lanciandomi una scarpetta in testa.

«*Arabesque*! Ignorante!», risi anch'io.

«Vedi? Sei tu l'esperta, lo so, sarai fiera di lei!».

«Ma lei chi? E come fai a sapere che è una femmina?»

«Si chiama *ecografia*! Mai sentita nominare?»

«Mai avuto bisogno!».

Quella conversazione cominciava a diventare più surreale di quelle che avevo con Patrick, ma per me era ossigeno puro.

Nina e io parlavamo di nuovo e, anche se in maniera faticosa e goffa, stavamo cercando di costruire qualcosa e, per farlo, non avremmo dovuto tirare in ballo il passato se non in casi di estrema necessità.

Il problema era che io col passato ci convivevo giorno e notte.

E non avevo intenzione di smettere di farlo.

«Ascolta il mio piano!», disse mettendosi faticosamente a sedere sul letto a gambe incrociate. «Mi sono iscritta alla scuola di giornalismo dell'Università di Londra e comincerò i corsi fra qualche settimana, adesso tu devi cercarti una nuova scuola da frequentare per l'ultimo biennio. Nel frattempo noi dovremmo andare a sistemare la casa di Londra. Zia Kate, la sorella di mio padre, abita proprio nella casa accanto con mia cugina Eileen, nel caso avessimo bisogno di una mano».

«Ma tua mamma….voglio dire, ti lascia andare via di casa in queste condizioni?», non potei evitare di chiederle.

È esattamente quello che vorrei sapere anch'io!

«Mia mamma non è più la stessa dalla morte di Patrick. Lei ha trovato conforto in questo gruppo di preghiera e… anche se è strafelice all'idea della piccola… insomma Mia, non vedo l'ora di andarmene da qui».

«Ma… e tuo padre?».

Già, nostro padre?

«Con mio padre, sai, non ci parlo più. Lui adesso vive a Londra e credo che venderà questa casa. E sinceramente lo spero tanto», disse con uno sguardo pieno di tristezza. «Per fortuna i soldi in casa Dewayne non sono mai stati un problema, eh?», proseguì fingendosi allegra.

Non ci posso credere!, tuonò Patrick nella mia testa al limite della sopportazione. *Una ragazzina incinta di quattro mesi che non sa ancora niente della vita, se ne va a Londra da sola con l'amica e una zia mai vista prima! E i suoi genitori non dicono niente! Cristo santo, se non fossero anche i miei genitori, giuro che li denuncerei! Ma si sono bevuti il cervello o cosa??*

Patrick urlava così forte che mi rendeva difficile sentire Nina.

«Nina», le dissi prendendole le mani fra le mie, «non pensi che potrebbe essere difficile per noi… voglio dire, io e te da sole, con la bambina…».

«Non dico che sarà facile Mia, ma non ho altra scelta. Non posso rimanere qui e anche se lo facessi, sarei sola comunque. E poi non sarò né la prima né l'ultima ragazza madre».

Ma dico, è una follia! Voi non avete idea! Mia madre non ha idea! Per non parlare di mio padre! Ma sono diventati tutti matti? Giuro che non li riconosco più! Okay, è vero, hanno perso un figlio, chi meglio di me può saperlo! Ma la vita va avanti, no? E adesso che pensate di fare? Che succede se…

«Smettila adesso!», sbottai.

Nina mi guardò turbata.

«Scusami! Non dicevo… cioè smettila di parlare così, voglio dire che non sei sola, io ci sarò sempre, è solo che non ti nascondo che sono preoccupata!».

«Tu non hai mai avuto paura di nulla Mia», mi disse guardandomi dritto negli occhi, «e quando penso a qualcuno di veramente forte penso a te. Ho bisogno di te Mia… *Abbiamo* bisogno di te», disse con uno sguardo sincero accarezzandosi la pancia.

Era quella la Nina che conoscevo e che temevo di aver perduto per sempre, erano quelle le parole che volevo sentirmi dire da quando aveva aperto la porta.

«Nina…», le dissi con un filo di voce accarezzandole una guancia, «…mi sei mancata tanto…». E le lacrime cominciarono a scorrermi lungo il viso.

«Anche tu Mia, non sai quanto!», disse abbracciandomi di slancio e cominciando a singhiozzare con me.

Rimanemmo strette per un'eternità, sopravvissute alla crudeltà del destino, alla solitudine, all'abbandono, e al dolore che non era riuscito ad annientarci, anche se ci aveva spezzato le ossa. Adesso niente di quello che ci aspettava là fuori poteva farci paura.

Niente.

Avremmo affrontato anche quella sfida.

E con un po' di fortuna l'avremmo vinta.

Pazze! La vostra è una sfida fra pazze! Cosa farete se ci saranno delle complicazioni? E se partorisce di notte per esempio, eh? A chi chiederete? Al pub all'angolo? E se nevica? E se entrano i ladri in casa? E se...

«Basta Patrick!!!», gridai mentre pedalavo a tutta velocità. «Sei tu che mi fai diventare matta! Non vedi che ho già un mucchio di problemi da risolvere per conto mio? Che dovevo fare, è tua sorella la conosci meglio di me, e quando si mette qualcosa in testa non la fermi!».

Ma ti rendi conto che il suo piano è assurdo e che tua madre non te lo permetterà mai?

«Senti Pat», dissi fermandomi al semaforo, «non sei nella posizione di parlare di cose assurde, non credi?».

Una signora in macchina mi guardò stranita.

«*You make me... feel like I'm living in a... Teenage dream... The way you turn me on...*», cominciai a cantare fortissimo. «Katy Perry!», le strillai.

La signora scosse la testa e ingranò la prima partendo.

«Pat, mi rinchiuderanno se non la smetti di litigare con me in pubblico!», brontolai.

Lo sai che se non ho le cose sotto controllo impazzisco e questa cosa mi fa impazzire!

«Be' così non sei d'aiuto! Non mi hai ancora dato un solo consiglio decente! E adesso che faccio, me lo dici? Da che parte comincio?», esclamai disperata.

Il giorno potenzialmente più bello della mia vita si era trasformato in una catastrofe senza fine: avevo litigato con tutte le persone che amavo di più e non avevo veramente la più pallida idea di come fare per recuperarle.

Ero stata davvero superficiale, mi ero lasciata trascinare dall'entusiasmo della lettera di Nina ed ero stata pronta a buttare all'aria tutto il mio futuro senza pensarci due volte e senza avere la benché minima idea di cosa avrei fatto dopo.

La mia famiglia aveva ragione a odiarmi.

Ero davvero una delusione.

Il mio cellulare squillò distogliendomi dai miei pensieri.

Era Carl.

Alzai gli occhi al cielo. Non avevo nessuna voglia di rispondere.

«Ciao Carl».

«Allora?»

«Allora cosa?»

«Allora com'è andata?»

«Bene, penso. Cioè non lo so ancora», tagliai corto.

Sapevo che mi avrebbe chiesto di Nina e non avevo voglia di dirgli che ci eravamo riavvicinate, o mi avrebbe dato il tormento per riuscire a convincerla a tornare con lui.

Peggio di Patrick quando non riusciva ad avere tutto sotto controllo.

«Senti, ho bisogno di vederti».

«No Carl, oggi è una giornataccia, sono stanca morta, mi sono alzata presto, l'audizione e tutto il resto…».

«Eddai Mia, è tutta la vita che balli, devo parlarti di una cosa troppo importante, vengo da te dopo cena».

«Ma…».

Non riuscii a finire la frase che aveva già riattaccato.

Ottimo.

La vita aveva di nuovo preso il controllo… su di me.

CAPITOLO TRE

Sentii Carl entrare in casa e salutare mia mamma che rispose con una specie di grugnito che significava "È su!".

Feci una smorfia e aprii la porta di camera mia, prima che bussasse.

Sembrava un cane bastonato.

Le mani in tasca, il passo strascicato e i capelli fuori taglio che gli ricadevano sugli occhi obbligandolo a soffiare in su per riuscire a vedere.

Ecco uno a cui un po' di militare avrebbe fatto bene! Non lo posso vedere con quei capelli sugli occhi! Argh che nervi!

«Be'? Come mai non state festeggiando? Elena sembra tornata da un funerale… cioè… scusa, pessimo esempio».

Figurati… ci sono abituato…

«Tanto vale che tu lo sappia, visto che domani mia mamma appenderà dei cartelli in giro per tutta Leicester per far sapere al mondo intero che ho rinunciato alla Royal».

«Davvero?», chiese per niente sorpreso, sedendosi sul letto.

«Sì».

«E come mai? Credevo che fosse il sogno della tua vita».

Cominciavo ad odiare quella frase.

«Ho cambiato sogno, va bene?», risposi stizzita.

«Beata te che hai ancora l'imbarazzo della scelta fra i tuoi sogni, io sto vivendo un incubo invece!».

«Oh Mia, mi dispiace tanto, ma tu stai bene? Hai voglia di parlarne?», reagii irritata. «No, figurati Carl, sto benissimo e ho orecchie per ascoltare solo i tuoi problemi, non ti preoccupare per me!», conclusi sedendomi sul letto a braccia incrociate.

Carl sospirò.

«Scusa», disse, «sono un egoista. Hai voglia di parlarne?»

«No. Avanti, sputa il rospo, che altro è successo con Nina», dissi fingendo di non conoscere la risposta.

«Nina mi ha chiamato per dirmi che ha intenzione di trasferirsi a Londra per studiare».

«A-ha?», risposi guardandomi le unghie.

«È tutto qui quello che hai da dire? A-ha?», ripeté sorpreso dalla mia uscita.

«Be'... accidenti... a Londra a studiare...», aggiunsi, cominciando a rimettere a posto la camera come colta da un raptus di pulizia improvviso.

«E adesso che faccio?», chiese scoraggiato.

«Ma... non so... tu che vuoi fare?»

«Mia!», sbottò. «Sono venuto qui sperando in un minimo di conforto! Se avevo voglia di sentirmi fare delle domande cretine rimanevo a casa con mio padre no? Ma la vuoi smettere di rimettere a posto la stanza? Che ti è preso?», ringhiò strappandomi di mano una maglietta sporca e buttandola sulla sedia.

«Okay ti ascolto», risposi riluttante sedendomi di nuovo.

Dài, digli che vai a Londra con mia sorella, voglio vedere che faccia fa!

Lanciai un'occhiataccia al soffitto.

Carl non poteva pensare che fossi in grado di occuparmi anche dei suoi problemi, proprio adesso che ne avevo già una lista da risolvere.

«Dice che si è iscritta a un'ottima scuola di giornalismo e che preferisce che la bambina cresca lontano da tutto quello che è successo».

«E ti sembra tanto strano?», chiesi inarcando il sopracciglio.

«Non lo sarebbe, se non fosse incinta di mia figlia!», ribatté offeso.

«UUUUUH! Non lo sarebbe se non fosse incinta di mia figlia», lo imitai. «E cosa vorresti che facesse allora? Sentiamo!», incalzai.

«Che rimanesse qui dove posso starle vicino, ma lei mi ha detto chiaro e tondo che non mi vuole con sé e che non ho nessun obbligo nei suoi confronti. Ma ti rendi conto??»

«Ti ricordo che è quello che volevi fino a poco tempo fa!».

«Mia! Esci da quel corpo! Vuoi stare dalla mia parte sì o no? Lo so che sono stato uno stronzo e che l'ho odiata quando è rimasta incinta, che volevo scappare e tutto il resto, so benissimo quello che ho detto, ma adesso che ci ho pensato a fondo ho cambiato idea! Che c'è? Solo tu lo puoi fare?»

«Allora vai a Londra!», sbottai.

«E come faccio? Non posso permettermi di vivere a Londra! Dovrei lavorare, studiare e pagarmi l'affitto, che vita sarebbe, me lo spieghi? E non puoi capire quanto mio padre mi stia con il fiato sul collo perché vuole che mi sposi e mantenga il bambino!».

Aveva gli occhi lucidi ed era sinceramente disperato.

Se Nina era diventata all'improvviso una *donna* nel momento in cui aveva sentito crescere una vita dentro di sé, Carl invece era rimasto un ragazzino e nessuno poteva colpevolizzarlo per quello, perché di fatto lo era.

E adesso, così disperato e impotente, dimostrava ancora meno dei suoi diciotto anni.

Sospirai.

«Carl», gli dissi prendendogli la mano, «se c'è una cosa di cui sono sicura è che tutto questo passerà e che un giorno ne rideremo».

«Non credo...», commentò tirando su col naso, «non andrà mai bene, la mia vita è rovinata e io non posso farci più niente», riprese a lamentarsi.

«Ehi ascoltami bene, razza di idiota!», esplosi puntandogli il dito contro. «Se io potessi scegliere fra l'aspettare un bambino da Patrick, vivo, anche con tutto il mondo contro, e starmene qui ad ascoltare le tue lamentele, consapevole che Patrick non tornerà mai più, cosa credi che sceglierei eh?».

Brava amore mio. Così si fa!

Carl deglutì e guardò in basso.

«Sì scusa Mia, mi dimentico sempre di… tutto quello che ti è successo…».

«Esatto! E se ti dico che un giorno tutto questo passerà, ti garantisco che puoi credermi, perché se sono ancora qui a lottare per il mio futuro, nonostante tutto il dolore che ha devastato la mia vita, significa che ho capito che essere vivi è un fottuto dono!». Stavo gridando.

«Ma…».

«Ma cosa? Possibile che tu non riesca a intravedere una soluzione? Possibile che per te sia tutto nero? Il passato non lo puoi cambiare te lo assicuro, ma sul futuro ci puoi ancora lavorare. Inventati qualcosa, fai la tua parte, che ne so? Fai un corso per cambiare i pannolini, scrivi una ninna nanna, costruisci una culla di legno! Lo credo che Nina non ti voglia tra i piedi, sei solo capace di lamentarti!».

Sospirò.

«Hai ragione Mia, scusami ancora, sono diventato una palla», disse prendendosi la testa fra le mani.

«Smetti di scusarti e vai da un parrucchiere piuttosto!».

Sorrise e mi guardò spostandosi il ciuffo dagli occhi.

«Cosa farei senza di te?»

«Be' comincia ad abituarti, perché quando sarò a Londra con Nina, non sarò più a tua disposizione ogni vo…». Mi coprii subito la bocca.

Il silenzio che seguì la mia gaffe fu uguale in tutto e per tutto a quello che segue l'esplosione di una bomba, quando i cristalli cadono al rallentatore a terra con un tintinnio scomposto.

Sul viso di Carl il sorriso fraterno aveva lasciato spazio a uno sguardo omicida.

«Tu… andrai a Londra con chi?», scandì cercando di trattenersi dallo strangolarmi.

«Con nessuno Carl», balbettai, «con nessuno! Io neanche ci vado a Londra!», dissi mentre mi alzavo e mi dirigevo verso la porta…

«Mia Foster Benelli, dove credi di andare!», mi intimò sbarrandomi la strada. «Tu non uscirai di qui finché non mi dirai la verità».

«Ma di quale verità stai parlando Carl, non capisco proprio…», continuai giocherellando con le mani.

«Mia!», incalzò puntandomi il dito contro. «Hai appena detto che andrai a Londra con Nina o no?»

«No, no ti giuro!», risposi mettendomi la mano sul cuore. «Te lo giuro su…», cominciai a guardarmi freneticamente intorno, in cerca di qualcosa su cui giurare, «…sulle mie scarpette da danza!», dissi porgendogliele.

Hahahahaha! Che spasso! Adesso voglio proprio vedere come ne esci amore mio!

«Non giurare o andrai all'inferno!», disse pizzicandomi forte il braccio.

«Ahi! Smetti così mi fai male!».

«E ringrazia di essere una donna, sennò ti prenderei a pugni! Avanti, dimmi subito cosa mi stai nascondendo o ti faccio diventare il braccio blu!».

«Niente, lo giuro!», gridai cercando di divincolarmi.

«Miaaaaa!», urlò stringendomi ancora più forte.

«Nina mi ha chiesto di andare a Londra con lei!», dissi d'un fiato.

Carl mollò la presa e mi guardò con gli occhi iniettati di sangue.

«Nina ha chiesto a *te* di andare con lei a Londra?», ripeté scandendo lentamente ogni parola.

«Sì… a me», risposi massaggiandomi il braccio.

«La stessa Nina che non ti parla da mesi e che ti odia a morte, ha chiesto a *te* di andare a Londra?»

«Che c'è, sei diventato sordo?», ribattei seccata. «Sì, me lo ha chiesto e poi che c'è di strano? Sono sempre stata io la sua migliore amica e chi meglio di me può starle vicino in un momento come questo?»

«IO!», sbraitò. «IO devo starle vicino in un momento come questo! IO che sono il padre del bambino! IO che ho tutti i diritti di sapere quello che fa! IO che invece di stare con lei sono diventato l'ultima ruota del carro e sono stato messo in quarantena come un virus!».

Era fuori di sé.

E non aveva tutti i torti.

«Carl… io…», tentai.

«Quando avevi intenzione di dirmelo, eh?», chiese appoggiandosi al muro, sfinito.

«Stavo aspettando il momento giusto», mi giustificai.

Già, dopo il trasloco!

«Tutto bene là dentro?», chiese mia madre bussando alla porta.

«Tutto bene…», risposi, «…più o meno…».

«Benissimo Elena», rispose anche lui, «peccato solo che quella vigliacca, bugiarda, traditrice di tua figlia mi abbia nascosto un *piccolissimo* dettaglio!».

«Che vuole andare a Londra con Nina?», ridacchiò mia mamma da fuori. «Stai tranquillo, te l'avrei detto io appena scendevi!».

«Mamma!», le gridai esasperata. «Non mettertici anche tu adesso!».

Carl prese il suo giubbotto, se lo infilò e venne minaccioso verso di me.

«Con te faremo i conti poi. Non credere che sia finita qui, ti marcherò stretta e tu mi aiuterai a riconquistare Nina o diventerò il tuo peggiore incubo. E sai che ne sono capace!».

E uscì sbattendo la porta.

Andai a letto sfinita, senza salutare nessuno.

Ma dopo nemmeno un minuto che avevo preso sonno mi trovai davanti Pat.

E nonostante la stanchezza folle, l'arrabbiatura e quella valanga di emozioni, vedere Patrick in sogno era il dono più grande che si potesse desiderare e di cui sarei stata per sempre grata.

Ogni volta era sempre più bello, il suo viso più dolce, i suoi occhi più intensi, il suo sorriso più incantevole. Era semplicemente la cosa più vicina al paradiso che ci potesse essere.

E non mi chiedevo più se tutto quello fosse normale o no, perché avevo capito che la vita era qualcosa di così incredibile, sconfinato e magico, che noi piccoli esseri umani non potevamo nemmeno tentare di immaginare cosa ci fosse oltre quel ridicolo limite che chiamavamo realtà.

Ci abbracciammo stringendoci il più possibile.

Le sue braccia forti mi avvolgevano come ali protettive e io mi perdevo nel suo profumo, fra i suoi capelli, sulla sua bocca.

«Mi sei mancato così tanto Pat, è stata talmente dura che...». E cominciai a piangere senza controllo.

Lo stress stava allentando la presa e sentivo i nervi crollare.

Avevo affrontato un'audizione durissima che avevo preparato per mesi o forse per tutta la vita e avevo combattuto da sola contro la paura, il dolore e lo scoraggiamento, avevo riabbracciato Nina e con lei tutto il nostro passato e ora la valanga di emozioni che fino a quel momento ero riuscita a tenere a bada mi stava travolgendo come un treno in corsa.

Piangevo fra le braccia di Pat senza riuscire a fermarmi.

«Calma tesoro mio, calma, sei stata straordinaria, sei stata la migliore, sei stata un sogno. Hai ballato come un angelo, mi hai fatto emozionare e commuovere, la giuria era senza parole e hai fatto tutto da sola!», sussurrava asciugandomi le lacrime con le dita.

«Guardami Mia», disse sollevandomi delicatamente il mento.

Lo guardai.

Leggevo nei suoi splendidi occhi grigi l'amore sconfinato che continuava a offrirmi senza riserve e che gli permetteva di vivere ancora attraverso di me, legandoci in maniera indissolubile.

Amavo Patrick così tanto che mi sentivo mancare il fiato e, quando percepivo l'intensità dei miei sentimenti per lui, venivo travolta dalla paura.

Paura di perderlo di nuovo.

«Piccola mia, io sarò qui accanto a te finché mi vorrai, ricordalo sempre…», mormorò sorridendomi con tutta la dolcezza di cui era capace, «…ti sosterrò, ti appoggerò e ti aiuterò in ogni modo. E non sarai mai sola, Mia, mai!».

Le sue parole anziché consolarmi mi fecero piangere ancora più forte.

«Piangi, amore mio, piangi, ne hai bisogno. Piangi tutte le lacrime che hai trattenuto fino a ora, perché domani comincerà la tua nuova vita».

«È proprio questo il problema Pat», dissi, «credevo di sapere quello che volevo, invece adesso non so più cosa voglio fare».

«Qualcosa ci inventeremo, vedrai», disse accarezzandomi i capelli.

Piansi fra le sue braccia fino ad addormentarmi e quando mi svegliai era già quasi ora di pranzo.

Scesi in cucina dove Paul stava armeggiando con un pollo ripieno.

«Ti vanno due patate arrosto?», mi chiese.

Finsi un conato di vomito mentre mi versavo una tazza di latte.

«Ben svegliata principessa!», ironizzò mia mamma entrando in cucina. «Dormito bene spero».

«Uhmm…», mugugnai sfogliando svogliatamente le pagine del «Daily Mail».

«Io e Paul andiamo due giorni in campagna a casa dei suoi, tu hai quarantotto ore per preparare un piano decente per il tuo futuro che escluda diventare un'astronauta, un prestigiatore o un giocatore di scacchi. E se non deciderai tu lo farò io per te e qualcosa mi dice che non ti piacerà!», disse avvolgendo di pellicola trasparente la teglia col pollo.

«Che ne pensi se mi metto a vendere limonate all'angolo?»

«Comincia a spremere i limoni allora! E attenzione che il conto alla rovescia è già cominciato signorina *tic... tac... tic... tac...*», minacciò uscendo dalla cucina, seguita da Paul che si voltò appena in tempo per lanciarmi un'occhiata solidale, ma totalmente impotente.

Quando uscirono, la casa piombò in un fastidioso silenzio carico di aspettative e responsabilità.

Era incredibile. Avevo sudato sangue per convincere mia mamma a mandarmi alla Royal e adesso che non volevo più andarci, anziché essere contenta, mi dava un ultimatum di quarantotto ore.

Se avessi passato quella dannata audizione, tutti mi avrebbero chiamata per congratularsi con me e adesso sarei stata a pianificare la mia partenza nei dettagli, mentre ora che avevo deciso di cambiare i miei piani, sembrava che avessi deluso tutti.

Presi il cellulare, mi buttai sul divano e cominciai a scorrere gli ultimi messaggi di buona fortuna che mi avevano mandato i miei insegnanti: la Sinclaire, il maestro Aurel, Lia e Claire.

Dovevo dirglielo, ma non avevo nessunissima voglia di raccontare la storia per l'ennesima volta, e farmi fare un'altra ramanzina sull'irripetibile occasione che mi ero giocata.

Avevo assoluto bisogno di avere degli alleati e non ne vedevo nessuno all'orizzonte.

«Pat cavolo! E adesso che faccio?», piagnucolai fissando il cellulare, come sperando in una risposta.

A volte immaginavo che potesse ancora chiamarmi e questa era una delle ragioni per cui non avevo mai cancellato il suo numero.

Non terminai la frase che il telefonino squillò fra le mie mani, facendomi sobbalzare.

Fissai il display.

Era Betty, l'amica di mamma, l'unica che non si sarebbe stupita nemmeno se le avessi raccontato che ero stata alla festa di compleanno del Grande Puffo che mi aveva chiesto di sposarlo.

Betty era anche l'unica a credere che io potessi parlare con Pat e che lo vedessi in sogno, dato che lei stessa lo aveva sognato quando ero in coma.

Non so se fosse una medium o roba del genere, so solo che credeva che fossero possibili cose che la maggior parte della gente non voleva ritenere possibili e poi, quando leggeva le carte, ci azzeccava sempre.

«Non dirmi niente so già tutto!», esordì.

«La mamma?»

«Sì, mi ha chiamata ieri sera e mi ha raccontato, ma non è questo il punto, il punto è che io avevo previsto tutto anche questa volta, non è pazzesco?»

«Che intendi dire? Cosa avevi previsto?», chiesi mettendomi a sedere di scatto.

«Stamattina ho fatto un giro di carte per vedere come sarebbe andata la tua audizione, non che avessi dubbi, ma ero troppo curiosa, e cosa esce?...»

«Cosa?», domandai mordicchiandomi le unghie.

«...Il mondo e l'angelo», annunciò come se fosse la cosa più chiara del mondo.

«E allora...?»

«Una prova difficilissima e impegnativa viene portata a termine con successo, ma questa, anziché segnare l'inizio di una nuova esperienza, ne annuncia la fine».

«Bet, non ti seguo...».

«È chiarissimo!», sbuffò. «Avresti passato l'audizione, ma non avresti frequentato la scuola, perché la tua strada è un'altra e sarà piena di soddisfazioni!», concluse con impeccabile logica.

«Betty, ma questo lo hai capito prima o dopo aver sentito la mamma?»

«Quando Elena mi ha raccontato quello che avevi fatto ne ho avuto la conferma, infatti ho esultato e lei mi ha quasi riattaccato in faccia».

«Non avete litigato ancora vero? Ho bisogno del tuo aiuto ora più che mai!».

«No, non abbiamo litigato, ma sai com'è fatta no? Prima di digerire le novità ci mette sempre un po', ma io farò di tutto per aiutarti a convincerla ad andare a Londra con Nina. Hai già deciso che scuola frequentare?»

«No, e ho solo quarantasette ore e dieci per sceglierla. Dài fammi le carte!».

«Le sto facendo....», proseguì mentre la sentivo accendersi una sigaretta.

«Vedi per caso un nome, un numero di telefono, un sito internet…», ironizzai.

«Vedo casino, gente, energia, movimento, esperienze nuove…».

«Betty, sei peggio delle ciarlatane con le unghie rosa che fanno i tarocchi in televisione! Non riesci a inventarti qualcosa di più specifico?»

«Mia, tesoro, io non mi preoccuperei fossi in te, perché quello che hai passato ti ha fatto diventare forte come una roccia e qualunque decisione prenderai sarà quella giusta».

«Sì, ma quale…».

«Mia, a qualcosa penseremo!».

«L'ho già sentita questa!».

Riattaccai più confusa di prima.

Non conoscevo le scuole di danza di Londra e non avevo tempo per fare un giro di prova: ero già in ritardo per le iscrizioni e dovevo chiarirmi al più presto le idee.

Mi sentivo spalle al muro e odiavo quella sensazione.

Lia… hai pensato a Lia?

«Genio! Sei un genio!», gridai saltando in piedi. Chi, meglio di una ballerina professionista, giovane e piena di talento, che aveva rinunciato a una carriera all'Opéra Garnier di Parigi per fondare la sua compagnia, stufa di interpretare sempre i soliti ruoli, poteva aiutarmi?

L'avevo conosciuta alla scuola del maestro Aurel a Firenze e mi aveva folgorato.

Era una ragazza che emanava una grazia quasi surreale, e quando danzava sembrava una splendida fata. E nonostante fosse affetta da una malattia di cui non mi aveva mai parlato in dettaglio, era forte, determinata e coraggiosa.

Ed era esattamente così che avrei voluto diventare.

Ma Carl pensò bene di spegnermi l'entusiasmo con uno dei suoi insopportabili messaggi.

«Hai parlato con Nina?», fu il primo di una lunga serie.

«Hai parlato con Nina?», scimmiottai mentre cancellavo l'SMS. «… No caro Carl, non ci ho parlato e non ci parlerò, sono troppo occupata a pensare al *mio* futuro prima che mia mamma mi chiuda in una scuola per odontotecnici!», dissi a voce alta.

Chiamai Lia.

«Mia, tesoro, che bello sentirti, stavo morendo di curiosità, non tenermi sulle spine ti prego!».

«Prometti che non ti arrabbierai?»

«Perché dovrei?»

«Perché dopo aver fatto l'audizione, aspettando negli spogliatoi che mi chiamassero, mi sono guardata intorno, ed era come se tutto quello che mi circondava non mi appartenesse più. Sì, certo era tutto bellissimo, organizzato e perfetto, ma ho capito che la concorrenza e la competizione mi avrebbero schiacciata, e che se non fossi diventata prima ballerina, sarei rimasta fino a fine carriera nel corpo di ballo, come una fra le tante, che avrebbe danzato tutta la vita sempre le stesse cose… e non mi andava di fare… da contorno. Così, d'un tratto, mi sono sentita fuori posto fra tutte quelle ragazze che mi squadravano da capo a piedi, con le loro mamme iperprotettive che decidevano la loro dieta e conoscevano tutti gli insegnanti e… No, ho capito che non era per me. Io voglio ballare, sì, e per tutta la vita, ma come mi hai detto tu, voglio essere "libera come il vento". E ora devo scegliere un'altra scuola e non so dove sbattere la testa… Lia sinceramente, pensi anche tu che io sia stata un'idiota?».

Ci fu un momento di silenzio e poi Lia scoppiò in una risata fragorosa.

«Mia! Sei fantastica!», dichiarò.

«Fantastica?», chiesi allibita.

«Sei tale e quale a me! Non la sopportavo la Royal e ci ho studiato per più di un anno! Tu sei uno spirito libero, hai bisogno di dare sfogo alla tua creatività in un ambiente stimolante, vitale e pieno di musica, in cui puoi studiare e divertirti! Tu sei tipo da *Saranno famosi* non da Royal Ballet!».

«E cosa mi consigli?»

«La Brit! Senza dubbio!».

«La Brit?»

«È una scuola d'arte dove potrai studiare danza, musica e teatro… è un ambiente folle! Vedrai che ti piacerà e poi è pubblica, e tua madre non dovrà indebitarsi per fartela frequentare!».

Mi ci volle un secondo per immaginarmi ballare in un video di Kylie Minogue.

«TI ADORO LIAAAAA!!!!!», strillai come un'aquila impazzita. «Patrick aveva ragione a dirmi che eri la persona giusta!».

«Chi scusa?»

«Niente, lascia stare, vado subito a informarmi!».

Corsi in camera a cambiarmi, in preda all'eccitazione più assurda, salendo le scale a due a due.

Non mi sentivo così da secoli.

Si era realizzato il proverbio che mi ripeteva spesso mia nonna: "Quando si chiude una porta, si apre un portone!".

Sentivo di nuovo la forza dell'entusiasmo e della passione rinascere in me, ed era esattamente quello di cui avevo bisogno, di un altro modo per convogliare le mie energie e il mio amore sconfinato per la danza, che non fosse il solito repertorio classico.

Morivo dalla voglia di ballare e mi sentivo esplodere dal bisogno di esprimere me stessa su un palcoscenico, ma non volevo più prepararmi da sola, nella speranza di danzare un giorno uno dei pochi ruoli da prima ballerina come Odette/Odile, Giselle o Coppelia, per cui avrei rischiato una coltellata un giorno sì e uno no a causa della competizione.

Volevo imparare nuovi stili, interpretare nuovi ruoli, ascoltare nuova musica, creare, inventare, condividere e, soprattutto, scoprire il mondo che esisteva oltre la danza classica.

E Lia aveva centrato esattamente l'obiettivo, esprimendo a parole quello che sentivo nel cuore.

Senza rifletterci nemmeno un attimo mi ritrovai a pedalare verso casa di Nina, esattamente come ai vecchi tempi, senza neanche accorgermi della pioggia.

E mi resi conto che la realtà dipendeva da come decidevo di affrontarla.

Potevo annegare nei ricordi rimpiangendo quello che non ci sarebbe stato mai più, o potevo crearne di nuovi, sulla solida base della nostra amicizia che aveva resistito a terremoti e valanghe.

Aprì, stupita di vedermi di nuovo.

«La Brit!», urlai elettrizzata.

«Che?», mi chiese perplessa.

«La Brit», ripetei. «È la scuola che voglio frequentare a Londra! Una scuola d'arte pazzesca, me l'ha consigliata Lia, ti ricordi? Ti ho scritto di lei nelle mie lettere!».

«Wow!», rispose sorridendo entusiasta e abbracciandomi di slancio. «È una figata!».

«Sì… è una figata davvero!», ripetei senza sapere cos'altro aggiungere, tanto mi sembrava incredibile aver ritrovato sia lei che la voglia di ricominciare una nuova vita.

Le parole risalivano in gola e si trasformavano in risate isteriche e lacrime di gioia che, forse, erano esattamente quello che ci voleva in quel momento.

Questa volta ci eravamo davvero ritrovate.

Questa volta eravamo di nuovo noi.

E non c'era bisogno che ci dicessimo quanto ci volevamo bene, quanto eravamo felici di essere di nuovo insieme e quanto ci eravamo mancate, perché era tutto assolutamente scontato.

Continuavamo a guardarci, ridendo e piangendo sotto la pioggia, felici ed elettrizzate all'idea del nostro futuro.

Eccole le mie splendide ragazze, che amo più di ogni altra cosa. Vedervi così è talmente straordinario che non riesco a non commuovermi e a non odiarmi per non essere lì con voi.

E sentii un brivido, come ogni volta che Pat mi sorrideva.

CAPITOLO QUATTRO

«Quando arriva tua mamma?», mi chiese Nina per l'undicesima volta in mezz'ora.

«A momenti…», risposi torturando l'orecchio di York come facevo sempre quando ero molto nervosa.

Ce ne stavamo accovacciate sul divano guardando *So You Think You Can Dance* e mangiando schifezze, in attesa del rientro di mamma e Paul dalla campagna.

Se avessi potuto tagliare il film della mia vita dal punto in cui era iniziata la tragedia, incollandoci direttamente quel pomeriggio, tutto sarebbe sembrato assolutamente normale.

Un po' come far finire *Titanic* dopo il primo tempo.

Non sapevamo come dire a mia mamma della scelta della nuova scuola e Nina si era offerta di parlarle pensando, ingenuamente, di avere ancora chissà quale ascendente su di lei.

Ma era stato così bello vedere di nuovo l'entusiasmo nei suoi occhi che mi era dispiaciuto deluderla e, in ogni caso, non avevo nessun altro alleato.

«Credi che riuscirai a convincerla?», le chiesi rispondendo all'ennesimo SMS di Carl che mi chiedeva se le avevo parlato.

«Certo!», rispose senza esitazioni.

«Come fai a esserne così sicura?»

«Semplice, non ho più paura di nulla, tantomeno di un *no*. E poi Elena non ha nessun valido motivo per dircene uno».

Dircene.

Adoravo che parlasse ancora di noi al plurale.

Ancora non riuscivo a crederci.

«Tanto mi dirà che è solo un capriccio e che, dato che non ho le idee chiare e sto perdendo tempo, tanto vale che diventi una commercialista!», piagnucolai.

«Tua mamma non è pazza! Sa perfettamente che sei un talento assoluto e che non potresti fare altro a parte ballare. È probabile che vorrà solo testare la tua motivazione esasperandoti. È tipico da parte sua», rispose con una sicurezza spiazzante.

«Davvero pensi che non potrei fare qualcos'altro oltre ballare?», chiesi un po' delusa.

Ci pensò sopra un attimo e poi concluse con un: «Decisamente no!». Poi aggiunse: «Ma prendilo come un complimento! C'è gente là fuori che sarebbe disposta a uccidere per danzare come te, e poi nessuno ha mai fatto un musical sulla vita di un commercialista. Non che io sappia, almeno».

Non era cambiata. In fondo era sempre la stessa lucida, diretta, determinata Nina.

La mia Nina.

York corse alla porta abbaiando.

Ci guardammo ansiose e scattammo in piedi per rimettere a posto il salotto e dare una parvenza di normalità, per poi aprire la porta con totale naturalezza.

La mamma, che non vedeva Nina dal giorno del funerale, rimase più scioccata che se avesse visto Patrick in persona.

«Ciao Elena!», le disse per toglierla dall'imbarazzo.

E lo fece come se non fosse passato nemmeno un giorno.

Come se in realtà intendesse "la mia orribile sostituta finalmente se n'è andata e io ho ripreso il mio posto".

E lei non poté fare a meno di guardarle la pancia e chiederle emozionata con le mani davanti alla bocca: «Allora è vero che sei…».

«Molto incinta!», sorrise Nina.

Si abbracciarono strette, mentre io continuavo a darmi dei pizzicotti sul braccio nel dubbio che fosse tutto un sogno.

Paul rimase in piedi dietro di loro, imbarazzato: la sola volta che l'aveva incontrata, era stato costretto a portarla via di peso, per evitare che mi ammazzasse di botte.

Ma le rivolse comunque uno dei suoi più affettuosi sorrisi.

«Ciao Nina, è un piacere rivederti», disse stringendole la mano.

Nina gli sorrise a sua volta.

«Elena, Paul», disse guardandoli, «mi dispiace tanto… io… spero che capirete. Non avrei mai voluto causarvi altro dolore, ma stavo così male», disse amaramente.

«Certo! Non dirlo nemmeno!», si affrettarono a risponderle, circondandola di abbracci e carezze. «Capiamo perfettamente!», le dissero in coro. «Noi ti capiamo piccola!».

E rimanemmo tutti in piedi all'ingresso a guardare per terra imbarazzati finché Paul pronunciò le parole magiche: «Avete fame ragazze? È avanzato il pollo con le patate!».

Ci precipitammo in cucina per apparecchiare, come fosse stata una serata qualunque di una normalissima famiglia che non aveva mai conosciuto dolore, morte e disperazione.

E se ci fossimo concentrati sul presente, senza lasciarci distrarre dai subdoli ricordi che ci rammentavano che niente sarebbe mai stato più come prima, potevamo permetterci di ricominciare a vivere.

Perché avevamo ancora il diritto di sognare, ridere e andare avanti.

Ed eravamo la prova vivente che potevamo farcela.

Io e Nina ci lanciavamo occhiate complici.

Era come se aspettassimo il momento giusto per chiedere il permesso per andare a un concerto o per farsi firmare una nota della preside.

Se in fondo sapevo che mia mamma non avrebbe potuto dirmi *davvero* di no, dopo tutto quello che era successo, quel sentirmi ancora bambina era una sensazione che mi scaldava il cuore e che mi sarebbe mancata quando sarei stata a Londra.

Sapevo di essere cresciuta e che avrei dovuto cominciare a essere responsabile per me stessa, ma adesso che lo sperimentavo sulla mia pelle, provavo una nostalgia incredibile per tutto quello che non ero più.

Finalmente ci sedemmo a tavola a chiacchierare del più e del meno.

Era un'attesa insopportabile, tutti giravamo intorno all'argomento "futuro di Mia", ma nessuno faceva la prima mossa.

Nina non smise di parlare un attimo e si offrì persino di lavare i piatti nonostante le proteste di Paul, che non permetteva mai a nessuno di avvicinarsi al lavandino.

Ma una volta affrontati tutti gli argomenti possibili, mia mamma si accese la sigaretta che dava inizio ai negoziati e si schiarì la voce con fare solenne.

«Allora Mia?», disse con una pausa a effetto aspirando una lunga boccata, esattamente come faceva mia nonna Olga, «deciso niente?».

La odiavo quando faceva così, non era da lei e mi stava torturando gratuitamente perché era delusa e preoccupata.

Per cosa poi?

Non le bastava che fossi viva?

"Aiuto Pat, aiutami", pensai intensamente.

Il profumo di fragole che avvertivo quando mi era vicino mi impregnò le narici e mi fece trovare il coraggio per affrontarla.

Sono qui tesoro, stai tranquilla, lo sai che Elena è la donna più dolce e generosa del mondo e sta facendo la voce grossa per metterti un po' di paura, ma è solo preoccupata per te e non vuole che ti metta nei guai con quella pazza di mia sorella.

Mi sedetti ben eretta sulla sedia per avere un'aria più sicura e la guardai dritta negli occhi, come mi aveva consigliato Nina durante le prove che avevamo fatto nel pomeriggio.

«Mamma», esordii con un certo orgoglio, «ho trovato la scuola giusta per me».

«Aspetta Mia non dirmi niente, lasciami indovinare!», mi interruppe spegnendo la sigaretta. «Visto che la Royal non ti basta più adesso vuoi andare all'American Ballet Theatre, anzi no, direttamente al Bolshoi di Mosca!», ironizzò.

«No mamma, non voglio andare al...».

«Ferma, ferma!! Ci sono! Ci sono», esclamò raggiante. «Le Cirque du Soleil!».

«Elena! Santo Iddio, lasciala parlare!», intervenne Paul esasperato, tappandole la bocca con la sua mano enorme.

Lo guardai con gratitudine e finsi di ignorare le proteste di mia mamma, che si dimenava mugolando.

Nina non smetteva di ridere.

«Ti lascio andare solo se le permetti di finire la frase!», ordinò Paul in versione Shrek.

Lei si divincolò.

«Paul! Non è di tua figlia che stiamo parlando!», gli disse duramente.

«E questo cosa c'entra?», le rispose offeso. «Io le voglio bene come se lo fosse e la tratto come un'adulta e come tale voglio sentire cosa deve dirci!», rispose in un tono che non ammetteva repliche.

Sentii il cuore riempirsi di tenerezza e gli occhi di lacrime e mai come in quel momento il vuoto lasciato da Pat mi sembrò infinito.

Non sarebbe mai più stato lì con noi, in quella cucina, a fingere di litigare per una scuola di danza, né avrebbe mai mangiato le patate di Paul o ci avrebbe viste crescere e, istintivamente, strinsi forte la mano di Nina sotto il tavolo come per paura di sentirla svanire.

Nina strinse forte la mia e capii che mi stava dicendo…

Stai tranquilla, ci penso io.

«Allora sentiamo!», disse mia mamma con il tono di chi non aveva la minima voglia di stare a sentire, anche se avessi trovato l'idea del secolo.

Respirai.

«Ho riflettuto molto e mi sono fatta consigliare da una persona più grande e più esperta di me, che mi ha suggerito una scuola d'arte dove potrò studiare anche altri stili di danza, così da avere una preparazione più completa come artista, e una visione più ampia sul panorama internazionale, che non si limiti soltanto al balletto classico, ma che spazi attraverso altre forme di espressione in modo da capire quale sia la strada migliore per il mio futuro di ballerina», conclusi tutto d'un fiato sbirciando sotto il tavolo di tanto in tanto.

La mamma non disse niente, si schiarì la voce e mi chiese con la fronte aggrottata.

«Sapresti ripeterlo senza leggere?»

«No», ammisi crollando miseramente, cancellando con dito e saliva il discorso che mi aveva scritto Nina sul palmo della mano.

«Era molto bello però, convincente e maturo!», incalzò Paul battendo le mani.

Maturo soprattutto….

La mamma lo fulminò con lo sguardo.

Io fulminai Patrick.

«Comunque il senso è quello!», intervenne Nina. «Mia ha trovato questa scuola che non è distante dalla casa di mia madre a Londra ed è veramente una scuola validissima. Sono usciti da lì un sacco di talenti e poi è pubblica, e non avresti neanche il problema della retta, che non è da poco. Insomma è la soluzione migliore non credi?», le chiese con una tale sincerità negli occhi che nessuno avrebbe saputo dirle di no.

Nessuno tranne mia madre la quale, anche se avessi detto che ero stata scelta per una borsa di studio dalla regina in persona, avrebbe trovato il modo di dirmi che non era il caso.

Non so perché lo facesse, ma aveva deciso di darmi sui nervi e ci stava riuscendo perfettamente.

Avevo visto parecchi film in cui la figlia adolescente se ne va al college riempiendo il bagagliaio della propria macchina di scatoloni, mentre la mamma la saluta commossa in vestaglia sulla porta di casa, dicendo cose tipo: «La mia bambina è diventata grande». E la ragazza che risponde: «Dài, non piangere, torno presto!».

Ma dimenticavo una cosa fondamentale: che mia mamma era profondamente, instancabilmente, infinitamente italiana e, anche se viveva in Inghilterra da una vita, non sarebbe cambiata mai.

«Mia, non è tanto la scuola che vuoi frequentare a preoccuparmi, quello che non riuscite a capire è che non potete andare a vivere da sole a Londra con un bambino in arrivo!».

E in effetti su questo punto non aveva tutti i torti...

«Elena, credimi, andrà tutto bene», disse Nina come se sapesse di cosa stesse parlando.

Mia madre la guardò come se avesse detto di essere Buffy l'ammazzavampiri.

«Nina, tu non sai quello che dici! Fra pochi mesi nascerà una creatura di cui dovrai occuparti per il resto della tua vita e che pretenderà tutta la tua energia e attenzione. Non avrai tempo per studiare e frequentare l'università!».

«Elena», rispose con l'ingenuità disarmante tipica dei folli, «il mondo è pieno di ragazze che fanno figli e proseguono gli studi!».

«Certo Nina, e in Bangladesh fanno figli anche a nove anni, ma mi sembra che questo non sia il nostro caso. Ti sto solo dicendo che non puoi occupartene da sola! Hai bisogno d'aiuto, *moltissimo* aiuto, e Mia non può certo dartelo!».

«Mamma!», risposi indignata. «Certo che posso aiutarla!».

«Ma se non ti sai rifare neanche il letto!», ribatté lei.

«Non è vero, lo so fare!».

«Ma quando mai!».

«Invece sì!».

«Figurati!».

Paul diede un colpo di tosse.

«Quello che tua madre sta cercando di dirti… penso, è che siete troppo giovani e inesperte per occuparvi di un neonato!».

Approvo e sottoscrivo ogni parola, siete troppo giovani, non ce la farete mai!

«Ma mia zia Kate abita proprio lì accanto e mia mamma verrà a trovarmi e poi c'è Carl».

Carl? Ma se non lo sopporta?

«Carl?», le chiesi sospettosa.

Nina mi lanciò un'occhiata come per dire "qualcosa dovevo pur dire no?".

«I tuoi cosa ne pensano Nina?».

Ecco, ottima domanda.

«Mio padre… aveva altri progetti per me ed è rimasto un po'… deluso», rise nervosamente, «mentre mia mamma sta ancora raccogliendo i pezzi e non è un grande sostegno emotivo al momento, ma sono sicura che quando la bambina nascerà, le tornerà l'entusiasmo e la voglia di ricominciare». Sembrava che cercasse di convincere più se stessa che noi.

«E questa zia?», chiese mia madre.

«È la sorella di mio padre, e ci darà una mano».

«Te lo ha detto lei?»

«Non lo sa ancora, ma quando glielo dirò sarà contentissima», sorrise Nina.

Seguì un silenzio carico di interrogativi e obiezioni.

Io stessa mi rendevo perfettamente conto della follia di quel progetto.

Anche se fossimo state solo due normalissime adolescenti che andavano a studiare a Londra, avrei dovuto sputare sangue per dare a mia madre ogni garanzia di affidabilità.

Ma dal momento in cui, nella trama della nostra storia, una delle due adolescenti era incinta, be'… anche in *EastEnders* sarebbe suonato strano.

E la mia sicurezza di poco prima cominciava a vacillare.

La verità è che ero talmente contenta di aver ritrovato Nina, che non mi stavo minimamente preoccupando delle conseguenze del suo assurdo progetto.

E più ci riflettevo, più il coraggio cominciava a mancarmi, ma al punto in cui ero non mi sarei mai più potuta tirare indietro.

La mamma prese carta e penna e le passò a Nina.

«Bene piccola "Nina nel paese delle meraviglie", adesso ti detterò la lista delle cose che non sai ancora sulla maternità e che non sono scritte nei libri», esordì infilando gli occhiali. «Prego comincia a scrivere».

Nina prese diligentemente la penna come se fosse a scuola.

«Numero uno!», iniziò. «Un bambino piange sempre. Non credere a quelle madri che ti dicono che il loro bambino è un angelo, che non piange mai e che dorme tutta la notte, perché non è vero. Un neonato piange in continuazione e non è in grado di dirti perché. E qualsiasi cosa farai per farlo smettere non funzionerà! Tu proverai a cullarlo, a cantargli una ninna nanna, ad allattarlo, a distrarlo con un gioco, a metterlo nel passeggino, davanti alla televisione, persino davanti alla lavatrice, ma niente! Lui continuerà ostinatamente a piangere facendoti sentire quella che ho sempre definito una madre IN: *in*adeguata, *in*capace ed *in*degna. Hai scritto tutto Nina?», chiese mia madre come fosse stata la prof. di matematica.

Nina fece sì con la testa.

«Punto numero due: la mancanza di sonno. Adesso ti sembrerà impossibile, ma ti garantisco che dopo quarantotto ore sveglia, con il bambino che continua a piangere, avrai voglia di strangolarlo, ma il senso di colpa ti obbligherà ad alzarti per la ventisettesima volta, a prenderlo in braccio e ricominciare a tentare di calmarlo. Finché lui si sarà stancato abbastanza e prenderà sonno e allora ti accorgerai che sono le sette di mattina e dovrai alzarti per andare a scuola. Perché tu *andrai* a scuola, vero?».

Nina fece di nuovo sì con la testa.

Mia sorella, non ce la farà mai…

«E questa era la parte facile!», sorrise sarcastica. «Se vuoi andare a scuola, qualcuno dovrà pur occuparsi del bambino, no? O pensi di portarlo con te in uno zaino?», incalzò mia mamma come un avvocato di *Law & Order*.

Nina fece sì con la testa per la terza volta, con lo sguardo sempre più disperato.

«Sai già chi?», proseguì mentre Paul si copriva la faccia con le mani.

«Pensavo a una... babysitter...», balbettò Nina.

«Una *babysitter...*», ripeté mia madre come se Nina avesse detto «una melanzana».

«Vuoi dire che saresti disposta a lasciare tuo figlio a una sconosciuta che potrebbe farlo cadere, potrebbe maltrattarlo, potrebbe distrarsi mentre si mette in bocca la naftalina o sbatte nello spigolo del tavolino, mentre lei controlla Facebook?... Non hai idea di quanti pericoli ci siano per un bambino in una casa, non bastano mille occhi!».

Nina deglutì.

«E ora ecco la parte che preferisco, scrivi Nina, tesoro, scrivi: il senso di colpa!», sorrise con un lampo di perfidia negli occhi. «Il senso di colpa si impossesserà di te dal momento che stringerai fra le braccia quel fagottino e non ti lascerà mai più neanche quando avrà cinquant'anni. E ogni volta che farai una cosa per te stessa, qualsiasi cosa, anche la più banale, come una ceretta, una vocina dentro di te insinuerà che stai sottraendo del tempo al tuo bambino, tempo che non tornerà mai più! E quando la mattina uscirai per andare a scuola e lui si metterà a piangere, non penserai ad altro durante tutto il giorno e tornando a casa la *babysitter* ti annuncerà raggiante che ha detto *mamma* a *lei*, e tu non te lo perdonerai mai più! Hai scritto tutto, tesoro? Vuoi che ripeta qualcosa che non ti è chiara?», chiese con un sorriso serafico.

«Non può essere così tremendo Elena», mugolò Nina.

«No, Nina, non è *così* tremendo, è molto peggio! Perché ho tralasciato il travaglio, i punti e la depressione *post partum*!».

«Elena basta!», tuonò Paul. «Così la terrorizzi!».

«No! Così la *preparo*! E tu sai benissimo che ho ragione! Ne hai due di figlie!».

Paul si strinse nelle spalle.

Nina aveva gli occhi lucidi e sembrava perduta.

«Allora come facciamo?», balbettò.

«Vi dovete organizzare! Ci vuole un adulto affidabile che si occupi di te e ti aiuti col bambino, permettendoti di studiare e dare gli esami e che, ogni tanto, si alzi la notte per darti il cambio, e ti tranquillizzi quando ti sentirai travolta dagli eventi e vorrai scappare», concluse la mamma con ritrovata tenerezza.

«Ma chi potrà mai aiutarmi?».

Il suono del campanello ci fece sobbalzare.

Andai ad aprire la porta, pronta a prendere Carl a schiaffi, se non avesse smesso di piombare a casa nostra quando voleva.

«Problema risolto gente! Mi hanno licenziata, vado io a Londra con le ragazze!», annunciò Betty.

CAPITOLO CINQUE

Betty entrò in casa con passo trionfale, seguita dalla scia dei nostri sguardi interrogativi.

«Be'?», chiese voltandosi. «Cosa avete da guardare?», aggiunse stupita.

E con lei il manicomio è al completo…

«Che vuoi dire con "mi hanno licenziata"?», intervenne mia mamma per rompere il silenzio.

«Che non mi rinnovano il contratto all'università. Siamo in troppi e tutto sommato non è neanche un male, avevo bisogno di un cambiamento!», disse con aria imperturbabile. «Le ragazze hanno bisogno di una mano», proseguì, «e io sono disponibile. Posso andare con loro, e mentre mi cerco un lavoro, aiutarle a mettersi in sesto».

Io e Nina ci davamo dei colpetti di intesa.

Forse era Patrick che ci mandava un soccorso.

La mamma scrutava Betty cercando un'obiezione che non riusciva a trovare e fece l'errore di incrociare lo sguardo di Paul che, timidamente, aggiunse: «Be', in effetti non mi sembra una cattiva idea!».

«Sì che lo è!», esplose lei.

«Perché mamma? È la soluzione migliore!», protestai nel tono che sapevo irritarla di più. «Betty starà con noi e ci aiuterà, e sarebbe quasi come avere te!», aggiunsi tentando la carta della lusinga.

«Esatto! Sarò i tuoi occhi e le tue orecchie e sarò implacabile!», sorrise Betty strizzandoci l'occhio.

«Non si tratta di un fine settimana al mare, ragazze!», rispose scuotendo la testa. «Voi non state prendendo in considerazione la cosa fondamentale e cioè che Nina è *incinta* e sua madre non ti conosce nemmeno! È una responsabilità troppo grande per me. Mi dispiace ragazze, ma no, non si può fare!», concluse irremovibile.

«Ma mamma!», protestai.

«Basta Mia! Ne abbiamo parlato abbastanza, adesso vai in camera tua!».

Mi stava di nuovo trattando come una poppante. Ero di nuovo retrocessa al ruolo di stupida bambina che non sa scegliere, quando fino a un giorno prima mi si prospettava una carriera da solista!

Mi si riempirono gli occhi di lacrime e corsi in camera mia sbattendo la porta con tutta la forza, come solo un'adolescente incazzata nera sa fare.

E piansi di rabbia finché non mi addormentai e Pat venne a consolarmi.

«Non capisce, è proprio una stronza. Non capisce!», piagnucolai asciugandomi gli occhi, circondata da quel bianco etereo che contrastava terribilmente col mio stato d'animo.

Pat sorrise e i suoi occhi scintillarono come due acque marine.

Era fastidiosamente bello.

Di fatto il tempo per lui si era fermato, e non sarebbe invecchiato nemmeno di un giorno, a differenza di me. Eppure, mi scoprivo a notare sempre qualcosa di nuovo nel suo sorriso, nelle sue espressioni, nel suo modo di stringermi e baciarmi.

Ma forse, ogni volta che lo vedevo, mi innamoravo semplicemente di più.

«È stata una giornata storica Mia, non dimenticarlo! Tu e Nina che avete ricominciato a parlare è più incredibile dei fratelli Gallagher che fanno un concerto insieme!».

«Certo, ma ora che le cose si stanno per sistemare, ecco mia madre a rovinare tutto con le sue paranoie!».

«Elena cerca solo di proteggerti, e non può assumersi una responsabilità simile, su questo ha ragione. Dovete assolutamente parlarne con mia madre!», ribatté Pat scostandomi una ciocca di capelli dal viso.

«Tu non la conosci Pat! Quando lei decide di dire di no non cambia idea neanche se il Giudice Amy in persona viene a parlarle».

«Io scommetto che riuscirete a convincerla».

«E come?»

«Mi fido di Betty e della sua capacità di persuasione», sussurrò tenendomi la testa fra le mani, «e soprattutto… mi fido di te!», aggiunse guardandomi intensamente negli occhi.

Mi baciava le labbra e mi accarezzava con tenerezza il viso, mordicchiandomi le orecchie, facendomi sorridere e dimenticare ogni tensione.

Mi lasciavo andare sempre più fra le sue braccia, mentre diventavamo lentamente una cosa sola a ogni respiro, a ogni sussurro, a ogni carezza.

E il ritmo dei nostri corpi diventava musica infinita che mi faceva sentire sempre più viva, libera, e felice. E mi abbandonavo completamente a lui, fino a esplodere di gioia e ricadere fra le sue braccia senza fiato, come usciti di nuovo dall'acqua.

Per capire che, alla fine, non contavamo nient'altro che noi.

La mattina seguente, mentre mi crogiolavo nel ricordo delle carezze di Patrick, Carl pensò bene di irritarmi subito con la sua telefonata.

«Stai lavorando per me vero?», esordì.

«Certo Carl, sei la mia unica priorità figurati!».

«Allora le hai parlato?», incalzò.

«Carl, Nina andrà a Londra che ti piaccia o no, e non sarò io a farle decidere di restare per te».

«Ci vuole un piano allora, e tu mi aiuterai».

«Ma Carl…».

Aveva riattaccato, un'altra volta.

Cominciava a darmi seriamente sui nervi.

«Mia, vorrei parlarti di ieri sera», disse mia mamma preparandosi per uscire.

«Io non voglio parlare con te invece!», protestai.

«Prima o poi dovrai farlo!».

«No, se non sono obbligata!».

Sembravamo sempre di più un brutto episodio di *Una mamma per amica* e io detestavo quel telefilm.

«Ascoltami signorina», disse afferrandomi per un braccio, «voi due non avete idea di quello che accadrà e…».

«E smetti!», le dissi divincolandomi. «Non è così che ci convincerai del contrario. Nina è mia amica e lo sarà per sempre e l'aiuterò anche se, come dici tu, non ho idea di quello che accadrà! Ma non ti sembra che ne abbiamo già passate abbastanza? Non sei stufa di essere sempre in disaccordo? Di dire sempre di no? Che palle mamma! Eri meglio quando piangevi al mio capezzale perché mi credevi morta!».

Il secondo meritatissimo schiaffo della mia vita centrò la mia guancia con la violenza di un asteroide che colpisce la Terra.

«Non dire mai più una cattiveria simile hai capito bene?», mi intimò con un filo di voce, puntandomi il dito contro. «Mai più. Non ti permettere di mancarmi di rispetto per il dolore che ho provato e la paura che ho avuto di perderti. Me lo sogno ancora la notte: tu sei lì, in coma, in quel letto e sei piena di tubi e non ti svegli e i dottori ti staccano dalle macchine e io grido di no, ma non mi esce la voce! Hai capito come mi sento? Davvero mi preferivi così?»

«Mamma io…», tentai.

«…E mi sveglio nel panico e non riesco a riprendere sonno, perché ho paura di sognarlo ancora!», mi urlò contro disperata, come se stesse tirando fuori un peso immenso.

«Ma… scusa, io», balbettai di nuovo, mortificata.

«E in tutto questo tua nonna non mi ha mai appoggiato, tu cresci e prendi decisioni assurde, tuo padre non esiste e io sono completamente sola lo capisci?», singhiozzò, mentre grosse lacrime le facevano colare il mascara.

L'abbracciai senza neanche pensare. L'abbracciai come avrebbe fatto un'amica.

In quel momento sentii per la prima volta che mia mamma era un essere umano e non un supereroe sorridente a cui puoi prendere a calci il cuore perché tanto non ti abbandonerà mai.

Aveva superato ogni limite di sopportazione e io l'avevo ulteriormente esaurita, fregandomene del suo stato d'animo e dandola sempre per scontata.

Ma cosa avrei fatto se un giorno non ci fosse stata più? Che cosa avrei fatto se fosse stata lei al mio posto in un letto d'ospedale?

Che avrei fatto senza di lei?

Il cuore mi si strinse in una morsa di dolore e angoscia.

Adesso la vedevo per quello che era: una donna che aveva paura e bisogno d'amore, esattamente come me, Nina, Betty e chiunque altro.

«Mamma scusami, scusami. Sono una stronza egoista. Io non volevo», le dissi abbracciandola forte.

«Mia, sei grande ormai. Sei grande e io non posso fare niente per impedirti di sbagliare, anche se vorrei. Ma finché vivrò sarò comunque sempre tua madre e, che ti piaccia o no, mi preoccuperò sempre per te e dirò cose che non vuoi sentirti dire!», rispose rovesciando la borsa sul tavolo per cercare un fazzoletto.

«Ho parlato senza pensare, mamma, non volevo, credimi», tentai ancora.

«Sì, tanto fai sempre così tu, prima ferisci e poi ti scusi, sei come tua nonna…».

«No, dài, come la nonna no…», risi.

«No, è vero, lei è imbattibile», sorrise asciugandosi le lacrime.

Mi prese il viso fra le mani.

«Che ne faccio io di te, eh? Cosa vuoi farne della tua vita tesoro?»

«Voglio provarci seriamente con questa scuola. Sento che può essere la scelta giusta, ti prego, lasciami provare».

Fece sì con la testa.

«E con Nina, mamma? Io non la voglio lasciare sola e il fatto che Betty possa venire con noi è quasi un miracolo no?»

«Tesoro… L'idea di voi due sole con Betty mi terrorizza, e io ne devo parlare con la mamma di Nina, sai è davvero una grossa responsabilità… sono una famiglia devastata e non dobbiamo dimenticarlo», aggiunse.

"Siamo", pensai.

La mamma si infilò il soprabito e mi abbracciò forte ancora una volta.

Il suo profumo di mamma, misto a deodorante e caffè, mi strinse di nuovo il cuore.

«Mamma… ma anch'io ero terribile da piccola?»

«Tu? Tu eri un angelo, hai dormito ogni notte otto ore filate, ma non lo dire a Nina!».

Non sapevo molto della Brit.

Non più di quello che ero riuscita a vedere sul loro sito internet e che mi aveva detto Lia.

Ma mi fidavo di lei e sentivo che avevamo una connessione profonda e comunque, da qualche parte, dovevo cominciare.

Chiamai Nina per sentire come stava e assicurarle che non l'avrei lasciata sola.

«Mia, sono scoraggiata, ieri sera tua mamma…».

«È preoccupata, ma ci sto lavorando su, e credo che, se parla con la tua, si convincerà che possiamo farlo. Anche Pat lo pensa… cioè, anche Paul», mi corressi.

Non le avevo mai parlato apertamente del fatto che io sentissi ancora la voce di Pat e avrei dovuto essere estremamente cauta.

Il nostro riavvicinamento era ancora troppo fragile, come un oggetto di cristallo rotto in due e incollato di fresco: il minimo movimento brusco l'avrebbe di nuovo separato e io non volevo.

«Stamattina ho trovato davanti alla porta di casa due scatoloni pieni di tutine di tutti i colori. Ne sai niente?»

«È il piano di Carl per ritornare con te, anche se dovrei fingere di non saperlo!».

«Astuto!», commentò sarcastica. «Qual è la prossima mossa? Culla fatta a mano? Carico di pannolini?»

«Cavallo a dondolo forse…».

Mi sedetti sul letto e cercai di mettere insieme le idee.

Erano successe così tante cose, in così poco tempo, da farmi perdere completamente il senso dell'orientamento.

La mia realtà e i miei punti di riferimento si erano capovolti drasticamente in un pomeriggio e, adesso, toccava a me riprendere la direzione.

Come se lo avessi saputo fare!

Tutte le persone intorno a me erano pronte a darmi consigli, suggerimenti e dritte, ma alla fine, era della *mia* vita che stavamo parlando e mi sconvolgeva l'idea di dover scegliere la soluzione giusta.

Almeno al *Milionario* avevi quattro possibilità!

Era assurdo che fosse soltanto *una* la cosa giusta da fare; la vita doveva essere molto di più che la scelta fra una sola scuola, una sola carriera, e una sola passione.

La gente cambiava continuamente idea, strada e futuro, altrimenti saremmo stati ancora all'età della pietra, invece che nell'era di Twitter e dei *cupcake*.

Betty stessa era laureata in psicologia, insegnava filosofia, recitazione e vendeva cosmetici per la Avon, eppure era l'immagine della serenità e non l'avevo mai sentita lamentarsi per non essere diventata un giudice della corte suprema.

Perché invece mia madre non riusciva a smettere di avere paura del futuro? Ed era del mio o del suo che aveva più paura? E se anche avessi fatto quello che voleva lei, sarebbe stata felice? E io, lo sarei stata?

L'unica certezza che avevo dalla morte di Pat era che fare progetti non impediva al destino di tagliare il filo il giorno stabilito.

Potevi decidere cosa fare per il resto dei tuoi anni, pianificando eventi nei minimi dettagli dal corso di studi alle vacanze, oppure vivere alla giornata, ma alla fine, l'unica vera differenza l'avrebbe fatta quell'unico minuto prima di andare a letto.

Quel minuto in cui, chiudendo gli occhi, ti saresti sentito soddisfatto delle tue scelte senza rimpianti o sensi di colpa, in pace con il resto del mondo.

Viceversa, quel nodo allo stomaco fatto di dubbi, rimpianti e paura di deludere chi ti stava accanto, era la certezza inconfutabile di vivere la vita di qualcun altro.

E il passaporto per l'infelicità.

Anche se in realtà non avrei mai voluto diventare così prematuramente saggia.

Mi guardai allo specchio e non potei fare a meno di realizzare quanto fossi cambiata.

I capelli erano sempre scuri e ribelli, la pelle chiara e le lentiggini spruzzate sul viso come una spolverata di cacao, ma era la luce negli occhi a essere diversa.

Una luce di consapevolezza nuova, una luce adulta di cui non mi sentivo affatto padrona.

Il mio corpo stava cambiando e anche la mia anima, ma non ero troppo certa di voler assecondare il processo.

Stava succedendo tutto troppo in fretta.

Stavo crescendo troppo in fretta.

E non volevo.

Sei bellissima Mia.

Sorrisi.

Non mi sentivo bellissima, mi sentivo confusa e sola.

E dovevo decidere tutto il mio futuro.

Tutto in quella mattina.

L'estate era finita, l'aria era fresca e speziata e terribilmente nostalgica e non ero dell'umore adatto a scoprire cosa doveva riservarmi il futuro, né tantomeno a scegliere una nuova scuola.

Camminavo con le mani in tasca e la testa bassa come se fossi stata una spacciatrice in un ghetto.

Mia, amore, su con la schiena. Stai andando a vedere la nuova scuola, non davanti al plotone d'esecuzione.

«Hai ragione Pat, è che tutti gli ultimi avvenimenti mi stanno mettendo a dura prova. Ho paura di aver fatto la cazzata del secolo e, se questo posto non mi piace, non so proprio cos'altro inventarmi», mormorai sempre guardando in basso.

Scesi alla stazione di Selhurst e mi incamminai verso la scuola, senza sapere la strada, seguendo gruppi di ragazzi e ragazze della mia età, vestiti nelle maniere più assurde con leggins, anfibi, giubbotti di pelle, pantaloni della tuta alle ginocchia, cappelli e occhiali colorati. Sembrava stessero andando alle selezioni dei sosia di Pete Doherty e Amy Winehouse.

Osservai me stessa mentre li seguivo a distanza.

Con il passo strascicato, le spalle arrotondate, il collo lungo e la mia propensione alla rigidità e alla disciplina, mi sentivo già terribilmente diversa.

Sospirai.

Se il problema è questo puoi sempre tingerti i capelli di verde, no?

«Il verde porta male sul palco, scemo...», mormorai a denti stretti, entrando nella gigantesca hall di vetro che ricordava un palazzetto dello sport futuribile.

O un aeroporto.

E venni investita da una scarica di energia che mi travolse come un maremoto in pieno petto.

In ogni angolo dell'immenso atrio c'erano musica, ritmo, percussioni, ragazzi che provavano passi di danza, cantavano, recitavano, ridevano, si incoraggiavano e si abbracciavano in un vortice di entusiasmo contagioso e incontrollabile.

Come se un mago impazzito si fosse divertito a provare le sue formule magiche in un pentolone scoppiettante e ribollente di suoni e colori.

E a proposito di maghi, mi sentii come la piccola Dorothy appena giunta nel mondo di Oz, con le scarpette rosse ai piedi, con cui non sa ancora cosa fare.

Guardai istintivamente in basso i miei piedi irrimediabilmente "a papera", i miei jeans normali e la mia felpa, poi osservai di nuovo tutti loro e non ebbi più nessun dubbio.

Girai i tacchi e scappai via.

Dove stai andando Mia? Fermati!, gridava Pat nella mia testa, mentre raggiungevo il parcheggio.

Possibile che ogni volta che ti si presenta qualcosa di importante scappi?

«Non è vero che scappo!», protestai correndo.

Ah no? Non mi sembra di aver sentito l'allarme antincendio!

«Sono uscita perché ho visto abbastanza!».

E cosa avresti visto?

«Che non fa per me!».

Ah, non fa per te? E perché mai?

«Così», risposi facendo spallucce.

Mia Foster Benelli, quanti calci nel sedere devo continuare a darti? Non posso credere che tu sia così vigliacca!

«Non sono vigliacca!».

Hai ragione sei incredibilmente coraggiosa, così coraggiosa che te la fai sotto all'idea di confrontarti con gli altri.

«Che c'entra, non è il mio stile, ecco tutto. Io sono diversa!».

Diversa? Ma non avevi mollato la Royal proprio perché avevi voglia di esprimere te stessa? Perché ti andava stretto il mondo del balletto classico?

«Sì, ma non è questo quello che cercavo!», ribattei stizzita.

Mia tu là dentro hai sentito esattamente il brivido che cercavi, sei soltanto una cacasotto!, riprese sempre più incavolato. *Quello che cerchi tu è un posto dove ti accolgano a braccia aperte, ti coccolino e ti dicano continuamente che sei la più brava di tutti. Una scuola dove tutti ti trattano bene e ti amano, ridono alle tue battute, ti incoraggiano e battono le mani anche quando sbagli, e dove non c'è competizione perché gli altri si tirano indietro! Mia, praticamente vuoi una scuola dove sei l'unica allieva! Be', svegliati un po', perché questo esiste solo nelle favole! La vita reale è quella che hai visto là dentro e per avere un posto bisogna fare a pugni! Vuoi esserci anche tu? Allora buttati senza rete e guarda cosa succede! Perché tutti quei ragazzi se la sono fatta sotto esattamente come te, ma hanno deciso che ci volevano provare e tutte le mattine ci provano, cadono e si rialzano ancora, ma non stanno chiusi nella torre d'avorio come te, ad aspettare che qualcuno li scelga per il ballo di fine anno!*

Mia, amore della mia vita, come mi fai incazzare tu non ci riesce nessuno!

Deglutii, rossa in faccia.

Se mi avesse presa a calci nel sedere con gli anfibi chiodati mi avrebbe fatto meno male.

Aveva ragione, anche se non volevo ammetterlo: avevo una paura fottuta di confrontarmi con gli altri e crescere.

E Pat aveva colto nel segno.

Avrei voluto davvero entrare là dentro e sentirmi parte di tutto quel delirio di musica e vitalità, salutare i miei amici, fare le prove, sentirmi a mio agio, ballare, divertirmi, e scherzare, ma nessuno poteva mettersi in gioco al posto mio e l'alternativa più facile era la fuga.

Avevo trovato il posto in cui avrei voluto stare più di ogni altro al mondo, ma era anche il posto che mi faceva più paura in assoluto.

Mia, è per tutti così, sai? Quando si comincia qualcosa di nuovo fa sempre una paura tremenda. Ma fra un po', quella scuola diventerà il tuo mondo e non ti ricorderai più di esserti sentita così vulnerabile. Te lo dice uno che era nella Marina militare…

Risi.

Aveva ragione di nuovo.

Del resto, la differenza tra un disastro e un'avventura è solo una questione di attitudine.

«Stammi vicino Pat», mormorai mentre aprivo di nuovo la porta della hall.

Sempre.

Mi diressi verso la segreteria tenendo un basso profilo.

Mi sentivo osservata come se avessi avuto un cartello con scritto "carciofi freschi", attaccato al collo.

Ma sapevo che era tutto nella mia testa.

La segreteria era un gran via vai di gente, così mi misi ad aspettare il mio turno, leggendo distrattamente in bacheca gli annunci di allievi che cercavano un compagno di stanza, una corista, o qualcuno con cui provare una commedia.

Com'è che sembravano tutti così sicuri di sé?

La segretaria mi diede un modulo da compilare in cui dovevo indicare il mio livello di danza e gli studi che avevo fatto.

Fui sorpresa da come l'iscrizione fosse semplice in confronto a quella della Royal.

Era come se volessero dire, "tu facci vedere cosa sai fare e se hai abbastanza talento saremo dispostissimi a insegnarti, tanto poi dipende tutto da te!".

Mi misi da parte per compilare il modulo.

Un ragazzo moro con le cuffie entrò in ufficio e accennò una samba con l'anziana segretaria che rise del suo scherzo e gli diede uno scappellotto dietro la testa. Sembrava di casa.

Mi chiedevo se fossi all'altezza e se mai lo sarei stata.

Tornai al mio modulo domandandomi se fosse stato giusto indicare tutti gli insegnanti che avevo avuto o se era più importante quello che avrei fatto da lì in poi.

Immaginavo le voci delle mie due insegnanti che erano state anche le peggiori rivali.

Claire che diceva: "Non fare il nome di quella culona della Sinclaire, da quella scuola escono solo ballerine di fila!", e la Sinclaire che rispondeva: "Nessuno ti insegna a ballare se non hai il dono e quella ha avuto solo il dono di avere due gambe!". In tutto questo l'eco del buon maestro Aurel che mi diceva: "Scricciolo, spacca tutto e fagli vedere chi sei!".

E mentre ero assorta nei miei pensieri, una mano mi sfilò rapidamente il foglio da sotto.

«Vediamo un po' cosa abbiamo qui! Ah, una ballerina!», esclamò il ragazzo con le cuffie.

«Ehi!», risposi strappandogli il modulo di mano. «Fatti gli affari tuoi!».

«Uh scusa! Siamo suscettibili come ogni ballerina classica eh?».

Lo incenerii con lo sguardo e andai a consegnare il modulo alla segretaria.

«Okay scusa, mi presento», aggiunse facendo un piccolo inchino, «mi chiamo Adam», sorrise tendendomi la mano.

Gliela strinsi, infastidita dall'invadenza.

«Mia», risposi.

«Hai finito di molestare le nuove allieve?», fece eco la segretaria. «Non hai niente di meglio da fare?».

Nuova allieva? Avevo sì e no compilato un questionario e già ero considerata una nuova allieva? Questo pensiero mi scaldò leggermente il cuore.

Adam lanciò un bacio col soffio alla segretaria e mi prese sotto braccio conducendomi fuori.

«Non mordo, e sono assolutamente innocuo, te lo giuro!».

«Okay scusami tu per averti urlato contro».

«Allora Mia, cosa ti porta qui? Sei forse un astro nascente della danza?», mi chiese senza malizia.

«Non lo so, ma mi piacerebbe mettermi alla prova!».

«Questo è lo spirito giusto, qui dentro tutti si mettono alla prova in continuazione, il problema con questa scuola è che è una specie di droga, quando la provi non ne puoi più fare a meno, sarà anche difficile tornare a casa la sera. A volte farei prima a dormirci qui dentro!».

Il suo entusiasmo era contagioso e mi sembrava che esprimesse esattamente la sensazione che si provava a camminare per quei corridoi.

Sembrava che quella scuola fosse il centro del mondo, il magma bollente dell'energia creativa che non vede l'ora di esplodere e lo fa con un bel botto.

Cominciavo a desiderare sempre più ardentemente di farne parte anch' io.

«Io studio per diventare attore, sto provando dei monologhi di Ayckbourn per uno spettacolo, poi mi dirai cosa ne pensi! Stasera c'è una festa da alcuni amici, perché non vieni? Puoi portare chi vuoi!».

«Festa?», dissi strabuzzando gli occhi. «Abito a tre ore da qui e non so neanche quando farò l'audizione!».

«Dettagli! Tutto accade qui dentro, là fuori non c'è niente di importante, e tu sei una che vuole stare nel flusso no? E il flusso è qui! Scommetto che fra una settimana o due farai l'audizione e ti prenderanno di sicuro e allora sì che inizierà il bello!».

«Ne sei così sicuro?»

«Le ballerine classiche sono talmente brave che le prendono sempre!», assicurò.

«Con *brave* intendi noiose?», osai.

«No figurati… mi faccio certe risate con voi», disse allegro facendo dei *plié* terribili e alzandosi sulle punte delle All Star, «ma tu sei diversa, lo sento!».

«Okay Adam, è stato bello conoscerti, adesso però devo riportare la mia noia a casa o mia mamma si preoccuperà!».

«Ci vediamo presto allora!», disse con un goffo inchino.

Uscii con il cuore gonfio di aspettative ed entusiasmo.

Forse era davvero così: si trattava di rompere il ghiaccio e seguire il flusso.

Mi voltai sulla porta e vidi una splendida ragazza coi capelli rossi saltare al collo di Adam e baciarlo appassionatamente.

Scossi la testa divertita.

Era veramente un altro mondo.

CAPITOLO SEI

«È lei!», annunciai trionfante come se stessi aprendo la busta col nome del vincitore degli Oscar.

«Davvero?», risposero in coro la mamma, Paul e Betty che si erano riuniti appositamente per cercare una soluzione con il minimo spargimento di sangue.

«Nessun dubbio!», aggiunsi con una sicurezza che li spiazzò. «È la Brit! È lì che voglio studiare!».

«Amen!», fece eco Betty sistemando delle tartine su un piatto.

Nina e sua madre sarebbero arrivate da un momento all'altro per discutere insieme del nostro futuro.

Non ero abituata a situazioni *diplomatiche* in cui adulti e adolescenti si sedevano insieme per dialogare civilmente e mi sembrava tutto piuttosto strano e artificiale, un po' come un reality dove il caos tornava a regnare una volta spente le telecamere.

Il campanello suonò e ci guardammo tutti con una certa ansia.

Betty andò ad aprire sorridente, vestita, al solito, come se stesse per imbiancare la casa.

La Laetitia di un tempo non si sarebbe formalizzata, anzi era lei che esortava a non giudicare mai nessuno dalle apparenze e a essere aperti e disponibili nei confronti della vita e degli altri, lezione che Pat aveva imparato in pieno. Ma quella Laetitia, spezzata dal dolore, che passava le giornate coi gruppi di preghiera, mi era ancora sconosciuta e temevo che sarebbe stato difficile riportarla fra noi.

Nina entrò subito in casa come un gattino che è stato troppo tempo al freddo e non vede l'ora di farsi coccolare.

Buffo come si fossero ribaltate le situazioni.

Un tempo ero io quella che moriva dalla voglia di andare da Nina, amavo quella casa e quella famiglia piena di calore tanto da sognare che mi adottassero, mentre io ero sempre sola con mia madre che non riusciva ad arrivare a fine mese. Adesso eravamo diventati noi la famiglia solida che cercava una via d'uscita dalle difficoltà.

«Io sono Betty», esordì stringendo la mano a Laetitia che si guardava intorno un po' smarrita.

La mamma abbracciò Laetitia con grande cautela e dolcezza come se avesse paura di spezzarla, come fosse un uccellino con un'ala steccata che finge che vada tutto bene.

Sembrava che fosse uscita dall'ospedale dopo una lunga degenza e sapevo esattamente quello che provava.

Ma volevo anche che sentisse che sarebbe passato, perché era così: prima o poi sarebbe accaduto, che lo avesse voluto o no.

Paul corse a prendere altri stuzzichini mentre io e Nina le facevamo strada in salotto.

Una volta che ci fummo messi a sedere, la mamma prese la parola.

«Le ragazze hanno manifestato il desiderio di andare a studiare a Londra e io sono felicissima che stiano insieme, ma non ti nascondo che sono preoccupata per Nina e...».

«...Ed ecco che entro in gioco io!», interruppe Betty. «Sono disposta ad andare con le ragazze e aiutare Nina con la gravidanza e il bambino!».

Nina si illuminò, per un attimo, al solo sentire che qualcuno si offriva di occuparsi di lei.

Laetitia si strinse nelle spalle.

Mamma, ti prego, di' qualcosa...

«Sono anch'io molto preoccupata per Nina, ve lo assicuro», esordì Laetitia con una voce flebile e incerta, «il bambino è una benedizione per tutti noi e Dio sa se voglio starle vicina, ma al momento non mi posso muovere da Leicester. Mio marito sta vendendo la casa e devo occuparmi di una quantità di cose, incluso il nostro... divorzio», disse gravemente.

Un silenzio imbarazzato e carico di tensione seguì la parola *divorzio*.

«Mi dispiace, non sapevo...», disse mia madre.

«Probabilmente è quello che era in serbo per me», proseguì in tono quasi arreso, «devo essere stata una persona davvero terribile se merito tutto questo», disse con gli occhi lucidi.

«Mamma no! Ti prego non parlare così», intervenne Nina prendendole la mano e guardandomi con un velo di disperazione negli occhi, misto a senso di colpa.

"Ti prego portami via", sembrava mi dicesse, "portami via da tutta questa morte".

«Laetitia...», intervenne Betty determinata a toglierci tutti dall'imbarazzo, «io ho avuto un figlio a diciassette anni e so esattamente cosa c'è da fare, per cui, se non vi dispiace, porterò queste due signorine a Londra e mi occuperò di loro, le farò mangiare, le farò studiare e veglierò affinché siano serene e felici. Questo è il mio impegno in cambio di vitto, alloggio e una cifra congrua per fare la governante!».

Seguirono dieci secondi di un silenzio carico di aspettativa che li fece sembrare anni.

Finché Laetitia, sollevata dal fatto che qualcuno avesse deciso per lei, disse: «La casa di Brixton è libera e la sorella di mio... del mio ex marito vive lì accanto, forse... potrebbe dare una mano. E per la cifra, non so... diciamo duemila sterline al mese?».

Betty guardò furtivamente mia madre per capire se fosse il caso di mercanteggiare, ma la mamma la incenerì.

«Duemila? Perfetto! Avrei accettato per millecinquecento!», strillò Betty.

«Sarei salita a duemilacinquecento!», rise Laetitia per la prima volta.

«Mi meriterò l'aumento vedrai!».

«Allora è tutto a posto», concluse Paul con un sospiro di sollievo, servendo le tartine al salmone.

Nina e io ci abbracciammo e ci mettemmo a saltare per il salotto cantando a squarciagola *London Calling*, contagiando anche gli altri che parevano visibilmente sollevati, mentre York abbaiava e Mrs Fancher, la vicina spiona, bussava alla parete di cartongesso.

Per un attimo tutto l'universo aveva ripreso a girare nel verso giusto.

Fino alla prossima mossa.

«Le hai parlato allora?», esordì Carl più tardi.

«Carl, ce ne andiamo a Londra, è ufficiale!», gli risposi senza mezzi termini.

«E io?»

«E tu no! Mi sembra chiaro!».

«Non le hai parlato, scommetto!».

«Che cosa le potevo dire? Di riprenderti? Non ho tutto questo potere e anche se lo avessi non penso che lo userei!».

«Che intendi dire?», chiese fra il sospettoso e l'apertamente ostile. «Che non mi vuoi aiutare?»

«Voglio solo dire che mi preme più il bene di Nina in questo momento, e non sono affatto sicura che tu le faccia bene!».

«Mia! Mio padre mi uccide se non la sposo!», sbottò.

«E se ti uccide come fai a sposarla, gliel'hai chiesto?»

«Non mi molla un attimo, sembra un condor che punta il coniglio! Io non ci sto più con la testa, sto impazzendo e tu sei l'unica che mi può aiutare».

«Okay Carl, ti giuro che ti aiuterò, non so ancora come, ma ti aiuterò, però lasciami in pace adesso ti prego!».

Riattaccai sbuffando.

Fra tutte le cose a cui dovevo pensare quella era davvero l'ultima, ma sapevo che Carl non mi avrebbe dato tregua finché non avessi tentato di parlare con Nina e trovato una soluzione.

Lui era il padre del bambino, e Nina non avrebbe potuto impedirgli di fare la sua parte, ma di certo gli avrebbe impedito di limitare la sua libertà e questa era una cosa che Carl avrebbe imparato a sue spese.

Betty passò a prendermi a casa con la macchina piena di valigie.

«Ma non dovevamo solo *vedere* la casa?», chiesi.

«Mi avvantaggio per il trasloco, siamo tre donne e un neonato, non basterebbe una portaerei!».

Betty non mi conosceva: la mia intera vita stava in una borsa da danza.

Passammo a prendere Nina e ci dirigemmo verso Brixton, un quartiere a sud di Londra vivace e multietnico.

Sembrava una gita scolastica, ma era l'inizio della nostra nuova vita e lo avremmo ricordato per sempre.

Stavamo dicendo addio alla nostra infanzia e stavamo entrando ufficialmente nel mondo dei grandi.

Da quel momento in poi, nessuno ci avrebbe preparato la colazione o ci avrebbe consolate per un brutto voto, adesso cominciava la vita vera e propria, senza sconti e scorciatoie.

Ed era incredibilmente elettrizzante, come quell'istante in cui sei in cima alle montagne russe, trattieni il fiato e stai per andare giù.

La casa si trovava in una strada silenziosa e tranquilla, e faceva parte di una fila di villette a schiera a tre piani con le finestre a bovindo, un piccolo cortile sul davanti e il giardino sul retro.

Accanto abitava zia Kate, la cognata di Laetitia, con la figlia Eileen.

Scendemmo e rimanemmo a guardare quella che sarebbe stata la nostra base per almeno i prossimi due anni.

E scoppiammo a ridere.

«Il primo che arriva sceglie la stanza!», ci sfidò Betty entrando di corsa.

«E lei è quella che dovrebbe occuparsi di noi, eh?», borbottò Nina.

Era una casa deliziosa con un salotto grande al piano terra e una cucina con la sala da pranzo, un ripostiglio e un giardino che, una volta sistemato, avrebbe smesso di somigliare a una discarica.

Al primo piano, due grandi camere con bagno che avremmo occupato io e Nina e al terzo una mansarda perfetta per Betty, che ne avrebbe fatto il suo quartier generale.

Era bellissima.

«Mia, mi sembra un sogno», disse Nina con un filo di voce.

«Anche a me Nina».

Ci guardammo negli occhi piene di emozione.

Nina si accarezzò la pancia.

Continuavo a dimenticare quel particolare, perché continuavo a ritenere impossibile che la mia amica aspettasse un bambino, ma avrei dovuto abituarmi e cominciare ad accettarlo.

«Sei stanca?», le chiesi.

«Un po'», rispose sedendosi su un divano coperto da un lenzuolo.

«Ma ti capita mai di avere voglia di cose strane?», le chiesi accorgendomi che non le avevo fatto mai nessuna domanda sul suo stato.

«A volte mi vanno cose assurde tipo le sottilette affumicate o il Crunch al caramello, altre volte la zuppa di funghi o le banane fritte con il burro di arachidi».

«E i gessi per la lavagna?», scherzai.

«Più l'acetone per le unghie…», rise.

«Ma… si muove?», le chiesi indicandole la pancia.

«Ancora no».

«Però hai due tette enormi! Sarai almeno una quarta», esclamai. «Sono invidiosa, io sono un asse da stiro!».

«Visto che roba?», rispose orgogliosa alzandosi la maglietta. «Ma tu sei una ballerina, che ci fai con le tette?».

Appallottolai due fogli di giornale e me li infilai sotto la maglietta.

«Guarda?»

«Mia sei terribile!», rise.

«Perché? Non ti piacciono?», risi infilandomi un cuscino sotto la maglia e alzandomi faticosamente fingendo di essere incinta anch'io. «Oddio Nina, è scomodissimo, non so come fai!».

«Dài, che scema!», mi disse lanciandomi un cuscino in testa continuando a ridere.

Era troppo divertente prenderla in giro, ed era bellissimo vederla ridere di nuovo.

«Ma quindi sono incinte tutte e due?», interruppe una fastidiosa voce nasale.

Smettemmo di ridere di botto e ci voltammo verso la porta, dove una donna obesa con una tuta da ginnastica verde e i capelli unti ci stava guardando con aria perplessa.

«Ciao zia Kate!», sorrise Nina imbarazzata.

Dietro di lei una ragazza della nostra età, possibilmente ancora più grassa, con delle unghie lunghissime rosa, ci osservava con sospetto.

«Eileen, che piacere rivederti…», proseguì Nina con un sorriso di plastica.

Betty continuava a salire e scendere le scale con le mani piene di scatoloni, non curandosi di noi.

«Lei è la mia amica Mia… e *non è* incinta!», disse togliendomi il cuscino da sotto la maglietta.

Rimanemmo a guardarci in silenzio.

«La mamma mi ha detto…», disse Kate in tono allusivo.

«Eh sì», rispose Nina.

E di nuovo rimanemmo lì impacciate.

Non sembrava un inizio facile.

Al solito, arrivò Betty a cavarci d'impiccio.

«Be' ragazze, non è meraviglioso? Avete tutte e tre la stessa età, sarà divertente! Uscirete insieme, andrete alle feste, fantastico no?», disse sollevando la mano in aria per battere il cinque con la cugina Eileen.

«Io non vado alle feste», commentò Eileen lapidaria, lasciando Betty con la mano alzata.

«Ah. Allora ne faremo una qui, vero ragazze?», proseguì Betty guardandoci disperata.

«Certamente! Daremo una bellissima festa appena finito il trasloco», aggiunsi.

«Farai meglio a festeggiare adesso perché fra poco, Nina, avrai finito di divertirti», commentò Kate acida.

Feci una smorfia.

Se quello era l'aiuto su cui potevamo contare, cominciavamo davvero male.

«Be' noi ce ne andiamo, adesso, la strada per Leicester è bella lunga e non voglio guidare di notte. Kate… Eileen, è stato un piacere, vero ragazze???», disse Betty affrettandosi a spingerci fuori.

Una volta in macchina cominciammo a ridere come matte.

«*Quelle due* sono tua zia e tua cugina?», strillò Betty.

«Uhm… sì dall'ultima volta che le ho viste avranno preso una tonnellata!».

«Simpatiche come la varicella eh?», commentai.

«La zia Kate non è mai stata il massimo della simpatia e Eileen non dice molto di più che "ciao" e "cioè"!».

«Cioè, ciao, cioè… sono Eileen e tu sei incinta? Cioè?», dissi imitando la voce di un *emo* sotto acido.

«Ciao… cioè, ciao, io non vado alle feste cioè…», rispose Nina facendo dondolare la testa.

«Festeggiare? Pentitevi peccatrici o le vostre anime bruceranno all'inferno!», rise Betty.

«Ma da dove escono fuori? Da un horror?»

«Zia Kate è diventata così bacchettona da quando zio Larry se n'è andato dodici anni fa».

«Povero zio Larry, chissà perché se n'è andato eh?»

«In realtà nessuno l'ha più visto, è uscito un attimo per comprare le sigarette e non è mai più tornato!».

«Dài giura!», disse Betty. «Credevo che fosse una leggenda metropolitana!».

«Davvero! Lo cercarono anche tramite la televisione! Mia mamma ha sempre sostenuto che se ne sia andato a Las Vegas e viva facendo il sosia di Elvis».

«Rimpiangerò la vecchia spiona Mrs Fancher», mi lamentai.

Tutto andava bene, così bene che cominciavo a preoccuparmi.

Due settimane dopo ricevetti la convocazione per l'audizione alla Brit.

Una parte di me si sentiva sfacciatamente sicura di superarla, dato che non poteva essere dura come quella della Royal, ma un'altra sentiva che mi mancava qualcosa che forse gli altri avevano.

Cominciavo a credere di non essere abbastanza originale o abbastanza "artista", insomma mi sentivo troppo classica.

E temevo che avrebbero scelto qualcuno meno bravo, ma più "speciale".

Le mie certezze cominciavano a vacillare e avevo bisogno di qualcuno che mi preparasse, ma le mie ex insegnanti erano tutte troppo antiquate.

Chiamai Lia.

«Lo sapevo che ti sarebbe piaciuta!», gridò. «È strepitosa!».

«È l'audizione che mi preoccupa adesso!».

«Non ti devi preoccupare, non cercano un livello di tecnica assoluto, considerano di più tutto l'insieme».

«È questo che mi preoccupa, ho paura di non essere abbastanza *interessante*».

«Cosa intendi per "interessante"? Tu sei tu, e sei unica e perfetta così come sei, non devi fingere di essere qualcos'altro!», rispose fermamente.

«Ma se non sono abbastanza brava o originale non mi prenderanno! Là dentro sono tutti dei fenomeni!».

«Anche tu sei un fenomeno, e non devi fare altro che mostrare quello che sai fare, solo che invece di ossessionarti con la perfezione di un *port de bras* o di un giro, dovrai pensare solo a liberare il cuore ed esprimere quello che senti».

«Sì, ma cosa dovrei preparare secondo te? *Giselle*, *Il lago*, *Carmen*...».

Ci pensò un attimo.

«Perché non porti un pezzo moderno?...Un pezzo di Lady Gaga per esempio, da ballare sulle punte».

«Stai scherzando?», risposi in preda al panico.

«Sono serissima, sarebbe fantastico! È esattamente quello che ci vuole: un taglio col passato. Sul repertorio classico sei ferratissima è sul resto che devi metterti alla prova e stupirli!».

Sentii con chiarezza tremarmi la terra sotto i piedi: tutta la mia sicurezza era franata miseramente.

«Lia, ma chi può aiutarmi?»

«Ma tu, è ovvio!».

«Io?... Tutta da sola?», balbettai.

«Certo che sì! Nessuno può esprimersi meglio di te, fidati!».

Quella conversazione mi aveva annientata.

Non avevo mai neanche immaginato di presentarmi a un'audizione ballando qualcosa che non fosse stato rigorosamente creato da meno di duecento anni.

«Pat, sono terrorizzata», piagnucolai.

Lia ha ragione, è la tua occasione per uscire dal guscio e cominciare a camminare con le tue gambe.

«Sei in vena di frasi da Facebook? Clicco su *mi piace*? Tu non sai quello che dici! Non hai idea di cosa significhi preparare un'audizione! È un lavoro complicatissimo, devi studiare alla perfezione ogni passo, ogni gesto, ogni pausa e ti giochi tutto in tre minuti, non puoi non...».

È esattamente quello di cui hai bisogno e come ha detto Lia: devi smettere di cercare di essere perfetta e lasciar parlare il cuore.

«Pat?».

Sì?

«Chiudi il becco!».

«Lady Gaga sulle punte?», strillò Nina lasciando cadere per terra un grosso scatolone pieno di libri. «Ma è una ficata!».

«Nina, esci da quel corpo!», risposi scuotendo la testa.

«È un'idea grandiosa, non so come non hai fatto a pensarci prima!».

«Perché è folle, ecco perché! Le ballerine classiche ballano cose classiche!», mi impuntai.

«E pallose!».

«Ho detto classiche!».

«È uguale!».

«No che non lo è, ogni balletto è diverso, e ognuno lo interpreta a modo suo, non ci sono due ballerine che affrontano lo stesso ruolo allo stesso modo, è come dire che la Semionova balla come la Cojocaru solo perché sono russe!».

«E non è così?», chiese distrattamente sistemando dei maglioni in una valigia.

«No che non lo è!», risposi indignata. «Come puoi pensare una cosa del genere?»

«Che ne so? A me sembra sempre tutto uguale, cambiano solo i costumi!», rispose stringendosi nelle spalle.

«Mi meraviglio di te Nina! Ti facevo più sofisticata!».

«Ti dirò», rispose strizzandomi un occhio, «preferisco Lady Gaga!».

Sospirai e mi buttai sul letto.

«Guarda un po' qua!», mi disse lanciandomi una foto.

Era una nostra foto di quando eravamo piccole, vestite per Halloween, e Patrick ci aveva portato a fare "dolcetto o scherzetto", in giro per il quartiere.

Una fitta di nostalgia mi colpì il cuore.

«Ti ricordi? Piangevamo perché avevamo raccolto pochi dolci e Pat spese la sua paghetta per comprarci le caramelle».

«Che pazienza che aveva».

«Già», ammisi.

È che vi amavo... che potevo farci?

CAPITOLO SETTE

Avevo chiesto a Claire di lasciarmi provare nella sua sala di danza il pezzo per l'audizione, non potendo farlo in camera mia, ma non era stata una grande idea: ogni scusa era buona per passare a vedere come andavo e mettere bocca.

Claire era stata la mia prima insegnante ed evidentemente pensava ancora di avere il diritto di correggermi come fossi una delle sue allieve di cinque anni e io, per rispetto, mi mordevo la lingua ogni volta.

«Ma quelle braccia? Sono morte? Le braccia sono sempre state il tuo punto debole».

Cercavo di ignorarla, ma la sua voce mi penetrava nel cervello come il trapano di un dentista, facendomi perdere la concentrazione.

Come se fosse stato già facile concentrarsi su *Poker Face*...

Claire stava mettendo a dura prova la mia pazienza e la tensione saliva.

Stavo impazzendo.

«Credi che sia una buona idea questa *cosa* che fai? Vabbè che non è una vera scuola, ma sei sicura che una pagliacciata come questa sarà apprezzata?», commentò accendendosi una sigaretta.

Il sudore mi colava sugli occhi, le scarpette mi facevano un male cane, e la sua voce insopportabile mi faceva perdere il conto delle battute, così dovevo fermarmi e rimettere il pezzo da capo.

Non ero abituata a creare coreografie da sola e tutta quella libertà mi spaventava.

Avevo bisogno di sentirmi dire cosa fare e come farlo, così almeno avrei potuto prendermela con qualcun altro se non ci riuscivo.

Mi fermai per bere un sorso d'acqua e Claire approfittò subito della pausa per tornare alla carica.

«Aaaaah, che pace!», esclamò quando spensi lo stereo. «Quella roba è in-sop-por-ta-bi-le!», disse tappandosi le orecchie con gesto plateale.

La odiavo.

«Non ti piace Lady Gaga?», chiesi asciugandomi il viso con la maglietta.

«Chi?»

«Lady Gaga. È una cantante di questo secolo, ma tu non puoi conoscerla, sei ferma a Mozart», risposi sarcastica.

«Conosco solo la buona musica. Io non apprezzo il rumore!».

«Non è rumore Claire, è *espressione*!», risposi con fare un po' troppo teatrale.

«Espressione di cosa? Di un pazzo con la camicia di forza? Dove sono la grazia, la delicatezza, l'armonia…».

«Claire, non ci sono soltanto tutù rosa, piume e cigni morti! Ci sono anche la passione, la follia, la paura, la trasgressione, l'ironia, e la gioia, e voglio esprimerli a modo mio!».

«Ma tutti quegli anni di studio?»

«Tutti quegli anni di studio sono in questi piedi e in queste braccia Claire!», urlai esasperata. «Ogni secondo di lezione che ho fatto con te o con la Sinclaire o con chiunque altro è parte di me e della mia vita e voglio farne tesoro per andare oltre, per crescere e trovare la mia strada!».

Aggrottò la fronte impercettibilmente cercando qualcosa per controbattere, ma non trovò niente da dire.

Cominciavo a capire che la vera difficoltà della vita non era cambiare cammino, ma convincere gli altri del perché lo volevi fare.

Mi mancava mia nonna.

Sapevo che questa volta non sarebbe bastato scusarsi, e nemmeno strisciare ai suoi piedi o lustrarle la Chanel con la lingua.

Era la prima volta che mi teneva il muso per così tanto tempo ed era chiaro che non avrebbe mai fatto la prima mossa.

Provai a chiamarla, ma rispose Sunil, il suo fedele collaboratore domestico.

«Signorina Mia che bello sentirla, come sta?»

«Bene, Sunil, ehm c'è la nonna?», chiesi fingendo di non averla chiamata al cellulare.

«Sua nonna non c'è… non può… eehhhm… sua nonna dice che non… ehm…», balbettò come se qualcuno gli stesse suggerendo le risposte in maniera caotica.

«Sunil, passami la nonna!», ordinai.

«E dammi la cornetta brutto fesso!», ringhiò lei.

«Sunil non dice bugie! Bugie fanno cattivo karma!», borbottò allontanandosi.

«Che vuoi? Hai ancora bisogno di soldi?», rispose bruscamente.

«No nonna, ho ancora un po' di pane secco, per stasera basterà, domani andrò a rubare in un supermercato».

Non rispose, ma sapevo che avrebbe voluto ridere.

«Nonna, non importa che tu risponda, parlerò io. Volevo solo dirti che ho trovato una scuola che mi piace molto e farò l'audizione fra qualche giorno. È pubblica, è molto valida e io sono felice. Tutto qua, volevo lo sapessi».

Proseguì nel suo ostinato silenzio.

Sospirai.

«E… nonna, ti volevo chiedere scusa per averti mancato di rispetto».

L'unico segno della sua presenza fu un colpo di tosse.

Poi riattaccò.

Perché le nonne degli altri cucinavano torte di mele e dispensavano saggi consigli, mentre la mia mi torturava?

Avrei insistito finché non si fosse stancata e, dato che ero testarda quanto, se non più di lei, alla fine avrei vinto.

Cominciavo a provare una certa agitazione in fondo allo stomaco.

Dovevo prepararmi per il trasloco imminente e concentrarmi sulla mia nuova vita, ma il pensiero di affrontare tutte quelle novità insieme mi terrorizzava.

Se fino a poco tempo prima ero eccitatissima all'idea di andarmene a Londra, adesso il non sapere quello che avrei trovato là fuori mi faceva sentire come quella sfigata di Cappuccetto Rosso che si perde nel bosco mentre la nonna, ubriaca, si rifiuta di aprirle la porta di casa, perché se la sta spassando col lupo.

Salii in camera e diedi un'occhiata in giro.

Non ci sarebbe voluto molto a portare via tutto.

E forse era un bene.

Se dovevo cominciare da capo, tanto valeva farlo da zero.

Ma mi piangeva il cuore al pensiero che ogni minuto trascorso in quella casa sarebbe stato un conto alla rovescia senza ritorno, e che ogni ora che passava mi avvicinava sempre di più all'addio alla mamma e alla mia vecchia vita.

E mi sentivo paralizzata.

La sera a cena mamma e Paul si comportavano come se niente fosse, ma sapevo che, anche per loro, non era facile.

Mangiavamo parlando di tutto tranne della mia partenza.

Mai come in quel momento avrei voluto avere accanto un adulto che mi dicesse di non preoccuparmi, che tutto sarebbe passato e che sarei stata benissimo, invece l'unico conforto che avevo proveniva dalla voce del mio ex ragazzo morto!

Era la trama perfetta per una serie su MTV.

«Hai chiamato tuo padre?», chiese mia mamma.

«Veramente no».

«Be' dovresti farlo, potrebbe interessargli la tua vita».

Mio padre era presente come un forno a microonde: si accendeva solo quando si parlava di ristoranti o quotazioni in borsa, per il resto sembrava sempre risucchiato in un universo parallelo molto più interessante e, comunque, i due scatenati gemelli avuti dalla sua seconda moglie Libby non gli davano tempo per molto altro.

«Sarà felice di sapere che vai a vivere a Londra, così vi potrete vedere più spesso», disse Paul sinceramente entusiasta.

«Fico! Così potremo passare delle splendide giornate a controllare l'andamento delle azioni! L'ho sempre sognato e non vedo l'ora!».

«Dài, sono sicura che sarà felice di vederti la domenica!».

«La domenica? E perché mai?», chiesi allarmata.

«Perché quando non potrai tornare qui o non potremo venire noi a trovarti andrai tu da lui, è importante che tu stia in famiglia».

«Mamma hai cominciato a bere per caso? Da quando in qua le parole "famiglia" e "mio padre" stanno nella stessa frase?»

«Da quando hai deciso di andartene di casa!».

Ecco, la vena drammatica stava uscendo fuori.

«Mamma», dissi alzandomi e andandomi a sedere sulle sue gambe, «io non sto scappando di casa nel cuore della notte per sposare un tossico che scippa le vecchiette. Vado a studiare danza in una fantastica scuola di Londra e tu sarai orgogliosa di me!», le dissi stampandole un bacio al sugo sulla fronte.

«Lo so, ma mi mancherai così tanto che non riesco ad abituarmi all'idea», mi disse accarezzandomi il viso.

«Mica stai per piangere vero?», le chiesi a bruciapelo.

«Penso di sì», rispose con il faccino triste.

«Mamma dài», l'abbracciai, «come sei antica!».

«È vero! Sono antica!», disse ridendo, mentre le scendevano le lacrime.

Era divertente vedere rovesciate le parti.

Ma a spezzare l'idillio familiare ci pensò Carl.

«Ho fatto una cazzata!», esclamò una volta in casa.

«Cos'altro hai fatto?», gli chiesi.

«Sono andato a casa di Nina e… ho perso un po' il controllo», disse imbarazzato.

«Perso quanto?»

«Ero andato per parlarle e cercare di sistemare le cose, ma quando ho capito che non mi stava minimamente considerando, ho perso la pazienza e le ho detto delle cose orribili».

«Orribili quanto?»

«*Stronza* era la più carina», disse facendo una smorfia.

«Ma non avevi detto che avresti lasciato fare a me?»

«Sì, ma tu non hai fatto niente!», mugolò.

«Stavo solo aspettando il momento giusto, non scappa mica nessuno! Cioè… hai capito!».

«Alla fine mi ha cacciato di casa e mi ha detto che non la devo più avvicinare o chiamerà la polizia».

«E se l'ha detto stai sicuro che lo farà!», confermai.

Il mio cellulare squillò e fu facile indovinare chi fosse.

«Di' a quell'imbecille del tuo amico che non si azzardi ad avvicinarsi a me a meno di qualche chilometro!».

«Nina...», risposi allontanandomi, «...non ti sembra di esagerare?»

«Nina perdonami!», gridò Carl. «Ho esagerato lo so, ma dammi una chance!».

«Digli che sto chiamando la polizia proprio adesso! Diglielo!», mi urlò.

Carl cercava di afferrare il telefono continuando a scusarsi pietosamente. «Non volevo dirti che sei una stronza, né che sei una ladra di bambini!».

«Aaaargh!», strillò Nina. «Lo uccido con le mie mani, diglielo! Digli che lo strozzo!».

«Carl, smettila, dice che ti odia e ti vuole uccidere, ti prego non farla agitare nelle sue condizioni!».

Questa frase lo fece bloccare improvvisamente come se Cesar Millan gli avesse detto "Sitz!".

«Oddio è vero! La bambina! Come ho fatto a non pensarci, sono un coglione!».

«Oh, ecco finalmente una frase sensata!», dissi.

«Mia, se lui si dovesse avvicinare ancora ti riterrò personalmente responsabile!», minacciò.

«Ma io che c'entro?», protestai.

«È tuo amico e quello che lui farà a me, io lo farò a te!», concluse.

Riattaccò.

«Carl, sei un idiota e adesso ti sei giocato l'ultima possibilità che avevi di riallacciare i rapporti con lei!».

Carl si buttò in ginocchio.

«Mia, per favore, ti prometto che non sarò più così insistente, ma aiutami, a casa sto diventando matto».

«E come faccio ad aiutarti adesso! Se ti nomino anche solo per sbaglio mi dà una sberla. Potevi pensarci prima!», dissi aiutandolo a tirarsi su.

Era abbattuto, l'immagine della disperazione.

Sapevo esattamente cosa provava perché mi ero trovata nella sua situazione fino a poco tempo prima e conoscevo l'orribile sensazione del rifiuto.

«Carl, senti, anch'io credevo che non le sarebbe mai passata. Ti ricordi? Eri tu che mi dicevi di scriverle delle lettere anche se non mi avrebbe risposto. Ed è stato un buon consiglio, lei mi ha ascoltato alla fine».

«Non posso scriverle delle lettere!».

«Certo che no, devi solo perseverare, e starle vicino in maniera discreta. Quando la bambina nascerà le cose cambieranno per forza. Cambieranno per tutti».

Ancora una volta.

«Quando partirete?»

«Questo sabato con Betty».

Lo vidi rattristarsi.

«Come faccio adesso, senza di lei?»

«Come farai senza di me, piuttosto!», risposi fingendomi offesa.

Sorrise.

«Facciamo così, Carl, io ti terrò aggiornato e poi vedrai che, quando sarà più tranquilla, sarà lei a riavvicinarsi a te, ho grande fiducia nel cambiamento delle persone!», continuai con troppo entusiasmo.

«Beata te Mia, io questa fiducia non ce l'ho».

«Carl, guardami», gli dissi prendendogli le mani. «Le persone cambiano. Davvero».

Ci abbracciammo stretti.

Sentivo che anche quello era un addio. Non smettevo più di dire addio ultimamente e cominciava a seccarmi.

«Ti voglio bene Mia».

«Anch'io testone!».

Sì, adesso però basta con tutti questi abbracci, grazie!

Il fine settimana arrivò troppo in fretta e non ero pronta.

Nina invece era eccitata come se avesse dovuto presentare i Music Awards.

La capivo, non vedeva l'ora di andare via da una vita che non le apparteneva più e che voleva dimenticare, ma mentre lei stava scappando, io stavo solo chiudendo un capitolo della mia che non avrei dimenticato mai.

E mi faceva male il cuore.

Paul insistette perché andassimo a cena nel ristorante dove lavorava: non gli avevano dato la serata libera e ci teneva a cucinare per me.

L'ultima cena!

Un'altra cosa che mi faceva venire il nodo in gola.

All'inizio della loro storia, li avevo ostacolati in ogni modo, perché pensavo che fosse l'ennesimo imbecille insicuro e sposato che l'avrebbe fatta soffrire e che avrebbe intralciato il rapporto esclusivo che avevo sempre avuto con mia madre, mentre era davvero la cosa migliore che ci fosse mai capitata.

Paul, con la sua calma e la sua tenerezza, ci aveva restituito la dignità di una famiglia, l'equilibrio, l'amore e la fine dei piatti pronti.

E se adesso mia madre fosse stata sola, sarebbe stato ancora più difficile lasciarla.

Dopo tutto Betty era la sua migliore amica e se ne stava andando anche lei.

Io e la mamma ci eravamo vestite tutte eleganti e lei si era anche un po' truccata.

Salimmo in macchina senza dirci niente, fingendo che fosse una serata come le altre.

Paul ci aveva riservato il tavolo più bello e aveva fatto accendere le candele. Ci fece accomodare e tornò in cucina.

Osservavo la mamma attraverso il tremolio delle fiammelle.

Era così bella e non se ne rendeva conto.

Con quell'aria un po' *bohémien*, dimostrava ancora meno dei suoi quarantaquattro anni.

Avrei tanto voluto vederla più felice, ma se c'era una cosa che avevo capito era che nessun altro può fare niente per renderti felice se non lo vuoi tu.

E lei, in fondo agli occhi, aveva sempre quella luce malinconica che nessuno era mai riuscito a spegnere.

Forse perché mio padre se n'era andato, forse per il rapporto difficile con mia nonna Olga, forse perché la sua vita era, a detta sua, piena di rimpianti. Ma per come la vedevo io, non era così sfortunata come credeva: aveva una casa, un lavoro, un uomo che l'amava e soprattutto aveva me.

Per questo non riuscivo mai a capirla fino in fondo.

«Allora topolina, domani te ne vai», mi disse stringendomi la mano.

«Già… è tutto così strano», dissi spezzando un grissino per evitare di guardarla negli occhi.

«La mia bambina è diventata grande e adesso prende il volo».

«Dài non sarò così lontana, in un paio d'ore sono a casa!».

«Ma non tornerai, lo so! Quando sarai nel vortice degli impegni non penserai più né a me né a nient'altro e so che è giusto così, ma non posso evitare di soffrirne».

«Mamma. Sei la persona che amo di più al mondo!», le dissi di slancio. «Questo non cambierà mai, ma tu così mi fai venire l'ansia! Anch'io vorrei saperti felice e serena con Paul e York! Non come se tu fossi un'aspirante suicida da non poter lasciare sola nella stessa stanza con un coltello!».

«Va bene, allora ti dirò che non mi importa se te ne vai!», rispose fingendo indifferenza.

«Una bella via di mezzo?», suggerii mentre Paul veniva verso di noi con una bottiglia di champagne in mano.

«Un brindisi alle mie splendide donne!», esclamò sorridendo e versandoci il vino nei bicchieri.

Poi proseguì con fare solenne alzando il calice: «Mia, ti auguro un futuro splendido, pieno di tutto l'amore e il successo che meriti!».

Mi venne un nodo alla gola e gli occhi mi si riempirono di lacrime.

«Sei la persona più forte che io abbia avuto l'onore di conoscere», proseguì, «hai superato un'esperienza orribile che la maggior parte di noi avrebbe affrontato a forza di psicofarmaci e whisky, mentre tu ti sei rialzata da sola e sei diventata ancora più bella e forte di prima. Sei un esempio per tutti e sono orgoglioso di fare parte della tua vita».

Su questa frase cominciai a piangere come una fontana, mentre la mamma rovesciava di nuovo la borsa sul tavolo per cercare un fazzoletto ormai inutile, dato che il trucco era irrecuperabile.

Abbracciai Paul.

Non ero tipo da abbracci e baci e lui lo sapeva bene.

Mi strinse forte.

«Questo è per te da parte nostra», aggiunse la mamma prendendo un pacchettino dal disastro che aveva seminato sul tavolo.

Aprii la scatolina di velluto rosso e dentro c'era un braccialetto d'argento da cui pendevano tanti piccoli ciondoli: una scarpetta, un cagnolino, un cornetto portafortuna, una stellina e un cuoricino con sopra inciso «con tutto l'amore del mondo».

«Grazie mamma è bellissimo», mormorai.

«Si chiamano *charms*, ne puoi aggiungere altri se vuoi».

«Lo metterò sempre… eccetto quando dovrò ballare, sai non possiamo indossare nessun gioiello».

«Sì lo so, ma ci tenevamo che tu avessi qualcosa che ti ricordasse noi».

«L'alternativa era un tatuaggio con i nostri nomi!», scherzò Paul. «Ma non potevamo obbligarti!».

«Me ne farò fare uno enorme sulla schiena!».

«Scherzi vero?», chiese la mamma leggermente allarmata.

«Certo che sì», risposi abbracciando tutti e due.

Era davvero l'ultima cena della mia vecchia vita, da quel momento in poi non ci sarebbe stato più nessuno a dirmi di studiare di più e andare a letto presto.

Da quel momento in poi la responsabilità di qualunque scelta, giusta o sbagliata, sarebbe stata mia e soltanto mia e la sensazione che provavo era la stessa di quando mi avevano tolto le rotelle dalla bici e avevo cominciato a pedalare da sola.

Eccitazione e paura.

La notte non riuscii a chiudere occhio.

La consapevolezza che quella sarebbe stata l'ultima volta che dormivo nel mio letto mi immobilizzava.

Ero davvero sicura di quello che stavo facendo?

Ero pronta?

Lo volevo davvero?

«Sì che lo vuoi», mi disse Patrick quando finalmente alle prime luci dell'alba riuscii a prendere sonno, «lo vuoi con tutta te stessa ed è normale che tu ti senta così. Fa parte della crescita e un giorno o l'altro ci passiamo tutti. Ci è passata tua madre, ci è passata Betty, e ci sta passando anche Nina e pensa quanto vi unirà questa esperienza».

«Mi mancheranno troppo tutti quanti».

«Hai il braccialetto adesso a ricordarteli».

Sorrisi.

«È vero», risposi accarezzando i ciondoli.

E non potei fare a meno di guardare il polso di Pat e il braccialetto che gli avevo regalato il giorno dell'incidente.

L'incisione *Serva me. Servabo te* mi fece venire la pelle d'oca.

«Salvami. Ti salverò», disse come leggendomi nel pensiero.

«Non ce l'ho fatta a salvarti amore mio», risposi amaramente, «non ce l'ho fatta».

«Sì invece!», mi disse afferrandomi le spalle. «Guardami Mia, tu mi salvi ogni giorno, ogni istante! Tu mi ami così tanto da tenermi in vita qui accanto te e non conosco un modo più totale di salvare qualcuno».

«Pat, tu non sai quanto mi manchi e quanto sia difficile vivere senza poter condividere più niente con te, né un gelato, né un cinema, una canzone, o una battuta. Non sai come ti odio per non esserci più! Avrei preferito che tu mi avessi tradita e lasciata, o che tu fossi stato uno stronzo, bugiardo, egoista. In fondo, sarebbe stato lo stesso: non ti avrei visto mai più e avrei desiderato la tua morte, ma saresti stato ancora in giro a rovinare la vita di qualche altra ragazza! Invece no, l'uomo perfetto sparisce fra le gelide acque del Mare del Nord. Non fa schifo? Non è una roba da brutto film?», gli gridai fuori di me.

«Mia, sei stanca e stressata ed è meglio che io ti lasci dormire adesso».

«No, non sono né stanca né stressata, ma ti odio da morire, questo sì! Ti odio perché nessuno sarà mai alla tua altezza, ti odio perché andrò in un'altra scuola e tu non potrai mai venirmi a prendere, ti odio perché io e Nina non saremo mai più le stesse senza di te e ti odio perché ti amo così tanto da non riuscire a farmene una ragione!», urlai scoppiando a piangere.

«Basta lacrime», mi disse stringendomi forte fra le sue braccia. «Basta piangere, tesoro mio. Hai ragione su tutto, ma se fossi stato uno stronzo tu non mi avresti degnato di uno sguardo, di questo sono certo. Abbiamo avuto la fortuna di conoscerci e, per come la vedo io, ho preferito conoscerti e perderti che non conoscerti affatto. Da domani inizia una nuova vita e le uniche lacrime che ti voglio vedere versare saranno di gioia quando passerai l'audizione. Promettimelo!», mi disse accarezzandomi i capelli.

«Non posso», risposi mettendo il muso.

«Dài Broncio!», mi disse cominciando a farmi il solletico.

«No Pat no, così non vale», risposi cercando di sfuggirgli ridendo senza controllo.

«Sarà sempre così d'ora in poi, non voglio più vederti triste per me. Mai più! E se non posso farti il solletico ti racconterò delle barzellette orrende e credimi che sono pessimo a raccontarle!».

Sorrisi.

«Da domani voglio sempre vederti sorridere! Voglio essere orgoglioso di te, voglio che balli, che tu viva anche per me e io sarò sempre in prima fila ad applaudirti!».

Aveva ragione, era arrivato il momento di andare avanti.

Il passato e il presente li conoscevo bene e, se fossi rimasta lì, non sarebbe cambiato nulla fino alla fine dei miei giorni, mentre se avessi tentato di spiccare il volo, nella peggiore delle ipotesi avrei fatto una nuova esperienza, avrei imparato a rifarmi il letto e cucinare.

Potevo farlo in fin dei conti.

«Okay Pat. Ti giuro che sarai orgoglioso di me».

CAPITOLO OTTO

Chiusi lentamente la porta della mia camera, scesi le scale, abbracciai forte la mamma e Paul, diedi un bacio sul muso a York e, prima di salire in macchina con Betty, mi voltai a guardare la casa per l'ultima volta, con la consapevolezza che quello sarebbe stato l'addio definitivo alla mia infanzia.

Ed ebbi come la sensazione di vedere la piccola me salutarmi dalla finestra di camera.

Non avrei mai più dimenticato l'immagine di Paul che teneva un braccio attorno alle spalle di mamma che piangeva; mi si strinse così tanto il cuore che mi trattenni dal voltarmi.

E il pappagallo bianco di Betty, sistemato in un'enorme gabbia sul sedile posteriore, non facilitava certo le cose.

E nemmeno *Fix You* dei Coldplay alla radio.

«Sei pronta ragazza ad aggredire la strada?», mi disse Betty dandomi una pacca sulla coscia.

«Pronta!», risposi asciugandomi una lacrima.

«Sarà una fantastica avventura, vedrai, e io sono elettrizzata all'idea di farne parte, è come se avessi di nuovo sedici anni!», disse offrendomi una gomma.

Quella notizia avrebbe dovuto preoccuparmi.

Passammo a prendere Nina che, a differenza di me, s'infilò in macchina di corsa come se avesse appena svaligiato una gioielleria urlando a Betty: «Parti, parti!».

Per tutto il viaggio Betty non smise mai di parlare con noi o con

Cerotto il pappagallo, mentre io e Nina guardavamo fuori del finestrino immerse nei nostri pensieri, rimpiangendo di non aver preso il treno.

Arrivammo a Brixton nel tardo pomeriggio, e la zia Kate era già sulla porta ad aspettarci.

Betty la ignorò ed entrò subito in casa con la gabbia, mentre Nina andò a salutarla calorosamente dandole due baci sulle guance ai quali rispose appena.

La casa era un disastro, ma eravamo troppo stanche per fare le pulizie, così ordinammo delle pizze e le mangiammo in salotto sedute sul tappeto.

Io e Nina ci lanciavamo delle occhiate d'intesa: era la nostra prima serata da adulte e la stavamo passando insieme, alla faccia di chi aveva dato la nostra amicizia per spacciata.

Betty stava già contattando gli amici di Londra per informarli del suo arrivo e chiedere di aiutarla a trovare un lavoro grazie al suo fantasioso curriculum. Aveva inserito anche giapponese e greco come lingue parlate, perché sapeva dire "buon appetito!".

Più tardi io e Nina salimmo nelle nostre stanze.

«Vieni in camera mia?», mi chiese Nina.

Non me lo feci ripetere due volte.

Io e lei a Londra con una bambina in arrivo e Betty in mansarda, era più assurdo di *Avatar*.

«Come ti senti?», le chiesi mentre l'aiutavo a disfare gli scatoloni.

«Strana… ma felice», mi disse con un grande sorriso. «Da domani finalmente cambierà tutto, andrò all'università, conoscerò altra gente e mi lascerò tutto alle spalle».

«Anch'io mi sento stranissima», dissi sedendomi sulla moquette, «però me la faccio sotto dalla paura, mentre tu sei sicurissima di te!».

«Non lo sono! *Sembro*!», rispose con una smorfia. «L'unica certezza che avevo era di volermene andare da lì, il resto è tutta una grande incognita a partire da *questa*!», disse indicandosi la pancia. «Ma non sarei rimasta in quella casa nemmeno per tutto l'oro del mondo. Era peggio di *Amityville Horror*!».

«Il film preferito di Pat», dissi senza pensare.

Mi guardò con tenerezza e mi sorrise.

«Ti manca tanto?», mi chiese dolcemente.

«Troppo», risposi abbassando lo sguardo.

«Anche a me… ed è per questo che dobbiamo stare unite e andare avanti per noi, per lui. Io so che vorrebbe così».

È vero, non potrò mai perdonarmi per aver distrutto le vostre vite, l'unica consolazione adesso è vedervi andare avanti.

«Mi sembra di stare su un trampolino alto cinquanta metri», dissi stendendo una gamba fin sopra la testa per fare un po' di *stretching*.

«Come fai a fare… *quello*?», mi chiese perplessa.

«Fare cosa?»

«Quella cosa… con la gamba, la fai con la stessa semplicità con cui io mi lavo i denti!».

«Ah be', nello stesso modo in cui tu impari storia e matematica!».

«Quando avrò partorito mi aiuterai a ritornare in forma?», mi chiese guardandosi allo specchio.

«Certo, se tu mi aiuterai con tutte le materie in cui sono una schiappa!».

«Cioè tutte tranne il francese?».

Le feci una linguaccia mettendomi la gamba dietro la testa, come fosse la cosa più naturale del mondo.

«Smettila, mi fai impressione! Sembri una contorsionista del circo!», rise.

Mi alzai e mi sedetti vicino a lei.

«Nina, io devo dirti una cosa….», dissi approfittando di quel momento magico.

«Anch'io», mi rispose come se avesse un segreto enorme che non vedeva l'ora di condividere.

Ma la porta si spalancò e apparve Betty.

«Nina puoi tenere a bada tua zia Kate? Io non la sopporto più, è giù che rompe dicendo che Cerotto fa troppo rumore, che non possiamo spostare i mobili, che non dobbiamo sporcare la moquette e che dobbiamo parlare più piano perché Eileen dorme! Io la odio, ma siccome è tua zia non le ho ancora risposto come merita, ti prego pensaci tu!».

Nina si alzò faticosamente dal letto. «Okay, okay ci pensa la mamma!», disse strizzandomi l'occhio.

Era un'altra cosa a cui faticavo ad abituarmi.

Nina era una mamma e di lì a poco quella camera sarebbe stata piena di pannolini, tutine e biberon.

Il momento magico si era spezzato, così tornai in camera mia.

Presi delle lenzuola e una coperta che trovai nell'armadio e le buttai sul letto senza preoccuparmi di rifarlo alla perfezione come mia madre pretendeva ogni volta.

Ero sola e non dovevo rendere conto a nessuno e provai un certo piacere nel lasciare i vestiti sparsi per terra, sicura di non ricevere alcun rimprovero.

«Pat… mi sembra di imparare a camminare di nuovo», gli dissi quando lo incontrai nel nostro posto.

«È esattamente così, ma tu sei forte e io sono orgoglioso e fiero di voi», mi disse prendendomi fra le braccia e dandomi un enorme bacio con lo schiocco sulle labbra.

«Che palle che siete! Tutti a dirmi che sono forte! Io ho paura lo stesso!», risposi incrociando le braccia.

«Quanto sei bella amore mio quando ti arrabbi».

«Pat, ce la fai a stare serio una volta ogni tanto?»

«Mia io sono sempre serio, anzi sono sempre stato anche troppo serio e tu me lo hai rinfacciato in continuazione, ricordi?»

«Sì, ma adesso ho bisogno che tu mi aiuti».

«Va bene, allora da ora in poi rimarremo qui tristissimi e preoccupatissimi per quello che succederà domani quando farai l'audizione, va bene?!», disse aggrottando la fronte.

«Eddai Pat!».

«No, no Mia non sorridere, non c'è niente da ridere! Chissà cosa succederà alla piccola Cappuccetto Rosso in quel bosco pieno di lupi! Se c'è qualcuno che dovrebbe preoccuparsi qui sono io! Ho visto come ti guardava quel tizio… Adam!».

«Chi?», urlai strabuzzando gli occhi.

«Non fare la finta tonta, l'ho visto benissimo!».

«Ma dài Pat, non sarai mica geloso!».

«Certo che sì, vorrei vedere te al posto mio!».

«Pat! Sei geloso, che bello!», gli dissi saltandogli al collo e riempiendolo di baci.

«Cosa c'è di bello nell'essere gelosi?»

«Che mi fai sentire importante e normale e tu non sai quanto io abbia bisogno di normalità».

«A chi lo dici! Solo che non posso fare molto a parte protestare e fidarmi!».

Gli presi il viso fra le mani.

«Pat perché non c'è un modo per farti tornare qui?»

«Perché non sono un fantasma che va in giro con il lenzuolo, io sono davvero…».

«Morto… lo so!».

Ci fu un momento di silenzio.

«Scusa, non dovrei ripetertelo così spesso».

«Già… come se io non lo sapessi e non vivessi nella paura costante che tu sparisca dalla mia testa».

«Non sparirò Mia», mi disse stringendomi, «non voglio sparire».

«Ti prego Pat!», gli dissi guardandolo negli occhi. «Ti prego non smettere mai di amarmi, non smettere mai».

«No, Mia, non smetterò. E, ti prego, non smettere neanche tu».

L'indomani Betty era già in cucina a pulire le piastrelle con spugnetta e guanti.

«Vi ho preparato la colazione ragazze, per oggi ci arrangiamo, ma poi farò la spesa, così potrete farne una vera ed Elena non mi chiamerà altre tre volte».

«Ti ha chiamato tre volte?», chiesi stropicciandomi gli occhi.

«Sì, ma mi ha fatto promettere di non dirtelo!».

Nina scese di corsa in cucina e afferrò una mela.

Indossava una gonna color crema fino al ginocchio e una camicetta con un cardigan lungo. Con i capelli sciolti e un filo di trucco sembrava già una giornalista.

«Non fai colazione?», chiese Betty allarmata.

«Non ho tempo, prenderò qualcosa al volo».

«No, signorina, te lo impedisco, nelle tue condizioni», disse Betty sfilandosi i guanti e precipitandosi al frigo. «Ecco, prendi questa banana e questa bottiglietta di latte e cacao e uno yogurt e non dimenticarti le tue vitamine».

«Betty, dài, so badare a me stessa!», protestò.

«No che non lo sai! Vuoi che io diventi il tuo peggiore incubo?», disse puntandole il dito.

«No, direi di no», rispose in fretta.

«Ecco, allora siediti e mangia, non cadrà il mondo per cinque minuti».

La guardai come per dirle: "Fai come dice o te ne pentirai".

Nina si sedette su un angolo della sedia e sbucciò in fretta la banana.

«Siediti dritta e rilassati! La colazione è il pasto più importante della giornata e devi stare tranquilla per assimilare tutto, per te e per il bambino».

«Betty, ti prego, non ho più dieci anni, lo so che bisogna mangiare al mattino, solo che io detesto fare colazione!».

«Male. Molto male, vedrai che d'ora in poi ci penserò io a farti fare dei pasti decenti!».

«Betty, dài!», disse mettendosi le mani sugli occhi. «Ne ho già una di madre!».

«No che non ce l'hai!», sbottò. «...Insomma, non adesso», si corresse accorgendosi di aver esagerato.

Nina non si scompose. In cuor suo sapeva che Betty aveva ragione, e forse non le dispiaceva avere qualcuno che si preoccupasse per lei.

Io, che mi lamentavo continuamente delle mie paure, avevo comunque una famiglia e un amore, mentre lei non aveva nessuno.

Dopo colazione andai a prepararmi e uscii per la prima volta dalla mia nuova casa.

Mi sentivo molto adulta, mentre camminavo verso l'autobus con le mani nel giubbotto, la sciarpetta di seta verde annodata al collo e la borsa di danza a tracolla.

L'aria frizzante della mattina mi faceva sentire viva, e ispirata.

Brixton era un quartiere splendido, immerso nel verde dei parchi e straripante di energia e musica reggae, con un sacco di ristorantini, pasticcerie, negozi e un mercato etnico coloratissimo.

Era esattamente il posto dove avrei voluto vivere e cominciavo già a sentirmi a casa.

Ma quando arrivai a scuola e mi trovai di fronte a tutta quella gente che cantava e ballava nei corridoi, aspettando il proprio turno per l'audizione, persi tutta la mia spavalderia e ricominciai a sentirmi la piccola Dorothy.

E la consapevolezza di essermi preparata troppo poco mi fece attorcigliare lo stomaco in un dolorosissimo nodo.

Mi sentivo sempre più nervosa e infastidita, come se fossi stata un numero fra tanti, invisibile.

In segreteria mi diedero un altro modulo da compilare e raggiunsi la sala del teatro dove si tenevano le audizioni.

Una sala con un palco immenso e un'infinità di posti a sedere.

C'era un via vai di gente spaventoso, e tutti sembravano sapere con esattezza dove andare e cosa fare, mentre io ero dall'altra parte del vetro a guardare quello splendido acquario di pesci tropicali, che sembravano divertirsi da matti.

Mi girava la testa.

Quelli che individuai essere i membri della commissione erano seduti nelle prime file e avevano tutti l'aria super competente, un po' come Paula Abdul nella giuria di *American Idol*.

Scherzavano e ridevano fra di loro ed erano tutti incredibilmente autorevoli e pieni di personalità.

Sembrava un film su una scuola d'arte, invece era la realtà.

E io non ne facevo parte.

E chissà se ne avrei mai fatto parte.

Andai dietro le quinte a cambiarmi seguendo gli altri.

Il cuore mi batteva forte e mi sembrava di avere la testa infilata in un casco troppo stretto.

«Cazzo, dovevo prepararmi meglio, non ce la farò mai!», mi lamentai legandomi nervosamente i capelli.

Respira, Mia, stai tranquilla, respira.

Guardavo le altre ragazze che si scaldavano i muscoli alla sbarra o provavano i passi allo specchio con l'iPod e cominciavo a sentirmi davvero stupida con il mio CD di *Poker Face* in mano.

Mi chiusi in bagno e mi sciacquai la faccia.

«Non ce la puoi fare, sei solo una pazza ad averlo creduto! Non sei pronta e questo non è il tuo posto! Riprendi il treno, tornatene a Leicester e iscriviti alla prima scuola di taglio e cucito, forse lì ti prenderanno», dissi alla mia immagine riflessa.

Sudavo freddo, avevo il respiro corto ed ero così agitata che non mi accorsi che stavano bussando alla porta.

«Ehi, sei lì dentro? Mia Foster Benelli?», chiese una voce di donna.

Mi prese il panico.

«No, non c'è… cioè non ci sono».

«Non sei Mia Foster Benelli?», insistette.

Ero in trappola, non sarei mai più potuta uscire di là, mi avrebbero trovata mummificata dopo quarant'anni!

Non avevo scelta: o uscivo da quel bagno o avrei fatto una figura di merda clamorosa e non solo davanti a tutta la scuola, ma davanti a tutta la mia famiglia, a Betty e a Nina.

E non me lo potevo permettere.

«Sì, un attimo arrivo…», risposi.

«Non ti senti bene?»

«No… Sì… solo un attimo, arrivo».

«Fai presto, ti stanno aspettando».

Sentii i passi allontanarsi.

Mi asciugai il viso, mi sistemai i capelli e desiderai con tutta me stessa che fosse solo un incubo.

Amore ce la farai, io lo so.

Misi uno scialle attorno alle spalle, allacciai le scarpette, sistemai il gonnellino di velo nero ed entrai sul palcoscenico.

Le luci fredde dei riflettori mi abbagliavano e non riuscivo a vedere in faccia chi mi parlava.

«Tu sei Mia Foster Benelli, giusto? E sei una ballerina classica», disse una voce di donna.

«S… sì», risposi coprendomi gli occhi con la mano.

«Vieni avanti», mi disse con tono incoraggiante.

Mi avvicinai e la vista di quell'immensa platea mi fece tremare le gambe.

Sebbene ci fossero solo una decina di persone sedute qua e là, immaginavo l'impressione che avrebbe fatto se fosse stata piena.

Deglutii.

«Italiana?», chiese un tipo con i capelli rasati da una parte.

«Mia madre è italiana, io sono nata a Leicester».

«Ah, Leicester», esclamò e poi bisbigliò qualcosa all'orecchio della donna bionda accanto a lui che rise.

Mi sentii ancora più a disagio.

«Cosa ci hai portato?», chiese un altro esaminatore, un bel tipo di colore con gli occhiali e un maglione a collo alto.

«Un pezzo di Lady Gaga», dissi cercando di sorridere.

«Lady Gaaaaga?», fece eco il tipo di prima, come se intendesse "*Jingle Bells*?".

«Sì… ma lo ballerò… a modo mio», balbettai.

Mi sembrava di cuocere a fuoco lento, ero sicura che di lì a poco si sarebbe sentito odore di bruciato.

Mi inchinai di fronte alla commissione, andai a consegnare il CD al tecnico del suono e mi posizionai in fondo al palco.

Appena le note del minuetto iniziale suonarono, mi mossi lentamente come se fossi stata la bambola di un carillon, e quando la voce di Lady Gaga partì, mi alzai sulle punte e mi lanciai in una lunga serie di *fouetté en tournant* e, immediatamente, tutto intorno a me cominciò a dissolversi.

Grand jetté, chassé, pirouette e *arabesque*: combinavo il repertorio classico ai passi di danza moderna che avevo copiato da Ezralow e Parsons nei video che avevo visto su YouTube.

Non avevo idea di quello che potesse sembrare da fuori, ma l'unica cosa di cui ero certa è che mi stavo divertendo da morire e qualcosa mi diceva che si stava divertendo anche la commissione seduta in platea.

Sorridevano e muovevano la testa a tempo e non poteva che essere buon segno.

L'idea di Lia era stata geniale.

I tre minuti e mezzo di musica volarono in un soffio, e mi preparai per compiere tre *pirouette* prima di raggiungere di nuovo il fondo del palco e prendere posizione in *développé* sulle punte, con la gamba destra tesa fino all'orecchio, per il finale del brano.

Esattamente come nel poster della Guillem che tenevo in camera da sempre.

Un finale elegante, ed efficace.

Mi sentivo così sicura di me e piena di adrenalina che decisi di osare ben quattro *pirouette* da ferma, ignorando volontariamente le indicazioni che mi aveva dato il maestro Aurel fino allo sfinimento: «È il braccio che chiude a dare lo slancio nei giri e non viceversa!».

Sorrisi, mi preparai in quarta posizione, e sollevandomi sulla punta girai di scatto ed eseguii tre rapidissimi giri e tutta la sala intorno a me si dissolse come per magia e senza nemmeno rendermene conto mi trovai col sedere per terra, mentre Lady Gaga cantava «Rah rah ah ah ah!», apposta per me.

Caddi rovinosamente e senza la minima grazia e non potei contare neanche sull'attenuante di essermi rotta qualcosa se non il mio smisurato orgoglio.

«Tutto bene laggiù?», mi chiesero.

La risatina dell'idiota coi capelli rasati mi fece salire il sangue alla testa.

Alzati Mia, alzati, non è successo niente…

«Chiudi il becco Patrick!», sussurrai a denti stretti.

Mi alzai continuando a guardare per terra.

La mia sicurezza era svanita e mi sentivo tutti gli occhi addosso.

«Okay, scusate se vi ho fatto perdere tempo!», dissi avvampando, mentre raccoglievo la mia borsa e correvo via senza nemmeno cambiarmi.

Attraversai come un fulmine la sala, passando davanti a una fila di ragazzi in attesa che mi guardavano interrogativi e spalancai le porte fuggendo via.

Per la seconda volta.

Percorsi l'atrio per raggiungere al più presto l'uscita, quando mi sentii afferrare per un braccio.

Mi voltai di scatto, pronta a mordere se fosse stato necessario.

«Ehi Mia, dove stai correndo, i paparazzi ti inseguono già?».

Guardai Adam senza riconoscerlo tanto ero sconvolta e confusa.

«Hai avuto un incidente? Ti ricordi di me? Quante sono queste?», disse mostrandomi quattro dita.

«Adam?», dissi come se stessi indovinando.

«Risposta esatta!».

Non avevo voglia di rimanere lì nemmeno un secondo di più, volevo fuggire al più presto e per sempre e non volevo fermarmi certo a fare due chiacchiere.

«Scusami, devo andare», tagliai corto.

«Aspetta, dove corri?», insistette trattenendomi per il braccio.

«Ma mi vuoi lasciare?», ringhiai divincolandomi e riprendendo la mia strada.

«Ehi ehi ehi! Fermati, dove pensi di andare vestita così?».

Mi bloccai rendendomi conto che ero ancora in gonnellino e scarpette e l'umiliazione mi fece scendere grosse lacrime sulle guance.

«Mia… ma che ti succede?», disse Adam sinceramente preoccupato mettendomi le mani sulle spalle. «E dài, guardami, cos'è successo? Sei sconvolta!».

«È andato tutto a rotoli, sono caduta come una scema nel bel mezzo dell'audizione, ho fatto schifo!», biascicai fra le lacrime.

«Mia, guarda che succede a tutti, è successo anche a me, non è niente!», disse dolcemente.

È quello che le avrei detto io se me ne avesse dato il tempo e, per cortesia, puoi smettere di toccarla?

«Tu non capisci, io ho rinunciato ad andare alla Royal Ballet, e pensavo che qui fosse tutto più facile, invece sono caduta come una cretina, e adesso non mi prenderanno!».

«Mia, non è una caduta che può compromettere la tua entrata qui, loro guardano come sei, la tua personalità e la tua grinta! Avresti fatto meglio a rialzarti e finire il tuo pezzo, magari ridendoci sopra!».

«Ridere? Non c'è proprio niente da ridere! Non sono una comica io!».

«Mia, ascolta, non ho visto la tua audizione, ma non può essere andata così male no?»

«Peggio! È stata una catastrofe!».

«Ascoltami: Joey, durante la sua audizione, dimenticò tutte le parole della canzone che doveva cantare, eppure l'hanno presa lo stesso e adesso è una delle cantanti più promettenti della Brit».

«Chi è Joey?», dissi asciugandomi le lacrime.

«È la mia ragazza», rispose voltandosi per cercarla con lo sguardo. «Eccola là, è quella con i capelli rossi lunghi e il cappello blu», disse indicando una ragazza bellissima circondata da un gruppo di ragazzi e ragazze che sembravano pendere dalle sue labbra.

Ah ecco... ora va meglio...

Le fece un cenno, lei si scusò con la sua corte e corse da noi.

«Dimmi amore», disse abbracciandolo di slancio.

«Ti presento Mia, è una super ballerina, ma ha avuto una brutta avventura durante l'audizione».

«Benvenuta nel club Mia!», mi disse stringendomi la mano. «Adam ti ha già raccontato della figuraccia allucinante che ho fatto io? Dovevo cantare *Back To Black* e rimasi come una povera deficiente lì sul palco a balbettare parole senza senso. Volevo morire!», raccontò sorridendomi con dolcezza. «Davvero, succede a tutti, e soprattutto ai migliori», aggiunse stringendo Adam a sé.

L'immagine di quella coppia felice mi fece sentire ancora più sola e anziché smettere di piangere cominciai a singhiozzare sempre di più.

«Oddio, che ho detto di sbagliato?», disse Joey. «Adam ti prego fa' qualcosa, racconta una barzelletta, balla, cammina sulle mani!».

«Okay Mia, guardami negli occhi», mi disse cominciando a muovere le mani davanti al mio viso come un incantatore di serpenti. «*Look into my eyes, look into my eyes, the eyes, eyes, not around the eyes, don't look around the eyes, look into my eyes...*». Schioccò le dita. «... *You're under!*».

«Adam adora questo sketch!», rise Joey.

«Kenny Craig di Little Britain?», sorrisi.

«Funziona sempre!», disse Adam.

«Dài, ti accompagno in bagno, così ti cambi», disse Joey con fare materno.

La seguii come una brava scolaretta fra i corridoi della scuola, mentre la vedevo salutare tutti e sorridere come una star.

La ammiravo, e non potevo fare a meno di provare un'invidia folle per com'era apprezzata e adulata.

Ci vollero cinque minuti per percorrere dieci metri: tutti la fermavano per invitarla a uno spettacolo, chiederle un consiglio o raccontarle un pettegolezzo.

Sembrava Hermione!

Avrei dato un braccio per essere anch'io così, ma era chiaro che non lo sarei stata mai.

Mi cambiai velocemente e sgattaiolai fuori a testa bassa approfittando della distrazione di Joey che dispensava consigli sul look a una *boyband*.

«Meglio?», mi chiese Adam a bruciapelo da dietro la porta.

«Sì, grazie!», risposi colta sul fatto.

«Allora ci rivediamo presto, no?», chiese mentre guadagnavo l'uscita a passo svelto.

«Non penso proprio», risposi con un gran sorriso, riuscendo finalmente ad aprire la porta a vetri e allontanandomi da lì il più rapidamente possibile, triste, scombussolata e confusa.

Dài Mia, non è andata così male.

«Pat, ora basta!», sbottai. «Quella era una fottuta audizione, non una lezione da Claire! Ed era la mia unica possibilità e io me la sono giocata come un'idiota», risposi innervosita, borbottando a bassa voce per non farmi sentire in autobus dalla signora seduta accanto a me, intenta a mangiare patatine unte.

Hai ballato bene e sei scivolata sul finale, e allora? Anche la tizia di Flashdance *cadeva e poi ricominciava ti ricordi?*

«Intanto la storia di quel film era pura fantascienza e per di più del secolo scorso, e a quell'epoca non c'erano ancora un milione di ballerini che facevano la fila per un posto in una scuola d'arte! A quelli non gliene frega proprio niente di me, e per una che se ne va ne arrivano altri cento!», ribattei gesticolando un po' troppo animatamente.

Vuoi dire che la tua caduta è una discriminante? Un criterio di scelta? Come dire che se arrivava la Zakharova e scivolava nei giri non la prendevano? Ma tu sei matta da legare!

«Ma io non sono la Zakharova, non so se te ne sei accorto!», dissi aggrottando la fronte.

Ma anche lei avrà avuto sedici anni no? Non si è certo svegliata una mattina prima ballerina!

«La Zakharova è diventata prima ballerina del Mariinskij a diciotto anni, mentre io non so fare neanche un cazzo di *fouetté* senza spaccarmi la faccia!», risposi decisamente fuori di me. «E poi tu che ne sai della Zakharova?».

Certo, se credi a tutto quello che leggi nelle biografie, sembra che gli altri non abbiano conosciuto che successi, ma la verità è che la vita è fatta soprattutto di fallimenti, sbagli e delusioni, ma di quelli nessuno scrive su Wikipedia!, urlava.

«La verità è che ho fatto una cazzata, una gran cazzata ad andarmene dalla Royal! Magari non avrei mai sfondato, ma non mi sarei resa così ridicola e adesso non dovrei inventarmi una vita!».

Mia, devi dormirci sopra e domani vedrai che ti sembrerà tutto meno brutto di quello che è.

«Sì, certo, ci dormirò sopra e domani prenderò il primo treno e me ne tornerò con la coda fra le gambe da mia madre che, per il resto della vita, in coro con mia nonna, ripeterà: "Te l'avevo detto!"».

«Chi è la Zakharova?», mi chiese la signora seduta accanto offrendomi le patatine.

«Oh... una tizia che parlava spesso da sola», risposi infilando la mano nel sacchetto.

CAPITOLO NOVE

Infilai la chiave nella porta sperando che non ci fosse nessuno, invece trovai Betty, ipereccitata come al solito.

«Ehi, vieni a vedere una cosa *mitica*!», gridò dal salotto.

Nemmeno io parlavo più così.

«Guarda, mi sono fatta fare un sito!», esclamò entusiasta, mostrandomi il portatile.

«Davvero?», risposi cercando di dimostrare interesse.

«Puoi fare di meglio!», mi suggerì con un'occhiata torva.

«Sì, è vero, ma non oggi», risposi buttandomi sfinita sul divano accanto a lei.

«Ma che avete tutte quante, oggi, eh? Siete state a un funerale? Nina è arrivata ed è salita in camera, tu te ne stai lì con un muso lungo neanche ti fosse morto il gatto! Un po' di partecipazione, che diamine!».

«Betty non parlare troppo di morte, vuoi?»

«Sì, scusami, era per dire… tutto bene?», mi chiese continuando a scrivere sulla tastiera.

«Sì, sì, benissimo, fammi vedere dài».

Aprì il sito www.askbetty.com in cui campeggiava a tutta pagina la sua foto in bianco e nero, sapientemente ritoccata con Photoshop.

E sotto la frase "Se puoi sognarlo, puoi farlo".

Cliccando sulla foto venivi indirizzato ai vari servizi che Betty offriva dall'alto della sua "esperienza" come *life coach*.

«*Life coach*?», chiesi perplessa.

«È il mestiere del futuro, praticamente non devi far altro che insegnare agli altri a diventare più sicuri di sé».

«Ti pare poco…», commentai laconica.

«È come uno psicologo, ma più sportivo e informale. E poi ormai lo fanno cani e porci, non vedo perché non dovrei provarci anch'io!».

Forse perché "cani e porci" avevano studiato anni per imparare ad aiutare chi non era sicuro di sé, ma mi guardai bene dal dirglielo.

«Vedi? Offro servizi a chiunque abbia bisogno di migliorare la propria comunicazione e il rapporto con gli altri, a chi fa un lavoro di vendita o parla in pubblico, e a chi vuole imparare a farsi rispettare di più in famiglia o in coppia. Tu non immagini quante persone si sentano a disagio nella vita di tutti i giorni!».

«E tu le aiuteresti… come?»

«Mettendole in condizione di aprirsi, di sentirsi più sicure di sé, di cominciare a dire di no ai mariti, ai capi, ai genitori che chiedono troppo».

«Tu non mi hai *mai* fatto da life coach quando ne ho avuto bisogno!», dissi lamentosa.

«Ma se sono stata più mamma con te che con mio figlio Kevin?», rispose sdegnata. «Sei peggio di Elena, adorate lamentarvi!», concluse spettinandomi i capelli.

«Abbracciami ti prego, è stata una giornata da dimenticare», le dissi meravigliando anche me stessa.

Mi abbracciò stretta con tenerezza, baciandomi la fronte come faceva mia mamma.

Non sarei mai stata grande abbastanza da rinunciare a sentirmi bambina.

Mi lasciai coccolare un po', poi andai in cucina a prendere un bicchiere di latte e i Cheerios e salii a vedere come stava Nina.

Appena mi vide entrare, chiuse velocemente il Mac che aveva sulle gambe e mi rivolse un sorriso teso.

«Sputa il rospo o niente Cheerios», la minacciai.

Sospirò.

«È stato terribile», ammise, «credevo che nessuno avrebbe dato peso al fatto che sono incinta, visto che siamo nella metropoli più moderna del mondo e per di più in una scuola di giornalismo, dove si presuppone che la gente vada a imparare ad allenare lo spirito critico senza cedere ai pregiudizi…».

«Invece?…»

«Invece dovevi vedere come mi guardavano! È stato tutto un bisbigliare, gettare occhiate e darsi di gomito».

Mi sedetti sul letto accanto a lei.

«Vuoi che ti racconti la mia giornata?»

«No! Non ho voglia di ascoltare dei tuoi successi, d'ora in poi voglio avere solo amici falliti!», sorrise sconsolata prendendo un sorso dal mio bicchiere di latte.

«Allora sarai contenta di sapere che sono caduta miseramente per terra. E sono scappata via! Ti basta?»

«Sei scappata via?», chiese incredula.

«Non immagini l'umiliazione e l'imbarazzo! Mi guardavano tutti!», aggiunsi, mettendomi in bocca un'enorme manciata di Cheerios.

Rimase un attimo in silenzio con la fronte aggrottata e poi scoppiò in una risata clamorosa.

«Che coppia che siamo!», disse ridendo.

«Una calamità naturale!», risposi cominciando a ridere anch'io sputacchiando briciole.

«Stanlio e Ollio!».

«Paperino e Pippo!».

«Sid e Manfred!».

«Shrek e Ciuchino!».

Ridevamo come matte, senza riuscire a smettere.

Era contagioso.

«Homer e Marge!».

«Brian e Stewie!».

«Hänsel e Gretel, se non andate subito a letto!», gridò Betty dal piano di sotto.

«Domani sarà un altro giorno Mia, dobbiamo farci coraggio a vicenda», mi disse mentre uscivo.

«Lo so Nina, sono felice che ci sei tu».

«Anch'io. Domani mi accompagni dalla nuova ginecologa? Ho bisogno di sostegno!».

«Certo! Io non ho assolutamente niente da fare a parte dire a mia mamma e mia nonna che sono una fallita e poi buttarmi nel Tamigi… ehm scherzo naturalmente!».

Chiusi gli occhi esausta e precipitai in un sonno immediato dove Pat mi aspettava come un allenatore nello spogliatoio della squadra perdente, fiaccandomi ulteriormente.

Sarebbe stato un ottimo life coach.

«Mia, spiegami perché te ne sei andata», esordì.

«Ciao Pat, sto benissimo grazie e tu?», ironizzai.

«Okay, scusa, so come ti senti, ma spiegami perché te ne sei andata così».

«Perché ho preferito evitare gli sguardi pietosi di quelli che ti dicono "poverina" e sotto sotto godono perché hai fatto una gran figura di merda!».

«Non sono tutti così però, e tu dovevi impressionare solo la commissione e nessun altro!».

«Be' se è per questo li ho impressionati a sufficienza, non credi?»

«Mia, ritorna là, scusati e chiedi una seconda audizione!».

«Neanche morta!».

«Mia!».

«Scusami… Neanche se mi pagassero, intendevo!», mi corressi.

«Mia, non puoi fare audizioni in tutte le migliori scuole di Londra e poi andartene con una scusa! È follia pura!».

«Non c'è confronto fra le due cose!», risposi irritata.

«Per come la vedo io sì! Alla Royal hai ballato alla perfezione e poi gli hai detto: "Grazie, ma non ho voglia di frequentare la vostra scuola!"», fece imitando una voce stridula. «E alla Brit ti sei spaccata la faccia e te la sei data a gambe! Visto da fuori è piuttosto strano credimi!», ribadì cocciuto con le mani sui fianchi.

Non potevo contestare l'ovvio!

Effettivamente era stato un gesto da psicopatica fuggire come se stesse andando a fuoco il teatro.

In fin dei conti avevo quasi finito il pezzo, e Paula Abdul non aveva ancora suonato il *buzz!*

E adesso che l'imbarazzo era calato, cominciavo a sentirmi una vera cretina e non avevo idea di come avrei potuto dirlo ai miei.

L'indomani mi alzai stanca e di pessimo umore e la conversazione notturna con Pat non mi aveva aiutato minimamente.

La colazione di Betty sembrava il buffet di un Grand Hotel: porridge, frutta, latte, spremuta d'arancia, cereali, toast, uova, marmellata, prosciutto cotto, yogurt, biscotti, pane e croissant alla mandorla.

«Betty, diventeremo come zia Kate se ci rimpinzi così», si lamentò Nina.

«Avete bisogno di energie per affrontare la giornata!», spiegò Betty, come nella pubblicità della Nutella.

«Peccato, io mangio sempre bacon e fagioli la mattina», dissi versandomi il latte.

«Davvero? Non lo sapevo! Aspetta che te li preparo!», rispose alzandosi di scatto.

«Ma dài, scherzo! Siediti e leggiti il giornale».

«Non ho tempo ragazze, ho un cliente che arriva fra un'ora!».

«Di già? Ma hai aperto il sito da meno di ventiquattro ore!».

«Siamo nell'era di internet care, e voi dovreste saperlo meglio di me! E adesso scusate, ma devo andare a prepararmi», rispose annodandosi la vestaglia in vita.

Io e Nina finimmo di fare colazione e uscimmo prima che il cliente di Betty arrivasse. Eravamo scoraggiate e abbattute e il fatto che lei avesse già un lavoro ci demoralizzava ulteriormente.

Lo studio della dottoressa Deengar era vicino a Sloane Square, così ne approfittammo per farci un giro di shopping.

«Nina, ma tu ti rendi conto che fra qualche mese avrai una bambina?», le chiesi provandomi degli occhiali da nerd.

«A dirti la verità no», rispose mettendosi un lucidalabbra, «...ma non vedo l'ora! Saremo una famiglia, tu, io e Betty e andrà tutto bene». Sorrise con quel viso dolcissimo e totalmente incosciente.

«E Carl? Lui è...».

«Lo so, lo so, ma per il momento non ci voglio pensare, voglio godermi la gravidanza per conto mio e quando la bambina nascerà… vedremo».

Continuava a non convincermi.

Sembrava che insistesse nel minimizzare quella cosa enorme che le avrebbe sconvolto la vita per sempre e non avrei voluto essere lei per tutto l'oro del mondo.

Arrivammo allo studio della dottoressa piene di buste di acquisti: quattro tute colorate, tre creme antismagliature, sette tubetti di burro di cacao, tutine e scarpine, e un enorme orsacchiotto.

Nella sala d'aspetto avevamo almeno una decina d'anni di meno di tutte le altre pazienti e certamente eravamo la coppia più assurda. Quando fu il nostro turno, l'assistente che venne a chiamarci chiese a Nina se sua madre stesse aspettando fuori.

«Mia madre non c'è, c'è solo la mia amica Mia. La mia *migliore* amica», rispose senza esitazione, alzandosi.

Mi crogiolai per un istante al suono di quel *migliore*.

L'assistente rimase un attimo interdetta, e non le rimase che farle strada nello studio.

La dottoressa, un'anziana signora indiana con i capelli nerissimi raccolti dietro la nuca, ci accolse con un grande sorriso e ci fece accomodare.

«Allora Nina, è la prima volta che ci vediamo», sorrise stringendoci la mano.

«Sì, mi sono appena trasferita da Leicester e ho sentito parlare benissimo di lei per questo vorrei che mi seguisse durante la gravidanza», disse con una sicurezza che spiazzò impercettibilmente la dottoressa.

«Bene Nina, sarò felice di aiutarti, posso chiederti se la gravidanza è stata… accidentale?»

«Oh no, assolutamente voluta!», rispose con la solita luce folle negli occhi, come se fosse una donna di trentacinque anni, sposata da dieci e al terzo figlio.

«Bene. Quindi c'è un giovane… papà con te», disse cauta la dottoressa sempre sorridendo.

«Oh no, non c'è. O meglio c'è, ma non è qui a Londra».

«Bene, cara», proseguì fingendo di aver capito, «ma non vorrai dirmi che sei qui a Londra sola con la tua amica!».

«No, c'è anche Betty, un'amica di sua madre, un'adulta… più o meno», rispose gettandomi un'occhiata.

La dottoressa si schiarì la voce e si tolse gli occhiali.

«Nina, mia cara, ci sono… delle leggi», le disse prudente.

«Certo, lo so», sorrise di nuovo porgendole un'enorme cartellina piena di fogli, «e qui dentro troverà tutti i certificati medici, le analisi, la dichiarazione di responsabilità della mia famiglia a farsi carico economicamente di tutte le cure, e anche il consenso informato in caso di urgenza».

La dottoressa prese in mano il fascicolo, lo soppesò con lo sguardo e lo mise da parte.

«Sei molto informata sulla parte burocratica vedo…», le disse sorridendole, «ma con la parte emotiva, come siamo messe?», chiese appoggiando il viso sulle mani.

«Sto benone! Niente nausea, insonnia o ansia, solo un po' di stanchezza! Ma ho un sacco di cose a cui pensare: l'università, la nuova casa, la bambina…», rispose fingendo disinvoltura.

«Sì, queste sono cose pratiche, ma tu come ti senti… *dentro* intendo», le disse indicandosi il cuore.

«Benone!», ripeté troppo convinta.

«Bene Nina, allora vieni con me nell'altra sala così ti visito». Poi rivolta a me, continuò sorridendo: «Te la riporto subito stai tranquilla».

Rimasi ad aspettarla sfogliando riviste di bambini.

Mai in vita mia mi ero sentita così felice di non condividere un problema con qualcuno.

Era impensabile l'idea di mettere al mondo un figlio a sedici anni, quando avevi appena aperto la scatola di montaggio della vita e non capivi assolutamente come mettere insieme i pezzi!

Assolutamente impensabile.

Mezz'ora dopo le vidi tornare.

Nina aveva l'aria frastornata, come se l'avessero svegliata nel bel mezzo del sonno, suonando una tromba da stadio.

La dottoressa Deengar ci congedò gentilmente, dandole appuntamento dopo qualche settimana, ed esortandola a chiamarla per qualunque cosa, anche nel cuore della notte.

Nina non spiccicò parola fino a casa.

L'euforia di prima della visita si era del tutto dissolta e non osavo chiederle perché, anche se sospettavo che la dottoressa le avesse prospettato il disegno della dura realtà un po' più nel dettaglio.

Arrivate a casa ci accolse Betty, vestita come una santona, con una lunga vestaglia dai colori sgargianti e una fascia in testa da cui ricadevano i ricci crespi.

«Eccovi ragazze, l'ultimo cliente è uscito mezz'ora fa! Avete fame?», ci chiese appoggiandosi alla porta con una tale disinvoltura da far credere che abitasse lì da sempre.

La sua capacità di adattamento era irritante.

In un pomeriggio aveva incontrato una coppia in crisi, una zitella, un professore in pensione innamorato di una barista e una ragazza che non sapeva come lasciare il futuro sposo a tre giorni dal matrimonio.

E tutti erano usciti da casa dicendo che non si erano mai sentiti così bene.

«Sapete cosa mi piacerebbe fare?», disse chiudendo la porta sulla faccia di zia Kate. «Un corso da ipnoterapeuta!».

Cenammo in silenzio, o meglio, noi cenammo in silenzio mentre Betty era un fiume in piena e non smetteva di raccontarci delle sedute dei suoi clienti, abbondando nei dettagli personali.

«Scusa Betty, ma non saresti obbligata al segreto professionale?», chiesi addentando un würstel.

«Be'? Lo sto raccontando a voi due, se poi lo spifferate in giro è colpa vostra!», rispose senza fare una piega.

Nina non mangiò quasi niente e poi salì in camera sua.

Betty mi guardò interrogativa.

«Le è successo qualcosa?», chiese portando via i piatti.

«Siamo state dalla nuova ginecologa ed è così da dopo la visita», spiegai aiutandola a sparecchiare.

«Dici che c'è qualcosa che non va col bambino?»

«Non credo, penso che sia più qualcosa che ha a che fare con la sua idea del "sarà tutto stupendo, vedrai come ci divertiremo!"», risposi mimando le virgolette con le dita e un sorriso finto.

«Chiama tua madre! Vuole sapere com'è andata l'audizione! A proposito... com'è andata l'audizione?»

«È meglio che non te lo dica, non mi fido del tuo *segreto professionale*».

Salii di sopra, mi buttai sul letto e chiamai la mamma fingendomi calma e rilassata.

Il suono della sua voce mi travolse come un'ondata di nostalgia che mi obbligò a respirare forte e allontanare il telefono dall'orecchio per non scoppiare a piangere.

Non eravamo mai state così lontane, ma soprattutto non lo eravamo mai state in maniera definitiva e sapevo che la mamma adesso stava male.

«Allora, tesoro bello, come ti trovi?», esordì.

«Benissimo mamma, la casa è bellissima, la scuola fantastica e Betty è sempre la solita Betty!».

«Perciò mi devo preoccupare?», scherzò.

«Ti terrò aggiornata, e tu come stai?»

«Questa casa è vuota senza di te», disse fingendo di piangere.

«Ma Paul la riempie molto più di me no? Peserà novanta chili!».

Rise.

«Ma non è la stessa cosa, mi manca la mia bambina!».

Sentivo che era un terreno scivoloso: se le avessi detto che mancava tantissimo anche a me, che avevo fatto casino con l'audizione e che non sapevo dove sbattere la testa, mi avrebbe subito ordinato di tornare a casa, e probabilmente ci sarei andata, ma la verità è che non volevo, amavo troppo quella situazione e amavo troppo stare con Nina.

«Allora, quest'audizione?»

«Bene! Cioè, mi faranno sapere a breve», mentii.

«Ma ti avranno presa senz'altro, non ho dubbi! Anche Paul ne è convinto!».

«Sì… certo», confermai.

«Hai chiamato tuo padre?»

«Ancora no!».

«Chiamalo subito!», mi incalzò.

Sospirai.

«Okay ma'… lo chiamo», dissi con il morale a terra.

«Tutto bene passerotto?».

Esitai un istante.

Desideravo togliermi quel peso dallo stomaco più di ogni cosa al mondo, anche solo per farmi consolare.

«Mamma… io».

«Dimmi…».

«Io ti voglio bene», dissi piano.

«Anch'io te ne voglio, e sono così orgogliosa di te! Hai avuto la forza di fare tutto quello che sarebbe piaciuto a me e ti ammiro moltissimo! Era un sacco di tempo che te lo volevo dire e forse mi è mancato il coraggio. Ora che sei lontana, mi sembra più facile».

Deglutii.

Ero spacciata.

Dopo una dichiarazione di fiducia simile, non mi restava che fingere per i successivi due anni di frequentare la Brit o rompermi tutte e due le gambe.

Optai per la prima ipotesi.

Le tre telefonate che mi aspettavano mi pesavano più che ripetere l'audizione e avrei dato qualunque cosa per non doverle fare.

Cominciai dalla più facile: mio padre, che non sentivo da qualche settimana, se non attraverso qualche banalissimo SMS del tipo "tutto bene a scuola?".

Avevo la sensazione che mi avrebbe fatto le stesse domande anche a cinquant'anni.

«Ciao papà», esordii.

«Ciao Mia, tutto bene?»

«Sì, adesso vivo a Londra…».

«Sì, la mamma mi ha detto. Sei contenta?»

«Sì, molto».

Ecco, la conversazione aveva già raggiunto il picco massimo e ora si preparava alla conclusione.

Potevo fingere che fosse caduta la linea e riattaccare, lo avrebbe creduto anche lui e avremmo posto fine a quell'inutile agonia.

Invece gli chiesi: «Come stanno i gemelli?»

«Bene», rispose, «stanno cambiando i denti da latte e fanno a gara a chi ne perde di più per avere i soldi».

«Quindi si prendono a bastonate sui denti?»

«Sebastian si è legato un dente col filo e poi lo ha attaccato alla coda del gatto, mentre Adrian mastica sassi».

«Be' fantastico! Sono i perfetti candidati per il *Grande Fratello*!», ironizzai.

«Ah dici? Cos'è, un concorso?»

«Sì fra fratelli… il più grande vince…».

«Ma se sono gemelli!».

Era senza speranza, ormai ne ero certa, quella era l'ennesima conferma.

Mio padre era un alieno atterrato per sbaglio a Firenze dove, per sbaglio, aveva frequentato un corso di italiano per stranieri dove, sempre per sbaglio, aveva conosciuto mia madre.

A quel punto, se mia madre avesse avuto un minimo di buon senso e non avesse voluto fare un dispetto a mia nonna, che voleva diventasse la regina dei pallosissimi salotti fiorentini, una volta finito il corso, lo avrebbe accompagnato all'aeroporto e sarebbe tornata alla sua vita, incontrando qualcuno che l'avrebbe fatta felice.

Magari non un conte, ma almeno qualcuno che non pensava che Red Hot Chili Peppers fosse la marca di un piatto indiano.

Invece lei si era talmente fissata che fosse l'uomo della sua vita che, alla fine, era riuscita a convincerlo a sposarla. Poi ero nata io e nel giro di pochi anni il matrimonio era evaporato e lui era andato a vivere con Libby, già incinta di Seb e Adrian.

Non c'era bisogno di essere un genio per capire che mio padre non avrebbe reso felice nemmeno un coniglio nano, dato che se ne sarebbe dimenticato e lo avrebbe fatto morire di fame, ma, evidentemente, aveva qualcosa di irresistibile che spingeva donne in gamba e in genere lucide a buttare via la propria vita per lui. E questa cosa non ero mai riuscita a spiegarmela.

«Andiamo a cena insieme in settimana, ti va?», suggerì inaspettatamente.

«Okay. Volentieri», mentii.

E dopo aver parlato con mio padre, non mi restava che affrontare il peggio.

«Ciao Carl».

«Mia, avevi detto che mi chiamavi subito!», mi aggredì.

«Carl, ti stupirai, ma ho una vita… Vuoi mettermi una nota perché ho fatto tardi?»

«Immaginati nei miei panni, sono qui che aspetto da giorni la tua chiamata, e tu avevi promesso…».

«Lo so cosa ho promesso e me ne pento amaramente! Comunque siamo state dalla ginecologa, la bambina sta bene, e anche Nina sta bene e ieri è andata per la prima volta all'università».

Fece una pausa.

«E quindi tutto è perfetto e io non sono stato neanche nominato, vero?».

Era la verità.

Nelle nostre conversazioni usciva più spesso il nome di Snooki che il suo, ma non si meritava di essere trattato come l'ultima ruota del carro.

«No. Non è tutto perfetto. Nina ha bisogno di pace e di sentirsi a casa e non è così facile come credi tu, e poi che ne sai di cosa significhi aspettare un bambino?», cominciai a innervosirmi. «Che ne sai di cosa vuol dire avere la nausea continuamente, sentirsi tutti gli occhi addosso, vedere il proprio corpo cambiare e soprattutto cosa ne sai di cosa vuol dire avere paura?»

«Certo che lo so, hai visto le mani di mio padre no?».

Pale, erano delle enormi pale eoliche.

«Abbi pazienza, e di' a tuo padre che le cose si sistemeranno e che andrà tutto bene. Non hai mai visto *Moulin Rouge*?», improvvisai. «L'amore di Nicole Kidman e Ewan McGregor è ostacolato dal perfido duca che vuole la bella Satine tutta per sé».

«E questo che c'entra? Intanto Satine *amava* Ewan McGregor e non minacciava di chiamare la polizia ogni volta che lui si avvicinava e, se permetti, alla fine lei muore!».

«Devi per forza essere così pignolo?»

«Devi per forza trovare degli esempi così cretini?»

«Non credevo che avessi visto *Moulin Rouge*».

«Avevo perso una scommessa…».

«Ti chiamo domani Carl. Te lo giuro».

«Se non lo fai ti mando mio padre».

Riattaccai più stanca che se fossi stata sveglia per vedermi la maratona di Hannah Montana!

E ora rimaneva la prova più difficile: prostrarsi ai piedi della divina nonna Olga.

Il telefono squillò almeno undici volte e, quando stavo per riattaccare, rispose.

«Ciao nonna, come stai?»

«Cosa vuoi ancora?», fece in tono volutamente insopportabile.

«Un tuo rene, me lo daresti?»

«Preferirei darlo da mangiare a un cane randagio, lo meriterebbe più di te!».

Mi odiava, non c'era ombra di dubbio e riconquistarla sarebbe stato molto più complicato del previsto.

«Nonna, cosa posso fare per dimostrarti che mi dispiace, ma che voglio tu capisca che sono sicura della mia scelta?»

«Quale scelta? Quella di andare a ballare a Covent Garden vestita da torta gigante per intrattenere i turisti?»

«Non sarei lontana dalla Royal, almeno».

«Giusto, allora ti consiglio di farti assumere alla biglietteria, è il modo migliore per vedere i tuoi colleghi da vicino!».

Dio, quanto mi dava sui nervi.

In confronto a lei, Sue Sylvester era Biancaneve.

«Nonna, mi odierai per sempre?»

«No. Per sempre è troppo poco».

«Okay, ti chiamo domani».

«Perfetto, non ti risponderò».

Riattaccai e guardai il soffitto.

«Pat tu mi ami vero? Mi ami ancora? Perché io non ce la faccio più a sopportare tutti questi pazzoidi intorno a me, ti giuro non ce la faccio più», confessai trattenendo le lacrime.

Sentii il familiare profumo di fragole.

Sì, Mia, sono qui, ci sono sempre. Ce la farai, ce la faremo.

«Quanto mi manchi Pat…», dissi scuotendo la testa, «quanto mi manchi. È in momenti come questo che mi sento sopraffatta, che mi sento sola e che ti odio perché non ci sei più. Tu non ci sei più. Non sei più in questo mondo, tu te ne sei andato per sempre e non riesco a perdonarti per questo», dissi arrabbiata.

Mia…

«Io raccolgo i pezzi del mio cuore tutti i giorni e cerco di rimetterli insieme come meglio posso e mi sforzo di andare avanti ed essere forte, ma tutto questo per cosa? Per chi? Per sorreggere gli altri? E chi sorregge me? Chi? Quando tutti non fanno altro che trascinarmi giù ogni volta che cerco di risalire in superficie». Ero disperata e non vedevo alcuna via d'uscita.

Mia, non posso dirti che tutto sarà facile e che il dolore sparirà, perché hai conosciuto qualcosa che non avresti dovuto conoscere, ma anche se non te ne accorgi, quel tuo cuore a pezzi sta guarendo e tu stai diven-

tando la persona da cui gli altri prendono forza. E anche se non ti piace questo ruolo, è così che gli altri ti percepiscono: come una combattente!

«Io non ci tenevo proprio a diventare una combattente, io volevo avere una vita normale e tranquilla e non sono pronta per questo, io non lo voglio questo ruolo, non voglio avere Carl addosso, mia nonna contro, mia mamma che piange e nessuna idea per il mio futuro! Sto impazzendo, se non sono già impazzita del tutto», risposi in preda all'agitazione.

Sentii bussare piano alla porta.

Nina si affacciò timidamente.

«Stavi parlando con tua mamma?», chiese.

«Sì… ho appena riattaccato», risposi prendendo il telefonino in mano. «È un po'… seccata».

Nina era pallida e aveva l'aria stanca.

«Ti dispiace se sto un po' qui con te? Non ho voglia di dormire da sola», mi chiese come una bambina che ha paura di fare brutti sogni.

Con il pigiama enorme e i capelli sciolti sembrava ancora più piccola, se non fosse stato per la pancia che cresceva a vista d'occhio.

«È di Pat», disse come rispondendo a una mia domanda, «è l'unica cosa che ho tenuto di lui».

La guardai e mi si strinse il cuore.

Era una tale misera consolazione quella che ci restituivano gli oggetti appartenuti a chi amavamo, un triste, disperato tentativo di sentire ancora vicino chi non c'era più e che rinnovava il dolore ogni volta.

«Vieni qui», le dissi facendole spazio nel letto.

Scavalcò i miei vestiti abbandonati per terra e si infilò sotto le coperte rannicchiandosi vicino a me.

«Cosa ti ha detto la ginecologa oggi?», le chiesi.

«Era preoccupata per me, perché ha capito che sono sola e dice che non sarà facile».

«Ma ci sono io!», le dissi in tono incoraggiante.

«Sì, ma pare che non sarà abbastanza. Ha ripetuto la parola *famiglia* così tante volte che stavo per vomitare».

«Noi saremo una famiglia, io te lo prometto», le assicurai incrociando una mano con la sua.

«Se ci fosse stato Pat, sarebbe stato tutto più facile», disse.

«Se ci fosse stato Pat, non saresti rimasta incinta!», risposi.

«Hai ragione, mi avrebbe ammazzata!».

Ci puoi scommettere!

«Ah e poi ha detto che devo fare un corso preparto e, siccome non ho nessuno con cui andare, ho deciso che tu verrai con me!».

«Io a fare il corso preparto con te? Perché non lo chiedi a Carl?»

«Ma sei matta? Ho più cose in comune con te che con lui!».

Scoppiammo a ridere.

«Dài, seriamente! Cosa ne facciamo di Carl?», chiesi disperata. «Domattina mi chiamerà di nuovo per sapere se hai riconsiderato l'idea di rimettervi insieme».

«Non ho riconsiderato proprio niente, e ora sono stanchissima e l'idea di andare all'università e incontrare tutte quelle stronze, domani, mi uccide», rispose sbadigliando. «Non è che verresti con me?»

«Oddio, per quello che ho da fare…», ammisi.

«Vuoi sentire una cosa pazzesca?», mi disse come se avesse un segreto incredibile, prendendo la mia mano destra e mettendosela sulla pancia.

Esitai un attimo: non ero tipo che si emozionava per cose del genere, ma quella che Nina portava dentro di sé era il nostro anestetico al dolore, il nostro antidoto alla morte, il nostro futuro, ed era anche una parte di Patrick.

E quella piccola vita ci avrebbe salvate.

Mia… com'è?

«È pazzesco».

E diede un calcio.

CAPITOLO DIECI

La mattina dopo, scendendo a colazione, trovammo Betty completamente assorbita dalla sua posta elettronica.

«Ci sono dei biscotti da qualche parte, credo, e il latte è finito, ma se fate un salto al supermercato dovrebbe essere già aperto!», disse senza alzare la testa dallo schermo.

Io e Nina ci guardammo perplesse.

«La colazione è il pasto più importante della giornata, e nelle tue condizioni non permetterò che tu mangi solo una mela!», dissi imitando la voce Betty.

«Tieni, mangia queste dieci fette di pane e marmellata e questo chilo di pudding, così il bambino assimilerà tutto e diventerà forte e sano!», ribatté Nina ridendo.

Betty non si accorse nemmeno di noi e continuò a scrivere, concentratissima.

Uscimmo prima che zia Kate ne approfittasse per lamentarsi di qualcosa. Ma non percorsi nemmeno cinquanta metri che il mio telefono squillò.

«Sarà Carl…», disse Nina.

«Minimo…», feci sbuffando.

«Signorina Mia Foster Benelli?», disse la voce.

«Sono io», risposi titubante.

«Sono Miss Kepner, la segretaria della Brit. La chiamo perché gli insegnanti vogliono vederla questa mattina. È un problema per lei?»

«N… no, non lo è», balbettai guardando Nina.

«Bene allora l'aspettiamo, se potesse arrivare per le nove e mezza sarebbe perfetto!».

«C… ci sarò».

Nina mi guardò interdetta aspettando una risposta.

«Be'? Hai visto un fantasma?»

«Avrei preferito! Era la Brit, mi hanno convocata! Adesso!», risposi sconvolta.

«Wow! Ti faranno ripetere l'audizione! Hai visto? Ne ero sicura!», disse abbracciandomi piena di insensato entusiasmo.

«Veramente non hanno parlato di questo, non so cosa vogliono, e… cacchio, ho paura», le confessai.

«Nessuna paura, vai e fagli vedere chi sei e se ti dicono qualcosa che non ti piace, prima di andartene, questa volta, digliene quattro!».

Guardai Nina attraversare la strada e girare l'angolo e fui presa da un senso d'angoscia indescrivibile.

«Pat, preferivo non doverci tornare là, ho paura e mi vergogno».

Non credo che ti vogliano umiliare nel bel mezzo dell'atrio additandoti e dicendo: "Guardatela, è quella che è caduta ed è scappata via! Ridete di lei!".

«Pensi che lo farebbero?».

In Marina ti facevano stare in mutande sul ponte con -10!

«Avrei preferito».

Eddai Broncio! Dov'è andata a finire la tua famosa incoscienza?

Quando mai hai avuto paura di affrontare qualcosa o qualcuno? Ti ricordo che hai passato di peggio!

«Non avevo mai fatto una figura del genere però!».

E qual è la cosa peggiore che ti potrebbe capitare?

Ci riflettei un attimo.

In effetti non poteva succedermi niente di peggio di quello che mi era già accaduto.

La paura era tutta una questione di prospettive.

Comprai un muffin al cioccolato e andai a prendere l'autobus, fingendo di non pensare in continuazione a cosa avrebbero potuto dirmi.

Detestavo le conversazioni immaginarie anche se erano il mio pane quotidiano.

A metà strada cominciò a piovere e arrivai a scuola fradicia dalla testa ai piedi.

Era una giornata insolitamente tranquilla rispetto all'ultima volta.

Le audizioni erano terminate e le lezioni sarebbero cominciate due settimane dopo. In giro c'erano solo gli studenti più grandi che approfittavano della calma per provare.

La sensazione era che quello non fosse un posto dove stavi per dovere, ma perché non potevi farne a meno, e non volevo ammettere a me stessa che mi odiavo per essermi giocata un'occasione simile.

E adesso mi avevano convocata per dirmelo in faccia.

Entrai timidamente in segreteria e, questa volta, Miss Kepner mi riconobbe chiamandomi per nome.

«Ciao Mia, hai fatto presto!».

Quella sua improvvisa confidenza mi fece sciogliere e mi venne una gran voglia di incatenarmi davanti alla porta gridando "vi prego non mandatemi via!".

Mi indicò la sala dove era riunita la commissione e mi avviai come Maria Antonietta al patibolo.

Non avevo mai avuto così tanta paura in vita mia.

Arrivata davanti alla porta, mi fermai.

Entra fifona!

Bussai pianissimo.

E bussa più forte!

«Ti odio!».

Non è vero, mi ami!

Bussai di nuovo con il cuore che mi martellava nel petto.

Stavo per farmela letteralmente sotto.

«Avanti!», dissero due voci in coro.

Esitai.

Ti spingerei io se potessi!

«Ti vorrei vedere al posto mio!».

Magari ci potessi essere!

«Avantiiiii!», ripeterono le voci seccate.

Mi affacciai timidamente e, nella luce fredda del mattino che filtrava da una tenda alla veneziana, riconobbi subito la commissione al completo su cui, nel frattempo, mi ero informata: Mr Jones, il bel tipo di colore con gli occhiali, insegnante di musica, la bionda preside, Melinda Parker, Zadie Connor, l'insegnante di danza moderna e il tizio dai capelli rasati di cui continuavo a ignorare il nome.

Erano seduti attorno a un tavolo pieno di fogli, foto, portacenere pieni e caffè, e sembravano molto occupati.

Si voltarono a guardarmi e mi sentii molto più a disagio che durante l'audizione: sentivo quelle quattro paia di occhi passarmi attraverso.

Abbassai lo sguardo e le mie All Star sporche sotto i jeans consumati mi sembrarono fuori luogo, forse sarei dovuta tornare a casa a mettermi uno dei completi di Nina.

Ma che cavolo stavo dicendo? Ero nel tempio dell'espressione della personalità e mi facevo dei problemi di abbigliamento? Mica ero più alla Royal! Forse il problema, adesso, è che ero troppo normale.

Oddio stavo impazzendo.

«Ehm… Sono Mia Benelli», dissi con un cenno della mano, fingendo disinvoltura.

«Chi?», fece eco il coglione con i capelli rasati.

«Ehm… Mia Foster Benelli… mi avete cercata voi… cioè la segretaria… prima», balbettai.

La mia sicurezza si stava sbriciolando in maniera imbarazzante.

Avevo di nuovo creduto di essere al centro dell'universo, invece ero solo una delle tante schede ammucchiate sul loro tavolo.

E avvertii forte la puntura dell'orgoglio.

Mr Jones bisbigliò qualcosa all'orecchio della preside Parker che inarcò le sopracciglia e disse: «Aaaahhh!».

«Vieni avanti», disse Miss Connor invitandomi a sedermi.

La preside mi sorrise e prese in mano il mio modulo.

«Dunque, sei la ballerina classica che ha ballato il pezzo di Lady

Gaga, è caduta, ed è scappata via», disse come se stesse riassumendo la trama di un episodio de *Il diario di una nerd superstar*!

Sorridi dài! Mica li hai derubati!

Osai un sorriso tirato e annuii.

«Mi spieghi perché non ti sei rialzata e non hai continuato a ballare?», mi chiese Mr Jones togliendosi gli occhiali, con aria sinceramente comprensiva.

Mi strinsi nelle spalle intimidita.

Se volevano solo sapere perché me n'ero andata, perché non me lo avevano chiesto per telefono evitandomi il viaggio?

Per la miseria Mia, stai su con la schiena e guardali in faccia!!, strepitò Patrick.

Mi raddrizzai di scatto, come se mi avesse dato di nuovo un calcio nel sedere.

«Non riderete di me?», chiesi intimidita.

«Più di quanto abbiamo già fatto? Impossibile», disse il cretino.

Mrs Parker lo fulminò con un'occhiata.

«Non rideremo di te, te lo garantisco», ribadì.

«Sapete... Ci tenevo veramente tanto a fare una bella audizione. Era la prima volta che mi cimentavo in un pezzo modern jazz e lo avevo preparato da sola. Sapevo di non essere perfetta, ma volevo tanto fare una buona impressione, così ho osato qualcosa di nuovo che si allontanasse dal solito repertorio classico, per dimostrarvi che ce la potevo fare e che, anch'io, ero speciale...», feci una pausa. «...Nei giorni precedenti all'audizione non facevo che immaginare come sarebbe stato se mi aveste presa, ed ero talmente nervosa che ho finito per perdere la concentrazione e fare un casino. E quando sono caduta... mi sono vergognata così tanto che non sono neanche riuscita a guardarvi negli occhi. Mi sono sentita persa, stupida e per niente speciale... così, sono scappata», confessai sinceramente.

«Quindi se ti succedesse in palcoscenico scapperesti!», insinuò di nuovo l'idiota.

«Goddard, per favore!», lo zittì Mr Jones.

«È stato stupido da parte mia, lo riconosco... ma questo non cambia la devozione che ho per la danza e il desiderio che ho di entrare alla Brit!».

Brava belle parole!!

«Ti abbiamo convocata qui oggi», proseguì dolcemente Miss

Connor, «perché la tua esibizione ci è piaciuta molto. Hai un'ottima tecnica, e hai studiato con degli insegnanti quotatissimi, però il modo in cui te ne sei andata, in effetti, ci ha lasciati interdetti. Vogliamo capire se ci tieni veramente a studiare in questa scuola. Sai, ogni anno riceviamo migliaia di candidature e solo poche centinaia di ragazzi vengono accettati, quindi dobbiamo avere la certezza delle nostre scelte», mi disse seria.

«Te lo chiederemo una volta sola…», disse Mrs Parker, «…vuoi veramente entrare alla Brit?».

Deglutii.

«Più di ogni altra cosa al mondo!», risposi senza esitazione guardandoli negli occhi uno a uno.

«Per me è sufficiente», rispose Mr Jones firmando un modulo.

Goddard fece una smorfia di disapprovazione e disegnò un pollice verso sul suo modulo.

Lo ignorai.

«Vuol dire che mi prendete?», chiesi incredula.

«Sì!», dissero in coro.

«Oddio! Credo che mi sentirò male!», dissi coprendomi la bocca con le mani.

«Oh no! Ci servi in salute», rispose Miss Connor, «non hai idea di come sarà dura qui!».

«Durissima!», fece eco Mrs Parker.

«Allucinante!», proseguì Mr Jones sorridendo.

«Allora ci vediamo fra due settimane», disse Mrs Parker. «Passa in segreteria a firmare gli altri documenti e a prendere l'orario», concluse la preside, «adesso ti aspetta un durissimo lavoro. Dovrai studiare danza classica, moderna, contemporanea, tip tap, storia del teatro, coreografia…». E su questo Goddard fece una smorfia come a dire "te la vedrai con me carina".

«…trucco, anatomia, francese, letteratura… e tutte le altre materie, perciò, se pensi che questa sia una scuola più facile delle altre, ti sbagli: non immagini neanche quanto si lavori qui. Ma è anche l'unica scuola che ti prepara *veramente* per una carriera di artista, perciò se lavorerai sodo raccoglierai i frutti».

«Farò di tutto per esserne all'altezza, ve lo assicuro. Sarete fieri di me!», dissi stringendo le mani di tutti tranne quelle di Goddard. «E non vi pentirete di avermi richiamata!».

«Vedremo...», chiosò l'insopportabile.

Lo fissai per un istante e mi diressi sicura al centro della stanza.

Avevo il diritto di terminare la mia audizione.

Mi preparai in quarta posizione, respirai, sorrisi ed eseguii una, due, tre, quattro impeccabili *pirouettes en dehors* da ferma.

Poi lo fissai seria e, sostenendo il suo sguardo senza esitazione, alzai lentamente la gamba destra in *développé*, fin sopra la testa, e ci rimasi una decina di secondi senza tremare neanche un istante.

E prima di mettere giù la gamba gli strizzai l'occhio.

La commissione sorrise divertita.

Tranne Goddard.

Mi inchinai profondamente e lasciai la stanza, alleggerita di un peso enorme.

Ero al settimo cielo e attraversai il corridoio correndo per la gioia e saltando in *grand jeté*.

«Ce l'ho fatta Pat, ce l'ho fatta! Mi hanno presa!», dissi una volta fuori di lì.

Lo sapevo, lo sapevo!, rispose emozionato quasi più di me, *sei la mia stella, il mio grande amore, il mio orgoglio! Sei stata grande là dentro! Sei stata pazzesca! E quando hai steso quell'imbecille? Ti ho fatto una standing ovation, giuro!*

«Lo odio quello! Ma chi si crede di essere? Speriamo che non sia uno dei miei insegnanti o sono finita!».

Chiama tua madre, tua nonna e mia sorella, devono saperlo tutti! Tutti! Sei stata coraggiosa e vorrei essere lì per portarti a cena e comprarti dei fiori e stringerti forte e dirti quanto ti amo...

«Basta Pat, così mi fai piangere, lo sai», mormorai.

Scusami, hai ragione, scusami, piccola mia. Non vedo l'ora di abbracciarti stanotte.

«Anch'io Pat», sospirai, «così tanto che mi fa male», dissi asciugandomi una lacrima con il dorso della mano.

Non piangere adesso però! Perché non posso asciugarti le lacrime e questo mi fa impazzire. Ma sono qui con te e voglio che tu sia felice e farò tutto quello che posso per sostenerti! Anche se non è molto.

«Lo è Pat, lo è», mormorai.

Guardati, guarda cosa sei diventata, disse.

Mi voltai verso la vetrina di un negozio e osservai il mio riflesso nel vetro. Una tostissima giovane donna, che aveva affrontato difficoltà incredibili, e adesso viveva da sola in una grande città e, con enorme coraggio, aveva scelto di cambiare vita e ce la stava facendo.

Vedi anche tu quello che vedo io Mia?

Feci sì con la testa.

E per una frazione di secondo mi sembrò di vedere Patrick riflesso accanto a me.

«Non sai quanto ti amo Pat», dissi toccando il vetro, «...non sai quanto».

Lo so invece... lo so.

Mi restavano solo una manciata di giorni per prepararmi prima dell'ingresso a scuola, ed ero in fibrillazione.

Ma dovevo ancora occuparmi delle solite tre telefonate impossibili che condizionavano le mie giornate.

Cominciai da quella che, adesso, mi sembrava la più facile.

«Pronto nonna, sono Mia! Mi hanno appena arrestata per spaccio e detenzione di stupefacenti, mi pagheresti la cauzione?».

Di nuovo quel silenzio in cui intuivo il suo sorriso che si sarebbe fatto ancora desiderare per mesi.

«Okay nonna! Sono stata accettata in quella specie di scuola per saltimbanchi dementi, come la definiresti tu, e volevo solo che lo sapessi. Ti voglio bene. Ciao!».

Avrei continuato fino a che non fossi riuscita a sfinirla e non avesse smesso di tenermi il muso.

E se lei era testarda, io ero la sua degna nipote.

Chiamai mio padre e gli proposi di cenare insieme la sera stessa: tanto valeva togliermi quel peso subito.

Aspettai il ritorno di Nina con una voglia pazza di raccontarle quello che mi era successo, ma nello stesso tempo non volevo travolgerla di buone notizie, se lei non ne avesse avute.

Quando qualcuno mi snocciolava i suoi successi mentre io avevo avuto una giornata da schifo, mi veniva voglia di strozzarlo.

Betty si era barricata in salotto, che era diventato il suo studio, e io ne approfittai per fare l'elenco di tutto quello che avrei dovuto comprare per cominciare il nuovo anno, fra scarpette, calzamaglie, tute, e scaldamuscoli.

Era la parte che mi piaceva di più.

Nina tornò nel tardo pomeriggio con l'aria sempre più afflitta.

Le preparai un tè caldo e ci chiudemmo in cucina.

«Non puoi immaginare che tristezza oggi, Mia! Io che mangiavo un panino tutta sola seduta su una panchina fuori e nessuno che mi parlava».

«Non posso credere che siano tutti così, Nina, stai esagerando!», risposi cercando di scuoterla.

«Nessuno mi si avvicina e io non faccio niente per andare incontro agli altri. Sono certa che se mi si dovessero rompere le acque in classe, mi lascerebbero lì a contorcermi nell'atrio!».

«Nina, non siamo nel Medioevo e mi rifiuto di credere che tu non abbia scambiato due parole con nessuno! Sei solo incinta, non hai la lebbra!... Non ce l'hai vero?», risi.

«In effetti con qualcuno ho parlato, però... ecco... ero abituata a essere la reginetta del ballo e ora mi sembra di essere diventata invisibile!».

«Benvenuta nel mio mondo "Nina l'invisibile Dewayne"», le dissi dandole una pacca sulla spalla. «Perché non metti in giro la voce che il papà del bambino è un misterioso principe arabo che è a Dubai a costruire un castello per te?»

«Chi? Carl? Quello non ha neanche un lavoro fisso!», concluse spezzando un biscotto.

«A proposito di Carl», ci interruppe Betty entrando in cucina, «è arrivato questo per te!», disse porgendo a Nina un grosso pacco dall'aria morbida.

«Altre tutine?», azzardò Nina con l'aria scoraggiata prendendo il pacco.

«Pannoloni?», osai.

«Bustine di tè?», azzardò Betty.

Nina aprì il pacco e tirò fuori un vestitino corto blu a fiori bianchi e neri e un cappello di velluto patchwork.

Parve sorpresa.

«È carino non vi pare?», disse appoggiandosi l'abito davanti.

Era davvero un bel regalo e, per una volta, non trovammo nessuna critica da fargli, nemmeno una piccola piccola.

Carl aveva scelto bene e il regalo parve farle piacere.

Se avesse continuato su quella strada, forse...

«Dài, provatelo!», la esortammo.

Si tolse la tuta, infilò l'abito e fece un giro su se stessa.

«Allora? Come sto?», chiese con aria tenera.

Era un amore e aveva bisogno di sentirsi ancora carina e desiderata come un tempo.

L'abitino non le sottolineava minimamente la pancia e non si sarebbe detto che era quasi al quinto mese.

E con il cappello e i capelli sciolti sembrava una modella.

«Sei una bomba sexy!», esclamò Betty.

«Una bomba a orologeria, vorrai dire», rispose Nina toccandosi la pancia.

«Senti piccolina», disse Betty mettendole un braccio attorno alle spalle, «troverai sicuramente l'uomo che ti amerà per tutta la vita, ma se non accadrà... non sarà un grande problema credimi!». E se ne andò a dar da mangiare a Cerotto.

Betty aveva veramente trovato il mestiere della sua vita: la dispensatrice di consigli inutili!

Mio padre passò a prendermi verso le sei, segno che, probabilmente, voleva far presto.

Adesso che abitavamo vicini, per fortuna, non dovevo più rimanere bloccata con lui in macchina per due ore con il sottofondo di Radio Finanza!

Aveva l'aria stanca e invecchiata, ma era martedì sera e, di certo, i gemelli lo avevano sfiancato nel fine settimana.

Mi portò in un gastropub a Dulwich, molto rinomato ed elegante, dove cucinavano specialità di pesce.

Ebbi la sensazione che quella cena fosse una scusa per provare un nuovo ristorante dopo che Libby, tornata a casa dal lavoro stanca morta, gli aveva detto di no.

Mio padre era di quelli che studiano un'ora la lista dei vini e poi prendono un bicchiere soltanto.

E pensare che, quando mia madre lo aveva conosciuto, era astemio e mangiava solo fagioli con la salsa, poi Libby era riuscita a educarlo al buon gusto, ed evidentemente alla fine la cosa gli aveva preso la mano ed era stato posseduto dallo spirito di *Ratatouille*.

«Quindi ti hanno accettata a questa scuola di danza?», mi chiese sfogliando il menu.

«Sì, è una bella scuola, sono contenta di andarci», risposi consapevole che, se non alimentavo almeno un po' la conversazione, avremmo finito per commentare la delicatezza del purè di patate.

Mi chiese di Betty e Nina, se mi sentissi meglio dopo tutto quello che era successo, ma il vero motivo del nostro incontro mi fu servito insieme al crumble di mele.

«Io e Libby ci stiamo lasciando», sparò.

Non era il genere di notizia che mi piaceva ricevere nel bel mezzo del mio dessert preferito, perché educazione voleva che posassi la forchetta e dedicassi tutta la mia attenzione a mio padre, quando invece l'unica vera domanda che avevo in mente era: "come ha fatto una donna così in gamba a resistere per così tanto tempo?".

Ma ciò che mi fece distrarre definitivamente dalla mia torta fu un'idea che si piantò nella mia testa come un chiodo: adesso che papà stava per tornare single, la mamma non si sarebbe lasciata sfuggire l'occasione per provare a tornare con lui.

E non potevo permetterlo!

«Ma è una cosa sicura? Voglio dire, magari è un periodo, un momento di crisi… succede a tutti, anche a Brad e Angelina, David e Victoria, Ashton e Demi…».

«Eh, purtroppo non abbiamo l'età dei tuoi amici, sai, a cinquant'anni le cose si complicano».

Evitai di spiegargli che Brad e Angelina non erano miei compagni di classe, per non deprimerlo ulteriormente, ma vedevo il segnale di allarme lampeggiare luminoso.

Se la mamma lo avesse saputo, niente avrebbe potuto fermarla questa volta, né i folli piani della nonna, né il tempismo di Libby, né la bontà del povero Paul.

E le nostre vite sarebbero state condizionate per sempre.

Già immaginavo la tristezza dei Natali futuri: tutti insieme a Leicester, con Paul ubriaco a piangere sotto casa, la mamma a far finta di essere felice e papà che si eclissa in poltrona, mentre fuori piove, e io mi voglio suicidare con le aspirine.

Avrei fatto qualsiasi cosa per impedirlo e sarei stata muta come un pesce, anzi, avrei insistito affinché mamma e Paul si sposassero, così da scongiurare il peggio.

Quando mio padre se ne era andato da casa nostra, era stato tristissimo.

E anche se non era mai stato particolarmente presente ed entusiasta, il vederlo uscire da quella porta per non tornare mai più era stato un trauma terribile, per me e per la mamma, che ci aveva messo anni a riprendersi.

Ma una volta abituateci alla sua assenza, ci eravamo rese conto che a mancarci era solo il ricordo di qualcosa che in fondo non c'era mai stato.

E, negli anni, avevamo creato il nostro personale album di bei ricordi e il nostro equilibrio era perfetto così.

Del resto, in ogni balletto, così come nella vita, l'equilibrio perfetto era sempre nel passo a due, dato che, ogni volta che arrivava un terzo incomodo, succedeva sempre qualche casino.

Ma ora, l'idea di una revival stonava come la riunione delle Spice Girls.

E ancora più stonata era l'idea che mio padre mi parlasse improvvisamente dei suoi problemi personali.

Ma non ce li aveva degli amici con cui giocare a freccette al pub?

Il silenzio scese inesorabile e se lui contava su di me per trovare una soluzione si sbagliava di grosso: non ero certo io l'esperta in divorzi e trovavo di pessimo gusto il fatto che mi avesse invitata a cena per informarmi della seconda batosta che stava per infliggere a una donna innamorata.

Lo detestavo sempre di più.

E, comunque, volevo bene a Libby.

Non sopportavo quel silenzio e mi era passata la voglia del dolce, così mi sentii obbligata a raccogliere i pezzi della vetrina che aveva appena rotto.

«È stata una decisione presa in comune?», osai incidendo un cuore spezzato con la forchetta sulla tovaglia.

«È stata più un'idea sua, veramente».

«Che strano!», ironizzai. «Chi l'avrebbe detto?»

«Che vuoi dire?», rispose colpito.

«Dico solo che mi sembra una scena già vista, tutto qui», risposi desiderando con tutta me stessa di essere altrove.

«La storia con Libby non ha niente a che vedere con quella fra me e tua madre», ribatté con un piglio leggermente aggressivo che non gli riconoscevo.

Era la prima volta che gli sentivo pronunciare tante sillabe tutte insieme e ci misi alcuni istanti per riprendermi dalla sorpresa.

«Di fatto però è finita con tutte e due, forse qualche dubbio ti dovrebbe sorgere», replicai in tono più provocatorio di quello che avrei voluto.

«Credo che tu sia troppo giovane per dare giudizi. Quando sarai più matura, magari ne riparleremo», rispose stizzito.

«Sei tu che me lo hai voluto raccontare, io ne avrei fatto volentieri a meno», dissi secca, «e in ogni caso, nel primo matrimonio che hai mandato a monte, c'ero anch'io, anche se forse ti è sfuggito!».

«È stata decisamente una pessima idea parlarne con te», fece rosso in viso, mentre cercava di intercettare il cameriere.

«Decisamente! Forse dovresti parlarne con uno dei tuoi clienti fra una quotazione e l'altra, sempre se ti ricordi come si chiamano!».

Stavo esagerando, ma era la prima volta che litigavo con mio padre e cominciavo a prenderci gusto.

«Signorina, non ti permetto di giudicare il mio lavoro! Io alla tua età lavoravo sodo tutto il giorno e non perdevo certo tempo a ballare e divertirmi!».

«Non ballo per divertirmi, ma perché è la mia vita, e dubito che tu possa capire altro a parte i numeri! E su tu fossi stato un padre più presente, te ne saresti accorto da solo!». Ero fuori di me e mezzo ristorante se ne stava accorgendo.

«È tua madre che ti ha messo in testa delle storie simili?»

«No, mia mamma continua insensatamente a difenderti, nonostante tu ti sia dimostrato il padre peggiore della storia dell'umanità!».

«Mi dispiace per te Mia, ma sei l'unica che la pensa così!».

«Certo! Per Seb e Adrian ci sei sempre stato! Ti sei solo dimenticato di me!», lo accusai a bassa voce, piena di rabbia.

«Non sai quello che dici. Cameriere! Il conto prego! Hai sedici anni e sei fuori controllo come ogni adolescente!».

«E questa dove l'hai sentita dire, a *SOS Tata*? Che ne sai di adolescenza? Tu sei nato vecchio!».

«Mia, se non fossimo in un locale pubblico ti darei uno schiaffo! Andiamo via!», mi ordinò lanciando un biglietto da cinquanta sterline sul tavolo.

Non lo avevo mai visto così incavolato, ma era senz'altro meglio del vegetale a cui ero abituata.

Il viaggio di ritorno si svolse nel più completo silenzio, interrotto dal digrignare dei denti di mio padre.

Mi chiedevo se avrei dovuto cominciare a chiamarlo Jiles e non più papà.

Ma al momento era l'ultimo dei miei problemi.

Speravo solo che non avrebbe chiamato mia mamma, non tanto per dirle che razza di arrogante fossi diventata, ma per la storia del divorzio.

Scendendo dalla macchina però mi venne in mente che la mia improvvisa insolenza poteva essere un modo per farli litigare e buttai là un: «Ha ragione la mamma quando dice che sei un noioso pensionato che non l'ha mai fatta ridere!».

Poi chiusi lo sportello con tutta la forza che avevo sulla sua replica.

Nonna Olga sarebbe stata fiera di me ed era esattamente la persona con cui avevo bisogno di parlare.

Ero furiosa, ma nello stesso tempo era la prima volta che avevo avuto una conversazione con mio padre, anche se non esattamente costruttiva.

Aprii la porta di casa e per un attimo mi ritrovai in un episodio di *Medium*.

«Che ci fai qui?», gridai vedendo Adam in corridoio.

«Che ci fai tu qui?», fece lui con aria perplessa.

«Io qui ci *abito*!», risposi.

«E lui è il mio miglior allievo!», intervenne Betty per toglierci dall'imbarazzo.

«Che vuoi dire con *tuo allievo* Betty? Lui viene alla mia scuola, è un attore e tu…».

«Io insegno recitazione e aiuto chi fa un mestiere di comunicazione a trovare la voce e la giusta impostazione per avere successo in pubblico», rispose serafica.

Io e Adam ci guardavamo come fossimo due pinguini sul London Eye.

Eravamo stupiti e meravigliati.

C'era una possibilità su un milione che l'unica persona che conoscevo alla Brit prendesse lezioni da Betty.

Be'? Avete perso la lingua?

La voce di Pat mi riportò alla realtà.

«Vuoi una Coca?», gli proposi.

«Volentieri, noi abbiamo finito no?», rispose rivolto a Betty.

«Per oggi si chiude!», disse salendo in camera sua con passo lento e l'aria stanca, ma soddisfatta.

Ci sedemmo in cucina.

Era veramente strano vederlo lì.

Era magrissimo e altissimo, con gli occhi grandi e i capelli ricci che gli cadevano sul viso, e nonostante il freddo della sera indossava una maglietta a maniche corte con sopra un gilet.

«Allora, hai avuto notizie dalla scuola?»

«Mi hanno presa!», risposi entusiasta.

«Ehi! Lo sapevo!», disse brindando con la lattina.

Lo sapevo, scimmiottò Patrick.

«Non è vero, non lo sapevi!», risposi.

«Sarebbero stati stupidi a non farlo. Hanno preso gente che non distingueva la destra dalla sinistra, solo perché era super motivata!».

Avvertii una punta di delusione alla bocca dello stomaco che mi fece sentire un po' meno speciale.

«Davvero prendono chiunque?», chiesi visibilmente delusa.

«Ma no Mia, sto scherzando! Anche se è vero che sono molto attenti alla personalità e alla motivazione, altrimenti non mi avrebbero mai accettato!», confessò.

Era la prima volta che vedevo la sua fiducia vacillare, ma in effetti, se aveva preso in considerazione di frequentare un corso di motivazione con Betty, non doveva essere troppo sicuro di sé.

«E Joey?»

«Stasera aveva le prove di uno spettacolo».

«È molto che state insieme?»

«Quasi quattro anni», disse con un certo orgoglio che mascherava un velo di tristezza.

«Siete una bella coppia», dissi sinceramente.

«Lei è bella, io sono… la sua ombra!», rispose malinconico.

«Cosa intendi?»

«L'hai vista no? Tutti l'adorano, la cercano, è di quelle persone destinate ad avere successo, io rifletto la sua luce, come se lei fosse il sole e io una stella qualunque».

Cominciavo a capire che aveva veramente bisogno dell'aiuto di Betty.

«Tu sei tu e lei è lei, e insieme vi completate. Se foste tutti e due così esuberanti non potreste mai stare insieme no?», conclusi.

«È vero e me lo ripeto in continuazione, ma poi, quando la vedi sul palco e tutti l'ammirano e chiamano il suo nome, non posso fare a meno di non sentirmi alla sua altezza», confessò con tristezza negli occhi.

Dio che serata faticosa…

«Ma tu sei un attore e quando farai un film tutte le ragazze impazziranno per te!».

«Oh non credo proprio, e poi la verità è che vorrei fare il cabarettista. Sai come Ricky Gervais… Russell Brand…».

«E allora perché non lo fai?», chiesi bevendo un sorso.

«Perché me la faccio sotto, ecco perché! Sono venuto da Betty perché ho bisogno di… sbloccarmi».

L'immagine di Betty con in mano una bacchetta magica mi attraversò la mente.

«Tu sei fidanzata?», mi chiese a bruciapelo.

«Sì», risposi senza pensare, «cioè… no…», diedi un colpo di tosse, «non più».

«Be', spero proprio sia stata tu a lasciarlo, altrimenti quel cretino non ha proprio capito niente, se ti ha mollata lui!».

Quel cretino aveva capito tutto invece…

«No, non ci siamo lasciati», risposi guardandomi le mani. «Lui… Pat è… morto», dissi con sconcertante calma.

Era la prima volta che lo dicevo a qualcuno che non lo aveva conosciuto e sentire la mia voce pronunciare quelle parole rese per l'ennesima volta la realtà penosamente triste.

Era come se ammettessi la scomparsa di Pat dal mondo.

Adam deglutì.

«Mia, mi dispiace, non lo sapevo. Ti raccontavo i dubbi sulla mia "brillante" carriera senza sapere che tu… scusami Mia, non potevo immaginare!».

«Infatti non potevi», risposi più serenamente possibile.

«Ma… com'è successo, hai voglia di parlarmene? Cioè non devi… non sentirti in obbligo di spiegarmi niente. Gesù, mi sento così imbarazzato adesso».

Sorrisi malinconica e cominciai a raccontargli tutta la nostra storia, di come lo avevo conosciuto nel cortile della scuola, di come avevo capito di essere innamorata di lui anche se avevo solo tre anni, della mia amicizia con Nina che avevo voluto proteggere a tutti i costi, nascondendole la mia cotta impossibile, di come Patrick fosse una persona straordinaria, bella, generosa, simpatica, trasparente, leale, onesta e che, proprio per questo, era morto nella maniera più cretina che si potesse immaginare. Gli raccontai di come la sua morte avesse distrutto le nostre vite, di come mi fosse diventato impossibile vivere senza di lui e della mia decisione di seguirlo. Gli raccontai del nostro braccialetto, della Royal, di Nina e del bambino e delle nostre vite che tentavamo in tutti i modi di ricostruire.

Adam mi guardava incantato come se gli stessi raccontando il nuovo episodio del *Signore degli anelli*.

Mentre purtroppo era la cruda realtà.

«Mia, non so dirti quanto io ti sia grato per aver condiviso con me la tua storia. Devi essere una persona incredibile. A vederti sembri un uccellino fragile, mentre sei talmente tosta e determinata che mi hai lasciato senza parole».

«Per così poco!», scherzai per stemperare l'atmosfera cupa.

«E adesso tu diventerai una stella! È il lieto fine che ti meriti!», concluse.

«Una stella? Non credo sai? Mi basta soltanto ballare!», risposi.

«A nessuno di voi ballerini basta *soltanto* ballare!», rispose con un sorriso intenso, alzandosi e dirigendosi verso la porta. «Volete tutti una cosa sola: essere lassù al centro del palcoscenico e brillare».

«Non lo vogliamo tutti forse?».

CAPITOLO UNDICI

«Pronto nonna? Mi sono rasata i capelli e sono diventata un Hare Krishna!».

«…».

«Ho tagliato i sedili del vagone di una metropolitana con una lametta e poi ho appiccato un incendio!».

«…».

«Sono incinta e non so chi è il padre».

«…».

«Nonna mio padre e Libby divorziano!».

«CHECCOSA???», mi urlò nell'orecchio.

Presa all'amo!

«Allora adesso mi parli, eh?»

«È vero quello che mi hai detto?»

«Certo, come tutto il resto!».

«So di non avere una nipote cretina, ma nutro ancora alcuni dubbi sulla salute mentale di mia figlia e la sua insana passione per quell'uomo di naftalina!», brontolò con la solita energia.

«Quindi che si fa?»

«Ci devo pensare… l'importante è che Elena non sappia che lo *stallone* è di nuovo sulla piazza!».

«*Stallone*?»

«Era ironico ovviamente! Ma io mi chiedo: non poteva piacerle George Clooney? Almeno glielo avrei presentato!».

«Perché tu conosci Geor…». Aveva riattaccato.

Ma mi aveva parlato per tre minuti interi.

Ed era una vittoria!

Bussai alla porta di Nina per raccontarle le ultime novità e di nuovo la vidi chiudere velocemente il portatile.

«Ti guardi i pornazzi di nascosto, eh?», le chiesi strizzandole l'occhio.

Nina scoppiò in una risata.

«Peggio… Partorienti! Non riesco ancora a credere che fra un po' toccherà a me e, soprattutto, non riesco a credere che faccia così male!», disse sgranando gli occhi.

«A giudicare dalle urla, deve fare malissimo», risposi con una smorfia, sedendomi vicino a lei.

«Ma lo sai che se il bambino non riesce a uscire ti tagliano la vagina?», disse mimando una coltellata.

«Cheee??? Ma scherzi?», urlai disgustata.

«Purtroppo no», rispose stringendosi nelle spalle, «se il bambino soffre troppo ti fanno un taglio di alcuni centimetri per permettergli di passare».

«E poi che succede alla tua…».

«Ti mettono i punti!».

Mi coprii la bocca con le mani.

«Ma è orribile!», mugolai.

«E non è la cosa peggiore, a volte succede che te la fai addosso!».

«Mi prendi in giro?»

«No giuro, a forza di spingere… sai com'è…».

«Ma fa schifo e non è per niente romantico!».

«Partorirai con dolore!», sentenziò Nina col dito alzato.

«Non puoi farti fare un'anestesia totale così non te ne accorgi?»

«Mi farò fare l'epidurale, almeno non farà così male».

«Non farò mai figli», commentai.

«Non puoi saperlo, vedrai che quando troverai qualcuno che amerai moltissimo lo vorrai anche tu», rispose ingenuamente.

«Io l'*avevo trovato* l'amore della mia vita», dissi aggrottando la fronte.

Si morse le labbra rendendosi conto della gaffe.

«Sì… intendevo… qualcun altro». Si corresse troppo tardi.

«E tu eri forse innamorata di Carl quando hai deciso di rimanere incinta?», domandai seccata.

«No, ma… gli volevo bene».

«Non basta Nina, non per me almeno. E comunque io ci tengo alla mia vagina!», aggiunsi per puntualizzare.

Nina rise e appoggiò la testa alla spalliera del letto, guardando un punto imprecisato sul muro.

«Hai ragione tu, Mia. Ho parlato senza pensare. È così che dovrebbe essere: ti innamori di qualcuno di cui non puoi più fare a meno e ti manca l'aria se non lo vedi ogni giorno. Vuoi passare tutta la vita con lui, fare dei figli e vivere per sempre felici e contenti e poi… per uno schifo di incidente lo perdi e non c'è più niente che abbia senso, perché sai che non ci sarà mai più nessuno alla sua altezza…», disse come parlando a se stessa.

«È vero Nina, lo penso continuamente ed è un'idea che mi distrugge, ma sai qual è la mia consolazione? Penso che ho avuto la fortuna di trovare la mia anima gemella su questa Terra, mentre la maggior parte della gente la cerca e non la trova mai. Se l'ho persa ci dev'essere una ragione che un giorno scoprirò, perché mi rifiuto di credere che la vita e la morte siano così casuali!».

«Pat era perfetto!», disse.

«Sì Pat era perfetto in tutto e c'erano ragazze della nostra scuola che avrebbero ucciso per uscire una volta con lui e io ci sono stata insieme per *ben* tre mesi!».

Stavamo parlando di Pat senza scoppiare a piangere. Se non era un miracolo quello!

«Mia, so che non sono fatti miei, e se vuoi puoi non rispondere», disse a un certo punto, «ma sono troppo curiosa e voglio chiedertelo: tu e Patrick… voglio dire… voi due avete mai…».

Potevo dirle che avevo fatto l'amore con suo fratello in sogno?

«No, non… abbiamo fatto in tempo», risposi sinceramente, «…e comunque non sono fatti tuoi!», ribattei dandole un pizzicotto.

«Quindi sei vergine!», esclamò come se avesse avuto un colpo di genio.

«E allora?»

«No, era per dire. Insomma, sei la persona più fantastica che conosco e mi dispiace che porti il lutto per Pat a sedici anni… ecco io credo che lui vorrebbe che tu ti rifacessi una vita», disse accarezzandomi un braccio.

«Sì ma se fosse vivo…».

«Mia… non è più vivo».

Dovevo dirglielo.

«Senti Nina, c'è una cosa che ti devo dire da un sacco di tempo, ma non ho mai saputo da che parte cominciare».

Mi guardò comprensiva.

«Dimmi», sussurrò.

«Non mi crederai, lo so, e non importa, ma te lo devo dire».

«Dài, non tenermi sulle spine, mi spaventi», disse.

«Quando ero in coma…», cominciai. Quel ricordo mi terrorizzava ancora. «…Non so come spiegarlo, ci ho provato molte volte, ma mi è impossibile descrivere quello che sentivo. Era come se fossi distante, che fluttuassi in un'atmosfera rarefatta, artificiale. Ma stavo bene, c'era una calma strana, irreale, e io non soffrivo, non soffrivo più. A volte vedevo mia madre china su di me e questo mi spezzava il cuore, ma non abbastanza da farmi desiderare di tornare a vivere. La verità è che non provavo dolore e non volevo provarne mai più».

Nina mi guardava con gli occhi pieni di compassione.

Era la prima volta che gliene parlavo ma sentivo che era arrivato il momento.

Che lei adesso poteva capire.

«Era come se avessi attraversato un varco e mi trovassi dall'altra parte, oltre a quella che noi chiamiamo realtà. Un mondo leggero. Dove non si soffre… dove si prova una specie di… pace assoluta. Ma non una gioia, è più… un'assenza di dolore. Te l'ho detto, è impossibile da spiegare. Non era sempre tutto triste però, a volte ascoltavo le storie di sesso delle infermiere e, ti assicuro, era troppo divertente!».

Nina sorrise appena. Non era più il caso di sdrammatizzare.

«Poi un giorno, ho cominciato a sentire la sua voce. La voce di Patrick».

Nina strinse gli occhi impercettibilmente.

«Pat mi parlava, come da una radio. Non lo vedevo, ma lo sentivo, e mi diceva che non potevo continuare a rimanere lì, in quel limbo sospeso nel niente. Che dovevo reagire e tornare alla vita, che era un mio dovere e che non potevo far soffrire in quel modo i miei».

Feci una pausa. Il cuore mi batteva forte.

«Ti ricordi come Patrick sapeva essere insistente quando voleva che facessi qualcosa? Non mi mollava giorno e notte, continuando a spronarmi a reagire».

Nina annuì.

«Così… il giorno delle scarpette, quando mia mamma me le infilò ai piedi, convinta che mi sarei svegliata, Pat ha cominciato a urlarmi nelle orecchie che dovevo aggrapparmi a lui e nuotare per risalire a galla, esattamente come quando ero sott'acqua e lui mi aveva riportata in superficie… così abbiamo cominciato a nuotare e nuotare e lui continuava a dirmi di battere i piedi sempre più forte, sempre più su… e…».

«Mia… scusa se ti interrompo, ma Pat non ha potuto salvarti dal mare. Lui era già…».

«Lo so che era morto Nina, ma nessuno ha mai capito come io sia tornata a riva e non sia stata trascinata via dalla corrente!», risposi cocciuta.

«La corrente! È stata la corrente a riportarti a riva. Tu eri svenuta e il mare ha fatto il resto».

«No Nina, io ero là sotto, nell'acqua gelata e lui mi ha afferrata e riportata a galla nuotando. Io questo me lo ricordo perfettamente!», replicai testarda.

«Mia. Credimi non voglio essere scettica per forza, ma ci sono un milione di spiegazioni a questi tuoi *ricordi*», rispose pazientemente, come se si stesse rivolgendo a una ritardata. «Tu eri in coma e il tuo cervello era in balìa di una quantità di impulsi che nemmeno i più grandi neurologi sanno spiegare!».

«No Nina!», risposi con violenza. «Io l'ho *visto* Patrick, l'ho visto laggiù e lui mi ha salvata, altrimenti come lo spieghi il braccialetto che avevo al polso quando mi sono svegliata? Io lo avevo regalato a lui prima che morisse!».

Nina mi guardò con un'espressione mista a pietà e comprensione, che mi dava sui nervi.

«Okay, lascia perdere», tagliai corto, «non sei pronta!».

Nina sospirò.

«Va bene, scusami, starò zitta. Ma non puoi pretendere che io non abbia una mia opinione in proposito!».

«Non ti sto raccontando una storia di fantasmi del cazzo!», esplosi. «Sto cercando di spiegarti che da quando mi sono svegliata sento la voce di Patrick e che la notte lo vedo in sogno!».

Mi guardò perplessa come se mi fossi messa in testa le mutande per uscire.

«Ho capito, ho fatto una cazzata a dirtelo. Non dovevo!», conclusi.

Mia, lascia stare, ci hai provato…

«No… hai fatto bene, se ne sentivi il bisogno hai fatto bene!», insistette Nina come una psicologa da telefilm.

«No Nina, non ne *sentivo* il bisogno, potevo farne benissimo a meno, credevo, però, che ti sarebbe interessato sapere che sono ancora in contatto con tuo fratello!».

Mia basta, non voglio che litighiate ancora!

«Non sto litigando! Ma tua sorella mi fa incazzare!», sbottai senza pensare.

«Dici a me?», chiese Nina.

«Sì! Cioè, no! No! Dicevo a Patrick, va bene?», risposi arrabbiata.

«Vuoi dire che gli stai parlando *adesso*?»

«sì! Gli sto parlando *adesso*, gli parlo quando voglio io capisci? Quando ho bisogno di lui gli parlo e lui mi risponde!». E incrociai le braccia contrariata.

Nina non disse altro.

«Okay Mia, forse è meglio se adesso torno ai miei compiti, devo fare una tesina per domani…», concluse imbarazzata.

«Nina, ti prego…», cercai di rimediare.

«Mia, ascolta, anch'io avrei tanto voluto che Pat mi parlasse, e ho provato di tutto per mettermi in contatto con lui. Ho provato a pregare, ho acceso candele, mi sono consumata gli occhi sulle sue foto, ma la verità è che chi muore, muore e basta e lui non c'è più, non è più qui con noi, anche se darei la mia vita perché lui tornasse!», disse con un'espressione terribilmente seria.

«Nina...».

«Mia, se questo ti fa stare meglio, a me va bene, non c'è nessun problema, credimi. Parlaci, sognalo, fai tutto quello che vuoi, però non voglio che tu *sospenda* la tua vita *solo* perché Pat era il tuo grande amore. Questo non è giusto e so che Pat non lo avrebbe mai voluto, mai!», mi pregò.

È vero Mia, Nina ha ragione. Non devi smettere di vivere per me, io ti voglio felice. Voglio che tutti voi lo siate.

Mi sentivo girare la testa.

Non avevo mai pensato che Patrick fosse veramente morto perché per me non lo era e finché avessi continuato a vederlo e sentirlo, non avrei mai fatto a meno di lui. Mi sarebbe stato impossibile. Ma come potevo pretendere che gli altri lo capissero?

Nina voleva il mio bene e senza dubbio anche Patrick, ma il mio bene era stare per sempre con lui o con l'eco che restava dei nostri ricordi.

Era folle.

E allora?

C'erano cose ben più folli al mondo, come il tradimento, l'odio, la violenza, che venivano tollerate tranquillamente.

Respirai forte cercando di riprendere il controllo.

«Vieni qui», mi disse Nina abbracciandomi.

Mi lasciai andare fra le sue braccia materne.

«Scusami Nina, non dovevo dirtelo, ma *volevo* dirtelo», le sussurrai.

«Non ti preoccupare. Ti voglio ancora più bene per avermene parlato», disse scompigliandomi i capelli.

Mi alzai dal letto e tornai in camera mia con una sensazione di profonda solitudine addosso.

«Ehi Mia!», mi disse prima che uscissi. «Preparati, perché fra un'ora abbiamo il corso preparto!».

«Abbiamo?», domandai perplessa.

«*Abbiamo*: io e te!».

Scesi giù a salutare Betty e a chiederle di Adam.

Stava apportando altre modifiche al suo sito, adesso era anche *personal shopper* e *wedding planner*.

Ero sconvolta dalla facilità con cui ci si poteva inventare una carriera con la giusta dose di faccia tosta.

«Non dico niente dei miei clienti!», rispose mimando la bocca cucita.

«Betty, tu non sai cosa sia il segreto professionale!».

«Siete state voi due a dirmi che parlavo troppo, adesso improvvisamente vorresti sapere?»

«Okay. Cosa vuoi che faccia?», domandai sbuffando.

«Porterai fuori la spazzatura e pulirai la gabbia di Cerotto?»

«Manco morta!».

«Spazzatura e latte per un mese?»

«Tu sei pazza!», risposi uscendo dal salotto.

«Tre settimane?», tentò.

«Due e non se ne parla più!», fu la mia ultima offerta.

«Okay, cosa vuoi sapere?», mi disse chiudendo il computer e dedicandomi tutta la sua attenzione.

«Come mai è venuto da te?», chiesi sedendomi sul tappeto davanti a lei.

«Ha problemi di sicurezza in scena, come una specie di ansia da prestazione, ma a mio avviso ha un mucchio di problemi con la sua ragazza. Ma questo non me lo ha detto lui, me lo hanno detto le carte», confessò con aria di cospirazione.

«E perché gli hai fatto le carte?»

«Perché non me la racconta giusta. Lui mi dice di essere super innamorato di questa Joey che è la più bella e brava del mondo, ma io credo che sia lei il vero problema: lui non si sente alla sua altezza ed è andato in crisi. Per giunta lei insiste perché lui faccia l'attore di teatro, mentre vorrebbe fare il cabarettista, così si sente pure in colpa! Detesto le donne che decidono per gli uomini, è il modo migliore per perderli!».

Rimasi perplessa.

«Io l'ho vista Joey ed è veramente la più bella e la più brava del mondo», commentai laconica.

«Le più belle e le più brave alla lunga stufano, credimi. Nessuno ama le prime della classe!».

«Sì, ma dovresti vederla, tutti pendono dalle sue labbra, è una leader nata, una lampadina che attira le falene nel buio!».

«E le zanzare…».

Risi.

«Sì forse!».

«Ci sono persone che fingono di andare incontro agli altri perché sembra che muoiano se non stanno costantemente al centro dell'attenzione. Sembrano generosissime e sempre pronte a farsi in quattro per il prossimo, ma in realtà lo fanno solo perché si parli di loro e sono solo delle grandissime manipolatrici. Dei vampiri che si nutrono della debolezza degli altri e li spingono a fare quello che vogliono, convincendoli di sapere cosa è meglio per loro», disse come in un monologo.

«Sembra che tu parli per esperienza», continuai.

«Il mio ex era così», rispose senza esitazione.

«Il padre di Kevin?»

«Già! Il più bravo, il più bello di tutti! Due palle così!», sorrise. «Ci ho messo una vita a dimenticarlo. Quando rimasi incinta speravo davvero che saremmo stati felici, invece lui non ne volle proprio sapere di un figlio. Oddio, aveva solo ventun anni, che potevo aspettarmi, però… è stata una bella botta!».

«E ora dov'è?»

«Oh sta benone, sarà a godersi i suoi milioni fra una tournée e l'altra!».

«Ma chi è?», chiesi sorpresa.

«Oh non te lo posso dire, ma l'hai visto un sacco di volte in televisione!».

«No Betty, dimmelo ti prego!», insistetti a mani giunte.

«Non posso tesoro, ho promesso…», mi rispose con un sorriso dolce, «non posso davvero».

«Ma lui non è mai tornato a chiedere di suo figlio?»

«Una volta, quando era all'inizio della sua carriera, ma lo fece più per rassicurare il suo agente che non gli avrei chiesto niente. Sarebbe stato un problema per la sua immagine se fosse venuto fuori che aveva un figlio».

«Ma è uno schifo!», esclamai disgustata.

«È così. E non è peggio di molti altri, credimi. Ma dimmi una cosa Mia… tu ci parli ancora con Patrick? Perché io non lo sogno da un pezzo!».

Almeno a Betty potevo dire qualunque cosa.

«Sì giorno e notte, non mi lascia mai!».

«Sono contenta! Lui sì che è un ragazzo d'oro. Salutamelo, mi raccomando!».

«Lo farò!».

Ciao Betty, anche tu sei una ragazza d'oro!

Nina bussò appena alla porta e ci girammo verso di lei.

«Io sono pronta. Andiamo?», mi chiese sfoggiando una tuta da ginnastica rosa cipria.

Mi alzai fingendo entusiasmo.

«Eddai *papà*, muoviti!», mi prese in giro spingendomi.

«Andiamo moglie!», risposi facendo la voce grossa.

«Moglie!», gracchiò Cerotto che non avevo mai sentito parlare prima di allora.

Uscimmo nella mattina fredda.

E zia Kate ci fu immediatamente alle calcagna.

«Senti un po' Nina!», inveì senza nemmeno salutarci. La differenza di stile fra loro due mi faceva seriamente dubitare che fossero parenti: così come Nina era delicata e fine, tanto l'altra era arrogante e volgare.

«Non mi va per niente bene quel viavai di gente in casa! Che razza di affari ha quella tizia? Ho informato tua madre di quello che succede là dentro e mi ha assicurato che farà qualcosa!», le gridò.

A quelle parole Nina si fermò e le rivolse uno sguardo glaciale.

«Quella *tizia*, come la chiami tu, è la persona che si occupa di noi ed è una professionista corretta e totalmente affidabile, cosa che non penso si possa dire di te, e mia madre è al corrente di tutti i *loschi affari* che avvengono in casa sua. Vuoi chiamare la polizia? Accomodati, zia Kate! Ma se vuoi la guerra… l'avrai!», concluse con un sorriso tirato ed eloquente.

La zia Kate si fece rossa in viso, balbettò qualcosa e fece dietro front.

Nina mi guardò con un sorriso raggiante.

«Ehi! Le hai fatto paura! Brava! D'ora in poi ti porterò con me quando uscirò di notte!».

«Te l'ho detto, non ho più paura di nulla! Dài, muoviti che facciamo tardi!», mi rimproverò come fossi stata la piccola di casa.

«Continuo a credere che dovrebbe esserci Carl al posto mio!», mugolai infreddolita. «E poi io non voglio essere presente quando nascerà, mi fa impressione il sangue e non voglio vederti fartela addosso!», piagnucolai.

Nina scoppiò in una risata fragorosa.

«Ti giuro che non me la farò addosso! Ma mi devi promettere che starai lì con me».

«Ti terrò la mano finché non entrerai in sala travaglio, e se vuoi, dopo, farò un milione di fotografie, ma se entrassi sverrei di certo! Ti ricordi quella volta in cui stavamo giocando a pallavolo e ti ho lanciato la palla sul naso e hai cominciato a sanguinare?»

«Sì, anziché aiutarmi sei svenuta e ti sei spaccata un dente!».

«Ecco… sono certa che potrei farlo di nuovo», piagnucolai.

Prendemmo l'autobus e ci sedemmo in fondo.

Osservavo le mamme che salivano a fatica col passeggino, sperando nell'aiuto di qualcuno, e si sedevano con i bambini in braccio e ne venivano completamente assorbite.

Non avevano nemmeno il tempo di guardare fuori dal finestrino, perché il bambino chiamava, piangeva, voleva attenzioni, aveva fame, e non voleva stare fermo. Solo quando si addormentavano potevano tirare un sospiro di sollievo e tentare, magari, una telefonata veloce a un'amica o al marito al lavoro.

E si trattava di donne di trent'anni e più, mature, consapevoli e sposate, non di minorenni, single e del tutto incoscienti come la mia amica.

No, Nina non poteva aver scelto intenzionalmente una cosa del genere. Era assurdo. E più si avvicinava il momento fatidico, più me ne rendevo conto.

Arrivammo al centro dove si teneva il corso.

Una grande sala dipinta di azzurro al primo piano di una palazzina anonima in centro.

Ci accolsero due signore sui cinquant'anni, sorridenti e gentili, che ci chiesero dove fosse il papà.

«Il papà non c'è», rispose Nina tranquillamente.

«Ah e… arriverà?»

«Non in questa vita…», disse ironica.

«Ma ci sono *almeno* i tuoi genitori?», azzardò quella con il nome Ashley scritto su un cartellino.

«Tutta la mia famiglia è qui», rispose Nina stringendomi la mano, cosa che mi rese molto orgogliosa ed estremamente responsabile.

«Capisco», rispose con il sorriso comprensivo di qualcuno che doveva aver visto di peggio, «perché non prendete posto in sala? Fra poco cominceremo».

Ci andammo a sedere in fondo, osservando le giovani coppie sorridenti e, almeno all'apparenza, felici.

«Siamo la strana coppia!», disse Nina.

«Almeno noi ci vorremo bene per sempre, di questo ne sono certa, mentre sulle coppie che si giurano amore eterno ho i miei dubbi», ammise Nina. «Guarda i miei genitori!».

«E i miei?»

«E Betty?»

«E la zia Kate?»

«Be' la zia Kate non conta, è già tanto che abbia trovato qualcuno!».

Ashley chiuse la porta e si mise a sedere su una sedia in mezzo all'aula e chiese il nome di tutti i presenti.

Nina era decisamente la più giovane e non potevo fare a meno di notare le occhiate curiose e furtive che gli altri ci lanciavano.

Cominciarono a parlarci dei cambiamenti che avvengono nel corpo durante la gravidanza, e altre cose che non avrei voluto sentire.

Un giovane padre vicino a noi uscì due volte a prendere aria quando spiegarono la faccenda della dilatazione e del travaglio.

Nina prendeva appunti, con gli occhiali su, e ogni tanto mi guardava con aria di sufficienza dicendomi a bassa voce: «Si vabbè, non è esattamente così».

Più tardi ci fecero fare un po' di yoga e qualche esercizio di respirazione e ci mandarono via con un pacco di volantini informativi.

Se fossi stata Betty avrei aggiunto al sito la voce "preparatrice al parto".

Nina, come al solito, aveva assunto quell'aria fastidiosa che ostentava a scuola durante i compiti, quella della tipa che sa tutto e che ha tutto sotto controllo.

«Allora secchiona, c'era niente che non sapessi già?», le chiesi.

«Uhm… un paio di cose…», rispose con sufficienza, «ma niente di che. Non so se ci voglio tornare!».

«Devi! Visto che mi hai costretta! O ti faccio accompagnare da Carl! Dài prendiamoci un gelato!».

Era un sogno.

Io e Nina a braccetto in giro per Londra in un freddo pomeriggio d'autunno.

I miracoli esistevano.

E anche se le nostre vite non sarebbero mai più tornate quelle di prima e ci sarebbe mancato per sempre un pezzo di cuore, almeno stavamo cercando di rimettere insieme le nostre due metà.

Al nostro ritorno a casa ci aspettava un altro pacco di Carl.

«Che sarà questa volta?», domandò Nina scuotendo la scatola.

«E apri, no?», le metteva fretta Betty.

Questa volta Carl si era davvero superato: nella scatola c'erano dieci smalti di tutti i colori, adatti alle mamme in attesa e altrettanti lucidalabbra brillanti in tutte le tonalità, dal rosa al rosso ciliegia.

Nina sembrava una bambina con un pacco di caramelle gigante e io adoravo vederle quel sorriso.

Non resistetti alla tentazione e senza farmi vedere scrissi a Carl: «Sei un fottuto genio! PS: anche se non sono incinta farebbero piacere anche a me un paio di rossetti! ☺».

«Se te li meriterai!», rispose.

Passammo una serata indimenticabile insieme a Betty, mettendoci a vicenda lo smalto sulle unghie dei piedi, mangiando pop corn e guardando per la settima volta *Twilight*, con la faccia imbrattata da una maschera allo yogurt e cetrioli.

Ce la stavamo mettendo tutta e ci stavamo riuscendo.

Pat mi aspettava più bello e sorridente che mai e io sentivo di amarlo sempre di più, così tanto che mi emozionavo ogni volta esattamente come la prima, e avevo la certezza, se ancora ce ne fosse stato bisogno, che era l'unico uomo che avrei mai potuto amare.

Non avrei mai rinunciato a lui, anche a costo di dovermi accontentare di un rapporto surreale come il nostro per il resto dei miei giorni.

«Tu mi rendi felice Pat!», gli dissi tenendogli il viso stretto fra le mani. «Stare qui con te è la cosa più immensa che ci sia. Quando sono con te sono *viva*, sento il cuore che esplode, le guance che scottano, gli occhi che brillano e il mio corpo ti desidera da impazzire. Ho voglia di stringerti, baciarti, morderti e fare l'amore con te fino alla fine del mondo! Il resto del tempo io esisto e basta. E tu mi completi. Tu sei me!», gli dissi stringendolo forte.

Pat mi abbracciò. Sentivo le lacrime scendergli lungo il viso e bagnarmi le guance.

«Vorrei fare di più tesoro mio. Vorrei esserci *davvero*, vorrei poterti stare accanto, vivere insieme a te, andare in vacanza, uscire, sposarti, avere dei figli… io vorrei vivere con te, non attraverso di te!».

«Pat baciami… ti prego», gli dissi con un filo di voce.

Mi baciò le labbra con tutta la dolcezza possibile.

Mi scioglievo fra le sue mani, nelle sue carezze, contro la sua pelle, nel suo respiro.

Amavo ogni millimetro del suo corpo, e della sua anima, amavo quegli occhi, quella bocca, quella cicatrice sul sopracciglio. Amavo i suoi capelli, le sue spalle, il suo odore, la sua forza, la sua delicatezza, le sue carezze, la sua passione.

Amavo il mio nome sulle sue labbra, il sapore della sua pelle, le sue mani su di me, il suo corpo sopra il mio, il suo corpo dentro il mio.

Lo amavo con tutta me stessa, fino al limite della ragione, oltre la vita e la morte.

Stavamo facendo l'amore e quello non poteva essere un sogno.

CAPITOLO DODICI

«Sei pronta ad affrontare il tuo primo giorno di scuola?», chiesi al mio riflesso nello specchio.

«No!», esclamai sedendomi sul letto e guardando sconsolata la mia borsa vuota.

Sospirai e mi sdraiai coprendomi la faccia con le braccia.

«Che palle! Che palle! Che palle!», mi lamentai scoraggiata.

Amore, stai calma, è normale sentirsi nervosi!

«Che palle, anche tu Pat! Dove l'hai letto su "Primo giorno di scuola for *dummies*"? Sono nel pallone, non so cosa mettermi, né cosa portare con me e soprattutto non ho voglia di socializzare con dei fenomeni!».

Be', se non avevi voglia di socializzare non avresti dovuto iscriverti alla Brit, la vedo dura fare degli spettacoli da sola!

«Sono tutti più bravi, più sicuri e disinvolti di me, e io non so come farò a sopravvivere lì dentro!».

Hai ragione, sono tutti più bravi di te, più sicuri e anche più simpatici, ma ormai ti hanno presa… frequentala giusto per un paio di settimane, poi smetti e torni a casa!

Guardai nel vuoto alla mia destra con le mani sui fianchi, profondamente irritata.

«Come sarebbe a dire che sono tutti più bravi e più simpatici di me?», chiesi aggrottando la fronte.

Sei tu che l'hai detto! Sono due ore che mi fai una testa così, adesso ho deciso di darti ragione!

«Che c'entra! L'ho detto perché tu mi dicessi il contrario! Ma non le conosci le donne?», sbuffai alzando gli occhi al cielo.

Certo che le conosco le donne, mia cara!

«Che vorresti dire? Sbaglio o hai usato un tono malizioso?», incalzai.

Non era malizioso!, si difese.

«Invece mi pareva proprio di sì! A chi ti riferivi con quella frase, Pat?».

Mia, era un modo di dire, dài, mica te la sei presa!

«Non fare il furbo con me Patrick Dewayne!», esclamai innervosita. «Te ne approfitti perché non posso guardarti in faccia, ma il tuo tono era inequivocabile!».

Cosa intendi per "inequivocabile"?

«Hai capito benissimo! Hai detto "Certo che le conosco le donne *mia cara*!", col tono strafottente di quello che non stava scherzando affatto!», puntualizzai cominciando a buttare cose a caso nella borsa.

Ero nera!

Mia, farai tardi se non ti prepari!

«Ehi!», dissi al soffitto. «Sei tu che mi stai facendo fare tardi, se solo la smettessi di raccontarmi di quanto conosci bene le donne!».

Io non ti ho raccontato proprio niente, ho solo fatto una battuta!

«Una pessima battuta e ora sono incazzata e nervosa per colpa tua! È il mio primo giorno alla Brit e tu, invece di incoraggiarmi, mi dici che sono la peggiore di tutti e che le altre ragazze con cui sei stato erano meglio di me!», sbraitai al vento.

Mia sei impazzita? Quando mai avrei detto cose del genere?

«Osi negarlo adesso?».

Mia, conosco le donne perché ho avuto una madre, una sorella, delle zie, molte amiche e qualche ragazza, ma questo non vuol dire che io sia stato con mille donne. Quanto mi fai incazzare quando fai così! E ne avevamo già discusso, ti ricordo!

«Facile parlare quando non si è dalla parte di quello che subisce, vero?», stavo urlando.

Subire cosa Mia? Tu sei la migliore di tutti e questo è quello che penso e lo sai benissimo, e quello che faccio con te non l'ho mai fatto con nessuna!, urlò nella mia testa.

«Non ti credo! A questo punto non ti credo più e la conversazione finisce qui, ma riprenderà stanotte e, per la cronaca, stiamo litigando!», dissi afferrando la borsa e spalancando la porta.

Nina mi guardò con la faccia confusa e il pugno alzato nel gesto di bussare.

«Tuo fratello è proprio uno stronzo quando ci si mette!», dichiarai come se fosse la cosa più normale del mondo.

Non parlai più con Patrick per tutto il tragitto fino a scuola, ero irritatissima, infastidita e terribilmente gelosa.

Possibile che non mi capisse?

Se pensavo che prima di me aveva avuto altre ragazze, mi veniva un attacco isterico.

Sapevo che in tutto ne aveva avute quattro e che era stato a letto con due, sapevo che non erano state storie importanti e capivo che era normale alla sua età, ma soprattutto, dettaglio non trascurabile, sapevo che adesso Pat non aveva più la possibilità di conoscere nessun'altra. Eppure, per me, non faceva differenza.

E questo definiva esattamente il mio caotico stato mentale.

Mi rendevo conto, con orrore, che se Pat fosse stato vivo, ne sarei stata gelosissima.

Arrivai alla Brit senza nemmeno accorgermene, tanto ero avvitata nei miei pensieri.

La ressa era impressionante, sembrava il concerto degli One Direction.

Quella mattina avevo la prima lezione di modern jazz della mia vita con Miss Connor.

Al solito, mi sentivo come l'unica al mondo a non sapere dove andare e odiavo quella sensazione.

Lasciai le mie cose nell'armadietto che mi era stato assegnato e mi recai al primo piano in cerca della sala.

Mi sentivo come se fossi appena salita su un'immensa nave da crociera e avessi dovuto individuare la mia cabina fra un milione di corridoi.

Ero talmente concentrata sul trovare la porta giusta che, girando l'angolo senza guardare, andai a sbattere violentemente contro qualcuno che cadde per terra rovesciandosi il caffè addosso.

«Ma dove cazzo guardi? Sei cretina?», mi urlò il tizio col cappello, con una cattiveria esagerata. «Guarda che disastro, la mia camicia preferita», si lamentò pulendosi con le mani senza mai guardarmi in faccia.

«Mi dispiace tantissimo, scusa, io stavo cercando la sala 11 e… dammi la mano, ti aiuto», dissi tendendogli la mia.

Alzò la testa per guardarmi e la sua espressione di odio puro si trasformò, in un nanosecondo, in un grande sorriso.

«Joey…?»

«Mia!».

«Scusami, non volevo… è che mi sono persa e… non guardavo… lascia che ti aiuti», le dissi tirando fuori un fazzolettino pulito e cercando di pulirle la camicia.

«Non fa niente!», rispose spostandosi impercettibilmente, sempre sorridendo, come se non gradisse il mio contatto fisico. «Non è niente, faccio io».

Rimasi a guardarla interdetta, senza sapere cosa dire, o riuscire ad andarmene: la sua presenza mi imbarazzava e mi intimoriva, ma nello stesso tempo mi paralizzava.

Mi sentivo come un gatto in mezzo alla strada, ipnotizzato dai fari della macchina che gli viene addosso. Joey esercitava un potere magnetico su di me, ma da quanto avevo visto, non ero l'unica a subire il suo fascino: apparentemente tutta la scuola era sotto il suo incantesimo.

«La sala 11 è là in fondo», mi disse indicando il corridoio.

«Grazie mille», risposi tirando un sospiro di sollievo per essere stata congedata, e corsi via.

Il suo sguardo mi aveva fatta sentire a disagio e non riuscivo a staccarmelo di dosso, proprio come una maledizione.

Possibile che d'un tratto mi trovasse antipatica? Era stata così carina l'ultima volta… Forse aveva saputo che Adam veniva a casa mia, o era solo la mia paranoia?

Andai a cambiarmi nello spogliatoio ed entrai nella grande sala con le finestre alte e il parquet consumato da anni di passi.

Mi guardai intorno: sembrava di essere entrati in chiesa, tutti bisbigliavano e avevano un atteggiamento rispettoso e reverente.

Gli altri ragazzi facevano gruppetto chiacchierando e aiutandosi a vicenda col riscaldamento, allungando le gambe sulla sbarra e facendo *plié* e *port de bras*.

L'aria era elettrica e mi rendevo conto che la maggior parte di loro si sentiva nervosa, esattamente come me, anche se fingeva disinvoltura.

La preside Parker entrò e ci invitò a sederci per terra intorno a lei.

Si appoggiò alla sbarra e ci guardò negli occhi, uno per uno.

Doveva avere più o meno cinquant'anni, era bionda, autorevole e molto elegante.

«È stata una grande pianista», mi sussurrò una ragazza seduta accanto a me. «Era una bambina prodigio, poi ha insegnato musica per anni ed è stata una delle fondatrici della scuola. Ah, io mi chiamo Ariel», mi disse stringendomi la mano.

«Mia», bisbigliai sorridendole, contenta di aver trovato la mia prima amica.

«Benvenuti alla Brit ragazzi. Questa è la vostra prima lezione e, anche se forse adesso non ve ne rendete ancora conto, è un vero privilegio per voi essere stati scelti fra migliaia di altri candidati. Da qui, come ben sapete, sono usciti grandi nomi dello spettacolo e so che tutti voi vi aspettate, una volta fuori dalla scuola, di essere ingaggiati dalle migliori compagnie di danza del mondo. Purtroppo non sarà così, e non lo dico per scoraggiarvi, lo dico perché solo pochi riusciranno a sfondare, perché per farlo non basterà lavorare duramente. Bisogna essere *speciali* e se non siete abbastanza speciali e forti, non ce la potrete fare. Noi docenti faremo di tutto perché la vostra preparazione qui alla Brit sia completa e solida, e tiriate fuori il meglio di voi. Ma per avere successo dovrete superare ogni giorno i vostri limiti, dovrete lottare e lavorare duro, nonostante le vesciche, i crampi, gli strappi, il ciclo e le litigate col ragazzo...».

Ci furono dei risolini.

«...Allo stesso tempo, vi posso garantire che saranno i due anni più belli della vostra vita e, anche quando sarete al limite della sopportazione, non sarà niente in confronto a quello che troverete là fuori, dove ci saranno altre cento persone pronte a sostituirvi in ogni momento, quando dovrete ballare anche con la febbre a quaranta se non vorrete perdere il vostro posto. E quel giorno, vi giuro, rimpiangerete la Brit».

Ci guardò di nuovo seriamente facendo vagare lo sguardo nella sala e poi batté le mani e sorrise. «Okay ragazzi, so di avervi spaventati, ma devo fare il poliziotto cattivo! Sarà un anno stupendo, duro, ma stupendo, e vi auguro di godervelo il più possibile. E adesso vi lascio alla lezione con Miss Connor!».

Applaudimmo tutti e ci alzammo in piedi per cominciare la lezione, un po' frastornati e intimiditi dalle parole di Mrs Parker.

Zadie Connor sembrava una gazzella, aveva un corpo muscoloso e tonico, la pelle ambrata e lucidissima, e quando entrò in sala risucchiò ogni sguardo.

«Be' ragazzi, che vi è successo? La zia Parker vi ha fatto paura? Non è cattiva, sapete? Almeno se non si arrabbia. Quanto a me invece, se non fate il vostro dovere, farete i conti con questo», disse mostrando un bastone appoggiato vicino allo stereo.

Ridemmo tutti.

«Dico sul serio sapete?», rispose con un gran sorriso vibrando il bastone in aria.

Mi ricordava Claire, ma lei il bastone lo usava davvero sulle mie povere gambe.

Scelsi un posto al centro, né troppo avanti né troppo indietro che, probabilmente, avrei mantenuto per tutto l'anno.

Ariel venne vicino a me e ci sorridemmo complici. Era un buon segno, avevo bisogno di alleati.

Cominciammo con un riscaldamento piuttosto rapido che già di per sé sembrava il balletto di un video, Miss Connor accennava i passi rapidamente e noi dovevamo memorizzarli in un secondo.

Mi sentii subito in difficoltà: non era il mio stile e rimanevo sempre indietro.

Le mie braccia non concepivano altro che dei *port de bras* precisissimi e le mie gambe si ostinavano a compiere *pirouette* con il ginocchio aperto, per non parlare della difficoltà che avevo a inarcare armoniosamente la schiena, specie quando facevamo delle variazioni a terra.

Cambiai fila, in modo da cercare di seguire i più bravi, ma nonostante questo, ero comunque sempre in ritardo di una battuta e mi mancava la fluidità necessaria a eseguire gli esercizi.

Non serviva più essere perfettamente allineata e dritta, al contrario, era fondamentale sprigionare energia e passione, senza stare troppo a preoccuparsi delle linee.

Ero irritata e nervosa e questo mi rendeva ancora più insicura.

Fu una lezione frustrante.

Sentivo di volerci riuscire a tutti i costi, volevo sentire la passione attraversarmi come una scarica elettrica, volevo che il mio corpo esprimesse le emozioni attraverso le braccia e il viso, come facevano gli altri, che sembravano usciti da uno spettacolo di Broadway, mentre io davo l'idea di essere imprigionata in uno schema rigido e senza alternative, come se avessi portato il busto per tutta la vita.

Ne avevo di lavoro da fare.

Finita la lezione, Ariel rimase ad aspettarmi sulla porta per andare a cambiarci.

Ci guardammo un po' interdette.

«È stato un disastro!», esclamai.

«Concordo! Una disfatta totale!», rispose Ariel scoppiando a ridere.

«Anche tu classica?», le chiesi.

«Sì! Non ho mai fatto altro e oggi sembravo un lampione!», disse imitando una marionetta.

«Non dirlo a me, sembrava che non avessi mai ballato in vita mia!».

«Hai visto quando dovevamo saltare e poi cadere a terra, rotolarci e rialzarci subito facendo quella cosa con le mani?»

«Io non ci sono nemmeno arrivata a rotolarmi! Sono rimasta in piedi! Che vergogna!», dissi coprendomi la faccia con l'asciugamano.

«Ci riusciremo mai secondo te?», mi chiese abbattuta.

«Oddio, lo spero tanto», risposi sconsolata.

«Voi non avete visto me», intervenne una voce maschile.

Ci girammo contemporaneamente verso il ragazzo biondo coi capelli cortissimi che ci seguiva.

«Sembravo uno zombie a cui avessero appena sparato!», ci disse avvilito.

Scoppiammo a ridere tutti e tre.

«Io sono Stuart», si presentò stringendoci la mano.

E anche se il mio desiderio era quello di sotterrarmi, almeno avevo già due nuovi amici.

Le lezioni successive furono decisamente più rilassanti: letteratura, francese e due ore di classico, dove mi sentii di nuovo me stessa. Anzi, ero certamente più brava delle altre e Miss Pauline mi chiese due volte di mostrare l'esercizio alla classe. Cosa che mi fece diventare il bersaglio di Ariel e Stuart che mi diedero della secchiona per tutta la giornata.

In un attimo si era già fatta sera e mi ritrovai a pensare alle parole di Adam quando mi diceva che una volta che facevi parte della Brit era difficile tornare a casa.

Salii in autobus, distrutta ma soddisfatta e, appoggiando la testa al finestrino, "chiamai" Patrick.

«Pat ci sei?».

Io ci sono sempre, sei tu che sei sparita! Ma ti pare il modo? Solo per una stupidissima frase!

«Ti perdono», risposi con aria sognante.

Tu perdoni me? E che cosa avrei fatto? E cos'è quella faccia da ebete?

«Sono stanca ma felice, sono stata un disastro al corso di jazz, ma sono stata eccezionale a classico e ho già due amici!», sorrisi trionfante.

Ah, due amici e io non dovrei incavolarmi?

«Una ragazza e un ragazzo gay, non hai niente da temere!».

Sei terribile Mia, non puoi liquidarmi ogni volta che ti fa comodo, io sono qui come uno scemo che ti aspetto e tu mi tratti come un vecchio maglione di cui ti ricordi una volta ogni tanto!, rispose irritato.

«Scusami Pat, scusami davvero», dissi sinceramente, «ero nervosa e ho reagito male, non succederà più, te lo prometto».

Non so perché, ma ho la sensazione di non poterti credere!

«Credimi Pat! E poi ho solo sedici anni no? È normale alla mia età!», risposi più ruffiana che mai.

Sei tremenda e non credere di potertela cavare così facilmente!, disse a metà fra il serio e il rassegnato. *Tanto alla fine vinci sempre tu! Non ho nessuna possibilità di negoziazione con te, eccetto il ricatto!*

«Non puoi sparire Pat! Non ci provare nemmeno».

Anche se ci provassi, dove potrei andare? Non c'è nemmeno un pub qui, la mia vita sei tu!

«Ti giuro su quello che ho di più caro che non litigherò più con te. Mai più».

Hai giurato!

«Ho giurato».

Bisbigliavo per non farmi sentire, ma il conducente mi guardava sospettoso dallo specchietto retrovisore.

Diedi un colpo di tosse e chiusi le comunicazioni. Se dovevo prendere quell'autobus tutte le sere, non potevo rischiare che l'autista pensasse che fossi pazza!

Arrivai a casa con le gambe che mi tremavano dalla stanchezza e con l'unico desiderio di mangiare qualcosa e andare subito a letto, ma appena entrata, Nina, dal piano di sopra, mi chiamò insistentemente.

Corsi in camera sua preoccupata e la vidi che spiava dalla finestra, scostando la tendina.

«Sembri Mrs Fancher, la mia vicina spia! Che stai guardando?», chiesi sulla porta.

«Vieni a vedere!», mi disse facendomi cenno con la mano.

Mi avvicinai e infilai la testa fra la sua spalla e la tenda.

«Guarda laggiù!», disse indicando la cugina Eileen seduta sul gradino nel retro di casa sua, in compagnia della sua aria suicida e della sua inseparabile tuta da ginnastica verde.

«Be'?», le chiesi. «Che c'è?»

«Ma non la vedi?», insistette indicandola attraverso il vetro. «Sta *fumando*!», disse con una sottile soddisfazione.

Guardai meglio e notai in effetti Eileen con una sigaretta in mano, attenta a tenerla rivolta verso il palmo per nasconderla meglio.

«E allora?», chiesi interrogativa. «Non hai mai visto qualcuno fumare?»

«Ma non capisci Mia? Se zia Kate sa che Eileen fuma la uccide!», disse tirando fuori dalla tasca il suo iPhone. «Adesso le faccio un paio di foto così la teniamo per le palle!», annunciò trionfante.

«Nina!», esclamai sbalordita. «Ma sei una giornalista del "Sun" o cosa? Stai paparazzando tua cugina per ricattarla, non lo sai che è un reato?», intimai polemica.

«Questo è il nostro passaporto per la libertà», disse sventolandomi il cellulare sul naso. «Ricattando Eileen, quella rompipalle di mia zia non ci darà mai più fastidio!».

«Ricattando...? Noi due?»

«Certo! Siamo una squadra non ti ricordi?», rispose come un allenatore suonato.

«Una squadra di cosa? Di bullette di quartiere che vanno a terrorizzare i ragazzini delle elementari bucandogli il pallone?»

«Preferisci che ci stia col fiato sul collo ogni volta che usciamo? Che chiami mia madre, che spettegoli con tutto il vicinato su noi e Betty? Sai, mi secca che tutta Brixton pensi che sono rimasta incinta a un rave party!», rispose incrociando le braccia.

«Be', su questo hai ragione ma…».

«E allora dài retta a me, non abbiamo nemmeno bisogno di dirglielo… guarda… qua». Prese il cellulare, scrisse un messaggio e glielo inviò continuando a fissarla dalla finestra con aria di sfida.

Neanche mia nonna sarebbe arrivata a tanto!

«Ecco fatto, le ho scritto che se non tiene a bada sua madre le faremo vedere questa foto!».

Un istante dopo la povera Eileen alzò la testa e, vedendoci, buttò subito la sigaretta per terra con aria furibonda, pestandola con violenza, mentre Nina le faceva *ciao ciao* con la mano.

«E anche questa è sistemata! Adesso andiamo ad aprire il nuovo regalo di Carl», disse tirando fuori un pacco da sotto il letto. «Devo dire che si sta veramente impegnando, puoi dirgli che sono molto soddisfatta!».

«Nina, non ti riconosco più», risposi strappando la carta del pacco.

«Be'… bisogna pure imparare a difendersi no?», concluse con un sorriso sornione.

Questa volta si trattava di un peluche enorme e morbidissimo.

«Uhm, avrei preferito delle calze colorate, vedi se può fare qualcosa la prossima volta!», disse con aria di sufficienza.

«Sei pessima!», risposi abbracciando il povero peluche. «Almeno tua figlia l'apprezzerà e sono sicura che sarà molto più gentile di te!», dissi facendo ballare l'orso sulle mie ginocchia.

«Le insegnerò a difendersi, a non fermarsi davanti agli ostacoli, e diventerà forte come noi due», affermò in tono deciso.

«Spero che oltre a noi due abbia anche qualche altro esempio», commentai perplessa, «che ne so, Oprah Winfrey, Angelina Jolie, Kim Kardashian!».

«No, Kim Kardashian no!».

«Hai ragione meglio Rihanna».

«O Gwyneth Paltrow».

Ridevamo come sceme giocando a pallavolo con l'orso, quando squillò il mio cellulare.

«Cavolo è mia nonna!», esclamai atterrita e corsi in camera mia.

«Pronto, ciao nonna, ehm… ti è partita una chiamata per sbaglio?», tentai di ironizzare.

«Io non sbaglio mai, nipote. Ora ascoltami bene: chiama tuo padre e digli che preferisci dire tu stessa a tua madre che lui si separa, perché sta passando un momento un po' difficile e soprattutto perché Paul è molto geloso, gelosissimo, non fa avvicinare nessuno e le controlla il telefono capito?»

«Uhm e poi?»

«E poi quando tornerai a casa a Natale glielo dirai davanti a Paul, anzi, prima lo dirai a lui e insieme lo direte a lei. E mi raccomando, dille che sta già uscendo con un'altra, non voglio ritrovarmi nella stessa situazione dell'ultima volta, quando, non so se ti ricordi, ci siamo quasi fatte arrestare con il casino che abbiamo architettato per non farli cenare insieme», disse accendendosi una sigaretta.

«Già, sembravamo il quartier generale della Casa Bianca, con quattro cellulari in viva voce, mentre tu pilotavi il povero Paul a cena con quella modella nello stesso ristorante, per fare ingelosire la mamma!».

«Mi sono divertita però, e Paul mi piace, non vorrei mai che tua madre perdesse di nuovo la testa per il grigio ragioniere», affermò tirando una boccata.

«No, neanch'io».

«Bene nipote, allora sai quello che devi fare e ricordati di scusarti per essere stata maleducata l'ultima volta», concluse secca.

«Che ne sai che sono stata maleducata?», chiesi sorpresa.

«Sei mia nipote e di sicuro hai detto qualcosa di sconveniente!». E riattaccò.

Ottimo, la nonna era di nuovo dalla mia parte, non mi restava che affrontare la fastidiosa telefonata a mio padre che avrei evitato come un mal di testa.

«Pat ti prego, dammi la forza!».

Sarà una passeggiata di salute in confronto a quello che hai già fatto!

«È tutto il giorno che chiedo scusa, sono stufa!».

Così impari a riflettere prima di parlare!

Gli feci una linguaccia e poi composi il numero.

«Pronto papà?»

«Sì, dimmi Mia», rispose in tono frettoloso.

Che fatica queste relazioni con gli adulti, avrei preferito di gran lunga farmi cinque ore di jazz rotolandomi per terra come una foca, invece di fingere di essere dispiaciuta.

«Ehm… senti, volevo chiederti scusa per l'altra volta, ero stanca e nervosa e ho detto cose che non pensavo».

«Uhm, sì, d'accordo, ma non voglio che tu mi parli mai più in quel modo, non ti permetto di mancarmi di rispetto. Stavo per chiamare tua madre per dirglielo!», rispose serio.

«Ecco appunto!», mi affrettai. «Proprio questo… volevo chiederti il favore di lasciarlo fare a me».

«E perché?»

«Perché, lo sai com'è sensibile la mamma e poi Paul, insomma… lui le controlla il cellulare, ed è super geloso e… Ecco, allora, se per te va bene, ci penso io a parlargliene… con delicatezza è ovvio, poi sarà lei a chiamarti».

«Be', se preferisci così fai pure, ma dille di chiamarmi presto, io sto cambiando casa e ho bisogno di parlare con lei».

«Hai bisogno? Adesso avresti bisogno…».

Fermati Mia! Calma stai calma! RESPIRA!!!

«…bisogno di una mano certo, glielo dirò», dissi digrignando i denti.

«Fammi chiamare presto allora, eh? Buonanotte Mia».

«Argh!», gridai buttandomi sul letto. «Perché è tutto così incasinato? Adesso io devo fare da tramite fra i miei e nascondere il più possibile il divorzio di mio padre per evitare che mia madre torni all'attacco e sputtani definitivamente la sua vita!», mi disperai.

Non te l'ha chiesto nessuno però, tua madre è adulta e sa gestire la sua vita!

«No, mia madre è una kamikaze che non vuole essere felice, e questo te lo posso garantire!».

Ma un po' di fiducia, no?

«No Pat, non questa volta».

CAPITOLO TREDICI

La mattina mi alzai piena di fitte e di dolori, avevo i muscoli indolenziti come se avessi corso la maratona di New York.

Mi trascinai sotto la doccia camminando con le gambe rigide e massaggiandomi la schiena come una vecchia.

Nina uscì dalla sua camera e cominciò a ridere.

«Ciao nonna! Hai già messo la dentiera?»

«Zitta e dammi delle aspirine ti prego!».

«Sei messa peggio di me che sono incinta!», rise lanciandomi un tubo di antidolorifici.

Ero veramente fuori forma, avrei dovuto lavorare come una pazza.

Scesi a fare colazione e mi sedetti davanti a Betty, che era già al computer.

«Sai che mio padre divorzia?», buttai là sgranocchiando un biscotto.

«GIURA!», rispose stupita, chiudendo il laptop di scatto. «Dimmi tutto!».

«Libby ha chiesto il divorzio!», annunciai.

«Oddio e adesso tua madre vorrà tornare con lui… come l'altra volta!».

«Già…».

«Non me la sento di lanciare un altro allarme bomba all'ufficio di tuo padre, perché lei voleva portarlo a pranzo fuori, né di fare parte dei piani folli di tua nonna!».

«Lei mi ha detto di dirglielo di persona quando vado a casa a Natale, così, per preparare il terreno».

«E poi? Dovremo far sparire tuo padre?»

«Devo dirle che sta già con un'altra!».

«Ah! Ha già preparato la strategia», disse appoggiandosi alla spalliera. «Quella donna è incredibile, sono tentata di chiederle consigli per la mia nuova attività. Devo organizzare un matrimonio fra sei mesi nel Devonshire», disse riaprendo il suo computer. «Tu sai dov'è il Devonshire?».

Avrei dovuto scriverle su www.askbetty.com se avessi voluto un suo consiglio!

Nina scese e, insieme, uscimmo per andare a prendere l'autobus.

Ma appena fuori ci trovammo Eileen alle calcagna.

«Ehi Nina!», gridò arrancando dietro di noi. «Fermati ti devo parlare!».

Ci fermammo guardandoci con aria interrogativa.

«Senti Nina», esordì col fiatone, «che intenzione hai con quella foto?»

«Nessuna se tieni mia zia lontana da noi!», rispose Nina con calma serafica.

«Ma come faccio? Mia madre è così ed è lei che decide tutto!», protestò.

Nina fece spallucce. «Be', allora la prossima volta che verrà da noi a lamentarsi per qualcosa saprai cosa succederà! Ora scusaci, ma dobbiamo andare a scuola!».

Girammo i tacchi e lasciammo la povera Eileen lì da sola, confusa e terrorizzata all'idea che la madre scoprisse che fumava.

Mi dispiaceva molto per lei e in fondo cominciava a essermi simpatica.

«Sai che stai diventando veramente odiosa?», dissi a Nina prendendola sotto braccio.

«Te l'ho detto, d'ora in avanti non voglio nessuno sulla mia strada!», dichiarò soffiando su un'immaginaria pistola.

A scuola incontrai subito Ariel e Stuart alla caffetteria.

Mi sentivo già meno aliena e sempre più a mio agio.

Stuart era gay all'ennesima potenza, sempre sopra le righe, esagerato nel look e nelle espressioni, e Ariel era la tipica ballerina classica, eterea e magrissima, con i capelli lunghi e castani e la pelle trasparente, come una bambola di carta di riso.

Ci sedemmo a un tavolo a sorseggiare un cappuccino in attesa di entrare a lezione di matematica che, mai come in quel momento, poteva preoccuparmi.

«Voi due dove avete studiato?», chiesi giocando con la cannuccia.

«Io alla Rad», rispose Ariel, «ma ero un po' stufa di tutto l'ambiente».

«Io invece a Manchester, ma mi sono trasferito apposta qui, voglio diventare una grande star!», aggiunse senza falsa modestia.

«Tutti vogliamo diventare star!», esclamò Ariel.

«Io no!», dichiarai. «Fare la grande star è una fatica, tutti quegli autografi e le tournée… mi accontento di essere… semplicemente formidabile!».

«Allora brindiamo al diventare semplicemente formidabili!», affermò Stuart solenne alzando il suo cappuccino con latte di soia.

Dopo le lezioni di matematica e francese mi accorsi, con mio grande orrore, che quella di coreografia era tenuta dal cretino con i capelli rasati che avevo conosciuto all'audizione e che mi odiava.

«Okay, prendete posto!», disse entrando come un ciclone nella sala insieme a due barboncini bianchi.

Indossava un cappello grigio calato sull'occhio e una maglietta bianca strappata in più punti, pantaloni larghi con scarpe alte da pugile. «Io sono Goddard», disse in tono categorico, appoggiando dei CD vicino allo stereo, mentre faceva cenno alla sua assistente di preparare la musica, «ma voi chiamatemi pure God!».

Scese il silenzio.

Se quello non si chiamava delirio di onnipotenza…

Avrà avuto sì e no ventitré anni, era magrissimo, col viso scavato e profonde occhiaie che sottolineavano gli occhi truccati di nero, sembrava un corvo.

Sistemò su una sedia la sua borsa da cui prese una bottiglia con un misterioso liquido verde e si appoggiò con le spalle allo specchio, incrociando le braccia, per osservarci tutti uno a uno per un interminabile minuto.

Mi sentivo nuda e a disagio.

«Uhm, abbiamo anche Lady Gaga!», furono le sue prime parole.

Avvampai per la vergogna e l'imbarazzo.

«Voglio dirvi giusto un paio di cose prima di cominciare l'anno», esordì. «Primo: se non siete puntuali non disturbatevi neanche a entrare in classe. Secondo: se non mi date quello che voglio vi faccio neri e poi vi caccio dal mio corso. E terzo: qui dentro comando io e solo io. Ci sono domande?».

Tutti ci guardammo confusi e smarriti. Qualcuno si soffiava il naso o dava un colpo di tosse.

La maggior parte di noi avrebbe voluto semplicemente tagliare la corda.

Com'era possibile che permettessero a uno sbruffone simile di parlarci così?

«Bene, visto che non ci sono domande mettiamoci al lavoro perché abbiamo un casino di roba da fare, e il tempo è poco. Sono io che preparo lo spettacolo di fine anno, e non immaginate nemmeno quanto vi farò sputare sangue, perché sono uno stronzo e un perfezionista, chiedetelo a chiunque. Sono il coreografo di *X Factor*, di *Born to Dance* e dei *Brit Awards* e se siete così sfigati da non averli mai visti vi consiglio vivamente di fare un giro su YouTube, così saprete cosa vi aspetta. Io faccio solo cose di altissimo livello e voglio solo ballerini di altissimo livello. Con me si lavora, si obbedisce e soprattutto non si apre bocca, perciò o vi va bene così o quella è la porta!», concluse togliendosi il cappello e mostrando i capelli rasati cortissimi, eccetto per una piccola G sulla nuca.

Lo sbigottimento generale era palpabile, ci guardammo stringendoci nelle spalle con facce interrogative, seriamente preoccupati, poi prendemmo posto.

La ragione per cui, nonostante la sua arroganza, gli permettessero di insegnare nella scuola, la capii un minuto dopo.

Era tanto insopportabile quanto bravo.

Pensava talmente in grande che cominciavo a credere che ci saremmo esibiti a Wembley e non sul palco della scuola.

Voleva creare uno spettacolo ispirato ai videogiochi, con pedane mobili, trampolini, e simulazioni di volo.

Ero semplicemente terrorizzata.

Gettai un'occhiata ad Ariel che ruotò il dito vicino alla tempia sussurrando «è completamente pazzo», mentre Stuart si era già messo in prima fila, ipnotizzato e rapito.

Mi spostai dal lato della sua assistente per evitare di essergli troppo vicino e cominciammo il riscaldamento.

Urlava i conti delle battute come un invasato, usando suoni gutturali per indicare i passi, con gli occhi iniettati di sangue.

In un attimo la sala era satura di un'energia strana, isterica, come la forza centrifuga di un tornado che ti incolla alle pareti.

Ogni battuta della musica era un movimento rapido e scattoso, come nei video di Michael Jackson e, se sbagliavi, lui se ne accorgeva subito dal riflesso nello specchio e ti fulminava con lo sguardo, quasi ti disprezzasse.

Sembrava avesse mille occhi ed ero talmente intimorita che cominciai a perdere la concentrazione senza riuscire a memorizzare più niente.

Ariel, come me, era in seria difficoltà, mentre Stuart era fastidiosamente a suo agio.

Gli altri ragazzi se la cavavano piuttosto bene, era chiaro che avevano studiato tutti danza moderna, mentre noi due eravamo le uniche a non aver fatto altro che danza classica e ora, più che mai, mi sembrava di essere utile come un poeta su un'isola deserta!

God se ne accorse e cominciò a giocare al gatto col topo.

«Ehi, Lady Gaga, ti sei persa? Se avevi un problema di coordinamento motorio dovevi scriverlo nel modulo di accettazione».

Non risposi e strinsi i denti, ma avvertii una fitta di panico allo stomaco e avvampai per la vergogna.

Vedevo Ariel accanto a me che arrancava faticosamente per stare dietro al gruppo, ma God non la riprendeva neanche una volta.

Cominciai a sospettare che mi avesse presa di mira, ma cercai di scacciare quel pensiero.

Il riscaldamento era così duro da farmi preferire due ore di lezione sulle punte e cominciai a guardare di sfuggita l'orologio sulla parete. Il tempo sembrava non passare mai.

«Hai già voglia di uscire? La caffetteria è al piano terra, e visto che ci sei prendimi un tè verde senza zucchero», mi disse con un mezzo sorrisetto.

Ero piena di rabbia e di rancore, non potevo credere che mi stesse trattando così davanti a tutti, che gli avevo fatto? Non mi voleva? Okay! Ma aveva senso quella guerra stupida così davanti a tutti? Volevo andarmene via sbattendo la porta e scoppiare a piangere per l'umiliazione.

Non farlo Mia! Sai quanti stronzi così ho conosciuto in Marina? Quanti cessi ho pulito e quante ore ho passato in cima all'albero a battere i denti? Fatti coraggio e rimani, fai del tuo meglio e balla, non mollare, fagli vedere che non hai paura.

Feci come diceva Patrick solo per non dovergli dare soddisfazione, ma tanta era la rabbia che credetti di vomitare.

Dopo averci mostrato la sequenza di un pezzo incontabile su percussioni e chitarre elettriche, che sembrava l'agonia di un tagliaerba inceppato, ci divise in due gruppi per vedere se avevamo capito. O meglio, cosa non avevamo capito.

Mi inserii nel gruppo di Stuart, che era il più preparato, in modo da poterlo seguire, ma God "casualmente", decise di spostarlo nell'altro gruppo, così da lasciarmi con i più scarsi.

Pensa all'audizione alla Royal, pensa a tutte le battaglie che hai affrontato, questa è una sciocchezza, la ripicca di uno sfigato, non perdi niente, fai quello che puoi!

Osservai attentamente il primo gruppo, cercando di memorizzare al meglio tutti i passi, e quando fu il mio turno, mi sistemai in seconda fila per potermi guardare intorno all'occorrenza e, quando la musica partì, fu la rabbia a ballare al posto mio e non sbagliai nemmeno un passo.

Segnai un 1 a 0 con immensa soddisfazione che mi guardai bene dal mostrargli.

Non disse niente. Non poteva.

Ma sentivo che avrebbe voluto vedermi sbagliare e ne ignoravo la ragione.

Era un insegnante e, come tale, avrebbe dovuto insegnarmi *non* umiliarmi o competere con me. Il problema era che non avevo nessuno con cui parlarne.

Non potevo andare a piangere a casa, né a lamentarmi dalla preside Parker: cosa avrei potuto dire, che God era stato cattivo con me? E poi era probabile che lo sapesse già, quel tipo era talmente strano che doveva avere un capro espiatorio in ogni classe.

Non mi sarebbe importato se mi avesse lasciata in pace anche in un angolo in fondo alla sala, ma lui sembrava provare piacere a torturarmi davanti a tutti.

Quando finalmente la lezione terminò, mi sembrò di essere reduce da un campo di addestramento militare.

Gli altri se ne andarono alla spicciolata gettandomi qualche sguardo di circostanza come per dire “non te la prendere”, ma in generale percepivo soprattutto quel sottile sadico piacere del disagio altrui, come quando interrogano qualcuno che fa scena muta.

Raccolsi le mie cose, infilai una felpa e dei pantaloni larghi della tuta, e uscii senza guardare in faccia nessuno.

Ariel mi trotterellò dietro fino agli spogliatoi, preoccupata per me.

«Oh Mia, non so come hai fatto a sopportarlo, io me ne sarei andata, ma non dalla classe, dalla scuola! Quello è pazzo completo, devi dirlo alla preside, devi dirlo a qualcuno, non ti può trattare così, non ne ha nessun diritto, non…».

«Basta Ariel!», le dissi bruscamente, fermandomi in mezzo al corridoio. «Non posso farci niente se quello mi odia! Non so cosa gli ho fatto, ma non cambierà niente se vado a dirlo a qualcuno, anzi, sarà peggio. Non siamo più all'asilo, dove se qualcuno ti dà una spinta vai a piangere dalla maestra. Questa è la vita e nel novantanove per cento dei casi, in quello che fa la gente non c'è proprio niente da capire!».

E me ne andai lasciandola sola e desolata, urtata dal viavai convulso delle decine di persone che passavano andando di fretta.

Dire che ero arrabbiata non descriveva esattamente il mio stato d'animo.

Ero folle di rabbia, umiliata, delusa, amareggiata, frustrata, e incazzata come una bestia!

Avrei voluto urlare come una pazza e prendere a calci in culo quello stronzo fino a farlo piangere.

Ma non potendomi sfogare in altro modo, le lacrime fecero il loro ottuso mestiere rotolando sui vestiti sudati che stavo buttando nella borsa.

Mi legai i capelli, respirai a fondo e uscii verso la mensa per mangiare qualcosa, anche se avevo lo stomaco stretto in una dolorosa morsa di collera.

Adam mi fece cenno di andare a sedermi accanto a lui, mi girai intorno cercando un altro posto, ma non vedendone, mi avvicinai sorridendogli timidamente.

L'ultimo incontro con Joey mi aveva scossa e non volevo in nessun modo crearmi altri nemici.

«Cercavi qualcuno di meglio?», disse rubandomi una patatina.

«Sì, ma mi accontenterò di te!», risposi rubandogli una carota.

«Aspetto Joey, ma si sarà fermata come al solito a dispensare consigli a qualcuno!», disse con aria rassegnata.

Morivo dalla voglia di chiedergli che tipo fosse, ma non potevo. Forse avrei potuto domandarlo a Betty.

«Com'è andata oggi?», chiese avventandosi sul suo hamburger.

«Non ci sono parole per descriverlo. Ho fatto lezione con God, e mi ha letteralmente distrutta. Non capisco perché, ma mi ha umiliata davanti a tutti!».

«Ahi! Quindi sei tu la vittima sacrificale del primo anno», rispose lasciando in sospeso la frase.

«Che intendi per vittima sacrificale?»

«Che ogni anno trova qualcuno da torturare, non so dirti perché, l'anno scorso ce l'aveva con un ragazzo che faceva piangere a ogni lezione. E pensa che era bravissimo!».

«E che ne è stato di lui?»

«Ha mollato, non ha retto la pressione!».

«Ma perché gli permettono di fare così?»

«Perché è un genio, perché è un nome e poi è super ammanicato!».

«Quindi sono spacciata!», risposi appoggiando la fronte al tavolo.

«Non dargli mai soddisfazione. I professori lo sanno che è così e i suoi giudizi non pesano sulla media, pesano solo sui tuoi nervi», proseguì aprendo il succo d'arancia.

Mi sentivo come se mi avessero diagnosticato una malattia grave.

Per quanto gli altri potessero capirmi, ce l'avevo io e solo io, ed era la mia battaglia.

Tornai a casa stravolta.

Nina era invece di ottimo umore e stava cucinando piselli e pasticcio di pollo canticchiando in cucina.

Mi affacciai con un'espressione tetra e quando mi chiese com'era andata mimai due dita in gola.

«Posso comunque raccontarti i miei successi?», chiese sorridendo.

«Se proprio non puoi farne a meno!».

«Ho conosciuto un ragazzo carinissimo!».

Al sentire quelle parole mi si drizzarono i peli sulle braccia.

Se c'era una che aveva sempre avuto poca fortuna in amore era Nina, sebbene non capissi il perché.

«Chi è, com'è, cosa fa, e che intenzioni ha con te?», sparai tutto d'un fiato.

«Ehi, sei peggio di mia madre!», rise. «Si chiama Brandon, frequenta il corso con me, è carino e simpatico e non credo che abbia nessuna intenzione!».

«Lo sa che sei incinta?»

«Mia, lo sanno anche i sassi che sono incinta!», rispose indicando la pancia sempre più grande.

«E pensate di uscire insieme?», chiesi con la fronte aggrottata.

«Mia! Abbiamo solo pranzato insieme e ci siamo piaciuti, tutto qui!», rispose serenamente.

«Uhm… e Carl?»

«Che c'entra Carl adesso? Non posso nemmeno andare a pranzo con un ragazzo per via di Carl?». Cominciava a irritarsi.

«Se vi mettete insieme lui diventerà matto e renderà la vita impossibile anche a me, senza contare che quando la bambina nascerà, non ci entreremo tutti in sala parto e poi non saprà più chi chiamare papà!». Stavo esagerando.

«Mia!», gridò. «Stai diventando pazza? Ho mangiato un panino con un ragazzo e basta, hai seguito una lezione di sceneggiatura oggi?».

Al ricordo della mia lezione folle, mi si strinse di nuovo lo stomaco.

«Magari… ho avuto lezione con Voldemort!».

Ecco a chi assomigliava…

Le raccontai tutto dall'inizio, da quando probabilmente aveva deciso che fossi una perdente e che non meritavo di entrare alla Brit, nonostante il parere contrario di tutti gli altri insegnanti. Le dissi dei suoi commenti caustici e fuori luogo e della cattiveria gratuita a cui mi aveva sottoposto durante tutta la lezione.

Almeno però non avevo mollato, anche se non avevo idea di come avrei potuto affrontare le lezioni future.

Nina mi ascoltava attentamente e cercava di consigliarmi per il meglio. Era stupendo vedere come ci prendevamo cura l'una dell'altra, come adulte, come vere amiche, come sorelle, facendo fronte comune alle difficoltà giorno per giorno e sostenendoci a vicenda.

Navigavamo a vista sulla fragile zattera dell'adolescenza, a metà fra la sponda dell'infanzia e quella della maturità, sapendo di non poter più far conto su nessuno, perché tutto nel bene o nel male sarebbe dipeso da noi. Potevamo mollare e vivere di rimpianti o continuare a stringere i denti ricacciando indietro le lacrime.

Ed era quello che, tacitamente, avevamo deciso di fare.

CAPITOLO QUATTORDICI

Passarono le settimane e il freddo era diventato pungente.

Svegliarsi la mattina era un dramma, la caldaia non si accendeva quasi mai costringendoci a usare il bollitore per farci la doccia a turno e il sonno e la stanchezza mi uccidevano.

Mancava poco a Natale e Nina e io ci preparavamo a tornare a casa per le vacanze.

Mai come in quel momento ne sentivamo il bisogno.

Nina era spossata dalla gravidanza e talmente anemica da sembrare uno spettro, mentre io ero dimagrita molto a causa delle massacranti ore di danza.

Temevamo che le nostre madri non ci avrebbero più fatto ripartire e avrebbero revocato la nostra tutela a Betty che si occupava di noi come se avesse fatto un'adozione a distanza!

God non mi aveva dato tregua un minuto dall'inizio dell'anno, tanto che quando entrava lui mi mettevo subito in fondo, preparandomi al peggio, fra le occhiatine degli altri che si divertivano sadicamente a vedermi punzecchiare. Ormai le sue urla e le sue battute crudeli mi scivolavano sopra come acqua e, dato che qualunque cosa facessi per lui non andava mai bene, ero arrivata a un punto in cui mi sentivo anestetizzata.

Sapevo che le sue ore erano un incontro di box dove io facevo il sacco e lui si divertiva a prendermi a pugni, per cui glielo lasciavo fare e gli altri, in fondo, cominciavano ad ammirare la mia pazienza.

Lo spettacolo di fine anno stava cominciando a prendere forma.

I ballerini si sarebbero calati da trapezi sospesi in aria o aggrappati a drappi di velluto porpora che si srotolavano a terra. Più in basso, erano stati posti scivoli e pedane elastiche su cui i diversi gruppi sarebbero confluiti per raggiungere i vari palchi mobili.

Era una cosa di enorme impatto, degna di un concerto di Madonna ma, mentre per gli altri era un onore farne parte, per me era diventata un'angoscia costante.

Nei vari corsi non avevo nessun problema: Miss Pauline mi portava in palmo di mano in maniera quasi sfacciata, ero migliorata anche in modern jazz lavorando il più possibile anche oltre l'orario, perfino in tip tap me la cavavo abbastanza bene e, se non ci fosse stato lo spauracchio delle lezioni di coreografia, quello sarebbe stato l'anno più bello di tutta la mia vita.

Ma il solo sentir nominare God mi faceva accapponare la pelle.

Ci fosse stata una parola magica per farlo sparire, giuro che l'avrei usata.

Quella settimana a casa speravo mi avrebbe riconciliata con il mondo.

Pat era con me più che mai e, adesso che ero così sotto pressione, faceva gli straordinari per riuscire a motivarmi.

Betty non sarebbe venuta con noi, diceva che il periodo natalizio era il più duro per i suoi clienti e non se la sentiva di lasciarli soli.

Così io e Nina partimmo in treno alla volta di Leicester, non senza una certa ansia.

Ero riuscita a evitare, fino a quel momento, che la mamma sapesse dell'imminente separazione di mio padre, ma adesso era arrivato il momento di dirglielo e Nina sapeva di dover incontrare sua madre per l'ultima volta nella casa che l'aveva vista nascere e che era stata appena venduta.

Erano partite due bambine e tornavano due donne.

Scese dal treno ci guardammo intorno e scoppiammo in una risata isterica.

«Come abbiamo fatto a vivere qui per tutto quel tempo?», disse Nina.

«Mi va stretta anche la stazione!», piagnucolai.

«Siamo diventate due snob!», commentò Nina.

«Già, diventeremo come quelle tipe insopportabili che ogni due parole infilano nella frase "sai, noi a Londra…". Ci odieranno tutti!».

«E chi vuoi che ci odi? Non abbiamo amici qui!», rispose tirando giù il suo trolley pesantissimo.

«Nina, che ci hai messo qui dentro? Il cadavere di Carl?», le chiesi arrancando faticosamente.

«Ma… niente, un paio di creme…».

«Non voglio sapere quando nascerà la bambina…!», bofonchiai prendendola sotto braccio.

Mia madre ci stava già aspettando sulla soglia insieme a York che, appena mi vide in fondo alla strada, cominciò a correre come un razzo e mi saltò addosso leccandomi tutta la faccia.

Era così strano essere di nuovo a casa, così diverso e così maledettamente uguale a sempre.

Per fortuna gli addobbi natalizi camuffavano un po' la realtà rendendola meno pesante e anonima: era come se avessimo improvvisamente scoperto la cioccolata e adesso non ci bastasse più la sola crema.

La mamma mi stritolò in un abbraccio che non finiva più, dal quale cercai di liberarmi in fretta per evitare che Nina si sentisse esclusa. Avremmo recuperato più tardi in camera mia.

Paul, più felice che mai, ci faceva un sacco di foto con il nuovo telefonino regalatogli dalle figlie e non smetteva di farci complimenti.

Anche quella spiona di Mrs Fancher, attirata dal nostro baccano, lasciò la tendina per raggiungerci fuori e prendere parte alla nostra rimpatriata.

«Ragazze siete in uno stato pietoso!», commentò la mamma una volta superato l'entusiasmo iniziale.

«Ma che dici, stiamo benissimo!», mi difesi.

«Certo, come no! Immagino quanto Betty si stia occupando di voi. E dire che tutte le sere mi raccontava quello che mangiavate, a che ora uscivate di casa la mattina e cosa facevate a scuola!».

«Come *tutte le sere* mamma! Vuoi dire che l'hai chiamata ogni giorno per chiedere notizie di noi?», urlai scandalizzata.

«Certo che sì! E dopo chiamavo Laetitia per raccontare tutto anche a lei! Avete solo sedici anni bambine, non dimenticatelo, e Nina è incinta!», rispose.

«Ma la mamma mi chiamava *già* ogni giorno», disse Nina. «Vuoi dire che praticamente non avete fatto altro che telefonarvi e parlare di noi?»

«È quello che fanno le mamme brave e coscienziose: si preoccupano delle proprie bambine anche quando sono lontane. Ma adesso Betty mi sente!».

Ci sentimmo un po' deluse, era come dare una festa con i genitori in cucina.

Dopo pranzo andammo subito a trovare Laetitia, che era nel bel mezzo del suo quotidiano incontro con il gruppo di preghiera.

Nina storse il naso e si preparò ad altre occhiate imbarazzanti.

Suonammo il campanello.

«Ma non hai le chiavi?», chiesi sorpresa.

«Sì, ma non mi sento più a casa mia, preferisco annunciarmi».

Venne ad aprirci una signora molto anziana, con un evidente tremito della testa, che ci guardò come se fossimo due orfanelle che chiedevano l'elemosina.

«Salve signora, io sono Nina, la figlia di Laetitia», disse titubante.

La signora continuava a oscillare la testa come se dicesse di no.

«NI-NA, la figlia di LAE-TI-TIA», ripeté scandendo meglio. «È qui mia MA-DRE?»

«Non sono mica SOR-DA!», ribatté la signora. «Ho capito benissimo! Laetitia, c'è tua figlia GI-NA!».

Io e Nina scoppiammo a ridere e finalmente Laetitia venne ad accoglierci. Abbracciò Nina con un misto di cautela e formalità, come se fosse una persona nuova e non sapesse ancora come interagire con lei.

Di fatto era vero, Nina era lontana anni luce dalla persona di pochi mesi prima e io stessa, a volte, facevo fatica a rapportarmi con la sua parte più razionale.

«Come stai?», le disse togliendole i capelli dal viso con un gesto intimo. «Ti senti bene? Hai disturbi? Dormi abbastanza? Mangi?».

Si vedeva che aveva passato diverse ora al telefono con mia madre!

Nina si lasciava riempire di domande a cui, solitamente, detestava rispondere, anzi le chiedeva consigli e rassicurazioni che fingeva di ascoltare per la prima volta, dato che, con tutti i siti che aveva consultato, conosceva già tutte le risposte.

Laetitia adesso sembrava più stabile e lucida.

Se noi, con la morte di Patrick, avevamo perso una mano, lei aveva perso un braccio, e ci avrebbe messo più tempo a ritrovare l'equilibrio e reimparare a fare le cose.

Non dovevamo dimenticare che era la madre e nessuno, alla fine, era autorizzato a soffrire più di lei.

«Immagino non vogliate partecipare alla riunione, ma se volete ci sono delle torte in cucina», ci disse sorridendo.

«Grazie mamma, saliamo solo un momento in camera mia, ho bisogno di prendere le ultime cose da portare a Londra, il resto puoi darlo pure tutto in beneficienza», rispose serenamente.

Salimmo le scale e ci trovammo di nuovo di fronte alla porta di Patrick che, ora più che mai, mi sembrava solo una stupida inutile porta che non racchiudeva niente.

Nina l'aprì senza indugi né emozioni, e l'odore che mi investì, questa volta, era solo quello di chiuso.

«Pat non è più qui», dichiarò Nina tenendo la mano sulla maniglia, «...se mai c'è stato, adesso non c'è più».

No, Nina, non sono qui. Sono con voi, per voi, dentro di voi. Ma non qui. Non più.

«È vero Nina», confermai.

Nina si voltò a guardarmi.

«Te l'ha detto lui?»

«Sì», risposi abbassando gli occhi quasi mi vergognassi.

Nina si guardò di nuovo intorno, lentamente, come per memorizzare ogni singolo dettaglio, ogni mensola, ogni foto, ogni trofeo, ogni poster.

«Bene», disse chiudendo la porta alle sue spalle e guardandomi con aria solenne negli occhi.

«Stasera andremo sulla sua tomba e faremo un rito per lui», dichiarò.

«Che faremo noi?», chiesi incredula.

«È quasi Natale, Pat non ha mai avuto una degna sepoltura dato che il corpo non è mai stato trovato e io non ho voglia di partecipare a una delle messe di mia madre e quelle derelitte delle sue amiche. Quindi stasera io e te andremo al cimitero e lo andremo a salutare!».

Nina…

Questa uscita mi aveva spiazzato, non era da Nina *la razionale*, era da Nina la sorella e la giovane mamma.

«Nina, sei sicura che… insomma Patrick… lui vorrebbe?», chiesi titubante.

«Be', chiediglielo! Sei tu che hai la connessione aperta con lui no?», mi disse strizzandomi l'occhio.

Un rito per Patrick era la cosa più dolce che Nina potesse fare, il più bel regalo che avessi mai immaginato.

Ed ero sicura che a lui sarebbe piaciuto.

«Dobbiamo andare a trovare Carl», le annunciai l'indomani con un tono autoritario mentre, al centro commerciale, cercavamo regali per i nostri genitori.

«Dobbiamo proprio?», rispose storcendo il naso, mentre riempiva il carrello di altre tutine colorate.

«Dovremmo esserci già andate, lui sa che sei a Leicester, non ti puoi nascondere e faresti meglio a fargli un bel regalo! Se lo merita dopo tutti quelli che lui ha fatto a te!».

«Uhm, sì hai ragione, poveraccio. Tu cosa mi consigli?»

«Niente che ricordi i bambini, forse un anonimo iPad».

«Vorrei trovargli un'altra fidanzata».

«Che dici Nina! Lui non vuole altre che te», protestai.

«Ma io non voglio lui. E ti confesso che Brandon mi piace davvero tanto!».

«No Nina, niente cotte, non adesso!», la implorai prendendola per le spalle. «Non c'è momento peggiore. Ora ti devi concentrare solo su te stessa e la bambina e, soprattutto, dobbiamo sceglierle un nome. A Brandon penseremo poi, magari in un'altra vita!».

«Vedessi com'è carino!», riprese.

«Neanche se fosse Robert Pattinson in persona, Nina, neanche lui. Adesso abbiamo altro a cui pensare, va bene?»

«Mi piace quando dici "abbiamo"», sorrise.

«Siamo una squadra no?».

Comprò un'altra decina di tutine che avrebbe usato al massimo per una settimana e uscimmo con un iPad nuovo per Carl.

Lasciai Nina a casa con mia mamma e presi la bici per farmi un giro da sola.

Avevo bisogno di chiarirmi le idee e farmi una passeggiata con Patrick che, ultimamente, stavo trascurando.

«Ti va di fare un giro nel viale dei ricordi?».

Non vedo l'ora.

Cominciai a pedalare nel freddo pomeriggio fingendo che Pat fosse in bici accanto a me e ripercorsi tutti i posti dove eravamo stati insieme, compresi il pub dove l'avevo seguito la prima volta, rimanendo a piedi di notte con una ruota forata, la nostra scuola, le strade e il negozio dove avevo comprato il nostro braccialetto.

L'atmosfera natalizia era contagiosa. Ogni strada, negozio e parco erano decorati con luci, addobbi e festoni, l'aria era traboccante di canzoni e profumo di castagne e vin brûlé.

«Pagherei per essere in giro mano nella mano con te», sussurrai.

Lo stiamo facendo. O almeno possiamo fare finta!

«E come Pat? Mangiando un pacchetto di castagne da sola? La verità è che abbiamo pochissimi ricordi perché non abbiamo fatto in tempo a fare nulla», risposi demoralizzata.

Tu credi? Guarda Mia! Quello è il cinema dove abbiamo visto Una notte da leoni*, ti ricordi?*

«Non abbiamo mai visto *Una notte da leoni*!», risposi stranita.

Come no? Lì siamo stati a mangiare la pizza con doppia mozzarella e laggiù ti ho comprato quei fiori che ti erano piaciuti tanto, ti ricordi?

«Pat dài non è vero!», risi.

Dài continua a pedalare. Lì ci siamo baciati sotto la pioggia e sotto quell'arco ti ho chiesto se mi volevi sposare, te lo ricordi adesso?

«Sì, mi pare di cominciare a ricordare».

E tu mi hai detto di sì e siamo corsi a dirlo a tutti i nostri amici e ai nostri genitori.

«E loro hanno detto: "Ma non siete un po' troppo giovani?"».

E noi abbiamo risposto: «Ci amiamo troppo, che senso ha aspettare?»

«E siamo andati a sposarci in una chiesetta a Bath dove andavi da piccolo al mare insieme alle nostre famiglie e le nostre mamme piangevano a dirotto e Nina ci faceva da testimone».

È stato un matrimonio bellissimo.

«Indimenticabile!», ammisi.

Continuavo a pedalare e a sorridere, mentre una sottile pioggia cominciava a cadermi sul viso e sui capelli, evanescente e impercettibile, come i nostri ricordi.

«Perché Nina non si è ancora fatta viva?», mi chiese Carl furibondo al telefono.

«Non lo so, mi ha detto che sarebbe passata, forse è stanca e si voleva solo riposare».

«Ho un regalo per lei», disse ansioso.

«Anche lei ha un regalo per te», risposi mordendomi subito la lingua.

«Davvero?», chiese con un fondo di speranza.

«Sì, è per sdebitarsi di tutte le cose che le hai regalato tu in queste settimane».

«Ah… per sdebitarsi…», ripeté deluso.

«Sì, insomma sei stato carino».

«Carino…».

«Uffa Carl, la vuoi smettere di ripetere tutto quello che dico? Sei fastidioso!».

«Speravo che i regali avrebbero fatto più effetto!».

«Carl, senti, è pur sempre un inizio, ti giuro che è stata molto contenta di riceverli, e hai sempre azzeccato il suo gusto, anche con la piastra per i capelli e tutto il set per il picnic!».

«Dici che passerà a trovarmi quindi?»

«Te lo giuro, dovessi portarcela di peso!», gli assicurai.

Riattaccai e mi voltai verso Nina.

«Vai subito da Carl. Adesso!», le ordinai.

«Ma non ho voglia», piagnucolò.

«Vai subito da Carl! Adesso, ho detto!», ripetei senza cambiare espressione.

«Ma…».

«Vaiii!».

«Okay!», rispose riluttate alzandosi con fatica.

Avevo bisogno del campo libero per preparare la mamma ad assorbire il colpo e avere Paul nei paraggi mi avrebbe aiutata a darmi coraggio.

Una volta che Nina se ne fu andata, entrai in salotto per aiutarla a preparare i pacchetti regalo.

«Allora, tesoro mio, come va la nuova scuola?», mi chiese mentre avvolgeva nella carta velina un golf beige che avrei giurato fosse per mio padre.

«Bene mamma, eccetto per...». Ma decisi di evitare di raccontarle le mie difficoltà per non preoccuparla inutilmente. «...Eccetto per matematica, lo sai che sono e sarò sempre una frana nelle materie scientifiche!», dissi giocando con un fiocco.

Posò le forbici e lo scotch e mi osservò intensamente.

«Come stai diventando bella Mia, stai crescendo a vista d'occhio!», notò con una luce d'orgoglio nello sguardo.

Deglutii.

Non potevo dirglielo mentre parlava così bene di me.

«È dura, ma mi sto dando molto da fare», dissi.

«Ma mangi?»

«Sì mangio». Quando me ne ricordavo.

«E dormi?»

«Sì dormo». Quando Pat me lo consentiva.

«Non vedo l'ora di venirti a vedere, farete uno spettacolo di fine anno?».

A quelle parole mi tornò in mente l'orrendo Voldemort e la sua voce fastidiosa come le unghie sulla lavagna.

«Sì mamma, a fine anno faremo uno spettacolo e mi verrete a vedere!».

«Non vedo l'ora di applaudire la mia bambina!», disse un po' commossa.

«A proposito, come va con Paul?», osai per tastare il terreno.

«Benissimo, siamo molto felici, è un buon periodo per noi».

«Sono contenta perché volevo dirti che...», iniziai con una certa cautela, ma il mio telefono ci interruppe definitivamente.

«La tua amica è una stronza!», tuonò Carl.

«Perché?»

«Le ho chiesto di sposarla e mi ha preso a schiaffi!».

La sera io e Nina uscimmo per recarci al cimitero di Saffron Hill per il nostro rito.

Il pallido e freddo sole stava tramontando all'orizzonte.

Due sedicenni, di cui una incinta, che si aggiravano fra centinaia di lapidi era senz'altro uno strano spettacolo.

Chiedemmo indicazioni al custode che ci accompagnò personalmente. Non conosceva Pat, ma non passava settimana senza che qualcuno venisse a portargli dei fiori.

«Doveva essere un tipo proprio in gamba», disse.

«Sì, era in gamba», rispondemmo in coro.

Ci lasciò sole.

Sebbene fosse solo una lapide commemorativa, vedere il suo nome sul marmo bianco ci diede i brividi e cercammo istintivamente l'una la mano dell'altra.

Sull'erba intorno c'erano pupazzetti e bigliettini che, per rispetto, evitammo di leggere.

«Tutti amavano Patrick», disse Nina.

«Già, tutti», commentai con le lacrime agli occhi.

Sfiorammo il nome sulla pietra con delicatezza, come se fosse il suo viso, e poi stendemmo una coperta sull'erba umida e fredda.

Tirammo fuori dalle nostre borse il cellulare, le candele, gli incensi e li disponemmo in cerchio davanti a noi, poi ci prendemmo le mani e recitammo una preghiera.

«Ovunque tu sia, Patrick, io e Mia speriamo che tu sia felice e che tu vegli su di noi, così come noi veglieremo sempre su di te. Amen».

Nina, luce dei miei occhi, ti sono più vicino adesso di quanto non sia mai stato.

Nina rabbrividì dal freddo e cercò il mio sguardo per un istante, poi frugò nella borsa ed estrasse la sua lettera che cominciò a leggere ad alta voce.

Ciao Pat.

È il primo Natale che passo senza di te. In fondo continuo a non crederci, in fondo continuo a pensare che sia tutto uno stupido scherzo. Eri la cosa più cara che avevo, quella a cui tenevo di più e, in un istante, ti sei portato via tutto, la gioia, le risate, l'allegria, la voglia di vivere, e mi hai lasciata qui da sola, al buio, senza più nessuno, portandoti via anche mamma e papà che da quel giorno non sono più stati gli stessi. Brutto tiro da giocare alla tua sorellina…

Lo so Nina, è una delle cose che più mi fanno male, non sai cosa darei per non averti fatto questo.

…Ci ho messo un anno a perdonarti, un anno a ridimensionarti, un anno a imparare a fare tutto senza di te, un anno per capire che dovevo andare avanti nonostante tutto e che dovevo sostituirti con qualcuno che avrei amato più di quanto amavo te, e siccome non esiste nessuno al mondo che io abbia amato di più, ho fatto qualcosa che tu sicuramente avresti disapprovato. Sono rimasta incinta…

Lo so, ed è vero avrei disapprovato, ma ora credo che tu abbia compiuto il gesto più generoso e folle che si potesse mai immaginare. E sono io adesso che ti considero il mio idolo e il mio orgoglio.

…E adesso che porto questa creatura dentro di me, è come se mi fossi data una seconda chance per ricominciare tutto da capo, e creare una famiglia mia dove il tuo ricordo vivrà per sempre, ma non negli oggetti stupidi o nelle preghiere inutili, bensì nei gesti, nell'affetto, nel coraggio, nella forza e nell'onestà con cui educherò questa bambina pensando a te ogni giorno per il resto della mia vita…

E io accompagnerò te e mia nipote per questo lungo splendido viaggio proteggendovi sempre.

Ti voglio bene Patrick

Ti voglio bene Nina

Amen
«Tocca a te adesso Mia», disse asciugandosi gli occhi.
Aprii la mia lettera e cominciai a leggere.

Caro Patrick.
Il vuoto che mi hai lasciato nel cuore è immenso, come quel mare che ti ha portato via per sempre. Tu eri la mia anima gemella, il mio grande amore, il mio cielo, ma non ho avuto il tempo di dimostrartelo. Non abbiamo avuto il tempo di dimostrarcelo. E da quel giorno non ho fatto altro che chiedermi *perché* fino a che le parole perdevano di significato, fino a farmi scoppiare la testa e gli occhi, fino a diventare pazza, perché non c'è una sola spiegazione che mi abbia mai dato sollievo, perché non ci sono spiegazioni. La vita, a volte, è solo stupida. Così ho raccolto i pezzi e li ho ricomposti diversamente, per affrontare questo mal di vivere e questa mancanza di gravità. E so che piano piano imparerò a fermarmi prima di quello strazio che ancora mi spacca il cuore, perché le persone che non siamo riusciti ad avere accanto ce le portiamo dentro. E tu sarai sempre dentro di me. Ti amo Patrick.

Ti amo Mia, ti amo più della mia vita, se questo può avere un senso.
Nina mi guardava cercando di trattenere il pianto.
«Hai scritto una cosa bellissima», disse scoppiando a piangere senza riuscire a fermarsi, tremando di freddo e dall'emozione.

«Sei tu la scrittrice, io sono solo una ballerina!», risposi sciogliendomi in singhiozzi.

Piangevamo abbracciate nel crepuscolo, intirizzite e disperatamente tristi, finché un colpo di vento spense le candele.

«È ora di andare, ci ammaliamo a stare qui e poi Paul avrà preparato delle cose stupende!».

Aiutai Nina ad alzarsi e, lentamente, ci incamminammo verso casa.

Vi voglio bene, tanto, troppo.

A casa il profumo di mille pietanze ci travolse.

Paul aveva cucinato un'intera cena italo-britannica con le specialità di tutti e due i Paesi, dai tortellini in brodo, al pudding, al roastbeef, al cinghiale.

Sembrava una puntata di *MasterChef.*

«Ma siamo solo in quattro!», dissi preoccupata.

«Paul ha fatto le cose in grande per questo Natale, dobbiamo festeggiare!», disse la mamma apparecchiando la tavola da cucina con il servizio migliore.

«E quello che avanza lo diamo ai poveri!», concluse Paul.

La mamma aveva messo il CD di Michael Bublé e annodato un bel fiocco rosso al collo di York.

Le nostre calze erano appese alla porta dell'ingresso e tutto, per il momento, era meraviglioso.

Ci sedemmo a tavola, e Paul ci servì il vino.

«Alle donne più belle del mondo!», disse schioccando un sonoro bacio sulle labbra di mia mamma che arrossì imbarazzata.

Alle donne più belle del mondo, ripeté Pat.

Alzai il mio calice a lui senza che nessuno mi vedesse.

Era il più bel Natale che potessimo aspettarci.

Più tardi, dopo il pudding, il panettone e l'*eggnog*, quando eravamo pieni da scoppiare, ci ritirammo in salotto a chiacchierare e scartare i regali.

La mamma aveva pensato a tutti: maglioni, trucchi, libri, e pigiami e noi avevamo ricambiato con guanti, cappelli, DVD e bottiglie di vino.

Eravamo in uno stato di grazia, incredibilmente felici e grati.

E, alla fine, la notizia del divorzio di mio padre non mi sembrava più neanche così drammatica.

Probabilmente non le sarebbe nemmeno importato.

«Io sono stanca morta ragazzi!», disse Nina più tardi, baciandoci tutti, York compreso. «È stata una serata straordinaria, vi ringrazio davvero tanto!», disse con le mani sul cuore, forse desiderando lasciarci soli.

«Siamo noi a ringraziare te», disse Paul, «dormi bene e se hai bisogno di qualunque cosa chiama!».

E per una mezz'ora rimanemmo abbracciati sul divano come una cartolina: York su di me, io sulla mamma, la mamma su Paul e Paul sul cuscino.

In una escalation d'amore dal più piccolo al più grande con Tony Bennett in sottofondo.

Finché anche Paul si arrese al sonno e ci lasciò sole.

Come ai vecchi tempi.

Giocherellavo con un bottone del suo maglione, mentre lei mi carezzava i capelli.

«Mia, ti devo dire una cosa», mi sussurrò.

«Anch'io mamma», sospirai.

«Prima tu», disse lei.

«Papà divorzia!».

«Aspetto un bambino!».

CAPITOLO QUINDICI

Ero in stato di shock.

Mia madre aspettava un figlio da Paul e si stupiva che non l'avessi presa bene.

Cosa pretendeva da me? Le braccia al collo? Evviva il fratellino che volevo tanto?

Bel regalo di Natale! Se voleva farmi una sorpresa c'era riuscita!

Non vedevo l'ora di tornarmene a casa, non avrei mai più messo piede a Leicester e mia madre non mi avrebbe mai più vista.

Proprio adesso che mi riprendevo dalla morte di Pat, ci pensava lei a spezzarmi di nuovo il cuore sostituendomi appena ero uscita di casa.

Da sempre, io e mia madre eravamo una cosa sola, una sintonia totale, un bisogno insostituibile l'una dell'altra. Col tempo avevo imparato a dividerla con Paul, sebbene con una certa diffidenza iniziale, e adesso che avevo accettato la cosa, dovevo di nuovo riadattarmi a una nuova e definitiva realtà per far piacere a qualcun altro.

Come se accettare un altro essere vivente *per sempre* nella propria vita fosse una cosa normale.

Qualcuno che, da un giorno all'altro, avrebbe avuto gli stessi miei diritti, e le stesse esigenze, ma, a differenza di me, avrebbe avuto un padre presente e amorevole, mentre io che già ero lontana sarei diventata l'ultima ruota del carro.

No. Mai e poi mai avrei sopportato di dividere l'amore di mia madre con un altro bambino ed ero sconvolta all'idea che non lo capisse.

Appena ricevuta la notizia mi ero trincerata in un ostinato silenzio ed ero salita in camera mia dove mi ero chiusa a chiave e non le avevo più parlato.

L'indomani mattina all'alba avevo svegliato Nina per dirle che me ne sarei andata col primo treno e se lei voleva rimanere era liberissima di farlo. Nina, confusa e ancora addormentata, aveva capito che era successo qualcosa di grave e mi aveva seguita nel freddo del mattino senza farmi neanche una domanda.

E prima di uscire di casa avevo lasciato il braccialetto con i *charms* sul tavolino d'ingresso.

Le due "donne mature" stavano fuggendo come due ladre.

«Insomma mi vuoi spiegare?», sbottò Nina una volta salite in treno.

«Indovina un po'? Anche mia mamma è incinta! Non è divertente?», le dissi sarcastica.

«Elena è...», chiese meravigliata e sorpresa.

«Sì, sarai contenta immagino! Voi donne incinte sapete solo pensare alla gioia della maternità, non vi sopporto, sembrate stregate!».

«Mia non essere odiosa!».

«Io non sono odiosa, siete voi che non riuscite a pensare ad altro! Mi spieghi perché mia mamma doveva fare un figlio con Paul? A quarantaquattro anni? Non le bastavo io? Me lo sai spiegare?», la incalzai aggressiva.

«Mia tu non c'entri niente con le scelte di tua madre! Non dicevi sempre che avresti voluto che fosse felice e che si rifacesse una vita dopo tuo padre? E non avevi il terrore che sarebbero tornati insieme? Il problema con te Mia è che vorresti che gli altri facessero solo quello che dici tu e non è possibile!», stava urlando.

«Fra rimettersi con mio padre e rimanere incinta di Paul c'è una *sottile* differenza non credi?»

«La differenza la fa il fatto che tu *pensi* di sapere cosa rende felici gli altri, invece sai a malapena cosa rende felice te stessa!».

«Cosa intendi?»

«Intendo che… guarda come ti sei ridotta!». Mi indicò come una barbona in strada. «Parli da sola, dici di sognare mio fratello, passi la giornata a ballare e basta, per essere un'artista sembri una monaca di clausura! Per quanto tempo ancora pensi di continuare così invece di affrontare la realtà? Quando capirai che Patrick è morto e che i morti non parlano?», inveiva, mentre la vena le pulsava sulla fronte.

Era come se mi avesse gettato un secchio di acqua gelata addosso.

Nina non poteva parlarmi così, non poteva improvvisamente non capirmi più.

Non poteva darmi dell'ingrata e mettere sullo stesso piano mia madre che faceva un figlio e il mio amore per Patrick.

«Devi crescere Mia, che ti piaccia o no devi farlo, e crescere significa accettare i cambiamenti della vita e degli altri senza opporre resistenza! Sei stata per troppo tempo figlia unica!».

Ero senza parole.

Improvvisamente desiderai di essere a lezione da sola con Voldemort, perché qualunque cosa mi avesse detto o fatto non sarebbe stata niente in confronto alla rabbia e alla frustrazione che stavo provando in quel momento.

Tornammo a Brixton senza rivolgerci parola, e nemmeno il vedere Betty nuda sul divano avvinghiata a un suo cliente ci scalfì minimamente.

«Vedi di non rimanere incinta anche tu!», le gridai salendo le scale. «A quanto pare è contagioso!».

«Nonna, la mamma è incinta!», esordii.

«Di chi?»

«Di Paul…».

«Di… Paul?», ripeté.

«Sì, e prima che tu possa dire qualunque cosa sappi che sono incazzata nera!», ringhiai.

«Di Paul…», ripeté ancora la nonna.

«Nonna ti sei rincoglionita? Sembri un disco rotto!».

«Be' nipote, meglio con Paul il pasticcione che con tuo padre no?»

«Meglio con nessuno nonna, mia mamma non doveva avere altri figli e questo è tutto! Perché è così difficile capirlo? Ero così felice di essere figlia unica!».

«Mia, in fondo anche tua madre ha il diritto di rifarsi una vita, è ancora abbastanza giovane e...».

«Mia madre ce l'aveva una vita, e la sua vita ero io e se proprio voleva cambiare qualcosa poteva cambiare colore di capelli, traslocare, cambiare la macchina, o lavoro, ma questa è una cosa definitiva, peggio di un tatuaggio in faccia!».

«Coraggio Mia, adesso lo so che ti sembra strano, ma vedrai che poi sarai più che felice di avere un fratello. Tutti al mondo hanno fratelli e sorelle!».

«Grazie nonna, sono felice che nemmeno tu sia in grado di capirmi, del resto è facile per voi parlare, non dovete dividere l'affetto di una madre con qualcun altro per il resto della vita».

E questa volta mi presi la grande soddisfazione di riattaccare prima di lei.

Mai come in quel momento mi sentivo sola al mondo e, ancora una volta, ero scioccata dalla rapidità con cui la realtà si trasformava coinvolgendomi mio malgrado.

Se crescere significava davvero accettare i cambiamenti con un'alzata di spalle, come diceva Nina, non ce l'avrei mai fatta.

«Pat, sono troppo triste. Troppo troppo triste. Vuoi aiutarmi almeno tu?», implorai.

Piccola mia, lo so che è una specie di trauma, ma davvero tua mamma non smetterà di amarti solo perché ha un altro figlio!

«Pat cazzo! Non ho cinque anni, la conosco perfettamente la storia dell'amore dei genitori per i figli che non cambia mai, ma non me ne frega niente! Io non voglio nessuno fra di noi, io e mia madre siamo sempre state due amiche. Mi spieghi quando mai troverà tempo per me con un coso che frigna e caga? Senza contare che mia madre è vecchia per avere un altro figlio!».

Il mio telefonino squillò.

Era Paul.

Considerai l'idea di non rispondergli.

Poi cedetti.

«Che vuoi!».

«Come ti è saltato in mente di scappare così? La mamma è preoccupatissima! Sei impazzita? Il giorno di Natale volevamo andare a festeggiare dai miei in campagna, avevo preparato il polpettone!».

«Sai dove te lo puoi cacciare il polpettone Paul?»

«MIA, NON TI PERMETTO DI PARLARMI COSÌ!», urlò.

«Ti parlo come voglio, non sei mio padre!».

«Invece è come se lo fossi e adesso col bambino lo sarò anche di più e, che ti piaccia o no, non sei da sola! Tu fai parte di una famiglia, di una società, di un mondo e anche se riattacchi ti chiamerò e ti richiamerò e ti richiamerò ancora, finché non ne potrai più di me e, se non basta, ti verrò a prendere di peso!».

Volevo chiudere la telefonata, ma non potevo, sapevo che non mi avrebbe mollato.

«Elena ti ama più di se stessa e questo non cambierà le cose fra di voi!».

«Invece sì!», sbraitai. «Ho già fatto una concessione per te, ma non posso sopportare di dividerla con un altro figlio. E comunque sia sarà figlio *vostro*, non mio fratello! Fate quello che vi pare, a me non importa più niente di voi, siate felici e non cercatemi più!».

E riattaccai scoppiando in lacrime.

Non riuscivo a spiegare a parole il dolore che provavo, non smettevo più di piangere e mi sentivo tradita.

Piccola e tradita.

Betty bussò piano alla mia porta ed entrò.

«Mi vuoi dire che è successo?», chiese preoccupata.

«Niente. La mamma è solo incinta», risposi asciugandomi gli occhi.

«Urca!», rispose sorpresa. «Questa non l'azzeccavo neanche io con le carte!».

Si sedette sulla moquette accanto a me appoggiandosi al letto. Sembrava una ex diva degli anni '70 con gli anelli d'argento alle dita e i pantaloni indiani.

«Ti ci abituerai vedrai. Adesso fa male, ma piano piano smetterà e il legame unico che c'è fra voi non cambierà mai e, comunque sia, tu farai la tua strada e andrai avanti, crescerai e farai carriera e Leicester farà parte del passato. E un giorno ti accorgerai di essere felice per loro».

«Non sarò mai felice per loro».

«Sai quanti fratelli ho io?», disse passandosi una mano fra i riccioli.

«No».

«Quattro fratelli e tre sorelle. Io sono la più grande. E mia madre non ha mai risparmiato un bacio a nessuno di noi. E comunque, essendo la primogenita, rimanevo la preferita».

«Dici?», le chiesi guardandola con sospetto.

«Certo. Con il primo figlio c'è sempre una relazione speciale, anche se le mamme non lo possono dire», disse tirandomi a sé.

Quella spiegazione mi diede un minimo di conforto, ma appena immaginavo mia mamma con in braccio *l'intruso* mi si attorcigliavano le budella.

«Senti… parlando di cose serie… cosa ne pensi di questo?», disse sventolandomi una cartolina colorata sulla faccia, che aveva l'aria di essere un invito per una festa.

«Cos'è?», dissi tirando su col naso.

«L'ha portato Adam quando è venuto ieri, è la festa di Natale che fanno tutti gli anni vicino a scuola. Puoi portare chi vuoi».

«E chi porto? Te? Nina?»

«Io verrei! Ma ho troppo da fare!».

«Ho visto. A proposito, chi era quel tipo giù con cui ti intrattenevi?»

«Ehm… un cliente».

«Betty, se lo chiami così la zia Kate ti fa arrestare per prostituzione!».

«Intendo che era uno dei miei clienti, ma ora non lo è più».

«Giovane però…».

«Ventinove…».

«Betty… sei una pedofila!».

«Sono una *cougar*!».

«È uguale!».

Passai il resto della giornata a guardare film dove anche le renne parlanti erano più felici di me e a mangiare schifezze, buttata sul divano, di cattivo umore.

Un cattivo umore che, a differenza di altre volte, sapevo definitivo.

Tirai fuori dalla tasca la cartolina della festa.

Sopra c'era il numero di Adam scritto a penna.

D'accordo, visto che dovevo reagire, avrei reagito.

Chiamai Ariel che sfortunatamente non era in città, ma dai suoi nonni a Brighton e non avevo molta voglia di coinvolgere Stuart. Così, decisi di andare da sola, temendo che un SMS ad Adam mi sarebbe costato l'ira di Joey.

Mi affacciai alla camera di Nina che era a letto e lavorava al suo computer.

«Sei ancora arrabbiata con me?», le chiesi con gli occhi dolci.

«Ma no figurati! Anzi sono io che ho esagerato», mi disse sorridendomi dolcemente.

«Ti va di andare a una festa di artisti con una suora di clausura?»

«No, ti ringrazio, non credo proprio sia il posto adatto per una nelle mie condizioni».

«Bene, allora ci andrò con tuo fratello se non ti scoccia», le sorrisi di rimando facendole l'occhiolino.

Nina scosse la testa e mi lanciò contro una pantofola che riuscii a schivare per miracolo.

«Pat, non ho nessunissima voglia di andare a questa festa».

Lo capisco e fosse per me ti direi di rimanere a casa a limarti le unghie, ma devi distrarti o diventerai pazza chiusa qui dentro e poi ne farò io le spese.

Aprii l'armadio e cercai qualcosa di carino da mettere, ma né troppo elegante, né troppo classico.

In fondo andavo a una festa dove la normalità era vista come mancanza di talento.

Optai per un top nero senza maniche e pantaloni neri con stivaletti bassi. Mi sarei sentita a mio agio e non avrei attirato troppo l'attenzione.

Tu attireresti l'attenzione anche con la testa in un sacco, è la tua energia che attira gli altri, nel bene e nel male, e non puoi farci niente.

Passai a salutare Nina.

«Come sto?»

«Non sei truccata!», rispose con disappunto.

«Be'… no».

«Allora siediti qui che ci penso io».

Prese la sua trousse, pennelli e matite e cominciò a disegnarmi il contorno degli occhi, poi sfumò le palpebre con un grigio antracite e un tocco crema sotto l'arco delle sopracciglia, e terminò con una generosa dose di mascara e lucidalabbra.

«Adesso guardati!», disse porgendomi il suo specchietto.

«Wow!», esclamai incredula. Non sembravo io, o meglio sembravo un'altra me.

«Dimostro vent'anni!».

«Almeno sembrerai un po' più matura e non una mocciosa che fa i capricci perché sua madre aspetta un bambino».

Il sentirmelo ripetere mi diede di nuovo sui nervi.

«Vuoi smettere di parlarne come se piangessi perché mi si è bucata la bicicletta?»

«È una tattica. Ti faccio rabbia e ti faccio sentire ridicola, così smetti di comportarti come una bambina».

«Bella tattica Nina», le risposi facendole una linguaccia.

Salutai Betty e uscii di casa.

Non avrei mai pensato di passare il Natale da sola a una festa di scuola piena di sconosciuti.

Ma ormai, potevo stupirmi ancora di qualcosa?

Girai l'angolo e vidi la cugina Eileen con due enormi buste della spesa che, a colpo d'occhio, mi sembrarono piene di biscotti e patatine.

Appena mi vide abbassò la testa e aggrottò la fronte come un rinoceronte che si prepara alla carica.

Ebbi l'istinto di andarla a salutare, mi faceva pena e non condividevo i metodi di Nina. O forse mi sentivo più sola di lei.

«Ehi aspetta Eileen!», le gridai correndole dietro, mentre allungava il passo faticosamente. «Eileen fermati ti devo parlare!».

Si fermò rivolgendomi un'occhiata carica di rancore e ostilità.

Come darle torto.

«Che c'è? Vuoi una mia foto?», chiese sprezzante.

«No, guarda non ho nemmeno il telefonino!», risposi cercando di sdrammatizzare tirando fuori la fodera delle tasche.

«Allora che vuoi? Devo andare a casa e sono in ritardo».

«Per cosa? Ti si freddano le merendine?», buttai là indicando le buste.

Eileen girò i tacchi e riprese la sua strada.

«Dài stavo scherzando, non volevo essere antipatica! Ti volevo solo chiedere scusa per l'altro giorno. Sai, Nina sta attraversando un momento difficile e tua madre, insomma, non la lascia in pace un attimo anziché aiutarla».

Eileen fece spallucce.

«E io che c'entro?»

«Niente, tu non c'entri niente, ma le sei capitata a tiro, ecco tutto. Non userà mai quella foto, ma era l'unico modo che aveva per impedire a tua madre di impicciarsi continuamente».

«Mia mamma è fatta così, non c'è niente da fare. Lo fa con me, lo fa con voi, lo fa con tutti», ammise guardando per terra.

«Ma non abbiamo bisogno di essere spiate. C'è Betty con noi e comunque abbiamo già una mamma».

«Nessuno ha bisogno di essere spiato. Ma mia mamma non ha una vita e per lei stare alla finestra è come stare davanti alla televisione».

«Ma a te va bene così?», le chiesi sinceramente.

«No. Ma non ho scelta».

All'improvviso Eileen non mi sembrava più la sciocca cugina obesa di Nina, ma una ragazza intelligente e sensibile prigioniera di una madre fobica e di un corpo scomodo.

«Tutti abbiamo una scelta», dichiarai lapidaria.

«No, io no».

Quella conversazione mi ricordava gli inutili monologhi che avevo con Carl.

«Be' scusa, perché non ti ribelli allora?»

«E come faccio? È lei che decide tutto!».

«Falla smettere di decidere tutto e comincia a prendere in mano la tua vita».

Mi sembrava di essere Betty con uno dei suoi clienti.

Eileen diede un'altra scrollata di spalle e si incamminò verso casa.

La guardavo allontanarsi schiacciata dal peso dei sensi di colpa e dall'angoscia di ritornare in caserma. Mi trasmetteva ansia e bisogno di aiuto, e mi venne un'idea.

«Eileen!», gridai prima che girasse l'angolo.

Mi guardò sbuffando.

«Che c'è ancora?»

«Ti va di venire a una festa?».

Mezz'ora dopo eravamo in coda insieme a una marea di ragazzi che bevevano e fumavano in un enorme stanzone con la musica a tutto volume. Nel mezzo, un palco dove chi voleva poteva esibirsi, e ovviamente c'era la fila.

«È qui che studi?», mi urlò Eileen nell'orecchio, sbalordita come una bambina in pasticceria.

«Già! Un gran casino eh?», risposi.

«È stupendo!».

«Lo so! Qui tutti sanno fare qualcosa, almeno ci provano».

Amore, che posto assurdo. Mi gira già la testa.

Sorrisi a Pat.

«Dài siamo appena arrivati», mormorai sicura di non essere sentita.

Lo sai che non amo il casino.

«Lo so, ma fallo per me e poi non sei stanco di tutto quel bianco?».

Sentii due mani appoggiarsi sulle mie spalle e mi voltai di scatto.

«Non ci posso credere, sei tu?», mi gridò Adam.

«Sì sono tornata prima e Betty mi ha dato l'invito!», risposi sorridendo.

«Hai fatto benissimo e tu devi essere Nina, l'amica incinta vero?», aggiunse come fosse la cosa più normale del mondo.

«Non sono incinta!», ruggì Eileen il cui sorriso di un minuto prima si infranse miseramente.

«Ah… ecco, mi pareva… la mia boccaccia…», balbettò Adam al colmo dell'imbarazzo.

«Quanto sei idiota Adam!», dissi incenerendolo con lo sguardo, mentre correvo di nuovo dietro a Eileen che stava raggiungendo l'uscita.

«Eileen, fermati, guarda che scherzava!».

«Bello scherzo! Lo sapevo che non ci dovevo venire!».

«Eddai, non poteva saperlo, gli parlo sempre di Nina, ha solo tirato a indovinare!».

«No, l'ha detto perché sono grassa!».

«Figurati, là dentro è tutto buio, non ha guardato oltre la tua faccia! Dài ritorna dentro e andiamo a ballare!».

«Non ci torno!».

«Eileen!», sbottai. «Adesso basta, ne ho piene le scatole». La presi per una mano e la strattonai obbligandola a seguirmi.

Mi feci strada fra le decine di persone ammassate, fino ad arrivare in prima fila davanti al palco dove si esibiva una ragazza del primo anno notevolmente sovrappeso.

Quasi il doppio di Eileen.

La ragazza stava facendo delle prove audio col microfono, poi si voltò e venne al centro.

«Mi hanno assicurato che il palco reggerà!», disse generando una risata generale, che anche Eileen non riuscì a trattenere.

Si schiarì la voce, bevve un bicchiere d'acqua e si esibì in un pezzo di Adele talmente bello che tutti rimasero incantati.

Eileen era a bocca aperta.

«Ma… è pazzesca», balbettò.

«Visto? Pensi che gliene freghi qualcosa del suo peso? Ha già un contratto discografico ed è solo al primo anno!».

«Davvero?», fece Eileen incredula.

«Certo cara, i limiti sei tu che te li poni. Se pensi che il tuo peso sia un problema allora risolvilo, se invece stai bene così, allora vivi la tua vita nella maniera migliore che puoi, ma in nessuno dei due casi devi rimanere chiusa in camera tua a ingozzarti di merendine e a fumare!».

Anch'io stavo diventando un po' mamma finalmente.

Eileen mi guardava con un'espressione stupita mista a gratitudine, come se avessi trovato gli occhiali che aveva sul naso.

«Dài andiamo a bere qualcosa», proposi.

Eileen ordinò inaspettatamente una Coca Zero e insieme andammo fuori in un angolo tranquillo a chiacchierare.

Mi raccontò di suo padre che se n'era andato per colpa di sua mamma, della scuola che aveva lasciato, del suo lavoro part time al supermercato e di quanto sognasse di girare il mondo e passasse la giornata a ritagliare riviste con foto di modelle e viaggi.

Mi piaceva Eileen e ancora una volta mi resi conto di quanto potesse essere ingannevole la prima impressione.

E a proposito di "prima impressione", una macchina si fermò davanti all'ingresso e la folla si divise come il Mar Rosso, appena Joey scese circondata da uno stuolo di ammiratori nemmeno fosse Beyoncé.

Era indubbiamente la star della scuola e non potei fare a meno di provare una punta di invidia. I suoi lunghissimi capelli rosso estintore facevano girare ogni testa e lei distribuiva sorrisi e bacetti a chiunque sul suo percorso, come una diva consumata, fermandosi non più di qualche secondo e terminando la frase con «ti chiamo in settimana», e «ne parliamo dopo».

Ma il vento gelido che la seguì come un vortice non fu provocato dal freddo sempre più intenso della sera, bensì dall'entrata di Voldemort che, nemmeno a dirlo, era arrivato insieme a lei.

Cercai Adam con lo sguardo, ma non riuscii a vederlo.

«Vuoi?», mi chiese Eileen offrendomi una sigaretta.

Allungai la mano tentata, ma Pat me lo impedì subito.

Mia, se cominci a fumare non ti bacerò più.

«Meglio di no», risposi ritirando la mano.

«Posso approfittarne io?», disse una voce alle nostre spalle.

Eileen porse il pacchetto al ragazzo. Non lo avevo mai visto ed era più grande di me.

Si presentò, ma il suo nome mi sfuggì, non avevo voglia di fare nuove amicizie, mentre Eileen sembrava molto interessata.

«Ti va di ballare?», le chiese.

Eileen guardò me come la bambina che chiede alla mamma di uscire.

Ancora quel ruolo.

Alzai le spalle come dire "fai quello che vuoi, sei grande!".

E li vidi sparire fra la folla.

Rimasta sola nella bolgia che mi sballottava qua e là, andai a prendermi una birra al bar e mi misi in un angolo a osservare gli altri, come un gatto nascosto sotto una poltrona che scruta il resto del mondo.

In realtà la birra non mi piaceva, ma col mio look da rocker maledetta non potevo certo bere un succo di frutta!

Ma ecco arrivare Adam sul palco, accolto da un po' di applausi e qualche fischio di incoraggiamento.

Si fregò le mani e si fece ombra sugli occhi per vedere meglio tutti i presenti, salutando qualcuno.

«Bene ragazzi, non mi avete ancora lanciato niente e questo è già un buon segno, ma con la crisi che c'è accetto qualunque cosa: ortaggi, surgelati, latte scaduto!».

Ci fu qualche risata.

Era la prima volta che vedevo Adam esibirsi in un pezzo comico, in quello che amava fare ma, dallo sguardo severo di Joey, capii che lei non stava apprezzando.

Era in fondo alla sala nella penombra insieme a God che, ogni tanto, le diceva qualcosa all'orecchio, come era sua abitudine.

Adam proseguì con il suo *one man show* per una ventina di minuti e, passato l'imbarazzo iniziale, tutta la folla non smetteva più di ridere e battere le mani e più rideva, più lui si motivava e si sentiva a suo agio.

Se erano le sedute con Betty ad averlo reso così sicuro di sé, lei aveva senz'altro un futuro.

Scese dal palco fra applausi e strette di mano, gridavano il suo nome in coro e Adam ringraziò tutti con un grande sorriso pieno di riconoscenza.

Ma quando raggiunse Joey, con gli occhi che gli brillavano ancora per la gioia e l'entusiasmo, lei gli rivolse un sorriso tirato e batté le mani tre volte in segno di scherno, lasciandolo lì solo come un idiota e salendo subito sul palco fra le urla di delirio, mentre, con falsa umiltà, ripeteva «troppo buoni».

Adam abbassò gli occhi rattristato cercando un sorriso di circostanza, ma si capiva che il verdetto per lui più importante era stato negativo.

Mi avvicinai e gli offrii la mia birra, sorridendogli orgogliosa.

«Sei stato bravissimo!», esclamai sincera.

«Dici davvero?», rispose grattandosi la testa.

«Strepitoso! Me la sono fatta sotto dalle risate!».

«All'inizio mi sono impappinato!».

«Succede a tutti no?», gli dissi dandogli una gomitata.

Le luci si spensero e qualcuno portò uno sgabello e una chitarra al centro del palco.

Joey si finse intimidita e si sedette con la chitarra in grembo, su cui fece ricadere sapientemente i capelli.

E se per gli altri non c'erano stati che un paio di riflettori, per lei si era mobilitata l'intera squadra del montaggio concerti degli U2.

«Questo pezzo l'ho scritto io...», disse in un sussurro, «e lo dedico ad Adam». Sorrise lanciandogli un bacio.

Il pubblico impazzito urlò il suo nome.

Guardai Adam che le sorrideva con quel velo di tristezza sul viso e la incoraggiava con gli occhi tristi.

Joey non era niente di speciale, ma faceva sembrare ogni banalissimo accordo un arpeggio degno dei dischi di Eric Clapton di mia madre.

Odiavo le persone come lei, con un talento mediocre, ma un egocentrismo tale da far credere a tutti di essere brave solo perché non facevano che parlare costantemente di sé e non smettevano mai di chiedere, pretendere ed esigere, finché la gente si persuadeva della loro inconsistente bravura, finendo per crederci davvero.

Joey in fondo era solo una brava illusionista.

Adam bevve la birra tutto d'un fiato e mi chiese di accompagnarlo a prenderne un'altra.

Avanzavamo fra gli spettatori ipnotizzati e ci mettemmo all'angolo del bancone da cui potevamo vedere senza essere visti.

«Secondo me dovresti fare il comico», dissi.

«Uhm… non c'è lavoro per i comici», rispose accigliato.

«Allora tutti noi qui dentro che ci stiamo a fare? Siamo tutti potenzialmente dei disoccupati, ma almeno abbiamo un sogno!».

«Sì, ma il comico è diverso», tagliò corto.

«Anche fare la ballerina è diverso, quanti posti credi che ci siano in giro? Anch'io credevo che l'unico stile di danza degno di nota fosse il classico, ma da quando ho scoperto la danza jazz ho capito che mi assomiglia di più».

«Non lo so, Joey si incazza sempre quando faccio dei pezzi comici, dice che non è per me e dovrei fare altro».

«E la lasci sempre decidere per te?», chiesi stupita.

«Lei sa sempre tutto e ha tutte le risposte. La vedi no? Sembra una produttrice!», disse quasi con rabbia, restituendo la bottiglia vuota al barista e facendo cenno perché gliene desse un'altra.

«Dimostrale che si sbaglia! Stasera hanno riso tutti!».

«Qui non conta, siamo a scuola, è la fuori, nei locali di Londra, che ti sbranano se non sei all'altezza!».

Era complicato far cambiare idea a qualcuno che si era convinto di non valere niente, anche quando tutto il mondo diceva il contrario.

Come se, nonostante tutti i pareri favorevoli, quell'unica voce interiore fosse sempre e comunque la più forte e la più punitiva e bastasse a far crollare ogni certezza.

«Allora, come sono andata?», ci interruppe Joey infilandosi fra noi due con irruenza.

«Benissimo!», si affrettò a dirle Adam. «Come sempre».

«Sì, sei stata bravissima», confermai timidamente, anche se la mia parola non aveva la minima importanza per lei.

«La prossima volta evito di dedicartela, così mi risparmio anche la figura di merda, dato che tutti cercavano te e tu stavi qui al bar con lei. Ti hanno visto tutti!», insistette acida.

«Joey, ti ho sentita benissimo, ero qui a quattro metri, praticamente ti stavo seduto accanto!», rispose con la tipica polemica alcolica.

«Vabbè ho capito, sei uno stronzo», disse spingendolo e mollandolo lì come uno stupido con la birra che gli colava sul maglione.

«Vai da lei!», gli dissi.

«Col cavolo!», rispose scolandosi la birra d'un fiato e appoggiandola rumorosamente sul bancone. «Col cavolo», scandì meglio pulendosi la bocca col dorso della mano e buttandosi in pista a ballare.

Fu allora che mi ricordai che non vedevo da un'ora Eileen.

Cominciai a cercarla facendomi largo a gomitate in quella bolgia infernale, mentre la preoccupazione saliva facendomi pulsare le tempie. Se le fosse successo qualcosa che avrei detto a sua madre? Con chi era, dove? E che ci faceva lì con me?

Il cuore mi martellava nel petto sempre più forte mentre sentivo l'angoscia salire.

«Pat… oddio… e se l'hanno aggredita?».

Guarda un po' là amore…

Guardai meglio al centro della pista e vidi Eileen ballare insieme al ragazzo, scatenandosi più sorridente che mai e completamente incurante dei suoi chili di troppo.

Sembrava una farfalla talmente era lieve e spensierata e il ragazzo non aveva occhi che per lei.

La paura lasciò il posto al sollievo e il sangue riprese a circolare.

Mi guardai bene dal disturbarla, ma non potei fare a meno di notare God che discuteva animatamente con Joey, che si guardava intorno come per paura di essere vista.

O meglio, *paparazzata*.

Ma poi God la prese per le spalle scrollandola e le disse qualcosa di molto convincente, e la baciò.

A lungo e con disinvoltura.

Troppa per un primo bacio.

Cazzo!

Che dovevo fare adesso?

«Eh Pat?».

…

«Paaat?».

Portami a casa che ho un mal di testa terribile e anch'io muoio dalla voglia di baciarti.

CAPITOLO SEDICI

La mattina seguente, aprendo la finestra, non so se rimasi più stupita nel vedere la neve o Eileen che andava a correre.

"Ho creato un mostro", pensai.

No tesoro, hai creato un miracolo…

Scossi la testa e scesi al piano di sotto. Gli avvenimenti della sera precedente mi avevano scombussolata e continuavo a chiedermi se avrei dovuto dirlo ad Adam o meno.

Sinceramente, per quanto poco sopportavo Joey, avrei davvero goduto a vederli litigare, ma il buon senso (e Patrick) mi suggerivano di farmi gli affari miei.

Ma la domanda era: io avrei voluto saperlo?

Decisi di chiederlo a Betty che fu perentoria: «Non ci provare nemmeno, sarà un casino e alla fine tutti odieranno te per aver fatto la spia, e anche Adam preferirà non averlo saputo».

E Nina: «Devi dirglielo, se lei gli mette le corna che senso ha che stiano insieme? Lui ti ringrazierà un giorno, vedrai!».

Perfetto.

Era sempre utile chiedere consigli.

Nella cassetta della posta trovai un altro pacco di Carl per Nina.

Non gli era ancora bastato il suo no.

«Aprilo tu, a me non importa!», disse risoluta, sfogliando una rivista.

Lo aprii. Era una maglietta nera con una scritta rosa che diceva «Mi vuoi sposare?».

Mi voltai con una faccia impietosita appoggiandomi la maglietta sul davanti.

«Neanche morta!», rispose alzando appena un sopracciglio.

«Nina», la pregai sedendomi accanto a lei, «perché non vuoi che Carl ti stia vicino?»

«Non lo amo e non lo voglio intorno, cosa c'è che non capisci?»

«Non capisco come pensi di crescere una figlia senza un padre vicino, e te lo dico per esperienza!».

«Avere due genitori che litigano è meglio?»

«No, ma ti ricordi da piccole? Ero sempre a casa tua perché eravate una famiglia unita, cosa che io non avevo mai avuto!».

«Sì, infatti… hai visto com'è finita? C'ero io a casa tua questo Natale!», rise nervosamente.

«Hai ragione», sospirai, «la verità è che tutto quello che ci hanno insegnato sono solo cazzate. L'amore, la famiglia, il dovere… credi che la famiglia sia il posto più sicuro al mondo, dove tutti ti proteggono e ti amano a prescindere, invece ti rendi conto, crescendo, che ognuno pensa solo a sé».

«Dio come siamo diventate ciniche», disse Nina, «sembra che abbiamo cinquant'anni invece di sedici».

«La vita è stata dura con noi!», sentenziai con voce grave prima di scoppiare a ridere.

«Ogni giorno è una lotta senza esclusione di colpi!», fece eco lei con l'indice alzato.

«E chi si ferma è perduto…», continuai ridendo.

Mi sdraiai accanto a lei e appoggiai la testa sulla pancia enorme e dura.

Era una sensazione indescrivibile.

«A proposito», dissi, «com'è che l'abbiamo chiamata?»

«Bella… come…».

«Sì, come *Twilight*…».

«Ascoltami Bella…», dissi al suo ombelico, «lo so che qui fuori, al momento, può sembrare tutto un gran casino, ma io e la tua mamma faremo l'impossibile perché tu eviti di fare un bel po' dei nostri errori (compreso rimanere incinta a quindici anni!) e, anche se non ci riusciremo, una cosa te la garantisco: con noi non ti annoierai mai!».

«Mai!», ripeté Nina accarezzandomi la testa.

Ormai ne ero più che certa, la famiglia era quella che ti sceglievi.

Tre giorni dopo tornai a scuola, incerta fra l'essere felice di ballare, o disperata per il fatto di ripiombare fra le grinfie di Voldemort.

Di certo era meglio che stare a casa a mangiare porcherie sdraiata sul divano.

Ariel a Stuart erano felici di vedermi. Ariel mi aveva persino regalato un paio di scaldamuscoli fatti da sua mamma e Stuart era carico come una pila e sfoggiava lo stesso taglio di God con una S rasata sulla nuca.

«Che ruffiano che sei!», cominciammo a sfotterlo.

«Non sono ruffiano, mi piace troppo!», disse stirandosi una gamba.

«Ruffiano e leccaculo!», insistemmo mentre ci scaldavamo alla sbarra, in attesa dell'inizio della lezione di danza con Miss Pauline.

«Potrei andare in giro con una maglietta con sopra la sua faccia e sotto scritto "ti amo!", e lui mi tratterebbe ancora peggio!», dissi.

«God è il mio idolo ragazze, non posso farci niente, lo amo e me lo sogno la notte!».

«Per me sognarlo la notte è un incubo!», ribattei.

Miss Pauline entrò e cominciammo la nostra lezione di danza classica.

Un'oasi di pace in mezzo a quell'inarrestabile caos di cui avevo bisogno come l'aria.

Miss Pauline si complimentava sempre con me per la tecnica e questo mi faceva da scudo per ripararmi dai colpi che mi avrebbe inferto God.

Più tardi, mentre ero in fila alla mensa, incontrai Adam.

Aveva l'aria di uno che ha un gran mal di denti, ma sopporta stoicamente continuando a sorridere e morivo dalla voglia di sapere se stava ancora con la Dea, tanto per rimanere in tema.

«Ciao Mia! È bello rivederti. Come sta la tua amica?»

«Quale, quella incinta o quella non?», risi.

«Quella non!», precisò.

«Molto bene, pensa che dopo la tua gaffe va tutti i giorni a correre e sta dimagrendo a vista d'occhio! Joey invece?», chiesi con un po' troppa enfasi.

«Joey sta lavorando allo spettacolo di Goddard, è una cosa enorme e il fatto che abbia chiesto proprio a lei di fargli da assistente è un gran trampolino di lancio per la sua carriera. Potrebbe entrare a *X Factor* già l'anno prossimo, lui è un grande amico di Simon Cowell», disse come se cercasse di convincere se stesso.

«Be'... una bella fortuna davvero», dissi, mentre immaginavo Mr God e Joey che mi depennavano dallo spettacolo mettendomi a fare le pulizie finali.

Il pomeriggio stesso, infatti, Joey era già seduta accanto a God che sfoggiava un nuovo piercing al sopracciglio.

«Conoscete tutti Joey vero?»

«Sìììì!», rispondemmo in coro.

«È qui per aiutarmi a mettere su lo spettacolo. Lei sarà i miei occhi e le mie orecchie perciò attenzione a come vi comportate».

Alzai gli occhi al cielo involontariamente e subito se ne accorse.

«Che c'è, non sei d'accordo Lady Gaga?», mi chiese con arroganza.

«D'accordissimo!», risposi mettendomi sull'attenti.

Tanto valeva buttarla sul ridere… se c'era qualcosa per cui ridere.

Normalmente mi sarei aspettata delle punizioni corporali per quell'incauto gesto, invece God confabulò con Joey per tutta la prova, ridendo e parlottando nelle sue orecchie, in maniera insopportabile, ma da farmi anche desiderare che lei venisse più spesso.

Alla fine della lezione, mentre bevevo l'acqua nel mio angolo, mi sentii chiamare.

Mi voltai e vidi Mr God che mi faceva cenno con la mano.

Indicai me stessa incredula e mi voltai a destra e a sinistra per accertarmi che dicesse proprio a me.

«Sì tu», insistette.

Non era il caso di farlo arrabbiare.

Mi avvicinai cautamente cercando di non sembrare sorpresa.

«Senti Lady Gaga… mi diceva Joey che saresti perfetta per l'assolo», disse con un'espressione che non sapevo decifrare.

«L'assolo? Qua… quale assolo?», chiesi stupita.

«L'assolo che è previsto dopo l'entrata di tutti i ballerini. C'è un'altalena che viene calata giù e finisce sulla pedana mobile che sale dal centro del palco. Lì è previsto un assolo di hip hop, ma Joey suggerisce che sarebbe meglio classico e credo che abbia ragione».

«Ma io… non so, cioè credete che ne sia all'altezza?». Non sapevo perché, ma quella faccenda anziché lusingarmi puzzava di fregatura.

«Ho bisogno di qualcuno che mi faccia dei *fouetté en tournant*. Molti, moltissimi. Li sai fare senza cadere come l'altra volta?»

«Sono la mia specialità», risposi diretta.

«Bene, allora la parte è tua», disse mentre faceva cenno a Joey di andare.

Rimasi impalata con il sudore che mi si gelava sulla schiena e i capelli appiccicati al viso, indecisa se essere felice o spararmi.

Eppure qualcosa dentro mi diceva che non era una buona notizia.

«Ma è bellissimo!», disse Ariel mentre uscivamo.

«Non lo so, non mi fido, quello mi odia e all'improvviso mi dà un assolo, come minimo metterà dell'olio sulla pedana in modo che mi spacchi la faccia e tutti ridano di me!».

«Non lo farebbe, ci tiene troppo alla sua reputazione», fece eco

Stuart. «Però potrebbe farti uccidere dopo lo spettacolo e farlo sembrare un incidente. Se me lo chiedesse lo farei io per lui, ti invidio troppo per il gran culo che hai!», disse incrociando le braccia platealmente.

«Non mi sento per niente fortunata e se vuoi ti lascio la mia parte», risposi abbattuta.

«Non so farli i *fouetté*», piagnucolò, «e adesso accompagnatemi a fare shopping piuttosto, che la notizia del tuo assolo mi ha depresso».

Prendemmo la metropolitana e scendemmo in centro.

Londra era frenetica e tutti i negozi erano ancora presi d'assalto dagli acquirenti ritardatari e dai turisti in fila per i saldi.

Stuart non badava a spese e faceva incetta di magliette, scarpe, creme per il corpo e jeans firmati setacciando tutta Oxford Street e Soho.

Finimmo immancabilmente a Covent Garden e insistetti per passare davanti alla Royal Ballet School.

Rimanemmo in piedi davanti all'entrata del teatro a osservare, muti, l'immensa gabbia bianca in cui avevo sognato di volare fino a poco tempo prima, il ponte sospeso in Floral Street che portava gli allievi dalla scuola al teatro, la magia, la regalità e l'imponenza di quel luogo unico al mondo, e avvertii una stretta al cuore.

Chissà se avevo fatto la scelta giusta.

«Wow!», disse Stuart. «È da rimanerci secchi!».

«Non ti manca?», chiese Ariel.

«No. Non mi manca. Di questo sono certa».

Tornai verso casa pensierosa e malinconica, mentre quella domanda continuava a girarmi in testa: avevo davvero fatto la scelta giusta?

Non lo avrei mai saputo con certezza.

Nina, a casa, era di umore nero e non tardò a spiegarmi il perché.

«Basta, mi ritiro non ne posso più!», sbottò buttando la borsa sul letto.

«Che è successo?»

«Niente, sono stanca morta, non riesco a sedermi e mi sento continuamente osservata».

«Secondo me sei solo paranoica! Chiedilo alla dottoressa Deengar. A proposito, quant'è che non ci vai?»

«Non lo so e non cominciare anche tu adesso!».

«Quindi vuoi abbandonare la scuola di giornalismo?»

«Mi iscriverò al corso on line, così non devo sopportare gli sguardi di nessuno!».

«Ma sai che palle stare tutto il giorno in casa?»

«Non avrei avuto scelta comunque, quando nascerà la bambina non potrò frequentare lo stesso».

«Ma il tuo amico Brandon non ti può aiutare? Magari ti prende lui gli appunti!».

«Preferisco non pesare su nessuno, e ormai ho deciso così», rispose seccata. «Ah, e se puoi spedisci questa a Carl per favore!», disse lanciandomi una maglietta che presi al volo.

La srotolai e lessi: «Ti ho detto di no!».

Più tardi mi chiamò Paul.

«Come stai Mia?»

«Ti interessa?», risposi sgarbata.

«Non dovrebbe interessarmi?»

«Quello che penso io non interessa a nessuno».

«Buuuuu!!! Mi fai piangere, povera Mia sola e abbandonata!», piagnucolò.

Usava la stessa tattica di Nina e mi faceva incazzare da morire.

«Guarda che riattacco!», minacciai.

«E io ti richiamo!», minacciò.

«E io non ti rispondo!».

Mi veniva da ridere anche se non volevo ammetterlo e poi non ce l'avevo con Paul.

Ce l'avevo con mia madre, così tanto che speravo in un aborto spontaneo.

Così chiamai mio padre. Istintivamente e irrazionalmente.

«Hai saputo della mamma?», chiesi.

«Una bella sorpresa!».

«Uhm… non per me».

«Perché? Che ti cambia, hai già due fratelli, uno più uno meno…».

La semplicità di mio padre mi spiazzava ogni volta.

Come facevo a spiegargli che era tutto diverso?

Che avere figli per una mamma era diverso che per un papà.

Ma il fatto che avessimo scambiato quattro parole era comunque stupefacente e inaspettato, come il sasso lanciato al vetro della mia finestra che mi fece sobbalzare.

Mi affacciai e vidi Eileen che mi faceva cenno di scendere.

Corsi giù.

Mi abbracciò e mi diede due baci sulle guance.

«Perché?», chiesi confusa.

«Perché grazie a te sto cambiando vita. Mi sono iscritta di nuovo a scuola, mi sono innamorata e, indovina un po'? Ho già perso due chili con la dieta e la corsa!», disse raggiante.

L'abbracciai di slancio, orgogliosa.

«E tua mamma?».

Fece spallucce.

«Almeno adesso non passa più il tempo a spiare voi!», sorrise e corse via con l'iPod nelle orecchie. «Adesso mi dovete un favore!», gridò salutandomi con la mano.

L'indomani a scuola Adam mi intercettò come un agente della CIA in borghese, prendendomi per un braccio e distogliendomi dal mio cappuccino alla cannella.

«Ho bisogno di parlarti», mi intimò prendendomi in disparte.

«Dimmi», risposi cominciando a sudare freddo.

«Ho un sospetto su Joey», sussurrò guardandosi intorno.

«Oh davvero?», dissi giocando con la cannuccia nella schiuma. «Che genere di sospetto?»

«Joey mi tradisce con un altro!».

«NOOOOO!», risposi come se mi avesse chiesto se fossi cinese.

«Ne sono sicuro!», ribatté.

«E… con chi ti tradirebbe secondo te?»

«Con Goddard».

«Con chi? Con quel bastardo? Ma sei impazzito?», risposi arrossendo violentemente e guardando in basso.

«Lo so che è un bastardo, ma lei non lo molla un minuto, pende dalle sue labbra e ne parla continuamente».

«Sì, ma non vuol dire che ti tradisca con lui!».

«Che ne sai? La sera della festa abbiamo litigato e so che lui l'ha riaccompagnata a casa, l'ha baciata di sicuro».

«Vabbè dài, era solo un bacio!».

Miaaaaa…

L'avevo fatto di nuovo.

Se mi concentravo troppo su qualcosa che non dovevo dire, diventavo così tesa che finivo per dirla.

E avevo fatto una cazzata gigante.

«Tu… li hai visti baciarsi?», chiese improvvisamente serio. Peggio di Carl.

Negai energicamente con la testa.

«Tu li hai visti baciarsi?», ripeté scuotendomi come fossi un distributore automatico che ruba i soldi.

«No, no, mi sono sbagliata di sicuro, era buio, e c'era un sacco di fumo, di sicuro stavano solo parlando!».

«Mia, se tu sai qualcosa e non me lo dici…», mi minacciò col dito.

«Che mi fai?»

«Dirò a God che me l'hai detto tu!».

«No Adam, non puoi farmi questo!», lo pregai.

«Lo farò, non ho niente da perdere».

«Allora è inutile che ti dica che li ho visti baciarsi».

Dài…

«Volevo solo la conferma che i miei sospetti fossero fondati, ma non farò il tuo nome, te lo giuro!», disse mollando la presa.

L'angoscia mi stava facendo tornare su il cappuccino.

Possibile che riuscissi sempre a cacciarmi in quel genere di guaio?

Dovevo sempre parlare troppo e sapevo sempre cose che non volevo sapere.

Mi sarei fatta fare una maglietta con scritto «Non sono capace di tenere un segreto, non ditemi niente!».

«Nonna mi manchi e sono sola al mondo. Perché non mi vieni a trovare?»

«Nipote, purtroppo al momento non posso, la settimana prossima vado a Malindi e mi trattengo per due mesi e poi ricomincia il giro delle aste. Ti ho detto che mi sono aggiudicata un Bacon a un prezzo stracciato? Mi chiedo se non sia una patacca… Ma appena posso, giuro che ti vengo a trovare».

«Okay», mugolai delusa.

«Sei riuscita a superare lo shock?»

«Non lo supererò mai».

«Lo supererai. Te lo dice la nonna che è uscita dalle macerie».

La sera, mentre cercavo inutilmente di studiare, e mille pensieri mi giravano vorticosamente in testa (primo fra tutti come salvarmi la pelle), suonò il campanello.

Nessuno come al solito apriva, così scesi.

Era Adam.

Stravolto.

«Ero da queste parti…», disse passandosi una mano fra i capelli.

«Dài entra, Betty è di là con un cliente, ma credo che abbia finito».

«Sono venuto per te», rispose.

«Ah», esclamai spiazzata. «Prego allora, entra», gli dissi facendogli strada verso la cucina.

«Vuoi bere qualcosa?», chiesi.

«Hai della vodka?»

«Non credo, forse del vino di Betty».

«Andrà bene», disse accasciandosi su una sedia.

Gli servii del vino rosso e dei biscotti e mi sedetti davanti a lui a guardarlo fissare il bicchiere, come se ci vedesse dentro tutto il tuo futuro.

«Non ha negato», esordì.

«Chi? Cosa?», chiesi.

«Joey non ha negato che c'è stato un bacio», ripeté senza espressione.

«Non le hai mica detto che io…», dissi allarmata.

«No, no, stai tranquilla… nessuno sospetta di te, c'erano tremila persone alla festa».

L'idea che ci fosse anche solo la remota possibilità che qualcuno potesse sospettare di me mi mandava in fibrillazione.

«Le ho chiesto se c'era qualcosa fra loro e ha detto di no, dice che lo stima moltissimo e basta, ma quando ho detto che qualcuno li aveva visti baciarsi alla festa è diventata rossa e ha cominciato a balbettare, chiedendo chi avesse inventato una bugia simile! E quando le ho detto che avevo una foto fatta con l'iPhone è crollata».

Questa storia dei telefonini cominciava davvero a diventare pesante.

«Ma non ti ha chiesto di vederla?»

«Ho bluffato fingendomi molto sicuro di me, come mi ha insegnato Betty. Le ho fatto vedere il cellulare e le ho detto: "Sei proprio sicura di volerla vedere? Non sei venuta benissimo". E lei ci ha creduto».

«Sei perfido!».

«E lei è una puttana», commentò glaciale.

«E adesso?»

«Adesso abbiamo litigato a morte e me ne sono andato via prima di prenderla a sberle. Lei ora continua a chiamarmi. Guarda! Anche in questo momento!».

Mi mostrò il telefonino che lampeggiava.

«Eddai rispondi, si starà preoccupando!».

«Meglio! Così capirà!», disse bevendo un enorme sorso di vino e riempiendosi di nuovo il bicchiere.

Stronzate, erano tutte stronzate, dispetti senza senso, mentre l'amore (l'amore vero!) non era fatto di tradimenti, bugie e telefoni che squillavano a vuoto.

Non si doveva mai ignorare una chiamata. Poteva sempre essere l'ultima.

«Sai cosa penso Adam? Dovresti essere a lavorare per il tuo futuro anziché stare qui a bere e fissare un telefono, sai?», dissi in un moto di rabbia. «Dovresti essere a scuola o davanti a uno specchio a provare monologhi e fare audizioni nei locali, non qui a bere perché la tua ragazza stronza ha baciato uno stronzo!».

«Hai ragione Mia, ma non puoi stare quattro anni con una persona, amarla, fidarti, accontentarla in tutti i modi e poi essere ringraziato così. Non riesco a fregarmene anche se lo vorrei!».

Il telefono vibrò di nuovo e Adam lo ignorò una seconda volta.

«Joey è una donna forte», proseguì, «e quello che vuole se lo prende. Anche con me è stato così: mi ha visto, e mi ha preso! Gli piacevo perché ero semplice e genuino, ma dopo un po' ha cominciato a volermi diverso, a tentare di modificarmi, a scegliere per me e io non ho saputo ribellarmi pur di farla contenta. Quando s'incazza è una iena, sa anche essere cattiva, così quando ha cominciato a insistere perché diventassi un attore di teatro ho accantonato la storia del cabaret pur di non discutere. E poi forse ha ragione lei…», rispose rosicchiandosi nervosamente una pellicina.

«Ma non è importante quello che senti tu?»

«Quando stai con qualcuno che è così determinato e che mette la carriera al centro dell'universo, fai fatica a metterti in gioco!».

«Tu… sei sicuro di amarla, vero?»

«Io credo di sì», disse guardando in basso.

«Credi?»

«Credo di essermi perso molto tempo fa. I sentimenti non sono bianco o nero o una luce che si accende quando ami e si spegne quando non ami più. Le luci continuano a lampeggiare per molto tempo anche quando la nave è affondata».

Il paragone con il mare mi faceva sempre rattristare.

«Io credo invece che se la tua felicità diventa così poco importante rispetto a quella dell'altra persona, c'è qualcosa che non va. Ma non posso dirti di parlare per esperienza», dissi.

«Tu lo amavi molto il tuo ragazzo?», chiese.

«Io lo amo ancora. Forse anche di più. E non so nemmeno spiegartelo».

Adam sospirò.

«Lui non ti ha mai tradita?»

«No», risposi.

«E tu hai mai tradito lui?».

Scossi la testa.

«Siete stati fortunati».

«Avrei preferito avere il tempo per farmi una domanda simile», risposi amaramente.

«Scusa».

«Non importa».

Il telefono squillò ancora e Adam lo prese. Poi mi guardò e rispose con rabbia.

«Cosa vuoi?».

…

«Non deve interessarti dove sono».

…

«Sono con qualcuno che merita più rispetto di te. Sì, è una mia amica. Un'amica *vera*!».

E riattaccò.

Quella notte Pat era più nostalgico del solito.

«Mi stai mancando come l'aria amore mio. È difficile dividerti con tutti. Soprattutto è difficile dividerti con Adam».

«Ma Adam è solo un amico, in crisi per di più», risposi sincera.

«Sono geloso perso Mia. Ti vorrei tutta per me e so che non è possibile e sento che questi sentimenti mi stanno intossicando, e non è normale. Prima non mi sentivo così, stavo bene qui e il tuo amore mi alimentava, mentre adesso sta diventando… una lenta agonia», disse stringendomi le mani con gli occhi lucidi. «Ti amo da star male. Ti osservo, ti proteggo, ti ascolto, ti guardo e non posso fare a meno di detestare tutti quelli che ti circondano nel bene e nel male, anche solo per essere lì con te. Perché io non ci posso più essere e mi sto torturando».

Lo abbracciai con tutta la forza mentre lacrime calde mi rigavano il viso.

«Pat non dovevi morire, non dovevi. NON DOVEVI!», gli gridavo. «Come faccio io senza di te? Ogni giorno senza di te? Vorrei poter smettere di amarti, vorrei dimenticarti, vorrei non sapere più chi sei, invece sei la mia pelle, sei il mio cuore, sei la mia anima e sto diventando pazza giorno dopo giorno».

«Ci stiamo facendo del male Mia. Io ti sto facendo del male», disse in un sussurro disperato.

Facemmo l'amore con una tristezza infinita, senza mai smettere di piangere e di dirci quanto ci amavamo, mentre le lacrime rotolavano sulle nostre labbra, le mani divoravano i nostri corpi e lentamente annegavamo nel nostro respiro.

CAPITOLO DICIASSETTE

La faccia di Joey l'indomani mattina parlava chiaro.

Gli occhi gonfi e l'aria meno spavalda del solito erano il risultato lampante di una litigata in piena regola.

Cosa che, invece di mandare in bestia Voldemort, in genere insofferente alla mancanza di professionalità, lo rendeva ancora più premuroso nei suoi confronti.

E cercando di farla ridere, umiliava me.

Mi chiamò al centro per farmi eseguire l'assolo ideato da Joey, che non ne sapeva niente di danza e continuava a ripetermi di fare cose "più spettacolari", come se la danza classica fosse un numero da circo!

Mr God pareva divertito e non interveniva apposta, come se fossi la nuova bambola di Joey.

Sopportavo stoicamente per non dar loro soddisfazione, ma dentro mi sentivo ribollire. Doveva esserci una soluzione, una via d'uscita, non potevo continuare a subire i deliri di un megalomane per due anni interi.

«Puoi fare quei salti?», disse mimando una specie di canguro. «… Sai la spaccata per aria».

«Un *grand jeté*?», dissi con la mia migliore pronuncia.

«Sì quello, e poi dei giri e… insomma… tipo il "Cigno nero"».

La guardavo come si guarda una cacca di piccione su una camicetta bianca. La danza classica era il *mio* territorio, il *mio* mondo perfetto dove tutto funzionava come dicevo io e nessuno doveva azzardarsi a sminuirla o avrebbe fatto i conti con me.

«Dici che dovrei fare qualcosa come questo?», suggerii sistemandomi al centro ed eseguendo una serie di impeccabili *pirouettes* da ferma che erano la cosa che solitamente mandava tutti in delirio (anche se non era così difficile come sembrava).

Notai subito dal suo sguardo sbigottito che avevo fatto centro e cominciai a prenderci gusto.

Improvvisai un pezzo danzando in maniera raffinata, ma sexy, mescolando classico, modern e burlesque e, in pochi istanti, gli altri allievi si erano radunati in cerchio intorno a me e battevano le mani a tempo.

God poteva pure odiarmi per i suoi motivi, ma non poteva dire che non ero brava e, per la prima volta, gli vidi fare un sorriso impercettibile, qualcosa che era possibile anche interpretare come un'approvazione. Ma evitai di dargli troppo peso.

«Sapresti rifarlo con più…», esordì Joey.

Ma God la interruppe con un gesto netto.

«No, no, va bene così! Mi piace, mi piace molto!», disse strizzando gli occhi.

Deglutii saliva e paura.

«Davvero?», chiesi diffidente.

«Davvero! Devo ammettere che hai stoffa, ma ora non montarti la testa», concluse secco.

Sentire un mezzo complimento dalla bocca di Voldemort equivaleva a vincere alla lotteria, e adesso che si era accorto di me non avevo intenzione di mollare la presa.

Avrebbe visto di che pasta ero fatta, non avevo niente da perdere.

Capii in quel preciso istante che l'atteggiamento era tutto e che ero io a determinare il modo in cui gli altri mi avrebbero trattata e in questo Joey era un esempio lampante.

E anziché abbassare la testa e ringraziare modestamente, decisi di giocare con la sua stessa moneta.

Mi avvicinai approfittando di una distrazione di Joey e gli chiesi nel modo più convincente che avevo: «Scusa se te lo chiedo, so che sei terribilmente impegnato, ma vorrei davvero essere seguita di più. Sento che da te posso imparare molto e ho davvero bisogno del tuo aiuto».

Non credevo alle parole che uscivano dalla mia bocca.

Ero diventata una ruffiana!

God parve preso alla sprovvista, ma non poteva tirarsi indietro davanti a una richiesta d'aiuto.

Lo stavo ripagando con la sua stessa moneta: invece di andarmene sbattendo la porta, gli stavo chiedendo di insistere.

Non sapevo come sarei riuscita a sopportarlo, ma sapevo che dovevo affrontare la situazione di petto.

E, perfezionista com'era, sarebbe stato stupido da parte sua mettermi in un angolo solo per una ripicca.

Il pomeriggio stesso mi fissò una prova con lui.

Entrai in sala fingendo disinvoltura, ma sentendomi morire dentro.

Adesso avrebbe potuto farmi tranquillamente a pezzi, chiudermi in una valigia e buttarmi nel fiume.

Indossava, come sempre, vestiti troppo larghi e un basco di pelle bianco in testa.

Mandava un SMS con una mano e con l'altra faceva scorrere i pezzi sull'iPod collegato direttamente allo stereo a un volume sbriciolatimpani.

Mi fece cenno di mettermi al centro e improvvisò dei passi su un pezzo dei Basement Jaxx chiedendomi di andargli dietro.

Dopo un attimo di esitazione cominciai a seguirlo, cercando di memorizzare il più velocemente possibile ogni gesto, movimento e variazione.

Ballava tenendo gli occhi socchiusi, dandomi indicazioni sotto forma di suoni, come l'accento, l'intenzione e la forza che dovevo metterci.

Mi sentii subito trascinata in un vortice di passi e note, lo seguivo con l'istinto e mi affidavo all'intuito.

Sembrava che non avessimo fatto altro che danzare insieme da sempre, non avevo mai provato una sintonia simile: ogni giro, ogni salto, ogni presa sembravano già scritte. Stavamo dando vita a un passo a due intrigante e coinvolgente, come due estranei che giocano a rincorrersi, ma che sanno esattamente quello che stanno facendo.

Era un artista. Stronzo, megalomane, narcisista e, nelle giornate migliori, una testa di cazzo, ma era un vero artista e adesso capivo perché era insostituibile.

Era in pieno delirio creativo, come un pittore improvvisamente ispirato che non smetteva un attimo di inventare colori, luci e suggestioni.

Mi sollevava con la facilità di una piuma e bastava una sua pressione su un polso o la schiena perché capissi cosa fare e in quale direzione andare.

E improvvisamente mi sollevò in un *porté* tenendomi con una sola mano.

Non mi avevano mai sollevata e istintivamente mi irrigidii per paura di cadere, ma la sicurezza che fluiva dalle sue braccia mi trasmise la forza necessaria ad abbandonarmi completamente a un'assoluta e irrazionale fiducia, come un petalo nel vento.

Come la Zakharova nel *Corsaire*…

Quando mi riaccompagnò delicatamente a terra, l'incantesimo era finito e Voldemort tornò a splendere in tutta la sua arroganza.

«Domani alla stessa ora» fu tutto quello che disse mentre prendeva la sua roba e lasciava la sala.

Avrei giurato che ci stesse provando.

«Pat, quello è un attore nato!».

Sarà…

Adam mi aspettava fuori con l'aria del cane bastonato.

Bastonato e rabbioso.

«Joey mi ha lasciato», mi confermò senza girarci intorno.

«Mi dispiace», risposi sinceramente, mentre chiudevo l'armadietto. «Credi che sia definitivo?»

«Direi di sì. Quando ha smesso di chiamarmi con insistenza ho cominciato io e lei non ha risposto più e ha detto che ha bisogno di prendersi una pausa».

«Be', una pausa potrebbe anche servire a farla riflettere e tornare da te», risposi come la psicologa dei telefilm.

«Sono nero Mia, non so cosa le ho fatto. È come se non facessi più parte dei suoi piani, come se fosse concentrata su altro al momento».

Pensai per un attimo a lei e God che ridevano insieme, preoccupandosi solo delle loro carriere e non di chi avevano intorno.

«Te lo ha detto con queste parole?»

«Esattamente ha detto che "non abbiamo le stesse ambizioni" e che lei è in un momento della sua vita in cui si sta giocando tutto e non vuole fare passi sbagliati. E il suo consigliere è Goddard figurati…».

«Non capisco, siete una così bella coppia, la leggenda della scuola…».

«Sì, ma evidentemente non sono più all'altezza e dopo che mi ha fatto una testa così dicendomi come dovevo gestire la mia carriera, che scelte dovevo fare, come sarebbe stato bello vivere e lavorare insieme, adesso mi molla perché non sono abbastanza per lei!».

Sembrava di sentire Carl.

Non capivo perché tutte cercassero un bravo ragazzo e poi quando lo trovavano preferissero qualcun altro!

Carl era innamorato di me prima di mettersi con Nina e aveva fatto di tutto per conquistarmi, compreso accompagnarmi a vedere alla Royal Opera House la prima della *Sylvia*, il mio balletto preferito. Era a lui che avevo dato il mio primo bacio, ma non era scattato niente.

Niente farfalle nello stomaco, né pelle d'oca. Niente di niente.

Così glielo avevo detto prima che la cosa evolvesse, lui mi aveva fatto la guerra per un po' e poi aveva conosciuto Nina, si erano messi insieme e poi anche lei si era stufata.

A mia discolpa devo dire però che avevo il cuore impegnato per i tre quarti da Patrick, che era la perfezione assoluta, uno su un miliardo, mentre un tipo come Adam, carino, simpatico, di buon cuore e soprattutto onesto, alla fine, era stato sostituito da un arrogante Voldemort.

Noi ragazze eravamo davvero strane o era la solita vecchia storia di desiderare quello che non si può avere?

Mi chiamò mia mamma, e ignorai la telefonata, come avevo continuato a fare dal giorno della *sorpresa* e lei, come sempre, mi scriveva un messaggio che cancellavo subito.

Se pensava che sarebbe bastato il tempo a farmi passare la rabbia si sbagliava di grosso, anzi quello era l'unico caso in cui il tempo avrebbe solo peggiorato la situazione.

La cosa assurda era che io e mia madre ci comportavamo esattamente come lei e mia nonna moltissimi anni prima, quando era incinta di me e mia nonna era furibonda perché aveva mollato tutto per seguire mio padre. Per questa ragione non si erano parlate per anni.

Era incredibile che tre generazioni di donne non riuscissero ad andare d'accordo almeno una volta nella vita.

Tornai a casa stravolta.

Le sensazioni che avevo provato durante il passo a due mi avevano toccata profondamente, come se avessi sbirciato dentro una scatola misteriosa di cui non conoscevo il contenuto, ma da cui ero irresistibilmente attratta.

Come se ci fosse qualcosa di inesplorato in me, zone del mio cuore che non conoscevo e che mi facevano una gran paura.

Il modo in cui danzavo rifletteva il mio stato d'animo ed era chiaro che fossi in un vicolo cieco in cui mi ero infilata da sola.

A casa trovai Nina con Brandon e Betty con Leonard, il suo "cliente", che prendevano allegramente il tè in cucina come due coppie di vecchi amici.

Brandon e Leonard si intendevano alla perfezione e tutti quanti ridevano e facevano progetti sulle prossime vacanze.

Le prossime vacanze?

«Nina, quando andrai in vacanza la tengo io tua figlia?», commentai aprendomi una bottiglia di succo d'arancia.

Scese un silenzio imbarazzato.

«Te l'ho forse chiesto?», rispose punta sul vivo.

Colpito e affondato.

La guardai arricciando il naso.

L'armonia era rotta e ne ero orgogliosa.

Non sopportavo le coppie felici e soprattutto non sopportavo le coppie male assortite e la mia vita ne era costellata.

Salii in camera e Nina mi raggiunse subito.

«Si può sapere che ti prende?», ringhiò sbattendo la porta.

«Niente perché?»

«Come perché? Eravamo tranquilli e beati a ridere e scherzare e tu sei riuscita a rovinare tutto con la tua battuta idiota e inopportuna. Vuoi spiegarmi perché?»

«Perché non sopporto le assurdità e quella che ho visto là sotto *è* un'assurdità!».

«Cosa c'è di tanto assurdo in quattro persone che prendono il tè, Mia?»

«Non è quello che bevete che mi disturba, ma una donna di quarant'anni insieme a un ragazzo di ventinove e una di sedici, incinta di sette mesi, che fa progetti per andare in vacanza con uno sconosciuto: ecco cosa penso che sia assurdo, ma certo non sono fatti miei!».

«Allora, secondo te dovrei stare solo chiusa in camera a studiare o a fare corsi preparto impazzendo dall'angoscia per la nascita della bambina? Eh? Preferiresti questo?», mi chiese duramente.

«Sì!», urlai. «Lo preferirei, vorrei vederti da sola o al limite con Carl a prepararti per la nascita di tua figlia perché ho la sensazione che tu stia prendendo tutto troppo sotto gamba!».

«Credi davvero che io riesca a pensare ad altro? Pensi davvero che potrei? Ma mi hai vista? Hai visto che pancia che ho? Hai visto che tette che ho? E hai idea dei disturbi, i fastidi, il peso e i dolori che sopporto? E le notti in bianco che passo? E per distrarmi vado a scuola dove sono trattata come una specie di troietta che è rimasta incinta nel bagno di una discoteca! Hai presente? E se faccio due chiacchiere con un ragazzo che mi piace, tu che fai? Mi fai sentire in colpa? Be', lo sai che ti dico? Sei davvero una stronza!».

«Io non sono una stronza!», protestai.

«Lo sei, perché non vuoi che io sia felice, e comunque mai quando non lo sei anche tu, ti sembra giusto?».

Ammutolii indignata.

«Io *voglio* che tu sia felice!», ribattei duramente.

«Non è vero! Così come non vuoi che tua madre sia felice! Perché si può essere felici soltanto alle *tue* condizioni!», urlò.

«Non è vero!», balbettai. «Io voglio *davvero* che tu sia felice!».

«E allora lasciami tranquilla! Che danni credi che sia in grado di fare in queste condizioni?», disse allargando le braccia esasperata.

Odiavo sentirmi immatura ma la sensazione era sempre più frequente.

Era come se una parte di me si fosse irrigidita e non riuscisse a rilassarsi mai.

E odiavo ammettere l'origine del problema.

«Mia, siediti e ascoltami davvero bene», mi disse cercando di ritrovare la calma. «Tu sei bloccata dalla morte di mio fratello. Non ti permetti più di stare bene, di divertirti o magari di innamorarti di qualcun altro e, paradossalmente, odi tutti quelli che lo fanno: me, tua madre, Betty, anche tua nonna con Sunil! Devi capire che, finché non accetterai la sua morte, non accetterai neanche la tua vita e sarai soltanto infelice e, credimi, Patrick non lo avrebbe voluto, questo te lo posso mettere per iscritto!».

Mi mancava l'aria.

Non riuscivo a respirare.

Come poteva parlarmi così.

E perché sentivo che in fondo non aveva torto?

Me ne andai da camera sua barcollando come se mi avessero picchiato.

«Mia, ti senti bene?», mi chiese Nina sulla porta.

«No», risposi senza voltarmi, «proprio per niente».

I giorni seguenti li passai a decomprimere il mio cuore stressato come in una camera iperbarica.

Ero triste da morire e non avevo voglia di parlare con nessuno.

L'unica cosa che continuavo a fare era ballare, stare a scuola, ballare e ancora ballare.

Quando tornavo a casa, specialmente se c'erano Brandon e Leonard, mi chiudevo in camera ad ascoltare musica o a piangere e poi cadevo, stravolta, in un sonno immediato e profondo.

Mi sentivo tagliata fuori dal mondo e, soprattutto, mi sentivo diversa, incompresa e sola.

Doveva essere l'anno più bello della mia vita, quello in cui avrei cominciato a esplorare e a divertirmi, mentre, ogni giorno che passava, era come se una spessa nube nera mi impedisse di respirare e di vedere la strada davanti a me.

E non era a causa della crisi adolescenziale di cui parlavano tutti, quando vedi il tuo corpo cambiare e ti innamori anche degli alberi. No, i miei motivi erano tragicamente irreversibili ed era questo che mi toglieva l'aria: la consapevolezza che non avrei mai più visto Patrick su questa Terra e che mia madre avrebbe avuto un altro figlio dimenticandosi di me.

E se questa era la tanto agognata vita degli adulti, be', che andassero tutti a farsi fottere: loro passavano i primi sedici anni a proibirti di fare cose per poi farne di peggiori e se chiedevi spiegazioni ti guardavano come a dire: "Be'? Ho fatto solo il mio dovere!".

Perché di quello si trattava, di un compito: oggi insegnate ai vostri figli cosa è giusto e cosa è sbagliato, ma voi ovviamente non siete obbligati a crederci!

Cominciavo a temere di essere depressa, anche se avevo sempre pensato che i depressi fossero solo quelli che si vestivano di nero e che odiavano la luce del sole.

Ma forse quelli erano i vampiri.

Nina era preoccupata per me, glielo leggevo negli occhi, in quello sguardo da giovane madre apprensiva che mi urtava. Motivo per cui non le parlavo che a monosillabi.

Non capivo perché non riuscivamo a essere felici contemporaneamente.

O stavo bene io o stava bene lei e se, fino a pochi giorni prima, mi sembrava di essere io la prescelta, adesso era chiaro che fosse arrivato il suo turno.

Per fortuna Adam stava peggio di me e il sentirlo infamare Joey mi tirava sempre su di morale.

«Mia, ho bisogno di un consiglio!», mi chiese mentre stavamo seduti in cortile a lanciare sassi contro una lattina vuota. «Sono a un bivio, o continuo a studiare recitazione o mi butto a tentare la strada del cabaret e in questa scelta sarò completamente solo».

«E…?»

«E ho bisogno di andarmene da qui per un po', devo cambiare aria, non voglio vedermela davanti ogni minuto con quello, non voglio pensare a lei giorno e notte e a tutte le cazzate che mi ha detto, voglio solo stare lontano da tutto e da tutti!».

«Be' grazie, è piacevole sentirselo dire non credi?», risposi lanciando un sasso con tutta la forza che avevo, facendolo decollare.

«Bel colpo Mia!», commentò Adam sorpreso.

«Quale sarebbe il consiglio di cui hai bisogno?», tagliai corto.

«Voglio sapere se secondo te faccio bene ad andarmene a New York per un mese».

Feci spallucce.

«Se è quello che vuoi, fallo, ma non credere che i tuoi problemi rimangano qui».

«Sì, lo so, ma ho l'occasione di fare dei provini e se mi metto alla prova in qualcosa che odiava profondamente, forse riuscirò a capire se aveva ragione lei a dirmi di mollare tutto o io a voler insistere!».

«Non sai da solo quello che vuoi?», risposi senza guardarlo.

«Non so più se voglio *soltanto* fare un dispetto a lei!».

Lo capivo. Lo capivo fin troppo bene, era quello che mia madre aveva fatto nei confronti di mia nonna: per dispetto aveva preso a calci la sua vita per seguire un uomo che forse non aveva mai amato.

Sospirai pesantemente.

«Vuoi la verità Adam?», gli dissi appoggiandogli la mano sul braccio. «Io credo che tu faccia veramente bene a metterti alla prova. Se dovessi andare io a New York a ballare con l'ABT sarei felicissima, comunque andassero le cose. Ho sempre pensato che tu fossi un vero talento: riesci a far ridere le persone e sei disinvolto, io morirei di paura lassù su un palco a improvvisare con un microfono in mano e un riflettore puntato contro. Forse il fatto che vi siate lasciati, in fondo, può essere una cosa positiva anche se adesso non ti sembra, perché credo che la persona che scegliamo come nostro compagno di viaggio debba sostenerci in ciò in cui crediamo, a meno che… non ci facciamo di crack!».

Sorrise e mi mise un braccio intorno alla spalla stringendomi a sé.

Ehi piano con quelle mani…

«Sei davvero un'amica Mia! Anzi di più, sei un amico! Tu parli come un ragazzo, senza giri di parole e vai dritto al sodo, per questo ti adoro!».

Okay se la consideri il tuo migliore amico allora ci sto!

«Quindi mi molli per un mese?», gli dissi guardandolo come un cucciolo abbandonato.

Mi guardò e prese a far roteare la mano intorno ai miei occhi: «*Look into my eyes, look into my eyes, the eyes, the eyes, not around the eyes, don't look around the eyes, look into my eyes…*». Schioccò le dita. «*… You're under!*».

Risi.

«Adesso Mia tu sei in mio potere e farai esclusivamente quello che ti dirò», proseguì muovendo le dita. «Mi sosterrai, mi incoraggerai e mi tirerai su di morale quando io ti chiamerò ogni giorno da New York, anche se non ne avrai voglia, anche se sarai con qualcuno, e anche se non sarai d'accordo con quello che faccio e dico perché ho *bisogno* del tuo supporto e sei la mia unica amica capito?».

Feci sì con la testa fingendomi ipnotizzata.

«E mentre non ci sarò non ti metterai nei guai, non litigherai con nessuno e, se vedi qualcosa che dovrei sapere, tu… non dirmela okay?».

Annuii di nuovo.

«E sappi che mi mancherai molto!», concluse con un bacio sulla fronte.

«Anche tu mi mancherai, ma promettimi che *spaccherai* laggiù!».

«Prometto!». E mi abbracciò di nuovo.

Era l'ennesima cattiva notizia, mi chiedevo se ce ne sarebbero state altre.

Mi dispiaceva che Adam partisse, era un buon amico ed era l'unico con cui parlavo apertamente di tutto, senza preoccuparmi della competizione o dei pettegolezzi.

Con Adam potevo essere me stessa, mentre Ariel e Stuart erano colleghi e comunque facevamo lo stesso mestiere e tutti sapevano che un ballerino è disposto a qualunque cosa pur di ottenere un assolo.

Tornai a casa avvilita con una voglia incredibile di stare con Pat.

Ma le telefonate me lo impedirono.

«Hai chiamato la mamma?», esordì mio padre.

«No, perché?»

«Perché è preoccupata e non le rispondi, ecco perché! Ma che cos'hai si può sapere?»

«Non ho voglia di sentirla, tutto qui, e non ho voglia di sentire neanche te».

«Vuoi smettere di essere così insolente? Te l'ho già detto l'ultima volta, ragazzina! Non mi piace il tuo tono!».

Mio padre era l'unico capro espiatorio che avevo sotto mano e provocarlo mi faceva sentire decisamente meglio.

«È l'unico tono che ho, se non ti piace non chiamarmi!».

«Rimpiango di non averti sculacciata quando eri più piccola, sei diventata davvero insopportabile!».

«Quando ero piccola te ne sei andato ricordi?».

Stavo vincendo il set.

«Sì, me ne sono andato! E ora ricordo anche perché!».

E lui aveva vinto il match.

Incredibile come non perdesse occasione per farmi sentire una merda.

Sì certo, avevo esagerato, ma lui riusciva sempre a dire e fare cose irrecuperabili, cose per cui non sarebbe mai bastato chiedere scusa.

E comunque lui non lo aveva mai fatto.

Un minuto dopo squillò di nuovo il telefono.

Casualmente Paul.

«Che vuoi?»

«Sono la mamma!».

Mi saltò il cuore in gola, combattuta fra lo scoppiare a piangere e dirle che mi mancava da impazzire e insultarla e chiederle come aveva potuto arrivare a tanto.

Optai per non dire niente.

«Mia, amore della mamma, ti prego, vuoi smettere di fare così? Mi manchi troppo e non sopporto che tu non mi parli. Volevo condividere questa bella cosa con te, ero sicura che saresti stata felice di avere un fratellino, e che avremmo fatto progetti insieme, invece ti comporti come se non ti importasse e mi tagli fuori dalla tua vita. Ho la sensazione che tu sia peggiorata da quando sei partita per Londra! Forse ho fatto male a mandartici! Così mi obblighi a farti tornare a casa!».

Avrei preferito morire piuttosto che tornare lì con lei, Paul e i pannolini.

«Non puoi costringermi ad accettare una cosa che non voglio mamma, non puoi e basta».

«Mia, questo non ha niente a che vedere con l'affetto che ho per te. Questo bambino è un'altra cosa, tu sei tu!».

«E questo cosa vorrebbe dire? In pratica, che tutto resterà come prima? Che potrai dedicarmi tutto il tempo che voglio quando lo voglio? Rispondimi sinceramente!».

«Io ci sarò sempre per te!», ribatté.

«Certo, e quando? Due settimane l'anno quando torno a casa? E durante quelle settimane il bambino dove pensi di metterlo? Quando la tua attenzione sarà completamente assorbita da lui? Grazie mamma, ma ne faccio a meno e se vuoi puoi anche revocarmi il permesso di stare qui, riportarmi a casa e murarmi viva lì con te, ma non potrai mai costringermi ad accettare una cosa che detesto e soprattutto non puoi costringermi a volergli bene!».

«Mia, quando nascerà… sarà tutta un'altra cosa».

«Questo lo speri tu, ma ti garantisco che non sarà così. E forse questo è quello che ti meriti per non aver parlato con la nonna per anni!».

«Sei cattiva a rivolgerti a me così», rispose amaramente.

«Anche tu mamma», conclusi.

Quella conversazione fu peggio di una coltellata.

Stavo perdendo il controllo di tutto e non avevo più alcun appoggio.

Ero una specie di mina vagante e stavo rovinando tutti gli affetti che avevo rifiutando chiunque mi tendesse una mano.

Ma in realtà rifiutavo solo di accettare i cambiamenti che gli altri mi imponevano. E avrei fatto di tutto per mantenere la realtà esattamente com'era prima.

Prima del divorzio dei miei, prima della morte di Pat, prima del mio incidente, prima della gravidanza di Nina, e prima di quella di mia madre.

Prima di questa vita che stavo rifiutando.

«Non starò a guardarti distruggere tutto quello che hai costruito», disse Pat.

«Non c'è niente che tu possa fare per cambiare le cose».

«Io no, ma tu sì», disse duramente, «e non sai come mi fa arrabbiare vederti buttare tutto all'aria invece di concentrarti su ciò che è importante!».

«Cos'è veramente importante Pat! Cosa?», urlai a mia volta.

«La tua carriera! Quella è l'unica cosa che conta e su quella dovresti concentrarti, lasciando fuori tutto il resto!».

«Non posso lasciare fuori tutto il resto! Non ho altro oltre la danza, non ho più te e sia mia mamma che Nina avranno altro a cui pensare molto presto, mio padre è insopportabile, Betty si sente Demi Moore e anche il mio unico amico se ne va. Ti dispiace se sto malissimo?»

«Hai tutto il diritto di stare malissimo Mia, non ti sto dicendo che hai torto, che sei infantile, o che ti sbagli, ti sto solo dicendo che la vita è questo, un continuo perdere le persone e incontrarne altre. E sarà sempre così! Per questo ti dico di attaccarti a quello che ti appartiene davvero, quello che nessuno potrà toglierti: il tuo talento. Non puoi controllare niente e nessuno, mai, ma la danza è tua, il tuo corpo è tuo, quelle emozioni che provi e fai provare agli altri sono tue ed è su quelle che devi lavorare, non sugli altri! La tua passione non potrà mai deluderti!».

Rimasi frastornata per un attimo prima di ribattere: «E cosa succede se mi rompo una gamba? Se mi viene una tendinite, uno strappo, se cado o se mi ammalo come Lia, eh? Che ne faccio della mia passione? Ritaglio foto da appiccicare su un album? Patrick, io ho bisogno di sentirmi amata! Ho bisogno di avere persone intorno di cui fidarmi e su cui poter contare, che non mi tradiscano e che siano con me per sempre! È questo quello che voglio! Più di tutto! E se non posso pretendere questo dalla mia famiglia, da chi posso pretenderlo?», chiesi in lacrime.

«Mia, questo non lo potrai mai pretendere fino in fondo da nessuno, perché le persone hanno la loro vita, anche quelle che ti amano di più e non possono rimanere sotto naftalina per sempre, non sarebbe giusto. Immagina se tu avessi un figlio e ti annientassi completamente per lui, smettendo di danzare, di uscire, di fare la tua vita, di conoscere altre persone. Non sarebbe assurdo?»

«C'è una via di mezzo Pat, una bella via di mezzo fra l'annientarsi e il fregarsene, ed è questo che mi devasta! Da quando ho perso te ho cominciato a perdere tutti!».

«Mia...», mi disse appoggiandomi le mani sulle spalle.

«Che c'è?», risposi divincolandomi. «Cosa vuoi dirmi che non sappia già?».

Pat indietreggiò turbato dalla mia reazione.

«Okay Mia, lasciamo perdere per ora».

«Per ora? Direi di lasciare perdere per sempre! Cos'è questa cosa che abbiamo eh? Noi intendo! Il nulla! Guardati intorno Pat, non c'è nulla!», gridavo al vuoto disperata.

«Ma Mia...», tentò di replicare.

«Pat... è inutile che ci attacchiamo a questo. Non può funzionare!», dissi amareggiata.

Pat mi guardava senza sapere cosa dire. Per la prima volta era senza parole.

Una pioggerella sottile cominciò a cadere da quel cielo lattiginoso, facendosi sempre più forte e intensa.

Aprii le mani e guardai la pioggia scivolare attraverso le dita.

«Vedi Pat? L'amore è come l'acqua... non lo puoi trattenere... nemmeno se vuoi», dissi mostrandogli la mia mano bagnata.

«Mia... non dire così, ti prego. Io ci sono, io sono qui e non me ne andrò mai».

«No Pat, tu non ci sei. Non ci sei più!», risposi scuotendo la testa.

«Mia, io non ti lascerò mai te lo giuro», ripeteva mentre il suo contorno si faceva sempre più confuso. «Mai, non ti lascerò mai».

«Pat!», gridai alla sua immagine sempre più nebulosa. «Pat! Tu stai sparendo...».

«No Mia, io non sto sparendo». Ma anche la sua voce mi giungeva a intermittenza mentre il cuore cominciava a battere sempre più forte.

«Pat, dove sei? Non ti vedo più», chiamavo angosciata cercando in quel bianco assurdo e totale.

Sono qui Mia, ci sarò sempre. Sempre!, disse la sua voce.

«PAT!», urlai sedendomi di scatto sul letto fradicia di sudore.

«Pat!», ripetei al muro. «Pat… non sparire…».

Sono qui tesoro mio. Sono qui accanto a te. Hai fatto solo un brutto sogno.

«Ma tu eri…», balbettai ancora sconvolta da quanto mi fosse sembrato reale. «Sparito e… pioveva… pioveva nel nostro posto».

Guardai fuori della finestra.

Una pioggia insistente e fredda cadeva da un cielo ottusamente bianco che sembrava aver spento il sole per sempre.

«Sempre… Hai detto che ci saresti stato per sempre Pat…».

Io ti amerò per sempre Mia, ma…

«Ma non è la stessa…».

Il campanello cominciò a suonare furiosamente, come se dovessero evacuare la zona per un allarme bomba.

Scesi giù di corsa ad aprire la porta.

«Mi spieghi che cosa vuol dire questa ?», mi gridò Carl, furioso, mettendomi davanti alla faccia la maglietta con scritto «Ti ho detto di no!».

CAPITOLO DICIOTTO

«Il messaggio mi sembra chiaro… no?», risposi a Carl indietreggiando.

«Dov'è Nina?»

«Non lo so, sarà all'università».

«Bene allora l'aspetto!».

«Ma io stavo uscendo», mentii.

«Con quel segno del cuscino che ti attraversa la faccia? Tu dormivi alla grande!».

«Può darsi, ma ora *voglio* uscire!», ribattei cocciuta.

«Bene, io mi siedo in salotto allora», disse cercando di scavalcarmi.

«Non puoi, perché Betty lavora in salotto e non fa entrare nessuno!».

«Tu mi nascondi qualcosa!».

«No!», dissi scuotendo la testa, continuando a indietreggiare.

«Mia Foster Benelli, ti conosco troppo bene e non sei in grado di mentire!».

«Infatti nemmeno ci provo, credimi!», sorrisi disperata.

«Bene, allora nessun problema se l'aspetto qui!».

«Sì è un problema, perché non possono entrare uomini in casa, è una regola della zia Kate. È terribile!».

«Mi sembra un'ottima regola invece, allora l'aspetto in macchina, qui davanti, ed è inutile che tu la chiami al cellulare perché è spento!», mi disse con un sorrisetto maligno.

Ero in trappola! Con Carl alla porta, Nina con Brandon e il suo telefono staccato, si poteva essere più sprovvedute?

Passai due ore a spiare dalla finestra finché sentii la voce di Nina sbraitare parole irripetibili.

Aprii la porta.

«Ecco Nina, volevo dirti che Carl è venuto a trovarti!», sorrisi come se niente fosse. «Ma credo che tu te ne sia accorta da sola… qualcosa da bere?»

«Chi è questo?», chiesero in coro Brandon e Carl indicandosi l'un l'altro.

«Carl, questo è Brandon e Brandon questo è Carl, il padre della bambina», disse Nina entrando serenamente in casa.

Brandon e Carl si strinsero la mano come due galli da combattimento e non la mollarono finché Nina non fece loro cenno di entrare.

Li lasciò soli in cucina con me e andò in camera a cambiarsi.

Ero sicura di vedere del fumo uscire dalle narici di Carl.

«Sei un suo compagno di università?», chiese.

«Sì», rispose sinteticamente Brandon che scannerizzava Carl dalla testa ai piedi da quando era entrato.

Era una scena assurda, ma dentro di me ero orgogliosa che Nina avesse due accaniti corteggiatori, nonostante le sue condizioni.

Speravo solo di riuscire a separarli in tempo.

Carl era più magro di Brandon che era molto più alto e atletico, ma era arrabbiato a tal punto da abbattere tranquillamente la porta a testate senza farsi neanche male.

Nina scese dieci minuti dopo, fresca e profumata come una rosa. Si era anche messa il lucidalabbra e si era spazzolata i capelli che adesso le ricadevano ancora più lucenti sulle spalle.

Se voleva far partire una rissa aveva trovato il modo.

Carl e Brandon fecero subito a gara a chi fosse più premuroso con lei: uno le prese la sedia e l'altro un paio di cuscini per farla stare più comoda.

«Ti preparo il solito tè?», propose Brandon scattando a prendere il bollitore.

«E da quando ti piace il tè?», chiese Carl.

«Da quando me lo prepara Brandon», rispose con un sorriso malizioso che fece gonfiare la vena del collo a Carl.

Un punto per Brandon.

«Sai Brandon, Carl è un genio del computer, il più bravo che abbia mai conosciuto, sa fare miracoli!», buttò là Nina guardandosi le unghie.

«Anch'io me la cavo!», fece Brandon cercando la bustina del tè con la fronte aggrottata.

Un punto per Carl.

Mi sembrava di assistere a una partita di tennis.

«Senti Nina», disse Carl sempre al limite della pazienza, «sono venuto apposta per parlarti». Poi guardandosi intorno continuò: «Da solo!».

«Puoi parlare davanti ai miei amici», rispose lei con un sorriso serafico.

«No, non posso perché si tratta di noi, capito? Di me, di te e della bambina! E nessun altro!», disse in un tono che non ammetteva repliche.

«Carl, io non ti voglio sposare né ora né mai, è chiaro? Punto e basta!».

Carl sembrò accasciarsi impercettibilmente come se avesse preso un pugno in pieno stomaco da Brandon.

Deglutì e proseguì con dignitosa calma. «E magari vorresti metterti con *questo qui*?», disse indicandolo.

«Perché no?», intervenne Brandon.

«Già, perché no?», rispose Nina, divertita.

«Perché ho più diritto di te a stare con lei!», ribatté Carl.

«Be', anche questo è vero!», disse Nina.

«Ma lei non ti vuole, su questo è stata chiara!», insistette Brandon.

«Giusto!», sorrise Nina.

«Se non sta con me, non starà certo con te!», ribadì Carl picchiando il pugno sul tavolo.

Mi sedetti accanto a Nina e le passai la scatola dei biscotti. La faccenda si faceva interessante.

«E chi lo decide. Tu?», fece Brandon.

«Certo che lo decido io! Qui c'è in ballo il futuro di mia figlia e non la lascerò nelle mani di un… canottiere?»

«Che ne sai che faccio canottaggio?», rispose Brandon sorpreso.

«Hai la faccia di quello che ha frequentato solo college esclusivi e che non sa un accidente del mondo!».

«Oh e me lo vorresti insegnare tu come gira il mondo? Magari nel pub dove vai a sbronzarti?»

«Io non mi sbronzo, semmai una birretta ogni tanto! E non ti permetto di inventare balle sul mio conto!».

«Allora perché non lasciamo le signore qui a casa e ce ne andiamo fuori a discutere la faccenda fra gentiluomini?»

«Certo! Non vedo l'ora!», disse Carl con una faccia che intendeva tutto il contrario.

«Non mi sembra una grande idea», intervenne Nina alzandosi faticosamente.

«Sarà una faccenda di cinque minuti», rispose Brandon tirando su le maniche della camicia e uscendo dalla cucina.

«Sì, cinque minuti», fece eco Carl seguendolo.

Io e Nina ci guardammo allibite. «Però è fico che qualcuno si batta per te, non trovi?»

«Sì è fico. Credi che dovrei chiamare un'ambulanza?»

«No!», rispose Carl col naso che sanguinava aprendo il frigo per prendere una lattina ghiacciata da metterci sopra. «Tutto bene, va tutto benissimo!».

«Carl!», urlò Nina correndo da lui. «Oddio Brandon che gli hai fatto?»

«Brandon?», chiamai.

Uscimmo di casa e vedemmo Brandon steso per terra con accanto Eileen con un vaso in mano.

«L'ho visto in difficoltà…», disse stringendosi nelle spalle.

Trascinammo Brandon fino in salotto dove riprese i sensi una decina di minuti dopo.

«Imbecilli! Siete degli imbecilli!», disse Nina mettendogli del ghiaccio sulla nuca.

«Imbecilli!», fece eco Cerotto.

«Complimenti per il destro Carl… ti avevo sottovalutato!», disse Brandon appena riuscì a metterlo a fuoco.

«Te l'avevo detto di stare attento!», rispose Carl massaggiandosi il naso.

Nina lo fulminò con lo sguardo.

La zia Kate fu subito alla porta.

«Cosa succede qua dentro? C'è del sangue per terra! Ora chiamo la polizia!», disse allarmata mentre Eileen dietro di lei faceva cenno di non dire niente.

«No, zia Kate, è tutto a posto!», disse Nina. «Soltanto un piccolo incidente, vero ragazzi?»

«Sì!», risposero in coro guardandosi in cagnesco. «Piccolissimo!».

«Da quando siete arrivate voi succedono cose strane qui e non mi piace, lo dirò a tua madre!».

«Sì zia Kate, dillo pure a chi vuoi, magari ci bruciano sul rogo, come le streghe!».

«Non fare la spiritosa Nina!», rispose zia Kate.

«Dài mamma, andiamocene a casa adesso», la pregò Eileen.

Zia Kate se ne andò con aria minacciosa, promettendo che ci avrebbe tenuto d'occhio.

«Sai che novità!», dissi. «Quella non ci molla un momento!».

«A quanto pare non abbastanza, visto che qui fate entrare chiunque!», disse Brandon appoggiandosi ai gomiti.

«Non ti è bastato un round?», rispose Carl mostrando i pugni.

«Sì!», disse Brandon ributtandosi giù. «Mi è bastato!».

Adesso che i due cavalieri si erano contesi la dama, e avevano perso, non potevano che rimettersi al suo buon cuore e Nina sembrava davvero prenderci gusto.

Li lasciai soli e andai a scuola.

God mi aveva fissato una prova nel pomeriggio e non volevo tardare.

L'idea che non avrei visto Adam però mi rattristava un po'.

Non avevo nessuno con cui sparlare dell'odiosa Joey che, naturalmente, presenziava ogni nostra prova.

Se all'inizio dovevo solo fare qualche *fouetté*, adesso sembrava che lo spettacolo fosse costruito solo per me e questo più che lusingarmi mi spaventava.

Goddard non era tipo da dare niente per niente e tutti conoscevano le carognate che aveva fatto per riuscire ad arrivare dov'era. Tuttora il vederlo mi creava un enorme imbarazzo e quando non ballavamo non avevo idea di cosa dirgli, tanto sembrava che non gli interessasse la mia opinione.

Miss Connor mi intercettò in corridoio.

Irradiava, ogni volta, una serenità e una sicurezza che mi facevano sentire protetta e in pace, come un porto sicuro in alto mare.

«Ehi piccola Mia, ho sentito che sei nelle grinfie di Goddard, come sta andando?»

«Bene!», dissi con troppa allegria.

«Bene… bene?», insistette.

«Eh insomma… è molto esigente», risposi intimorita.

«Senti Mia, a me puoi dirlo tranquillamente!», disse prendendomi da parte. «Quello è a metà fra un criminale e un lupo mannaro. In tutta la mia carriera non ho mai conosciuto un tizio più idiota e più bravo, è il Van Gogh della danza, bravissimo e completamente pazzo, e Dio sa se abbiamo avuto problemi da quando è qui, ma se dovesse maltrattarti devi dirmelo subito e lo metto in condizioni di non ballare mai più. Sono stata chiara?», mi disse puntandomi il dito.

«Chiarissima!», risposi.

«Adesso vai, se fai tardi anche solo di un minuto è capace di andarsene!».

Presi la mia borsa e corsi in sala prove come un coniglio inseguito da una volpe.

Goddard guardò l'orologio e poi me con un sopracciglio alzato.

«Un minuto», risposi, «solo un minuto».

«Tre minuti», disse sprezzante, «non ci riprovare».

«Non succederà più. Lo giuro».

Joey stava seduta nel suo angolo con un quaderno aperto su cui prendeva misteriosi appunti.

«Avanti, vai al centro!», mi ordinò.

Mai una volta che dicesse per favore.

«Ho cambiato un po' di cose come mi ha suggerito Joey. Tu seguimi, al resto ci penso io!».

Presi posto alle sue spalle e feci una smorfia pensando ai suggerimenti di Joey.

Cosa non andava bene nel nostro passo a due?

Che eravamo in due?

Spiacente Joey, non è colpa mia se non sai ballare!

«Tu stai ferma qui, mentre io faccio il primo pezzo dell'introduzione, tu entra al sesto otto».

«Al sesto otto?», protestai. «Ma è un sacco di tempo in cui sto ferma qui, a che serve? Tanto vale non farmi entrare!».

God odiava essere messo in discussione, ma io odiavo che non mi si spiegassero le cose.

«Devi stare ferma lì perché altrimenti la prima parte è confusa», rispose.

«Che vuol dire confusa? Temi che il pubblico non ti guardi abbastanza?».

Strinse gli occhi impercettibilmente e capii che avevo colto nel segno.

Era stato questo il grande suggerimento di Joey: «Metti Mia in un angolo o ti ruberà la scena».

Ma non doveva essere lo spettacolo degli allievi?

«Okay non c'è nessun problema. Starò ferma qui anche per dieci volte otto che problema c'è, se mi portate un cappuccino resto ferma anche per tutto il pezzo!», risposi cinica.

Presi di nuovo posto e gli lasciai fare tutto il suo assolo rimanendo impalata come una statua di cera e quando fu il mio turno lo seguii senza enfasi né vitalità. Come se non ci fossi, evanescente fino alla fine del pezzo.

E Joey scattò in piedi ad applaudire come una *groupie* rincoglionita.

«Era perfetto! *Così* era perfetto!», disse continuando a saltellare. «Bravo God, bravissimo!».

«Ma falla finita!», le disse duro. «Così fa schifo. Sembra la danza della pioggia intorno al totem, è un'idea del cazzo. Rifacciamolo com'era!».

Sì! Rifacciamolo com'era e 'fanculo Joey.

Uno a zero per Mia.

Joey era così rossa in faccia che non si distingueva più dal colore dei suoi capelli, era stata umiliata e adesso mi avrebbe staccato la testa.

In un modo o nell'altro me l'avrebbe fatta pagare.

Morivo dalla voglia di raccontarlo ad Adam.

Riprendemmo le prove alla vecchia maniera e God ritrovò la labile serenità del pazzo.

Ballammo magnificamente ed io ebbi la mia rivincita su di lei.

Almeno per quel round.

Quando uscii, mi attardai apposta in modo da poter vedere, nel riflesso dello specchio, Joey urlargli contro qualcosa che lui ignorava palesemente.

Uscii fischiettando.

«Non sai quanto ti invidio», mi disse Stuart incrociandomi all'uscita. «Ti prego, dimmi com'è ballare con lui».

«Ma ci stavi spiando?», chiesi.

«Certo lo faccio sempre, non me ne perdo una!».

«Uhm fammi pensare. Ballare con Goddard è un po' come mettersi delle scarpe molto belle, ma strettissime: sei contenta di sfoggiarle, ma non vedi l'ora di toglierle!», risposi strizzandogli un occhio.

Uscii che era già buio, sperando che Joey non mi avrebbe fatto prendere a sprangate da qualche teppista. Quando sentii chiamare il mio nome.

Ariel mi trotterellava dietro come un cagnolino.

«Ti vorrei parlare un minuto», mi disse.

«Certo dimmi pure!».

«Sai Mia, tu sei il mio idolo. Vorrei tanto diventare come te un giorno. Forte, sicura, e coraggiosa!».

Mi voltai per capire di chi stesse parlando.

«Hai bevuto troppa RedBull per caso?»

«No, dico davvero. Ti ammiro un casino. Io sono talmente insicura che me la faccio addosso per metà del tempo e mi rendo conto, ogni giorno che passa, che questo non è il mio posto», disse scoraggiata.

«Ariel, ma parli sul serio? Non sai che è un onore essere scelti per studiare in questa scuola?»

«Sì lo so, e ci ho pensato tanto, ma credimi sta diventando un peso alzarmi la mattina e sapere di dover venire qui. Sento troppa pressione e credo davvero di non avere abbastanza talento per continuare. Volevo dirtelo perché domani parlerò con la preside Parker».

Era me. Ariel era la Mia di qualche mese prima.

«No», le dissi seria, «non farlo. Tieni duro, basterà resistere un solo giorno per vedere la luce in fondo al tunnel. È come se tu stessi scalando una montagna avvolta dalla nebbia. Stai per mollare e non ti accorgi che sei già in cima. È stato così anche per me. È stato così per tutti. Ho avuto gli stessi tuoi dubbi!».

«No, Mia, tu sei combattiva e per te è diverso. Tu credi di voler mollare, ma alla fine non molli mai, perché hai grinta e sai di avere un talento incredibile. Mentre io dubito proprio di questo. Non ho il talento necessario per rimanere qui. Non sono brava abbastanza!», mi disse con gli occhi lucidi.

«E chi lo decide se hai talento o no? Chi ti ha detto che non ne hai? Gli insegnanti o tu?»

«Gli insegnanti non mi dicono niente, ed è per questo che mi preoccupo. Non ho niente da dare a parte la tecnica che ho imparato». Adesso le lacrime le rigavano le guance.

«Ariel, credimi, è solo un momento. Un momento che passerà. Devi solo aspettare domani e vedrai che tutto ti sembrerà diverso. Con me funziona sempre: ci dormo sopra e il giorno dopo i problemi sono grandi la metà. Prova! Che ti costa? Ti prometto che domani sarà davvero un giorno migliore!».

Le sorrisi.

«Tu credi?», chiese speranzosa.

«Ti do la mia parola», dissi tendendole la mano che strinse con la delicatezza di una libellula.

«Stringi pure, guarda che non si rompe!».

La strinse più forte mordendosi un labbro.

«Molto meglio! Allora ci vediamo domani!», le dissi avviandomi alla fermata.

Salii sull'autobus pensando che il motivo per cui, la mattina dopo, per me era sempre meglio, era che io avevo Pat.

Adam mi chiamò la sera stessa e ridemmo tantissimo mentre gli raccontavo di Joey che giocava a fare l'aiuto-coreografa facendo solo una gran figura di merda.

«Avrei voluto vedere la sua faccia!».

«Era impagabile, non si può descrivere! Come va lì da te?»

«Una faticaccia. Ho fatto tre provini oggi, due sono andati così così, uno molto bene. Domani ne faccio uno per una radio, ma punto tutto su quello per il *Saturday Night Live* fra tre settimane, che è il motivo principale per cui sono venuto qui».

«Ehi congratulazioni! Il SNL è grandioso, un po' la Royal Ballet dei comici. Se ti prendono potrò dire di averti conosciuto?»

«Se mi prendono verrai qui a farmi da life coach al posto di Betty!».

Nina era di ottimo umore a casa, ora che era la principessa favorita del castello.

Carl era ripartito per Leicester abbandonando il campo, ma solo per il momento, e Brandon sapeva di avere un rivale duro da battere. Questo la faceva sentire amata e importante.

E io ero invidiosa, ma felice per lei.

Mentre Betty era nel pieno della sua seconda giovinezza.

Curioso come, da un momento all'altro, tutto potesse essere meraviglioso o terrificante.

Purtroppo, la mia esperienza mi aveva portata a non essere mai troppo ottimista nei momenti di pace.

Giorni dopo Ariel mi prese di nuovo da parte.

«Sai avevi ragione tu Mia, è tutto nella mia testa, ce la posso fare!».

«Non ne ho mai dubitato!».

«Mi metto davanti allo specchio la mattina e mi ripeto: "Sei la migliore, sei la migliore, sei la migliore!". E funziona sai? Mi sento più coraggiosa e forte!».

«Sei la migliore allora!», risi.

«Non lo sono e non lo sarò mai, ma provo a ripetermelo continuamente e un po' mi aiuta. Forse un giorno non ne avrò più bisogno!».

«Di cosa non avrai più bisogno?», intervenne Stuart fra di noi.

«Di….», balbettò.

«Dei tuoi pantaloni fosforescenti», risposi. «Sono orribili e a God non piaceranno!».

«Dici davvero? Certo che tu sei ben piazzata per conoscere i suoi gusti! Che rabbia mi fai granculo!».

La prova dello spettacolo fu pesantissima. A me sembrava che andasse tutto bene, ma Goddard non faceva che riprendermi anche là dove ero sicura di non sbagliare un passo. E Joey non mi toglieva gli occhi di dosso.

Cosa poteva avergli detto per farlo incazzare così tanto con me?

Ero così irrigidita per i nervi che al momento della presa mi sbilanciai e caddi addosso a lui che scivolò e sbatté il gomito.

«Cretina! Idiota! Cogliona!», urlò come un ossesso facendo ammutolire tutti. «Ti ho detto mille volte di rilassarti! Ma tu no, te ne stai lì con una scopa nel culo e guarda cosa fai? A momenti ci fai ammazzare tutti e due!», sbraitò tenendosi il gomito senza neanche chiedermi come stavo.

Joey corse subito in suo soccorso urlando di andare a cercare del ghiaccio, neanche avesse preso una martellata in testa.

Avevo sbattuto il ginocchio e il fianco, ma la rabbia che provavo nei suoi confronti superava di gran lunga il dolore.

I ragazzi si fecero intorno a noi impotenti e ammutoliti.

«Sei un sacco di patate, altro che danza classica, sei un orso maldestro!», ruggì.

Sentivo gli sguardi addosso, ma mi rifiutavo di reagire.

«Signore e signori vi ho appena mostrato cosa non fare mai!», continuò mettendo il ghiaccio sul gomito. «Come te la cavi con il lancio del peso eh Mia? E con il tiro con l'arco? Sono discipline che potresti prendere in considerazione una volta uscita di qui!».

«Vaffanculo Goddard!», sbottai. «Tu e la tua boria del cazzo! Ma credi di essere davvero Dio? Scommettiamo che i tuoi compagni di scuola ti hanno preso per il culo dal primo giorno delle elementari? E che da quel giorno hai giurato vendetta? Sei solo un poveraccio che ha vinto alla lotteria e che sta sprecando tutto il suo denaro buttandolo nel cesso! Ma a me non importa, sai perché? Perché io posso scegliere di non vederti più, mentre tu vedrai la tua stupida faccia riflessa nello specchio tutti i giorni della tua vita e sono convinta che stia sulle scatole anche a te! E pensa bene a cosa farai il giorno che ti romperai il menisco, perché non ci sarà più nessuno intorno a un coreografo stronzo e zoppo!». E me ne andai dalla sala a lunghe falcate con la mia camminata a papera che certamente conferiva un che di comico a quell'uscita di scena.

Sentivo il suo sguardo iniettato di sangue attraversarmi la schiena e temevo che, con la forza del pensiero, sarebbe riuscito a chiudere le porte davanti a me.

Ma non successe niente di tutto questo.

Raggiunsi lo spogliatoio e mi cambiai rapidamente.

Non facevo che scappare.

Ma non sarei rimasta lì a farmi insultare un minuto di più.

Non avrei preso parte allo spettacolo di fine anno. E allora? Ce ne sarebbero stati altri e nella peggiore delle ipotesi lo avrei detto a Miss Connor.

Buttai le mie cose in borsa e uscii da scuola sollevata.

Non sarebbe stato lui a rovinarmi la giornata o la carriera.

Ma una volta fuori mi sentii chiamare di nuovo da Ariel.

«Dimmi Ariel», risposi esasperata senza voltarmi.

«Goddard vuole che rientri in classe».

«E ha mandato te a dirmelo?».

Annuì.

«Digli che non mi hai trovata».

«Non so dire le bugie, ti prego torna dentro, lo sai che mi fa paura!».

«A me no! E dopo quello che mi ha detto mi aspetto solo le sue scuse. Ho finito di farmi trattare come un fazzoletto usato».

Mi voltai e presi di nuovo la mia strada.

Non potevo sentirmi meglio.

Avevo sconfitto il mostro.

Più tardi a casa, mentre insegnavo a Cerotto a dire delle parolacce in italiano, squillò il mio cellulare.

Era di nuovo Paul.

«Mamma smettila, lo so che sei tu!», risposi brusca.

«No, sono Paul!», disse.

«Uffa. Non ci voglio parlare».

«Lo so, ma sono come una murena: non mollo la presa!».

«Cosa vuoi».

«Sapere come sta la mia bambina preferita e dirti che qui va tutto bene e anche se tu non pensi a noi, noi pensiamo a te e ti vogliamo bene e sei la nostra famiglia. Ti abbraccio forte anche da parte della mamma». E buttò giù.

Guardai il cellulare con un misto di gioia e tenerezza.

Paul sarebbe sempre stato il mio preferito.

Squillò di nuovo.

Risposi senza neanche guardare.

«Che c'è ancora».

«Mia?»

«Sì, chi è?», dissi non riconoscendo la voce.

«Sono… God… dard».

Il cuore mi balzò in gola e quasi lo sputai sul pavimento.

«Ah… ciao». Che altro potevo dire?
«Senti… a proposito di oggi…».
«Sì?»
«Volevo dirti che ho esagerato».
Erano delle scuse? Voldemort telefonava a Harry Potter per chiedergli scusa?? In quale libro della saga??
«Sì. Hai esagerato».
«Sì… in effetti ho esagerato. A volte lo faccio. E anche tu…».
«Sì ho un po' esagerato anch'io».
…
Che dovevo dire adesso?
«Senti, non penserai che mi metta a chiedere scusa o cose così vero? Perché non sono il tipo. Quindi. Okay te l'ho detto».
«Detto cosa?»
«Che mi dispiace, cazzo!», sbottò.
…
«Pronto? Ci sei?»
«M-mh».
«Okay scusa! Scusa mi sono comportato da stronzo. Va meglio?»
«Sì, insomma».
«Che devo fare allora, mettermi in ginocchio?»
«Non sarebbe male!».
«Non lo farò».
«Allora non ballerò più con te».
Sospirò.
«Okay sono in ginocchio. Non mi puoi vedere ma sono in ginocchio, senti? Questo è il rumore della moquette che struscia contro i pantaloni».
«Puoi farlo con la mano».
«Cazzo Mia! Sono sulle mie cazzo di ginocchia a chiederti le mie cazzo di scuse va bene?», stava urlando.
Era divertente torturarlo.
«Se per te questo è il massimo che puoi fare…».
«E cosa vuoi da me, eh?»
«Che tu smetta di trattarmi male. Non voglio che tu mi manchi mai più di rispetto. Mai più. O non frequenterò più i tuoi corsi e ne parlerò a Miss Connor».
Quel nome lo fece trasalire.

«La Connor? Perché proprio la Connor?»

«Perché mi ha detto di avvertirla se facevi lo stronzo e io le ho assicurato che sei un tesoro con me, ma posso sempre andarci a parlare domattina».

«No, senti Mia, non ci andare, ho avuto un po' di casini con lei per aver… esagerato un'altra volta e insomma… se glielo dici mi buttano fuori… e non vorrei. Insomma Mia, detto sinceramente, mi tieni per le palle. Ti prometto che farò l'impossibile per non dirti più niente. Non ti garantisco miracoli perché sono un cazzone e non riesco a controllarmi, ma ti giuro che farò l'impossibile per fare il bravo. Va bene così?»

«Per ora. Ma se non mantieni la parola me ne vado».

«Giuro su mia figlia».

«Hai una figlia?»

«Sì. Di cinque anni».

«Allora mi posso fidare».

«Ti puoi fidare!».

"Speriamo", pensai riattaccando.

«Come mai Cerotto non smette di ripetere "imbecilli", "sangue", "polizia" e "cazzone"?», chiese Betty a cena.

Io e Nina ci guardammo.

«Ha visto NCIS?».

CAPITOLO DICIANNOVE

Le settimane passarono intense ma moderatamente tranquille.

God faceva del suo meglio per non torturarmi troppo e io fingevo di non sentire quando diceva cose fuori luogo.

Ma mi era sufficiente un'occhiata per fargli capire che lo avrei detto alla Connor.

Joey invece non mi mollava un minuto e questo mi metteva ansia. Mi seguiva costantemente con lo sguardo studiando ogni mia mossa.

Non le bastava fare coppia fissa con lui, lei voleva tutta la torta.

E non sopportava che io e Adam fossimo amici.

Adam era tornato.

Il provino col *Saturday Night Live* era andato bene e gli avrebbero fatto sapere a breve.

Era fuori di sé dalla gioia, ma l'incontro con Joey lo aveva fiaccato immediatamente, riempiendolo di nuovo di dubbi.

«Mi fa impressione vederli insieme», mi disse.

«Lo so, fa effetto anche a me, ma ti ci dovrai abituare».

«È contro natura! Lei era così dolce, gentile, premurosa, e lui è una iena!».

«No, Adam, è più dolce lui di lei anche se suona assurdo!».

La guardava ancora estasiato, fermandosi solo alle apparenze e ai bei ricordi, rifiutandosi di vedere la realtà.

Forse tutti, alla fine, avevamo quel problema.

E quando Joey ci vedeva insieme non esitava a intromettersi e tormentarlo.

«Allora Adam? Pare che a New York non si parli che di te, a quando l'ospitata da Letterman?».

Si sentiva forte dell'appoggio di Goddard e si divertiva a umiliarlo e lui, ogni volta, invece di reagire, si chiedeva perché.

«Perché è una stronza ecco perché!».

«Lei non è così, è lui che l'ha plagiata!».

«Plagiata? Per andare d'accordo con lui devi essere un demone! Quello non ha mezze misure, tratta male tutti indistintamente e per decidere di stargli accanto devi avere un ottimo motivo!».

«Dici che è così?»

«Sì Adam, *è* così e quando smetterai di idealizzarla te ne accorgerai anche tu», dissi esasperata.

Ero stanca.

Stanca di tutte quelle prove, stanca di guardarmi da Joey, stanca dello spettacolo e delle telefonate di mia madre, stanca di mio padre, Paul e mia nonna, stanca dell'ingenuità degli altri, stanca di tutto.

Tranne di Patrick.

Che però cominciava a trovare faticoso *vivere* così.

Tenevo il viso contro il suo petto, e lui appoggiava il mento contro la mia testa e respirava piano.

«Sai Mia, a volte mi chiedo se questo posto non sia solo un passaggio».

«Cosa intendi?», chiesi alzando la testa.

«È strano che io sia da solo qui. Se anche gli altri hanno qualcuno accanto che li ama e li protegge, perché non li vedo mai?»

«Forse non li vedi, ma ci sono».

«Non credo Mia, non credo», sospirò tristemente.

Riappoggiai la testa al suo petto.

Sapevo cosa intendeva. Anche lui, come me, temeva che da un momento all'altro il suo viaggio sarebbe finito e sarebbe giunto a destinazione.

E ci saremmo separati definitivamente.

«È domani?», mi chiese.

«Sì è domani».

Lo abbracciai forte per comunicargli tutta la mia tristezza.

E lui capì stringendomi forte.

Le prove di quella sera con Goddard furono tragiche.

Lui era spazientito e io non capivo cosa volesse da me.

Continuava a farmi ripetere la stessa cosa un milione di volte.

«Basta!», dissi a un certo punto. «Non ci riesco! Non lo so fare! Sono stufa!», sbottai innervosita e stanca.

Non volevo piangere di fronte a lui, ma la tensione era tale che le lacrime scesero da sole mentre mi toglievo le scarpette.

Lui parve irritato e iniziò a camminare su e giù senza sapere cosa dire.

«Vieni con me!», mi ordinò.

«Non ci vengo!», risposi prendendo la mia borsa.

«E invece sì!», ripeté prendendomi per un braccio e trascinandomi fuori sulla scala antincendio.

«Dove stiamo andando? Non vedi che piove?»

«Meglio! Zitta e sali!».

Cominciammo a salire per le scale di metallo fino a raggiungere la terrazza.

Pioveva a dirotto e faceva freddissimo e io ero in maglietta.

«Vuoi uccidermi eh, Goddard? È questo che vuoi?»

«Vieni qui!», disse saltando sul parapetto umido.

«Sei completamente matto? No che non ci salgo!».

«Dammi la mano!», gridò tendendomi la sua. «Non è pericoloso guarda!», disse camminando avanti e indietro.

Che stavo facendo? Stavo seguendo un pazzo su un muretto a trenta metri d'altezza.

Fissai la sua mano tesa verso di me attraverso la pioggia battente e gelata.

Sembrava un gatto perfettamente a suo agio.

Gli diedi la mano e mi tirò a sé con assoluta facilità.

Guardai giù.

La pioggia cadeva sempre più forte, tremavo ed ero paralizzata dalla paura.

Che cazzo state facendo, vi volete ammazzare? Scendi Mia, scendi da lì per l'amor del cielo!

Goddard mi teneva la mano e io non riuscivo a muovermi per paura di scivolare.

«Non guardare giù Mia, guardami negli occhi e cammina verso di me!», mi urlava attraverso la pioggia fitta.

«Ho paura, ho paura non ce la faccio!».

«Sì che ce la fai Mia! Tu sei bloccata, tu sei piena di paura! Di cosa hai paura eh? Di cosa? Di lasciarti andare? Di far vedere chi sei? Di volare? Eh Mia? È di volare che hai paura? Guarda, Mia, guardami!», gridava come un pazzo saltando sul muretto senza badare a dove metteva i piedi.

«Smetti, smetti di saltare, così ti ammazzi!». Piangevo.

«La vita non vale la pena di essere vissuta se non rischi un po'! E tu sei una ballerina e devi volare alto, e devi fare in modo che quelli che ti guardano volino insieme a te! Non puoi solo fare i passi giusti, tutti sono bravi a fare i passi giusti, tu hai qualcosa di più, è per questo che ti ho scelta! Perché tu sei speciale! E adesso dimmi che cazzo ti è successo da farti diventare così rigida! Non ti senti abbastanza considerata dal mondo? Hai litigato con l'amica del cuore? Il tuo fidanzatino ti ha lasciato per un'altra?»

«Brutto bastardo!», gli urlai con tutto il fiato che avevo in corpo. «Il mio *fidanzatino* è morto! Sei contento adesso? MORTO! E tu non sei degno neanche di nominarlo! E ora che lo sai puoi prendermi ancora di più per il culo a lezione, tanto io con te non ci ballo più, lo giuro su Dio. Sei uno stronzo, sadico e io ti odio!», gli urlai continuando a piangere.

Goddard non disse più una parola e mi guardò sgomento.

Aveva esagerato. Di nuovo.

Mi tese la mano.

«Vieni ti porto giù», fece con dolcezza.

Gli porsi la mano tremando come una foglia, zuppa fino alle ossa.

«Vieni qui Mia, non lo sapevo, scusami. Sono un imbecille, ma avevo bisogno di capirti. Ora so». Mi prese fra le braccia e saltò giù, poi si tolse il giubbotto e me lo mise sulle spalle.

Non smettevo più di piangere.

«Sì Mia. Piangi. Continua a piangere. Va bene… va bene così», disse abbracciandomi.

La pioggia si intensificava e io continuavo a singhiozzare. Piangevo lacrime infinite, senza riuscire a vederne la fine.

«Passa. Te lo giuro che passa. Mia. Passa».

Mi accompagnò fino agli spogliatoi, incurante degli sguardi incuriositi degli altri, sempre rassicurandomi.

«Adesso ti fai una bella doccia calda, ti cambi, e torni a casa. Poi ordini una pizza con tutto doppio e domani andrà meglio e io non ti dirò niente, neanche se sbagli tutto».

Sorrisi appena.

«Dài che altrimenti pensano che io ti abbia picchiata e la Connor mi fa buttare fuori».

Te lo meriteresti brutto idiota. Se fossi stato lì ti avrei spaccato la faccia.

Tornai a casa scioccata.

Con qualcosa di rotto dentro.

Irrimediabilmente rotto.

La sabbia che si era appena depositata sul fondo della mia anima aveva reso ancora tutto opaco.

E non ci vedevo di nuovo più.

Salii in camera e piansi e piansi fino allo sfinimento, finché Betty entrò, si sdraiò accanto a me e mi fece addormentare cantando dolcemente una ninna nanna.

La mattina dopo mi sentivo strana.

Era come se mi avessero tolto un peso enorme dal petto, ma al suo posto mi avessero messo qualcosa di molto più pesante: la consapevolezza, quella specie di riflettore che illuminava le verità nascoste che cercavi di ignorare e ti veniva a stanare quando cominciavi a raccontarti la *tua* verità.

Il cuore ti diceva “okay, lo so”, ma la consapevolezza ti faceva dire “okay *lo capisco*”.

E quello che non potevo nascondere a me stessa era che fosse passato un anno esatto dalla morte di Patrick.

Il 12 febbraio.

Il maledetto 12 febbraio.

E mi rendevo conto che quella, come ogni altra data, sarebbe stata una scusa buona per smettere di vivere e continuare a ricordare le feste, i compleanni e gli anniversari passati in cui eravamo tutti insieme.

Decisi che dovevo chiudere quel circolo vizioso e anche che io non ci avrei pensato, che Nina non ci avrebbe pensato, che nessuno ci avrebbe pensato o non ne saremmo usciti vivi.

Quindi ci saremmo limitati al nostro rito a Natale e lì avremmo concentrato tutte le nostre preghiere e i nostri "ti ricordi", e avremmo parlato del passato fino a sfinirci, e poi ci saremmo alzate e avremmo continuato il nostro cammino.

Una volta a scuola, Joey raggiunse il mio armadietto e a momenti non mi ci chiuse le dita dentro.

«Cosa credi di fare con God?»

«Niente», risposi senza guardarla, prendendo i miei libri.

«Sarà meglio per te!», disse a denti stretti continuando a sorridere a chi le passava accanto.

«Altrimenti che mi fai? Mi fai picchiare?»

«Potrei! In fondo la carriera di una ballerina è appesa a un filo no?», rispose sprezzante, andandosene.

Non potevo crederci, mi aveva minacciato!

Cosa significava? Che d'ora in poi avrei dovuto uscire con una guardia del corpo?

Cercai di non pensarci, ma l'idea di Joey con un cappuccio e una mazza da baseball che mi colpiva le ginocchia non poteva non preoccuparmi.

Quel giorno danzai diversamente.

E non per la paura di Joey, ma per qualcosa che Goddard aveva leggermente smosso.

E anche Miss Connor e Miss Pauline me lo fecero notare.

C'era in me qualcosa di meno meccanico e più intimo, come se finalmente avessi cominciato a muovermi insieme al flusso.

E Goddard non mi disse una parola, nemmeno una. Si limitò ad annuire e, a volte, a sorridere, mentre Joey non smetteva di parlargli nelle orecchie e intervenire dicendo "noi".

Non si capiva se gli facesse da agente o cosa.

Adam mi aspettò per la nostra consueta chiacchierata fino alla fermata dell'autobus. Sembrava più depresso del solito.

«Oggi Joey mi ha proprio fatto incazzare», disse sconsolato. «Non fa che prendermi per il culo per la faccenda del provino e io sono nervosissimo, perché in effetti quelli non mi hanno ancora richiamato e ho paura che non lo facciano più. Chissà quanto riderebbe di me. La grande diva!».

«Abbi pazienza! Ti richiameranno».

«E se non lo fanno?»

«Se non ti chiamano loro ti chiamerà qualcun altro!...». Presi il mio telefono e composi il suo numero.

«Vedi, squilla già!», dissi guardandolo. «Pronto, parlo con Adam?»

«Sì», rise lui, «chi è?»

«Sono la segretaria del tuo futuro. Ti volevo dire che sarà stupendo e che farai grandi cose!».

«Dici davvero?»

«Certo che dico davvero! Come ti permetti di dubitarne? Io so tutto!», risposi con aria seria.

Scoppiò in una risata.

«Mia sei unica, veramente! Ti va di andare a mangiare una pizza? Non ho voglia di stare a casa a guardare il telefono!».

Riflettei un secondo sulle alternative e sul pericolo che quella sera finissi di nuovo a scorrere gli SMS di Pat e ad annusare il Post-it che mi aveva lasciato una volta sulla porta e senza neanche riflettere risposi: «Sì. Pizza. Va bene!».

«Perfetto, conosco un posto dove la fanno abbastanza decente per una mezza italiana!».

Il cielo era plumbeo e le previsioni annunciavano neve, così facemmo un paio di isolati a piedi fino a un ristorante italiano dall'aria deserta.

Parlammo molto.

O meglio, Adam parlò molto: di com'era bella e stimolante New York, dei comici che ammirava, dei provini, della competizione, e ovviamente i restanti tre quarti della conversazione furono occupati da Joey.

«Ce ne facciamo un'altra a metà?», mi chiese rosicchiando le croste avanzate.

«Okay, a patto che tu non mi parli più di Joey! Non ne posso più, la vedo tutti i giorni e non posso anche cenare con lei!».

«Hai ragione!», rispose mortificato. «Sono in quella fase stupida in cui continuo a chiedermi perché!».

«E sapere il perché ti aiuterebbe?»

«Certo che sì, almeno me ne farei una ragione!».

«Dici davvero? Allora facciamo una prova», dissi appoggiando i gomiti sul tavolo e guardandolo seria. «Lei ti ha lasciato perché non ti ama più e non voleva più prenderti in giro».

«E perché?», chiese con un'ingenuità spiazzante.

«Perché sì. È la sua ragione. Ti senti meglio adesso?»

«Certo che no!», rispose infastidito. «Sono ancora più incazzato!».

«Lo vedi? Non serve a niente sapere il perché, non finché il tuo cuore non avrà deciso di dimenticarla e voltare pagina!».

«Non ci credo, prova ancora!», disse serrando i pugni e la mascella come se stesse aspettando il verdetto del giudice.

«Joey ti ha lasciato perché la sua carriera è più importante della vostra storia e si vuole concentrare su quella. Ti senti meglio?», incalzai.

«No e poi no! Cosa significa che la sua carriera è più importante? La carriera non ti ama, non ti protegge, non ti sposa!».

«Sì, se sei tu a metterla davanti ad ogni cosa e in molti casi dà molti meno problemi di una relazione!».

«Mia!».

«Okay. L'ultima volta… Allora ti ha lasciato perché… si è innamorata di God!».

«AHHHHH!!!!», disse mimando una pugnalata in pieno cuore. «Così mi uccidi!».

«Lo so che era un colpo basso, ma credo che questo sia l'unico vero perché… e adesso… pensi di sopravvivere?»

«Cameriere! Una margherita con doppia mozzarella, basilico e cianuro grazie!».

«Scommettiamo che ti brucia di più il tuo amor proprio che non il fatto che lei ti abbia lasciato?», continuai strappando una fetta di pizza filante con le mani.

«Che intendi?»

«Che se fossi stato tu a lasciarla non faresti tutte queste scene! È il fatto di essere dall'altra parte a seccarti!».

«Che c'entra! Essere lasciati fa sempre male!».

«Certo! Ma vuoi dirmi che fra voi era tutto perfetto e a un certo punto lei ha solo cambiato idea? Avanti dimmelo guardandomi negli occhi e senza masticare!».

«Ehm… Proprio benissimo non andava!», ammise asciugandosi la bocca col tovagliolo.

«AH! Lo sapevo! E da quando? Da quando ha cominciato a decidere per te dicendo che non eri tagliato per il cabaret? O piuttosto quando ti compativa facendoti sentire una merda, oppure quando ti umiliava trattandoti come il suo accompagnatore? Ho dimenticato qualcosa?»

«Quando mi diceva che sarei sempre stato mediocre?»

«Accidenti! E perché non vi siete sposati? Non ho mai sentito una storia d'amore più romantica di questa! Da far rabbrividire Edward e Bella!».

Adam si coprì la faccia con le mani.

«Possibile che io sia così stupido?»

«Ma no, ma no, quando uno è innamorato non vuole più capire niente, solo quando finalmente apre gli occhi è salvo!».

«Mi hai salvato Mia!».

«Magari! Chissà per quanti mesi ancora mi romperai parlandomi di quanto è meravigliosa e unica!», risposi con una smorfia.

«Prometto che non lo farò più!», disse mettendosi una mano sul cuore.

«Mi basterebbe che non me ne parlassi per stasera!».

«Okay prometto! Facciamo un brindisi?», mi propose alzando la sua Coca.

Alzai il bicchiere a mia volta.

«Agli amici veri che non si tradiscono mai!», disse sorridendo.

«Preferisco: agli amici che fanno del loro meglio per non deludersi. È più realista!», conclusi.

«Okay, agli amici che fanno di tutto per non deludersi e al grande amore, quello vero!».

Mi rattristai improvvisamente.

«Ops… è successo qualcosa?», chiese preoccupato.

«No. È che oggi… sì insomma è oggi che Patrick un anno fa…». Lo guardai. «Ti dispiace se brindiamo a lui?», chiesi cercando di sorridere.

«Oh… no», disse stringendo le labbra, «ancora una volta io ti racconto le mie cazzate e tu…». Scosse la testa. «Sono un idiota senza speranze… Okay lo faccio io il brindisi per Patrick se non ti dispiace», annunciò.

Mi guardò negli occhi cercando le parole.

«Caro Patrick. Io non ho avuto l'onore di conoscerti, ma per come conosco Mia, e vista la stima che ho per lei, sono certo che tu fossi un tipo straordinario e saremmo certamente stati amici. Il mondo avrebbe bisogno di più persone come te e meno come Goddard…». Mi guardò imbarazzato. «Scusa… quello che intendevo è che non è un modo di dire che sono sempre i migliori ad andarsene, sembra che chi si sacrifica per gli altri, è generoso e altruista, sia meno resistente agli urti di chi è un bastardo dentro e se ne frega del prossimo. Mio padre era il mio eroe, ma si è ammalato ed è morto in due mesi, perciò so cosa vuol dire rimanere impotenti, mentre vedi qualcuno che annega… Per cui, Patrick, sono certo che tu sia in un posto migliore di questo, pieno di persone meravigliose come te, dove ci incontreremo tutti un giorno».

Le lacrime scendevano silenziose come la neve che cadeva fuori.

Ti prego abbracciala. Abbracciala forte.

«Vieni qui», disse Adam.

Sì alzò e mi strinse forte mentre singhiozzavo.

«Shhh! Va tutto bene», sussurrò accarezzandomi i capelli, «va tutto bene… certo che per essere un cabarettista faccio scintille!».

Cercai di sorridere asciugandomi gli occhi.

«È ora di andare adesso, fuori sta nevicando», dissi.

Uscimmo dal ristorante e rimanemmo a bocca aperta davanti allo spettacolo che ci si parò davanti: la neve stava cadendo violenta e abbondante e aveva già ricoperto tetti e strade e le poche macchine in giro viaggiavano con le catene.

Il silenzio ovattato rendeva tutto irreale e magico, come in una fiaba, mentre i fiocchi pesanti cadevano con un rumore sordo.

I nostri passi lasciavano impronte di cinque centimetri e le strade stavano già ghiacciando.

«Non torneremo mai più a casa», mi lamentai stringendomi nella giacca, mentre cominciavo a battere i denti.

«Dobbiamo solo raggiungere la scuola, poi da lì ti porterò a casa in macchina».

«Hai le catene?»

«Veramente no, ma piuttosto ti porto in braccio!».

Il mio telefono era scarico, dovevo decidermi a comprare un'altra batteria, e la macchina era già semisepolta dalla neve tanto che dovemmo pulire le targhe per riconoscere la nostra.

Arrivammo a casa dopo le dieci di sera, guidando pianissimo e completamente intirizziti.

Mi accompagnò fino alla porta, Nina e Betty dovevano essere preoccupatissime.

«Allora ciao Adam e grazie della serata!».

«Questa era buona davvero! Se non vuoi più vedermi ti capirò! Dài, ti guardo entrare come un vero gentiluomo!».

Lo salutai con la mano e infilai la chiave nella porta, ma appena aprii sentii Nina chiamare forte il mio nome.

«Nina, che succede?», urlai salendo le scale di corsa.

Adam corse su dietro di me.

Nina era a letto in un bagno di sudore, si contorceva dal dolore tenendosi la pancia, quasi senza fiato.

«Oddio Nina, che succede?», gridai spaventata.

«Non lo so… ho paura… aiutami… fa troppo male!», piangeva sconvolta dal dolore e dal panico.

«Ma perché non mi hai chiamata? E Betty dov'è?», dissi togliendole i capelli appiccicati sul viso mentre cercavo di farla sedere.

«Ti ho chiamata, ma il tuo telefonino è sempre spento e Betty è bloccata per la neve da qualche parte, ho chiamato Carl e stanno partendo con mia madre da Leicester ma ci metteranno quattro ore», disse con la voce rotta. «…Allora ho chiamato l'ambulanza, ma non arriva nessuno, stasera sono pieni di emergenze….e». Si bloccò stringendo i denti paralizzata da uno spasmo.

«Cazzo!», urlai. «Io e la mia testa vuota! Lo dovevo immaginare che potevi aver bisogno d'aiuto e non ci ho pensato!».

«Basta piangere adesso ragazze! Dobbiamo portarla in ospedale subito, ho la macchina qui sotto, faremo prima noi!», disse Adam.

«È troppo presto, non può nascere, non so cosa succede, manca quasi un mese», diceva fra le lacrime, mentre Adam la prendeva in braccio tranquillizzandola.

Ero senza parole mentre lo vedevo scendere le scale sicuro di sé, e senza la minima esitazione.

«Mia, prendi il mio telefono e chiama subito tutti: i suoi genitori, il suo ragazzo, il ginecologo e l'ospedale e di' che stiamo arrivando!».

Sembrava un sergente dei Marine, solo Pat avrebbe avuto un tale sangue freddo.

Arrivammo giù all'ingresso e Nina emise un lamento così doloroso da far rabbrividire.

«Non ce la faccio più! Sta nascendo, lo sento, sta nascendo!», urlò.

Adam la guardò e, senza perdersi d'animo, la depose con la massima cautela sul divano del salotto, dove Betty faceva sdraiare i suoi pazienti.

«Mia, corri a prendere asciugamani e acqua calda, non chiedermi perché, ma l'ho sempre sentito dire nei film, a qualcosa serviranno, e tu Nina respira, respira profondamente», disse cercando di rimanere più calmo possibile.

«Avessi frequentato quel cazzo di corso preparto…», ansimò Nina.

«Te l'avevo detto io!», commentai correndo per casa con asciugamani e telefono.

«Vaffanculo Mia! Non è il momento!», ringhiò Nina trasfigurata dalla sofferenza.

«Vaffanculo!», rispose Cerotto strappandoci una risata.

L'ospedale mi aveva messo in attesa: c'era stato un maxitamponamento e molte ambulanze erano fuori.

I nostri telefoni squillavano all'impazzata: Carl e Laetitia erano bloccati in autostrada e Carl era fuori di sé. Betty era disperata e si sentiva terribilmente in colpa. Stava cercando di tornare a casa a piedi e io stavo impazzendo dalla paura vedendo la mia amica soffrire così.

Se fosse successo qualcosa anche a lei non so cosa avrei fatto.

Solo Adam era rimasto concentrato e impassibile.

«Okay, adesso voglio parlare con un'ostetrica. Subito!», ordinò strappandomi il telefono di mano.

«Tu chi sei?», urlò nel ricevitore ammutolendo perfino noi. «Bene, dottoressa Hill, adesso dimmi cosa devo fare!».

Nina teneva le gambe raccolte al petto in posizione fetale e continuava a piangere chiamando sua madre e maledicendo Carl.

«Nina, devi girarti a pancia in su, piegare le gambe, e spingere quando te lo dico!», disse Adam.

«Non voglio che tu mi veda la vagina!», si lamentò Nina.

«Ti giuro che non ti guardo, ma tu collabora ti prego!».

«Mia, non permettergli di vedere la mia vagina!», mi ordinò cercando la mia mano.

«Parola mia Nina, ma per l'amor di Dio spingi!».

Adam teneva le mani a debita distanza sotto la sua camicia da notte, come se dovesse parare un goal, ma guardando l'attaccante solo con la coda dell'occhio, mentre continuava a parlare con la dottoressa Hill con il telefono fra la spalla e l'orecchio.

«Sì… la vedo la testa… spingi ora Nina!».

«Sì, ma tu non…».

«Porca puttana Nina, spingi! Questa è la cosa meno erotica del mondo te lo giuro!», gridò Adam.

Nina urlava come se la stessero squartando ed ebbi la certezza che quella fosse l'esatta sensazione.

«CARL, VOGLIO PARLARE CON CARL ADESSOOOO!!», gridò come un'ossessa, mentre la zia Kate bussava come una forsennata alla porta.

Composi il numero di Carl e Nina mi strappò il telefono di mano.

«Pronto!… No pezzo di merda, non sto per niente bene, mi sembra di partorire un casco da rugby… sì grandissima testa di cazzo, vorrei averti qui per cavarti gli occhi con le mie mani, e non sarebbe niente in confronto al dolore che sto provando!», sbraitò con la bava alla bocca restituendomi il telefono.

Io e Adam ci guardammo esterrefatti.

L'immagine dell'eterea Nina, sofisticata e delicata come un giglio era sparita per sempre, sostituita dall'immagine di Linda Blair nell'*Esorcista*.

«Gli ormoni…», disse Adam a Carl, «la dottoressa Hill dice che sono gli ormoni!».

Il travaglio durò più di un'ora, durante la quale Nina pianse, gridò, imprecò e mi conficcò le unghie nelle braccia, mentre io, Adam e Cerotto continuavamo a incitarla a turno di respirare e spingere.

«Non me la sto facendo addosso vero?», mi chiese in uno degli ultimi attimi di lucidità.

«No Nina», rispose Adam, «e poi in questa situazione è l'ultima delle mie preoccupazioni!».

Nina sorrise appena e respirò a fondo come se avesse deciso che fosse finalmente arrivato il momento e spingemmo tutti e tre.

Nina spinse per l'ultima volta, urlando l'anima, e Adam urlò di rimando accogliendo con un'espressione estasiata fra le sue braccia una creaturina minuscola e piena di capelli.

Ridemmo tutti istericamente, sudati, e sfiniti dall'emozione e l'adrenalina.

Adam la sollevò e poi mi guardò atterrito.

«Ma è un maschio!», esclamò.

«Cosa?», urlai.

«È un maschio!», ripeté Adam mostrandomi un inequivocabile pisellino.

Il bambino cominciò subito a strillare come un ossesso mentre Nina, stravolta dalla fatica, appoggiò la testa sul cuscino guardando Adam con in braccio il bambino.

Poi si girò verso di lui e sorrise.

«Ciao Patrick!», disse come spiritata. «Finalmente…».

Adam mi guardò confuso e io guardai Nina mettendole istintivamente una mano sulla fronte.

Era gelata.

«Pat, hai visto? Sei zio adesso!», disse con un filo di voce.

Nina…

Adam porse il bambino a Nina.

«Sì, Nina», disse Adam, «sono proprio orgoglioso di te. Sei stata bravissima!».

Nina sorrise ancora e gli prese la mano baciandogliela.

«Fragole», sussurrò prima di addormentarsi profondamente, «profumo di fragole».

Grazie Adam…

Adam mi guardò confuso scuotendo la testa, ma l'ambulanza arrivò a toglierci dall'imbarazzo.

CAPITOLO VENTI

Noah Patrick Dewayne venne al mondo il 12 febbraio, il giorno della morte di suo zio.

Con tre settimane di anticipo.

Nessuno osò chiedersi perché, e nessuno parlò mai della visione di Nina.

Nel giro di un'ora dalla sua nascita erano arrivati tutti: Carl, Laetitia, Betty, la dottoressa Hill, zia Kate e Eileen, mentre io e Adam ci eravamo chiusi in cucina a piangere per lo shock.

Dopo alcuni giorni in ospedale, la casa diventò un porto di mare dove tutti andavano e venivano e soprattutto dicevano la loro.

Nina aveva abbandonato gli ormeggi e si lasciava totalmente guidare dagli altri. Era come se non fosse più nel suo corpo, se non avesse più forza, ma non gliene importasse.

Carl era costantemente al suo capezzale, inginocchiato vicino a lei.

Nina sorrideva, ma quando prendeva il bambino in braccio per allattarlo, lui immancabilmente cominciava a strillare, per poi calmarsi nelle braccia di chiunque altro e questo la rendeva impotente e ansiosa.

«Mi odia», mi disse in un momento in cui eravamo sole.

«Ma no che non ti odia, sei sua mamma».

«Non vedi che piange solo con me?», insistette con rabbia.

Certo che l'avevo visto, ma non avevo certo intenzione di farglielo notare.

«Ma no, piange anche con me, ma non per questo penso che mi odi».

Nina scosse la testa.

«È stata una cazzata. Non dovevo farlo. È stata una enorme cazzata», disse fra le lacrime.

«Cosa dici Nina! Parli così perché non dormi e sei stanca ed è una cosa completamente nuova, vedrai che quando vi conoscerete di più andrà tutto bene!».

«Che ne sai tu?», mi disse con uno sguardo crudele negli occhi. «Che ne sai di come ci si sente ad avere un figlio? Non parlare di cose che non sai!», mi ammonì.

«Non ho figli è vero, ma credo che…».

«Cosa credi di sapere? Solo perché l'hai sentito dire? Vai a continuare la tua vita di adolescente spensierata, non perdere tempo qui con me, non hai un balletto da preparare?».

Certo che ce l'avevo e bello grosso anche, ma potevo lasciarla lì a deprimersi?

«Non ho niente di meglio da fare che stare con te», dissi fingendo di non aver sentito.

Nina si alzò per andare in bagno.

Era distrutta, gonfia, dolorante e con le occhiaie.

«Ma Brandon che fine ha fatto?», chiesi.

«Sparito! Puff!», disse schioccando le dita.

Un altro. Tutti i ragazzi di Nina all'inizio sembravano devoti a lei come alla dea Kalì e poi sparivano nella nebbia. Tutti quanti. E il peggio è che sembravano tutti dei gran bravi ragazzi.

«Guardami…», mi disse alzandosi la camicia da notte, «faccio schifo!».

«Non faresti schifo nemmeno se ci provassi», dissi sinceramente.

«Non ci provare Mia!», rispose prendendo dalla culla il bambino, che si mise subito a piangere.

«Lo vedi? Lo vedi questo vigliacco? Aveva ragione tua madre, piangerà per sempre! Tienilo tu! Io ne ho abbastanza!», mi disse consegnandomelo come un pacco.

Non ero tipa da bambini e non avevo idea di come prenderlo, per cui mi limitai a sorreggerlo a braccia tese, ben lontano da me, come un oggetto strano.

Noah smise subito di piangere e mi guardò incuriosito, poi si aprì in una specie di sorriso.

Nina mi rivolse un'occhiata omicida.

«Era un sorriso quello?»

«Assolutamente no!», dissi negando l'evidenza.

Nina scosse la testa e andò in bagno sbattendo la porta.

Stava male. Come era prevedibile.

Solo che adesso se ne stava rendendo conto a sue spese e nessuno poteva sollevarla da quell'angoscia.

Nessuno a parte il tempo.

Dormivo pochissimo e la danza ne risentiva.

Lo spettacolo era nel pieno della preparazione e ci chiedevano di rimanere per lunghe ore di prove, cosa che non mi dispiaceva affatto.

Carl e Laetitia si erano stabiliti da noi e Betty si era trasferita provvisoriamente da Leonard, così la casa era una specie di nursery dove tutto ruotava intorno alle poppate del bambino, ai bisogni del bambino e al bagnetto del bambino, esattamente come sarebbe successo di lì a pochi mesi a casa mia.

Anche se ormai era ridicolo chiamarla "casa mia".

La mia vita già fragile era stata scombussolata da quel piccolo ciclone. Avevo i nervi a pezzi e le mie notti con Pat erano sempre più brevi e irrequiete.

Mi mancavano punti di riferimento e le sue parole di conforto non mi bastavano più.

L'unico reale punto fermo nella mia vita era Adam che, da quella sera, era diventato un vero e proprio alleato.

L'aver fatto nascere un bambino gli aveva dato coraggio e sicurezza e quell'esperienza ci aveva legati profondamente.

Era come se avessimo scoperto all'improvviso che la realtà poteva essere molto più speciale ed esaltante del palcoscenico.

Pensiero che fino a quel momento non ci aveva nemmeno sfiorato.

Goddard era una belva: doveva risolvere un problema dopo l'altro e la pazienza e la diplomazia non erano certo il suo forte, per cui cercavo di stargli alla larga e fare tutto quello che voleva lui.

«Avanti Mia, quelle braccia!», si lamentava continuamente.

Io sorridevo, stringevo i denti e ricominciavo da capo, fino allo sfinimento.

Ariel mi seguiva sempre come un cagnolino, guardandomi con ottusa ammirazione, e questo mi ricordava con tenerezza quando avevo conosciuto Lia e la guardavo incantata come un'apparizione.

Mi lusingava e mi imbarazzava non poco.

I *portés* con Goddard erano molto più fluidi e armoniosi, ma lui sembrava non accorgersene e si lamentava sempre che non fossi abbastanza questo o quell'altro, ma qualcosa mi diceva che si sarebbe lamentato comunque.

Tornai a casa dove Carl, al solito, passeggiava per il salotto con Noah in braccio, mentre Nina se ne stava chiusa in camera sua a letto. Non potevamo andare avanti così.

Stavo meditando l'idea di dormire a scuola.

Anche Laetitia sembrava rinata, il nuovo arrivato l'assorbiva completamente e si divertiva a portarlo fuori e a mostrarlo ai vicini, mentre zia Kate non perdeva occasione per trovare qualcosa di sgradevole da dire.

Anche se non c'era niente da dire, perché Noah era il bambino più bello che avessimo mai visto.

Ed era la fotocopia di Patrick, in versione mora.

E forse era una delle ragioni per cui faticavo a guardarlo.

Il campanello suonò mentre mi facevo un pediluvio chiusa in bagno. Suonò e suonò finché capii che nessuno sarebbe sceso ad aprire la maledetta porta.

«Scusate se esiste un mondo al di fuori del piccolo Noah!», urlai scendendo di corsa le scale a piedi scalzi con i pantaloni arrotolati al ginocchio.

«SHHHHHH!», risposero tutti in coro. «Si è appena addormentato!».

Aprii la porta e rimasi senza parole.

«Mia, tesoro!», disse mia mamma.

«Ti pare che non saremmo venuti appena possibile?», fece eco Paul dandomi un bacio.

«Che ci fate qui?», domandai rude.

«Siamo venuti a trovare Nina», disse mia mamma con una pancia notevole che cercai di ignorare.

«Adesso dorme, e dorme anche il bambino. Finalmente!», risposi senza neanche invitarli a entrare.

Laetitia venne in loro soccorso correndo ad abbracciare la mamma e complimentandosi come fosse la cosa più straordinaria del mondo.

Me ne tornai al mio pediluvio alzando gli occhi al cielo, mentre Laetitia faceva gli onori di casa raccontando del parto per filo e per segno, almeno per la trecentesima volta.

Poco dopo sentii bussare alla porta.

«È occupato!», abbaiai.

«Sono Paul, apri, sei lì dentro da un'ora, stiamo qui fino a dopodomani non puoi rimanere chiusa in bagno!».

«Sì che posso!».

«Allora io rimarrò seduto qui fuori, tanto ho portato un buon libro con me. Fai pure con comodo!».

Dieci minuti dopo uscii scavalcandolo, ma Paul con le sue mani da orango mi placcò come un giocatore di football americano.

«Dove vai piccola peste», mi disse afferrandomi e facendomi il solletico.

«Smettila dài. Ti odio!», risi.

«Vai a parlare con Elena!».

«Neanche morta!».

«Allora vestiti che andiamo a cena fuori insieme a tuo padre!».

«Mai!».

«Lo prendo come un sì. Fila a cambiarti», mi disse assestandomi uno sculaccione. «Ahia, sembra di sculacciare una mucca indiana! Se non mangi mi sentirai!».

Gli feci una linguaccia ed entrai in camera sbattendo la porta.

Adoro Paul, ogni volta di più!

«Stesso motivo per cui io lo odio!».

Non è vero, tu non odi nessuno, e adesso smetti di fare i capricci e preparati per andare a cena, sembri un relitto.

Avevo una fame da morire.

Fame di famiglia, di coccole, d'amore, di mamma, di papà e di Paul, ma piuttosto che ammetterlo mi sarei fatta appendere per le orecchie.

Mio padre ci passò a prendere verso le sette e ci accompagnò nell'ennesimo ristorante di sua conoscenza con un menu da grand gourmet e una carta dei vini lunga come un'enciclopedia.

La mamma e Paul erano entusiasti come due ragazzini e mio padre si dimostrò incredibilmente loquace.

Lei era splendida, non ricordavo di averla mai vista così felice, nemmeno nelle foto "antiche".

Teneva la mano del premurosissimo Paul, e mio padre era insolitamente a suo agio e parlava di vacanze, film, libri e neanche una volta di finanza.

L'unica guastafeste ufficiale ero io che scrutavo il menu senza fiatare.

I miei si misero improvvisamente insieme a fare i genitori.

«Mia perché non prendi una bella bistecca? Hai bisogno di proteine con tutto il movimento che fai!», disse mio padre.

«Anche un po' di pasta però, sei magrolina», fece eco mia mamma.

«Ma forse sa scegliere anche da sola no?», sorrise Paul dandomi una leggera gomitata.

«Sì, direi che ce la posso fare», sorrisi a mia volta chiudendo il menu e guardando quell'assurda e irritante famiglia allargata dove tutti erano troppo felici per i miei gusti.

Sembravano tre amici di infanzia che si ritrovano dopo vent'anni: i miei facevano a gara a rievocare aneddoti su mia nonna e i loro primi anni di matrimonio e Paul rideva a più non posso.

Io li osservavo certa che di lì a poco mi sarei svegliata e avrei ritrovato la mia confortante realtà, con mio padre assente e musone aggrappato al suo monoargomento e mia madre ansiosa e perennemente insoddisfatta.

Rivolevo la mia famiglia di irrealizzati, non quei tre amiconi che facevano progetti per le prossime vacanze!

C'era voluta un'altra gravidanza perché alla fine mia madre diventasse felice?

Io ero stata un problema così grosso?

Sembrava che quel bambino avesse portato la pace e l'equilibrio e purtroppo questo me lo faceva detestare sempre di più e desiderare con forza la madre che avevo prima: infelice, ma tutta per me.

Dopo che il cameriere ci ebbe fatto segno per la seconda volta che erano in chiusura, con la promessa di vederci più spesso, finalmente ce ne tornammo a casa.

«Domani stiamo insieme», mi disse la mamma con una dolcezza stucchevole, mentre scendevo dalla macchina.

«Domani ho scuola!», risposi scontrosa.

«Quando sarai a casa mi chiami e io verrò a trovarti. Ho bisogno di stare un po' da sola con la mia bambina, vero Paul?», gli disse carezzandogli una mano.

«Certo! L'ho portata apposta! Dài, adesso fila a letto che è tardi!», mi disse dandomi un pizzicotto su una guancia.

Scesi dalla macchina ed entrai in casa pronta per l'ennesima notte insonne grazie al piccolo Noah.

La mattina dopo Adam mi corse incontro chiamandomi dall'altra parte dell'atrio.

«Indovina?», disse trafelato.

«Dài… farò finta di non sapere che ti hanno chiamato dal *Saturday Night Live*!».

«Come lo sai?», chiese deluso.

«Ma era ovvio no? Sei bravo!», risposi allargando le braccia.

«Ora però devo partire per New York!», annunciò con espressione ansiosa.

«E non era quello che volevi?»

«Sì, lo voglio tantissimo, ma…». Si passò la mano fra i capelli. «È un bel cambiamento…».

«È un megacambiamento!», ammisi.

«Uno si concentra sempre sul risultato finale del proprio sogno, ma non pensa mai che se lo realizza la sua vita di sempre non esisterà mai più e ci sono un sacco di cose qui che adoro e che non vorrei cambiare!».

«Sì è vero. Anch'io pensavo sempre alla Royal e mi vedevo ballare come solista, ma quando sono arrivata lì, in effetti, c'erano troppe cose che non facevano per me. Forse a volte bisogna mettere tutto sui piatti della bilancia e vedere cosa pesa di più», dissi prendendo una bottiglia d'acqua dal distributore automatico.

«Okay, facciamolo».

«Cosa?»

«Il gioco della bilancia».

«Adesso?»

«Adesso!».

«Ma io devo...», dissi guardando l'orologio.

«Cinque minuti, ti offro un frappuccino».

«Okay», risposi prendendo la borsa e incamminandomi verso la caffetteria.

Era straordinario come mi sentissi a mio agio, a distanza di mesi dalla mia entrata alla Brit.

Ormai quei corridoi, le sale, la confusione, la signora della mensa, tutto mi era familiare e mi sembrava di essere davvero a casa.

Ero anch'io parte di quella grande, folle, creativa famiglia, che sentivo molto più vicina della mia.

E l'idea che un giorno avrei dovuto lasciarla mi trafiggeva già il cuore.

Ci sedemmo in un angolo e prendemmo un tovagliolino di carta su cui cominciai a scrivere i pro e i contro.

«Pro», dissi con la penna in mano.

«Il *Saturday Night Live*», rispose.

«Okay. Contro?»

«New York è dall'altra parte del mondo».

«Sì, ma è anche il posto più bello del mondo, quindi è anche un pro».

«Okay mettilo su tutte e due le colonne».

Eseguii.

«Pro?», continuai.

«Il successo».

«Bene. Contro?»

«La competizione folle».

«Ma la competizione c'è in tutto l'ambiente dello spettacolo, qui non sarebbe più facile!», risposi con la penna in bocca.

«Uhm, sì è vero», rispose pensieroso, «allora la parte emotiva! Mi mancherebbe da morire la scuola».

«Adam, prima o poi dovrai lasciarla e in quanti hanno una simile opportunità?»

«Sì, ma mi mancherebbero i miei amici».

«Prima o poi dovresti lasciare anche quelli!».

«Sarei tutto solo a New York!».

«Ma meglio stare solo a New York che solo in qualche pub scalcinato nel Surrey, no?»

«Non c'è nemmeno un contro allora?»

«Io non ne vedo! Anzi… non vedrai più Joey e non può che farti bene!», conclusi passandogli il tovagliolo con molte più voci nella colonna dei pro che in quella dei contro. Lo piegò e se lo mise in tasca.

«Allora non devo fare altro che le valigie».

«Esatto! E lasciarmi andare a lezione che sono in ritardo», risposi alzandomi e lanciandogli un bacio con la mano. «Mi mancherai!», gli gridai allontanandomi senza voltarmi.

Se ne sarebbe andato anche Adam.

Un classico.

Un giorno o l'altro se ne sarebbero andati tutti, inutile affezionarsi, ormai avevo imparato l'amara lezione.

Mi dispiaceva, e tanto, ma non potevo farci niente e mi imposi di non pensarci.

La vita era come un porto: gente che andava e veniva di continuo e che non si fermava mai più del dovuto.

Decisi di concentrarmi sulla lezione di tip tap, e non sull'occhiata preoccupante che mi aveva dato Joey incrociandomi.

Nel dubbio cercavo di non rimanere mai sola nei bagni.

Tornata a casa trovai già mia madre ad aspettarmi con in braccio Noah.

Il vederla a casa mi emozionò in una maniera indescrivibile, e per un attimo pensai a come sarebbe stato averla lì con me tutti i giorni, come ai vecchi tempi.

Sarebbe stato stupendo poter vivere di nuovo in famiglia, ma con la libertà che avevo adesso, qualche regola in più e Paul che cucinava per noi.

Ma vederla col bambino in braccio mi fece ricordare che non ci sarebbe stato comunque posto per me.

«Ciao Mia!», mi accolse entusiasta. «Nina è su a riposarsi e io sono qui con questa meraviglia, vero che sei una meraviglia?», disse a Noah che le sorrideva.

Storsi il naso e andai in cucina a prendermi una banana per poi buttarmi sul divano e togliermi le scarpe come se lei non ci fosse.

La mamma mi ignorò continuando a passeggiare su e giù per il salotto canticchiando le mie filastrocche preferite al bambino, finché non rincasarono Carl e Laetitia con la spesa.

E fu un tripudio di urletti, complimenti e vocine all'indirizzo del nuovo arrivato.

Non vedevo l'ora che avesse sedici anni.

«Adesso io e Mia usciamo un po'», disse mia madre, restituendo il bambino a Carl che non aveva occhi che per suo figlio.

Nina non usciva praticamente più dalla sua camera e non voleva vedere nessuno, nemmeno me.

Laetitia la chiamava "depressione post partum", io la chiamavo "consapevolezza di aver fatto un'enorme cazzata".

Non avevo voglia del discorsetto con mia mamma, ma era forse l'ultima volta che l'avrei avuta tutta per me.

Uscimmo a fare una passeggiata per chiarirci le idee.

Non avevo niente da dire e non sarei stata la prima a cominciare.

Mi mise un braccio attorno alle spalle e continuammo a camminare in silenzio verso Ruskin Park, dove educatissimi bambini in divisa tornavano da scuola in monopattino.

«Sai tesoro», disse procedendo a testa bassa, «ho pensato a lungo a come cominciare questo discorso e ogni volta mi veniva in mente sempre la stessa frase: "so come ti senti adesso"».

Continuai a camminare guardando avanti pensando che, forse, avrei dovuto tagliarmi un po' i capelli.

«Ma poi ho cominciato ad analizzare ogni singolo fotogramma della mia vita, rivedendo tutti i momenti tristissimi che ho passato, dal brutto rapporto con la nonna, alla morte del nonno, dal divorzio, a noi due sole a Leicester, e a tutte le difficoltà che abbiamo incontrato. E nonostante i miei problemi più e meno grandi, mi sono resa conto che non potrò mai sapere come puoi sentirti tu, soprattutto alla luce di tutto quello che ti è successo. Allora ho fatto di tutto per mettermi nei tuoi panni, pensando a Patrick, alla tua passione per la danza, al nostro rapporto esclusivo, ai miei sbagli con te e con gli uomini in generale, all'incidente, a tutto il dolore che hai provato… e alla forza straordinaria che ti ha portato qui oggi…».

Raggiungemmo una panchina su cui ci sedemmo guardando lontano.

«…E a un certo punto mi sono resa conto che io non ti conosco per niente e non posso permettermi di sminuire o di banalizzare i tuoi sentimenti, dicendoti di non esagerare e che sarà tutto come prima, quando sono la prima a sapere che non sarà così», mi disse voltandosi verso di me.

Mi strinsi nelle spalle chiudendo gli occhi per concentrarmi meglio sulle sue parole.

«…E io adesso voglio parlarti da donna a donna. Anche se sei giovane, il tuo cuore sa tutto quello che c'è da sapere, perché hai toccato con mano la perdita di qualcuno che amavi e sei sopravvissuta al dolore».

La guardai con aria triste.

«Questo bambino Mia non è un tuo sostituto, come sicuramente avrai pensato. Tu sei il mio capolavoro, il mio successo più grande, il mio dono al mondo e ti vedo andare avanti a testa alta a mietere successi nonostante quello che hai passato e che avrebbe spezzato le ossa a chiunque e certamente a me. E sei tu che mi hai dato la forza di capire che stavo girando intorno a vuoto, che mi ero intestardita nell'idea stupida di tornare con tuo padre, con cui non ho mai avuto niente in comune, mentre stavo trascurando qualcuno di speciale come Paul…!», disse con gli occhi lucidi.

«…E se tu sei riuscita a rinascere, ho capito che dovevo farlo anch'io e che dovevo smetterla di piangermi addosso per colpa del rapporto difficile con quell'insopportabile di tua nonna che mi ha sempre trattata come la scema della classe. E da quando te ne sei andata, mi sono guardata intorno e ho sentito la tua assenza, e ho capito che dovevo ricominciare da dove avevo lasciato, ricordandomi di quello che mi piaceva, di quello che avevo voglia di fare e mi sono detta: "Mia farebbe così!"».

Respirò e mi prese la mano.

«…Allora mi sono iscritta all'università per laurearmi in belle arti, ho detto a Paul che volevo fare sul serio e abbiamo deciso di avere un bambino. E in tutto questo tu sei stata la mia stella cometa, il mio portafortuna!».

Sentivo le lacrime bruciare. Mia madre non mi aveva mai parlato così.

«Tu sarai l'idolo di tuo fratello e in nessun momento dovrai pensare che io ti abbia sostituita perché te ne sei andata. I figli si fanno quando si ama qualcuno come io amo Paul e un giorno lo scoprirai anche tu... Non come Nina però, ti prego!», rise. «Ma se Patrick fosse vivo, di certo avreste avuto dei figli bellissimi, ne sono certa».

Mi asciugavo le lacrime pensando a quello che sarebbe stato se un giorno Pat e io avessimo potuto sposarci, fare dei figli, crescerli e non conoscere mai tutto quello strazio.

«Hai ragione mamma», dissi, «hai ragione tu. La tua vita non sono affari miei e non posso essere così egoista!».

«No Mia, è qui che ti sbagli!», ribatté prendendomi il viso tra le mani. «La mia vita *è* affar tuo, io ho bisogno di te, del tuo appoggio, dei tuoi consigli e del tuo affetto! Anche i genitori hanno bisogno di sentirsi amati, non soltanto i figli, lo sai?».

Non ci avevo mai pensato, ma trascurandola l'avevo tagliata fuori dalla mia vita ferendola e causandole altra sofferenza inutile, solo per punirla. E non se lo meritava.

L'abbracciai di slancio.

«Mamma, mi sei mancata troppo. Ti voglio bene da morire. Perdonami!».

Mi strinse forte piangendo.

«Non ti scusare tesoro, io avrei fatto di peggio! Solo che tua nonna non ha avuto altri figli, altrimenti sarei andata in India e avrei sposato un bramino pur di farle dispetto!».

Risi.

«Mamma, fammi un favore», le chiesi.

«Tutto quello che vuoi», mi disse asciugandomi le lacrime.

«Sposa Paul».

Sorrise.

«Davvero?»

«Davvero!».

«Sarà felicissimo di sapere che l'hai detto!», esclamò prendendomi fra le sue braccia.

Rimasi con la testa appoggiata al suo seno e la mano sulla sua pancia. Ormai era diventato un gesto familiare. Respirando il profumo della sua pelle, anch'io rividi tutta la mia breve vita, ma questa volta solo i nostri momenti belli: noi due sul divano con York, le nostre domeniche pigre a leggere i giornali in cucina, la nostra vita, le risate, e l'amore indissolubile che ci legava e che ci avrebbe legate per sempre.

E avvertii una specie di scossa elettrica, come un flusso inarrestabile di amore che il suo corpo mi trasmetteva e da quel momento in poi non dubitai mai più del suo affetto per me.

«Tieni, questo è tuo», mi disse tirando fuori dalla tasca il braccialetto coi *charms* che avevo lasciato a Leicester.

«Non me lo toglierò più questa volta. Promesso».

Tornammo a casa dove Paul l'aspettava per riportarla a Leicester e dai nostri sorrisi d'intesa capì che c'eravamo dette tutto quello che dovevamo e ci strinse in uno dei suoi immensi abbracci da gigante buono.

Li guardai ripartire e stavolta fu lei a salutarmi con la mano, fino a che la macchina non sparì dietro la curva e, per la prima volta, mi sentii realmente felice per lei.

Scesi in salotto e vidi Carl sul divano. Il bambino dormiva sulla sua spalla e mi fece cenno di andargli vicino.

«Allora papà? Com'è?», gli chiesi sedendomi accanto a lui.

«Non te lo posso dire», sussurrò, «perché non si può spiegare a parole. È troppo bello!».

«Sì, è quello che dite tutti! Dev'essere vero!», risposi.

«Non puoi capire! Lui è *mio* figlio ti rendi conto? *Mio*!», ripeteva come se fossi sorda.

Sorrisi e gli appoggiai la testa sull'altra spalla.

«Come sta Nina?», chiesi.

«È sempre in camera, dice che Noah piange solo con lei e che non ha latte, e quindi non lo vuole tenere. Sono preoccupato, non so cosa fare».

«So io cosa devi fare», gli dissi prendendo il bambino fra le braccia contro ogni mio istinto.

Tre giorni dopo il padre di Nina venne a casa nostra.

Lo stimato cardiochirurgo che, dalla morte di Patrick, non era più tornato a casa e che portava il lutto con grandissima dignità, era stato logorato dal dolore giorno dopo giorno e non sarei stata in grado di riconoscerlo per strada.

E qualcosa mi faceva credere che neanche Laetitia lo avrebbe riconosciuto.

I capelli bianchi, le rughe, il viso stanco per il continuo viaggiare, senza mai fermarsi a pensare, lo avevano invecchiato terribilmente.

Anche se quegli occhi grigi erano sempre quelli del mio Patrick.

Mi salutò con un sorriso carico di nostalgia e salì le scale lentamente come avesse un compito importante da svolgere e le scese solo a tarda sera, con un'altra faccia e cento anni di meno.

La sera stessa Nina prese in braccio Noah, lo allattò e dormirono per la prima volta insieme, per tutta la notte.

CAPITOLO VENTUNO

Dormire di nuovo la notte mi aveva rimesso al mondo e mi aveva permesso di recuperare tutto il tempo che avevo sottratto a Patrick.

Il papà di Nina ci aveva fatto il regalo di mettere una museruola alla zia Kate, impedendole di venirci a disturbare se non in caso d'incendio e adesso, a casa, regnava la tranquillità.

E ora che Nina era tornata a sorridere, che avevo fatto pace con mia madre, e che tutti erano ripartiti, mi sentivo di nuovo carica e piena di energia ed ero certa che sarei riuscita a sopportare i capricci di Goddard, l'antipatia di Joey e l'imminente partenza di Adam.

La sera dello spettacolo ci sarebbero stati i più famosi critici in circolazione e questo rendeva Goddard ancora più isterico. Ma soprattutto ci sarebbero stati i talent scout che venivano a scoprire le nuove promesse che sarebbero state scelte dalle compagnie più importanti del Paese, e questo rendeva isterici noi.

Nonostante mancassero mesi, lui si comportava ogni giorno come se fosse la sera della prima e aveva già iniziato le prove costumi perché ci abituassimo agli abiti di scena, ingombranti e scomodi, ma strepitosi.

Il mio consisteva in una lunga veste di voile bianco con spacchi laterali e delle minuscole paillettes argentate cucite sopra che catturavano la luce e delle larghe maniche che ricordavano delle ali.

Era bellissimo e rendeva i miei movimenti ancora più fluidi, facendomi sembrare molto più alta e sinuosa, ma era complicatissimo danzarci, tanto che il passo a due, così, sembrava un enorme pasticcio perché ogni volta che lui mi afferrava per le braccia, o si impigliava in una manica o pestava lo strascico. E God non ammetteva errori che ricadessero su di lui, per questo provava molto più con me che con chiunque altro, mandando Joey in paranoia.

«Ma che hai, sei impedita? Sembra che tu non conosca il pezzo! Devi anticipare, capito?», urlò con la sua consueta grazia. «Devi controllare il vestito in continuazione, ma in modo che sembri naturale. Lo spettacolo è tutta una finzione, dovresti saperlo!».

«Dovresti saperlo!», lo scimmiottai ritornando al mio posto.

«Dici a me?», mi chiese aggrottando la fronte.

«No!», risposi con un sorriso finto.

Mi guardò torvo con le labbra strette per una decina di secondi finché scoppiai a ridergli in faccia senza riuscire a smettere.

«Be' che c'è da ridere? Ridi di me?», rispose irritato.

«Sì! Goddard!», esclamai continuando a ridere. «Rido di te, ma guardati! Smetti di prenderti così sul serio… e rilassati qualche volta!».

Goddard guardò per terra, con le mani sui fianchi, poi guardò di nuovo me e cominciò a sghignazzare anche lui più forte, sempre più forte, finché non avemmo entrambi le lacrime agli occhi e i crampi allo stomaco.

«Oddio, Mia erano anni che non ridevo così», disse piegandosi in due.

«Si vede sai? Hai gli angoli della bocca in giù!», risposi. «Un sorriso non ha mai ucciso nessuno», feci tornando al mio posto.

«Sì, ma non dirlo in giro o penseranno che mi sono rammollito!». E rimise il pezzo da capo. «Dài, diamoci dentro!», annunciò strizzandomi l'occhio.

Attraversai la sala in *grand jeté* correndo verso di lui che mi afferrò in volo facendomi atterrare con una presa in *poisson*, con la mia testa a un centimetro dal pavimento.

Se non stava più che attento, ci avrei rimesso gli incisivi.

La risata ci aveva sciolti, non avevo più esitazioni o dubbi e ballammo splendidamente facendo bene attenzione all'abito, ma in modo che sembrasse naturale.

Mi lasciavo andare nei *portés* affidandomi completamente a lui. Ormai avevo capito che sotto quella scorza dura c'era un cuore, e anche lui evidentemente si difendeva a modo suo.

Goddard mi assisteva nelle *pirouettes* e negli *arabesque* accompagnandomi con una grazia che non sospettavo possedesse, sfiorandomi la schiena in modo impercettibile per anticipare i movimenti.

Sembravamo una coppia che ballava insieme da anni, mentre nella vita non potevamo essere niente di più diverso.

Durante il balletto mi guardava come se fosse innamorato, ma, quando la musica terminava, il suo sguardo ritornava ostile e freddo.

Era incredibile che potesse fingere così. Io, anche se ci provavo, non ci riuscivo mai fino in fondo. Al massimo potevo guardarlo con intensità, ma la passione, l'amore, il desiderio, quelli li potevo provare solo per Pat.

Alla fine del passo a due, scivolavo lentamente e delicatamente dalle sue braccia fino a terra, mentre lui, sulla battuta finale, si stendeva sopra di me, in attesa che si spegnesse il riflettore sopra di noi.

Ma mentre giacevo sotto il suo corpo aspettando la fine del pezzo, Goddard fece qualcosa che non era previsto dalla coreografia.

Premette con forza le sue labbra contro le mie.

L'odore di fumo e caffè invase la mia bocca, mentre il suo viso sudato sfregava contro le mie guance irritandomi la pelle con la barba incolta.

La sua bocca cercava la mia con insistenza, nonostante serrassi le labbra. Ma il peso del suo corpo mi impediva di muovermi.

Gran figlio di puttana!

Chiusi gli occhi nauseata e impotente, cercando di divincolarmi, finché una forza sovrumana si impadronì di me e lo spinsi via con un calcio così forte che lo sollevò, come se qualcuno lo stesse strappando di peso.

Indietreggiai trascinandomi sul pavimento, pulendomi la bocca con il dorso della mano, sconvolta e disgustata, mentre lui si contorceva per terra.

«Non ci provare mai più o ti ammazzo», gli intimai, «ti ammazzo con le mie mani».

Mi alzai, mi strappai di dosso il costume di scena e uscii dalla sala.

Tutto mi girava intorno, non riuscivo a credere che fosse successo davvero, non riuscivo a pensare, a capire, a spiegarmi perché avesse fatto una cosa del genere.

Le lacrime mi scendevano a grappoli, mentre attraversavo a grandi falcate il corridoio dove Joey, dalla sua postazione fissa, consigliava ai quattro aspiranti "*boyband*" di indossare assolutamente Adidas bianche per essere *cool*.

Quegli imbecilli si sarebbero infilati in testa dei sacchetti di carta coi buchi se gliel'avesse detto lei!

Non aspettai la sua stupida occhiata intimidatoria e l'affrontai a muso duro.

«Di' a quello squilibrato che non si avvicini mai più a me o gli strappo le palle a morsi!». Poi rivolta a quei quattro: «E voi non date retta a quello che vi dice, siete troppo sfigati per fare qualunque cosa!».

E girai i tacchi sotto i loro sguardi allibiti.

In autobus non smisi di piangere un attimo e così a casa, senza farmi vedere da nessuno, dopo essermi lavata i denti circa venticinque volte.

Volevo Patrick, volevo Patrick con tutta me stessa e l'idea che qualcun altro mi avesse baciata con la forza mi faceva urlare.

Volevo ucciderlo.

«Anch'io lo vorrei uccidere quel bastardo! Sono quasi impazzito quando l'ho visto sopra di te! Mi è andato il sangue al cervello!», disse Patrick camminando su e giù come un leone in gabbia.

«Quello stronzo, tutto sudato… con quell'alito disgustoso! Pat perché mi ha fatto questo?», dissi passandomi ancora una mano sulla bocca.

«Perché è un idiota che crede davvero di essere Dio. E deve aver pensato che tu lo ricambiassi!».

«Ma che ho fatto io per farglielo credere?»

«Niente amore mio. Niente. È solo che certa gente malata fraintende e basta», rispose tristemente, «e io sono bloccato qui senza poter fare niente».

«Pat, sei tu che mi hai salvato oggi!».

«Mia, se io ci fossi stato, tutto questo non sarebbe mai successo!», disse arreso.

«Sarebbe successo lo stesso, magari da un'altra parte, in un'altra compagnia, l'hai detto tu che gli imbecilli sono dovunque».

«Sì, ma se sei nei guai, io non posso intervenire più di tanto e questa ne è stata la prova! E io non lo sopporto e se ci ripenso…». Strinse i pugni.

«Pat», gli sussurrai, «è passato».

Gli presi la mano e me la portai al viso chiudendo gli occhi, baciandogli le nocche che si aprirono in una carezza.

Sentii le sue labbra calde sulle mie e riconobbi il suo profumo e la sua tenerezza.

Quello era l'amore vero.

Quel riconoscersi, quel sentirsi in paradiso, quell'essere una cosa sola con l'altro e amare ogni angolo del suo corpo e della sua anima come fosse il mio.

«Pat tu sei la mia casa e lo sarai sempre», gli sussurrai mentre scivolava dolcemente sopra di me.

Non mi presentai a scuola per due giorni per permettere alla rabbia di sbollire, nonostante Adam mi chiamasse continuamente.

«Ma hai la febbre così alta?»

«Sì Adam, altissima!».

«Uffa, ho bisogno di te, devo organizzare il viaggio e non so da che parte cominciare!».

«Askbetty.com», risposi.

«Già, ti telefono fra un'ora per sapere come stai!».

Raccontai a Betty e Nina quello che era successo per avere un loro consiglio che, al solito, si rivelò inutile.

«Devi dirlo alla preside!», tuonò Nina. «Assolutamente!».

«Ma era davvero così sgradevole?», chiese Betty.

«Betty!», la riprese Nina.

«Ragazze!», rispose Betty. «Siete troppo giovani! Quando avrete la mia età sarete moooolto meno esigenti ve lo assicuro!», disse alzandosi.

«Non so se è il caso di fare un casino tale», continuai, «quel cretino ha solo cercato di baciarmi, ecco tutto, e se lo dico alla Parker lo saprà tutta la scuola e alla fine si creerà solo un imbarazzo terribile».

«Che schifo gli uomini!», sentenziò Nina.

«Alcuni», risposi, «alcuni sì».

Tornai a scuola, decisa a fingere che non fosse successo niente, archiviando il brutto episodio in un angolo del mio cervello, sperando che Voldemort avrebbe fatto lo stesso.

Ma mi sbagliavo.

Entrando in sala prove mi accorsi subito degli sguardi carichi di quella sottile soddisfazione che accompagna il fallimento altrui, camuffata da indifferenza.

Ma fu Ariel a darmi il colpo di grazia.

«Mi dispiace tanto Mia», mi disse mortificata venendomi incontro, «io… io non c'entro niente ti giuro».

La guardai con aria interrogativa mentre appoggiavo le mie cose per terra.

Il brusio, carico di attesa, cessò quando Goddard si voltò verso di me rivolgendomi un'occhiata inquietante che terminò con un ghigno odioso.

Sapeva come torturare la gente. Doveva avere avuto un'infanzia davvero difficile.

«Ah, bentornata cara!», mi salutò serafico. «Non so se hai saputo, ma ci sono delle novità: diglielo Ariel!», la esortò.

La guardai di nuovo.

Ariel guardò per terra. «Ti giuro, io non c'entro niente, gliel'ho detto che non volevo prendere il tuo posto!».

«Come?», domandai sconcertata. «Vuoi dire che non faccio più il passo a due con te?»

«Tu che dici?», rispose voltandomi le spalle.

«E perché mai?»

«Perché lei è più adatta», mi rispose come se fosse la cosa più ovvia del mondo, «e… anzi, visto che lei ha provato meno di te, voglio che tu l'aiuti».

Poi batté le mani e diede inizio alla lezione.

Ero sconvolta, delusa, sbalordita, ma soprattutto schifata.

Quella carogna mi aveva sostituita perché non c'ero stata?

Lottai contro l'istinto di abbandonare la sala e le lacrime che mi strinsero la gola per un'ora e mezza, ma soprattutto contro la cattiveria gratuita di Goddard che, per un attimo, avevo rivalutato.

Le persone non cambiavano, era inutile che ogni volta sperassi nel contrario.

E adesso ero tornata a essere il suo bersaglio mobile, la sua cavia da laboratorio.

E non sapevo come uscirne.

Aspettai la fine della lezione per affrontarlo, ma gli altri si attardavano inspiegabilmente, solo per origliare la nostra conversazione.

Anche Stuart continuava a fare domande a Goddard che si prodigava in mille spiegazioni, come non aveva mai fatto prima, giusto per il piacere di tenermi lì sulla graticola.

Ed era difficile mantenere una certa dignità.

Finalmente se ne andarono tutti e io avanzai verso di lui.

«Come mai mi hai sostituito?», gli chiesi cercando di non mostrargli troppo la delusione.

«Perché, non potevo?», rispose con lo stesso sorriso odioso di prima.

«Certo che puoi, tu sei Dio e puoi tutto!», risposi sprezzante. «Voglio solo sapere perché! Almeno questo me lo devi!».

«Perché mi sono reso conto che tu non sei brava abbastanza e che Ariel invece è molto più precisa, più attenta e soprattutto più professionale».

«Quindi vuoi dire che l'*incidente* dell'altro giorno non c'entra niente».

«Quale incidente?», mi chiese con voce ingenua girandosi.

Annuii nauseata e mi allontanai senza dire niente, con gli occhi gonfi di lacrime e la voglia di scappare via che mi bruciava dentro.

Schifoso, bastardo, schifoso, ti meriti il peggio…

E Ariel, come al solito, mi tese uno dei suoi agguati, aspettandomi fuori dello spogliatoio, nel panico.

«Mia, io non so cosa sia successo, io non sono in grado di sostituirti! Non so perché Goddard abbia fatto questo. Gliel'ho detto che non voglio e che non me lo merito, ma lui è stato irremovibile. Dice che è lui che decide e che dovrei essere contenta e grata, ma io sono terrorizzata, non sono capace e non lo sarò mai! Ti prego parlaci tu, fagli cambiare idea!», mi disse con voce tremolante.

«Ha ragione lui!», la interruppi bruscamente. «È lui che decide e tu dovresti davvero essergli grata!», risposi innervosita cambiandomi i vestiti con rabbia.

Non le dovevo niente e non dovevo fingere di essere gentile con lei.

La lasciai da sola e uscii dallo spogliatoio.

Mi sentivo come una lebbrosa: tutti mi fissavano e bisbigliavano quando passavo.

Ero diventata improvvisamente la leggenda della scuola.

Passai davanti ad Adam senza nemmeno accorgermi di lui, tanto che mi afferrò per la maglia per fermarmi.

«Ehi, ma sei diventata sorda? Che hai?», mi scosse.

«Niente, non mi sono ancora rimessa dall'influenza, che vuoi?»

«Solo stare un po' con la mia amica prima di partire, tutto qui», mi disse gentilmente. «Che ti è successo?».

Mi venne da piangere.

«Goddard mi ha sostituita con Ariel dopo il culo che mi ero fatta!», dissi guardando altrove.

«Cosa?», sbraitò. «E perché?»

«Perché dice che lei è meglio di me! Ma… il motivo è un altro!».

«E quale sarebbe?».

Sospirai.

«Ci ha provato con me», bisbigliai.

«Ci ha provato con te?», urlò.

«Zitto, sei matto? Non lo sa nessuno e non posso dirlo perché non ho testimoni, ma è il motivo per cui mi ha sostituita».

«Ed è per questo che sei rimasta a casa due giorni?»

«Sì, ero troppo scossa», ammisi.

«Figlio di puttana! Che voglia di spaccargli la faccia!».

«Già. Ma a quanto pare ha vinto lui», risposi arresa.

Adam digrignò i denti e serrò la mascella come avevo visto fare solo a Patrick.

«Io l'ammazzo quella merda!».

Ti ringrazio…

Non so se si riferisse al fatto che ci avesse provato con me o che gli avesse portato via Joey.

Mi guardava furioso, immaginando di ballare sulla tomba di Goddard.

«Come faccio a partire e lasciarti qui adesso?»

«Non ti preoccupare per me. Non potresti farci niente comunque. Vorrà dire che non farò lo spettacolo. Pazienza. Non ho voglia di lottare per questo».

«Devi dirlo alla Parker! Devono buttarlo fuori!».

«Credi davvero che se io vado dalla Parker e le dico che ci ha provato con me lo butteranno fuori? È la mia parola contro la sua e non voglio essere umiliata ancora. Mi arrendo, ho passato di peggio in vita mia», dissi. «Si vede che era destino!».

«Destino un cazzo!», rispose Adam. «Tu forse hai qualcosa da perdere, ma io no!», disse partendo a passo di carica verso la presidenza.

«Nooooo! Che fai sei impazzito?», gli urlai appendendomi con tutte le mie forze al suo braccio e puntando i piedi.

«Lasciami Mia, voglio rovinarlo, lo devono sapere tutti!».

Sì Mia lascialo andare!

«No Adam! Ti ho detto di no!», gli urlai piantandomi davanti a lui. «Non farmi pentire di avertelo detto! Non voglio che tu faccia niente, non *devi* fare niente, ci penserò io, in un modo o nell'altro i cattivi la pagano sempre. Bisogna solo avere la pazienza di aspettare».

«Non mi dirai che credi a quella cazzata del cadavere che passa nel fiume eh?»

«Passa sempre Adam! Sempre». E me ne andai lasciandolo solo.

Durante le lezioni di storia e biologia fui totalmente assente. Non facevo che pensare a quello che era successo e la sostituzione mi bruciava come il sale su una ferita.

Tutti sapevano che Ariel non era all'altezza di affrontare un'esibizione del genere e Goddard non poteva essere così stupido da mettere a repentaglio la riuscita dello spettacolo per un dispetto.

O sì?

Verso sera scesi in sala prove.

Il teatro era deserto, le luci soffuse e il silenzio avvolgeva la sala come un incantesimo.

Presi le mie scarpette dalla sacca, le infilai, provai la punta e raggiunsi il centro.

E subito la magia si impadronì del mio corpo e cominciai a danzare sulle note nella mia testa.

Pas de basque, chassé, glissade, pirouettes, fouetté, arabesque… Ritornavo dolcemente nelle braccia della mia prima, unica, vera passione che mi capiva, mi consolava, e non mi deludeva mai, e lentamente ritrovavo il sorriso, la grinta e la gioia.

Ballai libera e felice, lasciandomi per un attimo tutta l'amarezza alle spalle.

Finché non sentii sbattere violentemente la porta e le voci di Joey e Goddard che litigavano.

Corsi dietro le quinte per raggiungere l'uscita, ma mi bloccai sulla porta ascoltando le loro parole.

«Cos'altro vuoi da me, eh Joey? Volevi cantare nello spettacolo, non ti basta adesso?»

«Voglio che parli con quelli di *X Factor*!».

«Non posso, non è così che funziona, non so cosa ti sei messa in testa!».

«Vuoi dirmi che non conti niente allora? Mi avevi fatto credere di essere il braccio destro di Simon Cowell!».

«Non ho mai detto una cosa del genere e poi, sai cosa ti dico? Adesso mi hai stufato, se vuoi andare a *X Factor* prendi il numero e mettiti in coda come tutti gli altri e ora lasciami, devo lavorare!».

Joey cambiò tattica all'istante diventando lamentosa e stucchevole.

«Dài Goddard, non fare così, ho bisogno di te, lo sai che ti amo!».

«Tu non mi ami, esattamente come io non amo te. Ci siamo usati a vicenda, questo mondo è così e lo sai benissimo!».

«Sei proprio uno stronzo sai?»

«O sì che lo so!», rispose.

«Te ne pentirai. Non ne troverai un'altra come me».

«Lo spero proprio!», esclamò.

Sgattaiolai veloce fuori della porta, ma muovendomi feci scattare inavvertitamente la luce di sicurezza che si accese e Joey mi vide.

«Sarai contenta adesso», disse con rabbia scappando via.

Sì. Ero veramente contenta.

L'indomani mattina, *casualmente*, Joey rideva e scherzava con Adam come se non si fossero mai lasciati, toccandogli i capelli e il viso con un fare confidenziale che Adam sembrava ricambiare.

Tirai dritto abbassando la testa, non ero mai stata brava a nascondere i miei sentimenti e non volevo che mi vedesse.

Mi aveva deluso.

Erano bastate due moine per farlo capitolare?

Peccato, perché Adam avrebbe meritato davvero di più.

Nina intanto era entrata a tutti gli effetti in modalità "mamma": parlava ventiquattro ore al giorno di Noah e passava tutto il suo tempo con lui.

Ormai l'università era un lontano ricordo ed era una cosa che mi rattristava profondamente.

Noah sarebbe stata la sua priorità per il resto della vita, ma continuavo a chiedermi perché non avesse potuto aspettare almeno altri dieci anni.

Carl la chiamava tre volte al giorno e si faceva raccontare ogni sonnellino, ogni poppata o sorriso e lei, che fino a poco prima lo evitava come una zanzara tigre, adesso passava ore al telefono con lui, raccontandogli ogni momento del bambino nei dettagli e mandandogli foto e video.

Betty e Leonard andavano d'amore e d'accordo e lei adesso sembrava più equilibrata di prima o, almeno, si ricordava di comprare il latte.

Chiamai la nonna, e rispose Sunil.

«Signorina Mia, che bello sentirla, la nonna adesso non può… dice che richiama dopo… sì?»

«Va bene Sunil, dille solo che aveva ragione. Lei capirà!».

Riattaccai godendomi quell'attimo di serenità legato alla felicità di tutti quelli che amavo, finché il pensiero di Goddard mi aggredì come un pugno allo stomaco.

La sera Adam passò da Betty e si chiuse in studio con lei per un'ora, che io passai fuori della porta a cercare di origliare invano.

Quando uscì finsi di passare casualmente e Betty mi gelò con un'occhiata.

«Mia, ti dispiace se parliamo un attimo?», mi chiese Adam.

«Certo», gli dissi, «ti accompagno alla macchina».

Uscimmo camminando a testa bassa imbarazzati.

La sua partenza era imminente e di sicuro non sarebbe più tornato a scuola e quell'ennesimo addio, mi seccava ammetterlo, mi pesava notevolmente.

«Stamattina Joey mi è venuta a parlare», esordì. «Mi ha detto che le sono mancato e che ha saputo del mio provino ed è molto fiera di me».

Annuii perplessa.

«Mi ha chiesto se vogliamo riprovare».

«E tu cosa hai risposto?»

«Be' ti confesso che all'inizio sono rimasto molto sorpreso, poi però ho pensato che forse si merita una chance».

Morivo dalla voglia di dirgli quello che avevo sentito, ma non potevo. Non erano affari miei e se era così cieco da non rendersi conto di che razza di ipocrita fosse Joey, non ero certo io che dovevo insegnarglielo.

«Bene. Sai già quando parti?»

«Fra qualche giorno».

«E Joey?»

«La rivedrò al mio ritorno, magari riesco a conoscere qualcuno che possa aiutarla».

«Te l'ha chiesto lei?»

«Non direttamente, ma penso che le farebbe piacere».

Ingenuo e imbecille.

«Certo che le farà piacere, adesso che ha rotto con Goddard ha bisogno di un altro pollo. Buona fortuna!», risposi.

«Ha rotto con Goddard? E tu come lo sai?»

«Li ho sentiti litigare, lui l'ha mollata come una specie di patata bollente e guarda caso la mattina dopo vuole rimettersi con te! E poi dicono che siamo noi ragazze a essere romantiche e sognatrici. Svegliati Adam, se vuoi andare a New York devi farti un po' più furbo!», gli dissi assestandogli una pacca sulla spalla andandomene.

Chiamai mia madre per farmi dare la buonanotte e, finalmente, mi addormentai immaginando un mondo senza Joey e Goddard.

CAPITOLO VENTIDUE

«Gli hai detto qualcosa?», mi intimò Joey come sempre davanti al mio armadietto.

«Cosa e a chi?», risposi indifferente, armeggiando col lucchetto.

«Lo sai benissimo a chi, a Adam! Mi ha detto che non ha intenzione di rimettersi con me e, visto che siete così amici, mi chiedevo se non ci fosse il tuo zampino».

Le rivolsi lo sguardo che si rivolge a uno scarafaggio, facendo appello a tutte le mie doti artistiche.

«Ti confesso Joey che sono stata molto combattuta, perché mi sarebbe dispiaciuto moltissimo che un ragazzo così bravo si mettesse con una come te, ma poi ho pensato che avrebbe dovuto capire la lezione da solo e, con mia grande soddisfazione, a quanto vedo, la notte gli ha portato consiglio! Non ti abbattere però, ho letto che Simon Cowell è single al momento».

E la lasciai lì godendo come una matta.

Goddard stava pagando le prime conseguenze della sua scelta assurda e, intimamente, ero contenta anche di quello.

Non si poteva non gioire per le disgrazie di quei due.

Il problema era che io ne facevo maggiormente le spese, dovendo seguire Ariel come un'ombra.

Ariel che era fragile come un fiore di zucchero e del tutto terrorizzata da Goddard.

Passavo ore a provare con lei, che continuava a scoraggiarsi e deprimersi, cercando di motivarla e di farle capire l'importanza dell'opportunità che aveva, ma era completamente bloccata dalle sue paure.

Miss Connor mi prese da parte dopo la lezione.

«Ancora non hai intenzione di dirmi niente Mia?»

«A cosa si riferisce?»

«Mia, sinceramente, ti sembro così stupida?»

«No, perché mai?», risposi.

«Perché io so tutto quello che succede qua dentro e so benissimo come ti tratta quel pazzo che ti ha tolto la parte nello spettacolo, ma non posso intervenire finché non decidi tu e sto aspettando da mesi questo momento!», disse con fare minaccioso.

«Miss Connor, davvero, non c'è niente che non va. Sì è vero, mi ha tolto la parte, mi ha detto che non ero all'altezza e l'insegnante è lui. Cosa potevo dire?»

«Mia, vuoi spiegarmi perché continui a coprirlo?».

Perché non ero una che faceva la spia, ecco perché, e non volevo complicazioni.

«Non copro nessuno glielo giuro».

Scosse la testa.

«Spero che tu sappia quello che stai facendo tesoro, mi dispiace vederti messa all'angolo».

Le sue parole mi addolorarono ancora di più, perché nonostante cercassi di farmene una ragione, sapevo bene che quel ruolo lo meritavo eccome ed era un'opportunità che non mi sarebbe più capitata.

Tornai a casa e Nina mi chiamò sottovoce in camera sua.

«Devo farti vedere una cosa importantissima e non sto più nella pelle!», mi disse con aria misteriosa.

Mi sedetti sul letto e incrociai le gambe.

«Guarda!», esclamò consegnandomi un libro rilegato con una copertina rigida e lucida con un tramonto rosso e delle ali trasparenti in rilievo. «È arrivato oggi!».

«Cos'è?»

«Be' leggi no?», mi incitò sorridendo.

Lessi il titolo: *Mio fratello, un angelo* di Nina L. Dewayne.

«Ma… cosa… l'hai scritto tu questo? Un libro su… Patrick?», balbettai incredula.

Annuì con gli occhi che brillavano.

Sfogliai la prima pagina e lessi la dedica: «A mio fratello Patrick, che ho avuto l'onore e il privilegio di conoscere e che vivrà sempre nel mio cuore».

«Ma… è…».

«Me lo hanno appena pubblicato, uscirà fra pochi giorni, questa è la prima copia, e voglio che sia tua!», annunciò fiera e orgogliosa.

«Nina è… la cosa più bella che potessi fare…», le dissi trattenendo a stento le lacrime.

Nina, non posso crederci, io non mi meritavo tanto!

Ci abbracciamo forte, in silenzio.

Era il più grande dono che potesse fare alla memoria del fratello e, in barba all'università e alla scuola di giornalismo, aveva dimostrato una volta di più quanto fosse forte e determinata e che nessuno l'avrebbe abbattuta mai.

«Per questo chiudevi sempre il computer quando entravo qui?»

«Volevo fosse una sorpresa».

«Ci sei riuscita, Pat sarà felicissimo… cioè… scusa».

«Sì, hai ragione, Pat sarà felicissimo. E, ti prego, digli che mi manca tanto e che il bimbo è la sua fotocopia!». Mi sorrise.

Lo so, anche tu mi manchi tanto stellina mia.

«Adesso me lo devi autografare però!».

«Dài! A te non posso, mi vergogno, e poi ti ho citata nei ringraziamenti!».

«Be', mi pare il minimo, con tutto quello che sopporto!».

Rise.

Portai la copia in camera mia, stringendomela al cuore.

Era come se tutta la vita di Pat fosse racchiusa in quelle pagine, ogni minuto della sua splendida e brevissima esistenza era lì dentro, e adesso tutti avrebbero potuto sapere chi era Patrick Dewayne e apprezzarlo e amarlo come avevamo fatto noi.

«Pat, ti rendi conto?», gli dissi emozionata. «Un libro su di te, è una cosa straordinaria».

Non so cosa dire. Sono davvero senza parole.

«Te lo meritavi amore mio e chi meglio di lei avrebbe potuto farti un regalo simile?».

Un diario segreto generosamente offerto al mondo, grazie al quale Patrick non sarebbe vissuto solo attraverso di noi, ma attraverso il cuore di tutti.

Presi il libro con me e uscii di casa nel freddo pomeriggio invernale, per andare a cercare il posto più romantico che mi venisse in mente.

Mi diressi verso il parco vicino casa, finché non trovai una bella panchina vicino a un laghetto, dove le papere e gli scoiattoli scorrazzavano liberi fra le foglie rosse.

«Qui è perfetto!», dissi stendendo una coperta dove mi avvolsi per non morire assiderata, immaginando di essere lì con Pat.

«Sei pronto? Dài cominciamo!».

Iniziai a leggere il primo capitolo, il secondo e il terzo, senza riuscire a fermarmi e senza accorgermi del tempo che passava.

Riconoscevo ogni luogo, ogni viso, ogni nome, aneddoto e foto come fosse stato il film della nostra vita.

Quelle pagine eravamo noi, i nostri sogni, le nostre speranze, i desideri, gli sbagli, le fantasie, le aspettative, i dubbi, l'entusiasmo, la follia, la passione, e la voglia di vivere. Quelle pagine erano la storia della nostra adolescenza che ci aveva abbandonati troppo presto, ma che adesso, grazie a quelle parole piene di poesia e dolcezza, sarebbe durata per sempre.

Non mi fermai finché non ebbi finito, a tarda sera, con le mani congelate, piangendo insieme a Pat.

«Nina ci ha salvati», gli dissi, «ci ha resi immortali».

Anche tu mi hai reso immortale.

Tornai a casa camminando a un metro da terra con una sensazione di completezza.

Come se, da quel momento in poi, avrei potuto affidarmi a quel libro senza temere di dimenticare alcun dettaglio sulla sua vita.

Quel libro era un meritato monumento a Patrick che non aveva neanche avuto una degna sepoltura e che, adesso, sarebbe stato celebrato con tutti gli onori.

«Grazie Nina», le dissi abbracciandola, «anche da parte di Patrick».

Sorrise stringendomi forte.

Chiamai di nuovo mia nonna che era, come sempre, carica di parlantina ed entusiasmo.

«Nipote! Scusami per l'altro giorno, ma sto facendo le valigie per andare in Kenya e sai che non posso delegare niente a Sunil, che fa tutto di testa sua e male. Finalmente un po' di sole, quest'anno il tempo qui a Fiesole è stato orribile! Certo, sempre meglio che in quella vostra isola battuta dal vento! La prossima volta ti porto con me. Sai fare sci nautico?»

«No nonna, mi insegnerai tu!».

«Te lo prometto! Adesso però vado, ho un milione di cose da sistemare prima di chiudere la casa. A proposito… com'è andata per quell'altra faccenda? Intendo… il nuovo arrivato in casa di tua madre!».

«Avevi ragione nonna, non sarà poi così male!».

«Ho sempre ragione, nipote!», sentenziò.

Il campanello suonò e, come d'abitudine, toccò a me scendere ad aprire.

«Adam!», dissi sorpresa.

«Ciao Mia!».

«Mi dispiace, ma Betty non c'è stasera, è uscita con Leonard!».

«Sono passato a salutare te, Nina e il piccolo. Parto domani e quando tornerò chissà come sarà grande!».

«Già domani?», chiesi un po' delusa.

«Sì, meglio affrettare tutto, non credi? Hai detto anche tu che ci sono più pro che contro in questa esperienza!».

«Certo, e te lo confermo, sono sicura che tu stia facendo la cosa giusta. Dài, entra così chiamo Nina!».

Nina si affacciò riconoscendo la sua voce e scese subito con Noah in braccio ridendo e arrossendo.

«Oddio Adam, che vergogna, non riesco ancora a guardarti in faccia! Tu ha visto la mia…».

«No Nina, te lo giuro su quello che vuoi, non ho visto niente!», rise.

«Noah, questo è Adam, il ragazzo che ti ha fatto nascere e il primo che ti ha toccato e, se non c'era lui probabilmente adesso non saremmo qui, quindi è come uno zio per te! Sii sempre gentile con lui», disse Nina consegnando il bambino ad Adam.

Adam lo prese con una cautela degna di un padre e se lo strinse al petto tenendogli delicatamente una mano dietro la nuca e baciandogli la testolina tonda e pelata.

«Adoro questo odore!», disse. «E adoro i bambini!».

Noah cominciò a sorridere, con una gioia che non gli avevamo mai visto.

Guardava Adam come rapito.

«E lui adora te Adam!», disse Nina carezzandogli i capelli. «Sei stato un angelo, non saprò mai come ringraziarti!».

«Ringraziarmi? Chiunque lo avrebbe fatto no?», rispose umilmente.

«No, non chiunque», dissi. «Una persona sola».

«È vero», confermò Nina.

Nina lo salutò e gli augurò buona fortuna, poi salì in camera col bimbo.

Adam sospirò.

«Volevo dirti anche che ho lasciato perdere Joey».

«Davvero?», finsi di non sapere.

«Sì, ho capito che la nostalgia ti fa vedere le persone sotto una luce falsata. Lei non è come la ricordo e penso che non lo sia mai stata», disse tenendo le mani in tasca. «Quindi… ho chiuso».

«Sei sicuro di partire allora?»

«Sì», rispose, «cioè… avrei ancora bisogno di almeno cinquanta sedute con Betty, ma alla fine sono io che devo giocarmi questa possibilità e il coraggio non lo posso certo comprare no?».

Sorrisi.

«Adam?», gli dissi fissandolo.

«Sì?»

«*Look into my eyes, look into my eyes, the eyes, the eyes, not around the eyes, don't look around the eyes, look into my eyes…*». Schioccai le dita. «*…you're under!*».

Scoppiò in una risata.

«Adesso tu sei in mio potere e mi incoraggerai, mi sosterrai e mi darai la forza necessaria a sopportare Goddard per i mesi a venire e mi chiamerai tutti i giorni da New York per raccontarmi come va, promesso?»

«Te lo giuro!», mi disse abbracciandomi di slancio.

Ci guardammo intensamente per un istante che sembrò lunghissimo.

Ed ebbi la sensazione che volesse dirmi qualcosa di importante, ma poi aggiunse solo: «Grazie Mia», baciandomi sulle guance, «grazie di cuore».

Sorrisi commossa chiudendo la porta all'ennesimo addio.

A scuola adesso non avevo più amici, non disinteressati almeno.

La mancanza di Adam si faceva già sentire, soprattutto perché, questa volta, sapevo che non sarebbe tornato presto e le settimane a venire si prospettavano lunghe e psicologicamente pesanti.

Così passavo la maggior parte del tempo da sola o a provare.

Joey fingeva disinvoltura, ma si vedeva lontano un miglio che le bruciava la doppia sconfitta.

Non avevo vinto io, ma nemmeno lei, e questo mi bastava.

Provavo con Ariel tutti i giorni. Si sentiva talmente insicura che mi pregava di aiutarla in continuazione e io non la sopportavo più.

Non solo era esitante, ma pretendeva di somigliarmi in ogni minimo dettaglio, tanto da farmi credere di avere a che fare con una controfigura.

«Ariel!», le dissi un pomeriggio esasperata. «Senti, così non va!».

«Perché, cosa ho sbagliato?», chiese apprensiva. «Lo so, è quel *déboulé déboulé déboulé* e salto che mi confonde», rispose mortificata.

«No, Ariel, non hai sbagliato niente, è questo il problema! Tu sai tutto a memoria come un robot, e non ci metti l'anima, non ci metti niente di tuo e non smetti di guardarti allo specchio. Non è così che funziona! È un passo a due e si presuppone che tu sia innamorata del tuo partner, e quindi devi dimostrargli passione, tensione, trasporto capisci?»

«Lo so, ma tu quando balli sembri di un altro pianeta e io…».

«Non è me che devi imitare!», esplosi. «Non devi imitare nessuno, devi trovare la *tua* voce, il *tuo* canto, la *tua* espressione!».

«Ma se sbaglio?»

«E se sbagli pazienza! Chi se ne frega! Ricominci!».

«Ma Goddard…».

«Goddard ha scelto te!», dissi con una punta di fastidio che riuscii appena a dissimulare. «Preoccupati solo di ballare bene! E adesso aiutami a coprire questi specchi», le dissi prendendo dei vecchi teli neri lasciati in un angolo, «tanto sul palcoscenico non li avrai, quindi lasciati trasportare dalla musica e fidati delle tue sensazioni!».

Ariel mi guardava con un'espressione di venerazione mista a terrore che mi mandava in bestia.

Cominciò a ballare continuando a specchiarsi nonostante i teli e, ogni volta, la richiamavo finché non smise.

«Concentrati sulla mia voce Ariel, sulla mia voce e sulla musica, non pensare a nient'altro a parte il fatto che lo ami da impazzire, lo ami e lo desideri e quando lo vedi il tuo cuore smette di battere per l'emozione e ti senti avvampare. Non c'è nient'altro che ti interessi a parte lui. Avanti! Dimostragli tutta la tua passione, il tuo amore, la gioia che ti dà vederlo, toccarlo, sentire la sua pelle. Su Ariel mettici più entusiasmo, più trasporto, più cuore!».

«Basta!», gridò Ariel fermandosi sconvolta.

«Che hai Ariel? Questa è la danza, è questo che devi fare, fingere dei sentimenti, lo spettacolo è tutto una finzione dovresti saperlo!», dissi prendendo in prestito le parole di Goddard.

«Ma io non sto fingendo!», urlò isterica.

«Che vuoi dire?»

«Che io lo amo davvero Goddard!».

Raccontai la storia a Nina che si rotolò per terra dal ridere, e non vedevo l'ora di raccontarla anche a Adam.

Non potevo credere che la piccola, delicata Ariel si fosse innamorata dell'Anticristo!

Adesso, almeno, le sue prove sarebbero state molto più interessanti.

Mentre progettavamo la carriera di scrittrice di Nina nei minimi dettagli, con tanto di viaggi in prima classe e assistente personale, qualcuno lanciò un sasso alla mia finestra.

Ci affacciammo e vedemmo Eileen che ci faceva cenno di scendere.

«Che vorrà?», chiese Nina.

«Non lo so, ma sono troppo curiosa. Dài, mettiamoci il cappotto e andiamo giù! E sbrigati che non sei più incinta!».

Eileen ci aspettava nascosta dietro la siepe, temendo che sua madre uscisse a cercarla.

«Ma come fai a vivere così me lo vuoi spiegare?», le chiese Nina.

«Ma quanto sei dimagrita?», le chiesi io.

«Quindici chili!», mi disse con orgoglio. «Corro, mangio sano, e quando posso ballo!».

«Brava!», le dissi battendo le mani.

«Sì, ma ora dicci perché ci hai chiamate!», la incitò Nina che saltellava da un piede all'altro per scaldarsi.

«Ecco… è un po' complicato», disse.

«Noi adoriamo le cose complicate, spara!».

«Mia, ti ricordi il ragazzo che ho conosciuto alla festa della tua scuola?»

«Sì».

«Sai… stiamo insieme da quella sera… e… noi ecco… non abbiamo mai…», ci disse a bassa voce.

«ALT!», disse Nina. «Non avrai mica intenzione di fare sesso con lui, eh? Quanti anni hai? Quattordici? Quindici?»

«Diciassette!».

«Be'… non vuol dire!», ribatté. «Hai visto cosa succede a fare sesso troppo giovani?». Si indicò la pancia.

«Nina!», l'ammonii. «E lasciala parlare!… Dài, continua!», le dissi gentilmente.

«Volevamo solo, ecco… passare la notte insieme a casa sua…».

«Passare solo la notte insieme?», interruppe di nuovo Nina. «A fare cosa, a giocare a carte? A Monopoli?»

«Nina vuoi stare zitta?»

«Ma noi ci amiamo!», piagnucolò Eileen.

«Certo che vi amate, poi quando lo avrete fatto non vi amerete più! È sempre così! È matematico, vuoi che te lo metta per iscritto?»

«Mia…», mi implorò Eileen.

«Lasciala dire, sono gli ormoni! Senti Eileen tu vuoi veramente passare la notte con lui?»

«Più di ogni altra cosa al mondo!».

«E cosa dovremmo fare noi?»

«Niente! Solo reggermi il gioco. Dirò che andiamo a una festa e siccome faremo tardi rimarrò a dormire da voi. Mia madre tanto non vi chiamerà e io tornerò domattina, così nessuno saprà niente».

Nina la guardava con la fronte aggrottata.

«Quindi mentiresti a tua madre?», disse.

«Lo sai com'è, non mi permette di fare nulla, figuriamoci se le chiedessi di dormire con un ragazzo!».

«Dormire? Voi non dormirete proprio per niente, voi farete sesso e io sono assolutamente contraria e anche mia zia Kate!».

Adesso era diventata *sua zia Kate*…

«Nina, vuoi che le racconti di quella volta che hai *dormito* da Thomas e hai voluto che ti reggessi il gioco?», la incalzai.

«Appunto! E ti ricordi com'è finita? Che mi ha scaricata!», urlò di rimando.

«Sì, ma io gli ho rotto il naso con la mia scarpetta da punta!», precisai.

«È vero e l'ho apprezzato, ma questo non c'entra niente con lei!».

Eileen ci guardava come se stesse assistendo a una partita di ping pong.

«Nina! Eileen ha il diritto di fare un'esperienza e noi abbiamo il dovere di aiutarla!».

«Mia! Svegliati, non sappiamo niente di questo ragazzo, potrebbe rapirla e farla fuori!».

«Io lo conosco, è un ragazzo carino, e poi cosa sono questi discorsi da vecchia?»

«Non sono discorsi da vecchia, ma da donna responsabile!».

«Da pensionata! Noi le reggeremo il gioco come abbiamo sempre fatto l'una con l'altra e, comunque, anche se le diciamo di no non le impediremo di andarci a letto! E poi cosa te ne frega se ci va a letto?»

«E se rimane incinta?».

Ci girammo contemporaneamente verso Eileen.

«Tu prenderai precauzioni, vero?», le dicemmo in coro.

«Certo!», rispose atterrita.

«Sarà meglio per te!», ringhiò Nina. «O lo dirò io a zia Kate».

«Allora è un… sì?»

«Certo! Vai pure a casa e dille che vieni con noi e che stia tranquilla, ma tu adesso ci lasci l'indirizzo e ci telefoni ogni ora grazie!», ordinai con tono autoritario.

«Ogni due?», azzardò Eileen.

«Okay ogni due, ma… mi raccomando!».

Eileen mi baciò rumorosamente sulle guance e tentò di fare la stessa cosa con Nina, che rimase impassibile guardando da un'altra parte, dopodiché entrò in casa sorridente incrociando le dita.

«Tu sei pazza!», mi disse Nina.

«E smettila di fare la zitella brontolona!».

«Sono una madre adesso, ho delle responsabilità! Sono dall'altra parte della barricata!».

«Nina?»

«Eh?»

«E che palle!», le dissi spingendola in casa.

Ci mettemmo a chiacchierare e a fare il bagnetto a Noah e non ci accorgemmo che le prime due ora erano già passate e Eileen non si era ancora fatta viva.

«Che dici, la chiamiamo noi?», proposi.

«E aspetta… saranno solo all'inizio!».

«Ma non eri tu quella che non ce la voleva mandare?»

«Dal momento che ce l'abbiamo mandata, non roviniamole tutto no?», sorrise prendendo il bambino in braccio e posandolo delicatamente sul suo letto per cambiarlo.

Non smettevo di sbirciare da dietro la tenda per vedere se zia Kate stava spiando nella nostra direzione, ma verso mezzanotte cominciai veramente a preoccuparmi.

«La chiamiamo?»

«Magari un messaggino», suggerì Nina.

«Okay… "Chiamaci"», digitai. «"Stiamo in pensiero"».

E ripresi a guardare il DVD del *Cigno nero* per la sesta volta.

Mi svegliai di soprassalto per accorgermi che erano le quattro del mattino e che di Eileen non c'era ancora traccia.

Svegliai Nina che si era addormentata con un libro ancora tra le mani.

«Lo sapevo che era un'idiozia! Lo sapevo!», biascicò. «E adesso cosa facciamo? Chiamiamo la polizia? E dove le diciamo di cercarla? In una discarica? Negli ospedali? Eh? Ma perché mi sono lasciata convincere!», sbraitò.

«Perché l'avrebbe fatto comunque e anche noi, e non eravamo più responsabili di lei, e smetti di fare parlare anche me come una suora!».

Nina non trattenne una risata. «Ma sono davvero una zitella acida?»

«Sei peggio della nostra ex preside!».

«No! Come la Jenkins no!».

«Ci sei vicina!», risposi chiamando inutilmente Eileen che aveva il telefono staccato e poi guardai Nina sinceramente preoccupata.

«Se non è successo niente, come credo e spero», disse, «mi incazzerò a morte, ma pazienza, ma se è successo qualcosa e stiamo qui a perdere tempo, non ce lo perdoneremo mai, non credi?»

«È vero, dobbiamo andare dalla zia Kate e dirle che abbiamo fatto una cazzata e che ci dispiace».

«Uh! Suonare il campanello di zia Kate alle quattro del mattino? Meglio entrare nella gabbia di un leone a dieta!».

«Hai un'alternativa?»

«Siamo pessimi genitori!».

«Pessimissimi!».

«Usciamo dài», mi disse, «l'ansia mi sta uccidendo!».

Uscimmo di casa in piena notte con un freddo polare.

Il silenzio era assoluto e non c'era nessuno in giro eccetto qualche volpe che rovistava tra i bidoni della spazzatura.

«È morta, me lo sento», disse Nina con un filo di voce, «ed è tutta colpa mia».

«Ma no che non è morta! Ci sarà una spiegazione, ma adesso dobbiamo dirlo alla zia Kate!».

«Ho paura!».

«Anch'io!».

Ci avvicinammo alla porta tenendoci per mano per farci coraggio l'un l'altra.

«Suona tu!».

«No tu!».

«Ho un'altra idea», dissi saltellando, «svegliamo Betty e andiamo a prendere Eileen a casa di quello».

«Sei un genio!», esclamò baciandomi in fronte.

Sgattaiolammo in camera di Betty che dormiva con Leonard.

Per poco non le prese un colpo.

«Che cosa avete fatto voi due???», esclamò sconvolta appena riuscì a mettere a fuoco la situazione.

«Scusaci Betty era per una buona causa!», piagnucolai.

«Buona causa un accidente! Andiamo subito a recuperarla!». Poi si rivolse a Leonard. «Tu stai attento che il bambino non si svegli e se piange cantagli la canzone di Elmo!».

«Elmo?», chiese il povero Leonard addormentato.

«Sì, Elmo e poi dàgli il pupazzetto di Winnie the Pooh, lo adora!».

«Okay», disse Leonard alzandosi. «Alla peggio lo farò giocare con me a Texas Hold'em!».

«COSA??», urlammo in coro.

«Scherzo!», rispose.

Ci infilammo in macchina, in silenzio, con i piumini sopra i pigiami, bene attente che la zia Kate non ci vedesse e guidammo fino a Clapham, un quartiere non lontano dal nostro.

Ci mettemmo più di mezz'ora a trovare l'indirizzo, perdendoci in un intricato groviglio di stradine tutte uguali.

«Bene, qual è il campanello adesso?», chiese Betty una volta giunte sotto la palazzina.

«Non ne ho idea, ce ne saranno quindici!», risposi.

«'Fanculo, li suono tutti!», disse Betty.

In pochi secondi le luci della palazzina si accesero una per una e le teste dei vicini si affacciarono dalle finestre chiedendosi chi fosse.

«Stiamo cercando un ragazzo di nome… com'è che si chiama?», ci chiese.

Ci stringemmo nelle spalle.

«Ma non sapete proprio niente voi due?»

«È alto, moro…», dissi.

«Interno 4a», disse una voce, «e poi sparite o chiamo la polizia!».

Entrammo come tre topi d'appartamento e prendemmo l'ascensore.

«No! La poppata…», esclamò Nina guardandosi la maglietta. «Sto perdendo latte, devo sbrigarmi a tornare a casa o farò un disastro! Sembro una mucca!», disse chiudendosi il piumino.

«Vuoi dire che perdi il latte… dai capezzoli?», chiesi inorridita.

«Certo!», rispose Betty. «Ma non sai proprio niente Mia? Se salta la poppata il latte esce da solo!».

«Che schifo! Non lo farò mai!», dissi con una smorfia.

«Di certo non a sedici anni!», rispose Betty minacciosa. «Questo te lo garantisco io!».

Arrivati davanti alla porta cominciammo a bussare e chiamare Eileen come ossesse.

Un ragazzo alto ci aprì frastornato dal sonno.

«Chi… chi siete?», balbettò.

«L'esercito della salvezza!», disse Betty spalancando la porta come una furia travolgendolo. «Avanti liberiamola!».

Entrammo in casa chiamandola a gran voce e piombammo in camera dove la trovammo seduta a letto che si copriva con un lenzuolo.

«Avevamo un patto!», urlò Nina. «Siamo morte di paura!».

«Oddio! Il telefono… è vero io… credo si sia scaricato e poi non ci ho pensato più!».

«Adesso rivestiti e fuori di qui! Ti do due minuti!», ordinò il sergente Betty.

«Ma avevamo deciso che sarei tornata domattina!», protestò.

«Niente ma!», rispose Nina. «Un minuto o chiamo zia Kate!».

Eileen mise il broncio.

«Noi ti aspettiamo di là! Mezzo minuto!».

Andammo in cucina dove campeggiavano ancora i resti della cena con un invitante profumo di curry.

«Tu!», disse Betty con tono militare al ragazzo. «Come ti chiami?»

«A… Amir», balbettò.

«E hai cucinato tu questo?», chiese indicando una pentola.

«Be' sì…».

«Mmm…», fece Betty spezzando un pezzo di pane e intingendolo nella salsa del curry. «Mmmmm! Ma è divino!», esclamò sotto i nostri occhi esterrefatti.

Si sedette e spazzolò gli avanzi della pentola in cinque minuti, versandosi anche un bicchiere di vino.

«Amir, devi assolutamente darmi la ricetta! Questo pollo è strepitoso, ma ci hai messo la cannella?»

«Sì», rispose sollevato, «mi ha insegnato mia madre, è una cuoca divina!».

«Ma usi anche il cumino?»

«Solo una punta, ma il segreto è far tostare le spezie con la cipolla e dopo sfumarle con il vino!».

Betty era ammirata e non si accorse che Eileen era già sulla porta vestita.

Appena la vide si pulì la bocca e scattò in piedi.

«Be', che c'è da guardare? È quasi ora di colazione! Avanti signorina in marcia!».

Uscimmo dall'appartamento che già albeggiava.

Eileen si sedette dietro e non spiccicò parola, Nina si era addormentata e Betty canticchiava per tenersi sveglia.

Le sfiorai una mano, e la guardai con aria curiosa, lei mi sorrise e alzò entrambi i pollici.

La riportammo a casa sana e salva, sicure che non lo avremmo fatto mai più.

Avevamo scavalcato tutte la barricata.

CAPITOLO VENTITRÉ

Goddard quella mattina era in ritardo.

E non era mai successo.

Ci guardavamo lanciando all'orologio occhiate interrogative, cariche di apprensione: la settimana prima ci aveva massacrati con i salti solo perché gli avevano portato via la macchina!

Zadie Connor entrò agitata in sala.

«Ragazzi, Goddard ha avuto un incidente, lo sostituisco io stamattina!».

Un brusio incontrollato percorse rapidamente la sala.

«Non so dirvi per il momento quanto sia grave», proseguì, «ma temo che non potrà fare lezione per un po'. Adesso mettetevi ai vostri posti, cominciamo con le diagonali!».

«Può dirci di più Miss Connor?», chiese Stuart allarmato. «Che genere di incidente ha avuto? In macchina?»

«È stato… aggredito ieri notte», ammise.

Il brusio divenne un vero e proprio coro di «Non è possibile! Oddio! Poveraccio!», e qualche discreto «Se l'è meritato quella merda!».

Ariel era sbiancata, non sapeva più dove si trovava e non riusciva a concentrarsi sui passi, tanto da farsi riprendere severamente da Miss Connor.

«Scusate, ma non mi sento bene», disse lasciando la sala.

Alla fine della lezione la raggiunsi nello spogliatoio dove la trovai in lacrime.

«Ariel, si può sapere che ti è successo?»

«Sono preoccupata per Goddard!».

«C'è un gruppo che va a trovarlo in ospedale, potresti unirti a loro!», proposi.

«Ma ho paura che non resisterei. Dicono che sia stato picchiato da alcuni teppisti e sia in condizioni pietose, non posso farcela!», continuò soffiandosi il naso.

«Non puoi rimanere chiusa qui dentro finché non torna! Vai con Stuart, lui è l'unico che lo ama più di te, vi farete compagnia!».

Si sciacquò il viso e uscì a cercare Stuart.

La seguii con lo sguardo, perplessa. Quella ragazza era un vero mistero.

Di una cosa ero certa però: io non ci sarei andata.

Lo detestavo prima e lo detestavo ancora e, anche se mi dispiaceva che fosse stato aggredito, mi stupivo come non fosse successo prima e non avevo intenzione di fingere interesse come quasi tutta la scuola.

I giorni seguenti le notizie sulle condizioni di Goddard erano totalmente fuori controllo: da una leggera commozione cerebrale, si parlava adesso di milza spappolata, ginocchia in briciole e carriera distrutta, ma soprattutto quello che preoccupava tutti, dal primo all'ultimo, era chi avrebbe montato il suo spettacolo, perché di questo si trattava: non di uno spettacolo, ma del *suo* spettacolo.

Joey si era autoeletta sua portavoce ed era lei che gestiva le visite con la precisione di un secondino, diramando il bollettino medico due volte al giorno.

Ma a Miss Connor, a cui non sfuggiva mai niente, non sfuggì neanche

che io ero l'unica a non essere mai andata a trovarlo, e che non avevo mai chiesto sue notizie neanche per sbaglio.

Per questo, dopo la lezione, mi prese di nuovo da parte.

«Che mi nascondi Mia?», mi chiese con lo sguardo da sbirro.

«Niente Miss Connor».

«Mia, qui non si parla d'altro, tutti sono preoccupatissimi che non si rimetta in tempo per finire di montare lo spettacolo, c'è un'indagine della polizia in corso e tu sembri lontana mille miglia. I casi sono due: o sai qualcosa o sei stata tu ad aggredirlo!», disse provocandomi.

«Le giuro che mi sarebbe piaciuto, ma no, non sono così forte, anche se forse, con una mazza da baseball…».

«Senti Mia, scherzi a parte. La situazione è grave, se sai qualcosa, qualunque cosa, ti prego di dirla. So che gli sei stata molto vicina ultimamente e lui è pieno di nemici, e ogni parola, telefonata, discussione che tu possa avere intercettato può davvero essere utile agli inquirenti», mi disse seria.

«Ma non ci sono sospetti su nessuno?»

«È stato aggredito da quattro tipi incappucciati. L'hanno colpito ed è caduto subito, non si ricorda altro, a parte delle Adidas bianche, ma capirai, le indossano tutti!».

Immediatamente mi tornò in mente l'immagine di Joey che consigliava ai quattro "discepoli" le Adidas bianche e poi sempre lei che minacciava Goddard con un «te ne pentirai!».

«Se mi dovessi ricordare qualcosa glielo dirò senz'altro», risposi senza guardarla negli occhi.

A casa non potei fare altro che chiedere la solita inutile opinione di Nina e Betty che come sempre…

«Diglielo assolutamente!», sentenziò Nina.

«Sei impazzita? Non puoi accusare qualcuno se non ne sei più che certa!», obiettò Betty.

«Ma lei è sicura che sia stata quella stronza ad assoldare i quattro killer!», rispose Nina.

«Be'… quattro killer… non esageriamo… sono dei bulletti di periferia», sdrammatizzai.

«Che diventeranno gli assassini di *Arancia meccanica*!», ribatté Nina.

«Un individuo è innocente fino a prova contraria!», insistette Betty.

«E cosa dobbiamo aspettare, che muoia qualcuno? Che le nostre città diventino giungle? Devi dirglielo Mia!», disse picchiando il pugno sul tavolo.

«Che faccio, Adam?», gli chiesi al telefono. «Tu pensi che Joey sarebbe capace di una cosa del genere?»

«Vuoi la verità?», sospirò. «Un mese fa ti avrei detto di no, ma adesso sono più che certo che possa esserne stata capace».

«E io che faccio?»

«È una situazione odiosa e non vorrei trovarmici per niente al mondo, però hai il dovere di fare qualcosa e credo che l'unica soluzione sia quella di evitare il nome di Joey, e di dire che hai sentito quei quattro galletti fare battute strane all'indirizzo di God, e casualmente indossavano delle Adidas bianche. Tutto qua. Se sono loro si contraddiranno e uscirà fuori che è stata Joey a chiederglielo, e se non sono loro non sarà successo niente. Tu parla sinceramente con la Connor, in questo modo dirai la verità e nessuno si farà male».

«Sei sicuro?»

«Sì tesoro».

«Come?», chiesi.

«Sì Mia!», si corresse. «Volevo dire Mia, era solo un intercalare… qui in America lo usiamo con tutti, anche con l'usciere…».

Ti ha chiamata tesoro!, commentò Patrick.

«Era un intercalare!».

Intercalare un tubo, so riconoscere un "tesoro" da un tesoro*!*

«Non è colpa mia se mi ha chiamata così!».

Sì, se gli chiedi consigli per qualsiasi cosa! Perché non hai chiesto prima a me cosa potevi fare? Ti avrei detto esattamente la stessa cosa!

«Solo perché nessuno conosce Joey meglio di lui! Sono stati insieme quattro anni!».

Ma io non voglio che tu ti metta nei guai! Tu sei nata per metterti nei guai!

«Ma ci sarai tu a proteggermi!».

No Mia, sai bene che non ci sarò, e non ci sarà nemmeno quell'… Adam!

«Tu ci sarai sempre, me lo hai promesso».

Mia… io…

«Che c'è?»

Niente. Quell'Adam però…

Il giorno dopo parlai con Miss Connor e le raccontai quello che avevamo concordato con Adam. Fui molto cauta e vaga e accennai solo alla storia delle scarpe e a certi comportamenti sospetti che mi sembrava di aver notato e niente più.

Ma due giorni dopo scoppiò il più gigantesco disastro nella storia della Brit.

Non solo i quattro teppistelli furono denunciati per aggressione e lesioni gravi, ma, come aveva presunto Adam, non ci volle molto perché facessero il nome di Joey, che li aveva reclutati promettendo loro un'audizione a *X Factor*.

Il giorno che Joey lasciò la scuola, tutti la fissarono liberare il suo armadietto in un silenzio accusatorio che l'accompagnò fino alla sua ultima uscita.

E quello stesso giorno andai a trovare Goddard.

Era stato dimesso dall'ospedale e trascorreva la convalescenza nel suo appartamento a Chelsea.

Mi aprì la porta appoggiandosi a un bastone, aveva un cerotto sul naso e un braccio fasciato.

«Pensavo peggio!», esordii.

«Ho le foto se vuoi», rispose, «così le appendi in camera e le usi per lanciare le freccette».

Una battuta?

Mi fece accomodare in salotto dove trascorreva la maggior parte della giornata sdraiato sul divano con i suoi cani, e una montagna di DVD da visionare.

«Credevo non ti avrei più rivista!», disse spostando riviste e giornali che parlavano di lui.

«Perché non sono venuta al pellegrinaggio?»

«In effetti è stato più coerente così. Lo apprezzo», disse accendendosi una sigaretta.

Mi guardai intorno. La sua casa lo rispecchiava solo in parte.

Era un appartamento da single pieno di soprammobili, premi vinti, libri, fumetti, poster, con un'enorme televisione al centro, ma era incredibilmente luminoso e accogliente, come lui non era mai stato.

Il rifugio di qualcuno che è simpatico e fa un sacco di cene con gli amici, non di uno che si era fatto pestare come un tappeto per quanto era stronzo!

«Come stai?», chiesi.

«Meglio. La gamba guarirà anche se ci vorrà tempo e le tre costole incrinate anche. Sono stato operato dal chirurgo dell'Arsenal, non potevo sperare in meglio! Vuoi un tè?».

Annuii.

«Lo prepari tu?», disse.

«Lo avrei preparato anche senza il trabocchetto», risposi andando in cucina.

«Ti devo delle scuse», disse mettendo il latte nel suo tè. «Se ho capito una cosa da questo incidente è che tutti quelli che stanno a leccarti il culo se la danno a gambe quando sospettano che non conti più niente».

«L'hai capito solo adesso?»

«Saperlo non è la stessa cosa che provarlo e tu sei stata profetica quando mi hai urlato che non ci sarebbe stato nessuno intorno a uno zoppo. Ti senti una vera merda quando sei da solo in un letto di ospedale e tutti ti guardano con pietà cercando di capire se sei finito o puoi ancora servire a qualcosa! Tutti mi hanno chiesto dello spettacolo e nessuno se avevo bisogno di qualcuno che mi portasse fuori i cani, cazzo!».

Sollevò uno dei due barboncini e strusciò il naso contro il muso con una vocina dolce. «Solo voi due puzzoni mi amate tanto lo so…».

«Credi di sapere perché l'abbia fatto? Voglio dire… Joey?»

«Joey è accecata dall'ambizione e ucciderebbe senza problemi per stare su un palcoscenico. Mi piaceva per quello, ma poi è diventata un'ossessione, non parlava di altro che della sua carriera e alla fine mi sono stufato. Certo che non pensavo mi avrebbe fatto questo».

«Ma perché non l'hai denunciata?»

«Perché non mi andava proprio l'idea di imbarcarmi in un processo. E poi lei si è rovinata con le sue mani. Non andrà mai da nessuna parte, non è nemmeno un grande talento… La vendetta è un piatto che si consuma freddo e preferisco vederla sbattere su un vetro come una mosca che non trova più l'uscita», disse con un bagliore di perfidia.

Ero stregata dalla sua lucidità.

Non avevo idea di cosa avesse passato per diventare in quel modo, ma doveva essere qualcosa di grosso. O forse era semplicemente nato così?

Senza cuore.

«Quindi Mia…», mi disse sistemandosi meglio sul divano, «mi dispiace davvero per quella storia. Sono stato un po' bastardo e anche se di solito non mi frega niente di nessuno, mi è dispiaciuto averti trattata così. A volte non me ne rendo conto. Quando voglio qualcosa me la prendo e basta e di solito è facile. Mi sono scopato tutte tranne la Connor, ma tu sei speciale e io ho rovinato tutto».

Giuro che la sua psicopatia mi sconcertava!

«Ma tu sei stato allevato dai lupi? Nessuno ti ha insegnato come parlare alle persone? Mai sentito parlare di delicatezza? Non sai fare di meglio?».

Sbuffò.

«No. Non so fare di meglio. Prendere o lasciare».

«Lascio!», sorrisi.

«Vuoi essere la mia assistente?»

«COME?», strillai sputandogli addosso il tè.

Fece finta di niente e si asciugò con la mano.

«Non posso ballare per almeno un mese e siamo troppo indietro. Se lo spettacolo non è più che perfetto mi pregiudico i contratti per i prossimi tre anni e non me lo posso permettere. Mi scoccia ammetterlo, ma ho bisogno di te».

«Puoi ripeterlo? Credo di non aver capito bene», risposi appoggiando la tazza sul bracciolo.

Sospirò di nuovo.

«Ariel non fa un passo senza di te e adesso Stuart deve essere preparato per sostituirmi, e tu devi fare il lavoro al posto mio!».

Non credevo alle mie orecchie, adesso Voldemort stava chiedendo aiuto a Harry Potter?

Scoppiai in una risata clamorosa.

«Ma allora ce l'hai il senso dell'umorismo!», esclamai. «Mi hai trattato come una merda, mi hai fatto quasi cadere da un tetto, hai tentato di baciarmi, mi hai tolto la parte e mi hai fatto preparare la mia sostituta! Cos'altro mi devo aspettare da te? Una botola sul palco coperta con delle foglie?»

«Ti ho fatto tutto questo?»

«Sì!».

«Sei sicura di non essere stata tu a farmi picchiare?», chiese sospettoso.

«Avrei voluto farlo con le mie mani non sai quante volte!».

«Mia...», disse mostrandomi le fasciature, «guardami bene, sono un relitto, non potrei fare male a una mosca!». Prese in braccio il cane. «Diglielo tu Isadora che il papà è buono!».

Risi.

«Va bene, ma se mi manchi di rispetto anche una sola volta sei finito davvero».

«Ti giuro che farò il bravo!», disse a mani giunte.

«Non giurare Voldemort!».

Non sapevo se facevo bene a fidarmi, ma non avevo niente da perdere e, al limite, ne avrei guadagnato in esperienza. Avrei approfittato di quello che aveva da offrire: il talento. Ed essere l'assistente di Goddard, dopo tutto quello che era successo, era comunque una vittoria.

Nina bussò alla mia porta con il cellulare in mano mordendosi il labbro.

«Mi ha scritto Brandon».

«Chi?»

«Brandon! Ti ricordi? Il mio ex…».

«Il tuo compagno di sala da tè?», ironizzai.

«Be' dài… mi è stato vicino comunque».

«Nina, vieni qui per favore», le chiesi.

Si avvicinò e le misi una mano sulla fronte.

«No, non sei calda, allora fammi capire, come mai tu sei capace di mettere al mondo un figlio, farti pubblicare un libro, rifarti una vita da sola e non sei in grado di vedere quando un uomo ti prende in giro?»

«Dici che mi prende in giro?», mi chiese sinceramente stupita.

«Nina, ascolta, io capisco che tu ti senta sola, e che io non sia Robert Pattinson, ma tu devi toglierti gli occhiali da sole una volta ogni tanto!».

«Uffa… mi piaceva tanto però…».

«Sì, ma quando hai avuto bisogno di lui è sparito e sapeva bene che eri incinta!».

«Dice che ha avuto paura, si scusa e adesso vorrebbe vedermi».

«Facile così, e la prima volta che il bambino avrà la febbre, Brandon dove sarà? A giocare a freccette?»

«Sei così dura a volte Mia…».

«Sei così cieca a volte Nina…».

«Quindi cosa gli rispondo?», mi chiese ansiosa col cellulare pronto.

«Mi rifiuto di prendermi questa responsabilità! Fai da sola, sei una madre ormai!», le dissi infilandomi a letto e spegnendo la luce.

«Allora gli dico di uscire sabato!».

«Ma sabato arriva Carl!», urlai riaccendendo la luce.

«Chi?»

«Cretina!».

«Dài Mia, non gli posso dare una seconda possibilità? Una piccola piccola?», mugolò.

«Glielo dici tu a Carl che esci con Brandon?»

«Speravo glielo dicessi tu!».

«Scordatelo!», spensi di nuovo.

«Mia…».

«Buonanotte!».

Prendere sonno fu molto difficile, l'idea del mio primo giorno come assistente di Goddard mi terrorizzava.

E cominciavo a dubitare di nuovo di me.

«Ho sbagliato ad accettare Pat?»

«Perché non lo chiedi a Adam?»

«Adoro la faccia che fai quando lo nomini, ti si arriccia il naso!», risi.

Sorrise.

«Stai dimostrando una maturità incredibile. Sei anni luce dalla ragazzina che conoscevo, ti muovi come un'adulta, affronti le situazioni peggiori senza paura, vai avanti a testa alta… Non potrei essere più orgoglioso».

«Dici davvero? A me sembra di essere sempre la solita, me la faccio sotto dalla paura, e se non ci fossi tu a incoraggiarmi…».

«Mia, io…».

«Dimmi…», gli chiesi abbracciandolo.

«Mia, noi dobbiamo parlare… seriamente».

«Dài Pat! Adam è dall'altra parte dell'oceano», gli dissi baciandolo, «e qui ci siamo solo io e te!».

«Non è di Adam che dobbiamo parlare, si tratta di noi».

Lo disse con urgenza. Con un tono che non gli riconoscevo.

«È successo qualcosa?», gli chiesi preoccupata.

«Mia», mi disse prendendomi le mani, con un sorriso triste, «te ne sei accorta vero?»

«Di cosa Pat?», chiesi preoccupata.

«Guardami, guardami bene».

«Sono io che sono così stanca ultimamente… o la mia vista si sta abbassando?», replicai ostinata.

«No Mia… la mia luce si sta affievolendo ogni giorno che passa e presto o tardi…».

«Presto o tardi… si riaccenderà Pat, è questo no?», gli urlai in preda all'ansia afferrandolo per le spalle.

«No amore mio», disse scuotendo la testa, «non si riaccenderà, io piano piano me ne sto andando».

«Pat, non te ne puoi andare, non mi puoi lasciare, tu hai promesso! Tu hai giurato per sempre!».

«Mia io ci sarò *sempre*, sarò vicino a te, intorno a te, nel tuo cuore, ma non potremo più vederci. Il mio compito qui è quasi terminato…».

«Di quale compito stai parlando Pat?»

«Del compito che devo assolvere prima di andarmene. Altrimenti a cosa servono gli angeli custodi?», disse accarezzandomi la guancia. «Io ho il compito di accompagnarti verso la tua nuova vita, verso il tuo futuro e il tuo successo. Tu non dovevi lasciarti morire, non era il tuo destino e io dovevo starti vicino finché tu avessi veramente avuto bisogno di me, finché non fossi stata perfettamente in grado di volare con le tue ali. E questo momento è quasi arrivato e dobbiamo cominciare a prepararci».

Mi coprii il viso con le mani.

«No Pat, io non sono pronta, non lo sarò mai, non posso, non voglio…».

«Quando sarà il momento non te ne accorgerai. Sarà quasi indolore. Non farei mai niente per farti soffrire. Mai».

Mi svegliai di soprassalto.

«Pat! Pat!».

Silenzio.

«Pat!».

Sono qui Mia… Sono ancora qui.

La mattina seguente mi svegliai tardi, di pessimo umore e con l'ansia alle stelle.

Risposi male a Betty, a Nina e persino a Eileen.

Arrivai in sala con venti minuti di ritardo e Goddard mi fulminò con lo sguardo, ma la mia gigantesca incazzatura formò intorno a me un vortice di energia negativa tale che evitò ogni possibile commento.

«Dunque… come avrete capito non sarò in grado di ballare per questo scherzetto che mi hanno fatto», esordì mostrando il bastone, «ma sono perfettamente in grado di spezzarvi le gambe se ne avrò voglia, e per aiutarmi in questo compito ho chiesto aiuto a questa grande ballerina che da questo momento in poi sarà i miei occhi e le mie orecchie, perciò attenzione a come vi comportate…».

Finsi di non riconoscere le stesse parole che aveva usato per Joey.

Le occhiate e i commenti mi colpirono come saette.

Immaginavo cosa stessero pensando di me, e capii che avrei dovuto guardarmi le spalle.

Comunque non mi importava.

Non ero mai stata brava a farmi delle amicizie e sapevo che là dentro non ce ne sarebbero mai state di vere, non se ambivamo tutti allo stesso, unico, posto.

E in quel momento, nella ruota del destino era stato estratto il mio nome. Ma io ero ben consapevole che la ruota avrebbe potuto girare di nuovo in un attimo e senza preavviso.

Avrei voluto Adam vicino.

«Mia si occuperà di farvi ripetere tutte le coreografie», proseguì Goddard, «ma soprattutto dovrà preparare quello che sarà il mio sostituto che, povero lui, sputerà sangue», disse guardando sadicamente i ragazzi uno per uno.

«Siete curiosi di sapere chi sarà il fortunato?».

Ci fu un coro di "sì".

«Vuoi avere tu l'onore Mia?».

Avanzai di un passo e li osservai anch'io uno a uno.

Era bello essere un po' sadici.

Dopo qualche secondo di suspense indicai Stuart che cadde in ginocchio come se avesse visto la Madonna… o meglio Dio.

«Su, su, alzati, per così poco», disse God con gesto magnanimo.

«Quindi farò con Stuart il passo a due?», mi chiese Ariel frastornata come sempre.

«Sì, non sei contenta?»

«No. Non lo sono», rispose delusa. «Io *volevo* lui», disse con espressione offesa.

Le prove cominciarono quel pomeriggio stesso.

Dovevamo recuperare le settimane perse e mi resi conto che non avrei mai più avuto un momento per me.

Entravamo la mattina e uscivamo quando faceva buio, mangiando qualcosa al volo e sempre parlando di danza.

Imparavo molto e, anche se non avrei avuto che una piccola parte insieme a tutti gli altri ballerini, sentivo che stavo dando il mio contributo e Goddard adesso mi portava in palmo di mano.

Il passo a due di Ariel e Stuart sembrava una specie di lotta per la sopravvivenza: entrambi erano innamorati dello stesso uomo e facevano a gara per compiacerlo, aumentando a dismisura l'ego già sconfinato di Goddard, che si divertiva da morire a schiavizzarli.

Sedeva tutto il giorno su una poltrona rossa, simile a un trono, e dava ordini e indicazioni come un ossesso, mentre rispondeva a centinaia di telefonate. E io ero l'estensione del suo corpo che, oltre a dover memorizzare tutte le coreografie, doveva anche insegnarle ai ballerini correggendoli secondo il suo umore.

Stavo imparando a conoscerlo e mi bastava un suo sopracciglio alzato per capire cosa non andava bene o cosa volesse improvvisamente cambiare.

Era fondamentale rimanere elastici e aperti, perché l'idea geniale che gli era venuta la sera prima, sarebbe stata sostituita dall'intuizione *acutissima* della mattina dopo.

Questo rendeva nevrotici gli allievi abituati alla precisione e al rigore classico e soprattutto le povere sarte e gli scenografi, costretti a fare gli straordinari.

Ma nonostante tutto quello che facevo per lui, ogni tanto provava a provocarmi con qualche richiesta fuori programma del tipo: «Porteresti Isadora e Rudolph a fare pipì?».

Di solito facevo finta di non sentirlo e scuotevo la testa continuando a lavorare, sicura che Ariel o Stuart si sarebbero precipitati col sole o la pioggia a portargli fuori i cani.

«Sei perfido lo sai?», gli dicevo.

«Lo so… ma mi diverto tanto!», rispondeva sfregandosi le mani. «Dài, provaci anche tu!».

«Se divento come te, ti prego uccidimi!».

Ci chiamavano "la cricca di God": venerati, dannati e soprattutto invidiati e quando entravamo alla mensa era tutto un bisbigliare e un lanciarci occhiate, tanto che avevamo sempre un tavolo riservato al quale nessuno osava sedersi e, alla fine, avevo cominciato a prenderci gusto.

Carl arrivò quel fine settimana carico di regali, impaziente di vedere il piccolo.

E Nina ebbe la splendida idea di uscire con Brandon.

«Stai uscendo?», le chiese Carl con in braccio Noah.

«Sì», rispose Nina spruzzandosi il profumo.

«Con chi? Lo posso sapere?», chiese cercando di fingere disinvoltura.

«Con Brandon», rispose lei serafica, come se stesse parlando solo con me.

L'abitudine ai cambiamenti di umore di Goddard mi fece percepire il livello di agitazione dei neuroni di Carl che stavano raggiungendo la fusione nucleare.

Feci appena in tempo a uscire dalla tinozza del pediluvio per sfilargli il bambino dalle braccia prima che glielo lanciasse contro dalla rabbia.

«Nina ti proibisco di uscire con Brandon!», tuonò Carl con una voce così strozzata che sortì un effetto involontariamente comico.

Io e Noah, intanto, ci eravamo rintanati in cucina e facevamo il tifo per il papà.

«Carl, non mi puoi impedire di uscire con chi voglio!», disse lei perentoria.

«Posso, invece! Mi sono informato e tu non puoi fare frequentare mio figlio a qualunque sconosciuto!».

«Infatti sto uscendo solo io...», rispose tranquilla.

«Accidenti!», dissi a Noah che sembrava capirmi perfettamente. «La mamma lo ha fregato!».

«Ma scusa Nina, vuoi dirmi dov'era quello là mentre partorivi? Perché non mi pare di averlo visto in giro!», le chiese mettendosi davanti a lei con le mani sui fianchi.

«Non stavamo più insieme in quel momento, ora invece ci stiamo frequentando di nuovo».

Il tono imperturbabile di Nina avrebbe fatto venire un attacco di ulcera anche a Gandhi.

«Nina!», disse esasperato cercando di ritrovare la calma, sicuro che così non avrebbe ottenuto niente. «Dài, sediamoci un momento, non parliamo da tanto tempo io e te da soli».

«Ma Brandon mi sta aspettando in macchina!», rispose Nina sulla porta.

«Aspetterà... cinque minuti», proseguì con notevole sforzo invitandola a sedersi. «Ascolta, tu hai tutto il diritto di uscire con chi vuoi, io non te lo posso impedire anche se vorrei, ma quello che ti chiedo è di valutare bene se è il caso».

Era talmente diplomatico da sembrare un avvocato!

«Io l'ho già valutato da tempo! Frequento Brandon da mesi, lo conosco bene!».

«Non sapevi che faceva il centometrista però!», ironizzò fuori luogo.

«Okay Carl, non ho tempo né voglia di ascoltare le tue battute e mi stai facendo fare tardi. Ci vediamo dopo. Torno presto».

E uscì di casa lasciando dietro di sé una scia di profumo che Carl sembrò cercare di trattenere con le dita.

Mi raggiunse e mi guardò scoraggiato.

«Non ho più speranze Mia. Non mi ama più».

Noah emise un gemito.

«Vedi? Lo sa anche lui!».

«Non lo so Carl, il cuore è una scatola così strana… Anch'io le ho sconsigliato di uscire con lui, ma sai com'è… più insistiamo a dire di no…».

«E più fanno di testa loro… come i bambini…».

«Lo capirà da sola che non è il tipo giusto per lei», gli dissi cercando di essere incoraggiante.

«Non posso immaginarmi Brandon qui con mio figlio, mentre io sono a Leicester a lavorare, è una cosa che mi toglie il sonno, che mi annienta, che mi mangia vivo. Sarei capace di fare una strage! È… come la gelosia all'ennesima potenza, non c'è modo di spiegarlo, è come stare chiuso in una gabbia mentre loro sono lì davanti a me che ridono felici senza che io possa farci niente!», disse con lo sconforto dipinto in faccia.

«Senti Carl, per come la vedo io a Brandon i bambini non piacciono e se hai avuto pazienza fino a ora, prova a insistere. La perseveranza paga sempre!».

«Sì», disse ironico, «me ne sono accorto con te!».

«Be', io sono stata onesta fin dall'inizio e non ti ho mai preso in giro, amavo Patrick allora e lo amo ancora adesso!».

«Davvero lo ami ancora?», mi chiese.

«Sì», risposi senza esitazione, «e lo amerò sempre lo sai», continuai restituendogli il bambino.

«Sì Mia, sono sicuro che non amerai nessuno come hai amato lui, ma magari diversamente…».

«No. Non penso proprio!», risposi come se mi avesse chiesto se un giorno avrei potuto bere la candeggina.

«È un vero spreco, lasciatelo dire», mi disse dandomi un bacio sulla fronte, «sei sempre più bella e non hai più l'aria della bambina sociopatica che arrivava a scuola con la divisa penzoloni!».

«Già, e guarda invece come sei tu adesso, da nerd sfigato a padre dell'anno!».

«Dici che lo molla?», mi chiese sospirando.

«Io dico di sì!».

E per un attimo assaporai il gusto di avere la mia vita sotto controllo, anche se sapevo che sarebbe durato poco.

«Signorina Mia, sono Sunil!».

«Dimmi!», risposi, sorpresa che il domestico-fidanzato della nonna mi chiamasse dopo cena.

«Scusi se chiamo così tardi, ma devo dirle una cosa importantissima. Per favore…».

Mi sedetti sul letto come fiutando l'aria del temporale.

«È successo qualcosa alla nonna?»

«Sì», rispose con la voce rotta, «la nonna sta tanto male».

«Cosa intendi per "tanto male"?»

«La nonna ha poco tempo…».

«Sunil, che stai dicendo? Tempo per cosa? È partita per il Kenya, ha avuto un incidente di sci nautico?»

«La nonna non è partita per il Kenya, la nonna è in ospedale e mi ha fatto giurare di non dire niente a lei e a sua mamma, ma io non ce la faccio, io non posso più…», disse scoppiando a piangere.

Ero pietrificata.

«Da quanto tempo la nonna sta male?», chiesi pianissimo.

«La nonna ha scoperto il tumore dopo che lei è partita e i dottori hanno dato pochi mesi. La nonna ha fatto finta di niente e quando ha cominciato a stare male ha fatto dire a Sunil che andava in Kenya. Ma per favore, dica a sua mamma di venire qui, io ho tanta paura. Sunil non vuole che signora muore da sola».

La nonna stava morendo.

E non ci aveva detto niente per non farci preoccupare.

E l'orgoglio aveva fatto il resto.

«Sunil, ma come sta adesso?»

«Lei ha respiratore e molte medicine per il dolore, lei ha pochi giorni, per favore, venite non lasciate lei sola!», singhiozzava come un bambino.

Non riuscivo a crederci, la mia straordinaria nonna, quella forza della natura che aveva sconfitto la seconda guerra mondiale, la povertà e la fame, e che proprio per quello aveva deciso di addentare la vita fino all'ultimo morso, adesso ci stava lasciando per sempre, silenziosamente e dignitosamente come era sempre vissuta: come una vera signora.

Mia madre doveva saperlo, doveva parlarle, dovevano chiarirsi o l'avrebbe rimpianto per sempre.

La chiamai, ma non riuscii a dire altro che «Andiamo dalla nonna, ti prego, sta morendo».

Non rispose subito, le servì un attimo per mettere insieme i pezzi di tutta la sua vita.

«No tesoro, è una parte del viaggio che devo fare da sola».

CAPITOLO VENTIQUATTRO

La mamma rimase al capezzale di nonna Olga fino alla fine.

Non avevano mai parlato così tanto in quarantaquattro anni e non smisero finché la nonna non si addormentò per l'ultima volta. Si dissero tutto, risero, piansero, ricordarono e si perdonarono e quando non ebbero altro da dirsi si salutarono abbracciandosi come due vecchie amiche.

La nonna non perse lucidità nemmeno per un attimo e non tolse mai dal collo il foulard di Hermès con il quale volle essere sepolta.

Pat mi rimase vicino tutto il tempo, cullandomi, e assicurandomi che la nonna sarebbe andata in un posto speciale, dove poteva bere vodka orange e dare splendide feste.

Gli chiesi di salutarmela.

Mi assicurò che lo avrebbe fatto.

Adam mi chiamava tutte le sere da New York.

Stava lavorando davvero sodo e faceva una gavetta impossibile, scrivendo e riscrivendo le gag per gli ospiti che andavano in scena la sera e che, a volte, saltavano all'ultimo momento. Finiva a notte fonda e la mattina lavorava in una caffetteria.

Ma nonostante i racconti allucinanti, la sua vita continuava a sembrarmi una passeggiata di salute rispetto a quello che mi faceva passare Goddard che non mi aveva permesso di rimanere a casa nemmeno per il funerale di mia nonna.

«Tanto il funerale è in Italia no? È inutile che tu stia a casa tua a piangere».

«Già… è inutile», risposi scuotendo la testa, e ricominciando le prove con un finto sorriso sulle labbra.

Nina stava ancora tentando di convincere Brandon a fare le cose sul serio, dove per "sul serio" intendeva fargli accettare Noah. Carl mi aveva pregato di non raccontargli mai più niente perché lo faceva stare troppo male. Veniva a casa nostra il fine settimana, stava tutto il giorno con il bambino e ripartiva la domenica sera salutandola a malapena.

«Stasera l'ho invitato a cena qui, voglio provare a fargli capire che Noah non è un problema, che è un bambino stupendo e che non pretendo che lui gli faccia da padre».

«Te lo auguro, ma sembra che tu stia cercando di catturare un gatto facendogli vedere un pezzo di pollo!».

«L'idea è un po' questa in effetti… Come sto?», mi disse girando su se stessa, avvolta in un delicatissimo vestito rosa cipria che sottolineava la sua linea tornata perfetta.

«Lo stenderai!», risposi massaggiandomi i reni.

Se lei era una principessa io ero il rospo!

Non ero mai stata così magra, stanca e dolorante, ma almeno lo spettacolo stava venendo una bomba e, anche se il merito doveva andare tutto a Goddard, sapevamo entrambi che per un buon quaranta per cento era mio.

Non avevo più una vita oltre la scuola e, la sera, ero troppo stanca per fare altro che non fosse parlare al telefono con Adam e addormentarmi profondamente vicino a Patrick.

Brandon arrivò alle sette con un bel mazzo di fiori e io e Betty ci chiudemmo in salotto a mangiare una pizza e guardare TOWIE, mentre di là Nina faceva le prove della famiglia perfetta.

Abbassammo l'audio del televisore e ci mettemmo in ascolto.

«Che belli che sono», disse.

«Sono fresie, spero che ti piacciano!», rispose Brandon.

«Oh le fresie sono le mie preferite!», cinguettò.

Betty finse di vomitare.

Nina gli porse il bambino con la scusa di mettere i fiori in un vaso.

Avrei tanto voluto vedere la sua faccia.

«Nina… scusa se te lo dico», azzardò, «ma… credo che vada cambiato…».

«Davvero?», tornò di corsa. «Ma l'avevo cambiato adesso, accidenti scusa… Senti ci metto un attimo, tu intanto serviti da bere!».

Io e Betty battemmo il cinque sghignazzando.

Nina scese venti minuti dopo con Noah stranamente irrequieto.

«Ha un po' di diarrea… succede. Oh scusa. La diarrea, stai mangiando… be', è solo un bambino».

Non riuscivamo a sentire le risposte di Brandon, ma ce lo immaginavamo mentre cercava di fare finta di niente e intanto guardava l'orologio.

Noah cominciò a strillare come un'aquila, come faceva solo i primi tempi e Nina riprese a scusarsi alzandosi e canticchiando la sua canzone preferita.

«Credo che abbia mal di pancia… dev'essere un po' d'aria, non ha fatto il ruttino dopo l'ultima poppata e… o scusa ancora…».

Picchiavo i pugni sul tappeto per non ridere, pensando intensamente al povero Carl e alle risate che si sarebbe fatto anche lui.

La sentimmo camminare su e giù mentre Brandon mangiava da solo e lei cercava di fare un po' di conversazione, parlando sopra le urla di Noah.

Nina entrò in salotto con Noah in braccio, sudata, col mascara colato, e una strana macchia marrone sul mento.

«Nina, è mousse di cioccolato quella?», le chiese Betty indicandole il viso.

«No, non ho preparato la mousse…», rispose perplessa.

«Ah!», commentammo guardando per terra e ricominciando a ridere a più non posso.

«Oddio no!», disse pulendosi. «Noooo…», piagnucolò. «Vi prego dovete aiutarmi, la serata sta andando…».

«…di merda!», concluse Betty non riuscendo a trattenere le risate.

Ridevamo a crepapelle mentre Nina vedeva sfumare il suo idillio.

«Aiutatemi!», implorò.

«Non era nei patti», rispose Betty ritrovando il piglio professionale. «Tu gli volevi dimostrare com'era piacevole la vita a tre no? Noi non eravamo incluse!».

Nina sbuffò dalla rabbia e sbatté la porta sulle nostre risate, mentre Brandon la ringraziava e le diceva cortesemente che forse era il caso che non si vedessero più.

«Siete… orribili!», ci urlò contro Nina chiudendo la porta sulla sua storia d'amore.

«Un giorno ci ringrazierai!», le gridò di rimando Betty.

Più tardi Pat e io ci sedemmo nel nostro solito posto.

Passò un braccio attorno alla mia spalla e mi baciò la testa.

Mi appoggiai a lui e alla sua confortante presenza.

«Pat… com'è morire?», gli chiesi guardando l'infinito.

Sospirò. E dopo una lunga pausa rispose: «Non lo so ancora Mia. Non lo so».

La sensazione che quei nostri giorni stessero per giungere al termine si faceva sempre più forte, come una morsa di ghiaccio che stringeva in fondo all'anima.

Pat non ne parlava mai, ma il suo sguardo era sempre più eloquente.

Non poteva vagare in un *non* mondo solo perché io avevo bisogno che mi stesse accanto, senza mai permettergli di trovare la pace.

Non se lo amavo davvero, come sapevo da sempre.

Il testamento della nonna fu aperto poco tempo dopo.

Lasciava la casa di Fiesole e la galleria d'arte alla mamma e un appartamento e una bella somma di denaro a Sunil, suo compagno di una vita.

A me lasciò un conto vincolato a cui avrei potuto accedere solo raggiunta la maggiore età e «solo per fare cose grandiose», come aveva esplicitamente indicato.

Il mio unico rimpianto era che non l'avevo salutata come si deve e non avremmo mai fatto sci nautico insieme.

Anche lei mi sarebbe mancata per sempre.

Ariel e Stuart erano ormai perfettamente rodati, o almeno fingevano alla perfezione.

Da quando avevo raccomandato a entrambi di visualizzare Goddard durante tutto il passo a due, il risultato era stato strepitoso, per buona pace di God che si chiedeva come avessi fatto.

Ormai mi muovevo con disinvoltura fra i vari numeri dello show, conoscevo a memoria la scaletta, ogni entrata, uscita, attacco, intermezzo, effetto speciale, brano, e costume e quando c'era un problema venivano automaticamente a chiedere a me.

Quel ruolo mi piaceva, anche se mi mancava da morire la danza che stavo trascurando in favore di tutto quel delirante, ma irresistibile baraccone.

L'idea che ci sarebbero stati i talent scout spaventava tutti a morte e non si parlava di altro. Ognuno voleva far colpo su qualcuno in particolare, per avere la possibilità di entrare in una delle migliori compagnie del mondo: Alvin Ailey, Béjart, Forsythe, Opéra, la Scala, oppure essere scritturati per la televisione o partire in tournée con qualche cantante famoso.

E quella sera, lassù, tutti noi avremmo dato il meglio che potevamo. Non ci sarebbero state tendiniti, vesciche, o unghie massacrate che avrebbero potuto fermarci.

Ultimamente pensavo spesso all'ABT.

L'American Ballet Theatre era il sogno di qualunque ballerina classica.

Era vero, avevo rinunciato alla Royal, ma quella compagnia era diversa, quella era "La compagnia" e poi New York era la libertà vera, era il centro del mondo, erano le ali spalancate verso il cielo.

E io non ero più la stessa di un anno prima. Vivere sola e lavorare sodo senza concentrarmi su nient'altro mi avevano permesso di crearmi una scorza robusta che mi avrebbe protetta ovunque.

Una volta che avevi imparato a muoverti a testa alta, dosando sicurezza e buon senso, affidandoti all'intuito e alle sensazioni, senza mai dimenticare di dare un'occhiatina alle spalle, eri pronto ad andare ovunque.

Se non eri un esaltato come Goddard naturalmente.

Ma non mi stavo montando la testa, né facevo progetti.

Avevo raggiunto una sorta di calma interiore, una consapevolezza di me stessa che mi faceva stare immobile nel mezzo della tempesta.

La zattera aveva smesso di capovolgersi a ogni ondata in mare aperto.

«Mi manchi Mia», mi disse Adam una sera, «lo so che non sono autorizzato a dirti niente di carino, ma ti giuro che mi stai mancando un sacco».

«Davvero?», risposi imbarazzata.

«Sì, e ogni giorno che passa è peggio! Tutte le volte che mi succede qualcosa ho voglia di chiamarti e fanno circa trentotto volte al giorno. Sei fortunata che c'è il fuso orario!».

«Dài, vuoi dirmi che non ti sei già fidanzato con una star?»

«No! È peggio che se fossi in Marina! La sera mi ritiro nella mia branda con la foto della mia bella attaccata al muro!».

Esitò un attimo.

«Cacchio, no, l'ho fatto di nuovo! Sono un idiota! Esempio infelice, adesso riattacco e ti richiamo e ricominciamo la telefonata da capo!».

«No Adam, stai tranquillo, non c'è problema davvero!», lo rincuorai.

«...Hai davvero la mia foto in camera?»

«Sì ce l'ho. A dire la verità ne ho un centinaio…».

«Un centinaio?»

«Sì, te le ho fatte col telefonino, ne ho mentre balli, mentre mangi, mentre ridi, ma la mia preferita è una in cui sei seduta appoggiata al muro nella sala di danza, hai la testa da un lato e guardi fuori. Sembra che tu veda qualcosa che gli altri non vedano».

O qualcuno…

Provai una sensazione strana in fondo allo stomaco.

Come una gran voglia di vedere Adam, di abbracciare Adam, ma non poteva essere.

Non doveva essere.

«Sono stanca», tagliai corto, «forse è meglio se ci sentiamo un'altra volta».

«Ho detto ancora qualcosa di storto Mia? Scusami, ma sto diventando un cavernicolo vivendo con dei selvaggi ventiquattro ore al giorno. Se sono inopportuno dimmelo».

«No. Non sei stato inopportuno, sono io che… sono solo stanca».

Riattaccai e buttai il cellulare sul letto abbracciandomi le ginocchia.

E scoppiai a piangere.

«Mia… non devi sentirti in colpa», mi disse Patrick più tardi.

«Sì invece!», singhiozzai.

«No Mia! Non solo è normale, ma è anche giusto! E ti dirò di più, è *sano*! E prima o poi doveva succedere! Io lo sapevo, lo sapevo da mesi!», mi confessò scrollandomi per le spalle.

«Cosa stai dicendo Pat?», risposi scioccata.

«Mia!», disse con una voce sincera. «Io lo so che mi ami, e che non mi dimenticherai mai, ma io non voglio che tu viva così. E non ne posso più di vederti tutta casa e prove a soli sedici anni. Non lo sopporto più e te lo dico proprio perché ti amo! E questo non significa che io non sia sconsideratamente, dannatamente, indescrivibilmente geloso, ma la tua felicità e il tuo futuro sono più importanti!».

«Che… stai dicendo Pat, che io…».

«Mia, tu sei innamorata di Adam, da mesi, lo so io e lo sai tu e non c'è niente di male! È un bravissimo ragazzo, onesto e coraggioso, e anche lui è innamorato cotto di te dal primo giorno che ti ha vista, nonostante Joey. E credimi, sono in un'ottima posizione per saperlo!».

«Pat, non dire così», mormorai.

«Mia, dobbiamo guardare in faccia la realtà: io sono il passato, mentre Adam è il futuro e tu non puoi buttare tutto all'aria per vivere nel mio ricordo, io non lo posso permettere! Amare significa lasciare libero l'altro e noi ci stiamo solo facendo del male. Siamo bloccati in un luogo che non ci appartiene, che non ci rappresenta, dove ci aggrappiamo ai nostri ricordi, perché ci rifiutiamo di perderci».

Si voltò con le mani sui fianchi, cercando le parole.

«Mia… se mi ami davvero, devi lasciarmi andare e io devo fare lo stesso con te!».

I suoi occhi grigi erano velati di lacrime, e la voce rotta conteneva a malapena tutta la disperazione del gesto più doloroso e altruista che potesse fare: lasciarmi libera.

Non dissi più una parola.

Dovevo cominciare a elaborare il lutto.

Nina presentò il suo libro in una libreria di Londra alcuni giorni dopo.

La sala era piena di persone di ogni età che stringevano in mano una copia in religioso silenzio.

Nina sorrideva emozionata ascoltando le belle parole che la giornalista usava per narrare al pubblico il suo romanzo, lodandone lo stile e la bravura.

Suo padre e sua madre erano seduti in fondo, e l'ammiravano orgogliosi e fieri. La loro bambina era riuscita a trovare il coraggio e la forza di celebrare il loro adorato figlio, in un modo che gli aveva reso giustizia.

Nina parlò di Patrick, raccontandolo come solo una sorella poteva fare, dipingendolo come il principe di una favola, che noi tutti avevamo amato e che adesso anche gli altri avrebbero imparato ad amare.

Raccontò del loro rapporto speciale, degli scherzi, della scuola, del loro difendersi reciproco e totale e della loro famiglia, di com'erano stati educati nei valori che credevano giusti, ma da cui non avevano tratto alcun conforto di fronte alla morte. E di come il dolore li aveva sbriciolati uno a uno, buttandoli giù come birilli.

Parlò di me, della nostra amicizia speciale, della nostra sorellanza, della mia bugia che non era riuscita a perdonare, del dolore che ti trasfigura e del sottile confine fra il vivere e il sopravvivere.

Raccontò della sua decisione di avere un bambino per riempire quel vuoto e di come quella scelta le avesse cambiato la vita molto più di quello che si aspettava.

Non si pentiva di avere avuto Noah, ma aveva capito che era stato un errore averlo avuto a sedici anni, chiudendo con la sua adolescenza proprio appena era cominciata.

Descrisse la fatica che faceva ad andare avanti, l'abbandono dell'università, i commenti cattivi, le notti insonni, l'ansia per il sentirsi inadeguata, il non poter più uscire, la mancanza di un equilibrio e di esperienza e scoraggiò fortemente le ragazze sedute dal fare una cosa del genere.

E piano piano, tutti i presenti cominciarono ad asciugarsi le lacrime, in una commozione totale e contagiosa.

Nina non pianse, aveva già pianto tanto ed era risoluta a non crollare più, e quella sera prese una decisione definitiva.

«Ho capito che non posso fingere che la mia vita sia la stessa di prima e l'unico uomo che può davvero capirmi, sostenermi, aiutarmi e rendermi felice è quello che meglio di tutti conosce me e quello che ho passato e con cui ho dato vita a una creatura che ama quanto la amo io. E quest'uomo è Carl», disse risoluta.

«Sei sicura? Credevo non lo sopportassi più».

«Stasera ho capito che avrei voluto averlo lì accanto a me e invece non c'era, e questa cosa la posso ancora recuperare».

La sera stessa chiamò Carl e passarono ore al telefono facendo progetti.

Avrebbero cercato di far funzionare le cose e con un po' di fortuna ci sarebbero riusciti.

Alcuni giorni dopo ricevetti una lettera dall'Italia.

Era di mia nonna Olga.

Nipote,

quando leggerai questa lettera io non sarò più di questa Terra, ma per piacere non fare quella faccia, lo sai che non sopporto le lacrime!

Non ho detto a nessuno della mia malattia perché non sono il tipo che sta in ospedale e non avevo certo voglia di essere compatita, quindi ho ordinato al buon Sunil di tenere la bocca chiusa finché non fossi stata in condizioni di non riuscire a prepararmi neanche il mio vodka orange.

Evidentemente questo momento è arrivato e io sono qui a darti un paio di dritte che potranno farti comodo per gli anni a venire.

Sei la mia bimba preferita e ho sempre avuto un debole per te, ma non dirlo a nessuno.

Da quando eri piccola ho capito subito che eri speciale e che saresti stata una ballerina, con quei piedini che sembravano petali di rosa e quel nasino impertinente da prendere a morsi.

Avrei voluto esserti più vicina, ma sai come sono andate le cose con la tua mamma: testona io, testona lei, abbiamo fatto a cornate fino a che non ci siamo più neanche ricordate perché avevamo litigato.

E questo ti voglio dire: non chiudere mai definitivamente i rapporti con le persone che ti amano, perché quando se ne vanno, rimpiangerai tutto quel tempo sprecato a cercare di avere ragione.

Sai come si dice dalle mie parti? "Meglio la colpa di un colpo!".

La tua mamma e io abbiamo perso un sacco di tempo e vorrei che tu non facessi mai lo stesso errore. Ma so che tu sei diversa da noi, sei sempre stata più saggia e forse devo darne atto a quel rammollito di tuo padre che, lo ammetto, anche se non mi è stato mai troppo simpatico, è sempre stato un brav'uomo.

Vai avanti per la tua strada, mira all'obiettivo e seguilo fino alla fine con onestà e integrità morale, vedrai che ti ripagherà sempre nella vita, mentre i disonesti e i furbi, alla fine, non arrivano da nessuna parte.

E se le cose non vanno esattamente come vuoi tu, non ti abbattere: le cose non vanno mai esattamente come vogliamo noi, però possiamo avvicinarci il più possibile e poi passare oltre.

E un'ultima cosa: non ti attaccare mai alle persone, ma lasciale libere di decidere e di amare, solo così amerai e sarai amata veramente.

Ricordati questo detto e fanne tesoro: "camminerò da sola senza l'aiuto di nessuno".

Piccola Mia, sei il mio tesoro adorato e ti voglio un bene dell'anima.

So che farai tanta, tanta strada e io sarò sempre orgogliosa di te anche se non sei andata alla Royal Ballet.

Ricordati che la tua nonna ti proteggerà sempre anche da lassù. E se non fai la brava, vengo a tirarti i piedi, come diciamo in Toscana!

Con amore
tua nonna Olga

CAPITOLO VENTICINQUE

Ero pronta.

Pronta a lasciarlo andare.

Se lo amavo veramente lo avrei lasciato libero.

Ci incontrammo per l'ultima volta nel nostro posto, dove il bianco irreale che ci circondava era diventato quasi familiare.

Pat era già lì ad aspettarmi, con la sua maglietta blu e i jeans consumati di sempre.

Lo fissai intensamente poi chiusi gli occhi per riuscire a imprimere il suo viso nella memoria in maniera indelebile.

I suoi profondi occhi grigi, i capelli chiari, le labbra morbide sempre pronte a sorridere, quel viso splendido che avresti consumato di baci, la piccola cicatrice sul sopracciglio, le sue mani calde, le sue spalle forti, la pelle appena abbronzata, le piccole rughe d'espressione intorno agli occhi, il suo corpo splendido.

Mi strinse fra le sue braccia senza dire una parola.

«Siamo arrivati alla fine amore mio», sussurrò.

Non riuscivo a parlare, ma solo a piangere.

«Non piangere Mia, voglio vederti felice, realizzata e serena, solo così saprai che sto bene anch'io».

Lo stringevo fra le braccia fino a farle tremare.

«Lasciami andare tesoro, lasciamoci andare, è questa la cosa giusta da fare».

«Non posso vivere senza di te Pat», dissi.

«Sì che puoi, devi vivere per tutti e due, è il *tuo* compito da ora in poi».

Affondai il viso nel suo collo.

L'idea che fosse l'ultima volta che vedevo Patrick mi annientava, ma capivo che non c'erano più alternative.

E allentai la presa.

Immediatamente il bianco cadde giù come un sipario e fummo di nuovo sulla spiaggia di Skegness, dove Pat aveva perso la vita.

Ma non era un freddo pomeriggio d'inverno, bensì una calda sera d'estate, con i gabbiani che volavano liberi, e l'aria profumata di salsedine.

Ci sdraiammo sulla sabbia tiepida, spogliandoci lentamente, senza smettere di guardarci negli occhi, respirando il profumo della nostra pelle, accarezzandoci con tenerezza, emozionati come la prima volta.

Le stelle sopra di noi brillavano come le luci di un teatro, dove i nostri corpi si dissero silenziosamente addio, vibrando e danzando insieme per un'ultima volta.

Mi prese le mani prima di andarsene.

«Conoscerti è stato un onore e un privilegio, Mia», sussurrò, «sei stata la mia più grande fortuna e rifarei tutto quello che ho fatto pur di stare di nuovo con te. Avrei voluto una vita lunga e felice per noi, ma non era scritto, e sono fiero di esserti stato accanto per questi anni. E anche se non ci vedremo più, il mio amore veglierà per sempre su di te, proteggendoti come un angelo custode. Il nostro viaggio è appena cominciato, il tuo nel mondo e il mio verso la pace e sono sicuro che un giorno ci rincontreremo».

«Non ti dimenticherò mai Patrick. Sarai sempre nel mio cuore, ogni giorno della mia vita», dissi singhiozzando.

«Non avrei potuto amarti di più Mia», mi disse cominciando a camminare verso il mare, «e ti amerò per sempre».

Si voltò un'ultima volta.

«*Serva me. Servabo te*!», disse.

«*Serva me. Servabo te*!», risposi.

Una pioggerella di luce dorata cominciò a scendere delicatamente sopra di lui, fino a formare un'enorme palla luminosa e intensa che lo avvolse.

Il bagliore era accecante e faticavo a tenere gli occhi aperti, non vedevo altro che il suo contorno in controluce.

La palla di luce diventò un sole splendente e dalla sagoma di Patrick si aprirono due enormi ali alle sue spalle.

«Non avere mai paura *Broncio*. Mai… E quando sentirai profumo di fragole, vorrà dire che non sarò lontano».

La palla di luce illuminò a giorno il mare e poi cominciò a ridursi rapidamente fino a diventare una piccola fiammella che si spense nell'acqua.

«Addio Patrick. Addio amore mio».

Quando scesi in cucina la mattina dopo, Betty e Nina mi guardarono ammutolite.

Non avevo il coraggio di parlare. Non avevo niente da dire. Per loro Patrick era morto da più di un anno, mentre per me solo da poche ore.

«Mia, ti dobbiamo parlare», disse Nina prendendomi la mano.

Non risposi e mi sedetti al tavolo.

«Stanotte abbiamo sognato Patrick», disse.

Quella frase risvegliò la mia attenzione.

«Tutte e due?», chiesi con un filo di voce.

Annuirono.

«Ed era esattamente lo stesso sogno», disse Betty.

«Eravamo a Skegness e Pat ci diceva delle cose e poi una palla di luce lo avvolgeva e lui diventava un angelo», disse Nina ancora agitata dal ricordo.

«Cosa vi ha detto?»

«A me ha detto di prendermi cura di te», disse Betty, «e che Leonard è l'uomo giusto».

«E a me di stare sempre vicino a Noah e ai nostri genitori e soprattutto a te».

Non terminò la frase che il mio cellulare squillò.

«Scusa per l'ora tesoro, lo so che non vuoi che ti chiami *tesoro* e che lì sono le sette di mattina, ma è successa una cosa assurda e ho bisogno di dirtela subito», disse Adam agitatissimo.

«Hai sognato Patrick».

«Come lo sai?».

Il teatro era al completo.

Le prime file erano riservate agli insegnanti e agli ospiti illustri, compresi i talent scout, e tutto il resto era occupato dalle famiglie e gli amici degli allievi.

C'erano almeno duemila persone.

L'agitazione era alle stelle. Correvo in lungo e in largo come una trottola per cercare di risolvere i problemi dell'ultimo minuto, nonostante fossi truccata e vestita per l'entrata in scena.

Ariel era catatonica. La paura la stava paralizzando e dovetti vestirla a forza.

«Non mi ricordo nulla», piagnucolò.

«Sì che ti ricordi, è lo stress che gioca brutti scherzi», dicevo abbottonandole il vestito.

«No, Mia, non ce la faccio proprio».

Volevo strangolarla, avrebbe fatto il passo a due più bello della storia del balletto scendendo da una piattaforma in plexiglass semovente e continuava a lamentarsi.

Non c'era giustizia al mondo.

«Senti un po'», le dissi allacciandole i nastri delle scarpette, «tu adesso andrai lì fuori e *spaccherai* d'accordo? E domani tutti i giornali parleranno di te! Ti prego Ariel, fallo per me almeno», la pregai a mani giunte.

Mi rivolse di nuovo lo sguardo da animale braccato che mi faceva venire voglia di prenderla a schiaffi.

Finalmente arrivò Goddard a farle illuminare gli occhi.

«Allora *merda* ragazze!», disse entrando con l'aria più schizzata di sempre.

«Merda!», ripeté Ariel poco convinta.

«Che hai adesso?», le chiese Goddard. «La strizza della prima? Non puoi sbagliare, quel pezzo ce l'hai cucito addosso. Lo faresti a occhi chiusi», le sussurrò carezzandole il viso.

Parve rincuorata e gli sorrise timidamente.

«Visto? Di lui ti puoi fidare almeno».

Bussarono alla porta ed entrò Miss Connor.

«Allora ragazze? Siete pronte?», ci disse con un sorriso rassicurante.

«Insomma», rispose Ariel.

«Su! Vedrai che per magia ti ricorderai tutto appena partirà la musica, vero God?», gli disse abbracciandolo affettuosamente.

«Vieni qui tu!», esclamò lui prendendola per i fianchi e stampandole un enorme bacio sulla bocca.

Io e Ariel rimanemmo impietrite.

«Questa è la donna della mia vita. Giuro che me la sposo e metto la testa a posto!».

Zadie Connor rise. «E dire che volevo ucciderlo con le mie mani!».

Sembravano incredibilmente affiatati e felici e scoppiai a ridere.

Anche God e la Connor erano al settimo cielo, mentre Ariel sembrava scampata a un disastro aereo.

Una volta usciti le chiesi cosa fosse successo.

«Io credevo che amasse me!», disse allucinata.

«Perché dici questo?»

«Perché abbiamo una relazione da un mese!», confessò scoppiando a piangere.

Oh no! Quel cazzone aveva colpito ancora!

Corsi a cercarlo fra le quinte buie spintonando ballerini e tecnici, fuori di me dalla rabbia, finché lo sentii insultare una costumista per aver sbagliato un orlo.

«Goddard, che cazzo hai combinato!», gli urlai da tre metri di distanza.

Mi guardò perplesso.

«Ti sei scopato *anche* la piccola Ariel?»

«Be'...», disse allargando le braccia come per dire "che dovevo fare?".

«Ma non sapevi che aveva una cotta per te?»

«Be'... sì, ma...».

«Ma cosa! Lei credeva che foste una coppia e adesso che ti ha visto con la Connor ha avuto una crisi di nervi e non smette più di piangere! Si può essere più idioti?»

«Oh cazzo!», disse picchiandosi la fronte con la mano. «L'ho fatta davvero grossa questa volta!».

«Adesso vai a scusarti! Di corsa!», gli ordinai.

Goddard obbedì come un cagnolino e insieme corremmo da Ariel di cui però non trovammo traccia, a parte l'abito lasciato su una sedia.

«*Merda* a tutti!», cinguettò Stuart entrando in camerino pronto per il passo a due.

«Ce n'è abbastanza, grazie!», rispondemmo in coro.

Le luci si accesero tutte insieme e la *Suite di Montecchi e Capuleti* dal *Romeo e Giulietta* di Prokofiev esplose a tutta forza dagli amplificatori come a un concerto.

I ballerini cominciarono a uscire come scintille luminose dai tubi in plexiglass, saltando da una pedana all'altra e scivolando da alte liane di velluto.

La pedana centrale si sollevò lentamente accompagnata dal fumo che creava giochi di luce con raggi laser.

Respirai forte maledicendo Goddard e Ariel e pregando Dio (quello vero!) che Stuart fosse in grado di ballare il passo a due con me.

L'occhio di bue puntato addosso mi impediva di vedere la platea, ma quando sentii gridare «Vai Mia!» riconobbi all'istante la voce di Nina.

Alzai le braccia pronta per il primo *porté* cercando di rimanere rilassata e fiduciosa, ma l'ansia traspariva da ogni parte di me.

Stuart era una primadonna e di certo non avrebbe fatto niente per rendermi le cose facili.

Sentii le sue mani afferrarmi i fianchi e sollevarmi sulla sua spalla con facilità e sicurezza, facendomi scivolare a terra e afferrandomi a un centimetro dal pavimento.

Il pubblico esplose in un applauso spontaneo.

Mi preparai per la prima serie di *pirouettes* assistite, ma il mio sorriso si tramutò in puro orrore quando voltandomi di scatto incontrai la faccia di Goddard.

«Continua a sorridere e lascia fare a me bambina», disse a denti stretti. «E stasera l'ABT non te lo toglie nessuno!».

Riuscii a malapena a balbettare «sei un grandissimo stronzo», che lui mi aveva già sollevata di nuovo come fossi una piuma.

Ballammo divinamente, con una sintonia perfetta, i tempi giusti, passione, e intensità.

Provocando il delirio della platea.

Finché il pezzo terminò e lui fu ancora sopra di me con il riflettore puntato.

Mi guardò. Lo guardai.

«Ma guarda cosa mi è toccato fare per riuscire a baciarti!», disse strizzandomi l'occhio.

E mi schioccò un bacio sulla fronte.

Lo scroscio di applausi che seguì fu impressionante.

La *standing ovation* di un intero Paese ai nostri piedi.

Tutti i ballerini si presentarono al pubblico in file di dieci, provocando ogni volta applausi e fischi sempre più forti e quando fu il nostro turno Goddard mi prese la mano e, con grazia inaspettata, fece un passo indietro invitando il pubblico ad applaudirmi.

Una pioggia di fiori e di "brava" scese inarrestabile su di me che sorridevo, grata a ognuno di loro.

Raccolsi una rosa a gambo lungo e la offrii a Goddard, che mi fece un inchino e poi la lanciò alla platea.

Ricevemmo quindici chiamate e ogni volta le urla erano più forti.

Ce l'avevo fatta.

Era il mio momento.

Avevo attraversato l'inferno e ne ero uscita viva, perdendo per strada degli affetti insostituibili, ma che adesso facevano parte di me e della persona che ero diventata.

Nina si spellava le mani saltando e applaudendo insieme a Carl, la mamma piangeva e Paul fischiava con due dita, Eileen scuoteva la zia Kate che batteva le mani fuori tempo, Lia teneva i pollici alzati e Betty urlava «sei grande», mentre Adam mi sorrideva incantato con lo sguardo più innamorato che si potesse immaginare.

«Me ne sarai grata per sempre», mi disse Goddard in camerino prima di innaffiarci tutti con una bottiglia di champagne.

Rimanemmo a festeggiare e brindare finché i giornalisti lo acclamarono e io andai finalmente a cambiarmi.

Quando uscii la sala si era svuotata e le luci erano quasi spente.

Camminai fino al centro del palco e rimasi per un attimo in silenzio a occhi chiusi a godermi la pace del teatro vuoto e ad assaporare il calo dell'adrenalina.

Quella sensazione di calma eterea in cui, per un momento, tutto è perfetto.

Aprii gli occhi e lo vidi, per l'ultima volta, lì in fondo, vestito di bianco, sorridermi nella penombra.

«Addio Pat», mormorai.

«Sono tornato per restare Mia», mi disse Adam abbracciandomi forte, «non mi piace la vita senza di te».

«Non credo che ce ne sarà bisogno. Ho appena ricevuto un'offerta che non posso rifiutare!».

«Vuoi dire che vieni con me a New York?», mi chiese con gli occhi che brillavano «Mia, mi hai reso l'uomo più felice del mondo e, credimi che, come ho promesso a Patrick, bacerò la terra sulla quale cammini!», disse stringendomi forte.

Rimasi a godermi quell'abbraccio e quella nuova, assoluta sensazione di protezione.

«Adam… Non senti profumo di fragole?», gli chiesi.

«Fragole?».

Sorrisi e sentii un brivido.

RINGRAZIAMENTI

Scrivere questa trilogia è stata una delle cose più belle ed emozionanti che io abbia mai fatto.

Attraverso Mia, ho potuto rivivere i miei sedici anni, la danza, il batticuore, i musi lunghi, le amicizie, le porte sbattute, gli amori, i sogni e soprattutto l'incrollabile e sconsiderata fiducia nel futuro.

Molte sono le coincidenze che si sono intrecciate in questo anno importante: ho scritto il mio decimo libro, festeggiato i primi dieci anni di onorata carriera e, non meno importante, i miei primi quarant'anni e, se devo fare un bilancio fino qui, non posso che essere orgogliosa.

Ringrazio il mio editore Raffaello Avanzini per avermi accompagnato in questo lungo percorso, la mia famiglia e gli amici che mi sono stati vicino con (molta!) pazienza e affetto, le giovanissime fan di Mia che mi hanno scritto centinaia di mail pregandomi di far ritornare Patrick in vita, le ragazze che mi seguono da sempre e tutti quelli che mi fanno ridere spesso. Un ringraziamento speciale a Jussin Franchina e Giovanni che, da qualche parte, ci sorride ancora.

Un'ultima cosa.

Ci ho messo quarant'anni a capire un paio di cose fondamentali, e non mi basterà il resto della vita per capire le altre quattro o cinque, ma quella che ritengo essere la più importante (e sono sicura che Patrick potrebbe confermare) è che la vita è maledettamente breve per sprecarla facendo cose che non vi piacciono, litigando con persone insopportabili o, ancora peggio, con fidanzati sbagliati.

Per questo mi sento di dirvi: cercate di viverla nella maniera più soddisfacente e piena possibile, in modo da avere la sensazione, andando a letto la sera, di aver fatto qualcosa di speciale, anche se piccolo!

Il segreto della vita, secondo me, alla fine... è solo questo!

Con grande, grandissimo affetto.

Federica

INDICE

I Superinsuperabili

David Gibbins, *Le indagini archeologiche del professor Howard*
Sara Shepard, *Giovani, carine e bugiarde. 4 romanzi in 1*
Stuart MacBride, *Le indagini del sergente McRae*
Simon Scarrow, *L'aquila di Roma*
Tiffany Reisz, *Peccato originale. La trilogia*
Giulio Castelli, *Il romanzo dell'impero romano*
Lisa Jane Smith, *Il diario del vampiro. 10 romanzi in 1*
Indigo Bloome, *Incontri proibiti. La trilogia completa*
Massimo Lugli, *Crimini imperfetti. Tutte le indagini di Marco Corvino*
Federica Bosco, *Cercasi amore disperatamente - S.O.S. amore - 101 modi per riconoscere il tuo principe azzurro*